U0525008

全國高校古籍整理研究工作委員會資助項目"日本影弘仁本《文館詞林》校注",（編號：教古字［1998］016號）。

浙江大學中文系出版資助項目"錢江新潮文叢"。

國家社科基金重點項目"日本影弘仁本《文館詞林》考論",（編號：16AZW005）。

浙江樹人大學漢語言文學校級重點學科資助項目。

日本影弘仁本《文館詞林》校注

林家驪　鄧成林◎著

錢江新潮文叢

中國社會科學出版社

圖書在版編目（CIP）數據

日本影弘仁本《文館詞林》校注 / 林家驪，鄧成林著.
—北京：中國社會科學出版社，2021.9
（錢江新潮文叢）
ISBN 978-7-5203-7890-1

Ⅰ. ①日… Ⅱ. ①林…②鄧… Ⅲ. ①詞（文學）—詩詞研究—中國—唐代②《文館詞林》—校注 Ⅳ. ①I207.23

中國版本圖書館 CIP 數據核字（2021）第 025572 號

出 版 人	趙劍英	
責任編輯	郭曉鴻	
特約編輯	張金濤	
責任校對	李　莉	
責任印制	戴　寬	

出　　版	中國社會科學出版社	
社　　址	北京鼓樓西大街甲 158 號	
郵　　編	100720	
網　　址	http://www.csspw.cn	
發 行 部	010 - 84083685	
門 市 部	010 - 84029450	
經　　銷	新華書店及其他書店	

印　　刷	北京明恒達印務有限公司	
裝　　訂	廊坊市廣陽區廣增裝訂廠	
版　　次	2021 年 9 月第 1 版	
印　　次	2021 年 9 月第 1 次印刷	

開　　本	710×1000　1/16	
印　　張	50.75	
字　　數	912 千字	
定　　價	288.00 元	

凡購買中國社會科學出版社圖書，如有質量問題請與本社營銷中心聯系調換
電話：010-84083683
版權所有　侵權必究

丛书总序

浙江大學是一所人文璀璨、名師薈萃的全國重點大學，其前身是1897年創辦的求是書院。百年浙大，一路風雨，一路輝煌。在這塊深厚的土地上，它不僅哺育了馬敘倫、馬一浮、沈尹默、蘇步青、王淦昌、貝時璋、張其昀、談家楨、盧鶴紱等眾多的文化名人和科學大師，而且在長期的辦學中形成了堪稱典範的求是精神。尤其是在竺可楨主政期間，於極其艱難的西遷辦學中更是把這種"求是"精神發揮到極致，使浙大聲名遠播，成為"當時中國最好的四所大學之一"。

浙大中文系辦學歷史悠久。往遠說，可追溯到林啟主持的求是書院。辦學伊始，書院即開設國文課程，先後延請宋恕、陳去病、馬敘倫、沈尹默、張相等著名學者授業講學——以此算起，中文系已曆春秋百有十載；往近說，則源於1920年的之江大學國文系和1928年的國立浙江大學國文系——就此而言，中文系悠然已有九十餘年歷史。它前後歷經西遷時期、龍泉分校時期，後又融合之江大學國文系、浙江大學國文系兩大主脈。1952年全國高校院系調整，中文系被劃歸由浙大"母體"孵化出來的新的分支——新成立的浙江師範學院。嗣後1958年，浙江師範學院與新組建的杭州大學合併，稱杭州大學；從這時開始，浙大中文系便進入了"杭大中文系"時代，迎來了一個新的發展階段。"杭大中文系"的系名，一叫便是整整四十年，并已在社會和學界贏得了良好的聲譽。直到1998年，原浙江大學、杭州大學、浙江醫科大學、浙江農業大學四校合併成立新的浙江大學，中文系在經歷了一番分分合合之後又返回到了它的母體懷抱。現在的浙大中文系是以原杭大中文系為主體的，自然，它也整合了其他相關的師資力量。

浙大中文系自建系以來，人才輩出，具有深厚的學術積累。祝文白、繆鉞、劉大白、豐子愷、許欽文、夏承燾、董亮夫、錢南揚、胡士瑩、徐聲越、陸維釗、任銘善、王季思、鄭奠、王駕吾、孫席珍、王西彥、蔣禮鴻、徐朔方等一大批在國內外學界享有盛譽的杏壇名師、學術名流都曾於此任教。他們實踐的"傳承創造"的學術精神和追求的"卓然獨立"的學術境界,爲中文系的發展,包括有特色、有影響的學科的創建,也包括有特色、有發展後勁的梯隊的形成,奠定了堅實的基礎。百年滄桑,艱難困苦,玉汝於成。"近代科學的目標是什麼?就是探求真理。科學方法可以隨時隨地而改變,這科學的目標,祈求真理,也就是科學的精神,是永遠不會改變的。"回顧往昔,我們更加真切地體會到了竺可楨老校長在 20 世紀 40 年代所講的這句話的深刻含意,也越發懷念爲中文系發展做出貢獻的諸多前輩和老師,并油然萌生了在前人基礎上進一步拓寬和發展中文系的一種強烈的責任感、使命感。

我們高興地看到,經過幾代人不懈的努力,浙大中文系已發展成一個實力雄厚、在國內很具聲譽和影響的系科。特別是自 1995 年被批准爲國家基礎科學研究與人才培養基地以來,更是在各個方面都有長足的發展,在全國同類專業的高校排名中一直居於前列。中文系也由原先單一的漢語言文學專業,發展成爲涵蓋漢語言文學、中國古典文獻學、編輯出版學三個本科專業和一個影視與動漫編導方向的立體多元、結構合理的"大中文"專業。目前,中文系已有中國語言文學一級學科博士點以及中國語言文學學科博士後流動站,漢語言文字學、語言學及應用語言學、文藝學、中國古代文學、中國古典文獻學、中國現當代文學、比較文學與世界文學 7 個二級學科具有博士學位授予權。中國古典文獻學爲國家重點學科,中國古代文學、中國古典文獻學、漢語言文字學、文藝學 4 個學科爲浙江省省級重點學科。漢語史研究中心成爲教育部人文社會科學重點研究基地。現有在編教師 50 人,其中教授 26 人(博士生導師 25 人),副教授 14 人。他們不僅在各個學科發揮重要的帶頭和骨幹作用,而且在國內學界具有舉足輕重的地位和影響。正是在這批以四五十歲的青年學者爲主體的學術核心的努力和引領下,由夏承燾、董亮夫等前輩學者所開創的,吳熊和、王元驤等名師宿儒所光大的中文系學脈,方能做到承傳有自、薪火綿延。

這次我們編輯出版的這套《錢江新潮文叢》,所收的是工作在教學和科研第一線的在職教師的系列學術論著。他們中有 30 多歲的學術新銳,也有五六十歲的年長或較年長的一代學者。涉及的範圍,包括漢語言文字學、語言學及應用語言學、文藝學、中國古代文學、中國古典文獻學、中國現當代文學、比較文學與世界文學以及影視文學等不同學科。在這裏，學科與學科之間，個體與個體之間，彼此是有差異的，思維理念也不盡一致，但有一點似乎是共同的，那就是都在努力追求和體現中文系傳統的"求是博雅"學風。章學誠評價古代兩浙學風時曾謂："浙西尚博雅，浙東貴專家。"浙大中文系以"求是博雅"爲系訓，正是因爲非求是則無以成專家，非博雅則無以成通儒。所謂"求是"，就是求真、求實；所謂"博雅"，就是求善、求美。這反映了我們力圖貫通浙東西、融合古與今的學術視野與意識，以及從傳統的學脈中創造新的浙江學派的願望，也是我們的世界觀、人生觀、學術觀的一個投影和富有理性的特殊呈現。儘管面對浙大中文系的百年歷史和悠久傳統，本叢書中的這些成果尚遠不能說是"雛鳳清於老鳳聲"，在這方面，我們深知與前輩相比還有一定的差距。但中文系數十位教師用心血和智慧澆灌出來的這些學術之果，畢竟從各個不同的角度對"求是博雅"作了新的詮釋，這是很可欣喜的。可看作對中文系近十年學術研究的一次檢驗，一次富有意味的"集體亮相"。

　　這些年，由於種種原因，學術浮躁和浮誇之風盛行，違反學術道德和學術規範的不端行爲也屢有發生。在這樣的情況下，中文系老師"守正創新"，一方面繼承了百年來的優良學術傳統，不盲從、不浮躁，以"板凳坐得十年冷，文章不寫半句空"的嚴謹求實學風，孜孜不倦地潛心從事學術研究，堅守著學術正道；另一方面不囿於陳說，銳意創新，力求在前人基礎上有新的發現，爲學術研究做出自己創造性的貢獻，這十分難能可貴。而這一點，在這套叢書中也都表現得十分明顯。

　　不尚空談，不發虛詞，以追求真理爲目標，以崇尚事實爲基礎，強調學術研究的"實事求是"與"實事求是"的學術研究。我想，這就是浙大中文系生生不息的學術傳統，它貫穿百年而又存活於當下，已内化爲我們的一種精神生命，一種支撐當下中文系存在和發展、堅守學術家園的"阿基米德點"。我們出版這套叢書，目的就是弘揚浙大中文系這一學術傳統，繼往開來，進一步加強中國語言文學學科的建設，爲提升和擴大其學術水準及影響盡一份綿薄之力。

　　本叢書的出版得到了中文系1984屆校友、浙江通策集團董事局主席呂建明先生的鼎力相助。2007年5月，在浙江大學110周年校慶期間，他慷慨捐資百萬元支持中文學科建設。他的善舉和情意令人感佩，也催發了我們策劃并編纂此書的積極性。源於此，我不僅對本叢書所反映的教師學術才華和追求感到欣慰，同時更對百年浙大中文學科未來的發展前景抱持一份堅定的信心。

錢潮乃天下奇觀，故孫中山先生有"猛進如潮"之贊，學術創新，貴如潮水之猛進蕩決；錢潮及期而信，故吳越王錢鏐有"日夜波濤不暫息"之感，學脈傳承，當如潮水之永不止息。"求是博雅"，就意味著學者既要有弄潮兒那般"溯迎而上，出沒於鯨波萬仞中"的銳氣，也要有"晚來波靜，海門飛上明月"的心境。本叢書以"錢江新潮"為名，其微意實在於此。

吳秀明

2009 年 4 月 15 日於浙江大學

前　言

《文館詞林》是唐中書令許敬宗等奉高宗之旨編纂的一部總集，共 1000 卷，分類纂輯自先秦到唐代各體詩文。宋王溥《唐會要》卷三十六雲"顯慶三年（658）十月二日，許敬宗修《文館詞林》一千卷，上之"，《玉海》卷五四據此也作了記載。唐王朝建立不久，太宗李世民就下令有計畫地將前代文化遺產彙集整理，進行大規模的官方編纂，經、史、子、集各方面都取得了很大成績，《文館詞林》的編纂便是這一事業中之一項。

關於該書情況，《舊唐書·經籍志·總集類》記道"《文館詞林》一千卷，許敬宗撰"，《新唐書·藝文志·總集類》同之[1]，加署"劉伯莊"同撰。同時兩《唐書》中還有關於所收詩文作者的傳記，《舊唐書·經籍志·雜傳類》記道"《文館詞林文人傳》一百卷，許敬宗撰"，《新唐書·藝文志·雜傳記類》同之。

《文館詞林》及其《文人傳》的編纂者許敬宗，字延族，杭州新城（今浙江富陽）人。隋大業（605－618）中秀才，唐初召補秦府學士，貞觀（627－649）中除著作郎，兼修國史，官至中書舍人，高宗時爲弘文館學士，升禮部尚書，因支持廢王皇后立武則天，甚得寵信，拜侍中，封郡公，又遷中書令，位極人臣。以他領銜撰纂的書甚多，《文館詞林》外，有《五代史》《晉書》《實錄》等，并有《許敬宗集》60 卷[2]，《舊唐書》卷八二、《新唐書》卷二二三上有傳可詳。劉伯莊，徐州彭城（今江蘇徐州）人，貞觀中累除國子助教，後爲弘文館學士，尋遷國子博士，參修《文館詞林》，後終崇賢館學士，《舊唐書》卷一八九上、《新唐書》卷一九八亦均有傳。

《文館詞林》收作品 1000 卷，數目巨大，然只是將遺留下來的作品進行彙編而已。在印刷術還不發達的唐初，書寫這 1000 卷很不容易。因此，該書當時深藏秘府，鮮爲人知，唐代文獻中幾乎不曾言及。經唐末五代之亂，至宋初全書已佚，僅存個別殘卷，其後幾乎連書名都不爲人所知了。見於著錄的有：《崇文總目》卷五"《文館詞林·彈事》四卷"，《宋史·藝文志·總集類》"《文館詞林·詩》一卷"。記錄書名的有：宋鄭樵《通志·藝文略·總集》、明焦竑《國史·經籍志》。《通志》、《國史》不過從古今書目中採集書名加以著錄而已，并未親見其書，這可從二書對其他書著錄情況加以對比得到證明。宋以後的記載表明，此書宋初已佚，彈事四卷、詩一卷大概都是些殘卷，而後連這些殘卷亦不見著錄，可能散失已盡。唐時國力強大，經濟、文化、商業、交通等均很發達，各國常派人來長安學習，長安遂成當時世界文化中心。隨著中外外交關係的發展，中國許多典籍開始傳向外國，《文館詞林》也不例外。《舊唐書·東夷列傳·新羅》載：垂拱二年（686），新羅王政明遣使入唐，武后令賜《文館詞林·規戒》五十卷。《日本國見在書目錄·總集部》著錄："《文館詞林》千。"流傳到朝鮮的書後來如何，不得而知，而傳至日本的《文館詞林》，有一些殘卷是確已有幸保存下來了。

關於《文館詞林》在日本轉抄、流傳、失佚及殘卷重新發現之經過，日本學者阿部隆一先生《文館詞林考》一文言之甚詳，今譯摘要點如次。

《文館詞林》1000卷曾完整地傳入日本，收藏在"冷然院"，此院收藏有許多中國秘笈。藤原佐世時代[3]，冷然院失火，燒掉了相當數量的中國典籍，而《文館詞林》等書卻被搶救了出來。現留存的《文館詞林》殘卷，上有"冷然院"和"嵯峨院"印章，還寫着"校書殿寫弘仁十四年歲次癸卯二月爲冷然院書"字樣。可知，這部書是日本嵯峨天皇弘仁十四年（823年，也即唐穆宗長慶三年）組織人在校書殿抄寫的。

日本得此書後，開始并不重視。直至承平年間（931—937），源順撰《倭名類聚抄》，寫道"至於和名，棄而不屑，是故雖一百帙《文館詞林》、三十卷《白氏事類》，而徒備風月之興，難決世俗之疑"云云，才引起了一些人的興趣。在冷然院被火後，《文館詞林》轉移到名山大刹并一直藏在那裏。但在名山大刹中，《文館詞林》被當作一部無用的書，當時佛教盛行，紙很貴，而弘仁抄本的紙張品質特別好，是黃麻紙，於是和尚們把《文館詞林》拆開，用它的反面來抄《法華三宗相對抄》。《法華三宗相對抄》是千觀和尚（卒於永觀元年即983年）所撰。抄《法華三宗相對抄》大約是院政時代（1086—1191）的事。《文館詞林》一經拆開，卷次就亂了，現在日本找到的殘卷是後人花了很大力氣才拚合起來的。

前　言

　　元祿十三年至寶永元年（1700—1704），高野山補陀洛院和尚義剛看到了當時高野山如意輪寺收藏的弘仁抄本《文館詞林》，以爲珍貴，手抄了一份，當時也未引起人重視，直至他死後 150 年，才重新被人注意，這個抄本殘卷後被稱爲"義剛本"。

　　《文館詞林》經過 1000 多年的銷聲匿迹，再度出現在人們面前，引起重視，那已是弘仁以後 1000 年的江戶時代（1603—1867）的事了。這與江戶時代文獻學、考據學的興起有關。寬政九年（1797 年），狩穀棭齋在遊覽京都時購得《文館詞林》卷 668 殘本，他有個同學的長輩叫弘賢的看到這個殘卷，查了《倭名類聚抄》、《楊文公談苑》、《玉海》，考證出這是曠代奇書，寫了一篇跋文，作了介紹，并認爲這部書尚藏在關西大刹。兩年以後，橋本經亮在京都書肆竹苞樓發現了《文館詞林》卷 695 和卷 348，考證出這是福勝寺藏本，也作了一篇序跋，并記入他自己著作《桔窗自語》。

　　寬政、享和年間林衡（即林述齋，1768—1841 年）輯編《佚存叢書》，凡六帙，十七種，均系中國久已散佚之典籍，其中第二帙收了《文館詞林》卷 662、卷 664、卷 668、卷 695，内卷 662、卷 664 以前未見，未知出自何處，林衡在序言中未作說明。

　　《佚存叢書》發行後，引起了學者們的關注，尋覓和研究《文館詞林》也成爲一時的風尚。在日本，人們都知道高野山收藏著《文館詞林》。森鹿三教授根據調查，得出"嵯峨院"的印章和抄本均藏在高野山大覺寺的結論。接著有人發現了《文館詞林》卷 158、卷 348、卷 507。到了嘉永三年（1851），乙骨耐軒等十人聯合刊行了一個本子，所據是成島氏凝紫樓舊藏"義剛本"。此本發行後曾引起人們極大興趣。隨後攝津三田等人又發現二卷：卷 453、卷 459，專收碑銘，上有兩院印章和"校書殿……"字樣，可肯定是弘仁抄本。森立之所著《經籍訪古志》是江戶時代一部文獻學名著，内中著錄《文館詞林》十卷：卷 158、卷 452、卷 453、卷 459、卷 662、卷 664、卷 668、卷 691、卷 695、卷 699，并就每一卷内容作瞭解題介紹，還寫道："今零卷散在諸處，高野山藏尤多，現在 20 多卷（一說 16 卷）。"

　　至於《文館詞林》重新傳回中土，首先有賴《佚存叢書》。日本寬政、享和年間正當中國清朝嘉慶（1796－1820）年中，孫星衍《續古文苑》採擷了該書，阮元《四庫未收書提要》卷二著錄了該書。文士們看到中土早已失佚的《文館詞林》四卷和《樂書要錄》、《李嶠雜詠》等書，大喜過望。咸豐三年（1853），伍崇耀輯《佚存叢書》中《文館詞林》四卷於《粵雅堂叢書》

— 3 —

（道光三年至光緒六年，即1823年至1880年陸續編刻）中刊行，這是中國第一次翻刻《文館詞林》殘卷。嚴可均看到此四卷《文館詞林》，將其中有關內容收入了《全上古三代秦漢三國六朝文》。

再度引人注目的是《古逸叢書》的出版。光緒六年（1880），黎庶昌、楊守敬隨清駐日公使何如璋東渡日本，廣爲搜集，得到日本保存的中國古籍26種200卷影印回國，於光緒六年開刻《古逸叢書》，兩年後功成。內中所收《文館詞林》，先得6殘卷，後得9殘卷，共15殘卷，分大、小字本刻出。大字本收卷452、卷453、卷459、卷665、卷666、卷667、卷691、卷695；小字本收卷156、卷157、卷158、卷347、卷457、卷666、卷667、卷670、卷690。其中卷數相同者內容不重復，如卷667，大字本收前小半殘卷，小字本收後大半殘卷；卷691，大字本收後半殘卷，小字本收前半殘卷。《古逸叢書》公開刊行後，日本學者町田文成將其收集到的五個殘卷：卷152、卷346、卷414、卷665、卷669，送給楊守敬，由其族弟楊葆初在光緒年間刊行。

董康在日本避難期間，曾見到一個大覺寺本《文館詞林》，抄錄了回來。回國後將它與《佚存叢書》、《古逸叢書》進行比較，發現內中頗多以上兩本未收者，便也刻印了出來。董康本共收18殘卷：卷152、卷156、卷157、卷158、卷160、卷346、卷347、卷453、卷457、卷459、卷664、卷665、卷666、卷667、卷669、卷670、卷695、卷699，另有二不明卷次之殘卷。

1914年，張鈞衡編《適園叢書》，收《文館詞林》23殘卷：卷152、卷156、卷157、卷158、卷160、卷346、卷347、卷414、卷452、卷453、卷457、卷459、卷662、卷664、卷665、卷666、卷667、卷668、卷669、卷670、卷691、卷695、卷699，另有二不明卷次之殘卷。

1936年，商務印書館王雲五等編《叢書集成》，收《粵雅堂叢書》、《古逸叢書》中《文館詞林》18殘卷。

日本、中國學者爲搜尋、刊印《文館詞林》殘卷做出了極大努力，搜集到的卷子都是非常珍貴的，各種刊本都值得重視。然而，這些本子中有的卷子殘缺得太厲害，且輾轉抄錄，舛誤不少。昭和四十四年（1969），日本古典研究會將現在其國內所能見到的所有《文館詞林》殘卷，包括弘仁抄本、影印本、摹寫本、摹刻本、寫本、刊本全數收集，擇善而取，整理出版了《影弘仁本〈并文館詞林〉》，這是至今最好、最完備的《文館詞林》印本。與以前各本相比，影弘仁本《文館詞林》有以下兩大優點：

前言

一、數量多。將在日本至今所發現的殘卷總匯於此，共計 30 卷。内卷次已詳者 27 卷：卷 152、卷 156、卷 157、卷 158、卷 160、卷 346、卷 347、卷 348、卷 414、卷 452、卷 453、卷 455、卷 457、卷 459、卷 507、卷 613、卷 662、卷 664、卷 665、卷 666、卷 667、卷 668、卷 669、卷 670、卷 691、卷 695、卷 699；卷次不明且殘缺者 3 卷。其中卷 348、卷 455、卷 507、卷 613 和一卷次不明之殘卷爲以前各本所未載。各卷的數量作了盡可能多的收集，如卷 459 的部分内容，日本得而復失，現據董康本和《古逸叢書》大字本補入。

第二，最接近原本。直接采用弘仁抄本的達 23 卷，其次才用影印本、摹寫本、摹刻本等，是到目前爲止最接近原來面貌的本子。此本避"淵"作"泉"，"世"作"代"，"民"作"人"，"治"作"理"，而不避"顯""旦""隆""基"等，又用武後造字，"地"作"埊"，"月"作"𠥱"，"日"作"囗"，"人"作"丕"，"載"作"𠁞"，"聖"作"𡏽"，等等，可知抄自許敬宗所編原本。

此書後所附，有木村正辭《文館詞林盛事（附尚古圖錄收跋）》，所收資料甚多，可供研究之用；阿部隆一先生《文館詞林考》，考證了本書流傳及日本現存情況，嚴謹翔實，彌見功力，有辯章學術、考鏡源流之妙；尾崎康先生《文館詞林目録注》，考核全書各篇存佚情況，逐篇加注，筆路藍縷，程功實多，但亦偶有可補正者，如卷 507 殘卷下注"作者題不明一首"，今考得此文見於《周書》卷六，又見於《全後周文》卷二武帝名下，題作《師次并州詔》，《文館詞林》卷 662 有後周武帝《伐北齊詔二首》，第二首即此詔；又如，卷 662 唐太宗《伐遼手詔》，題下無注，實此詔已收於《全唐文》卷七，題爲《親征高麗手詔》，又見於《唐大詔令集》卷 130；再如，卷 662 東晉明帝《北討詔》當在《全晉文》卷九，現作卷五，東晉安帝《征劉毅詔》當在《全晉文》卷十二，現作卷十；書後還有《文館詞林參考資料圖録》。

影弘仁本《文館詞林》（以下簡稱《詞林》）具有很高的文獻價值。30 殘卷中，有詩、頌、七、碑、詔、令、敕、教、表諸種文體，内中頗多先唐佚詩和先唐唐初佚文。試分體論之。

詩

卷 152、卷 156、卷 157、卷 158、卷 160 均爲詩。共五卷。頗多爲明馮惟訥《詩紀》、近人丁福保《全漢三國晉南北朝詩》所未收者，近人逯欽立先生已據董康本和《適園叢書》本《文館詞林》收入《先秦漢魏晉南北朝詩》，茲不贅述。

頌

共三殘卷。卷346爲"頌一六·禮部五·巡幸"，存頌文九篇。卷347爲"頌一七·武部上"，除作者和題不明一首（存殘72行）外，存頌文二篇。卷348爲"頌一八·武部下"，系首次傳回我國，內有西晉張載《平吳頌》，餘三篇有目無文。

漢魏六朝時期，頌是一種極爲盛行的文體，梁蕭統《文選》收有五篇，嚴可均《全上古三代秦漢三國六朝文》（以下簡稱《全文》）輯錄雖多，但原文整篇全存者無幾。今《詞林》此三殘卷11篇頌文中，全然不見《全文》者有三篇：後漢劉珍《東巡頌》、後魏高允《南巡頌》（以上卷346）、東晉曹毗《伐蜀頌》（卷347）。劉珍，字秋孫，一名寶，東漢著名文學家，《後漢書·文苑列傳》有傳，"著誄、頌、連珠凡七篇"，又作《東觀漢記》，《全後漢文》卷五七收有其所作之文。今得此頌，彌足珍貴。高允《南巡頌》可證北魏文成帝拓跋濬和平二年（461）南巡之事。

另八篇《全文》只輯得片斷殘文，而今在《詞林》中可得見全豹。後漢崔駰《東巡頌》、《南巡頌》、《西巡頌》、《北巡頌》，《全後漢文》每頌都只輯得一二殘句，且排列有誤，文字有錯，可據改。如《東巡頌》，《全後漢文》據《藝文類聚》作"於是考上帝以質中。總列宿於北辰。開太微。敞紫庭。延儒林。以諮詢岱嶽之事"。而《詞林》該句作"於是考上帝以質中，總列宿於北辰。開太微之紫庭，延儒林以諮詢；征岱嶽之故事，稽列聖之遺塵"。《初學記》卷十三有前四句，除"儒林"作"儒材"外，餘同《詞林》，也可證《詞林》爲是。《西巡頌》，《全後漢文》據《御覽》作"惟永平三年八月己醜，行幸河東"，《詞林》"永平三年"作"元和三年"。考《後漢書》卷三記此事，正作"（元和三年）秋八月乙丑，幸安邑、觀鹽池"。李賢注曰："許慎雲：'河東鹽池，袤五十一裏，廣七裏，周百一十六裏。'今蒲州虞鄉縣西。"蒲州在洛陽之西。又按：據陳垣《二十史朔閏表》"元和三年八月壬寅朔"推算，此處當以"乙丑"爲是。再如，《北巡頌》，《全後漢文》作"元和二年正月，上既畢郊祀之事，乃東巡於河內，……禮北嶽"。《詞林》作

"元和三年正月"，查《後漢書》亦作"三年春"，《詞林》與《後漢書》略同。從《詞林》可正《全後漢文》所記時間之誤。馬融是東漢著名經學家、文學家，劉勰《文心雕龍·頌贊》中對其所作的頌文評價甚高，其《東巡頌》，《全後漢文》只輯有一段，今在《詞林》中全存。宋孝武帝《巡幸舊宮頌》共有十二章，《全宋文》據《藝文類聚》輯得第四（半）、六、八章，今可據以補足。以上所述諸多頌文全文的發現，對於我們瞭解頌這種文體的演變，無疑是很有幫助的。

七

僅卷 414 一殘卷，下標"七四"，存七文三篇：後漢王粲《七釋》、魏曹植《七啟》、魏傅巽《七誨》。《七啟》賴《文選》得以全存，《七釋》、《七誨》在《全三國文》中只存片斷殘文。

從文學史角度來說，這類文中最可珍貴者當推王粲《七釋》全文。劉勰《文心雕龍·雜文》論七體文之演變時，對《七啟》和《七釋》評價甚高。《七釋》原文中土早佚，從明張溥輯《王侍中集》、清嚴可均輯《全後漢文》、丁福保輯《王仲宣集》，到 1980 年中華書局出版新校點本《王粲集》，均只收有從各類書中輯出的《七釋》片斷殘文，且多缺字及舛誤，1984 年中州書畫社出版《王粲集注》，注者注云："《七釋》似有佚文，'中華新校本'雖廣為搜求，多處增補，但仍有多處無法銜接，故不好理解。"今得原文，為研究王粲投曹後的思想和七體文的演變提供了可貴的材料。一般認為，《七釋》系《七啟》的命筆之作，二文均作於建安十五年（210）左右曹操下《求賢令》後，文中假借文籍大夫（"文籍"二字各本闕）和潛虛丈人的回答，指出士人要積極仕進，批評了隱居不仕不願為當前政治服務的思想。文章配合曹操的政治意圖作了有力宣傳，顯示了建安文學與政治的密切聯繫。如果說《登樓賦》代表了王粲依劉表時不得志的抑鬱心情，那麼《七釋》則反映了他投曹操後由於受重用而採取的積極態度。從風格上來說，《七釋》"致辨於事理"，與"取美於宏壯"[4]的《七啟》不同。

將《詞林》中《七啟》與《全三國文》中《七啟》相較，異文頗多，幾乎隨處可見。《全三國文》據《文選》及《藝文類聚》，兩書屢經翻刻，難免有誤。1980 年人民文學出版社出版《曹植集校注》，世稱善本，但《七啟》仍據原舊。以兩書相對校，有些異文，自可兩通，然其中頗多原本訛誤，《詞林》本爲是者。如原本"琴瑟交揮",《詞林》"交揮"作"交徽"。徽,有彈奏義,《淮南子·主術訓》:"鄒忌一徽,而威王終夕悲感於憂"。此"交徽"猶言交奏,以作"徽"爲是。原本中有前後顛倒的文句,如"絙佩綢繆,或雕或錯,薰以幽若,流芳肆布,雍容閑步,周旋馳曜。"《詞林》末兩句倒作"周旋馳曜、雍容閑步"。按:錯屬鐸韻,布、步同屬暮韻,鐸、暮古同魚部。從全文的用韻看來,自以《詞林》爲是。值得注意的是《七啟》的序言,原本是"餘有慕之焉,遂作《七啟》,并命王粲作焉",《詞林》作"餘有慕焉,遂作《七啟》,并命王粲等并作焉",多"等并"二字,可見當時奉命作"七"體文者不止王粲一人。《詞林》中《七釋》、《七啟》後收傅巽《七誨》,傅巽與王粲同時,同在劉表手下供職,皆因勸劉琮降曹有功受封,兩人又都是鄴下文人集團成員,與丕、植交往甚密,《七誨》可能是與《七啟》、《七釋》同時所作。

碑

共五殘卷。卷452,下標"碑三二·百官二二·將軍二",四碑全存。卷453,"碑三三·百官二三·將軍三",四碑全存。卷455,"碑三五·百官二五·將軍五",殘存張某碑銘24行。卷457,"碑三七·百官二七·都督一",五碑全存。卷459,"碑三九·百官二九·都督三",現存四碑。以上共計碑銘并序十七,可補《全文》者九,《全唐文》者八。這些碑銘并序對碑主生平記載甚詳,史料價值很高。對照史書,十七碑可分爲四類。一是碑主在史書中有詳傳的,如東晉孫綽《江州都督庾冰碑銘并序》、張望《江州都督庾翼碑銘并序》、伏滔《徐州都督王坦之碑銘并序》、唐李百藥《洛州都督竇軌碑銘并序》、《荊州都督劉瞻碑銘并序》,碑主庾冰、庾翼、王坦之在《晉書》,竇軌、劉瞻在兩《唐書》有傳甚詳,孫綽、張望、伏滔、李百藥分別爲碑主同時或相近時代之人,所述可補各本傳之不足。二是碑主在史書中有傳但甚簡者,如隋薛道衡《後周大將軍楊紹碑銘并序》、《大將軍趙芬碑銘并序》、李德林《秦州都督陸杳碑銘并序》,碑主楊紹在《周書》和《北史》、趙芬在《隋書》和《北史》、陸杳在《北史》有簡傳,現碑銘并序所述甚詳,可據以考訂碑主生平及主要事蹟。三是碑主雖在史書無傳,但史中敘及事蹟者,如唐褚亮《左屯衛大將軍周孝範碑銘并序》、《隋右驍衛將軍上官政碑銘并序》,周孝範,兩《唐書》作周範、周紹範,《新唐書·表十四下·宰相世系四下》

"永安周氏"條下,有"紹範,左屯衛大將軍,譙郡公",《舊唐書》卷一九四上載:"(武德九年七月),太宗與侍中高士廉、中書令房玄齡、將軍周範馳六騎幸渭水之上,與頡利隔津而語,責以負約",同卷又載:"(貞觀三年),突利尋爲頡利所攻,遣使來乞師,……因令周範屯太原以圖進取,突利乃率其眾來奔。"可見周孝範是唐太宗手下一要員,史未立傳,其生平事蹟於碑文中可見一斑。上官政,《隋書》亦只三處提及,曾爲慈州刺史,餘皆無載,亦可詳見碑文。四是碑主不但在史書無傳,而且史書中連姓名也很少或無提及者,如梁元帝《郢州都督蕭子昭碑銘并序》、北齊魏收《征南將軍和安碑銘并序》、《兗州都督胡延碑銘并序》、唐薛收《驃騎將軍王懷文碑銘并序》、唐虞世南《左武候軍庞某碑銘并序》、唐褚亮《隋車騎將軍莊元始碑銘并序》、唐李百藥《夔州都督黃君漢碑銘并序》中蕭子昭、和安、胡延、王懷文、莊元始、黃君漢等人即此,但他們生前曾擔任過相當的職務,又有一定功績,碑文中所述碑主的生平事蹟對正史所載當有幫助考訂、補充說明的作用。如王懷文,碑文載其武德三年(620)授驃騎將軍,受命僞降王世充,甚得信任,武德四年(621)三月,秦王李世民率唐軍與王世充對陣決戰,王懷文於王世充陣內發動,殺王世充前線指揮官,唐軍大勝,而王懷文則在混戰中身亡。總之,這些碑銘有著很高的史料價值。

詔[5]

共八卷。卷662,下標"詔三二·征伐上",存23首。卷664,"詔三四·撫邊",存14首。卷665,"詔三五·赦宥一",全存29首。卷666,"詔三六·赦宥二",存37首。卷667,"詔三七·赦宥三",全存26首。卷668,"詔三八·赦宥四",存27首。卷669,"詔三九·赦宥五",存21首。卷670,"詔四十·赦宥六",存31首。許多詔書,正史未收,亦不見於《全文》、《全唐文》(包括《唐文拾遺》)者,計有140首,其中先唐123首,唐代17首,這些詔書在歷史上起過一定作用,值得治史者重視。南朝各小朝廷君主歷來被史家譏爲偏安江左、不思進取的碌碌之輩,而今《詞林》"征伐"類詔書中收有許多史書及《全文》所未收的東晉、宋、齊、梁各朝的北伐詔和西討詔,從內容來看,可知他們中也有人曾對一統中國作過一些努力。

"撫邊"詔也值得注意,南北朝隋唐統治者繼承漢代政策,重視與少數民族、鄰國之間的關係。現存《詞林》中後魏孝文帝《與高句麗王雲詔》、隋文帝《頒下突厥稱臣詔》，唐武德年中《鎮撫四夷詔》，貞觀年中《安撫嶺南詔》、《慰撫高昌文武詔》、《巡撫高昌詔》、《撫慰處月處蜜詔》、《撫慰百濟王詔》、《撫慰新羅王詔》都是當時實錄，可供考史之助。

餘甚多"赦宥"之詔，包括郊祀、籍田、巡幸、平叛、受降、地震等赦詔，對於瞭解當時的政治等各方面情況，也是很有作用的。內收有唐太宗《貞觀年中幸國學典恩詔》，前所未見，考《舊唐書·唐太宗本紀下》："（貞觀十四年）二月丁丑，幸國子學，親釋奠，赦大理、萬年系囚，國子祭酒以下及學生高第精勤者加一級，賜帛有差。"《新唐書》略同。此詔當作於是時。詔書後半是赦宥的內容，前半部分則寫道："古先哲王君臨天下，何嘗不開設庠序，闡揚經籍，陶鈞萬類；亭毒九區。導生靈之性情，移率土之風俗，詳求務本，莫此爲先。朕嗣膺寶命，思播鴻烈，崇勸學之典，重尊師之風，廣集生徒，納諸軌物，載佇賢俊，共康億兆。今仲春在節，上丁統辰，爰命有司，備釋奠之禮，朕親帥儲貳，逮於庶寮，巾卷成行，纓佩在列，見講肆之容，聽論說之奧。"詔中體現了唐太宗重視文化教育的思想。唐代文化之所以能發出那樣燦爛的光輝，與唐太宗的褒揚獎勵提倡是分不開的，唐太宗不失爲封建帝王中的英主。

《詞林》中一部分詔書雖已爲《全文》、《全唐文》（包括《唐文拾遺》）、《唐大詔令集》所收，然頗多誤處，今可據改。如《全梁文》卷二武帝《又北伐詔》中"曾陽"，《詞林》作"魯陽"。按："魯陽"即魯陽關，也叫魯關，以作"魯陽"爲是。《唐文拾遺一》中有《貞觀年中立皇太子大赦詔》（據《文館詞林》某本），內"三□既隆"，"三"下缺一字，《詞林》不缺，作"善"；"貞觀十七年四月十七日"，《詞林》作"貞觀十七年四月七日"，考《舊唐書·太宗本紀下》，作"夏四月庚辰朔，……丙戌，立晉王治爲太子，大赦"，據"庚辰朔"，可推知"丙戌"爲"七日"，《詞林》本爲是。此類例子甚多。

敕

僅卷691一卷。下標"誡勵、貢舉、除授、黜免"，收敕29，內可補《全文》者24，可補《全唐文》者1。最精彩者可推隋文帝的《答蜀王敕書》，此敕《隋書》、《全隋文》刪節甚多，《詞林》中保存全文。此是文帝廢其四子楊秀時所作，秀原封爲越王，未幾徙封於蜀，有膽氣，精武藝。太子勇被廢，廣繼爲太子，秀甚不平，爲廣所忌。廣恐秀終爲變，設計陷害，陰作偶人書文帝及文帝五子漢王瓊姓名，縛手釘心，令人埋於華山下，令楊素發之上報，文帝大怒、廢秀爲庶人，幽内侍省，秀憤怒不知所以，上表自辯，文帝愈怒，作此敕以答。秀終被禁錮，煬帝死後遇害。此敕語氣嚴厲，反映了封建統治階級内部爭權奪利、骨肉相殘之酷。

另有卷次不明之殘卷一卷，岑仲勉先生據《適園叢書》本考定當爲唐代兩敕，定名爲《貞觀二年與馮盎敕》和《貞觀年中與馮盎敕》。[6]

令

僅卷 695 一卷。下標"移都、毀廢、祭祀、崇學、田農、政事、舉士、賞罰、軍令、赦令、雜令"，共 35 首，内可補《全文》者十、補《全唐文》者一。梁孝元帝《議移都令》、《勸農令》、《策勳令》等正史中都未提及。

教

僅卷 699 一卷。下標"悼亡、褒賢、顯節、終復、毀廢、禱祀、崇法"，共 41 首，内整篇可補《全文》者 27，可補足《全文》者 3。後漢李固（子堅）因反對外戚專權被梁冀所害，爲世所重，今有其《恤奉高令喪事教》、《祀胡母先生教》得存，最可珍貴。梁簡文帝《三日賦詩教》顯示了梁統治者對三月三日曲水邊賦詩活動的支持。餘不一枚舉。

表

僅殘存一卷。卷次未明。内收後梁蕭佽《讓侍中表》，沈君攸《爲王湜讓再爲侍中表》、《爲安成王讓加侍中表》（存目），可補入《全文》。

另有一卷次不明之殘卷，文體、内容待考。

總之，《詞林》對先唐及唐初文獻有著重要的拾遺補闕和訂正糾誤的作用：

一、可補《全文》的有頌 3 篇、碑 8 篇、詔 123 篇、敕 24 篇、令 10 篇、教 27 篇、表 2 篇，共計 197 篇。内後漢文 3 篇、晋文 44 篇、宋文 25 篇、南齊文 10 篇、梁文 49 篇、陳文 3 篇、後魏文 12 篇、北齊文 23 篇、後周文 5

篇、隋文23篇。

二、可補《全唐文》的有碑8篇、詔17篇、令1篇、敕1篇，共計27篇。

三、《全文》從《初學記》、《北堂書鈔》、《藝文類聚》、《太平禦覽》等類書輯得片斷殘文，今可補足者，有頌7篇、七2篇、碑1篇、詔5篇、敕1篇、教3篇，共計19篇。內後漢文6篇、三國文1篇、晉文4篇、宋文2篇、梁文2篇、後魏文1篇、後周文2篇、隋文1篇。

四、許多詔令，《全文》收在發佈的皇帝名下，今據《詞林》可得原作者。

五、將《詞林》與《全文》、《全唐文》（包括《唐文拾遺》）、《唐大詔令集》相較，頗多異文，內中甚多可據以校正地名、人名、時間、文字之誤者，又甚多可補所闕之文字者。正因爲如此，故《詞林》雖也有它的缺點，如不乏脫字、衍字，個別殘卷甚至舛誤之處甚多，然終是一部文獻價值很高的珍貴典籍。目前，日本已宣佈將其原件定爲國寶，其影印本更應該引起我們足夠的重視。

注釋

[1]《新唐書》作《文館辭林》，"辭"同"詞"。

[2]此據《舊唐書》，《新唐書》作"八十卷"。

[3] 858年奈良時代開始至11世紀。結合上下文看，冷然院失火當在858—937年間。

[4]劉勰《文心雕龍·雜文》。

[5]卷507如上文所述該入"詔"類，然序數不符，不知爲何，待考，故暫不入該類。

[6]岑仲勉：《唐史餘瀋》卷一。

（原載《杭州大學學報》1988年第2期，題为《日本影弘仁本〈文館詞林〉及其文獻價值》）

點校說明

此次整理《文館詞林》，以日本古典研究會昭和四十四年影印本爲底本，該本是目前所收《文館詞林》最全者，亦是最善本，共30卷。在整理過程中，以世代爲先後，各篇作品題下皆標明所屬朝代與作者姓名，如"《漢武帝欲伐匈奴詔》一首 漢 武帝""《宋武帝即位改元大赦詔》一首 宋 傅亮"，等等。舉凡見於其他文獻記載者，皆予以参校，并指出其中存在的文字差異。同時，参考羅國威本。羅本於篇題校記中對《文館詞林》所收文章的存佚與見載情況有所說明。此次整理，皆重新核實，發現也有一些文章誤檢或失檢的問題，皆予以更正。同時，羅本標點亦有不少值得商榷的地方，此番整理對原文的標點反覆斟酌，以期做得更好。

對《文館詞林》所收篇章進行題解與注釋，篇章有異文的部分以"校勘"形式見出，題解是對每一篇文章作者與大旨的說明，盡量考訂出每篇的創作背景與時間，如卷668《西晉武帝改元大赦詔》一首，《晉書》載"咸寧元年春正月戊午朔，大赦，改元"，知事在咸寧元年（275）。卷667《西晉惠帝玄象失度大赦詔》一首，《晉書》載"永寧元年春正月乙丑，趙王倫篡帝位"，夏四月惠帝復位，改元永寧元年，八月，"大赦。戊辰，原徙邊者。"詔當作於此時。這點詳見看各篇之題解。注釋部分盡量考求文字準確意義，并舉例證予以說明。校勘部分是與其他文獻對勘，發現有異文處輒加以說明。對於《文館詞林》中原有殘文，若有其他文獻所載者，適可與之校補以成完篇，則補入，且在題解中作說明；若只存題目或大部分殘闕者，則以題解或按語說明之，并不補錄。

此次整理，一依鈔本原貌。对于避讳字、俗字、古体字等，皆改为通用字，以便讀者。異體字則以《現代漢語詞典》（商務印書館，二〇〇一年版）

— 1 —

爲準加以統一。避諱字，視注釋需要而點明，并在原文以方括號寫出。如，"代""時"本作"世"，"人"本作"名"，"泉"本作"淵"，"乂""化""太""理"本作"治"等。异體字如"總"與"緫"，"修"與"脩"，"舡"與"船"，"珎"與"珍"，"慙"與"慚"，"欝"與"鬱"，"叄"與"參"，"無"與"亡"，"賛"同"贊"，"緇"同"縉"等，《校注》不一一説明。至於抄書者避本朝諱而闕字者，則予以補充，并加方括號，如"王充"，當爲"王[世]充"，"虞南"，當爲"虞[世]南"。抄書者爲簡便，凡兩字相連者，輒省寫後一字，此次一一補齊，如後漢劉珍《東巡頌》"蒼蚑瞿瞿"、"觀多禮之彬彬"等。武則天時因避其名諱所造異體字，這次整理時皆予以改正，如"天"原作""，"日"原作""，"正"原作""，"年"原作""，"月"原作""，具體可參相關篇目之校勘。具體而言，有以下六種情况。

1. 篇題更正者

如卷668《魏高貴鄉公改元大赦詔》一首，《文館詞林》卷首目錄作《魏元帝改元大赦詔》，篇題作《魏文帝改元大赦詔》，詔文有"三祖神武聖德，應天受祚，齊王嗣位，肆行非度"之語，當指嘉平六年（254）曹髦即位改元事，作者當爲高貴鄉公曹髦，高貴鄉公曹髦，字彦士，魏文帝之孫。嚴可均據《三國志》及《粵雅堂叢書》本所載，輯入《全三國文》卷一一高貴鄉公文中，題爲《改元大赦詔》，故篇題當爲《魏高貴鄉公改元大赦詔》。卷670《魏高貴鄉公大赦詔一首》，作者張華，詔曰，"幸賴先相國晋王匡濟之勳"，又曰，"相國晋王嗣業承緒，繼明炤於四方"。案《晋書》載："（甘露三年）夏五月，命大將軍司馬文王爲相國，封晋公，食邑八郡，加之九錫，文王前後九讓乃止。"①"（甘露五年）夏四月，詔有司率遵前命，復進大將軍司馬文王位爲相國，封晋公，加九錫。"② 本年五月乙丑，高貴鄉公卒。司馬文王即司馬昭，終高貴鄉公在位期間，司馬昭都未接受晋公之封，遑論晋王。且魏高貴鄉公薨後，魏陳留王即位，景元元年（260）六月、二年（261）八月、四年（263）二月與十月，陳留王連進司馬昭之位爲相國、晋公，而司馬昭固辭不受。至咸熙元年（264），"乙卯，進晋公爵爲王……癸未，追命舞陽宣文侯爲晋宣王，舞陽忠侯爲晋景王"，此時，司馬昭及父祖均得封晋王。"（咸熙

---

① （晋）陳壽：《三國志》卷4，中華書局，1964，第141頁。
② 同上書，第143頁。

二年）秋八月辛卯，相國晉王薨。壬辰，晉太子炎紹封襲位。"① 是與詔書"先相國晉王"與"晉王"之謂相符合。又該年"九月乙未，大赦"②。詔中先相國晉王是指司馬昭，晉王是指司馬炎，此詔是陳留王末年司馬炎執政時所頒，約咸熙二年（265）九月乙未。題當作《魏陳留王大赦詔一首》。

2. 殘篇篇題的確定

卷347所收闕題，"抗紫津，濟小沃，曆高闕，出雞鹿。峙天街，絕地垠。掩薄比［鞮］，□彼姑涊。……"當爲東漢崔駰《竇將軍北征頌》。羅本"比題"當作"比鞮"，與《後漢書·竇憲傳》所載"遂臨私渠比鞮海"同。

3. 作者歸屬問題

卷662《後魏節閔帝伐爾朱文暢等詔》一首，作者爲魏收。又，《齊明帝北伐纂嚴詔》一首，作者爲徐孝嗣。卷670《西晉武帝赦詔》一首，作者爲張華。《梁武帝恩赦詔》三首，作者爲沈約。卷695《梁武帝除東昏制令》一首，作者爲沈約。諸如此類，《文館詞林》抄者皆注有作者，不一一列舉。而羅本對此類文章，皆署兩名作者，實際上，此類文章乃當朝皇帝命人草詔，署名當歸所草者，此次整理，全部只署一人。

4. 標點問題

卷346後魏高允《南巡頌并序》"皇太子撫軍，二宮之官，率職而從"，羅本"撫軍"不斷句，與"二宮"聯成一句，不妥，當改。卷662《答淮南王安諫伐越詔》一首，"皇帝問淮南王：使中大夫王［玉］上書言事，聞之"，中大夫乃官職，掌奉使京城及諸國，羅本"言事"不斷，與"聞之"聯成一句，不妥，當斷句。舉凡書名與詩篇名者一律加上書名號，如卷152西晉左思《悼離贈妹》二首，其二"何以爲誠，申以《詩》《書》""《燕燕》之詩，佇立以泣"，宋謝靈運《贈安成》一首，"《棠棣》隆親，《頍弁》鑒情"，羅本皆未加書名號，如此者不一一列舉，詳見本書校注。

5. 重復與存疑者

整理中，發現一些内容重復的篇章，亦有說明，如卷662《後周武帝伐北齊詔》二首之第二首從開頭"制詔：夫樹之以君"至"我之率土，咸"而止，而卷507所載《後周武帝伐北齊詔》一首恰好以"求傅刃"開頭，此兩篇當在同一卷内，《文館詞林》所錄不當有重復者，很有可能是錯卷原因導

---

① 同上書，第153頁。
② 同上書，第154頁。

致。卷665《宋孝武帝躬耕千畝大赦詔》除最後兩句，其餘與卷670《宋孝武帝大赦詔》完全相同；又卷665宋孝武帝《藉田大赦詔》自開頭至"文武賜位一等"，悉同卷667《宋文帝嘉禾秀京師大赦詔》；卷668沈約《梁武帝改元大赦詔》第二詔自"門下"至"可大赦天下"一段文字，與卷670《梁武帝恩赦詔》三首之第二詔前半文字相同；卷665所錄《後魏孝文帝祭圓丘大赦詔》一首與卷670所錄《後魏孝文帝大赦詔》一首，當系同一詔書，二者只當存一，這些在題解中皆有說明。卷613所錄《唐太宗施行遺教經勅》一首，屬於"勅"類，卷507、卷662至卷670所錄乃詔類文體，此篇入卷613頗不類。依《文館詞林》編纂體例，當放入卷690或其後的勅類文中。卷669《宋順帝誅崔惠景大赦詔》一首，《文館詞林》署名宋順帝，然考《南齊書》與《南史》，崔慧景被誅於齊東昏侯永元二年（500）四月，知此詔非宋順帝之作。嚴可均輯入《全上古三代秦漢三國六朝文》之《全梁文》卷二六，題爲《大赦詔》，署名沈約，或有可能。

6. 字詞的更正

卷152《贈王冑》一首，"謂之輿之"，羅本作"謂之與之"，細核原本，"與"字當作"輿"。"臏足乘輴"，當作"臏足乘輶"。卷457《鄧州都督蕭子昭碑銘》一首，"自家形國"，羅本作"白家形國"，核底本，當以"自"爲是。卷662《西晉武帝答杜預征吳節度詔》一首，"用能尊主立勳"之"勳"，羅本作"動"，而底本當是抄者因形近而誤，我們整理改作"勳"。《東晉安帝征劉毅詔》一首，"賴宰輔藏疾"之"藏"，羅本與底本爲"箴"，當作"藏"；"同惡相濟"之"相"，羅本作"想"，底本亦作"想"，當以"相"爲是。"仰緣皇期［克］終之美"，"克"字羅本闕，據底本補入。類似情況之闕字，在此次整理中，用方括號標出。對於衍字，則用圓括號，如卷457《江州都督庾冰碑銘》一首，不就（博士），博士二字乃衍文。如此等等，在整理過程中皆有說明，具體詳見書稿正文。

7. 所用底本及校勘本：

底本：

《日本影弘仁本〈文館詞林〉》，昭和四十四年（1969），日本古典研究會印行。校勘本：

《漢書》，中華書局1962年點校本。

《後漢書》，中華書局1965年點校本。

《三國志》，中華書局1982年點校本。

點校說明

《晉書》，中華書局 1974 年點校本。
《宋書》，中華書局 1974 年點校本。
《南齊書》，中華書局 1972 年點校本。
《梁書》，中華書局 1973 年點校本。
《陳書》，中華書局 1972 年點校本。
《魏書》，中華書局 1974 年點校本。
《周書》，中華書局 1971 年點校本。
《隋書》，中華書局 1973 年點校本。
《文選》，中華書局 1977 年影印胡克家本。
《（宋本）藝文類聚》，上海古籍出版社 2020 年本。
《初學記》，中華書局 2004 年點校本。
《北堂書鈔》，光緒十四年孔廣陶刊本。
《太平御覽》，中華書局 1960 年影印商務影宋本。
《文苑英华》，中華書局 1960 年影印商務影宋本。
《广弘明集》，《四部丛刊初编》影明汪道昆刻三十卷本。
《金石萃編》，上海古籍出版社 2020 年影印本。
《全上古三代秦漢三國六朝文》，中華書局 2017 年影印本。
《全唐文》，上海古籍出版社 2018 年本。
《唐大詔令集》，中華書局 2008 年本。
《陶淵明集》，中華書局 1979 年逯欽立校註本。
《陸士龍文集》，《四部叢刊初編》影明刻本。
《江文通文集》，《四部叢刊初編》影明刻本。

由於時間倉促，而本人能力與學識有限，在整理過程中，遺漏與謬誤處，歡迎專家讀者予以指正。

目 錄

卷第一百五十二　詩十二　人部九　贈答一　親屬贈答　夫婦贈答 ……… 1
《贈王胄》一首　　西晉　潘岳 …………………………………………… 1
《獻長安君安仁》一首　　西晉　潘尼 …………………………………… 3
《贈司空掾安仁》一首　　西晉　潘尼 …………………………………… 5
《悼離贈妹》二首　　西晉　左思 ………………………………………… 8
《與弟清河雲》一首并序　　西晉　陸機 ………………………………… 12
《答兄機》一首　　西晉　陸雲 …………………………………………… 18
《贈長沙公族祖》一首并序　　東晉　陶潛 ……………………………… 26
《贈從弟弘元》一首　　南朝宋　謝靈運 ………………………………… 28
《答中書》一首　　南朝宋　謝靈運 ……………………………………… 30
《贈從弟弘元時为中軍功曹住京》一首　　南朝宋　謝靈運 …………… 33
《贈安成》一首　　南朝宋　謝靈運 ……………………………………… 35
《第五兄揖到太傅竟陵王屬奉詩》一首　　南朝齊　王寂 ……………… 37
《贈族叔衛軍儉》一首　　南朝齊　王融 ………………………………… 39
《示徐州弟》一首　　南朝梁　昭明太子 ………………………………… 46
《在齊答弟寂》一首　　南朝梁　王揖 …………………………………… 49
《贈婦》一首　　後漢　秦嘉 ……………………………………………… 50
《贈婦胡母夫人別》一首　　西晉　孫楚 ………………………………… 50

卷第一百五十六　詩十六　人部十三　贈答五 ………………………… 51

— 1 —

《答石崇贈》一首　　西晉　歐陽建 …………………………………… 51
《答伏仲武》一首　　西晉　摯虞 ……………………………………… 52
《贈褚武良以尚書出爲安東》一首　　西晉　摯虞 …………………… 53
《贈李叔龍以尚書郎遷建平太守》一首　　西晉　摯虞 ……………… 54
《答陸士龍》四首并序　　西晉　鄭豐 ………………………………… 55
《贈張弋陽》一首　　西晉　張翰 ……………………………………… 61
《答賈謐》一首并序　　西晉　陸機 …………………………………… 63
陸機：《贈顧令文爲宜春令》一首 ……………………………………… 68
《贈武昌太守夏少明》一首　　西晉　陸機 …………………………… 70
《贈陸士龍》一首　　西晉　孫承 ……………………………………… 72
《答孫承》一首　　西晉　陸雲 ………………………………………… 74
《贈鄭曼季》四首并序　　西晉　陸雲 ………………………………… 79
《贈司隸傅咸》一首　　西晉　張載 …………………………………… 87

卷第一百五十七　詩十七　人部十四　贈答六　雜贈答三 ………… 90
《贈韓德真》一首　　西晉　曹攄 ……………………………………… 90
《贈石崇》一首　　西晉　曹攄 ………………………………………… 91
《贈王弘遠》一首　　西晉　曹攄 ……………………………………… 93
《贈歐陽建》一首　　西晉　曹攄 ……………………………………… 94
《答趙景猷詩》四［三］首　　西晉　曹攄 …………………………… 95
《答石崇》一首　　西晉　棗腆 ………………………………………… 100
《贈杜方叔》一首　　西晉　棗嵩 ……………………………………… 101
《贈荀彥將》一首　　西晉　棗嵩 ……………………………………… 102
《答陸士衡》一首　　西晉　夏靖 ……………………………………… 103
《答賈九州愁詩》一首　　東晉　郭璞 ………………………………… 105
《與王使君》一首　　東晉　郭璞 ……………………………………… 106
《答王門子》一首　　東晉　郭璞 ……………………………………… 107
《贈溫嶠》一首　　東晉　郭璞 ………………………………………… 109
《贈溫嶠》一首　　東晉　梅陶 ………………………………………… 110
《贈安西庾翼》一首　　東晉　王胡之 ………………………………… 112
《答謝安》一首　　東晉　王胡之 ……………………………………… 113
《贈溫嶠》一首　　東晉　孫綽 ………………………………………… 114

— 2 —

目　録

《與庾冰》一首　　東晉　孫綽 …………………………………………… 115
《答許詢》一首　　東晉　孫綽 …………………………………………… 118
《贈謝安》一首　　東晉　孫綽 …………………………………………… 119
《與王胡之》一首　　東晉　謝安 ………………………………………… 120
《答傅郎》一首　　東晉　郗超 …………………………………………… 122
《贈傅長猷（傅時爲太尉主簿，入爲都官郎）》一首　　東晉　羊徽 …… 123
《答丘泉〔淵〕之》一首　　東晉　羊徽 ………………………………… 124

卷第一百五十八　詩十八　人部十五　贈答七　雜贈答四 …………… 126
《贈高允詩》一首　　後魏　宗欽 ………………………………………… 126
《答宗欽》一首　　後魏　高允 …………………………………………… 129
《酬丁柴桑》一首　　东晋　陶潜 ………………………………………… 132
《答謝諮議》一首　　南朝宋　謝靈運 …………………………………… 132
《贈記室羊徽（其屬疾在外）》一首　　南朝宋　丘泉〔淵〕之 ………… 135
《敬贈蕭諮議》一首　　南朝齊　虞羲 …………………………………… 137
《贈何録事諲之》一首　　南朝齊　虞羲 ………………………………… 141
《贈逸人〔民〕》一首　　南朝梁　武帝 ………………………………… 145
《和贈逸人〔民〕應詔》一首　　南朝梁　簡文帝 ……………………… 147
《贈沈録事江水曹二大使（東陽郡時）》一首　　南朝梁　沈約 ………… 149
《贈劉南郡季連（東陽郡時）》一首　　南朝梁　沈約 …………………… 151
《贈任昉》一首　　南朝梁　到洽 ………………………………………… 152
《答秘書丞張率》一首　　南朝梁　到洽 ………………………………… 153
《重贈郭臨蒸》一首　　南朝梁　吳均 …………………………………… 155
《贈徐郎》一首　　南朝梁　費昶 ………………………………………… 156
《仰贈特進陽休之》一首并序　　隋　盧思道 …………………………… 157

卷第一百六十　詩廿　禮部二　釋奠下 ………………………………… 160
《皇太子釋奠》一首　　南朝齊　陸璉 …………………………………… 160
《皇太子釋奠會》一首　　南朝齊　阮彦 ………………………………… 163
《皇太子釋奠會》一首　　南朝齊　王僧令 ……………………………… 166
《皇太子釋奠詩》一首　　南朝齊　袁浮丘 ……………………………… 168
《皇太子釋奠詩》一首　　南朝齊　王思遠 ……………………………… 170

— 3 —

《皇太子釋奠》一首　　南朝齊　庾杲之…………………………172
《侍齊皇太子釋奠會》一首　　南朝梁　武帝…………………………173
《侍齊皇太子釋奠》一首　　南朝梁　丘希範…………………………173
《侍宴皇太子釋奠》一首　　南朝梁　任昉……………………………173
《侍齊皇太子釋奠》一首　　南朝梁　沈約……………………………173
《爲南乙齊郡王侍皇太子釋奠宴》一首　　南朝梁　沈約……………173
《釋奠應令》一首　　南朝梁　陸倕……………………………………173
《皇太子釋奠詩》一首　　南朝梁　何胤………………………………175
《侍釋奠會》一首　　南朝梁　蕭洽……………………………………178
《釋奠應詔爲王暾作》一首　　南朝梁　鮑幾…………………………179
《釋奠詩應令》一首　　南朝梁　陸雲公………………………………181
《釋奠詩應令》一首　　隋　江總…………………………………………183
《在陳釋奠金石會應令》一首　　隋　王胄……………………………184

卷第三百卅六　頌十六　禮部五　巡幸……………………………187
《毛詩・周頌・時邁》一章………………………………………………187
《東巡頌》一首　　後漢　崔駰…………………………………………188
《南巡頌》一首并序　　後漢　崔駰……………………………………198
《西巡頌》一首并序　　後漢　崔駰……………………………………205
《北巡頌》一首并序　　後漢　崔駰……………………………………210
《東巡頌》一首并序　　後漢　馬融……………………………………217
《東巡頌》一首　　後漢　劉珍…………………………………………228
《南巡頌》一首并序　　後魏　高允……………………………………233
《巡幸舊宮頌》一首　　南朝宋　孝武帝………………………………238

卷第三百卅七　頌十七　武部上……………………………………242
闕題一首　　後漢　崔駰…………………………………………………242
《伐蜀頌》一首　　東晉　曹毗…………………………………………245
《北伐頌》一首　　後魏　高允…………………………………………247

卷第三百卅八　頌十八　武部下……………………………………250
《平吳頌》一首并序　　西晉　張載……………………………………250

— 4 —

目　録

《平洛頌》一首　　東晋　孔寧子……………………………………253
《上林頌》一首　　後漢　馬融…………………………………………253
《廣成頌》一首　　後漢　馬融…………………………………………253

卷第四百一十四　七四……………………………………………………254
《七釋》八首　　後漢　王粲……………………………………………254
《七啓》八首并序[一]　　魏　曹植………………………………………262
《七誨》八首　　魏　傅巽………………………………………………274

卷第四百五十二　碑卅二　百官廿二　將軍二…………………………280
《征南將軍和安碑銘》一首并序　　北齊　魏收………………………280
《後周大將軍楊紹碑銘》一首并序　　隋　薛道衡……………………290
《大將軍趙芬碑銘》一首并序　　隋　薛道衡…………………………297
《驃騎將軍王懷文碑銘》一首并序　　隋　薛收………………………305

卷第四百五十三　碑卅三　百官廿三　將軍三…………………………316
《左武候軍龐某碑序》一首　　唐　虞[世]南…………………………316
《左屯衛大將軍周孝範碑銘》一首并序　　唐　褚亮…………………324
《隋車騎將軍莊元始碑銘》一首并序　　唐　褚亮……………………335
《隋右驍衛將軍上官政碑銘》一首并序　　唐　褚亮…………………343

卷第四百五十五　碑卅五　百官廿五　將軍五…………………………352
闕題一首…………………………………………………………………352

卷第四百五十七　碑卅七　百官廿七　都督一…………………………355
《江州都督庾冰碑銘》一首并序　　東晋　孫綽………………………355
《江州都督庾翼碑銘》一首并序　　東晋　張望………………………360
《徐州都督王坦之碑銘》一首并序　　東晋　伏滔……………………369
《郢州都督蕭子昭碑銘》一首并序　　南朝梁　孝元帝………………374
《兗州都督胡延碑銘》一首并序　　北齊　魏收………………………384

— 5 —

卷第四百五十九　碑卅九　百官廿九　都督三	390
《秦州都督陸杳碑銘》一首并序　隋　李德林	390
《洛州都督竇軌碑銘》一首并序　唐　李百藥	396
《荊州都督劉贍碑銘》一首并序　唐　李百藥	410
《夔州都督黃君漢碑銘》一首并序　唐　李百藥	419

卷第五百零七	433
《後周武帝伐北齊詔》一首　後周　武帝	433

卷第六百一十三　佚文一首	436
《唐太宗文皇帝施行〈遺教經〉勅》一首　唐　太宗	436

卷第六百六十二　詔卅二　征伐上	438
《太宗文皇帝伐遼手詔》一首　唐　太宗	438
《漢武帝欲伐匈奴詔》一首　漢　武帝	440
《答淮南王安諫伐越詔》一首　漢　武帝	441
《魏文帝論伐吳詔》二首　魏　文帝	441
《魏常道鄉公伐蜀詔》一首　魏　常道鄉公	444
《西晉武帝伐吳詔》一首　西晉　武帝	445
《西晉武帝答杜預征吳節度詔》一首　西晉　武帝	446
《東晉明帝北討詔》一首　東晉　明帝	448
《東晉成帝北討詔》一首　東晉　成帝	449
《東晉安帝征劉毅詔》一首　南朝宋　傅亮	450
《後魏孝文帝戒師詔》一首　後魏　孝文帝	452
《後魏孝文帝出師詔》一首　後魏　孝文帝	454
《後魏節閔帝伐爾朱文暢等詔》一首　後魏　魏收	455
《後魏孝靜帝伐元神和等詔》一首　後魏　魏收	458
《宋順帝西討詔》一首　南朝宋　順帝	460
《齊明帝北伐撰寫纂詔》一首　南朝齊　徐孝嗣	460
《梁武帝北伐詔》一首　南朝梁　沈約	463
《梁武帝又北伐詔》一首　南朝梁　沈約	464
《北齊文宣帝征長安詔》一首　北齊　文宣帝	468

— 6 —

目　錄

《北齊文宣帝西伐詔》一首　　北齊　陽休之…………………………469
《後周武帝伐北齊詔》二首　　後周　武帝………………………………470

卷第六百六十四　詔卅四　撫邊……………………………………474
《漢文帝與匈奴和親詔》一首　　漢　文帝………………………………474
《魏明帝答東阿王論邊事詔》一首　　魏　明帝…………………………475
《後魏孝文帝與高勾麗王雲詔》一首　　後魏　孝文帝…………………476
《隋文帝頒下突厥稱臣詔》一首　　隋　文帝……………………………477
《隋文帝安邊詔》二首　　隋　李德林……………………………………479
《隋煬帝褒顯匈奴詔》一首　　隋　煬帝…………………………………480
《武德年中鎮撫四夷詔》一首　　唐　高祖………………………………482
《貞觀年中安撫嶺南詔》一首　　唐　太宗………………………………484
《貞觀年中慰撫高昌文武詔》一首　　唐　太宗…………………………484
《貞觀年中巡撫高昌詔》一首　　唐　太宗………………………………486
《貞觀年中撫慰處月處蜜詔》一首　　唐　太宗…………………………487
《貞觀年中撫慰百濟王詔》一首　　唐　太宗……………………………489
《貞觀年中撫慰新羅王詔》一首　　唐　太宗……………………………490

卷第六百六十五　詔卅五　赦宥一…………………………………493
《後漢章帝郊廟大赦詔》一首　　後漢　章帝……………………………493
《東晉成帝郊祀大赦詔》一首　　東晉　成帝……………………………494
《後魏孝文帝祭圓丘大赦詔》一首　　後魏　孝文帝……………………495
《宋文帝南郊大赦詔》一首　　南朝宋　文帝……………………………496
《宋文帝親祠廟大赦詔》一首　　南朝宋　文帝…………………………497
《南朝齊武帝郊祀大赦詔》一首　　南朝齊　王儉………………………497
《南朝齊武帝饗祭大赦詔》一首　　南朝齊　王儉………………………498
《南朝齊武帝殷祭恩降詔》一首　　南朝齊　王儉………………………499
《梁武帝新移南郊親祠赦詔》一首　　南朝梁　徐勉……………………500
《梁武帝南郊恩降詔》一首　　南朝梁　徐勉……………………………501
《梁武帝南郊恩詔》一首　　南朝梁　徐勉………………………………501
《梁武帝冬至郊禋赦詔》一首　　南朝梁　徐勉…………………………502
《梁武帝禋饗恩降詔》二首　　南朝梁　沈約……………………………503

— 7 —

《北齊孝昭帝郊祀恩降詔》一首　　北齊　魏收 …………………… 504
《宋文帝拜謁山陵赦詔》二首　　南朝宋　文帝 …………………… 505
《貞觀年中拜謁山陵赦詔》一首　　唐　太宗 …………………… 506
《西晉武帝藉田大赦詔》一首　　西晉　武帝 …………………… 507
《宋文帝藉田大赦詔》一首　　南朝宋　文帝 …………………… 508
《宋孝武帝躬耕千畝大赦詔》一首　　南朝宋　孝武帝 …………… 509
《藉田大赦詔》一首　　南朝宋　孝武帝 …………………………… 509
《南朝齊武帝藉田恩詔》一首　　南朝齊　王儉 …………………… 510
《梁武帝藉田恩詔》二首　　南朝梁　徐勉 ………………………… 511
《梁武帝藉田勸農大赦詔》一首　　南朝梁　梁武帝 ……………… 512
《宋孝武帝明堂成大赦詔》一首　　南朝宋　孝武帝 ……………… 513
《後魏孝文帝遷都洛陽大赦詔》一首　　後魏　孝文帝 …………… 514
《隋煬帝營東都成大赦詔》一首　　隋　煬帝 ……………………… 516

卷第六百六十六　詔卅六　赦宥二 ……………………………… 518
《西晉武帝立皇后大赦詔》一首　　西晉　武帝 …………………… 518
《東晉成帝立皇后大赦詔》一首　　東晉　成帝 …………………… 518
《東晉穆帝立皇后大赦詔》一首　　東晉　穆帝 …………………… 519
《東晉孝武帝立皇后大赦詔》一首　　東晉　孝武帝 ……………… 520
《後魏孝靜帝納皇后大赦詔》一首　　後魏　溫子昇 ……………… 520
《東晉明帝立皇太子大赦詔》一首　　東晉　明帝 ………………… 521
《東晉孝武帝立皇太子大赦詔》一首　　東晉　孝武帝 …………… 522
《後魏孝靜帝立皇太子大赦詔》一首　　北齊　魏收 ……………… 522
《宋孝武帝立皇太子恩詔》一首　　南朝宋　孝武帝 ……………… 524
《梁武帝立皇太子大赦詔》一首　　南朝梁　沈約 ………………… 524
《重立皇太子赦詔》一首　　南朝梁　武帝 ………………………… 525
《立太子恩賚詔》一首　　南朝梁　沈約 …………………………… 525
《後周武帝立皇太子大赦詔》一首　　後周　武帝 ………………… 526
《貞觀年中立皇太子大赦詔》一首　　唐　太宗 …………………… 527
《後周明帝誕皇太子恩降詔》一首　　後周　明帝 ………………… 528
《後魏孝莊帝誕皇子大赦詔》一首　　後魏　溫子昇 ……………… 529
《梁武帝誕皇太子恩降詔》一首　　南朝梁　武帝 ………………… 530

目　録

《東晉元帝誕皇孫大赦詔》一首　　東晉　元帝 ································ 530
《後魏孝文帝誕皇孫大赦詔》一首　　後魏　孝文帝 ···························· 531
《貞觀年中誕皇孫恩降詔》一首　　唐　太宗 ···································· 531
《東晉成帝加元服改元大赦詔》一首　　東晉　成帝 ···························· 532
《梁武帝皇太子冠赦詔》一首　　南朝梁　武帝 ·································· 533
《東晉孝武帝皇太子納妃班賜詔》一首　　東晉　孝武帝 ······················ 533
《梁武帝皇太子婚降大辟以下罪詔》一首　　南朝梁　武帝 ··················· 534
《宋孝武帝講武原降詔》一首　　南朝宋　孝武帝 ······························· 534
《宋孝武帝春蒐大赦詔》一首　　南朝宋　孝武帝 ······························· 535
《宋孝武帝巡幸曆陽郡大赦詔》一首　　南朝宋　孝武帝 ······················ 536
《宋孝武帝巡幸曲赦南徐州詔》一首　　南朝宋　孝武帝 ······················ 537
《南朝齊武帝幸青溪宮恩降詔》一首　　南朝齊　王儉 ························· 538
《北齊後主幸大明宮大赦詔》一首　　北齊　劉逖 ······························· 539
《陳後主幸長干寺大赦詔》一首　　隋　江總 ···································· 540
《隋文帝拜東嶽大赦詔》一首　　隋　薛道衡 ···································· 541
《隋煬帝巡幸北嶽大赦詔》一首　　隋　煬帝 ···································· 541
《隋煬帝幸江都赦江淮以南詔》一首　　隋　煬帝 ······························· 542
《貞觀年中幸通義宮曲赦京城內詔》一首　　唐　太宗 ························· 543
《貞觀年中幸國學曲恩詔》一首　　唐　太宗 ···································· 544
《貞觀年中幸魏王泰宅曲赦詔》一首　　唐　太宗 ······························· 546

卷第六百六十七　詔卅七　赦宥三 ·· 548
《漢宣帝鳳皇集泰山赦詔》一首　　漢　宣帝 ···································· 548
《後漢章帝麟鳳等瑞改元赦詔》一首　　後漢　章帝 ···························· 549
《後魏孝靜帝膏雨大赦詔》一首　　後魏　孝靜帝 ······························· 550
《宋文帝嘉禾秀京師大赦詔》一首　　南朝宋　文帝 ···························· 551
《後周明帝靈烏降大赦詔》一首　　後周　明帝 ·································· 552
《靈烏等瑞大赦詔》一首　　後周　明帝 ·· 553
《又靈烏等瑞大赦詔》一首　　後周　明帝 ······································· 554
《隋文帝獲寶龜大赦詔》一首　　隋　文帝 ······································· 555
《貞觀年中獲石瑞曲赦涼州詔》一首　　唐　太宗 ······························· 555
《漢元帝火災赦詔》一首　　漢　元帝 ··· 558

— 9 —

《後漢順帝灾旱大赦詔》一首　　後漢　順帝 ………………………… 558
《西晉武帝三辰謫見大赦詔》一首　　西晉　武帝 ………………… 559
《西晉惠帝玄象失度大赦詔》一首　　西晉　惠帝 ………………… 560
《西晉潛帝地震大赦詔》一首　　西晉　潛帝 ……………………… 561
《東晉穆帝日月薄蝕大赦詔》一首　　東晉　穆帝 ………………… 561
《東晉海西公灾告大赦詔》一首　　東晉　海西公 ………………… 562
《東晉孝武帝地震大赦詔》一首　　東晉　孝武帝 ………………… 563
《東晉孝武帝霆震大赦詔》一首　　東晉　孝武帝 ………………… 564
《東晉孝武帝大旱恩宥詔》一首　　東晉　孝武帝 ………………… 565
《東晉孝武帝陰陽愆度大赦詔》一首　　東晉　孝武帝 …………… 566
《東晉孝武帝玄象告譴大赦詔》一首　　東晉　孝武帝 …………… 566
《東晉安帝玄象告譴大赦詔》一首　　東晉　安帝 ………………… 567
《南朝齊高帝水旱乖度大赦詔》一首　　南朝齊　王儉 …………… 567
《後周宣帝大旱恩降詔》一首　　後周　宣帝 ……………………… 568
《陳宣帝辰象愆度大赦詔》一首　　陳　宣帝 ……………………… 569
《貞觀年中爲山東雨水大赦詔》一首　　唐　太宗 ………………… 570

卷第六百六十八　詔卅八　赦宥四 ……………………………… 573

《漢哀帝改元大赦詔》一首　　漢　哀帝 …………………………… 573
《魏高貴鄉公改元大赦詔》一首　　魏　高貴鄉公 ………………… 574
《西晉武帝即位改元大赦詔》一首　　西晉　張華 ………………… 575
《西晉武帝改元大赦詔》一首　　西晉　武帝 ……………………… 576
《東晉元帝即位改元大赦詔》一首　　東晉　元帝 ………………… 576
《東晉元帝改元大赦詔》一首　　東晉　元帝 ……………………… 578
《東晉簡文帝即位大赦詔》一首　　東晉　簡文帝 ………………… 578
《後魏孝文帝改元大赦詔》一首　　後魏　孝文帝 ………………… 579
《宋武帝即位改元大赦詔》一首　　南朝宋　傅亮 ………………… 580
《宋孝武帝改元大赦詔》一首　　南朝宋　孝武帝 ………………… 581
《南朝齊高帝即位改元大赦詔》一首　　南朝齊　王儉 …………… 582
《南朝齊廢帝改元大赦詔》一首　　南朝梁　沈約 ………………… 584
《南朝齊海陵王即位改元大赦詔》一首　　南朝齊　徐孝嗣 ……… 585
《南朝齊明帝即位改元大赦詔》一首　　南朝齊　徐孝嗣 ………… 587

目　録

《南朝齊明帝改元大赦詔》一首　　南朝齊　徐孝嗣……………… 590
《南朝齊東昏侯改元大赦詔》一首　　南朝齊　沈約…………… 591
《梁武帝即位改元大赦詔》一首　　南朝梁　沈約………………… 592
《梁武帝改元大赦詔》二首　　南朝梁　沈約……………………… 594
《北齊廢帝即位改元大赦詔》一首　　北齊　魏收………………… 595
《北齊孝昭帝即位大赦詔》一首　　北齊　孝昭帝………………… 596
《北齊武成帝即位改元大赦詔》一首　　北齊　魏收……………… 597
《後周明帝即位改元大赦詔》一首　　後周　明帝………………… 597
《陳武帝即位改元大赦詔》一首　　陳　武帝……………………… 598
《陳宣帝改元年大赦詔》一首　　陳　宣帝………………………… 599
《隋文帝登祚改元大赦詔》一首　　隋　文帝……………………… 600
《隋文帝改元大赦詔》一首　　隋　文帝…………………………… 600
《隋煬帝即位改元大赦詔》一首　　隋　煬帝……………………… 601

卷第六百六十九　詔卅九　赦宥五……………………………… 602
　《東晉安帝平桓玄改元大赦詔》一首　　東晉　安帝……………… 602
　《東晉安帝平洛陽大赦詔》一首　　東晉　安帝…………………… 603
　《東晉安帝平姚泓大赦詔》一首　　東晉　安帝…………………… 604
　《東晉安帝平賊大赦詔》一首　　東晉　安帝……………………… 605
　《後周靜帝平尉迥大赦詔》一首　　隋　李德林…………………… 606
　《隋文帝平陳大赦詔》一首　　隋　李德林………………………… 607
　《隋煬帝平遼東大赦詔》一首　　隋　煬帝………………………… 608
　《武德年中平蒲州城曲赦河東吏人詔》一首　　唐　高祖………… 610
　《武德年中平王［世］充竇建德大赦詔》一首　　唐　高祖……… 611
　《武德年中平竇建德曲赦山東詔》一首　　唐　高祖……………… 616
　《武德年中平輔公祐及新定律令大赦詔》一首　　唐　高祖……… 618
　《武德年中平北狄大赦詔》一首　　唐　高祖……………………… 620
　《貞觀年中平高昌曲赦高昌部內詔》一首　　唐　太宗…………… 622
　《東晉穆帝誅路永等大赦詔》一首　　東晉　穆帝………………… 623
　《東晉安帝誅司馬元顯大赦詔》一首　　東晉　安帝……………… 624
　《後魏孝莊帝殺爾朱榮元天穆等大赦詔》一首　　後魏　温子昇… 625
　《宋文帝誅徐羨之傅亮謝晦大赦詔》一首　　南朝宋　文帝……… 626

— 11 —

《宋順帝誅崔慧景大赦詔》一首　　作者不詳 …………………………… 629
《南朝齊東昏侯誅始安王遥光等大赦詔》一首　　南朝齊　東昏侯 …… 629
《後周武帝誅宇文護大赦詔》一首　　後周　武帝 …………………… 631

卷第六百七十　詔四十　赦宥六 ……………………………………… 634
　《漢武帝赦詔》一首　　漢　武帝 …………………………………… 634
　《漢元帝大赦詔》一首　　漢　元帝 ………………………………… 635
　《魏高貴鄉公大赦詔》一首　　西晉　張華 ………………………… 635
　《西晉武帝赦詔》一首　　西晉　張華 ……………………………… 636
　《東晉成帝大赦詔》一首　　東晉　成帝 …………………………… 637
　《東晉康帝大赦詔》一首　　東晉　康帝 …………………………… 638
　《東晉孝武帝大赦詔》一首　　東晉　孝武帝 ……………………… 638
　《後魏文成帝恩降詔》一首　　後魏　文成帝 ……………………… 639
　《後魏孝文帝大赦詔》一首　　後魏　孝文帝 ……………………… 640
　《宋文帝大赦詔》一首　　南朝宋　文帝 …………………………… 641
　《宋孝武帝大赦詔》一首　　南朝宋　孝武帝 ……………………… 642
　《宋孝武帝原宥詔》一首　　南朝宋　孝武帝 ……………………… 643
　《南朝齊武帝原逋負詔》一首　　南朝齊　武帝 …………………… 643
　《南朝齊明帝大赦詔》一首　　南朝齊　徐孝嗣 …………………… 645
　《南朝齊明帝原逋負及罷省詔》一首　　南朝齊　徐孝嗣 ………… 646
　《梁武帝恩赦詔》三首　　南朝梁　沈約 …………………………… 648
　《梁武帝開恩詔》一首　　南朝梁　徐勉 …………………………… 650
　《梁武帝降寬大詔》一首　　南朝梁　徐勉 ………………………… 651
　《北齊文宣帝大赦詔》二首　　北齊　魏收 ………………………… 652
　《北齊武成帝大赦詔》一首　　北齊　魏收 ………………………… 654
　《北齊後主大赦詔》一首　　北齊　魏收 …………………………… 655
　《後周武帝大赦詔》一首　　後周　武帝 …………………………… 657
　《後周武帝赦齊人被掠爲奴婢詔》一首　　後周　武帝 …………… 657
　《陳武帝宥沈泰家口詔》一首　　陳　徐陵 ………………………… 658
　《隋文帝免三道逆人家口詔》一首　　隋　李德林 ………………… 659
　《隋文帝大赦詔》二首　　隋　薛道衡 ……………………………… 660
　《武德年中曲降十二軍界詔》一首　　唐　高祖 …………………… 661

目　錄

卷第六百九十一　誡勵　貢舉　除授　黜免 ·················· 663
　《漢武帝責楊僕勅》一首　　漢　武帝 ··················· 663
　《西晉武帝戒州牧刺史勅》一首　　西晉　武帝 ············ 664
　《西晉武帝戒牙門敕》一首　　西晉　武帝 ················ 665
　《西晉武帝戒計吏勅》一首　　西晉　武帝 ················ 665
　《西晉武帝戒郡國上計掾史還各告守相勅》一首　　西晉　武帝 ········ 666
　《宋文帝與彭城王義康勅》一首　　南朝宋　文帝 ·········· 667
　《梁武帝與劉孝綽勅》一首　　南朝梁　武帝 ·············· 668
　《梁武帝命百官聽采勅》一首　　南朝梁　武帝 ············ 668
　《隋文帝答蜀王勅書》一首　　隋　文帝 ·················· 669
　《貞觀年中與李玄明勅》一首　　唐　太宗 ················ 673
　《貞觀年中與干乾長勅》一首　　唐　太宗 ················ 673
　《北齊武成帝舉士勅》一首　　北齊　武成帝 ·············· 674
　《隋文帝令山東卅四州刺史舉人勅》一首　　隋　文帝 ······ 675
　《北齊武成帝除崔士順散騎侍郎勅》一首　　北齊　武成帝 ········ 676
　《北齊武成帝命韋道孫兼正員迎陳使勅》一首　　北齊　武成帝 ······ 677
　《北齊武成帝除藩子義持書裴謁之殿中侍御史勅》一首　　北齊　武成帝
　　　　　··································· 677
　《北齊武成帝除源那延持書房照太守勅》一首　　北齊　武成帝 ······ 678
　《北齊武成帝除奚瓊等太守勅》一首　　北齊　武成帝 ······ 679
　《北齊武成帝除廬景開太守等勅》一首　　北齊　武成帝 ···· 679
　《北齊後主除崔孝緒等太守長史勅》一首　　北齊　後主 ···· 680
　《北齊後主起復邢恕屯田郎勅》一首　　隋　李德林 ········ 680
　《北齊後主除李遵等官勅》一首　　隋　李德林 ············ 681
　《北齊後主除并州沙門統寺勅》一首　　北齊　後主 ········ 681
　《北齊後主除僧惠肇冀州沙門都維那勅》一首　　隋　李德林 ······ 682
　《貞觀年中授杜如晦等別檢校官勅》一首　　唐　太宗 ······ 682
　《貞觀年中命房玄齡檢校禮部尚書勅》一首　　唐　太宗 ···· 683
　《隋文帝解石孝義等官勅》一首　　隋　李德林 ············ 683
　《隋文帝免常明官爵勅》一首　　隋　李德林 ·············· 684
　《隋文帝免馬仲任官爵勅》一首　　隋　李德林 ············ 684

卷第六百九十五　令下 …………………………………………………… 686
　《梁孝元帝議移都令》一首　　南朝梁　孝元帝 …………………… 686
　《魏曹植毀鄴城故殿令》一首　　魏　曹植 ………………………… 687
　《魏武帝春祠令》一首　　魏　武帝 ………………………………… 688
　《梁孝元帝祠房廟令》一首　　南朝梁　孝元帝 …………………… 689
　《魏武帝修學令》一首　　魏　武帝 ………………………………… 690
　《魏文帝以鄭稱授太子經學令》一首　　魏　文帝 ………………… 690
　《陳後主在東宮臨學聽講令》一首　　隋　江總 …………………… 691
　《魏武帝收田租令》一首　　魏　武帝 ……………………………… 693
　《梁孝元帝勸農令》一首　　南朝梁　孝元帝 ……………………… 693
　《魏武帝令掾屬等月旦各言過令》一首　　魏　武帝 ……………… 694
　《梁武帝設謗達枉令》一首　　南朝梁　任昉 ……………………… 695
　《梁武帝檢尚書衆曹昏朝滯事令》一首　　南朝梁　任昉 ………… 695
　《梁武帝除東昏制令》一首　　南朝梁　沈約 ……………………… 696
　《高祖太武皇帝作相正定文案令》一首　　唐　高祖 ……………… 697
　《魏武帝舉士令》二首　　魏　武帝 ………………………………… 698
　《魏武帝論吏士行能令》一首　　魏　武帝 ………………………… 699
　《魏武帝分租賜諸將令》一首　　魏　武帝 ………………………… 700
　《魏曹植賞罰令》一首　　魏　曹植 ………………………………… 701
　《梁孝元帝策勳令》一首　　南朝梁　孝元帝 ……………………… 703
　《梁孝元帝封劉毅宗懍令》一首　　南朝梁　孝元帝 ……………… 703
　《梁孝元帝射書雍州令》一首　　南朝梁　孝元帝 ………………… 704
　《魏武帝軍將敗抵罪令》一首　　魏　武帝 ………………………… 705
　《梁孝元帝與諸藩令》一首　　南朝梁　孝元帝 …………………… 706
　《梁孝元帝責南軍令》一首　　南朝梁　孝元帝 …………………… 707
　《東晉元帝改元赦令》一首　　東晉　元帝 ………………………… 708
　《梁武帝克定京邑赦令》一首　　南朝梁　武帝 …………………… 709
　《梁武帝開國赦令》一首　　南朝梁　武帝 ………………………… 710
　《魏武帝整齊風俗令》一首　　魏　武帝 …………………………… 711
　《魏曹植自試令》一首　　魏　曹植 ………………………………… 712
　《梁武帝集墳籍令》一首　　南朝梁　任昉 ………………………… 714
　《梁武帝斷華侈令》一首　　南朝梁　任昉 ………………………… 715

目　錄

《梁武帝掩骼埋胔令》一首　　南朝梁　任昉……………………… 716

《梁武帝葬戰亡者令》一首　　南朝梁　任昉……………………… 717

《梁孝元帝遣上封令》一首　　南朝梁　孝元帝…………………… 717

卷第六百九十九　教四 ……………………………………………… 720

《恤奉高令喪事教》一首　　後漢　李固…………………………… 720

《藏枯骨教》一首　　南朝宋　劉義季……………………………… 721

《爲宋公收葬荊雍二州文武教》一首　　南朝宋　傅亮…………… 722

《祭北行戰亡將客教》一首　　南朝梁　簡文帝…………………… 723

《贈賻扈玄達教》一首　　南朝梁　簡文帝………………………… 723

《監護杜嵩喪教》一首　　南朝梁　簡文帝………………………… 724

《贍卹部曲喪柩教》一首　　南朝梁　簡文帝……………………… 724

《爲蕭驃騎築新亭壘埋枯骸教》一首　　南朝梁　江淹…………… 725

《轉送亡軍士教》一首　　南朝梁　任昉…………………………… 726

《祭故徐崔文教》一首　　南朝梁　沈約…………………………… 726

《贈留真人祖父教》一首　　南朝梁　沈約………………………… 727

《在縣祭杜西曹教》一首　　南朝梁　王僧孺……………………… 728

《褒荊州主者王謙教》一首　　東晉　庾翼………………………… 729

《圖雍州賢能刺史教》一首　　南朝梁　簡文帝…………………… 730

《甄張景願復讎教》一首　　南朝梁　簡文帝……………………… 731

《修太伯廟教》一首　　東晉　王洽………………………………… 732

《爲宋公修復前漢諸陵教》一首　　南朝宋　傅亮………………… 732

《爲宋公修楚元王墓教》一首　　南朝宋　傅亮…………………… 733

《爲宋公修張良廟教》一首　　南朝宋　傅亮……………………… 734

《修理羊太傅蕭司徒碑教》一首　　南朝梁　簡文帝……………… 736

《爲王公修相國德政碑教》一首　　陳　沈炯……………………… 736

《黜故江州刺史王敦像贊教》一首　　東晉　庾亮………………… 738

《廢袁真像教》一首　　東晉　劉瑾………………………………… 738

《祀胡母［毋］先生教》一首　　後漢　李固……………………… 739

《祠司徒安陸王教》一首　　南朝梁　簡文帝……………………… 740

《與僧正教》一首　　南朝梁　簡文帝……………………………… 740

《無礙會［教］》一首　　南朝梁　蕭綸…………………………… 742

— 15 —

《造立騰霄觀教》一首　　南朝梁　王筠……………………………… 743
《爲武陵王府州上禮回爲法會教》一首　　南朝梁　蕭子暉…………… 744
《三日賦詩教》一首　　南朝梁　簡文帝…………………………………… 745
《北征教》一首　　東晉　庾翼……………………………………………… 745
《戒嚴教》一首　　南朝宋　孝武帝………………………………………… 746
《爲宋公誡嚴教》一首　　南朝宋　傅亮…………………………………… 747
《爲大司馬作北征教》一首　　南朝宋　范泰……………………………… 748
《北略教》一首　　南朝梁　簡文帝………………………………………… 749
《爲蕭驃騎發徐州三五教》一首　　南朝梁　江淹………………………… 752
《習戰備教》一首　　南朝梁　王筠………………………………………… 753

卷第未詳殘簡　勅……………………………………………………………… 755
　闕題（一）……………………………………………………………………… 755
　闕題（二）……………………………………………………………………… 756

卷第未詳殘簡　表……………………………………………………………… 759
　《讓侍中表》一首　　後梁　蕭佽………………………………………… 759
　《爲王滉讓再爲侍中表》一首　　後梁　沈君攸………………………… 760
　《爲安成王讓加侍中表》一首　　後梁　沈君攸………………………… 762

卷第未詳殘簡…………………………………………………………………… 763
　闕題（三）……………………………………………………………………… 763

後　記………………………………………………………………………… 768

卷第一百五十二

詩十二　人部九　贈答一
親屬贈答　夫婦贈答

中書令太子賓客監修國史弘文館學士上柱國高陽郡開國公許敬宗等奉敕撰

《贈王胄》[一]一首　　西晉　潘岳

題解：王胄，即王堪，字世胄。《世說新語·賞譽》注引《晉諸公贊》記載其名堪，字世胄。唐人避諱省"世"。他出身琅琊王氏，家族顯赫。王胄即將赴南方任職，潘岳與之爲姑表兄弟，岳贈詩，既美其華貴出身，悅禮敦書，又贊其德行淳厚，并寄予依依不舍之情。此又見《藝文類聚》卷二九，節引第五章，并引整、嶺、景、騁四韵，題作《北芒送別王胄》。首章之"微微髮膚，受之父母。峩峩王侯，中外之首。子親伊姑，我父惟舅"，亦見於《世說新語·賞譽》"王堪"條劉孝標注引《潘岳集》。逯欽立輯入《先秦漢魏晉南北朝詩·晉詩》卷四，詩題依《藝文類聚》。

　　微微髮膚，受之父母。[1]峩峩王侯，中外之首。子親伊姑，我父惟舅。昆同瓜瓞，志齊執友。[2]（其一）

　　惟我王侯，風節英茂[3]。執憲中朝，剖符名守。[4]配作此牧，頻顯煩[繁][二]授。徐以姻掇，涼疾不就。（其二）

　　桓桓平北[5]，帝之寵弟。彬彬我兄，敦書悅禮。乃降厥資，訓戎作楷[6]。

— 1 —

誰謂荼苦，其甘如薺。[7]（其三）

忠惟行本，恭惟德基。沉此舊痾，不敢屢辭。命彼僕駕，謂之輿之。如彼孫子，臍足乘輜［輜］[三]。（其四）

朱鑣既揚[8]，四轡既整。駕言餞行，告辭芒嶺[四]。情有遺延[五][9]，日無餘景。回轅南翔，心焉北騁。（其五）

【校勘】

〔一〕"贈王胄"，《藝文類聚》作"北芒送別王世胄"。
〔二〕"煩"，疑爲"繁"，與句中的"頻"字搭配。
〔三〕"輜"，當爲"輜"。輜，讀音sè，指古代車旁用皮革交錯而成的障蔽物。"輜"，讀音zī，指古代有帷蓋的載重車，也泛指車輛。"輜"與"基""辭""之"押韵，"乘輜"爲是。
〔四〕"告辭"，《藝文類聚》作"告離"。
〔五〕"遺延"，《藝文類聚》作"遷延"。
〔六〕"餘景"，《藝文類聚》作"餘影"。

【注釋】

[1] 微微：微賤；幼小；渺小。《漢書·韋賢傳》："微微老夫，諸既邅絶。"受之父母，出自《孝經·開宗明義》："身體髮膚，受之父母。"
[2] 瓜瓞：喻親族。徐陵《在北齊與宗室書》："瓜瓞雖遥，芳枝無遠。"執友：志同道合的朋友。《禮記·曲禮上》："執友，稱其仁也。"鄭玄注："執友，志同者。"
[3] 風節：風骨節操。
[4] 執憲：司法，執行法令。《漢書·丙吉傳》："廷尉于定國執憲詳平，天下自以不冤。"剖符：同"剖竹"。帝王分封諸侯、功臣時，以竹符爲信證，剖分爲二，君臣各執其一，後因以"剖符""剖竹"爲分封、授官之稱。《戰國策·秦策三》："穰侯使者操王之重，決裂諸侯，剖符於天下，征敵伐國，莫敢不聽。"
[5] 桓桓：勇武、威武貌。《尚書·牧誓》："勖哉夫子！尚桓桓。"孔安國傳："桓桓，武貌。"
[6] 訓戎：訓誡軍旅。劉勰《文心雕龍·詔策》："其在三代，事兼誥誓，誓以訓戎，誥以敷政。"
[7] 誰謂荼苦，其甘如薺，出自《詩·邶風·谷風》："誰謂荼苦，其甘如薺。"
[8] 朱鑣：兩端有紅色佩飾的馬嚼子。《後漢書·輿服志上》："諸馬之文……王、公、列侯，鏤鍚，朱鑣朱鹿。"
[9] 遺延：延續。

卷第一百五十二

《獻長安君安仁》一首　　西晉　潘尼

題解：潘尼字正叔，乃潘岳之侄，文章與之齊名。晉惠帝元康二年（292），潘岳被命爲長安宰，親友送別，潘尼時爲太子舍人，作詩與別。此詩先叙大晉之德，政化清明，爲讚美潘岳鋪墊，即"今在潘后，實有惠政"，末尾表達内心的願望與景仰，"願崇大業，克俊良期"。此篇逯欽立輯入《先秦漢魏晉南北朝詩·晉詩》卷八。

峨峨嵩岳，有巖其峻。奕奕茂宗，載挺英儁。[1]仍代［世］[一]垂芳，金聲玉潤。[2]固天縱之，應期翼晉[3]。（其一）

翼晉伊何，惟國之楨[4]。明理内照，流風外馨[5]。出敷五教，入讚典刑。[6]黎人［民］[二]既乂，庶獄既清。[7]（其二）

邦人宗德，朝野歸真[8]。乃銓國議，乃綜彝倫。[9]優劣罔差，褒貶齊均[10]。九流順序，百郡望塵。[11]（其三）

出不辭難，處不悶滯。望色斯聽，温言則厲。[12]志在恤人，損己濟代［世］[三][13]。復宰舊都，三命而逝[14]。（其四）

赫矣舊都，寔惟西京。人不安業，盜賊公行。帝用西顧，朝莆［簡］[四]英清。[15]僉曰我君，勛績惟明。（其五）

西京伊何，寔嶮寔遐[16]。右帶汧隴，東接二華[17]。我政既平，我化惟嘉。肅之斯威，綏之斯和。[18]（其六）

卓公化密，國喬相鄭[19]。名垂載藉[20]，勛加百姓。今在潘后，實有惠政。豈羨在昔[21]，于兹亦盛。（其七）

僕夫授策，發軔皇都。[22]親戚鱗集[23]，祖餞盈途。嘉肴紛錯，清酒百壺。飲者未醒[24]，宴不及娛。（其八）

曜靈速邁[25]，王制難違。投艤即路，憂公忘私。袞職有闕[26]，思君之歸。將升皇極[27]，入侍紫微。（其九）

否泰靡常[28]，變通有時。煌煌帝載[29]，俟君而熙。願崇大業[30]，克俊良期。屏營懷慕，舒憤獻詩。[31]（其一〇）

【校勘】

〔一〕"代"，當爲"世"，因避諱改。

〔二〕"人"，當爲"民"，因避諱改。

〔三〕"代"，当为"世"，因避諱改。
〔四〕"蕳"當爲"簡"。

【注釋】

[1] 奕奕：美盛的樣子。陸機《贈馮文羆遷斥丘令詩》："奕奕馮生，哲問允迪。"英儁：猶"英俊"，才德出衆。

[2] 仍代：猶仍世，累世；歷代。《晋書·武帝紀》："粵在魏室，仍世多故。"金聲玉潤：喻文章氣韵優美。語自班固《東都賦》："玉潤而金聲。"

[3] 翼：幫助，輔佐。

[4] 楨：支柱，主幹。《詩·大雅·文王》："思皇多士，生此王國。王國克生，維周之楨。"毛詩傳："楨，幹也。"

[5] 流風：流傳下來的美好風氣。《孟子·公孫醜上》："紂之去武丁未久也，其故家遺俗，流風善政，猶有存者。"

[6] 敷：傳布，散布。五教：五常之教，指父義、母慈、兄友、弟恭、子孝五種倫理道德的教育。《尚書·舜典》："汝作司徒，敬敷五教。"贊：佐助。典刑：常刑。《尚書·舜典》："象以典刑。"孔安國傳："象，法也。法用常刑，用不越法。"

[7] 黎人，即黎民。庶獄：凡刑獄訴訟之事。《尚書·立政》："庶獄庶慎，惟有司之牧夫是訓用違。"蔡沈集傳："庶獄，獄訟也。"

[8] 歸真：還其本來的狀態。班固《東都賦》："遂令海內棄末而反本，背僞而歸真。"

[9] 國議：對國事的議論。彝倫：常理；常道。《尚書·洪範》："嗚呼，箕子！惟天陰騭下民，相協厥居，我不知其彝倫攸叙。"蔡沈集傳："彝，常也；倫，理也。"

[10] 齊均：平均；整齊均一。荀子《賦篇》："皇天隆物，以示下民，或厚或薄，帝不齊均。"

[11] 九流：指"九品"，九品人物。望塵：望塵而拜。王昌齡《長歌行》："望塵非吾事，入賦且遲留。"

[12] 望色：察看臉色。聽：聽從，接受。溫言：溫和的話語。

[13] 濟代：猶"濟世"，救世。

[14] 三命：周代分官爵爲九等，稱九命。三命爲公、侯、伯之卿。《左傳·昭公十二年》："及平子伐莒，克之，更受三命。"命：爵命。

[15] 英清：猶"清英"，指精英。《後漢書·文苑傳下·邊讓》："伏惟幕府初開，博選清英，華髮舊德，并爲元龜。"

[16] 嶮：同"險"，險要；險阻；危險。《逸周書·武稱》："岠嶮伐夷，并小奪亂。"遐：遠。

[17] 汧隴：汧水、隴山地帶。潘岳《西征賦》："邪界褒斜，右濱汧隴。"二華：太

— 4 —

華、少華二山。張衡《西京賦》："綴以二華，巨靈贔屭，高掌遠蹠，以流河曲。"

[18] 肅：恭敬。《尚書·洪範》："恭作肅，從作乂，明作哲，聰作謀，睿作聖。"綏：安撫。《尚書·盤庚上》："天其永我命於茲新邑，紹復先王之大業，底綏四方。"

[19] 卓公、國喬：均为人名，生平待考。

[20] 載籍：同"載籍"，典籍，書籍。《史記·伯夷列傳》："夫學者載籍極博，猶考信於六藝。"

[21] 在昔：從前；往昔。《尚書·洪范》："我聞在昔，鯀垔洪水，汩陳其五行。"

[22] 授策：接受封官的策書。

[23] 鱗集：群集。《漢書·劉向傳》："子弟鱗集於朝，羽翼陰附者衆。"

[24] 酲，讀音chéng，喝醉了酒神志不清。

[25] 曜靈：太陽。《楚辭·天問》："角宿未旦，曜靈安藏？"王逸注："曜靈，日也。"

[26] 袞職：帝王的職事，借指帝王。《詩·大雅·烝民》："袞職有闕，維仲山甫補之。"鄭玄箋："袞職者，不敢斥王之言也。"

[27] 皇極：皇位。干寶《晋紀總論》："至於世祖，遂享皇極。"入侍：入朝奉侍。紫微：帝王宮殿。王延壽《魯靈光殿賦》："乃立靈光之秘殿，配紫微而爲輔。"

[28] 否泰：《易》貳卦名。天地交，萬物通謂之"泰"；不交謂之"否"。此指世事之盛衰，命運的順逆。靡常：無常。

[29] 煌煌：顯耀；盛美。《漢書·揚雄傳下》："明哲煌煌，旁燭之疆。"

[30] 大業：帝業。《尚書·盤庚上》："天其永我命於茲新邑，紹復先王之大業，底綏四方。"

[31] 屏營：惶恐；彷徨。《國語·吳語》："王親獨行，屏營仿偟于山林之中。"舒憤：抒發憤懣。《汉书·谷永传》："君侯躬周召六德……以大將年在，故抑郁于家，不得舒憤。"

《贈司空掾安仁》一首　　西晋　潘尼

題解：晋武帝泰始四年（268），潘岳爲司空掾，潘尼贈詩爲別。先讚其才華橫溢，弱冠成名，又具令德；次美其"克己復禮，在貴不盈"；再寫其爲司空掾，揚暉故里，親友爲之餞行；末陳自己德微才朽，躬逢此餞，得見君子之德，愈加自慚，贈詩送行。此篇逯欽立輯入《先秦漢魏晋南北朝詩·晋詩》卷八。

桓桓上宰[1]，穆穆四門。投綸滄海，結網崐崘[2]。迅翼爭赴[3]，游鱗競奔。美哉逸軌[4]，放轡無前。（其一）

放轡伊何，杖策來游[5]。頡頏將相[6]，高揖王侯。華茂九春，實繁三秋。騁辭泉踊，敷藻雲浮[7]。（其二）

表奇髫齔[8]，成名弱冠。令德內光，文雅外煥。幽冥必探，凝滯必散。終賈杜口，揚班韜翰[9]。（其三）

我車既駕，我弓既招[10]。既升尺木[11]，將游雲宵。納言帝側[12]，正色皇朝。華組鳴珮，飛蟬曜貂[13]。（其四）

人亦有言，人［民］惡其上。至樂貴和，大禮崇敬。泉不可凌，必也心競。伐善施勞[14]，先人所病。（其五）

文侯焉軾，干木在庭[15]。子奇何盛，車有老成[16]。昔聞顏子，今也吾生。克己復禮[17]，在貴不盈。（其六）

發采故鄉，揚暉蓬宇。[18]文繡煌煌，衣裳楚楚[19]。何以會賓，蓽門環堵[20]。何以備肴，殺雞爲黍。（其七）

伊余鄙夫，袟卑才朽[21]。溫溫恭人[22]，恂恂善誘。坐則接茵[23]，行則攜手。義惟諸父，好同朋友。（其八）

年時易逝，進德苦晚。嘉彼駿逸，愧此疲蹇[24]。雖欲望塵，前驅遂遠。解銜散轡，徘徊吳阪[25]。（其九）

收迹衡門[26]，旋軫上京。方事之殷，以君之明。緝熙台鼎[27]，協濟和羹。歧路多懷[28]，賦詩贈行。（其一〇）

【注釋】

［1］桓桓：勇武、威武貌。《尚書·牧誓》："勖哉夫子！尚桓桓。"孔安國傳："桓桓，武貌。"

［2］投綸：垂釣。《列子·湯問》："投綸沈鈎，手無輕重，物莫能亂。"結網：也作"結罔"，織網。

［3］迅翼：迅疾的飛鳥。

［4］逸軌：高洁的軌范。潘岳《秋興賦》：'仰群儁之逸軌兮，攀雲漢以游騁，車轅與橫木相連接的關鍵。《論語·爲政》："大車無輗，小車無軏，其何以行之哉。"

［5］杖策：執馬鞭，謂策馬而行。《後漢書·鄧禹傳》："及聞光武安集河北，即杖策北渡，追及於鄴。"

［6］頡頏：鳥飛上下貌。語本《詩·邶風·燕燕》："燕燕于飛，頡之頏之。"引申爲不相上下，互相抗衡。《晉書·文苑傳序》："潘、夏連輝，頡頏名輩。"

［7］騁辭：同"騁詞"，自如地、盡情地運用言語文辭。孔融《薦禰衡表》："飛辭騁辯，溢氣坌涌。"敷藻：敷文，鋪陳文辭。阮籍《與晉王薦盧播書》："潛心圖籍，文學之

宗；敷藻載述，良史之表。"

　　[8] 髫齓，讀音 tiáo chèn，即"髫齔"，幼年。《後漢書·文苑傳下·邊讓》："髫齓夙孤，不盡家訓。"

　　[9] 終賈：終軍、賈誼，二人皆為漢初賢才。終軍，字子雲。18歲為博士弟子，上書評論國事，漢武帝任為謁者給事中，遷諫大夫。後奉命赴南越，被殺。賈誼（前200—前168），西漢初年著名政論家、文學家，世稱賈生。揚班：揚雄、班固，二人皆為東漢辭賦大家。

　　[10] 招：靶子。《呂氏春秋·本生》："萬人操弓，共射其一招，招無不中。"

　　[11] 尺木：古人謂龍升天時所憑依的短木。王充《論衡·龍虛》："短書言'龍無尺木，無以升天。'"此比喻入仕的憑藉。

　　[12] 納言：官名，主出納王命。《尚書·舜典》："命汝作納言，夙夜出納朕命，惟允。"孔傳："納言，喉舌之官，聽下言納於上，受上言宣於下，必以信。"秦、漢不置，王莽依古制，改大司農為納言。

　　[13] 華組：華美的綬帶。組：用絲織成的闊帶子，古人佩印或佩玉的綬。《禮記·內則》："織紝組紃。"鄭玄注："薄闊為組，似繩者為紃。"《漢書·景帝紀》："錦繡纂組，害女紅者也。"顏師古注引應劭曰："組者，今綬紛條是也。"飛蟬：飄動的薄綢。蟬：一種薄綢，以其薄如蟬翼得名。《急就篇》卷二："綈絡縑練素帛蟬。"

　　[14] 伐善：誇耀自己的長處與功勞。《論語·公冶長》："願無伐善，無施勞。"

　　[15] 文侯：魏文侯。干木：段干木。

　　[16] 車有：人名，生平待考。子奇：劉陶，潁川潁陰人，沈勇有大謀，不修威儀，不拘小節。

　　[17] 克己復禮，出自《論語·顏淵》："顏淵問仁。子曰：'克己復禮為仁。'"

　　[18] 發采：放出光彩。揚暉：同"揚輝"，發出光輝。

　　[19] 楚楚：鮮明整潔貌。《詩·曹風·蜉蝣》："蜉蝣之羽，衣裳楚楚。"

　　[20] 篳門：用竹、樹枝編成的門，引申指貧窮人家的屋。《三國志·魏志·管寧傳》："環堵篳門，偃息窮巷，飯鬻糊口，并日而食。"

　　[21] 袟：祭禮有次序。《集韻·五質》："袟，祭有次。"

　　[22] 溫溫：柔和貌。《詩·小雅·賓之初筵》："溫溫其恭。"恭人：寬和謙恭的人。《詩·大雅·抑》："溫溫恭人。"

　　[23] 接茵：墊子相連接，形容很近。

　　[24] 疲蹇：衰老的跛腳馬。謝朓《游山詩》："托養因支離，乘閒遂疲蹇。"

　　[25] 吳阪：古地名，即虞阪，在春秋虞國境內，又稱顛軨阪，道狹而險。傳說商傅說隱於此。劉琨《答盧諶詩一首并書》："昔騄驥倚輈于吳阪，長鳴於良、樂，知與不知也。"李善注引《古今地名》："寘零阪在吳城之北，今謂之吳阪。"

　　[26] 衡門：橫木為門，指簡陋的房屋。《詩·陳風·衡門》："衡門之下，可以

栖遲。"

[27] 緝熙：光明貌。《詩·周頌·敬之》："學有緝熙于光明。"鄭玄箋："且欲學于有光明之光明者，謂賢中之賢也。"台鼎：古代稱三公或宰相爲台鼎，言其職位顯要，猶星有三台，鼎足而立。《後漢書·陳球傳》："公出自宗室，位登台鼎。"

[28] 歧路：小路；岔路。曹植《美女篇》："美女妖且閑，采桑歧路間。"歧，一本作"岐"。

《悼離贈妹》二首　　西晋　左思

題解：左思之妹左棻，字蘭芝，頗有才華，被選入宫，爲晋武帝貴人。左思傷骨肉離別，遂作詩贈妹。第一首先讚家妹之才華與品德，詩賦文章，馳名當代；再讚其"多才多巧"；最後呈相思之情，兩年不見妹妹，雖同在京都，而不得相會，彼此的距離就像异國那樣遥遠，只得以詩聊表内心的想念之情。第二首進一步抒發憂思之情，左思寫道"永去骨肉，内充紫庭。至情至念，惟父惟兄。悲其生離，泣下交頸"，可見兄妹感情之深。此詩又見《藝文類聚》卷二九，分别節引第一首第一、第四兩章，第二首第一、第五兩章，合而爲一首，題作《贈妹九嬪悼離詩》。逯欽立輯入《先秦漢魏晋南北朝詩·晋詩》卷七。

其一

鬱鬱岱青[一]，海瀆所經。陰精神靈[二][1]，爲祥爲禎。峨峨令妹，應期挺生[三][2]。如蘭之秀，如芝之榮。總角岐嶷，韶顏夙成[四][3]。比德古烈，异代同聲[五]。（其一）

厥德伊何，塞泉［淵］其慮[4]。厥聲伊何，日新其譽。幽思泉涌，乃詩乃賦[5]。飛翰雲浮，摛藻星布。[6]光曜邦族，名馳時路[7]。翼翼群媛[8]，是瞻是慕。（其二）

匪唯見慕，善誘善導。斟酌諸姬，言成典誥[9]。匪唯辭章，多才多巧。黼黻文繡，幾微要妙[10]。積德彌高，用心彌奥。伊我之暗，晞妹之曜[11]。（其三）

惟我惟妹，寔惟同生。早喪先妣，恩百常情。[12]女子有行，實遠父兄。骨肉之恩[六]，固有歸寧[13]。何悟離析，隔以天庭[14]。自我不見，于今二齡。（其四）

卷第一百五十二

豈唯二齡，相見未克。雖同京宇，殊邈异國。越鳥巢南，胡馬仰北。自然之戀，禽獸罔革。仰瞻參商，沉憂内塞。何以抒懷，告情翰墨[15]。（其五）

【校勘】

〔一〕"岱青"，《藝文類聚》作"岱清"。

〔二〕"神靈"，《藝文類聚》作"以靈"。

〔三〕"挺生"，《藝文類聚》作"誕生"。

〔四〕"齠齔"，《藝文類聚》作"齔齠"。

〔五〕"異代"，《藝文類聚》作"異世"。"代"爲避唐太宗諱，當從"類聚"。

〔六〕"恩"，《藝文類聚》作"思"。

【注釋】

[1] 陰精：月亮。丁鴻《日食上封事》："月者陰精，盈毁有常，臣之表也。"

[2] 應期：順應期運。曹植《制命宗聖侯孔羡奉家祀碑》："於赫四聖，運世應期。"

[3] 總角：童年時代。《詩·齊風·甫田》："總角丱兮。"《禮記·内則》："拂髦，總角。"鄭玄注："總角，收髮結之。"岐嶷：形容幼年聰慧。《詩·大雅·生民》："誕實匍匐，克岐克嶷。"毛傳："岐，知意也；嶷，識也。"齠齔：同"齠齔"，垂髫換齒之時，指童年。齠：通"髫"。《東觀漢記·伏湛傳》："齠齔勵志，白首不衰。"

[4] 塞泉：即"塞淵"，謂篤厚誠實，見識深遠。《詩·邶風·燕燕》："仲氏任只，其心塞淵。"

[5] 幽思：鬱結於心的思想感情。

[6] 飛翰：迅速遞送書信。《後漢書·孔融傳》："馳檄飛翰，引謀州郡。"雲浮：喻盛多。《後漢書·崔駰傳》："衣裳被宇，冠蓋雲浮。"摛藻：鋪陳辭藻，意謂施展文才。班固《答賓戲》："雖馳辯如濤波，摛藻如春華，猶無益於殿最也。"

[7] 時路：時世。

[8] 翼翼：有次序貌，整飭貌。《詩·小雅·采芑》："四騏翼翼。"

[9] 斟酌：倒酒不滿曰斟，太過曰酌，貴適其中，意指反覆考慮、擇善而定。《荀子·富國》："故明主必謹養其和，節其流，開其源，而時斟酌焉。"典誥：《尚書》中《堯典》《湯誥》等篇的并稱，亦泛指經書典籍。《漢書·王莽傳中》："各策命以其職，如典誥之文。"

[10] 幾微：預兆；隱微。《漢書·蕭望之傳》："願陛下選明經術，溫故知新，通於幾微謀慮之士以爲内臣，與參政事。"要妙：亦作"要眇"，精深微妙。《老子》："不貴其師，不愛其資，雖智大迷，是謂要妙。"

[11] 睎：通"希"，希求，嚮往。

［12］先妣：亡母。常情：一般的情理。《莊子·人間世》："傳其常情，無傳其溢言。"

［13］歸寧：同"歸寧"，出嫁的女子回娘家。《詩·周南·葛覃》："害澣害否，歸寧父母。"

［14］離析：分離。天庭：帝王的宮廷；朝廷。左思《蜀都賦》："幽思絢道德，摛藻掞天庭。"

［15］翰墨：借指詩歌。

其二

穆穆令妹，有德有言。才麗漢班，明朗楚樊[1]。默識若記[2]，下筆成篇。行顯中閨，名播八蕃[一][3]。（其一）

以蘭之芳，以膏之明。永去骨肉，內充紫庭[4]。至情至念，惟父惟兄。悲其生離，泣下交頸。（其二）

桓山之鳥，四子同巢。將飛將散，悲鳴切切［刎刎］[二][5]。惟彼禽鳥，猶有號啕[6]。況我同生，載憂載勞。（其三）

將離將別，置酒中堂[7]。銜杯不飲，涕洟縱橫。會日何矯[8]，隔日何長。仰瞻曜靈[9]，愛此寸光。（其四）

何以爲贈，勉以列圖[10]。何以爲誠[三]，申以《詩》《書》。去去在近[四]，上下欷歔[11]。含辭滿胸，鬱憤不舒[五]。（其五）

《燕燕》之詩[12]，佇立以泣。送爾涉塗，涕泗交集[13]。雲往雨絕，瞻望弗及。延佇中衢，愊憶嗚唈[14]。（其六）

既乖既離，馳情髣髴［髣髴］[15]。何寢不夢，何行不想。靜言永念，形留神往。憂思成疢［疢][六]，結在精爽[16]。（其七）

其思伊何，發言流淚。其疢伊何，寤寐驚悸[17]。詠爾文辭，玩爾手筆。執書當面，聊以永日。（其八）

【校勘】

[一] "八蕃"，《藝文類聚》作"外藩"。

[二] "切切"，當爲"刎刎"。

[三] "爲誠"，《藝文類聚》作"爲言"。

[四] "去去"，《藝文類聚》作"相去"。

[五] "郁憤"，《藝文類聚》作"郁煩"。

[六] "疢"，當爲"疢"。

【注釋】

[1] 漢班：東漢班昭。楚樊：楚國一位樊姓之人，生平待考。

[2] 默識：暗中記住。語出《論語·述而》："默而識之。"

[3] 中閨：内室；閨房。謝惠連《搗衣詩》："夕陰結空幙，宵月皓中閨。"八蕃：八方，天下。

[4] 紫庭：帝王宮庭。《後漢書·皇甫規傳》："臣生長邊遠，希涉紫庭，怖懼失守，言不盡心。"

[5] 忉忉：憂思貌。《詩·齊風·甫田》："無思遠人，勞心忉忉。"毛傳："忉忉，憂勞也。"

[6] 號咷：同"號咷"，啼哭呼喊；放聲大哭。《易·同人》："同人，先號咷而後笑。"

[7] 中堂：正中的廳堂。《儀禮·聘禮》："公側襲，受玉于中堂與東楹之間。"

[8] 矯：短。

[9] 曜靈：太陽。《楚辭·天問》："角宿未旦，曜靈安藏。"

[10] 列圖：疑爲"圖畫"，與下文《詩》《書》相對。

[11] 欷歔：嘆息聲；抽咽聲。曹植《卞太後誄》："百姓欷歔，嬰兒號慕。"

[12] 燕燕之詩：指《詩·邶風·燕燕》，《毛詩序》云："《燕燕》，衞莊姜送歸妾也。"

[13] 涉塗：經過道路。涕泗：眼淚和鼻涕，形容哭得很傷心。

[14] 愊憶：亦作"愊億""愊憶""愊抑"，因憤怒、哀傷、憂愁等而氣鬱結於中。《漢書·陳湯傳》："策慮愊憶，義勇奮發。"

[15] 髣髴：隱約，依稀。依韻，此當爲"髴髣"。

[16] 成疢：成疾。《詩·小雅·小弁》："心之憂矣，疢如疾首。"鄭玄箋："疢，猶病也。"曹植《贈白馬王彪》："憂思成疢疾，無乃兒女仁。"精爽：猶言精神，神明。《左傳·昭公七年》："用物精多，則魂魄強，是以有精爽至於神明。"

[17] 驚悸：驚慌而致心悸；十分擔心害怕。袁宏《後漢紀·獻帝紀五》："仰惟爵高寵厚，俯思自效，憂深責重，驚悸累息，如臨于谷。"

《與弟清河雲》[一] 一首并序　　西晋　陸機

題解： 此詩作於元康六年（296）。這年冬天，陸機由吳王郎中令遷尚書中兵郎，陸雲繼任吳王郎中令。陸機約弟同歸故里，重踏舊地，感慨萬分，故作此詩。詩中追憶家世，讚美二兄之功德，表達不能繼承遺業的慚愧；寄予弟雲崇振祖業；又憶往昔兄弟離別相思，扶二兄柩歸鄉之急切，故鄉物是人非的痛楚，表達了親人零落後沉痛的傷感。《藝文類聚》卷二十一、《詩紀》卷二十五皆引其四、其九。

余夙年早孤[1]，與弟士龍銜恤庭[2]，續忝末緒[二][3]，墨絰即戎[4]。時并縈髮[5]，悼心告別。漸蹈八載，家邦顛覆。凡厥同生，凋落殆半。收迹之日，感物興哀。而士龍又先在西，時迫當祖送[三][6]，二昆不容逍遥。銜痛東徂，遺情慘愴[四][7]，故作是詩，以寄其哀苦焉。

於穆予宗，禀精東岳。誕育祖考，造我南國[8]。南圍克靖，寔繇洪績[9]。惟帝念功，載繁其錫。[10]其錫惟何，玄冕袞衣。[11]金石假樂，旄鉞授威。[12]匪威是信，稱丕遠德[13]。弈葉台衡，扶帝紫極。[14]（其一）

篤生二昆，克明克俊。[15]導風結轍，承風襲問。[16]帝曰欽哉，纂戎烈祚。[17]雙組貳帶，綏章載路。[18]即命荆楚，對楊休顧[19]。肇厥敏績，武功聿舉[20]。烟熅芳素，綢繆江澨。[21]昊天不弔，胡寧棄予。[22]（其二）

伊予鄙人[五]，允德[23][六]之微。闕彼遺懿[七]，則此頑違。[24]王事靡盬，旌斾屢振[25]。委藉奮戈[26]，統厥征人。祁祁征人[27]，載肅載閑。駸駸戎馬，有駉有翰。[28]昔予翼考，惟新[八]伊撫。[29]今予小子，謬尋末緒[30]。（其三）

有命自天，崇替靡常[31]。王師乘運，席卷江湘。雖備官守，位從武臣。守局下列[32]，譬彼飛塵。洪波電擊，與衆同湮。顛躋西夏[33]，收迹舊京。俯慚堂搆，仰懵先靈[九][34]孰云忍愧[35]，寄之我情。（其四）

猗[十]我俊弟，嗟[十一]爾士龍。懷襲瑰偉，播殖清風。[36]非德莫勤，非道莫弘。垂翼東畿，曜穎名邦[37]。綿綿洪統，非爾孰崇[38]。依依同生，［恩］篤情結。義存并濟，胡樂之悦。願爾偕老，攜手黃髮[39]。（其五）

昔我西征，扼捥川涯[十二][40]。掩涕即路[41]，揮袂長辭。六龍促節[42]，逝不我待。自往迄兹，曠年八祀[43]。悠悠我思[44]，非予[十三]焉在。昔并垂髮[45]，今也將老。含憂[十四]茹戚，契闊充飽[46]。嗟我人斯，胡恤之早。（其六）

天步多艱[47]，性命難誓。常懼殞弊[十五]，孤魂殊裔[48]。存不阜物，没不增壤。[49]生若朝風，死若絶景[50]。視彼蜉蝣，方之喬客[十六][51]，眷此黃壚[52]，譬之弊宅。匪身是吝，亮會伊惜[53]。其惜伊何，言紓其思[54]。其思伊何，悲彼曠載。（其七）

出車戒塗[55]，言告言歸。蓐食警駕[56]，夙興霄馳。蒙雨之陰[57]，照月之暉。陸凌峻阪，川越洪漪。[58]爰屆爰止[59]，步彼高堂。失爾朔邁，良願中荒[60]。我心永懷，匪悦匪康。（其八）

— 12 —

昔我斯逝，兄第孔備。今予來思[十七]，我凋我瘁[十八]。[61]昔我斯逝，族有餘榮。今予來思，堂有哀聲。我行其道，鞠爲茂草[62]。我履其房，物存人亡。拊膺泣血[十九]，灑泪[二十]彷徨。[63]（其九）

仚佇明路[64]，言歡爾歸。心存言宴[65]，目想容暉。迫彼窀穸[66]，載驅東路。系情桑梓，肆力丘墓。棲遲中流[67]，興懷罔極。眷言顧之，使我心惻[68]。（其一〇）

【校勘】

〔一〕此詩題，《藝文類聚》作"與弟雲詩"。

〔二〕《陸士衡集》無"續悉末緒"句，此可補足原序。

〔三〕"祖送"，《陸士衡集》作"祖載"。

〔四〕"慘愴"，《陸士衡集》作"西慕"。

〔五〕"伊予鄙人"，《陸士衡集》作"嗟予人斯"。

〔六〕"允德"，《陸士衡集》作"胡德"。

〔七〕"轡"，《陸士衡集》作"軌"。

〔八〕"新"，《陸士衡集》作"斯"。

〔九〕"仰憎先靈"，"憎"，《藝文類聚》作"惟"。

〔十〕"猗"，《陸士衡集》作"伊"。

〔十一〕"嗟"，《陸士龍集》作"諮"。

〔十二〕"扼椀川涯"，《陸士衡集》作"扼腕川湄"。

〔十三〕"予"，《陸士衡集》作"爾"。

〔十四〕"含憂"，《陸士衡集》作"銜哀"。

〔十五〕"弊"，《陸士衡集》作"斃"。

〔十六〕"喬客"，《陸士衡集》作"僑客"。

〔十七〕"今予來思"，"予"，《藝文類聚》作"我"。

〔十八〕"我雕我瘁"，《陸士衡集》作"或雕或疚"。

〔十九〕"拊膺泣血"，"拊"，《藝文類聚》作"撫"。"泣血"，《陸士衡集》作"涕泣"。

〔二十〕"灑泪"，《陸士衡集》作"血泪"。

【注釋】

[1] 夙年：早年。《爾雅·釋詁》："夙，早也。"

[2] 銜恤：，含憂。《詩·小雅·蓼莪》："無父何怙，無母何恃。出則銜恤，入則靡至。"鄭玄箋："恤，憂。"

[3] 忝：愧。《詩·小雅·小宛》："夙興夜寐，毋忝爾所生。"末緒：末業。

— 13 —

［4］墨絰即戎：衔丧從軍。《左傳·僖公三十三年》"遂發命，遽興姜戎，子墨衰絰。"杜預注："晉文公未葬，故襄公稱子以凶服從戎，故墨之。"絰：喪服。《儀禮·喪服》："喪服。斬衰裳、苴絰、杖、絞帶，冠繩纓，菅屨者。"鄭玄注："凡服上曰衰，下曰裳，麻在首在要，皆曰絰。"

［5］縈髮：盤髮，束髮。縈：盤繞。《詩·周南·樛木》："南有樛木，葛藟縈之。"毛詩傳："縈，旋也。"

［6］祖送：移送靈柩。

［7］遺情：往而情留。曹植《洛神賦》："遺情想像，顧望懷愁。"

［8］造：建立功業。《詩·大雅·思齊》："肆成人有德，小子有造。"毛詩傳："造，為也。"鄭玄箋："上皆有德，子弟皆有所造成。"南國：江漢一帶，此指東吳。《詩·小雅·四月》："滔滔江漢，南國之紀。"

［9］繇：由于。《爾雅·釋詁》："繇，於也。"

［10］惟帝念功：帝念其功。語出《尚書·大禹謨》："名言茲在茲允，出茲在茲，惟帝念功。"載繁其錫：屢次賞賜以彰其功。張銑注："始賜光大之德於子孫也。載，始。錫，賜也。"

［11］玄冕：達官貴族之服。《周禮·春官·司服》："祭群小祀，則玄冕。"鄭玄注："玄者衣無文，裳刺黻而已，是以謂玄焉。凡冕服，皆玄衣纁裳。"袞衣：上公之服，有龍飾。《詩·豳風·九罭》："我覯之子，袞衣繡裳。"毛詩傳："袞衣，卷龍也。"

［12］金石：音樂。《左傳·襄公十一年》："魏絳於是乎始有金石之樂。"杜預注："《禮》：大夫有功則賜樂。"假：授。《逸周書·史記》："任之以國，假之以權。"旄鉞：旌旗與斧鉞。《三國志·蜀書·後主傳》："諸葛丞相弘毅忠壯，忘身憂國，朕今授之以旄鉞之重。"

［13］丕：大。郝立權《陸士衡詩注》："言其列祖列宗，不第以威耀人，其德亦足稱也。"

［14］奕葉：奕世，世代。《國語·周語上》："守以惇篤，奉以忠信，奕世載德，不忝前人。"台衡：三公之位。王儉《褚淵碑文》："具瞻之範既著，台衡之望斯集。"紫極：紫微，指皇宮。《晉書·天文志上》："紫宮垣十五里，其西番七，東番八，在北斗北。一曰紫微，大帝之坐也，天子之常居也。"

［15］篤生：厚生。《詩·大雅·文王》："長子維行，篤生武王。"二昆：指陸晏、陸景。克明克俊：能明其俊德。《尚書·堯典》："克明俊德，以親九族。"

［16］結轍：回車。《尉繚子·戰威》："止如堵牆，動如風雨，車不結轍，士不旋踵，此本戰之道也。"承風：承其教化。《楚辭·遠遊》："聞赤松之清塵兮，願承風乎遺則。"襲問：襲聞，因其名聲。襲：因。張暢《若耶山敬法師誄》："歸來之子，跨古逢運，結轍承風，遵途襲問。"

［17］帝曰欽哉：帝曰恭敬其事。《尚書·堯典》："帝曰：往欽哉。"孔安國傳："敕

鯀往治水，命使敬其事。"祚：禄位。《廣韵》："祚，福也，禄也，位也。"

[18] 組，《説文解字》："組，綬屬也。"綬章：當爲"綬章"，綬帶與印章。古代以組綬别等級。《周禮·玉藻》："天子佩白玉而玄組綬，公侯佩山玄玉而朱組綬，大夫佩水蒼玉而純組綬，世子佩瑜玉而綦組綬，士佩瓀玟而緼組綬。"載路：滿路。《詩·大雅·生民》："實覃實訏，厥聲載路。"

[19] 對揚：報答闡揚。《尚書·説命》："再拜稽首曰：敢對揚天子之休命。"孔安國傳："對，答也。受美命而稱揚之。"

[20] 武功：戰功。《詩·大雅·文王有聲》："文王受命，有此武功。"鄭玄箋："武功，謂伐四國及崇之功也者。"

[21] 烟煴：元氣。班固《東都賦》："萬樂備，百禮暨，皇歡浹，群臣醉，降烟煴，謂元氣。"素：空。郝立權《陸士衡詩注》："言武功聿舉，如烟煴之升天也。"江滸：江邊。《詩·大雅·江漢》："江漢之滸，王命召虎。"鄭玄箋："滸，水厓也。"

[22] 不弔：不善。《詩·小雅·節南山》："不弔昊天，不宜空我師。"毛詩傳："弔，至。"鄭玄箋："至，猶善也。不善乎昊天，愬之也。"胡寧：何曾。《詩·小雅·四月》："先祖匪人，胡寧忍予。"鄭玄箋："寧，猶曾也。"

[23] 微：衰微。

[24] 闕：通"缺"。《禮記·禮運》："三五而盈，三五而闕。"頑：愚妄無知。《尚書·堯典》："瞽子，父頑，母嚚，象傲，克諧以孝。"孔安國傳："心不則德義之經爲頑。"

[25] 王事靡盬：王事無止息。《詩·唐風·鴇羽》："王事靡盬，不能執稷黍，父母何怙。"旌旆：旌旗。

[26] 委藉：受到朝廷重視。委：順從，聽任。《淮南子·本經訓》："優柔委從，以養群類。"引申爲按照。奮戈：舉戈，指出征。曹植《責躬詩》："甘赴江湘，赴戈吳越。"厥，《玉篇》："厥，其也。"

[27] 祁祁：衆多。《詩·商頌·玄鳥》："四海來假，來假祁祁。"鄭玄箋："祁祁，衆多也。"

[28] 騤騤：馬强壯也。《詩·小雅·采薇》："駕彼四牡，四牡騤騤。"駒：毛色駁雜之白馬。《詩·小雅·皇皇者華》："我馬維駒，六轡既均。"翰：白馬。《禮記·檀弓上》："戎事乘翰，牲用白。"鄭玄注："翰，白色馬也。"

[29] 翼：美。《爾雅·釋詁》："翼，美也。"撫：憑藉。《禮記·曲禮上》："國君撫式，大夫下之。大夫撫式，士下之。"

[30] 尋：繼。《左傳·昭公元年》："日尋干戈，以相征討。"

[31] 有命自天：自天而降命。《詩·大雅·大明》："有命自天，命此文王。"崇替：興廢。張華《雜詩》："永思慮崇替，慨然獨撫膺。"

[32] 守局：恪守職分。《晉書·刑法志》："論隨時之宜，以明法官守局之分。"

[33] 顛踣：跌倒，跌落。《荀子·正論》："䠎跌碎折，不待頃矣。"西夏：西陵，指吴國。《三國志·吴書·陸抗傳》："臣父遜昔在西垂陳言，以爲西陵國之西門，雖云易守，亦復易失。"

[34] 堂構：立基造屋。《尚書·大誥》："若考作室，既底法，厥子乃弗肯堂，矧肯構。"孔安國傳："以作室喻治政也。父已致法，子乃不肯爲堂基，況肯構立屋乎？"因喻先祖遺業。陳琳《檄吴將校部曲文》："各紹堂構，能負析薪。"慚：同"慚"，慚愧。《廣韻》卷一："慚，慚也。《國語》云：君使臣慚。"

[35] 忍：克制。《荀子·儒效》："志忍私，然後能公。行忍情性，然後能修。"愧：通"愧"，慚愧。

[36] 瑰偉：相貌魁梧美好，同"瓌瑋"，珍奇之物，此指奇异人才。播殖：播種。潘岳《藉田賦》："後妃獻穜稑之種，司農撰播殖之器。"

[37] 垂翼：展翅飛翔。《易·明夷》："明夷于飛，垂其翼。"本指斂其翼，此取"於飛"之意。東黴：吴都。曜穎：光耀脱穎之才。曜，通"耀"，吴質《答東阿王書》："雖恃平原養士之懿，愧無毛遂耀穎之才。"

[38] 綿繇：綿延不絶。《詩·王風·葛藟》："綿綿葛藟，在河之滸。"洪統：大統，大業。《尚書·牧誓》："惟九年，大統未集。"崇：立。《詩·周頌·烈文》："無封靡於爾邦，維王其崇之。"毛詩傳："崇，立也。"

[39] 黄髮：長壽之徵。《詩·魯頌·閟宫》："黄髮台背，壽胥與試。"鄭玄箋："黄髮臺背，皆壽徵也。"

[40] 扼捥：同"扼腕"，手腕相扼⋯⋯手腕相扼，形容情緒激昂的樣子。《戰國策·燕策》："樊於期偏袒扼腕而進曰：此臣之日夜切齒腐心。"

[41] 掩涕：拭泪。《離騷》："長太息以掩涕兮，哀民生之多艱。"洪興祖補注："掩涕，猶拭泪也。"

[42] 六龍：傳説中駕日之龍，喻日光。曹植《與吴質書》："思欲抑六龍之首，頓羲和之轡。"促節：指時光流逝。陸雲《愁霖賦》："矧百年之促節兮，又莫登乎期頤。"

[43] 曠：相隔。《孔子家語·六本》："齊高庭問於孔子曰：庭不曠山，不直地。"王肅注："曠，隔也。"祀：年。《尚書·洪范》："惟十有三祀，王訪於箕子。"

[44] 悠悠：憂思貌。《詩·邶風·雄雉》："瞻彼日月，悠悠我思。"

[45] 垂髮：童年。《後漢書·吕强傳》："垂髮服戎，功成皓首。"李賢注："垂髮，謂童子也。"

[46] 契闊：聚散。曹操《短歌行》："契闊談讌，心念舊恩。"此爲偏義復詞，指相聚。飽：滿足。《詩·大雅·既醉》："既醉以酒，既飽以德。"

[47] 天步多艱：天行艱難。《詩·大雅·白華》："天步艱難，之子不猶。"毛詩傳："步，行。"

[48] 殊裔：邊遠夷蠻之地。《辨亡論》："化協殊裔，風衍遐圻。"李周翰注："裔，

夷狄之國也。"此爲异鄉。

[49] 阜：繁盛生長。《國語·魯語上》："獸虞於是乎禁罝羅，獵魚鱉，以爲夏槁，助生阜也。"沒：同"歿"，死亡。《論語·學而》："父在觀其志，父歿觀其行。"

[50] 絕景：落日之影滅。張協《七命》："絕景乎大荒之遐阻，吞響乎幽山之窮奥。"

[51] 蜉蝣：也作"浮游"，一種朝生暮死生物。《大戴禮記·夏小正》："浮游，殷之時也，浮游者，渠略也。朝生而暮死，稱有何也。"指人生短暫。喬客：客居他鄉的人。寄托。《廣韻》："僑，寄也，客也。"

[52] 黃壚：黃泉。《淮南子·覽冥訓》："考其功烈，上際九天，下契黃壚。"

[53] 亮會：良會。劉運好《陸士衡文集校注》："此二句言我并非吝惜自己身軀，而是吝惜那美好的兄弟聚會。"

[54] 紓：緩和，解除。寬舒。縈繞。劉運好《陸士衡文集校注》："何以吝惜美好相會，因思念之情縈繞於心。"

[55] 出車：駕車。《詩·小雅·出車》："我出我車，於彼牧矣。"戒：準備，具備。《詩·小雅·大田》："大田多稼，既種既戒，既備乃事。"

[56] 蓐食：食於寢蓐，形容早起。《左傳·文公七年》："訓卒，利兵，秣馬，蓐食，潛師夜起。"

[57] 濛雨：細雨。《詩·豳風·東山》："我來自東，零雨其濛。"

[58] 阪：山坡。漪：波紋。《廣韻》："漪，水文也。"

[59] 爰：於。《詩·邶風·擊鼓》："爰居爰處，爰喪其馬。"鄭玄箋："爰，於也。"屆：至。《尚書·大禹謨》："惟德動天，無遠弗屆。"

[60] 中荒：荒野。宗炳《明佛論》："若使回身中荒，升嶽遐覽。"

[61] 思：語助詞，無義。《詩·小雅·采薇》："今我來思，雨雪霏霏。"凋：同"雕"，零落。瘁：勞累，疾病。潘岳《寡婦賦》："自仲秋而在疚兮，踰履霜以踐冰。"李周翰注："在疚，居喪也。"

[62] 鞫爲茂草：全爲茂盛之草。鞫：同鞠。《詩·小雅·小弁》："踧踧周道，鞫爲茂草。"

[63] 拊膺：捶胸，形容哀痛。沈約《齊故安陸昭王碑文》："望城拊膺，震動郭邑。"彷徨：此指眼淚飛濺。

[64] 企：同"企"，踮起足跟。《說文解字》："企，舉踵也。"

[65] 言宴：童年的歡樂。《詩·衛風·氓》："總角之宴，言笑晏晏。"

[66] 窀穸：墓穴。《左傳·襄公十三年》："唯是春秋窀穸之事，所以從先君於禰廟者，謂爲靈若屬，大夫擇焉。"杜預注："窀，厚也。穸，夜也。厚夜，猶長夜。春秋謂祭祀，長夜謂葬埋。"

[67] 中流：中道，正道。《荀子·禮論》："文理繁，情用省，是禮之隆也。文理省，情用繁，是禮之殺也。文理情用，相爲内外表里，并行而雜，是禮之中流也。"

— 17 —

[68] 心惻：内心傷痛。《易·井》："井渫不食，爲我心惻。"

《答兄機》一首　　西晉　陸雲

題解：此詩乃答贈兄陸機，可分四層：首先，追溯輝煌家世，歌頌祖考功德；其次，自責未能重振先祖基業，表達内心的慚愧之情，并寄兄仕途順暢；再次，抒發故園之思情，并寫歸鄉途中兄弟歡會，由相聚短暫而引發人生的感慨；最後，讚美兄詩并附答詩之目的。據劉運好《陸士龍文集校注》此詩作於元康六年（296）。此篇又見《陸士龍文集》卷三。《藝文類聚》卷二一節引32字，即引龍、雄、墉、蓬四韵，題作《答兄詩》。《韵補》卷一節引16字，即引才、湛二韵，卷四節引16字，即引構、鶩二韵。逯欽立輯入《先秦漢魏晉南北朝詩·晉詩》卷六。

伊我冠［世］族，太極降精。[1]昔在上帝[一]，軒虞篤生。[2]厥生伊何[3]，流祚萬齡。南岳有神[4]，乃降厥靈。誕鍾祖考，胤茲神明[5]。運步玉衡，仰和太清。[6]賓御四門，旁穆紫庭。[7]紫庭既穆，威聲爰振。厥振伊何，播化殊鄰[8]。清風攸被，率土歸仁。彤弓所彎，萬里無塵。[9]功昭王府，帝庸厥勳[10]。黄鉞授征[11]，錫命頻繁。闕加虩[二]獸［虎][12]，肅茲三軍。光若辰時[三]，亮彼公門。[13]仍［世］上司[14]，芳流慶雲[四]。

純和[五]所産[15]，爰育仁[六]昆。誕豐岐嶷，實昭令聞[七][16]。令聞伊何，休音允臧[17]。先公克搆，乃崇斯堂。[18]曜穎上京，發迹扶桑。[19]戎車出征，時惟鷹揚[20]。鷹揚既昭，勳庸克邁。天子命我，鎮弼于外[21]。代[八]作扞城[22]，以凌南裔。降災匪蠲，景命顛沛。[23]惟我賢昆，天姿秀生。含奇播越，明德惟馨[24]。太陽散氣，乃稟厥和。山川垂度，爰則厥邈。厥邈伊何？惟光惟大。惟大伊何？如岱如渭。恢此廣泉［淵］，廓彼洪懿[25]。弘道惇德[26]，美［淵］哉爲器。統我先基，弱冠慷慨[27]。將弘祖業，實崇弈代［世][28]。

諮予頑矇，蕞爾弱才。[29]沉濯玄渚，挹庇雲淇。[30]陶化靡移[31]，固[九]陋于滋。瞻仰洪軌[32]，實忝先基。巍巍先基，重規累構[十][33]。赫赫重光[34]，遞風激鶩[十一]。昔我先公，爰造斯猷[35]。今我六蔽[36]，匪崇克扶。悠悠大道，載遯載遘。洋洋泉［淵］源[37]，如海如河。昔我先公，斯綱斯紀。今我末嗣，乃傾乃圮[38]。冑［世］業之頽，自予小子。仰愧靈丘，銜憂没齒[39]。

憂懷惟何？顧景惟塵[40]。我我高蹤，眇眇貿辰。[41]明德繼體[42]，莫非哲人。今我頑鄙[43]，規範靡遵。仍代［世］載德[44]，荒之予身。莫峻非丘，

— 18 —

有俊斯登。莫高非雲，有翼斯凌。矧予成搆[十二][45]，匪克階升。玄黃長坂，載寐載興。[46]豈敢憚行，哀此負乘。[47]茫茫高山，自予頹之[48]。濟濟德義[49]，匪我[十三]懷之。終銜永負，于其愧而[50]。

昔予言曠，汎[十四]舟東川。[51]銜憂告辭，揮泪海濱。義陽趣駕[52]，炎華電征。自我不見，邈哉八齡。悠思迴望，寤言通靈[53]。昔我往矣，辰在東隅[十五][54]。今我于茲，日薄桑榆[55]。銜艱遘滑，因瘁殷憂[56]。哀矣我代[世]，匪蒙靈休[57]。開元迄茲，天迭興微[十六][58]。震[十七]風隱駭，海水群飛。[59]王旅南征[60]，闡曜靈威。

予昆乃播，爰集朔土[61]。載離乖[十八]久，其毒[十九]太苦[62]。上帝休命[63]，駕言言歸。我多遘愍，振盪朔垂[64]。羈旅[二十]殊俗[65]，初願用違。嚴駕東征，肅邁林野。[66]夕秣乘馬，朝整僕旅。[67]矯矯乘馬，載驅載馳[68]漫漫長路，或降或階[69]。晨風夙零，朝不遑飢。[70]傾景倏墜，夕不存罷[71]。雖有豐草，匪釋奔駟[72]。雖有重陰，匪遑假寐[73]。

煢煢僕夫，悠悠遹征。[74]經彼喬木，有鳥嚶鳴。[75]微物識儕，矧伊有情。[76]樂茲常棣，實歡友生。[77]既至既觀，滯思曠年。[78]年在殊紀[二一]，觀未浹辰[79]。悵其永懷，憂心孔艱[80]。天地永久，命也難長。生人忽霍，曷云其常。[81]我之既存，靡積[二二]靡紀[82]。乾坤難并，寂焉其已。生若電激[83]，沒若川征。存愧松柏，逝慚先靈[84]。匪吝性命，實悼徒生[85]。苟克折[二三]薪，豈憚冥冥[86]。瞻企皇極，邀福上天[87]。冀我友生，要則永年[88]。

昔我先公，邦國攸興。今我家道，綿綿莫承[89]。昔我昆弟，如鸞如龍[90]。今我友生，凋俊隊雄。家哲永徂[91]，門業長終。華堂傾榱[二四]，廣宅頹堭[92]。高門降衡[93]，脩庭樹蓬。感物悲懷，愴矣其傷。

惇仁氾愛，錫予好音。[94]懷光羨寶[二五]，煥若南金。[95]披華玩藻，曄若翰林[96]。咏彼清聲，被之瑟琴[97]。味此殊響，慰之予心。弘懿[98]亡[二六]鄙，命以[二七]反覆。敢投桃李[99]，以報寶玉[100]。冀憑光益[二八]，編諸末錄。

【校勘】

〔一〕"帝"，《陸士龍文集》作"代"。

〔二〕"虠"，《陸士龍文集》作"虤"。

〔三〕"時"，《陸士龍文集》作"跱"。

〔四〕"慶雲"，《陸士龍文集》作"慶純"。

〔五〕"純和"，《陸士龍文集》作"雲和"。

〔六〕"仁",《陸士龍文集》作"二"。
〔七〕"實昭令聞",《陸士龍文集》作"夙邁令問"。
〔八〕"代",《陸士龍文集》作"在"。
〔九〕"罔",《陸士龍文集》作"固"。
〔十〕"屢搆",《陸士龍文集》作"累構"。
〔十一〕"鷟",《陸士龍文集》作"鷙"。
〔十二〕"矧予成搆",《陸士龍文集》作"矧我成基"。
〔十三〕"我",《陸士龍文集》作"予"。
〔十四〕"汎",《陸士龍文集》作"氾"。
〔十六〕"隅",《陸士龍文集》作"嵎"。
〔十七〕"天迭興微",《陸士龍文集》作"震興迭微"。
〔十八〕"震",《陸士龍文集》作"弱"。
〔十九〕"乖",《陸士龍文集》作"永"。
〔二十〕"言",《陸士龍文集》作"其"。
〔二一〕"旅",《陸士龍文集》作"系"。
〔二二〕"年在殊紀",《陸士龍文集》作"曠年殊域"。
〔二三〕"積",《陸士龍文集》作"績"。
〔二四〕"折",《陸士龍文集》作"析"。
〔二五〕"棶",《陸士龍文集》作"構"。
〔二六〕"懷光羡實",《陸士龍文集》作"晞光懷實"。
〔二七〕"亡",《陸士龍文集》作"忘"。
〔二八〕"以",《陸士龍文集》作"之"。
〔二九〕"益",《陸士龍文集》作"蓋"。

【注釋】

[1] 伊:維。王引之《經傳釋詞》卷三:"伊,維也。"太極:大極。《易·繫辭上》:"易有大極,是生兩儀。"降精:降神。釋法琳《辨正論·九箴》:"陰陽交合,二氣降精,精化爲神。"

[2] 上帝:遠古。劉知幾《史通·雜述》:"昔在三墳、五典、春秋、檮杌,即上代帝王之書。"軒虞:軒轅黃帝、舜帝。篤生:厚生。《詩·大雅·大明》:"篤生武王,保右命爾,燮伐大商。"《毛詩傳》:"篤,厚。"

[3] 伊何:維何,如何。《詩·小雅·頍弁》:"有頍者弁,實維伊何。"鄭玄箋:"言幽王服是皮弁之冠,是維何爲乎。"

[4] 南嶽:霍山。《爾雅·釋山》:"霍山爲南嶽。"郭璞注:"即天柱山,潛山所出。"此泛指南方之山。

[5] 鍾：聚集。《玉篇》："鍾，聚也。"胤：嗣。《詩·大雅·既醉》："君子萬年，永錫祚胤。"神明：尊稱死者。《禮記·檀弓上》："其曰明器，神明之也。"鄭玄注："言神明，死者也。神明者，非人所知。"

[6] 玉衡：帝王正天文之器。《尚書·舜典》："在璿璣玉衡，以齊七政。"孔安國傳："璣衡，王者正天文之器，可運轉者。"此指三公之位。太清：天。左思《吳都賦》："魯陽揮戈而高麾，回曜靈於太清。"劉淵林注："太清，謂天也。"

[7] 賓御四門：迎接四方來朝者。《尚書·舜典》："賓天四門，四門穆穆。"孔安國傳："四門，四方之門。舜流四凶族，四方諸侯來朝者，舜賓迎之，皆有美德，無凶人。"紫庭：帝宮。王融《雜體報範通直》："紫庭風日好，青槐枝葉新。"章樵注："帝王之居象北極紫微宮，故曰紫庭。"

[8] 殊鄰：異邦。揚雄《長楊賦》："是以遐方疏俗，殊鄰絕黨之域。"

[9] 彤弓：朱漆弓。古代天子用以賞賜有功者使專征伐。《尚书·文侯之命》：用賚爾秬鬯一卣，彤弓一，彤矢百。無塵：無戰爭。庾信《周宗廟歌·獻高祖武皇帝》："戎衣此一定，萬里更無塵。"

[10] 庸：《爾雅·釋詁》："勞也。"厥：《爾雅·釋言》："厥，其也。"

[11] 黃鉞授征：吳主授黃鉞以征。陸機《吳丞相陸遜銘》："魏大司馬曹休侵我北鄙，乃假公黃鉞，統御六師及中軍禁衛，而攝行王事。"

[12] 闞如虓虎：形容將士之威猛。《詩·大雅·常武》："王奮厥武，如震如怒。進厥虎臣，闞如虓虎。"鄭玄箋："前其虎臣之將，闞然如虎之怒。"《玉篇》："闞，聲也。"

[13] 辰：北辰。《公羊傳·昭公十七年》："北辰亦為大辰。"何休注："北辰，北極天之中也。"公門：朝門，朝廷。《穀梁傳·莊公元年》："主王姬者，必自公門出。"范寧注："公門，朝之外門。"

[14] 乃世：乃世，累世。《尚書·旅獒》："允迪茲，生民保厥居，惟乃世王。"孔安國傳："天子乃世世王天下。"

[15] 純和：即"雲和"，指昆山。張衡《東京賦》："爾乃孤竹之管，雲和之瑟。"李善注："雲和，山名也，出美木，用為瑟，其聲清亮也。"

[16] 岐嶷：幼而聰慧。《詩·大雅·生民》："克岐克嶷，以就口食。"毛詩傳："岐，知意也。嶷，識也。"令聞：美名。《詩·大雅·文王》："亹亹文王，令聞不已。"鄭玄箋："其善聲聞，日見稱歌，無止時也。"

[17] 允臧：誠善。《詩·鄘風·定之方中》："卜云其吉，終然允臧。"毛詩傳："允，信；臧，善也。"

[18] 克構：能構立基業。潘岳《楊荊州誄》："纂戎洪緒，克構堂基。"崇：盛。《爾雅·釋詁》："崇，充也。"郭璞注："亦為充盛。"

[19] 發迹：事功之興。陸機《贈顧交趾公真》："發迹翼藩後，改授撫南裔。"扶桑：東方。《淮南子·天文訓》："日出於暘谷，浴于咸池，拂於扶桑。"

[20] 戎車：兵車。《詩·小雅·采薇》："戎車既駕，四牡業業。"時惟鷹揚：惟此勇武之將。《詩·大雅·大明》："維師尚父，時維鷹揚，涼彼武王。"時：是。《爾雅·釋詁》："時，是也。"

[21] 鎮弼：鎮守。《爾雅·釋詁》："弼，俌也。"郭璞注："俌，猶輔也。"

[22] 扞城：同"干城"，喻勇武之將帥。《詩·周南·兔罝》："赳赳武夫，公侯干城。"毛詩傳："干，扞也。"鄭玄箋："干也城也，皆以御難也。此罝兔之人，賢者也。有武力可任爲將帥之德，諸侯可任以國守。扞城其民，折衝御難於未然。"

[23] 匪蠲：不潔，指政事荒穢。《尚書·酒誥》："惟我一人，弗恤弗蠲，乃事時同於殺。"孔安國傳："惟我一人，不憂汝乃不潔汝政事，是汝同於見殺之罪。"景命：大命。《詩·大雅·既醉》："君子萬年，景命有僕。"

[24] 明德惟馨：神靈所享者只有明德之芳香。《尚書·君陳》："至治，馨香感於神明，黍稷非馨，明德惟馨。"孔安國傳："政治之至者，芬芳馨氣動於神明。所謂芬芳，非黍稷之氣，乃明德之馨。"

[25] 恢：即"恢恢"，《玉篇》："恢恢，大也。"廣泉：即"廣淵"，唐因避諱，改淵为泉。廣大深遠。《尚書·微子之命》："乃祖成湯，克齊聖廣淵。"孔安國傳："言汝祖成湯能齊德聖達，廣大深遠，澤流後世。"廓：《玉篇》："大也。"

[26] 惇德：厚德。《尚書·舜典》："柔遠能邇，惇德允元。"孔安國傳："惇，厚也。"

[27] 慷慨：不得志而悲嘆。張衡《歸田賦》："感蔡子之慷慨，從唐生以決疑。"李善注："《說文》曰：慷慨，壯士不得志于心也。"

[28] 奕代：即"奕世"，前代。《國語·周語上》："奕世載德，不忝前人。"韋昭注："奕，亦前人也。"

[29] 頑矇：也作"頑蒙"，愚鈍無識。《玉篇》："頑，鈍也。"蕞爾：小。葛洪《抱朴子·內篇·道意》："蕞爾之體，自貽玆患。"《經典釋文》卷十九："蕞爾，小貌。"

[30] 玄渚：江中洲渚。陸機《赴洛詩》："南望泣玄渚，北邁涉長林。"呂延濟注："玄渚，江中洲渚也。"挹：退。《荀子·宥坐》："此所謂挹而損之之道也。"楊倞注："挹，亦退也。"淇：淇水，代指洛陽。

[31] 陶化：自然之化。《淮南子·本經訓》："天地之合和，陰陽之陶化萬物。"

[32] 洪軌：即'洪範'，大法。《尚書·洪範》："武王勝殷，殺受，立武庚，以箕子歸作《洪範》。"孔安國傳："洪，大；範，法也。言天地之大法。"此指先祖典範。

[33] 重規屢搆：比喻基業累積而盛。

[34] 赫赫：昌盛。《詩·大雅·常武》："赫赫明明，王命卿士。"毛詩傳："赫赫然，盛也。"重光：《經典釋文》卷四："重光，馬雲：日月星也。太極上元，十一月朔旦，冬至日月如疊璧，五星如連珠，故曰重光。"

[35] 造：《玉篇》："至也。"斯猷：此善道。《尚書·君陳》："斯謀斯猷，惟我后之

德。"孔安國傳："此善謀，此善道，惟我君之德善。"

［36］六蔽：《論語·陽貨》："子曰：'由也，汝聞六言六蔽乎。……好仁不好學，其蔽也愚；好知不好學，其蔽也蕩；好信不好學，其蔽也賊；好直不好學，其蔽也絞；好勇不好學，其蔽也亂；好剛不好學，其蔽也狂。'"

［37］洋洋：廣大。《詩·陳風·衡門》："泌之洋洋，可以樂饑。"毛詩傳："洋洋，廣大也。"泉源：即"淵源"，深遠之源頭。班固《典引》："與之斟酌道德之淵源，肴覈仁誼之林藪。"

［38］末嗣：末世子孫。乃：王引之《經傳釋詞》卷五："猶'且'也。"圮：《說文》："圮，毀也。《虞書》曰：方命圮族。"

［39］靈丘：先祖陵墓。曹植《感節賦》："豈吾鄉之足顧？戀祖宗之靈丘。"衘：同"銜"，含。《六書正偽》："衘，俗銜字。"沒齒：終年，意爲至死不忘。左思《吳都賦》："舜禹游焉，沒齒而忘歸。"劉良注："齒，年也。"

［40］景：同"影"，光影，日影。惟塵："維塵冥冥"之省略，形容晦暗。《詩·小雅·無將大車》："無將大車，維塵冥冥。"維：通"惟"。

［41］峩峩：同"峨峨"，高聳貌。《正字通》："峩，同峨。"高蹤：高迹。傅咸《贈何劭王濟》："豈不企高蹤，麟趾邈難追。"眇眇：微微。《尚書·顧命》："眇眇予末小子。"賀辰：不明之星辰。

［42］明德：美德。《尚書·康誥》："明德慎罰。"孔安國傳："顯用俊德，慎去刑罰。"繼體：繼承祖德。左思《吳都賦》："岐嶷繼體，老成奕世。"

［43］頑鄙：愚昧淺陋。

［44］仍代：乃世，累世。載德：踐行的道德。陸機《吊魏武帝文》："運神道以載德，乘靈風而扇威。"李善注："《國語》曰：祭公謀父，奕世載德。載，猶行也。"

［45］矧：何況。

［46］玄黃：馬生病。《詩·周南·卷耳》："陟彼高崗，我馬玄黃。"毛詩傳："玄馬病則黃。"阪：坡。載寐載興：半睡半醒，指起居不寧。《詩·秦風·小戎》："言念君子，載寢載興。"鄭玄箋："載寢載興，言思之深而起居不寧也。"

［47］憚：忌憚。《說文》："憚，忌難也。"負乘：擔荷車駕者，指馬。《廣韻》："乘，駕。"劉運好《陸士龍文集校注》："此句深層意是言小人居事，君子失位也。"

［48］頹：衰毀。

［49］濟濟：豐富繁盛。《詩·周頌·清廟》："濟濟多士，秉文之德。"

［50］愧而：當爲"愧恧"，慚愧。《玉篇》："恧，慚貌。"

［51］言曠：曠遠。言，語助詞，無意。《爾雅·釋詁》："曠，遠也。"汎舟：同"泛舟"，泛舟。

［52］羲陽：羲和駕日。《楚辭·離騷》："吾令羲和弭節兮，望崦嵫而勿迫。"王逸注："羲和，日御也。"趣駕：疾馳車馬，形容時光飛逝。《玉篇》："趣，進也，疾也。"

[53] 寤言：我寐。《詩·邶風·終風》："寤言不寐，願言則嚏。"鄭玄箋："言，我。"通靈：接通神靈，指夢。潘岳《寡婦賦》："願假夢以通靈兮，目炯炯而不寢。"

[54] 辰：日。東隅：日出之處。喻年少。

[55] 薄：迫。《尚書·益稷》："外薄四海，咸建五長。"孔安國傳："薄，迫也。"桑榆：日落之處，喻晚年。《後漢書·馮異傳》："始雖垂翅回谿，終能奮翼澠池。可謂失之東隅，收之桑榆。"

[56] 銜艱：含辛。遘湣：遭憂。班固《幽通賦》："巨滔天而泯夏兮，考遘湣以行謠。"應詔注："遘，遇也。湣，憂也。"困瘁：憔悴困苦。殷憂：深憂。《詩·邶風·北門》："出自北門，憂心殷殷。"《爾雅·釋訓》："殷殷，憂也。"

[57] 靈休：神靈吉美，意指神賜福慶。杜光庭《李玄儆爲亡女修齋詞》："叨深玄渥，冀荷靈休。"

[58] 開元：開始。此爲開國。《爾雅·釋詁》："元，始也。"迭：更替。天迭興徵：出自《詩·邶風·柏舟》"日居月諸，胡迭而微"。

[59] 隱：痛。《詩·邶風·柏舟》："耿耿不寐，如有隱憂。"毛詩傳："隱，痛也。"駭，《玉篇》："驚起也。"

[60] 王旅：晉師。《廣韵》："旅，師旅。"

[61] 朔土：北方，指洛陽。

[62] 言毒太苦：指痛苦深。《詩·小雅·小明》："心之憂矣，其毒大苦。"太：同"大"。《經典釋文》卷六："大，音泰。"鄭玄箋："憂之甚，心中如有毒藥也。"

[63] 休命：美命。《尚書·說命上》："疇敢不祗，若王之休命。"

[64] 振盪：動盪不安。《鶡冠子·世兵》："精神回薄，振盪相轉。"朔垂：北陲，北方邊疆。垂，同陲。

[65] 羈旅：寄居异鄉。《左傳·莊公二十二年》："齊侯使敬仲爲卿，辭曰：'羈旅之臣……敢辱高位？'"

[66] 嚴駕：整駕待發。顏延年《秋胡詩》："嚴駕越風寒，解鞍犯霜露。"東征：東行，指回鄉。肅邁：慎行。《廣韵》："肅，戒也。"

[67] 秣：飼馬。整：振。《尚書·大禹謨》："班師振旅。"孔安國傳："振旅，言整眾。"

[68] 矯矯：雄武的樣子。《詩·魯頌·泮水》："矯矯虎臣，在泮獻馘。"鄭玄箋："矯矯，武貌。"載驅載馳：驅馬行進。《詩·鄘風·載馳》："載馳載驅，歸唁衛侯。"毛詩傳："載，辭也。"

[69] 階：升。《玉篇》："階，上也，進也。"

[70] 夙零：早落。曹植《王仲宣誄》："如何奄忽，棄我夙零。"遑餟：餟不遑食。皇，通遑，閒暇。

[71] 傾景：日影西傾。景，同"影"，日影。儵：通"倏"，迅疾。《廣雅·釋詁》：

卷第一百五十二

"儵，疾也。"《楚辭·遠游》："神儵忽而不反兮。"王逸注："儵，一作倏。"存罷：猶"徂罷"。《爾雅·釋詁》："徂，存也。"郭璞注："以徂爲存，猶以亂爲治，以囊爲曏，以故爲今，此皆詁訓義有反覆旁通，美惡不嫌同名。"《廣韻》："罷，倦也，亦止也。"

[72] 駟：四馬一車，泛指駕車之馬。《玉篇》："駟，四馬一乘也。"

[73] 重陰：濃密之樹蔭。陰，同"蔭"。曹植《應詔》："爰有樛木，重陰匪息。"假寐：小憩。《詩·小雅·小弁》："假寐永嘆。"鄭玄箋："不脱冠衣而寐曰假寐。"

[74] 煢煢：孤獨貌。《楚辭·九嘆·憂苦》："辭九年而不復兮，獨煢煢而南行。"王逸注："煢煢，獨貌。"遄征：形容行進之速。《爾雅·釋詁》："遄，疾也。"又"遄，速也。"

[75] 喬木：高大樹木。《詩·周南·漢廣》："南有喬木，不可休息。"有鳥嚶鳴：有鳥和諧鳴叫。《詩·小雅·伐木》："伐木丁丁，鳥鳴嚶嚶。"

[76] 微物：指鳥。儕：吾輩。矧：王引之《經傳釋詞》卷九："矧，猶'亦'也。"伊：是，此。《詩·小雅·正月》："有皇上帝，伊誰云憎？"鄭玄箋："伊，讀當爲繄。繄，猶是也。"

[77] 常棣：《詩經》篇名。《詩·小雅·常棣》序："《常棣》，燕兄弟也。"常：同"棠"。燕：通"醼"，也作"宴"。友生：兄弟。曹植《王仲宣誄》："好和琴瑟，分過友生。"

[78] 覯：相見。滯思：凝滯之思念。陸機《嘆逝賦》："幽情發而成緒，滯思叩而興端。"曠年：長年。曹丕《與鐘大理書》："求之曠年，不遇厥真。"

[79] 浹辰：形容時間短暫。《左傳·成公九年》："浹辰之間，而楚克其三都。"杜預注："浹辰，十二日也。"劉琨《勸進表》："曠之浹辰，則萬機以亂。"吕延濟注："浹，及；辰，時也。自甲及癸爲一時。"

[80] 憂心孔艱：憂心甚難爲人知。《詩·小雅·何人斯》："彼何人斯，其心孔艱。"鄭玄箋："孔，甚；艱，難。其持心甚難知，言其性堅固，似不妄也。"

[81] 忽霍：同"習霍"，迅疾。揚雄《甘泉賦》："翕赫習霍，霧集而蒙合兮。"李善注："習霍，疾貌。"常：持久。《玉篇》："常，恒也。"

[82] 靡紀：無治政之功。《廣韻》："紀，理也。"

[83] 潵：疾。《廣韻》："潵，疾波。"

[84] 松柏：喻貞質。《論語·子罕》："歲寒，然後知松柏之後雕也。"慙：通"慚"，慙愧。先靈：先祖。

[85] 吝：吝惜。徒生：枉生。

[86] 苟克折薪：当为"苟克折薪。"苟能承先祖之業。《左傳·昭公七年》："古人有言曰：其父析薪，其子弗克負荷。"冥冥：昏暗，喻年老。《荀子·解蔽》："冥冥，蔽其明也。"楊倞注："冥冥，暮夜也。"

[87] 瞻企：跂足而瞻仰。《正韻》："企，舉踵望也。"皇極：偉大中正之道。《尚書·洪範》："五曰建用皇極。"孔安國傳："皇，大；極，中也。凡立事當用大中之道。"

邀福：求福。

[88] 冀：希望。

[89] 綿綿：不絕。《詩·大雅·緜》："緜緜瓜瓞，民之初生。"毛詩傳："緜緜，不絕貌。"緜緜：同"綿綿"。

[90] 鸑：鳳，一種神鳥。

[91] 徂：通"殂"，死亡。朱駿聲《說文通訓定聲》："徂，叚借爲殂。"

[92] 華堂：華麗屋宇，喻先祖基業。頹墉：殊壁。《玉篇》："墉，墙也。"

[93] 高門降衡：昔之貴族降爲庶族。沈約《奏彈王源》："高門降衡，雖自己作，蔑祖辱親，於事爲甚。"呂向注："衡，橫木爲門，凡庶之家也。"

[94] 惇：厚。《尚書·舜典》："柔遠能邇，惇德允元。"孔安國傳："惇，厚也。"氾愛：泛愛。氾，通"泛"。古"氾""氾""泛"三字通。錫：賜。

[95] 昧：始明。《詩·齊風·東方未明》："東方未晞，顛倒裳衣。"毛詩傳："晞，明之始升。"煥：明亮煥發。《玉篇》："煥，明盛，亦作奂。"南金：南方寶物。《詩·魯頌·泮水》："元龜象齒，大賂南金。"

[96] 曄：光彩。《廣韻》："曄，光也。"翰林：文苑。

[97] 清聲：清新音調。賈誼《新書·六術》："六律和五聲之調，以發陰陽天地人之清聲。"被：施加。

[98] 弘懿：大美。張衡《南都賦》："且其君子弘懿明叡，允恭溫良。"呂延濟注："弘，大也。懿，美也。"

[99] 敢投桃李：豈敢投贈桃李。這里以桃李喻己詩之淺陋。

《贈長沙公族祖》一首并序　　東晋　陶潛

題解：長沙公與淵明同出一祖，因世代漸遠，未曾謀面，以爲路人。今偶相逢，遂又分離，寄詩寫心。先寄其初見之感嘆，接著稱讚長沙公，再次惜別，最後予以勉勵。此篇又見《陶淵明集》卷一。逯欽立輯入《先秦漢魏晉南北朝詩·晉詩》卷二八。

余於長沙爲族祖，同出大司馬，已爲路人[一]，經過臨別贈此詩[二]。
同源分流，人易代疏[三][1]。慨矣寤嘆[四]，念茲厥初[2]。禮復［服］遂悠，歲月眇徂[3]。感彼行路[4]，眷然躊躇。於穆令族[5]，允搆斯堂。諧氣冬暉[五][6]，映懷珪璋。爰來春菀[六]，載敬秋霜[7]。我曰欽哉，寔宗之光[8]。伊余云遘，在長忘同[9]。笑言未久，逝焉西東[10]。遥遥湘渚[七]，滔滔九江[11]。山川阻遠，行李時通[12]。何以寫心[13]，貽此話言。進匱雖微，終在爲山[八][14]敬哉離人，臨路悽然[15]。欸衿或遼[九][16]，音問時先[十]。

【校勘】

〔一〕"已爲路人"，"已"，《陶淵明集》作"以"，且此句前有"昭穆既遠"四字。

〔二〕"經過"，《陶淵明集》作"經過潯陽"。

〔三〕"人易代疏"，"代"，《陶淵明集》作"世"，當是。

〔四〕"慨矣"，《陶淵明集》作"慨然"。

〔五〕"冬暉"，《陶淵明集》作"冬暄"。

〔六〕"爰來春菀"，《陶淵明集》作"爰采春花"。

〔七〕"湘渚"，《陶淵明集》作"三湘"。

〔八〕"進匱雖微，終在爲山"，《陶淵明集》作"進簣雖微，終焉爲山"。

〔九〕"欸衿"，《陶淵明集》作"欵襟"。

〔十〕"時先"，《陶淵明集》作"其先"。

【注释】

[1] 同源：本源相同。《後漢書·延篤傳》："夫人二致同源，總率百行。"（日）遍照金剛《文鏡秘府論》引孔文舉《與祖弟書》："同源派流，人易世疏。"

[2] 窹嘆：睡不着而嘆息。《詩·小雅·大東》："契契窹嘆，哀我憚人。"厥初：最初。《詩經·大雅·生民》："厥初生民，時維姜嫄。"

[3] 禮復：当为"礼服"，舉行重要喪禮時按規定所穿的衣服。眇徂：遠逝。

[4] 行路：路人。《後漢書·黨錮傳·范滂》："行路聞之，莫不流涕。"

[5] 令族：指名門世族。

[6] 諧氣：和氣的精神，此形容風貌。

[7] 秋霜：形容威勢盛大、品質高潔。《後漢書·孔融傳論》："懍懍焉，皓皓焉，其與琨玉秋霜比質可也。"

[8] 寔：通"實"，確實。

[9] 遘：相遇。長，讀音 zhǎng，年紀長、輩分高。

[10] 西東：泛指四方，無定向。《史記·屈原賈生列傳》："怵迫之徒兮或趨西東。"

[11] 滔滔：大水奔流貌。《詩·齊風·載驅》："汶水滔滔，行人儦儦。"

[12] 行李：使者。《左傳·僖公三十年》："行李之往來，共其乏困。"此指音信。

[13] 寫心：抒發内心感情。張華《答何劭》："是用感嘉貺，寫心出中誠。"

[14] 進匱：同"進簣""進簣"，堆土成山時增加一筐土。爲山：成山。喻事業有成。《論語·子罕》："譬如爲山，未成一簣。"

[15] 臨路：臨行。盧諶《贈劉琨一首并書》："亦奚必臨路而長號，睹絲而後歔欷哉！"

[16] 欵衿：同"款衿"，衷情襟懷。欵，亦作"款"，直誠，誠懇。《荀子·修身》："愚欵端愨，則合之以禮樂。"衿：胸懷，心懷。《北使·魏彭城王勰傳》："初，勰之定壽春，獲齊汝陰太守王果、豫州中從事庾穆等數人。勰傾衿禮之，常參坐席。"

《贈從弟弘元》一首　　南朝宋　謝靈運

題解：東晉義熙十一年（415），荊州刺史司馬休之有异志，劉裕率軍征討，平江陵。以劉道憐爲荊州刺史，"道憐貪鄙，無才能，裕以中軍長史晉陵太守謝方明爲驃騎長史、南郡相，道憐府中衆事皆咨決於方明"。方明乃靈運和弘元從叔，遂推薦謝弘元。謝弘元從鎮江陵，任驃騎記室參軍。靈運作詩贈別，詩中既表達了對弘元將赴江陵爲官的欣喜之情，亦抒發了將與從弟離別的傷感，最後對自己目前的處境流露不滿，有歸去之意。此篇逯欽立輯入《先秦漢魏晉南北朝詩·宋詩》卷二。

從弟弘元爲驃騎記室參軍，義熙十一年十月十日從鎮江陵，贈以此詩。
懿彼明泉，馥矣芳荑。[1]揚曄神皋，澂清靈溪。[2]灼灼吾秀，徽美是諧[3]。譽必德昭，志由業栖[4]。（其一）
憩鳳于林[5]，養龍在泉。舍潛就躍[6]，假雲翔天。飪以味變，台以明宣。[7]言辭戚朝，聿來鼎藩。[8]（其二）
昔爾同事，謂予偕征[9]。睽合無朕[10]，聚散有情。我端北署，子騰南溟。[11]申非授乖[12]，飲泪悽聲。（其三）
緬邈荆巫，杳翳江湍[13]。三千既曠，緜役實難[14]。想像微景，延佇音翰。[15]因雲往情，感風來嘆[16]。（其四）
寢處讙說，指辰忌薄。[17]仳離未幾，節至采穫。[18]靜念霜繁，長懷景落。[19]人道分慮，前期靡托。[20]（其五）
視聽易狎，冲用難本。[21]違真一差，順性誰卷[22]。顏子悔傷，蘧生化善。[23]心愧雖厚，行迷未遠。[24]平生結誠，久要罔轉[25]。警掉候風[26]，側望雙反。（其六）

卷第一百五十二

【注釋】

[1] 淠：通"泌"，泉流輕快的樣子。《詩·邶風·泉水》："淠彼泉水，亦流于淇。"芳荑：芳草。荑，讀音tí，茅的嫩芽。《詩·邶風·靜女》："自牧歸荑，洵美且異。"

[2] 神皋：神明所聚之地。張衡《西京賦》："尔乃广衍沃野，厥田上上，寔为地之奧區神皋。"此指江陵一帶。澂清：肅清世亂。靈溪：溪流的泛稱，在今湖北江陵西北一帶。宗夬《荊州樂》："朝發江津路，暮宿靈溪道。"

[3] 徽美：美好，多指美德。《後漢書·列女傳·曹世叔妻》："若淑媛謙順之人，則能依義以篤好，崇恩以結援，使徽美顯章，而瑕過隱塞。"

[4] 志由業栖：志向靠功業來寄托停留。栖，停留，附身。

[5] 憩鳳：息鳳。憩，休息，歇息。《詩·召南·甘棠》："蔽芾甘棠，勿翦勿敗，召伯所憩。"

[6] 舍潛：舍棄潛伏的水。《易·乾》："潛龍勿用，陽在下也。或躍在淵，進無咎也。"

[7] 飪：烹調，煮熟。台：星名。

[8] 言：助詞，無義。戚：親近，親密。鼎藩：地位重要的諸侯國，此指荊州。

[9] 偕征：一起出征。

[10] 睽合：離合。朕：預兆，徵兆。《莊子·應帝王》："體盡無窮，而游無朕。"

[11] 端：六朝對幕職的敬稱，這里指任職。北署：北方的官署，指朝庭中書侍郎。南溟：南方的大海，借指荊州。

[12] 申：陳述。授：任命，任用。乖：分離。任昉《與沈約書》："將乖之際，不忍告別。"

[13] 杳藹：遙遠模糊。江湍：江水急流。

[14] 繇役：即"徭役"，從征。段玉裁《說文解字注》："作繇，亦用爲繇役字，徭役者，隨從而爲之者也。"

[15] 微景：微賤身影。延佇：引頸久立，形容盼望之切。陶潛《停雲》："良朋悠邈，搔首延佇。"

[16] 感風：感于風人。

[17] 寢處：同"寢處"，坐卧。《孔子家語·五儀》："夫寢處不時，飲食不節，逸勞過度者，疾共殺之。"讌說：宴飲交談。忌薄：怨時間迫近。

[18] 仳離：離別。未幾：不多久。采穫：歲暮。《詩·小雅·小明》："歲聿云暮，采蕭穫菽。"

[19] 霜繁：霜重。王充《論衡·寒溫》："朝有繁霜，夕有列光。"這兩句意指日夜都在思念弟弟弘元。

[20] 人道：人倫。《禮記·喪服小記》："亲亲、尊尊、長長、男女之有別，人道之大者也。"前期：從前的約定，預定。《莊子·徐無鬼》："射者非前期而中，謂之善射，

— 29 —

天下皆羿也。"

[21] 冲用：道家所提倡的謙和、中和之道。《老子》："道冲而用之或不盈。"難本：難以依據。

[22] 順性：順從天性。《呂氏春秋·先己》："順性則聰明壽長，平靜則業進樂鄉，督聽則姦塞不皇。"卷：改變，喻内心堅定不移。《詩·邶風·柏舟》："我心匪席，不可卷也。"

[23] 顏子：顏回。蘧生：蘧伯玉，春秋時衛國大夫。《莊子·則陽》："蘧伯玉行年六十而六十化。未嘗不始于是之而卒詘之以非也，未知今之所謂是之非五十九非也。"此指顏回知過能悔，傷其短命；蘧伯玉不斷總結教訓，隨年遷善。

[24] 心愧：内心慚愧，指違志做官。行迷：行路迷途。《楚辭·離騷》："回朕車以復路兮，及行迷之未遠。"此指做官乃迷途。

[25] 久要：舊交。曹植《箜篌引》："久要不可忘，薄終義所尤。"

[26] 警掉：即"警棹"，備船。候風：觀測風向，等候順風開船。謝靈運《歸塗賦》："于是舟人告辦，佇楫在川，觀鳥候風，望景測圓。"

《答中書》一首　　南朝宋　謝靈運

題解：東晉義熙八年（412），謝靈運在荊州刺史劉毅軍中任職，作此詩贈從兄中書侍郎謝瞻。詩共八章，讚美謝瞻才德，并追憶往昔兄弟交游之樂，回顧自己仕途的飄轉，最後向兄弟表明歸隱之意。此篇逯欽立輯入《先秦漢魏晉南北朝詩·宋詩》卷二。

懸圃樹瑤，崑山挺玉。[1]流采神皋，列秀華岳。[2]休哉美寶，擢穎昌族[3]。灼灼風徽，采采文牘[4]。（其一）

伊昔昆弟，敦好閭里[5]。我暨我友[6]，均尚同恥。仰儀前脩，綢繆儒史[7]。亦有暇日，嘯歌宴喜[8]。（其二）

聚散無期，乖仳易端[9]。之子名揚，鄙夫忝官[10]。素質成漆，巾褐懼蘭。[11]遷流推薄，云胡不嘆[12]。（其三）

中予備列，子贊時庸[13]。偕直東署，密勿游從[14]。彼美顯價，煌煌逸蹤。[15]振迹鼎朝，翰飛雲龍[16]。（其四）

嗟茲飄轉，隨流如萍[17]。台岳崇觀，僚士惟明[18]。璨璨下陪，從公于征。[19]遡江踐漢[20]，自徐徂荊。（其五）

契闊北京，勌勞西鄙。[21]守官末局[22]，年月已永。孰是疲劣，逢此多

□〔一〕[23]厚顏既積[24]，在志莫省。（其六）

悽悽離人，惋乖悼己。[25]企佇好音[26]，傾渴行李。籾乃良朋，貽我瓊玘。[27]久要既篤，平生盈耳。[28]申復情言，欣嘆互起。[29]何用托誠，寄之吾子。[30]（其七）

在昔先師，任誠師天。[31]刻意豈高，江海非閑。[32]守道順性，樂茲丘園。[33]偕友之唱[34]，敬悅在篇。霜露荏苒[35]，日月如捐。相望式遄，言歸言旋。[36]（其八）

【校勘】

〔一〕此少一字，今用"□"表示，依文意當是"眘"字，補之。

【注釋】

[1] 懸圃：傳說在崑崙山頂。有金臺、玉樓，為神仙所居。也作"玄圃""縣圃"。後泛指仙境。《楚辭·天問》："崑崙懸圃，其居安在？"樹瑤：樹立美玉。崑山：崑崙山的簡稱。崑，同昆。《尚書·胤征》："火炎崑岡，玉石俱焚。"

[2] 流采：光采傳布。華嶽：華山，此代指中書謝瞻。

[3] 擢穎：擢秀，人才秀出。

[4] 采采：茂盛，眾多。《詩·秦風·蒹葭》："蒹葭采采，白露未已。"此形容從兄中書有文采。

[5] 敦好：和睦友好。

[6] 友：兄弟相敬愛。《爾雅·釋訓》："善父母為孝，善兄弟為友。"也代指兄弟。

[7] 綢繆：深奧。《莊子·則陽》："聖人達綢繆，周盡一體矣。"此句指深入鑽研儒史之籍。

[8] 嘯歌：長嘯歌吟。《詩·小雅·白華》："嘯歌傷懷，念彼碩人。"

[9] 乖忤：分離。易端：容易到來。

[10] 之子：尊稱中書。鄙夫：靈運自稱。忝官：愧居官位。

[11] 巾褐：頭巾和褐衣，古代平民的服裝。《三國志·吳志·薛瑩傳》："特蒙招命，拯擢泥汙，釋放巾褐，受職剖符。"蘭：香草，喻高潔品行。此句指違志做官，不能保持高潔品操。

[12] 推薄：推移逼近。謝靈運《撰征賦》序："日月推薄，帝心彌遠。"此指生活遷徙不定。云胡：云何，為何。

[13] 備列：充數，自謙之詞。時庸：太平之時。

[14] 密勿：勤勉努力。《詩·小雅·十月之交》："黽勉從事，不敢告勞。"王先謙《詩三家義集疏》："魯'黽勉'作'密勿'。"

[15]顯價：顯出身價。應璩《薦和慮則箋》："令夜光之璧，顯價於和氏之肆；千里之足，定功於伯樂之庭。"煌煌：明亮輝耀貌；光彩奪目貌。《詩·陳風·東門之楊》："昏以爲期，明星煌煌。"

[16]振迹：奮發有爲。陸機《從軍行》："奮臂攀高木，振迹涉流沙。"鼎朝：朝廷。翰飛：高飛。《詩·小雅·小宛》："宛彼鳴鳩，翰飛戾天。"雲龍：朝廷，因宮廷建築多繪雲龍圖飾，故稱。

[17]萍：浮萍。

[18]台岳崇觀：泛指朝廷官位。僚士：同一官署任職者。

[19]瑣，讀音 suǒ。瑣瑣：平庸、鄙陋。習鑿齒《與桓祕書》："瑣瑣常流，碌碌凡士，焉足以感其方寸哉！"於征：出征。於，助詞，無義。

[20]遡江：逆江而上。

[21]契闊：同下句"劬勞"，勤苦。《詩·邶風·擊鼓》："死生契闊，與子成說。"北京：此指建康。西郢：江陵。

[22]末局：殘局。

[23]孰是：怎麼這樣；爲何如此。《楚辭·九章·哀郢》："曾不知夏之爲丘兮，孰兩東門之可蕪？""多"後缺一字，逯欽立《先秦漢魏晉南北朝詩》作"肯"，可從。

[24]厚顏：難爲情，慚愧。《周書·文帝紀上》："朕以不德，負乘致寇。今日相見，深用厚顏。"

[25]悽悽：悲傷淒凉的樣子。《關尹子·三極》："人之善琴者，有悲心則聲悽悽然。"惋乖：嘆惜分離。

[26]企佇：踮起脚來等待，指急切盼望。《三國志·魏志·陳思王植傳》："是臣悽悽之誠，竊所獨守，實懷鶴立企佇之心。"好音：好消息。《詩·檜風·匪風》："誰將西歸，懷之好音。"

[27]矧乃：況且。瓊玘：美玉，指中書寄贈的詩篇。

[28]平生：平素，往常。《論語·憲問》："久要不忘平生之言，亦可以爲成人矣。"

[29]申復：陳述回復。欣嘆：欣賞贊嘆。

[30]何用：用何。此句意思是：用什麼寄托我內心的真情呢？

[31]先師：莊子。師天：效法自然。

[32]刻意：克制意志。《莊子·刻意》："刻意尚行，離世异俗。"江海：隱士的居處。《莊子·刻意》："就藪澤，處閑曠，釣魚閑處，無爲而已矣。此江海之士，避世之人，閑暇者之所好也。"

[33]守道：堅守道家提倡的準則。丘園：隱居的家園。《易·賁》："六五，賁於丘園，束帛戔戔。"

[34]偕友：兄弟一起。

[35]霜露：光陰，義同下句"日月"。荏苒：漸漸過去，常形容時光易逝。陶潛

《雜詩》之五:"荏苒歲月頹,此心稍已去。"

[36] 式遄:迅速。式,助詞,無義。《詩·大雅·烝民》:"仲山甫徂齊,式遄其歸。"此句指雙方都希望盡快再見面。

《贈從弟弘元時为中軍功曹住京》一首　　南朝宋　謝靈運

題解:東晋義熙十二年(416),劉裕北伐,九月抵彭城,十月克洛陽,謝弘元赴北當在此時。詩中追述二人深厚友誼,對從弟將赴北,表達不舍之情。此篇逯欽立輯入《先秦漢魏晋南北朝詩·宋詩》卷二。

於穆冠族[1],肇自有姜。峻極誕靈,伊源降祥。[2]貽厥不已,歷代流光。[3]邁矣夫子,允迪清芳。[4](其一)

昔聞蘭金[5],載美典經。曾是朋從[6],契合性情。我違志槩,顯藏無成。[7]疇鑒予心,托之吾生。[8](其二)

維翰孔務,明時勞止。[9]我求髦俊[10],以作僚士。僉曰爾諧,俾蕃是紀。[11]逝將去我,言戻北鄙。[12](其三)

契闊群從,繾綣游娛。[13]歷時越歲,寒暑屢徂。[14]接席密處,同軫脩衢。[15]孰云异對,翔集無殊。[16](其四)

子既祗命,餞此離襟。[17]良會難期,朝光易侵。[18]人之執情,吝景悼心。[19]分手遵渚,傾耳淑音。[20](其五)

【注釋】

[1] 於穆:對美好的讚嘆。《詩·周頌·維天之命》:"維天之命,於穆不已。"冠族:顯貴的豪門世族,此指谢氏家族。

[2] 峻極:至高,極高。《禮記·中庸》:"發育萬物,峻極於天。"伊源:源頭。伊,助詞,無義。

[3] 貽厥:留傳,遺留。《尚書·五子之歌》:"明明我祖,萬邦之君,有典有則,貽厥子孫。"此指子孫,後嗣。流光:福澤流傳至後世。《穀梁傳·僖公十五年》:"德厚者流光,德薄者流卑。"

[4] 邁:超然不俗。《晋書·裴楷傳》:"楷風神高邁,容儀俊爽。"允迪:認真履踐或遵循。《尚書·皋陶謨》:"允迪厥德,謨明弼諧。"此用歇後,取"厥德"之義。

[5] 蘭金:金蘭,契合的友情;深交。《易·繫辭上》:"二人同心,其利斷金;同心之言,其臭如蘭。"

[6] 朋從：同類相從。《易·咸》："憧憧往來，朋從爾思。"此指朋友。張華《上巳篇》："朋從自遠至，童冠八九人。"

　　[7] 志槩：志氣節操。槩，讀音 gài，節操。《漢書·楊惲傳》："夫西河魏土，文侯所興，有段干木、田子方之遺風，漂然皆有節概，知去就之分。"顯藏：顯達和隱居。

　　[8] 疇：誰。《尚書·說命上》："後克聖，臣不命其承，疇敢不祇若王之休命？"鑒：明察。吾生：對同輩或卑幼者的敬愛之稱。陸機《贈潘岳詩》："僉曰吾生，明德惟允。"

　　[9] 維翰：捍衛。《詩·大雅·文王有聲》："四方攸同，王後維翰。"亦指保衛國家的重臣。江淹《蕭冠軍進號征虜詔》："門下維翰之重，實資名品。"孔務：非常操勞。務，操勞。《管子·君臣》："順大臣以功，順中民以行，順小民以務，則國豐矣。"勞止：辛勞；勞苦。止，助詞，無義。《詩·大雅·民勞》："民亦勞止，汔可小康。"

　　[10] 髦俊：亦作"髦儁"，才智傑出之士。《漢書·敘傳下》："世宗曄曄，思弘祖業，疇咨熙載，髦俊并作。"

　　[11] 僉曰：都說。爾諧：你配合適當。俾蕃：使藩國。蕃，同"藩"，指荊州。是紀：治理。紀，別理散絲的頭緒，引申為治理，綜理。《詩·大雅·棫樸》："勉勉我王，綱紀四方。"

　　[12] 逝：往。《詩·魏風·碩鼠》："逝將去女，適彼樂土。"言戾：到達。言，助詞，無義。北鄙：北部邊境。

　　[13] 契闊：相交，指感情深厚。曹操《短歌行》："契闊談讌，心念舊恩。"群從：家族中諸兄弟子侄。繾綣：纏綿，形容感情深厚。潘岳《為賈謐作贈陸機》："昔余與子，繾綣東朝。"

　　[14] 屢徂：數往，指時間飛逝。

　　[15] 接席：坐席相接，多形容親近。曹丕《與吳質書》："行則連輿，止則接席。"同軫：同車。

　　[16] 异對：不同父母所生，非親兄弟。翔集：眾鳥飛翔而後群集於一處。《論語·鄉黨》："色斯舉矣，翔而後集。"此指兄弟舉止行動。

　　[17] 祗命：奉命。離襟：分離，離別。

　　[18] 朝光：早晨的陽光。鮑照《代堂上歌行》："陽春孟春月，朝光散流霞。"

　　[19] 執情：執友之情，至交之情。客景：珍惜時光。

　　[20] 遵渚：沿著水中小洲，此指上船。傾耳：傾聽。《禮記·孔子閒居》："傾耳而聽之，不可得而聞也。"淑音：好音，好消息。

《贈安成》一首　　南朝宋　謝靈運

　　題解：安成即安成太守謝瞻，字宣遠，靈運從兄，東晉義熙十一年

(415) 正月作守安成。靈運贈詩，讚美宣遠才華，追憶二人交往情深，表達了對宣遠的思念之情，詩末表呈歸隱之意。此篇逯欽立輯入《先秦漢魏晉南北朝詩·宋詩》卷二。

時文前代，徽猷系從。[1]於邁吾子，誕俊華宗[2]。明發迪古［吉］〔一〕[3]，因心體聰。微言是賞，斯文以崇。[4]（其一）

用舍誰階，賓名相傳。[5]秘丘發軫[6]，千里知賢。撫翼宰朝，翰飛戚蕃。[7]佐道以業，淑問聿宣[8]。（其二）

相彼景響[9]，有比形聲。始云同宗，終然友生[10]。《棠棣》隆親，《頍弁》鑒情。[11]緬邈歲月[12]，繾綣平生。（其三）

明政敦化，矜恤載懷。[13]用掇良彥，循我人黎。[14]江既永矣，服亦南畿[15]。解袂告離[16]，雲往風飛。（其四）

揮手未幾，鑽燧推斥[17]。青春屏轡，素秋系迹。[18]媚彼時漁，戀此分拆[19]。我勞行久，實獲予感[20]。（其五）

昔在先道，垂誥亨鮮。[21]亦曰于豹，調和韋弦。[22]清靜有默[23]，平正無偏。欽隆令績，慰沃願言。[24]（其六）

駕不逮駿，薰不間薰[25]。三省朽質，再沾慶雲[26]。仰慚《蓼蕭》，俯惕惟塵。[27]將拭舊褐，竭來虛汾。[28]疇諮亮款[29]，敬告在文。（其七）

【校勘】

〔一〕古，當是"吉"字。

【注釋】

[1] 時文：當時的文明，指禮樂制度等。張協《七命》："群萌反素，時文載郁。"徽猷：美善之道。《詩·小雅·角弓》："君子有徽猷，小人與屬。"

[2] 誕俊：大才。華宗：貴族。曹植《上疏陳審舉之義》："三監之釁，臣自當之，二南之輔，求不必遠，華宗貴族藩王之中，必有應斯舉者。"

[3] 明發：黎明，平明。《詩·小雅·小宛》："明發不寐，有懷二人。"迪吉：道吉，指吉祥。《尚書·大禹謨》："惠迪吉，從逆凶。"孔安國傳："迪，道也。順道吉，從逆凶。"

[4] 微言：精微之言語。《逸周書·大戒》："微言入心，夙喻動眾。"斯文：禮樂教化、典章制度。《論語·子罕》："天之將喪斯文也，後死者不得與于斯文也。"

[5] 用舍：為官與隱居。階：憑借，根據。《漢書·异姓諸侯王表序》："是以漢亡尺

土之階,緱一劍之任,五載而成帝業。"賓名:名聲。《莊子·逍遥游》:"名者實之賓也。"

[6]秘丘:同"泌丘",山林之所,隱居之所,此指隱居賢者。葛洪《抱朴子·正郭》:"有道之世而臻此者,猶不得復厠高潔之條貫,爲秘丘之俊民,而修兹在於危亂之運,奚足多哉?"發軔:車子出發,起程。陸機《贈馮文羆詩》:"發軔清洛汭,驅馬大河陰。"

[7]撫翼:拍擊翅膀,比喻奮起。袁宏《三國名臣序贊》:"子布擅名,遭世方擾,撫翼桑梓,息肩江表。"翰飛:高飛。《詩·小雅·小宛》:"宛彼鳴鳩,翰飛戾天。"戚藩:諸侯國,此指安成郡。

[8]淑問:善於審判。《詩·魯頌·泮水》:"淑問如皋陶,在泮獻囚。"宣:顯示,宣揚。《尚書·顧命》:"昔君文王武王,宣重光,奠麗陳教,則肄肄不違,用克達殷,集大命。"

[9]景響:亦作"景嚮",亦作"景鄉",如影隨形,如響應聲。《楚辭·九章·悲回風》:"入景響而無應兮,聞省想而不可得。"此句指兄弟二人關繫親密,形影不離。

[10]友生:朋友。《詩·小雅·常棣》:"雖有兄弟,不如友生。"

[11]《棠棣》《頍弁》:《詩·小雅》篇名。《棠棣》明兄弟當互相友愛,此指兄弟。《頍弁》寫主人宴請兄弟親戚,兄弟親戚對主人感謝,此指兄弟。

[12]緬邈:久遠;遥遠。潘岳《寡婦賦》:"遥逝兮逾遠,緬邈兮長乖。"

[13]敦化:仁愛敦厚,化生萬物。《禮記·中庸》:"小德川流,大德敦化,此天地之所以爲大也。"矜恤:憐憫撫恤。《晏子春秋·問上二一》:"積豐美之養,而聲矜恤之義。"

[14]用擬:選用。人黎:"黎人"之倒,即黎民、平民、百姓。

[15]服:服官。南畿:南方邊遠地區。曹丕《述征賦》:"遵往初之舊迹,順歸風以長邁。鎮江漢之遺民,静南畿之遐裔。"

[16]解袂:分手,離别。

[17]鑽燧:鑽燧取火,原始的取火法,引申爲時序推遷。《論語·陽貨》:"舊穀既没,新穀既升,鑽燧改火,期可已矣。"推斥:推遷,推移。

[18]青春:春天。《楚辭·大招》:"青春受謝,白日昭只。"屏轡:退轡。此指春天過去。系迹:系踵。

[19]分拆:分離。

[20]感:憂。

[21]先道:先人之道,指《老子》。垂誥:留下訓誡。亨鮮:同"烹鮮"。《老子》:"治大國若烹小鮮。"

[22]于豹:董安于與西門豹。韋弦:牛皮帶、弓弦。《韓非子·觀行》:"西門豹之性急,故佩韋以自緩;董安于之性緩,故佩弦以自急。故以有餘補不足,以長續短之謂明

主。"後因以"韋弦"比喻外界的啓迪和教益。用以警戒、規勸。

[23] 清静：不煩擾。多指爲政清簡，無爲而治。《老子》："躁勝寒，静勝熱，清静爲天下正。"

[24] 欽隆：崇敬。慰沃：安慰滿足。沃，澆灌，引申爲滿足。《尚書·説命》："啓乃心，沃朕心。"願言：思念殷切貌。《詩·衛風·伯兮》："願言思伯，甘心首疾。"

[25] 蕕：臭草。間：參與，同列。薰：香草。《左傳·僖公四年》："一薰一蕕，十年尚猶有臭。"

[26] 沾：獲取。慶雲：祥雲，好運。《漢書·禮樂·郊祀歌》："甘露降，慶云集。"此指再次任職。

[27]《蓼蕭》：《詩·小雅》篇名。《毛詩序》："《蓼蕭》，澤及四海也。"惟塵：同"維塵"，指《詩·小雅·無將大車》。《詩·小雅·無將大車》："無將大車，惟塵冥冥。"鄭玄箋："猶進舉小人，蔽傷己之功德。"後因以"惟塵"喻小人，佞人。

[28] 拭：揩擦，擦去。舊褐：舊衣，指將辭官歸隱。曷來：去來。虛汾：隱居之所。虛，空曠。汾，水名。

[29] 疇諮：亦作"疇咨"，訪問，訪求。《尚書·堯典》："疇咨若時登庸。"亮款：明亮誠懇之心。

《第五兄揖到太傅竟陵王屬奉詩》一首　　南朝齊　王寂

題解：王寂，字子玄，琅琊臨沂人，好文章，讀《范滂傳》，未嘗不嘆悒。王融被殺後，賓客多歸之。建武（494—498）初，欲獻《中興頌》，兄曰："汝膏粱年少，何患不達？不鎮之以静，將恐貽譏。"寂乃止。位秘書郎，卒時年僅二十一。到太傅，即到溉。竟陵王，即蕭子良。此詩乃作者與第五兄王揖、到溉和蕭子良僚屬等的奉和詩，讚美大齊賢才齊集，以到溉和竟陵王爲代表的君子輔佐國家，君臣和諧。最後寫唱和之場景，時當深秋，詩酒流連，詩人自陳心迹，希望能得貴人提拔以濟世用。此篇逯欽立輯入《先秦漢魏晉南北朝詩·齊詩》卷五。

蘭馥春林，松貞秋坂[1]。匪霜匪風，寧高寧遠[2]。玉華彼川，琛先兹巘[3]。至德綢繆，嘉英繾綣[4]。（其一）

西周擇才，東京得士。明明大齊，顯允君子[5]。芳華早照，徽聲夙美[6]。如彼招摇，不功而峙[7]。（其二）

天遥漢遠，日華月麗[8]。彦無沉隱，賢豈幽滯[9]。如蘭斯芬，如花斯

蒂[10]。臣實有恭，皇亦有憓[11]。（其三）

　　周旦綿邈，漢光遥緬。[12]左右匡弼，朝夕臺鉉。[13]嘉王副兹[14]，聲邁前典。誰奉神軒[15]，匪德無踐。（其四）

　　寒林汎月[16]，霜峰淡烟。濁樽湛淡，清調連綿。[17]顧尋出處，中襟閔然。[18]曷爲贊仰，敢獻微篇。[19]（其五）

【注釋】

[1] 蘭馥：蘭香。坂：山坡，斜坡。

[2] 匪：同"非"，表否定。寧：豈，難道。

[3] 巘，讀音 yǎn，大山上的小山。

[4] 綢繆：情意殷切。李陵《與蘇武詩》："獨有盈觴酒，與子結綢繆。"繾綣，讀音 qiǎn quǎn，感情深厚，難舍難分。《詩·大雅·民勞》："無縱詭隨，以謹繾綣。"

[5] 顯允：英明信誠。《詩·小雅·采芑》："顯允方叔，伐鼓淵淵。"

[6] 徽聲：美好的聲譽。

[7] 招摇：山名。《山海經·南山經》："南山經之首曰鵲山，其首曰招摇之山。"峙：直立，聳立。

[8] 日華：太陽的光華。謝朓《和徐都曹》："日華川上動，風光草際浮。"

[9] 彦：有才學的人，賢士。《爾雅》："美士爲彦。"幽滯：隱淪而不用於世。《後漢書·董卓傳》："幽滯之士，多所顯拔。"

[10] 蒂，讀音 dì，花果等草本植物生長出來的地方，花葉或瓜果與枝莖連接的部分。

[11] 憓，讀音 huì，同"惠"，恩惠，給人好處。

[12] 周旦：姬旦，周文王第四子，周武王姬發之弟，輔佐武王，製禮作樂。《尚書·大傳》稱他："一年救亂，二年克殷，三年踐奄，四年建侯衛，五年營成周，六年製禮樂，七年致成王。"綿邈，讀音 mián miǎo，亦作"緜邈"，遼遠，長久。左思《吳都賦》："島嶼綿邈，洲渚馮隆。"劉逵注："綿邈，廣遠貌。"漢光：光武帝劉秀，字文叔，東漢開國皇帝，開創"光武中興"。遥緬：遙遠。

[13] 匡弼：糾正補救，匡正輔佐，一般指臣下對君王的輔佐。蔡邕《琅琊王傅蔡朗碑》："驕盈僭差，或蹈憲理，非弘直碩儒，莫能匡弼。"鉉，讀音 xuàn，鼎耳，以代鼎。鼎三足，有三公之象，故以喻宰輔重臣。《晉書·韓伯傳》："王湛門資臺鉉，地處膏腴，識表鄰機，才惟王佐。"

[14] 嘉王：指竟陵王。副：相稱，符合。

[15] 軒：古代一種有圍棚或帷幕的車。

[16] 寒林：秋冬的林木。陸機《嘆逝賦》："步寒林以凄惻，翫春翹而有思。"汎：漂浮的樣子。

[17] 濁樽：濁酒，未濾的酒，較混，相對清酒而言。湛淡：湛澹，清澈。張載《蒙汜池賦》："麗華池之湛淡，開重壤以停源。"清調：古代絲竹樂的合奏形式，源於漢樂府。連綿：連縣，接連不斷。

[18] 出處：出仕及退隱。中襟：心中；胸懷。陶淵明《閒情賦》："儻行行之有覿，交欣懼於中襟。"閔然：憂傷貌。

[19] 贊仰：稱讚敬仰。微篇：謙詞，指此詩。

《贈族叔衛軍儉》一首　　南朝齊　王融

題解：王融與王儉同出於琅邪王氏，此詩贈答，主要歌頌王儉的功德。首章述蕭道成建齊稱帝，爲以下寫王儉輔佐之功鋪墊。二、三章寫君臣和諧，王儉有經天緯地之才，"齊摯等契，凌何邁禹"。四至七章讚王儉的德行功業、學問才能。八章寫齊高帝封王儉爲南昌縣公，"受策以出，出入勤三"。九章述王儉爲上京尹時的政績，"雋張愧稱，王趙慚名"。十章述其領國子祭酒、掌選吏部時事迹。十一至十五章，述其官開府儀同三司之事，君主再次發命，儉遂任職，"威德惟馨"，德兼古烈，"文整國容，武決廟算"。《南齊書·王儉傳》："五年，即本號開府儀同三司，固讓。六年，重申前命。"劉躍進系此詩于永明初，細思詩"豈敢固之，王言再發"，當作於永明五——六年間（487—488）。此詩按時間順序，幾乎記錄了永明六年之前王儉一生的功迹，讚美王儉之才德無雙。《南齊書》本傳："從叔儉，初有儀同之授，融贈詩及書。儉甚奇憚之。笑謂人曰：'穰侯印詎便可解？'"《文館詞林》原作"不器有德，有匪斯文"，今據《藝文類聚》卷三十一改爲"不器其德，有斐斯文"。此篇《藝文類聚》卷三一節引第一章16字，即引峻、鎮二韻；節引第六章24字，即引文、雲、紛三韻；節引第十三章16字，即引宣、山二韻；節引第十五章24字，即引貫、粲、旦三韻，題作"贈族衛軍詩"。逯欽立輯入《先秦漢魏晉南北朝詩·齊詩》卷二。

　　台曜澄華，鉉岳裁峻。[1] 經天爲象，麗地作鎮。[2] 龍潛九泉，鳳栖百仞。[3] 濟弁高騰，乘箕遠振。[4]（其一）

　　極睇金策，具覽瑤圖。[5] 宏蹤滂邈，邃理睢盱。[6] 聖機共軫，睿想同謨。[7] 玄契寤語，幽契占符。[8]（其二）

　　軒迹方融，稽牧克輔。[9] 天步初階，哲人翼主。[10] 望古連規，追循叠

矩。[11]齊摯等契，凌何邁禹。[12]（其三）

　　桂萌已馥，玉生而溫。[13]曰自志學，即此寶門。[14]身無擇行，口不棄言。[15]儔襟河隧，合量衢鱒。[16]（其四）

　　漸美中和[17]，資心百姓。柔裕爲容，齊莊以敬。[18]仁則物安，義維己正。[19]冲泉［淵］如泉，鏡净如鏡。[20]（其五）

　　不器有［其］〔一〕德，有匪［斐］〔二〕斯文。[21]質超瑚璉，才逸卿雲。[22]搖筆泉瀉，動咏霓紛。[23]渢乎不極，卓兮靡群。[24]（其六）

　　君道知人，臣術勝務。[25]納揆飛聲，登庸緝譽。[26]明敘沉隱，賁發幽素。[27]九流載清，八政允樹。[28]（其七）

　　帝曰欽哉[29]，朕嘉乃良。滔滔江蠡，實紀炎方。[30]建兹赤社，俾侯南昌。[31]受策以出，出入勤王。[32]（其八）

　　施之爲政，實尹上京。[33]期月而可，三年有成。[34]人莫愛力，物不廋情。[35]儁張愧稱，王趙慚名。[36]（其九）

　　息憩渠館，式静澤宫。[37]我求駿德，昭此困蒙。[38]儀形闖［闕］〔三〕里，木鐸淹中。[39]容上復禮，稷下還風。[40]（其一〇）

　　帝略時康，皇途攸乂[41]。乃命南昌，式補袞闕[42]。念捐辭功，鳴謙讓伐[43]。豈敢固之[44]，王言再發。（其一一）

　　於時春暮，日煥雲清[45]。前紀文物，後發聲明。[46]逶迤冕服，有鏘璁珩。[47]公其戾止，威德惟馨。[48]（其一二）

　　德馨伊何，如蘭之宣。[49]貞筠柚箭，潤壁懷山。[50]有榮有茂，不悴不騫[51]。介兹景福，君子萬年。[52]（其一三）

　　繇資律紀，望以韜傳。[53]宋翟空墨，周老徒玄。[54]一致或稟，百行無員。[55]永言古烈，公寶兼斾。[56]（其一四）

　　六樂畢該，五禮備員。[57]七訓是敷，三英有粲。[58]文整國容，武決廟算。[59]唯旦唯公[60]，唯公唯旦。（其一五）

【校勘】

〔一〕有，當是"其"字。

〔二〕匪，當是"斐"字。

〔三〕闖，當是"闕"字。

卷第一百五十二

【注釋】

[1] 台：古代官署名，尚書爲中臺，御史爲憲臺，謁者爲外臺，三者合稱"三臺"。曜：照耀，明亮。《詩·檜風·羔裘》："日出有曜。"澄華：清澈的冰花。澄，水清澈不流動，《淮南子·説山》："人莫鑒於沫雨，而鑒於澄水者，以其休止不蕩也。"鉉：舉鼎的器具，狀如鈎，銅制，用以提鼎兩耳。鼎爲立國的重器，是政權的象徵，故把鉉比作三公等重臣，稱鉉臺，以鉉代鼎，因以鉉臺稱宰相。潘岳《西征賦》："納旌弓於鉉臺，贊庶績於帝室。"裁：估量，識別。《淮南子·主術》："取民，則不裁其力。"峻：山高而陡。《尚書·五子之歌》："峻宇雕墻。"

[2] 經天：曆法術語。日月五星出於東方，沒入西方，其中經過子午圈時天文學稱之爲上中天，古稱經天，又稱南中。古人有時將白晝看到金星過子午圈稱爲經天，又稱太白經天。《續漢書·天文志中》："五年六月辛醜，太白晝見，經天。"麗：附著。《易·離》："日月麗乎天，百穀草木麗乎土。"作鎮：鎮守一方。張衡《西京賦》："澶漫靡迤，作鎮於近。"潘岳《爲賈謐作贈陸機》："藩嶽作鎮，輔我京室。"

[3] 龍潛：陽氣潛藏，龍蛇蟄伏，喻帝王未即位。《易·乾》："潛龍勿用，陽氣潛藏。"九泉：九淵，深淵。《列子·黃帝》："鯢旋之潘爲淵，止水之潘爲淵，流水之潘爲淵，濫水之潘爲淵，沃水之潘爲淵，沈水之潘爲淵，雍水之潘爲淵，汧水之潘爲淵，肥水之潘爲淵，是爲九淵焉。"《晉書·皇甫謐傳》："龍潛九泉，硜然執高。"鳳棲：鳳擇木而棲。百仞：八尺爲仞，形容極高或極深。《列子·湯問》："引盈車之魚於百仞之淵、汨流之中。"

[4] 濟：渡。《詩·邶風·匏有苦葉》："濟有深涉。"《楚辭·涉江》："濟乎江湖。"弇：弇山。《穆天子傳》："天子遂驅，升於弇山，乃紀名迹於弇山之石，而樹之槐。"《左傳·襄公二十五年》："行及弇中。"乘箕：乘箕尾。箕尾：星名，二十八宿之一的箕宿與尾宿，也稱尾箕。《莊子·大宗師》："乘東維，騎箕尾，而比於列星。"《晉書·天文志上》："天漢起東方，經尾箕之間，謂之漢津。"

[5] 極睇：竭盡目力看，極力注視。《文心雕龍·諸子》："覽華而食實，棄邪而采正，極睇參差，亦學家之壯觀也。"金策：古代記載大事或帝王詔命的連編金簡。張衡《西京賦》："帝有醉焉，乃爲金策，錫朋此土。"瑤圖：圖籍，版圖。

[6] 宏蹤：宏偉的蹤迹。漭邈：讀音 mǎng miǎo，廣遠貌。漭，形容水廣闊無邊，宋玉《高唐賦》："涉漭漭，馳蘋蘋。"邈：距離遙遠，時間久遠，《楚辭·九章·懷沙》："湯禹久遠兮，邈而不可慕。"邃理：精深的道理。睢盱：讀音 huī xū，渾樸貌。王延壽《魯靈光殿賦》："鴻荒樸略，厥狀睢盱。"

[7] 聖：稱頌帝王之詞。機：念頭，心思。軫：古代車箱底部四周的橫木，借指車。《考工記序》："車軫四尺。"鄭玄注："軫，輿後橫木也。"睿想：皇帝的思慮，聖明的思想。謨：謀也，略也，計謀、策略。陸機《辯亡論下》："遂獻宏謨。"《淮南子·脩務訓》："周爰諮謨。"

— 41 —

[8] 玄契：默契。寤語：相對而語。王襃《九懷·通路》："假寐兮湣斯，誰可與兮寤語。"謝朓《游後園賦》："藉宴私而游衍，時寤語而逍遙。"苻：草名。《爾雅·釋草》："苻，鬼目。"通"符"，符契，占符，類似占卜之法。《史晨鄉孔廟後碑》："即上尚書，參以苻驗。"

[9] 軒迹：帝王車行之迹。稽：考核。牧：治民，古時治民之官。《尚書·立政》："宅乃牧。"鄭玄注："殷之州牧曰伯，虞、夏及周曰牧。"克：能。

[10] 初階：剛開始升入。王充《論衡·命禄》："明如匡穉圭，深如鮑子都，初階甲乙之科，遷轉至郎、博士。"階：憑藉。《漢書·异姓諸侯王表》："漢亡尺土之階，繇一劍之任，五載而成帝業。"哲人：才智卓越之人。

[11] 望古：仰慕古代。連規、叠矩，指古代豐繁的禮儀規矩。《三國志·蜀書·郤正傳》："君臣協美於朝，黎庶欣戴於野，動若重規，静若迭矩。"

[12] 摯：伊尹，伊姓，名摯，小名阿衡，商初賢相，歷仕五代君主五十餘年，功業顯著。契，讀音xiè，一作卨，子姓，帝嚳之子，帝堯异母弟，堯時司徒，商族部落的祖先，商湯的先祖。帝嚳封其於商丘主管火正，即後世所稱的"閼伯""火神"。何：蕭何，秦末輔佐劉邦成就帝業，拜相。禹：姓姒，名文命，夏朝第一個君主，因治洪水之功，受舜禪讓而爲帝。

[13] 桂萌：桂花始開。馥：氣味芬芳。温：温潤圓滑。

[14] 志學：古指男子十五歲。《論語·爲政》："吾十有五而志於學。"賓門：薦引賢才的機構。《尚書·舜典》："賓於四門，四門穆穆。"

[15] 身無擇行：做出的事無須選擇，形容做事很正確。口不棄言：不背棄前言，表示講信用。曹植《洛神賦》："感交甫之棄言兮，悵猶豫而狐疑。"《資治通鑒》卷一零二記載苻堅對王猛説："匹夫猶不棄言，況萬乘乎？"

[16] 儔襟：喻二人合作密切。儔，伴侶；同輩。襟，古代指衣的交領。衢罇：亦作衢尊、衢樽，在通衢設酒供人自飲，喻仁政。《淮南子·繆稱訓》："聖人之道，猶中衢而致尊邪：過者斟酌，多少不同，各得其所宜。"

[17] 中和：儒家中庸之道，不偏不倚不乖戾。《禮記·中庸》："喜怒哀樂之未發謂之中，發而皆中謂之和；中也者，天下之大本也，和也者，天下之達道也。致中和，天地位焉，萬物育焉。"

[18] 柔裕：柔和寬裕。《易·復》："柔裕其剛。"齊莊：嚴肅誠敬。

[19] 仁：儒家主張的一種含義極廣的道德範疇，本指人與人相互親愛。《禮記·中庸》："仁者人也，親親爲大。"義：事之宜，正義。《禮記·中庸》："義者，宜也。"

[20] 冲：空虛。《老子》："大盈若冲，其用不窮。"鏡净如鏡：形容非常明鑒事理。

[21] 不器：不局限於某一點，後用以稱讚人的全才。《禮記·學記》："大道不器。"鄭玄注："謂聖人之道，不如器施於一物。"《論語·爲政》："君子不器。"何晏集解引包咸注："器者各周其用，無所不施。"斯文：此類禮樂制度。《論語·子罕》："天之將喪斯

卷第一百五十二

文也,後死者不得與于斯文也。"

[22] 瑚璉:宗廟禮器,用經比喻治國安邦的賢才,或指國家寶貴的人才。《論語·公冶長》:"子貢問曰:賜也何如?子曰:汝,器也。曰:何器也?曰:瑚璉也。"質超瑚璉:比喻王儉勝於子貢。卿雲:司馬相如,字長卿;揚雄,字子雲。

[23] 搖筆:動筆,指作文。《論衡·程材》:"文吏搖筆,考迹民事。"泉瀉:形容文思敏捷流暢。動咏霎紛:指其聲韵婉轉,富有感染力。

[24] 渢乎:擬聲詞,樂聲宛轉悠揚。《左傳·襄公二十九年》:"爲之歌《魏》,曰:'渢渢乎,大而婉,險而易行。'"杜預注:"渢渢,中庸之聲。"靡群:獨超衆類。

[25] 君道:爲君之道,帝王治國治民的理念與方法或統治權術,核心乃儒家宣導的"仁政"與"仁義"。臣術:爲臣的方法或臣子的權術。《管子·明法》:"所謂治國者,主道明也;所謂亂國者,臣術勝也。"

[26] 納揆:選任百官。《尚書·舜典》:"納於百揆,百揆時叙。"《宋書·因幸·徐爰傳》:"神宗始於俾義,上日兆於納揆。"飛聲:揚名於外。登庸:選拔任用。《尚書·堯典》:"帝曰:疇諮若時登庸。"緝譽:彙集聲譽。

[27] 明敭:公開宣揚。《史記·魏其武安侯列傳》:"相提而論,是自明敭主上之過。"又有舉用、選拔之義。《梁書·處士·庚、庚詵傳》:"明敭振滯,爲政所先;旌賢求士,夢佇斯急。"沉隱:沉没隱藏,指隱遁者或默默無聞之士。賁發:像火一樣噴發出來照亮世界。賁,六十四卦之一,離下艮上。《易·賁》:"山下有火,賁。"幽素:清幽;恬淡質樸,此指處士。

[28] 九流:儒家、道家、陰陽家、法家、名家、墨家、縱橫家、雜家、農家等九家學術流派的總稱。載清:清晰,不混。載,語助詞。八政:國家施政的八個方面。《尚書·洪範》:"一曰食,二曰貨,三曰祀,四曰司空,五曰司徒,六曰司寇,七曰賓,八曰師。"

[29] 欽:恭敬。《尚書·堯典》:"帝曰:欽哉!"

[30] 江蠡:長江與彭蠡,泛指江河。《尚書·禹貢》:"東匯澤爲彭蠡。"炎方:南方炎熱地區。

[31] 赤社:赤色的社土,古天子封土立社,以五色土象徵四方及中央。赤色指南方,因以赤社分賜南方諸侯,立社建國。《史記·三王世家》:"於戲,小子胥,受兹赤社!朕承祖考,維稽古建爾國家,封於南土,世爲漢藩輔。"俾侯:封侯。《詩·魯頌·閟宮》:"乃命魯公,俾侯於東。"南昌:南方昌盛。

[32] 受策:接受皇帝之命令。出入:進出,朝廷内外。《漢書·梁孝王武傳》:"梁之侍中、郎、謁者,著引藉出入天子門。"勤王:盡力於王事。《左傳·僖公二十五年》:"狐偃言於晋侯曰:求諸侯莫如勤王。"

[33] 爲政:治理國家,執掌國政。《詩·小雅·節南山》:"不自爲政,卒勞百姓。"上京:上等都城。

[34] 期月：亦作朞月，整月。《禮記·中庸》："擇乎中庸，而不能期月而守也。"有成：成功。《論語·子路》："子曰：苟有用我者，期月而可也，三年有成。"

[35] 愛力：愛惜人力物力。廋情：因情而廋。

[36] 雋張、王趙：姓氏，皆指人，具體姓名待考。

[37] 渠館：國子學所在地。澤宮：選拔人才之處。《周禮·夏官·司弓矢》："澤共射椹質之弓矢。"鄭玄注引鄭司農曰："澤，澤宮也，所以習射選士之處也。"

[38] 駿德：高尚德操之人。困蒙：身處困境蒙昧之人。《易·蒙》："困蒙，吝。象曰：困蒙之吝，獨遠實也。"

[39] 儀形：典範，楷模。陸機《贈馮文羆遷斥丘令》："民之肯好，狂狷屬聖；儀形在昔，予聞子命。"闕里：孔子故里，孔子曾在此講學授徒。在今曲阜孔廟東牆外。因有兩石闕，故名。木鐸：以木為舌的大鈴，銅質。古代宣佈政教法令時，巡行振鳴，以引起衆人注意。《周禮·天官·小宰》："徇以木鐸。"喻宣揚教化之人。《論語·八佾》："天下之無道也久矣，天將以夫子為木鐸。"淹中：魯國地名，在今山東曲阜。《漢書·藝文志》："《禮古經》者，出於魯淹中。"指儒家學術中心。劉孝綽《昭明太子集序》："于時淹中、稷下之生，金華、石渠之士，莫不過衢樽而挹多少，見門極而曉西東。"

[40] 復禮：恢復禮儀。《左傳·昭公十二年》："仲尼曰：古也有志克己復禮，仁也。信善哉！"《論語·顏淵》："克己復禮，為仁。"稷下：戰國齊的國都臨淄稷門附近。此指稷下學宮，是當時養士之風的一個縮影。遺風：餘風，餘音，古代遺留下來的文化風教。《楚辭·九章·哀郢》："哀州土之平樂兮，悲江介之遺風。"

[41] 時康：時世太平。王粲《無射鐘銘》："休徵時序，人說時康。"攸：所。《易·坤》："君子有攸往。"乂：治理，安定。《尚書·堯典》："有能俾乂。"

[42] 袞闕：帝王職事的缺失。出自《詩·大雅·烝民》："袞職有闕，維仲山甫補之。"蔡邕《胡公碑》："弘綱既整，袞闕以補。"

[43] 鳴謙：謙德表著於外，出自《易·謙》："鳴謙，貞吉。"王弼注："鳴者，聲名聞之謂也。得位居中，謙而正焉。"形容態度謙恭。徐陵《勸進元帝表》："出震等於勳華，鳴謙同於旦奭。"伐：自誇。《論語·公冶長》："願無伐善，無施勞。"

[44] 固：堅定；堅持。《史記·越王勾踐世家》："朱公長男固請欲行，朱公不聽。"

[45] 煥：光明，光亮。《論語·泰伯》："煥乎，其有文章！"

[46] 文物：禮樂制度。聲明：聲音與光彩，借指禮教文明。《左傳·桓公二年》："鍚鸞和鈴，昭其聲也；三辰旂旗，昭其明也。夫德，儉而有度，登降有數，文物以紀之，聲明以發之，以臨照百官。"謝朓《和伏武昌登孫權故城》："文物共葳蕤，聲明且蔥蒨。"

[47] 逶迤，讀音 wēi yí，亦作逶迆、逶蛇，舒展自如貌。《楚辭·遠游》："駕八龍之婉婉兮，載雲旗之逶蛇。"冕服：古代大夫以上的禮服，舉行重大儀式所穿，服飾隨事而異。《禮記·雜記》："復，諸侯以褒衣；冕服，爵弁服。"鏦：形容撞擊金屬器物的聲音。璁珩，讀音 cōng háng，玉佩。許善心《奉和冬至乾陽殿受朝應詔》："森森羅陛衛，喊喊

鏘瑢珩。"

[48] 戾止：到來。《詩經·周頌·有瞽》："我客戾止，永觀厥成。"威德惟馨：真正散發香氣的是威德。惟，是。馨，散發的香氣。

[49] 伊何：如何，怎樣。《詩·小雅·頍弁》："有頍者弁，實維伊何？"宣：發瀉，發散。

[50] 貞筠：竹，此喻賢貞節操。懷山：包圍山陵。《史記·夏本紀》："當帝堯之時，鴻水滔天，浩浩懷山襄陵，下民其憂。"

[51] 悴：衰弱；憔悴。騫：虧損。《詩·小雅·天保》："如南山之壽，不騫不崩。"

[52] 介：因。《左傳·文公六年》："介人之寵，非勇也。"景福：洪福；大福。《詩·周頌·潛》："以享以祀，以介景福。"君子萬年：君子長壽萬歲。《詩·大雅·既醉》："君子萬年，介爾景福。"

[53] 繇，讀音yáo，力役，通"徭"。《淮南子·精神訓》："繇者揭钁，負籠土。"韜傳：用兵謀略之書傳。

[54] 宋翟：指墨子，名翟，春秋戰國時宋人，墨家學派創始人，主張"兼愛""非攻""尚賢"等。周老：老子，道家學派創始人，主張無爲而治。

[55] 稟：稟承，遵循；奉行。百行：各種品行、德行。嵇康《與山巨源絕交書》："故君子百行，殊途同致。"無員：無固定名額。《漢書·百官公卿表》："大夫掌論議，有太中大夫、中大夫、諫大夫，皆無員，多至數十人。"

[56] 永言：長言，吟咏。《尚書·舜典》："詩言志，歌永言。"古烈：先賢。兼旂：兼之。旂，猶"之"，《左傳·桓公十年》："初，虞叔有玉，虞公求旂，弗獻。"《詩·唐風·采苓》："舍旂。舍旂。"鄭玄箋："旂之言焉也。舍之焉，舍之焉。"

[57] 六樂：六歌、六舞。《周禮·大司樂》所載的《雲門大卷》《大咸》《大韶》《大夏》《大濩》《大武》六套樂舞。畢該：都完備。該，通"賅"。五禮：指吉、凶、軍、賓、嘉五禮。備員：齊足人數。

[58] 七訓：楊修《七訓》。敷：施加，給予，引申爲傳布。《詩·商頌·長髮》："洪水芒芒，禹敷下土方。"三英：三位英才。任昉《九日侍宴樂游苑詩》："共貫沿五勝，獨道邁三英。"

[59] 國容：國家的禮制儀節。《司馬法·天子之義》："古者國容不入軍，軍容不入國。"廟算：廟堂的策劃。自夏代開始，凡國家遇戰事，須告於祖廟，議於廟堂。《孫子·計》："夫未戰而廟算勝者，得算多也；未戰而廟算不勝者，得算少也。"

[60] 旦：指武公之弟姬旦，輔佐周武王伐紂，製禮作樂，對周王朝貢獻頗大。

《示徐州弟》一首　　南朝梁　昭明太子

題解：徐州弟即蕭綱，昭明太子蕭統勉弟綱弘揚孝道："人倫惟何，五常爲性""友于兄弟,是亦爲政",充滿說教意味,追憶往昔友于之情,但因國事常常分離,思念不已而去探望,回首兄弟聚於京城之事,探討文義甚歡,如今又要分別,不免傷懷,唯寄夢中相見并寫詩安慰。全詩典雅蘊藉,也表現了兄弟之間的拳拳深情。此篇又見《藝文類聚》卷二一,節引第八章16字,即引池、摘二韵;節引第九章16字,即引静、逞二韵。逯欽立輯入《先秦漢魏晋南北朝詩·梁詩》卷一四。

載披經籍,言括典墳[1]。鬱哉元氣[2],煥矣天文。二儀肇建,清濁初分。粵生品物[3],乃有人倫。(其一)

人倫惟何,五常爲性[4]。因以泥黑,猶麻違正。違仁則勃[5],弘道斯盛。友于兄弟[6],是亦爲政。(其二)

伊予與爾,共氣分軀[7]。顧昔髫髮,追惟綺襦[8]。綢繆紫掖[9],興寢每俱。朝游青瑣,夕步彤廬[10]。(其三)

惟皇建國,疏爵樹親[11]。既固磐石,亦濟烝人[12]。亦有行邁[13],去此洛濱。自兹厥後,分析已頻。(其四)

濟河之隔[14],載離寒暑。甫旋皇邑[15],遽臨荆楚。分手澄江,中心多緒[16]。形反桂宮,情留蘭渚[17]。(其五)

有命自天,亦徂夢苑。欣此同席,歡焉忘飯。九派仍臨[18],三江未反。滔滔不歸,悠悠斯遠。(其六)

長嬴屆節[19],令弟旋兹。載睹玉質,我心則夷[20]。逍遥玉户,攜手丹墀[21]。方符昔語,信矣怡怡[22]。(其七)

宴居畫室[23],靖眺銅池。三墳既覽,四始兼摛[24]。嘉肴玉俎[25],旨酒金卮。陰陰色晚,白日西移。(其八)

西移已夕,華燭云景[26]。屑屑風生,昭昭月影。高宇既清,虛堂復静。義府載陳[27],玄言斯逞。(其九)

綸言迺降[28],伊爾有行。有行安適,義乃維城[29]。載脂朱轂,亦抗翠旌[30]。慭如朝饑[31],獨錘予情。(其一〇)

遠于將之,爰適上苑。靄靄雲浮,曖曖景晚。予嘆未期[32],爾悲將遠。日夕解袂[33],鳴笳言反。(其一一)

言反甲館,雨面莫收[34]。予若西岳,爾譬東流。興言思此,心焉如浮。玉顏雖阻,金相嗣丘[35]。(其一二)

— 46 —

【注釋】

[1] 典墳：亦作"典貴"，三墳五典的省稱，指各種古代文籍。《淮南子·齊俗訓》："衣足以覆形，從典墳，虛循撓便身體，適行步。"

[2] 元氣：天地未分前的混沌之氣。《漢書·律曆志上》："太極元氣，函三爲一。"

[3] 粵：助詞，用於句首，表審慎的語氣。《史記·周本紀》："我南望三塗，北望岳鄙，顧詹有河，粵詹雒伊，毋遠天室。"品物：猶萬物。《易·乾》："雲行雨施，品物流形。"

[4] 五常：五種倫常道德，即父義、母慈、兄友、弟恭、子孝。《尚書·泰誓下》："今商王受，狎侮五常。"

[5] 勃：通"悖"，乖戾，亂。《莊子·庚桑楚》："徹志之勃，解心之謬，去德之累，達道之塞。"

[6] 友于：兄弟友愛。《尚書·君陳》："惟孝友于兄弟。"

[7] 共氣：同氣，指同胞兄弟。謝莊《宋孝武宣貴妃誄》："純孝辦其俱毀，共氣摧其同樂。"

[8] 髫髮：指童年。髫，讀音 tiáo，古代小孩頭上紮起來的下垂頭髮。綺襦：華麗絲織品上衣，乃富家子弟穿着，此指富貴生活。《漢書·敘傳上》："出與王、許子弟爲群，在於綺襦紈褲之間，非其好也。"

[9] 綢繆：情意殷切。李陵《與蘇武詩》之二："獨有盈觴酒，與子結綢繆。"紫掖：借指宮殿。掖，宮殿正門兩旁之門。

[10] 青瑣：亦作"青鎖""青璅"，裝飾皇宮門窗的青色連環花紋，借指宮廷。《晉書·夏侯湛傳》："出草苗，起林藪，御青瑣，入金墉者，無日不有。"彤廬：紅色房舍，借指宮廷。

[11] 疏爵：分封爵位。左思《魏都賦》："凱歸同飲，疏爵普疇；朝無刑印，國無費留。"

[12] 烝人：民衆；百姓。《後漢書·文藝傳上·杜篤》："濟烝人於塗炭，成兆庶之亹亹。"

[13] 行邁：行走不止；遠行。《詩·王風·黍離》："行邁靡靡，中心如醉。"

[14] 隔：障隔。

[15] 甫：才，方。《漢書·孝成許皇后傳》："今吏甫受詔讀記。"

[16] 多緒：多端；多樣。梁武帝《申飭選人表》："且夫譜諜訛誤，詐僞多緒；人物雅俗，莫肯留心。"

[17] 桂宮：指皇宮。班固《西都賦》："自未央而連桂宮，北彌明光而亘長樂。"蘭渚：渚的美稱。公孫乘《月賦》："鶤雞舞於蘭渚，蟋蟀鳴於西堂。"

[18] 九派：長江在湖北、江西一帶，分爲很多支流，因以九派稱這一帶的長江。劉向《說苑·君道》："禹鑿江以通於九派，灑五湖而定東海。"

[19] 長贏：亦作"長嬴"，夏天的別稱。桓譚《新論·履信》："夏之得炎。炎不信，則卉木不長；卉木不長，則長贏之德廢。"

[20] 夷：喜悅。《詩·鄭風·風雨》："既見君子，雲胡不夷？"

[21] 玉户：玉飾的門户，亦用作門户的美稱。司馬相如《長門賦》："擠玉户以撼金鋪兮，聲噌吰而似鍾音。"丹墀：宮殿的赤色臺階或赤色地面。《宋書·百官志上》："殿以胡粉塗壁，畫古賢烈士。以丹硃色地，謂之丹墀。"

[22] 怡怡：兄弟和睦的樣子。語本《論語·子路》："朋友切切偲偲，兄弟怡怡。"

[23] 畫室：有畫飾的宮室。《晋書·江統傳》："竊聞後園鏤飾金銀，刻磨犀象，畫室之巧，課試日精。"

[24] 摛：舒展，鋪陳。曹植《玄暢賦》："聊作斯賦，名曰《玄暢》，庶以司馬相如《上林賦》，控引天地古今，陶神知機，摛理表微。"

[25] 玉俎：祭祀、設宴時，用以盛牲的禮器。曹植《九咏賦》："蘭肴御兮玉俎陳，雅音奏兮文虞羅。"

[26] 雲景：雲和日。《漢書·禮樂志》："芬樹羽林，雲景杳冥。"

[27] 華燭：華美的燭火。秦嘉《贈婦詩》："'飄飄帷帳，熒熒華燭'"

[28] 綸言：帝王詔令。《禮記·緇衣》："王言如絲，其出如綸；王言如綸，其出如綍。"

[29] 維城：連城以衛國。《詩·大雅·板》："懷德維寧，宗子維城。"

[30] 載脂：抹油於車軸上，謂准備起程。《詩·邶風·泉水》："載脂載舝，還車言邁。"翠旌：同"翠旍"，用翡翠鳥羽毛製成的旌旗。《楚辭·九歌·少司命》："孔蓋兮翠旍，登九天兮撫彗星。"

[31] 惄，讀音 nì，憂思，憂傷。《詩·周南·汝汶》："未見君子，惄如調饑。"

[32] 未期：無期，謂不知何日。張衡《歸田賦》："徒臨川以羨魚，俟河清乎未期。"

[33] 解袂：分手；離別。杜甫《湘江宴餞裴二端公赴道州》詩："鶗鴂催明星，解袂從此旋。"

[34] 雨面：泪流滿面。曹丕《燕歌行》之二："涕零雨面毀容顏，誰能懷憂獨不嘆。"

[35] 金相：完美的形式、外表。謝朓《秋夜講解》詩："惠唱摛泉涌，妙演發金相。"嗣丘：繼承孔子之德。

《在齊答弟寂》一首　　南朝梁　王揖

題解：王揖，"揖"，一作"楫"，琅琊临沂人，王寂兄，王志弟。歷黃門侍郎、太中大夫，出爲東陽太守。此詩美弟寂才華，"如彼竹箭，猶羽猶金"，被君王器重，"登蒻下列，參華上僚"，自己心生慚愧之情。此篇逯欽立輯入《先秦漢魏晉南北朝詩·梁詩》卷二。

氛氳代記，菴藹宗圖[1]。凝禎道秘，動慶靈樞[2]。方流孕玉[3]，圓波產珠。飛薰共萼，挺秀連跗[4]。（其一）

窮高有響，幽山有芳。衡風泌味，爰顯爰揚。三河竦映，六輔思光[5]。相時變蔚，俟曰賓王[6]。（其二）

行川學海，旦慕同深。丘陵羨岳，終然异岑。將子無怠，思茂高音。如彼竹箭，猶羽猶金。（其三）

弓書謬篆，旌駕迷鑣[7]。登蒻下列，參華上僚。雲裾納月，霜帶含飆。心乎愧矣，如厲如憔[8]。（其四）

皇京埃鬱，帝輦紛敷[9]豈無至美，幽心弗愉。松軒留翠[10]，篁庭勿疏。華簪或早，佩蕙終俱。[11]（其五）

【注釋】

[1] 菴藹：茂盛貌。左思《蜀都賦》："豐蔚所盛，茂八區而菴藹焉。"

[2] 靈樞：中央樞要的美稱。

[3] 方流：作直角轉折的水流，相傳其下有玉。顏延之《贈王太常詩》："玉水記方流，璇源載圓折。"

[4] 跗，讀音 fū，同"柎"，花萼房。《管子·地員》："朱跗黃實。"

[5] 六輔：漢的畿輔六郡。任昉《王文憲集序》："六輔殊風，五方异俗。"李善注引韋昭曰："六輔，謂京兆、馮翊、扶風、河東、河南、河內。"

[6] 賓王：輔導帝王。賓，通"儐"。語本《易·觀》："觀國之光，利用賓於王。"王弼注："居近得位，明習國儀者也，故曰利用賓於王也。"

[7] 鑣：乘騎。謝靈運《從游京口北固應詔》："昔聞汾水游，今見塵外鑣。"

[8] 厲：危險。《易·乾》："君子終日乾乾，夕惕若厲，無咎。"

[9] 埃鬱：形容炎熱或熾熱。顏延之《夏夜呈從兄散騎車長沙詩》："炎天方埃鬱，暑晏闋塵紛。"紛敷：紛披。王逸《九思·守志》："桂樹列兮紛敷，吐紫華兮布條。"

[10] 松軒：植有松樹的住所。蕭子良《游後園詩》："蘿逕轉連綿，松軒方杳藹。"

[11] 華簪：華貴的冠簪。古人用簪把冠連綴在頭髮上。華簪為貴官所用，故常用以指顯貴的官職。陶潛《和郭主簿》之一："此事真復樂，聊用忘華簪。"佩蕙：佩蘭，喻辭官歸隱。

《贈婦》一首〔一〕　　後漢　秦嘉

闕

【校勘】

〔一〕此篇鈔本原佚，《玉臺新詠》卷九載此詩。逯欽立據《玉臺新詠》輯入《先秦漢魏晉南北朝詩·漢詩》卷六。

《贈婦胡母夫人別》一首〔一〕　　西晉　孫楚

闕

【校勘】

〔一〕此篇鈔本原佚。《世說新語·文學篇》"孫子荊除婦服"條，劉孝標注引《孫楚集》存此詩四句。逯欽立據之輯入《先秦漢魏晉南北朝詩·晉詩》卷二。

卷第一百五十六

〔詩十六　人部十三　贈答五〕

《答石崇贈》[一]一首　　西晉　歐陽建

題解：石崇（249—300），字季倫，小名齊奴，博學多聞，富比四海，生活奢侈。歐陽建，字堅石，生平不詳，富於才藻。石崇乃歐陽建之舅。此詩讚美舅之德業光輝，感念幼時得其教誨，并陳自己的仰慕之情。此篇又見《藝文類聚》卷三一，節引違、邳、威、綏、暉、離、移、儀、規、垂、高、溫、尊、昏、論、敦16韻。逯欽立輯入《晉詩》卷四。

於鑠我舅，明德塞違[1]。俾捍東藩[2]，在徐之邳。載播其惠，載揚其威。濟寬惟猛[二]，方夏以綏[3]。光啓先業，增曜重暉。諮余冲人[4]，艱苦攸離。過庭無聞，頑固匪移。寔賴慈誨，導之軌儀[5]。仰遵嘉咏[三]，俯蹈明規。如葛斯蔓，如穋之垂[四]。旋機回度[6]，逝者如流。日與月與，稔冉代周[7]。自我之曠，載履春秋。瞻望遐路，邈矣其悠。心之云慕，思結綢繆。人亦有言，愛而勿勞。誰謂河廣，曾不容刀[8]。乃徂來邁，適此西郊。在乾之二，爰著茲爻。我遘君子，仰之彌高。巖巖其高，即之惟溫。居盈思冲，在貴忘尊。縱酒嘉讌，自明及昏。無幽不折[五]，靡奧不論。人樂其量，士感其敦。

【校勘】

〔一〕此詩題，《藝文類聚》作"答棗腆詩"。

〔二〕"惟猛",《藝文類聚》作"以猛"。

〔三〕"嘉詠",《藝文類聚》作"嘉訓"。

〔四〕"之垂",《藝文類聚》作"斯垂"。

〔五〕"無憂不折","折"《藝文類聚》作"妍"。

【注釋】

[1] 於鑠：美盛，讚美之辭。《詩·周頌·酌》："于鑠王師，遵養時晦。"鑠，同"爍"。塞違：明德彰明美德，杜紙錯誤。《左傳·桓公二年》："君人將昭德塞违，以临照百官。"

[2] 俾：使、令。捍：保卫，保护。

[3] 方夏：中國。方，四方；夏，華夏。《尚書·武成》："誕膺天命，以撫方夏。"孔安國傳："撫綏四方中夏。"綏：撫綏，安撫。《詩·小雅·鴛鴦》："福祿綏之。"

[4] 沖人：古時帝王年幼在位者自稱的謙詞，猶云小子。《尚書·金縢》："昔公勤勞王家，惟予沖人弗及知。"

[5] 軌儀：法則，儀制。《國語·周語下》："帥象禹之功，度之于軌儀，莫非嘉績，克厭帝心。"韋昭注："軌，道也；儀，法也。"

[6] 旋機：古代觀測天文的儀器。《漢書·律曆志上》："其在天也，佐助旋機，斟酌建指，以齊七政，故曰玉衡。"又作"璿機"。回度：回歸到一定位置。度：計量長短的單位。

[7] 稔冉：同"荏苒"，形容時光易逝。丁廙妻《寡婦賦》："時荏苒而不留，將遷靈以大行。"

[8] 誰謂河廣，曾不容刀：出自《詩·衛風·河廣》："誰謂河廣，曾不容刀。"

《答伏仲武》一首　　西晉　摯虞

題解：摯虞（250－300），字仲洽，京兆長安（今陝西西安）人，著有《文章流別論》。其事迹載《晉書·摯虞傳》。此摯虞答伏仲武詩，先美其盛德茂材，再寫二人往昔之交往，讚伏生詩文可歌可咏。此當爲殘篇，逯欽立輯入《先秦漢魏晉南北朝詩·晉詩》卷八。

崇山栖鳳，廣泉含螭。洋洋大府，儁德攸宜[1]。用集群英，參翼弘規。皇暉增曜，明兩作離[2]。（其一）

爰有伏生，東夏之秀，盛德如新，畜智如舊。儲材積藝，待時而茂。九德殊塗，道將焉就。（其二）

邂逅之遇，良願是適。同閈比屋[3]，笑語卒獲。望宋謂近，曾不咫尺。一葦則杭，矧茲隔壁。（其三）

既近其室，不遠其心。齊此篤愛，惠予好音。金聲玉振，文豔旨深[4]。孰不歌咏，被之瑟琴。（其四）

【注釋】

[1] 攸宜：合宜，相稱。《詩·周南·桃夭》："之子于歸，宜其室家。"攸，語助詞，無義。《詩·大雅·文王有聲》："四方攸同。"

[2] 明兩作離，見《易·離》："明兩作離，大人以繼明照于四方"。孔穎達疏："明兩作離者，離爲日，日爲明。今有上下二體，故云明兩作離也。"本謂《離》卦離下離上，爲兩明前後相續之象。後以"明兩"指太陽。此借指皇帝或太子。

[3] 閈，讀音 hàn，巷門。《左傳·襄公三十一年》："高其閈閎，厚其牆垣。"比屋：隔壁緊鄰。《三國志·蜀志·郤正傳》："自在內職，與宦人黃皓比屋周旋經三十年。"

[4] 文豔：文章詞藻華麗。《漢書·敘傳下》："文豔用寡，子虛烏有，寓言淫麗，托風終始。"

《贈褚武良以尚書出爲安東》一首　　西晉　摯虞

題解：褚武良其人生平不詳，此番以尚書出爲安東太守，摯虞贈詩以別。贊美大晉國土遼闊，褚才能出衆，堪此重任，臨別之際情發於中而作是詩。此篇逯欽立輯入《先秦漢魏晉南北朝詩·晉詩》卷八。

蕩蕩大晉，奄有八荒。幾服既寧[1]，守在四疆。桓桓褚侯，鎮彼遐方。變文膺武，武步龍驤[2]。（其一）

武有七德[3]，衆鮮克舉。帝用是難，訓誥既普[4]。雖有周親，唯能是與。大周之吉，歸美于褚。（其二）

褚侯之邁，人望實大[5]。企彼江淮，眇焉如帶。智名不彰，勇功斯廢。靡德而稱，靡仁而賴。（其三）

濟濟百辟，穆穆皇朝[6]。雖則異事，誰非同寮。出者眷之，處者戀之[7]。情發於中，用著斯詩。（其四）

【注釋】

[1] 幾服：畿服，指天下。《後漢書·董卓傳論》："毀裂畿服。"李賢注："畿，謂王

饑也。服，九服也。"

[2] 膺武：受武。膺，受。《後漢書·班固傳下》："膺萬國之貢珍。"龍驤：比喻氣概威武。《後漢書·吳漢傳贊》："吳公鷙強，實爲龍驤。"或古代將軍名號。晋武帝以王濬爲龍驤將軍。

[3] 七德：武功的七種德行。《左傳·宣公十二年》："夫武，禁暴、戢兵、保大、定功、安民、和衆、豐財者也。故使子孫無忘其章……武有七德，我無一焉，何以示子孫？"

[4] 訓諮：同酬諮，應答諮問。《魏書·高允傳》："登延儁造，酬諮政事。"訓，"酬"的異體字。

[5] 人望：聲望；威望。《北史·崔休傳》："休少孤貧，矯然自立……尚書王嶷欽其人望。"

[6] 百辟：諸侯，百官。《尚書·洛誥》："汝其敬識百辟享，亦識其有不享。"《宋書·孔琳之傳》："羡之內居朝右，外司華轂，位任隆重，百辟所瞻。"穆穆：儀表美好，容止莊敬貌。《詩·大雅·文王》："穆穆文王。"毛傳："穆穆，美也。"

[7] 出者：爲官之人。處者：歸隱之士。蔡邕《薦皇甫規表》："修身力行，忠亮闡著，出處抱義，皦然不汙。"

《贈李叔龍以尚書郎遷建平太守》一首　　西晋　摯虞

題解： 友人李叔龍遷建平太守，作者臨別以詩相贈，由詩知建平當在"南藩"，勉勵友人"多見闕殆，以慎爾愆"，期待友人經常通信。此篇逯欽立輯入《先秦漢魏晋南北朝詩·晋詩》卷八。

我有良朋，時惟李生。拊翼岐蜀，翻飛上京。明試以功，聿駿有聲[1]。三載考績，剖符建平[2]。（其一）

惟彼建平，居江之瀨。明明在上[3]，率下和會。誰謂水深，曾不浮芥[4]。誰謂曠遠，王道無外。（其二）

亦既受命，作式南藩[5]。樞機之發[6]，化流夷蠻。多見闕殆[7]，以慎爾愆。無自立辟，而踰短垣[8]。（其三）

龍愛同泉，鳳戀共林。之子云往，我勞彌深。既有行李[9]，以通其音。南龜象齒，實將云心[10]。（其四）

【注釋】

[1] 聿：語助詞，無義。《詩·大雅·緜》："聿來胥宇。"駿：大。《詩·大雅·文

王》:"駿命不易。"

[2] 剖符:猶"剖竹"。古代帝王分封諸侯、功臣時,以竹符爲信證,剖分爲二,君臣各執其一,後因以"剖符""剖竹"爲分封、授官之稱。《戰國策·秦策三》:"穰侯使者操王之重,決裂諸侯,剖符於天下,征敵伐國,莫敢不聽。"

[3] 明明:明察,多用來歌頌帝王、神靈。《詩·小雅·小明》:"明明上天,照臨下土。"又,《大雅·大明》:"明明上天,赫赫在上。"

[4] 芥:一種野草,喻輕微的事物。《左傳·哀公元年》:"其亡也,以民爲土芥,是其禍也。"劉勰《文心雕龍·物色》:"故巧言切狀,如印之印泥,不加雕削,而曲寫毫芥。"

[5] 作式:充當榜樣。式,榜樣,模範。曹操《置屯田令》:"秦人以急農兼天下,孝武以屯田定西域,此先世之良式也。"

[6] 樞機:喻事物運動的關鍵。《易·繫辭上》:"言行,君子之樞機。"此指朝廷的重要職位或機構。《後漢書·明德馬皇后紀》:"先帝防慎舅氏,不令在樞機之要。"

[7] 多見闕殆:多看對有疑問的地方先予以保留。出自《論語·爲政》:"多聞闕疑,慎言其餘,則寡尤。多見闕殆,慎行其餘,則寡悔。言寡尤,行寡悔,祿在其中矣。"

[8] 立辟:立法。辟,讀音 bì,法,刑。《說文·辟部》:"辟,法也。"《詩·大雅·板》:"無自立辟。"短垣:短牆。垣,牆。《尚書·梓材》:"若作室家,既勤垣墉,惟其塗墍茨。"舊時又用爲城池或某些官署的代稱。

[9] 行李:使者。《左傳·僖公三十年》:"行李之往來,共其乏困。"

[10] 實將:猶"是將",送此。實,是;此。《春秋·桓公六年》:"春正月,實來。"《公羊傳·桓公六年》:"實來者何,猶曰是人來也。"將,送。《詩·召南·鵲巢》:"百兩將之。"云心:善心。云,友善。《詩·小雅·正月》:"洽比其鄰,昏姻孔云。"

《答陸士龍》四首并序　　西晉　鄭豐

題解:此篇見《陸士龍文集》卷三,題爲《贈鄭曼季往返八首》,即此鄭豐之答詩。《鴛鴦》乃《谷風》之答,《蘭林》乃《鳴鶴》之答,《南山》乃《南衡》之答,《中陵》乃《高岡》之答。酬答陸雲贈詩,既美其篇章,表達了二人間的深情厚誼,又以道德互勉,盼來日相聚。又見逯欽立《先秦漢魏晉南北朝詩·晉詩》卷六。

其一

《鴛鴦》,美賢也。有賢者二人,雙飛東嶽,揚輝上京[1]。其兄已顯登清朝，而弟中蹔，婆娑衡門。[2]然其勞謙接士[3]，吐捉待賢[4]，雖姬公之下白屋[5]，洙泗之養三千[6]，無以過也。乃肯垂顧，惠我好音，思與其共游道德之樂，結永好之歡云爾〔一〕。

鴛鴦于飛，在江之涘。和音交暢〔二〕，捬翼雙起。朝游蘭池，夕宿蘭沚。清風翕習[7]，扇彼蘭芭。凌雲高厲[8]，載翔載止。（其一）

鴛鴦于飛，載飛載吟。有鬱凌藪[9]，實惟桂林。芳條高茂，華繁垂陰。爰翱爰翔，爰憩其南。有馥其芬〔三〕，協我好音[10]。（其二）

鴛鴦于飛，乘雲高翔，有嚶其友，戢翼未翔。[11]澹淡素波，容與趍倡。[12]雖曰戢止[13]，和音遠揚。我有好爵，與子偕嘗。（其三）

鴛鴦于飛，俳徊翩翻[14]。載頡載頏[15]，顧侶〔四〕鳴群。有郁蘭皋，洌彼清源。[16]駕言游之，聊樂我云。[17]思與佳人，齊歡順川。（其四）

鴛鴦于飛，或矯〔五〕或游[18]。習習谷風[19]，扇彼清流。春草揚翹，黿魚沉浮[20]。感物興想，我心長憂。[21]誰謂河廣，曾不容舟。企予望之[22]，搔首踟躕。（其五）

鴛鴦于飛，載和其鳴。懷爾好音，寔〔六〕我中情。人亦有言，心得遺刑[23]。授我木瓜，報爾瑤瓊。匪繫曰報，永好千齡。（其六）

【校勘】

〔一〕"思與其共游道德之樂，結永好之歡云爾"，《陸士龍文集》作"思樂結永好之歡云爾"。

〔二〕"交暢"，《陸士龍文集》作"反暢"。

〔三〕"其芬"，《陸士龍文集》作"清芬"。

〔四〕"顧侶"，《陸士龍文集》作"命侶"。

〔五〕"或矯"，《陸士龍文集》作"或飛"。

〔六〕"寔"，《陸士龍文集》作"寡"。

【注釋】

[1] 揚輝：亦作"揚暉"，發出光輝。《後漢書·黨錮傳·李膺》："虹蜺揚輝，棄和取同。"

[2] 中蹔：暫时。蹔：同'暫'。婆娑：盤桓；逗留。杜摯《贈毌丘儉》詩："騏驥馬不試，婆娑槽櫪間；壯士志未伸，坎軻多辛酸。"衡門：橫木爲門，簡陋的房屋，借指隱者所居。蔡邕《郭有道碑文》："爾乃潛隱衡門，收朋勤誨，童蒙賴焉，用袪其蔽。"

[3] 勞謙：勤勞謙恭。《易·謙》："勞謙，君子有終，吉。"

[4] 吐捉：吐哺捉髮。《漢書·王襃傳》："昔周公躬吐捉之勞，故有圉空之隆。"

[5] 白屋：古代平民所居之屋。此指平民或寒士。荀悦《漢紀·宣帝紀一》："將軍輔翼幼君，將流大化，是以天下之士延頸企踵，爭願自效。今士見者皆露索、挾持，恐非周公輔相成王之禮，致白屋之意也。"

[6] 洙泗之養三千：指孔子在洙泗之間聚徒講學，門下弟子三千。洙水和泗水，春秋時屬魯國地。後因以"洙泗"代稱孔子及儒家。任昉《齊竟陵文宣王行狀》："弘洙泗之風，闡迦維之化。"

[7] 翕習：風吹拂貌。王延壽《魯靈光殿賦》："祥風翕習以颯灑，激芳香而常芬。"

[8] 凌雲：直上雲霄。宋玉《小言賦》："體輕蚊翼，形微蚤鱗，聿遑浮踊，凌雲縱身。"高屬：上升；高高騰起。《楚辭·遠游》："路曼曼其修遠兮，徐弭節而高屬。"

[9] 凌藪：深藪，幽深的湖澤。凌，深。

[10] 好音：悦耳的聲音。《詩·魯頌·泮水》："食我桑椹，懷我好音。"

[11] 有嚶其友，出自《詩·小雅·伐木》："嚶其鳴矣，求其友聲。"戢翼：斂翅止飛。趙曄《吳越春秋·勾踐歸國外傳》："猛獸將擊，必弭毛帖伏；鷙鳥將搏，必卑飛戢翼。"

[12] 澹淡：水波動盪貌。宋玉《高唐賦》："徙靡澹淡，隨波暗藹。"素波：白波。漢武帝《秋風辭》："橫中流兮揚素波，簫鼓鳴兮發棹歌。"容與：從容閒舒貌。《楚辭·九歌·湘夫人》："時不可兮驟得，聊逍遙兮容與。"

[13] 戢止：停止。戢，收藏。《詩·周頌·時邁》："干戈載戢。"

[14] 翩翩：上下飛去、飄忽搖曳貌。劉向《説苑·指武》："鐘鼓之音，上聞乎天；旌旗翩翩，下蟠於地。"

[15] 頡、頏：鳥飛上下貌。語本《詩·邶風·燕燕》："燕燕于飛，頡之頏之。"司馬相如《琴歌》之一："何緣交頸爲鴛鴦，胡頡頏兮共翱翔。"

[16] 蘭皋：生著蘭草的涯岸。《楚辭·離騷》："步余馬于蘭皋兮，馳椒丘且焉止息。"冽：清澄。《易·井》："井冽寒泉，食。"清源：清澈的水源。《楚辭·遠游》："軼迅風於清源兮，從顓頊乎增冰。"

[17] 駕言：駕，乘車；言，語助詞。語本《詩·邶風·泉水》："駕言出游，以寫我憂。"後用以指代出游，出行。阮籍《詠懷》第三十一："駕言發魏都，南向望吹臺。"聊樂我云：且讓我歡樂親近。出自《詩·鄭風·出其東門》："縞衣綦巾，聊樂我云。"

[18] 矯：强壯，勇武。

[19] 習習谷風：和煦的東風。《詩·邶風·谷風》："習習谷風，以陰以雨。"

[20] 鼋魚：爬行動物，外形像鱉，吻短，背甲暗綠色，近圓形。生活在水中。也作元魚。沉浮：在水上出没。語出《詩·小雅·菁菁者莪》："泛泛楊舟，載沉載浮。"葛洪《抱朴子·正郭》："無故沉浮於波濤之間，倒屣於埃塵之中，遂集京邑，交關貴游。"

[21] 感物：見物興感。韓愈《薦士》詩："念將決焉去，感物增戀嫪。"

[22] 企予：企，踮起腳；予，猶"而"，助詞。後以"企予"表示佇立。陸機《嘆逝賦》："望湯谷以企予，惜此景之屢戢。"

[23] 遺刑：同"遺形"，超脫形骸，精神進入忘我境界。賈誼《鵩鳥賦》："真人恬漠兮，獨與道息。釋智遺形兮，超然自喪。"

其二

《南山》，酬至德也。君子在衡門[一]，脩道以養和，棄物以存神。人思其化，士懷其德。或思置之列位，或思從之信宿。詩人嘉與此賢，當年相遇，又屢獲德音，情歡心至，故作是詩焉。

陟彼南山，言采其蕭。樂只君子，邦家之翹。克茂厥猷，至道是收[二]。軌道以儉，廣愛以周。嗟我懷人，永好千秋。（其一）

適彼江潭，言釣其鱮。有美碩人，自公遐處[三]。羔裘逍遙，輶德退舉[四][1]。白駒遯時，俗事孰與。思我猗人，寔之晉序。有客信信[2]，獨寐寤語。（其二）

天高地卑，玄黃烟熅[3]。人道交泰[4]，自昔先人。軌文合好，輔德與仁。管叔罕喬，曠載鮮鄰。脩組弛結，玄矢生塵。諮我與子，邁會當身[5]。琴瑟在御，永愛纏綿。（其三）

盤彼江深[5]，言泳其潭。所謂伊人，在川之陰[六]。養和以泰，樂道之潛。錦衣尚絅[6]，至樂是耽。興言永思，繫懷所欽。愛而不見，獨寐寤吟。（其四）

詩以言志，先人是經。乃惠嘉訊，德音惟馨。欽咏繁藻，永結中情。華文傷實，俗士所營。達人神化，反之混冥[7]。交棄其數，言取其誠。思與哲人，獨寶其貞。（其五）

【校勘】

〔一〕"君子在"，《陸士龍文集》作"有退仕"。

〔二〕"至道"，《陸士龍文集》作"輶德"。

〔三〕"遐處"，《陸士龍文集》作"退处"。

〔四〕"退舉"，《陸士龍文集》作"是举"。

〔五〕"盤彼江深"，《陸士龍文集》作"瞻彼江澳"。

〔六〕"在川"，《陸士龍文集》作"在水"。

【注釋】

[1] 輶德：易於實行的德行。班固《幽通賦》："守孔約而不貳兮，乃輶德而無累。"李善注："輶德，德輕而易行也。"

[2] 信信：連宿四夜。《詩·周頌·有客》："有客宿宿，有客信信。"毛詩傳："一宿曰宿，再宿曰信。"

[3] 烟熅：陰陽二氣和合貌。張衡《思玄賦》："天地烟熅，百卉含葩。"

[4] 交泰，出自《易·泰》："天地交，泰。"王弼注："泰者，物大通之時也。"言天地之氣融通，則萬物各遂其生，故謂之泰。後指天地之氣和祥，萬物通泰。

[5] 遘會：相逢；聚會。郭遐叔《贈嵇康》詩之一："每念遘會，惟日不足。昕往宵歸，常苦其速。"

[6] 錦衣尚絅，化自《禮記·中庸》："《詩》曰：'衣錦尚絅'，惡其文之著也。"

[7] 混冥：原始蒙昧的狀態。《淮南子·俶真訓》："古之人有處混冥之中，神氣不蕩於外，萬物恬漠以愉靜。"

其三

《蘭林》，歡至好也。有君子，代[世]濟其美，英名光茂。遭時蹔否，畜德衡門[一]。顧我殷勤[1]，屢辱德音，思與結好，以永不刊[2]。

瞻彼蘭林，有翹其秀。有斐君子，邦之碩茂[3]。厥德伊何，固天攸授。如川之原，如山之富。回流清泉，啓襟開袖。搢紳晞風，人用胥附[4]。（其一）

猗猗碩人，如玉如金。沃[二]其明哲，克廣德心。習習凱風[5]，吹我棘林。飛鴞萃止[三]，允懷好音。悠悠征徒，輶德鮮汪[6]。嗟我猗人，實昧實耽[四]。（其二）

在昔延州，鵠鳴江涯。今我陸子，曠代繼奇。身乖千載，德音并馳。漸鴻遵渚，宛其羽儀。安得高風，騰翩天池。（其三）

飛龍婉蜒，山谷氣翳[五]。猛獸嘯吟，清風高厲。情同來感，數乖身逝。夷鮑齊歡[7]，專名前代。愷悌君子，人之攸憩。諮予遘時，千載同愛。（其四）

垂隴之會[六][8]，匪詩不宣。嗟我懷人，斯恩殷勤。德音來訊，有蔚其文。趡趡儵菟[9]，匪遜不存。誠在心德，愛法忘言。（其五）

【校勘】

〔一〕"畜德"，《陸士龍文集》作"福德"。

〔二〕"沃"，《陸士龍文集》作"凌"。

〔三〕"萃止"，《陸士龍文集》作"萃至"。

〔四〕"重味實忱",《陸士龍文集》作"和樂實忱"。

〔五〕"氣瞖",《陸士龍文集》作"升氣"。

〔六〕"垂隴",《陸士龍文集》作"垂糞"。

【注釋】

[1] 殷勤：情意深厚。《孝經援神契》："母之於子也，鞠養殷勤，推燥居濕，絕少分甘。"

[2] 不刊：不變。古代文書書於竹簡，有誤，即削除，謂之刊。劉歆《答揚雄書》："是縣諸日月，不刊之書也。"

[3] 碩茂：大而茂盛。《漢書·叙傳下》："侯王之祉，祚及宗子，公族蕃滋，支葉碩茂。"

[4] 晞風：喻沐受教化。《宋書·蔡廓傳》："夫建風立法，弘治稽化……晞風者陶和而安怡，畏戾者聞憲而警慮。"胥附：使疏遠者相親附。《尚書大傳》卷二："周文王胥附、奔輳、先後、禦侮，謂之四鄰。"

[5] 習習：微風和煦貌。《詩經·邶風·谷風》："習習谷風，以陰以雨。"

[6] 征徒：旅伴。謝朓《休沐重還道中詩》："試與征徒望，鄉淚盡霑衣。"輶德：易於實行的德行。班固《幽通賦》："守孔約而不貳兮，乃輶德而無累。"李善注："輶德，德輕而易行也。"

[7] 夷鮑：伯夷與鮑叔牙。

[8] 垂隴：古地名，春秋鄭地，在今河南鄭州市西北。《左傳·文公二年》："穆伯會諸侯及晉司空士縠盟於垂隴。"

[9] 趯趯：跳躍貌；跳動貌。《詩·召南·草蟲》："喓喓草蟲，趯趯阜螽。"

其四[一]

瞻彼中陵[1]，蘭蕙猗猗。顯允[二]君子，樂且有宜[三][2]。沉仁育物，玄聰鏡機[3]。德充闈庭，名逸南畿。祁祁俊乂[四][4]，言酌言依。（其一）

鼓鐘于宮，百里震聲。亹亹令問[5]，歸我偉貞。厥震伊何，駿奔以驚。厥問伊何，人胥以寧。有鶴在陰，非子誰鳴，我有好爵，非子孰盈。（其二）

潛龍遁初，有鳳戢翬。王猷未泰，彝倫錯違[6]。皋問重管，系爾啓扉。庶績逌斁[7]，非爾焉綏。翼翼京宇，爾瞻爾晞。人之胥望，如渴如飢。（其三）

德音來惠，覆玩三周。沉潤泉洞，逸藻雲浮[8]。結心所親，曷顯曷渝[五]。路隔津梁，一葦限殊。終朝之思，三秋是喻[六]。愛而不見，興言踟躕[9]。（其四）

【校勘】

〔一〕依前例，此當闕詩序。

〔二〕"顯允"，《陸士龍文集》作"允矣"。

〔三〕"宜"，《陸士龍文集》作"儀"。

〔四〕"俊乂"，《陸士龍文集》作"俊友"。《三國志·蜀書·楊戲傳》錄《季漢輔臣讚》，中有句"當時俊？扶攜翼戴"，當從《詞林》。

〔五〕"曷顯"，《陸士龍文集》作"曷變"。

〔六〕"是喻"，《陸士龍文集》作"是踰"。

【注釋】

[1] 中陵：山陵之中。《詩·小雅·菁菁者莪》："菁菁者莪，在彼中陵。"

[2] 顯允：英明信誠。《詩·小雅·采芑》："顯允方叔，伐鼓淵淵。"

[3] 鏡機：洞察幽微。語本曹植《七啓序》："於是鏡機子聞而將往說焉。"李善注："鏡機：鏡，照；機，微也。"

[4] 祁祁：衆多貌；盛貌。《詩·豳風·七月》："春日遲遲，采蘩祁祁。"

[5] 亹亹：美妙；美好。曹毗《歌世宗景皇帝》："亹亹神算，赫赫王旅。"

[6] 彝倫：常理；常道。《尚書·洪範》："王乃言曰：'嗚呼，箕子！惟天陰騭下民，相協厥居，我不知其彝倫攸叙。'"

[7] 逌：古同"悠"，悠閒自得。斁：盛大的樣子。《詩·商頌·那》："庸鼓有斁，萬舞有奕。"

[8] 逸藻：華麗的辭藻。

[9] 興言：語助詞。《詩·小雅·小明》："念彼共人，興言出宿。"馬瑞辰通釋："興言猶云薄言，皆語詞也。"踟躕：猶豫不決貌。

《贈張弋陽》一首　　西晋　張翰

題解：張翰，字季鷹，吳郡吳縣（今江蘇蘇州）人。西晋文學家，留侯張良後裔，吳國大鴻臚張儼之子。有清才，善屬文，性格放縱不拘，時人比之爲阮籍，號爲"江東步兵"。後因見秋風起，乃思吳中菰菜、蓴羹、鱸魚膾，曰："人生貴得適志，何能羈宦數千里，以要名爵乎？"遂醉官歸家。張弋陽乃張翰之弟，弋陽守志幽居，"虛静和心"，因入朝爲官而將分別，翰遂贈此詩，回憶往昔相游之歡，嘆仕途多險，慨別易會難，傷懷不已。此篇逯欽立輯入《先秦漢魏晋南北朝詩·晋詩》卷七。

時道玄曠[1]，階軌難尋。散纓放冕，員劍長吟[2]。昆弟等志，托茲幽林。玄墨澄氣[3]，虛靜和心。（其一）

惟我友愛，纏綿往昔。易尚去俗，攜手林薄[4]。輕露給朝，遺英飽夕。逍遙永日，何求何索。（其二）

潛光重陰，抱悴如榮[5]。絕路既續，舍我遐征。束帶皇域[6]，升降都城。爰賴爰慕，忡□中情[7]。（其三）

負薪弗克，耕者妨力。鍾儀彈弦，顧瞻先職[8]。遺其綿綿，憂心慘惻[9]。乃抗乃拔，釋我繞邑。（其四）

將逝命駕，陟彼郊圻[10]。和鸞播響，載驅載馳。言告分別，言告言歸。心怨辭苦，張高弦哀。（其五）

楊柳可卷，去在斯時。流液可折，豈云旋歸。行役必偕，傷我長離。借喻孤禽，矜翼翩棲。（其六）

昔我惟樂，群居多跱[11]。今我斯懷，纏綿萬里[12]。人亦有分，或通或否。行矣免致，我誠永已。（其七）

【注釋】

[1] 玄曠：奧妙遙遠。玄，微妙；奧妙。《老子》："玄之又玄，眾妙之門。"曠，遙遠。陸機《為顧彥先贈婦》詩："形影參商乖，音息曠不達。"

[2] 散纓放冕：指棄官歸隱。員劍：當指馮諼劍把。出自《戰國策·齊策四》馮諼歌曰："長鋏歸來乎，食無魚！"後因以馮諼劍謂有才華人暫處困境。

[3] 玄墨：同"玄默"，清靜無為。《漢書·刑法志》："及孝文即位，躬修玄默。"

[4] 林薄：交錯叢生的草木。《楚辭·九章·涉江》："露申辛夷，死林薄兮。"王逸注："叢木曰林，草木交錯曰薄。"

[5] 抱悴：心存憔悴。

[6] 束帶：系帶於腰，穿著整肅，表示端莊。《論語·公冶長》："束帶立於朝，可使與賓客言也。"

[7] 忡：憂慮不安貌。《詩·召南·草蟲》："未見君子，憂心忡忡。"

[8] 鍾儀：春秋時楚人。曾為鄭獲，被獻於晉。善彈古琴，晉侯命他演奏。鍾儀所彈奏的都是南方楚調。晉侯認為鍾儀未棄本職，不忘故土，頗為感動，最終把鍾儀送回了楚國。顧瞻：回視；環視。《詩·檜風·匪風》："顧瞻周道，中心怛兮。"先職：先人的官職。《左傳·成公九年》："楚囚，君子也。言稱先職，不背本也。"

[9] 慘惻：憂戚；悲痛。陸機《愍思賦序》："故作此賦，以紓慘惻之感。"

[10] 郊圻：指封邑的疆界。《尚書·畢命》："申畫郊圻，慎固封守。"

［11］ 跱：同"峙"，聳立。張衡《西京賦》："通天訬以竦峙。"
［12］ 纏綿：情意深厚。陸機《文賦》："誄纏綿而悽愴，銘博約而溫潤。"

《答賈謐》一首并序　　西晉　陸機

題解：《唐鈔文選集注彙存》卷四十八潘岳《爲賈謐作贈陸機》曰："謐，字長淵，賈充所養子也。系充爲魯公，爲散騎常侍，時陸機爲太子洗馬，謐以常侍侍東宫，首尾三年，與機同處。機後被出爲吴王宴郎中，經二年。至元康六年，入爲尚書郎。謐乃憶往昔與機同聚，又經離別遷轉之慶，故請潘安仁作此詩以贈之。"晉元康六年（296），陸機入朝爲尚書郎，賈謐請潘岳作《贈陸機》詩一首，陸機作此以答。詩先總叙歷史興廢之理，回顧漢魏以來歷史，歌頌賈謐先公佐晉之功，接着回憶二人在太子門下的交游之歡，再寫別後相思，并自明本志，感謝君之告誡。吕向曰："大意述晉平吴得陸生，與之同官，兼言別勸誡之事也。"此篇又見《文選》卷二四，題作《答賈長淵》；《陸士衡文集》卷五；《藝文類聚》卷三一節引膺、興、征、裂、節、室、泯、振、民、天、釁、晉、禪、獻、祖、魯、僚、條、稠、秋、違、微、暉、威、難、嘆、翰、蘭、聖、命三十韵；《韵補》卷一節引泯、振、民三韵，卷四節引釁、晉、禪三韵，卷五節引裂、質二韵。逯欽立輯入《先秦漢魏晉南北朝詩·晉詩》卷五。按第二章之"獸"當爲"虎"字，唐人避諱改。

余昔爲太子洗馬[1]，魯公賈謐以散騎常侍侍東宫。積年，余出補吴王郎中令[2]。元康六年[3]，入爲尚書郎。魯公贈詩一篇，作此詩答之［一］。

伊昔有皇，肇濟黎蒸。[4]先天創物，景命是膺。[5]降及羣后，迭興［毁］迭興[6]。邈矣終古，崇替有徵。[7]（其一）

在漢之季，皇綱幅裂。[8]大辰匿暉［二］，金獸［虎］曜質［三］。[9]雄臣騰騖，義夫赴節。[10]釋位揮戈，言謀王室。[11]（其二）

王室之亂，靡邦不泯[12]。如彼墜景，曾不可振。[13]乃眷三哲，俾人［乂］斯人［四］。[14]啓土綏難［五］，改物承天。[15]（其三）

爰兹有魏，即宫天邑。[16]吴實龍飛，劉亦岳立。[17]干戈載揚，俎豆載戢。[18]人勞師興［六］，國玩凱入。[19]（其四）

天厭霸德，皇祚告釁。[20]獄訟違魏，謳歌適晉［七］。[21]陳留歸蕃，我皇登

禪。[22]庸岷稽顙，三江改獻。[23]（其五）

赫矣隆晋，奄宅率土。[24]對揚天人，有秩斯祜。[25]惟公太宰，光翼二祖。[26]誕育洪胄，纂戎于魯。[27]（其六）

東朝既建，淑問峨峨。[28]我求明德，濟同以和。[29]魯公戾止，袞服委虵。[30]思媚皇儲，高步承華。[31]（其七）

昔我逯〔八〕兹，時惟下僚。[32]及子栖遲，同林异條。[33]年殊志密，服舛義稠。[34]游跨三春，情固二秋。[35]（其八）

祗承皇命，出納無違。[36]往踐蕃朝，來步紫微。[37]升降秘閣，我服載暉。[38]孰云匪懼，仰肅明威。[39]（其九）

分索則易，携手實難。[40]念昔良游，兹焉永嘆。[41]公之云感，貽此音翰。[42]蔚彼高藻，如玉如蘭〔九〕。[43]（其一〇）

惟漢有木，曾不踰境。惟南有金，萬邦作咏。[44]人之胥好〔十〕，狷狂厲聖〔十一〕。[45]儀形在昔，予聞子命〔十二〕。[46]（其一一）

【校勘】

〔一〕"魯公賈誼"，胡刻本《文選》作"賈長沙"。"作此詩答之"，胡刻本《文選》其後有"云爾"。

〔二〕"匪暉"，胡刻本《文選》作"匪耀"。

〔三〕"曜質"，胡刻本《文選》作"習質"。

〔四〕"俾人斯人"，胡刻本《文選》、《藝文類聚》作"俾乂斯民"。

〔五〕"綏難"，胡刻本《文選》作"雖难"。

〔六〕"人勞師興"，"人"，胡刻本《文選》作"民"。

〔七〕"適晉"，《藝文類聚》作"逼晉"。

〔八〕"逯"，胡刻本《文選》、《藝文類聚》作"逮"。《唐鈔文選集注匯存》卷四十八作"建"。

〔九〕"如玉如蘭"，胡刻本《文選》作"如玉之蘭"。

〔十〕"人之胥好"，"人"，胡刻本《文選》、《藝文類聚》作"民"。

〔十一〕"狷狂"，胡刻本《文選》作"狂狷"，《藝文類聚》作"指狂"。

〔十二〕"予聞子命"，"予"，《藝文類聚》作"爭"。

【注釋】

[1] 洗馬：李善注："《漢書》曰：太子屬官，有先馬。如淳曰：前驅也。先，或作洗。"

— 64 —

[2] 吴王：李善注："臧榮緒《晋書》曰：吴王晏，字平度，武帝第二十三子，封吴。又曰：吴王出鎮淮南，以機爲郎中令。"

[3] 元康：晉惠帝司馬衷年號，司馬衷乃西晉第二位皇帝，西元290—307年在位。

[4] 伊：句首語氣詞。《爾雅》："伊，惟也。"李周翰注："肇，始也。有皇：謂三皇。黎蒸，衆庶也。"

[5] 李周翰注："先，猶尊也。創，始。景，大也。言尊奉天時，始化萬物，大命是當，乃爲人主也。"

[6] 李善注："《史記》：太史公曰：遞興遞廢，能者用事。《爾雅》曰：遞，迭更也。"《唐鈔文選集注匯存》："群後，即三王已下之帝。或有毀廢，功業亦有能致毀盛者也。"

[7] 李周翰注："邈，遠也。崇替，亦猶興亡也。"《唐鈔文選集注匯存》："徵，謂符應之屬。自此以上皆云漢已前事。終古，遠古也。"

[8] 李善注："韋昭《國語注》曰：季，末也。皇綱，以綱爲喻也。"《唐鈔文選集注匯存》："《説文》云：幅，布帛之廣也。在漢之季，謂從漢末董卓遷帝於西京，靈帝被殺，如布帛幅裂。即董卓作亂，天下義兵雲起，各各割裂州壞也。陸善經曰：幅裂，言如布帛之幅有度量而鉸裂之也。"

[9]《唐鈔文選集注匯存》："匿，隱也。大辰，心星也。此星明，天下太平；暗，即天下亂。心有三星，故曰參。天下太平，則中星明；天下亂，則中星暗。金虎，太白星也。明，即天下有兵之事。金虎在西方。《天文志》云：心爲明堂，王者布政之所也。故心星光明則天下治，暗則天下亂。陸善經曰：匿輝，不明。曜質，言盛也。"

[10] 騰鶩：馳鶩。揚雄《解嘲》曰："世亂，則聖哲馳鶩而不足也。"《唐鈔文選集注匯存》："雄臣，即謂董卓廢少帝，立獻帝，遷西京。義夫，即謂孫堅、曹操等起義兵以赴三難。"

[11] 張銑注："天子有難，則諸侯釋去其守位，動用干戈，以謀匡救王室也。揮，動也。"《唐鈔文選集注匯存》："釋位揮戈，即謂強國舉義兵□助討董卓。釋，廢也。《公羊傳》云：天子有難，釋位以謀王室。《左傳》曰：諸侯釋位以間王政。杜預曰：間，猶與也。失其位與治王之政事也。"

[12] 李善注："《毛詩》曰：亂生不夷，靡國不泯。毛萇曰：泯，滅也。"

[13]《唐鈔文選集注匯存》："墜景，落日也。《説文》：振，起也。又云奮也。《音決》：曾，則也。"

[14] 俾乂：天子派賢明之士治理百姓。李善注："三哲，劉備、孫權、曹操也。《尚書》帝曰：下民其諮，有能俾乂。孔安國曰：俾，治也。"

[15]《唐鈔文選集注匯存》："啓，開也。即謂各開吴、魏、蜀也。改易，謂改漢制度。承天，猶奉天之命也。陸善經曰：物，謂服色也。承天，承順天心也。"

[16] 呂向注："爰，於。即，就。宫，居也。言于此有魏，就居於天中之邑都也。"

《唐鈔文選集注匯存》："天邑，即謂洛邑，天子所居之耳。陸善經曰：魏用漢都，故曰宮天邑也。"

[17] 劉良注："吳，孫權也。龍飛，九五位也。劉，劉備也。岳立，言如四岳諸侯之立也。云吳實龍飛者，士衡吳人，故有尊吳之意，不忘本也。"

[18] 劉良注："載，則。揚，舉。戢，藏也。俎豆，禮器也。言天下盛舉干戈，不暇尚禮也。"《唐鈔文選集注匯存》："載，則也。揚，舉也。戢，斂也。俎豆，禮器。言亂廢祭祀。陸善經曰：言天下三分，則干戈用而俎豆藏也。"

[19] 張銑注："言所玩習，但為凱樂之歌，而入于國。謂但尚戰勝也。"《唐鈔文選集注匯存》："言民勞于師興，玩於凱入也。陸善經曰：玩，好也。"

[20] 《唐鈔文選集注匯存》："祚，魏土德王也。陸善經曰：不能統一天下皆爲霸也。"

[21] 李周翰注："言決獄定訟，謳歌道德，皆違去于魏，而之于晉也。適，之也。"

[22] 呂延濟注："魏帝禪位於晉，封魏帝為陳留王。故云歸藩。"《唐鈔文選集注匯存》："《魏志》云：陳留王奐，字景明，武帝孫，燕王宇子也。甘露三年，常道鄉公卒，迎立即皇帝位。五月十二日，詔設壇於南郊，使使者奉皇帝璽綬，禪位於晉嗣王，封陳留王。年五十八，太安元年崩，諡元皇帝也。"

[23] 李善注："庸岷，蜀境也。庸，國名也。岷，山名也。《禮記》孔子曰：拜而後稽顙。三江，吳境也。《尚書》曰：三江既入。"張銑注："稽顙、改獻，謂歸晉德為臣。"《唐鈔文選集注匯存》："庸岷，即謂蜀劉禪，司馬文王討破之，故言稽顙。三江者，即謂松江、柳江、浙江是也。陸善經曰：稽顙、改獻，謂劉禪、孫皓降□。"

[24] 呂向注："赫、隆，皆盛美貌。奄，大。宅，居也。率土，天下也。"

[25] 呂向注："言對答揚舉天人之事，有其次，於此福矣。秩，次。斯，此也。"《唐鈔文選集注匯存》："《尚書》云：對揚天子之休令命。孔注云：對，答也。答受美命而稱揚之。毛詩傳云：秩，常也。言有此天下之常福也。陸善經曰：言皆秩次祭之，與之同福也。"

[26] 《唐鈔文選集注匯存》："太宰，即謂諡父賈充，薨，贈太宰。二祖，謂太祖、世祖也。陸善經曰：《晉書》云：賈充爲文帝右長史，武帝受禪，封魯公，歷尚書令也。"

[27] 洪胄："長子，即賈謐。纂，繼承。戎，大。"《唐鈔文選集注匯存》："毛萇曰：育，生也。洪，大也。胄，胤也。纂，繼。戎，我也。又云：魯國在東夷也。胄長，即謂謐是死者長子也。戎，大也。即謂能繼大位也。"

[28] 劉良注："太子既立，美問甚高也。東朝，太子也。建，立。淑，美。問，聞也。峨峨，高貌。"

[29] 呂向注："我，謂太子也。言太子求明德之人，以濟王事，同心而和穆也。"《唐鈔文選集注匯存》："我，晉文帝也。"或謂我即吾皇，指惠帝。

[30] 張銑注："言賈謐至止，衣冠委蛇。委蛇，美貌。袞服，謂衣冠也。"

[31] 李周翰注："媚，愛也。言謐思愛太子。高步于承華門也。皇儲，太子也。"

[32] 李周翰注："逮，及也。機爲太子洗馬，故云下僚。"

[33] 李善注："俱在東宮，故曰同林。而貴賤殊隔，故曰异條。"張銑注："栖遲，游息也。同林，謂同事太子。异條，謂謐先貴也。"

[34] 呂延濟注："謐少機老，故曰年殊。相與爲友，故曰志比。爵秩各异，故曰服殊。志相善，故曰義稠。"

[35] 劉良注："跨，越也。言同游經越三春，情之堅固亦已二秋也。"《唐鈔文選集注匯存》："跨，歷入也。三春者，言洗馬同裘三年，故言三春。後出爲吳王郎中令，情仍堅固。不改昔操，故言情固二秋也。亦言首尾三年，歷過二秋。陸善經曰：三春二秋，在官所經。"

[36] 出納：即"出納王命"之省略，傳達與接受天子命令。《詩·大雅·烝民》："出納王命，王之喉舌。"鄭玄箋："出王命者，王口所自言，承而施之也。納王命者，時之所宜，復于王也，其行之也，皆奉順其意。"《唐鈔文選集注匯存》："祗，敬也。承，奉也。皇命，君命。出納者，出言天子納之。無違者，無違王命者也。"

[37] 李善注："藩朝，吳也。紫微，至尊所居，謂爲尚書郎。"

[38] 李周翰注："秘閣，尚書郎所司也。載，則也。暉，猶光也。"

[39] 劉良注："誰云非懼者，仰敬天子之明威也。"《唐鈔文選集注匯存》："孰，誰也。肅，敬也。誰云不或懼乎，實敬仰君之明威也。陸善經曰：言仰敬天子之威而懼也。"

[40] 李善注："鄭玄《禮記注》曰：索，散也。"《唐鈔文選集注匯存》："攜，提攜也。此言別易會難也。"

[41] 《唐鈔文選集注匯存》："良，善也。兹也，此。永，長也。言我憶念昔日與君爲良游戲謔，今日乃使長嘆息也。"

[42] 呂延濟注："魯公感此分別之事，遺我此詩。音翰，謂詩筆也。"

[43] 李周翰注："蔚，嘆美也。藻，文也。此蓋言魯公高文，如玉之美，如蘭之芳。"《唐鈔文選集注匯存》："如玉，言文章溫潤，故《詩》云：君子溫其如玉。如蘭，言馨香也。喻言詞美麗也。陸善經曰：言謐感昔之游集而貽詩，言其文之美。"

[44] 呂向注："江漢有木，謂橘也。言度北則爲枳，故云不踰境。此言物之有變質，人之有變節也。金剛而堅，百煉不銷，故萬國作咏也。蓋自勗如金之堅剛，不可變易也。謐贈詩，戒士衡無爲變志故也，故以金答也。"

[45] 張銑注："猖狂之心，屬以作聖，喻不善人也。言謐之相好，贈我以言相戒，使我猖狂之心，屬以作聖人之道。"

[46] 李周翰注："儀形在昔，謂以古之道相戒，喻我聞子之命。"《唐鈔文選集注匯存》："形，見也。言我昔日爲洗馬時，亦已聞子教我以德也。又云言我儀形於在昔之人，猶我聞汝勸誡之命故也。陸善經曰：儀形在昔，不變其初也。"

— 67 —

《贈顧令文爲宜春令》一首　　西晉　陸機

題解： 顧令文與顧彥先爲兄弟，令文爲宜春令，士衡以詩爲贈。既讚美友人，又鼓勵對方，最後寄以相思之情。此篇逯欽立輯入《先秦漢魏晉南北朝詩·晉詩》卷五。

　　藹藹芳林，有集惟嶽。[1]亹亹明哲[2]，在彼鴻族。淪心渾無，游精大樸。[3]播我徽猷，□彼振玉。[4]（其一）
　　彼玉之振，光于厥潜。[5]大明貞觀[6]，重泉匪深。我有好爵，相爾在陰。[7]翻飛名都，宰物于南。[8]（其二）
　　禮弊則僞，樸散在華。[9]人之秉夷，則是惠和。[10]變風興教，非德伊何[11]。我友敬矣，俾人作歌[12]。（其三）
　　交道雖博，好亦勤止[13]。比志同契[14]，惟予與子。三川既曠[15]，江亦永矣。悠悠我思[16]，托邁千里。（其四）
　　吉甫之役，清風既沉。[17]非子之豔，詩誰云尋[18]。我來自東，貽其好音。豈有桃李，惡子瓊琛。[19]將子無矧，屬之翰林。[20]孌彼靜女，此惟我心。[21]（其五）

【注釋】

[1] 藹藹：茂盛。《爾雅·釋訓》："藹藹，萋萋。"有集：有鳥集焉。《詩·小雅·車舝》："依彼平林，有集維鷮。"

[2] 亹亹：勉勵之詞。《詩·大雅·文王》："亹亹文王，令聞不已。"毛詩傳："亹亹，勉也哉。"明哲：明智，洞察事理。《尚書·說命上》："群臣咸諫于王曰：嗚呼！知之曰明哲，明哲實作則。"

[3] 淪心：沉心，潜心。《史記·孝武本紀》："周德衰，宋之社亡，鼎乃淪伏而不見。"游精：神游。葛洪《抱朴子·外篇·任命》："游精墳誥，樂以忘憂。"

[4] 徽猷：美道，聖德。《詩·小雅·角弓》："君子有徽猷，小人與屬。"毛詩傳："徽，美也。"鄭玄箋："猷，道也。"振玉：喻聲名遠揚。《孟子·萬章下》："集大成也者，金聲而玉振之也。"

[5] 彼：指晉君。劉運好《陸士衡文集校注》："此二句言晉君之美德遠揚，如光照于潜陰。"

[6] 大明：日也，指君主之明德。《禮記·禮器》："大明生於東，月生於西，此陰陽

— 68 —

之分，夫婦之位也。"《詩·大雅·大明》序："《大明》，文王有明德，故天覆命武王也。"貞觀：貞正而爲物之所觀。《易·繫辭下》："天地之道，貞觀者也。"王弼注："明夫天地萬物莫不保，其貞以全其用也。"後以指澄清宇宙，恢弘正道。班固《幽通賦》："朝貞觀而夕化兮，猶諠己而遺形。"

[7] 爵：酒器，借指酒。《易·中孚》："鳴鶴在陰，其子和之。我有好爵，吾與爾靡之。"相：樂器。《禮記·樂記》："始奏以文，復亂以武，治亂以相。"鄭玄注："相，即拊也，亦以節樂。拊者，以韋爲表，裝之以糠。糠一名拊，因以名焉。今齊人或謂糠爲相。"

[8] 翻飛：飛翔。謝瞻《張子房詩》："肇允契幽叟，翻飛是帝鄉。"李善注："薛君《韓詩章句》曰：翻，飛貌。"名都：吳都。宰物：理政治民。陸雲《吳故丞相陸公誄》："和美未鈺，宰物下邑。"

[9] 禮弊則偶：道家以爲道弊則禮生，禮生則偶。《老子》："大道廢，有仁義；智慧出，有大偶；六親不和，有孝慈；國家昏亂，有忠臣。"樸散則華：華美則失其真。

[10] 乘彝：当是"秉彝"。秉持常道。《詩·大雅·烝民》："民之秉彝，好是懿德。"毛詩傳："彝，常。"惠和：仁愛和諧。《左傳·文公十八年》："忠肅共懿，宣慈惠和，天下之民，謂之八元。"

[11] 變風：《詩》分正、變。變風、變雅爲衰道之詩。伊何：維何。《詩·小雅·小弁》："何辜於天，我罪伊何。"

[12] 俾：使。《詩·大雅·民勞》："式遏寇虐，無俾民憂。"鄭玄箋："俾，使也。"

[13] 勤止：勞苦，艱難。止，語助詞，無義。《詩·周頌·賚》："文王既勤止，我應受之。"

[14] 比志：志趣相近。《戰國策·秦策一》："霸王之道一矣，天下有比志。"鮑彪注："比，密也。言其志親。"同契：投合。曹植《玄暢賦》："上同契於稷高，降合穎于伊望。"

[15] 三川：涇、渭、洛，泛指河流。《左傳·昭公二十三年》："周之亡也，其三川震。"杜預注："三川，涇、渭、洛水也。"

[16] 悠悠：思貌。《詩·邶風·終風》："莫往莫來，悠悠我思。"鄭玄箋："我思其如是，心悠悠然。"

[17] 吉甫：尹吉甫。清風：清和之風。《詩·大雅·烝民》："吉甫作誦，穆如清風。"序："《烝民》，尹吉甫美宣王也。"這里代指顧令文。

[18] 尋：探究。《淮南子·傲真訓》："下揆三泉，上尋九天。"

[19] 桃李：回贈之物。《詩·衛風·木瓜》："投我以木桃，報之以瓊瑤。匪報也，永以爲好也。投我以木李，報之以瓊玖。匪報也，永以爲好也。"恧，慚也。

[20] 將：請。《詩·鄭風·將仲子》："將仲子兮，無踰我里，無折我樹杞。"毛詩傳："將，請也。"矧：齒齦，引申爲大笑。《禮記·曲禮上》："笑不至矧，怒不自詈。"屬：歸屬。《史記·項羽本紀》："項羽由是始爲諸侯上將軍，諸侯皆屬焉。"

[21] 孌：婉孌，形容年少之美貌。《詩·曹風·候人》："婉兮孌兮，季女斯饑。"惟：思。《詩·大雅·生民》："載謀載惟，取蕭祭脂。"鄭玄箋："惟，思也。"

《贈武昌太守夏少明》一首　　西晉　陸機

題解：會稽夏少明，名靖，曾爲武昌太守、豫章太守，此贈少明官武昌太守之作。首先，讚美夏之德行政績，堪當帝命。其次，寫赴任之所武昌的地理位置，并抒發了作者國破家亡之感。最後，表達了友人離去的不舍之情。此首逯欽立輯入《先秦漢魏晉南北朝詩·晉詩》卷五。

穆穆君子，明德允迪。[1]拊翼負海，翩飛上國。[2]天子命之，曾是在服[3]。西踰崤黽，北臨河曲。（其一）

爾政既均，爾化既淳。[4]舊汙孔脩，德以振人。[5]雍雍鳴鶴，亦聞于天。[6]釋厥緇衣，爰集崇賢。[7]（其二）

羽儀既奮，令問不已[8]。慶雲烟熅，鴻漸載起。[9]峨峨紫闥，俟侯俟止。[10]彤管有煒，納言崇祉。[11]（其三）

既考爾工，將胙爾庸。[12]大君有命[13]，俾守于東。允文允武，威靈以隆。[14]之子于邁，介夫在戎[15]。（其四）

悠悠武昌，在江之隈。[16]吳未喪師，爲蕃爲畿[17]。惟此惠君，人胥攸希[18]。弈弈重光，照爾繡衣。[19]（其五）

人道靡常，高會難期。[20]之子于遠，曷云歸哉[21]？心乎愛矣，永言懷之。瞻彼江介[22]，惟用作詩。（其六）

【注釋】

[1] 明德：俊德。《詩·大雅·皇矣》："帝遷明德，串夷載路。"毛詩傳："徙就文王之德也。"允迪：誠蹈前賢之德。《尚書·皋陶謨》："允迪厥德，謨明弼諧。"孔安國傳："迪，蹈。厥，其也，其古人也。言人君當信蹈行古人之德。"

[2] 拊：通"撫"，拍，擊。陶淵明《挽歌詩》："嬌兒索父啼，良友拊我哭。"上國：晉。《左傳·昭公十四年》："夏楚子使然丹簡上國之兵于宗丘，且撫其民。"杜預注："上國，在國都之西，西方居上流，故謂之上國。"

[3] 服：王畿以外之地，此指武昌。《尚書·皋陶謨》："弼成五服，至於五千。"劉運好《陸士衡文集校注》："此二句言受天子之命，乃去武昌牧守。"

[4] 政均：政治公平。《周禮·地官·司徒》："均人掌均地政，均地守，均地職，均

人民、牛馬、車輦之力政。"化淳：教化使風俗淳樸。《大戴禮·五帝德》："故死生之說，存亡之難，時播百穀草木，故教化淳。"

[5] 舊汙：習染不良之風氣。《尚書·胤征》："舊染汙俗，咸與惟新。"孔安國傳："言其餘人久染汙俗，本無噁心，皆與更新，一無所問。"振：救助。《尚書·蠱》："君子以振民育德。"

[6] 雝雝：同"雛雛"，鳥鳴和諧。亦聞于天，喻聲名遠揚。《詩·小雅·鶴鳴》："鶴鳴於九皋，聲聞於天。"

[7] 緇衣：黑布衣，閒居之服。《詩·鄭風·緇衣》："緇衣之宜兮，敝予又改爲兮。"鄭玄箋："緇衣者，居私朝之服也。天子之朝服皮弁服也。"崇賢：宮殿東門。泛指宮殿。張衡《東京賦》："崇賢抗義，聲于金商。"薛綜注："崇賢，東門名也。"

[8] 令問：美善之名。史岑《出師頌》："傳子傳孫，顯顯令問。"李周翰注："令，善也。人有積善，則天下相問者皆稱其善，故曰令問也。"

[9] 慶雲：瑞雲。曹植《上責躬應詔詩表》："是以不別荊棘者，慶雲之惠也。"劉良注："慶雲，瑞雲也。"烟熅：元氣，天地未分混沌之氣。班固《東都賦》："皇歡浹，群臣醉，降烟熅，調元氣。"張銑注："烟熅，即元氣也。"鴻漸：水鳥由下而升飛。《易·漸》："鴻漸於幹，小子厲，有言，無咎。"此指仕進。謝瞻《于安城答靈運》："綢繆結風徽，烟熅吐芳訊。鴻漸隨事變，靈臺與年峻。"李善注："鴻漸，以喻仕進。"

[10] 峨峨：盛壯。《詩·大雅·棫樸》："奉璋峨峨，髦士攸宜。"毛詩傳："峨峨，盛壯也。"紫闥：紫微宮，指帝宮。曹植《求通親表》："注心皇極，結情紫闥。"俟：當爲"侯"。侯：指武昌太守夏少明。"侯戾侯止"，化自《詩·魯頌·泮水》："魯侯戾止，言觀其旂。"戾止：來到。《詩·魯頌·泮水》："魯侯戾止，言觀其旂。"毛詩傳："戾，來。止，至也。"

[11] 彤管有煒，出自《詩·邶風·靜女》："靜女其孌，遺我彤管。彤管有煒，悅懌女美。"毛詩傳："既有靜德，又有美色，又能遺我以古人之法，可以配人君也。古者後夫人必有女史彤管之法，史不記過，其罪殺之。煒：赤貌也。"納言：掌出納王命之官。《尚書·舜典》："命汝作納言，夙夜出納朕命，惟允。"孔安國傳："納言，喉舌之官。聽下言，納於上；受上言，宣於下。必以信。"

[12] 考：考核。《尚書·舜典》："三載考績，三考，黜陟幽明。"工：官。《尚書·堯典》："允釐百工，庶績咸熙。"孔安國傳："工，官。"胙：賞賜。《左傳·隱公八年》："胙之土而命之氏。"爾庸：爾之功績。《詩·大雅·崧高》："王命申伯，式是南邦。因是謝人，以作爾庸。"鄭玄箋："庸，功也。"

[13] 大君：國君。《易·師》："大君有命，開國承家，小人勿用。"

[14] 允文允武：修文信武。《詩·魯頌·泮水》："允文允武，昭假烈祖。"鄭玄箋："僖公信文矣，爲修泮宮也；信武矣，爲伐淮夷也。"威靈：聖德。揚雄《長楊賦》："今樂遠出，以露威靈。"劉良注："暴露聖德也。"

[15] 介夫：武士。《禮記·檀弓下》："陽門之介夫死，司城子罕入而哭之哀。"鄭玄箋："介夫，甲衛士。"在戎：持兵器隨行。

[16] 悠悠：遠貌。《詩·鄘風·載馳》："載馳悠悠，言至於漕。"毛詩傳："悠悠，遠貌。"隈：河水彎曲地。

[17] 蕃：通"藩"，屏障。《詩·大雅·崧高》："四國于蕃，四方于宣。"

[18] 胥：有才智之官吏。《周禮·天官·塚宰》："胥十有二人，徒百有二十人。"

[19] 弈弈：疑爲"奕奕"，光明。張衡《東京賦》："六玄虯之奕奕，齊騰驤而沛艾。"薛綜注："奕奕，光明。"重光：承前帝之業而再顯輝煌，指惠帝。鍾會《檄蜀文》："烈祖明皇帝，奕世重光，恢拓洪業。"李周翰注："文帝既明，而烈祖又明，故曰重光。"繡衣：官服。《後漢紀·孝元皇帝紀》："禁父字翁孺，武帝時爲繡衣御史，捕逐群盜。"

[20] 人道：人生興衰聚散之道。《易·繫辭下》："易之爲書也，廣大悉備。有天道焉，有人道焉，有地道焉。"高會：盛會。《後漢紀·後漢孝順皇帝紀》："飲酒高會，不以爲慮。"

[21] 曷：《說文》："曷何也。"

[22] 江介：江邊。《楚辭·九章·涉江》："哀州土之平樂兮，悲江介之遺風。"

《贈陸士龍》一首　　西晉　孫承

題解：詩美陸氏家族淵源悠久，陸雲才華出衆，由南入北，令聞遠揚，慶幸得與之相見，并表達與之交好的願望。詩後面富有玄言意味，當受時代、地域、風氣影響而致。此篇又見《陸士龍文集》卷三。逯欽立輯入《先秦漢魏晉南北朝詩·晉詩》卷六，并誤題作者爲陸雲，據此可知作者當爲孫承。《詩紀》卷二十七、《七十二家集》本并題作"孫拯贈陸士龍（十章）"。

　　五龍戩號，雲鳥慕紀[1]。淳化既離，義風載[一]始。軒冕垂容[2]，文教乃理。奕奕洪[二]族，盛德豐祀[3]。（其一）

　　於赫皇吴，應天統文[三]。丞相文烈，公光讚勳[四]。九命皇耀[五]，茂[六]德彌勤。華黼龍[七]藻，金石載振。（其二）

　　美哉陸生，丕[八]顯洪胄。亦崇愻[九]風，邈此弘裕。無競厥[十]德，豐光伊茂。交以義好，施以仁富。（其三）

　　山積惟峻，道隆名遐。潛景在泉，龍耀[十一]承華。既淑[十二]爾儀，誰不允嘉。有灌重泉［淵］，載清其波。（其四）

　　濟濟皇朝，峩峩髦士[4]。序爵以賢，唯儁萃止[5]。翩翩二宫[6]，令問不

已。乃遷華閣，皇豐[十三]斯紀。（其五）

思文大謨，恢我王猷。清風肆穆，雅憲允休。邁彼江川，邈此北流。微言蘭馥，玉藻雲浮。（其六）

遭時之險，虐宰滔天。憑德美[十四]重，繫此偉人。休否既亨，名以德宣[十五]。清徽伊鑠[7]，鑽之彌堅。（其七）

明明大象[8]，玄鑒照微。顯允君子，求福不同。善挹餘[十六]慶，險以德祈。澄濁以清[十七]，罔有[十八]不暉。（其八）

釋彼短[十九]寄，樂此窈冥[9][二十]。形以神和，思以情[二一]新。清雲可乘，芳餌可損。達觀在一[10]，萬物自賓。（其九）

制動以靜，秘景在陰。靈根可[二二]栖，樂此隈岑。關揵重閉[二三]，誰和子音。瞻彼晨風[11]，思托茂林。（其一〇）

【校勘】

〔一〕"載"，《陸士龍文集》作"肅"。

〔二〕"洪"，《陸士龍文集》作"英"。

〔三〕"文"，《陸士龍文集》作"元"。

〔四〕"丞相文烈，公光讚勳"，《陸士龍文集》作"烝文烈公，光讚懿勳"。

〔五〕"皇耀"，《陸士龍文集》作"重輝"。

〔六〕"茂"，《陸士龍文集》作"恭"。

〔七〕"龍"，《陸士龍文集》作"襲"。

〔八〕"丕"，《陸士龍文集》作"本"。

〔九〕"懋"，《陸士龍文集》作"懿"。

〔十〕"厥"，《陸士龍文集》作"惟"。

〔十一〕"耀"，《陸士龍文集》作"躍"。

〔十二〕"淑"，《陸士龍文集》作"升"。

〔十三〕"豐"，《陸士龍文集》作"典"。

〔十四〕"美"，《陸士龍文集》作"羨"。

〔十五〕"宣"，《陸士龍文集》作"淵"。

〔十六〕"餘"，《陸士龍文集》作"引"。

〔十七〕"清"，《陸士龍文集》作"靜"。

〔十八〕"有"，《陸士龍文集》作"久"。

〔十九〕"短"，《陸士龍文集》作"游"。

〔二十〕"冥"，《陸士龍文集》作"貞"。

〔二一〕"情",《陸士龍文集》作"道"。
〔二二〕"可",《陸士龍文集》作"方"。
〔二三〕"關楗重閉",《陸士龍文集》作"寂寂重門"。

【注釋】

[1] 五龍戢號:指西晋末年動亂,五司馬南渡,最終司馬睿建立東晉。雲鳥:相傳黃帝受命有雲瑞,故以雲紀事,百官師長皆以雲爲名號。少皞氏受命有鳳鳥適至,故以鳥紀事,百官師長皆以鳥爲名號。後以"雲鳥"指兩個不同的朝代。

[2] 軒冕:古時大夫以上官員的車乘和冕服,借指國君。《管子·輕重甲》:"故軒冕立於朝,爵祿不隨,臣不爲忠。"

[3] 奕奕:高大貌。《詩·大雅·韓奕》:"奕奕梁山,維禹甸之。"毛詩傳:"奕奕,大也。"豐祀:豐盛的祭祀,謂祭祀隆重。

[4] 髦士:英俊之士。《詩·小雅·甫田》:"攸介攸介,烝我髦士。"毛詩傳:"髦,俊也。"

[5] 萃止:聚集。止,語尾助詞。《詩·陳風·墓門》:"墓門有梅,有鴞萃止。"毛詩傳:"萃,集也。"

[6] 翩翻:飄忽摇曳貌。劉向《説苑·指武》:"鍾鼓之音,上聞乎天;旌旗翩翻,下蟠於地。"

[7] 清徽:清操。《晋書·宗室傳論》:"清徽至範,爲晉宗英。"

[8] 明明:明亮。大象:天象,舊指日月星辰運行等天文現象,有時亦指氣象現象。陸機《應嘉賦》:"寄冲氣於大象,解心累於世羅。"

[9] 窈冥:深遠渺茫貌。《鶡冠子·能天》:"觀乎孰莫,聽乎無罔,極乎無係,論乎窈冥,湛不亂紛,故能絶塵埃而立乎太清。"

[10] 達觀:聽其自然,隨遇而安。陸雲《愁霖賦》:"考幽明于人神兮,妙萬物以達觀。"

[11] 晨風:鳥名。《詩·秦風·晨風》:"鴥彼晨風,鬱彼北林。"毛詩傳:"晨風,鸇也。"

《答孫承》一首　　西晉　陸雲

題解:陸雲由吴王郎中令遷尚書郎,孫承贈詩,陸雲作此以答。詩分十章,二章一組。首先,追述孫承家世,光大於晉世。其次,闡明興廢系乎時世,盛世亦有波瀾之理。再次,叙述已謬承恩澤,忝居官職既不能救亂又不能歸隱之無奈。復次,讚美孫承德志兼備,出守大都,施惠於民。最後,抒

卷第一百五十六

寫棄官歸隱，逍遥守志之念，表達對友人的思念之情。此詩充滿着出仕與歸隱的矛盾之情。劉運好《陸士龍文集校注》以爲"此詩當作于元康九年（299）十二月至永康元年（300）三月之間"。此篇又見《陸士龍文集》卷三。逯欽立輯入《先秦漢魏晉南北朝詩·晉詩》卷六。孫承，《陸士龍文集》作"孫拯"。

邈矣上祖，垂休萬葉[1]。廣門弘被，崇軌峻躋[2]。高山克荒，大川利涉[3]。繁茲[一]惟祜[4]，風連雲接。（其一）
大人有作，二后利見[5]。九功敷奏，七德殷薦[6]。鼎實重飪，芳烈再扇[7]。奕葉〔世〕弘道，天禄來[二]宴[8]。（其二）
道弘振古，祚來替今[9]。如彼在川，亦有浮沉。大韶既系[三][10]，響比[四]我音。豈曰荒止[11]，塗弗克尋。（其三）
昌風改物，豐水易瀾[12]。百川總紀[13]，四海合源。在彼焉取，聿來莫觀[14]。曾是褊[五]心，敢忘丘園[15]。（其四）
貞[六]暉偏照，玄澤繆[七]盈[16]。發彼承華，頓此增城[17]。托景靈雲[18]，倦游户[八]庭。匪曰能之，實[九]忝長嬰[19]。（其五）
横矣金獸〔虎〕[十]，襲我皇獸[20]。孰云匪吝，仰愧倉[十一]流[21]。往蹇未[十二]反，弭迹一丘[22]。變彼東朝，言即爾謀[23]。（其六）
卓卓[十三]孫子，洪族之絶[十四][24]。志擬龍潛，德配麟止[十五][25]。弘義服節[十六]，克明峻軌[26]。遵彼中皋[27]，於穆不已。（其七）
於穆不已，大都是階[28]。之子于命，人應如頹[十七][29]。厚德時邁，協風允諧[30]。惠此海湄[31]，俾也可懷。（其八）
乃眷林澤[十八]，樂我[十九]河曲[32]。解紱投簪，披褐懷玉[二十][33]。遺情春臺，托蔭寒木[34]。言念伊人，溫其在谷[35]。（其九）
道俟人行，辭以義輯[36]。和容過表[37]，餘未云執。惠音高[二一]播，清風駿集[38]。懷德形撫[二二]，臨篇景立[39]。（其一〇）

【校勘】

〔一〕"兹"，《陸士龍文集》作"蔿"。

〔二〕"來"，《陸士龍文集》作"未"。

〔三〕"系"，《陸士龍文集》作"素"。

〔四〕"比"，《陸士龍文集》作"非"。

〔五〕"褊",《陸士龍文集》作"徧"。
〔六〕"貞",《陸士龍文集》作"員"。
〔七〕"繆",《陸士龍文集》作"謬"。
〔八〕"户",《陸士龍文集》作"紫"。
〔九〕"實",《陸士龍文集》作"定"。
〔十〕"橫矣金獸",《陸士龍文集》作"煥矣金虎"。
〔十一〕"倉",《陸士龍文集》作"蒼"。
〔十二〕"未",《陸士龍文集》作"來"。
〔十三〕"卓卓",《陸士龍文集》作"振振"。
〔十四〕"絶",《陸士龍文集》作"紀"。
〔十五〕"廓止",《陸士龍文集》作"麟趾"。
〔十六〕"弘義服節",《陸士龍文集》作"引服朗節"。
〔十七〕"頹",《陸士龍文集》作"隤"。
〔十八〕"林澤",《陸士龍文集》作"丘林"。
〔十九〕"我",《陸士龍文集》作"哉"。
〔二十〕"解紱投簪,披褐懷玉",《陸士龍文集》作"解紱披褐,投印懷玉"。
〔二一〕"高",《陸士龍文集》作"弘"。
〔二二〕"撫",《陸士龍文集》作"憮"。

【注釋】

[1] 垂休:流傳美德。《爾雅·釋詁》:"休,美也。"萬葉:萬世。

[2] 廣聞:同"廣聞",指令聞廣大。被:覆。《釋名·釋衣服》:"被,被也,被覆人也。"崇軌:崇高的典範。

[3] 高山克荒:指澤被萬物。《詩·周頌·天作》:"天作高山,大王荒之。"毛詩傳:"荒,大也。天生萬物于高山,大王行道,能安天之所作也。"大川利涉:建立功業。《易·需》:"利涉大川,往有功也。"

[4] 繁兹:繁盛。祐:福。

[5] 大人有作:指惠帝繼位。張協《七命》:"金華啓徵,大人有作。"劉良注:"大人,天子也。"二後:指惠帝和湣懷太子。利見:功業建。《易·蹇》:"利見大人,往有功也。"

[6] 九功:九職,泛指百官。《尚書·大禹謨》:"九功惟叙,九叙惟歌。"孔安國傳:"言六府三事之功有次叙,皆可歌樂,乃德政之致。"敷奏:奏陳治理之言。《尚書·舜典》:"敷奏以言,明試以功。"孔安國傳:"敷,陳;奏,進也。諸侯四朝,各使陳進治理之言,明試其言,以要其功。"七德:泛指德行。《國語·周語》:"若七德離判,民乃攜貳。"韋昭注:"七德,謂尊貴至親舊。"《左傳·宣公十年》:"夫武,禁暴、戢兵、保大、定功、安民、和衆、豐財者也。"杜預注:"此武七德也。"殷薦:厚進。班固《典

卷第一百五十六

引》:"以崇嚴祖考,殷薦宗配帝。"呂向注:"殷,厚。薦,進。"

[7]鼎實重飪:鼎重烹飪,喻帝業重新鼎盛。《易·鼎》:"彖曰:鼎,象也。以木巽火亨飪也。"王弼注:"亨飪,鼎之用也。"芳烈:流芳後世的功業。班固《典引》:"扇遺風,播芳烈。"

[8]奕世:即"奕代",前代,世世。《國語·周語上》:"奕世載德,不忝前人。"韋昭注:"奕,亦前人也。"天祿:天賜之祿。《尚書·大禹謨》:"願四海困窮,天祿永終。"宴:安寧。

[9]振古:自古。《詩·周頌·載芟》:"匪且有且,匪今斯今,振古如茲。"祚:福。替今:廢於今。《爾雅·釋言》:"替,廢也。"

[10]大韶:舜樂。《竹書紀年·帝舜有虞氏》:"元年己未,帝即位,居冀。作大韶之樂。"

[11]荒:荒廢。止:語助詞,無義。《詩·召南·草蟲》:"亦既見止,亦既覯止。"

[12]昌風:化育之風。鮑照《還都口號》:"維舟歇金景,結棹俟昌風。"

[13]總紀:合而理之。

[14]焉:何。聿:語助詞。王引之《經傳釋詞》:"聿,惟也。皆以為語助。"

[15]褊心:心胸狹窄。《詩·魏風·葛屨》:"維是褊心,是以為刺。"丘園:隱士所居之地。張衡《東京賦》:"聘丘園之耿絜,旅束帛之戔戔。"

[16]玄澤:聖恩。繆盈:当作"謬盈"。

[17]承華:太子門。陸機《皇太子宴玄圃宣猷堂有令賦詩》:"弛厥負擔,振纓承華。"增城:高城。《楚辭·天問》:"增城九重,其高幾里?"

[18]托景:托身。《雲笈七籤·許邁真人傳》:"師友之結,得失所宗,托景希真,在於此舉也。"靈雲:瑞雲。《雲笈七籤·茅山玄靜李先生》:"靈雲降室,芝草叢生。"

[19]能知:才智。《莊子·逍遙游》:"故夫知效一官,行比一鄉,德合一君,而徵一國者,其自視也,亦若此矣。"長纓:侍臣之服。纓,同"纓"。江淹《雜體詩·陸平原羈官》:"朱黻咸髦士,長纓皆俊人。"

[20]金獸:即"金虎",星宿名,太白星。襲:襲擊。皇軑:皇帝所乘輕車。軑,通"軱"。《玉篇》:"軱,輕車。"蕭愨《發白馬》:"大蕃連帝室,驂駕奉皇軑。"

[21]匪吝:不惜生命。倉流:同"蒼流"。流水。蕭愨《發白馬》:"鐘聲颭別島,旗影照蒼流。"

[22]往蹇來反:進則入其險,反則居其所。《易·蹇》:"九三:往蹇,來反。象曰:往蹇,來反,内喜之也。"王弼注:"進則入險,來則得位,故曰往蹇來反。"弭迹:隱居。《玉篇》:"弭,息也,止也,滅也。"

[23]孌:美也。《詩·邶風·泉水》:"孌彼諸姬,聊與之謀。"毛詩傳:"孌,好貌。"東朝:太子宮。即:就。

[24]卓卓:特立;高超出衆。劉義慶《世說新語·容止》:"嵇延祖卓卓如野鶴之在

難群。"洪族：世家大族。絶：當爲"紀"，緒，嗣。

[25] 龍潛，即潛龍，《易·乾》："潛龍勿用。"此指隱者。麟止：當爲"麟趾"，信厚守禮。《詩·周南·麟趾》序："《麟之趾》，《關雎》之應也。《關雎》之化行，則天下無犯非禮，雖衰世之公子，皆信厚如麟趾之時也。"

[26] 弘義：大義；正道。《後漢書·荀彧傳》："扶弘義以致英俊，大德也。"服：《廣韻》："服，行也，習也，用也。"克明：能明。《尚書·堯典》："克明俊德，以親九族。"孔安國傳："能明俊德之士任用之，以睦高祖玄孫之親。"

[27] 遵：遵循。中皋：山澤中。陶潛《游斜川》序："若夫曾城，傍無依接，獨秀中皋。"皋，《玉篇》："皋，澤也。"

[28] 大都：郡守之都城。《周禮·地官·司徒》："以大都之田任畺地。"鄭玄注："司馬法曰：王國百里爲郊，二百里爲州，三百里爲縣，五百里爲都。"是階：是因。曹植《應詔詩》："遵彼河滸，黃阪是階。"李善注："《爾雅》曰：階，因也。"

[29] 之子于命：你受命而往。於，往。頮：同"賴"，安。

[30] 時邁：時行。《詩·周頌·時邁》："時邁其邦，昊天其子之。"協風：和風。

[31] 海湄：海畔。嵇康《琴賦》："邪睨崑崙，俯闞海湄。"

[32] 河曲：泛指河流彎曲處。

[33] 解綬：解下印綬，指辭官。劉向《列仙傳·酒家》："屈身佐時，民用不匱，解綬晨征，莫知所萃。"投簪：丟下固冠用的簪子，喻棄官。陸機《應嘉賦》："苟形骸之可忘，豈投簪其必谷。"披褐：身穿短褐，多指生活貧苦。《孔子家語·三恕》："有人於此，披褐而懷玉，如何？"懷玉：懷抱仁德。《老子》："知我者希，則我者貴，是以聖人被褐懷玉。"

[34] 春臺：泛指春游登眺覽勝之處。《老子》："荒兮其未央，衆人熙熙，如享太牢，如登春臺。"寒木：耐寒不凋的樹木，多指松柏之類。常用來比喻堅貞的節操。陸機《演連珠之五十》："是以迅風陵雨，不謬晨禽之察；勁陰殺節，不凋寒木之心。"

[35] 言念：我念。《詩·秦風·小戎》："言念君子，溫其如玉。"鄭玄箋："言，我也。念君子之性，溫然如玉。"溫谷：冬暖。形容溫暖。

[36] 俟：待。輯：聚集。《玉篇》："輯，和也，集也。"

[37] 和容：和樂。《周禮·地官·鄉大夫》："以鄉射之禮，五物詢衆庶，一曰和，二曰容，三曰主皮，四曰和容，五曰興舞。"賈公彥疏："杜子春讀和容爲和頌，謂能爲樂也。"

[38] 清風：清惠的風化。張衡《東京賦》："清風協于玄德，淳化通于自然。"薛綜注："清惠之風，同於天德。"駿集：驟然而集。《爾雅·釋詁》："駿，速也。"

[39] 景立：兀然而立。

《贈鄭曼季》四首并序　　西晉　陸雲

題解：此組詩乃與鄭曼季贈答，讚美鄭之美德嘉名，隱居之樂，抒發了詩人對鄭的思念及勸其出仕的殷切之情。此篇又見《陸士龍文集》卷三。逯欽立輯入《先秦漢魏晉南北朝詩·晉詩》卷六。

其一

《谷風》，懷思也。君子在野[1]，愛而不見，故作是詩，言其懷而思之[一]也。

習習谷風[2]，扇此暮春。玄澤墜潤，靈華[二]烟氳[3]。高山熾景[4]，喬木興繁。潤[三]波清涌，芳澼增源[四][5]。感物興想，念我懷人。（其一）

習習谷風，載穆其音[6]。流芳[五]鼓物，清塵拂林[7]。霖雨嘉播，有掄[六]淒陰。[8]歸鴻逝矣，玄鳥來吟。[9]嗟我懷人，其居樂潛[10]。明發有想，如結予心。[11]（其二）

習習谷風，以溫以凉[12]。玄黃交泰，品物含章。[13]潛介泉躍[14]，飛[七]鳥雲翔。嗟我懷人，在津之樑[15]。明發有思，凌波[八]褰裳[16]。（其三）

習習谷風，有集惟喬[17]。嗟我懷人，於焉逍遙。鷺棲高崗，耳想雲韶。[18]拊翼隧夕[19]，和鳴興朝。我之思之，言懷其休[20]。（其四）

習習谷風，其音孔嘉[21]。所謂伊人，在谷之阿。[22]獸質山嘯，龍輝泉[淵]播。[23]南有箕山，匪休其和。[24]有球[九]天[十]畢，戢爾滂池。[25]懿厥河漢，軏[十一]彼大華。[26]明發有懷，我勞如何[27]。（其五）

【校勘】

〔一〕"懷而思之"，《陸士龍文集》作"懷思之"。

〔二〕"華"，《陸士龍文集》作"爽"。

〔三〕"潤"，《陸士龍文集》作"蘭"。

〔四〕"源"，《陸士龍文集》作"凉"。

〔五〕"芳"，《陸士龍文集》作"瑩"。

〔六〕"掄"，《陸士龍文集》作"渰"。

〔七〕"飛"，《陸士龍文集》作"候"。

〔八〕"波"，《陸士龍文集》作"彼"。

〔九〕"球",《陸士龍文集》作"捄"。

〔十〕"天",《陸士龍文集》作"斯"。

〔十一〕"軌",《陸士龍文集》作"惟"。

【注釋】

[1] 君子在野：君子未出仕。《詩·大雅·鼷桑》序："《鼷桑》，刺幽王也。小人在位，君子在野，思見君子，盡心以事之。"

[2] 習習谷風：和舒的東風。《詩·邶風·谷風》："習習谷風，以陰以雨。"毛詩傳："習習，和舒貌。東風謂之谷風。"

[3] 玄澤：指雨露。應貞《晋武帝華林園集詩》："玄澤滂流，仁風潛扇。"張銑注："玄，天也。天澤滂沛而流仁惠之風。"烟氲：同烟煴，形容云气浓郁。

[4] 熾景：光影盛。《爾雅·釋言》："熾，盛也。"《説文》："景，光也。"

[5] 滸：岸上平地。《爾雅·釋丘》："重厓，岸；岸上滸。"邢昺疏："岸上平地，去水稍遠者名滸。"

[6] 載穆：和。載，語助詞，或作則、以解。任昉《齊竟陵文宣王行狀》："神皋載穆，轂下以清。"李周翰注："載，事也。穆，和也。"

[7] 流芳：散發香氣。曹植《洛神賦》："踐椒塗之郁烈，步蘅薄而流芳。"清塵：清風。

[8] 霖雨：連綿大雨。《晏子春秋·諫上五》："景公之時，霖雨十有七日。"嘉播：即時而降。有捸：當爲"有渰"，形容雲興起。《詩·小雅·大田》："有渰萋萋，興雨祁祁。"毛詩傳："渰，雲興貌。"

[9] 歸鴻：指鄭曼季。玄鳥：燕子。

[10] 樂潛：樂於歸隱。取自《詩·小雅·鶴鳴》："魚潛在淵，或在於渚。樂彼之園，爰有樹檀。"

[11] 明發：黎明；平明。《詩·小雅·小宛》："明發不寐，有懷二人。"如結予心：鬱積於我心。

[12] 以：《玉篇》："以，爲也。"

[13] 玄黄：天地。《易·坤》："夫玄黄者，天地之雜也，天玄而地黄。"交泰：天地交和諧。《易·乾下》："天地交，泰。"王弼注："泰者，物大通之時也。"品物：萬物。《易·乾》："雲行雨施，品物流形。"含章：含美。

[14] 潛介：指水中魚龍類生物。《淮南子·墜形訓》："介鱗者，夏食而冬蟄。"許慎注："介，甲。龜鼈之屬也。"

[15] 津梁：河橋。《國語·晋語二》："豈謂君無有，亦爲君之東游津梁之上，無有難急也。"

[16] 凌波：行於水波之上，常指乘船。嚴忌《哀時命》："勢不能凌波以徑度兮，又

— 80 —

卷第一百五十六

無羽翼而高翔。"褰裳：撩起下裳。《詩·鄭風·褰裳》："子惠思我，褰裳涉溱。"

[17] 集：鳥停於木。《說文》："集，群鳥在木上也，從雥從木。"

[18] 高崗：鸑鳳所棲之所。雲韶：泛指美妙的樂曲。《晉書·潘尼傳》："如彼和肆，莫匪瓊瑤；如彼儀鳳，樂我《雲》《韶》。"

[19] 拊翼：拍擊羽翼。《漢書·敘傳下》："張陳之交，孫如父子，攜手遯秦，拊翼俱起。"

[20] 休：美。

[21] 孔嘉：甚美。《詩·豳風·東山》："其新孔嘉，其舊如之何。"

[22] 伊人：指鄭曼季。阿：山凹曲處。《詩·廟風·考槃》："考槃在阿，碩人之薖。"毛詩傳："曲陵曰阿。"

[23] 實：《爾雅·釋詁》："成也。"

[24] 南有箕山：即《詩·小雅·大東》："維南有箕，不可以簸揚。維北有斗，不可以挹酒漿。"意指虛列其位而無所用。匪休其和：非和之美。

[25] 有球天畢：當為"有捄天畢"。《詩·小雅·大東》："有捄天畢，載施之行。"孔穎達疏："又有捄然而長者，在天之畢也，徒則施之於二十八宿之行列而已，亦何曾見其掩兔載肉之用乎？是皆有名無實，亦興王之官司虛列，而無所成也。"戢：止。滂沲：同"滂沱"，形容淚流縱橫。《詩·陳風·澤陂》："寤寐無為，涕泗滂沱。"

[26] 懿厥：痛於此。《詩·大雅·瞻卬》："懿厥哲婦，為梟為鴟。"鄭玄箋："懿，有所痛傷之聲也。厥，其也。"大華：指首陽山。

[27] 勞：憂思成疾。

其二

《南衡》，美君子也。言君子遯俗[世]不悶[1]，以德存身，作者思其以德來仕，又願言就之宿，感《白駒》之義[2]，而作是詩焉。

南衡惟岳，峻極昊蒼。[3]瞻彼江湘，惟水泱泱。[4]清和有合，俊人以臧[5]。天保定子，茂以瑰[一]光。[6]景秀蒙汜，穎逸扶桑。[7]我之懷矣，休音後揚。[8]（其一）

穆穆休音，有來肅[二]雍。[9]沉波踊奧[10]，泉[淵]芳馥風。傃虛養恬，照日遺蹤。[11]考磬遵渚，思樂潛龍。[12]我之懷矣，實爾華宮[13]。（其二）

和璧在山，荊林玉潤。[14]之子于潛，清輝遠振。克稱輶德[15]，作寶有晉。和聲在林，羽儀未變。[16]我之懷矣，有客來信[17]。（其三）

風雲有作，應通山泉[淵]。[18]清琴啟彈，宮商乘弦[19]。類撲知感[20]，有命自天。夷叔曠[三]代[世]，猶謂比肩。[21]矧我與子，妐會斯年。[22]我之懷

居[23]，其好纏綿。（其四）

古人有言，詩以宣心[24]。我之懷矣，在彼北林。北林何有，於煥斯文[25]。瓊瑰非寶，尺牘成珍[26]。豐華非少，得意惟神[27]。河魴登俎[28]，遭逢〔四〕清川。（其五）

【校勘】

〔一〕"瑰"，《陸士龍文集》作"瓊"。

〔二〕"肅"，《陸士龍文集》作"爾"。

〔三〕"曠"，《陸士龍文集》作"希"。

〔四〕"遭逢"，《陸士龍文集》作"遺答"。

【注釋】

[1] 遯世不悶：君子樂其歸隱。《易·大過》："君子以獨立不懼，遯世無悶。"

[2]《白駒》之義：《詩·小雅·白駒》之義，主要寫別友思賢，讚美友人"其人如玉"之德，表達作者的相思與勸勉之情。

[3] 南衡惟岳：南岳衡山。峻極：至高峻。《詩·大雅·崧高》："崧高維岳，駿極於天。"昊蒼：蒼天。

[4] 江湘：長江、湘江。泱泱：水深廣貌。《詩·小雅·瞻彼洛矣》："瞻彼洛矣，維水泱泱。"

[5] 清和：清靜和平，形容升平氣象。賈誼《新書·數寧》："大數既得，則天下順治；海內之氣清和咸理，則萬生遂茂。"有合：陰陽配合。《易·繫辭上》："五位相得，而各有合。"俊人：風度高雅、才德超異者。臧：美。

[6] 天保定子：天安定汝。《詩·小雅·天保》："天保定汝，亦孔之固。"鄭玄箋："保，安；爾，女也。"茂：美，盛。

[7] 景秀：形容才能秀出。《雲笈七籤》："芳華景秀，玉質精練。"蒙汜：同"濛汜"，日所落之水涯，指西方。《楚辭·天問》："出自湯谷，次於蒙汜。"王逸注："汜，水涯也。"穎逸：喻才能秀麗超逸。《玉篇》："穎，禾末也。"扶桑：日所居之東方樹木，指東方。《淮南子·天文訓》："日出於暘谷，浴于咸池，拂於扶桑。"

[8] 我之懷矣，出自《詩·邶風·雄雉》："我之懷矣，自詒伊阻。"休音：令聞。

[9] 有來肅雍：你來則和敬。《詩·周頌·清廟》："於穆清廟，肅雝顯相。"

[10] 奧：《廣韻》："深也。"

[11] 傃：一向。《玉篇》："傃，向也。孔子曰：傃隱行怪。"恬：靜。照日：昭日，昭於天下。遺蹤：遺迹。潘岳《西征賦》："眺華岳之陰崖，覩高掌之遺蹤。"

[12] 考磐：一作"考盤"，亦作"考槃"，成德樂道。《詩·衛風·考槃》："考槃在

— 82 —

潤，碩人之寬。"毛傳："考，成；槃，樂。"詩序以爲刺莊公"不能繼先公之業，使賢者退而窮處"，故後即以喻隱居。潛龍：潛伏之龍，喻隱者。《易·乾》："乾，元亨利貞。初九，潛龍勿用。"

[13] 寘爾華宮：安置你于華美宮室，此勸其出仕。《説文》："寘，置也。"

[14] 和璧：和氏璧。荆林：荆山。玉潤：玉之光輝。

[15] 克稱：能相當，能符合。稱，相當，符合。《孟子·公孫丑下》："古者棺椁無度，中古棺七寸，椁稱之。"輶德：易於實行的德行。班固《幽通賦》："守孔約而不貳兮，乃輶德而無累。"

[16] 和聲：和諧的樂音。《左傳·昭公二十一年》："故和聲入於耳，而藏於心。"羽儀：源于《易·漸》："鴻漸于陸；其羽可用爲儀。"比喻居高位而有才德，被人尊重或堪爲楷模。沈約《齊故安陸昭王碑文》："公以宗室羽儀，允膺嘉選。"

[17] 有客來信：冀隱者來宿。《詩·周頌·有客》："有客宿宿，有客信信。"毛詩傳："一宿曰宿，再宿曰信。"

[18] 風雲有作，應通山淵：風起於山，雲興於淵，二者相通。

[19] 乘弦：理弦，奏起琴弦。《廣韻》："桀，理也，計也。今文乘。"理：奏。《史記·樂書》："《雅》《頌》之音理而民正，嘄噭之聲興而士奮，鄭衛之曲動而心淫。"

[20] 類族：未詳。"

[21] 夷叔：伯夷、叔齊，商孤竹國君之子，不食周粟而餓死首陽山。曠代：空前；絶代。謝靈運《傷己賦》："丁曠代之渥惠，遭謬眷于君子。"比肩：并列，居同等地位。《後漢書·劉瑜傳》："今中官邪孽，比肩裂土，皆競立胤嗣，繼體傳爵。"

[22] 劮：况。姤會：相遇。姤，遇。《易·姤》："《象》曰：姤，遇也。"

[23] 懷居：留戀安逸；懷念故居。《論語·憲問》："士而懷居，不足以爲士矣。"

[24] 宣心：宣洩心情，散心。《廣韻》："宣，散也。"

[25] 於：讚嘆之詞。《詩·周頌·清廟》："於穆清廟，肅雝顯相。"毛詩傳："於，嘆辭也。"焕：明。斯文：禮樂制度。《論語·子罕》："天之將喪斯文也，後死者不得與于斯文也。"

[26] 尺牘：短書。謝瞻《王撫軍庾西陽集別作》："誰謂情可書，盡言非尺牘。"此指詩歌。

[27] 豐華：豐盛華美，此指文辭華美。得意：領會旨趣、玄意。《莊子·外物》："言者所以在意，得意而忘言。"神：神妙。《易·説卦》："神也者，妙萬物而爲言者也。"

[28] 河魴：河中魚美鮮者。《詩·陳風·衡門》："豈其食魚，必河之魴。"登俎：祭祀。陸機《演連珠》："是以王鮪登俎，不假吞波之魚。"俎，古代祭祀時放祭品的器物。

其三

《鳴鶴》[1]，美君子也。太平之時，君子猶有退而窮居者[2]，樂天知命，無憂無欲，收[一]碩人之《考槃》[3]，傷有德之遺俗［世］，故作是詩。

鳴鶴在陰，戢其左翼[4]。肅雍和鳴[5]，在川之域[二]。假樂君子，祚爾明德。[6]思樂重虛，歸于其極。[7]嗟我懷人，惟馨黍稷[8]。（其一）

鳴鶴在陰，其鳴喈喈。[9]垂翼蘭沼，濯清芳池。[10]假樂君子，其茂猗猗[11]。底之瑰寶，有粲瓊瑰。[12]乃振褧裳，襲爾好衣。[13]嗟我懷人，啓襟以晞[14]。（其二）

鳴鶴在陰，其儀藹藹[15]。謂天蓋高，和音于邁。[16]假樂君子，篤膺俊乂[17]。穆風潛烈，興雲戢薈。[18]德茂當年，時愆嘉會[19]。安得磐藻，改爾皓帶。[20]嗟我懷人，心焉慷慨[21]。（其三）

鳴鶴在陰，載好其馨。漸陸儀羽，遵渚迴頸。[22]假樂君子，祚之篤生。德耀有穆[23]，如瑤如瓊。視流濯髮，滅景遺纓[24]。安得風雲，雨爾北冥[三][25]。嗟我懷人，惟用傷情[26]。（其四）

【校勘】

〔一〕"收"，《陸士龍文集》作"念"。

〔二〕"域"，《陸士龍文集》作"側"。

〔三〕"視流濯髮，滅景遺纓。安得風雲，雨爾北冥"，《陸士龍文集》作"安得風帆，深濯鬐滅。景遺雲雨，爾在北冥"。

【注釋】

[1]《鳴鶴》：取《易·中孚》之意，美君子之德。《易·中孚》："鳴鶴在陰，其子和之。我有好爵，吾與爾靡之。"

[2] 退而窮居：退處山林終居，指隱居。

[3] 碩人之《考槃》：隱居而心胸寬闊者。槃：通"盤"。《詩·衛風·考槃》："考槃在澗，碩人之寬。"鄭玄箋："碩，大也。有窮處成樂，在於此澗者，形貌大人，而寬然有虛之色。"

[4] 戢其左翼：收斂羽翼而止息。《詩·小雅·鴛鴦》："鴛鴦在梁，戢其左翼。君子萬年，宜其遐福。"鄭玄箋："戢，斂也。"

[5] 肅雍：亦作"肅雝""肅邕"，莊嚴雍容，整齊和諧。《詩·召南·何彼襛矣》："曷不肅雝，王姬之車。"毛詩傳："肅，敬；雝，和。"

[6] 假樂君子：嘉樂君子。《詩·大雅·假樂》："假樂君子，顯顯令德。宜民宜人，

受祿於天。"毛詩傳:"假,嘉也。"祚爾:賜福於你。

[7] 重虛:重霄。歸於其極:歸於中正之道。

[8] 惟馨黍稷:"黍稷非馨,明德惟馨"之省略。《尚書·君陳》:"至治,馨香感於神明,黍稷非馨,明德惟馨。"孔安國傳:"政治之至者,芬芳馨氣動於神明。所謂芬芳,非黍稷之氣,乃明德之馨。"

[9] 喈喈:和聲遠聞。《詩·周南·葛覃》:"黃鳥于飛,集於灌木,其鳴喈喈。"毛詩傳:"喈喈,和聲之遠聞也。"

[10] 垂翼:鳥翅下垂不能高飛。《易·明夷》:"明夷于飛,垂其翼。"王弼注:"懷懼而行,行不敢顯,故曰垂其翼。"濯:洗滌。

[11] 猗猗:美盛貌。《詩·衛風·淇奧》:"瞻彼淇奧,綠竹猗猗。"毛詩傳:"猗猗,美盛貌。"

[12] 厎:同"砥",致。瓊瓌:玉。《詩·秦風·渭陽》:"何以贈之,瓊瓌玉佩。"

[13] 褧裳:華美的衣裳。《詩·鄭風·豐》:"衣錦褧衣,裳錦褧裳。"襲:穿衣。《玉篇》:"襲,重衣也。"

[14] 啟襟:敞開衣襟。睎:通"晞",望。

[15] 藹藹:茂盛貌。陶潛《和郭主簿》其一:"藹藹堂前林,中夏貯清陰。"

[16] 謂天蓋高:謂天何高。《詩·小雅·正月》:"謂天蓋高,不敢不局。"於邁:往行,此指遠聞。《詩·魯頌·泮水》:"無小無大,從公於邁。"鄭玄箋:"於,往。邁,行也。"

[17] 膺:受。《楚辭·天問》:"撰體協脅,鹿何膺之。"王逸注:"膺,受也。"俊乂:俊才。《尚書·皋陶謨》:"九德咸事,俊乂在官。"

[18] 穆風:和風。《詩·大雅·烝民》:"吉甫作誦,穆如清風。"鄭玄箋:"穆,和也。"潛烈:暗藏的猛烈。《廣韻》:"潛,藏也。"又"烈,猛也。"戢蒼:聚集。《爾雅·釋詁》:"戢,聚也。"段玉裁《説文解字注》:"蒼,引申爲凡物蒼萃之義。"

[19] 嘉會:風雲際會之機。

[20] 鞶藻:同"鞶繅",彩飾大帶。鞶,同"槃"。《左傳·桓公二年》:"藻、率、鞞、鞛、鞶、厲、游、纓,昭其數也。"杜預注:"藻,率以韋爲之,所以藉玉也。王五采,公侯伯三采,子男二采。鞶,紳帶也,一名大帶。"皓帶:即"縞帶",白色生絹帶。樸質之衣飾。此指未仕之服。

[21] 慷愾:即慷慨,情緒激昂。《三國志·吴志·步騭志》:"慷忾之趨,惟篤人物,成敗得失,皆如所慮。"

[22] 漸陸儀羽:漸進高地伸展羽儀。《易·漸》:"鴻漸于陸,其羽可用爲儀,吉。"遵渚:循洲渚而飛。

[23] 穆:美。

[24] 減景:隱蔽形影,謂隱居。景,同"影"。陸雲《榮啓期贊》:"常被裘帶索,

行吟于路，曰：'吾著裘者何求，帶索者何索？'遂放志一邱，滅景林藪。"

[25] 北冥：北方之海。

[26] 用：因。

其四

瞻彼高崗，有猗其桐[1]。允也君子，寔寔南江。[2] 員規啓裕[一]，沉矩履方。[3] 咏[二]此明流，清瀾川通[4]。陟彼衡林[5]，味其回芳。（其一）

馥矣[三]回芳，綢繆中原[6]。祁祁庶類，薄采其芬[7]。栖遲秘[泌]丘，容與衡門。[8] 聲播東汜，響溢南雲。[9]（其二）

穆穆閶闔，南端啓籥。[10] 庶明以庸，帝聽或闕。[11] 有鳳于潛，在林栖翩。[12] 非予之祚，孰與好爵。[13]（其三）

幽居玩物，顧景自頤。[14] 發憤潛帷，仿佛有思。[15] 予美亡[四]此，終然肯[五]來。[16] 企予興[六]言，惟用作詩。[17]（其四）

【校勘】

〔一〕"裕"，《陸士龍文集》作"俗"。

〔二〕"咏"，《陸士龍文集》作"泳"。

〔三〕"馥矣"，《陸士龍文集》作"馥馥"。

〔四〕"亡"，《陸士龍文集》作"忘"。

〔五〕"肯"，《陸士龍文集》作"胥"。

〔六〕"興"，《陸士龍文集》作"輿"。

【注釋】

[1] 有猗：美盛。有，語助詞，無義。猗，猶"猗猗"，美盛。

[2] 允：誠，信。南江：泛指南方。

[3] 員規、沉矩：泛指倫理法度。《玉篇》："矩，法也。員曰規，方曰矩。"履方：躬行正道。皇甫謐《高士傳·許由》："許由爲人，據義履方，邪席不坐，邪膳不食。"

[4] 清瀾：清波。瀾，大波浪。《孟子·盡心上》："觀水有術，必觀其瀾。"

[5] 陟：登。衡林：杜衡之林。

[6] 綢繆：緊密纏縛。《詩·唐風·綢繆》："綢繆束薪，三星在天。"

[7] 祁祁：眾多。《詩·豳風·七月》："春日遲遲，采蘩祁祁。"鄭玄箋："祁祁，眾多也。"庶類：萬物，萬類。《國語·鄭語》："夏禹能單平水土，以品處庶類者也。"薄：語助詞，無義。

[8] 栖遲：游息。《詩·陳風·衡門》："衡門之下，可以栖遲。"秘丘：即"泌丘"，

山林之所，隱居之處。《晉書·束晳傳》："學既積而身困，夫何爲乎秘丘?"容與：徘徊猶豫，躊躇不前貌。《楚辭·離騷》："忽吾行此流沙兮，遵赤水而容與。"衡門：橫木爲門，簡陋的房屋。《詩·陳風·衡門》："衡門之下，可以棲遲。"此指隱士之居。

[9] 暘汜：暘谷，傳説中的日出處，泛指東方。沈約《和謝宣城》："牽拙謬東汜，浮惰及西崐。"南雲：南方雲彩，泛指南方。

[10] 閶闔：泛指宫門或京都城門。《後漢書·寇榮傳》："閶闔九重，陷阱步設，舉趾觸罘罝，動行絓羅網，無緣至萬乘之前。"啟籥：開鎖，打開門。《尚書·金縢》："啟籥見書，乃并是吉。"劉運好《陸士龍文集校注》："乃謂吴王閶闔建立吴國基業也。"

[11] 庶明：羣賢。《尚書·皋陶謨》："慎厥身，修思永，惇叙九族，庶明勵翼，邇可遠，在兹。"孔安國傳："言慎修其身，厚次叙九族，則衆庶皆明其教，而自勉勵，翼戴上命。"庸：《玉篇》："用也。"

[12] 翮：羽毛。

[13] 祚：福。好爵：精美的酒器。指美酒。《易·中孚》："我有好爵，吾與爾靡之。"

[14] 幽居：獨處。《禮記·儒行》："幽居而不淫，上通而不困。"玩物：觀賞景物；玩賞物品。《尚書·旅獒》："玩人喪德，玩物喪志。"頤：保養。

[15] 發憤：發抒憤懣。《楚辭·九章·惜誦》："惜誦以致愍兮，發憤以抒情。"潛帷：深帷。仿佛：依稀。干寶《搜神記》卷一："策既殺吉，每獨坐，仿佛見吉在左右。"

[16] 予美亡此：我所美之人不在此。亡，通"忘"。《詩·唐風·葛生》："予美亡此，誰與獨處?"鄭玄箋："予，我；亡，無也。言我所美之人無於此，謂其君子也。吾誰與居乎？獨處家耳。"肯來：當是"胥來"，來。胥，語助詞。

[17] 企予：即"予企"，我踮起腳，指思念之深切。企，同"跂"。《説文》："企，舉踵也。"《詩·鄘風·河廣》："誰謂宋遠，跂予望之。"用：因。王引之《經傳釋詞》卷一："用，詞之以也。以、用一聲之轉。"

《贈司隸傅咸》一首　　西晉　張載

題解：此詩贊傅咸"慮該道機，思窮妙神"，文辭華美，習儒遵禮，位高德重，表達了渴望得其引薦之情。此篇逯欽立輯入《先秦漢魏晉南北朝詩·晉詩》卷七。

皇靈闡曜，流英敷醇[1]。苞光含素，以授哲人。於赫洪烈，寔子厥真。慮該道機，思窮妙神。汪穆其度[2]，煥蔚其文。寔茂成秋，華繁榮春。清藻既振，乃郁乃彬。德風雲暢，休聲響震[3]。（其一）

侔蹤古昔，越軌曩朝。外駴方域，內冠皇寮。峨峨峻極，誰其能超。出蒞宰守，播化丞苗[4]。入毗帝猷，翼讚均陶[5]。道殊顏孔，勳擬伊皋。（其二）

　　太上立本，至虛是崇。猗歟清規，允迪斯冲[6]。韜納無方，以光徽融[7]。嗟我昏矇[8]，懷賢仰風。（其三）

　　思存豫屬[9]，厠于末徒。沐浴芳源，儀形訓模[10]。重仞幽秘，願陟其塗。（其四）

　　彼海湯湯，涓流所歸。宗宋龍翔，鳥慕鳳飛。瞻賴高景[11]，曷云能違。未見君子，載渴載飢。（其五）

【注釋】

[1] 敷醇：佈施敦厚。敷，布，施。《尚書·大禹謨》："文命敷于四海。"

[2] 汪穆：深廣壯美。汪，深廣貌。《淮南子·俶真訓》："汪然平静，寂然清澄。"穆：嚴肅，壯美。《詩·周頌·清廟》："於穆清廟。"

[3] 休聲：美好的名聲。休，舊指吉慶；美善；福祿。《詩·商頌·長髮》："何天之休。"鄭玄箋："休，美也。"

[4] 丞苗：拯救蠻族。丞，通"拯"，救。揚雄《羽獵賦》："丞民乎農桑。"苗，古族名，亦稱有苗、三苗，此泛指蠻族。

[5] 毗：輔助。《詩·小雅·節南山》："四方是維，天子是毗。"翼讚：輔佐稱美。翼，輔助。《尚書·益稷》："予欲左右有民，汝翼。"讚，佐助。丘遲《與陳伯之書》："佩紫懷黃，贊帷幄之謀。"均陶：和樂。均，調和。《禮記·月令》："均琴瑟管簫。"陶，喜，快樂。謝靈運《酬從弟惠連》詩："儻若果歸言，共陶暮春時。"

[6] 允迪：認真遵循。《尚書·皋陶謨》："允迪厥德，謨明弼諧。"斯：則，就。《論語·述而》："我欲仁，斯仁至矣。"冲：謙和，淡泊。

[7] 韜納：掩藏容受。韜，掩藏。《後漢書·姜肱傳》："以被韜面。"納，收受，容受。《尚書·舜典》："命汝作納言，夙夜出納朕命。"

[8] 昏矇：同"昏蒙"。愚昧，不明事理。矇，矇昧，同"蒙昧"。混沌未分。《三國志·蜀志·郤正傳》："昔在鴻荒，矇昧肇初。"

[9] 豫屬：學校官屬。豫，讀爲 xù，古代學校名。《儀禮·鄉射禮》："豫則鉤楹內。"鄭玄注："今言豫者，謂州學也。"郝懿行《爾雅義疏》："序、豫、射，俱字異而音同"。按，當讀爲"庠序"之"序"。屬，官屬，部屬。《尚書·周官》："六卿分職，各率其屬，以倡九牧。"

[10] 儀形：同"儀刑"，效法。《漢書·王莽傳上》："敬畏上天之戒，儀形虞周之盛。"顏師古注："儀形，謂則而象之。"訓模：仿效典則。訓，典式，法則。《詩·大雅·烝民》："古訓是式。"模，仿效；效法。《列子·周穆王》："變化之極，徐疾之間，

可盡模哉?"

〔11〕瞻賴：仰望倚賴。

卷第一百五十七

詩十七　人部十四
贈答七　雜贈答三

《贈韓德真》一首　　西晋　曹攄

題解：曹攄與韓德真曾爲同僚，關係親密。韓德真將赴京爲官，作者贈詩與别，不禁感嘆時光之流逝，友人得升遷，而自己仍沉淪下僚，賀友人升，願其立功名，又期其能在朝推薦自己。此篇逯欽立輯入《先秦漢魏晋南北朝詩·晋詩》卷八。

赫赫顯族，冠蓋峩峩[1]。葛延王室，薇蔓帝家。如地之岳，如天之河。爰有韓生，體德逶迤。玉質含章，珪白無瑕。庇岳之崇，蔭林之華。朝游龍泉，夕栖鳳柯。同宿望舒，參轡羲和[2]。弘曜日月，不榮若何。（其一）

時不久留，日月其除。玄景嗟跎，忽淪桑榆。惜此寸陰，念彼白駒。昔齊驥蹤，今則异塗。我頓吴阪，子亨天衢[3]。爾足既駿，爾御亦殊。顧我駑塞，能不踟躕。取譬草木，假喻龍魚。（其二）

松以冬凋，蘭以春芳。龍升在雲，魚沉于梁。大地未綴，華秀梓旁。傾質惠風[4]，晞采朝陽。燼微難熾，根朽不長。爛不自燭，榮於何望。幽室誰照，冀子餘光。（其三）

餘光不照，怨在貧婦。《谷風》遺舊，《伐木》敦友[5]。嗟嗟人間，一薄一厚。時無展季，臧文何咎[6]。蕭生既没[7]，誰與結綬。攝余衣冠，歸守丘

阜。平生之要，不忘在久。枉爾結駟，軾我壟畝。[8]（其四）

【注釋】

[1] 冠蓋：官員的冠服和車乘。冠，禮帽；蓋，車蓋。《史記·魏公子列傳》："平原君使者冠蓋相屬於魏。"

[2] 望舒：傳說爲月駕車的神。《楚辭·離騷》："前望舒使先驅兮，後飛廉使奔屬。"王逸注："望舒，月御也。"羲和：神話傳說中的人物。駕御日車的神。《楚辭·離騷》："吾令羲和弭節兮，望崦嵫而勿迫。"王逸注："羲和，日御也。"

[3] 天衢：古指帝京。《三國志·吳志·胡綜傳》："遠處河朔，天衢隔絕。"

[4] 惠風：和風。王羲之《蘭亭詩序》："天朗氣清，惠風和暢。"

[5] 《谷風》、《伐木》：二者皆爲《詩經》篇名。《邶風·谷風》，《毛詩序》云："《谷風》，刺幽王也。天下俗薄，朋友道絕焉。"《小雅·伐木》，《毛詩序》云："《伐木》，燕朋友故舊也。至天子至於庶人，未有不須友以成者。親親以睦，友賢不棄，不遺故舊，則民德歸厚矣。"

[6] 展季：人名，春秋魯人展禽，即柳下惠，展氏，名獲，字子禽（一字季），諡曰惠，生活於春秋時期魯國莊、閔、僖、文四朝之間。臧文：臧文仲，姬姓，臧氏，名辰，諡曰文，歷事魯莊公、閔公、僖公、文公四君。《論語·衛靈公》："臧文仲其竊位者與！知柳下惠之賢而不與立也。"

[7] 蕭生：未詳。此代指至交、知己。

[8] 結駟：車馬相連，形容排場。《史記·仲尼弟子列傳》："子貢相衛，而結駟連騎，排藜藿，入窮閻，過謝原憲。"壟畝：田畝；田野。《戰國策·齊策三》："使曹沫釋其三尺之劍而操銚鎒，與農夫居壟畝之中，則不若農夫。"

《贈石崇》一首　　西晉　曹攄

題解：此當爲石崇于金谷園舉行宴會，群僚相聚，曹攄贈詩讚美主人之才德，嘉筵之豐盛，表達內心的感恩之情。此篇逯欽立輯入《先秦漢魏晉南北朝詩·晉詩》卷八。

昂昂我牧[1]，德惟人豪。作鎮方岳，有徽其高。英風遠扇，峻迹遐招。攻璞荊嶇，滋蘭江皋。朝采芝蕙，夕玩瓊瑤。豈乏珉石，乃牧艾蕭。[2]髦儁在位，多士盈朝。雖欣嘉願，懼忝班僚。（其一）

人亦有云，上明下真。匪唯且臣，謣謣在側[3]。謹言既奏，朝有正色。[4]

翰飛冲天，必假羽翼。諮余承之[5]，與屬備職。曾無補益，徒竭心力。龍旗反斾，鸞駕回軑。[6]願尋塵軌，以除其逼。（其二）

美茲高會，憑城臨川。峻埤亢閣，曾樓辟軒。遠望長州，近察重泉。鬱鬱繁林，蕩蕩洪源[7]。津人思濟，舟士戲船。得厠大歡，屢蒙賓延。飲必鄢綠[8]，肴則時鮮。仰接溫顏[9]，俯聽話言。嘉我乃遇，遭彼頻煩[10]。（其三）

浮萍依水[11]，寄生附林。托根清流，委積重陰[12]。願樹之茂，樂川之深。太陽移宿，葵藿傾心[13]。至誠苟著，雖微難禁。況與夫子，利齊斷金[14]。敢敷中懷，貢之所欽。（其四）

【注釋】

[1] 昂昂：出群，高潔。《楚辭·卜居》："寧昂昂若千里之駒乎？將氾氾若水中之鳧乎？"

[2] 瑉石：同"珉石"，似玉的美石，喻賢者。劉向《九歎·愍命》："藏瑉石於金匱兮，捐赤瑾於中庭。"王逸注："瑉石，次玉者。瑉，一作'珉'。"艾蕭：艾蒿，臭草，亦喻小人。

[3] 諤諤：直言爭辯貌。《楚辭·惜誓》："或推移而苟容兮，或直言之諤諤。"亦作"咢咢""鄂鄂"。

[4] 讜言：正直之言，直言。《漢書·叙傳上》："吾久不見班生，今日復聞讜言！"顏師古注："讜言，善言也。"正色：神色莊重，態度嚴肅。《尚書·畢命》："弼亮四世，正色率下。"

[5] 之，當爲"乏"。承乏：擔任職務的謙詞。《左傳·成公二年》："敢告不敏，攝官承乏。"杜預注："言欲以己不敏，攝承空乏。"

[6] 龍旗：皇帝。鸞駕：皇帝所乘之車。

[7] 蕩蕩：水奔突涌流貌。《尚書·堯典》："湯湯洪水方割，蕩蕩懷山襄陵，浩浩滔天。"孔安國傳："蕩蕩，言水奔突有所滌除。"

[8] 鄢綠：亦作"鄢淥""鄢醁"，美酒名。《晉書·武帝紀》："薦鄢淥於太廟。"

[9] 溫顏：溫和的面色。《漢書·韓王信傳》："爲人寬和自守，以溫顏遜辭承上接下，無所失意，保身固寵，不能有所建明。"

[10] 頻煩：頻繁。《三國志·蜀志·費禕傳》："以奉使稱旨，頻煩至吳。"

[11] 浮萍：浮萍。浮生在水面上的一种草本植物，可入中藥。何晏《言志》詩："豈若集五湖，順流唼浮萍。"

[12] 重陰：地下。

[13] 葵藿：葵與藿，此單指葵。葵性向日，多用以比喻下對上赤心趨向。語出《三國志·魏志·陳思王植傳》："若葵藿之傾葉，太陽雖不爲之回光，然向之者誠也。竊自比

於葵藿，若降天地之施，垂三光之明者，實在陛下。"

[14] 斷金：《易·繫辭上》："二人同心，其利斷金。"後因以"斷金"爲"同心"的代辭。

《贈王弘遠》一首　　西晉　曹攄

題解： 此文贈友人王弘遠。王弘遠出自勢族，作者自比隱士，美其逸樂，嚮往儒家高潔的理想人格，同時表達了對友人的相思之情。此爲殘篇，逯欽立輯入《先秦漢魏晉南北朝詩·晉詩》卷八。

道貴無名，德尚寡欲。俗牧其華，我執其朴。人取其榮，余守其辱。窮巷湫隘，環堵淺局[1]。肩墻弗暨，茅室不翦[2]。潦必陵階，雨則浸楄。仰懼濡首，俯惟塗足[3]。妻孥之陋，如彼隸僕。布裳不袵，韋帶三續。將乘白駒，歸于空谷。隱士良苦，樂哉勢族。（其一）

爾樂伊何，志逸樂深。太府堂堂，閒房愔愔[4]。旱不厭日，水不患霖。入歡卓氏，出玩秦鍼。寵妻懷目，嬖子娛心[5]。華屏列曜[6]，藻帳垂陰。纓獻流芳，羅襦解衿。嬿婉之求，一笑千金。忽彼苦誡，甘此所欽。言往不誚[7]，秘其德音。（其二）

采石他山，攻璞南荆。雖無和璧，冀牧瑤瓊。日月愈久，曾無玉聲。傾心注耳，寂焉靡聽。桃李不報，徒勞我誠。瑾不匿華，蘭不秘馨。何惜纖翰，莫慰予情。（其三）

【注釋】

[1] 湫隘：低下狹小。《左傳·昭公三年》："子之宅近市，湫隘囂塵，不可以居。"環堵：環堵，四周環著每面一丈見方的土墻，形容居室的隘陋。方丈爲堵。《禮記·儒行》："儒有一畝之宮，環堵之室。"鄭玄注："環堵，面一堵也。"淺局：見識等淺陋、狹隘。《三國志·吳志·周魴傳》："謹拜表以聞，并呈箋草，懼於淺局，追用悚息。"

[2] 翦：剝落；凋殘。《詩·大雅·桑柔》："將采其劉。"毛傳："劉，爆爍而希也。"

[3] 濡首：沈湎於酒。《易·未濟》："上九，有孚於飲酒，無咎。濡其首，有孚失是。象曰：'飲酒濡首，亦不知節也。'"塗足：染汙腳。塗，染汙。《莊子·讓王》："其并乎周以塗吾身也，不如避之以潔吾行。"

[4] 愔，讀音 yīn，愔愔：安靜和悅貌。《左傳·昭公十二年》："祈招之愔愔，式昭德音。"杜預注："愔愔，安和貌。"

[5] 孽子：庶子，姬妾所生之子。《左傳·閔公二年》："內寵并後，外寵二政，孽子配嫡，大都耦國，亂之本也。"

[6] 列曜：呈現光亮。

[7] 詶："酬"的異體字。報謝，償還。《儀禮·士冠禮》："主人酬賓束帛儷皮。"

《贈歐陽建》一首　　西晉　曹攄

題解：曹攄與歐陽建私交甚好，歐陽建爲縣僚，政務繁雜，兩人長期不見，作者贈詩并命僕夫送達。此詩寫二人友誼的堅貞深厚，對歐陽建多加勉勵，希其學習豹産、黃邵建功立業，"著名上代，千載遺咏"。并小心謹慎，"慎終如始，令問遂倍"。此篇逯欽立輯入《先秦漢魏晉南北朝詩·晉詩》卷八。

嗟我良友，惟彥之選。弱冠參戎，既立南面。或踊而升，蔚煥其變[1]。豈徒虛聲，考績畿甸[2]。約政理繁，事省功辯。如何勿思，自我不見。乃命僕夫，北臨其縣。（其一）

義闕三益[3]，誠替離群。側想讜言[4]，願同蘭芬。謂芒蓋高，載越其墳。涉境登朝，信惟惠君。烈烈威禁，肅如風雲。誰言善蔽，在幽必聞[5]。《鶴鳴》既和，好爵亦分。[6]（其二）

昔有豹産，實能魏［衛］鄭。[7]在漢黃邵[8]，克堪敷政。著名上代，千載遺咏[9]。仰瞻先蹤，可不斯競？方六七十，觀化賢聖[10]。分河跨土，於茲爲盛。茂勉不墮，古人所病。（其三）

湯湯洪川[11]，朝宗于海。芒芒甫田[12]，稼穡攸在。瞻彼南畝，勤卹無殆[13]。鑒此長流[14]，朝夕莫改。念茲在茲，非孰肯□。慎終如始，令問遂倍。（其四）

【注釋】

[1] 蔚煥：茂盛光明。

[2] 畿甸：京城地區。《周書·蕭察傳》："昔方千而畿甸，今七里而磐縈。"

[3] 三益：直、諒、多聞。語本《論語·季氏》："孔子曰：益者三友，損者三友。友直，友諒，友多聞，益矣。"借指良友。

[4] 讜言：正直之言，直言。《漢書·敘傳上》："吾久不見班生，今日復聞讜言！"

[5] 闈：古代宮室、宗廟的旁側小門。

— 94 —

[6]《鶴鳴》：《詩經》中詩篇名，一般認爲諷諭周王應該招用隱居的賢才。《詩·小雅·鶴鳴序》："誨宣王也。"好爵：精美的酒器，借指美酒。《易·中孚》："我有好爵，吾與爾靡之。"

[7] 豹產：子產和西門豹。《史記·滑稽列傳》："子產治鄭，民不能欺……西門豹治鄴，民不敢欺。"後以"豹產"借指賢能的大臣。潘岳《許由頌》："虛薄忝任，來宰斯城，愧無惠化，豹產之政。"衛鄭：保衛鄭國。

[8] 黄邵：未詳。

[9] 遺詠：被人歌詠傳誦。

[10] 方六七十：出自《論語·先進》"方六七十，如五六十，求也爲之，比及三年，可使足民。"觀化：觀察教化。《呂氏春秋·具備》："巫馬旗短褐衣弊裘，而往觀化于亶父。"

[11] 湯湯，同"蕩蕩"，水流盛大貌。《尚書·堯典》："湯湯洪水方割，蕩蕩懷山襄陵，浩浩滔天。"孔安國傳："湯湯，流貌。"

[12] 芒芒：廣大遼闊貌。《詩·商頌·長髮》："洪水芒芒，禹敷下土方。"

[13] 勤卹：同"勤恤"，憂憫，關懷。《尚書·召誥》："上下勤恤。"

[14] 長流：長長的流水。張衡《歸田賦》："仰飛纖繳，俯釣長流。"

《答趙景猷詩》三首　　西晉　曹攄

題解：此亦玄言詩，談玄論道。美趙景猷之德，"投迹清規，研思至道"，樂此守真。嘆因世禄，與友將分別，自己孤獨無侶，愈加覺得舊友情誼之珍貴。希盼友人音書，勉以嘉德。此篇逯欽立輯入《先秦漢魏晉南北朝詩·晉詩》卷八。

其一

於鑠趙生[1]，載德相紹。挺此令嶷，素質皎皎[2]。投迹清規[3]，研思至道。擬秋厲節，晞春振藻[4]。（其一）

厲節伊何？如霜之榮。懷玉匿采，抱蘭秘馨。藏器俟賈，潜秀養英。（其二）

海蓄其流，山積其壤。表崇望顯，源深潤廣。仰惟我友，含光昧爽[5]。誰謂末章，今將宣朗[6]。（其三）

守真良難，知德者鮮。賢不悶時，樂在爲善。陟彼彌高，流川日遠。無憂不至，敦爾攸踐。（其四）

道有夷險，遇有通否。驥不稱力，士貴所履。識歸要會，豈嫌塗軌？苟

非德義，於我糠秕[7]。（其五）

　　泉竭龍逝，樹茂鳥聚。鬱彼北林，招其儕侶[8]。嗟我孤根，枝葉胥胥[9]。歲寒靡托，遠播江渚。（其六）

　　濟濟京華，俊乂并湊。悠悠遐裔，我獨是赴。哀此離群，悲彼孤陋。非無新好，人則惟舊。（其七）

　　義著往葉，分珍來裔。庶幾與子，終茲不殺。豈如冬夏，寒暑易節。斯誠既著，信不待誓。（其八）

　　實望嘉贈，披懷發中。直諒未聞，屬致謙沖[10]。投于幽谷，誠之已崇。客過行雲，虛其旋風[11]。（其九）

　　導以水柔，示以火急。寬猛相濟，孰能企及。古人難慕，洪流叵挹[12]。軀小裁博[13]，餘將焉襲。（其一〇）

　　翟氏載離，陳張終辱[14]交以時利，胡能不黷。竊怪吾子，自疑末俗。愧以沙礫，何言金玉。（其一一）

【注釋】

　　[1]於鑠：嘆詞，表讚美。《詩·周頌·酌》："於鑠王師，遵養時晦。"

　　[2]令嶷：美好聰慧。嶷，讀音 nì，幼小聰慧。《詩·大雅·生民》："誕實匍匐，克岐克嶷。"毛傳："岐，知意也。嶷，識也。"皎皎：洁白貌；清白貌。曹植《蟬賦》："皎皎貞素，侔夷節兮。帝臣是戴，尚其洁兮。"

　　[3]投迹：舉步前往，投身。《莊子·天地》："且若是，則其自為處危，其觀臺多物，將往投迹者眾。"

　　[4]厲節：厲，也寫作"勵"。激勵節操。《淮南子·修務》："故君子積志委正，以趣明師；勵節亢高，以絕世俗。"振藻：顯揚文采。曹植《與楊德祖書》："昔仲宣獨步於漢南，孔璋鷹揚於河朔，偉長擅名于青土，公幹振藻於海隅。"

　　[5]昧爽：拂曉；黎明。《尚書·牧誓》："時甲子昧爽，王朝至于商郊牧野。"

　　[6]宣朗：彰明；明朗。《國語·楚語下》："古者民神不雜，民之精爽不攜貳，而又能齊肅衷正，其智能上下比義，其聖能光遠宣朗。"韋昭注："朗，明也。"

　　[7]糠秕：亦作"糠粃"，谷皮和癟谷。比喻粗劣而無價值之物。

　　[8]儕侶：同伴。

　　[9]胥胥：鬆散稀疏貌。《釋名·釋飲食》："蟹胥，取蟹藏之，使骨肉解，胥胥然也。"

　　[10]直諒：正直誠信。語出《論語·季氏》："益者三友……友直，友諒，友多聞，益矣。"謙沖：謙虛。曹操《報荀彧書》："前後謙沖，欲慕魯連先生乎？"

[11] 旋風：螺旋狀的疾風。《後漢書·王忳傳》："被隨旋風，與馬俱亡。"

[12] 叵：不可。挹：舀，把液體盛出來。

[13] 博：同"博"，博大。

[14] 翟氏：墨翟。阮籍《咏怀诗》："杨朱泣歧路，墨子悲染丝。"陳張：未詳。

其二

汎舟洛川，濟彼黃河。乘流浮蕩，儵忽經過[1]。孤栢亭亭，回山峩峩[2]。水卉發藻，陵木揚葩[3]。白芷舒華，綠英垂柯。游鱗交躍，翔鳥相和。俯玩琁瀨，仰看瓊華。顧想風人，《伐檀》山阿[4]。存彼魚人，滄浪之歌[5]。邈邈淪漪，滔滔洪波[6]。大道囗長，人生幾何。俟瀆之清，徒嬰百羅[7]。今我不樂，時將蹉跎。蕩心肆志，與物無瑕。歡以卒歲，孰知其他。

【注釋】

[1] 儵忽：形容極快的樣子。儵，古同"鰷"，讀音tiáo，一種體小的淡水魚。《呂氏春秋·決勝》："儵忽往來，而莫知其方。"

[2] 亭亭：高聳貌。張衡《西京賦》："幹雲霧而上達，狀亭亭以苕苕。"薛綜注："亭亭、苕苕，高貌也。"峩峩：同"峨峨"，高貌。

[3] 發藻：萌芽。陸機《塘上行》："發藻玉臺下，垂影滄浪泉。"揚葩：開花。

[4] 風人：詩人。《伐檀》：《詩經·魏風》中的詩篇，諷刺無功而食祿者。《毛詩序》："《伐檀》，刺貪也。在位貪鄙，無功而受祿，君子不得進仕爾。"

[5] 滄浪之歌，出自《楚辭·漁父》："滄浪之水清兮，可以濯吾纓；滄浪之水濁兮，可以濯吾足。"

[6] 邈邈：遙遠貌。淪漪：同"淪猗"，微波；水生微波。《詩·魏風·伐檀》："河水清且淪猗。"滔滔：大水奔流貌。《詩·齊風·載驅》："汶水滔滔，行人儦儦。"

[7] 百羅：種種不幸的遭遇。戴逵《釋疑論》："又有束修履道，言行無傷，而天罰人楚，百羅備嬰。"

其三

季秋惟末，孟冬之初。大火頹流[1]，日月其除。嗟我懷人，離群索居。山谷乖錯[2]，飛沉异塗。與爾同代，光景永殊[3]。愛而不見，搔首踟躕。出門仿佯[4]，陟彼城隅。俯察綠水，仰瞻天衢[5]。雍雍和鳫，偏偏游鳧[6]。感物興懷，憤思鬱紆。脩夜悠悠，寂寂閑處。情在心想，中宵寤語[7]。有鳥自南，寄聲謝汝。飛鳥難期，徒獨延佇[8]。精誠之至，崩城隕霜[9]。韓凡丹青[10]，化爲鴛鴦。止必交頸，飛必雙翔。願言與汝[11]，携手同行。情若比目，離如參商[12]。遺夢想象，仿佛暉光[13]，中心鬱滯[14]，伊懷永傷。素秋授終，玄節敬御[15]。游將離征，我整我車。命彼僕夫，駕言北徂。告別津裔，執手歧路。汎舟中流，中流載遡。臨河嘆逝，眷眷長顧。越登關阻，踰歷山川。峻阜隆崇[16]，流水泉泫。曠野冥莽，脩塗泯綿[17]。鳥鳴雝雝，木落繽翩[18]。薄寒吹悽，微風交旋。惟時愴爾，悼物惻然。遠思遙弈，近念因悁[19]。良夜弗寐，嘉肴弗湌。停駕踟躕，進路槃桓[20]。心亦何爲，顧懷所安。嗟行伊久，慨其永嘆。氣感異類，誠發心肝。離禽赴衡，偏鳥鳴軒[21]。思如尋縈，莫知其端。古人罔極，今我不爽。願言所欽，唯子靡兩。情存口咏，心憶目想。形游神還，身去意往。佇立不見，瞻望佛仿[22]。婉孌西路，遺憂養養[23]。人則惟舊，我好惟新。一日之隔，悠若三春[24]。矧乃于別，越兼二旬。薄暮愁予[25]，思亦終晨。耿耿不寐[26]，媚茲良人。今也亡此，誰與獨勤。夕宿路麋[27]，朝發澤濱。良駟蹀足，輕車結輪[28]。替脫俛仰[29]，荏冉時馳。秋來冬及，節變歲移。蓁蓁之葉[30]，漂然去枝。蔽茀豐草，殞其黃萎[31]。無生不化，我心匪虧。眷眷屈生，哀彼乖離。遲遲楊子，哭此路歧[32]。繾綣之情，鄙我人斯。達者無累，內顧何爲。

【注釋】

[1] 大火：星宿名，即心宿。《爾雅·釋天》："大火謂之大辰。"郭璞注："大火，心也，在中最明，故時候主焉。"頽流：向下流動。劉向《九嘆·遠逝》："頽流下隕，身日遠兮。"

[2] 乖錯：錯亂，混雜。

[3] 光景：喻恩澤。《韓詩外傳》卷三："孔子賢乎英杰而聖德備，弟子被光景而德彰。"

[4] 仿佯：亦作"仿洋"，游蕩；遨游。《楚辭·遠游》："聊仿佯而逍遙兮，永歷年而無成。"

[5] 綠水：碧綠的水。天衢：天空。

[6] 雝雝：鳥和鳴聲。偏偏：同"翩翩"，飛行輕快貌。

[7] 寤語：同"寤語"，相對而語。王褒《九懷·通路》："假寐兮愍斯，誰可與兮寤語。"

[8] 延佇：久立；久留。《楚辭·離騷》："悔相道之不察兮，延佇乎吾將反。"王逸注："延，長也；佇，立貌。"

[9] 崩城：指孟姜女哭倒城墻事。隕霜：指鄒衍盡忠燕惠王而被污入獄，衍大哭而六

— 98 —

月降霜事。

[10] 韓凡：傳說人名。未詳。

[11] 願言：思念殷切貌。《詩·衛風·伯兮》："願言思伯，甘心首疾。"

[12] 參商：參星和商星。參星在西，商星在東，此出彼沒，永不相見，喻親友隔絕，不能相見。曹植《與吳季重書》："面有逸景之速，别有參商之闊。"

[13] 暉光：光輝。

[14] 鬱滯：郁積阻滯，心情不舒暢。

[15] 敬御：謹慎駕御。

[16] 隆崇：高聳貌。

[17] 泯綿：綿延而逝。

[18] 繽翩：紛亂飄忽。繽，紛亂貌，飛動貌。張衡《思玄賦》："繽連翩兮紛暗曖，儵眩眃兮反常閭。"

[19] 遥弈：遥远高大。悁：憂愁，憂鬱。

[20] 槃桓：徘徊，滯留。嵇康《述志詩》之一："慶雲未垂降，槃桓朝陽陂。"

[21] 偏鳥：孤鳥。

[22] 佛仿：同"仿佛"。

[23] 婉孌：柔順，柔媚。養養：憂愁不安貌。養，通"恙"。《詩·邶風·二子乘舟》："願言思子，中心養養。"

[24] 三春：三個春天，指三年。

[25] 薄暮：傍晚，太陽快落山的時候。《楚辭·天問》："薄暮雷電，歸何憂？厥嚴不奉，帝何求？"

[26] 耿耿：煩躁不安，心事重重。《詩·邶風·柏舟》："耿耿不寐，如有隱憂。"

[27] 路麋：路邊。

[28] 躁足：踏足；頓腳。輕車：古代兵車名，爲兵車中最爲輕便者。《周禮·春官·車僕》："掌戎路之萃……輕車之萃。"

[29] 替脫：未詳。俛仰：亦作"俛卬"，低頭抬頭。《墨子·節用中》："俛仰周游威儀之禮，聖王弗爲。"用以形容時間短暫。《莊子·在宥》："其疾俛仰之間而再撫四海之外。"

[30] 蓁蓁：草木茂盛貌。

[31] 蔽芾：茂盛貌。《詩·召南·甘棠》："蔽芾甘棠，勿翦勿伐。"黃萎：枯黃衰萎。

[32] 遲遲：徐行貌。《詩·邶風·谷風》："行道遲遲，中心有違。"楊子：楊朱，曾泣于歧路，出自《荀子·王霸》："杨朱哭衢途曰：'此夫过举蹞步而觉跌千里者夫！'哀哭之。"用來表達對世道崎嶇，擔心誤入歧途的感傷憂慮，或在歧路的離情別緒。

《答石崇》一首　　西晉　棗腆

題解：棗腆，字玄芳，潁川長社動人，棗據之子。生卒年不詳，晉惠帝永康（300—301）中前後在世。以文章顯。永嘉（307—313）中，爲襄城太守。原有文集傳世，已佚。此棗腆答舅石崇之詩，回憶早年父母俱逝，少乏教育，備嘗辛苦，其舅在徐，遂往投奔。幸得遇石崇，廣延群士，自己得以"宗道投意"。最後讚美石崇之德，又有所勉勵。此篇逯欽立輯入《先秦漢魏晉南北朝詩·晉詩》卷八。

昔我不造[1]，備嘗巔沛。后土傾基，皇天隕蓋。少懷蒙昧，長無耿介[2]。遺訓莫聞，出入靡賴。如彼泉流，不絕若帶。終懷永思，感昔康泰。我舅敷命，于彼徐方。載咏《陟岵》，言念《渭陽》[3]。乃泝洪流，汎身餘皇[一][4]。宵寢晨逝，曷路之長。亦既至止，願言以寫[5]。爰有石侯，作鎮東夏。寬以撫戎，從容柔雅[6]。獸嘯幽巖，翔風扇起。逸響既振，衆聽傾耳。恂恂善誘[7]，大揖群士。宗道投意，結心萬里。我固其終，人結其始。宗道伊何，英朗特儁。如彼凌高，日以增峻。隰朋有慕，顔生希舜。游志域外，滌除鄙吝。仰止《晨風》[8]，豫登數仞。我聞有言，居安思危。位極則遷，勢至必移。上德無欲，遺道不爲[二]。妙識先覺，通夢皇羲[9]。竊覩堂奧[10]，欽蹈明規。

【校勘】

〔一〕"餘皇"，《藝文類聚》作"餘艎"

〔二〕"遺道"，《藝文類聚》作"貴道"。

【注釋】

[1] 不造：不幸。《詩·周頌·閔予小子》："閔予小子，遭家不造。"

[2] 蒙昧：昏昧；愚昧。《晉書·阮種傳》："臣誠蒙昧，所以爲罪。"耿介：正直不阿，廉潔自持。《楚辭·離騷》："彼堯舜之耿介兮，既遵道而得路。"王逸注："耿，光也；介，大也。堯舜所以有光大聖明之稱者，以循用天地之道，舉賢任能，使得萬事之正也。"

[3] 《陟岵》：《詩經·魏風》中的詩篇，征人思親之作，抒寫行役之少子對父母和兄長的思念之情。《渭陽》：《詩經·秦風》中的詩篇，外甥送別舅舅的詩，表達甥舅之間的

情誼。

[4] 汎：同"泛"。

[5] 寫：傾吐，發抒。《詩·邶風·泉水》："駕言出游，以寫我憂。"毛詩傳："寫，除也。"

[6] 柔雅：温和文雅。

[7] 恂恂：猶"循循"，善於誘導貌。

[8] 《晨風》：《詩經》篇名，《詩·秦風·晨風》："鴥彼晨風，鬱彼北林。"

[9] 皇羲：指伏羲氏。王逸《九思·疾世》："紛載驅兮高馳，將諮詢兮皇羲。"

[10] 堂奥：廳堂和内室，指朝廷、禁中。

《贈杜方叔》一首　　西晉　棗嵩

題解：棗嵩（？—311），字臺產，潁川長社（今河南長葛）人，棗據之子，棗腆之弟。生年不詳，卒於晉懷帝永嘉五年。才藝尤美，曾官太子中庶子、散騎常侍等，後被石勒殺害。《隋書·經籍志》載其集二卷，已佚。友人杜方叔，臨别之際，棗嵩贈詩。作者將之比爲良木芳鬆，品質高潔，才華出衆，年屆弱冠，仕於京師；修身養德，與時屈申，充滿了儒玄交融的思想。此篇逯欽立輯入《先秦漢魏晉南北朝詩·晉詩》卷八。

爰有良木，結基崇岸。孤根挺茂，豔此豐幹[1]。晞曜朝陽，接潤辰漢[2]。如彼芳松，繁華冬粲。（其一）

厥豔伊何，重英累茂。厥粲伊何，既苗而秀。綽矣杜生，應期特授[3]。人以位瞻，而能義富。（其二）

浩浩萬區，悠悠俗網。變化無際，誰鑒其象。慎微將來，積著在往。惟子居之，久而不爽。（其三）

名以寶顯，形端景立。弘之匪他，唯我所執。文莫如人，瞻望弗及。若在聞一，其殆知十。[4]（其四）

肇允發縱，履霜之始。[5]乃自童蒙[6]，芬葩桑梓。鳴鶴在陰，縻爵君子。羽儀上京[7]，弱冠來仕。（其五）

在動能躍，處静思默。既宣厥文，亦茂其德。韞□蓬林，亢衡上國。洪音振朗，暉曜四塞。（其六）

達節無累[8]，貴彼脩身。不求善己，而務得人。進替惟意，與時屈申。

萬物云云，飄若埃塵。（其七）

　　假翼巖阿，束翮景雲[9]。挫銳者易，鮮能解紛。德之休明，卓焉出群。豈獨吳起，高謝田文。[10]（其八）

　　余與吾生，處非先後。神結傾蓋，情固白首。[11]推年不交，以文會友。忠焉之誨，望子善誘。（其九）

　　積細靡墜，一覆斯崇。訓致以道，堅冰則終。雖小必大，無往不隆。嗟我良朋，敬承清風[12]。（其一〇）

【注釋】

[1] 豐幹：高大的莖幹。張協《安石榴賦》："傾柯遠棹，沈根下盤，繁莖篠密，豐幹林攢。"

[2] 睎曜：曝於日中。辰漢：大辰與天河。大辰，指房宿、心宿、尾宿。

[3] 應期：順應期運。

[4] 若在聞一，其殆知十，出自《論語·公冶長》："賜也何敢望回？回也聞一以知十，賜也聞一以知二。"

[5] 肇允：出自《詩·周頌·小毖》："肇允彼桃蟲，拚飛維鳥。"鄭玄箋："肇，始；允，信也。"後遂以"肇允"爲始信之意。謝瞻《于安城答靈運》詩："肇允雖同規，翻飛各異概。"履霜：踏霜而知寒冬將至。用以喻事態發展已有產生嚴重後果的預兆。

[6] 童蒙：童年。

[7] 羽儀：出自《易·漸》"鴻漸於陸；其羽可用爲儀。"喻居高位而有才德，被人尊重或堪爲楷模。沈約《齊故安陸昭王碑文》："公以宗室羽儀，允膺嘉選。"

[8] 達節：不拘常規而合於節義。《左傳·成公十五年》："聖達節，次守節，下失節。"

[9] 景雲：祥雲；瑞雲。

[10] 吳起（前440—前381），戰國初期軍事家、政治家、改革家，兵家代表人物。在楚時曾主持"吳起變法"。後因變法得罪貴族被殺害。田文（？—前279），戰國時期齊國貴族，即孟嘗君，嬀姓，田氏，名文，"戰國四公子"之一。

[11] 傾蓋：車上的傘蓋靠在一起，指初次相逢或訂交。《史記·魯仲連鄒陽列傳》："諺曰：'白頭如新，傾蓋如故。'何則？知與不知也。"

[12] 清風：高潔的品格。

《贈荀彥將》一首　　西晉　棗嵩

題解：作者贊美友人荀彥將如同瑜瑾一般溫潤，守真含道，最後勉以修

卷第一百五十七

德，"勉樹惠化，敬及厥身"，并表達了依依不舍之情。此篇逯欽立輯入《先秦漢魏晉南北朝詩·晉詩》卷八。按：影弘本《文館詞林》目錄作"《西晉盧諶贈荀彥將》一首"。

　　光光國寶[1]，曰瑜曰瑾。濟濟清朝[2]，曰髦曰儁。瑜瑾既琢，有溫其潤。髦儁既集，芳風其振。（其一）

　　顯允荀生，天挺厥真[3]。沉識膚敏，溫粹淑仁[4]。初應宰命，徽音惟新[5]。遂假蒲密[6]，簡在至神。（其二）

　　時惟惠后，黎人牧綏[7]。乃授明德，賦政近畿。戢翼太清，翩然鳳飛。尋此遐躍，曜彼遠暉。（其三）

　　昔在豹產，顯名當時。及爾祖公，播聲于茲。赫赫顯名，在爾揚之。穆穆播聲，在爾光之。（其四）

　　孰謂玉寶，匪我所珍。孰謂言輕，乃重千鈞。勉樹惠化，敬及厥身。引領南望，望子清塵[8]。（其五）

【注釋】

　　[1]光光：顯赫威武貌。《漢書·敘傳下》："子明光光，發迹西疆，列於御侮，厥子亦良。"

　　[2]濟濟：莊敬貌。

　　[3]天挺：天生卓越超拔。

　　[4]膚敏：優美敏捷。《詩·大雅·文王》："殷士膚敏，祼將於京。"溫粹：溫和純正。《後漢書·陳寵傳》："寵雖傳法律，而兼通經書，奏議溫粹，號爲任職相。"

　　[5]徽音：德音，指令聞美譽。《詩·大雅·思齊》："大姒嗣徽音，則百斯男。"

　　[6]蒲密：蒲與密，古二縣名。《孔子家語·辯政》載春秋子路治蒲三年，有政績，孔子入其境，三稱其善。《後漢書·卓茂傳》載東漢卓茂爲密令數年，教化大行，道不拾遺。後常用"蒲密"指教化盛行的地方。陸機《演連珠》之三二："蒲密之黎，遺時雍之世。"

　　[7]黎人：黎民。

　　[8]清塵：車後揚起的塵埃，亦用作對尊貴者的敬稱。清，敬詞。《漢書·司馬相如傳下》："犯屬車之清塵。"顏師古注："塵，謂行而起塵也。言清者，尊貴之意也。"

《答陸士衡》一首　　西晉　夏靖

　　題解：夏靖，字少明，歷任武昌太守、豫章太守等職，原有集二卷，已佚。此答陸機詩，美士衡稟天地純精，"忠篤允誠"，抱朴棄華，"據仁爲本，仗義爲輿"，帝慕其嘉德，授以重任，使敦風俗，機赴任前贈此詩，夏靖作答并寄以相思之情。此篇逯欽立輯入《先秦漢魏晉南北朝詩·晉詩》卷五。

大哉乾元，萬品資生。[1]陶育五常[2]，惟濁惟清。猗歟君子，誕稟純精。行歸于周，忠篤允誠。允誠伊何，拔群出俗。華文不脩，抱此素樸。履謙居沖[3]，恒若不足。上交不諂，下交不瀆[4]，倬彼雲漢，於章于天。九五奮飛，利見大人。[5]大人有命，是牧是招。時行則行，遂昇東朝[6]。東朝光光[7]，天同其曜。匪徒一臺，天同其照。其照爾德，又簡爾才。將登三事，百揆是釐。[8]據仁爲本，仗義爲輿。經緯三墳，錯綜衆書。[9]斟酌聖奧，與道卷舒。[10]靡靡陸生[11]，帝度其心。静恭夙夜，莫[慕]其德音。德音既莫[慕]，其美彌深。爲物之主，爲士之林。天作高山，大王荒之。蕩蕩荊士[12]，子其康之。風俗未敦，子其臧之。群彦未叙，子其綱之。忝榮剖符[13]，悠悠在兹，羔裘豹袪[14]，有愧不能。乃眷我顧，爰貽休詩。嘉覿嘉藻，以爲清規[15]。敢銘妙言，終始永思。

【注釋】

[1]《易·乾》："大哉乾元，万物資始，乃統天。"資生：賴以生長；賴以爲生。《易·坤》："至哉坤元，萬物資生。"

[2]陶育：教化培育。五常：五種倫常道德，即父義、母慈、兄友、弟恭、子孝（或謂仁、義、禮、智、信）。

[3]履謙：行謙讓之德。

[4]諂：超越本分，僭差。《逸周書·豐保》"帝念不諂，應時作謀，不敢殆哉。"瀆：輕慢，對人不恭敬。

[5]九五：《易》卦爻位名。九，謂陽爻；五，第五爻，指卦象自下而上第五位。《易·乾》："九五，飛龍在天，利見大人。"後常借指帝位或帝王。沈約《辯聖論》："若不登九五之位，則其道不行。"

[6]東朝：東宮。太子所居。

[7]光光：顯赫威武貌。《漢書·叙傳下》："子明光光，發迹西疆，列於御侮，厥子亦良。"

[8]三事：三種事情：正德、利用、厚生。《尚書·大禹謨》："六府三事允治。"（或謂倡德、和亂、終齊。《逸周書·武穆》："敬惟三事，永有休哉。三事：一倡德，二和亂，三終齊"）。百揆：各種政務。《後漢書·張衡傳》："百揆允當，庶績咸熙。"釐：同"厘"，治理，整理。

[9] 三墳：傳説中最古的書籍。《左傳·昭公十二年》："是能讀三墳、五典、八索、九丘。"

[10] 聖奥：聖人經典的精深含義。卷舒：進退；屈伸。劉向《列女傳·王章妻女》："君子謂王章妻知卷舒之節。"

[11] 靡靡：華美；明麗。司馬相如《長門賦》："間徙倚於東厢兮，觀夫靡靡而無窮。"

[12] 蕩蕩：恣縱貌；無所約束貌。《詩·大雅·蕩》："蕩蕩上帝，下民之辟。"

[13] 剖符：猶剖竹。古代帝王分封諸侯、功臣時，以竹符爲信證，剖分爲二，君臣各執其一，後因以"剖符""剖竹"爲分封、授官之稱。

[14] 羔裘：用紫羔製的皮衣。古時爲諸侯、卿、大夫的朝服。《詩·鄭風·羔裘》："羔裘如濡，洵直且侯。"

[15] 清規：供人遵循的規範。《梁書·謝朏傳》："且文宗儒肆，互居其長；清規雅裁，兼擅其美。"

《答賈九州愁詩》一首　　東晋　郭璞

題解：郭璞（276—324），字景純，河東郡聞喜縣（今山西省聞喜縣）人。建平太守郭瑗之子。西晋末，避亂到江南。後任大將軍王敦記室參軍，因勸阻王敦謀反，被殺。死後追贈弘農太守。長於卜筮、天文、訓詁學，著有《爾雅注》《方言注》等。文學作品以《江賦》和《游仙詩》最有名。明人輯有《郭弘農集》。此答賈九州詩，重在寄愁，感時傷化，哀晋室分崩，綱紀紊亂，進退惟谷，充滿艱辛，太平無望，庶有賈子慰藉我心，最後抒發歸隱之思。此篇逯欽立輯入《先秦漢魏晋南北朝詩·晋詩》卷一一。

廣莫戒寒，玄英啓謝。感彼時變，悲此物化。獨步閑朝，哀嘆静夜。德非顏原[1]，屢空蓬舍。輕服御冬，藍褐當夏[2]。正未墨突[3]，逝將命駕。幸賴吾賢，少以慰藉。（其一）

顧瞻中宇，一朝分崩。天網既紊，浮鯢橫騰。[4]運首北眷，邈哉華恒。雖欲凌翥，矯翮靡登。俯懼潛機，仰慮飛罾。惟其嶮哀，難辛備曾。庶晞河清，混焉未澄。（其二）

自我徂遷，周之陽月。亂離方燄，憂虞匪歇。四極雖遥，息駕靡脱。願言齊衡，庶幾契闊。雖云暗投，圭璋特達。綿駒之變，何有胡越。子固喬楚，我伊羅葛。無貴香明，終自瀸渴。未若遺榮，悶情其豁。逍游永年，抽簪牧

[放]髮[5]。(其三)

【注釋】

[1] 顏原：顏回、原憲（字子思）。

[2] 藍褐：褐：粗布短衣。藍，假借爲"襤"，衣服破爛。當：抵當。

[3] 墨突：即"孔席墨突"。班固《答賓戲》："是以聖哲之治，栖栖遑遑，孔席不暖，墨突不黔。"謂孔子和墨子熱心世事，忙碌地各處奔走，各自所居席未暖、灶突未墨即已他去。

[4] 棼：亂。《尚書·盤庚上》："若網在綱，有條而不棼。"橫騰：凶猛跳躍。

[5] 抽簪：謂棄官歸隱。簪，貫髮用具，可用以連冠於髮。古時作官的人須束髮整冠，故稱歸隱爲"抽簪"。牧髮：當爲"放髮"，即將頭髮散放下來披着。沈約《應詔樂游苑餞呂僧珍詩》："將陪告成禮，待此未抽簪。"李善注引鍾會《遺榮賦》："散髮抽簪，永縱一壑。"此"散髮"即"放髮"之意。

《與王使君》一首　　東晋　郭璞

題解：王使君當指王敦，詩借玄理抒發動亂時世遭際之感，"道有虧盈，運亦凌替"，美王使君當此亂離之時，再建勳業，光大晉室，"方恢神邑，天衢再廓"。最後表達美好願望"願林之藹，樂岱之崇。永觀玉振，長賴英風"。此篇逯欽立輯入《先秦漢魏晉南北朝詩·晉詩》卷一一。

道有虧盈，運亦凌替。茫茫百六[1]，孰知其弊。蠢蠢中華[2]，遘此虐戾。遺黎其諮，天未忘惠。云誰之眷，在我命代[3]。(其一)

穆穆皇帝，固靈所授。英英將軍[4]，惟哲之秀。乃協神□，馥如蘭臭。化揚東夏，勳格宇宙。豈伊來蘇[5]，莫知其覆。(其二)

懷遠以文，濟難以略。光贊岳謨，折衝帷幄[6]。凋華振彩，墜景增灼[7]。穆其德風，休聲有邈。方恢神邑，天衢再廓[8]。(其三)

遭蒙之吝，在我幽人[9]。絕志雲肆[10]，如彼涔鱗。靈蔭謬垂，躍我龍津[11]。翹情明規，懷德鑒神。雖賴甦昒，永愧其塵。(其四)

靡竭匪凌[12]，靡頹匪隆。持貴以降，挹滿以冲。邁德遺功[13]，於盛思終。願林之藹，樂岱之崇。永觀玉振，長賴英風[14]。(其五)

卷第一百五十七

【注釋】

[1] 百六：古代以爲厄運。《漢書·谷永傳》："遭無妄之卦運，直百六之災厄。"

[2] 蠢蠢：騷亂貌。《左傳·昭公二十四年》："今王室實蠢蠢焉，吾小國懼矣。"杜預注："蠢蠢，動擾貌。"

[3] 命代：命世。著名于當世。多用以稱譽有治國之才者。《漢書·楚元王傳贊》："聖人不出，其間必有命世者焉。"

[4] 英英：俊美而有才華。潘岳《夏侯常侍誄》："英英夫子，灼灼其雋。"

[5] 來蘇：謂因其來而獲得休養生息。蘇，蘇息。《尚書·仲虺之誥》："徯予后，後來其蘇！"孔安國傳："湯所往之民皆喜曰：'待我君來，其可蘇息。'"

[6] 岳牧：嶽牧。古代傳說中的四嶽和十二州牧的合稱。《史記·伯夷列傳》："舜禹之間，嶽牧咸薦。"後用來指州府大吏。傅亮《爲劉毅軍敗自解表》："況可重荷岳牧之任，復當推轂之重。"帷幙：同"帷幕"，帳幕。在旁邊的叫"帷"，在上的稱"幕"。幙，"幕"的异體字。

[7] 墜景：落日，西下的夕陽。喻衰落。陸機《答賈長淵詩》："王室之亂，靡邦不泯，如彼墜景，曾不可振。"李善注："丁德禮《寡婦賦》曰：'日蠢蠢以西墜。'"

[8] 天衢：京都。《三國志·吳志·胡綜傳》："遠處河朔，天衢隔絕。"

[9] 蒙：六十四卦之一，坎下艮上。《易·蒙》："象曰：山下有險，險而止，蒙。"又《序卦》："蒙者，蒙也，物之稚也。"幽人：隱居之人，指隱士。《後漢書·李陳龐陳橋傳論》："結甕牖而辭三命，殆漢陽之幽人乎？"

[10] 雲肆：雲氣集合之所，指高空。趙至《與嵇茂齊書》："布葉華崖，飛藻雲肆。"

[11] 龍津：喻高德碩望。《梁書·陸倕傳》："過龍津而一息，望鳳條而曾翔。"

[12] 濬：疏濬。《尚書·舜典》："封十有二山，濬川。"

[13] 邁德：語出《尚書·大禹謨》："皋陶邁種德。"謂勉力樹德。遺功：遺棄功業。陸雲《太尉王公以九錫命大將軍讓公將還京邑祖餞贈此詩》："穆矣淵讓，遺功遂志，思我遠獻，徽音孰嗣。"

[14] 玉振：擊磬的聲音。振，止。古樂以磬聲終結。《孟子·萬章下》："集大成也者，金聲而玉振之也。金聲也者，始條理也；玉振也者，終條理也。"也用以比喻文詞的諧暢。蕭統《〈文選〉序》："冰釋泉涌，金相玉振。"英風：美的聲望。孔稚珪《北山移文》："張英風於海甸，馳妙譽於浙右。"

《答王門子》一首　　東晉　郭璞

題解：王門子，生平不詳，此詩美其儀容，讚其玄學風度高妙，且文采卓然，樂道無違，自己與之談玄論道，言多契合。最後以敷衍玄理終，表達

— 107 —

了對逍遙物外、遺物任性的人生追求。此篇逯欽立輯入《先秦漢魏晉南北朝詩·晉詩》卷一一。

芊芊玉英[1]，濟美瓊林。靡靡王生[2]，寔邁俊心。藻豔三秀[3]，響諧韶音。映彩春蘭，擢蘂秋岑[4]。（其一）

我雖同薄，及爾異穎。翹不冠叢，榮不熙町。因夷杖平，藉澄任靜。思樂逸鶩，翻飛雲領。（其二）

疇昔之乖，永言莫見。之子于罹，再離沦湮。苕不凋翠，柯不易蒨。染霜滋芬，在陶彌練。（其三）

詩亦有言，兄弟無遠[5]。矧我暨爾，姻媾繾綣[6]。猗人其來，青陽載婉[7]。言歸于好，如彼琴管。（其四）

皇極委夷，運有經綸[8]。聊以傲咏，不榮不遯。敢希寂放，庶幾無悶。匪薰匪猷，安知藜蓀[9]。（其五）

遺物任性，兀然自縱[10]。倚榮彫蔿，寓音雅弄[11]。匪涉魏闕，匪滯陋巷。永賴不才，逍遙無用。（其六）

【注釋】

[1] 芊芊：草木茂盛貌。《列子·力命》："美哉國乎！鬱鬱芊芊。"引申爲光彩茂盛。潘岳《藉田賦》："蟬冕穎以灼灼兮，碧色肅其芊芊。"呂向注："灼灼芊芊，蟬玉之色也，言似夜光之璧出於璞，繁茂之松依於山，言光彩盛也。"玉英：玉之精英；美玉。《楚辭·九章·涉江》："登昆侖兮食玉英。"洪興祖補注引《援神契》："玉英，玉有英華之色。"

[2] 靡靡：富麗貌。王延壽《魯靈光殿賦》："何宏麗之靡靡，諧用力之妙勤。"

[3] 三秀：靈芝草的別名。禾類、草類開花稱秀，靈芝草每年開花三次，故名。《楚辭·九歌·山鬼》："采三秀兮於山間。"

[4] 擢蘂：開花。蘂："蕊"的異體字。未開的花，即花苞。

[5] 兄弟無遠，出自《詩經·小雅·伐木》："籩豆有踐，兄弟無遠。"

[6] 姻媾：結爲姻親。江淹《雜體詩·效盧諶〈感交〉》："姻媾久不虛，契闊豈但一。"

[7] 猗人：美人。猗，通"阿"，長而美貌。《詩·小雅·節南山》："有實其猗。"毛詩傳："猗，長也。"又，《小雅·隰桑》："隰桑有阿。"鄭玄箋："枝條阿阿然長美。"青陽：春天。《爾雅·釋天》："春爲青陽。"郭璞注："氣清而溫陽。"

[8] 皇極：古謂帝王統治天下的準則。《尚書·洪範》："五，皇極，皇建其有極。"

— 108 —

委夷：同"委蛇"，莊重而又從容自得的樣子。《詩·召南·羔羊》："退食自公，委蛇委蛇。"鄭玄箋："委蛇，委曲自得之貌。"經綸：整理絲縷。引申爲處理國家大事。《禮記·中庸》："惟天下至誠爲能經綸天下之大經。"

[9] 藜蓀：藜，亦稱"灰藋""灰菜"。蓀，香草名。亦名"荃"。泛指劣草與香草。

[10] 遺物：超然物外。《漢書·賈誼傳》："至人遺物，獨與道俱。"兀然：昏沉無知貌。劉伶《酒德頌》："兀然而醉，豁爾而醒。"

[11] 彤蔼：雕繪的雲氣，比喻祥雲。彤，雕的异體字。蔼：通"靄"，雲氣。雅弄：雅樂琴曲。

《贈溫嶠》一首　　東晋　郭璞

題解： 溫嶠（288—329），東晋太原祁縣人，字太真。歷任侍中、丹陽尹，江州刺史，博學能寫文。嘗從姨夫劉琨討石勒、劉聰。封始安郡公，驃馬要騎將軍，開府儀同三司，謚忠武（十與明帝結爲布衣之交。參與平定王敦、蘇峻之亂）。爲人聰敏，博學善文，尤擅清談，鳳儀炳焕，頗有器具。

作者讚溫嶠"如金之暎，如瓊之津"，風神清朗，今將與其分別，內心不舍，贈以詩篇，借玄言表達"携手一壑，安知塵冥"願望。此篇又見《藝文類聚》卷二一，引林、岑、成、生、情、冥六韵；《太平御覽》卷四一〇節引林、岑、成三韵。逯欽立輯入《先秦漢魏晋南北朝詩·晋詩》卷二。

蘭薄有苣[1]，玉泉產玫。亹亹含風，灼灼猗人[2]。如金之暎，如瓊之津。擢翹秋陽，凌波暴鱗。（其一）

擢翹伊何，妙靈奇挺。暴鱗伊何，披彩邁景[3]。清規外標，朗鑒内景。思樂雲蔼，言采其穎。（其二）

人亦有言，松竹有林。及余臭味[一]，异苔同岑[二]。義結在昔，分涉于今。我懷惟永，載咏載吟。（其三）

子策驥駿，我案駘轡[4]。進不要聲，退不憿位。遺心隱顯，得意榮悴。尚想李嚴，逍遥柱肆[5]。（其四）

言以忘得，交以淡成。同匪伊和，惟我與生。爾神余契，我懷子情。携手一壑[三]，安知塵冥[6]。（其五）

【注釋】

〔一〕"及余",《藝文類聚》作"及爾"。

〔二〕"異苔",《藝文類聚》作"異苔"。

〔三〕"攜手一壑","壑",《藝文類聚》作"谿"。

【注釋】

[1] 茝,讀音zhǐ,植物名,即白芷。《楚辭·九歌·湘夫人》:"沅有茝兮醴有蘭。"洪興祖補注:"茝,一作芷。"

[2] 亹亹:勤勉貌,不倦貌。《詩·大雅·文王》:"亹亹文王,令聞不已。"(或行進貌。《楚辭·九辯》:"時亹亹而過中分。")含風:帶着風;被風吹拂着。謝惠連《秋懷詩》:"蕭瑟含風蟬,寥唳度雲雁。"灼灼:鮮豔貌。《詩·周南·桃夭》:"桃之夭夭,灼灼其華。"

[3] 邁景:超過時光。邁,超過,超逸。《三國志·魏志·高堂隆傳》:"則三王可邁,五帝可越。"

[4] 駘轡:劣馬的韁繩。駘,劣馬。《楚辭·九辯》:"却騏驥而不乘兮,策駑駘而取路。"

[5] 李嚴:老子李耳和嚴陵季子。柱肆:柱下、商店市肆。

[6] 塵冥:世外,喻高遠。陸機《擬古詩十二首·西北有高樓》:"綺窗出塵冥,飛陛躡雲端。"張銑注:"塵冥,昏塵外也。"

《贈溫嶠》一首　　東晋　梅陶

題解:梅陶,字叔真,汝州西平人,東晋大臣,歷元帝、明帝、成帝三朝。詩美皇晋,讚元帝中興之功,明帝光大帝業;讚美溫嶠對朝政的輔佐之功,"入銓帝評,出綱王維";并述二人友誼堅深,充滿不舍;勉勵溫嶠繼續建功立業,致以良好祝願,充滿樂觀之情。此篇逯欽立輯入《先秦漢魏晋南北朝詩·晋詩》卷二一。

巍巍有晋,道隆虞唐。元宗中興,明祖重光[1]。我帝承基,聖后作皇。生而神明,誕質珪璋[2]。有亂同符,恢我王綱。(其一)

台衡增燿,元輔重煇。[3]泉[淵]哉若人,亦顔之徽。知文之宗,研理之機。入銓帝評,出綱王維[4]。(其二)

帝曰爾徂,往鎮江土。卑爾旄麾,授爾齊斧。[5]昔周之宣,有熊有武[6]。

在漢五葉，營平作武[7]。推轂委誠[8]，惟余與汝。（其三）

　　俯僂勤時[9]，非遑晏豫。星陳宿駕，玄旄首路[10]。輕舟龍驤，武旅雲布。[11]我戀惟愛，爾勤王度[12]。遲遲之感，監寢宵悟[13]。（其四）

　　人亦有言，德輶如毛[14]。重非千鈞，人尠克效。武有七政，文敷五教。[15]義在止戈，威崇戢暴。勖爾遠猷，邁爾英劭。[16]（其五）

【注釋】

[1] 重光：喻累世盛德，輝光相承。《尚書·顧命》："昔君文王、武王，宣重光。"

[2] 誕質：天生資質。

[3] 台衡：宰輔大臣。台，三台星；衡，玉衡，北斗杓三星。皆位於紫微宮帝座前。陸機《贈弟士龍》："奕世臺衡，扶帝紫極。"元輔：重臣，宰相一類官。

[4] 王維：王綱。王儉《褚淵碑文》："康國祚於綴旒，振王維於已墜。"

[5] 旍麾：旌麾，帥旗。齊斧：象徵帝王權力的黃鉞。《晉書·元帝紀論》："中宗失馭強臣，自亡齊斧，兩京胡羯，風埃相望。"

[6] 熊武：熊虎，古代旗飾。唐人避高祖李淵的祖父李虎諱，改"虎"爲"武"。《北史·羊祉傳》："祉志存埋輪，不避強御；及贊戎律，熊武斯裁。"

[7] 營平：漢營平侯趙充國。揚雄《趙充國頌》："營平守節，婁奏封章，料敵制勝，威謀靡亢。"

[8] 推轂：推車前進。古代帝王任命將帥時的隆重禮遇。因以稱任命將帥之禮。《史記·張釋之馮唐列傳》："臣聞上古王者之遣將也，跪而推轂，曰閫以內者，寡人制之；閫以外者，將軍制之。"委誠：委任、信用。《後漢書·王堂傳》："自是委誠求當，不復妄有辭教，郡內稱治。"

[9] 俯僂：低頭曲背。潘尼《贈陸機出爲吳王郎中令》詩之四："俯僂從命，奚恤奚喜。"

[10] 星陳：如星宿之陳列有序。《漢書·揚雄傳上》："於是乃命群僚，歷吉日，協靈辰，星陳而天行。"首路：上路出發。諸葛亮《爲後帝伐魏詔》："今旍麾首路，其所經至，亦不欲窮兵極武。"

[11] 輕舟：輕快的小船。《國語·越語下》："〔范蠡〕遂乘輕舟以浮於五湖，莫知其所終極。"龍驤：亦作"龍襄"，昂舉騰躍貌。《漢書·敘傳下》："雲起龍襄，化爲侯王；割有齊楚，跨制淮梁。"武旅：武師，軍隊。雲布：形容眾多，到處都是。

[12] 王度：先王的法度。

[13] 遲遲：眷念貌；依戀貌。班昭《東征賦》："明發曙而不寐兮，心遲遲而有違。"

[14] 德輶如毛：德輕得像羽毛一樣。謂施行仁德并不困難，而在於其志向有否。《詩·大雅·烝民》："人亦有言：德輶如毛，民鮮克舉之。我儀圖之，維仲山甫舉之，愛

莫助之。"

[15] 七政：指天、地、人和四時。《尚書大傳》："七政者，謂春、秋、冬、夏、天文、地理、人道，所以爲政也。"五教：五常之教，指父義、母慈、兄友、弟恭、子孝五種倫理道德的教育。《尚書·舜典》："汝作司徒，敬敷五教。"

[16] 遠猷：長遠的打算；遠大的謀略。出自《尚書·康誥》："顧乃德，遠乃猷。"英劭：英明美好。劭，美好。揚雄《法言·孝至》："年彌高而德彌劭者，是孔子之徒歟！"

《贈安西庾翼》一首　　東晉　王胡之

題解： 庾翼（305—345），字稚恭，潁川鄢陵人。庾亮之弟，世稱小庾、庾征西。咸康六年（340），代庾亮爲荊州刺史，鎮武昌。康帝建元（343—344）初，率衆北伐，未果，永和元年卒。王胡之（？—348），字脩齡，出身琅琊王氏，王廙次子。少負聲譽，才能卓著，歷任吳興郡太守、侍中、丹陽尹，頗有政績。晉穆帝永和四年（348），被選爲西中郎將、北平將軍、司州刺史，以疾固辭，未行而卒。

詩當作於康帝建元年間，讚美庾翼之品格與風格，"昂昂猗人，逸足絕群。溫風既暢，玉潤蘭芬"；歌頌其政績，"矯矯吾子，劬勞王師"；回顧二人交情，"余與夫子，自然冥會。覿面豁懷，傾枕解帶"；最後表達了自己的人生志趣，和對逍遥人生與隱逸生活的嚮往，"高丘隱天，長湖萬頃。可以垂綸，可以嘯咏"。此篇逯欽立輯入《先秦漢魏晉南北朝詩·晉詩》卷二一。

儀鳳厲天，騰龍陵雲。昂昂猗人，逸足絕群。溫風既暢，玉潤蘭芬。如彼春零，流津烟煴。（其一）

鄧林伊何，蔚蔚其映。流芳伊何，鑒猶水鏡。通廣外潤，雅裁內正。降己順時[1]，志存急病。（其二）

戎馬生郊，王路未夷。螳螂舉斧，鯨鯢軒鰭。矯矯吾子[2]，劬勞王師。單醪投川，飲者如歸。崑嶺載崇，太陽增輝。（其三）

江海能大，上善居下。侯王得尊，心同觸寡。廢我處冲，虛懷無假。待來制器，如彼鑪冶[3]。天下何事，去其害馬[4]。（其四）

友以淡合，理隨道泰。余與夫子，自然冥會。覿面豁懷，傾枕解帶。玉液相潤，瓊林增藹。心齊飛沉，相望事外。譬諸龍魚，陵雲潛瀨。（其五）

穆契讚時，巢由亢矯。輔漢者房，遁迹者皓。妙善自同，外內臣道。子

— 112 —

光齊魯，余守嚴老。（其六）

　　元直言歸，武侯解鞅。[5]子魚司契，幼安獨往。[6]神齊玄一，形寄爲兩。苟體理分，動寂忘象。仰味高風，載咏載想。（其七）

　　回駕蓬廬，獨游偶影。陵風行歌，肆目崇嶺。高丘隱天，長湖萬頃。可以垂綸，可以嘯咏。取諸匈［胸］懷，寄之匠郢。[7]（其八）

【注釋】

[1] 降己：降身。

[2] 矯矯：亦作"蹻蹻"，勇武貌。《詩·魯頌·泮水》："矯矯虎臣。"

[3] 鑪冶：冶煉。黃滔《代鄭郎中上興道鄭相》："均施鑪冶，高揭權衡。"

[4] 害馬，語本《莊子·徐無鬼》："夫爲天下者，亦奚以异乎牧馬者哉？亦去其害馬者而已矣！"本謂傷害馬的本性的事，後用以喻有害之事物。《梁書·賀琛傳》："庶亂羊永除，害馬長息。"

[5] 元直：龐統。武侯：諸葛亮。解鞅：辭去軍務。鞅，套在馬頸（一説在馬腹）上的皮帶，《左傳·僖公二十八年》："韅靷鞅靽。"

[6] 子魚：目夷，生卒年不詳，子姓，名目夷，字子魚，因擔任司馬，故稱司馬子魚，春秋時期宋國宗室、大臣。幼安：黃初四年，詔公卿舉獨行君子，司徒華歆薦寧。

[7] 匈懷：胸懷。匠郢：即匠石與郢人，喻指相知。出自《莊子·徐無鬼》，匠郢二人配合默契，表演"運斤成風"的絕技。江淹《雜體詩·效謝混〈游覽〉》："曾是迫桑榆，歲暮從所秉。舟壑不可攀，忘懷寄匠郢。"

《答謝安》一首　　東晋　王胡之

題解：謝安（320—385），字安石，陳郡陽夏人。晋孝武帝太元八年（383），謝安坐鎮江東，以八萬兵力在淝水打敗苻堅百萬之衆，因功進拜太保。後因功高遭忌，遂求外鎮以避禍，不久病逝，追贈太傅、廬陵郡公，諡曰"文靖"。王胡之與謝安友善，作詩答之。詩以自然景物比擬謝安，并體悟玄理。讚美謝安之才華與人品，"哲人秀擧，和辟夜朗"，行事率應自然。作者與之交往，"湛若澄水"，引爲知音。此篇逯欽立輯入《先秦漢魏晋南北朝詩·晋詩》卷二一。

　　荊山天峙，辟立萬大。蘭薄暉崖，瓊林激響。哲人秀擧，和辟夜朗[1]。凌霄矯翰，希風清往。[2]（其一）

矯翰伊何，羽儀鮮潔。清往伊何，自然挺徹。易達外暢，聰鑒内察。思樂寒松，披條暎雪。（其二）

朱火炎上，淥水赴泉。風以氣積，冰由霜堅。妙感無假，率應自然。我雖异韵，及爾同玄。如彼竹栢，厲飇俱鮮。（其三）

利交甘絶，仰違玄指。君子淡親，湛若澄水[3]。余與吾生，相忘隱機[4]。泰不期顯，在悴通否。（其四）

人間誠難，通由達識。才照經綸，能泯同异。鈍神幽疾，宜處無事。遇物以器，各自得意。長短任真，乃合其至。（其五）

疇昔宴游，繾綣髫亂[5]。或方童顔，或始角巾[6]。褰褐攬帔，濯素□衿。壑無染流，丘無囂刃。今也華髮，卑高殊韵。形迹外乖，理暢内潤。（其六）

巢由坦步[7]，稷契王佐。太公奇拔，首陽空餓。各乘其道，兩無貳過。願弘玄契[8]，廢疾高卧。（其七）

來贈載婉，妙有新唱。博以兼濟，約以理當。非不悦子，駑驥殊量。鳥養養之，任其沉颺。取諸胸懷，寄想郢匠[9]。（其八）

【注釋】

[1] 和璧：和氏璧。璧，同"璧"。

[2] 矯翰：展翅。希風：仰慕風操。

[3] 湛：清澈。澄水：清澈而不流動的水。《淮南子·説山訓》："人莫鑒於沬雨，而鑒於澄水者，以其休止不蕩也。"

[4] 隱機：隱藏的危機。

[5] 髫亂：同"髫齓"，幼年。《後漢書·文苑傳下·邊讓》："髫齓夙孤，不盡家訓。"

[6] 角巾：方巾，有棱角的頭巾。爲古代隱士冠飾。《晋書·王導傳》："則如君言，元規若來，吾便角巾還第，復何懼哉！"

[7] 巢由：巢父和許由的并稱。相傳皆爲堯時隱士，堯讓位於二人，皆不受。因用以指隱居不仕者。稷契：稷和契的并稱。唐虞時代的賢臣。

[8] 玄契：默契。玄，奥妙，微妙。契，意氣相合，投合。

[9] 郢匠：郢人與巧匠。《莊子·徐無鬼》："郢人堊漫其鼻端，若蠅翼，使匠石斲之。匠石運斤成風，聽而斲之，盡堊而鼻不傷，郢人立不失容。"後以"郢匠"喻知己。

《贈温嶠》一首　　東晋　孫綽

題解： 孫綽（314—371），字興公，少與高陽許詢俱有高尚之志。此詩亦是玄理的表達，重在讚美溫嶠對東晉的功勞，稱其體玄識道、不露鋒芒、隨遇而安的人生態度，頌揚他輔佐皇綱、安定政局的功績。此篇逯欽立輯入《先秦漢魏晉南北朝詩·晉詩》卷一三。

　　大樸無像[1]，鑽之者鮮。玄風雖存，微言靡演。邈矣哲人，測深鉤緬[2]。誰謂道遼，得之無遠。（其一）

　　既綜幽紀，亦理俗羅。神濯無浪，形渾俗波。穎非我朗，貴在光和[3]。振翰梧標，翻飛丹霞。（其二）

　　爰在冲齓，質嶷韵令[4]。長崇簡易，業大德盛。體與榮辭，迹與化競。經緯天維，翼亮皇政[5]。（其三）

　　狡哉不臣，拒順稱兵。矯矯君侯，杖鉞斯征。鯨鯢懸鰓，靈滸載清[6]。净能弘道，動□功成。（其四）

　　無則無慕，有必有希。仰蔭風雲，自同蘭夷[7]。辭以運情，情詣名遺。忘其言往，鑒諸旨歸。（其五）

【注釋】

[1] 大樸：即太樸，原始質樸之大道。桓温《薦譙元彦表》："大樸既虧，則高尚之標顯。"

[2] 鉤緬：彎曲。《國策·西周策》："氣力倦，弓撥矢鉤。"緬，遥遠貌。《國語·楚語上》："緬然引領南望。"

[3] 光和：明亮和諧。光，明亮。《漢書·元帝紀》："風雨時，日月光。"和，和諧；協調。《禮記·樂記》："其聲和以柔。"

[4] 冲：幼小。《漢書·叙傳下》："孝昭幼冲，冢宰惟忠。"齓：同"齔"，讀音 chèn，兒童換牙，乳齒脱落，长出恒齿。《國語·鄭語》："府之童妾未既齓而遭之。"韋昭注："毁齒曰齓。"嶷，讀音 nì，形容幼年聰慧。《詩·大雅·生民》："誕實匍匐，克岐克嶷。"鄭玄箋："其貌嶷嶷然，有所識别也。"

[5] 翼亮：輔佐。

[6] 靈滸：指晉室。東晉都於建康，在長江左岸，故稱。

[7] 蘭夷：指南方的少數民族政權商朝仲丁在位時，夷族兰夷进攻商朝，仲丁率兵击退。此指苏峻祖约之乱。

《與庾冰》一首　　東晉　孫綽

題解： 庾冰（296—344），字季堅，潁川鄢陵人。成帝時，與溫嶠一起平定蘇峻之亂，與王導共同輔政。孫綽曾爲庾冰參軍，詩稱"將敷徽猷，仰贊聖后"，當作於送庾冰赴京輔政時。首章以天運變遷對應惠懷之亂，論述時世，感嘆西晋之亡。以下幾章亦敷演《易》理，感悟現實，述説道理，頌揚當朝皇帝之賢明，贊美庾冰"志恬道味"。回顧與庾冰往昔之交情，"邂逅不已，同集海畔"，表達了對友人離別的不舍及前方路途的感慨，勉勵他不負重望，輔佐君主，"鑒彼韋弦，慎爾准墨"。此篇逯欽立輯入《先秦漢魏晋南北朝詩·晋詩》卷一三。

浩浩元化，五運迭送[1]。昏明相錯，否泰時用。數鍾大過，乾象摧棟[2]。惠懷凌搆，神鑾不控。（其一）

德之不逮，痛矣悲夫。蠻夷交迹，封逐［豕］充衢[3]。芒芒華憂［夏］，鞠爲戎墟。哀兼黍離，痛過茹荼。（其二）

天未忘晋，乃眷東顧。中宗奉時，龍飛廓祚。河洛雖堙，淮海獲念[4]。業業億兆，相望道著[5]。（其三）

天步艱難，蹇運方資[6]。凶羯稽誅[7]，外憂未夷。矧乃蕭墻，仍生梟鴟[8]。逆兵累邁，三纏紫微[9]。（其四）

遠惟自天，抑亦由人。道苟無虧，釁故曷因？遑遑遺黎，死痛生勒［勤］。撫運懷□，天地不仁。（其五）

烝哉我皇，誓巍自然。遠□隆替，思懷普天。明發詢求，德音遐宣[10]。臨政存化，昵親尊賢。（其六）

親賢孰在，寔賴伯舅。卓矣都鄉，光此舉首[11]。苟云至公，身非己有。將敷徽猷，仰讚聖后[12]。（其七）

義存急病，星駕路次[13]。穆爾平心，不休不悴。險無務客，商無凌氣[14]。形與務動，志恬道味。（其八）

余與夫子，分以情照。如彼清風，應此朗嘯。契定一面，遂隆雅好。弛張雖殊，宮商同調。（其九）

無湖之寓[15]，家子之館。武昌之游，繾綣夕旦。邂逅不已，同集海畔。宅仁懷舊，用忘僑嘆[16]。（其一〇）

晏安難常，理有會乖。之子之性，惆悵低徊。子冲赤霄，我戢蓬黎。啓興歧路，慨矣增懷。（其一一）

我聞爲政，寬猛相革。體非太上，疇能全德[17]。鑒彼韋弦[18]，慎爾准墨。人望在兹，可不允塞[19]。（其一二）

— 116 —

古人重離，必有贈遷。千金之遺，孰與片言？勗矣庾生，勉蹤前賢。何以將行，取諸斯篇。（其一三）

【注釋】

[1] 元化：造化；天地。五運：據五行生克說推算出的王朝興替的氣運。

[2] 摧棟：摧，毀損，使殘敗；棟，比喻擔負國家重任的人。摧毀屋子正中最高處的橫木，形容破壞力極大。

[3] 封豕：大豬，喻貪暴者。《左傳·昭公二十八年》："〔伯封〕實有豕心，貪惏無饜，忿纇無期，謂之封豕。"

[4] 堙：同"湮"，埋没。紓：同"紓"，緩解。

[5] 業業：危懼貌。《三國志·吳志·朱桓傳》："時桓手下及所部兵，在者五千人，諸將業業，各有懼心。"億兆：庶民百姓。猶言衆庶萬民。道著：道邊。

[6] 塞運：厄運。

[7] 稽誅：稽延討伐。語出《韓非子·難四》："稽罪而不誅，使渠彌含憎懼死以徼幸。"

[8] 梟鵄：同"梟鴟"，又作"鴟梟"，指邪惡之人。

[9] 紫微：帝王宮殿。

[10] 明發：黎明；平明。《詩·小雅·小宛》："明發不寐，有懷二人。"遐宣：遠揚；普及。

[11] 都鄉：猶坊廂。古代城市區劃，城中曰坊，近城曰廂，因以"坊廂"泛指市街。舉首：被薦舉者中居首位的。

[12] 徽猷：美善之道。猷，道。聖後：聖君。

[13] 星駕：星夜駕車而行。謂早發。語出《詩·鄘風·定之方中》："星言夙駕，説于桑田。"路次：路途，路中。

[14] 商：秋季。凌氣：形容志向崇高或意氣高趣。《史記·司馬相如列傳》："相如既奏《大人》之頌，天子大説，飄飄有凌雲之氣，似游天地之間意。"

[15] 無湖：同"蕪湖"。

[16] 僑嘆：客居之嘆。僑，寄居在外地。

[17] 太上：上帝，天帝。全德：道德上完美無缺。

[18] 韋弦：喻外界的啓迪和教益，用以警戒、規勸。《韓非子·觀行》："西門豹之性急，故佩韋以自緩；董安於之性緩，故佩弦以自急。故以有餘補不足，以長續短之謂明主。"

[19] 人望：衆人所屬望。允塞：滿足。

《答許詢》一首　　東晉　孫綽

題解：許詢，生卒年不詳，約晉穆帝永和元年前後在世。字玄度，祖籍高陽，寓居會稽，人稱神童。長而風情簡素，有才藻，善屬文。二人皆爲東晉著名的玄言詩人。此詩與許詢論《莊子》玄理，認爲當自然無爲，去除機心；機心過多，必生禍患。此詩"理過其辭，淡乎寡味"。此篇逯欽立輯入《先秦漢魏晉南北朝詩·晉詩》卷一三。

仰觀大造，俯覽時物。[1]機過患生，吉凶相拂。智以利昏，識由情屈。野有寒枯，朝有炎鬱[2]。失則震驚，得必充詘[3]。（其一）

峩峩高門，鬼闞其庭。奕奕華輪[4]，路險則傾。前輈摧軸，後驚振鈴。將隊競奔，誨在臨頸。達人悟始，外身遺榮[5]。（其二）

遺榮榮在，外身身全。卓哉先師，脩德就閑。散以玄風，滌以清川。或步崇基，或恬蒙園。道足匈[胸]懷，神栖浩然[6]。（其三）

諮余冲人，禀此散質[7]。器不韜俗，才不兼出。斂衽告誠[8]，敢謝短質。冥運超感，邁我玄逸。宅心遼廓，咀嚼妙一。（其四）

孔父有言，後生可畏[9]。灼灼許子，挺奇拔萃[10]。方玉比瑩，擬蘭等蔚。寄懷大匠，仰希遐致。[11]將隆千仞，豈限一匱。（其五）

自我提攜[12]，倏忽四周。契合一源，好結回流。泳必齊味，翔必俱游。歡與時積，遂隆綢繆。一日不見，情兼三秋。（其六）

刻乃路遐，致茲乖違。爾托西隅，我滯斯畿。寂寂委巷，寥寥閑扇。[13]淒風夜激，皓雪晨霏。隱机獨咏，賞音者誰。（其七）

貽我新詩，韵靈旨清。粲如揮錦，琅若叩瓊。既欣夢解，獨愧未冥。慍在有身，樂在忘生。余則異矣，無往不平。理苟皆是，□□□□。（其八）

何累於情，戒以古人。邈彼巢皓，千載絕塵。山栖嘉遯，亦有負薪。[14]量力守約，敢希先人。且戢讜言[15]，永以書紳。（其九）

【注釋】

[1] 大造：天地，大自然。時物：一定時間内的事物。《易·繫辭下》："六爻相雜，唯其時物也。"

[2] 炎鬱：悶熱。

［3］充詘：亦作"充倔"，得意忘形貌。《禮記·儒行》："儒有不隕獲於貧賤，不充詘于富貴。"

［4］奕奕：光彩閃耀貌。張衡《東京賦》："六玄虬之奕奕，齊騰驤而沛艾。"

［5］外身：獻身，忘身於事外。遺榮：拋棄榮華富貴；超脫塵世。張協《詠史》："達人知止足，遺榮忽如無。"

［6］浩然：正大豪邁貌。陶潛《扇上畫贊》："至於於陵，養氣浩然。"

［7］散質：資質凡庸，不堪爲用。

［8］斂衽：整飭衣襟，表示恭敬。

［9］後生可畏，出自《論語·子罕》："後生可畏；焉知來者之不如今也。"

［10］拔萃：出衆。語出《孟子·公孫丑上》："出於其類，拔乎其萃。"

［11］大匠：技藝高超的木工。邈致：高遠的情致。指退隱之志。

［12］提攜：照顧；扶植。

［13］委巷：指僻陋曲折的小巷。借指民間。寥寥：廣闊；空曠，空虛貌。

［14］嘉遯：亦作"嘉遁"。舊時謂合乎正道的退隱，合乎時宜的隱遁。《易·遯》："嘉遯貞吉，以正志也。"負薪：指地位低微的人。《後漢書·班固傳上》："采擇狂夫之言，不逆負薪之議。"

［15］讜言：正直之言，直言。《漢書·叙傳上》："吾久不見班生，今日復聞讜言！"

《贈謝安詩》一首　　東晋　孫綽

題解： 此詩作年不詳，乃典型的玄言詩。讚美遠古上皇創造"明夷太素"之道，一直流傳，"玄風吐芳"，然後世"樸以凋殘，實由英剪"，世風澆薄，作者認爲要想回歸大道，唯有學習老莊自然之道，"足不越疆，談不離玄"，通篇談玄說理，平典似道德論。

緬哉冥古，邈矣上皇。夷明太素，結紐靈綱[1]。不有其一，二理曷彰。幽源散流，玄風吐芳。芳扇則歇，流引則遠。樸以凋殘，實由英前［剪］。捷徑交軫，荒塗莫踐。超哉沖悟，乘雲獨反。青松負雪，白玉經飆。鮮藻彌映，素質逾昭[2]。凝神內湛，未醨一澆。遂從雅好，高跱九霄。洋洋凌泌，藹藹丘園[3]。庭無亂轍，室有清弦。足不越疆，談不離玄。心憑浮雲，氣齊皓然。仰詠道誨，俯膺俗教。天生而靜，物誘則躁。全由抱樸，災生發竅。成歸前識，孰能默覺。曖曖幽人，藏器掩曜。涉《易》知損，栖《老》測妙。交存風流，好因維縶[4]。自我不遘，寒暑三襲。漢文延賈，知其弗及。戴生之黃，不覺長揖。與爾造玄，跡未偕入。鳴翼既舒，能不鶴立。整翰望風，庶同遙集[5]。

【注釋】

[1] 太素：指天地。靈綱：王綱：朝廷的綱紀法度。

[2] 素質：白色質地。《逸周書·克殷》：及期，百夫荷素質之旗於王前。

[3] 丘園：家園。《易·賁》："六五，賁於丘園，束帛戔戔。"此當指隱逸之所。

[4] 維縶：系縛，羈絆。出自《詩·小雅·白駒》："皎皎白駒，食我場苗，縶之維之，以永今朝。"鄭玄箋："願此去者乘其白駒而來，使食我場中之苗，我則絆之繫之，以永今朝。愛之欲留之。"

[5] 遙集：從遠處聚集。揚雄《劇秦美新》："遙集乎文雅之囿，翱翔乎禮樂之場。"

《與王胡之》一首　　東晉　謝安

題解：此謝安贈友人王胡之。詩首章以冰遇暖消融，雪遇陽光消盡，"膏以朗煎，蘭由芳凋"，抒發任達隨和的人生哲理。以下幾章亦是以意象爲喻述説對玄理的悟解，詩末以王胡之爲知音，"幽暢者誰，在我賞音"。此篇逯欽立輯入《先秦漢魏晉南北朝詩·晉詩》卷一三。

鮮冰玉凝，遇陽則消。素雪珠麗，潔不崇朝。膏以朗煎，蘭由芳凋。哲人悟之，和任不摽[1]。外不寄傲，內潤瓊瑤。如彼潛鴻，拂羽雪霄。（其一）

內潤伊何，亹亹仁通[2]。拂羽伊何，高栖梧桐。頡頏應木，婉轉蚖龍[3]。我雖異迹，及爾齊縱。思樂神崖[4]，悟言機峰。（其二）

繡雲綺搆，丹霞增輝。蒙汜仰映，扶桑散蕤[5]。吾賢領儁，邁俗鳳飛[6]。含章秀起[7]，坦步遠遺。（其三）

余與仁友，不塗不筍［笱］[8]。默匪巖穴，語無滯事[9]。櫟不辭社，周不駭吏。紛動囂翳[10]，領之在識。會感者圓，妙得者意。我鑒其同，物覩其异。（其四）

往化轉落，運萃勾芒[11]。仁風虛降，與時抑揚。蘭栖湛露[12]，竹帶素霜。藥點朱的，薰流清芳。觸地儛雩，遇流濠梁[13]。投綸同咏，褰褐俱翔[14]。（其五）

朝樂朗日，嘯歌丘林。夕翫望舒[15]，入室鳴琴。五弦清激，南風披

襟。[16]醇醪淬慮，微言洗心。[17]幽暢者誰，在我賞音[18]。（其六）

【注釋】

[1] 摽，讀音 biāo，古同"標"，標榜。

[2] 内潤：穎慧天然，蘊而不露。亹亹：勤勉不倦貌。《詩·大雅·崧高》："亹亹申伯，王纘之事。"

[3] 頡頏：鳥飛上下貌。語本《詩·邶風·燕燕》："燕燕于飛，頡之頏之。"婉轉：輾轉。曲折。梁武帝《紫蘭始萌》："芬芳與時發，婉轉迎節生。"

[4] 神崖：神情傲岸。

[5] 蒙汜：同"濛汜"，古代神話中所指日入之處。《楚辭·天問》："出自湯谷，次於蒙汜；自明及晦，所行幾里？"扶桑：傳説日出於扶桑之下，拂其樹杪而升，因謂爲日出處，亦代指太陽。《楚辭·九歌·東君》："暾將出兮東方，照吾檻兮扶桑。"

[6] 邁俗：超脱世俗。

[7] 含章：包含美質。《三國志·魏志·管寧傳》："含章素質，冰潔淵清。"

[8] 不塗不筐：未詳。筐，盛衣物或飯食等的方形竹器。《尚書·説命中》："惟衣裳在筐，惟干戈省厥躬。"

[9] 巖穴：山洞。滯事：積壓或難決的事。

[10] 囂翳：囂，指紛擾的塵世；翳，晦暗不明貌。用以形容外在世界紛亂昏暗。

[11] 勾芒：古代傳説中主管樹木的神。《尚書大傳》卷三："東方之極，自碣石東至日出榑木之野，帝太皥神勾芒司之。"

[12] 湛露：濃重的露水。《楚辭·九章·悲回風》："吸湛露之浮凉兮，漱凝霜之氛氣。"

[13] 觸地：到處，遍地。儛雩：同"舞雩"，舞雩臺。《論語·顔淵》："樊遲從游於舞雩之下。"濠梁：濠上。梁，橋樑。

[14] 投綸：垂釣。褰裼：揭起衣服。

[15] 望舒：月亮。

[16] 五弦：古樂器名。《韓非子·外儲説左上》："昔者舜鼓五弦，歌《南風》之詩而天下治。"南風：凱風，從南向北刮的風。《詩·邶風·凱風》："凱風自南。"毛詩傳："南風謂之凱風。"披襟：敞開衣襟，多喻舒暢心懷。宋玉《風賦》："有風颯然而至，王乃披襟而當之曰：'快哉此風！'"

[17] 醇醪：味厚的美酒。淬慮：淬：激勵，磨煉。慮：思緒萬端。火與木合稱淬。淬慮，比喻思想意志受到很大觸動。微言：精深微妙的言辭。《逸周書·大戒》："微言入心，咸喻動衆。"洗心：洗滌心胸，比喻除去惡念或雜念。《易·繫辭上》："聖人以此洗心。"

[18] 賞音：知音。曹植《求自試表》之一："夫臨博而企竦，聞樂而竊抃者，或有賞音而識道也。"

《答傅郎》一首　　東晉　郗超

題解：郗超（336—378），字景興，一字敬輿，小字嘉賓，高平金鄉人。歷任撫軍掾、征西掾、大司馬參軍、散騎侍郎、中書侍郎、司徒左長史等職。傅郎，其名不詳，此詩雜以佛家、玄學思想，"森森群像，妙歸玄同""器乖吹萬，理貫一空"。二、三章叙述奉佛及其感悟，後面繼續敷演佛法，語言深奧，内容單一。此篇逯欽立輯入《先秦漢魏晋南北朝詩·晋詩》卷二一。

森森群像[1]，妙歸玄同。原始無滯，孰云質通。悟之斯朗，執焉則封。器乖吹萬[2]，理貫一空。（其一）

昔在總角，有懷大方[3]。雖乏超諸，性不比常。奇趣感心，虛飆流芳。始自踐迹，遂登慧場[4]。（其二）

迹以化形，慧以通神。時歟運歟，邁兹泉人。澄源領本，啓此歸津。投契凱入，揮刃擢新。發悟雖迹，反觀已陳。（其三）

曖曖末葉，運鍾交喪。綿綿虛宗，千載靡暢。誰能愍中，仰諧冥匠[5]。并轡一方，明心絶向。（其四）

明向若易，潛行諒深。時惟同得，婉轉嘿尋。望關啓扉，披帷解衿。情興末足，祈我冲箴[6]。（其五）

冲箴之往，豈伊璠璵[7]？通無不暢，分靡不劭。何以融之，本際已無。即心既盡，觸族自虛[8]。（其六）

【注釋】

[1] 森森：高聳貌。《世說新語·賞譽》："庾子嵩目和嶠：森森如千丈松。"

[2] 吹萬：謂自然生長助育萬物。《莊子·齊物論》："夫吹萬不同，而使其自已也。"

[3] 大方：泛指識見廣博或有專長的人。《莊子·秋水》："吾長見笑於大方之家。"

[4] 慧場：法場，指佛教聖地。

[5] 愍中：内心哀憐。冥匠：即郗匠，比喻心意相通的至交。

[6] 冲箴：謙和勸告。冲，謙和，淡泊。箴，規戒。《左傳·宣公十二年》："箴之曰：民生在勤。"

[7] 璠璵，讀音 fán yǔ，同"璵璠"，美玉。《太平御覽》卷八〇四引《逸論語》：

"璠璵，魯之寶玉也。孔子曰：美哉璠璵，遠而望之，煥若也；近而視之，瑟若也。"比喻美好的事物。庾信《奉和永豐殿下言志》："徒知守瓴甓，空欲報璠璵。"

[8] 觸族：觸到箭頭。族，《説文解字》："族，矢鋒也。"

《贈傅長猷（傅時爲太尉主簿，入爲都官郎)》一首　　東晋　羊徽

題解：羊徽，字敬猷，泰山南城人。義熙（405—418）初，官劉裕記室參軍，遷中書郎。傅長猷，生平不詳。傅由太尉主簿升爲都官郎，羊徽贈此詩。詩美傅升職，傷己"策駑末班"。回憶往昔交游之歡，聚散無常，思念友人，獨自憂傷。此篇逯欽立輯入《先秦漢魏晉南北朝詩・全晋詩》卷一四。

赫赫宰朝[1]，匪虬伊鸞。微微殆足，策駑末班。靡獲于心，有虔惟官。肅幽幽禁，孔邃且難。（其一）

孰寄斯誠，寔惟舊要[2]。自昔偕游，聿來并朝。雖或戎阻，雖實氛嚚[3]。我有閑暇，與爾清謡。（其二）

物化交尋[4]，聚散飅薄。有美一人，翻飛雲閣[5]。離軫迎今，嬿從謝昨。雖則匪遐，言覯彌索。（其三）

秋鴻泝節，商風厲時[6]。肅彼具物，叩此幽司[7]。違好獨羈，悵其淒而[8]。言念斯盈，告勞惟詩。（其四）

【注釋】

[1] 赫赫：顯赫盛大貌；顯著貌。《詩・小雅・節南山》："赫赫師尹，民具爾瞻。"

[2] 舊要：故交。

[3] 氛嚚：塵世喧囂之氣。

[4] 物化：事物的變化、死亡。語出《莊子・刻意》："聖人之生也天行，其死也物化。"

[5] 翻飛：飛舞，飄揚。雲閣：泛指高聳入雲的樓閣。

[6] 泝節：泝，同"溯"，逆於時節。商風：秋風，西風。厲時：砥厲时節。

[7] 具物：萬物。《隋書・音樂志中》："和氣洽，具物滋。"幽司：陰司，陰間的官府。

[8] 淒而：悽愴。而，助詞。王粲《贈士孫文始詩》："人亦有言，靡哲不思，矧伊嬿婉，胡不淒而。"

《答丘泉［淵］之》一首　　東晋　羊徽

題解：丘淵之，字思玄，吳興烏程人。"太祖從高祖北伐，留彭城，爲冠軍將軍、徐州刺史，淵之爲長史。太祖即位，以舊恩歷顯官，侍中，都官尚書，吳郡太守。"此詩當作於義熙年間（405—418），叙二人交往之情，并雜以玄理，亦屬玄言詩。此篇逯欽立輯入《先秦漢魏晋南北朝詩·晋詩》卷一四。"泉"原作"淵"，唐人避諱所改。

理曠有待，事過無期。自昔願言，寢興伊思。[1]爰遘懷人，載欽在兹。賞得意從，無闕惟時。（其一）

王路威夷，戎役孔勤。[2]昔從經略[3]，方難之殷。悠悠岱陰，滔滔江濆[4]。綢繆成説，與子夷屯。[5]（其二）

江之泳矣，載瀾載清。俛胄時暇，解顔舒誠[6]。理既睦本，事亦敦情。永言契闊，寔深平生。[7]（其三）

自兹乖互，屬有逝止。[8]余實無良，沉痾彌祀。[9]孰是懷之，則惟吾子。豈徽王事，驟駕無已。（其四）

疲紿既謝，惠澤是逢。[10]顯列斯偕[11]，厥司攸同。疇昔之歡，於焉克從[12]。托曜春藻，慰此秋蓬。[13]（其五）

雖則克從，遞來有乖。衡泌之娱，休沐未偕。[14]冬日烈烈，飄風凄凄。[15]對影華署，如何勿懷。（其六）

懷亦勤止，戢此餘蘭。惠以好言，深誠在翰。敢忘三折，敬思五難。[16]君子攸贈，復之歲寒。（其七）

【注釋】

[1] 願言：思念殷切貌。《詩·衛風·伯兮》："願言思伯，甘心首疾。"寢興：睡下和起床，泛指日夜或起居。潘岳《悼亡詩》之二："寢興目存形，遺音猶在耳。"

[2] 王路：大路。《吕氏春秋·疑似》："周宅酆鎬近戎人，與諸侯約，爲高葆禱于王路"（通往朝廷之路。《後漢書·袁紹傳》："宜先遣使獻捷天子，務農逸人。若不得通，乃表曹操隔我王路，然後進屯黎陽"）。戎役：兵役。

[3] 經略：經營治理。《左傳·昭公七年》："天子經略，諸侯正封，古之制也。"

[4] 江濆：江岸，亦指沿江一帶。陸雲《答吳王上將顧處微》："于時翻飛，虎嘯江濆。"

[5] 綢繆：情意殷切。李陵《與蘇武詩》："獨有盈觴酒，與子結綢繆。"成說：定約；成議。《詩·邶風·擊鼓》："死生契闊，與子成說。"夷屯：即"屯夷"，艱危與平定。《梁書·蕭穎達傳》："契闊屯夷，載形心事。"

[6] 解顏：開顏歡笑。

[7] 契闊：久別。《後漢書·獨行傳·范冉》："奐曰：'行路倉卒，非陳契闊之所，可共到前亭宿息，以敘分隔。'"平生：一生；此生；有生以來。《陳書·徐陵傳》："歲月如流，平生幾何？晨看旅雁，心赴江淮。"

[8] 乖互：抵觸；違背。《後漢書·樂恢傳》："經曰：'天地乖互，衆物夭傷，君臣失序，萬人受殃。'"逝止：去留。王粲《贈士孫文始》詩："同心離事，乃有逝止。"

[9] 無良：不善，不好。沉痾：重病、宿疾。

[10] 疲紿：疲殆，疲乏。

[11] 顯列：高位。《漢書·趙充國傳》："臣得蒙天子厚恩，父子俱爲顯列。"

[12] 於焉：於是。《詩·小雅·白駒》："所謂伊人，於焉逍遙。"

[13] 春藻：春日麗景，多指華麗的文辭。劉勰《文心雕龍·誇飾》："辭入煒燁，春藻不能程其豔；言在萎絕，寒谷未足成其凋。"秋蓬：秋季的蓬草，因已乾枯，易隨風飄飛，故亦以喻飄泊不定。《晏子春秋·雜上二十》："譬之猶秋蓬也，孤其根而美枝葉，秋風一至，偾且揭矣。"

[14] 衡泌：謂隱居之地。語本《詩·陳風·衡門》："衡門之下，可以栖遲；泌之洋洋，可以樂飢。"休沐：休息洗沐，（上官）猶休假。《漢書·霍光傳》："光時休沐出，桀輒入，代光決事。"

[15] 烈烈：寒冷貌。《詩·小雅·四月》："冬日烈烈，飄風發發。"飄風：旋風；暴風。《詩·大雅·卷阿》："有卷者阿，飄風自南。"凄凄：寒涼。陶潛《己酉歲九月九日》詩："靡靡秋已夕，淒淒風露交。"

[16] 三折：多次受挫。《史記·魏世家》："寡人不佞，兵三折於外，太子虜，上將死，國以空虛，以羞先君宗廟社稷，寡人甚醜之。"此指仕途多次不順。沈約《白馬篇》："赤阪途三折，龍堆路九盤。"五難：有礙養生之道的五種情欲。嵇康《答難養生論》："養生有五難：名利不滅，此一難也。喜怒不除，此二難也。聲色不去，此三難也。滋味不絕，此四難也。神慮消散，此五難也。"

卷第一百五十八

詩十八　人部十五
贈答七　雜贈答四

《贈高允詩》一首　　後魏　宗欽

題解：高允是北魏著名儒學家，神䴥四年（431）被太武帝徵召入京，與宗欽關係密切。詩共12章，前六章贊美高允家世人才輩出，高允獨超衆類，并歌頌其應聖世禮賢之舉，應詔入朝。七、八章聯繫自身使命，陳述作詩之意，希望秉承史官實録精神。因宗欽入魏後，受崔浩賞識而入北魏國史館，故有此説。最後三章回顧過往遭際并表達以文會友之樂。此篇又見《魏書》卷五二《宗欽傳》。鈔本篇首題署至第八章"尹佚謨周"句，"周"字以上原佚，據《魏書》補。逯欽立輯入《先秦漢魏晉南北朝詩·北魏詩》卷一。

崒峨恒嶺，滉瀁滄溟。[1]山挺其和，水耀其精[一]。啓兹令族，應期誕生。華冠衆彦，偉邁群英。（其一）

於穆吾子，含貞藉茂。如彼松竹，陵霜擢秀。昧老思冲[2]，玩易體復。戢翼九皋[3]，聲溢宇宙。（其二）

我皇龍興，重離叠映[4]。剛德外彰，柔明内鏡。乾象奄氣[5]，坤厚山競。風無殊音，俗無異徑。（其三）

經緯曰文，著述曰史。斟酌九流，錯綜幽旨。帝用訓諮，明發虛擬。[6]廣闢四門，披延髦士。[7]（其四）

爾應其求，翰飛東觀[8]。口吐瓊音，手揮霄翰。彈毫珠零[9]，落紙錦粲。墳無疑割，典無滯泮。（其五）

山降則謙，含柔爲信。林崇日漸[10]，明升斯進。有邈夫子，兼兹四慎。弱而難勝，通而不峻。（其六）

南董邈矣[11]，史功不申。固傾佞憲，雄穢美新[12]。遷以陵腐，邕由卓泯。[13]時無逸勒，路盈摧輪[14]。（其七）

尹佚謨周[15]，孔明述魯。抑楊群致，憲章三五[16]。昂昂高生，纂我遐武[17]。勿謂古今，違規易矩〔二〕。（其八）

自昔索居，沉淪西藩。風馬既殊，標榜莫緣。開通有運，暗遇當年。披衿暫面[18]，定交一言。（其九）

諮疑祕省，訪滯京都。水鏡叔度，洗恡田蘇〔三〕[19]望儀神婉，即象心虛。悟言禮樂，探賾詩書〔四〕。（其一〇）

履霜悼遷，撫節感變。嗟我年邁，迅踰激電。進乏由賜，退非回憲。[20]素髮掩玄，枯顏落蒨[21]。（其一一）

文以會友，友由知己。詩以明言，言以通理。盻坎迷流，覯艮暗止。[22]庶爾虹光〔五〕，回鱗曲水〔六〕。[23]（其一二）

【校勘】

〔一〕"水耀其精"，"耀"，《魏書》作"燿"。

〔二〕"違規"，《魏書》作"建規"。

〔三〕"洗恡"，《魏書》作"洗吝"。

〔四〕"探賾"，《魏書》作"探研"。

〔五〕"庶爾虹光"，《魏書》作"伊爾虹光"。

〔六〕"回鱗"，《魏書》作"四鱗"。

【注釋】

[1] 嵬峨：高大雄偉。張衡《西京賦》："疏龍首以抗殿，狀嵬峨以岌業。"滉瀁：水深廣貌。《三國志·吳志·薛綜傳》："加又洪流滉瀁，有成山之難，海行無常，風波難免。"

[2] 老：老子。沖：空虛，謙虛。《老子》："大盈若沖，其用不窮。"易：《周易》。復：《易》卦名，《象》曰："亨。出入無疾，朋來無咎；反復其道，七日來復。利有攸往。"

[3] 戢：收斂；止息。《詩·小雅·鴛鴦》："鴛鴦在梁，戢其左翼。"

[4] 重離：太陽。《易·離》："明兩作離，大人以繼明照于四方。"

[5] 奄：覆蓋，引申爲盡、包括。《詩·魯頌·閟宮》："奄有下國，俾民稼穡。"

[6] 詶諮：回答詢問。《後漢書·崔駰傳》："思輔弼以媮存今，亦號咷以詶諮。"明發：黎明；平明。《詩·小雅·小宛》："明發不寐，有懷二人。"

[7] 四門：明堂四方的門。《尚書·舜典》："賓於四門，四門穆穆。"此指學校，北魏正始四年創立四門小學，初設于京師四門，後與太學同在一處。髦士：英俊之士。《詩·小雅·甫田》："攸介攸介，烝我髦士。"

[8] 東觀：洛陽南宮内觀名，爲皇宮藏書之府，後因以稱國史修撰之所。徐陵《謝敕賚燭盤賞答齊國移文啓》："臣職居南史，身典東觀，謹述私榮，傳之方策。"

[9] 彈毫：猶揮毫，振筆。葛洪《抱朴子·正郭》："出不能安上治民，移風易俗；入不能彈毫屬筆，祖述六藝。"

[10] 日漸：每天漸進。《莊子·人間世》："名之曰日漸之德不成，而況大德乎！"

[11] 南董：春秋時齊史官南史与晉史官董狐的合稱，皆以直筆不諱著稱。後用以借稱忠於史實的優秀史官。《宋書·自序》："臣遠愧南、董，近謝遷、固，以閭閻小才，述一代盛典。"

[12] 固：班固。憲：竇憲。雄：揚雄。美新：《劇秦美新》。

[13] 漢武帝天漢二年，李陵兵敗降匈奴。司馬遷因替李陵說情，被漢武帝處以腐刑。邕：蔡邕。卓：董卓。蔡邕甚得董卓敬重，董卓被殺後，蔡邕因在王允座上感嘆而被下獄，不久便死於獄中。

[14] 逸勒：超群出衆的馭手。勒，統率。《孔子家語·相魯》："孔子命申句須、樂頎勒士衆，下伐之。"引申爲駕馭者。摧輪：折毀車輪，謂路有艱險。劉晝《新論·薦賢》："車摧輪，則無以行；舟無楫，則無以濟。"

[15] 尹佚：即西周初年太史史佚，原名尹佚或尹逸。謨：計謀，謀略。《尚書·君牙》："嗚呼，丕顯哉，文王謨。"

[16] 三五：三王五霸。《楚辭·九章·抽思》："望三五以爲像兮，指彭咸以爲儀。"

[17] 遐武：前人之足迹；往古之事迹。張衡《東京賦》："軼五帝之長驅，蹍二皇之遐武。"

[18] 披衿：同"披襟"，猶披心，推誠相與。《晋書·周顗傳》："伯仁總角於東宮相遇，一面披襟，便許之三事，何圖不幸自貽王法。"暫面：初次會面。暫，始，剛剛。江淹《別賦》："或春苔兮始生，乍秋風兮暫起。"

[19] 水鏡：明鑒之人。《三國志·蜀志·龐統傳》"稱統當爲南州士之冠冕"，裴松之注引習鑿齒《襄陽記》："諸葛孔明爲卧龍，龐士元爲鳳雛，司馬德操爲水鏡，皆龐德公語也。"叔度：黃憲字，他品學超群，尤以氣量廣遠著稱。田蘇：春秋晉賢人，借指賢德長者。《左傳·襄公七年》："無忌不才，讓，其可乎？請立起也。與田蘇游，而曰'好仁'。"杜預注："田蘇，晉賢人。蘇言起好仁。"

［20］由賜：子由、端木賜。回憲：顏回、原憲。四人皆爲孔門弟子。

［21］蒨：鮮明，鮮豔。謝靈運《山居賦》："水香送秋而擢蒨，林蘭近雪而揚猗。"

［22］盻，讀音xì，怒視，看。《戰國策·韓策二》："楚不聽，則怨結于韓，韓挾齊魏以盻楚，楚王必重公矣。"坎：《易》卦名，《象》曰："水洊至，習坎；君子以常德行，習教事。"艮：《易》卦名，《象》曰："艮其背，不獲其身；行其庭，不見其人，無咎。"

［23］虬光：龍光。回鱗：鱗：代稱龍。曲水：古代風俗，於農曆三月三就水濱宴飲，認爲可被除不祥，後人因引水環曲成渠，流觴取飲，相與爲樂，稱爲曲水。王羲之《蘭亭集序》："又有清流激湍，映帶左右，引以爲流觴曲水，列坐其次。"

《答宗欽》一首　　後魏　高允

題解：高允乃北魏著名文學家，《魏書》本傳載其"所制詩賦誄頌箴論表贊，《左氏》《公羊釋》《毛詩拾遺》《論雜解》《議何鄭膏肓事》，凡百餘篇，別有集行於世"。《隋書·經籍志》載有《高令公集》21卷，《舊唐書·經籍志》《新唐書·藝文志》載有《高令公集》20卷。此篇又見《魏書》卷五二《宗欽傳》。逯欽立輯入《先秦漢魏晉南北朝詩·北魏詩》卷一。《魏書》所載第十二章"安有回賜"以下尚有第十三章，較此篇多出一章。此答上一篇高允之詩，亦贊美宗欽家族淵厚，才華出衆，歌頌魏之山河與文治武功，再次表達兩人友誼之深。

湯湯流漢，藹藹南都。載稱多士，載耀靈珠[一]。邈矣高族，代記丹圖[二][1]。啓基邦域[三]，振彩涼區。（其一）

吾生侗儻[四]，誕發英風。紹熙前緒，弈葉克隆[五][2]方圓備體，淑德斯融。望傾群儁，響振華戎[六]。（其二）

響振伊何[七]，金聲克著[八][3]匡贊西藩，拯厥時務。放志琴書[九]，恬心初素。潛思泉淳[十]，秀藻雲布。（其三）

上天降命，祚鍾有代[4]。協耀紫辰[十一]，與乾作配。仁邁春陽，功隆覆載。招延隱叟，永貽大賚[5]。（其四）

伊余櫟散[十二][6]，才朽質微。遭緣幸會，忝與樞機。竊名華省[7]，廁足丹墀。愧無熒燭[十三]，少益天暉[8]。（其五）

明升非諭，信漸難兼。體卑處下，豈曰能謙。進不弘道，退失深潛[十四]。既慚朱闕，亦愧閭閻。[9]（其六）

史班稱達，楊蔡致深。負荷典策，載諂於心[十五]。四轍同軌，覆車相尋[10]。敬承嘉誨，永佩明箴。（其七）

遠思古賢，內尋諸己。仰謝丘明，長揖南史。追武雖存，高蹤難擬。夙興夕惕，豈獲恬止。[11]（其八）

時之圮矣[十六]，靈運未通。風馬殊隔，區域异封。有懷西望，路險莫從。王澤遠灑，九服來同。（其九）

在昔平吳，二陸稱寶。今也克涼，吾生獨矯。道暎儒林[十七][12]，義爲群表。我思與之，均於紵縞[13]。（其一〇）

仁乏田蘇，量非叔度[14]。韓生屢降[十八][15]，林宗仍顧。千載曠游，邁茲一遇。藻泳風流[十九]，鄙心已悟。（其一一）

年時迅邁，物我俱逝。任之斯通，擁之則滯。結駟貽塵，屨空亦弊。兩聞可守[二十][16]，安有回賜。（其一二）

【校勘】

〔一〕"載耀"，《魏書》作"載擢"。

〔二〕"代記"，《魏書》作"世記"。

〔三〕"邦域"，《魏書》作"郢城"。

〔四〕"偶儻"，《魏書》作"朗到"。

〔五〕"弈葉"，《魏書》作"奕世"。

〔六〕"響振華戎"，"振"，《魏書》作"駭"。

〔七〕"響振伊何"，"振"，《魏書》作"駭"。

〔八〕"克著"，《魏書》作"允著"。

〔九〕"放志"，《魏書》作"肅志"。

〔十〕"泉淳"，《魏書》作"淵淳"。

〔十一〕"協耀紫辰"，《魏書》作"協煇紫宸"。

〔十二〕"才朽質微"，《魏書》作"才至庸微"。

〔十三〕"熒燭"，《魏書》作"螢燭"。

〔十四〕"深潛"，《魏書》作"深淵"。

〔十五〕"載諂"，《魏書》作"載蹈"。

〔十六〕"時之"，《魏書》作"世之"。

〔十七〕"道暎"，《魏書》作"道映"。

〔十八〕"屢降"，《魏書》作"屬降"。

〔十九〕"藻泳"，《魏書》作"藻詠"。

〔二十〕"兩閑"，《魏書》作"兩間"。

【注釋】

[1] 丹圖：《河圖》。庾信《堯登壇受圖贊》："丹圖馭馬，綠甲乘龜。"

[2] 紹熙：繼承前業，發揚光大。盧諶《贈劉琨詩》："凌哲惟皇，紹熙有晉。"克隆：興隆，昌盛。《南齊書·褚淵王儉傳贊》："民譽不爽，家稱克隆。"

[3] 伊何：如何，怎樣。阮籍《詠懷詩》："我心伊何，其芳若蘭。"金聲：比喻美好的聲譽。劉琨《勸進表》："玉質幼彰，金聲夙振。"

[4] 鍾：當，遭逢。曹植《磐石篇》："經危履險阻，未知命所鍾。"

[5] 賚，讀音 lài，賞賜。《詩·商頌·烈祖》："既載清酤，賚我思成。"

[6] 櫟散：謙詞，喻無用之材。《莊子·人間世》："匠石之齊，至於曲轅，見櫟社樹，其大蔽數千牛，絜之百圍，其高臨山，十仞而後有枝，其可以為舟者旁十數。觀者如市，匠伯不顧，遂行不輟。弟子厭觀之，走及匠石，曰：'自吾執斧斤以隨夫子，未嘗見材如此其美也。先生不肯視，行不輟，何邪？'曰：'已矣，勿言之矣！散木也，以為舟則沈，以為棺槨則速腐，以為器則速毀，以為門戶則液樠，以為柱則蠹，是不材之木也，無所可用，故能若是之壽。'"

[7] 華省：清貴者的官署。《秋興賦》："宵耿介而不寐兮，獨輾轉于華省。"

[8] 熒燭：微弱的燭光。班固《答賓戲》："守突奧之熒燭，未仰天庭而睹白日也。"天暉：天光，君光。《易·未濟》："君子之光，其暉吉也。"

[9] 朱闕：指皇宮、朝廷。《十洲記》："臣故韜隱逸而赴王庭，藏養生而侍朱闕。"閭閻：泛指民間。《史記·樗里子甘茂列傳論》："甘茂起下蔡閭閻，顯名諸侯，重彊齊楚。"

[10] 覆車：翻車，指失敗的教訓。《後漢書·翟酺傳》："祿去公室，政移私門，覆車重尋，寧無摧折。"相尋：相繼；接連不斷。江淹《效古詩》："誰謂人道廣，憂慨自相尋。"

[11] 夕惕：至夜晚仍懷憂懼，工作不懈。沈約《立太子恩詔》："夕惕寅畏，若臨淵谷。"恬止：安然居所。止，居住。《詩·商頌·玄鳥》："邦畿千里，維民所止。"

[12] 暎，讀音 yìng，同"映"，照耀。郭璞《江賦》："青綸競糾，縟組爭暎。"

[13] 紵：用苧麻織成的粗布。《禮記·喪服大記》："絺、綌、紵不入。"縞：未經染色的絹。

[14] 田蘇，晉賢者。《左傳·襄七年》："無忌不才，讓，其可乎？請立起也。與田蘇游，而曰如仁。"叔度：黃憲，號征君，漢賢士。此皆代指賢德長者。

[15] 韓生：未詳。

[16] 兩閑，出自《論語·公冶長》子言謂子貢曰："女與回也熟愈？"對曰："賜也何敢望回？回也聞一以知十，賜也聞一以知二。"

《酬丁柴桑》一首　　东晋　陶潜

题解：陶潜友丁柴桑自外地來居於此，二人諧游相談甚歡，作詩相與酬答。此詩共十四句，首章六句，次章八句，詩句有佚，詩非完篇。此篇又見《陶淵明集》卷一。逯欽立輯入《先秦漢魏晋南北朝詩·晋詩》卷二八。

有客有客，爰來宦止[一][1]。執直思聰[二]，爾惠百里[三][2]。飡勝如歸，聆善若始[3]。匪咋諧也[四]，屢有良游[五][4]。載言載眺，以寫我憂[5]。放歡一遇[6]，既醉還休。寔欣心期[7]，方從或悠[六]。

【校勘】
〔一〕"宦止"，《陶淵明集》作"爰止"。
〔二〕"執直思聰"，《陶淵明集》作"秉直司聰"。
〔三〕"爾惠"，《陶淵明集》作"惠于"。
〔四〕"匪咋諧也"，《陶淵明集》作"匪惟也諧"。
〔五〕"良游"，《陶淵明集》作"良由"。
〔六〕"或悠"，《陶淵明集》作"我游"。

【注释】
[1] 有客：有客人，《詩·周頌·有客》："有客有客，亦白其馬。"宦止：袁行霈《陶淵明集箋注》以爲當爲"爰止"。《詩·小雅·采芑》："鴥彼飛隼，其飛戾天，亦集爰止。"
[2] 執直：持守正直。百里：古時一縣所轄之地，故爲縣的代稱。《漢書·百官公卿表上》："縣大率方百里。"
[3] 飡勝：同"餐勝"，欣賞勝景。聆善：聽取善言。
[4] 匪咋：不羞慚。良游：暢游。劉楨《黎陽山賦》："良游未厭，白日潛暉。"
[5] 寫，讀音xiè，解除。《詩·邶風·泉水》："駕言出游，以寫我憂。"
[6] 放歡：盡歡。
[7] 心期：心中相許，指彼此知交。任昉《贈郭桐廬出溪口見候》："客心幸自弭，中道遇心期。"

《答謝諮議》一首　　南朝宋　謝靈運

题解：謝諮議，即謝弘微，永初二年（421）赴任荊州刺史劉義隆諮詢參軍，當有書信或詩與靈運，永初三年（422），靈運作詩以答。此詩表達了對弘微的思念之情，追憶往昔相處快樂，并互相勉勵。此篇逯钦立辑入《先秦漢魏晋南北朝詩·宋詩》卷二。

玉衡迅駕[1]，四節如飛。急景西馳，奔浪赴沂[2]。英華始翫[3]，落葉已稀。惆悵衡皋[4]，心焉有違。（其一）

告離甫爾，荏冉回周[5]。懷風感遷，思我良儔[6]。豈其無人，莫與好仇[7]。孰曰晏安[8]，神往形留。（其二）

感昔戎行，速暨西垠[9]。僶俛于役[10]，不敢告勤。爾亦同事，契闊江濆[11]。庶同支離[12]，攘臂解紛。（其三）

鳴鵠在陰[13]，自幽必顯。既曰有聲，因風易演[14]。逶迤雲閣[15]，司帝之典。蔚彼遺藉，如瑩如洗。[16]（其四）

齊仲善交[17]，在久彌敬。自我之邁，一遇而定[18]。於穆謝生，以和繕性[19]。有言屬耳[20]，有文在咏。（其五）

寡弱多幸，逢玆道泰[21]。荷榮西荒，晏然解帶[22]。剷削前識，任此天籟[23]。人既遇矣，何懼何害[24]。（其六）

搔首北眷，清對未從[25]。瞻雲累嘆，思口御風[26]。良願易違[27]，嘉樂難逢。微我無衣，溫凉誰同[28]。（其七）

古人善身，實畏斯名[29]。緣督何貴[30]，卷耀藏馨。九言之贈[31]，實由未冥。片音或重，璵璠可輕[32]。（其八）

【注釋】

[1] 玉衡：北斗七星中的第五星。《古詩十九首·明月皎夜光》："玉衡指孟冬，衆星何歷歷。"迅駕：指北斗星轉移很快，形容時光流逝。

[2] 急景：急馳的日光，奔浪：奔流的大波。此指急促的時光。沂，讀音 yín，崖，邊際。

[3] 英華：言花木之美。翫：觀賞，欣賞。

[4] 衡皋：長有杜衡的水邊高地。

[5] 甫爾：初始。爾，語末助詞。荏冉：同"荏苒"，指時間漸漸過去，常形容時光易逝。陶潜《雜詩》："荏苒歲月頹，此心稍已去。"回周：過了一年。

[6] 良儔：良友。

[7] 好仇：好同伴。《詩·周南·兔罝》："赳赳武夫，公侯好仇。"仇，讀音 qiú，伴。

133

[8] 晏安：安樂；安定。《周書·庾信傳》："居負洛而重世，邑臨河而晏安。"

[9] 戎行：隨軍出行。暨：到。西垠：西邊，指荊州。

[10] 俚俛：努力，勤奮。賈誼《新書·勸學》："然則舜俚俛而加志，我僮僮而弗省耳。"

[11] 契闊：勤苦。江潰：江邊，指荊州。

[12] 支離：支離疏，《莊子》中的人物，肢體畸形，於世無補，而坐受賑濟。《莊子·人間世》："上徵武士，則支離攘臂而游於其間；上有大役，則支離以有常疾不受功。"

[13] 鳴鶴：即"鳴鶴"。《易·中孚》："鳴鶴在陰，其子和之。"王弼注："立誠篤志，雖在暗昧，物亦應焉。"

[14] 因風易演：鶴鳴藉着風力易傳播到遠方。演，傳布，延及。《漢書·外戚傳》："愚臣既不能深援安危，定金匱之計，又不知推演聖德，述先帝之志。"

[15] 雲閣：高聳入雲的樓閣。曹植《節游賦》："連雲閣以遠徑，營觀榭於城隅。"

[16] 蔚：盛。瑩：光潔如玉之石。洗：洗石，含鹼之石，能溶解污垢。《山海經·西山經》："錢來之山，其上多松，其下多洗石。"

[17] 齊仲：春秋時齊國大夫晏嬰。《論語·公冶長》："晏平仲善與人交，久而敬之。"

[18] 一遇而定：一見而定交，指初見即結爲莫逆之交。

[19] 繕性：涵養本性。《莊子·繕性》："繕性於俗。"

[20] 屬耳：注意傾聽。張華《答何劭》："屬耳聽鶯鳴，流目翫鯈魚。"

[21] 寡弱：孤弱之人，自謙之語。潘岳《關中詩》："靡暴於衆，無陵於強。愃愃寡弱，如熙春陽。"道泰：政道清明。

[22] 晏然：安適，安閒。《後漢書·方術傳上·樊英》："〔樊英〕雖在布衣之列，環堵之中，晏然自得。"解帶：出仕。《後漢書·周磐傳》："居貧養母，儉薄不充。嘗誦《詩》至《汝墳》之卒章，慨然而嘆，乃解韋帶，就孝廉之舉。"

[23] 天籟：自然界的聲響。《莊子·齊物論》："女聞人籟而未聞地籟，女聞地籟而未聞天籟夫！"

[24] 何懼何害：意謂不懼不傷。

[25] 清對：清妙的對答。未從：沒有跟從弘微而去。

[26] 此二句形容對從弟的思念。

[27] 違：改變。張衡《西京賦》："慘則黲於驪，勞則褊于惠，能違之者寡矣。"

[28] 微我無衣，化用《詩·秦風·無衣》。溫涼：寒暖。借指生活情況。陸機《門有車馬客行》："拊膺攜客泣，掩泪叙溫涼。"

[29] 善身：善於修身自保。名：名聲，名譽。

[30] 緣督：守中合道，順其自然。《莊子·養生主》："緣督以爲經。"卷耀藏馨：收斂光芒，隱藏馨香。

[31] 九言：春秋時鄭國子大叔告誡趙簡子的九句話。《左傳·定公四年》："晉趙簡子爲之臨，甚哀，曰：黃父之會，夫子語我九言，曰：無始亂，無怙富，無恃寵，無違同，無敖禮，無驕能，無復怒，無謀非德，無犯非義。"

[32] 片音：只言片語，指音信。璵璠：美玉。《左傳·定公五年》："季平子行東野，還未至，丙申，卒于房，陽虎將以璵璠歛。"此指從弟如能時常寄點音信，當十分寶貴。

《贈記室羊徽（其屬疾在外）》一首　　南朝宋　丘泉［淵］之

題解：丘淵之，字思玄，又名泉之，吴興人。博學有才，宋文帝元嘉（424—453）在位時，歷官散騎侍郎、侍中，從高祖北伐留彭城爲冠軍將軍、徐州刺史、長史。太祖即位，以舊恩歷顯，官侍中官尚書、吴郡太守，卒於太常，追贈光禄大夫。著有《征齊道里記文集》十五卷，《晉義熙以來新集目録》三卷等，著文章百卷。此義熙元年（405）贈友人羊徽，羊徽，字敬猷，高祖鎮京口，以爲記室參軍。詩中陳述兩人深厚友誼，勉勵友人勤守本職。此篇逯欽立輯入《先秦漢魏晉南北朝詩·宋詩》卷五。

趣以冥感，契以情運[1]。譬彼金蘭，堅芳互訓[2]。郢夫寢斤，濠津闕問[3]。孰是超賞，非爾殆縕[4]。（其一）

婉晚閒暑[5]，契闊二方。連鑣朔野[6]，齊棹江湘。冬均其温，夏共其凉。豈伊多露，情深踐霜[7]。（其二）

神武遐滌，大衢方揮[8]。屠耒晏業，介焉靡違[9]。閒菀敞徑[10]，酌弦湛徽。欣彼二仲[11]，與子俱歸。（其三）

願言無必，欣慨屢造[12]。爾疾既纓[13]，余憂用老。搔首匪勤，實纏中抱[14]。言念佳人，祗增心攪[15]。（其四）

天道雖緬[16]，福善可期。今唯吾子[17]，允應在兹。乘理載遂，冲衿自怡[18]。三折既履，五德宜思[19]。（其五）

予業弗高，屢羈塵役[20]。免彼險勤，忝此墳藉[21]。識以榮期[22]，顏以厚積。庶憑納汙，佇規三益[23]。（其六）

【注釋】

[1] 趣：志趣，好尚。嵇康《兄秀才公穆入軍贈詩》："仰慕同趣，其馨若蘭。"冥感：默契通感。冥，暗合，默契。《關尹子·四符》："唯無我無人，無首無尾，所以與天

地冥。"契：投合，情投意合。陶淵明《桃花源詩》："願言躡清風，高舉尋吾契。"

[2] 互訓：互相教導。訓，教誨，教導。《尚書·高宗肜日》："乃訓于王。"

[3] 郢夫：郢地匠石。寢斤：不揮動斧斤。《莊子·徐無鬼》："郢人堊慢其鼻端若蠅翼，使匠石斲之。匠石運斤成風，聽而斲之，盡堊而鼻不傷，郢人立不失容。"濠津：即"濠梁"，此指莊子與惠子的濠梁之辯。兩句感嘆知己不在身邊。

[4] 超賞：出色欣賞，此指知交。殆：副詞。當，必。《商君書·更法》："臣聞之，疑行無名，疑事無功。君亟定變法之慮，殆無顧天下之議之也。"薀：同"蘊"，蓄藏。《左傳·昭公十年》："蘊利生孽。"

[5] 婉晚：同"婉娩"，天氣溫和。庾肩吾《奉使北徐州參丞御詩》："年光正婉娩，春樹轉丰茸。"

[6] 連鑣：謂騎馬同行。鑣，馬勒。朔野：北方荒野之地。班固《幽通賦》："繇凱風而蟬蛻兮，雄朔野以颺聲。"

[7] 豈伊：猶豈，難道。伊，語中助詞，無義。《詩·小雅·頍弁》："豈伊異人，兄弟匪他。"踐霜：履霜，思念親人。《禮記·祭義》："霜露既降，君子履之，必有悽愴之心，非其寒之謂也。"

[8] 神武：以吉凶禍福威服天下而不用刑殺。《易·繫辭上》："古之聰明叡知，神武而不殺者夫。"多用以稱頌帝王將相英明威武。《漢書·敘傳下》："皇矣漢祖，纂堯之緒，實天生德，聰明神武。"遐：荒遠之地；邊陲。陸機《從軍行》："苦哉遠征人，飄飄窮四遐。"滌：清除。《尚書·禹貢》："九山刊旅，九川滌源，九澤既陂。"

[9] 屠耒：耒耜，指低等工作。晏業：華美的職務。業，事務，職業。《韓非子·孤憤》："百官不因則業不進，故群臣為之用。"介焉：耿介孤高貌。《晉書·隱逸傳序》："介焉超俗，浩然養素。"

[10] 苑：通"菀"，范圍。《管子·水地》："地者，萬物之本原，諸生之根菀也。"

[11] 二仲：羊仲、裘仲，泛指廉潔隱退之士。趙岐《三輔決錄》："蔣詡字元卿，舍中三逕，唯羊仲、裘仲從之游。二仲皆推廉逃名。"

[12] 造：產生。《呂氏春秋·大樂》："萬物所出，造于太一，化于陰陽。"

[13] 纓：纏繞。陸機《擬青青陵上柏》："飛閣纓虹帶，曾臺冒雲冠。"

[14] 中抱：中懷，內心。

[15] 心攪：心擾，心亂。

[16] 緬：遙遠。《穀梁傳·莊公三年》："改葬之禮緦，舉下，緬也。"

[17] 吾子：羊徽。

[18] 乘理：順理。趙壹《刺世疾邪賦》："乘理雖死而非亡，違義雖生而匪存。"沖衿：同"沖襟"，曠淡的胸懷。《晉書·王湛王述等傳論》："懷祖鑒局夷遠，沖衿玉粹。"

[19] 三折：多次受挫。《史記·魏世家》："寡人不佞，兵三折於外，太子虜，上將死，國以空虛，以羞先君宗廟社稷，寡人甚醜之。"五德：溫、良、恭、儉、讓等五種

品德。

　　[20] 塵役：塵事。

　　[21] 墳藉：同墳籍。

　　[22] 榮期：榮啟期，此指隱士。嵇康《琴賦》："於是避世之士，榮期、綺季之疇，乃相與登飛梁，越幽壑。"吳筠《高士詠·榮啟期》："榮期信知止，帶索無所求。"

　　[23] 佇：企盼，期待。謝靈運《酬從弟惠連》："夢寐佇歸舟，釋我吝與勞。"規：規勸。《左傳·襄公十一年》："《書》曰：'居安思危。'思則有備，有備無患，敢以此規。"三益：直、諒、多聞，指良友。《論語·季氏》："孔子曰：益者三友，損者三友。友直，友諒，友多聞，益矣。"

《敬贈蕭諮議》一首　　南朝齊　虞羲

　　題解：虞羲，生卒年不詳，李善注《文選》引《虞羲集序》說他字子陽，《南史·江淹任昉傳》說他字士光，會稽餘姚（今浙江餘姚市）人，南朝齊梁時期詩人，以太學生游竟陵王西邸，歷始安王侍郎、建安征虜府主簿功曹，兼記室參軍。入梁官至晉安王侍郎，《南史》稱其"盛有才藻，卒於晉安王侍郎"。原有集11卷，《隋書·經籍志》著有《虞羲集》9卷，已佚，今存詩12首，文1篇。蕭諮議，即後來的梁武帝蕭衍。南朝是一個重視門第的時代，敬贈之詩，往往頌及對方的家族源流，以示望族身份。虞羲此詩共十章，四言正體，莊重典雅。先敘蕭氏源遠流長的家史，其先祖乃殷商之後裔，至漢則有蕭何，人才輩出，并贊其後代子弟繼承先人之德，功業輩出，為國家砥柱，握有大權，享譽天下，家族昌盛。接著歌頌蕭衍品德才華，"相門出相，德門有德。……并列大夫，登高而賦"，學識深廣："受言載筆，遂典群流。……彝文不斁，職此之由。"最後，自陳鄙陋，實乃供役使之人，竟能得國士之知賞，表達由衷的感謝，并寄予蕭衍騰達之時能給以拔擢，故充滿頌美之意。此篇逯欽立輯入《先秦漢魏晉南北朝詩·梁詩》卷五。

　　璇源派水[1]，玉樹分柯。投殷于宋，佐漢而鄷[2]。九疇攸叙，一畫載謌[3]。象賢弈葉，袞服逶迤[4]。（其一）

　　自茲以降，朝端國右[5]。鳴玉在腰，納言加首[6]。有鐘有石[7]，無凋無朽。令問令望，如瓊如玖[8]。（其二）

　　相門出相，德門有德[9]。弱冠登朝，淑問玄塞[10]。弱冠伊何，有典有

則[11]。淑問伊何，自南自北。（其三）

五芝秀草，八桂嘉樹。[12]五馬騁途，八龍游霧。[13]彼令兄弟，方之有裕[14]。并列大夫，登高而賦[15]。（其四）

受言載筆，遂典群流。[16]天祿不校，白獸未雠。[17]申轅風雅，鄒鄭春秋。[18]彝文不斁，職此之由[19]。（其五）

帝念師旅，詔參帷幕[20]。對曰戎車[21]，未之先學。歸陳俎豆，拂衣行樂[22]。容止可觀，卷舒可度[23]。（其六）

千乘之后，好道軾閭。[24]開府之日[25]，有弓有興。久勤引領，獨下辟書[26]。鳴笳啟路，托乘後車[27]。（其七）

枚叟上書，吳王弗納。[28]夫君正諫，直道難合。[29]有伐問仁，陽狂不答[30]。乃蒙矢刃，永離噂𠴲[31]。（其八）

退食自公[32]，多歷年所。思歸養素，豫聞斯語[33]。終日下帷，情非待舉[34]。如蘧如惠，此出此處[35]。（其九）

吾人下走，國士見知[36]。同游宛洛，并泛溓漪[37]。輕蘿易動[38]，遂別芳枝。蹈之不足，托此差池[39]。（其一〇）

【注釋】

[1] 琁，讀音 xuán，古同"璿"，美玉。《荀子·賦》："琁玉瑤珠，不知佩也。"派：水的支流，引申爲分流。王中《頭陀寺碑文》："淳源上派，澆風下黷。"

[2] 殷：朝代名。商王盤庚從奄遷都殷，後世稱商代爲殷。宋：周代諸侯國名。紂之庶兄微子啓分封于宋，號宋公，爲宋國。投殷于宋，指蕭氏爲殷人後裔之一；鄼，讀音 zàn，周代地方組織單位之一，一百家爲鄼。《周禮·地官·遂人》："五家爲鄰，五鄰爲里，四里爲鄼。"佐漢而鄼，指蕭氏先賢西漢相國蕭何，漢高祖劉邦平定天下，論功行賞，蕭何因"鎮國家、撫百姓、供軍需、給糧餉"而封鄼侯。

[3] 九疇：傳說中天帝賜禹治理天下的九類大法，指治理天下的大法。攸敘：所敘說的（德治）。《尚書·洪範》："天乃錫禹洪範九疇，彝倫攸敘。初一曰五行，次二曰敬用五事，次三曰農用八政，次四曰協用五紀，次五曰建用皇極，次六曰乂用三德，次七曰明用稽疑，次八曰念用庶征，次九曰向用五福、威用六極。"一畫：指上古太樸時代。謌，讀音 gē，古同"歌"。載謌，歌頌。

[4] 象賢：效法先人之賢德。《尚書·微子之命》："殷王元子，惟稽古崇德象賢。"《儀禮·士冠禮》"繼世以立諸侯，象賢也。"鄭玄注："象，法也，爲子孫能法先祖之賢，故使之繼世也。"奕葉：同"奕世"，累代，一代接一代。《國語·周語上》："奕世載德，不忝前人。"蔡邕《琅琊王傅蔡郎碑》："奕葉載德，常曆宮尹，以建於兹"。此贊子孫累

代相承。袞：亦作"衮"，古代帝王及上公的禮服。《周禮·春官·司服》"享先王則袞冕。""袞服"即"袞衣"。《詩·豳風·九罭》："我覯之子，袞衣繡裳。"逶迤：亦作"逶移""逶蛇""委佗""委迤""委蛇""委移"，指斜行；曲折前進。《淮南子·泰族》："河以逶蛇故能遠。"此指蕭氏人才輩出且居高位。

[5] 朝端國右：互聞見義，古人尚右，以右爲尊，意爲居首位的朝臣，一般指尚書省的長官。《宋書·王弘傳》："臣弘忝承人乏，位副朝端，若復謹守常科，則終莫之糾正。"

[6] 鳴玉：古人在腰間佩帶玉飾，行走時使之相擊發聲。《國語·楚語下》："王孫圉聘于晉，定公饗之。趙簡子鳴玉以相。"韋昭注："鳴玉，鳴其佩玉以相禮也。"納言：尚書等近臣所用幘巾。《後漢書·輿服志下》："尚書幘收，方三寸，名曰納言，示以忠正，顯近職也。"

[7] 鍾："八音"之"金"的重要樂器。石：磬，八音之一。八音：指金、石、絲、竹、匏、土、革、木八類材質製成的樂器。

[8] 令問令望：美好的名聲和威望。令，美好。瓊：赤色玉，亦泛指美玉。玖：似玉的淺黑色美石。《詩·王風·丘中有麻》："遺我佩玖。"

[9] 德門：有德之家。陸機《爲陸思遠婦作詩》："潔己入德門，終遠母與兄。"

[10] 弱冠：二十歲。《禮記·曲禮上》："二十曰弱冠。"淑問：美名。《漢書·匡衡傳》："道德弘于京師，淑問揚乎疆外。"玄塞：長城，此指北部邊防要塞。

[11] 伊何：如何、怎樣？有典有則：有準則或法度可依。典，法度，則，準則。

[12] 五芝：泛指靈草。《後漢書·馮衍傳》："飲六醴之清液兮，食五芝之茂英。"李賢注引《茅君內傳》："句曲山上有神芝五種：一曰龍仙芝，似交龍之相負，服之爲太極仙卿。第二名參成芝，赤色有光，其枝葉如金石之音，折而續之即復如故，服之爲太極大夫。第三名燕胎芝，其色紫，形如葵，葉上有燕象，光明洞澈，服一株拜爲太清龍虎仙君。第四名夜光芝，其色青，其實正白如李，夜視其實如月，光照洞一室，服一株爲太清仙官。第五名曰玉芝，剖食拜三官正真御史。"八桂：指桂樹之多且美。《山海經·海內南經》："桂林八樹，在賁隅西。"

[13] 五馬：古代太守的代稱。漢時太守乘坐的車用五馬駕轅，因借指太守的車駕。八龍：傳說中的八匹龍馬。《離騷》："駕八龍之婉婉兮，載雲旗之委移。"傳說中伏羲兄弟八人，世號"八龍"。此處用來借指蕭氏兄弟人才濟濟。

[14] 方：比擬，比方。裕：寬綽，豐富。

[15] 登高而賦：《詩·鄘風·定之方中》，毛亨傳："建邦能命龜，田能施命，作器能銘，使能造命，升高能賦，師旅能誓，山川能說，喪紀能誄，祭祀能語，君子能此九者，可謂有德音，可以爲大夫。"此指蕭氏兄弟具備經國之材。

[16] 受言：人君納諫。載筆：攜帶文具以記錄王事；借指史官。《禮記·曲禮上》："史載筆，士載言。"群流：同輩。

[17] 天祿：傳說中的瑞獸，天祿與麒麟、魏貅并稱古代祭祀中的三大神獸。《尚書·

— 139 —

大禹謨》："四海困窮，天祿永終。"後常指帝位。漢代閣名，後通稱皇家藏書之所。白獸：應爲白虎，西方七宿。不校與未隼，互文見義。

[18] 申轅：詩之兩家，魯人申培和齊人轅固。風雅：指《詩經》。郮鄭：郮子和鄭子。

[19] 彝，讀音yí，古代祭祀用的禮器的名稱。彝文，指禮樂文化。斁：敗壞。職：當，由於。此：亦作是。之：語助詞。當是這個原因，指找到了問題的癥結所在。《左傳·襄公十四年》："今諸侯之事我寡君不如昔者，蓋言語漏洩，則職汝之由。"張華《女史箴》："冶容求好，君子所讎，結恩而絕，職此之由。"

[20] 師旅：古代軍隊編制。《詩·大雅·常武》："左右陳行，戒我師旅。"《詩·小雅·黍苗》："我徒我御，我師我旅。"鄭玄箋："五百人爲旅，五旅爲師。"帷幕：帝王謀劃決策之處或將帥的幕府。謝靈運《撰征賦》："對圍圉而不闚，下帷幕而論屬。"

[21] 戎車：戰車。《尚書·牧誓》："武王戎車三百兩，虎賁三百人。"

[22] 俎豆：古代祭祀、宴饗時盛食物所用之禮器，泛指各種禮器。後引申爲祭祀和崇奉之意。《論語·衛靈公》："衛靈公問陳於孔子。孔子對曰：俎豆之事，則嘗聞之矣；軍旅之事，未之學也。"拂衣：提起衣襟。《左傳·襄公二十六年》："奸以事君者，吾所能御也。拂衣從之。"杜預注："拂衣，襃裳也。"行樂：推行禮樂教化。

[23] 容止：風貌舉止。卷舒：進退、隱顯，指出處。劉向《列女傳·王章妻女》："君子謂王章妻知卷舒之節。"

[24] 千乘：指中等諸侯國。四馬一車稱乘，春秋戰國時期，諸侯國的大小以兵車多少衡量。好道：熱愛道德。軾間：向賢德者致敬。《呂氏春秋·期賢》："魏文侯過段干木之閭而軾之，其僕曰：'君胡爲軾？'曰：'此非段干木之閭歟？段干木蓋賢者也，吾安敢不軾？'"

[25] 開府：古代高級官員（三公、大將軍、將軍）建立府署，自選僚屬。阮籍《辭蔣太尉辟命奏記》："開府之日，人人自以爲掾屬。"

[26] 辟書：徵召的文書。阮籍《奏記詣太尉蔣濟》："辟書始下，而下走爲首。"

[27] 鳴笳：吹奏笳笛。古代貴官出行，前導鳴笳以啓路。啓路：開路，開道。托乘：喻指得人援引。後車：副車，侍從所乘之車，謂充任文學侍從之臣。古代天子車駕出，文學侍從之臣陪乘後車侍宴游，備顧問。

[28] 枚叟：枚乘，字叔，西漢初淮陰人。吳王：劉濞。吳王謀反，枚乘上書諫吳王諫阻，吳王不聽。

[29] 正諫：直言規勸，多用於臣下對君主。《管子·形勢》："正諫死節，臣下之則也。"直道：正道。

[30] 陽狂：亦作"佯狂"，假裝瘋顛。

[31] 矢刃：箭和刀，泛指兵器。《漢書·蘇武傳》："路窮絕兮矢刃摧，士眾滅兮名已隤。"噂，讀音zūn，品評議論，聚集議論。嗒，同"沓"，讀音tà，話多。《詩·

小雅·十月之交》:"噂沓背憎。"

[32] 退食自公:減膳以示節儉,指操守廉潔。《詩·召南·羔羊》:"退食自公,委蛇委蛇。"

[33] 養素:修養并保持本性。嵇康《幽憤詩》:"志在守樸,養素全真。"豫聞:參與聞知。豫,通"與",鍾會《檄蜀文》:"諮豫聞國事。"劉孝標《辯命論序》:"豫聞斯議,歸以告餘。"

[34] 下帷:放下室内帷幕,指專心教書。《史記·儒林列傳》:"下帷講誦,弟子傳以久次相授業,或莫見其面,蓋三年。董仲舒不觀於舍園,其精如此。"引申爲閉門苦讀。任昉《贈王僧孺》:"下帷無倦,升高有屬。"待舉:等待舉用。《禮記·儒行》:"懷忠信以待舉,力行以待取。"

[35] 蘧:蘧伯玉,衛國大夫,賢德正直,深得衛靈公信賴。主張"弗治之治",開創了道家"無爲而治"的先聲。惠:柳下惠,本名展獲,字子禽(一字季),謚曰惠,曾任魯國大夫。《論語·微子》:"直道而事人,焉往而不三黜?枉道而事人,何必去父母之邦?"出:出仕。處:退隱。蔡邕《薦皇甫規表》:"修身力行,忠亮闓著,出處抱義,皦然不汙。"

[36] 下走:自稱的謙詞,後亦指走卒,供奔走役使的人。《漢書·蕭望之傳》:"若管晏而休,則下走將歸延陵之皋。"顔師古注引應劭曰:"下走,僕也。"國士:國中才能最優秀的人。《左傳·成公十六年》:"皆曰:國士在,且厚,不可當也。"

[37] 宛洛:古邑名,今河南南陽、洛陽的簡稱,常借指都。漣漪,讀音 lián yī,形容被風吹起的水面波紋。《詩經·魏風·伐檀》:"坎坎伐檀兮,寘之河之幹兮,河水清且漣漪。"

[38] 輕羅:質地輕盈品質上乘的柔軟絲織品。葛洪《抱朴子·博喻》:"故輕羅霧縠,冶服之麗也,而不可以御流鏑。"

[39] 差池,讀音 cī chí,指參差不齊之意。《詩·邶風·燕燕》:"燕燕于飛,差池其羽。"

《贈何錄事諲之》一首　　南朝齊　虞羲

題解:何諲之,南齊永明(483—493)中爲太常丞。全詩共十章,先贊美何諲之有君子之度,修道好樂,德行無雙;又美其輔佐宗廟祭祀,恭敬得體;并回顧兩人的交往,自慚德薄,得對方提攜,久之愈知其德馨。作年無考。最後寫送別友人,并寄托作者的思念和美好祝福。此篇逯欽立輯入《先秦漢魏晉南北朝詩·梁詩》卷五。

歷歷斗維，王畿所止。[1]滔滔灊漢，天步之紀。[2]金耀圓圖，玉澈方氿[3]。薀靈擢秀，載篤君子。[4]（其一）

於穆君子，左角佩觿。[5]從群竹騎[6]，取俊游兒。昂昂千里，宛宛長離。[7]同規同矩，异雄守雌。[8]（其二）

早棄幼志，夙躭強學。[9]唯道是修[10]，何土不樂。將英竹箭，聊游稽岳。[11]容止可觀，進退可度[12]。（其三）

有德有行，如珪如璋[13]。樂山樂水[14]，令問令望。辭家觀國，爲龍爲光。[15]唯兄唯弟，元方季方。[16]（其四）

漢北張生，洛陽賈子[17]。秩宗是佐[18]，淑問不已。僉曰允諧，肅恭帝祉。[19]於斯爲盛，齊稱得士。[20]（其五）

中槐如宿，上閣如雲。[21]握蘭正典，執筆司文。[22]方瑜等潤[23]，比桂爭芬。能照時宰[24]，績著人君。（其六）

帝子南牧，孔殷是撫。[25]白水悠悠，青泉廉廉。[26]賚之束帛，不日來取。[27]如馬如枚，長裾上府。[28]（其七）

諮余下走，中田穫菽[29]。迺裹餱糧，遂去鄉墊。[30]既曰覯止[31]，朝游夕宿。如佩萱蘭，久知芬馥[32]。（其八）

共化之選，古謂惟良[33]。能柔下邑，必惠上邦[34]。大君有命，朱襮繡裳。[35]方同汲子，重卧淮陽。[36]（其九）

嘉命顯承，方駕蘭氿[37]。如彼飛鴻，搏風千里[38]。極目亭皋，勞心無已。[39]蘇歌有慰，逖聽傾耳[40]。（其十）

【注釋】

[1] 歷歷：清晰。《古詩十九首·明月皎皎光》：「玉衡指孟冬，衆星何歷歷。」斗維：古代"三河"，指以平陽爲中心的古"冀方"之地。王畿：指王城周圍千里的地域，泛指帝京。《周禮·夏官·職方氏》：「乃辨九服之邦國，方千里曰王畿。」孫詒讓曰：「方千里曰王畿者，謂建王國也。」畿，讀音 jī。

[2] 滔滔：形容大水奔流貌。灊，讀音 qián，通"潛"，古地名，在今安徽霍山縣東北。《詩·小雅·四月》：「滔滔天漢，南國之紀。」天步：天體星象的運轉，時運、國運。《詩·小雅·白華》：「天步艱難，之子不猶。」

[3] 氿：不流通的水溝。《爾雅·釋丘》：「窮瀆，氿。」郭璞注：「水無所通者。」

[4] 擢秀：喻人才秀出。趙至《與嵇茂齊書》：「吾子植根芳苑，擢秀清流。」載：語助詞。篤：忠實，一心一意。

[5] 於穆：對美好的讚嘆。《詩·周頌·維天之命》：「維天之命，於穆之已。」"佩

— 142 —

觿"，表示已成年，具有才幹。《詩·衛風·芄蘭》："芄蘭之支，童子佩觿。"觿，象骨或玉製成的解繩結的角錐，亦用爲飾物。佩觿：亦作"佩觿"

[6] 竹騎：即"騎竹"，用於稱美地方官吏行仁政。

[7] 昂昂：出群，高潔。《楚辭·卜居》："寧昂昂若千里之駒乎？將氾氾若水中之鳧乎？"宛宛：盤旋屈曲貌。司馬相如《封禪文》："宛宛黃龍，興德而升。"

[8] 雄：喻剛勁、躁進、強大。雌：喻柔緩、軟弱、謙下。守雌：以柔弱的態度處世。《老子》："知其雄，守其雌，爲天下谿。"

[9] 幼志：幼年時的志向。《儀禮·士冠禮》："始加元服，棄爾幼志。"夙：晚。耽：同"耽"，沉溺，入迷。強學，亦作"彊學"，勤勉地學習。《禮記·儒行》："席上之珍以待聘，夙夜強學以待問，懷忠信以待舉，力行以待取。"

[10] 唯道是修：只修道。《老子》："孔德之容，唯道是從。"

[11] 竹箭：即篠，細竹。《管子·小匡》："是以羽旄不求而至，竹箭有餘于國，奇怪時來，珍異物聚。"稽嶽：會稽山。岳：高大的山。

[12] 度，讀音 duó，推測，衡量。

[13] 珪璋：玉制的禮器，古代用於朝聘、祭祀，比喻高尚的人品。《莊子·馬蹄》："白玉不毀，孰爲珪璋。"珪，讀音 guī。璋，讀音 zhāng。

[14] 樂山樂水：指愛好有別。《論語·雍也》："知者樂水，仁者樂山。"樂，讀音 yào。

[15] 觀國：觀察國情，引申爲從政。《易·觀》"觀國之光，利用賓于王。"爲龍爲光：《詩·小雅·蓼蕭》："既見君子，爲龍爲光。"

[16] 元方季方：指兩人難分高下，指兄弟皆賢，亦稱"難兄難弟"。劉義慶《世說新語·德行》："陳元方子長文，有英才，與季方子孝先各論其父功德，爭之不能決，諮於太丘，太丘曰：'元方難爲兄，季方難爲弟。'"

[17] 漢北：今湖北省內，屈原被楚襄王放逐之地。張生：張儀。賈子：賈誼。

[18] 秩宗：太常官名，掌宗廟祭祀的官，後世用爲禮部的習稱。《尚書·堯典》："帝曰：俞，諮伯，汝作秩宗。"

[19] 僉，讀音 qiān，皆，全部。《尚書·堯典》："僉曰：於！鯀哉。"允諧：和諧一致。肅恭：端嚴恭敬。《尚書·微子之命》："恪慎克孝，肅恭神人。"帝祉：上天或皇帝的福祐。《詩·大雅·皇矣》："既受帝祉，施于孫子。"鄭玄箋："帝，天也；祉，福也。"

[20] 於斯：於此。得士：使士人投奔、歸附，謂得人心。東方朔《答客難》："并爲十二國，未有雌雄，得士者強，失士者亡，故說能行焉。"

[21] 中槐如宿：庭中的槐樹很高大。如雲：形容衆多。《詩·鄭風·出其東門》："出其東門，有女如雲。"

[22] 握蘭：指皇帝左右處理政務的近臣。應劭《漢官儀》上："握蘭含香，趨走丹墀奏事。"正典：儒家六藝之典籍。司文：官署名，猶今之禮賓司。

[23] 瑜：美玉。《左傳·宣公十五年》："諺曰：高下在心，川澤納汙，山藪藏疾，瑾瑜匿瑕。"

[24] 時宰：時相。

[25] 南牧：南下任官。孔殷：衆多，繁多。《尚書·禹貢》："江漢朝宗於海，九江孔殷。"

[26] 悠悠：飄動貌。青原：綠色原野。廉廉：廉廉，細弱貌。

[27] 賁之束帛：《周易·賁卦》："賁於丘園，束帛戔戔。吝，終吉。"象曰："六五之吉，有喜也。"不日：不久。《詩·大雅·靈臺》："經始靈臺，經之營之，庶民攻之，不日成之。"取：通"娶"。

[28] 長裾：指長衣或長袖。上府：上級官署，上司。《漢書·貢禹傳》："郡國恐伏其誅，則擇便巧史書習于計簿能欺上府者，以爲右職。"顏師古注："上府謂所屬之府。"

[29] 中田：田中。菽：豆的總稱。

[30] 餱糧：乾糧，食糧。《詩·大雅·公劉》："乃積乃倉，乃裹餱糧。"鄉塾：古代鄉里進行教學的地方。

[31] 覯止：相遇。《詩·召南·草蟲》："亦既覯止，我心則降。"毛傳："止，辭也。覯，遇。"

[32] 芬馥：香氣濃郁。左思《吳都賦》："光色炫晃，芬馥肸蠁。"

[33] 共化：未詳。惟良：賢良；賢能的官吏。《尚書·君陳》："嗚呼，臣人咸若時，惟良顯哉。"

[34] 下邑：下縣。古代縣分三等：上縣、中縣、下縣。上邦：上國。左思《吳都賦》："習其敝邑而不睹上邦者，未知英雄之所躔也。"李善注："上邦，猶上國也。"

[35] 大君：道德、文章受人尊敬或地位高的人。朱襮：紅色的繡花衣領。《詩·唐風·揚之水》："素衣朱襮，從子於沃。"襮，繡有花紋的衣領。繡裳：繡有花紋的下裳，古代帝王與上公的禮服，借指顯官。《詩·豳風·九罭》："我覯之子，袞衣繡裳。"

[36] 汲子：汲黯（？—前112），西漢名臣，字長孺，漢武帝時，出爲東海太守，有政績。漢武帝稱之爲"社稷"之臣。即淮陽病。《漢書·汲黯傳》，召黯拜爲淮陽太守……黯泣曰："臣自以爲填溝壑，不復見陛下，不忘陛下復收之。臣常有狗馬之心，今病，力不能任郡事。"後人往往引此以自況多病。

[37] 嘉命：朝廷授官賜爵的敕命。阮籍《爲鄭冲勸晋王箋》："伏見嘉命顯至，竊聞明公固讓。"方駕：兩車并行，《後漢書·馬防傳》："臨洮道險，車騎不得方駕。"汜：汜水，在河南省。《詩·召南·江有汜》："江有汜，之子歸，不我以。"

[38] 搏風：擊風，謂飛翔。

[39] 亭皋：水邊的平地。《漢書·司馬相如傳》："亭皋千里，靡不被築。"勞心：憂心。《詩·齊風·甫田》："無思遠人，勞心忉忉。"

[40] 遜聽：遜聞，表示恭敬。司馬相如《封禪文》："率邇者踵武，遜聽者風聲。"

《贈逸人［民］》一首　　南朝梁　武帝

題解： 從內容來看，此詩似作於中大通三年（531）至大同二年（536）間，梁武帝渴求賢才，歌詠隱逸之士，召喚隱士放棄山林投入新朝廷爲國效力。全詩使事用典，雅正凝重。首章爲全詩籠上了求賢的主題，以下幾章反復設喻，説明人才難識難得，表達了求賢之意。此篇又見《藝文類聚》卷三六，節引第十一章，題作《逸民詩》。鈔本原題作《贈逸人》，唐人避諱所改，今據《藝文類聚》正之。逯欽立輯入《先秦漢魏晉南北朝詩·梁詩》卷一。

　　任重悠悠，生涯浩浩[1]。善難拔茅[2]，惡易蔓草。逆思藥石，悉求非道。[3]珠豈朝珍，璧寧國寶。想賢若焚，憂人如搗。（其一）
　　我聞在昔，有古天子。虞華駢聖[4]，周昌多士。緝熙朝野，體邦經始。[5]（其二）
　　惟河出圖，唯岳降神。是代皆有，何代無人。懷寶迷邦，高尚隱淪。[6]價待哲后，見須明君。伊予不聰，故闕斯聞。（其三）
　　目因見生，才爲時育。何爲山阿，何爲空谷。聲殊雛雉[7]，響異呦鹿。豈須托夢，寧俟延卜[8]。想像屠釣，跼厨板築。[9]（其四）
　　仁者博愛，大士兼撫[10]。慈均春陽，澤若時雨。心忘分別，情無去取。等皆長養，同加嫗煦。[11]譬流趍海[12]，如子歸父。（其五）
　　顧探懷抱，非爲富貴。代既同人[13]，時亦皆醉。六合岳崩，九州海沸。事須經綸，屬當連師。投袂劍起[14]，澄清涇渭。（其六）
　　念我栖遲，安步任心。[15]夏興石泉，春游香林。勸踰絲竹，樂過瑟琴。無疑無難，誰訶誰禁。百非不起[16]，萬累俱沉。（其七）
　　思懷友朋，逮至歡適。躬開二敬，俓延三益。[17]繾綣故舊，綢繆宿昔。善言無遵，相視莫逆[18]。情如斷金，義若投石。（其八）
　　仲節猶嫩，春色始嬌。湛露未晞，輕雲已消。綠竹猗猗[19]，紅桃夭夭。香氣四起，英藥六播[20]。蜂開采花，雀戲新條。（其九）
　　風光綠野，日照青丘。孺鳥初飛，新泉始流。乘興携手，連步同游。采芳中阿，折華道周。任情止息，隨意去留。（其一○）
　　如壟生木，木有异心。如林鳴鳥，鳥有殊音。如江游魚，魚有浮沉。巖

巖山高，湛湛水深[21]。事迹易見，理相難尋。（其一一）

晨朝已失，桑榆復過。漏有去箭，流無還波。切［忉］念不減[22]，疑慮益多。季俗易驕，危心少和。我之憂矣，用是作歌。（其一二）

【注釋】

[1] 浩浩：廣大無際貌。《詩·小雅·雨無正》："浩浩昊天，不駿其德。"

[2] 拔茅：比喻遞相引進。《易·泰》："拔茅茹以其彙。"王弼注："茅之爲物，拔其根而相牽引者也。茹，相牽引之貌也。"

[3] 藥石：藥物，比喻規戒。《左傳·襄公二十三年》："季孫之愛我，疾疢也；孟孫之惡我，藥石也。"非道：非常手段。《尚書·太甲下》："有言逆於汝心，必求諸道；有言遜於汝志，必求諸非道。"

[4] 駢聖：聚集聖賢，指聖賢很多。駢，聚集，羅列。《後漢書·班固傳下》："遂集乎中囿，陳師案屯，駢部曲，列校隊，勒三軍，誓將帥。"

[5] 緝熙：光明，光輝。《詩·大雅·文王》："穆穆文王，於緝熙敬止。"經始：開始營建。《詩·大雅·靈臺》："經始靈臺，經之營之。"

[6] 迷邦：不肯從政，隱居不仕。《論語·陽貨》："懷其寶而迷其邦，可謂仁乎？"何晏《論語集解》引馬融曰："言孔子不仕，是懷其寶也；知國不治而不爲政，是迷邦也。"隱淪：隱居。謝靈運《入華子岡是麻源第三谷》詩："既枉隱淪客，亦棲肥遯賢。"

[7] 雊雉：猶"雉雊"，指變異之兆。揚雄《兗州箴》："丁感雊雉，祖己伊忠。"

[8] 延卜：邀請卜人。延，邀請，招攬。陶淵明《桃花源記》："餘人各復延至其家，皆出酒食。"

[9] 屠釣：宰牲和釣魚，舊指操賤業者。《韓詩外傳》卷八："太公望少爲人婿，老而見去，屠牛朝歌，賃於棘津，釣於磻溪。"板築：地位低微的人或隱逸者。相傳商傅說築於傅巖，武丁舉以爲相。事見《孟子·告子下》。

[10] 大士：德行高尚的人。《管子·法法》："凡論人有要，矜物之人，無大士焉。"

[11] 長養：撫育培養。《荀子·非十二子》："長養人民，兼利天下。"嫗煦：生養覆育。嫗，地賦物以形體；煦，天降氣以養物。高堂隆《諫明帝疏》："是以有國有家者，近取諸身，遠取諸物，嫗煦養育，故稱'愷悌君子，民之父母'。"

[12] 趍海：同"趨海"，歸向大海。

[13] 同人：《易》卦名，離下乾上，指與人和協，引申爲歸向之民。徐陵《梁禪陳璽書》："殷牖斯空，夏臺虛設。民惟大畜，野有同人。"

[14] 投袂：甩袖，形容激動奮發。《左傳·宣公十四年》："楚子聞之，投袂而起。"

[15] 栖遲：《詩·陳風·衡門》："衡門之下，可以栖遲。"任心：猶任意，任隨心意，不受拘束。《三國志·魏志·明帝紀》："明帝沈毅斷識，任心而行，蓋有君人之至概焉。"

[16] 百非：種種過失。《孔子家語·六本》："夫子見人之一善，而忘其百非。"

[17] 二敬：未詳。三益：指良友。摯虞《答杜育詩》："賴茲三益，如琢如切。"

[18] 莫逆：志同道合，交誼深厚。《莊子·大宗師》："四人相視而笑，莫逆於心，遂相與爲友。"

[19] 猗猗：美盛貌。《詩·衛風·淇奧》："瞻彼淇奧，綠竹猗猗。"

[20] 英蕤：同"英蕊"，鮮艷的花。劉琨《答盧諶詩》："英蕤夏落，毒卉冬敷。"

[21] 湛湛：水深貌。《楚辭·招魂》："湛湛江水兮上有楓，目極千里兮傷春心。"

[22] 忉念：憂念，因思念而生憂傷。忉，讀音 dāo，忧愁，忧伤。傅亮《九月九日登陵囂館賦》："刻集悲而鐘苦，疲寸心其如忉。"

《和贈逸人〔民〕應詔》一首　　南朝梁　簡文帝

題解：此和蕭衍《贈逸民》，乃應制之作，召喚隱士，主要還是歌頌君德，鋪陳蕭衍治迹，"威加四海，武讋九垓。有苗已格，徐方不回"，末陳當"子法臣道，竭誠思恭"。全詩規矩有法度，模寫太平，籠罩萬物，內容純正。此篇逯欽立輯入《先秦漢魏晋南北朝詩·梁詩》卷二一。題中"人"原作，"民"唐人避諱所改。詩中"獸"字原作"虎"，唐人避諱所改。

紫微垂象[1]，常居爲政。司牧則之，以膺天命。明明我皇，乃神乃聖。功韜玉檢[2]，道光金鏡[3]。爰昔在田[4]，君德夙盛。（其一）

遏矣西土[5]，惟天有漢。姬實剪商，劉亦撥亂。赫然浮夏，同符共貫[6]。乾回龍動，雲蒸冰渙。一戎定齊，二儀貞觀[7]。（其二）

軒衣禹食，以服以膳。舜漆堯厨，匪妝匪盻[8]。夤畏上天，丕顯無勌。百神效職，群祀歲遍。瑞草晨開，德星昏見。（其三）

鏗鏘六樂[9]，昭彰七藝。白獸〔虎〕談經，石渠稱制[10]。齊稷罷疑，魯洙忘滯。南風慶雲，禹謨湯誓。不有今弘，安知昔細。（其四）

穀稼斯重，珠玉爲輕。我畯既樂，我億已盈。貢田靡撤，譏關不征[12]。四人遷貿，百貨社行。樓船舉帆，賣藥藏名。（其五）

方叔率止，軍幕洞開。如猊如獸〔虎〕，如霆如雷。呼韓北款[13]，樓蘭南摧。威加四海，武讋九垓[14]。有苗已格，徐方不回。（其六）

愍茲五濁[15]，矜此四流。既開慧海，廣列檀舟。金輪寶印，丹枕白牛。率土祛惑，含生離憂。大羅網息，作土刑休[16]。（其七）

三兆驗佃[17]，百工寫質。既盛商年，且高周日。嘉謀沃心[18]，王道又密。聖猷獨照，運茲得一。君唱臣從，無違何弼。（其八）

　　負壺井谷，擊壤衢中。猶紆帝念，哥咏自哀。思諸舉逸[19]，美彼淳風。國獻選士，鄉薦教忠。論才司馬，試射郊官。（其九）

　　准測天度，鍾應星璣。風除總至，草復具腓。冰輕寒盡，泉長春歸。射干先動[20]，載勝行飛。千門照日，五達含暉[21]。（其一〇）

　　伊臣不佞，叨備元子。傅訓弦頌，司教詩史。朱綬傍垂，安車高跱[22]。膳則不會，宴則以齒。澤優禮博，兢懼何已[23]。（其一一）

　　聖親明主，千載一逢。子法臣道，竭誠思恭。周記希習，齊箴願從。雖加砥礪，顧揆愚惷。匪躬斯鑒，孰肯爲容。（其一二）

【注釋】

[1] 紫微：紫微垣。星官名，三垣之一。《晋書·天文志上》："紫宮垣十五星，其西蕃七，東蕃八，在北斗北。一曰紫微，大帝之座也，天子之常居也，主命主度也。"

[2] 玉檢：玉牒書的封籤。《漢書·武帝紀》"登封泰山"條，顏師古注引魏孟康曰："玉者功成治定，告成功於天……刻石紀號，有金策石函，金泥玉檢之封焉。"

[3] 金鏡：銅鏡。《晋書·赫連勃勃載記》："絡以隋珠，綷以金鏡。"

[4] 在田：指帝王即位以前的處境。《易·乾》："九二，見龍在田，利見大人。"《梁書·范岫傳論》："琛朗悟辯捷，加諳究朝典。高祖在田，與琛游舊，及踐天曆，任遇甚隆。"

[5] 遏：斷絕，禁絕。《尚書·武成》："敢祇承上帝，以遏亂略。"

[6] 同符：相合。揚雄《甘泉賦》："同符三皇，録功五帝。"共貫：貫通。《漢書·董仲舒傳》："帝王之道，豈不同條共貫與，何逸勞之殊也？"

[7] 貞觀：正大的道理。班固《幽通賦》："朝貞觀而夕化兮，猶喧己而遺形。"

[8] 盻，讀音 xì，恨視，怒視。《戰國策·韓策二》："楚不聽，則怨結于韓，韓挾齊魏以盻楚，楚王必重公矣。"

[9] 六樂：黄帝、堯、舜、禹、湯、周武王六代的古樂。《周禮·地官·大司徒》："以六樂防萬民之情，而教之和。"泛指音樂。

[10] 白獸：白虎，西方七宿之一。摯虞《思游賦》："驂白獸於商風兮，御蒼龍於景雲。"石渠：石渠閣，閣名。西漢皇室藏書之處，在长安未央宫殿北。《漢書·儒林傳·施讎》："甘露中，與五經諸儒，雜論同异于石渠閣。"稱制：即位執政。秦始皇統一中國後以命爲"制"，令爲"詔"。《史記·魏其武安侯列傳》："孝景崩即日太子立，稱制，所鎮撫多有田蚡賓客計筴。"

[11] 畯：古代掌管農事之官。劉楨《大暑賦》："農畯捉縛而去疇，織女釋杼而下

— 148 —

機。"億：糧倉。

[12] 譏關：在關市負責稽查和征稅。《禮記·王制》："關譏而不征。"

[13] 欵：同"款"，歸順，求和。張軌《馳檄關中》："凡我晋人，食土之類，龜筮克從，幽明同欵。"

[14] 讋，讀音zhé，震懾。《後漢書·東夷傳序》："時遼東太守祭肜威讋北方，聲行海表。"九垓：亦作"九陔"，中央至八極之地。《國語·鄭語》："王者居九垓之田，收經入以食兆民。"

[15] 五濁：五種惡濁行爲。《太平廣記》卷三引《漢武帝内傳》："五濁之人，耽湎榮利，嗜味淫色。"

[16] 作土：積土堆壘以御敵。《墨子·雜守》："作土不休，不能禁御，遂屬之城，以御雲梯之法應之。"

[17] 三兆：古代燒灼龜甲以卜吉凶，其裂紋似玉、似瓦、似原田者，稱"三兆"。《周禮·春官·太卜》："掌三兆之法，一曰玉兆，二曰瓦兆，三曰原兆。"

[18] 沃心：使内心受啓發，舊多指以治國之道開導帝王。《尚書·説命上》："啓乃心，沃朕心。"

[19] 舉逸：推舉隱逸之士。《漢書·外戚恩澤侯表》："自古受命及中興之君，必興滅繼絶，修廢舉逸。"

[20] 射干：獸名。《漢書·司馬相如傳上》："其上則有宛雛孔鸞，騰遠射干。"

[21] 五達：四通八達的大路。謝莊《送神歌》："開九重，肅五達。"

[22] 高跱：高栖，指隱居。袁宏《後漢紀·順帝紀》："昔許由、巢父恥受堯禪，洗耳河濱，重道輕帝，遁世高跱。"

[23] 兢懼：戒慎恐懼；惶恐。

《贈沈録事江水曹二大使（東陽郡時）》一首　　南朝梁　沈約

題解：此詩作於齊建武元年（494），《南史·齊本紀》："建武元年十一月，詔遣大使觀省四方。"沈録事疑是沈詹事，即沈文季。《南齊書·沈文季傳》載其與明帝關係甚好，"豫廢郁林"，"明帝即位，加領太子詹事"。江水曹疑即江祐，《南齊書·江祐傳》載其曾任"尚書水部郎"，爲明帝心腹。詩美二大使，"徽命是將"，宣揚王道，不辭路途遥遠來至東陽，作者與之"置酒式歌，披衿寤語"，也是借機討好，希望二位能美言於帝，使己早日回朝。此篇逯欽立輯入《先秦漢魏晋南北朝詩·梁詩》卷六。

伊我洪族，源濬流長。奕奕清濟[1]，代有蘭芳。允茲二秀，挺幹朝陽。于彼原隰，徽命是將[2]。（其一）

受言帝庭，觀風上牧。逸翰雙舉，爲腓爲服[3]。遍軌甌矣，縈塗海陸[4]。岌岌貂冕，轔轔華轂[5]。（其二）

帝格文祖，握瑞持衡[6]。慶踰高邑，兆屬大橫[7]。王道無外，乾路昭亨。近臣展事，上介倅行[8]。（其三）

微微下國，川紆路阻。藹藹王人，匪遑寧處。巡儀既暢，私宴亦叙。置酒式歌，披衿寱語[9]。（其四）

戒途在日[10]，復路回舟。霜結暮草，風卷寒流。情勞東眷，望泫西浮。崇君遠業，敬爾芳猷[11]。（其五）

【注釋】

[1] 奕奕：高大美盛貌。《詩·大雅·韓奕》："奕奕梁山。"

[2] 徽命：美好的辭令。命，辭令。《論語·憲問》："爲命，裨諶草創之。"

[3] 腓，讀音 féi，覆庇，庇護。《詩·小雅·采薇》："君子所依，小人所腓。"鄭玄箋："腓當作芘。此言戎車者，將率之所依乘，戍役之所芘倚。"服：古代一車駕四馬，居中的兩匹叫"服"。《詩·鄭風·大叔于田》："兩服上襄，兩驂雁行。"駕馭。《易·繫辭下》："服牛乘馬。"

[4] 縈塗：充滿路途。

[5] 岌岌：高貌。屈原《離騷》："高餘冠之岌岌兮，長餘佩之陸離。"轔轔：車行聲。《楚辭·九歌·大司命》："乘龍兮轔轔。"

[6] 常格：慣例；通例。《新唐書·衛次公傳》："子之祖，勳在王府，寧限常格乎？"持衡："持衡擁璇"的省稱，喻執掌權柄。璇、衡，北斗七星中的二星名。《北齊書·文宣帝紀》："昔放勳馳世，沈璧屬子；重華握曆，持衡擁璇。"

[7] 大橫：龜卜卦兆名。龜文呈橫形，故稱。《史記·孝文本紀》："卜之龜，卦兆得大橫，占曰：'大橫庚庚，余爲天王，夏啓以光。'"後因以指帝王登基之兆。

[8] 倅行：副行，隨從。倅，讀音 cuì，副。《漢書·趙充國傳》："至四月草生，發郡騎及屬國胡騎伉健各千，倅馬什二，就草。"顏師古注："什二者，千騎則與副馬二百匹也。"

[9] 寱語：說夢話。

[10] 戒途：亦作"戒塗"。塗，通"途"。準備登程。《周書·文帝紀上》："秣馬戒途，志不俟旦。"亦謂登程。任昉《爲庾杲之與劉居士虬書》："且凌雪戒塗，非滅迹之郊。"

[11] 芳猷：美好的謀劃。《尚書·盤庚上》："各長於厥居，勉出乃力，聽予一人之作猷。"

《贈劉南郡季連（東陽郡時）》一首　　南朝梁　沈約

題解：劉季連，字惠續，彭城人，生于建武年間（494—498），出任平西將軍蕭遙欣長史、南郡太守，受蕭遙欣重用，而沈約此時外任於東陽，作此詩以贈。先美劉之家族昌盛，再敘其仕歷與兩人交誼，兩人處境迥異，詩人獨羈留於外，只得"結枝以贈，寄之飛鴻"，并陳與之交好之意，最後稱其現在之職事可得美名，盼望友人能予以幫助，以求得榮升歸京。此篇逯欽立輯入《先秦漢魏晉南北朝詩·梁詩》卷六。

鴻漢景德，盛楚連徽。灼灼中壘[1]，入奧知微。殊源別派，復屬清輝。伊我蘭執[2]，升堂啓扉。（其一）

宴游忽永，心期靡悔。代歷四朝，年踰十載。朋居繾綣，余違爾誨。豈獨秋蘭，結言爲珮。（其二）

事有離會，心未江湖。昔分湘濟，今別荆吳。安得理翰，同飛故都。情勞伊爾，念忉紛吾。（其三）

追念生平，歡友非一。諷雩斯五，披林者七[3]。方駕清衢，置酒蘭室。離役代有，興言涕溢。（其四）

山邦務寡，陝輔任隆[4]。才否雖異，勞逸不同。幽巖何有，丹桂爲叢。結枝以贈，寄之飛鴻。（其五）

莪莪令藩[5]，騰芳戚右。緝茲江漢，實寄僚首。在德易充，爲名難朽。願言可獲[6]，歲暮携手。（其六）

【注釋】

[1] 灼灼：鮮明貌。陸機《擬青青河畔草》詩："粲粲妖容姿，灼灼美顏色。"

[2] 蘭執：對劉季南的美稱。執，"執友"的省稱。《禮記·曲禮上》："見父之執，不謂之進，不敢進。"

[3] 諷雩：即"風雩"，《論語·先進》："莫春者，春服既成，冠者五六人，童子六七人，浴乎沂風乎舞雩，咏而歸"，後借"風雩"表示不願仕宦之志。披林：山林，借指隱居。沈約《與謝朏敕》："堂謂山林之志，上所宜弘。"

[4] 陝輔：喻重位。陝，古地名。《公羊傳·隱公五年》："自陝而東者，周公主之；自陝而西者，召公主之。"

[5] 峨峨：同"峨峨"，儀容莊嚴盛美。《詩·大雅·棫樸》："奉璋峨峨，髦士攸宜。"

[6] 願言：思念殷切貌。《詩·衛風·伯兮》："願言思伯，甘心首疾。"

《贈任昉》一首　　南朝梁　到洽

題解： 到洽（477—527），字茂沿，彭城人。少知名，有才學。樂安任昉有知人之鑒，與洽兄弟并友善。天監（502—519）初爲太子舍人，尋遷司徒主簿，歷尚書殿中郎、太子中舍人、太子家令、太子中庶子、尚書吏部郎、黃門侍郎、御史中丞等職。詩美任昉天生絢采奪人，卓然自立，爲時文冠，"數仞難窺，萬頃誰測"；愛才好施，廣交仁友。并回憶自己與之相交，如似神遇，"若水之淡，乃同膠漆"，情比金堅。此篇逯欽立輯入《先秦漢魏晋南北朝詩·梁詩》卷一三。

　　獸生文蔚，鳳亦五色。絢彩火然，豈由畫飾？猗歟若人[1]，不扶自直。數仞難窺，萬頃誰測。（其一）
　　四教必脩[2]，九德斯備。往行前言，多識罔匱。一見口傳，蹔聞心記。生知之敏，昔滄今至。（其二）
　　藝不兼游，擇其從善。苞羅載藉，絶妙蟲篆[3]。該綜名實，憲章朝典。不體良才，孰營心辯[4]？（其三）
　　在昔未遘，迺眷伊人。余未到屣，先枉清塵[5]。顧慚菲薄，徒招好仁。傾蓋已舊[6]，久敬彌親。（其四）
　　范張交好[7]，升堂拜母。亦蒙吾賢，此眷之厚。恩猶弟兄，義實朋友。豈云德招，信茲善誘。（其五）
　　欣遇以來，四載斯日。運謝如流，時焉歲聿。月次既窮，星回已畢[8]。玄象晝昏[9]，明庶曉疾。（其六）
　　妍拙不齊，方員各取。子登王朝，爲代規矩。餘栖一丘，卧病靜處。同盡性分，殊塗嘿語[10]。（其七）
　　得於神遇，相忘道術。若水之淡，乃同膠漆[11]。豈寄朐濡[12]，方申綢密。在心爲志，非詩奚述？（其八）

【注釋】

[1] 猗歟：同"猗與"，嘆詞，表贊美。《詩·周頌·潛》："猗與漆沮，潛有多魚。"

[2] 四教：儒家傳授的四門學科：詩、書、禮、樂。《禮記·王制》："樂正崇四術，立四教，順先王詩、書、禮、樂以造士。春秋教以禮樂，冬夏教以詩書。"

[3] 載籍：書籍；典籍。《史記·伯夷列傳》："夫學者載籍極博，猶考信於六藝。" 蟲篆：蟲書。成公綏《隸書體》："蟲篆既繁，草稿近偽，適之中庸，莫尚于隸。"

[4] 心辯：謂頭腦清醒，明白事理。王充《論衡·定賢》："故人欲心辯，不欲口辯。心辯則言醜而不違，口辯則辭好而無成。"

[5] 清塵：車後揚起的塵埃，亦用作對尊貴者的敬稱。清，敬詞。《漢書·司馬相如傳下》："犯屬車之清塵。"顏師古注："塵，謂行而起塵也。言清者，尊貴之意也。"

[6] 傾蓋：初次訂交。《史記·魯仲連鄒陽列傳》："諺曰：'白頭如新，傾蓋如故。'何則？知與不知也。"

[7] 范張：東漢範巨卿和張元伯。

[8] 星回：星宿視運動回轉故位，指一年將盡。《禮記·月令》："是月也，日窮于次，月窮于紀，星回于天，數將幾終，歲且更始。"

[9] 玄象：天象，謂日月星辰在天所成之象。《後漢書·郅惲傳》："惲乃仰占玄象。"

[10] 嘿語：默語。嘿，同"默"，不說話，不出聲。《晏子春秋·諫上十二》："臣聞之，近臣嘿，遠臣瘖，眾口鑠金。"

[11] 膠漆：膠與漆，喻情誼極深，親密無間。鄒陽《獄中上書》："感於心，合於意，堅如膠漆，昆弟不能離，豈惑於眾口哉！"

[12] 呴濡，讀音 xǔ rú，"呴濕濡沫"的簡稱，比喻同處困境，互相救助。語本《莊子·大宗師》："泉涸，魚……相呴以濕，相濡以沫。"

《答秘書丞張率》一首　　南朝梁　到洽

題解： 張率（475—527），字士簡，吳郡吳縣人。能詩善文，歷宋、齊、梁三朝，仕齊為太子洗馬，梁天監中待詔文德殿，尋為秘書丞，後直壽光省，修丙丁部書抄。此詩當作於天監中，讚美張率，比之延陵季子與賈誼，才如竹箭與孤桐；其才華出眾，詞震京城。傷己衰朽，羨其年少，勉以嘉德。此篇逯欽立輯入《先秦漢魏晉南北朝詩·梁詩》卷一三。

東南季子，上國賈生。會稽竹箭，嶧陽孤莖[1]。物產因地，品賦斯徵。孰若兼美，羽儀上京[2]。（其一）

— 153 —

上京羽儀，十紀鴻漸。竹待羽栝，木資刳剡[3]。皎皎素絲，涅而不染。晨雞靡喧，徑寸誰掩[4]。（其二）

豫樟之生[5]，誰能先識。山衡野虞[6]，偶知所植。百尺無枝，何柱斯直。青冥聳翰，丹霄拂翼[7]。（其三）

爾日聞聲，余稱傾蓋[8]。事以年殊，理因義會。我好春蘭，子歡秋艾。蘭艾既辯，春秋交害。（其四）

在昔壯年，嘗怪長老。殷勤好少，忘年愛寶。於今念茲，苟求懷抱。綺繻素褐[9]，何傷交道。（其五）

前有元幹[10]，置左置右。後有弘度[11]，流分四部。爰在伊人，蔚爲舉首。余掌司直[12]，有謬蘭荍。（其六）

余既遲暮，傷茲歲聿。迫以賤事，且嬰老疾。子有儔年，方睎來日。雖無事焉，寧忘蓬蓽[13]。（其七）

寤言安適[14]，懷人在斯。九重窈窕，長安莫窺。既迅千里，玉策金羈[15]。且息望美，自事衰疲。（其八）

【注釋】

[1] 嶧陽：嶧山的南坡。語本《尚書·禹貢》："嶧陽孤桐。"指精美的琴。葛洪《抱朴子·擢才》："嶧陽雲和，不爲不御而息唱，以競顯於淫哇。"

[2] 羽儀：出自《易·漸》："鴻漸於陸；其羽可用爲儀。"比喻居高位而有才德，被人尊重或堪爲楷模。

[3] 刳，讀音 kū，从中间破开再挖空。剡，讀音 yǎn，削，刮。

[4] 掩，讀音 yǎn，同"掩"，遮蔽，遮蓋。

[5] 豫樟：同"豫章"，枕木與樟木，喻棟梁之材，有才能的人。《南史·王儉傳》："丹陽尹袁粲聞其名，及見之曰：'宰相之門也。梧柏、豫章雖小，已有棟梁氣矣，終當任人家國事。'"

[6] 野虞：古代掌管山林藪澤的官。《禮記·月令》："是月也，命野虞無伐桑柘。"鄭玄注："野虞，謂主田及山林之官。"

[7] 青冥：蒼青色的天空。《楚辭·九章·悲回風》："據青冥而攄虹兮，遂儵忽而捫天。"王逸注："上至玄冥，舒光耀也。所至高眇不可逮也。"此喻高位，顯要的職位。任昉《王文憲集序》："勒以丹霄之價，弘以青冥之期。"李善注："鍾會集言：程盛曰：'丹霄之鳳，青冥之龍。'"丹霄：絢麗的天空。賈誼詩："青青雲寒，上拂丹霄。"此喻帝王。

[8] 爾日：當天。劉義慶《世說新語·排調》："劉爾日殊不稱，庾小失望，遂名之爲'羊公鶴'。"傾蓋：車上的傘蓋靠在一起。《史記·魯仲連鄒陽列傳》："諺曰：'白頭

— 154 —

如新，傾蓋如故。'何則？知與不知也。"亦指初次相遇。

[9] 綺襦：同"綺襦"，華麗的上衣，借指富貴者，此指張率。素褐：牿麻布衣服，借指貧賤者，此指到洽。

[10] 元干：宗愨，南陽涅陽人，南朝劉宋名將。

[11] 弘度：李充，字弘度，江夏人。

[12] 司直：官名，指丞相司直，西漢武帝時始置，協助丞相檢舉不法。

[13] 蓬華：蓬門蓽戶。

[14] 寤言：相會而對語。劉向《列女傳·魯黔婁妻》："君子謂黔婁妻爲樂貧行道。詩曰：'彼美淑姬，可與寤言。'"

[15] 玉策：玉冊。帝王祭祀告天或上尊號用之，用玉簡制成。左思《魏都賦》："窺玉策於金縢，案圖籙於石室。"金羈：金飾的馬絡頭。曹植《白馬篇》："白馬飾金羈，連翩西北馳。"

《重贈郭臨蒸》一首　　南朝梁　吳均

題解：郭臨蒸，其人生平不詳。詩以桂起興，并以之比郭臨蒸，芬芳有節，最後結以相思之情。此篇逯欽立輯入《先秦漢魏晉南北朝詩·梁詩》卷一〇。按，篇題原作"《重贈臨蒸郭某》一首"，此據《文館詞林》卷首目錄改。

英英者桂，結景嵩華。潤以碧沼，縈以紫霞。菈菈其氣，晻映其華。[1] 終朝顧止，載挹載嗟。

英英者桂，亦好其音。爰彫爰剖，爲此瑟琴。綴以青玉，鏤以白金。終朝顧止，悠悠我心。

蔽茀小草[2]，亦呈其節。華不堪獻，條不堪結。變彼芳輝，憐此冥滅。終朝顧止，心焉如咽。

【注釋】

[1] 菈菈：亦作"芬菈""芬氳""芬蘊"，香气郁盛。左思《蜀都賦》："郁菈菈以翠微，崛巍巍以峨峨。"晻映：彼此遮掩而互相襯托。鮑照《與謝尚書莊三連句》："晻映晨物綵，連綿夕羽興。"

[2] 蔽茀：同"蔽芾"，茂盛貌。《韓詩外傳》卷一："《詩》曰：'蔽芾甘棠，勿戔勿伐，召伯所茇。'"

《贈徐郎》一首　　南朝梁　費昶

題解：費昶，生平不詳，《南史》載"費昶，江夏人，善爲樂府，常作鼓吹曲，武帝重之"。徐郎，其名不詳，可能是徐勉，"射策除郎，明經拜爵"，飽學詩書，獨步當世，才能傑出。作者與其相會，留連詩酒，作詩贈之，并申"子若彈冠，余當結綬"。此篇逯欽立輯入《先秦漢魏晉南北朝詩·梁詩》卷二七。

漢水如雞，崐出抵鵲。維皇多士，譬茲珠璞。皎皎名駒，昂昂野鶴。思發泉涌，紙飛雲落。射策除郎，明經拜爵[1]。家盈鞶帨，人有丹腹[2]車載斗量，束之高閣。（其一）

并海之岸，奕葉才雄[3]。北鄰稷下，南接淹中[4]。禮無變俗，樂有正風。輿人善誦，君子固窮。坐腰青紫，俯拾三公。（其二）

曰子大夫，有聲有度。山東只立，關西獨步。奮翮高雲，揚鑣遠路[5]。王侯十辟[6]，英傑三顧。貌若斷山，心如武庫[7]。（其三）

昔閑舊矣，瘖痳咏哥。我刺未盡，君驂肯過。愛而不見，獨抱縈波。晨瞻洛汭，夕望江沲[8]方年已叔，乃遇蕭何。（其四）

何用好仁，從游則變。何用袪鄙，萬頃斯見。子亦絶倫，爭驅前彥。斧藻其德，雕龍其絢[9]。（其五）

殷勤膠漆，留連琴酒。居徒壁立，嫗亦牷醜。紡績江南，躬耕谷口[10]。庭中三徑，門前五柳。子若彈冠，余當結綬[11]。（其六）

【注釋】

[1] 拜爵：封授官爵。《史記·秦始皇本紀》："百姓内粟千石，拜爵一級。"

[2] 鞶帨：腰帶和佩巾。揚雄《法言·寡見》："今之學也，非獨爲之華藻也，又從而繡其鞶帨，惡在《老》不《老》也。"丹腹：喻君王的恩澤。顔延年《和謝監靈運》："伊昔遘多幸，秉筆侍兩闈。雖慚丹腹施，未謂玄素睽。"

[3] 奕葉：奕世。曹植《王仲宣誄》："伊君顯考，奕葉佐時。"

[4] 淹中：春秋魯國里名，在今山東省曲阜市。《漢書·藝文志》："《禮古經》者，出於魯淹中。"

[5] 揚鑣：提起馬嚼子，驅馬。傅毅《舞賦》："龍驤橫舉，揚鑣飛沫。"

[6] 十辟：形容多次授予官職。

[7] 武庫：指人的學識淵博，幹練多能。《晉書·杜預傳》："預在内七年，損益萬機，不可勝數，朝野稱美，號曰'杜武庫'，言其無所不有也。"

[8] 洛汭：今洛陽一帶。丘遲《與陳伯之書》："弔民洛汭，伐罪秦中。"江沱：同"江沲"，長江和沱江，亦指長江流域和沱江流域。《尚書·禹貢》："浮于江、沱、潛、漢。"

[9] 斧藻：修飾。揚雄《法言·學行》："吾未見好斧藻其德，若斧藻其楶者也。"雕龍：雕鏤龍紋，比喻善於修飾文辭或刻意雕琢文字。語出《史記·孟子荀卿列傳》："騶衍之術迂大而閎辯，奭也文具難施；淳于髡久與處，時有得善言。故齊人頌曰：'談天衍，雕龍奭，炙轂過髡。'"

[10] 谷口：山谷的出入口。《六韜·分險》："衢道谷口，以武衝絶之。"

[11] 彈冠：指爲官。顏之推《古意》詩："十五好詩書，二十彈冠仕。"結綬：佩繫印綬，謂出仕爲官。《漢書·蕭育傳》："少與陳咸、朱博爲友，著聞當世。往者有王陽、貢公，故長安語曰：'蕭朱結綬，王貢彈冠'，言其相薦達也。"

《仰贈特進陽休之》一首并序　　隋　盧思道

題解： 陽休之（509—582），字子烈，勤學，好文藻。仕魏，官中書侍郎；北齊天統（565—569）中，除吏部尚書；入周，武帝拜爲上開府；隋初罷任。《北齊書》本傳載"武平元年，除中書監，尋以本官兼尚書右僕射。二年，加左光禄大夫，兼中書監。三年，加特進。五年，正中書監，餘并如故。尋以年老致仕，抗表辭位，帝優答不許。六年，除正尚書右僕射。未幾，又領中書監"。與此詩序稱"大齊武平之五載，抗表懸車"符，當作於武平五年（574）。盧思道作詩贈之，并美其高節，"知足知止，令問令望。功遂身退，休有烈光"。此篇逯欽立輯入《先秦漢魏晋南北朝詩·隋詩》卷一。

夫士之在俗，所以騰聲邁實，鬱爲時宗者，厥塗有三焉：才也、位也、年也。才則弘道立言，師範雅俗；位則乘軒服冕，變代天工；年則貳膳杖朝，致養膠序。緬尋古始，永鑒前哲。齒曆身名[1]，鮮能俱泰。特進陽公兼而有之矣。大齊武平之五載，抗表懸車[2]。難進之風，首振頹俗，余不勝嘉仰，敬贈是詩。

幽求遂古，逖聽前聞。鴻荒眇邈，篆策絪緼[3]。體國經野，爲鳥爲雲。果行毓德[4]，或武或文。（其一）

於鑠君子，含章挺秀。龍翰鳳翼，玉榮松茂。逸韵孤峙，奇峰回構。慕舜匪高，希顏可陋。（其二）

　　藝彈文府，學究書林。盡則窮麗，索隱鉤深。靈珠耀手，明鏡懸心。聲偃華裔，道冠衣簪。[5]（其三）

　　豹變其文，鴻漸於陸。入作卿士，出爲嶽牧。[6]千社萬鍾，玄冕丹轂。[7]神之聽之，介以景福。（其四）

　　漢稱廣德，晉美劇陽。君亦高蹈，二此鴻芳。知足知止，令問令望。功遂身退，休有烈光。（其五）

　　聞風伯夷，懦夫自立。祖道疏傅[8]，行人賈泣。公之戾止[9]，僚友胥集。瞻彼高山，每懷靡及。（其六）

　　余實膚陋，少不及門。挾策問道[10]，捧箒承恩。以兹高義，被於後昆。式歌且舞，敢贈長言。（其七）

【注釋】

　　[1] 齒曆：年齡。顏延之《赭白馬賦》："齒曆雖衰，而藝美不忒。"身名：聲譽，名望。謝靈運《游山詩》："身名竟誰辯，圖史終磨滅。"

　　[2] 抗表：向皇帝上奏章。《三國志·蜀志·諸葛亮傳》"受任於敗軍之際，奉命於危難之間"條，裴松之注："亮以建興五年抗表北伐，自傾覆至此整二十年。"懸車：致仕。古人一般至七十歲辭官家居，廢車不用，故云。班固《白虎通·致仕》："臣年七十懸車致仕者，臣以執事趨走爲職，七十陽道極，耳目不聰明，跂踦之屬，是以退老去避賢者……懸車，示不用也。"

　　[3] 鴻荒：太古，混沌初開之世。揚雄《法言·問道》："鴻荒之世，聖人惡之。"絪緼：天地陰陽二氣交互作用的狀態，形容久遠。《易·繫辭下》："天地絪緼，萬物化醇；男女構精，萬物化生。"

　　[4] 毓德：修養德性。顏延之《皇太子釋奠會作詩》："稟道毓德，講藝立言。"

　　[5] 華裔：中原和邊遠地區。劉琨《勸進表》："天地之際既交，華裔之情允洽。"衣簪：衣冠簪纓，古代仕宦的服裝，借指官吏與世家大族。《宋書·孝義傳論》："若夫孝立閨庭，忠被史策，多發溝畎之中，非出衣簪之下。以此而言聲教，不亦卿大夫之耻乎。"

　　[6] 卿士：卿、大夫。後用以泛指官吏。《尚書·牧誓》："是信是使，是以爲大夫卿士。"嶽牧：傳說爲堯舜時四嶽十二牧的省稱。後泛稱封疆大吏。《史記·伯夷列傳》："堯將遜位，讓于虞舜，舜禹之間，嶽牧咸薦，乃試之於位，典職數十年。"

　　[7] 千社：二萬五千家。《左傳·昭公二十五年》："自莒疆以西，請致千社。"杜預注："二十五家社；千社，二萬五千家。"萬鍾：優厚的俸祿。《孟子·告子上》："萬鍾則

— 158 —

不辯禮義而受之，萬鐘于我何加焉？"玄冕：指黑色官冕。曹植《求自試表》："若此終年，無益國朝……上慚玄冕，俯愧朱紱。"丹轂：丹輪，華貴的車。曹植《閑居賦》："丹轂更馳，羽騎相過。"

[8] 疏傅：西漢時疏廣、疏受叔侄分別爲宣帝太子太傅、少傅，同時于榮顯時稱病引退。後遂以"疏傅"爲急流勇退的典型。

[9] 戾止：來到。《詩·魯頌·泮水》："魯侯戾止，言觀其旂。"毛傳："戾，來；止，至也。"

[10] 挾策：手拿書本，喻勤奮讀書。《莊子·駢拇》："問臧奚事，則挾筴讀書。"

卷第一百六十

詩廿　禮部二　釋奠下

《皇太子釋奠》一首　　南朝齊　陸璉

題解：陸璉，吳郡人。仕齊梁。入梁爲征虜記室參軍。天監中詔開五館，置五經博士，詔修五禮，陸璉與賀瑒、嚴植之、明山賓、沈峻等補博士，各主一館，從學者盛集。《新唐書·藝文志》載其《梁軍禮》四卷。其生平事迹參《梁書》卷二五和《南史》卷六十。此釋奠詩作於齊武帝永明（483—493）年間，爲皇太子蕭長懋釋奠國學而作。永明三年，太子講《孝經》，親臨釋奠，臣僚賦詩，據《文館詞林》所錄同題之作甚多，如阮彥、王僧令、袁浮丘等，當作於同一時間，屬應制之體。參與者獻詩歌頌，表達對皇權認同、歸屬與贊美，營造一種融洽和諧的君臣關係，國家統治秩序也因此得到加強。先鋪陳時清世平，當此休瑞之世舉行釋奠之禮，太子英睿，師嚴教尊，再寫釋奠之場景及輿宴之歡樂，"澤官慶普，心陶樂融"，最後寫群僚應景作歌，再次贊美。此篇逯欽立輯入《先秦漢魏晉南北朝詩·梁詩》卷二七。

側觀遥册，歷選皇年。[1]惟靈御極，惟睿奉天。[2]情機散古，文象聿宣。[3]雲鳥蹕駕，教思蟬聯。[4]（其一）

太明在運，帝功泉［淵］塞[5]。端飾寶命[6]，化垂人則。業敷七政，訓弘三德。[7]昭圖緫軌[8]，道清萬國。（其二）

卷第一百六十

振領還風，提綱息僞。[9]愛孚應遠[10]，仁洽祥被。六幽暢波，八埏藻義。[11]烟宿開禎，山河囚瑞。[12]（其三）

祚休長運[13]，卜永聯慶。於穆儲微，儀震麗正。[14]妙智夙昭，神泉獨鏡。[15]譽宣詩史，道協鏞咏[16]。（其四）

業崇敬達[17]，師嚴教尊。清淳璧水，赫弈獸門。[18]斌斌楙藉，袟袟德言。[19]合情飾貌，導本歸源。[20]（其五）

憲章祀典，宗聖維靈。[21]犧牷釗潔，盥奠肅誠。[22]樂和初奏，禮備未貞。[23]風輝克廣，至德維馨。[24]（其六）

敬周獻畢，即宴庠宮[25]。霜庭秀日，邃宇恬風。[26]陳儀就位，濟濟雍雍。[27]澤官慶普，心陶樂融。[28]（其七）

灼灼宰傅，英英藩哲。締彩飛聲，騰光翼代。[29][30]髦彥連華，才奇映列。[31]貂珮陸離，巾袞容裔。[32]（其八）

粹景貞暉，雲露延和。[33]顯仁性始，藏用生波。[34]乘虞入幸，沐吝溟河。[35]巡崖惡慮，弄藻傾哥。[36]（其九）

【註釋】

[1] 仰觀：抬頭觀看，指仔細觀察。《易·繫辭上》："仰以觀于天文，俯以察於地理，是故知幽明之故。"遙冊：上古圖書。歷選：依序逐次數。司馬相如《封禪文》："伊上古之初，肇自昊穹兮生民，歷選列辟，以迄于秦。"

[2] 御極：登極，即位。《文心雕龍·時序》："明帝秉哲，雅好文會，升儲御極，孳孳講藝。"奉天：奉受天命。《尚書·泰誓中》："惟天惠民，惟辟奉天。"

[3] 文象：文物典章制度。傅玄《朝會賦》："仰二皇之文象，咏帝德首上系。"聿宣：傳播。聿，語助，無義，用於句首或句中。

[4] 雲鳥：皇帝受命瑞雲至，故以雲紀事，百官以雲爲名；少皞受命有鳳鳥至，故以鳥紀事，百官以鳥爲名。此指上古時代。蹻駕：不齊乘坐。蟬聯：連續相承。

[5] 帝功：帝王的功業。班固《東都賦》："分州土，立市朝，作舟輿，造器械，斯乃軒轅氏之所以開帝功也。"泉塞：即"淵塞"，深遠誠實。傅毅《舞賦》："簡惰跳踃，般紛拏兮；淵塞沉蕩，改恒常兮。"

[6] 端飾：整理修飾。謝惠連《搗衣詩》："美人戒裳服，端飾相招攜。"寶命：天命。《尚書·金縢》："無墜天之降寶命，我先王亦永有依歸。"

[7] 敷：布，施。《尚書·大禹謨》："文命敷于四海。"七政：天文術語，亦稱七曜、七緯。《易·繫辭》："天垂象，見吉凶，聖人象之。此日月五星，有吉凶之象，因其變動爲占，七者各自異政，故爲七政。得失由政，故稱政也。"《尚書·舜典》："在璿璣玉衡，

161

以齊七政。"三德：三種品德。《尚書·洪範》："三德，一曰正直，二曰剛克，三曰柔克。"

[8] 昭圖：明亮的圖景。

[9] 振領：與"提綱"互文見義，比喻抓住要領，提綱挈領。

[10] 孚：信用。《詩·大雅·下武》："成王之孚，下土之式。"

[11] 六幽：天地四方幽遠之處。班固《典引》："神靈日照，光被六幽。"八埏：八殯。《漢書·司馬相如列傳》："上暢九垓，下沂八埏。"顏師古注引孟康曰："埏，地之八際也。言德上達於九重之天，下流於地之八際。"

[12] 禎：吉祥。《詩·周頌·維清》："迄用有成，維周之禎。"囚瑞：瑞氣吉祥，好預兆。

[13] 祚：福。《國語·周語下》："若能類善物，以混厚民人者，必有章譽蕃育之祚。"休：吉慶，美善，福祿。《詩·商頌·長髮》："何天之休。"

[14] 儲：副貳，儲君，太子。《後漢書·種暠傳》："太子，國之儲副。"微：小。震：威嚴。《左傳·文公六年》："趙孟曰：'辰嬴賤，班在九人，其子何震之有？'"麗正：附于正道。《易·離》："日月麗乎天，百穀草木麗乎土，重明以麗乎正，乃化成天下。"《梁書·元帝記》："麗正居貞，大橫固祉。"

[15] 夙：早。《詩·衛風·氓》："夙興夜寐，靡有朝矣。"鏡：照耀。《後漢書·班固傳下》："榮鏡宇宙。"

[16] 鏞：大鐘。《爾雅·釋樂》："大鐘謂之鏞。"

[17] 敬達：敬至。達，至。《尚書·禹貢》："達於河。"

[18] 璧水：太學。何遜《七召·治化》："璧水道庠序之風，石渠啟珪璋之盛。"赫奕：光輝炫耀，顯赫美盛。獸門：宮門，舊時宮廷大門上多刻獸形。

[19] 楙：同"茂"，草木茂盛。司馬相如《上林賦》："夸條直上，實葉君楙。"藉：進貢。《穀梁傳·哀公十三年》："其藉于成周。"袟：祭禮有次序。《集韵·五質》："袟，祭有次。"

[20] 合情：和諧情感。飾貌：顯示於儀錶。《禮記·樂記》："合情飾貌者，禮樂之事也。"導：疏通。《尚書·禹貢》："導河積石。"導本：疏通根本。

[21] 憲章：效法。《禮記·中庸》："仲尼祖述堯舜，憲章文武。"祀典：祭祀的儀禮。顏延之《皇太子釋奠會作詩》："敬躬祀典，告奠聖靈。"宗聖：宗法先聖。

[22] 犧：宗廟祭祀用的純色牲。《尚書·微子》："今殷民乃攘竊神祇之犧牷牲。"悛，讀音 quán，謹慎。《説文·心部》："悛，謹也。"釗：勉勵。《爾雅·釋詁》："釗，勉也。"盥：承水洗手。奠：祭奠，尊奠酒。《詩·召南·采蘋》："於以奠之，宗室牖下。"

[23] 貞：通"正"。《禮記·文王世子》："一有元良，萬國以貞。"

[24] 風：教化。輝：光，光彩。至德：最高的美德，盛德。

[25] 庠宮：學校房屋，此指學校。

[26] 遼：深遠。《楚辭·招魂》："高堂遼宇。"

[27] 就位：到規定的位置。《墨子·號令》："各令以年少長相次，旦夕就位。"濟濟：眾多的樣子。《詩·大雅·旱麓》："瞻彼旱麓，榛楛濟濟"（一說端莊禮敬貌。《詩·大雅·公劉》："蹌蹌濟濟，俾筵俾幾。"）雍雍：和諧。《禮記·少儀》："鸞和之美，肅肅雍雍。"

[28] 慶普：慶賀全面。陶：喜，快樂。謝靈運《酬從弟惠連詩》："儻若果歸言，共陶暮春時。"心陶：心喜。

[29] 灼灼：耀眼，明亮。《詩·周南·桃夭》："桃之夭夭，灼灼其華。"英英：俊美，氣概不凡。《晉書·荀闓傳》："京都爲之語曰：'洛中英英荀道明。'"

[30] 締綵：結彩。翼代：即"翌世"，下代，次代。

[31] 髦彥：傑出的人才。葛洪《抱朴子·嘉遯》："多士雲起，髦彥鱗萃。"連華：累代。《晉書·陸機陸雲傳論》："然其祖考重光，羽梓吳運，文武奕葉，將相連華。"映列：列隊互相映襯，形容奇才之多。

[32] 貂珮：古代顯貴或官員所戴。陸離：色彩絢麗繁雜。《楚辭·九章·涉江》："帶長鋏之陸離兮，冠切雲之崔嵬。"容裔：從容閒麗之貌。左思《三都賦》："荊艷楚舞，吳愉越吟，翕習容裔，靡靡愔愔。"

[33] 粹景：日影齊聚。貞暉：亦作"貞輝"，光輝。陸雲《九湣》："塗蒙雨而後清，景貞暉而先登。"雲露：露水。曹毗《詠史》："體鍊五靈妙，氣合雲露津。"延和：延續和平。

[34] 顯仁：顯示仁德。藏用：潛藏着功用。《易·繫辭上》："顯諸仁，藏諸用，鼓萬物而不與聖人同憂。"

[35] 乘虞：虞是周武王時建立的諸侯國，晉國假道攻虢，乘虞不備滅之。溟河：江海。

[36] 巡崖：未詳。恧，讀音 nǜ，自愧。《後漢書·張衡傳》："苟中情之端直兮，莫吾知而不恧。"弄藻：寫詩作文。傾哥：傾力歌唱。

《皇太子釋奠會》一首　　南朝齊　阮彥

題解：此爲皇太子蕭長懋釋奠國學而作，永明三年（485），太子講《孝經》，親臨釋奠，臣僚賦詩，據《文館詞林》所錄同題之作甚多，如陸璉、王僧令、袁浮丘等，當作於同一時間，當齊武帝年間，屬應製之體。此篇逯欽立輯入《先秦漢魏晉南北朝詩·齊詩》卷五。

惟帝御宇，惟聖裁荃。[1]雲官眇載，鳳紀遐傅。[2]於皇作后，纘武乘天。[3]地契斯彰，震符迺宣。[4]（其一）

五帝繼作，三王代新。[5]教藹隆周，軌滅荒秦。[6]典之用博，替之斯堙。[7]敬業貽訓，務于成均。[8]（其二）

蘊寶聿擴[9]，藏信咸澈。璧日文曜，珠星瀉晰。[10]大開泮渚，爰搆庠藝。[11]越岫重梯，憑波累枻。[12]（其三）

兼明翌政，麗景承霄。[13]玉振方辰[14]，金聲夙標。德暎姬儲[15]，芳騰夏朝。四輔陶輝，三善伊昭。[16]（其四）

睿機欽典，式貴昧旦。[17]永言念茲，舊章載煥。[18]習習胥敦，濟濟師贄。[19]告釁舍弊，肅奠循禩。[20]（其五）

玉動琁軒，鑾回璧屺。[21]適序親薦，登堂降齒。[22]槐保鏘儀，揆傅觀止。[23]物悟大哉，神稱至矣。[24]（其六）

獻禮卒虔，分除起宴。[25]庭旅賓筵，堦陳肆縣。[26]笙鏞登越，干戚浮絢。[27]明聳八音，幽馳九變。[28]（其七）

慶逾居雒，驊疑在鎬。[29]百靈具祇[30]，萬紘同造。粵以空微，預均風草。[31]取濫槐縷，無聞輿皁。[32]（其八）

【注釋】

[1] 御宇：統治天下。《南齊書·禮志下》："方今聖曆御宇，垂訓無窮。"荃：蓀，香草，諭君。《楚辭·離騷》："荃不察余之中情兮。"

[2] 雲官：黃帝受命有雲瑞，故以雲紀事，以雲名官。張協："教清於雲官之世，治穆處鳥紀之時。"眇：同"渺"，遠。鳳紀：同"鳳曆"。少皞氏受命有鳳鳥至，故以鳥紀事，百官以鳥為名。遐：遠。

[3] 於皇：表讚美。《詩·周頌·武》："於皇武王，無競維烈。"纘，讀音 zuǎn，繼承，纘先烈之業。《詩·豳風·七月》："載纘武功。"

[4] 地契：與地相契。震符：符於震卦。震，《易》卦名。象曰："亨。震來虩虩，笑言啞啞；震驚百里，不喪匕鬯。"

[5] 五帝：三皇之後，夏代以前的上古帝王，說法不一，常指伏羲、神農、黃帝、唐堯、虞舜。三王：夏、商、周三代之君，禹、湯、文王。

[6] 隆周：興周。軌滅：秩序法度滅絕敗壞。

[7] 典：制度，法則。替：取代。堙，讀音 yīn，埋沒。

[8] 貽訓：先賢留下的訓誡。成均：古代官府設立的高等學府，大學。

[9] 擴：張，舒展。張衡《西京賦》："心猶憑而未擴。"

164

卷第一百六十

[10] 璧日：太陽。梁簡文帝《大法頌》："璧日揚精，景雲麗色。"珠星：星斗。晰：清晰。

[11] 泮：水邊。泮宮，古代學宮。《詩·魯頌·泮水》："矯矯虎臣，在泮獻馘。"渚：水中小塊陸地。水邊。渚宮，春秋楚成王時別宮，在今湖北荊州一帶。庠藝：學術所學技藝。

[12] 岫：山。憑波：渡水。枻：船舷。《楚辭·九歌·湘君》："桂櫂兮蘭枻。"

[13] 兼明：兼通。麗景：美麗的風景。謝朓《三日侍宴曲水代人應詔》："麗景則春，儀方在震。"承霄：承接雲霄。

[14] 玉振：磬聲振揚。《孟子·萬章下》："集大成者，金聲而玉振也。"

[15] 暎，讀音 yìng，同"映"。

[16] 四輔：天子身邊的四個輔佐，太師、太傅、太保、少傅合稱。三善：父子、君臣、長幼之禮。《禮記·文王世子》："君之於世子也，親則父也，尊則君也。有父之親，有君之尊，然後兼天下而有之。是故養世子不可不慎也。行一物而三善皆得者，唯世子而已。"

[17] 夤：恭敬，敬畏。昧旦：同昧爽，天色未亮時。《詩·鄭風·女曰雞鳴》："女曰雞鳴，士曰昧旦。"《尚書·太甲》："先王昧爽丕顯，坐以待旦。"

[18] 舊章：昔日典章。《尚書·蔡仲之命》："無作聰明亂舊章。"載：始，猶如"才"。煥：光明亮麗。

[19] 習習：盛多。蔡邕《陳留太守胡公碑》："祁祁我君，習習冠蓋。"清雅和諧。傅毅《舞賦》："或有矜容愛儀，洋洋習習。"胥敦：官吏的督促。

[20] 禜：血祭。祼，讀音 guàn，酹酒以灌地祭。

[21] 琁軒：裝飾華美的車。鑾回：帝王車架回轉。鑾，讀音 luán，古代帝王車駕上的鑾金鈴，亦作帝王車駕的代稱。璧戺：以璧玉所砌臺階。張衡《西京賦》："金戺玉階，彤庭輝輝。"

[22] 登堂：升入廳堂。《論語·先進》："由也升堂矣，未入於室也。"

[23] 揆：因宰相管理百官百事，故亦以之稱宰相或類似宰相之職。

[24] 至矣：到頂點。《莊子·齊物論》："有以為未始有物者，至矣盡矣，不可以加矣。"

[25] 卒虔：畢恭畢敬。分除：以通道為分。除，門與屏之間的通道。《漢書·蘇武傳》："前長君為奉車，從至雍棫陽宮，扶輦下除，觸柱折轅。"

[26] 堦，讀音 jiē，同"階"，臺階。

[27] 干戚：亦作"干鏚"，盾和斧，兩種兵器。亦為武舞所執的舞具。

[28] 八音：樂器總稱，指金、石、絲、竹、匏、土、革、木八種材質製成，亦泛指音樂。九變：復雜多變。《漢書·武帝紀》："《詩》云：'九變復貫，知言之選。'"多次演奏。《周禮·春官·大司樂》："若樂九變，則人鬼可得而禮矣。"鄭玄注："變猶更也，樂

165

成則更奏也。"

[29] 雒：同"洛"，東漢都城洛陽。驩，讀音 huān，同"歡"。《史記·魏其武安侯列傳》："太後驩。"鎬：古都名，鎬京，西周國都。《詩·小雅·魚藻》："王在在鎬。"

[30] 祇，讀音 zhī，恭敬。《詩·商頌·長髮》："上帝是祇。"

[31] 粵：同"聿""越""曰"，句首語助。風草：指教化。《論語·顏淵》："君子之德風，小人之德草，草上之風必偃。"

[32] 槐纓：借指上層貴族。《周禮·秋官·朝士》："面三槐，三公位焉。""三槐"本古代外朝所植的三棵槐樹，後爲三代的代稱。纓，系在領下的冠帶，指裝飾品。《史記·滑稽列傳》："淳於髡仰天大笑，冠纓索絕。"輿皁：同"輿皂"，古代十等人中兩個低微等級之稱，泛稱賤役、賤吏。《宋書·竟陵王誕傳》："驅迫士族，役同輿皁。"

《皇太子釋奠會》一首　　南朝齊　王僧令

題解：王僧令，南齊人，生平不詳。此詩先讚當朝教化仁義播於遠方，太子能繼體德輝，"帝圖遠泰，震儲克融""弘仁博藝，禮讓兼崇"，接着，描寫釋奠禮之隆盛，現場歡樂場景，君臣沐浴于禮化中，"方陶姬化，永沐姚年"。此詩爲殘篇，當作于永明三年（494—498）中，同時參與者有王思遠、阮彥、袁浮丘等。此篇逯欽立輯入《先秦漢魏晉南北朝詩·齊詩》卷五。

伊昔上德，體極凝貞。[1] 敷文翊典[2]，濟美基平。三墳爰暢，六順斯明。[3] 玄風流采，邈代飛馨。[4]（其一）

洪機瀉御，禎符景曆。[5] 纘承聖輝，盈圖蘊册[6]。化協無疆，皇猷匪隔。[7] 海裔覃仁，沙方浹澤。[8]（其二）

帝圖遠泰，震儲克融。[9] 識超玄覽，志邁謙冲。[10] 弘仁博藝[11]，禮讓兼崇。傾衢舞憶，溢路歌風。[12]（其三）

詢謀有徽，克晨嘉奠。[13] 禮光瑤俎，樂泛軒縣。[14] 饗畢祉流，回神曲讌。[15] 慶溢歡悰，情稠恩遍。[16]（其四）

肅令警辰，禎徽曜節。[17] 慶晷逶迤，祥雲炤焫。[18] 瑤旆烟回，金聲霄撤。[19] 浹宇懷昌，含生載悦。[20]（其五）

冲心幽被，獎逯無偏。[21] 栖質瓊伍，儷服華筵。[22] 微萍托海，毳羽浮天。[23] 方陶姬化，永沐姚年。[24]（其六）

— 166 —

卷第一百六十

【注釋】

[1] 伊昔：從前。體極：依天道。慧遠《沙門不敬王者論》：“然則明宗心存乎體極，體極必由於順化。”

[2] 敷文：鋪叙文辭。《晋書·夏侯湛潘岳等傳論》：“作誥敷文，流英聲於孝悌。”翊，讀音 yì，輔佐。

[3] 三墳：伏羲、神農、黃帝時代之書，泛指古籍。六順：指君義、臣行、父慈、子孝、兄愛、弟敬。《左傳·隱公三年》：“君義、臣行、父慈、子孝、兄愛、弟敬，所謂六順。”

[4] 玄風：玄談之風。邈代：遥遠的時代。

[5] 機：古代弩上發箭的裝置。《尚書·太甲上》：“若虞機張，往省括於度，則釋。”此形容天下太平。禎符：祥瑞，吉兆。

[6] 盈圖：充滿圖書。蕴冊：蓄藏典籍。此句指文教大興。

[7] 無疆：無邊。《詩·豳風·七月》：“萬壽無疆。”皇猷：帝王的謀略或教化。沈約《齊太尉文憲公墓銘》：“帝圖必舉，皇猷諧焕。”匪隔：無阻礙，無間隔。

[8] 海裔：海邊，指邊遠之地。《淮南子·原道訓》：“游于江潯海裔。”沙方：沙漠之方，指極遠之地。顏延之《三月三日曲水詩序》：“棧山航海，逾沙軼漠之貢。”浹澤：遍佈德澤，浸透德澤。浹，讀音 jiā，浸透。《淮南子·原道訓》：“不浸於肌膚，不浹於骨髓。”

[9] 遠泰：久安長盛。震儲：皇太子。克融：能够長久。《尚書·堯典》：“克明俊德，以親九族。”蔡邕《郭有道碑文》：“稟命不融，享年四十有二。”

[10] 玄覽：一種直視神秘的認識方法，玄冥觀察。《老子》：“滌除玄覽，能無疵乎？”謙冲：謙虚淡泊。《晋書·杜夷傳》：“夷清虚冲淡，與俗異軌。”

[11] 弘仁：弘揚仁義。博藝：精於六藝。

[12] 傾衢：充滿道路。憬：順服。《史記·司馬相如列傳》：“義征不憬。”風：民歌。《文心雕龍·樂府》：“匹夫庶婦，謳吟土風。”

[13] 詢謀：商議。《後漢書·桓帝紀》：“永惟大宗之重，深思嗣續之福，詢謀台輔，稽之兆占。”克晨：嚴格限制早晨。嘉奠：美好的釋奠禮。

[14] 瑶俎：祭祀設宴時用以陳牲的禮器。《齊太廟樂歌》：“桂尊既滌，瑶俎既薰。”軒縣：亦作“軒懸”，諸侯陳列樂器三面懸挂。《周禮·春官·小胥》：“正樂縣之位，王宮縣，諸侯軒縣。”鄭衆曰：“宮縣，四面縣。軒縣，去其一面。”

[15] 祉流：福氣流傳。祉，福祉。《詩·小雅·六月》：“吉甫燕喜，既多受祉。”曲蘗：蘗樂。

[16] 驥悰：賢才樂趣。驥，良馬，喻賢才。悰，讀音 cóng，歡樂。情稠：情義濃厚。

[17] 曜節：顯示時節。張衡《東京賦》：“三農之隙，曜威中原。”

[18] 炤晣：明亮清晰。

[19] 宵撒：夜里除去收回。宵，通"宵"，夜。《吕氏春秋·明理》："有昼盲，有宵见。"

[20] 含生：蒼生，一切有生命的。傅玄《傅子·仁論》："推己之不忍於饑寒以及天下之心，含生無凍餒之憂矣。"

[21] 奬：奬勵。逯：隨意行走。《淮南子·精神訓》："渾然而往，逯然而來。"高誘注："逯謂無所爲忽然往來也。"

[22] 儷服：美麗的禮服。儷，同"麗"。華筵：豐盛的宴會。

[23] 微萍：微萍，細小的浮萍。毳羽：羽毛。

[24] 姬化：周代之教化。姚年：遙年。姚，通"遙"。《荀子·榮辱》："其功盛姚遠矣。"

《皇太子釋奠詩》一首　　南朝齊　袁浮丘

題解：永明三年（485）三月，詔立國學，同年冬季，皇太子講《孝經》，武帝下詔："皇太子長懋講畢，當釋奠。王公以下可悉往觀禮。"蕭子良、王儉、王思遠、阮彥、王僧令、袁浮丘、沈約、何胤等都有釋奠詩，此爲集体創作，《隋書·經籍志》著録永明三年《釋奠詩》一卷。此詩讚美武帝治國有方，太子繼承聖輝，"陳經憲古，正訛辯惑"，講解經書畢，行釋奠禮於大殿，叙述釋奠之過程，場面之盛大，群臣往觀。作者得與盛禮，"俯蹈盛典，仰震庸醻"。此篇逯欽立輯入《先秦漢魏晉南北朝詩·齊詩》卷五。

三象既區，八文斯載。[1]靡人誰牧[2]，匪后焉載。參差王列，回環紀代[3]。數含興毀，理彰彪晦[4]。（其一）

我皇廣運，實惟靈德。[5]於昭儲嗣，徽光萬國[6]。曾是知微，降情敦克。[7]陳經憲古，正訛辯惑。[8]（其二）

巖巖崇殿，藹藹重筵。[9]韶儀淳眸，遠旨清宣。[10]剖斥穿雜，總括凝泉。[11]沖識知歸，蒙薄攸遷。[12]（其三）

司業克終[13]，告成奠旅。簡習容章，筮辰獻舉。[14]肅茲戒禁，潔此牲俎。[15]搖金蓋鳳，自宮徂序。[16]（其四）

有觀惟禮，亦既具來[17]。儒巾雲列，朝紱星陪。[18]式是保訓，允兼明台。[19]比蕚唐衛，煒煒光埃。[20]（其五）

冬緒御朔[21]，氣爽烟輝。彤霞旦卷，凝霜晚晞。[22]張懸瞽目，鏗鏘動

幾。[23]翻舞屢還，絕音忘歸[24]。（其六）

　　語遠河清，記閟辰遲[25]。薗朝游夕，浮年偶時。[26]爵賀峻檐，蟈鳴曠坻[27]。俯蹈盛典，仰震庸辭。[28]（其七）

【注釋】

　　[1]三象：周公所作樂曲。《呂氏春秋·古樂》："商人服象，爲虐於東夷，周公遂以師逐之，至於江南，乃爲《三象》，以嘉其德。"八文：八種紋理，指八卦。

　　[2]牧：治民，牧民。

　　[3]回環：運轉往復。《關尹子·四符》："五行之運，因精有魂，因魂有神，因神有意，因意有魄，因魄有精，五者回環不已。"紀代：年代。

　　[4]數：氣數，命運。劉孝標《辯命論》："將榮悴有定數，天命有志極。"彪：有文采貌。《法言·君子》："以其彌中而彪外也。"晦：昏暗。《史記·龜策列傳》："正晝無見，風雨晦冥。"

　　[5]廣運：多運。靈德：神靈之德。班固《東都賦》："登祖廟兮享聖神，昭靈德兮彌億年。"

　　[6]徽光：光徽，美好光明。萬國：天下。

　　[7]知微：知幾，洞察事物的隱微之處。《國語·晉語二》："繁敏且知禮，敬以知微。"降情：虛心。敦克：勉力勝任。敦，誠懇忠厚，督促。

　　[8]陳經：陳列經典。憲古：仿效遠古。正訛：糾正錯誤。辯惑：辯疑解惑。

　　[9]巖巖：高大，險峻。藹藹：形容人衆多而有威儀貌。《詩·大雅·卷阿》："藹藹王多吉士。"重筵：莊重的酒席。

　　[10]韶儀：美好容儀。韶，美好。梁簡文帝《答湘東王書》："暮春美景，風雲韶麗。"淳睟：同"淳粹"，敦厚精粹。揚雄《法言》："淳睟其道，班有文也。"董仲舒《春秋繁露·執贄》："鴍有似于聖人者，純仁淳粹，而有知之貴也。"遠旨：深遠的旨義。清宣：明晰顯示。

　　[11]剖斥：剖析偵察。穿雜：看破不純。凝泉：凝結的泉水。

　　[12]沖識：空虛意識。知歸：思歸。謝朓《拜中軍記室辭隋王箋》："雖復身填溝壑，猶望妻子知歸。"蒙：自稱的謙辭，猶愚。張衡《西京賦》："蒙竊惑焉。"薄：輕微。《易·繫辭下》："德薄而位尊。"攸遷：遠遷。

　　[13]司業：學官名，國子監官銜。克終：最後完成。

　　[14]容章：儀容文采。筮辰：占卜時辰。獻舉：敬獻盛饌以祭祀。《周禮·天官·膳夫》："王日一舉，鼎十有二，物皆有俎，以樂侑食。"《詩·大雅·雲漢》："靡神不舉。"

　　[15]戒禁：革除禁止。牲俎：盛牲的禮器。

　　[16]搖金：金搖，金制的鳳形頭飾。曹植《七啟》："戴金搖之熠燿，揚翠羽之雙

魁。"蓋鳳：鳳蓋，即皇帝儀仗，飾有鳳凰圖案的傘蓋。班固《西都賦》："張鳳蓋，建華旗。"徂序，往學校去。序：學校。正堂兩側的東西廂。

[17] 具來：都來。具，同"俱"。

[18] 儒巾：指讀書人所戴的頭巾，此指穿戴儒服的士人。朝綏：官服。綏，亦作"韍"，系印的絲帶。《漢書·匈奴傳下》："解故印綏奉上，將率受。"

[19] 式：通"試"，使用。保訓：官師的教訓。保，古代輔導天子和諸侯子弟的官員。《尚書·君奭》："召公爲保，周公爲師，相成王爲左右。"明台：皇帝聽政之所，泛指帝王議政之處。《管子·桓公問》："黃帝立明臺之議者，上觀於賢也。"

[20] 比萼：并列，不相上下。唐衛：周時兩諸侯國，在今山西與河南一帶。燁燁：顯赫貌。王粲《初征賦》："熏風溫溫以增熱，體燁燁其若焚。"

[21] 冬緒：冬季的開端。緒，開頭或開端。《淮南子·精神訓》："反復終始，不知其端緒。"御：治理，統治。《國語·周語上》："百官御事。"朔：北方。《尚書·禹貢》："朔南暨，聲教訖于四海。"

[22] 影霞：移動迅速的彩霞。晞，讀音 xī，幹。

[23] 瞖目：眩目，眼花。鏗鏘：擬聲詞，形容聲音響亮和諧。《漢書·張禹傳》："優人管弦鏗鏘。"

[24] 絶音：斷絕音樂，指奏樂停止。

[25] 閟：終盡。《左傳·閔公二年》："今命以時卒，閟其事也。"

[26] 蘭朝：朝廷園林。蘭，同"闌"。浮年：過去的年月。

[27] 曠坻：空曠的高地。坻，讀音 chí，水中的小洲或高地。《詩·秦風·蒹葭》："宛在水中坻。"

[28] 俯蹈：屈身投入。庸辭：庸陋之辭，指此詩篇。

《皇太子釋奠詩》一首　　南朝齊　王思遠

題解： 王思遠，瑯琊臨沂人，父王羅云，任平西長史。八歲父亡，祖父王弘之和外祖羊敬元皆退隱閑居，故他自小有山林之志。歷仕宋齊兩朝，曾官宋建平王劉景素南徐州主簿。齊高帝建元（479—482）初，爲長沙王後軍主簿、尚書殿中郎，補竟陵王征北記室參軍，遷太子中舍人，受到文惠太子和竟陵王的禮遇。後爲建安内史、中書郎、大司馬諮議、黃門郎、御史中丞、吏部郎等職。此亦作於永明（483—493）年間，美當朝德化，"帝則昭天，皇圖軼古。乃聖乃神，重規叠矩"，太子"玉粹蕭芬，體元居正"，講解經書，行釋奠禮，接著描寫釋奠禮現場之隆重與華麗，遵行程式化的寫作模式。此

卷第一百六十

篇逯欽立輯入《先秦漢魏晉南北朝詩·齊詩》卷五。

龍圖昇曜,龜藉流芳。[1]俗資儒徙[2],化以學昌。葳蕤四代[3],昭晰三王。揮發性靈,財成教方[4]。(其一)

時陂樂渝,風凋禮失。[5]縫掖不衣,章句豈術。[6]蘊金埶砥,懷玉焉器。[7]養正者睿,敷文惟懿。[8](其二)

帝則昭天,皇圖軼古。[9]乃聖乃神,重規叠矩[10]。霞搆兩庠,星陳二序。[11]橫經若林,負書被宇。[12](其三)

國緒克隆,儲暉允鏡。[13]玉粹蕭芬,體元居正。[14]溫文自躬,敦悅以性。[15]崇道讓齒,業大德盛。[16](其四)

高殿既莚[17],速言既宣。窮理盡奧,闡幾洞玄。[18]降情肅幣,盥聖薦賢。[19](下闕)(其五)

【注釋】

[1] 龍圖:河圖。應劭《風俗通·山澤·四瀆》:"河者,播也,播爲九流,出龍圖也。"昇曜:上升照耀。龜藉:龜籍,指上古圖書。

[2] 徙:遷移。《論語·述而》:"聞義不能徙,不善不能改,是吾憂也。"

[3] 葳蕤:茂盛,華麗。四代:虞、夏、商、週四代。《禮記·學記》:"三王四代唯其師。"昭晰:清楚,明白。

[4] 教方:教導有方。

[5] 陂,讀音bēi,壅塞。《國語·吳語》:"乃築臺于章華之上,闕爲石郭,陂漢,以象帝舜。"渝:沉淪,没落。風凋:教化衰落。

[6] 縫掖:即"縫腋",儒者之服。《禮記·儒行》:"孔子曰:丘少居魯,衣逢掖之衣。"鄭玄注:"逢猶大也。大掖之衣,大袂單衣也。"章句:儒家解經的方式,泛稱書籍注釋。《東觀漢記·明帝紀》:"親自製作五行章句。"術:技藝,方法。《禮記·祭統》:"惠術也,可以觀政矣。"鄭玄注:"術猶法也。"

[7] 砥:磨刀石,引申爲磨厲、修養。《淮南子·道應訓》:"文王砥德修政。"器:才能,本領,引申爲器重,重視。《漢書·疏廣傳》:"廣由是見器重,數受賞賜。"

[8] 養正:涵養正道。《易蒙》:"蒙以養正,聖功也。"敷文:鋪叙文辭,指作文。謝靈運《山居賦》:"研書賞理,敷文奏懷。"懿:美。《易·小畜》:"君子以懿文德。"

[9] 帝則:天子所定法則。《詩·大雅·皇矣》:"不識不知,順帝之則。"《後漢書·丁鴻傳贊》:"穆穆帝則,擁經以從。"昭天:顯示於天。皇圖:河圖。班固《東都賦》:"於是聖皇乃握乾符,闡坤珍,披皇圖,稽帝文。"軼古:超越古代。軼,後車超前車,引

申爲超越。《漢書·揚雄傳》："軼五帝之遐迹兮，躡三皇之高蹤。"

[10] 重規疊矩：前後相合，合於同樣的規矩法度。《晉書·周訪傳贊》："曰子曰孫，重規疊矩。"

[11] 搆：牽，引。兩庠：兩個學校，指國學與太學。庠，古代學校，特指鄉學。二序：東西兩序，同"兩庠"。序，古代學校的名稱。《周禮·地官·州長》："春秋以禮會民而射於州序。"鄭玄注："序，州黨之學也。"《禮記·王制》："夏後氏養國老於東序，養庶老於西序。"

[12] 橫經：橫陳經籍，指受業或讀書。何遜《七召·儒學》："橫經者比肩，擁帚者繼足。"負書：以背載書，形容讀書。

[13] 克隆：興隆，昌盛。《南齊書·褚淵王儉傳贊》："民譽不爽，家稱克隆。"儲暉：太子的光輝。《易·未濟》："君子之光，其暉吉也。"允：使人信服，受人敬重。《尚書·舜典》："汝作士，五刑有服，五服三就，五流有宅，五宅三居，惟明克允。"鏡：明察。《淮南子·齊俗訓》："抱大聖之心，以鏡萬物之情。"

[14] 玉粹：像玉一樣純美。孫綽《至人高士傳贊·原憲》："原憲玄默，冰清玉粹。"顏延之《應詔宴曲水作詩》："君彼東朝，金昭玉粹。"蕭芬：像艾蒿一樣芬芳。體元：以天地元氣爲本。班固《東都賦》："體元立制，繼天而作。"居正：遵循正道。《公羊傳·隱公三年》："君子大居正，宋之禍，宣公爲之也。"

[15] 溫文：溫和而有禮貌。《禮記·文王世子》："禮樂交錯於中，發形於外，是故其成也懌，恭敬而溫文。"自躬：親自行之。《慎子·民雜》："人君苟任臣而勿自躬，則臣皆事事矣。"敦悦：同"敦說"，尊崇愛好。《左傳·僖公二十七年》："趙衰曰：'郤縠可。臣亟聞其言矣，說禮樂而敦《詩》《書》。'"《後漢書·鄭興傳》："竊見河南鄭興，執義堅固，敦悦《詩》《書》。"

[16] 讓齒：謙讓長者。潘尼《釋奠頌》："遵道讓齒，降心下問。"業大：功業偉大。

[17] 莚，讀音 yán，蔓延，綿綿不斷。左思《蜀都賦》："藤蕪布濩于中阿，風連莚蔓于蘭皋。"

[18] 窮理：窮究事物之理。《後漢書·胡廣傳》："博物洽聞，探賾窮理。"盡奧：竭力達到深奧之處。闡幾：闡發幽微之處。洞玄：洞悉玄妙之理。

[19] 降情：虛懷，虛心。陳後主《求言詩》："猶復紆己乞言，降情訪道。"肅：躬身作揖。《左傳·成公十六年》："敢告不寧君命之辱，爲事之故，敢肅使者。"幣：贈送。《莊子·説劍》："聞夫子明聖，謹奉千金以幣從者。"盥：祭名。灌祭，酌酒澆地降神。《易·觀》："盥而不薦，有孚顒若。"

《皇太子釋奠》一首　　南朝齊　庾杲之

按：此詩闕。逯欽立《先秦漢魏晉南北朝詩》無收。

《侍齊皇太子釋奠會》一首　　南朝梁　武帝

按：此詩闕。逯欽立《先秦漢魏晉南北朝詩》無收。

《侍齊皇太子釋奠》一首　　南朝梁　丘希範

按：此詩闕。逯欽立《先秦漢魏晉南北朝詩》無收。

《侍宴皇太子釋奠》一首　　南朝梁　任昉

按：此詩闕。而《藝文類聚》卷三八節引多、家、華、言、昆、門、尊七韻，題作《侍皇太子釋奠宴詩》；《初學記》（中華書局點校本）卷一四節引冲、風、蒙、鎔、言、昆、門、尊八韻，題作《爵王子侍皇太子釋奠宴詩》。逯欽立據之輯入《梁詩》卷五。

《侍齊皇太子釋奠》一首　　南朝梁　沈約

按：此詩闕。《藝文類聚》卷三八節引榭、駕、舍、薦、奠、縣、眷七韻；《初學記》卷一四節引哉、才、臺、臺、薦、奠、縣、眷八韻。逯欽立據之輯入《梁詩》卷六。

《爲南乙齊郡王侍皇太子釋奠宴》一首　　南朝梁　沈約

按：此詩闕。當作《爲齊南郡王侍皇太子釋奠宴》，將換位之符號"乙"誤入題中。《藝文類聚》卷三十八錄此題"爲南郡王侍太子釋奠詩"，《初學記》卷十四題"爲南郡王侍皇太子釋奠宴詩"。南郡王即文惠太子之長子蕭昭業。

《釋奠應令》一首　　南朝梁　陸倕

題解：陸倕（470—526），字佐公，好學，善屬文。曾預齊竟陵王西邸，"竟陵八友"之一。天監初，爲安成王主簿，與任昉友善。梁武帝雅愛其才，遷太子中舍人，加給事中、揚州大中正，累遷太常卿。此當作於天監八年（509），美太子早慧，弘講經學，高生間出，朝流欽服。此篇第四章"侍規矩"句以上原佚。逯欽立輯入《先秦漢魏晉南北朝詩·梁詩》卷一三。

（上闕）口侍規矩。迺據石推，言藏金斧。[1]方口深雪，載調淮雨[2]。樂駕中和，詩同下武。（其四）

巍巍儲后，實等生靈。克岐克嶷，夙智早成。[3]無論岳峙，豈定泉淳。[4]桂宮惡譽[5]，蘭殿慚聲。（其五）

鼓宗式訓[6]，成均戒典。將弘四術，且陳三善。[7]周膠聿建，虞庠載闢。博習方親，離經向辯。[8]（其六）

碩學如市，高生間出。濟濟橫經，祁祁負袠。[9]文參孔囿，玄游老室。先易後難，功倍師逸。（其七）

奠采貽誥，器幣有章[10]。紊維既弛[11]，絕典還光。庭陳宿設，階列周張。[12]禮充羈偶，物盛員方[13]。（其八）

景屬遵暮，惟時栗烈[14]。夜露方途，朝流已折。鏗鏘萃止，肅雍在列。[15]顧省無庸，徒然浮竊。[16]（其九）

【注釋】

[1] 推：推，通"燋"，古代灼龜用的契柱。《儀禮·士喪禮》："楚焞置於燋，在龜東。"金斧：以黃金爲飾的斧，古時用作天子之儀仗。崔豹《古今注·輿服》："金斧，黃鉞也……三代通用之，以斷斬。今以金斧黃鉞爲乘輿之飾。"

[2] 淮雨：淫雨。《尚書大傳》："久矣，天之無別風淮雨，意者中國有聖人乎！"鄭玄注："淮，暴雨之名也。"

[3] 克岐克嶷：指年幼聰慧。《詩·大雅·生民》："誕實匍匐，克岐克嶷。"夙智：早慧。蔡邕《桓彬論》："彬有過人者四：夙智早成，岐嶷也；學優文麗，至通也。"早成：年少功成名就。《三國志·蜀志·諸葛瞻傳》："瞻已八歲，聰慧可愛，嫌其早成，恐不爲重器耳。"

[4] 嶽峙：嶽立，聳立。疋，讀音 pǐ，同"匹"，四偶，相配。泉淳：泉深。

[5] 惡，讀音 nù，慚愧。

[6] 鼓宗：未詳。

[7] 四術：治國的四種方法。《尸子·治天下》："治天下有術，一曰忠愛，二曰天和，三曰用賢，四曰度量。"三善：臣事君，子事父，幼事長的三種道德規範。《禮記·文王世子》："行一物而三善皆得者，唯世子而已……父子、君臣、長幼之道得而國治。"

[8] 博習：廣泛地學習，多方面地學習。《禮記·學記》："五年視博習親師，七年視論學取友。"離經：背離經典、規則。

[9] 橫經：橫陳經籍，指受業或讀書。何遜《七召·儒學》："橫經者比肩，擁帚者繼足。"祁祁：衆多貌；盛貌。《詩·豳風·七月》："春日遲遲，采蘩祁祁。"

[10] 器幣：禮器玉帛。《左傳·桓公六年》："不以國，不以官，不以山川，不以隱疾，不以畜牲，不以器幣。"

[11] 紊維：亂綱。維，綱紀，法度。《史記·淮陰侯列傳》："秦之綱絕而維弛，山東大擾，异姓并起，英俊烏集。"

[12] 宿設：前一夜設置；預先設置。左思《魏都賦》："欽祉魏闕，置酒文昌，高張宿設，其夜未遽。"周張：周遍張設。《漢書·禮樂志》："恭承禋祀，縕豫爲紛，黼繡周張，承神至尊。"

[13] 員方：喻完美無缺。《北史·魏濟南王彧傳》："時人爲之語曰：'三王楚琳琅，未若濟南備員方。'"

[14] 栗烈：凛冽，形容嚴寒。《詩·豳風·七月》："一之日觱發，二之日栗烈，無衣無褐，何以卒歲？"

[15] 萃止：聚集。止，語尾助詞。《詩·陳風·墓門》："墓門有梅，有鴞萃止。"肅雍：莊嚴雍容，整齊和諧，形容祭祀時的氣氛和樂聲。《詩·周頌·清廟》："於穆清廟，肅雝顯相。"

[16] 無庸：平庸，無所作爲。《魏書·高崇傳》："臣以無庸，謬宰神邑。"浮竊：浮淺。竊，通"淺"，淡。《爾雅·釋獸》："虎竊毛謂之虦貓。"

《皇太子釋奠詩》一首　　南朝梁　何胤

題解：何胤（446—531），字子季，好學。"師事沛國劉瓛，受《易》及《禮記》《毛詩》，又入鍾山定林寺聽内典，其業皆通。"全詩九章，首先歌頌聖德，梁帝秉承天命布化禮樂，"良玉緣琢，務德由諮。雅沿俗化，風移運遲"，述尊師重教所起功能，"國崇上庠，人思下競"，反映興儒對學子們的激勵作用；中間描寫釋奠禮儀場景，"儀形初盥，容祇薦陳。罍斝清饗，俎實芳湮。登歌奏闋，有司告神。以介景福，慶無不臻"，典雅莊重；末尾則陳恭逢盛禮，自慚形穢。此當作於天監八年（508）。此篇逯欽立輯入《先秦漢魏晋南北朝詩·梁詩》卷一五。

靈象既分，神皇握樞。[1]其降曰命，有書有圖。化彰禮樂，教興典謨。五經贲序，七緯重敷。[2]（其一）

保氏述藝，樂正奠師[3]。良玉緣琢[4]，務德由諮。雅沿俗化，風移運遲。道不云遠，否終則夷。（其二）

下武曾輝[5]，烝哉體聖。三極彝倫，九服隋政。[6]文以止戈，學以流

鏡。[7]國崇上庠，人思下競。（其三）

　　昭昭儲后，哲秀克明。徽若稽古，體睿由情。往行內潔，前言外清。紆光隆業，讓齒膠庭。[8]（其四）

　　敷奧析文，悅書敦史。六詩開滯，三易機理[9]。光耀程輝，華黼麗起[10]。尊聖明賢，釋茲敬祀。（其五）

　　儀形初盥，容祗薦陳。[11]罍罌清饗，俎实芳醴。[12]登歌奏闋，有司告神。[13]以介景福，慶無不臻。（其六）

　　祝史贊徹[14]，斂圭軒襂。笙鏞列堦，展聲宿縣[15]。儷節金石[16]，歌依越練。交袖折羽，流籥清殿。（其七）

　　儐儀接贄，相詔初筵[17]。峩峩台弁，灼灼藩蟬。[18]時英整笏[19]，胄子端篇。大觀在上[20]，於斯盛焉。（其八）

　　雲行雨施，品物甄流。[21]敷榮散春[22]，蘭芬曜秋。道洽雖均，蒙固難周[23]。進垂智效，退慚山丘。[24]（其九）

【注釋】

[1]靈象：上天顯示的景象，多指日月星辰的運行狀態，古人常據以占吉凶。張載《秋詩》："靈象運天機，日月如激電。"握樞：掌握中樞之權。王融《永明十一年策秀才文》："朕秉籙御天，握樞臨極。"

[2]寅，讀音 yín，恭敬。序：指順序謹然，不容改動。七緯：《易緯》《書緯》《詩緯》《禮緯》《樂緯》《春秋緯》《孝經緯》七種緯書。《後漢書·方術傳上·樊英》："又善風角、星算，《河》《洛》《七緯》，推步災異。"敷：傳布，散佈。《尚書·大禹謨》："文命敷于四海，祗承於帝。"

[3]樂正：古時樂官之長。《儀禮·鄉射禮》："樂正先升，北面立于其西。"

[4]瑑，讀音 zhuàn，在玉器上雕刻花紋或文字。《漢書·董仲舒傳》："或曰良玉不瑑，又曰非文無以輔德，二端異也。"

[5]下武：有聖德能繼先王功業。《詩·大雅·下武》："下武維周，世有哲王。"曾輝：同"增輝"，增添光輝。

[6]三極：三才，天、地、人。《易·繫辭上》："六爻之動，三極之道也。"彝倫：常理；常道。《尚書·洪範》："王乃言曰：'嗚呼，箕子！惟天陰騭下民，相協厥居，我不知其彝倫攸敘。'"隲：同"騭"，安定。《尚書·洪範》："惟天陰騭下民，相協厥居。"

[7]流：傳播。鏡：光大。江淹《祀先農迎神升歌》："教騰義鏡，樂綴禮修。"

[8]紆：垂。張衡《東京賦》："冠通天，佩玉璽，紆皇組，要干將。"膠：古代的學校名。《廣韻·肴韻》："膠，大學也。"

— 176 —

［9］三易：《連山》《歸藏》《周易》的合稱。《周禮·春官·太卜》："掌三《易》之法，一曰《連山》；二曰《歸藏》；三曰《周易》。"機理：事物變化的道理。劉劭《人物志·材理》："指機理，則穎灼而徹盡；涉大道，則徑露而單持。"

［10］飜：同"翻"，飛。麗：附着，依附。

［11］儀形：典範。陸機《贈馮文羆遷斥丘令》："民之肯好，狂狷屬聖；儀形在昔，予聞子命。"裸：祭名，灌祭。《易·觀》："裸而不薦，有孚顒若。"祗：敬。《詩·商頌·長發》："昭假遲遲，上帝是祗。"薦陳：進獻并陳列。《左傳·襄公三十一年》："其輸之，則君之府實也，非薦陳之，不敢輸也。"

［12］鬯：古代宗廟祭祀用的酒，用鬱金草合黑黍而成。《禮記·曲禮》："凡摯：天子，鬯；諸侯，圭。"饗：通"享"，祭祀，祭獻。《禮記·郊特牲》："蠟也者，索也，歲十二月，合聚萬物而索饗之。"俎食：俎上所盛祭獻的食品。《周禮·夏官·量人》："掌喪祭奠竁之俎實。"禋：祭祀。《國語·周語上》："不禋于神而求福焉，神必過之。"

［13］登歌：升堂奏歌。古代舉行祭典、大朝會時，樂師登堂而歌。《周禮·春官·大師》："大祭祀，帥瞽登歌，令奏擊拊。"有司：官吏。古代設官分職，各有專司，故稱。《尚書·大禹謨》："好生之德，洽于民心，兹用不犯於有司。"

［14］祝史：掌祭祀之官。《左傳·昭公十八年》："郊人助祝史除於國北。"

［15］宿：停。《管子·君臣上》："有過者不宿其罰，故民不疾其威。"縣：懸鐘磬之具。顏延年《三月三日曲水詩序》："將徙縣中宇。"

［16］節：適。《禮記·文王世子》："其有不安節，則内豎以告世子。"俞樾《群經平議·禮記二》："節之言適也。"

［17］儐，讀音bīn，導引賓客或以禮迎賓。《周禮·春官·大宗伯》："王命諸侯，則儐。"儀：表率。《管子·任法》："法者不可不恒也，存亡治亂之所從出；圣君所以為天下大儀也，君臣上下貴賤皆發焉。"初筵：宴飲之始，亦泛指宴飲。《詩·小雅·賓之初筵》："賓之初筵，左右秩秩。"

［18］弁：古代貴族帽子。《詩·小雅·頍弁》："有頍者弁。"蟬：古代一種極薄的絲織品。《急就篇》："绨絡縑練素帛蟬。"

［19］整笏：端正地握着朝笏，恭謹待命貌。謝朓《為明帝讓封宣城公表》："灑酒望屬車之塵，整笏侍升平之禮。"

［20］大觀：為人所瞻仰。《易·觀》："大觀在上，順而巽。中正以觀天下。"

［21］雲行雨施：喻廣施恩澤。《易·乾》："雲行雨施，品物流形。"甄：造就，化育。《後漢書·班固傳下》："孕虞育夏，甄殷陶周。"

［22］敷榮：開花。嵇康《琴賦》："迫而察之，若衆葩敷榮曜春風，既豐贍以多姿，又善始而令終。"

［23］蒙固：自身頑固。蒙，自稱謙詞，猶愚。揚雄《長楊賦》："蒙竊惑焉。"

［24］垂：流傳。《尚書·微子之命》："功加于時，德垂後裔。"智效：同知效，當官

的智力。《莊子·逍遥游》:"故夫知效一官,行比一鄉,德合一君,能徵一國者,其自視也亦若此矣。"山丘:指隱士。

《侍釋奠會》一首　　南朝梁　蕭洽

題解: 蕭洽(471—525),字宏稱,博學,善屬文,齊永明中爲國子生,舉明經,起家著作佐郎,梁天監初爲鄱陽王主簿,遷太子中舍人,出爲南徐州治中,普通(520—527)初拜員外散騎常侍,兼御史中丞,後爲通直散騎常侍,遷散騎常侍等職。此詩不全,大抵歌頌釋奠,美其禮儀隆盛,觀者如雲,仰沐和風。此篇逯欽立輯入《先秦漢魏晋南北朝詩·梁詩》卷二一。

儒惟性府,道實人靈。乃宣地義,載景天經。合宫傳藹,衢室流馨。[1]人區允睦,王路惟寧。(其一)

烏弈代終,氛氲革禪。[2]我后天臨,庶甿利見。[3]焕哉隆平,穆矣於變。德漏八埏[4],聲鏘九縣。(其二)

春方貳極,含神測幾。敬恭馳道,祇承獸闥。[5]列辟載粲,群司有暉。[6]奄藹槐路,逶迤袞衣。[7](其三)

教思無方,循訓有則。告奠先師,式祀盛德。其禮載閑,其儀不忒。幽顯聿宣,人祇允塞。[8](其四)

冬物澄華,寒暉暠絜[9]。雲浮鐘虡,風生舞綴。[10]盡性澹和,含靈飲悦。仰沐弘賒,俯慚磬劣。(其五)

【注釋】

[1] 合宫:相傳爲黄帝的明堂。《尸子·君治》:"夫黄帝曰合宫,有虞氏曰總章,殷人曰陽館,周人曰明堂,皆所以名休其善也。"衢室:相傳唐堯徵詢民意的處所。《管子·桓公問》:"黄帝立明臺之議者,上觀於賢也;堯有衢室之問者,下聽於人也。"

[2] 烏弈:亦作"烏奕",光耀,顯耀。應場《文質論》:"袞冕旗斿,烏奕乎朝廷。"代終:取代舊皇朝。《後漢書·孔融傳論》:"若夫文舉之高志直情,其足以動義概而忤雄心。故使移鼎之迹,事隔於人存;代終之規,啟機於身後也。"氛氲:盛貌。謝惠連《雪賦》:"霰淅瀝而先集,雪紛糅而遂多,其爲狀也,散漫交錯,氛氲蕭索。"

[3] 天臨:上天照臨下土,喻天子之治。顏延之《應詔宴曲水作詩》:"太上正位,天臨海鏡。"庶甿:百姓。利見:得見君主。《易·乾》:"飛龍在天,利見大人。"

[4] 八埏:同"八殥",八方邊遠的地方。埏,讀音 yán,地的邊際。《漢書·司馬相

如傳下》："上暢九垓，下溯八埏。"《淮南子·地形訓》："九州之外，乃有八殥，亦方千里。"

[5] 馳道：指供君王行駛車馬的道路。《禮記·曲禮下》："歲凶，年穀不登，君膳不祭肺，馬不食穀，馳道不除，祭事不縣。"祗承：祗奉。《尚書·大禹謨》："文命敷于四海，祗承于帝。"

[6] 列辟：歷代君主。《逸周書·武穆解》："咸康於民，卿格維時，監於列辟。"群司：百官。《左傳·襄公十年》："庀群司，閉府庫。"

[7] 槐路：京城槐蔭大道。梁元帝《長安道》詩："雕鞍承赭汗，槐路起紅塵。"逶迤：舒展自如貌。《楚辭·遠游》："駕八龍之婉婉兮，載雲旗之逶蛇。"

[8] 祇，讀音qí，地神。

[9] 暠絜：同"皓洁"。

[10] 鐘虡：一種懸鐘的格架，上有猛獸爲飾。《周禮·考工記·梓人》："若是者以爲鐘虡，而由其虡鳴。"孫詒讓正義："《説文·虍部》云：'虡，鐘鼓之柎也，飾爲猛獸。'即謂臝屬之獸。"舞綴：舞樂。綴，猶"鄭"，指舞人的站位。《禮記·樂記》："故其治民勞者，其舞行綴遠；其治民逸者，其舞行綴短。"鄭玄注："民勞則德薄，鄭相去遠，舞人少也；民逸則德盛，鄭相去近，舞人多也。"

《釋奠應詔爲王暕作》一首　　南朝梁　鮑幾

題解：鮑幾其人生平不詳，梁元帝《薦鮑幾表》稱其"門庭雍睦，立身貞退，博涉文史，頗閑刀筆，忠公抗直，出宰廉平，雅志弘深，安貧專靜"。此爲鮑幾代王暕作。美太子"尊師薦德，明祀告虔"，弘揚禮義，聲教日聞于遠方，今番得與盛會，遂呈詩歌頌。當作於天監八年（509）。此篇逯欽立輯入《先秦漢魏晉南北朝詩·梁詩》卷二四。

伊昔列聖，表訓成均。德隆詔徹，義重師臣[1]。禮有損益，道有相因。蟬聯遐代，菴曖遺塵。（其一）

三代异教，五運殊時。則天啓聖，紐地開基。揖讓丕顯[2]，熙載疇諮。綜核名實，文德來思[3]。（其二）

水積涓流，山資累蠱。禮實立身，學乃成器。師師闕里[4]，濟濟洙泗。西玦獻珍，南甌程贄。（其三）

於鑠上嗣[5]，夙昭懋則。正位則離，邁心泉〔淵〕塞。獸〔虎〕門讓齒，龍樓觀德[6]。□□□□，是資監國[7]。（其四）

尊師薦德，明祀告虔。幕人掌握，司几奉筵。堂灌口瓚，庭奏朱弦。義高夏策，禮盛姬篇。（其五）

大饗既周，德馨惟楙[8]。殊方知禮，聲教日富。陸離簪笏，俳徊舞袖[9]。楚楚儒衣，莘莘國胄。[10]（其六）

曲成岡隔，容光無已[11]。合符出守，通藉入仕。[12]空列周行[13]，恩非望始。徒懷十駕，終謝千里。[14]（其七）

【注釋】

[1] 師臣：對居師保之位或加有太師官號的執政大臣的尊稱。

[2] 丕顯：英明。《尚書·康誥》："惟乃丕顯考文王，克明德慎罰。"

[3] 文德：禮樂教化，與"武功"相對。《易·小畜》："君子以懿文德。"來思：歸來，到來。思，語氣詞。《詩·小雅·采薇》："今我來思，雨雪霏霏。"

[4] 師師：眾多貌。

[5] 上嗣：君主的嫡長子，太子。《禮記·文王世子》："其登餕獻受爵，則以上嗣。"鄭玄注："上嗣，君之嫡長子。"

[6] 龍樓：指太子所居之宮。王融《三月三日曲水詩序》："出龍樓而問豎，入虎闈而齒胄。"

[7] 監國：太子代君主管理國事稱"監國"，監管國事。《國語·晉語一》："君行，太子居，以監國也。"

[8] 楙：盛、美。《漢書·晁錯傳》："是以大禹能亡失德，夏以長楙。"

[9] 陸離：光彩絢麗貌。《楚辭·招魂》："長髮曼鬋，豔陸離些。"簪笏：冠簪和手版，仕宦所用，比喻官員或官職。梁簡文帝《馬寶頌》序："簪笏成行，貂纓在席。"俳徊：安行貌；徐行貌。班固《西都賦》："大路鳴鑾，容與俳徊。"

[10] 楚楚：鮮明貌。《詩·曹風·蜉蝣》："蜉蝣之羽，衣裳楚楚。"莘莘：眾多貌。《國語·晉語四》："周詩曰：'莘莘征夫，每懷靡及。'"

[11] 容光：儀容風采。徐幹《室思》詩之一："端坐而無為，髣髴君容光。"

[12] 合符：符信相合；合驗符信。古以竹木或金石為符，上書文字，剖而為二，各執其一，合之為證。《史記·魏公子列傳》："公子即合符，而晉鄙不授公子兵而復請之，事必危矣。"通藉：同"通籍"，記名於門籍，可以進出宮門。荀悅《漢紀·元帝紀下》："房薦上弟子姚平、任良，'願以為刺史，臣得通藉殿中為奏事，以防擁隔。'"

[13] 周行：周官的行列，《詩·周南·卷耳》："嗟我懷人，置彼周行。"此指朝官。

[14] 十駕：馬駕車走十天的路程，此自稱謙詞。《荀子·勸學》："騏驥一躍，不能十步；駑馬十駕，功在不舍。"謝：慚愧，不安。顏延之《贈王太常詩》："屬美謝繁翰，遙懷具短劄。"

《釋奠詩應令》一首　　南朝梁　陸雲公

題解： 陸雲公（511—547），字子龍，吳郡人。五歲誦《論語》《毛詩》，博學善屬文。梁武帝召爲儀曹郎，累遷中書黄門郎，兼掌著作。此當作於天監八年（509），昭明太子講《孝經》畢，釋奠於國學。詩美大梁君主聖哲，弘教命學，太子至德，宣揚儒風，親臨釋奠，場面壯觀，"誦聲遍道，儒衣成肆"，雍和歡慶，作者獻詩歌頌。此篇逯欽立輯入《先秦漢魏晉南北朝詩·梁詩》卷一七。

　　質文叠運，損益相因。業遵憲氣，道著成均[1]。南學尚齒，東序貴仁[2]。三德既備，七教斯陳[3]。（其一）

　　微言中絶，異端競起。掃滅秦餘，緝維漢始[4]。暗途頗照，棼絲未理[5]。擾擾百家，悠悠千祀。（其二）

　　大梁肇命[6]，睿哲惟君。萬方輯瑞[7]，八表澄氛。仰測天象，俯奐人文。弘教猶海，聚學如雲。（其三）

　　道生萬有，孝首百行。孔勖淳深，老抑浮競。分門命學，异流爭鏡。誰其一之，資我將聖[8]。（其四）

　　家隆重棟，國體貳天。元良正位，至德聿宣。優游藝術，博極幾玄。丕隆夏載，旦暮姬年。（其五）

　　揚我聖作，導我人志。盛彼庠門，於惟上嗣[9]。三席式啓，百僚胥位。誦聲遍道，儒衣成肆[10]。（其六）

　　睟容玉潤[11]，麗辯泉飛。英蕃起予，執經光暉。肩墻睹奧[12]，入室探微。博哉善誘，嗟然實歸。（其七）

　　講業既終[13]，奠祀爰設。北牖配靈，左階升潔。蘋藻登薦，巾冕成迾[14]。黍稷非馨，誠敬斯悦。（其八）

　　藹藹幕宫[15]，泱泱殿沼。旗章映春[16]，絲竹清曉。獻琛海外，蒙衣塞表。具惟讌嘉，同慶億兆。（其九）

　　至道輝被，英風洋溢。式摽盛軌，方□懋實[17]。職濫惇史，誦乖洪筆[18]。使仰歌頌，終慚照述。（其一〇）

181

【注釋】

[1] 成均：大學，官設的最高學府。顏延之《宋武帝謚議》："國訓成均之學，家沾撫辜之仁。"

[2] 南學：五學之一，周有東、南、西、北四學，并太學稱五學。《大戴禮記·保傳》："帝入南學，上齒而貴信，則長幼有差，而民不誣矣。"尚齒：尊崇年長者。《禮記·祭義》："是故朝廷同爵則尚齒。"東序：相傳為夏代的大學，也是國老養老之所。《禮記·王制》："夏後氏養國老於東序。"

[3] 三德：《尚書·洪範》："三德，一曰正直，二曰剛克，三曰柔克。"七教：父子、兄弟、夫婦、君臣、長幼、朋友、賓客相互間各自應當遵從的倫理規範。《禮記·王制》："司徒修六禮以節民性，明七教以興民德。"

[4] 緝：理；整治。王儉《褚淵碑文》："是時天步初夷，王途尚阻，元戎啟行，衣冠未緝。"

[5] 棼絲：亂絲。《左傳·隱公四年》："臣聞以德和民，不聞以亂。以亂，猶治絲而棼之也。"

[6] 肇命：開始承天命。

[7] 輯瑞：會見屬下的典禮。《尚書·舜典》："輯五瑞，既月乃日，覲四岳群牧，班瑞於群後。"

[8] 將：大，美。《詩·豳風·破斧》："哀我人斯，亦孔之將。"順從。《莊子·庚桑楚》："備物以將形。"

[9] 庠門：學校。《陳書·周弘正傳》："辭林義府，國老民宗，道映庠門，望高禮閣。"上嗣：君主的嫡長子，後指太子。《禮記·文王世子》："其登餕獻受爵，則以上嗣。"

[10] 肆：市集。《論語·子張》："百工居肆以成其事，君子學以致其道。"

[11] 睟容：溫和慈祥的容貌。王融《三月三日曲水詩》序："睟容有穆，賓儀式序。"玉潤：指美德。《禮記·聘義》："君子比德於玉焉，溫潤而澤，仁也。"

[12] 肩墻：僅能及肩的矮墻。《論語·子張》："譬之宮墻，賜之墻也及肩。"

[13] 講業：經筵講讀。荀悅《申鑒·政體》："上有師傅，下有諫臣，大有講業，小則咨詢。"

[14] 迾：通"列"，行列。

[15] 藹藹：茂盛貌。陶潛《和郭主簿》之一："藹藹堂前林，中夏貯清陰。"

[16] 旗章：具有區別名分的標志的旗幟。《禮記·月令》："命婦官染采……以為旗章，以別貴賤等級之度。"

[17] 懋實：茂實，盛美的德業。司馬相如《封禪文》："俾萬世得激清流，揚微波，蜚英聲，騰茂實。"

[18] 濫：謙詞，指才不能勝任。惇史：有德行之人的言行記錄。《禮記·內則》：

"凡養老，五帝憲，三王有乞言。五帝憲，養氣體而不乞言，有善則記之爲惇史。"洪筆：大筆，比喻擅長寫文章。郭璞《〈爾雅〉序》："英儒贍聞之士，洪筆麗藻之客，靡不欽玩耽味，爲之義訓。"

《釋奠詩應令》一首　　隋　江總

題解：江總（519—594），字總持，濟陽郡考城人，歷梁、陳、隋三朝。在梁官侍郎、太子舍人、宣城王府録事參軍等職；入陳，任司徒右長史、掌東宫管記、給事黄門侍郎、太子中庶子、通直散騎常侍等職。詩稱"顧惟朽謝，暮識膚淺"，當其晚年，《陳書·宣帝本紀》載，太建三年（571）"秋八月辛丑，皇太子親釋奠于太學"，時江總52歲，或獻此詩。詩美當朝聖主，崇賢修禮，釋奠講學，良辰美景，君臣相聚，歡洽一堂，自己恭惟盛宴，獻詩讚美。此篇逯欽立輯入《先秦漢魏晉南北朝詩·陳詩》卷八。

敬遵三德，厥脩六藝。師聖發蒙[1]，尊儒啓滯。若括資羽，如金待礪。雅道聿興，教學無替。（其一）

希代明王[2]，應期聖主。裁成品物，奄有區宇。篇籍芬場，詩書照府。籠樊七十[3]，驅馭三五。（其二）

於赫上嗣，毓德元良。崇賢既辟，馳道飛芳。儀刑震象，問望離方。夏戈秋籥，日就月將。（其三）

肆禮虞庠，弘風闕里[4]。降心下問[5]，勞謙讓齒。五方聳聽，百辟傾耳。濟濟眾生[6]，莘莘胄子。（其四）

閑歌有節，合舞惟恭。階陳罇篚，庭列笙鏞。譽宣四學，業闡三雍[7]。森沉靈宇[8]，依俙神蹤。（其五）

奠餘幣久，辰良景暮。黍稷非馨，蘋蘩式昨[9]。崇敬台保，昭彰審諭[10]。翠蓋移陰[11]，斑輪徐渡。（其六）

年灰迭起，星琯環周[12]。春彫樹色，日藻川流。雪花遲舞，雲葉雙抽。霧開金塔，冰銷石溝。（其七）

肅仰鴻化，恭聞盛典。人握懸黎[13]，家藏瑚璉。顧惟朽謝[14]，暮識膚淺。恩謬爵浮，心慚貌忝[15]。（其八）

— 183 —

【注釋】

[1] 發蒙：使盲人眼睛復明，比喻啓發蒙昧；開拓眼界。《禮記·仲尼燕居》："三子者，既得聞此言也于夫子，昭然若發蒙矣。"

[2] 希代：同"希世"，世所罕有。傅玄《走狗賦》："希代來貢，作珍皇家。"

[3] 籠樊：鳥籠。《西京雜記》卷四："飲清流而不舉，食稻梁而未安，故知野禽野性，未脫籠樊。"

[4] 闕里：孔子故里，今曲阜城內闕里街。因有兩石闕，故名。孔子曾在此講學。後建有孔廟，幾占全城之半。《孔子家語·七十二弟子解》："顏由，顏回父，字季路，孔子始教學于闕里，而受學，少孔子六歲。"

[5] 降心：平抑心氣。《左傳·僖公二十五年》："天子降心以逆公，不亦可乎？"

[6] 耆生：年長之生。耆，讀音 qí，古稱六十歲曰耆，亦泛指壽考。《詩·魯頌·閟宮》："俾爾昌而大，俾爾耆而艾。"

[7] 四學：南朝宋設立的儒、玄、史、文四學館，此指學校。沈約《爲皇太子謝表》："不閑三善之訓，未習四學之儀。"三雍：漢時對辟雍、明堂、靈臺的總稱。《漢書·河間獻王傳》："武帝時，獻王來朝，獻雅樂，對三雍宮及詔策所問三十餘事。"顏師古注引應劭曰："三雍，辟雍、明堂、靈臺也。雍，和也，言天地君臣人民皆和也。"

[8] 森沉：幽暗陰沉。鮑照《過銅山掘黃精詩》："銅溪晝森沉，乳竇夜涓滴。"

[9] 式昨：未詳。

[10] 審諭：太子的師傅對太子的明白開導。語本《禮記·文王世子》："大傅審父子君臣之道以示之；少傅奉世子，以觀大傅之德行而審喻之。"喻，通"諭"。陸倕《爲豫章王慶太子出宮表》："伏維皇太子道契生知，照均天縱，不藉審諭之功，無待溫文之輔。"

[11] 翠蓋：飾以翠羽的車蓋，泛指華美的車輛。辛延年《羽林郎詩》："銀鞍何煜爚，翠蓋空踟蹰。"

[12] 迭起：交替而起；接連出現。《莊子·天運》："四時迭起，萬物循生。"星琯：同"星管"，古稱一周年。星，二十八宿；管，十二律管。沈約《南郊恩詔》："星琯驟回，履端告始。"

[13] 懸黎：亦作"懸璃"，美玉名。《戰國策·秦策三》："臣聞周有砥厄，宋有結綠，梁有懸黎，楚有和璞。"

[14] 朽謝：衰朽。《宋書·範泰傳》："朽謝越局，無所逃刑。"

[15] 怏，讀音 tiǎn，慚愧。

《在陳釋奠金石會應令》一首　　隋　王冑

題解： 王冑（558—613），字承基，王導八世孫。少有逸才，初仕於陳，起家鄱陽王法曹參軍，歷太子舍人、東陽王文學，陳亡入隋。《陳書·後主本紀》載，至德三年（585）十二月辛卯，"皇太子出太學，講《孝經》，戊戌，講畢。辛丑，釋奠于先師，禮畢，設金石之樂，會宴王公卿士"。此時王胄27歲，獻此頌詩。詩美陳應運而生，製禮作樂，詩書間出，皇帝聖明，太子聰睿。"尚仁降禮"，釋奠于宮，嘉賓雲集，君臣歡洽。自己得與盛會，歡欣鼓舞而獻詩。此篇逯欽立輯入《隋詩》卷五。

元氣氤氳，玄風緬邈。垂衣鑽燧[1]，脩文反朴。异代殊時，襲禮沿樂。損益雖著，罔弗于學。體斯將聖，實表宗師。三千仰德，五百應期。除丘黜素，定禮刪詩。作訓垂範，斯文在茲。有梁不造，群胡蹈軼[2]。聖教淪胥，微言殄瘁。大陳光啓，搜揚遺逸。儒雅成林，詩書間出。我皇纂曆，負扆握圖[3]。文同四表，教漸八區。[4]韜戈偃革，抑末崇儒。矩步接武，縫掖相趨。元良繼體，作睿惟則。明迺離照，澤符震德。審諭寧陳，珪璋靡忒。聿脩三善，以貞萬國。展茲鸞駕[5]，敬業獸門。尚仁降禮，齒胄紆尊[6]。式陳俎豆，薦蘋蘩。[7]箕簺成列，絲竹相諠。奠饗斯洽，克諧嘉宴。酒溢金罍，肴分玉饌。肅肅冠冕，詵詵巾卷[8]。咸資楙德，是稱俊選[9]。時惟歲聿，律變灰遷[10]。鴻門寒重，璧水冰堅[11]。風移瑞氣，日藻非烟。空知慶躍，何答陶甄[12]。

【注釋】

[1] 垂衣：垂衣裳。製定衣服之制，示天下以禮，後用以稱頌帝王無爲而治。《易·系辭下》："黃帝堯舜垂衣裳而天下治，蓋取諸乾坤。"鑽燧：鑽燧取火，原始的取火法。燧爲取火的工具。《管子·輕重戊》："黃帝作鑽燧生火，以熟葷臊。"

[2] 蹈軼：侵擾踐踏。

[3] 負扆：亦作"負依"，背靠屏風，指皇帝臨朝聽政。《荀子·正論》："居則設張容負依而坐。"楊倞注："户牖之間謂之依，亦作'扆'，'扆'、'依'音同。"握圖：猶握符，謂膺天命而有天下。徐陵《勸進梁元帝表》："伏惟陛下，出震等於勳華，鳴謙同於旦奭。握圖秉鉞，將在御天。玉縢珠衡，先彰元後。"

[4] 四表：指四方極遠之地，亦泛指天下。《尚書·堯典》："光被四表，格於上下。"八區：八方；天下。《漢書·揚雄傳下》："天下之士，雷動雲合，魚鱗雜襲，咸營於八區。"

[5] 鸞駕：天子的車駕，後亦爲車駕之美稱。陳琳《爲袁紹檄豫州》："後會鸞駕反旆，群虜寇攻。"劉良注："鸞駕，天子車也。"

— 185 —

[6]紆尊：謂地位高的人，謙卑自抑，屈尊俯就。梁簡文帝《昭明太子集序》："降貴紆尊，躬刊手掇。"

[7]俎豆：俎和豆。古代祭祀、宴饗時盛食物用的兩種禮器，泛指各種禮器。班固《東都賦》："獻酬交錯，俎豆莘莘。下舞上歌，蹈德詠仁。"蘋蘩：蘋和蘩，兩種可供食用的水草，古代常用於祭祀。《左傳·隱公三年》："蘋蘩薀藻之菜……可薦於鬼神，可羞於王公。"

[8]詵詵：衆多貌。《詩·周南·螽斯》："螽斯羽，詵詵兮；宜爾子孫，振振兮。"毛傳："詵詵，衆多也。"

[9]俊選：俊士和選士，古代指可以教育深造的優秀人才。《禮記·王制》："王大子、王子、群後之大子、卿大夫元士之適子、國之俊選，皆造焉。"

[10]灰邊：指季節變化。《後漢書·律曆志上》："候氣之法，加律其上，以葭莩灰抑其内端。"

[11]璧水：指太學。何遜《七召·治化》："璧水道庠序之風，石渠啓珪璋之盛。"

[12]陶甄：陶冶、教化。張華《女史箴》："茫茫造化，二儀既分。散氣流形，既陶既甄。"李善注："如淳曰：陶人作瓦器謂之甄。"

頌十六　禮部五　巡幸

《毛詩·周頌·時邁》一章

題解：此頌歌頌周武王之盛德。武王巡視諸侯，祭祀拜神，祈佑國祚綿長。布盛德於天下，使天下太平，四夷來服。此篇又見《詩經·周頌》。

時邁[1]，巡狩告祭柴望也。
時邁其邦，昊天[一]其子之[2]，實右序有周[3]。薄言震之[4]，莫不震疊[5]，懷柔百神[6]，及河喬嶽[7]，允王維后[8]。明昭有周[9]，式序在位[10]。載[二]戢干戈[11]，載櫜弓矢[12]。我求懿德，肆于時夏[13]，允王保之[14]。

【校勘】
〔一〕"天"，原作"而"，武則天時所造异體字。
〔二〕"載"，原作"廗"，武則天時所造异體字。

【注釋】
[1] 邁：巡行。鄭玄箋："武王既定天下，時出行其邦國，謂巡守也。"
[2] 昊天：蒼天。昊，元氣博大貌。子之，即"以之爲子"，此句謂昊天以周武王爲子。
[3] 實：語助詞，用以加强語義。右序：輔助，佑助。

[4] 薄言：急急忙忙。《詩·周南·苤苢》："采采苤苢，薄言采之。"高亨注："薄，急急忙忙。言，讀爲'焉'或'然'。"

　　[5] 震疊：震動，恐懼。毛詩傳："震，動。疊，懼。"

　　[6] 懷柔：帝王祭祀山川，招來神祇，使各安其位。毛詩傳："懷，來；柔，安。"百神：各方神靈。

　　[7] 及：祭及。河：黄河，這裏指代河神。喬嶽：高山，本指泰山，此指山神。

　　[8] 允：語氣助詞。《詩·周頌·時邁》："允王保之。"王引之《經傳釋詞》卷一："允王保之，言王保之也。允，語詞耳。"維：猶"爲"，作爲。后：君主。

　　[9] 明昭：明智聰察。

　　[10] 式序，按次第，順序。鄭玄箋："用次第處位。"

　　[11] 戢，讀音jí，收藏，聚集。干戈：兵器的通稱。

　　[12] 櫜：盛物的袋子。此指收集。

　　[13] 肆：施與，施行。時：通"是"，此。夏，中國。這裏指周王朝統治的區域。

　　[14] 允：同注釋[8]。保：指保持天命，保持先祖的功業。

《東巡頌》一首[一]　　　後漢　崔駰[二]

　　題解：崔駰作《四巡頌》以揚漢德，《東巡頌》爲其篇之首，其開篇便稱頌有漢之盛德，盛讚漢皇乃天命之所歸。同時，以"岳禮久而不脩"，而"海内之所懷思"，描寫東巡之美盛場面，突出此次東巡不同於往者之處。此篇頌東巡之意有三：其一，勸課農桑，履前聖蹤迹，行仁德於黎庶。其二，祭祀山岳，主祭泰山，祈神靈降幅，保家國安泰。同時，説漢章帝之明德。所謂"上謙謙而祇聳兮，謐玄静以自存"。其三，對儒家學説之推崇，對孔子之尊重。所謂"詠鄒魯之遺風兮，思盛禮於尼父"。其廣述賢聖之居所，聖代之樂舞，而欲將此德推之於萬民，使天下來同。所謂"邁種德於黎元兮，品萬區而長庶"。氣勢宏闊，此中可見漢家天下之雄風。

　　伊漢中興三葉[1]，於皇惟烈[2]，允由厥倫[三][3]，纘三命[四][4]，胤洪勳[五][5]。矩坤度以範物[6]，規乾則以陶鈞[7]。兼陰陽而制化[8]，合六宗以嘔烝[9]。挈縢籍之休符[10]，兼十一之嘉徵[11]。軌仁德於太和，師兹代而并興，上納鑿於羲農[12]，中結軌於黄虞[13]。超聖武之遠猷[14]，遵烈祖之高衢[15]。資統天之碩慮[16]，意乃溢乎中區[17]。於是考上帝以質中[18]，總列宿於北辰。開太微之禁庭[六][19]，延儒林以咨詢[七]。徵岱岳之故事[八][20]，稽列聖之遺塵[21]。于時司典[九]耆[十]耆[22]，戴華抱實[23]，儼爾而造[十一][24]，日[十二]盛乎大漢。既重雍而襲熙[25]，累增其德[十三]。允優裕而兼該[26]，天人之叙已光。唯岳禮久而不脩[27]，此神人之所庶幸[十四][28]，海内之所懷思[十五][29]。頌有山喬之征[十六][30]，典有徂岳之巡[31]。時邁其邦，人斯是勤[十七]，不亦宜哉。遂璿璣衡[32]，定曆文[33]，指孥鳥以爲正[十八]兮[34]，甄玄扈以司分[35]。勅勾芒使靖方兮[36]，詔重黎以奉春[37]。乃命太僕，訓六騶[38]，路閑馬[十九][39]，載師徒[二十]，於是乘輿，登天靈之威路[二十一][40]，駕太一之象車[41]。升九龍之華旗，立河鼓之靈兆[42]。鼓翡翠，規冒紫霄，揚玉鸞，栖招搖[43]。貳承華之鈞駟[44]，駙左駿之駿駓[45]，垂旒象之豹飾[46]，餌飛霓之旌旄[二十二]。紛紜發越，千乘膠葛[47]，旄首奮鬣[48]，武士楊鶂[49]。三軍霆激[50]，羽騎火烈。天動雷震，隱隱轔轔[51]。景耀雲覆，魌魌如神[52]。清氣霧野，光焰絳天。躐中霄而展節兮[53]，順斗柄之所運[54]。躬東作之上務兮[55]，始八政於南行[56]。衍黄夷以燭幽兮[57]，攄大觀以省方[58]。哀胡耇之元老兮[二十三][59]，賞孝行之畯農[60]。路澶漫以紆屈兮，望岱岳之窸窣[61]。神曖曖而郊迎兮，騁雲霓而來鶩。風翼翼而清路兮，澤湛湛而露濡[62]。紛繹繹而高集兮，遂即齋于山虞[63]。於是執玉之君[64]，咸來助祭。周覩岱濱[65]，抱禮受制[66]。遂案唐儀[67]，恢舊蹤[68]，宣重光，章二祖。柴皇穹於望秩兮[69]，揖百靈於天宗[70]。休明德之馥芬兮，神黮藹而來[71]。降假太廟而宗祀兮，依顯祖之從容。厭帝心而媚神兮[72]，歆庶績之穆雍[73]。爾乃上下鄰紛[74]，神人交欣。霑皇澤，懷聖歡，獻靈祐，贈帝軒。人温潤以清熙兮[75]，日晧晧而光晏。瑞穰穰而仍發兮[76]，效德輝而薦臻[77]。鳳先御而儲祉兮[78]，鷟既翔而贊珍[79]。琗丹穴之肥壤兮[80]，燿華采之繽紛[81]。同帝摯之貞實兮[82]，雙虞舜之來儀[83]。配高崗之爰止兮[84]，姷陶唐之所栖[85]。昔有熊之上路兮[86]，聽風聲而協律。吁群代而罕邁兮[87]，興有聖而特出。上謙謙而祇聳兮[88]，謐玄静以自存[89]。茲業業而弗康兮[90]，懼事事之孔艱[91]。步周流以容與兮，覽崢嶸之峻岏[92]。制軒轅而立崇兮[93]，發膚寸而播恩[94]。況聖主之鴻德兮[95]，綏萬邦而屢豐年[二十四][96]。憲象豫以崇惠兮[97]，應茂化以恢仁[98]。解天牢以錯辟兮[99]，洗宇宙而自新。於是時也，風雲之所馳騁，日月[二十五]之所容光。噏和氣之所滋熙[100]，嘉土宇之販章[101]。喬山嵩岳，允懷和柔。遐方表外，慕德而嬉。獻頌聲，薦嘉詩，踰盒山，侔鈞臺[102]。超景亳，軼周岐[103]。搜歷往昔之七十二，彼曾何足與爭流。行低個以經略兮[104]，瞰滄海而旋車[105]。登少皞之曲阜兮[106]，穆相祥以延佇。咏鄒魯之遺風兮，思盛禮於尼父。過太皞于有齊兮[107]，軼高陽於衛墟[108]。祀帝堯於靈臺兮[109]，瞰禹迹於唐丘[110]。俯三王之瑣瑣兮[111]，仰五帝之寥寥。睨垓下之制勝兮，經漢元於定陶[112]。干祖宗之遠績兮，庶乾乾而靡怠。勤殷宗之久勞兮，念周人之辛螫[113]。顧成湯之匪徨兮[114]，思周文之不暇。罄天旋而靡窮兮[115]，嗟水流而不舍。邁種德於黎元兮[116]，品萬區而長庶[117]。國家欣而開承兮，樂我君之游豫[118]。玄攜合於天載兮[119]，賦政當於唐書。德音溢於雅頌兮，風聲揚於九韶[120]。降漫漫之永猷兮[121]，揚大咸之冥冥[122]。翔虞氏於《南風》兮[123]，抗《雲門》之淑清[124]。然猶未足恢其塲也。方將布於皓皓[125]，施乎翔翔[126]。越帝圻[127]，入皇汪[128]；撩八極，而維天綱。反天元於太素兮[129]，復赫胥之敦顓[130]。樸人情於無爲兮，慚烝庶於醇釀[131]。康帝德於罔極兮，踔億載而垂功[132]。蹤唐路兮柴泰岳[133]，捪百靈兮總萬國。烝鴻烟兮洞杳冥[134]，山氣升兮捷玄庭[135]。宇清靖兮日晏貞[136]，歆皇和兮揚天光[137]。珍應答兮靈鳥翔，鸞從鷖兮導鳳皇。風送迎兮雨先後，被榮暢兮嘉澤澍[138]。黃動軔兮靈祉發[139]，玄聖謀兮應先達[140]。雙鳳翔兮熙岳陽，奮華文兮耀玄黃[141]。彼岱岳兮之彼岱岳之靈塲[142]，順帝瑞兮效休祥。祥既臻兮寧百福[143]，要帝命兮豐天德。綏庶邦兮延萬億[144]，紆末途兮貫野王[145]。登天柱兮涉太行，臨高都兮眺長子[146]。瞰八荒兮目萬里[147]，回六龍兮橫大河[148]。曜文鷁兮厲素波[149]，揚景祉兮被蒸黎[150]，總休瑞兮懷北歸。

【校勘】

〔一〕此篇《初學記》卷一三節引28字，《藝文類聚》卷三九皆引170字，《古文苑》（《四部叢刊初編》影宋本）卷二一節引195字，《太平御覽》卷三四〇節引6字，卷五三七節引24字。嚴可均據《初學記》《藝文類聚》《太平御覽》諸書所引，輯入《全上古三代秦漢三國六朝文·全後漢文》卷四四。此抄所載爲《東巡頌》完篇，可資補嚴輯。

〔二〕"崔駰"，《古文苑》作"傅毅"，注云："一本作崔駰"。案此卷崔駰所作東南西北四巡頌四篇俱全，《古文苑》作傅毅誤。

〔三〕"允由"，《初學記》作"允迪"。

〔四〕"三命"，《初學記》作"王命"。

〔五〕"洪勳"，《初學記》作"漢勳"。

〔六〕"開太微之禁庭"，"之"，《初學記》作"於"，《藝文類聚》作"敞"。

〔七〕"儒林"，《初學記》作"儒材"。

〔八〕"岱岳之故事"，《藝文類聚》無"之"。

〔九〕"司典"，《藝文類聚》作"典司"。

〔十〕"耆"字原脫，據《艺文類聚》《古文苑》補。

〔十一〕"儼爾"，"儼"，《初學記》作"徵"，《藝文類聚》作"逌"。

〔十二〕"日"原作"囜"，武則天時所造異體字。

〔十三〕"累增"，"累"，《初學記》作"代"，《藝文類聚》作"世"。

〔十四〕"庶幸"，《初學記》作"慶幸"。

〔十五〕"懷思"，《初學記》《藝文類聚》作"想思"。

〔十六〕"山喬"，《初學記》《藝文類聚》作"喬山"。

〔十七〕"人斯是勤"，《初學記》作"人斯攸勤"，《藝文類聚》作"民斯攸勤"。

〔十八〕"正"原作"㞡"，武則天時所造異體字。

〔十九〕"路閑"，《初學記》《藝文類聚》作"閑路"。

〔二十〕"載師徒"，"載"，《初學記》《藝文類聚》作"戒"。

〔二十一〕"戚路"，《初學記》作"戚輅"。

〔二十二〕"餌飛霓之旌旄"，"餌飛"，《初學記》作"巡翠"，《藝文類聚》作"建掃"。

〔二十三〕"衷胡耇至元老兮"，《藝文類聚》無"兮"。

〔二十四〕"年"原作"𠦁"，武則天時所造異體字。

〔二十五〕"月"原作"㘻"，武則天時所造異體字。

【注釋】

[1] 伊：發語詞，可不譯。葉：世、代。

[2] 於皇：嘆詞，用於讚美。

[3] 倫：輩、類。

[4] 三命：周代分官爵爲九等，稱九命。三命爲公侯伯之卿。命，爵命。

[5] 胤：繼承，延續。洪勳：也作"洪勛"，卓著的功勳。蔡邕《筆賦》："畫乾坤之陰陽，贊宓皇之洪勳。"

[6] 坤度：地道。範物：用模子製造器物，後引申爲示範於人。《宋書·武帝紀上》："高祖以身範物，先以威禁內外，百官皆肅然奉職，二三日間，風俗頓改。"

[7] 乾則：天道。陶鈞：本義爲製作陶器所用的轉輪。後引申爲治理國家之大道。《史記·魯仲連鄒陽列傳》："是以聖王制世御俗，獨化於陶鈞之上。"

[8] 制化：掌握事物之變化。

[9] 六宗：古代所遵祀之六神。《尚書·舜典》："肆類于上帝，禋于六宗，望于山川，徧于群神。"嘔，讀音 xū，和悅貌。烝：冬日祭禮。

[10] 挈：執。休符：吉祥的朕兆。《東觀漢記·丁鴻傳》："柴祭之日，白氣上升，與燎烟合，黃鵠群翔，所謂神人以和答響之休符也。"

[11] 十一：十分之一，此處用以表示很小的可能性。當指漢先祖之十一陵。嘉徵：

友善的徵兆。

　　[12] 納鑿：開鑿。義農：伏羲氏與神農氏之合稱。班固《答賓戲》："基隆於羲農，規廣於黃唐。"

　　[13] 結軌：軌迹交結，形容車輛絡繹不絶。《漢書·司馬相如傳下》："結軌還轅，東鄉將報，至于蜀都。"黃虞：黃帝與大禹之合稱。

　　[14] 遠猷：長遠之打算，遠大之謀略。《尚書·康誥》："顧乃德，遠乃猷。"

　　[15] 高衢：大道，要路。比喻高位，顯職。王粲《登樓賦》："冀王道之一平兮，假高衢而騁力。"

　　[16] 碩慮：深遠的思慮。班固《典引》："既感群後之讜辭，又悉經五緯之碩慮矣。"

　　[17] 中區：中心區域。左思《蜀都賦》："於是金城石郭，兼匝中區。"

　　[18] 質中：主體之中。質，主，主體。

　　[19] 太微：星官之名，三垣之一，位於北斗之南，軫、翼之北，大角之西，軒轅之東。諸星以五帝座爲中心，作屏藩狀。《楚辭·遠游》："召豐隆使先導兮，問大微之所居。"禁庭：即宮廷。

　　[20] 岱岳：泰山。

　　[21] 列聖：歷代帝王、皇帝。左思《魏都賦》："且魏地者……列聖之遺塵。"遺塵：指前人行動所留下痕迹。

　　[22] 司典：掌管典籍的人，指代史官。耆考：年高望重者。"耆"字原脱，據《藝文類聚》《古文苑》補。

　　[23] 戴華抱實：指外表穿戴華美而内在含抱朴實。

　　[24] 儼爾：猶"儼然"，嚴肅莊重的樣子。《論語·堯曰》："君子正其衣冠，尊其瞻視，儼然人望而畏之。"造：到，去。《周禮·地官·司門》："凡四方之賓客造焉，則以告。"鄭玄注："造，猶至也。"

　　[25] 重雍：累世太平。襲熙：即指由前代累世而來，承襲的光明盛世。

　　[26] 兼該：亦作"兼賅"，兼備，包括各個方面。揚雄《交州牧箴》："大漢受命，中國兼該。"

　　[27] 岳禮久而不脩：祭祀山岳之禮以年久而失傳。

　　[28] 庶幸：猶希望。《晋書·清河王司馬覃傳》："今者後宮未有孕育，不可庶幸將來而虛天緒，非祖宗之遺志，社稷之長計也。"

　　[29] 懷思：懷念，思念。《左傳·昭公七年》："孤與其二三臣，悼心失圖，社稷之不皇，況能懷思君德。"

　　[30] 山喬：《東漢文記》之《東巡頌》又作"喬山"，"喬山"即"橋山"，黃帝所葬之地。

　　[31] 徂岳：《毛詩·周頌·時邁》："懷柔百神，及河喬嶽。"徂，往，去。

　　[32] 琁，即"璇"。璣衡：古代觀測天體的儀器，"璇璣玉衡"的省稱，也是北斗七

星的泛稱。

［33］曆文：天文曆法。

［34］孥：泛指妻子與兒女。孥鳥：未詳。

［35］玄扈：山名，在陝西省雒南縣西，洛水之南。據《太平寰宇記》引《黃帝錄》稱，黃帝於此山拜受鳳鳥啣來之圖。《山海經·中山經》："自鹿蹄之山至於玄扈之山，凡九山。"

［36］勅，讀音 chì，整飭。勾芒：傳說中主管樹木之神。班固《白虎通·五行》："其神勾芒者，物之始生，其精青龍。芒之爲言萌也。"

［37］重黎：重與黎，爲羲和二氏之祖先。《尚書·呂刑》："乃命重黎，絕地天通，罔有降格。"

［38］六騏：《禮記疏》："皇氏云，天子馬有六種，種別有騏，則六騏也。又有總主之人，并六騏爲七。"

［39］路馬：古代指爲君主駕車之馬。因君主之車名路車，故稱。《禮記·曲禮上》："乘路馬，必朝服。"

［40］天靈：天上之神靈。威路：功德之路。

［41］太一：天神名。宋玉《高唐賦》："醮諸神，禮太一。"象車：用象拉的車。《韓非子·十過》："昔者黃帝合鬼神於西泰山之上，駕象車而六蛟龍。"

［42］河鼓：星宿名，屬牛宿，在牽牛之北。一說即牽牛。《史記·天官書》："牽牛爲犧牲。其北河鼓，河鼓大星，上將；左右，左右將。"

［43］招搖：星名，即北斗第七星搖光，亦借指北斗。《禮記·曲禮上》："行，前朱雀而後玄武，左青龍而右白虎，招搖在上，急繕其怒。"鄭玄注："招搖星在北斗杓端主指者。"

［44］承華：漢代馬監、馬廄名。《漢書·百官公卿表上》："（太僕）屬官……又龍馬、閑駒、橐泉、駘駼、承華五監長丞。"鈞駒：毛色純一的駒馬。

［45］駙：駕副車之馬。騢，讀音"xiá"，指赤白相間的雜毛馬。駣，讀音"táo"，指三歲馬。

［46］豹飾：古人衣袖上用豹皮製成的緣飾。《詩·鄭風·羔裘》："羔裘豹飾，孔武有力。"

［47］膠葛：交錯紛亂又深遠廣大貌。《楚辭·遠游》："騎膠葛以雜亂兮，斑漫衍而方行。"

［48］奮鬐：猛烈而有攻擊力之貌。

［49］揚鶡：揮動鳥之羽毛。楊，亦即"揚"，鶡，讀音"hé"，一種鳥之名稱。

［50］霆激：雷電震激。班固《東都賦》："輕車霆激，驍騎電驚。"

［51］隱隱轔轔：車馬衆多之聲。張衡《東京賦》："肅肅習習，隱隱轔轔。"薛綜注："隱隱，衆多貌。轔轔，車聲也。"

[52] 黤黤：陰暗，昏暗。

[53] 躔：泛指足迹，亦可借指居所。左思《吳都賦》："習其弊邑而不覩上邦者，未知英雄之所躔也。"中霄：中天，高空。

[54] 斗柄：原指北斗柄，指北門的第五至第七星，即衡、開陽、搖光。北門，第一至第四星象門，第五至第七星象柄。又可喻權柄。《後漢書·崔駰傳》："重侯累將，建天樞，執斗柄。"

[55] 東作：春耕。《尚書·堯典》："寅賓出日，平秩東作。"又可泛指東事。蔡邕《考城縣頌》："勸茲穡民，東作是營，農桑之業，爲國之經。"上務：首要任務，頭等大事。班固《答賓戲》："取舍者昔人之上務，著作者前列之餘事耳。"

[56] 八政：古代國家施政的八個内容。《尚書·洪範》："三，八政：一曰食，二曰貨，三曰祀，四曰司空，五曰司徒，六曰司寇，七曰賓，八曰師。"

[57] 黃夷：東夷的一種。《後漢書·東夷傳》："夷有九種，曰畎夷、於夷、方夷、黃夷、白夷、赤夷、玄夷、風夷、陽夷。"燭幽：照亮昏暗。

[58] 攄，讀音 shū，施展。大觀：盛大壯觀的景象。省方：巡視四方。

[59] 裒，讀音 póu，聚集。胡耇：年老之人，亦指年老，高壽。

[60] 畯，讀音 jùn，掌管農事之官。

[61] 崈崈：高大貌。崈，古同"崇"，高大。

[62] 湛湛：露濃之貌。霑濡：沾濕。賈誼《惜誓》："觀江河之紆曲兮，離四海之霑濡。"

[63] 山虞：《周禮》地官的屬官，掌管山林的政令。《周禮·地官·山虞》："山虞掌山林之政令，物爲之屬，而爲之守禁。"

[64] 執玉：手捧玉器，可持玉祭神。

[65] 岱：泰山別稱。

[66] 抱禮受制：持禮儀之度而受其制約。

[67] 唐儀：唐堯時之禮儀。

[68] 舊蹤：舊時蹤迹。

[69] 柴，讀音 zhài，覆蓋。皇穹：皇天。望秋：盼望秋收。

[70] 百靈：各種神靈。天宗：日月星辰。

[71] 黤藹：一做"掩藹"，艷麗超群。

[72] 厭：滿足。帝心：天子之心，形容天子之神明。《論語·堯曰》："帝臣不蔽，簡在帝心。"

[73] 歆：悦服，欣喜。庶績：各種事業。《尚書·堯典》："允釐百工，庶績咸熙。"穆雍：醇和雍容。

[74] 鄰紛：繽紛散落的樣子。

[75] 清熙：光宴。

[76]禳禳：第一個"禳"爲動詞，意爲除去邪惡或災异。後一個"禳"爲名詞，即除邪消灾的祭祀。

[77]德輝：仁德之光輝。《禮記·樂記》："故德輝動於內，而民莫不承聽。"薦臻：接連到來，屢次降臨。《詩·大雅·雲漢》："天降喪亂，饑饉薦臻。"

[78]儲祉：積福之意。

[79]鷟：傳說中的一種鳳凰。贊珍：贊賞珍惜。

[80]琒：珠玉的光彩。丹穴：傳說中的地名。《爾雅·釋地》："岠齊州以南，戴日爲丹穴。"

[81]燿：照耀，炫耀。華采：華麗的色彩。《九歌·雲中君》："浴蘭湯兮沐芳，華采衣兮若英。"

[82]帝摯：帝嚳長子，號青陽氏。貞實：忠信誠實。

[83]來儀：鳳凰來舞而有容儀，古人以爲瑞應。語出《尚書·益稷》："簫韶九成，鳳皇來儀。"孔穎達疏："簫韶之樂作之九成，以致鳳皇來儀而有容儀也。"

[84]高岡：高的山脊。《詩·大雅·卷阿》："鳳凰鳴矣，於彼高岡。梧桐生矣，於彼朝陽。"爰止：棲息之所。爰，語助詞，猶"之"。止，棲止。《詩·小雅·正月》："哀我人斯，於何從祿？瞻烏爰止？於誰之屋。"

[85]婣：猶"耦""偶"，謂相助、相親。陶唐：即唐堯，帝嚳之子。

[86]有熊：黃帝的國號。《史記·五帝本紀》："自黃帝至舜禹，皆同姓而异其國號，以章明德。故黃帝爲有熊……帝禹爲夏後而別氏，姓姒氏。"

[87]旴：嘆息，讚嘆。罕遘：難得遇見。

[88]謙謙：謙遜貌。祗聳：一作"祗疎"，恭敬惶恐。

[89]謐，讀音mì，寂靜。玄静：玄漢貞靜。自存：自察，自思。

[90]業業：危懼貌。《尚書·皋陶謨》："兢兢業業，一日二日萬幾。"孔安國傳："業業，危懼。"弗康：不安。班固《西都賦》："嘗有意乎都河洛矣，輟而弗康，宪用西遷。"

[91]事事：每事。《尚書·說命中》："惟事事乃其有備，有備無患。"孔艱：很艱難。《詩·小雅·何人斯》："彼何人斯，其心孔艱。"

[92]崢嶸：即崢嶸，高峻貌。屼：形容山之高貌。

[93]立崇：修立崇德之教。

[94]膚寸：古長度單位，一指寬爲寸，四指寬爲膚，比喻極少或極小。

[95]鴻德：盛大的恩德。揚雄《元後誄》："鴻德不忘，欽德伊何。"

[96]綏萬邦而屢豐年：安撫邦畿而使得邦畿多得豐年。綏：安撫。屢：數次。

[97]憲象：觀測推算天象。豫：預先準備。

[98]茂化：醇美的教化。恢：宏大，寬廣。

[99]錯辟：同"措辟"，舍棄刑法。錯，通"措"，舍棄，置而不用。《論語·爲

政》："舉直錯諸枉，則民服。"辟，法，刑。

[100] 噏：吸。滋熙：潤澤貌。王褒《洞簫賦》："吸至精之滋熙兮，稟蒼色之潤堅。"

[101] 土宇：鄉土和屋宅。《詩·大雅·桑柔》："憂心慇慇，念我土宇。"孔穎達疏："既是士卒自傷，則念土宇者，自念己之鄉土居宅也。"昄章：大明。《詩·大雅·卷阿》："爾土宇昄章，亦孔之厚矣。"

[102] 鈞臺：古臺名，亦名夏臺。

[103] 周岐：周先祖所遷之地岐山。

[104] 低佪：徘徊，留連。經略：籌畫，謀劃。

[105] 旋車：轉掉車架。

[106] 少皥：少昊，傳說中古代東夷集團首領，名摯，號金天氏。東夷集團曾以鳥爲圖騰，相傳少皥曾以鳥名爲官名。傳說，少皥死後爲西方之神。

[107] 太暭，亦作大皞、太昊，號伏羲氏，東方之帝君。

[108] 高陽：顓頊有天下，號曰高陽。

[109] 靈臺：臺名，周文王建。《詩·大雅·靈臺》："經始靈臺，經之營之，庶民攻之，不日成之。"

[110] 禹迹：相傳夏禹治水，足迹遍於九州，後因稱中國的疆域爲禹迹。語出《尚書·立政》："其克詰爾戎兵，以陟禹之迹。"孔安國傳："以升禹治水之舊迹。"

[111] 瑣瑣：亦作"璅璅"，形容卑微渺小。《詩·小雅·節南山》："瑣瑣姻亞，則無膴仕。"

[112] 漢元：漢初。

[113] 辛螫：毒蟲刺螫人。《詩·周頌·小毖》："莫予荓蜂，自求辛螫。"比喻荼毒，虐害。

[114] 成陽：漢高祖十二年（前195），置成陽侯國，在今山東菏澤市內。匪徨：心寧之貌。

[115] 罄：竭、空。天旋：天體旋轉，常以形容氣勢雄偉或景象壯觀。揚雄《羽獵賦》："壁壘天旋，神扶電擊。"

[116] 種德：猶布德，施恩德於人。《尚書·大禹謨》："皋陶邁種德，德乃降，黎民懷之。"黎元：黎民。

[117] 長庶：排行最長却爲妾所生的兒子。《公羊傳·襄公二十九年》："僚者，長庶也，即之。"

[118] 游豫：亦作"游預"，猶游樂。《孟子·梁惠王下》："吾王不游，吾何以休？吾王不豫，吾何以助？一游一豫，爲諸侯度。"趙岐注："豫，亦游也。"

[119] 玄撝：隱没謙退。撝，讀音 huī，此意爲謙遜，退讓。《易·謙》："无不利，撝謙。"王弼注："指撝皆謙，不違則也。"

— 196 —

[120] 九韶：舜時樂曲。《周禮·春官·大司樂》："九德之歌，《九韶》之舞。"《莊子·至樂》："奏《九韶》以爲樂，具太牢以爲膳。"

[121] 猷，讀音 yóu，此處意爲"順"，《廣雅·釋訓一》："猷，順也。"

[122] 大咸：周代"六舞"之一。相傳本爲堯時的舞樂，又稱"咸池"。《周禮·春官·大司樂》："以樂舞教國子，舞《雲門》《大卷》《大咸》。"鄭玄注："《大咸》《咸池》，堯樂也。"

[123] 南風：南風爲古樂曲名，相傳爲虞舜所作。《禮記·樂記》："昔者舜作五弦之琴，以歌《南風》。"

[124] 雲門：周六樂舞之一。用於祭祀天神。相傳爲黃帝時所作。《周禮·春官·大司樂》："以樂舞教國子。舞《雲門》《大卷》《大咸》《大磬》《大夏》《大濩》《大武》。"鄭玄注："此周所存六代之樂，黃帝曰《雲門》《大卷》。黃帝能成名萬物，以明民共財，言其德如雲之所出，民得以有族類。"淑清：清白、純淨、明朗。《淮南子·本經訓》："日月淑清而揚光，五星循軌而不失其行。"

[125] 晧晧：潔白貌。

[126] 施：散布，鋪陳。翔翔：莊敬安舒貌。《穆天子傳》卷三："吹笙鼓簧，中心翔翔。"

[127] 圻，讀音 qí，畿，京畿。古稱天子直轄之地，亦指京城所領的地區。《尚書·畢命》："申畫郊圻，慎固封守，以康四海。"帝圻：京畿。

[128] 皇汪：皇家池園。

[129] 天元：歲時運行之理。《史記·曆書》："王者易姓受命，必慎始初，改正朔，易服色，推本天元，順承厥意。"太素：最原始之物質，引申爲天地。《列子·天瑞》："太素者，質之始也。"

[130] 赫胥：赫胥氏，傳說中的帝王名。《莊子·馬蹄》："夫赫胥氏之時，民居不知所爲，行不知所之，含哺而熙，鼓腹而游。"成玄英疏："赫胥，上古帝王也。亦言有赫然之德，使民胥附，故曰赫胥。蓋炎帝也。"亦稱"赫蘇氏"。敦顒：篤厚肅靜。

[131] 烝庶：民衆，百姓。醇釀：酒味濃厚甘美。

[132] 踔：逾越，超越。《後漢書·蔡邕傳》："踔宇宙而遺俗兮，眇翩翩而獨征。"

[133] 柴：燒柴祭天。泰岳：泰山。《尚書·舜典》："歲二月，東巡守，至於岱宗，柴。"孔安國傳："燔柴祭天告至。"

[134] 烝鴻烟：祭禮之一種。杳冥：天空，高遠之處。宋玉《對楚王問》："鳳凰上擊九千里，絶雲霓，負蒼天，翱翔乎杳冥之上。"

[135] 玄庭：深庭。形容深遠之所。

[136] 晏貞：安樂堅定。

[137] 歙：聚集。天光：自然之智慧之光。《莊子·庚桑楚》："宇泰定者，發乎天光。"成玄英疏："其發心照物，由乎自然之智光。"

[138] 榮暢：榮盛。澤澍：芳澤與及時之雨。

[139] 動軔：去木動輪而發行也，出發之謂。陳壽《三國志·魏書》："盛暑行師，詩人所重，實非至尊動軔之時也。"靈祉：神靈降賜的福祉。

[140] 聖謀：聖略。先達：有德行學問的前輩。《後漢書·朱暉傳》："初，暉同縣張堪素有名稱，嘗於太學見暉，甚重之，接以友道，乃把暉臂曰：'欲以妻子托朱生。'暉以堪先達，舉手未敢對。"

[141] 玄黃：玄爲天色，黃爲地色，此指天地。揚雄《劇秦美新》："玄黃剖判，上下相嘔。"

[142] 靈場：鬼神降臨之壇祠。揚雄《法言》："靈場之威，宜夜矣乎。"

[143] 臻：至，到達。

[144] 綏：安撫。庶邦：諸侯衆國。《尚書·酒誥》："厥誥毖庶邦庶士越少正御事朝夕曰：祀兹酒。"

[145] 紆：縈回，圍繞。末途：晚年。野王：河内之地，一縣名。

[146] 眺：遠望。長子：此篇中意指巨子，對儒學大儒之尊稱。《莊子·天下篇》釋文引向秀曰：'墨家號其道理成者爲鉅子，若儒家之碩儒。'長與鉅義同，鉅子，長子，蓋當時有此稱。隨其長子，謂奉一先生以爲師，從而附和之也。"

[147] 瞰：俯視。八荒：八方荒遠之地。

[148] 六龍：指太陽。神話傳說日神乘車，駕以六龍，羲和爲御者。劉向《九嘆·遠游》："貫澒濛以東朅兮，維六龍於扶桑。"郭璞《游仙詩》："六龍安可頓，運流有代謝。時變感人思，已秋復願夏。"

[149] 曜：照耀，明亮。文鶂：船首畫有鶂鳥形狀的船。素波：白色的波浪。漢武帝《秋風辭》："橫中流兮揚素波，簫鼓鳴兮發棹歌。"

[150] 景祉：光明的福祉。蒸黎：百姓，黎民。

《南巡頌》一首并序〔一〕　　後漢　崔駰

題解：《南巡頌》是崔駰隨漢章帝南巡所作頌美之辭。其目的便在於追錄古人，以嘉褒貶，頌古人之遺風，贊天子之聖明。此篇最爲突出的特點，便在于大篇幅對楚國歷史的追溯，其敘楚國歷史，發懷古之思，鑒後之來者。其述楚民族從初生至稱霸至變革再至衰微的過程，褒揚中正耿介之士，貶斥奸邪佞妄之徒。行文貞介之氣流動，即見其對楚文化的重視，對屈子之風的承繼，又馭奇而執正，秉頌體之美頌之道，允執厥中，勉勵今之天子尊先賢之矩鑊，保漢家天下熙融太平。

— 198 —

建初[二]九年，秋穀始登[1]，改曆元和[2]，贖逋罪[3]，省獄刑，捋變群品之叙[4]，醞萬化之原[5]。陶二氣之調[6]，育人神之歡。于斯嘉時[三]，舉先王之大禮，假于章陵。遂南巡楚略江川以望衡山[四]，顧九疑，嘆虞舜之風。是時庶績咸熙[7]，罔可黜陟。乃追錄古人之嘉襃貶[8]，示好惡焉。回軫夏墟[9]，嘆儉德之流，濟人於忠也。愚人作頌，以贊主德。其辭曰：
　　惟林蒸之鴻德兮[五][10]，允天覆而無遺[11]。班雲行之博惠兮[六][12]，淑雨施於庶黎。建皇極以制中兮[13]，協乾元之大和[14]。體陶唐之晏晏兮[15]，革歷載而承嘉。思保人於赤子兮[16]，悼獄犴之有逋[17]。屢寬刑以宥戾兮[18]，振囹圄而恤辜[19]。陶萬國以至孝兮，躬有虞之蒸蒸。右文王之享岐兮[20]，左枌榆之舊里[21]。伊年在仲秋兮，百卉斯殍。感霜露之悽愴兮，懷聖靈乎祖始。於是歷吉日，踐壇場，軍升翼，策駟房[22]。揚大火之龍旂兮[23]，懸參伐之狐旌[24]。登岳陽以舒節兮[25]，觀萬乘於天庭[26]。翔翔習習[27]，星[七]散雨集。紆縈汝潁[28]，登陟陵陸，遂臻章園。修吉圭之嘉享兮[29]，班神序於靈祊[30]。庶寮婁以位賓兮[31]，群後儼而來虔[32]。明德馨以芬苾兮[33]，皇祖欣以舞歡[34]。隕鴻祉於帝室兮[35]，降禳禳於顯期[36]。人喻義而悦德兮，樂我君之來嬉。既乃周望郊野，逍遙舊家，原隰彌平，白水丹波。奕奕池沼[37]，寖液圃涯[38]，可謂樂土者已。昔周人踊岐[39]，而漆沮作頌[40]；漢濟江沔，胥度此邦[41]，同基王迹，爰即大中。囚斯匪人，亦有斾功，豈不皇哉？然後衍皇心於四荒[42]，抗帝咨於稽古[43]。步皇路於而衢兮，播光焰於南浦[44]。揚江表之茫茫。眕海嵎於姜野[45]。瞰鄢郢之舊居兮[46]，察黎苗之所處。蓋鬻子之師周兮[47]，肇於是乎開寓[48]。善熊繹之脩度兮，美蚡冒之藍縷[49]。風勁而剛鋭兮，負國險而強御。宗周忽其不競兮，厥先叛而自怙[50]。依江漢之勢阻兮，據方城而跋扈。廢王室之貢納兮，作檀威而伐克[51]。滅文武之舊封兮，翦漢陽之列國。稍啓同以廣畿兮[52]，侵王路而自興。距大邦而爲讎兮，宜六師之所膺。賢莊公之匡救兮[53]，於衰運乎少康[54]。嘉叔時於申息兮[55]，懿孫敖於期思[56]。穢平王之荒惑兮，唉讒賊之譖口[57]。卑無極於北方兮，褒奮楊於城父[58]。表諸梁於宛葉兮[59]，顯伍舉於章臺。惡啓疆之作亂兮[60]，是尹革之斬之[61]。好子囊之忠國兮[62]，顧社稷而垂辭。閔屈平之赴羅兮，痛靈修之被欺。悲政失而國從兮，郢路蕪而爲丘。投子圉於乾溪兮[63]，沉商臣[八]於江流[64]。川祇慴服[65]，漢女不游。臨大江而永望兮，泝岷山之洪流[66]。瞰九疑與會稽兮，咏虞夏之遺基。想伯舅於山陰兮[67]，嘆烈祖於長沙。跋車迹於堯軌兮[68]，躡聖武之所過[69]。觀雲夢之弘藪兮，眎三江之所經。巫山崒其尋天兮[70]，譬有姚之湘靈[71]。浮凶虐於彭蠡兮[72]，放有苗於洞庭[73]。遠南巢之邪慝兮[74]，疾殷武之攸征。湮驩兜於崇山兮[75]，軾箕公於陽城[76]。蠲饕餮於四裔兮[77]，中夏康而謐清[78]。采大禹之儉德兮，察忠孝之遺人。惟上聖之綏俗兮[79]，慕敦樸之可遵[80]。風率爾而高邁兮，雲鬱隆而超升。仰天路之峩峩兮[81]，若浮海之望島。邈商周之蔑如兮[82]，夫何足與神區而并道。陟羲農之遐路兮[83]，逾五帝之嶢嶢[84]。冒宇宙而猶侈兮，函八區而尚遼[85]。懷三梓而不盛兮[86]，提四夷之若羽[87]。式典謨以經國兮[88]，弘俊乂以爲輔。配咸池之穆穆兮[89]，侔夔氏之於予[90]。運八極於諸掌兮，誰道重而不可舉。

【校勘】

〔一〕此篇《初學記》卷一三節引24字，《御覽》卷五三七節引52字。嚴可均據之輯入《全後漢文》卷四四。此鈔所載爲完篇，可校補嚴輯。

〔二〕"初"，原作"𡔈"，武則天時所造异體字。

〔三〕"于斯"，《太平御覽》作"犹斯"。

〔四〕"楚略"，《太平御覽》作"楚路临"。

〔五〕"惟臨蒸之鴻德兮"，《初學記》無"兮"。

〔六〕"班雲行之博惠兮"，《初學記》作"班雲行之博惠"。

〔七〕"星"，原作"〇"，武則天時所造异體字。

〔八〕"臣"，原作"恧"，武則天時所造异體字。

【注釋】

[1] 登：穀物成熟。

[2] 元和：漢章帝的第二個年號。

[3] 逋罪：逃亡的罪人。陳琳《檄吳將校部曲文》："乃神靈之逋罪，下民所同讎。"

[4] 捊，讀音póu，引取，聚集。

[5] 醞，讀音yùn，釀造，逐漸造成。

[6] 二氣：陰陽二氣。

[7] 庶績：各種事業。

[8] 裦，讀音bāo，通"褒"。

[9] 回軫：猶回車。宋武帝《七夕詩》之"解帶遽回軫，誰云秋夜長。"

[10] 林烝：亦即"林烝"，君主的別稱。《爾雅·釋詁上》："林烝……君也。"鴻德：盛大的恩澤。

[11] 天覆：上天覆被萬物，後用以稱美帝王仁德廣被。《漢書·匈奴傳下》："今聖德廣被，天覆匈奴。"

　　[12] 博，獲取。博惠：得到惠澤。

　　[13] 皇極：帝王統治天下的準則，即所謂大中至正之道。《尚書·洪範》："五，皇極，皇建其有極。"制中：猶言執中，謂恪守中正之道，無過與不及。《禮記·仲尼燕居》："夫禮，所以制中也。"

　　[14] 乾元：《易·乾》："大哉乾元，萬物資始，乃統天。"孔穎達疏："乾是卦名，元是乾德之首。"朱熹本義："乾元，天德之大始。"後以"乾元"形容天子之大德。大和，亦即"太和"，天地間沖和之氣。《易·乾》："保合大和，乃利貞。"大，一本作"太"。朱熹本義："太和，陰陽會合沖和之氣也。"《漢書·敘傳上》："沐浴玄德，稟印太和。"《文選》作"太龢"。

　　[15] 陶唐：唐堯。帝嚳之子，姓伊祁，名放勳。初封于陶，後徙于唐。《尚書·五子之歌》："惟彼陶唐，有此冀方。今失厥道，亂其紀綱，乃底而亡。"晏晏：和悅貌。

　　[16] 保人：即保氏。《尚書·君·序》："召公爲保，周公爲師，相成王爲左右。保氏與師氏同爲教育國子之官。"

　　[17] 獄犴：牢獄。桓寬《鹽鐵論·刑德》："幽隱遠方，折乎知之，室女童婦，咸知所避。是以法令不犯，而獄犴不用也。"

　　[18] 宥：寬仁，寬待。戾：乖張，違逆。

　　[19] 囹圄：監獄。恤：體恤，憐憫。

　　[20] 享岐：受享於岐山，祭禮之一種。

　　[21] 枌榆：漢高祖故鄉里舍名。《史記·封禪書》："高祖初起，禱豐枌榆社。"

　　[22] 駟房：房星。劉歆《遂初賦》："備列宿於鉤陳兮，擁太常之樞極。總六龍於駟房兮，奉華蓋於帝側。"

　　[23] 大火：星宿名，即心宿。《爾雅·釋天》："大火謂之大辰。"郭璞注："大火，心也，在中最明，故時候主焉。"龍旂：畫有兩龍蟠結的旗子之一，天子儀仗之一。《周禮·考工記·輈人》："龍旂九斿，以象大火也。"

　　[24] 參伐：亦作"參罰"，參、伐皆星名。伐星屬於參宿，古人謂主斬伐之事。《史記·秦始皇本紀》："蓋得聖人之威，河神授圖，據狼、狐，蹈參、伐，佐政驅除，距之稱始皇。"

　　[25] 岳陽：古稱巴陵，又名岳州。舒：緩也。舒節，即緩節。《淮南子·原道訓》："縱志舒節，以馳大區。"

　　[26] 萬乘：萬輛兵車。古時一車四馬爲一乘。《韓非子·五蠹》："萬乘之國莫敢自頓於堅城之下，而使強敵裁其弊也。"

　　[27] 翔翔：莊敬貌。《禮記·玉藻》："朝廷濟濟翔翔。"習習：衆多貌。蔡邕《陳留太守胡公碑》："祁祁我君，習習冠蓋。"

[28] 紆縈：山水回環旋繞。汝潁：汝水與潁水。《三國志·郭嘉傳》：太祖與荀彧書曰："自志才亡後，莫可與計事者也。汝潁固多奇士，誰可以繼之？"

[29] 吉圭：吉蠲也，祭祀前選擇吉日，齋戒沐浴。《詩·小雅·天保》："吉蠲爲饎，是用孝享。"嘉享：謂祭祀時神靈歆享。

[30] 班神序：排列神靈位序。祊，讀音 bēng，宗廟之門，亦指廟門內設祭之處。《詩·小雅·楚茨》："或肆或將，祝祭于祊。"

[31] 庶寮：百官。張衡《思玄賦》："戒庶寮以夙會兮，僉恭職而并迓。"

[32] 群後：四方諸侯及九州牧伯，泛指公卿。儼：恭敬莊重，莊嚴。

[33] 明德：光明之德，美德。馨：香氣遠聞，芳香。鬯，讀音 chàng，宗廟祭祀用的香酒，以鬱金香合黑黍釀成。《禮記·曲禮下》："凡摯：天子，鬯；諸侯，圭。"孔穎達疏："天子鬯者，釀黑黍爲酒，其氣芬芳調暢，故因謂爲'鬯'也。"

[34] 皇祖：君主的祖父或遠祖。《尚書·五子之歌》："皇祖有訓：民可近，不可下。"

[35] 隕：墜落。《易·姤》："有隕自天。"鴻祉：鴻福。帝室：皇室，皇族。

[36] 禳：祭名的一種。

[37] 奕奕：光明貌；亮光閃動貌。謝惠連《秋懷》詩："皎皎天月明，奕奕河宿爛。"

[38] 寔：滲透。囿：比喻事物萃聚處。

[39] 踰岐：路過岐山。

[40] 漆沮：漆水與沮水。《詩·小雅·吉日》："漆沮之從，天子之所。"

[41] 胥：跟從，相隨。《管子·樞言》："人進亦進，人退亦退，人勞亦勞，人佚亦佚，進退勞佚，與人相胥。"胥度：相隨度過。

[42] 四荒：四方荒遠之地。《楚辭·離騷》："忽反顧以游目兮，將往觀乎四荒。"

[43] 帝咨：帝咨之所問。稽古：考察古事。

[44] 南浦：南面的水邊，常用以稱送別之地。《楚辭·九歌·河伯》："與子交手兮東行，送美人兮南浦。"

[45] 眂：一作"視"。海嵎：海角，海邊，常指僻遠之地。《尚書·君奭》："我咸成文王功於不怠，丕冒海隅出日，罔不率俾。"姜野：廣大的野外。

[46] 鄢郢：春秋楚文王定都于郢，惠王之初曾遷都于鄢，仍號郢。因以"鄢郢"指楚都。《商君書·弱民》："秦師至，鄢郢舉，若振槁。"舊居：舊宅，故居。

[47] 鬻子：鬻熊。《史記·周本紀》："太顛、閎夭、散宜生、鬻子、辛甲大夫之徒皆往歸之。"裴駰集解引劉向曰："鬻子名熊，封於楚。"亦指其著作。《漢書·藝文志》道家類有《鬻子》22篇。劉勰《文心雕龍·諸子》："至鬻熊知道，而文王諮詢，餘文遺事，錄爲《鬻子》。"

[48] 肇：開始，開創。寓，即"宇"之异體字。開宇，即開闢封地。王延壽《魯靈

光殿賦》："錫介珪以作瑞，宅附庸而開宇。"

[49] 蚡冒：楚厲王，芈姓，凶氏，名眴，亦稱楚蚡冒，楚霄敖長子，春秋時期楚國國君。藍縷：形容衣服之破舊。

[50] 怙：依靠，憑藉。自怙：自我依憑。宗周忽其不競分，厥先叛而自怙：有周一代忽然不振而衰落，楚國即依靠自身實力脫離尊周之制。

[51] 檀威：一種兵器。伐克，即伐克，征伐攻克。

[52] 廣畿：拓寬京畿之地。

[53] 莊公：楚莊王。匡救：匡正補救。《尚書・太甲中》："既往背師保之訓，弗克于厥初，尚賴匡救之德，圖惟厥終。"

[54] 少康：夏代中興之主，帝相之子。寒浞使子澆殺帝相篡位。帝相後緡方娠，逃歸有仍，生少康。少康長大，逃奔有虞，虞君妻以二女。夏舊臣靡收集夏朝舊部，滅浞而立少康。少康又滅澆。《楚辭・離騷》："及少康之未家今，留有有虞之二姚。"後用爲王太子復仇的典故。

[55] 申息：申國與息國，原是姜姓之國，後被楚國吞併。"申息之師"即是楚國在滅淮河上游的申國、息國後，建立的一支軍隊，多次參與楚國開疆拓土的戰爭。

[56] 孫敖：孫叔敖。期思：復姓，楚大夫居期思城，因以爲姓。後又有去"思"單爲期氏。見鄧名世《古今姓氏書辯證》卷四。

[57] 唼，讀音 qiè，譖言。讒賊：誹謗中傷，殘害良善。

[58] 奮揚：奮揚，有力地顯揚。城父：張良故里。

[59] 宛葉：二古邑的并稱。宛，即今河南南陽；葉，在今河南葉縣南。《史記・項羽本紀》："漢王之出滎陽，南走宛葉，得九江王布，行收兵，復入保成皋。"

[60] 啓疆：開拓疆域。賈誼《新書・審微》："啓疆，闢疆，天子之號也，諸侯弗得用。"

[61] 尹革：人名。《文選》李善注言"左氏傳右尹革曰：祈昭之愔愔"。

[62] 子囊：爲國忠誠，以身死國之人。《呂氏春秋・卷十九離俗覽第七・高義》注："而今猶爲萬乘之大國，其時有臣如子囊與子囊之節，非獨屬一世之人臣也。"注："子囊之忠，雖百世，猶不可忘，故曰，非獨屬一世之人臣。"

[63] 子圍：楚國國君之一，奸邪之徒。《戰國策》："楚王子圍聘於鄭，未出，竟聞王病，反，問疾，遂以冠纓絞王殺之，因自立也。"乾溪：地名，春秋時屬楚，在今安徽省亳州東南。《左傳・召公六年》："令尹子蕩帥師伐吳，師於豫章，而次於乾溪。"

[64] 商臣：楚國國君之一，弒君弒父之人，不孝之徒。《漢書》："楚穆王弒父。"顔師古注："穆王，商臣也。殺其父成王也。"

[65] 祇，此處同"祇"，讀音 qí，地神。川祇，即司川之神。慴服：因畏懼而屈服。

[66] 沂：逆水而上。岷山：四川省北部，延綿四川、甘肅兩省邊境，爲長江、黃河分水嶺。

[67] 伯舅：周王朝對异姓諸侯的稱呼。《左傳·僖公九年》："王使宰孔賜齊侯胙，曰：'天子有事于文、武、使孔賜伯舅胙。'"楊伯峻注："天子謂同姓諸侯曰伯父或叔父，謂异姓諸侯爲伯舅……《覲禮》所謂'同姓大國則曰伯父，同姓小邦則曰叔父'，未必然也。"《左傳·襄公十四年》："昔伯舅大公右我先王，股肱周室，師保萬民。"賈誼《陳政事疏》："今自王、侯、三公之貴，皆天子之所改容而禮之也，古天子之所謂伯父伯舅也。"

[68] 堯軌：堯時留下的車軌，引申爲堯之遺則。

[69] 聖武：聖明英武，舊時稱頌帝王之詞。《尚書·伊訓》："惟我商王，布昭聖武，代虐以寬，兆民允懷。"《後漢書·黃瓊傳》："光武以聖武天挺，繼統興業，創基冰泮之上，立足枳棘之林。"

[70] 崒：高，峻險。

[71] 有姚：虞舜，相傳曾居姚墟，因以爲姓，故稱。有，詞頭。湘靈：古代傳説中的湘水之神。《楚辭·遠游》："使湘靈鼓瑟兮，令海若舞馮夷。"洪興祖補注："此湘靈乃湘水之神，非湘夫人也。"一説，爲舜妃，即湘夫人。

[72] 凶虐：凶惡暴虐。彭蠡：即鄱陽湖。

[73] 有苗：四凶之一，亦稱三苗。堯、舜、禹時代我國南方較强大的部族，傳説舜時被遷到三危。有，詞頭。《尚書·大禹謨》："帝曰：諮禹，惟時有苗弗率，汝徂征。"孔安國傳："三苗之民，數幹王誅。"

[74] 南巢：古地名，在今安徽巢縣西南。因位於古代華夏族活動地區的南方，故名。《尚書·仲虺之誥》："成湯放桀于南巢，惟有慙德。"《史記·夏本紀》"桀走鳴條，遂放而死"條，張守節正義引《括地志》："廬州巢縣有巢湖，即《尚書》'成湯伐桀，放於南巢'者也。"邪慝：猶邪惡。《孟子·盡心下》："經正，則庶民興；庶民興，斯無邪慝矣。"

[75] 驩兜：四凶之一，相傳爲堯舜時部落首領。

[76] 箕公：嵇康《琴賦》："悟時俗之多累，仰箕山之餘暉。"《文選》李善注："堯讓位於許由，由辭曰：'鷦鷯巢在深林，不過一枝；偃鼠飲河，不過滿腹。'隱乎沛澤，堯讓不已，于是遁于中岳，潁水之陽，箕山之下。死，因葬于箕山之巓十五里。堯因就封其墓，號曰箕公。子仲武，陽城槐里人也。"

[77] 饕餮：傳説中的一種貪殘的怪物，古代鐘鼎彝器上多刻其頭部形狀以爲裝飾。《吕氏春秋·先識》："周鼎著饕餮，有首無身，食人未咽，害及其身，以言報更也。"四裔：指幽州、崇山、三危、羽山四個邊遠地區。因在四方邊裔，故稱。語出《尚書·舜典》："流共工於幽州，放驩兜於崇山，竄三苗於三危，殛鯀於羽山。"

[78] 夏康：夏代君王太康的省稱。太康爲啓之子，以游樂放縱而失國。《楚辭·離騷》："啓《九辯》與《九歌》兮，夏康娱以自縱。"謐：寂静。

[79] 綏：安撫。綏俗：安撫俗世。揚雄《博士箴》："昔聖人之綏俗，莫美於施化。"

[80] 敦樸：敦厚樸素。《史記·孝文本紀》："上常衣綈衣，所幸慎夫人，令衣不得

曳地,幃帳不得文繡,以示敦樸,爲天下先。"

[81] 峩峩:山勢高峻之貌。

[82] 商周:《左傳·桓公十一年》:"師克在和,不在衆。商周之不敵,君之所聞也。"後用"商周"比喻兩者難以匹敵。蔑如:微細。

[83] 陟,讀音 zhì,由地處向高處走。羲農:伏羲氏與神農氏。遐路:遠路,長途。

[84] 嶢嶢:高貌。《漢書·揚雄傳上》:"直嶢嶢以造天兮,厥高慶而不可摩彊度。"顏師古注:"嶢嶢,高貌。"

[85] 八區:八方;天下。《漢書·揚雄傳下》:"天下之士,雷動雲合,魚鱗雜襲,咸營於八區。"顏師古注:"八區,八方也。"

[86] 梓:梓材。

[87] 四夷:古代華夏族對四方少數民族的統稱。含有輕蔑之意。《尚書·畢命》:"四夷左衽,罔不咸賴。"

[88] 典謨:《尚書》中《堯典》《舜典》和《大禹謨》《皋陶謨》等篇的并稱。《尚書序》:"典謨、訓誥、誓命之文凡百篇,所以恢弘至道,示人主以軌範也。"經國:治理國家。《國語·周語下》:"將民之與處而離之,將災是備御而召之,則何以經國?"

[89] 咸池:神話中謂日浴之處。《楚辭·離騷》:"飲餘馬於咸池兮,揔餘轡乎扶桑。"王逸注:"咸池,日浴處也。"穆穆:端莊恭敬。《尚書·堯典》:"賓於四門,四門穆穆。"

[90] 侔:齊等,相當。夔氏:羋姓,鄭樵《通志·氏族略第六》:"夔氏有二熊,摯之後以國爲氏"。相傳是堯、舜時的樂官,也稱夔摯。

《西巡頌》一首并序[一]　　後漢　崔駰

題解:《西巡頌》一篇,述章帝平秩西成,巡畿西郊以凝德綏俗之意,西巡以彰其重視農業之旨,所謂"昔既春游,今迺秋豫。終始二端,順時勸助"。此篇中強調王道之聖教,引經據典,褒揚堯、舜、周文等聖哲明王之德行,因之以天文諸神之事,既述巡行之盛況,又以此勉勵章帝依前賢之矩鑊遺則,承漢祚之福澤延綿。

惟元和三年八月己[乙]丑[二],行幸河東[1]。志曰:"公舉必書。"[三][2]是故工歌其詩,史曆春秋。若夫聲管不發,《雅》《頌》罔記[3],則令王之流,孰施乎兹。聖主之德,窮神悉幽[4],風游于上。草偃之人[5],覬康於下[6]。百姓穰熙[7],農老務疇,劬垂謳咏[8],以納乎木鐸之所求[9]。迺作頌曰：

惟秋穀既登，上將省斂，平秩西成，巡畿甸于西郊[四]，因斯方物[五]，凝德綏俗[六][10]。溫溫者天矣[11]，邈越不可睹[12]。於是乃統大靈之元凌兮[13]，鉉辰極於帶劍[14]。尋天緒之無億兮[15]，蹈高行之逸軌。昔既春游，今迺秋豫。終始二端[16]，順時勸助[17]。消息盈沖，出入神明。紛綸炫耀[18]，煥乎煌煌。茲乃旻天降衷[19]，政在總章[20]，嘉種始入[21]，百靈用嘗[22]。蓐神執矩[23]，尹司少陰[24]。綢繆庶卉[25]，納火吐參。帝曰敬哉，于人之務。苟西谷之方收兮[26]，約輿服以輕舉[27]。於是選元日以命旅兮[28]，召司曆以甄時[29]。金聲響於華庭兮[30]，奏《肆夏》以乘車[31]。飛羽駕之翼翼兮[32]，騁駜皓以乘鑣[33]。奮雲霓之幽藹兮[34]，揚景電之先驅。班武夫於校隊兮[35]，司屬車以群儒[36]。播膏雨以汎路兮[37]，摘玉燭以照衢。是以登三塗之二崤兮[38]，出九河之重股[39]。遵虢路以超河兮[40]，陟大陽而顧華[41]。迎有邙之蘭風兮[42]，欣唐氏之攸舊。旦功旋以報福兮，秩方望而用事[43]。虔後土之兆時兮，發潛祇之蓄賚[44]。聲德烈以芬暢兮[45]，固神人之所和。纂西神於正咸兮[46]，覽金天之茂績[47]。律量衡以平物兮，率鉤銍於疆場[48]。命奎婁使聚品兮[49]，俾坤靈以致役[50]。散閶闔以解節兮[51]，分陰陽以順歷[52]。既乃美往昔之遺基兮，穆相佯以疇留[53]。因冀州之博大兮，登太嶽以高游。瞰黃帝於橋山兮[54]，臨顓頊於昆吾[55]。咨二文於汾唐兮[56]，統歷下之孤疇[57]。貶采薇之耿節兮，閔子推於介丘[58]。泊倏忽以容與兮，觀低徊乎此土。仰實沉於井里兮，俯晉代之分野。休前哲之弘功兮，望龍門而嘆夏[59]。依九士之洪迪兮[60]，碣海口而長吁嗟。來歸夫是區區兮，曾何足顧。瞻四荒之寥廓兮，噴增思以惟古[61]。昧結轡於三代兮[62]，驚仁義以追五[63]。卓渾沌於皇門兮[64]，攝季子於東戶[65]。挾太昊而捫天兮[66]，乃歸靈乎上祖。俟太極之無原兮[67]，吸沆瀣之遺光[68]。貫九垓而斯高兮[69]，肩八衝以爲房[70]。區天地[七]而北渡兮，大汪濊而不可量[71]。

【校勘】

〔一〕此篇《初學記》卷一三節引34字，《御覽》卷五三七節引39字，嚴可均據入《全後漢文》卷四四，此爲完篇，可據之校補嚴輯。

〔二〕"元和"，《太平御覽》作"永平"。

〔三〕"公舉"，《太平御覽》作"君舉"。

〔四〕"巡畿甸于西郊"，《初學記》無"甸"。

〔五〕"方物",《初學記》作"萬物"。

〔六〕"綏俗",《初學記》作"緩俗"。

〔七〕"地",原作"埊",武則天時所造異體字。

【注釋】

[1] 行幸：專指皇帝出行。《汉书·武帝纪》："（元鼎）四年，冬十月，行幸雍。"

[2] 公舉必書：指國君的言行舉止都記錄下來。

[3] 《雅》《頌》周記：不置《雅》《頌》。

[4] 窮神：窮究事物之神妙。向秀《难養生論》："鳥獸以之飛走，生民以之視息，周孔以之窮神，顏冉以之樹德。"

[5] 草偃：《論語·顏淵》："君子之德風，小人之德草，草上之風，必偃。"比喻在上者能以德化民，則民之向化，猶風吹草僕，相率從善。葛洪《抱樸子·用刑》："明後御世，風向草偃，道洽化醇。"

[6] 覬：希望，企圖。

[7] 禳熙：除邪宰，求熙和。

[8] 劬，讀音qú，慰勞。《禮記·内則》："食子者，三年而出，見於公宮則劬。"鄭玄注："劬，勞也。士妻、大夫之妾食國君之子，三年出歸其家，君有以勞賜之。"

[9] 木鐸：以木爲舌的大鈴，銅質。古代宣佈政教法令時，巡行振鳴以引起衆人注意。《周禮·天官·小宰》："徇以木鐸。"後引申以喻宣揚教化之人。

[10] 凝德：積聚德行。

[11] 溫溫：柔和，謙和貌。《詩·小雅·賓之初筵》："賓之初筵，溫溫其恭。"

[12] 邈越：悠遠之地。

[13] 大靈：神通之靈。

[14] 鉉：舉鼎之器具，後比喻三公之類重臣。辰極：北斗。

[15] 天緒：天子之世孫，皇統。《後漢書·質帝紀贊》："孝順初立，時髦允集……冲天未識，質斁以聽。陵折在運，天緒三終。"

[16] 二端：氣與魄。《禮記·祭義》："二端既立，報以二禮。"孔穎達疏："二端既立者，謂氣也魄也，既見，乃更立尊名云鬼神也。"

[17] 勸助：勸勵扶助。王粲《羽獵賦》："遵古道以游豫兮，昭勸助乎農圃。"

[18] 紛綸：雜亂貌，衆多貌。《史記·司馬相如列傳》："紛綸葳蕤，堙滅而不稱者，不可勝數也。"炫耀：閃耀，光彩奪目。

[19] 旻天：泛指天。《尚書·多士》："爾殷遺多士，弗弔旻天，大降喪于殷。"降衷：施善，降福。《尚書·湯誥》："惟皇上帝，降衷于下民。"

[20] 總章：古代天子明堂之西向室，取西方總成萬物而章明之之意。《禮記·月令》："天子居總章左個。"鄭玄注："總章左個，大寢西堂南偏。"《吕氏春秋·孟秋》：

"天子居總章左個。"高誘注："總章，西向堂也。西方總成萬物，章明之也，故曰總章。左個，南頭室也。"

[21] 嘉種：優良的穀種。《詩·大雅·生民》："誕降嘉種，維秬維秠。"

[22] 百靈：各種神靈。

[23] 矩：畫方形或直角的用具，引申爲法度、常規。

[24] 尹：正也，主也。少陰：西方，亦可指秋。張華《博物志》卷一："西方少陰，日月所入。"

[25] 庶卉：衆草；群花。揚雄《元後誄》："豐阜庶卉，旅力不射。"

[26] 苟西谷之方收兮：若是西谷之地農事正好完成。

[27] 輕舉：飛升，登仙。

[28] 元日：正月初一。《尚書·堯典》："月正元日，舜格于文祖。"命旅：出師；誓師。陸雲《南征賦》："長角哀叫以命旅，金鼓隱訇而啓伐。"

[29] 司曆：掌管曆法之官。甄：鑒別。

[30] 金聲：鐘聲。華庭：繁華燦爛之庭院。

[31] 肆夏：古樂章名。《周禮·春官·大司樂》："王出入則令奏《王夏》，尸出入則令奏《肆夏》，牲出入則令奏《昭夏》。"乘車：安車。

[32] 羽駕：傳說以鷟鶴爲馭的坐車。亦指神仙。翼翼：整齊貌。屈原《離騷》："鳳皇翼其承旂兮，高翱翔之翼翼。"

[33] 駰皓：耀眼的駟車。鑣，讀音 biāo，本指馬嚼子，即馬口中所銜鐵具露出在外的兩頭部分。此爲乘騎。

[34] 幽藹：幽深。

[35] 班：分。武夫：有勇力之人。《詩·周南·兔罝》："赳赳武夫，公侯干城。"挍，讀音 jiào，同"校"，比較。挍隊：部曲行伍之屬整隊之屬。

[36] 屬車：帝王出行時的侍從車。秦漢以來，皇帝大駕屬車81乘，法駕屬車36乘，分左中右三列行進。《漢書·賈捐之傳》："鸞旗在前，屬車在後。"顏師古注："屬車，相連屬而陳於後也。屬，音之欲反。"

[37] 汎，讀音 fàn，灑。

[38] 三塗：山名。在河南嵩縣西南，伊水之北，亦稱崖口，又稱水門。《左傳·昭公四年》："四嶽、三塗、陽城、大室、荊山、中南，九州之險也。"二崤：崤山，因崤山分爲東崤、西崤，故稱。在今河南省洛寧縣西北。崤，一作"殽"。班固《西都賦》："左據函穀、二崤之阻，表以太華、終南之山。"

[39] 九河：徒駭、太史、馬頰、覆鬴、胡蘇、簡、絜、鉤盤、鬲津，此代指黃河。《尚書·禹貢》："九河既道。"

[40] 虢，讀音 guó，古國名。虢路：地名。超河：渡河。揚雄《河東賦》："乘翠龍而超河兮，陟西岳之嶢崝。"

［41］大陽：地名，屬河東郡，在大河之陽。顧華：回看繁華之地。

［42］鬯，讀音 chàng，古代宗廟祭祀用的香酒，以鬱金香合黑黍釀成。《禮記·曲禮下》："凡摯：天子，鬯；諸侯，圭。"

［43］方望：帝王郊祀時望祭四方群神之禮。《公羊傳·僖公三十一年》："天子有方望之事。"用事：謂有所事，指行祭祀之事。《周禮·春官·大祝》："過大山川，則用事焉。"

［44］祇，同"祇"，讀音 qí，地神。賚，讀音 lài，賞賜，賜予。

［45］聲德：聲名與德性。芬暢：芬芳流暢。

［46］西神：神仙。《大有妙經》："陰精星者，北斗之西神也。"正咸：地名。

［47］金天：西方之天。茂績：豐功偉績。潘岳《楊荊州誄》："忠節克明，茂績惟嘉。"

［48］鈎鉦：疆場；戰場。

［49］奎婁：十二星次之一，配十二辰為戌，配二十八宿為奎、婁二宿。聚品：聚珍品

［50］俾，讀音 bǐ，使。坤靈：古人對大地的美稱。揚雄《司空箴》："普彼坤靈，俾天作則。分制五服，劃為萬國。"致役：萬物皆致養。

［51］閶闔：即厲風，也作麗風。《淮南子·墜形訓》："西北曰麗風"，許慎注："乾氣所生也，一曰閶闔。"解節：解也。

［52］順歷：順應歷史之潮流。

［53］疇留：淹留，留戀。

［54］橋山：山名，在今陝西省黃陵縣西北，相傳為黃帝葬處。沮水穿山而過，山狀如橋，故名。《史記·五帝本紀》："黃帝崩，葬橋山。"

［55］昆吾：山名。《後漢書·孝安帝紀》："（延光）四年春正月壬午，東郡言黃龍二、麒麟一見濮陽。"李賢注："縣名，屬東郡，即古昆吾國。帝顓頊之墟，今濮州縣。"

［56］二文：周文王與楚文王。《左傳·昭公七年》："若以二文之法取之，盜有所在矣。"楊伯峻注："二文，周文王与楚文王。"汵：讀音 gàn。汵唐：一作"汾唐"，地名。

［57］歷下：地名，今在山東省濟南市區東南部。孤疇：獨一品類。

［58］子推：即介子推。《左傳·僖公二十四年》："晉侯賞從亡者。介之推不言祿，祿亦弗及。"杜預注："介推，文公微臣。之，語助。"

［59］龍門：禹門口，在山西省河津縣西北和陝西省韓城市東北。黃河至此，兩岸峭壁對峙，形如門闕，故名。《尚書·禹貢》："導河積石，至於龍門。"《藝文類聚》卷九六引辛氏《三秦記》："河津一名龍門，大魚集龍門下數千，不得上，上者為龍，不上者□，故云曝鰓龍門。"

［60］九士：《三國志·魏書二》云："斯九士者，咸高節而尚義，輕富而賤貴，故書名千載於今稱焉"）。洪迪：洪大智慧。

[61] 噴：嘆聲。增思：增思慮。惟古：思古之幽情。

　　[62] 昧：昏暗。轡：駕馭馬的繮繩。三代：夏、商、周。

　　[63] 追五：追五仁，即恭、寬、信、敏、惠。

　　[64] 渾沌：神話中的一种獸名。《神異經·渾沌》："崑崙西有獸焉，其狀如犬，長毛四足，似熊而無爪，有目而不見，行不開，有兩耳而不聞，有人知往，有腹無五臟，有腸，直而不旋，食物徑過。人有德行，而往牴觸之；有凶德，則往依憑之。天使其然，名曰渾沌。"皇門：天帝，比喻帝王宮門。

　　[65] 攝季子於東戶：東戶季子之事，東戶季子爲傳説中的上古君主。《淮南子·繆稱訓》："昔東戶季子之世，道路不拾遺，耒耜、餘糧宿諸畮首。"高誘注："東戶季子，古之人君。"亦省稱"東戶"。陶潛《戊申歲六月中遇火》詩："仰想東戶時，餘糧宿中田。"

　　[66] 太昊：伏羲氏。捫天：摸天，極言其高。《楚辭·九章·悲回風》："據青冥而攄虹兮，遂儵忽而捫天。"

　　[67] 無原：不可測之本源。《淮南子·本經訓》："陰陽者承天地之和，形萬殊之體，含氣化物，以成埒類，嬴縮卷舒，淪於不測，終始虚滿，轉於無原。"

　　[68] 沆瀣：夜間的水汽、露水，舊謂仙人所飲。《楚辭·遠游》："餐六氣而飲沆瀣兮，漱正陽而含朝霞。"遺光：遺留之澤光。

　　[69] 九畡：中央至八極之地。《國語·鄭語》："王者居九畡之田，收經入以食兆民。"韋昭注："九畡，九州之極數。"

　　[70] 扃：從外關閉門户的門閂，可引申爲關閉之意。《戰國策·楚策一》："秦下兵攻衛，陽晉必開，扃天下之匈，大王悉起兵以攻宋，不至數月而宋可舉。"八衝：泛指要衝之地。孫楚《爲石仲容與孫皓書》："雍益二州，順流而東；青徐戰士，列江而西：荊、揚、兖、豫，爭驅八衝；征東甲卒，虎步秣陵。"

　　[71] 濊：深廣。汪濊：也作"汪穢"，深廣意。《漢書·司馬相如列傳》："威武紛云，湛恩汪濊。"顏師古注："汪濊，深廣也。"

《北巡頌》一首并序[一]　　後漢　崔駰

　　題解：《北巡頌》述漢章帝東巡獵後，出河内，經青兖之郊，回輿冀州，北祭恒山之事。此篇説北地之故事，述前聖之恩德。以百神備降之靈瑞，頌漢祚之綿長。宣章帝敦文教，薄威狱，放虚華，收實確之旨。不同於前三篇頌體，此篇頌體末尾存"載歌"，述明君主之盛德，布恩澤於百姓。以神靈之佑，陳漢家天下民生安泰，喬喬皇皇之願。

　　元和三年正月，上既畢郊祀之事[二]，乃東巡狩[三]。出河内[四][1]，經青兗之郊，回輿冀州[五]，遂禮北岳[2]。聖澤流浹[3]，黎元被德，衆瑞并集[六]，迺作頌曰：

尋軒轅之永胤兮[4]，率天常之長基[5]。疇三條而并存兮[6]，琴四海以爲期。應乾綱之否泰兮[7]，蘊上哲之玄謀。於是乎既稔昔歲[8]，越暨玆年，烟燎嘉品[9]，登中于天[七]。禋潔享祈[10]，歆嘗百神。爰始賦政[11]，授務于人。乃登靈觀[八][12]，察雲物[13]，律時月，歷元日[14]，命農正[15]，度禹鐵[16]。崇昊天之德號，捫泰機以指節[17]。帝勤神農[九]，將省陽穀[十]。相天功，巡東作，於是祖蒼帝於春官兮[18]，內大路於靈場。羽旗紛其從雲兮，六龍超乎上驤[19]。旌旆繽翻，旒旗葳蕤[20]，儒林搢笏[21]，介者楊徽[22]。翠華朱紱[23]，紅葩素電[24]，萬衆重隊，千乘案列。武校峩峩[25]，營陣四結[26]。砰轔輷輘[27]，蔓衍流漫。音雊炎鳥[28]，震山盪澗。蔚兮如山，澹兮如海。雲合霆袪[29]，天行地止。烈烈征師，冠蓋千里。淫淫翼翼[30]，順流舒抑[31]。步嶕嶢之峻阜兮[32]，下長坻之修路[33]。出九關之要阻兮[34]，橫汜津而徑度[35]。仰雲漢之啍章兮[36]，俯崐崘之洪泉[37]。祀五晧之未迹兮[38]，登大梁而上遷[39]。揚流光而遐舉兮，俾四岳乎唐昆[40]。深隱隩以垂表兮[41]，規景祚而豫存[42]。固哉天命，允不可鑠焉[43]。濟河州之皋渚兮[44]，稅農郊於懷鄙[45]。率百旬而躬藉兮[46]，望天地而據耟[47]。欽神倉之明粢兮[48]，播兆庶之福祉。既乃周流觀風[49]，以覽舊章。嗟成湯而美伊君兮，顧武丁與盤庚。憫三仁於朝歌[50]，軾商容於大行[51]。悲麥茂之悱悢兮[52]，好殷頌之雍容[53]。涉湛衛而容與兮[54]，歷高陽之遺蹤[55]。軷故魏之區阜兮[56]，貫兗野之分州。運少陽以布化兮[57]，順太昊而優游。吸惠氣之精粹兮，熙慶雲而泛浮[58]。路冉冉而彌章兮[59]，瞻青土之茫茫[60]。無堤激而上下兮[61]，臨河曲於高唐。咏顯宗之烈績兮[62]，晞東壤之汙汜[63]。拯瘠人於隆平兮[64]，爰差鹵而作旨[65]。乃班膏衍而振餉兮[66]，徹藉斂以佐農[67]。澤沕溢而旁浹兮[68]，珍獸逛而來降[69]。考牧人之休夢兮[70]，揆見龍之禎祥[71]。歲溫潤而含惠兮，宣豐年之禳禳[72]。遂造呼池而廻冀域兮[73]，禮恒岳而紆衡陽[74]。署麟瑞之懿徵兮[75]，同文武之誕慶[76]。旋與鮮虞[77]，迄彼東牆。欣元氏之育聖兮[78]，肅高邑之登皇[79]。尚二後之神宇兮[80]，飾珪瓚而虞虡[81]。享隆孝思之聖憤兮[82]，采雅頌而著章。甘液應而靈集兮，素羼儀於南裳[83]。于時道溢天泉，德罔不懷，撝陰則魚躍[84]，揮陽即鳳儀[85]。雖雍容清廟[86]，謐爾無爲[十一][87]，垂拱穆穆，神行化馳[88]，猶存靈於有宓之屯[89]。展炎農之阻[90]，飢帝堯之禱，咨大禹之胼胝[91]，故匪居匪遑[92]，勗乎庶黎[93]。均遐

— 211 —

邁，照幽微。揚淹滯，牧特遺[94]。敦文教，薄威獄[95]。放虛華，收實確。路不窮軌[96]，樂不盡歡。行無留連，田弗游盤[97]。祈神明而求鄰兮，惟所與乎配靈。仁并春天，德與夏并。區烝六合，宇內華榮。蹈八代而上格[98]，撫皇氏之高庭。奮帝猷以臨下[99]，綏仲夏之平平[100]。嘉茲代之親睹兮，夫何貴在昔而興聽。載歌曰："皇皇太上湛恩篤兮[101]，庶見我王咸思覩兮。仁愛紛紜德優渥兮[102]，滂霈群生澤淋漉兮[103]。惠我無疆承天祉兮，流衍萬昆長無已兮[104]。"乘吉日，行出游。脩元化[105]，辯農疇[106]。咨上靈，與神謀。天心得，帝舉時。華蓋紛，六龍嶷。撫雲霓，濟東域。揚惠政，布稼穡。茂蒸庶[107]，延萬億。橫二皋[108]，渡氾津。沉宣玉[109]，醮河神。符龜龍，逐鯨鱗。靈鼓鏗[110]，羽旗紛。弭飛廉[111]，抑陽侯[112]。勒六師，邁乘輿[113]。俯龜文[114]，仰靈符[115]。播景福，溢天區。迎朝陽，覿游龍。順昊氣，師農功。耕籍田，農之郊。達萌孽[116]，暢黎苗[117]。墾膏壤，發良耜。頃中區，町四海[118]。千夫嘆，百皇道。施仁惠，牧神寶[119]。登豐年，永壽考[120]。

【校勘】

〔一〕此篇《初學記》卷一三節引50字，《御覽》卷五三七節引48字。嚴可均輯入《全後漢文》卷四四。此為完篇，可校補嚴輯。

〔二〕"郊祀"，《太平御覽》作"郊祠"。

〔三〕"乃東巡狩"，《太平御覽》無"狩"。

〔四〕"出河內"，《太平御覽》作"出於河內"。

〔五〕"迴輿冀州"，《太平御覽》無"輿"。

〔六〕"众瑞"，《太平御覽》作"嘉瑞"。

〔七〕"登中於天"，《初學記》無"於"。

〔八〕"登靈觀"，《初學記》作"天帝觀"。

〔九〕"帝勸神農"，《初學記》作"神農將"。

〔十〕"將省陽穀"，《初學記》無"將"。

〔十一〕"謐爾無為"，"為"，《初學記》作"虞"。

【注釋】

[1] 河內：指黃河以北的地區。《周禮·夏官·職方氏》："河內曰冀州。"

[2] 北岳：恒山。《尚書·堯典》："十有一月朔巡守，至于北嶽，如西禮。"

[3] 浹：遍及，滿。聖澤流浹：帝王的聖德恩澤流溢遍及天下。

[4] 軒轅：傳說中的黃帝之名。永胤：永久繼承，延續。

[5] 天常：天之常道。《左傳·文公十八年》："顓頊氏有不才子，不可教訓，不知話言，告之則頑，舍之則嚚，傲狠明德，以亂天常。"長基：根本大計。張衡《東京賦》："臣濟麤以陵君，忘經國之長基。"

[6] 三條：都城的三條大道，亦泛指都城通衢。《後漢書·班固傳》："披三條之廣路，立十二之通門。"李賢注："《周禮》：'國方九里，旁三門。'每門有大路，故曰三條。"

[7] 乾綱：天之維綱，天道。

[8] 稔，讀音rěn，莊稼成熟。

[9] 烟燎：祭天燔柴的烟火，泛指焚燒。

[10] 禋潔：亦作"禋絜"，莊潔。《國語·楚語下》："忠信之質，禋絜之服，而敬恭明神者，以爲之祝。"享祈：祭神求福。

[11] 賦政：頒布政令。賦，通"敷"。《詩·大雅·烝民》："賦政于外，四方爰發。"鄭玄箋："以布政於畿外，天下諸侯於是莫不發應。"

[12] 靈觀：道觀。

[13] 雲物：雲的色彩。《周禮·春官·保章氏》："以五雲之物，辨吉凶、水旱降豐荒之祲象。"

[14] 元日：吉日。《呂氏春秋·仲春》："擇元日，命人社。"

[15] 農正：古代職掌農事的官。《左傳·昭公十七年》："九扈，爲九農正。"

[16] 禺：雙，成對。禺鐵：成對的鐵器。

[17] 泰：泰卦。機：北斗七星中第三星，又稱璣或天璣。指節：指點節要之處。

[18] 蒼帝：主東方之神。《史記·天官書》："蒼帝行德，天門爲之開。"春官：古官名，顓頊氏時五官之一，爲木正。

[19] 驤：後右足白的馬。引申爲奔馳，騰躍之意。

[20] 旒旌：銘旌。

[21] 搢笏：插笏。古代君臣朝見時均執笏，用以記事備忘，不用時插於腰帶上。《穀梁傳·僖公三年》："陽谷之會，桓公委端搢笏而朝諸侯。"范寧注："搢，插也。笏，所以記事也。"

[22] 楊徽：《春秋左傳正義》卷第五十："乃徇曰：'楊徽者，公徒也。'"孔穎達注："徽，識也。"

[23] 翠華：天子儀仗中以翠羽爲飾的旗幟或車蓋。司馬相如《上林賦》："建翠華之旗，樹靈鼉之鼓。"朱紱：古代禮服上的紅色蔽膝。後多借指官服。《易·困》："困于酒食，朱紱方來。利用享祀，征凶無咎。"

[24] 素電：素色之雷電。

[25] 武校：講習軍事武藝的場所。《南齊書·崔祖思傳》："宜大廟之南，弘脩文序；司農以北，廣開武校。"

[26] 營陣：亦作"營陳"，指軍隊的結營布陣。《史記·李將軍列傳》："程不識正部曲行伍營陳，擊刀斗，士吏治軍簿至明，軍不得休息。"

[27] 輷，讀音 hōng，象聲詞，狀車聲、雷鳴及其他巨大的聲音。轒，讀音 yǐn，車聲。

[28] 雊，讀音 gòu，雉鳴叫。

[29] 霆：迅雷，霹靂。祛，讀音 qū，除去，消除。

[30] 淫淫：流落不止貌。《楚辭·大招》："霧雨淫淫，白皓膠只。"翼翼：衆多貌。《漢書·禮樂志》："馮馮翼翼，承天之則。"

[31] 舒抑：使抑舒順。

[32] 嶕嶢：峻峭，高聳。峻阜：峻峭的土山。

[33] 坻，讀音 chí，水中小洲或高地。修路：長路。

[34] 九關：九重天門或九天之關。《楚辭·招魂》："魂兮歸來，君無上天些。虎豹九關，啄害下人些。"

[35] 氾津：水邊渡口。徑度：徑直度過。《楚辭·遠游》："陽杲杲其未光兮，凌天地以徑度。"

[36] 啅，讀音 zhào，衆口紛雜貌。

[37] 洪泉：大淵泉。《楚辭·天問》："洪泉極深，何以寘之？"

[38] 五晧：未詳。

[39] 大梁：星次名。在十二支中爲酉，在二十八宿爲胃、昴、畢三星。《國語·晋語四》："歲在大梁，將集天行。"上邊：上聲。

[40] 唐昆：陶唐與昆吾。

[41] 隱奧：隱幽深曲處。

[42] 景祚：景福。洪福，大福。

[43] 鑠：熔化，銷鑠。《楚辭·招魂》："十日代出，流金鑠石兮。"

[44] 皐渚：水邊地。張載《招隱詩》："鵰雛翔窮冥，蒲且不能視；鶗鴂遵皐渚，數爲矰所繫。"

[45] 農郊：郊外。《詩·衛風·碩人》："碩人敖敖，說于農郊。"

[46] 甸：區域，流域。躬藉：躬耕藉田。

[47] 耜，讀音 sì，耒下鏟土的部件，初以木製，後以金屬製作，可拆卸置換。泛指農具。據耜：泛指干農活。

[48] 神倉：古時藏祭祀用谷物的處所。《禮記·月令》："乃命冢宰，農事備收，舉五穀之要，藏帝籍之收於神倉，祗敬必飭。"明粢：古代祭祀所用的谷物。《周禮·秋官·司烜氏》："以共祭祀之明齍。"

[49] 周流：周游。《離騷》："覽相觀於四極兮，周流乎天余乃下。"觀風：觀察民情，了解施政得失。語出《禮記·王制》："命大師陳詩以觀民風。"

[50] 三仁：殷末之微子、箕子、比干。《論語·微子》："微子去之，箕子爲之奴，比干諫而死。孔子曰：'殷有三仁焉。'"

[51] 軾：伏軾致敬。大行：即太行山。商容：商末殷紂王時期主掌禮樂的賢臣，不滿殷紂暴虐，多次進諫而被黜，後入山隱居。周武王勝殷後，欲封其爲三公，辭不受，武王遂表商容之閭，以示對忠臣賢者的尊敬。

[52] 悚悢：悲傷貌。宋玉《高唐賦》："於是調謳，令人悚悢憯悽，脅息增欷。"

[53] 殷頒：商頌。雍容：華貴，有威儀。《後漢書·列女傳·王霸妻》："子伯乃令子奉書於霸，車馬服從，雍容如也。"

[54] 湛衛：地名。

[55] 高陽：顓頊有天下，號曰高陽。遺蹤：猶遺迹。

[56] 軷：古代出行時祭路神謂之"軷"。《詩·大雅·生民》："取蕭祭脂，取羝以軷。"毛傳："軷，道祭也。"

[57] 少陽：東方。《史記·司馬相如列傳》："邪絕少陽而登太陰兮，與真人乎相求。"

[58] 泛浮：漂浮。左思《蜀都賦》："騰波沸涌，珠貝泛浮，若雲漢含星，而光耀洪流。"

[59] 冉冉：漸進貌。彌章：越來越明顯。

[60] 青士：有才德者。

[61] 無堤，亦作"無隄"，無限。庾信《將命至鄴酬祖正員》詩："我皇臨九有，聲教洎無堤。"

[62] 烈績：壯烈的英績。

[63] 晞，讀音xī，乾燥。汙，讀音wū，同"污"。氾：水邊。

[64] 瘠人：貧困之人。隆平：昌盛太平。

[65] 差鹵：愚鹵之人。

[66] 膏衍：土膏衍沃，比喻富庶。振餉：以糧餉救濟貧弱之地。

[67] 藉斂：征收賦稅。《管子·宙合》："厚藉斂于百姓，則萬民懟怨。"

[68] 汮：潛藏。旁浹：普遍沾被。

[69] 逛：閑游，游覽。來降：歸於王化。

[70] 牧人：古代管理民事的地方官。《尚書·立政》："文王惟克厥宅心，乃克立茲常事司牧人，以克俊有德。"

[71] 見龍：比喻嶄露頭角。《易·乾卦》："九二，見龍在田，利見大人。"禎祥：吉祥的朕兆。

[72] 禳禳：以祈禳之祭出去邪穢與災異。

[73] 造：至，訪。呼池：冀域：冀州之地域。

[74] 禮恒岳而紆衡陽：祭祀恒山又徘徊於衡陽。

［75］麟瑞：祥瑞，吉祥之兆。懿徵：美好的徵兆。

［76］誕慶：産生吉慶，降福。

［77］鮮虞：古族名，春秋時白狄的一支，常受晉國的侵犯。分佈在今河北境内，以正定爲中心，春秋末年建立中山國。《左傳·昭公十二年》："晉荀吴僞會齊師者，假道於鮮虞，遂入昔陽。"

［78］元氏：《後漢紀·後漢光武皇帝紀卷二》："劉歆爲元氏王。"育聖：誕育聖人。

［79］高邑：縣名，"鄗"，《漢書·地理志上》顔師古注："高祖即位，更名高邑。"

［80］神宇：靈室，即祭堂。董仲舒《春秋繁露·求雨》："取三歲雄鷄、猳猪、燔之四通神宇。"

［81］珪瓚：玉柄的酒器。

［82］孝思：孝親之思。《詩·大雅·下武》："永言孝思，孝思維則。"聖憤：聖人之不平。

［83］翬，讀音huī，山雉的羽毛。素翬：素色的鳥羽。

［84］搗：剖裂，裂開。《後漢書·馬融傳》："胆完甄，搗介鮮。"搗陰：驅散陰氣。

［85］挹，讀音yì，汲取。挹陽：汲取陽氣。鳳儀：鳳皇來儀，鳳凰來舞，儀表非凡，吉祥之兆。《尚書·益稷》："簫韶九成，鳳皇來儀。"

［86］雍容：儀態温文大方。清廟：此篇中爲古帝王祭祀祖先的樂章。《禮記·樂記》："《清廟》之瑟，朱弦而疏越，壹倡而三嘆。"鄭玄注："清廟謂作樂歌；《清廟》也。"

［87］謐爾：猶謐然，寂静，安寧。

［88］神行：神游，精神超脱形體而自由游動。化馳：德化施行迅速。《淮南子·原道訓》："當此之時，口不設言，手不指麾，執玄德於心，而化馳若神。"

［89］存靈於有宓之屯：將靈氣屯聚，存於伏羲氏所在之地。

［90］炎農：炎帝與神農氏。阻：通"詛"，盟誓。《周禮·春官·詛祝》："詛祝，掌盟、詛、類、造、攻、説、禬、禜之祝號。"

［91］胼胝：手掌脚底因長期勞動摩擦而生的繭子。《荀子·子道》："夙興夜寐，耕耘樹藝，手足胼胝，以養其親。"

［92］匪居：居不安。匪遑：没有閒暇。

［93］勗：勉勵。庶黎：庶民。

［94］特遺：特別遺留。

［95］威獄：牢獄。《左傳·昭公二十五年》："爲刑罰、威獄，使民畏忌，以類其震曜殺戮。"

［96］窮軌：無路可走。

［97］游盤：游樂。潘岳《西征賦》："厭紫極之閒敞，甘微行以游盤。"

［98］八代：八世。陸機《辯亡論上》："於是講八代之禮，蒐三王之樂。"李善注：

"八代,三皇、五帝也。"格:推究。上格:推究八代之事而效法之。

[99] 帝猷:帝王治國之道。《後漢書·蔡邕傳》:"皇道惟融,帝猷顯丕;汦汦庶類,含甘吮滋。"

[100] 平平:治理有序;安詳嫻熟。《尚書·洪範》:"無黨無偏,王道平平。"

[101] 湛恩:深恩。司馬相如《封禪文》:"故軌迹夷易,易遵也;湛恩厖鴻,易豐也。"李善注:"湛,深也。"

[102] 紛紜:多盛貌。優渥:優裕,豐厚。班彪《北征賦》:"彼何生之優渥,我獨罹此百殃。"

[103] 滂霈:水流廣大之貌,以此喻恩澤廣大。淋漓:流滴貌。

[104] 流衍:廣泛流布,充溢。昆長:大,多,久遠。

[105] 元化:造化,天地。

[106] 農疇:農田。

[107] 蒸庶:民衆,百姓。

[108] 二臯:臯,即臯陶,又名臯繇。杜佑《通典》:"刑部尚書、大理卿,是二臯繇也。"

[109] 宣玉:大玉。

[110] 靈鼓:六面鼓。《周禮·地官·鼓人》:"以靈鼓鼓社祭。"鏗:碰撞,敲擊。

[111] 弭:止息。飛廉:風神。

[112] 陽侯:傳說中的波濤之神。《戰國策·韓策二》:"塞漏舟而輕陽侯之波,則舟覆矣。"

[113] 乘輿:坐車子。《呂氏春秋·不屈》:"惠子易衣變冠,乘輿而走,幾不出乎魏境。"有時特指天子或諸侯所乘坐的車子。

[114] 龜文:龜背的紋理,泛指古文字。

[115] 靈符:上天的符命。

[116] 萌:生發,初生。蘖,讀音 niè,同"蘖",通"櫱",萌發,產生。達萌蘖:使初生之物通達壯大。

[117] 黎苗:九黎與三苗的闔稱。《國語·周語下》:"王無亦鑒於黎苗之王,下及夏商之季。"韋昭注:"黎,九黎;苗,三苗。"

[118] 町,讀音 tīng,田畝,田地。町四海,即以四海爲田畝。

[119] 牧:統治,駕馭。《尚書·呂刑》:"四方司政典獄,非爾惟作天牧。"神寶:寶有靈,故曰神寶。《管子·禁藏》:"民之承教,重於神寶。"

[120] 壽考:年高,長壽。《詩·大雅·棫樸》:"周王壽考,遐不作人。"

《東巡頌》一首并序[一]　　後漢　馬融

題解:此篇《東巡頌》,爲馬融於漢安帝延光三年(124)巡狩泰山時所作的頌美之作。其敘東巡之盛況，祀聖哲之英靈，祈百神之降福，頌王化之澤流。述往事，思來者，依前聖之踵武，倡文明之教化。所謂"夫稷契龍夔，伊尹仲虺，祖已方回，閎夭散宜。相與升乎朝陽之堂，坐乎清明之廟，諷乎高光之廊，議乎路寢之朝。考義黃之墳典，案代鼎之徵效。驗瓌異之瑋寶，窮祥應之物數。追蹤二皇，踵迹五帝，蹈騰三王，婆娑乎八素之域"。希冀今之主上，履前代帝王賢臣之蹤迹，保漢家天下福祚之綿長。

延光三年[1]，車駕巡狩岱宗，郡或上鳳凰集[2]，詔書頗有不納之意[3]。融本以贊述爲官[4]，遂上《東巡頌》，言雖有瑞應，上猶疑而不然，以將順其美。其辭曰：

曰皇時漢，丕顯祖兹[5]。允迪在昔[6]，紹烈陶唐[7]。殷天衷[8]，充搖光[9]，若時則，運瓊衡，敷六典[10]。經緯八成[二][11]，燮和萬殊[12]，總領神明。肆類乎上帝[三][13]，實柴乎三辰[四][14]。禋祀乎六宗[五][15]，祗燎乎群神[16]。既月乃日，然後言訊故老，考乙疇咨[17]。凌陶廢緒，第厥荒儀[18]。演道舊覟[19]，汩越幽祇[20]。曰：嶷神未答[21]，禮云斯宜。遂發號群司[22]，申戒百工[23]。師徒以簡，區宇攸同。昌言稱吉[六]，蓍龜襲從[24]。南正底日[七][25]，馮相告祥[26]。於是方皇容與[27]，案晷胥明[28]。剖符太一[29]，緒信坤靈[30]。鼖鼓震駭[31]，猛虎雷鳴[32]。爾乃御夫雲黃之玉輅兮[33]，貳瑤象之時輿[34]。飛參旗之彩斿兮[35]，佩日月而載招搖[36]。建厖爪之齊斧兮[37]，舞河鼓之靈韜[38]。開華門而出祖兮[39]，歷兩戒之天衢[40]。播凍雨於經塗兮，軼飄風使先驅。於是羽騎操戈[41]，蓬首揚罕[42]。雷輜驚蟄[43]，貔旅厭難[44]。萬神保徵[45]，五靈啓殿[46]。魑魅滅没[47]，夔蝄迍竄[48]。曀霧霍繹[49]，雺霧罷散[50]。清夷道而後行兮[八][51]，曜四國而揚光。展聖義於巡狩兮[九]，喜圻略而咏八荒[十][52]。指宗狱以爲期兮[十一]，固岱神之所望。六蒼龍之夭矯兮[53]，螭驕驁蠷倨以蚝印[54]。盤桓撲鋬乍騰肆兮[55]，整銜慮礨超以噴沫兮[56]。驤[驦]鬱菌宛足未發兮[57]，凌轎慾以宿爽[58]。曳電華而并節兮[59]，神上吸飛泉之滲液兮，實下氣以練精[60]。迎青春於太暉兮[61]，涯谷風之穆清[62]。秩東作而脈吐兮[63]，宣陽闥之愔盈[64]。景寅初[十二]動軔兮[65]，約車服而東行[66]。示儉節於華夏兮，發德音之懇誠[67]。勸三農於上時兮[68]，迎嘉祥於駉房[69]。凌檀亶而犯軾兮[70]，雲霓霓而騰將[71]。灑靈雨之豐沛兮，澤優渥以溥詳[72]。邁種德於九圻兮[73]，覽原隰之茫茫。歷太祖之所嘆兮，顧成皋與滎陽[74]。超濟洛徑河穎兮[75]，善史伯之有方[76]。求失禮

— 218 —

於宋魯兮，想孔尼乎鄒鄉。增脩德之事事兮[77]，襲令善之福祥[78]。是時征夫莘莘[79]，振鷺之群。多士緯文[80]，幣玉之群[81]。大事未按，固已囊括祉禄[82]，頡頏祺福[83]，屢申千億[84]，蹤躡罔極矣[85]。遙望夫喬嶽之體勢兮[86]，對處乎中原。鎮八維而丘高兮[87]，極地增而作冠[88]。直嶤崿而上竦兮[89]，抚紫霄而造乾[90]。鍾元吉之碩釐兮[91]，俟聖主而交歡。散齋既畢，越翌良辰[十三]。棫樕增搆[十四][92]，烈火燔然。暉光四煬[93]，炎爛薄天[94]。簫香肆升，青烟冒雲。珪璋峩峩，犧牲潔純[95]，鬱鬯鳥彝[十五][96]，明水玄尊[十六][97]。空桑孤竹[98]，《咸池》《雲門》[99]。六八遞變[十七][100]，神祇并存。播普澤，施氾恩[101]。委介祉[102]，贊鴻勳[103]。犧靈鳥，乘鳳臻。上猶勞謙貳而弗論也[104]。乃尙乾乾自新[105]，日异不怠。恢誕宗緒[106]，封崇本基[107]。禮既功成[108]，結軌回衡[109]。橫大河而旋逝兮，欣冀土之夷平[110]。瞰高邑之靈兆兮[111]，懷光武之攸正。揖顓頊於帝丘兮[112]，美殷宗之所營[113]。昔昆吾之虡節兮[114]，勤豕韋與大彭[115]。過牧野而嘆武兮[116]，穢宣室之隕傾[117]。行游目於淇衛兮，觀竹箭之叢生[118]。臨長池而游暘兮[119]，樂春木之布榮[120]。嘉茲囿之永久兮[121]，罕淹留以步經。於是師聿惟旅[122]，侯衛常任[123]。選夫稷契龍夔[124]，伊尹仲虺[125]，祖已方回，閎夭散宜[126]。相與升乎朝陽之堂，坐乎清明之廟，諷乎高光之廊[127]，議乎路寢之朝[128]。考羲黄之墳典[129]，案代鼎之徵效[130]。驗瓌异之瑋寶[131]，窮祥應之物數[132]。追蹤二皇[133]，踵迹五帝，蹈騰三王[134]，婆娑乎八素之域[135]。然後援絶瑞[136]，挈神符。顯游麟，藪駕雛[137]。鉤河圖，寘洛書。網黄龍，樹嘉苗。猶未足以杭其維而柂其紖也[138]。方將呼吸精□，含吐陰陽，南魄鼎宜牢地兮[139]，延億載之無疆。篤生物於純厖兮[140]，夫孰區萌而不皆臧[141]。

亂曰：崇嶽磴磴崎巇倔倚際天連兮[142]，晻藹密穆靈場神域里真僊兮[143]。允迪稽古享觀東後隋其中兮[144]，天威棐忱繹必信兮[145]。氤氳皇和發陽春兮[146]，覛福穰穰昊聖神兮[147]。開國承家基元勳兮，永啓厥後道兹年兮。昌熾光大流齊昆兮[148]，將紹遂古纂二武兮[149]，滿期盈尋隆前緒兮[150]。享祚億載考靈寶兮[151]，千封萬禪談皇道兮[152]。

【校勘】

〔一〕此篇《初學記》卷一三節引32字，《類聚》卷三九皆引172字，《御覽》卷五三七節引32字。嚴可均據之輯入《全後漢文》卷一八。此鈔所載爲完篇，可校補嚴輯。

〔二〕"經緯八成"，《初學記》《藝文類聚》《太平御覽》無"緯"。

〔三〕"肆类"，《初學記》《太平御覽》作"类"。

〔四〕"实柴"，《初學記》《太平御覽》作"柴"。

〔五〕"禋祀"，《太平御覽》作"禋祠"。

〔六〕"昌言"，《藝文類聚》作"卜筮"。

〔七〕"南正底日"，《藝文類聚》作"南征□□"。

〔八〕"清夷道而後行兮"，《藝文類聚》無"兮"。

〔九〕"展聖義於巡狩兮"，《藝文類聚》無"兮"。

〔十〕"圻略"，《藝文類聚》作"圻畤"。

〔十一〕"指宗嶽以爲期兮"，《藝文類聚》無"兮"。

〔十二〕"初"，原作"𡔈"，武則天時所造異體字。

〔十三〕"越翌"，《藝文類聚》作"越翼"。

〔十四〕"栭栖增搆"，搆，《藝文類聚》作"構"。

〔十五〕"鳥彝"，《藝文類聚》作"宗彝"。

〔十六〕"明水玄尊"，"尊"，《藝文類聚》作"樽"。

〔十七〕"六八遞變"，"遞"，《藝文類聚》作"匝"。

【注釋】

[1] 延光：東漢安帝劉祜第五個年號，爲122—125年。

[2] 鳳凰集：祥瑞之兆。

[3] 不納：不采納。

[4] 贊述：贊美稱道。班固《高祖泗水亭碑銘》："叙將十八，贊述股肱。"

[5] 丕顯：英明。《尚書·康誥》："惟乃丕顯考文王，克明德慎罰。"徂茲：今茲，現在。徂，通"且"，《尚書·費誓》："嗟，人無譁，聽命！徂茲淮夷、徐戎并興，善敹乃甲冑，敿乃干，無敢不弔！"

[6] 允迪：認真履踐或遵循。《尚書·皋陶謨》："允迪厥德，謨明弼諧。"

[7] 紹烈陶唐：承繼唐堯之威烈。

[8] 天衷：天的善意。《左傳·僖公二十八年》："（君臣）不協之故，用昭乞盟於爾大神，以誘天衷。"

[9] 搖光：星名，北斗七星的第七星，也稱瑶光、招遥。《漢書·司馬相如傳下》："悉徵靈圉而選之兮，部署衆神於搖光。"顏師古注引張揖曰："搖光，北斗杓頭第一星。"

[10] 六典：謂古代六方面的治國之法。《周禮·天官·大宰》："大宰之職，掌建邦之六典，以佐王治邦國：一曰治典，以經邦國，以治官府，以紀萬民；二曰教典，以安邦國，以教官府，以擾萬民；三曰禮典，以和邦國，以統百官，以諧萬民；四曰政典，以平邦國，以正百官，以均萬民；五曰刑典，以詰邦國，以刑百官，以糾萬民；六曰事典，以富邦國，以任百官，以生萬民。"

[11] 八成：古代官府治理政務的八種成規。《周禮·天官·小宰》："以官府之八成經邦治：一曰聽政役以比居；二曰聽師田以簡稽；三曰聽閭里以版圖；四曰聽稱責以傅別；五曰聽禄位以禮命；六曰聽取予以書契；七曰聽賣買以質劑；八曰聽出入以要會。"

[12] 燮和：協和。《尚書·顧命》："燮和天下，用答文武之光訓。"

[13] 肆類：《尚書·堯典》："肆類于上帝。"孔安國傳："肆，遂也。類，祭名。後以"肆類"稱祭天之礼。"

[14] 實柴：古代一種祭禮，把犧牲放在柴上燒烤，以爲享祀。《周禮·春官·大宗伯》："以實柴祀日月星辰。"三辰：日、月、星。《左傳·桓公二年》："三辰旂旗，昭其明也。"

[15] 禋祀：古代祭天的一種禮儀。先燔柴升烟，再加牲體或玉帛于柴上焚燒。《周禮·春官·大宗伯》："以禋祀祀昊天上帝，以實柴祀日月星辰，以槱燎祀司中、司命、風師、雨師。六宗：古所尊祀的六神。《尚書·舜典》："肆類於上帝，禋于六宗，望於山川，徧於群神。"

[16] 燎：放火燒田中雜草，祭禮之一種。

[17] 疇咨，出自《尚書·堯典》："帝曰：'疇諮若時登庸。'"孔安國傳："疇，誰；庸，用也。誰能咸熙庶績，順是事者，將登用之。"後以"疇諮"爲訪問、訪求之意。

[18] 第廙：修第廙後。荒儀：凋零之禮儀。

[19] 貺，讀音 kuàng，特指他人贈與的書信或詩文。《後漢書·文苑傳下·趙壹》："輒誦來貺，永以自慰。"

[20] 汩越：治理。《國語·周語下》："汩越九原，宅居九隩。"

[21] 嶷神：九嶷山之神仙。

[22] 發號：發號出令。《淮南子·覽冥訓》："舉事戾蒼天，發號逆四時。春秋縮其和，天地除其德。"

[23] 申戒：告誡。《史記·曆書》："年耆禪舜，申戒文祖，云：'天之歷數在爾躬。'"百工：各種工匠。

[24] 蓍龜：古人以蓍草與龜甲占卜凶吉，因以指占卜。《易·繫辭上》："探賾索隱，鉤深致遠，以定天下之吉凶，成天下之亹亹者，莫大乎蓍龜。"襲從：兩者和同相合。《尚書·大禹謨》："龜筮協從。"

[25] 南正：上古時官名。《國語·楚語下》："顓頊受之，乃命南正重司天以屬神；命火正黎司地以屬民。"韋昭注：南，陽位。正，長也。司，主也。屬，會也。所以會群神，使各有分序，不相干亂也。

[26] 馮相：馮相氏，周官名。掌天文。《周禮·春官·序官》："馮相氏，中士二人，下士四人，府二人，史四人，徒八人。"鄭玄注："馮，乘也；相，視也。世登高臺，以視天文之次序。"《周禮·春官·馮相氏》："馮相氏掌十有二歲，十有二月，十有二辰，十日，二十有八星之位。辨其叙事，以會天位。"亦省稱"馮相"。

[27] 方皇：翱翔，遨游。《荀子·君道》："古者先王審禮以方皇周浹於天下，動無不當也。"

[28] 案晷：按軌道運行。

[29] 剖符：猶剖竹。古代帝王分封諸侯、功臣時，以竹符爲信證，剖分爲二，君臣各執其一，後因以"剖符""剖竹"爲分封、授官之稱。太一：道家所稱爲"道"，古指宇宙萬物的本原、本體。

[30] 緒信：依從信賴。阮瑀《爲曹公作書與孫權》："仁君年壯氣盛，緒信所壓。"坤靈：古人對大地的美稱。揚雄《司空箴》："普彼坤靈，侔天作則。分制五服，劃爲萬國。"

[31] 鼖鼓：大鼓，古代用於奏樂。《淮南子·主術訓》："當此之時，鼖鼓而食，奏《雍》而徹。"高誘注："鼖鼓，王者之食樂也。"震駭：驚懼。

[32] 猛虡：古代刻猛獸形象爲飾的鐘架。

[33] 玉輅：古代帝王所乘之車，以玉爲飾。《淮南子·俶真訓》："目觀玉輅琬象之狀，耳聽白雪清角之聲，不能以亂其神。"高誘注："玉輅，王者所乘，有琬琰象牙之飾。"

[34] 瑤象：美玉和象牙。《楚辭·離騷》："爲余駕飛龍兮，雜瑤象以爲車。"

[35] 髟，讀音 biāo，毛发下垂的样子。鼦：鼦科動物部分種類的統稱。

[36] 招搖：星名，即北斗第七星搖光，亦借指北斗。《禮記·曲禮上》："行，前朱雀而後玄武，左青龍而右白虎，招搖在上，急繕其怒。"

[37] 爬瓜：星座之名，即鮑挂。王褒《九懷·思忠》："抽庫婁分酌醴，援爬瓜兮接糧。"齊斧：利斧，借指象徵帝王權力的黃鉞。

[38] 河鼓：星名，屬牛宿，在牽牛之北，一說即牽牛。《史記·天官書》："牽牛爲犧牲。其北河鼓，河鼓大星，上將；左右，左右將。"鞀，讀音 táo，有柄的小鼓。《禮記·月令》："命樂師脩鞀鞞鼓。"

[39] 出衵：顯露。

[40] 兩戒：国家疆域的南北界限。《新唐書·天文志一》："一行以爲天下山河之象，存乎兩戒……故《星傳》謂北戒爲胡門，南戒爲越門。"天衢：天空廣闊，任意通行，如世之廣衢，故稱天衢。

[41] 操戈：执戈，拿起武器。《列子·周穆王》："操戈逐儒生。"

[42] 蓬首：形容頭髮散亂如飛蓬。語本《詩·衛風·伯兮》："自伯之東，首如飛蓬。"

[43] 雷輻：猶雷輪。《漢書·揚雄傳》："奮電鞭，駘雷輻。"驚蟄：二十四節氣之一。此時氣溫上升，土地解凍，春雷始鳴，蟄伏過冬的動物驚起活動，故名。《逸周書·周月》："春三月，中氣，驚蟄、春分、清明。"

[44] 豤：亦作"豤"，讀音 kěn，誠懇。

[45] 保徵：《左傳·昭公十八年》："明日，使野司寇各保其徵。"楊伯峻注："各保

其徵，使所徵發之徒役不散。"

[46] 五靈：謂麟、鳳、神龜、龍、白虎，古代傳說中的五種靈异鳥獸。《史記·龜策列傳》："靈龜卜祝曰：'假之靈龜，五巫五靈，不如神龜之靈，知人死，知人生。'"啓殿：開啓殿宇。

[47] 魑魅：古謂能害人的山澤之神怪。亦泛指鬼怪，《漢書·王莽傳中》："敢有非井田聖制，無法惑衆者，投諸四裔，以御魑魅。"

[48] 夔：傳說中的獸名。《山海經·大荒東經》："東海中有流波山，入海七千里，其上有獸，狀如牛，蒼身而無角，一足，出入水則必風雨，其光如日月，其聲如雷，其名曰夔。"《莊子·秋水》："夔謂蚿曰：'吾以一足趻踔而行，予無如矣。'"《說文·夊部》："夔，神魖也。如龍，一足……象有角手人面之形。"蜩：山中精怪。迸竄：奔竄；逃竄。《後漢書·律曆志下》"放續前志，以備一家"條，劉昭注引漢蔡邕《戌邊上章》："臣初被考，妻子迸竄。"

[49] 瞳，讀音 yì，天陰而有風，暗昧。霿，讀音 méng，晦也。霍繹：往來倏忽貌。張衡《西京賦》："鳥畢駭，獸咸作，草伏木栖，寓居穴托，起彼集此，霍繹紛泊。"薛綜注："霍繹紛泊，飛走之貌。"

[50] 雺霧：霧气。

[51] 夷道：平易平坦之路。

[52] 圻，讀音 qí，方圓千里之地。略：疆界。《左傳·莊公二十一年》："鄭伯享王於闕西辟，樂備。王與之武公之略，自虎牢以東。"杜預注："略，界也。"圻略：方圓千里王畿之地的疆界。

[53] 夭矯：屈伸貌。《淮南子·脩務訓》："木熙者，舉梧檟，據句枉，蝯自縱，好茂葉，龍夭矯。"

[54] 蠖：蟲名，北方稱步曲，南方稱造橋蟲。體細長，生長於樹，爬行時一屈一伸。種類很多，爲害各種植物。駃，讀音 kuí，馬行威儀貌。玃，讀音 jué，猿猴類動物。倨：傲慢不馴。蛣，讀音 qiè，介類動物。印：向上。

[55] 鉞，讀音 yuè，古兵器。騰肆：肆意騰躍而起。

[56] 整銜應轡：整理馬嚼繮繩以勒之。噴沫：噴涌泡沫，形容水勢之大。

[57] 鬱菌：菌類之茂盛。宛足：緩步慢行。

[58] 輢，讀音 yǐ，憑倚。左思《蜀都賦》："於前則跨躡捷犽，枕輢交趾。"

[59] 曳；牽引；拖。《易·既濟》："曳其輪，濡其尾，無咎。"并節：繮繩。《楚辭·远游》："舒并節以馳騖兮，逴絕埌乎寒門。"

[60] 下氣：謂態度恭順；平心靜氣。韓愈《答張籍書》："若商論不能下氣，或似有之，當更思而悔之耳。"

[61] 太皥：亦作"太皞"，傳說中的古帝名，即伏羲氏。《荀子·正論》："自太皞、燧人莫不有也。"

[62] 谷風：東風。穆清：清和之氣。曹丕《迷迭香賦》："隨迴風以搖動兮，吐芬氣之穆清。"

[63] 東作：謂春耕。《尚書·堯典》："寅賓出日，平秩東作。"

[64] 憤盈：積滿，充盈。《後漢書·列女傳·董祀妻》："心吐思兮匈憤盈，欲舒氣兮恐彼驚，含哀咽兮涕沾頸。"

[65] 景寅：吉日良辰（丙辰。景即"丙"，唐人避高祖李淵父李昞諱，以景爲"丙"）。

[66] 車服：車輿禮服。《尚書·舜典》："敷奏以言，明試以功，車服以庸。"

[67] 德音：善言。《詩·邶風·谷風》："德音莫違，及爾同死。"

[68] 三農：古謂居住在平地、山區、水澤三類地區的農民，後泛稱農民。《周禮·天官·大宰》："一曰三農，生九穀。"上時：最合適的時令。

[69] 嘉祥：祥瑞。班固《東都賦》："啓靈篇兮披瑞圖，獲白雉兮效素烏，嘉祥阜兮集皇都。"駉房：房星。

[70] 檀：香木旝檀之省稱。亶：厚道，忠實。《國語·周語下》引《詩·周頌·昊天有成命》："於緝熙，亶厥心，肆其靖之。"

[71] 霓霓：天色陰沉貌。

[72] 優渥：雨水充足。《詩·小雅·信南山》："益之以霡霖，既優既渥。"溥：廣大，普遍。

[73] 種德：布德，施恩德。《尚書·大禹謨》："皋陶邁種德，德乃降，黎民懷之。"圻：京畿。

[74] 成皋、滎陽：地名。

[75] 濟：度過。洛：洛水。河穎：水名。《周禮·夏官·職方氏》："其川江漢，其浸穎湛。"

[76] 史伯：西周末時人，思想家，掌管起草文告、策命諸侯、記錄史實，編寫史書，監管國家典籍、天文曆法等，爲朝廷重臣。

[77] 脩德：修養德行。

[78] 襲：穿衣加服，引申爲堆積。《九章·懷沙》："重仁襲義兮，謹厚以爲豐"

[79] 征夫：遠行從役之人。莘莘：衆多貌。《國語·晉書四》："周詩曰：'莘莘征夫，每懷靡及。'"

[80] 多士：衆多賢士。《尚書·多方》："猷告爾有方多士，暨殷多士。"

[81] 幣玉：帛和玉，古代用以祭祀的禮品。《禮記·曾子問》："設奠，卒，斂幣玉，藏諸兩階之間，乃出。"

[82] 囊括：包羅，包含。揚雄《羽獵賦》："野盡山窮，囊括其雌雄。"祉祿：福祿。

[83] 頡頏：鳥飛上下貌。

[84] 屢申：屢次重申。

[85] 蹤躡：履前人之蹤迹。罔極：無窮盡。

[86] 喬嶽：泰山。體勢：形體態勢。班固《西都賦》："於是天子乃登屬玉之館，歷長楊之榭，覽山川之體勢，觀三軍之殺獲。"

[87] 八維：四方和四隅的合稱。東方朔《七諫·自悲》："引八維以自道兮，含沆瀣以長生。"

[88] 極地：極點，至高點。

[89] 嶢崿：高峻的山崖。

[90] 肛，讀音 gòng，到達。《漢書·揚雄傳上》："登椽欒而肛天門兮，馳閶闔而入凌兢。"紫霄：高空。

[91] 元吉：大吉，洪福。釐，此處讀音 xī，福。碩釐，即大福。

[92] 棫，讀音 yù，木名，即白桵。張衡《西京賦》："木則樅栝椶柟，梓棫楩楓。"槱，讀音 yǒu，積聚木柴以備燃燒。《詩·大雅·棫樸》："芃芃棫樸，薪之槱之。"增搆：高聳的建築。

[93] 煬：照耀。張衡《東京賦》："颺槱燎之炎煬，致高烟乎太一。"

[94] 炎爛薄天：火焰燃燒似要到達天上。薄，迫近也。

[95] 犧牲：供祭祀用的純色全體牲畜。《尚書·泰誓上》："犧牲粢盛，既於凶盜。"

[96] 鬱鬯：香酒，用鬯酒調和郁金之汁而成，古代用於祭祀或待賓。《周禮·春官·鬱人》："鬱人掌祼器，凡祭祀賓客之祼事和鬱鬯以實彝而陳之。"鳥彝：刻有鳳鳥形圖案的祭器。《周禮·春官·司尊彝》："春祠夏禴，祼用雞彝、鳥彝。"

[97] 明水：古代祭祀所用的净水。《周禮·秋官·司烜氏》："以鑒取明水於月。"玄尊：猶言玄酒。《荀子·禮論》："大饗，尚玄尊。"

[98] 空桑：傳說中的山名，產琴瑟之材。孤竹：獨生之竹。《周禮·春官·大司樂》："孤竹之管，雲和之琴瑟，雲門之舞，冬日至，於地上圜丘奏之。"

[99] 雲門：週六樂舞之一，用於祭祀天神，相傳爲黃帝時所作。《周禮·春官·大司樂》："以樂舞教國子。舞《雲門》《大卷》《大咸》《大磬》《大夏》《大濩》《大武》。"

[100] 遞變：交替變化；演變。

[101] 汜，此篇中通"氾"，向上冒出，廣泛，普遍。汜恩：廣布恩德。

[102] 介祉：大福。應劭《風俗通·祀典·桃梗葦茭畫虎》："桃梗，梗者，更也，歲終更始，受介祉也。"

[103] 鴻勳：偉大的功勳。蔡邕《楊公碑》："於是門人學徒，相與刊石樹碑，表勒鴻勳讚懿德。"

[104] 勞謙：勤勞謙恭。《易·謙卦》："勞謙，君子有終，吉。"

[105] 乾乾自新：《易·乾》："君子終日乾乾，夕惕若厲，无咎。"即自強不息，每日以自新。

[106] 恢誕：浮誇怪誕。應劭《風俗通·正失·東方朔》："然朔所以名過其實，以

其恢誕多端，不名一行。"宗緒：祖宗的緒業。《楚辭·天問》："初湯臣摯，後茲承輔。何卒官湯，尊食宗緒？"

[107] 封崇：增大加高。《國語·周語下》："共之從孫四嶽佐之，高高下下，疏川導滯，鍾水豐物，封崇九山，決汨九川。"本基：基地，地基，此處指祖宗之基業。

[108] 禮既功成：祭祀之禮已成。

[109] 結軌：軌迹交結，形容車輛絡繹不絕。《呂氏春秋·勿躬》："車不結軌。"高誘注："結，交也。"回衡：回車。衡，車前橫木，借指車。

[110] 冀土：冀州之土地。夷平：平坦。

[111] 靈兆：占卦。揚雄《劇秦美新》："神卦靈兆，古文畢發。"

[112] 顓頊：上古帝王名。"五帝"之一，號高陽氏。相傳爲黃帝之孫、昌意之子，生於若水，居於帝丘。10歲佐少昊，12歲而冠，20歲登帝位。在位78年，帝丘：古地名，在今河南濮陽縣西南，相傳爲顓頊都城。公元前629年衛成公自楚丘遷都於此。戰國時名濮陽，秦置濮陽縣。《左傳·僖公三十一年》："衛遷於帝丘。"杜預注："帝丘，今東郡濮陽縣，故帝顓頊之虛，故曰帝丘。"

[113] 殷宗：此篇中指殷代先王，指武丁。《魏書·世祖太武帝紀下》："昧旦思求，想遇師輔，雖殷宗之夢板築，罔以加也。"

[114] 昆吾：山名。《山海經·中山經》："又西二百里曰昆吾之山，其上多赤銅。"郭璞注："此山出名銅，色赤如火，以之作刃，切玉如割泥也。"虧節：虧損名節。

[115] 豕章：指豕韋氏。《左傳·昭公二十九年》："夏後嘉之，賜氏曰御龍，以更豕韋之後。"大彭：古國名，在今江蘇銅山縣，縣西有大彭山。《國語·鄭語》："大彭、豕韋爲商伯矣。"韋昭注："殷衰，二國相繼爲商伯。"

[116] 牧野：古代地名，在今河南省淇縣南。周武王與反殷諸侯會師，大敗紂軍於此。《尚書·牧誓》："時甲子昧爽，王朝至於商郊牧野，乃誓。"嘆武：咏嘆周武王。

[117] 宣室：古代宮殿名，殷代宮名。《淮南子·本经训》："武王甲卒三千，破紂牧野，殺之宣室。"高誘注："宣室，殷宮名；一曰宣室，獄也。"

[118] 竹箭：即篠，細竹。《管子·小匡》："是以羽旄不求而至，竹箭有餘於國，奇怪時來，珍异物聚。"《爾雅·釋地》："東南之美者，有會稽之竹箭焉。"叢生：草木等聚集在一起生長，多形容茂盛。《列子·湯問》："珠玕之樹皆叢生，華實皆有滋味。"《詩·衛風·淇奧》："瞻彼淇奧，綠竹猗猗""瞻彼淇奧，綠竹青青""瞻彼淇奧，綠竹如簀"。

[119] 晹：太陽，晴天，明亮。

[120] 布榮：便布生意。

[121] 玆圍：這樣的地方。圍，劃定的區域。《史記·魏世家》："秦七攻魏，五入圍中。"

[122] 師事：軍隊急行貌。

[123] 侯衛：自侯服至衛服之地。揚雄《劇秦美新》："厥被風濡化者，京師沈潛，

甸内匦洽，侯衛厲揭，要荒濯沐。"亦可借指侯服至衛服之間的諸侯。《國語·周語上》："侯衛賓服，蠻夷要服，戎狄荒服。"常任：古代君主左右執掌政務的長官。《尚書·立政》："王左右常伯、常任、準人、綴衣、虎賁。"

[124] 稷契龍夔：稷、契、龍、夔四人乃唐虞時代的賢臣，後泛指賢士。

[125] 伊尹、仲虺：二人乃商湯賢臣。

[126] 閎：寬廣，恢弘。《淮南子·齊俗訓》："故其見不遠者，不可與語大；其智不閎者，不可與論至。"

[127] 高光：漢宮殿名。揚雄《甘泉賦》："覽樛流於高光兮，溶方皇於西清。"李善注："服虔曰：'高光，宮名也。'"

[128] 路寢：古代天子、諸侯的正廳。《詩·魯頌·閟宮》："松桷有舄，路寢孔碩。"毛傳："路寢，正寢也。"

[129] 羲黃：伏羲與黃帝的并稱。墳典：三墳、五典的并稱，後轉爲古代典籍的通稱。《尚書序》："討論墳典。"《隸釋·漢太尉劉寬碑》："幼與同好鐫墳典於第廬。"

[130] 徵效：效驗，徵兆。應璩《與廣川長岑文瑜書》："修之歷旬，靜無徵效。"

[131] 瑋異：珍奇异常之物。瑋寶：珍寶。范曄《後漢書·南蠻西南夷傳論》："藏山隱海之靈物，沈沙栖陸之瑋寶，莫不呈表怪麗，雕被宮幄焉。"

[132] 祥應：祥瑞的先兆。《漢書·劉向傳》："考祥應之福，省灾异之禍，以揆當世之變。"

[133] 追蹤：追隨，效法。二皇：伏羲氏與神農氏。《淮南子·原道訓》："泰古二皇，得道之柄，立於中央。"

[134] 蹈騰：踩踏而上。《淮南子·原道訓》："經紀山川，蹈騰昆侖。"三王：此處指夏、商、周三代之君。

[135] 婆娑：此處意爲盤桓，逗留。八素：道家稱其至高的境界。陶弘景《周氏冥通記》卷二："八素不爲迥，九垓何足巍？"

[136] 絕瑞：特別的瑞應。《淮南子·覽冥篇》："乘雷車，服駕應龍，驂青虯，援絕瑞，席蘿圖，黃雲絡。"

[137] 鴛雛：傳説中的鳳屬之鳥，常以比喻高賢之人。

[138] 桄，讀音 guàng，繞綫的器具。紘，讀音 hóng，指網的繩，亦指網。《漢書·揚雄傳上》："沈沈容容，遥噱虖紘中。"顏師古注："紘，古紘字。"

[139] 南魄：地名。衆宜：衆人之所得宜也。

[140] 厖，讀音 máng，通"痝"，大。

[141] 區萌：謂草木萌芽勾曲生出。《禮記·樂記》："草木茂，區萌達。"臧：善，好。《尚書·盤庚上》："邦之臧，惟女衆；邦之不臧，惟予一人有佚罰。"

[142] 磑磑：高峻貌，宋玉《高唐賦》："盤岸巑岏，裖陳磑磑。"崎嶬：險峻貌。王延壽《魯靈光殿賦》："下觱蔚以璀錯，上崎嶬而重注。"

[143] 晻蔼：陰暗貌。屈原《離騷》："揚雲霓之晻蔼兮，鳴玉鸞之啾啾。"密穆：隱秘肅穆。真僚：升官。

[144] 允迪：認真履踐或遵循。《尚書·皋陶謨》："允迪厥德，謨明弼諧。"稽古：考察古事。《尚書·堯典》："曰若稽古。帝堯曰放勳。"享覿：朝見天子進獻貢品。《國語·周語中》："魯叔孫之來也，必有异焉，其享覿之幣薄而言諂，殆請之也。"東後：此篇指古代神話中五位天帝之一的東方青帝。隲：同"騭"，安定。《尚書·洪範》："惟天陰騭下民，相協厥居。"

[145] 棐忱：輔助誠信之人。《尚書·康誥》："天畏棐忱。"繹：陳述。《尚書·君陳》："庶言同則繹。"

[146] 氤氳：陰陽二氣交會和合之狀。《白虎通·嫁娶》引《易》："天地氤氳，萬物化淳。"

[147] 貺，讀音 kuàng，賜給，賜予。貺福：賜予福祉。禳禳，一作"穰穰"，衆多。《詩·周頌·執競》："降福穰穰，降福簡簡。"

[148] 昌熾：興旺，昌盛。《詩·魯頌·閟宫》："俾爾昌而熾，俾爾壽而富。"

[149] 遂古：往古，遠古。纂：繼承。《禮記·祭統》："子孫纂之，至于今不廢。"二武：漢武帝與光武帝。《晋書·苻堅載記上》："陛下神武撥亂，道隆虞、夏，開庠序之美，弘儒教之風，化盛隆周，垂馨千祀，漢之二武，焉足論哉。"

[150] 滿期：一心嚮往。盈尋：長久之意。前緒：前人的事業。《楚辭·天問》："纂就前緒，遂成考功。"

[151] 靈寶：道教經名，《靈寶經》。《雲笈七籤》卷三："燧人氏得斯經造火，變生爲熟，乃《靈寶》之功也。"

[152] 皇道：猶大道。何晏《景福殿賦》："沉浮翺翔，樂我皇道。"

《東巡頌》一首　　後漢　劉珍

題解：劉珍（？—126），一名劉寶，字秋孫，一作秘孫，南陽郡蔡陽縣（今湖北棗陽）人。東漢史學家。年少好學，漢安帝永初年間（107—113），任謁者僕射，後轉任侍中、越騎校尉，延光四年（125），官居宗正，後又轉任衛尉，在官位上去世。著有《建武以來名臣傳》《釋名》《東觀漢紀》等，後者《隋書·經籍志》著録143卷。《後漢書·文苑列傳》附有傳記。此篇《東巡頌》是劉珍爲漢安帝於延光三年（124）巡狩泰山時所作的頌美之辭。其展示了安帝憑悼古迹，廣播聖德，旨在歌頌安帝德化仁政，邦國興盛。作者首述漢世興起于陰陽天地、福瑞太和，聯繫現實宣揚漢朝天威。次說漢朝功業皆備，煌煌盛德。再叙皇帝出行車駕之盛大，氣勢之恢宏。經曲阜，祭孔子，述往事，思來者。願主上履前賢之迹，法聖人遺風，修己以遺則，牧民以德化。祇百神靈祇，降福祉於漢家天下。此篇其他文獻無載，僅見於此，可補入《全後漢文》。

太和交薄[1]，天地〔一〕烟熅[2]。聖主之化允鑠[3]，兆人之俗彌純[4]。然猶四岳嫌於被皇澤之未均，仰先典於稽古[5]，將省方以時巡[6]。於是乃命開卜，卜正考祥，龍集甲子，歲在延光。三龜襲吉[7]，終然允臧。乃屬六驥，命巾車，飾玉路，建旗旐。靈輿幽藹[8]，蒼虬瞿瞿[9]。凌造舟於玄扈[10]，陟延年之仙廬[11]。觀險守於武牢[12]，路寥豁以紆餘[13]。集清宮於濟陽[14]，舍皇考之靈館[15]。敬光武之育房[16]，疇天命之攸贊。息秅城而安寢[17]，恃翁叔之作扞[18]。誚三朡之蓄寶[19]，討師婚於東緡[20]。過仲山之樊都[21]，美周宣之德忠。晞曲阜而中想，觀多禮之彬彬。息闕里之舊堂[22]，曖若覿乎其人。既臻岱宗，精享禋柴。望秩山川，類于上帝。遂祀祖宗，告虔展義[23]。肆覲東後[24]，同律頒瑞[25]。壹度齊俗[26]，兼相人儇[27]。海外有截[28]，休氣和帀。幽荒絶域，澤罔不洽。克厭天〔二〕心，神望允答。是以乘輿發而甘雨震，居山虞而鳳皇集。於是禮成事畢，改轅反斾[29]。浮龍舫於東河，徑長壽，濟萬歲。視昆吾與康叔[30]，淹栖遲於三衛[31]。矜初陽之屯戍[32]，犒介士而後邁[33]。經北園於淇澳[34]，望殷墟而鑒戒[35]。昔武丁之精夢[36]，得傅說之板裁[37]。削胥靡之丹圖[38]，授說命而委絳[39]。位百年而通神，燿高宗於前代。紂逸游於騩維[40]，伯邑醢於纍鸘[41]。雷谿神而錫封[42]，王子忠而剖心。暴虐宣於萬邦，會爭盟而為禽。守天綱之不失，固福忠而禍〔淫〕〔三〕[43]。於是歷選臧否，按節徐回。仰夏後之肆勤[44]，指底績於覃懷[45]。望平皋而枉駕[46]，行游目乎河隈[47]。亂雲漢於孟津[48]，禦文鷁以橫厲[49]。河靈警而承舳[50]，馮夷儼其操檝[51]。日晏清以舒光，靡風雲之塵瞥[52]。濟南涘而逍遥，饗行夫以聊憩[53]。爰初出征以暨游息，監牧夫於人心。省幽明以黜陟，回游豫以觀人，邁種德乎邦域[54]。五品既訓[55]，九德咸至[56]。爰自岱宗，以勳受釐[57]。啓天〔四〕以貴，掩地〔五〕以富。壽考無疆，申錫昌志[58]。

【校勘】

〔一〕"天地"，原作"而"，武則天所造异體字。

〔二〕〔四〕"天"，原作"而"，武則天所造异體字。

〔三〕"禍"字下據文意當缺一字，一本後有"淫"，可從。
〔五〕"地"，原作"埊"，武則天所造異體字。

【注釋】

[1] 太和：天地間冲和之氣。《易·乾》："保合大和，乃利貞。"

[2] 烟熅：烟氣，烟雲瀰漫的樣子。

[3] 允鑠：信美。揚雄《長楊賦》："酌允鑠，肴樂胥。"

[4] 兆人：兆民。《後漢書·光武帝紀上》："漢遭王莽，宗廟廢絶，兆人塗炭。"

[5] 先典：上古的典籍。丘遲《與陳伯之書》："迷途知反，往哲是與；不遠而復，先典攸高。"稽古：考察古事。《漢書·武帝紀贊》："高祖撥亂反正，文景務在養民，至于稽古禮文之事，猶多闕焉。"

[6] 省方：巡視四方。《易·觀》："先王以省方觀民設教。"時巡：帝王按時巡狩。《尚書·周官》："又六年，王乃時巡，考制度于四岳。"

[7] 三龜：古代卜筮之法。《尚書·金滕》："乃卜三龜，一習吉。"襲吉：重得吉兆，謂吉事相因。《左傳·哀公十年》："趙孟曰：'吾卜於此起兵，事不再令，卜不襲吉。行也'。"

[8] 幽藹：幽深貌。

[9] 蒼虯：青色的龍。矍矍：驚視不安貌。《易·震》："震索索，視矍矍。"

[10] 造舟：周文王成婚時，曾并船爲橋，納聘于渭水。《詩·大雅·大明》："大邦有子，俔天之妹。文定厥祥，親迎於渭。造舟爲梁，不顯其光。"朱熹《詩集傳》："文，禮；祥，吉也。言卜得吉而以納幣之禮，定其祥也。"造，作；梁，橋也。作船於水，比之而加版於其上，以通行者，即今之浮橋也。"玄扈：山名，在陝西省雒南縣西，洛水之南。據《太平寰宇記》引《黄帝録》稱，黄帝於此山拜受鳳鳥啣來之圖。《山海經·中山經》："自鹿蹄之山至於玄扈之山，凡九山。"

[11] 延年：延長壽命。《楚辭·天問》："延年不死，壽何所止？"

[12] 武牢：即虎牢，虎牢關之簡稱。唐人避唐高祖之祖李虎諱，改"虎"爲"武"。

[13] 寥豁：廣大，空曠。紆餘：迂回曲折。司馬相如《上林賦》："酆、鄗、潦、潏，紆餘委蛇，經營乎其內。"

[14] 清宮：清凉的宮殿。濟陽：地名，在今山東省濟南市近郊。

[15] 皇考：對已故曾祖的尊稱。《禮記·祭法》："曰皇考廟。"靈館：供奉神靈的祠、觀，也可指神靈的所在。

[16] 光武：光武帝劉秀。育房：地名。

[17] 安寢：安睡。《詩·小雅·斯干》："下莞上簟，乃安斯寢，乃寢乃興，乃占我夢。"

[18] 翁叔：金日磾（前134—前86），字翁叔，漢武帝病重，托霍光与金日磾輔佐太

子劉弗陵，并遺詔封其爲秺侯。扞，讀音hàn，保護，保衛。《尚書·文侯之命》："汝多修，扞我于艱。"

[19] 三朡：古國名。《尚書·湯誓》："夏師敗績，湯遂從之。遂伐三朡，俘厥寶玉。"孔安國傳："三朡，國名。桀走保之，今定陶也。"

[20] 東緡：東緡，地名。《漢書·地理志上》"東緡"條，顏師古注："春秋僖二十三年，齊侯伐宋圍緡，即謂此。音旻。"

[21] 仲山：指仲山甫，周宣王時著名的大臣。見《詩·大雅·烝民》。

[22] 闕里：孔子故里，在今山東曲阜城內闕里街。因有兩石闕，故名。孔子曾在此講學。後建有孔廟，幾占全城之半。《孔子家語·七十二弟子解》："顏由，顏回父，字季路，孔子始教學于闕里，而受學，少孔子六歲。"

[23] 展義：宣示德義。《左傳·莊公二十七年》："天子非展義不巡守，諸侯非民事不舉。"

[24] 肆覲：《尚書·舜典》："歲二月，東巡守，至於岱宗，柴。望秩於山川，肆覲東后。"原謂以禮見東方諸國之君，後常用爲語典，以稱見天子或諸侯之禮。東后：此處指神話中五位天帝之一的东方青帝。

[25] 同律：律吕。《周禮·春官·大師》："大師，執同律以聽軍聲，而詔吉凶。"

[26] 齊俗：使風俗相一致。

[27] 人僞：人爲也。

[28] 海外：四海之外，泛指邊緣之地，今特指國外。有截：齊一貌，整齊貌。《詩·商頌·長安》："相土烈烈，海外有截。"

[29] 改轅：改變車行方向。轅，車轅。反旆：出師歸來；回師。《左傳·宣公十二年》："令尹南轅反旆。"

[30] 昆吾：山名。《山海經·中山經》："又西二百里曰昆吾之山，其上多赤銅。"郭璞注："此山出名銅，色赤如火，以之作刃，切玉如割泥也。"康叔：生卒年不詳，姬姓，名封，又稱衛康叔、康叔封，周文王姬昌與正妻太姒所生第九子，周武王姬發同母弟。因獲封畿內之地康國，故稱康叔或康叔封。

[31] 栖遲：游息。《詩·陳風·衡門》："衡門之下，可以栖遲。"

[32] 初陽：古謂冬至一陽始生，因以冬至至立春以前的一段時間爲初陽。《玉臺新詠·古詩爲焦仲卿妻作》："往昔初陽歲，謝家來貴門。"屯戍：駐防。《史記·孝文帝本紀》："今縱不能罷邊屯戍，而又飭兵厚衛，其罷衛將軍軍。"

[33] 介士：耿介正直的人。

[34] 淇澳：淇水彎曲處。《詩·衛風·淇奧》："瞻彼淇奧，綠竹猗猗。"毛詩傳："奧，隈也。"

[35] 殷墟：謂殷紂身死，国都为墟。揚雄《解嘲》："昔三仁去而殷墟，三老歸而周熾。"

[36] 武丁：子姓，名昭。商王盤庚之侄，商王小乙之子，商朝第 23 任君主。其在位期間，舉賢任能，重用傅説、甘盤爲大臣，力求鞏固統治。在位 59 年。《詩·商頌·玄鳥》："商之先後，受命不殆，在武丁孫子。"他使得殷商王朝得到極大發展。史稱"武丁盛世"。其去世後，廟號高宗。

[37] 傅説：出生卑微，却得武丁重用。屈原《離騷》："説操築於傅巖兮，武丁用而不疑。"

[38] 胥靡：古代服勞役的奴隸或刑徒，亦爲刑罰名。《莊子·庚桑楚》："胥靡登高而不懼，遺死生也。"丹圖，即指《河圖》。

[39] 縡，讀音 zài，事情。《漢書·揚雄傳》："上天之縡，杳旭卉兮。"顔師古注："縡，事也。"委縡：委以重任。

[40] 騑：騑馬。絓：絆住；挂礙。騑絓：《左傳·成公二年》："逢丑父與公易位，將及華泉，騑絓於木而止。"

[41] 伯邑醢於爨䰞：伯邑即伯邑考，周文王姬昌嫡長子。一説周文王被紂王囚禁後，伯邑考在殷商做人質，爲紂王駕車。紂王烹殺伯邑考，將他做成肉羹，賜給周文王。醢，讀音 hǎi，肉醬。爨，讀音 cuàn，燒火做飯。䰞，讀音 qín，釜類蒸器。劉向《九嘆·憂苦》："潛周鼎於江淮兮，爨土䰞於中宇。"

[42] 雷豀：人名。錫封：賜封，分封。蔡邕《玄文先生李子材銘》："考翼佐世祖，匡復郊廟，錫封茅土。"

[43] 禍淫：謂淫逸過度，則天降之以禍。語出《尚書·湯誥》："天道福善禍淫。"蔡沈集傳："天之道，善者福之，淫者禍之。"

[44] 夏後：指禹受舜禪而建立的夏王朝，稱夏後氏，亦稱"夏氏""夏後"。肆勤：盡力勤勞。蔡邕《中鼎銘》："公允迪厥德，宣力肆勤，戰戰兢兢，以役帝事。"

[45] 底績：獲得成功，取得成績。《尚書·禹貢》："覃懷底績，至于衡漳。"覃懷：近河地名。

[46] 平皋：水邊平展之地。《史記·司馬相如列傳》："汩淢噏習以永逝兮，注平皋之廣衍。"枉駕：屈駕，稱人來訪或走訪的敬辭。《三國志·蜀書·諸葛亮傳》："此人可就見，不可屈致也，將軍宜枉駕顧之。"

[47] 游目：縱目，放眼觀看。屈原《離騷》："忽反顧以游目兮，將往觀乎四荒。"隈：山水彎曲隱蔽處。

[48] 雲漢，出自《詩·大雅·雲漢》："倬彼雲漢，昭回於天。"鄭玄箋："時旱渴雨，故宣王夜仰視天河，望其候焉。"後因以"雲漢"爲炎暑乾旱之喻。孟津：古黄河津渡名，在今河南省孟津縣東北、孟縣西南。相傳周武王在此盟會諸侯并渡河，故一名盟津；一説本作盟津，後訛作孟津。爲歷代兵家爭戰要地。《尚書·禹貢》："導河積石，至於龍門，南至於華陰，東至厎柱，又東至於孟津。"

[49] 文鷁：船首畫有鷁鳥形狀的船。《史記·司馬相如列傳》："浮文鷁，揚桂枻。"

横厲：衡越，橫渡。《史記·司馬相如列傳》："互折窈窕以右轉兮，橫厲飛泉以正東。"

[50] 河靈：神話傳說中的黃河水神巨靈，亦泛指河川之精靈。揚雄《河東賦》："河靈矍踢，爪華蹈衰。"舳：船尾持舵的部位。

[51] 馮夷：傳說中黃河之神，即河伯，泛指水神。《莊子·大宗師》："馮夷得之，以游大川。"軑，当是"軑"，又作"軑"，讀音dòu，本穀上色的铁帽。泛指车轮。

[52] 塵瞥：短暫迅速之貌。

[53] 行夫：士兵。《九嘆·愍命》："韓信蒙於介冑兮，行夫將而攻城。"憩：休息，歇息。

[54] 種德：猶布德，施恩德於人。《尚書·大禹謨》："皋陶邁種德，德乃降，黎民懷之。"邦域：疆土；國境；區域。《論語·季氏》："夫顓臾，昔者先王以爲東蒙主，且在邦域之中矣，是社稷之臣也。"

[55] 五品：五種倫常道德。《尚書·舜典》："帝曰：'契，百姓不親，五品不遜。'"孔安國傳："五品謂五常。"孔穎達疏："品謂品秩，一家之内尊卑之差，即父母兄弟子是也。教之義、慈、友、恭、孝，此事可常行，乃爲五常耳。"

[56] 九德：謂賢人具備的九種優良品格。九德内容，説法不一。《尚書·皋陶謨》："皋陶曰：'都，亦行有九德，亦言其人有德，乃言曰：載采采。'禹曰：'何？'皋陶曰：'寬而栗，柔而立，愿而恭，亂而敬，擾而毅，直而溫，簡而廉，剛而塞，彊而義，彰厥有常，吉哉！'"孔安國傳："言人性行有九德以考察，真僞則可知。"《左傳·昭公二十八年》："心能制義曰度，德正應和曰莫，照臨四方曰明，勤施無私曰類，教誨不倦曰長，賞慶刑威曰君，慈和徧服曰順，擇善而從之曰比，經緯天地曰文。九德不愆，作事無悔。"《逸周書·常訓》："九德：忠、信、敬、剛、柔、和、固、貞、順。"

[57] 受釐：漢制祭天地五畤，皇帝派人祭祀或郡國祭祀後，皆以祭餘之肉歸致皇帝，以示受福，叫受釐。"釐"即"胙"，祭餘之肉。《史記·屈原賈生列傳》："孝文帝方受釐，坐宣室。"

[58] 申錫：厚賜。《詩·商頌·烈祖》："申錫無疆，及爾斯所。"昌志：壯志。

《南巡頌》一首并序　　後魏　高允

題解：此篇作於北魏文成帝拓跋濬和平二年（461），拓跋濬巡狩方岳，即所謂"東幸冀州""經始行宫於衡水之濱"。作者感於天下太平，四海清一，遂作《南巡頌》，以歌拓跋濬治國之盛德。所謂"興禮樂以利百姓，宣風化以協萬邦"。其叙拓跋濬巡狩之盛狀，感時節之熙融和暢，記祭祀之虔誠；説前賢之宏業，頌今上之恩澤，將今上比肩於前賢之帝王。所謂"追有虞五載之文，踵先朝省方之義""銘功贊德於行宫之左"，以勸勉今上，勵精圖治，播清風於不朽，垂高略於無窮。此篇其他文獻無載，僅見於此，可補入《全後魏文》高允文中。

維和平二年春二月辛卯[1]，皇帝巡狩，觀于方岳[2]，靈運之所鍾也。克致太平，四海清一。興禮樂以和百姓，宣風化以協萬邦。率土之人，莫不思仰皇恩，想望臨幸者也。爾乃追有虞五載之文，踵先朝省方之義[3]，整大駕，備萬乘，因時而後舉，清道而後行[4]。皇太子撫軍[5]，二宮之官[6]，率職而從[7]。歷中山，次於鄴都。三月某日，東幸冀州。經始行宮於衡水之濱，因其野廣平之勢，率其土子來之人[8]，同心響應，不日而就。遂御春服，登觀臺，眺川流之玩，潔品物之新[9]，樂天氣之和，悅人徒之盛。從容周覽，悠然條暢[10]。於是群后四朝，岳牧來會。宗人致慶，殊方畢集。乃設大饗[11]，以勞百官。逮于遐賓[12]，至于幽隱。汎羽爵於清流[13]，置鮮肴於樏俎[14]。奏宮懸金石之樂[15]，作六代《雲門》之舞[16]。端長埒以馳逸足[17]，畫平砥以騁龍驥[18]。建飛鳥於上，列素的於下[19]。武藝之士，縱弓矢以肆其能[20]；文藻之流，歌永言以陳其志。擊雷鼓以響其音[21]，縱倡人以唱其獲[22]。然後班之以厚賞[23]，錫之以筐篚[24]，所以顧其功而將其意。信歡娛之至極，希代而一有。與盛禮者欣於遭遇，備視聽者洽於耳目[25]。其被服仁風，沐浴靈澤者，不可稱載。夫帝王之興，其義不同：或以干戈，或存揖讓[26]。我后以聖哲欽明，君臨四海，播文教以懷遠服，彰武功以威不庭[27]。是以遐荒慕義[28]，宇內歸心。執玉奉珍，貢其方物於門庭者[29]，繼軌而至。比之先代，于斯爲盛。乃望秩山川，遍饗群神[30]。協時月正日，同律度量衡。黜陟幽明[31]，以熙庶績[32]。禮成事畢，旋軫而還[33]。所過郡國，皆親對高年[34]，存問孤寡，除不急之務[35]，減田租之半，人年八十以上復其一人。耆老受優隆之惠[36]，孝子蒙侍養之恩。兆庶欣欣，無不稱美。鼓舞者溢於街巷[37]，謳歌者盈于道路[38]。雖春陽之暎[39]，無以況其仁[40]；雲雨之施，不足齊其澤。故能登三比五[41]，以道拯濟者矣。昔帝舜之狩，光於前典。漢章之巡，列於後頌。況今至義[42]，逾於往時。殊恩洽於無外[43]，而可已乎？王公卿士，咸以爲宜彰盛美，勒之金石。遂銘功贊德于行宮之左，當四達之衢[44]，播清風於不朽，垂高略於無窮[45]。其辭曰：

天監有道[46]，降命在魏。曰登紫辰[47]，應圖正位[48]。我后承基[49]，陶甄萬類[50]。振以宏綱[51]，御以長轡。因時而舉，省方巡狩。拯老存孤，升賢表秀[52]。仁化風翔，高蔭雲覆[53]。功濟蒼生，德光宇宙。顧命百寮，率茲舊典。講武宣文，載游載踐。弧矢并縱，德音競演。岌岌冑夫[54]，詵詵冠冕[55]，贊道隆時[56]，以光以顯，靈澤滂流[57]，威聲遠濟。教有惟新，政無留滯[58]。蠲此煩苛[59]，除彼關稅。率土歸心，殊方仰惠。敢述皇風，永播來裔[60]。

【注釋】

[1] 和平：北魏文成帝拓跋濬年號，爲460—465年。

[2] 方岳：四方之山岳，古指東岳泰山、西岳華山、南岳霍山（或衡山）、北岳恒山。《尚書·周官》："王乃時巡，考制度于四嶽，諸侯各朝于方岳，大明黜陟。"

[3] 省方：巡視四方。《易·觀》："先王以省方觀民設教。"

[4] 清道：清理道路。

[5] 撫軍：從行，太子從君出征。《左傳·閔公二年》："里克諫曰：太子奉塚祀社稷之粢盛，以朝夕視君膳者也，故曰塚子。君行則守，有守則從，從曰撫軍，守曰監國，古之制也。"

[6] 二宮：兩宮，皇帝宮與太子宮。此處指皇帝與太子。

[7] 率職：奉行職事。

[8] 子來：民心歸附，如子女趨事父母，不召自來，竭誠效忠。《詩·大雅·靈臺》："經始靈臺，經之營之。庶民攻之，不日成之。經始勿亟，庶民子來。"

[9] 品物：萬物。《易·乾》："雲行雨施，品物流形。"

[10] 條暢：歡暢；舒暢。王褒《四子講德論》："大化隆洽，男女條暢，家給年豐，咸則三壤，豈不盛哉！"

[11] 大饗：合祀先王的祭禮。《禮記·禮器》："大饗其王事與？"鄭玄注："謂祫祭先王。"《荀子·禮論》："大饗尚玄尊，俎生魚，先大羹，貴食飲之本也。"

[12] 遐賓：遠方的客人。陸雲《九愍·涉江》："豈三錫之又晞，乃裔予于遐賓。"

[13] 羽爵：古代酒器。應璩《與滿炳書》："繁組綺錯，羽爵蜚騰。"

[14] 槃：木盤。俎：古代祭祀、燕饗時陳置牲體或其他食物的禮器。《詩·小雅·楚茨》："執爨踖踖，爲俎孔碩。"

[15] 宮懸：張衡《東京賦》"設業設虡宮懸金鏞"條，李善注："司農曰：宮懸，四面也。"金石之樂：指鐘磬一類樂器。《國語·楚語上》："而以金石匏竹之昌大、囂庶爲樂。"韋昭注："金，鐘也；石，磬也。"

[16] 六代《雲門》之舞：六代即指黃帝、唐、虞、夏、殷、周。《晉書·樂志上》："周始二《南》，《風》兼六代。昔黃帝作《雲門》，堯作《咸池》，舜作《大韶》，禹作《大夏》，殷作《大濩》，周作《大武》，所謂因前王之禮，設俯仰之容，和順積中，英華發外。"

[17] 垺，讀音 fū，土。《龍龕手鑒》："垺，土也。"（一説同"郭"，外城。《玉篇·土部》："垺，郭也。正作郭。"）逸足：猶疾足。傅毅《舞賦》："良駿逸足，蹀躞凌越。"

[18] 砥，讀音 dǐ，平直、平坦、平均，引申爲公平。龍驥：駿馬。陳琳《答東阿王箋》："譬猶飛兔流星，超山越海，龍驥所不敢追；況於駑馬，可得齊足？"

[19] 素的：毛色纯的馬。

[20] 肆：顯示。

[21] 雷鼓：八面鼓，祭祀天神時所用。《周禮·地官·鼓人》："以雷鼓鼓神祀。"

[22] 唱獲：《儀禮疏·卷第十二》："云'獲者御矢也者'，謂唱獲者恐矢至身，故雲獲者御矢也"。

[23] 班：同"班"，分等列序，排列。《孟子·萬章下》："周室班爵祿也，如之何？"

[24] 筐筥：盛物竹器。方曰筐，圓曰筥。《詩·小雅·鹿鳴序》："鹿鳴，燕群臣嘉賓也，既飲食之，又實幣帛筐筥，以將其厚意。然後忠臣嘉賓，得盡其心矣。"引申爲帝王厚賜的物品，亦指帝王恩賜。

[25] 洽：符合。《詩·周頌·載芟》："爲酒爲醴，烝畀祖妣，以洽百禮。"

[26] 揖讓：賓主相見的禮儀。《周禮·秋官·司儀》："司儀掌九儀之賓客擯相之禮，以詔儀容、辭令、揖讓之節。"

[27] 不庭：不朝於王庭者；不朝於王庭。《左傳·隱公十年》："以王命討不庭。"

[28] 遐荒：邊緣荒僻之地。韋孟《諷諫》："彤弓斯征，撫寧遐荒。"慕義：感慕主上恩德。

[29] 門庭：此處爲宮廷之意。《墨子·尚賢上》："門庭庶子，國中之衆、四鄙之萌人聞之，皆競爲義。"

[30] 遍饗群神：群神即主山川的衆神。《尚書·堯典》："望于山川，徧于群神。"孔安國傳："'九州名山大川、五嶽四瀆之屬，皆一時望祭之。群神謂丘陵墳衍，古之聖賢皆祭之。'"

[31] 黜陟：人才的進退，官吏的升降。《尚書·周官》："諸侯各朝于方嶽，大明黜陟。"幽明：善惡；賢愚。《尚書·舜典》："三載考績，三考黜陟幽明。"孔安國傳："三年有成，故以考功；九歲，則能否、幽明有別，黜退其幽者，升進其明者。"

[32] 熙：光明，明亮，照耀。庶績：各種事業。《尚書·堯典》："允釐百工，庶績咸熙。"

[33] 旋軫：還車，回車。《後漢書·荀彧傳》："今鑾駕旋軫，東京榛蕪。"

[34] 高年：老年人。

[35] 不急：不切需要。《戰國策·秦策三》："吳起爲楚悼罷無能，廢無用，損不急之官，塞私門之請，壹楚國之俗。"不急之務，即不切需要的事務。

[36] 耆老：年老人。《禮記·王制》："養耆老以致孝，恤孤獨以逮不足。"優隆：優待尊崇。《三國志·魏志·齊王芳傳》："昔周成建保傅之官，近漢顯宗崇寵鄧禹，所以優隆儁義，必有尊也。"

[37] 鼓舞者：擊鼓跳舞之人。《晏子春秋·外篇下一》："今孔丘盛聲樂以侈世，飾弦歌鼓舞以聚徒。"

[38] 謳歌者：歌頌盛德者。《孟子·萬章上》："謳歌者，不謳歌堯之子而謳歌舜。"

[39] 暎，讀音 yìng，映照。雖春陽之暎：即使如陽春般映照。

[40] 況，比較。無以況其仁：也無法與主上恩澤相比較。

[41] 登三比五：登三皇，比五帝。

[42] 至義：合乎道義。

[43] 殊恩：特別的恩寵，常指帝王的恩寵。《後漢書·杜詩傳》："上書乞避功德，陛下殊恩，未許放退。"無外：古代帝王以天下為一家。《公羊傳·隱公元年》："王者無外，言奔，則有外之辭也。"

[44] 四達：通往四方的道路。《爾雅·釋宮》："一達謂之道路，二達謂之歧旁，三達謂之劇旁，四達謂之衢。"

[45] 高略：重大的謀略。《三國志·魏志·崔琰傳》："慎以行正，思經國之高略。"

[46] 天鑒：上天之明鑒。

[47] 紫辰：北辰，帝王之正位。

[48] 應圖：應合圖讖。班固《典引》："若乃嘉穀靈草，奇獸神禽，應圖合謀，窮祥極瑞者，朝夕坰牧。"正位：正式登位、就職。《後漢書·皇后紀序》："後正位宮闈，同體天王。"

[49] 承基：繼承基業。張衡《西京賦》："高祖創業，繼體承基，暫勞永逸，無為而治。"

[50] 陶甄：陶冶、教化。張華《女史箴》："茫茫造化，二儀既分。散氣流形，既陶既甄。"

[51] 宏綱：大綱，主旨。《尚書序》："芟夷煩亂，剪截浮辭，舉其宏綱，撮其機要。"

[52] 升賢表秀：提拔賢能，表彰英秀。即舉賢任能之意。

[53] 高蔭雲覆：恩蔭可疊高到被雲層覆蓋，比喻恩澤之厚。

[54] 峨峨：高貌。《孟子·萬章上》："天下殆哉岌岌乎？"冑夫：帝王或貴族的後嗣。

[55] 詵詵：眾多、和集貌。《詩·周南·螽斯》："螽斯羽，詵詵兮；宜爾子孫，振振兮。"詵，讀音 shēn。冠冕：比喻仕進之人。

[56] 隆時：盛世。曹丕《柳賦》："應隆時而繁育，揚翠葉之青純。"

[57] 靈澤：滋潤萬物的雨水，亦比喻君王的恩德。王逸《九思·憫上》："思靈澤兮一膏沐，懷蘭英兮把瓊若。"滂流：涌流，廣泛流布。《漢書·宣帝紀》："詔曰：'乃者鳳皇、甘露降集，黃龍登興，醴泉滂流，枯槁榮茂，神光并見，咸受禎祥。'"

[58] 留滯：停滯，羈留。政無留滯，即政通之意。

[59] 蠲，讀音 juān，除去，減免。荀悅《申鑒·政體》："四患既蠲，五政既立，行之以誠，守之以固。"煩苛：繁雜苛細，多指法令。《漢書·文帝紀》："漢興，除秦煩苛，約法令，施德惠，人人自安。"

[60] 永播來裔：愿能將恩德永遠播延於後世子孫。來裔，後世子孫。蔡邕《太尉汝南李公碑》："銘勒顯於鐘鼎，清烈光於來裔。"

《巡幸舊宮頌》一首　　南朝宋　孝武帝

題解：宋元嘉二十六年（449）己丑，孝武帝作此頌。《宋書·文帝紀》："二十六年二月己亥，車駕陸道幸丹徒。"此篇《藝文類聚》卷六二節引79字。嚴可均據之輯入《全宋文》卷六。此載爲完篇，可校補嚴輯。

摘辭省德，調律聞風[1]。君光閱映，帝聲代融[2]。諮我宗命，邈往居中[3]。曾徽積史[4]，至鄴傅工。（其一）

明爲運重，曆爲道屬[5]。思文叡主，含玄馭籙[6]。憑心繞靈，儀元制俗[7]。物由和臻，神資瑞告[8]。（其二）

弘洽夷夏，感貫雲泉[9]。珍産擢地[10]，寶耀垂天。職祭逾遠，荒貢凌艱[11]。南閩請弁，朔狄辭旜[12]。（其三）

順時有思，履露有情[13]。饗備宗祧，虔曠先塋[14]。惟皇敬眷，永慕徐京[15]。列裝青野，動軔〔一〕丹庭[16]。（其四）

儀辰效駕，相時御服[17]。蠲餘縈流，龍鑣被陸[18]。羽蕤蓋日，金鼉震谷[19]。趨路徐清[20]，仙行遠肅。（其五）

榮和首律，景澤開年[21]。林坰發色，川郊冽泉〔二〕[22]。沿泝遙衍，陟降〔三〕回懸[23]。踐域負水〔四〕，即宮臨山[24]。（其六）

國鄙殷華，星氣杲鏡[25]。物爲邦暉，士作人慶[26]。岱雲東陳，淮瀾南暎[27]。邑祚皇符，里有勳命[28]。（其七）

思申〔五〕陵寢，歡結枌都[29]。眇懷沛濟，勤念宛吾[30]。納壽遺老[31]，設飲先居。堂序朝秀，庭集皇閭[32]。（其八）

環宮合張，元階接縣[33]。肴以禮羞，觴以樂薦[34]。溫昬昭精，暄焱肅扇[35]。天融其清[36]，人諧其宴。（其九）

敬畢情彌，冲心迺愈[37]。騰軒巖界，游鑾海路[38]。連江漵風[39]，列岳卷霧。盡目區塵，窮瞻限固[40]。（其一〇）

— 238 —

慶隆鄉部，宥浹華裔[41]。巡邦簡教，卹孤訪滯[42]。隨駕揮金，緣艫振幣[43]。澤優漢施，調緩農稅[44]。（其一一）

功深問博，道畜事昌[45]。玄應有洽[46]，幽符自光。靈贊卜遠，萌歌祚長[47]。非德勿洞，非神熟彰[48]。（其一二）

生叨國慶，爵偶效浮[49]。申行輟戒[50]，陪禮承游。陶身芳藹，洗識明流[51]。敢同史頌，結咏後舟[52]。（其一三）

【校勘】

〔一〕"動軔"，《藝文類聚》作"動斬"。

〔二〕"洌泉"，《藝文類聚》作"列泉"。

〔三〕"陟降"，《藝文類聚》作"登陟"。

〔四〕"負水"，《藝文類聚》作"負外"。

〔五〕"思申"，《藝文類聚》作"思甲"。

【注釋】

[1] 摛辭：鋪陳文辭。郭璞《方言序》："類摛詞之指韵，明乖途而同致。"調律：校正音樂律呂，使之和諧。

[2] 閱映：历映。閱：經歷。《史記·孝文本紀》："楚王，季父也，春秋高，閱天下之義理多矣，明於國家之大體。"映，照耀。郭璞《江賦》："青綸競糺，縟組爭映。"融：顯明，昌盛。干寶《晋紀總論》："咸黜异圖，用融前烈。"

[3] 邈：超越，胜过。潘岳《射雉賦》："何調翰之喬桀，邈疇類而殊才。"

[4] 曾徽積史：未詳。

[5] 運重：未詳。

[6] 思文：文德，思，語辭。《詩經·周頌》的篇名，詩序："思文，後稷配天也。"叡主：同"睿主"，明主。馭籙：掌管簿籍。

[7] 儀元：法天。

[8] 臻：聚集。桓寬《鹽鐵論》："自京師東西南北，歷山川，經郡國，諸殷富大都，無非街衢五通，商賈之所臻，萬物之所殖者。"告：表明，宣告。《荀子·禮論》："輿藏而馬反，告不用也。"

[9] 雲泉：天地。

[10] 擢地：由地拔取。

[11] 職祭：未詳。荒貢：邊際地區的進貢。

[12] 弁：貴族之帽。旃：同"氈"，羊毛等製品，耐寒保溫。

[13] 履露：疑爲"履霜"。《禮記·祭義》："霜露既降，君子履之，必有淒愴之心，

非其寒之謂也。"

[14] 宗祧：宗廟。《左傳·襄公二十三年》："紇不佞，失守宗祧，敢告不弔。紇之罪，不及不祀。"曠：明朗，明亮。《後漢書·竇融傳》："忠臣則酸鼻流涕，義士則曠若發矇。"

[15] 徐京：古徐州，指彭城舊宮。

[16] 動軔：移動車輪。丹庭：指宮庭。

[17] 儀：推測，忖度。《國語·周語下》："儀之于民，而度之于群生。"效駕：試車。《禮記·曲禮上》："君車將駕，則僕執策立於馬前，已駕，僕展軨效駕，奮衣由右上，取貳綏跪乘。"相時：觀察時機。賈誼《新書·立後義》："夫帝王者，莫不相時而立儀，度務而制事，以馴其時也。"

[18] 蠲：又名馬蠲、馬陸。《說文·蟲部》："蠲，馬蠲也。"一說是螢的一種。除去，減免。荀悅《申鑒·政體》："四惠既蠲，五政既立。"縈：回旋纏繞。《詩·周南·樛木》："南有樛木，葛藟縈之。"龍鑣：駿馬。

[19] 羽蕤：羽毛下垂。金鼍：金鼓。鼍皮可以制鼓。

[20] 䡾路：篳路，用荊竹編的車，柴車。

[21] 榮和：茂盛和諧。景澤：光明恩惠。

[22] 林坰：亦作'林垌'，坰：即'垌'，遙远的郊野。洌：清澄。《易·井》："井洌寒泉，食。"

[23] 泝：逆水而行。《左傳·文公十年》："（楚子西）沿漢泝江，將入郢。"遙衍：向遠處漂流或擴展。王融《別王丞僧孺》："留雜已鬱紆，行舟亦遙衍。"

[24] 負：依恃，憑借。《左傳·襄公十八年》："齊環恃其險，負其衆庶。"即：接近，靠近。《詩·衛風·氓》："匪來貿絲，來即我謀。"

[25] 鄙：邊邑，邊境。《公羊傳·莊公十九年》："冬，齊人、宋人、陳人伐我西鄙。"殷華：富裕繁盛。杲鏡：明亮如鏡。

[26] 暉：明。慶：善。

[27] 岱：泰山。暎：同"映"，照耀。

[28] 邑：城鎮。祚：流傳。里：地方行政組織，故鄉。

[29] 陵寢：帝王陵墓。《後漢書·祭祀志下》："殤帝生三百餘日而崩，鄧太後攝政，以尚嬰孩，故不列于廟，就陵寢祭之而已。"枌，讀音 fén。枌都，指劉氏祖居，故里。江淹《雜體·效袁淑從駕》："宮廟禮哀敬，枌邑道嚴玄。"李善注："枌，枌榆社也。"

[30] 眇：同"渺"，遠。宛，讀音 yuān，在今河南。

[31] 納壽：祝壽。納，貢獻。遺老：前朝老人或舊臣。《呂氏春秋·慎大》："武王乃恐懼太息流涕，命周公旦進殷之遺老，而問殷之亡故。"

[32] 堂序：正廳。序，堂東西兩壁之墻。閒：軍隊編制單位。《尉繚子·伍制令》："軍中之制，五人爲伍，伍相保也……百人爲閒，閒相保也。"

[33] 元階：圓階。元，同"圓"。

[34] 羞：同"饈"，美味的食品。《左傳·僖公十七年》："雍巫有寵于衛共姬，因寺人貂以薦羞於公。"薦：進獻。《儀禮·鄉射禮》："主人阼階上拜送爵，賓少退，薦脯醢。"

[35] 晷：日影，日光。精：清朗，光明。猋：古通"飆"，暴風，旋風。

[36] 清：潔淨，清朗。

[37] 情豫：盡情。悆，讀音 yù，喜悅，舒適。

[38] 騰軒：騰躍高舉。江淹《赤虹賦》："鯤鯆虎豹兮，玉虺騰軒。"此與下句"游鑾"皆指皇帝駕車出遊。

[39] 澂：同"澄"，清澈，明淨。張衡《西京賦》："消雰埃於中宸，集重陽之清澂。"

[40] 窮瞻：極力瞻望。

[41] 浹：沾潤，施予某種恩惠。顏延之《應詔觀北湖田收詩》："溫渥浹輿隸，和惠屬後筵。"

[42] 滯：廢置不用之人。《左傳·成公十八年》："逮鰥寡，振廢滯，匡乏困。"

[43] 艫：船。振：發放。《逸周書·克殷》："乃命南宮忽振鹿臺之財、巨橋之粟。"

[44] 調緩：指租調寬松。《管子·霸形》："公輕其稅斂，則人不憂饑；緩其刑政，則人不懼死。"

[45] 道畜：積蓄道德。畜，積蓄，積儲。孔融《薦禰衡表》："帝室皇居，必畜非常之寶。"

[46] 洽：和諧，融洽。《詩·大雅·江漢》："矢其文德，洽此四國。"

[47] 贊：告知。《尚書·咸有一德》："伊陟贊于巫咸，作《咸乂》四篇。"祚長：福澤長久。

[48] 洞：通曉，知悉。《淮南子·原道訓》："遂兮洞兮，不虛動兮。"

[49] 叨，讀音 tāo，猶"忝"，承受，謙語。諸葛亮《街亭之敗戮馬謖上疏》："臣以弱才，叨竊非據，親秉旄鉞以屬三軍，不能訓章明法，臨事而懼，至有街亭違命之闕。"效浮：效淺。

[50] 申行：推行。輟戒：停止防備。

[51] 陶身：陶冶自身。洗識：革除見識。

[52] 咏：咏歌。結咏：作詩歌頌。

卷第三百卅七

〔頌十七 武部上〕

闕題一首 後漢 崔駰

題解：此即崔駰《竇將軍北征頌》，後漢章和二年（88）車騎將軍竇憲北征匈奴，《後漢書·竇憲傳》："與北單于戰于稽落山，大破之。虜衆崩潰，單于遁走。追擊諸部，遂臨私渠比鞮海。"崔駰作此頌。

（上闕）抗紫津，濟小沃，歷高闕[1]，出雞鹿[2]。峙天街，絕地垠。掩薄比［鞮］，題彼姑涊[一]。騁六師於長莽[3]，縱四挍於中原。卒厘王庭，夷部落，刈尸逐[4]，頓禺犢。刊句林，剝麃鹿。殄無遺育，殲類滅族。裘毳之倫，肉噍之黨，莫不沮膽，交臂虜屬。乃俘其王侯群孥，略其牛羊鹵獲，降之溢皋藪，升之覆山阜。蒸氣生雲霓，塵埃冒千里。鼓鐸震四鄰，詬譟蕩北海[5]。自三五攸降[6]，征討之師，未之有也。南仲吉甫猶翼也，翱翔不過宸宇，遠徂朔方，近歸自邰，而詩人嘆美，猶載乎經雅。一切收功，無優容之風。餘糧闃壑，餓俘弗矜。執我將軍，懿略參無外，祐迹瀚海表，愷悌函甘棠，神武凌尚甫云爾哉。其施仁樹惠也，班寶賂，散珍鋪，流甘膳，同纖服。恤劬勞，潛疢疾。勤撫其士，與之乎消息，豈徒欹嶇隅隙之間，苟自逸如此而已乎？故能夫得其死，人忘其勞，懦者生

— 242 —

剛，散士爭驍。銳氣先鋒，臨敵競號。鬼赳雷薄[7]，倏忽神擊，猶中虛發[8]，舍矢必觜[9]。於是嚴敵已盡，士宛餘怒。甲無解札之遺[10]，矢無亡鏃之耗，然後窮覽遐冥，廖廊天外，掃地清野，寇無餘裔。勞不過一時，而垂祚數百歲，斯非上智玄鑒，獨見之絕迹歟。既乃周流[11]，逍遙鄧林，捫天樞以瞰不周，勒功燕然，飲馬安侯。邈瀚海，卑居胥[12]，而後旋師長驅，振旋凱譟。馬府獻功，載勳祖廟，飲御加饗，策勞受祚[13]。申九錫，授五瑞，賞戎捷，洓士隸。人事允得，克當靈和。其舉時，其功尤，故能降天祥，發地祉，神人致祐永無已。

重曰：跨朔土而遐征兮，討不庭之猾虜[14]。飛鋒旗以先驅兮，握武校以戒野。炎興赫而剛標，驍騎忽以飆掃。鳥號倏其機發兮，白羽爛而霆曜。鋒矢濛而雨集兮，鉦鼓鏗以雷擊。三軍奔以縱節兮，群虜□而丹地。王庭滅兮邑落虛，贏弱獲兮酋仡誅。匈夷殄兮清北區，命元帥兮昨太師。班王賦兮建天威，假禰廟兮考守龜。祀金庫兮祈蚩尤，樹銘鼓兮彌威弧[15]。焚獫狁兮愛方徂，建元戎兮錫命服。朱紱赫兮路興槭，寑兕豹兮羇玄較。參經黃兮總駿駁，采物爛兮文章晫[16]。捷凋戈兮韔重弓[17]，雙麾桀兮旍旄憧[18]。

應上略兮裖玄圖[19]，稽靈澤兮應神符[20]。虔鉞旗兮飾戎輿，飛四介兮揚鸞鑣[21]。班威神兮勒武夫，奮貔旅兮滌朔區。

超天關兮橫漢津，揭西嶽兮徂北垠。陵句注兮屬樓煩[22]，濟雲中兮息九原[23]。度紫疆兮翔朔區，越沙漠兮臻海隅。

人事協兮皇恩得，金精揚兮水靈伏[24]。順天機兮把刑德，戈所指兮罔不克。夷甲首兮匈虜服，斬溫禺兮刈尸逐。殄天賊兮蕩北極，得干戈兮討三國。真庶事兮口不服，昶忠孝兮播德音。假皇天兮簡帝心，爰比題[鞮]兮獲鼎寶。惟仲山兮興周道，同符應兮襲規矩。休征效兮神所表[25]。師騁志兮元功克[26]，封名嶽兮表銘勒。班馬旅兮還京室，獻戎捷兮舉軍實。偃干戈兮放旗鼓，策洪伐兮薦禰祖[27]，懷皇歡兮享嘉佑[28]，賚珪瓚兮侔召武[29]。

【校勘】

〔一〕羅國威本作"掩薄比，題彼姑洇"，《叢書集成初編》本《文館詞林》作"掩薄比題，□彼姑洇"，當作"掩薄比[鞮]，□彼姑洇"。

【注釋】

[1] 高闕：古地名，在今内蒙古杭錦後旗西北。陰山山脈至此中斷，成一缺口，望若門闕，故名。《史記·匈奴列傳》："築長城，自代并陰山下，至高闕爲塞。"班固《封燕然山銘》："遂凌高闕，下雞鹿，經磧鹵，絶大漠。"

[2] 雞鹿，即雞鹿塞，古塞名，在今内蒙古磴口西北哈隆格乃峽穀口，是古代貫通陰山南北的交通要冲。漢時築城塞於此，後亦泛指西北少數民族地區。《漢書·匈奴傳下》："漢遣長樂衛尉高昌侯董忠、車騎都尉韓昌，將騎萬六千，又發邊郡士馬以千數，送單于出朔方雞鹿塞。"

[3] 長莽：廣闊綿遠的深草。張衡《西京賦》："縱獵徒，赴長莽。"

[4] 尸逐：匈奴官名尸逐骨都侯的省稱。班固《封燕然山銘》："斬温禺以釁鼓，血尸逐以染鍔。"

[5] 詬譟：同"詬噪"，辱罵喧嘩。

[6] 三五：三皇五帝。《楚辞》："背三五之典刑兮絶《洪范》之开辟纪。"

[7] 趚：奔跑。《史記·司馬相如列傳》："蔑蒙踊躍，騰而狂趚。"

[8] 虚發：空拉弓弦而不放箭。《戰國策·楚策四》："更嬴與魏王處京臺之下，仰見飛鳥。更嬴謂魏王曰：'臣爲王引弓虚發而下鳥。'"

[9] 瘠：通"瘠"，病。

[10] 解礼：衣脱綫露口。《淮南子·齊俗訓》："〔貧人〕冬則羊裘解礼。"

[11] 周流：周游；到處漂泊。屈原《離騷》："覽相觀於四極兮，周流乎天余乃下。"

[12] 居胥：狼居胥山的省稱，今蒙古國境内肯特山；一説在今内蒙古克什克騰旗西北至阿巴嘎旗一帶。漢元狩四年（前189）霍去病出代郡塞擊匈奴，封狼居胥山。

[13] 受祚：接受天地神明的降福。薛綜《鳳頌》："讚揚聖德，上下受祚。"

[14] 不庭：不朝於王庭者；不朝於王庭。《左傳·隱公十年》："以王命討不庭。"

[15] 咸弧：星官名，即弧矢。《漢書·揚雄傳上》："掉奔星之流旃，矍天狼之咸弧。"

[16] 晫，讀音 zhuó，明。

[17] 捷，讀音 qián，豎立。張衡《思玄賦》："左青琱之捷芝兮，右素威以司鉦。"韔，讀音 chàng，裝弓於袋。《詩·小雅·采緑》："之子於狩，言韔其弓。"

[18] 旌旄：軍中用以指揮的旗子。劉向《説苑·權謀》："有狂兕從南方來，正觸王左驂，王舉旌旄而使善射者射之。"

[19] 裶：盛貌。玄圖：圖讖。

[20] 稽：相合，相同。《禮記·儒行》："儒有今人與居，古人與稽。"靈澤：滋潤萬物的雨水，亦喻君王的恩德。王逸《九思·憫上》："思靈澤兮一膏沐，懷蘭英兮把瓊若。"神符：神靈賦予的統治天下的憑信。揚雄《劇秦美新》："於是乃奉若天命，窮寵極崇，與天剖神符，地合靈契。"

[21] 鸞鑣：系鸞鈴的馬銜。《詩·秦風·駟驖》："輶車鸞鑣，載獫歇驕。"鄭玄箋："置鸞於鑣，异於乘車也。"

[22] 句注：山名，在今山西代縣北，爲古代九塞之一。《吕氏春秋·有始》："何謂九塞？大汾、冥厄、荆阮、方城、殽、井陘、令疵、句注、居庸。"高誘注："句注在雁門。"樓煩：古代北方部族名，精於騎射。

[23] 雲中：古郡名。原爲戰國趙地，秦時置郡，治所在雲中縣（今内蒙古托克托東北）。漢代轄境較小。有時泛指邊關。《韓非子·喻老》："故雖有代、雲中之樂，超然已無趙矣。"九原：九州大地。《國語·周語下》："汨越九原，宅居九隩。"

[24] 金精：太白星。庾信《哀江南賦》："地則石鼓山鳴，天則金精動宿。"水靈：水神。

[25] 徵效：效驗；徵兆。應璩《與廣川長岑文瑜書》："修之曆旬，静無徵效。"

[26] 騁志：展露心志。王粲《吊夷齊文》："潔己躬以騁志，愁聖哲之大倫。"

[27] 洪伐：大功。陳琳《韋端碑》："撰勒洪伐，式昭德音。"禰祖：父與祖的廟。《漢書·韋賢傳》："既去禰祖，惟懷惟顧。"

[28] 嘉佑：上天的降福和保佑。《宋書·樂志二》："皇聖膺嘉佑，帝業凝休祥。"

[29] 賚，讀音lài，賜予，給予。珪瓚：玉柄的酒器。《逸周書·王會》："祝淮氏榮氏、次之，珪瓚次之，皆西面。"

《伐蜀頌》一首　　東晋　曹毗

題解：曹毗字輔佐，高祖曹休爲魏大司馬，《晋書》謂其"少好文籍，善屬詞賦"，載其作《揚都賦》，謂其文學僅亞於庾闡，并記載其"以名位不至，著《對儒》以自釋"。録其《對儒》全文。永和三年（347），桓温伐蜀告捷，曹毗作此頌。第一章叙述朝代更迭，有晋立朝；第二章美德化；第三章頌晋穆帝之聖明；第四章描繪聖朝之祥瑞；第五章贊百官之俊傑；第六章明藩屏之責任；第七章寫蜀之背德；第八章叙君臣同心伐蜀；第九章頌揚桓温的軍事才能；第十章叙平亂之安康；第十一章總贊伐蜀之功德；第十二章述作頌之由。

三五代升，冥數迭算[1]。黄德既革，素靈疊粲[2]。宣皇基之，天經重焕[3]。妙化洞舒，德風玄散。（其一）

妙化伊何，惠無不柔。厥潤伊何，雨灑風流。迹摸唐虞，軌出殷周。形委代謝，心與冥游。（其二）

我皇繼祚，克明克聖。離暉洞照[4]，朗然高鏡。道適乎會，物暢其性。悠然不期，冥諧同咏。（其三）

神教既融，妙祥亦標。儀鳳晨吟[5]，朗星登霄。蔚彼嘉禾，穎連雙苗。湛矣玉露，灑津葩條。（其四）

宰弼伊哲[6]，百寮允明。堂蔚琳琅，朝列髦英[7]。人思盡規[8]，職思齊誠。大化雨施，洪潤雲行[9]。（其五）

皇家之屏，唯才曰慎。赫赫藩衛，落落雄鎮[10]。將平氛藹，灑穢流潤。漏網斯捕，未賓伊振。（其六）

蠢矣嶠蜀，敢窺邊外。凶忒繼軌，蟻聚蜂會[11]。恃遠縱虐，怙嶮自泰。巖干紫霞，泉吐萬瀨。（其七）

我皇聖仁，潛彼殊裔。黎元何辜，辛酸顛斃。爰謀卿士，啓茲嘉契。乃命南藩，奮旗電逝。（其八）

桓桓南藩，朗朗奇算[12]。介如石焉，金華秋斷。杖鉞宣威，率義叛□。鉦鼓鼙振[13]，逆節焱散。（其九）

人無殊役，軍不加戎。百姓若舊，茂勳玄隆。德之所逮，無往不充。遐邇載歌，震威懷風。（其一〇）

方邵翼宣[14]，詩人斯美。今在聖朝，一規一揆[15]。往迹緬哉，於今齊軌。將平凶羯，鳴鸞北指[16]。（其一一）

微微小臣，遇蒙朝恩。再染文筆，彈管儒門。表善明黜，乃懷所存。敢揚聖猷[17]，垂之後昆。（其一二）

【注釋】

[1] 冥數：上天所定的氣數或命運。

[2] 黃德：五行中的土德。《漢書·禮樂志》：" 爰五止，顯黃德，圖匈虐，熏鬻殛。" 素靈：晉朝。晉以金德王，金屬西方，其色白，故稱。陸機《皇太子宴玄圃宣猷堂有令賦詩》：" 黃暉既渝，素靈承祐。"

[3] 天經：天象。

[4] 離暉：太陽的光輝，喻帝王的恩澤。洞照：明照。

[5] 儀鳳：鳳凰的別稱。語本《尚書·益稷》：" 簫韶九成，鳳皇來儀。"

[6] 宰弼：宰輔。

[7] 髦英：英俊之士。

[8] 盡規：竭力謀劃。《國語·周語上》：" 近臣盡規。"

[9] 洪潤：大恩澤。雲行：廣布。傅玄《答程曉》詩：" 皇澤雲行，神化風宣。"

— 246 —

[10] 落落：高超；卓越。庾信《謝趙王示新詩啓》："落落詞高，飄飄意遠。"雄鎮：重鎮，此指桓溫。

[11] 蟻聚：也作"螘聚"，如螞蟻般聚集，比喻結集者之多。

[12] 朗朗：明亮。

[13] 鉦鼓：鉦和鼓，古代行軍或歌舞時用以指揮進退、動静的兩種樂器，并稱指兵事。

[14] 方邵：方召，西周時助宣王中興之賢臣方叔與召虎的并稱。

[15] 揆，讀音kuí，道理，準則。

[16] 鳴鑾：鳴鑾。鑾聲似鸞鳥之鳴，因稱。裝在軛首或車衡上的銅鈴，車行搖動作響。此指桓溫出征。

[17] 聖猷：皇帝的謀略。《晋書·庾冰傳》："上不能光贊聖猷，下不能緝熙政道。"

《北伐頌》一首　　後魏　高允

題解：此篇又見《魏書》卷四八《高允傳》。嚴可均據《魏書》所載，輯入《全後魏文》卷二八。此載可資校勘，并補嚴輯徵引出處。"民"原作"人"，"世"原作"代"，因避唐太宗諱而易，據《魏書》改。《全後魏文》"眷命有魏"，《詞林》作"眷命有伐"；"往因時□"之缺字，《詞林》作"故"；"乃詔訓師"，《詞林》作"訓師"；"鹹剪厥旅"，《詞林》作"鹹剪其旅"；"假息窮墅"，《詞林》作"假息窮野"；"腹心亦阻"，《詞林》作"腹心亦沮"；"六軍克合"，《詞林》作"六軍克龕"；"載興載頌"，《詞林》作"載興頌聲"。

皇矣上天，降鑒惟德[1]。眷命有伐[一]，照臨萬國。禮化丕融，王猷允塞[2]。静亂以威，穆人以則[3]。北虜舊隸，稟政在藩[4]。往因時故[二]，逃命北轅。世襲凶軌，背忠食言。招亡聚盜，丑類實繁。敢率犬羊，圖縱猖蹶[5]。皇乃訓師[三]，興戈北伐。躍馬裹糧，星馳電發[6]。樸討虔劉[7]，肆陳斧鉞。斧鉞暫陳，鹹剪其旅[四][8]。積骸填谷，流血成浦。元凶孤奔，假息窮野[五][9]。爪牙既摧，腹心亦沮[六]。周之忠厚，存及《行葦》[10]。翼翼聖明[11]，有兼斯美。釋彼京觀[12]，垂此仁旨。封尸野獲，惠加生死。生死蒙惠，人欣覆育[13]。理貫幽冥，澤漸殊域[14]。物歸其誠，神獻其福。遐邇斯懷，無思不服。古稱善兵，歷時始捷。今也用師，辰不及浹[15]。六軍克龕[七][16]，萬邦以協。義著春秋，功銘玉牒[17]。載興載頌[八]，播之來葉。

【校勘】

〔一〕"眷命有伐"，《魏書》作"眷命有魏"。
〔二〕"往因時故"，《魏書》"故"字殘。
〔三〕"皇乃訓師"，《魏書》作"乃詔訓師"。
〔四〕"韱剪其旅"，《魏書》作"韱剪厥旅"。
〔五〕"假息窮野"，《魏書》作"假息窮墅"。
〔六〕"腹心亦沮"，《魏書》作"腹心亦阻"。
〔七〕"六軍克龕"，《魏書》作"六軍克合"。
〔八〕"載興頌聲"，《魏書》作"載興載頌"。

【注釋】

[1] 降鑒：俯察。任昉《爲齊明帝讓宣城郡公第一表》："殞越爲期，不敢聞命。亦願曲留降鑒，即垂順許。"

[2] 丕，讀音 pī，大。《逸周書·寶典》："四曰敬，敬位丕哉！"王猷：亦作"王猶"，王道。《詩·大雅·常武》："王猷允塞，徐方既來。"允塞：充滿；充實。《尚書·禹貢》："濬哲文明，溫恭允塞。"

[3] 穆民：和民。穆，和睦。曹植《豫章行》："周公穆康叔，管蔡則流言。"

[4] 禀政：遵奉政令。禀，讀音 bǐng，遵循，奉行。左思《魏都賦》："思禀正朔，樂率貢職。"

[5] 犬羊：對外敵的稱呼。陳琳《爲袁紹檄豫州》："爾乃大軍過蕩西山，屠各左校，皆束手奉質，爭爲前登，犬羊殘醜，消淪山谷。"猖蹶：亦作"猖獗"，任意橫行。賈誼《新書·俗激》："今世以侈靡相競，而上無制度……其餘猖蹶而趨之者，乃豕羊驅而往。"

[6] 星馳：如流星飛奔。潘岳《世祖武皇帝誄》："羽檄星馳，鉦鼓日戒。"電發：疾速進發、出擊。《宋書·徐羨之傳》："可遣中領軍到彦之即日電發。"

[7] 樸討：擊討。樸，通"撲"，擊，捷。《史記·刺客列傳》："高漸離乃以鉛置築中，復進得近，舉築樸秦皇帝，不中。"虔劉：劫掠；殺戮。《左傳·成公十三年》："芟夷我農功，虔劉我邊陲。"

[8] 韱翦：誅滅。韱，斷，割，引申爲誅殺。《爲侯景叛移梁朝文》："荊揚烏合，一朝崩解，塞川滿野，韱耳截鼻，以千萬計，不可勝數。"翦：消滅；削弱。《詩·魯頌·閟宮》："居岐之陽，實始翦商。"

[9] 假息：苟延殘喘。《後漢書·方術傳·謝夷吾》："竊以占候，知長當死。近三十日，遠不過六十日，游魂假息，非刑所加，故不收之。"

[10] 行葦：路旁的蘆葦。《詩·大雅·行葦》："敦彼行葦，牛羊勿踐履。"後用爲仁慈的典實，多用於稱頌朝廷。班彪《北征賦》："慕公劉之遺德，及行葦之不傷。"

[11] 翼翼：恭敬謹慎貌。《詩·大雅·大明》："惟此文王，小心翼翼。"

[12] 京觀：古代戰爭中，勝者爲了炫耀武功，收集敵人尸首，封土而成的高塚。《左傳·宣公十二年》："君盍築武軍，而收晉尸以爲京觀。"杜預注："積尸封土其上，謂之京觀。"

[13] 覆育：撫養；養育。《禮記·樂記》："天地訢合，陰陽相得，煦嫗覆育萬物。"

[14] 幽冥：幽僻；荒遠。《漢書·賈捐之傳》："快心幽冥之地，非所以救助饑饉，保全元元也。"殊域：遠方；异地。孫綽《喻道論》："周之泰伯，遠棄骨肉，托迹殊域，祝髮文身，存亡不反。"

[15] 浹，讀音jiā，浹日，古以干支紀日，稱自甲至癸一周十日爲"浹日"。《國語·楚語下》："遠不過三月，近不過浹日。"

[16] 克龕：同"克堪"，能堪任。《逸周書·祭公》："兹申予小子追學于文武之蔑，用克龕紹成康之業，以將大命。"

[17] 玉牒：泛指典册、史籍。左思《吳都賦》："鳥策篆素，玉牒石記。"

卷第三百卌八

頌十八　武部下

《平吳頌》一首并序　　西晉　張載

題解：張載"性閑雅，博學，有文章"。太康（280—289）初，因《劍閣銘》見知於益州刺史張敏，傅玄爲之延譽，起家著作郎，太康中爲著作佐郎，此頌當作於太康初年。此篇《藝文類聚》卷五九節引229字，嚴可均據之輯入《全晉文》卷八五。此鈔後半雖佚，此本所存文字，序文完整，頌文殘缺。其序文先是以聖帝明王平亂之典，論證戰爭存在的合理性；接以敘述東吳政權的殘暴，以確立出兵伐吳的政治正當性；再渲染西晉平吳之速，頌揚本朝政權之功德。頌辭之結構佈局，承序文之邏輯。"上哉仁聖"至"罔有不虔"述前代明君征伐之典，對應序文"聞之前志"至"未有不用兵而制之者也"。"蠢爾鯨吳"至"皇澤霾曀而隔圮"聲討吳國之罪，對應序文"吳爲長虵"至"遑而服焉"。"於是我皇怨中夏之既戢"至"申號令之舊章"即序文"逮至我皇"至"而吳會謐如"部分。其後文字《詞林》已佚，據《全晉文》之節録文字，內容當是詳細渲染戰爭場景，歌頌晉軍英武。前半部分仍可校補嚴輯。

聞之前志，農皇有圃遂之伐[1]，熊帝有版泉之戰[2]，堯有丹水之陣[3]，舜有三苗之誅[4]。共工圍鼓[5]，禹湯所討；黎崇叛德，姬文征焉[6]。繇此而談[一]，聖帝明王，平暴靜亂，未有不用兵而制之者也[二]。吳爲長虵，僭虐歷代[7]，跋扈揚越，不供貢職[8]。既憑京山洞庭之險，又限三江五湖之難，自近伐之所常患，前葉未遑而服焉。遠至我皇，仁育品物，威儀穆惠，潛邊萌之荼毒，怨六和之未泰，乃潛謀獨斷，指授成規。運籌樽俎之間[9]，而決勝千里之外。計不下堂，而席卷長江之表。命將于季冬，收功于仲春。八旬之間，而吳會謐如也[10]。昔鬼方小夷[11]，四國饉寇，高宗周公，三年乃克。盟津之會[12]，戎車累駕，《采薇》之役[13]，載離寒暑。矧今泛舟溯流，而荆門不守；浮軍污漢，而夏口自開。衡陽瓦解於西，秣陵土崩於東。兵不污刃，而逋據稽顙[14]。師不踰時，而蠻越來同。斯豈非玄聖之上略，神武之高智也哉？方將遐導遠舒，跨跡踔蹤，考上皇以比德，課古昔以論功，豈徒韜閫三五，牢籠秦漢云爾哉？！夫太上成功，非頌不顯；情動於中，非言不彰。玁狁既攘，《出重［車］》以興[三][15]；淮夷既平，《江漢》用作[16]。斯故先典之明志，不刊之美事，焉可闕歟[四]！遂作頌曰：

上哉仁聖，曰惟皇晋。光澤四表，繼天垂胤。三后肆勤，累建明訓。洪基克構，創業承運。參二元以施化，并群生於大順。帝道煥于唐堯，義聲邈乎虞舜。若夫懷生之類，莫不侵淫膏液，含和而渥潤[17]。于時三隅仰化，八區同軌，西夷納珍，肅慎貢矢[18]。洪荒大漢，罔有不虔[19]。蠢爾鯨吳，憑山阻水。肆虐播毒，而作豺豠。菁茅闕而不貢，故越裳替其白雉[五]。聲教壅滯而不暢，皇澤霾翳而隔阠。於是我皇怨中夏之既戢，忿江表之跋扈，制廟勝於帷幄，發神策於獨覩。違衆臣之常議，任聖聰而弗顧。乃雷奮而電激，遂有事於金武。于時鳥行戢耀，虞女寢光。攙搶南掃[20]，太白摘芒[21]。歲次訾諏，運在玄英。人神合契，天應孔明。乃命將帥，爰率軍征。左引青、徐，右率荆、梁。師出以時，衆然允臧。正九伐之明典[22]，申號［令之舊章[六]。布亘地之長羅，振天網之修綱。制征期於一朝，并箕驅而慕張。爾乃拔丹陽之峻壁，屠西陵之高埠。日不移晷，群醜率從。望會稽而振鐸[23]，臨吳地而奮旅[24]。衆軍競趣，峰飈具舉。挫其輕銳，走其守禦。]

【校勘】

〔一〕"縣此而談"，《藝文類聚》僅存"此"。

〔二〕"制之者也"，《藝文類聚》無"者"。

〔三〕"出重"，《藝文類聚》作"出車"。

〔四〕"焉可"，《藝文類聚》作"烏可"。

〔五〕"故越裳替其白雉",《藝文類聚》無"故"。

〔六〕"號"字以下原佚,爲便閱讀,"號"以後的內容據《類聚》補錄。

【注釋】

[1] 農皇:神農氏,傳說中教民稼穡的人。應劭《風俗通·皇霸·三皇》:"遂人爲遂皇,伏羲爲戲皇,神農爲農皇。"

[2] 熊帝:黃帝有熊氏。版泉:即阪泉。阪泉之戰,指黃帝征服各部族,與炎帝兩部落聯盟在阪泉的戰爭。

[3] 丹水之陣:堯與驩兜、三苗部落在丹水流域的戰鬥。

[4] 三苗之誅:舜誅三苗部落聯盟(今湖北、湖南、江西交界一帶)。此句與上句一起統稱堯、舜、禹時代對三苗的戰爭,最終統一民族國家。

[5] 共工:堯臣,與驩兜、三苗、鯀并稱爲"四凶",堯命禹伐之,兵敗被流放於幽州。《尚書·舜典》:"流共工於幽洲。"

[6] 黎崇:黎國和崇國。《尚書》記載"西伯勘黎"之史事。據《説苑·指武篇》記載,崇侯觀西伯昌嘆炮烙之刑,告于紂,昌遂被入獄。後文王伐崇,道:"余聞崇侯虎蔑侮父兄,不敬長老,聽獄不中,分財不均。百姓力盡,不得衣食,余將來征之,唯爲民。"

[7] 僭虐:超越法度,暴虐不仁。

[8] 貢職:貢賦;貢品。

[9] 樽俎:宴席。劉向《新序·雜事一》:"仲尼聞之曰:'夫不出於樽俎之間,而知千里之外,其晏子之謂也,可謂折衝矣。'"

[10] 諡如:謐然,平靜安然。

[11] 鬼方:上古種族名,殷周西北境強敵。《易·既濟》:"高宗伐鬼方,三年克之。"

[12] 盟津之會:周武王率大軍伐紂,向東進發,於黃河南岸的盟津(今河南孟津西北),相會誓師,即"盟津之誓"。

[13] 《采薇》:《詩序》:"《采薇》,遣戍役也。文王之時,西有昆夷之患,北有獫狁之難。以天子之命,命將率,遣戍役以守中國,故歌《采薇》以譴之。"

[14] 稽顙:古代一種跪拜禮,屈膝下拜,以額觸地,表示極度的虔誠。《儀禮·士喪禮》:"弔者致命,主人哭拜,稽顙成踴。"

[15] 《出車》:《詩序》:"《出車》,勞還卒也。"攘:除;夷,平。

[16] 《江漢》:《詩序》:"《江漢》,尹吉甫美宣王也。能興衰撥亂,命召公平淮夷。"

[17] 渥潤:潤澤。

[18] 肅慎:古居於東北地區的少數民族,周武王、成王時曾以楛矢、石砮來貢。亦泛指遠方之國。

[19] 不虩:不善。張衡《東京賦》:"京室密清,罔有不虩。"

[20] 攙搶：彗星名，即天攙、天搶。《淮南子·俶真訓》："古之人處混冥之中……攙搶衡杓之氣，莫不彌靡，而不能爲害。"

[21] 太白：星名，即金星，又名啟明、長庚。《史記·天官書》："察日行以處位太白。"此星主殺伐，故多以喻兵戎。

[22] 九伐：對九種罪惡的討伐。《周禮·夏官·大司馬》："以九伐之法正邦國：馮弱犯寡則眚之；賊賢害民則伐之；暴內陵外則壇之；野荒民散則削之；負固不服則侵之；賊殺其親則正之；放弒其君則殘之；犯令陵政則杜之；外內亂、鳥獸行則滅之。"泛指征伐。

[23] 振鐸：搖鈴。古代宣布政教法令時，振鐸以警衆。鐸，有舌的大鈴。《周禮·夏官·大司馬》："司馬振鐸，群吏作旗，車徒皆作。"鄭玄注："振鐸以作衆。作，起也。"

[24] 奮旅：舉兵。《漢書·敘傳下》："爰茲發迹，斷蛇奮旅。"

《平洛頌》一首　　東晉　孔寧子

闕。

按：此篇原佚，其他文獻無載，嚴可均輯《全上古三代秦漢三國六朝文》無收。

《上林頌》一首　　後漢　馬融

闕。

按：此篇原佚，其他文獻無載，嚴可均輯《全上古三代秦漢三國六朝文》無收。

《廣成頌》一首　　後漢　馬融

闕。

按：此篇原佚。亦見載于《後漢書》卷六〇《馬融傳》，嚴可均據之輯《全上古三代秦漢三國六朝文·全後漢文》。

卷第四百一十四

七四

《七釋》八首　　後漢　王粲

題解：此篇又見《文選》卷一七陸機《文賦》、傅毅《舞賦》，卷二一左思《詠史》，卷二五盧諶《贈劉琨并書》等篇李善注引，《北堂書鈔》卷一〇、卷一三六、卷一四二、卷一四四、卷一四八節引，《藝文類聚》卷五七、《初學記》卷二六、《太平御覽》卷三五三、卷三六八、卷七一八、卷八五〇、卷八六一節引。嚴可均據諸書所引輯得12條入《全上古三代秦漢三國六朝文·全後漢文》。此爲完篇，可校補嚴輯。

潛虛丈人違時遁俗[一][1]，恬淡清玄，渾沌淳樸，薄禮愚學，無爲無欲，均同死生，混齊榮辱。不拔毛以利物，不拯溺以濡足[2]。濯身乎滄浪，振衣乎嵩嶽。

於是，文籍大夫聞而嘆曰[二]："於呼！聖人居上，國無室士。人之不訓，在列之恥，我其釋諸，弗革乃已。"遂造丈人而謁之。曰："蓋聞君子不以志易道，不以身後時，進德修業，與俗同期[三]。一物有蔽，大人恥之。今子深藏其身，高栖其志，外無所營，內無所事。有目而不視，有心而不思。顒若窮川之魚，梢若槁木之枝。鄙夫惑焉，請爲子言大倫，叙時務，宣導情性，啓授達趣。雖謬雅旨，殆其有助，抑可陳乎？"

— 254 —

丈人曰："可哉。"

大夫曰："道在養志，志在實氣[四]。將定其氣，莫先五味。凍縹玄酎[3]，醴白齊清者以多品[五]，羞以珍名。鯆鰖鮐鮋[六][4]，桂蠹石鰻[5]；鼈寒鮑熱，异和殊馨，紫梨黃甘[6]，夏柰冬橘，枇杷都柘，龍眼荼實；河溰之穌[7]，泗濱盧鱖；名工砥鍔，因皮却切；纖而不茹，紛若紅縡。乃有西旅游梁，御宿青粲[七]，瓜州紅麥[八]，參糅相半。柔滑膏潤[九]，入口流散。黿羹蠵臄[8]，晨鳧宿鴽。五黃擣珍，腸腑肺爛[十][9]。麊象葉解，胎豹䑎斷。霜熊之掌，茸麋之腱[十一][10]。齊以甘酸，隨時代獻。芬芳滋液，方丈兼案[11]。此五味之極也，子其饗諸？"

丈人曰："否。膏粱雖旨，厚味臘毒[12]，子之所甘，於我爲蹙。"

大夫曰："名都之會，土熱敞麗，乃營顯宇，極玆弘侈。重殿崛起，迭構複施。樂栭錯峙，飛抑四剌。結棟舒宇，翼若鳥企。雲枌虹帶，華桷鏤楹。綺寮頼幹[13]，芙蓉披英。文軒雕楯，承以拘櫨。雲幄垂羽，山根紫莖。高門洞開，閨闥四通。陰陽殊制，溫涼異容。班輸之徒[14]，致巧展功。土畫黼繡，木刻虬龍。幽房廣室，密牖疏窗。閒術相關，閨巷錯重。窈窕遷化，莫識所從。爾乃曾臺特起，隆崇嵯峩[15]，戴甍反宇，參差相加。屬延閣以承柎，表曲觀於四阿。徑園囿而外折，臨寒泉之激波。清沼澹淡[16]，列殖菱荷。芳卉奇草，垂葉布柯。竹木叢生，珍果駢羅。青葱幽藹，含實吐華。孕鱗群躍，衆鳥喧訛。熙春風而廣望，恣心目之所嘉。此宮室之美也，子其宅諸？"

丈人曰："否。木土交勝，是謂殃神。子之所安，我則未聞。"

大夫曰："邯鄲才女，三齊巧士，名倡祕舞，承間幷理。七槃陳於廣庭[十二][17]，疇人儼其齊俟[18]。坐二八於後行，盛容飾而遞起。揄皓袖以振策[19]，竦幷足而軒峙[20]。邪睨鼓下，抗音赴節[21]。清歌流響，依違繞結。安翹足以徐擊，駃頓身而傾折[22]。揚蛾眉而顧指[十三]，儀閑暇以超絶。飆駭機發，雜遝遁促。投身放迹，邀聲受曲。便娟婉娩[23]，紛綸連屬。忽捐桴而揮袂，聊徘徊以容與。坐列雜其俱興，遂駢進而連武。轉騰浮蹀[24]，逐激和柎。足不空頓，手不徒舉。僕似崩崖，起若飛羽。翩飄徽雀[十四]，亂精蕩神。巴俞代起[十五]，鞞鐸響振[25]。羽旄奮麾，奕奕紛紛[26]。於是白日西移，轉即閒堂。號鍾緄瑟[27]，列乎洞房。管簫繁會[28]，雜以笙簧。夔牙之師，呈能極方。奏白雪之高均，弄幽徵與反商；聲流暢以清哇，時忼慨而激揚[29]。虞公含咏，陳惠清微[30]。新聲變用，慘淒增悲。聽者動容，梁塵爲飛[31]。此音樂之至也，子其聽諸？"

丈人曰："否。淫聲慆心[32]，心放生害，我之所畏，唯此爲大。"

大夫曰："農功既登，玄陰戒寒，鳥獸鳩萃，川瀆涸幹。乃致衆庶[十六]，大獵中原。植旌樹表[十七]，班挍行曲[十八][33]，結網連罝[十九]，彌山跨谷。輕車布於平陸，選騎陳于林足。散蒸徒以成圍[34]，漫雲興而相屬。鼓鳴旗動，雷發飆逝，流鋒四射，罦罕橫厲[35]。奮干殳而捎擊[二十]，放鷹犬以搏噬[二十一][36]。羽毛群駭，喪魂失勢。飛遇矰矢，走逢遮例。中創被痛，金夷木斃[37]。俛仰禽響[38]，所獲無藝[39]。於是，剛禽狡獸[40]，驚斥跋扈，突圍負阻，莫能嬰御[41]。乃使晋馮魯卞，注其矗怒[42]，徒搏熊豹，袒暴兕武[43]。頓犀掎象[44]，破胆裂股。當足遇手，摧爲四五。若夫輕材高足，光飛電去，踵奔逸之散迹，荷良弓而長驅。凌原隰以升降，捷蹊徑而邀遇[45]。弦不虛控，矢不徒注[二十二]。僵禽連積，隕鳥若雨。紛紛藉藉[46]，蔽野被原。含血之蟲，莫不畢殫。罷圍陳饗，旋斾回轅[47]。從容四郊，栖遅圃園。娛游往來，唯意所安。此游獵之娛也，子其從諸？"

丈人曰："否。是於道忌，實曰心狂[48]。聞子屢誨，彌失所望。"

大夫曰："麗材美色，希出特生[二十三]，都冶閑靡[49]，窈窕娥姪。豊膚曼肌，弱骨纖形。鬒髮玄鬒[二十四]，修項秀頸。紅顔熙曜[50]，曄若苕榮。西施之疇，莫之與呈。盛容象而致飾，昭令質之豔姿。戴明月之羽雀[二十五]，雜華鑷之葳蕤[二十六][51]。珥照夜之雙璫[二十七]，煥熖燼以垂暉[52]。襲藻繡之褥彩，振纖縠之桂徽。紛綢繆而雜錯，忽猗靡以依徽[53]。於是，釋服墮容[54]，微施的黛，承閑嬾御[55]，携手同載。和心善性，柔顔婐嫷[56]。便妍姆媚[57]，不可忍耐。一顧迮精[58]，傾城莫悔。此美色之選也，子其悅諸？"

於是，丈人心疾意忘，氣怒外凌，艴然作色[59]，謐爾弗應。

大夫曰："觀海然後知江河之淺，登嶽然後見丘陵之狹。君子志乎其大，小人玩乎所狎。昔在神聖，繼天垂業，指象畫卦，陳疇叙法[60]。經緯庶典，作謨來葉。天人之事，靡不備浹。乃有應期叡達之師[61]，開方敏學之友，朋徒自遠，童冠八九。觀禮祀宗，講誨曲阜。浴乎沂洙之上，風乎舞雩之右。栖遅誦咏，同車携手。論載籍，叙彜倫，度八索，考三墳[62]。升堂入室，溫故知新。上不爲悠悠苟進[63]，下不與鳥獸同群。近不逼俗，遠不違親。從容中和，與時屈申。煥然順叙[64]，粲乎有文。子曾此之弗欲，而猶遂彼所遵，不以過乎？"

於是，丈人變容降色而應曰[65]："夫言有殊而感心，行有乖而悟事。大

— 256 —

夫斯誨，實誘我志。道若存亡，請獲容思。"

大夫曰："大人在位[二十八]，時邁其德。先天弗違，稽若古則。叡哲文明，允恭玄塞。旁施業業[66]，勤釐萬機[67]。闡幽揚陋，博采疇諮。登儁乂於堊畝，舉賢才於仄微[68]。寔彼周行，列于邦畿。九德咸事，百寮師師[二十九][69]。乃建雍宫，立明堂，考憲度[70]，修舊章。綴故訓之紀，綜六藝之綱。下理九土[71]，上步三光[72]。制禮作樂，班叙等分[73]。明恤庶獄，詳刑淑問[74]。百揆無廢，五品克順。形中情於俎豆，宣德教於四邦。布休風以偃物[三十]，馳純化而玄通[三十一]。於是四海之內，咸變時雍。仁澤洽於心，義氣蕩其匈。父慈子孝，長惠幼恭。推畔讓路，重信貴公。五辟偃措[75]，囹圄闃空。普天率土，比屋可封。聲暨海外，和充天宇。越裳重譯而來獻[76]，肅慎納貢於王府[77]。日月重光，五徵時叙，嘉生繁殖，祥瑞蔽野。是以栖林隱谷之夫，逸迹放言之士[78]，鑒乎有道，貧賤是恥。踴躍泉田之間，莫不載贄而興起[79]。"

於是，丈人俶然動顔[80]，乃嘆而稱曰："美哉，言乎！吾聞辭不必繁，以義為貴。道苟不同，聽言則醉。子之前論，多違德類。槃游耽色[81]，美室侈味。熏心惱耳，俾我戚悴。既獲改誨，喻以學林；師友玄穆[82]，我固有心。況乃聖人之至化，大道之上功。嘉言聞耳，廓若發蒙[83]。老夫雖蔽，庶能斯通。敬抱衣冠，以及後蹤。"

【校勘】

〔一〕"違時遁俗"，"時"，《藝文類聚》作"世"。

〔二〕"文藉六夫"，《藝文類聚》作"大夫"。

〔三〕"與俗同期"，《藝文類聚》作"與世同理"。

〔四〕"志在賣氣"，《北堂書鈔》無"志在"。

〔五〕"醴白齊清"，"齊"，《北堂書鈔》作"腐"。

〔六〕"鯆鱐鮐鮡，桂蠹石鯨"，《北堂書鈔》作"脯鮪桂蠹，石蔓瓊晶"。

〔七〕"青粲"，《初學記》《太平御覽》作"素粲"。

〔八〕"瓜州紅?"，"?"，《初學記》作"鞠"。

〔九〕"柔滑"，《初學記》《太平御覽》作"軟滑"。

〔十〕"腸胹肺爛"，《北堂書鈔》作"□腸□□"。

〔十一〕"茸麛之腱"，《北堂書鈔》作"文鹿之茸"。

〔十二〕"七槃"，《藝文類聚》作"七盤"。

〔十三〕"揚蛾眉而顧指"，"顧"，《太平御覽》作"頤"。

〔十四〕"徽崔"，《藝文類聚》作"微霍"。

〔十五〕"巴俞",《藝文類聚》作"巴渝"。

〔十六〕"乃致",《藝文類聚》作"及致"。

〔十七〕"樹表",《藝文類聚》作"枏表"。

〔十八〕"班授",《藝文類聚》作"班授"。

〔十九〕"結綱",《藝文類聚》作"緪綱"。

〔二十〕"幹殳",《太平御覽》作"千殳"。

〔二十一〕"放鷹犬","放",《太平御覽》作"弛"。

〔二十二〕"徒注",《藝文類聚》作"徒往"。

〔二十三〕"希出特生",《藝文類聚》作"希世特立"。

〔二十四〕"鬚髮",《藝文類聚》作"鬒髮"。

〔二十五〕"戴明月之羽雀","月",《藝文類聚》作"中"。

〔二十六〕"華鑷",《北堂書鈔》作"華鈐"。

〔二十七〕"珥照夜之雙璫",《太平御覽》作"抗照夜之明璫"。

〔二十八〕"大人",《藝文類聚》作"聖人"。

〔二十九〕"百寮",《藝文類聚》作"百僚"。

〔三十〕"布休風以偃物",《北堂書鈔》作"休風偃物"。

〔三十一〕"馳純化而玄通",《北堂書鈔》作"淳化玄通"。

【注釋】

[1] 遁俗:逃避世俗。

[2] 拯溺:救援溺水的人,引申指解救危難。濡足:沾汙了腳,指被沾汙。《楚辭·九章·思美人》:"因芙蓉而爲媒兮,憚褰裳而濡足。"

[3] 玄酎:味醇的酒。

[4] 鯆,讀音 pū,江豚。鱐,讀音 sù,幹魚。鮐,讀音 tái,一種海魚。

[5] 桂蠹:寄生在桂樹上的一種蟲。《漢書·南粵傳》:"謹北面因使者獻白璧一雙,翠鳥千,犀角十,紫貝五百,桂蠹一器,生翠四十雙,孔雀二雙。"

[6] 黃甘:黃柑。司馬相如《上林賦》:"黃甘橙楱。"郭璞注:"黃甘,橘屬而味精。"

[7] 鮇,讀音 wèi,嘉魚。

[8] 蠵,讀音 xī,蠵龜,海產的大龜。臛,讀音 huò,肉羹。

[9] 胹,讀音 ér,爛熟。

[10] 腱,讀音 jiàn,肌腱,一連接肌肉和骨骼的由結締組織,質地堅韌。

[11] 方丈:方丈之食,極言肴饌之豐盛。語出《孟子·盡心下》:"食前方丈,侍妾數百人,我得志,弗爲也。"趙岐注:"極五味之饌食,列于前,方一丈。"

[12] 臘毒:極毒。《國語·周語下》:"高位寔疾顛,厚味寔臘毒。"韋昭注:"臘,亟也。"

[13] 赪：赬，讀音chēng，紅色。

[14] 班輸：魯國的巧匠公輸班。一說班指魯班，輸指公輸般，"班輸"爲兩人的合稱。《漢書·叙傳上》："逢蒙絕技於弧矢，班輸権巧於斧斤。"

[15] 嵯峩：嵯峨，高峻貌。

[16] 澹淡：水波動盪貌。宋玉《高唐賦》："徙靡澹淡，隨波暗藹。"

[17] 七槃：七盤，古舞名。在地上排盤七個，舞者穿長袖舞衣，在盤的周圍或盤上舞蹈。《宋書·樂志一》："張衡《舞賦》云：'歷七槃而縱躡。'"

[18] 疇人：同類的人，一般指同行或同僚。束晳《補亡詩》序："晣與司業疇人，肆脩鄉飲之禮，然所咏之詩，或有義無辭，音樂取節，闕而不備。"

[19] 振策：揚鞭走馬。陸機《赴洛道中作》詩之二："振策陟崇丘，案轡遵平莽。"此形容起舞的樣子。

[20] 軒峙：高高屹立。鍾會《孔雀賦》："或舒翼軒峙，奮迅洪姿；或蹀足踟躕，鳴嘯鬱咿。"

[21] 抗音：抗聲。《三國志·吳志·孫峻傳》"峻帥驃騎將軍呂據、左將軍留贊襲壽春"條，裴松之注引韋昭《吳書》："贊爲將，臨敵必先被髮叫天，因抗音而歌，左右應之，畢乃進戰，戰無不克。"赴節：應和着節拍。陸機《文賦》："舞者赴節以投袂，歌者應弦而遣聲。"

[22] 駛，讀音sà，馬疾行。劉向《九嘆·遠游》："雷動電發，駛高舉兮。"洪興祖補注："《方言》：'駛，馬馳也。'注雲：'疾貌。'"

[23] 便娟：輕盈美好貌。《楚辭·大招》："豐肉微骨，體便娟只。"婉娩：柔順貌。《禮記·内則》："女子十年不出，姆教婉娩聽從。"鄭玄注："婉謂言語也，娩之言媚也，媚謂容貌也。"

[24] 蹀，讀音dié，頓足，踏。

[25] 鞞，讀音pí，古同"鼙"，鼓名。鐸，讀音duó，大鈴，形如鏡、鉦而有舌，古代宣佈政教法令用的，亦爲古代樂器。

[26] 奕奕：光彩閃耀貌。張衡《東京賦》："六玄虬之奕奕，齊騰驤而沛艾。"

[27] 號鍾：古琴名。劉向《九嘆·愍命》："破伯牙之號鍾兮，挾人箏而彈緩。"緩，讀音huán，緩。

[28] 繁會：交響，謂繁多的音調互相參錯。《楚辭·九歌·東皇太一》："五音紛兮繁會，君欣欣兮樂康。"

[29] 忼慨：激昂，憤激。《楚辭·九章·哀郢》："憎愠惀之修美兮，好夫人之忼慨。"激揚：激動振奮。《漢書·儒林傳·張山拊》："近事，大司空朱邑，右扶風翁歸德茂天年，孝宣皇帝湣冊厚賜，贊命之臣靡不激揚。"

[30] 清微：清和。《詩·大雅·烝民》"穆如清風"，毛詩傳："清微之風，化養萬物者也。"

[31] 梁塵：喻嘹亮動聽的歌聲。鮑照《學古》詩："調弦俱起舞，爲我唱梁塵。"

[32] 慆，讀音 tāo，使愉悅。《左傳·昭以元年》："君子之近琴瑟，以儀節也，非以慆心也。"

[33] 行曲：部屬。

[34] 蒸徒：衆人；百姓。左思《魏都賦》："習習冠蓋，莘莘蒸徒。"

[35] 畢罕：捕鳥的網，或指代帝王出行時前導的儀仗。《宋書·禮志五》："畢罕本施游獵，遂爲行飾。"

[36] 搏噬：搏擊吞噬，亦以喻打擊陷害或侵略吞併。《列子·黃帝》："异類雜居，不相搏噬也。"

[37] 金夷：金痍，猶金瘡。《後漢書·張酺傳》："前郡守以青身有金夷，竟不能舉。"

[38] 俛仰：身體的屈伸。《史記·扁鵲倉公列傳》："君有病，往四五日，君要脅痛不可俛仰，又不得小溲。"翕響：倏忽，奄忽。左思《蜀都賦》："毛群陸離，羽族紛泊，翕響揮霍，中網林薄。"劉逵注："翕響揮霍，奄忽之間也。"一說，沸亂貌。呂延濟注："紛泊，飛揚也。翕響揮霍，沸亂貌。皆著網于林薄之間。"

[39] 無藝：沒有極限或度度。《國語·晉語八》："桓子驕泰奢侈，貪慾無藝。"韋昭注："藝，極也。"

[40] 狡獸：矯健凶猛的野獸。《墨子·節用中》："古者聖人，爲猛禽狡獸暴人害民，於是教民以兵行。"

[41] 嬰御：抵御。《後漢書·馬融傳》："若夫鷙毄毅蟲，倨牙黔口，大匈哨後，繾巡歐紆，負隅依阻，莫敢嬰御。"

[42] 矗怒：盛怒。酈道元《水經注·沬水》："蜀郡太守李冰鑿平溷崖，河神矗怒，冰乃操刀入水，與神鬥。"

[43] 兕虎：兕虎，兕與虎，泛指猛獸。《老子》："蓋聞善攝生者，陸行不遇兕虎，入軍不被甲兵。"

[44] 頓：頓僕，跌倒。陸賈《新語·資質》："僕於嵬崔之山，頓於宵冥之溪。"掎，讀音 jǐ，牽引，拖住。《詩·小雅·小弁》："伐木掎矣，析薪扡矣。"

[45] 蹊徑：小路。《呂氏春秋·孟冬》："備邊境，完要塞，謹關梁，塞蹊徑。"

[46] 藉藉：衆多而雜亂貌。《漢書·司馬相如傳上》："不被創刃而死者，它它藉藉，填坑滿谷，掩平彌澤。"

[47] 旋旆：回師。陳琳《檄吳將校部曲文》："故且觀兵旋旆，復整六師，長驅西征，致天下誅。"

[48] 《老子》："馳騁畋獵，令人心發狂。"

[49] 都冶：美艷，漂亮。蔡邕《青衣賦》："和暢善笑，動揚朱唇。都冶武媚，卓鑠多姿。"閑靡：閑緩柔靡。傅毅《舞賦》："綽約閑靡，機迅體輕。"劉良注："閑靡，閑緩

而柔靡。"

［50］熙曜：煥發光華。王粲《神女賦》："朱顏熙曜，曄若春華。"

［51］華鑷：花鑷，附綴於簪上的首飾。梁簡文帝《采桑》詩："下床著珠佩，捉鏡安花鑷。"

［52］焓熻：光輝燦爛。

［53］猗靡：婀娜貌。司馬相如《子虛賦》："於是鄭女曼姬，被阿緆，揄紵縞……扶輿猗靡，翕呷萃蔡。"張銑注："言美人等披麗服，扶楚王之輿，倚靡相隨貌。"

［54］釋服：脫云朝服。《儀禮·鄉飲酒禮》："主人釋服，乃息司正。"墮容：精神不振，有怠惰之色。《淮南子·兵略訓》："動無墮容，口無虛言。"

［55］承閑：承閒，承間，趁機會。《楚辭·九章·抽思》："願承間而自察兮，心震悼而不敢。"

［56］婥，讀音 chuò。婥態：姿態柔美的樣子。

［57］便妍：俏麗；明媚。張翰《周小史》詩："轉側猗靡，顧盼便妍。"

［58］迕，讀音 wǔ，相遇。

［59］艴然：因生氣而臉紅。《新唐書·忠義傳上·夏侯端》："殺一義士，則四方解情，故亂臣賊子艴然疑沮而不得逞。"

［60］陳疇：陳謀獻謀。

［61］應期：順應期運。曹植《制命宗聖侯孔羨奉家祀碑》："於赫四聖，運世應期。"

［62］八索、三墳：皆古書名，後代多以指稱古代典籍或八卦。《左傳·昭公十二年》："是能讀《三墳》《五典》《八索》《九丘》。"杜預注："皆古書名。"

［63］悠悠：世俗；一般。陶潛《飲酒》詩之十二："擺脫悠悠談，請從余聽之。"苟進：苟且進取，以求祿位。賈誼《惜誓》："或偷合而苟進兮，或隱居而深藏。"

［64］煥然：光明貌。司馬相如《大人賦》："煥然霧除，霍然雲消。"順叙：合乎次第；和順不亂。嵇康《琴賦》："穆溫柔以怡懌，婉順叙而委蛇。"

［65］降色：指容色變得謙恭。《新唐書·陸亘傳》："禮史孟真練容典，博士降色訪逮，史倚以倨橫。"

［66］業業：危懼貌。《尚書·皋陶謨》："兢兢業業，一日二日萬幾。"孔安國傳："業業，危懼。"

［67］萬機：萬幾。出於《尚書·皋陶謨》："無教逸欲有邦，兢兢業業，一日二日萬幾。"孔安國傳："幾，微也，言當戒懼萬事之微。"後以之指帝王日常處理的紛繁的政務。

［68］仄微：卑賤，社會的下層或不為人所重視的鄙陋之處。

［69］師師：莊嚴恭敬貌。賈誼《新書·容經》："朝廷之容，師師然，翼翼然，整以肅。"

［70］憲度：法度。司馬相如《封禪文》："憲度著明，易則也；垂統理順，易繼也。"

［71］九土：九州的土地。《國語·魯語上》："共工氏之伯九有也，其子曰后土，能

平九土。"韋昭注："九土，九州之土也。"

[72] 三光：日、月、星。《莊子·說劍》："上法圓天以順三光，下法方地以順四時，中和民意以安四鄉。"

[73] 班叙：施行。潘勗《冊魏公九錫文》："重之以明德，班叙海內，宣美風俗。"

[74] 淑問：善於審判。《詩·魯頌·泮水》："淑問如皋陶，在泮獻囚。"

[75] 五辟：五刑。《漢書·霍光傳》："五辟之屬，莫大不孝。"顏師古注："五辟即五刑也。"

[76] 越裳：亦作"越常""越嘗"，古南海國名。王充《論衡·恢國》："成王之時，越常獻雉。"重譯：南方荒遠之地。張說《南中送北使》詩之二："待罪居重譯，窮愁暮雨秋。"

[77] 蕭慎：古東北地區民族，周武王、成王時曾以楛矢、石砮來貢。亦泛指遠方之國。《左傳·昭公九年》："肅慎、燕、亳，吾北土也。"

[78] 逸迹：遁迹，指隱居。放言：不談世事。《論語·微子》："〔子〕謂虞仲、夷逸，隱居放言，身中清，廢中權。"

[79] 載贄：載質，帶著晉見的禮物，指急於出仕。《孟子·滕文公下》："孔子三月無君則皇皇如也，出疆必載質。"

[80] 踧然：恭敬貌。踧，讀音 cù，驚懼不安貌，恭敬貌。

[81] 槃游：游樂。《後漢書·楊秉傳》："諸侯如臣之家，《春秋》尚列其誡，況以先王法服而私出槃游！"

[82] 玄穆：形容淵深而不可測度。

[83] 發蒙：啓發蒙昧。《易·蒙》："初六，發蒙，利用刑人。"

《七啓》八首并序　　魏　曹植

題解： 此篇以玄微子與鏡機子間反復問答展開。玄微子隱於邊荒，願飛遁雜俗，與物無營。鏡機子聞其事而往說，以七事啓之。七事即是味之妙、容飾之妙、田獵之妙、宮觀之妙、聲色之妙、游俠儁公子之游、聖宰霸代之隆盛。前五事爲玄微子所棄，至游俠儁公子而感慕之情生，願從鏡機子而與之爲友，方於大道。鏡機子趁熱打鐵，說聖宰霸代之事，并以今之主君猶以洪恩之未廣，遂采英奇於仄陋，宣皇明於巖穴。玄微子聞此言後，攘袂而興，願反初服，從鏡機子之所歸。此篇同屬於傳統"七體"文，以入世説出世，使出世者聞穆清之世而識己之迷途，再起用世之心。此篇又見《文選》卷三四，《北堂書鈔》卷一四二、卷一四四、卷一四五、卷一四八，《類聚》卷五

七、卷八二，《初學記》卷一五、卷二三，《御覽》卷一八七、卷七七四、卷七七五、卷八六一等有所節引。嚴可均據《文選》載，輯入《全上古三代秦漢三國六朝文·全三國文》卷一六。此載可補嚴輯徵引出處。文獻價值上，此篇可與嚴可均輯錄之文增補互參。

昔枚乘作《七發》，傅毅作《七激》[1]，崔駰作《七依》，張衡作《七辯》[一][2]，辭各美麗。余有慕[二]焉，遂作《七啓》，并命王粲等并[三]作焉。

玄微子隱於[四]大荒之庭，飛遁[五]雜俗[3]，澄神定靈[4]。輕祿傲貴，與物無營。躭虛好靜，羨此永生。獨馳思乎天雲之際，無物象而能傾。於是，鏡機子聞而將往説焉。乃[六]駕超野之駟，乘追風之輿。經迴漠，出幽墟，入乎泱漭之野[5]，遂屆玄微子之所居。其居也，左激水，右高岑。背洞溪，對芳林。冠皮弁，被文裘。出山岫之潛穴，倚峻崖而嬉游。志飄飄[七]焉，嶢嶢焉[6]，似狹六合而隘九州，若將飛而未逝，若舉翼而中留。

於是，鏡機子攀葛藟而登[7]，距巖而立，順風而稱曰："予聞君子不遁[八]俗以[九]遺名，智士不背時[十]而滅勳。今子[十一]棄道藝之華，遺仁義之英。耗精神乎虛廓，廢人事之紀經。譬猶[十二]畫形於無象，造響於無聲。未之思乎？何所規之不通也！"

玄微子俯而應之曰："嘻，有是言乎！夫太極之初，渾沌未分。萬物舛[十三]錯，與道俱隆。蓋有形必朽，有迹必窮。茫茫[十四]元氣，孰[十五]知其終。名穢我身，位累我躬。竊慕古人之所尚[十六]，仰莊老之遺風。假靈龜以托喻，寧掉尾于泥[十七]中。"

鏡機子曰："夫辯言之豔，能使窮澤生流[8]，枯木發榮[9]。庶感靈而激神，況近在乎人情。僕將爲吾子説游觀之至娛[10]，演聲色之姣靡，論變巧之妙藝[十八]，敷道德之弘麗[11]，願聞之乎？"

玄微子曰："吾子整身倦俗[十九][12]，探隱極沉[二十][13]。不遠遐路，幸見光臨，將敬滌耳，以聽玉音。"

鏡機子曰："芳菰精稗[二一][14]，霜蓄露葵[15]。玄熊素膚[16]，肥豢禮[二二]肌[17]。蟬翼之割，剖纖析微。累如叠縠，離若散雪。輕隨風飛，刃不轉切。山鷄斥鷃[18]，珠翠之珍。寒芳蓮[二三]之巢龜，膾西海之飛鱗。朧[二四]江界[二五]之潛鼉，騰漢南之鳴鶉[19]。糅以芳酸，甘和既醇。玄冥適

— 263 —

鹹，薜收調辛[20]。紫蘭丹椒，施和必節[21]。滋味既殊，遺芳射越[22]。乃有春清縹酒[23]，康狄所營，應化即[二六]變，感氣而成。彈徵則苦發[24]，叩宮則甘生[25]。於是盛以翠樽，酌以雕觴[26]。浮蟻鼎沸[27]，酷烈馨香。可以和神，可以娛腸。此者味[二七]之妙也，子能隨我而食之乎？"

玄微子曰："予甘藜藿[28]，未暇此食。"

鏡機子曰："步光之劍[29]，采藻繁縟。飾以文犀，雕以翠綠。綴以驪龍之珠[30]，錯以荊山之玉[31]。陸斷犀象，未足稱雋[32]。隨波截鴻，水不漸刃。九旒之冕，散曜垂文。華祖之纓[33]，從風繽紛[二八]。佩則結綠懸黎[34]，寶之妙微。符采煥[二九]爛[35]，流景揚暉[三十]。黼黻之服[36]，羅[三一]縠之裳。金華之舄[37]，動趾遺光。繁飾參差，微鮮若霜。繩佩綢繆[38]，或雕或錯。薰以幽若，流芳肆布。周旋馳躍，雍容閑步[三二]。南威為之解顏[39]，西施為之巧笑。此容飾之妙也，子能隨我而服之乎？"

玄微子曰："予好裘褐[40]，未暇此服。"

鏡機子曰："馳騁足用蕩思，游獵可以娛情。僕將為吾子駕雲龍之飛駟，飾玉路之繁纓[41]。垂宛虹之長綏[42]，抗招搖之華旌[三三][43]。捷忘歸之矢[44]，彎[三四]繁弱之弓[45]。欻[三五]躡景而輕騖[46]，逸奔驥而超遺風。於是，谿填谷塞[47]，榛藪平夷[48]。緣山置罝[49]，彌野張罘。下無漏[三六]迹，上無逸飛。鳥集獸屯，然後會圍。獠徒雲布，武騎霧散。丹旗耀野，戈[又]殳皓旰[50]。於是曳文狐，撐狡兔。捎鵝鶄，拂振鷺。當軌見藉，逢[三七]足遇踐[51]。飛軒電遊[52]，獸隨輪轉。翼不暇張，足不及騰。動觸飛鋒，舉挂輕罾[53]。搜林蕩[三八]險[54]，探薄窮阻。騰山赴壑，風厲颻舉[55]。機不虛發，中必飲羽[56]。於是人稠網密，地逼勢脅。哮闞之獸[57]，張牙奮鬣。志在觸突[58]，猛氣不慴。乃使北宮、東郭之疇，生抽豹尾，分裂貙肩。形不抗手，骨不隱卷[三九][59]。批熊碎掌，拉獸[四十]摧斑[60]。野無毛類[61]，林無羽群[62]。積獸如陵[63]，飛翮成雲。於是，駭[四一]鍾鳴鼓[64]，收旌施旆。頓綱縱網[65]，罷獠回邁[66]。駿騄齊驤[67]，揚鑣飛沫。俯倚金較[68]，仰撫翠蓋。雍容暇豫[69]，娛志方外。此田獵之妙也，子能隨我而觀之乎？"

玄微子曰："予性[四二]樂恬靜，未暇此觀也。"

鏡機子曰："閑宮顯敞，雲屋皓旰。崇景山之高基，迎清風而立館。彫[四三]軒紫柱，文榱華梁[70]。綺井含葩，金墀玉箱[71]。溫房則冬服絺

— 264 —

裕[72]，清室則中夏含霜[73]。華閣緣雲，飛陸凌[四四]虛[74]。頫視[四五]流星[75]，仰觀八隅。升龍攀而不逮，眇天際而高居。繁巧神怪，變各[四六]異形。班輸無所措其斧斤[76]，離婁爲之失精[77]。麗草交植，殊品詭類。綠葉朱榮，熙天曜日。素水盈沼，叢木成林。飛翼凌高[78]，鱗甲隱深。於是，逍遙暇豫，欸爾[四七]忘歸[79]。乃使任子垂釣[80]，魏氏發機[81]。芳餌沉，輕弋飛[四八]。落翳雲之翔鳥，援九泉[四九]之靈龜[82]。然後，采華蓮[五十]，擢水蘋，弄珠蚌，戲鮫人。諷《漢廣》之所咏[83]，覿游女於水濱[84]。耀神景於中沚，被輕縠之纖羅。遺芳烈而静步，抗皓手而清歌。歌曰：'望雲際兮有好仇，天路長兮往無由。佩蘭蕙兮爲誰脩？嬿婉絶兮我心惆[五一]。'此宫觀[五二]之妙也，子能從我而居之乎？"

玄微子曰："予耽嚴穴，未暇此居也。"

鏡機子曰："既游觀中原，逍遥閑宫。情放志蕩，謠樂未終。亦有才人妙妓，遺時[五三]超[五四]俗。揚北里之流聲[85]，紹陽阿之妙曲[86]。爾乃御文軒，臨洞庭。琴瑟交徽，左篪右笙[87]。鍾鼓俱振，簫管齊鳴。然後，妙[五五]人乃被文縠之華袿[88]，振輕綺之飄飖。戴金華[五六]之熠爍[五七][89]，揚翠羽之雙翹[90]。振流芳，曜[五八]飛文。歷槃[五九]鼓[91]，煥繽紛。長裾隨風，悲歌入雲。趍[六十]捷若飛，蹈虚遠蹠[92]。凌躍超[六一]騰，蜿蟬揮霍。翔爾鴻騫，濊爾鳧没[93]。縱輕軀[六二]以迅赴，影追形而不逮。悲聲激塵，依違厲響[94]。材捷若神，形難爲像。於是，爲歡未洩[六三][95]，白日西頹。散樂變飾，微步中閨[96]。玄眉弛兮鉛華落[97]，收亂髮兮拂蘭澤，形惰服兮揚幽若。紅顔宜笑，睇眄流光[98]。時與吾子，携手同行。踐飛除[99]，即閑房。華燭爛，羅幬[六四]張。動朱唇，發清商。揚羅袂，振華裳。九秋之夕，爲歡未央。此聲色之妙也，子能隨我而游之乎？"

玄微子曰："予願清虚[100]，未暇此游也。"

鏡機子曰："予聞君子樂奮節以顯義，烈士甘危軀以成仁。是以雄俊之疇[六五]，交黨結倫。重氣輕命，感分忘[六六]身。故田光伏劍於北燕[101]，公叔畢命於西秦[102]。果毅輕斷，武[六七]步國[六八]風[103]。威慴萬乘，華夏稱雄。

辭未及終，而玄微子曰："善。"

鏡機子曰："此乃游俠之徒耳，未足稱妙也。若夫田文、無忌之疇[六九]，乃上古之儁公子也，皆飛仁揚義，騰躍道藝。游心無方，抗志雲際。淩轢諸侯[104]，驅馳當代。揮袂則九野生風[105]，慷慨則氣成虹蜺[106]。吾子當〔七十〕此之時，豈能〔七一〕從我而友之乎？"

玄微子曰："予亮願焉，然方於大道，有累如何。"

鏡機子曰："世有聖宰，翼帝霸世[107]。同量乾坤，等明〔七二〕日月。玄化參神，與靈合契。惠澤播於黎苗，威靈振〔七三〕乎無外。超隆平於殷周，踵羲皇而齊泰。顯朝惟清，皇道遐均。人望如草，我澤如春。河濱無滌耳之士[108]，嶠嶽無巢居之人〔七四〕[109]。是以俊乂來仕，觀國之光。舉不遺才，進各异方。贊〔七五〕典禮於辟雍，講文德於明堂。正流俗之華說，綜孔氏之舊章[110]。散樂移風，國静人康〔七六〕。神應休臻[111]，屢獲嘉祥。故甘露〔七七〕紛而晨降，景星宵而舒光[112]。觀游龍於神泉〔淵〕〔七八〕[113]，聆鳴鳳於朝陽〔七九〕[114]。此霸道之恢〔八十〕隆，而雍熙之盛際[115]。然主上猶以洪〔八一〕恩之未廣，懼聲教之不〔八二〕屬[116]。采英奇於仄陋，宣皇明於巖穴。此寧子商歌之秋，而呂望所以投綸而逝也[117]。吾子爲泰和之人〔八三〕，不欲仕陶唐之代〔八四〕乎?[118]"

於是，玄微子攘袂而興曰："韡哉言乎[119]！近者吾子，所述華滛。欲以屬我[120]，祇攪予心[121]。至聞天下穆清，明君蒞國。鑒盈虛之正義，知素心之迷惑[122]。今我〔八五〕廓然〔八六〕[123]，身輕若飛。願反初服[124]，從子而歸。"

【校勘】

〔一〕此句後，《文選》本有"崔駰作《七依》"一句。

〔二〕"慕"，《文選》作"慕之"。

〔三〕"等并"二字，《文選》無。

〔四〕"於"，《文選》作"居"。

〔五〕〔八〕"遁"，《文選》作"遜"。

〔六〕"乃"，《文選》無。

〔七〕"飄飄"，《文選》作"飄颻"。

〔九〕"以"，《文選》作"而"。

〔十〕〔五三〕"時"，《文選》作"世"。

〔十一〕"子"，《文選》作"吾子"。

〔十二〕"猶"，《文選》作"若"。

〔十三〕"舛"，《文選》作"紛"。

〔十四〕"茫茫"，《文選》作"芒芒"。

〔十五〕"孰"，《文選》作"誰"。

〔十六〕"尚"，《文選》作"志"。

〔十七〕"泥"，《文選》作"塗"。

〔十八〕"變巧之妙藝"，《文選》作"變化之至妙"。

〔十九〕"俗"，《文選》作"世"。

〔二十〕"極沉"，《文選》作"拯沈"。

〔二一〕"稗"，《文選》作"粺"。

〔二二〕"禮"，《文選》作"醴"。

〔二三〕"蓮"，《文選》作"苓"。

〔二四〕"臃"，俗字，《文選》作"臁"。

〔二五〕"界"，《文選》作"東"。

〔二六〕"即"，《文選》作"則"。

〔二七〕"者味"，《文選》作"肴饌"。

〔二八〕"繽紛"，《文選》作"紛紜"。

〔二九〕"煥"，《文選》作"照"。

〔三十〕"暉"，《文選》作"煇"。

〔三一〕"羅"，《文選》作"紗"。

〔三二〕"周旋馳躍，雍容閒步"，《文選》作"雍容閒步，周旋馳燿"。

〔三三〕"旌"，《文選》作"旂"。

〔三四〕"彎"，《文選》作"秉"。

〔三五〕"欻"，《文選》作"忽"。

〔三六〕"漏"，《文選》作"滿"。

〔三七〕"逢"，《文選》作"值"。

〔三八〕"蕩"，《文選》作"索"。

〔三九〕"卷"，《文選》作"拳"。

〔四十〕"獸"，《文選》作"虎"。

〔四一〕"駭"，《文選》作"駴"。

〔四二〕"性"，《文選》無。

〔四三〕"彫"，《文選》作"彤"。

〔四四〕"凌"，《文選》作"陵"。

〔四五〕"視"，《文選》作"眺"。

〔四六〕"各"，《文選》作"名"。

〔四七〕"欻爾"，《文選》作"忽若"。

〔四八〕"芳餌沉，輕弋飛"，《文選》作"芳餌沈水，輕繳弋飛"。

〔四九〕〔七八〕"泉",《文選》作"淵"。
〔五十〕"華蓮",《文選》作"菱華"。
〔五一〕"惆",《文選》作"愁"。
〔五二〕"觀",《文選》作"館"。
〔五四〕"超",《文選》作"越"。
〔五五〕"妙",《文選》作"姣"。
〔五六〕"華",《文選》作"搖"。
〔五七〕"熠爍",《文選》作"熠燿"。
〔五八〕"曜",《文選》作"燿"。
〔五九〕"槃",《文選》作"盤"。
〔六十〕"趟",《文選》作"蹄"。
〔六一〕"越",《文選》作"超"。
〔六二〕"軀",《文選》作"體"。
〔六三〕"洩",《文選》作"渫"。
〔六四〕"羅幬",《文選》作"幄幪"。
〔六五〕"疇",《文選》作"徒"。
〔六六〕"忘",《文選》作"遺"。
〔六七〕"武",《文選》作"虎"。
〔六八〕"國",《文選》作"谷"。
〔六九〕"疇",《文選》作"儔"。
〔七十〕"當",《文選》作"若當"。
〔七一〕"豈能",《文選》作"能"。
〔七二〕"明",《文選》作"曜"。
〔七三〕"振",《文選》作"震"。
〔七四〕〔八三〕"人",《文選》作"民"。
〔七五〕"贊",《文選》作"讚"。
〔七六〕"國靜人康",《文選》作"國富民康"。
〔七七〕"露",《文選》作"靈"。
〔七九〕"朝陽",《文選》作"高岡"。
〔八十〕"恢",《文選》作"至"。
〔八一〕"洪",《文選》作"沈"。
〔八二〕"不",《文選》作"未"。
〔八四〕"代",《文選》作"世"。
〔八五〕"我",《文選》作"予"。
〔八六〕"然",《文選》作"爾"。

【注釋】

[1] 傅毅（？—90），東漢辭賦家，字武仲，扶風茂陵人。明帝永平年（58—75）中，習章句之學于平陵，因明帝求賢無誠意，作《七激》以諷諫。

[2] 張衡（78—139），字平子，東漢天文學家、數學家、地理學家、文學家。《七辯》作于其晚年，表達歸隱思想。

[4] 澄：明凈。澄神定靈：使神明凈，使靈安定。

[3] 飛遯：亦作"飛遯"，飄然遠引。張衡《思玄賦》："文君爲我端蓍兮，利飛遯以保名。"李善注："遯，卦名也。上九曰，飛遯，無不利，謂去而遷也。"

[6] 嶢，讀音 yáo，高貌。

[5] 泱漭：也作"泱莽"，廣大貌。《史記·司馬相如列傳》："東西南北，馳騖往來，出乎椒丘之闕，行乎洲淤之浦，徑乎桂林之中，過乎泱漭之野。"

[7] 葛：多年生草本植物。藟：藤蔓。曹植《種葛篇》："種葛南山下，葛藟自成陰。"

[8] 窮澤：乾涸之沼澤。窮澤生流，即乾涸之澤再度流水生發。

[9] 枯木發榮：枯死之樹再度生機勃勃。

[10] 游觀：游逛觀覽。《荀子·君道》："人主不能不有游觀安燕之時，則不得不有疾病物故之變焉。"

[11] 弘麗：宏偉華麗。《漢書·揚雄傳》："蜀有司馬相如，作賦甚弘麗溫雅。"

[12] 整身：身體端正，穿戴整齊。倦俗：倦游於俗世間。

[13] 極：至，達到。《詩·小雅·緜蠻》："豈敢憚行，畏不能極。"探隱極沉：探於隱微之地，至于深遠之處。

[14] 菰，讀音 gū，多年生草木植物，名"菰米"，可做飯。稗，讀音 bài，通"粺"，精米。

[15] 霜蓄：今之蔓菁菜。霜後味尤甘美，故稱。露葵：冬葵。

[16] 玄熊：黑熊。王延壽《魯靈光殿賦》："玄熊舑䑙以齗齗，却負載而蹲跠。"膚：此文中當做肌肉解。《孟子·告子上》："無尺寸之膚不愛焉，則無尺寸之膚不養也。"焦循正義："膚，爲肌肉。"

[17] 豢：食穀類牲畜。

[18] 鷃，讀音 duò，鷃鳩。斥鷃：鷃雀。

[19] 臇，讀音 juǎn，少汁的肉羹。《楚辭·招魂》："鵠酸臇鳧，煎鴻鶬些。"王逸注："臇，小膹也。"洪興祖補注："臇，少汁也。"鳴鶉：鵪鶉。

[20] 蓐收：傳說中的西方神名，司秋。《禮記·月令》："（孟秋之月）日在翼，昏建星中，旦畢中。其日庚辛，其帝少皞，其神蓐收。"鄭玄注："蓐收，少皞氏之子，曰該，爲金官。"辛：五味之一的辣味，此文中或可指葱蒜等含有辛辣味的菜蔬。

[21] 施和必節：施和美味，亦有所節制。

[22] 遺芳：遺留的芬芳。射越：發散得很遠。

[23] 縹酒：淺綠色的美酒

[24] 徵，讀音 zhǐ，五音之一。《禮記·月令》："（孟夏之月）其蟲羽，其音徵。"劉勰《文心雕龍·聲律》："古之佩玉，左宮右徵，以節其步，聲不失序。"《管子·幼官》："味鹹味，聽徵聲。"

[25] 宮：此處亦爲五音之一。《淮南子·天文訓》："黃鍾之律九寸而宮音調。"

[26] 雕觴：名酒之一種。

[27] 浮蟻：亦作"浮蛆"，酒面上的浮沫。張衡《南都賦》："醪數徑寸，浮蟻若萍。"

[28] 藜：亦即灰藜，灰菜，一年生草木之物。嫩葉可食，老莖可爲杖。藿：豆葉。藜藿：藜與藿，泛指粗劣的飯菜。

[29] 步光：古寶劍名。《史記·仲尼弟子列傳》："因越賤臣種奉先人藏器，甲二十領，鐵屈盧之矛，步光之劍，以賀軍吏。"

[30] 驪龍：黑珠。《尸子》卷下："玉淵之中，驪龍蟠焉，領下有珠。"

[31] 錯：泛指鑲嵌或繪繡。嵇康《琴賦》"錯以犀象，藉以翠綠。"荊山之玉：荊山出產之寶玉，和氏璧便出於此。曹植《與楊德祖書》："人人自謂握靈蛇之珠，家家自謂抱荊山之玉。"

[32] 雋：同"儁"，讀音 jùn，即俊。

[33] 纓：系冠之帶子。

[34] 結綠、懸黎：俱爲美玉之名。《戰國策·秦策三》"臣聞周有砥厄，宋有結綠，梁有懸黎，楚有和璞。此四寶者，工之所失也，而爲天下名器。"

[35] 煥爛：光耀燦爛；文彩斑斕。郭璞《鹽池賦》："揚赤波之煥爛，光旰旰以晃晃。"

[36] 黼黻：繡有美麗花紋的禮服。

[37] 舄，讀音 xì，以木爲復底的鞋。《詩·大雅·韓奕》："玄袞赤舄。"

[38] 緄：編織的帶子。網緄：此文中意爲繁密貌。左思《吳都賦》："容色雜糅，網緄綖繡。"

[39] 南威：亦稱"南之威"，春秋時晉國的美女。《戰國策·魏策二》："晉文公得南之威，三日不聽朝，遂推南之威而遠之，曰：'後世必有以色亡其國者。'"曹植《與楊德祖書》："蓋有南威之容，乃可以論其淑媛。"

[40] 裘褐：粗陋衣服。"使後世之墨者，多以裘褐爲衣，以跂蹻爲服。"

[41] 玉路：即玉輅，皇帝所乘玉飾的車子。繁：馬腹帶；纓：馬頸革。繁纓，即古代天子、諸侯所用的輅馬的帶飾。《禮記·禮器》："大路繁纓一就，次路繁纓七就。"孔穎達疏："繁，謂馬腹帶也。"

[42] 宛虹：彎曲的虹。司馬相如《上林賦》："奔星更於閨闥，宛虹拖於楯軒。"綏：

有虞氏的旌旗，後泛指旌旗或旗幟的垂流。

[43] 招搖：星名，即北斗第七星搖光，亦借指北斗。《禮記·曲禮上》："行，前朱雀而後玄武，左青龍而右白虎，招搖在上，急繕其怒。"

[44] 忘歸：良箭名，以一去不復返，故稱。《公孫龍子·迹府》："龍聞楚王張繁弱之弓，載忘歸之矢，以射蛟兕於雲夢之圃。"

[45] 繁弱：古良弓名。《左傳·定公四年》："分魯公以大路、大旂，夏后氏之璜，封父之繁弱。"杜預注："繁弱，大弓名。"

[46] 欻，讀音 xū，輕舉貌。張衡《思玄賦》："欻神化而蟬蛻兮，朋精粹而爲徒。"躡景：追躡日影，比喻及其迅速。景，影也。輕騖：馬輕快奔馳。張衡《西京賦》："轚輻輕騖，容於一扉。"

[47] 谿：山間河流。谿填谷塞：山間河流與空谷俱被填塞。

[48] 榛藪：山林、叢林。平夷：此篇中意爲蕩平，毀平。

[49] 罝罦：捕兔網。泛指捕獸之網。

[50] 皓旰：光亮貌。

[51] 逢，讀音 páng，亦作"逄"。

[52] 飛軒：此文中作輕車解。電逝：比喻快速。

[53] 罾，讀音 zēng，用木棍或竹竿做支架的方形漁網，形似仰傘。

[54] 搜林蕩險：搜于林中，蕩平夷險。

[55] 風厲：風迅疾凶猛。焱舉：猶飛升。

[56] 飲羽：箭深入所射物體。羽，箭尾上的羽毛。《吕氏春秋·精通》："養由基射兕中石，矢乃飲羽。"

[57] 哮闞：猛獸咆哮，多用以比喻震怒。陸機《辯亡論上》："哮闞之群風驅，熊羆之衆霧集。"

[58] 觸突：突擊；抵突；衝撞。《後漢書·西羌傳》："其兵長在山谷，短於平地，不能持久，而果於觸突，以戰死爲吉利，病終爲不祥。"

[59] 卷，讀音 quán，有氣勢，勇壯。骨不隱卷：風骨上不隱藏其氣勢風度。

[60] 拉，讀音 lá，割開，切開。摧：破壞，挫敗。班：分。拉獸摧班：若欲挫切猛獸，則即刻能够割裂體解之。

[61] 毛類：獸類。

[62] 羽群：鳥類。

[63] 積獸如陵：捕捉的野獸堆積如山陵之狀。

[64] 駴：擂擊鐘鼓，使聲響而急。《周禮·夏官·大司馬》："鼓皆駴。"鄭玄注："疾雷擊鼓曰駴。"陸德明《經典釋文》注："疾雷擊鼓曰駴。"

[65] 頓：舍也。縱：緩也。頓網縱綱：舍棄綱網。

[66] 羆獠：泛指猛獸。邁：此文中爲調轉之意。羆獠回邁即是說，在田獵之人舍棄

— 271 —

鋼網後，猛獸重獲自由，紛紛回歸于林中。

[67] 駿：良馬。《呂氏春秋·權勛》："垂棘之璧，吾先君之寶也；屈產之乘，寡人之駿也。"騄：亦爲良馬，周穆王八駿之一。《史記·秦本紀》："造父以善御幸於周繆王，得驥、溫驪、驊騮、騄耳之駟。西巡狩，樂而忘歸。"驤：奔馳，騰躍。張衡《西京賦》："負筍業而餘怒，乃奮翅而騰驤。"

[68] 金較：車廂兩旁板上供憑倚的金飾龍形橫木。張衡《西京賦》："戴翠帽，倚金較。"李善注引《說文》："較，車輢上曲鉤也。"

[69] 暇豫：亦作"暇譽"。悠閒逸樂。《國語·晋語二》："優施起舞，謂里克妻曰：'主孟啖我，我教茲暇豫事君。'"韋昭注："暇，閒也；豫，樂也。"

[70] 文榱：飾以文彩的屋榱。榱，椽子。

[71] 金墀：用金屬裝飾的宮階，借指臣子朝拜皇帝的地方。玉箱：原指玉製或玉飾的箱子，此處指華麗的房子。

[72] 絺綌：葛布的統稱。葛之細者曰絺，粗者曰綌。隱士爲葛服。

[73] 清室：清凉的居室。含霜：凝霜；帶霜。

[74] 飛陛：通向高處的階道。王延壽《魯靈光殿賦》："飛陛揭孽，緣雲上征。"凌：乘。

[75] 頫視：俯視，低頭看。王延壽《魯靈光殿賦》："中坐垂景，頫視流星。"

[76] 班輸：班指魯班，輸指公輸般，"班輸"爲兩人的合稱。《漢書·敘傳上》："逢蒙絕技於弧矢，班輸權巧於斧斤。"

[77] 離婁：傳說中的視力特強的人。《孟子·離婁上》："孟子曰：'離婁之明，公輸子之巧，不以規矩，不能成方圓。'"

[78] 飛翼：展翅飛翔。阮瑀《爲曹公作書與孫權》："濯鱗清流，飛翼天衢。"

[79] 欻爾：在此意爲忽然之間。

[80] 任子：任公子。謝靈運《七里瀨詩》："目覩嚴子瀨，想屬任公釣。"張銑注："任公子，有道者，以大鉤巨緇釣於東海。"

[81] 魏氏：傳說中的古代善射者，羿的四傳弟子。發機：撥動弩弓的發矢機。

[82] 九泉：此篇指地下極深處。潘岳《西征賦》："貫三光而洞九泉，曾未足以喻其高下也。"靈龜：神龜。

[83] 漢廣：《詩經·周南》中的一篇，爲君子求女而不得的情歌。

[84] 游女：出游的女子、《詩·周南·漢廣》："漢有游女，不可求思。"鄭玄箋："賢女雖出游流水之上，人無欲求犯禮者。"又一説爲漢水女神。詳見劉向《烈女子》及嵇康《琴賦》李善注引薛君説。

[85] 北里：萎靡粗俗的樂曲。葛洪《抱朴子·崇教》："濮上北里，迭奏迭起。"流聲：流傳的名聲。潘尼《贈河陽》："流聲馥秋蘭，摛藻艶春華。"

[86] 紹：纏繞。《有所思》："雙珠玳瑁簪，用玉紹繚之。"陽阿：樂曲名。宋玉《對

楚王問》：“客有歌於郢中者，其始曰《下里》《巴人》，國中屬而和者數千人；其爲《陽阿》《薤露》，國中屬而和者數百人；其爲《陽春》《白雪》，國中屬而和者不過數十人。”

[87] 篪：讀音 chí，竹製樂器，類笛，有八孔，橫吹。唯其開孔數及尺寸古書記載不一。笙：管樂器。由簧片、笙管、斗子三部分組成。

[88] 文縠：彩色縐紗。袿，讀音 guī，長襦。

[89] 金華：金製的花飾。熠爍：光彩閃耀。陸雲《盛德頌》：“慶雲徘徊，紫塵熠爍。”

[90] 翠羽：翠鳥的羽毛，所作飾品。翹：鳥尾的長羽。

[91] 槃古：又作“盤古”，用於舞蹈伴奏的一種鼓曲。

[92] 蹠，讀音 zhí，足掌，腳掌。遠蹠：猶遠行。

[93] 瀸，讀音 jí，迅速貌。凫：浮游。

[94] 屬響：激出音響。潘岳《射雉賦》：“伊義鳥之應敵，啾攬地以屬響。”

[95] 未洩：未發散，排除。

[96] 微步：輕步，緩步。曹植《洛神賦》：“凌波微步，羅襪生塵。”中閨：宮門。

[97] 玄眉：黑眉。弛：同“弛”。

[98] 睇眄：斜視，顧盼。阮籍《詠懷》：“玄髮發朱顏，睇眄有光華。”流光：流動、閃爍的光彩。

[99] 飛除：高陛。

[100] 清虛：清凈虛空。

[101] 田光伏劍于北燕：田光薦荊軻于燕太子丹，圖刺秦王之事，爲守住機密，自殺而亡。

[102] 畢命：絕命，喪生。公叔畢命於西秦：公叔痤彌留之際薦商鞅。劉向《戰國策》：“秦果日以強，魏日以削。此非公叔之悖，惠王之悖也。”

[103] 武步：虎步，形容舉止威武。《陳書·高祖紀上》：“珠庭日角，龍行武步。”

[104] 陵轢：凌駕，超越。《梁書·文學傳上·鍾嶸》：“元嘉初，有謝靈運，才高辭盛，富豔難蹤，固已含跨劉郭，陵轢潘左。”

[105] 揮袂：揮袖。九野：猶九天。《列子·湯問》：“八紘九野之水，天漢之流，莫不注之。”張湛注：“九野，天之八方中央也。”生風：比喻產生使人敬畏的聲勢或氣派。

[106] 慷慨：情緒激昂。虹蜺：螮蝀。宋玉《高唐賦》：“仰視山顛，肅何千千，炫燿虹蜺。”

[107] 翼帝：魏太祖曹操。《文選》李善注言“謂魏太祖。孔安國尚書傳曰：翼，輔也”。良曰：“植謂其父魏太祖者也，爲漢丞相，故云聖宰，翼，佐也。”

[108] 滌耳：代指許由等隱士。河濱無滌耳之士，即聖宰清明，河濱水畔沒有洗耳的隱居之士。

[109] 巢居：謂上古或邊緣之民于樹上築巢而居。《莊子·盜跖》：“古者禽獸多而人

民少，於是人皆巢居以避之。"亦可代指隱士。嶠岳無巢居之人，即人人皆沐王化，身得其所，不必再居于樹上。

[110] 舊章：昔日典章。劉勰《文心雕龍·隱秀》："斯乃舊章之懿績，才情之嘉會也。"

[111] 臻：齊全，完備。

[112] 景星：大星；德星；瑞星。古謂現于有道之國。王充《論衡·是應》："古質不能推步五星，不知歲星、太白何如狀，見大星則謂景星矣。"宵：夜。

[113] 游龍：游動的蛟龍。曹植《洛神賦》："翩若驚鴻，婉若游龍。"神泉：即神淵，因避諱，改"淵"為"泉"。陶潛《五月旦作和郭主簿》："神淵寫時雨，晨色奏景風。"

[114] 聆鳴鳳於朝陽，典出《詩經·大雅·卷阿》："鳳凰鳴矣，於彼高崗。梧桐生矣，於彼朝陽。"意謂逢盛德而萬物皆沐王化，雍容祥和。

[115] 雍熙：和樂昇平。張衡《東京賦》："百姓同於饒衍，上下共其雍熙。"盛際：猶盛時、盛世。

[116] 屬：此處文意為"高"。《文選》李善注引《廣雅》："屬，高也。"

[117] 投綸：投棄釣具。

[118] 陶唐：唐堯，帝嚳之子，姓伊祁，名放勳。初封于陶，後徙于唐。《尚書·五子之歌》："惟彼陶唐，有此冀方。今失厥道，亂其紀綱，乃底而亡。"陶唐之世，借指盛世。

[119] 韡：讀音 wěi，光明聖大之貌。潘岳《笙賦》："虺韡煜熠。"李善注："韡、熠，盛多貌。"

[120] 屬：此處為勸勉之，乃"勵"之古字。《左傳·哀公十一年》："宗子陽與閭丘明相屬也。"杜預注："相勸屬。"

[121] 祇，讀音 zhǐ，正，只。《詩經·小雅·何人斯》："胡逝我梁，祇攪我心。"

[122] 素心：本心，素願。江淹《雜體詩》："但願桑麻成，蠶月得紡績。素心正如此，開徑望三益。"

[123] 廓然：遠大貌。劉向《說苑·君道》："廓然遠見，踔然獨立。"

[124] 初服：未入仕之服，與"朝服"相對。屈原《離騷》："進不入以離尤兮，退將復脩吾初服。"

《七誨》八首　魏　傅巽

題解： 傅巽（xùn）（生卒年不詳），字公悌，北地泥陽（今陝西耀縣東南）人。漢末三國時評論家。容貌瑰偉，見識博達。他曾經被朝廷的三公辟

— 274 —

召爲官，拜尚書郎，後來輾轉來到荆州，當荆州牧劉表的賓客，後勸説劉琮降曹，爲曹操所任用，封關内侯。後遷任散騎常侍，曹丕即位後成爲侍中、尚書。于魏明帝太和年間（227—233）去世。有文集二卷。《七誨》屬七體，假借其母先生與安有公子對答，先生"藏身巖穴，托體名山。絶聖釋智，含和養生"，公子認爲"夫智可以學益，而性不可遷，彼將有激，億可誨焉"，往而見之，并以天下之异觀、至味、壯觀等勸其從己享榮華富貴。此篇後半原佚，依七體慣例，公子所言前六事皆被先生予以否定，最後當以至道或妙思説服先生。《北堂書鈔》卷一四二、卷一四四、卷一四五、卷一四八，《初學記》卷二六，《太平御覽》卷八五〇等有節引。嚴可均據諸書所引輯入《全三國文》卷三五。傅巽《七誨》於《詞林》文本保存近半，内容遠多於《全三國文》，足補《全三國文》僅存殘句。此篇可校補嚴輯。

其母先生體杜志烈，貴義尚功，睎慕明哲，忿愠末俗[1]。朱紫雜形，是非散亂，雅鄭糅聲。乃捐緒葉，棄搢紳[2]，慕彭聃躬，思真人，願松喬，睎烈仙，藏身岩穴，托體名山。絶聖釋智，含和養生。同欲嬰兒，致思玄冥。方有在溺，惜足濡而弗拯也。或困塗炭，寶一毛而不營也。安有公子者，先生之舊也。聞而瞿然[3]，曰："夫智可以學益，而性不可遷，彼將有激，億可誨焉。"於是，登險阻，歷高喬，披蓬萊，濟崎岖，乃覲先生，魁然獨居[4]，陶埏腹穴，麋室麋廬，芒乎若有望而未覿，惆乎若有思而未周。惶眠留佁[5]，不順厥初。公子曰："夫有生之至靈，莫過乎人倫，必將運智役物，立德行仁。智運則不勞，役物則鮮勤。德立者寵榮，仁行者顯尊。然後，頤志自娱，逞意當年，究耳目之所好，玩人情之所珍。今先生志激則易度，恩感則變身。潜心以徼難望之福[6]，鋭精以求難見之神。舍榮名於當已，激幽昧乎無垠。棄大繇之常路[7]，苟异術乎斯遵。吾將誨子以至言，子其省乎？"先生曰："諾哉。"

公子曰："禮崇館次[8]，以施盛德，將營顯宇，名都樂國。平州廣陸，敞麗弘修[9]，顧倚陵阿，前據清流。乃命良匠，直準繩鉤，堉基審面[10]，勢度良材。定昏中以正向，則陰陽以順時。爾乃群工致巧，侈飾無形。重屋增構，樂柟相經[11]。華井流其藻，蘭房披其英。紅采焕爛[12]，敷燿舒榮。玄軒文檻，彤朱楹[一]。修閣紓曼[13]，飛路縣延。金窗列而門置，綺目錯以結連。洞房廣啓，内顧後庭，離館别寢[14]，每各异形。奇制卓詭[15]，莫識所呈。游心窮覽，恣意所寧。崇觀極望，彌邈無疆[16]。俯察氛霓[17]，仰凌旻蒼。乃有珍囿靈囿，平陸清沼[18]，林藪繁富，所有無方。於是昵友親賓，相與嬉娛，志合情歡，携手同車。游北渚，鑒清流。祛繻裳，登舫舟。攘素袂，搴玄芝。翳雲蓋[19]，戴武旗。彎華弓，繳雙鳧。投脩竿，釣潛魚。弧張必獲，餌下不徒。磻不候加[20]，綸不特釣[21]。飛禽殄殪[22]，鱗族無餘。窮游極覽，厭樂只且[23]。此天下之異觀也，子其處乎？"先生曰："不能也。"

公子曰："嘉膳良羞，太牢常珍。白醴九成[24]，玄酎清醇[25]，浮敷豎幾[二]，苞苦含辛。孟冬香秔[26]，上秋膏粱，雕胡菰子[三][27]，丹具東墻[四]。柔潤細滑[五]，流澤芬芳。肥豢正肩，白膚盈尺。豹胎熊蹯[28]，肌臑節沐[六]。雙雞合烝，羔臍豚胎。飛鴇伏鶉，或炰或炙，秋舥雙服。合成五黃[29]，參案方丈[30]，不可勝嘗。乃有河漢鮮[七]魴，鴻波巨鯉[八]，庖人執俎，吳刀應齒[31]。割切纖麗，分皮截理，爾乃遐方殊果[九]，兼有備物[十]，蒲陶宛柰[十一]，齊樿燕栗[十二]，恒陽黃梨，巫山朱橘[十三]，南中茶子，西極石蜜，東海玄鮸，隴都白榛，殊國萬里，共成一珍。膳羞之品，惟斯爲庶。有國人主，然後向御。此皆上載所同，莫之能異。乃有瓌味殊和，時所希識，體非三牲，不常厥事。伊摯典庖，吳章爲司，合享龜鼈，齊適稟調。食之甘旨，不可比喻。疾人輕體，萬乘解怒。此天下之至味也，子其饗乎？"先生曰："不能。"

公子曰："玄冬仲月，冰寒慘烈。草木零落，恒陰雕煞。驚鳥蹏耩，猛獸思噬。農功既畢，戒戎簡旅，乃應玄氣，薄狩于野。整部曲，齊行伍，揚素輝，勒金鼓。武士雲布，屯騎星跱。衆鳥驚翔，群獸否［駓］駮[32]。於是，置罘廣設[33]，被野彌山，揮霍漫衍，川動天旋。促圍合陣，戈矢橫厲。蒼鶡揮翼，玄貙奮迅[34]。控弦兼中，投殳耦殪[35]。追飆執迅，噬猛攫戾。飛走惴懼，亡精失氣。舉翅遇網，搖足蹈緤。流血漂鹵，草飛[十四]，毛掩雲霓。乃有剛禽怪獸，逸材駭騖，決圍犯罘[36]，不可羈制。乃使卞莊鄭叔，肆其武勢。靳狂兕，鏦奔狶，格貙貌，賤猛虢。提象挈豹，徒搏祖煞，種心擣脊，應權而斃。及其剽疾齊敏，莫能比類。捷過慶忌[37]，輕迅樓季[38]。仰搏逸隼，下蹴驚麑[39]。日不移晷，樂不極娛。良馬搏銜[40]，士怒未舒。俯仰倏忽，野空山虛，於是，陳獵車，挍獲實[41]，數衆寡，均勞逸，犒疲饗勤，搜功既畢。此天下之壯觀也，子其覽乎？"先生曰："不能。"

公子曰："樂酒今夕，嘉賓惟燕，獻酬既交，酒未及亂。華鐙［燈］熾曜，繻帳周裹。乃進名倡，材人殊觀。振纖羅以除步，整長袂以自飾[42]。七

（下闕）按：原本殘缺。

【校勘】

〔一〕此句當有脫文。

〔二〕"浮敷覧幾"，《北堂書鈔》作"□萆□蟻"。

〔三〕"菇子"，《北堂書鈔》作"苰子"。

〔四〕"丹具"，《北堂書鈔》作"丹貝"。

〔五〕"柔潤，《初學記》作"濡潤"。

〔六〕"肌懦節沐"，《北堂書鈔》作"肥濡晞沐"。

〔七〕"河漢鮮魴"，《北堂書鈔》作"河穌漢魴"。

〔八〕"鴻波巨鯉"，《北堂書鈔》作"龍淵巨鯉"。

〔九〕"爾乃遐方殊果"，《北堂書鈔》作"選方殊巢"。

〔十〕"兼有備物"，"兼"，《北堂書鈔》作"魚"。

〔十一〕"宛柰"，《北堂書鈔》作"宛榛"。

〔十二〕"齊梼"，《北堂書鈔》作"齊柍"。

〔十三〕"巫山"，《北堂書鈔》作"亞山"。

〔十四〕"飛"下當脫二字。

【注釋】

[1] 忿愠：忿怒。

[2] 搢紳：插笏於紳。紳，古代仕宦者和儒者圍於腰際的大帶，此指儒者。

[3] 瞿然：驚駭貌。《漢書·吳王劉濞傳》："膠西王瞿然駭曰：'寡人何敢如是？'"

[4] 魁然：安然。《莊子·庚桑楚》："人見其跂，猶之魁然。"

[5] 瞠：古同"瞠"，張目直視。眂，讀音shì，觀看，察視。《周禮·天官·太宰》："及執事，眂滌濯。"鄭玄注："眂音視，本又作視。"

[6] 徼，讀音jiǎo，求。

[7] 大繇：同"大猷"，治國大道。《漢書·敘傳上》："謨先聖之大繇兮。"

[8] 館次：館舍。

[9] 敞麗：寬闊壯麗。

[10] 墉基：城墻的根基。曹冏《六代論》："墉基不可倉卒而成，威名不可一朝而立。"

[11] 栭，讀音ér，柱頂上支承梁的方木，張衡《西京賦》："雕楹玉磶，繡栭雲楣。"

[12] 煥爛：光耀燦爛；文彩斑斕。郭璞《鹽池賦》："揚赤波之煥爛，光旰旰以晃晃。"

[13] 紆：寬裕，寬舒。曼：美，柔美。

[14] 離館：離宮。別寢：寢宮以外的臥室。

[15] 卓詭：高超奇异。

[16] 彌邈：遼遠。

[17] 氛霓：凶氣；妖氣。

[18] 平陸：平原；陸地。

[19] 翳：讀音 yì，遮蔽，障蔽。雲蓋：狀如車蓋的雲。

[20] 磻，讀音 bō，古代射鳥用的拴在絲繩上的石箭鏃。

[21] 綸：釣魚用的綫。

[22] 殄殪：殺害。

[23] 只且：語氣詞，表感嘆。《詩·邶風·北風》："其虛其邪，既亟只且。"

[24] 白醴：酒。

[25] 玄酎：一種味道醇厚的酒。王粲《七釋》："凍縹玄酎，醴白腐清。"清醇：清淨純正。

[26] 香秔：香粳。

[27] 雕胡：菰米，六穀之一。宋玉《諷賦》："爲臣炊雕胡之飯，烹露葵之羹，來勸臣食。"

[28] 熊蹯：熊掌。《左傳·文公元年》："十月，以宮甲圍成王。王請食熊蹯而死，弗聽，丁未，王縊。"

[29] 五黃：美玉。王逸《荔枝賦》："潤侔和璧，奇逾五黃。"一本作"璜"（或指五穀。簡文帝《六根懺文》："既貪五黃六禽之旨，又甘九鼎八珍之味"）。

[30] 方丈：指方丈之食，極言肴饌之豐盛。語出《孟子·盡心下》："食前方丈，侍妾數百人，我得志，弗爲也。"趙岐注："極五味之饌食，列于前，方一丈。"

[31] 吳刀：舜殛鯀所用之刀。《呂氏春秋·行論》："舜於是殛之於羽山，副之以吳刀。"

[32] 駛，讀音 sì，疾走貌。

[33] 罝罘：泛指捕獸網。葛洪《抱朴子·崇教》："或結置罘於林麓之中，合重圍於山澤之表。"

[34] 獹：古代良犬。焦贛《易林·小畜之無妄》："獹牝龍身，刃取三千，南止蒼梧，與福爲婚，道里夷易，安全無患。"

[35] 殹，讀音 yì，小矛。殪，讀音 yì，跌倒。

[36] 罘，讀音 fú，捕兔網，泛指狩獵用的網。

[37] 慶忌：神話中水怪名。《管子·水地》："慶忌者，其狀若人，其長四寸，衣黃衣，冠黃冠，戴黃蓋，乘小馬，好疾馳。"

[38] 樓季：戰國魏時善於騰跳的勇士。《韓非子·五蠹》："故十仞之城，樓季弗能逾者，峭也。"

[39] 蹴，讀音 cù，踢，踏。

[40] 撙銜：控制馬勒，使馬就範。撙，讀音 zǔn，控制，勒住。《戰國策·秦策一》：

"伏軾撙銜,橫歷天下。"

[41] 挍,讀音jiào,古同"校",考核。

[42] 長袂:長袖。《楚辭·大招》:"長袂拂面,善留客只。"王逸注:"袂,袖也。言美女工舞,揄其長袖。"

卷第四百五十二

碑卅二　百官廿二　將軍二

《征南將軍和安碑銘》一首并序　　北齊　魏收

題解：碑主和安，北齊將軍，屢建戰功。北齊和士開之父，《北史·恩幸·和士開傳》："字彥通，清都臨漳人也。其先西域商胡，本姓素和氏。父安，恭敏善事人。……士開貴，贈司空公、尚書左仆射、冀州刺史，諡文貞公。"此碑詳細記載其生平仕歷，作者追溯碑主世系，詳述其升遷經過。稱頌碑主面對朝代更迭不卑不亢，氣度開闊，不戀名利權位的品德，誇讚其作為將領運籌帷幄的機神，樹立其作為百官典範的形象。碑文敘述詳略得宜，節奏乾脆，行文典正，體現了作者魏收及北朝碑文的創作水平。此碑作於天統四年（568），碑主和安無本傳，其生平資料散見他人傳記中，見於《魏書》兩則，《北齊書》一則，《北史》兩則。這些資料僅記其為別將南府長史、中書舍人、儀州刺史之經歷，其家世淵源略見於其高祖和跋傳中，碑文所記其餘資料史傳無見，均可補。

　　聞夫扰玄穹之維[1]，綴黃陸之紐[2]，鳴天鼓而號衆[3]，舉地絡以籠物[4]。蕩滌權輿[5]，疆理草昧[6]。英賢居腹心之切[7]，雄毅當爪牙之重。近則桑梓魁傑[8]，瓜葛豪俊[9]。蕭曹樊夏，佩璽而效節[10]；吳鄧來祭，荷策以徇名[11]。遠有張陳酈灌，馬竇寇耿，雲歸風往，葉從枝附。經綸萬方，折衡九服。往者晋迨永嘉，中原瓦散，分崩七紀，膠加五胡[12]。

於是魏乘其弊，奄括區宇，洮汰神州。羅絡荒極[13]，中謀外禦。比肩受事[14]，燕、許、崔、張決其策，孫、干、奚、庚制其兵。於時，尚書令定陵公和公[15]，經武緯文，鸞鷟鶡跱，軒輊由其先後[16]，輕重隨其去就。沃心注意[17]，朝野宗之。方極公輔之尊，歸以將相之首，朝廷政事，咸所諮決。調高遂以驚衆，震主於是身危。既而綿地長封，良金旦鑄。表靈异於名山[18]，鬱光明於祠典[19]，即公之高祖父也。

公諱安，字某。派源共玄濤比深，層構與白山俱傑[20]，雄颺代方[21]，聲架河右。水運統紀，家實疏附[22]。帝邑慮徙，我不常居。今爲清都臨漳人也。曾祖父鎮都大將，祖燕州刺史，俱蘊深沉之氣，咸負磊落之節[23]。正途先踐，直響不回。位不充量[24]，志行迹屈。乘此心也，矯然千載[25]。考觚楞崇辣[26]，异趣流俗，遺時離衆，室邇人遐，顧有親同五賢[27]，位先九牧[28]，祗侍如神[29]。辟書先降[30]，終使重席佩几[31]，罕見伊人；懸榻奪版[32]，竟無此客。

公感降星精[33]，禎摽月晷[34]，家門神算之徵[35]，舅宅貴甥之相[36]，言笑之始，神情絶人[37]。翦剃之初，風望駭俗。粗教方日，略摘章句，萬言朝誦，五行併覽[38]。口折堅白[39]，似弗能談。心定朱紫[40]，莫知其察。履繩踐墨，率禮弘教，行殫孝敬，事窮仁厚。物仰庭訓[41]，時無間言[42]。持刻鼎之緒，居執珪之冑[43]。惟禄惟功，公卿有業；立言立德，師佐攸侯。猶夫靈崐種玉，永漢藏金。用超海内之寶，動擅天下之價。

魏孝明時起家奉朝請，荆揚逋醜[44]，内釁譙梁[45]。公爲別將平南府長史，受命即戎，忘身致斃。爪時散地，征旅潛亡[46]。公仁以爲任，信而開物[47]，逃竄歸命[48]，多全要領[49]。退除襄威將軍、員外散騎侍郎。魏北海王元顥烏集江陰[50]，進熟逋僞，假錯面之穢[51]，資文身之醜[52]，窮寇深入[53]，鑾輿外巡[54]。公陪從艱難，亟陳方略。天柱大將軍爾朱榮入衛行宫，咸見嘉賞。授明威將軍、給事中、領榮府法曹參軍。接武白雲之士[55]，驤首素朝之會[56]。鞭版之間[57]，抑揚風彩[58]。

及天網四張[59]，宸居載肅[60]，轉通直散騎侍郎、寧朔將軍、北道大行臺郎中，加寧遠之號。而二相驕矜，一德致爽[61]。甚芒刺之猜[62]，伏尚方之劍，技幹爲梗，禍猶崩圻[63]。仍摧疏屬[64]，入據寶圖[65]。授中書舍人，尋除通直散騎常侍、冠軍將軍兼給事黃門侍郎，仍領舍人。天人未允[66]，符璽改授[67]，復以常侍領舍人。於時回天轉日，不止三公。詔子工言[68]，翕肩側目[69]。公持之有度，一毛不動，履正居和，泯然無際[70]。轉司徒掾、常侍、將軍如故。

論從北巡之賞，時宰爾朱隆以公曾失其旨，侯遂不及，我不屑已，橫議更以爲高[71]。授太中大夫、平東將軍，轉河南太守。鼎遷舊鄴[72]，伊洛蕭條[73]，關寇東窺，荊蠻北視[74]。公招懷初附[75]，慰恤遺黎[76]，鎮以冤重，蒞以廉正。西遏南撫，威惠俱洽。風化所被，歌謠迄今。威宗景烈皇帝四端斯啓[77]，五彩行集[78]，歷試作範[79]，朝府崇開。以公鑒遠韻高，引爲司馬。俄以敷奏寄重[80]，復授中書舍人，兼嘗食典御、中軍將軍。魏孝靜言次訪公，斗柄所指[81]，對以"聞隨四時，所未曾識"。其篤慎也如此[82]，而嗟敬也逾深。

復除黃門鎮南將軍，舍人如故。出行梁州事，高明旁鑒[83]，哀矜下臨[84]，窮爲政之上策，盡牧人之大體[85]。當時秦中醜類，侵據潁川，三軍出討，千金日費。號令如霜，徵發猶雨。公心計屈指，顧盻已得[86]，人吏驚悚，咸曰神明。轉使持節都督義州諸軍事，本將軍義州刺史。凌輔榛曠[87]，崤潼阻澀，慕義攜負[88]，抑曰新秦。公綏以清静，化以簡易，高忱閉閣，無慾無爲。庭有入羅之雀，邑無妄吠之犬。圖畫相傳[89]，俎豆不絶[90]。

徵拜散騎常侍、征南將軍，掌知東宮事。地曰少陽[91]，重光監國[92]，崇賢冠帶[93]，博望巾裾[94]，莫非高名上才；霞舉仙步[95]，非直左右前後，咸求正人[96]。公時表國華[97]，舉朝瞻想，參政儲後[98]，風猷惟穆，宜其翼亮二宮，遂階三事[99]，邈五君而光輔[100]，冠一代之偉人。而陽鳥入巢[101]，陰堂夢講[102]。奄嗟代序之促[103]，遽深停市之慟[104]。以天保六年十月薨於位，春秋若干，追贈本將軍、幽州刺史。太常考終[105]，定諡曰質，禮也。

惟公天璞不雕[106]，全德斯在[107]，應物隨方[108]，攸往必適。至若先意承志[109]，終始加人，永懷風泉之感，長結茵鼎之慕[110]。逮於任事以官[111]，進德而祿，處順持方[112]，可久可大。發迹暮歸[113]，移朝變市。劬勞出内[114]，經關險夷[115]。履楊公之潔，方夜逾畏；執葛相之平，如稱弗動。任真居坦，得喪忘懷[116]。弗懼武兇，無驚雷電。濟陰魏諷[117]，交傾時右。鬲令袁毅[118]，貨滿朝賢。凡此族也，曾無蔕介[119]。使當辰執鈞[120]，心敬而小；朝倫國望[121]，希風竦目[122]。紡毛帶草之客，捧手如舊[123]；乘軒結駟之子，雅語猶新。忻敬可加[124]，貞固不奪。清裁方格[125]，人間推重。邁種積祉[126]，英异咸歸。妻踰九奇，子過百練。終以四昭八達[127]，言揚事舉[128]，敷贊邦典[129]，會通政術，丹青王化[130]，羽翼天朝，冠冕縉紳，彌

— 282 —

綸棟幹[131]。皇上深嘉股肱，且懷舊德，表閭軾墓[132]，義有存焉。復贈使持節都督冀、瀛、滄三州諸軍事、驃騎大將軍、冀州刺史、尚書左僕射、司空。公以天統四年月日改卜於此處。故吏某官姓名等，僉謂寫音調律，爰自於神工；感事形聲，當存於識契。道繫於人，人亡雖絕；名憑於迹，迹有可圖。伐石懸鏡之山[133]，傳響鳴鵠之地[134]。其詞曰：

　　恒山北臨，河流東折。夏海澎澤[135]，寒門巉絕[136]。地蘊精靈，人表英烈。高冑洪緒[137]，摽其竦傑[138]。輦車而往，兼資獨擅。智踰萬牒，勇超百戰。翼子氣矜[139]，貽孫風扇[140]。棐遠無屈，節高非賤。奕載炅聞，聿脩潛兆[141]。池龍行躋，鳳毛當矯。變化稱神，昇降爲寶。克仁克義，能大能久。言總百行，來謀十官。價重良玉，名馥幽蘭。在國多否[142]，爲臣獨難。方草能勁，比木凌寒。府誅朝易，後命遄至[143]。趨奏青蒲[144]，對揚丹地[145]。分符外踐，擁旄出蒞[146]。立事立功，殊途一致。君子兼濟，英猷允塞[147]。推道崇儒，存韓尚墨。曲藝罕顧，異端靡或。由我被人，自家形國。體正居雅[148]，成務龍樓[149]。下資教義，上屬謀猷。在川方楫，於生若浮。王門筮水[150]，張氏懷鉤。珠林重穎[151]，碧堂隆構[152]。凌雲回攫，冠山摽秀。國慕椒蘭，朝宗領袖。宸鑒攸揆[153]，禮斯崇舊。旌賢申命[154]，文物增輝。山原超忽[155]，冠蓋霑衣[156]。空聞不朽，孰與同歸。悠悠大化[157]，人間復非。

【注釋】

[1] 玄穹：天空；蒼天。

[2] 黃陸：黃土山；黃土崗子。

[3] 天鼓：天神所擊之鼓。傳說，雲天鼓震則有雷聲。《史記·天官書》：「天鼓，有音如雷非雷，音在地而下及地。」

[4] 地絡：猶地脈，土地的脈絡，亦指疆界。《後漢書·隗囂傳》：「分裂郡國，斷絕地絡。」李賢注：「絡猶經絡也。謂莽分坼郡縣，斷割疆界也。」

[5] 權輿：起始。《詩·秦風·權輿》：「今也每食無餘，於嗟乎！不承權輿。」朱熹《詩集傳》：「權輿，始也。」

[6] 草昧：天地初開時的混沌狀態；蒙昧。《易·屯》：「天造草昧。」王弼注：「造物之始，始於冥昧，故曰草昧也。」

[7] 忉，讀音 dāo，憂愁；憂傷。傅亮《九月九日登陵囂館賦》：「刻集悲而鍾苦，疾寸心其如忉。」

[8] 桑梓：《詩·小雅·小弁》：「維桑與梓，必恭敬止。」朱熹《詩集傳》：「桑、梓二木。古者五畝之宅，樹之墻下，以遺子孫給蠶食、具器用者也……桑梓父母所植。」東

漢以來一直以"桑梓"借指故鄉或鄉親父老。魁傑：指傑出的人，爲首的人。

[9] 瓜葛：瓜與葛，皆蔓生植物，比喻輾轉相連的親戚關係或社會關係。

[10] 效節：盡忠。

[11] 徇名：舍身以求名。徇，通"殉"。

[12] 膠加：乖戾；纏繞無緒。《楚辭·九辯》："何況一國之事兮，亦多端而膠加。"王逸注："賢愚反戾，人异形也。"五胡：晋武帝死後，晋室內亂，北方少數民族匈奴族的劉淵及沮渠氏赫連氏、羯族石氏、鮮卑族慕容氏及秃髮氏、乞伏氏，氐族苻氏、呂氏，羌族姚氏，相繼在中原稱帝，史稱"五胡"。

[13] 荒極：極遠之地。

[14] 比肩：一個連接一個，形容衆多。

[15] 定陵公：指和跋。

[16] 軒輊：車前高後低叫軒，前低後高叫輊。引申爲高低、輕重、優劣。

[17] 沃心：謂使內心受啓發，舊多指以治國之道開導帝王。語出《尚書·説命上》："啓乃心，沃朕心。"孔穎達疏："當開汝心所有，以灌沃我心，欲令以彼所見教己未知故也。"

[18] 靈异：神靈。

[19] 祠典：有關祭祀的典制。

[20] 層構：高聳而多重的建築物。枚乘《七發》："連廊四注，臺城層構。"此處喻指其德。

[21] 代方：或指北方。

[22] 疏附：使疏遠者親附。

[23] 磊落：亦作"磊犖"。形容胸懷坦蕩。

[24] 充量：猶言過量。謂超出必要的限度。

[25] 矯然：堅勁貌。桓寬《鹽鐵論·褒賢》："文學高行，矯然若不可卷。"

[26] 觚，讀音 gū，多角棱形的器物。《史記·酷吏列傳序》："漢興，破觚而爲圜，斷雕而爲樸。"司馬貞索隱引應劭曰："觚，八棱有隅者。"楞：棱角。崇竦：高聳。此處以觚棱角高聳比喻其父與世俗不同。

[27] 五賢：五位賢臣，指春秋晋文公之臣狐偃、趙衰、顛頡、魏武子、司空季子。

[28] 九牧：九州之長。《周禮·秋官·掌交》："九牧之維。"鄭玄注："九牧，九州之牧。"

[29] 祗：敬。

[30] 辟書：徵召的文書。

[31] 重席：層叠的坐席。古人席地而坐，以坐席層叠的多少表示身分的高低。《後漢書·儒林傳上·戴憑》載：戴憑解經不窮，"遂重坐五十餘席"。後用以借指學問淵博的儒者。

— 284 —

[32] 懸榻：《後漢書·徐穉傳》："（陳）蕃在郡不接賓客，唯（徐）穉來特設一榻，去則縣之。"後以"懸榻"喻禮待賢士。

[33] 星精：猶言星之靈氣。

[34] 禎：吉祥。摽，讀音 biào，落下。《詩·召南·摽有梅》："摽有梅，其實七兮。求我庶士，迨其吉兮。"毛傳："摽，落也。"月晷：月影，月亮。

[35] 神算：神妙的計謀。

[36] 舅宅貴甥：《晋書·魏舒傳》："舒沙孤，爲外家寧氏所養。寧氏起宅，相宅者雲：'當出貴生男。'外祖母以魏氏小而慧，意謂應之。舒曰：'當爲外氏成此宅相。'"

[37] 絶人：猶過人。《史記·魏豹彭越列傳論》："彼無异故，智略絶人，獨患無身耳。"

[38] 以上四句謂其學習速度超乎尋常。

[39] 堅白：戰國時名家學説的一個命題。此句謂其能言善辯。

[40] 朱紫：《論語·陽貨》："惡紫之奪朱也。"何晏集解引孔安國曰："朱，正色；紫，閒色之好者。惡其邪好而奪正色。"後因以"朱紫"喻正與邪、是與非、善與惡。

[41] 庭訓：《論語·季氏》記孔子在庭，其子伯魚趨而過之，孔子教以學《詩》《禮》。後因稱父教爲庭訓。

[42] 間言：非議；异議。王儉《褚淵碑文》："孝敬淳深，率由斯至，盡歡朝夕，人無閒言。"

[43] 刻鼎、執珪：皆爲封侯拜相之禮，此處謂其位極人臣。

[44] 逋醜：逃寇。

[45] 奰：迫。壓迫；被迫。徐陵《代陳司空答書》："賊臣侯景，内奰中國，掘剪公室，鞭撻寓縣。"

[46] 征旅：出征的軍隊。

[47] 開物：通曉萬物的道理。

[48] 歸命：歸順；投誠。賈誼《上疏陳政事》："諸侯之君不敢有异心，輻湊并進而歸命天子。"

[49] 要領：腰和脖子，引申爲生命。《禮記·檀弓下》："是全要領以從先大夫於九京也。"鄭玄注："全要領者，免於刑誅也。"孔穎達疏："領，頸也。古者罪重要斬，罪輕頸刑。"

[50] 鳥集：群鳥飛集。亦形容像鳥那樣成群聚集到一起。

[51] 錯面：未知何解。

[52] 文身：在身體上刺畫有色的花紋或圖案。多爲蠻夷部落的行爲，是稱。

[53] 窮寇：陷於困境的敵人。

[54] 鑾輿：鑾駕，天子車駕。班固《西都賦》："於是乘鑾輿，備法駕。"此借指天子。

[55] 接武：步履相接，形容人多擁擠。葛洪《抱朴子·崇教》："是以遐覽淵博者，曠代而時有；面墻之徒，比肩而接武也。"白雲：喻歸隱。左思《招隱詩》之一："白雲停陰岡，丹葩曜陽林。"

[56] 驟首：抬頭。素朝：早晨天亮的時光。

[57] 版：朝笏，即手板。

[58] 抑揚：稱揚。

[59] 天綱：比喻朝廷的統治。

[60] 宸居：指帝位。

[61] 一德：同心同德。桓寬《鹽鐵論·世務》："方此之時，天下和同，君臣一德，外内相信，上下輯睦，兵設而不試，干戈閉藏而不用。"

[62] 芒刺：比喻隱患。《周書·閔帝紀論》："政由寧氏，主懷芒刺之疑。"

[63] 崩坼：倒塌斷裂。

[64] 疏屬：遠宗；旁系親屬。

[65] 寶圖：皇位；帝業。《周書·武帝紀上》："朕祇承寶圖，宜遵故實。"

[66] 天人：天和人。允：符合。

[67] 符璽：印信，這裡指玉璽。

[68] 諂子：逢迎拍馬的人。

[69] 翕，讀音xī，聳肩，畏懼竦敬貌。側目：不敢正視，形容畏懼。

[70] 泯然：遼闊貌，亦形容胸襟開闊。無際：猶無邊；無涯。

[71] 橫議：恣意議論。《孟子·滕文公下》："聖王不作，諸侯放恣，處士橫議。"

[72] 鼎遷：遷鼎，猶遷都。鄴：古都邑名，舊址在今河北省臨漳縣西南。

[73] 伊洛：亦作"伊雒"，伊水與洛水。因兩水匯流，多連稱，亦指伊洛流域。

[74] 荊蠻：古代中原人對楚越或南人的稱呼。

[75] 招懷：招撫，懷柔。

[76] 遺黎：亡國之民。《晉書·地理志下》："自中原亂離，遺黎南渡，并僑置牧司，在廣陵丹徒南城，非舊土也。"

[77] 四端：指仁、義、禮、智四種道德觀念的開端、萌芽。

[78] 五彩：指青、黃、赤、白、黑五種顏色。

[79] 歷試：屢試，多次考驗或考察。《孔叢子·論書》："堯既得舜，歷試諸難。"數奏：陳奏，向君上報告。

[80] 寄重：猶借重。

[81] 斗柄：北斗柄，指北斗的第五至第七星，即衡、開泰、搖光。北斗，第一至第四星象鬥，第五至第七星象柄，喻權柄、大權。

[82] 篤慎：厚重謹慎。

[83] 高明：崇高明睿，聰明智慧。《禮記·中庸》："悠遠則博厚，博厚則高明。"

卷第四百五十二

[84] 哀矜：哀憐；憐憫。

[85] 牧人：謂治民。潘岳《馬汧督誄》："牧人逶迤，自公退食。閒稼鷹揚，曾不戢翼。"李善注："《國語》里革曰：且夫君也者，將牧人而正其邪。"

[86] 顧盼：瞧得起；禮遇。

[87] 榛曠：猶荒凉。左思《魏都賦》："伊洛榛曠，崤函荒蕪。"呂延濟注："榛曠、荒蕪……皆謂居人少也。"此兩句即與此例同。

[88] 攜負：牽挽背負。《隸釋・漢三山公碑》："逞迴攜負，來若雲分。"謂來歸附。

[89] 圖畫：用綫條、色彩構成的形象或肖像。《漢書・趙充國傳》："乃召黃門郎揚雄即充國圖畫而頌之。"此處謂百姓圖畫和安以頌傳其德。

[90] 俎豆：俎和豆。古代祭祀、宴饗時盛食物用的兩種禮器。亦泛指各種禮器。謂祭祀，奉祀。

[91] 少陽：東方。《史記・司馬相如列傳》："邪絕少陽而登太陰兮，與真人乎相求。"裴駰集解引《漢書音義》："少陽，東極。"這裡指東宮，太子所居。

[92] 重光：比喻累世盛德，輝光相承。《尚書・顧命》："昔君文王、武王，宣重光。"孔安國傳："言昔先君文武，布其重光累聖之德。"

[93] 冠帶：本指服制，引申爲禮儀、教化。

[94] 博望：古山名，即今安徽當塗西南東梁山，與和縣南西梁山隔江相對如門，故又稱天門山。歷來爲攻守要地。

[95] 霞舉：風度軒昂貌。支遁《釋迦文佛像贊》："人欽其哲，孰識其冥，望之霞舉，即亦雲津。"仙步：仙人輕盈的步履，借稱貴人的步子。

[96] 正人：正直的人；正派的人。《尚書・冏命》："小大之臣，咸懷忠良，其侍御僕從罔匪正人。"孔穎達疏："其左右侍御僕從無非中正之人。"

[97] 國華：國家的光榮。《國語・魯語上》："且吾聞以德榮爲國華，不聞以妄與馬。"韋昭注："以德榮顯者，可以爲國光華也。"

[98] 儲後：儲君，太子。《宋書・禮志一》："今儲後崇聘，禮先訓遠，皮玉之美，宜盡暉備。"

[99] 三事：三件事。所指隨文而異。此當指正德、利用、厚生。《尚書・大禹謨》："六府三事允治。"孔穎達疏："正身之德，利民之用，厚民之生，此三事惟當諧和之。"

[100] 五君：指魏晉時名士阮籍、嵇康、劉伶、阮咸、向秀。顏延之因貶官永嘉太守，怨憤而作《五君咏》以自況，即此五人。"七賢"中唯山濤、王戎二人顯達，故延之棄而咏五君。光輔：多方面輔佐。《左傳・昭公二十年》："神人無怨，宜夫子之光輔五君，以爲諸侯主也。"

[101] 陽鳥：鴻雁之類候鳥。《尚書・禹貢》："彭蠡既猪，陽鳥攸居。"孔安國傳："隨陽之鳥，鴻鴈之屬。"孔穎達疏："此鳥南北與日進退，隨陽之鳥，故稱陽鳥。"

[102] 陰堂：幽暗之室。《後漢書・周磐傳》："吾日夢見先師東里先生，與我講於陰

堂之奧。"李賢注:"東南隅,謂之奧。陰堂,幽暗之室。"

[103] 代序:時序更替。《楚辭·離騷》:"日月忽其不淹兮,春與秋其代序。"王逸注:"代,更也;序,次也。言日月晝夜常行,忽然不久;春往秋來,以次相代。"

[104] 停市:停止交易。

[105] 考終:"考終命"之省稱,享盡天年。潘岳《楊荊州誄》:"誄德策勳,考終定諡。"

[106] 天璞:未經雕琢的璞玉,比喻人的本性。

[107] 全德:道德上完美無缺。

[108] 應物隨方:出於《莊子·知北游》:"邀於此者,四枝彊,思慮恂達,耳目聰明,其用心不勞,其應物無方。"鍾泰發微:"'應物無方',言不執滯也。"

[109] 先意承志:本謂孝子先父母之意而承順其志,後泛指揣摩人意,諂媚逢迎。《禮記·祭義》:"君子之所爲孝者,先意承志,諭父母於道。"

[110] 茵鼎:茵和鼎是寢食之具。亦借指起居飲食。

[111] 任事:委以職事。《禮記·王制》:"凡官民材,必先論之。論辨,然後使之。任事,然後爵之。位定,然後禄之。"孔穎達疏:"言雖考問,知其實有德行道藝,未明其幹能,故試任以事。"

[112] 處順:順應變化;順從自然。

[113] 發迹:指由卑微而得志顯達,或由貧困而富足。

[114] 劬勞:勞累;勞苦。

[115] 險夷:崎嶇與平坦。

[116] 得喪:猶得失。指名利的得到與失去。

[117] 濟陰:菏澤古稱,因在濟水之南而得名。魏諷:字子京,濟陰人,有口才,整個鄴城爲之傾動。

[118] 鬲令袁毅:《晋書·山濤傳》:"陳郡袁毅嘗爲鬲令,貪濁而賂遺公卿,以求虛譽。"

[119] 蒂介:蒂芥,同"芥蒂"。比喻因細故而耿耿於懷。

[120] 當宸:亦作"當依"。宸,讀音yǐ,古代廟堂户牖之間繡有斧形的屏風。《禮記·曲禮下》:"天子當依而立,諸侯北面而見天子,曰覲。"孔穎達疏:"天子當依而立者,依,狀如屏風,以絳爲質,高八尺,東西當户牖之間,綉爲斧文也。亦曰斧依……設依於廟堂户牖之間,天子見諸侯則依而立,負之而南面以對諸侯也。"陸德明《經典釋文》:"依,本又作宸,同,於豈反。"後以"當宸"指天子臨朝聽政。執鈞:猶掌權,亦指掌權的人。

[121] 朝倫:猶朝班,泛指朝廷官員。《晋書·庾純傳》:"純以凡才……悖言自口,宜加顯黜,以肅朝倫。"國望:國家的威望。

[122] 希風:仰慕風操。

[123] 捧手：拱手。表示敬意。

[124] 忻，讀音 xīn，心喜。

[125] 清裁：清明的裁斷。《後漢書·黨錮傳·范滂》："范滂清裁，猶以利刃齒腐朽。今日寧受笞死，而滂不可違。"

[126] 邁種：勉力樹德。語出《尚書·大禹謨》："皋陶邁種德。"積祉：猶積福。

[127] 四聰八達：《三國志·魏志·諸葛誕傳》"明帝惡之，免誕官"條，裴松之注引《世說新語》："是時，當時俊士散騎尚侍夏侯玄、尚書諸葛誕、鄧颺之徒，共相題表，以玄、疇四人爲四聰，誕、備八人爲八達。"

[128] 言揚事舉：猶言揚行舉，謂因擅長言語應對或有高尚道德而受到薦舉。語本《禮記·文王世子》："凡語於郊者，必取賢斂才焉：或以德進，或以事舉，或以言揚。"孔穎達疏："揚亦舉之類，互言之。雖無德無事，而能言語應對堪爲使命，亦020用之。"

[129] 敷贊：也作敷讚，陳奏。邦典：本指治理邦國的六典，後泛指國家法典。《周禮·秋官·大司寇》："凡諸侯之獄訟，以邦典定之。"

[130] 丹青：指史籍。古代丹册紀勳，青史紀事。

[131] 彌綸：統攝；籠蓋。《易·繫辭上》："《易》與天地準，故能彌綸天地之道。"引申爲經緯，治理。棟幹：棟梁幹材，比喻擔當國家重任的人。《漢書·佞幸傳贊》："哀、平之際，國多釁矣。主疾無嗣，弄臣爲輔，鼎足不彊，棟幹微撓。"

[132] 表閭：謂旌表閭里，以顯彰功德。語出《史記·殷本紀》："封比干之墓，表商容之閭。"

[133] 懸鏡：比喻肝膽相照，坦誠相見。

[134] 鳴鵠：天鵝。

[135] 夏海：大海。

[136] 巉絕：險峻陡峭。巉，讀音 chán。

[137] 洪緒：世代相傳的大業。多指帝業。

[138] 竦傑：高聳特出。

[139] 翼子：翼助子孫。《詩·大雅·文王有聲》："貽厥孫謀，以燕翼子。"

[140] 風扇：謂風操播揚。

[141] 聿脩：《詩·大雅·文王》："無念爾祖，聿脩厥德，永言配命，自求多福。"毛傳："聿，述。"聿本助詞，後多訓爲"述"，因以"聿脩"謂繼承發揚先人的德業。

[142] 否：困厄；不順。

[143] 後命：指續發的命令。

[144] 青蒲：指天子內庭。《漢書·史丹傳》："丹以親密臣得侍視疾，候上間獨寢時，丹直入卧內，頓首伏青蒲上。"顏師古注引應劭曰："以青規地曰青蒲，自非皇后不得至此。"

[145] 丹地：古代帝王宮殿中塗飾着紅色的地面，因用以指朝廷。

[146] 擁旄：持旄。丘遲《與陳伯之書》："朱輪華轂，擁旄萬里，何其壯也。"

[147] 英猷：良謀。允塞：充滿；充實。《尚書·禹貢》："凌哲文明，溫恭允塞。"

[148] 體正：禮儀規矩。體，通"禮"。《世說新語·德行》"郗公值永嘉喪亂"劉孝標注引《郗鑒別傳》："少有體正，耽思經籍，以儒雅著名。"

[149] 龍樓：漢代太子宮門名，借指太子所居之宮。

[150] 王門：王庭，帝闕。筮水：用典，"筮水呈祥"《春氏傳政》卷十一《閔公傳元年》："初，畢萬筮仕於晋。遇屯□□之比。□□辛廖占之。曰。吉。屯固比入。吉孰大晋。其必蕃昌，比喻吉祥。"

[151] 珠林：林木的美稱。

[152] 碧堂：金碧輝煌的堂屋。

[153] 宸鑒：謂皇帝審閱，鑒察。《梁書·元帝紀》："百司嶽牧，祈仰宸鑒。"揆：度量；揣度。

[154] 旌賢：表彰賢人。申命：重申教命；再命。

[155] 超忽：遙遠貌。王中《頭陀寺碑文》："東望平皋，千里超忽。"呂向注："超忽，遠貌。"

[156] 冠蓋：泛指官員的冠服和車乘。冠，禮帽；蓋，車蓋。此指送行隊伍之盛。

[157] 悠悠：遼闊無際；遙遠。陶潛《飲酒》詩之十九："世路廓悠悠，楊朱所以止。"大化：宇宙，大自然。曹植《九愁賦》："嗟大化之移易，悲性命之攸遭。"

《後周大將軍楊紹碑銘》一首并序　　隋　薛道衡

題解：碑主楊紹，後周時人，薨於周建德元年（572），享年75歲。碑文記載碑主的仕歷升遷及政績，著重描述其戰功。碑文作者是隋人，此文是碑主第二子楊雄得勢後倩人追作。碑主生平史傳有載，碑文所記資料可與史傳互相補充，則其生平更爲完整。

若夫天地之大德，聖人之大寶，其惟生位乎[1]？生有終而位置有極，道恒存而名不朽。故雲臺驎閣[2]，所以圖其形，工哥史頌[3]，所以播其聲。公諱紹，字某，弘農華陰人也。靈源發於姬水，丕緒分於晋國[4]。西京丞相，乘朱輪者十人[5]；東漢公輔，服袞衣者四葉[6]。本枝日盛，景福潛流[7]。逮我皇隋，鬱爲天族。祖國，鎮西將軍，父定，新興太守。或擁旄杖節[8]，式遏寇戎[9]；或剖竹要銀[10]，撫導甿俗。文猷武略，煥乎縑簡[11]。而洪河帶地[12]，砥柱發其英靈[13]；太華干天[14]，高掌騰其秀氣[15]。誕兹魁士[16]，是

— 290 —

稱間出。月角山庭[17]，幼彰奇表[18]。遠情正骨[19]，本异常人。連城三五[20]，未足比其內潤；照車十二[21]，不能方其外朗。鳥策魚圖[22]，莫不覽閱；珠韜金匱[23]，偏所留心。既有拔俗逸群之姿，常懷激水搏風之志[24]。

天柱太原王肇開霸道[25]，廣招俊傑，深挹高名[26]，引居麾下。于時魏綱落紐[27]，群凶競逐。葛榮虵食鯨吞[28]，拔燕滅趙，類蚩尤之徵風召雨，若共工之絕地傾天。太原王親勒熊貔[29]，直指漳滏[30]。公提戈橫厲[31]，躍馬先登，凶衆瓦解，預有其力，授監軍都督。既而秦隴妖寇，鴟張蝟起[32]，始則孤鳴惑人，終乃獸飛噬物。賀拔岳一時雄武，出制天泉；公別統支軍，任當群帥，算無遺策，戰必先鳴。既展破竹之功，允膺折珪之典[33]。封饒陽縣開國伯，邑三百戶。尋授征西將軍、金紫光祿大夫，轉衛將軍、右光祿大夫。

侯莫陳悅[34]，內懷姦伏[35]，潛運凶謀，變起轅門[36]，害加上將。周太祖昔經委質[37]，情深發憤，越自藩部，星馳赴難。建旗誓衆，志殄仇讎[38]。公亦叶贊英圖[39]，同兹義舉。凶魁剿戮[40]，誠效兼宣[41]。授大都督皷節，尋封荊州冠軍縣開國公，邑五百戶，加通直散騎常侍，進車騎將軍、左光祿大夫。齊神武遷鼎河朔[42]，包括山東，傾韓魏齊楚之兵，引漁陽上谷之騎[43]，千里不絕，百萬爲群。濟自臨晉，長驅馮翊[44]。周文潛師沙苑[45]，以寡對衆，公猛氣從橫[46]，奇謀間發。或縈左拂右[47]，或撫背衝心[48]。鄰敵大崩，隻輪莫反[49]。策功飲至[50]，誠力居多，授儀同三司。蕭繹據有渚宮[51]，纘梁僞位，躭左江右湖之樂，悅朝雲暮雨之神，貢職不脩[52]，政刑日紊。燕文公受柯執律[53]，弔人伐罪[54]。公分勒戎麾，共爲掎角[55]，螫狐競上[56]，梁櫨爭前[57]。楚君所以銜璧[58]，郢都於是底定[59]。拜開府儀同三司，封儻城郡公，邑三千戶。

天和元年進位大將軍，歷任燕、敷、幽三州刺史。憑風雲而舉八翅，垂雨露而撫千圻[60]。服冕彰其寵榮，洗憤表其清慎[61]。而麥丘咒齊侯之壽[62]，終自妄言；句芒錫秦伯之年[63]，徒虛語耳。春秋七十有五，以周建德元年薨於幽州，贈成、文、扶、鄧、洮五州諸軍事，成州刺史。越某年月厝於某所。易名考行[64]，謚曰信公，禮也。

惟公志度寥廓[65]，風儀儶之偉□[66]；運屬連橫，辰生逢用武之日。控權奇之馬[67]，精貫鉤鈐[68]；帶豪曹之劍[69]，氣侵牛斗[70]，析衝禦侮[71]，除暴靜亂。奇正比於孫、吳[72]，功業同於衛、霍[73]。輕財貴義，好賢下士。指困內之米[74]，曾不介懷；散廩下之金[75]，聊無悋意[76]。呼船不棄，彈鋏更重[77]。故能氣蓋三輔，聲振一時。鐘慶有徵，克光後業。第二子司空公廣平王雄，藩屏皇家，鹽梅鼎餗[78]，仰惟過庭之訓，永結陟岵之哀[79]。故府佐姓名等，以爲陳太丘一介邑宰，尚有改名之碣；郭有道儒生者耳，猶興無愧之詞。況乎盛業鴻勳，瓌才偉器，而可翠石徒寝，丹筆空栖。乃勒此豐碑，樹之來裔。垂芳猷與懿範，共穹壤而俱弊。其詞曰：

嶽靈集祉，合宿垂光。高門右地[80]，蟬聯克昌。錙衣朱紱[81]，玉鉉金章[82]。曰祖曰禰[83]，令問令望[84]。爰降菁華，挺茲瑰傑。志識開爽，心神昭徹[85]。幼摽壯氣，早著奇節。好覽兵韜，能明軍決。河朔挺禍，凶寇橫行。宸居旰食，霸后專征[86]。奮茲虓勇[87]，摧彼妖鯨。武安瓦落，神巖石鳴。二雄交爭，三方未一。陣雲不解[88]，兵星屢出。策預廟謨[89]，功宣戎律。圖庸命賞，加榮進秩。雕戈榮戟[90]，獸［虎］節龍旂[91]。六轡耳耳，四驖駓駓。出喧朱鷺[92]，入敝黃扉[93]。班條按部，布德申威。人類鴻鵞[94]，壽非龜鶴。孔壺漏盡金[95]，高標景落。葆吹龍吟[96]，蕭愾傍魚躍[97]。鑄金模範，爲山葬霍。前基已峻，後胤彌隆。作藩論道[98]，既王且公。踐霜濡露，追遠慎終。敬刊琬琰[99]，播美無窮。

【注釋】

[1] 生位：即生與位，生即生命，位即職位、地位。

[2] 雲臺：漢宮中高臺名。漢明帝時因追念前世功臣，圖畫鄧禹等二十八將於南宮雲臺，後用以泛指紀念功臣名將之所。驎閣：麒麟閣，亦省稱"麒閣""麒麟"，漢代閣名，在未央宮中。漢宣帝時曾圖霍光等十一功臣像於閣上，以表揚其功績。封建時代多以畫像於"麒麟閣"表示卓越功勳和最高的榮譽。

[3] 哥："歌"的古字。

[4] 丕緒：指國家大業。《陳書·世祖紀》："朕以寡昧，嗣膺丕緒，永言勳烈，思弘典訓。"

[5] 朱輪：古代王侯顯貴所乘的車子。因用朱紅漆輪，故稱。楊惲《報孫會宗書》："惲家方隆盛時，乘朱輪者十人。位在列卿，爵爲通侯。"李善注："二千石皆得乘朱輪。"

[6] 袞衣：古代帝王及上公穿的繪有卷龍的禮服。《逸周書·世俘》："壬子，王服袞衣，矢琰格廟。"《詩·豳風·九罭》："我覯之子，袞衣繡裳。"毛傳："袞衣，卷龍也。"

[7] 景福：洪福；大福。

[8] 擁旄：持旄，借指統率軍隊。丘遲《與陳伯之書》："朱輪華轂，擁旄萬里，何其壯也。"李善注："班固《涿邪山祝文》：'杖節擁旄，征人伐鼓。'"旄，讀音 máo。杖節：執持旄節，古代帝王授予將帥兵權或遣使四方，給旄節爲憑信。《漢書·叙傳下》："博望杖節，收功大夏。"

— 292 —

[9]式遏：遏制；制止。《詩·大雅·民勞》："式遏寇虐，無俾民憂。"鄭玄箋："式，用；遏，止也。"

[10]剖竹：古代授官封爵，以竹符爲信。剖分爲二，一給本人，一留朝廷，相當於後來的委任狀。南朝宋謝靈運《過始寧墅》詩："剖竹守滄海，枉帆過舊山。"要銀：未詳。

[11]縑簡：古代用來書寫的絹帛和竹簡，亦作書冊的代稱。縑，讀音 jiān，双丝的细絹。

[12]帶：謂披戴。

[13]砥柱：山名，又稱底柱山、三門山，在今河南省三門峽市，當黃河中流。以山在激流中矗立如柱，故名。

[14]太華：山名，即西嶽華山，在陝西省華陰縣南，因其西有少華山，故稱太華。

[15]高掌：指華山東峰仙人掌。

[16]魁士：大學者。《呂氏春秋·勸學》："聖人生於疾學，不疾學，而能爲魁士名人者，未之嘗有也。"高誘注："魁大之士，名德之人。"

[17]月角：相術家語，稱人的右額，在天庭的右邊。山庭：鼻子。任昉《王文憲集序》："況乃淵角殊祥，山庭異表。"李善注："《摘輔像》曰：'子貢山庭門繞口。'謂面有三庭，言山在中，鼻高有異相也。"王褒《太保吳武公尉遲綱碑銘》："珠角膺期，山庭表德；出忠入孝，自家刑國。"

[18]奇表：非凡的儀表。

[19]遠情：猶深情。謝朓《奉和隨王殿下》之二："星回夜未艾，洞房凝遠情。"正骨：喻正直剛毅的氣質。劉義慶《世說新語·賞譽》："王右軍目陳玄伯，壘塊有正骨。"

[20]連城：戰國時，趙惠文王得和氏璧，秦昭王寄書趙王，願以十五城易璧。事見《史記·廉頗藺相如列傳》。後以"連城"指和氏璧或珍貴之物。

[21]照車：照耀車輛。《史記·田敬仲完世家》："若寡人國小也，尚有徑寸之珠照車前後各十二乘者十枚。"後以代稱照乘珠，即光亮能照明車輛的寶珠。

[22]鳥策：用鳥篆書寫的簡策。

[23]韜：弓袋。金匱：銅制的櫃。古時用以收藏文獻或文物。賈誼《新書·胎教》："胎教之道，書之玉版，藏之金櫃，置之宗廟，以爲後世戒。"匱，讀音 guì。

[24]激水：湍急的水流。搏風：《莊子·逍遙游》："搏扶搖而上者九萬里。"扶搖，旋風。後因稱乘風捷上爲"搏風"。

[25]霸道：指君主憑藉武力、刑法、權勢等進行統治，與"王道"相對。曹植《七啓》："此霸道之至隆，而雍熙之盛際。"

[26]深揖：作揖時動作幅度大，表示恭敬。

[27]綱：綱維；法度。紐：器物上用以提攜懸系的襻紐。《周禮·夏官·弁師》："弁師掌王之五冕，皆玄冕朱里延紐。"鄭玄注："紐，小鼻在武上笄所貫也。冕鼻謂之紐，

猶印鼻謂之鈕也。"落紐在此比喻崩潰顛覆。

[28] 虵：蛇。鯨吞：像鯨魚一樣地吞食。此處用來形容葛榮的貪殘。

[29] 熊貌：疑爲熊豹，熊和豹，比喻勇猛。

[30] 漳滏：漳水、滏水的并稱。曹植《節游賦》："仰西嶽之崧岑，臨漳滏之清渠。"

[31] 橫屬：亦作"橫滿"，橫越；橫渡。《史記·司馬相如列傳》："互折窈窕以右轉兮，橫屬飛泉以正東。"張守節正義："屬，渡也。張曰：'飛泉，穀也，在崑崙山西南。'"

[32] 鴟張：像鴟鳥張翼一樣，比喻囂張、凶暴。《三國志·吳志·孫堅傳》："卓不怖罪而鴟張大語，宜以召不時至，陳軍法斬之。"鴟，讀音 chī。蝟起：喻紛然而起。賈誼《新書·益壤》："高皇帝瓜分天下，以王功臣，反者如蝟毛而起。"

[33] 允膺：猶承當。沈約《齊故安陸昭王碑文》："公以宗室羽儀，允膺嘉選。"珪：古代封爵授土時，賜珪以爲信，後因以代指官位。

[34] 侯：疑問代詞，相當於"何"，爲什麽。《呂氏春秋·觀表》："郼者右宰穀臣之觴吾子也甚歡，今侯漢過而弗辭？"高誘注："侯，何也。"

[35] 姦伏：隱伏未露的壞人壞事。

[36] 轅門：古代帝王巡狩、田獵的止宿處，以車爲藩；出入之處，仰起兩車，車轅相向以表示門，稱轅門。又領兵將帥的營門。《六韜·分合》："大將設營而陳，立表轅門。"

[37] 委質：向君主獻禮，表示獻身。《國語·晉語九》："臣委質於狄之鼓，未委質於晉之鼓也。臣聞之：委質爲臣，無有二心，委質而策死，古之法也。"韋昭注："言委贄於君，書名於冊，示必死也。"一説下拜，表示恭敬承奉之意。

[38] 殄：滅絕；絕盡。仇讎：仇人；冤家對頭。《左傳·哀公元年》："〔越〕與我同壤而世爲仇讎。"

[39] 叶贊：協同翊贊。《晉書·元帝紀》："然晉室遭紛，皇輿播越，天命未改，人謀叶贊。"英圖：猶雄圖，指宏偉的規劃或謀略。

[40] 凶魁：元凶。

[41] 宣：廣；大。

[42] 遷鼎：猶遷都。

[43] 漁陽：地名，戰國燕置漁陽郡，秦漢治所在漁陽（今北京市密雲區西南）。

[44] 馮翊：郡名。

[45] 潛師：秘密出兵。

[46] 猛氣：勇猛的氣勢或氣概。曹植《七啓》："哮闞之獸，張牙奮鬣。志在觸突，猛氣不慴。"

[47] 縈：回旋纏繞。《詩·周南·樛木》："南有樛木，葛藟縈之。"毛傳："縈，旋也。"拂：隨擊隨過；掠擊。《説文·手部》："拂，過擊也。"徐鍇繫傳："過而擊之也。"

[48] 撫背：比喻控制背面的要害。徐陵《爲貞陽侯重與王太尉書》："西南當扼喉之勢，東北承撫背之機。"

[49] 隻：一個。

[50] 策功：猶策勳。飲至：上古諸侯朝會盟伐完畢，祭告宗廟并飲酒慶祝的典禮。後代指出征奏凱，至宗廟祭祀宴飲慶功之禮。《左傳·桓公二年》："凡公行，告于宗廟。反行，飲至，舍爵，策勳焉，禮也。"

[51] 渚宮：春秋楚國的宮名，故址在今湖北省江陵縣，代指江陵。

[52] 貢職：貢賦；貢品。《穀梁傳·莊公三十年》："貢職不至，山戎爲之伐矣。"

[53] 柯：古爲長三尺之稱。引申爲法則。《周禮·考工記·車人》："車人爲車，柯長三尺，博三寸，厚一寸有半……轂長半柯，其圍一柯有半，輻長一柯有半。"鄭玄注引鄭司農曰："柯長三尺，謂斧柄，因以爲度。"賈公彥疏："凡造作皆用斧，因以量物。"

[54] 弔：祭奠死者或對遭喪事及不幸者給予慰問。《儀禮·士喪禮》："君使人弔，徹帷，主人迎于寢門外。"伐罪：討伐有罪者。此句是以燕文公事喻周文帝執掌權柄。

[55] 掎角：分兵牽制或夾擊敵人。語本《左傳·襄公十四年》："譬如捕鹿，晉人角之，諸戎掎之，與晉踣之。"孔穎達疏："角之謂執其角也；掎之言戾其足也。"

[56] 蝥弧：蝥弧，春秋諸侯鄭伯旗名，後借指軍旗。《左傳·隱公十一年》："潁考叔取鄭伯之旗蝥弧以先登，子都自下射之，顛。"孔穎達疏："《周禮》諸侯建旂，孤卿建旜。而《左傳》鄭有蝥弧，齊有靈姑銔，皆諸侯之旗也……其名當時爲之，其義不可知也。"

[57] 檑：小船。梁檑：以船爲橋樑渡河。

[58] 銜璧，語出《左傳·僖公六年》："許男面縛銜璧，大夫衰絰，士輿櫬。"杜預注："縛手於後，唯見其面，以璧爲贄，手縛故銜之。"後因稱國君投降爲"銜璧"。

[59] 底定：達到平定。引申指平定；安定。

[60] 圻，讀音qí，方圓千里之地。《左傳·昭公六年》："今土數圻，而郢是城，不亦難乎！"杜預注："方千里爲圻。"此處極言其撫治地域之廣闊。

[61] 洗憤：去除憤恨。憤，鬱積已久的悲憤或憤恨。

[62] 麥丘：戰國時齊邑。《史記·趙世家》："〔趙惠文王十九年〕趙奢將，攻齊麥丘，取之。"

[63] 句芒：古代傳說中的主木之官；又爲木神名，傳說句芒執掌壽命。《禮記·月令》："〔孟春之月〕其帝大皞，其神句芒。"鄭玄注："句芒，少皞氏之子曰重，爲木官。"

[64] 易名：指古時帝王、公卿、大夫死後朝廷爲之立諡號。《禮記·檀弓下》："公叔文子卒，其子戍請諡於君，曰：'日月有時，將葬矣，請所以易其名者。'"

[65] 志度：氣度。

[66] 風儀：風度，儀容。

[67] 權奇：奇譎非凡。多形容良馬善行。

[68] 鉤：金飾的馬領鉤絡帶。《周禮·春官·巾車》："金路，鉤，樊纓九就，建大旂。"孫詒讓正義："凡馬領間亦皆有革絡，更以金飾之，則謂之鉤也。"一説，金飾的馬胸帶。

[69] 豪曹：古劍名。袁康《越絶書·外傳記寶劍》："王使取毫曹，薛燭對曰：'豪曹，非寶劍也。'"借指利劍。

[70] 牛門：指牛宿和門宿。傳説吴滅晋興之際，牛門間常有紫氣。雷焕告訴尚書張華，説是寶劍之氣上冲於天，在豫章豐城。張華派雷爲豐城令，得兩劍，一名龍泉，一名太阿，兩人各持其一。張華被誅後，失所持劍。後雷焕子持劍過延平津，劍入水，但見兩龍各長數丈，光采照人。見《晋書·張華傳》。後常用以爲典。

[71] 析衝：疑爲折衝，使敵人的戰車後撤，即制敵取勝。衝，冲車。戰車的一種。御侮：謂抵御外侮。

[72] 奇正：古時兵法術語。古代作戰以對陣交鋒爲正，設伏掩襲等爲奇。孫、吴：孫武、吴起。

[73] 衛、霍：衛青、霍去病，并爲名將。

[74] 囷，讀音 qūn，圓形穀倉。《周禮·考工記·匠人》："囷窌倉城。"鄭玄注："囷，圜倉。"賈公彦疏："方曰倉，圜曰囷。"

[75] 廡，讀音 wǔ，堂下周圍的走廊、廊屋，泛指房屋。

[76] 恡，讀音 lìn，同"吝"。

[77] 彈鋏：彈擊劍把。鋏，劍把。典出《戰國策》馮諼客孟嘗君。後因以"彈鋏"謂處境窘困而又欲有所干求。

[78] 鹽梅：鹽和梅子。鹽味鹹，梅味酸，均爲調味所需。亦喻指國家所需的賢才。《尚書·説命下》："若作和羹，爾惟鹽梅。"孔安國傳："鹽鹹梅醋，羹須鹹醋以和之。"鼎餗：指鼎中食品，後常借指政事。餗，讀音 sù。

[79] 陟岵：《詩·魏風·陟岵》："陟彼岵兮，瞻望父兮。"後因以"陟岵"爲思念父親之典。

[80] 右地：西部地區，對"左地"而言。《漢書·陳湯傳》："後呼韓邪單於身入稱臣朝見，郅支以爲呼韓邪破弱降漢，不能自還，即西收右地。"

[81] 緇：黑色。朱紱：古代禮服上的紅色蔽膝，後多借指官服。紱，讀音 fú。

[82] 玉鉉：玉制的舉鼎之具。狀如鉤，用以提鼎之兩耳，喻處於高位的大臣。金章：金質的官印，一説，銅印，因以指代官宦仕途。

[83] 禰，讀音 nǐ，父死，神主入廟後稱禰。

[84] 令問：令聞，美好的聲名。問，通"聞"。令望：引申指美好的名聲。

[85] 昭徹：明徹；清亮。

[86] 專征：受命自主征伐。

［87］虓勇：猶勇猛。虓，讀音 xiāo，左思《吴都賦》："料其虓勇，則鵰悍狼戾。"

［88］陣雲：濃重厚積形似戰陣的雲。古人以爲戰爭之兆。《史記·天官書》："陣雲如立垣。"

［89］廟謨：猶廟謀。《後漢書·光武帝紀贊》："明明廟謨，赳赳雄斷。"

［90］雕戈：鐫有花紋的戈，亦泛指戈。棨戟：有繒衣或油漆的木戟。古代官吏所用的儀仗，出行時作爲前導，後亦列於門庭。《漢書·韓延壽傳》："功曹引車，皆駕四馬，載棨戟。"

［91］龍旆：指得專征伐的將帥之旗。

［92］朱鷺：樂曲名。漢鼓吹鐃歌十八曲之一。梁元帝《赴荆州泊三江水》詩："疊鼓隨《朱鷺》，長簫應《紫騮》。"

［93］黄扉：古代丞相、三公、給事中等高官辦事的地方，以黄色塗門上，故稱。

［94］鵷鷺：比喻朝官。鵷，讀音 yuān，高適《東平旅游奉贈薛太守二十四韵》："鵷鷺粉署起，鷹隼柏臺秋。"比喻賢者。王勃《秋日楚州郝司户宅餞崔使君序》："城池當要害之衝，寮寀盡鵷鷺之選。"

［95］孔壺：古代滴水計時之器。因底部有小孔，故稱。

［96］龍吟：形容簫笛類管樂器聲音響亮。

［97］䪥慨：未詳。

［98］論道：議論政事。談論事理。《抱朴子·用刑》："通人揚子雲亦以爲肉刑宜復也，但廢之來久矣，坐而論道者，未以爲急耳。"

［99］琬琰：爲碑石之美稱。

《大將軍趙芬碑銘》一首并序　　隋　薛道衡

題解：碑主趙芬，字士茂，北周入隋時人，薨於開皇十四年（594），卒年七十有七。其於開皇十五年（595）安葬，則此文當作於此後。碑文記叙簡潔，歷叙碑主仕歷升遷，讚頌其"從政立朝五十余載，垂纓拖玉卅餘官"的仕宦生涯，稱揚其位居政要，爲人恬淡的正直人格。碑主生平史傳有載，而碑文記叙更爲詳盡，可補充史傳。此篇嚴可均據碑文拓本輯入《全隋文》卷三十闕名下，題爲《金紫光禄大夫趙芬碑》。

若夫搏扶搖而上九萬者，必有垂天之羽翼；苞島嶼[一]而納百川者，必有出日之波瀾[1]。斯乃大器所以懷遠圖[2]，宏才所以膺重任。故有出地出洛之佐[3]，爲梅爲礪之臣[4]，弼諧帝道[5]，緝熙庶績[6]，亦何代無人哉[二]！淮安定公繼之矣。

公諱芬，字土［士］茂，天水上邽［封］人也[三]。自瑤池御駅[7]，鈞天射熊[8]，歷王澤而逢神，登常山而得寶。緜積載祀，英靈不絕。十一葉[四]祖融，［字稚長］，所謂"荀令君、趙蕩寇足爲蓋時乎"，即其人也。高祖逸，壯思高才[9]，雲飛飆豎[10]，已挂人搖史筆[11]，不復架屋施床[12]。曾祖琰，祖賓育，或頻贊藩維[13]，屢腰銷艾[14]，立言展事[15]，殁而不朽。父脩演，分符賜札[16]，樹德於名邦；朱鷺丹帷[17]，哀終於蒿里[18]。而獸雲起，皋鯀出[19]；龍宿感[20]，周勃生[21]。公資靈[五]特挺[22]，氣禀純粹[23]。殊武仲之木性偏實[24]，异文舉之金精太多[25]。孝躬行本[26]，仁爲己任。崇讓去伐，絕矜尚之心[27]；豁情順理[28]，無喜慍之色。先聖微言[29]，味之而不倦；雕蟲小道，能之而不爲。物望坐高[30]，聲譽藉甚[31]。

周太祖肇開相府，盛選僚佐，引爲記室。轉外兵，遷內書舍人、尚書兵部郎。職乃應星[32]，人同披雰[33]，豈直張燈流稱[34]，固亦覆被見知[35]。周受禪，除冬官府司邑大夫，又爲陝州總管府長史。天府地軸[36]，二國并興，伊洛崤函，百樓相對[37]。金星大［火］[六]宿[38]，芒角恒動[39]，牙璋羽檄[40]，晝夜交馳。公參贊戎機[41]，運籌幕府[42]。三川之地[43]，呼吸而并吞；九國之師，逡巡而不進[44]。加儀同三司，仍長史。徵入朝，歷御伯納言，進位開府儀同三司，稍遷內外府掾、吏部內史御正三大夫、天官府司會、春官府司宗，領[七]夏官府司馬，封淮安縣開國子。前後任熊、析二州刺史。公志識高瞻，幹翮優長[45]，遍歷群司，咸居要重。文墨堆几[46]，主者環階[47]，照理若鏡明[48]，剖滯如劍割。及擁旄杖節[49]，按部班條。家承禮教，化致清靜。

東夏平，授相州天官府司會，進爵爲侯。大象元年，置六府於洛陽，除少宗伯，攝夏官府事。二年，拜上開府，進爵爲公。大隋飛名帝籙[50]，允叶天序[51]，火木异行[52]，烏龍殊號[53]。開皇元年，拜大將軍、東京尚書左僕射，封淮安郡開國公。東京罷，授京省尚書右僕射，三年，兼內史令、僕射如故。自金運窮圮[54]，華夏陸沉[55]，聖人之軌則罕存，先王之風格咸盡。皇上撥亂反正，康俗振人，標明政典，興復禮教。公內掌綸弗[56]，外司端揆[57]，若四嶽之遵行堯道[58]，猶八元之輔成舜德[59]。方驗大水憑舟，良臣見任；巨魚縱壑，聖主得賢。某年[八]，除蒲州刺史，加金紫光祿大夫。以公年時耆邁[九]，故優以外任也。莅事四周[60]，風化大洽。屢辭以疾，解職還京。九年，抗表乞骸骨[61]，聽以大將軍、淮安公歸第。仍降璽書，兼賜几

— 298 —

卷第四百五十二

杖、衣服、被褥、板輿等。皇太子遣使致書，賫巾帔等七種。春秋七十有七，以十四年[十][二月十二日寢疾]，薨於京師之太平里[十一][第]。王人弔祭，謚曰定公，禮也。粵十五年厝於小陵原[62]。

惟公靈府內融[63]，虛舟玄運[64]，有禮有法，可大可久。從政立朝五十餘載，垂纓拖玉卅餘官[65]，文馬華軒[66]，不改素士之操；當軸據要，彌懷恬淡之心。方正確然[67]，風塵不染。清白自守，脂膏莫潤[68]。故能名行兩全，始終俱美。扶陽濟濟，豈得獨稱韋相[69]；東都藹藹，自可繼軌疏公[70]。而隨武可作，餘風未泯，公業不亡，析薪有寄[71]。佐官姓名等[十二]，仰惟盛範，畢志不追。雖良史德迹，藏於東觀[72]；尚書故事，留在南宮[73]。而風烟已合，莫辨成樓之氣；松柏且摧，誰知夏屋之所[74]。乃勒此高碑，樹之幽隧，同扶風之下馬[75]，若襄陽之墮泪[76]。其詞曰：

長源遠胄，出翳分秦[77]。文祠二客，襄祭三神。縣紀歷代，鐘慶累仁。不常厥土，所在稱珍。潘美家風，陸陳祖德。粵惟盛緒，播此淳則。代襲衣纓，門傳儒墨。用仁成里，以信爲國。惟公降誕，早標風概。雅量遠情，動無近對。研尋[十三]百氏[78]，下上千載[十四]。立行寡尤[79]，出言可佩。繁數縟禮[80]，報德酬庸。頻移人爵[81]，屢荷天龍[82]。黃扉置府[83]，赤社分封[84]。堂高陛峻，實著賓從[85]。鼎命歸火[86]，謳歌去木。五運載新，三靈改卜。蕩滌區宇，澄清壒黷[87]。任刱股肱，誠深啓沃[88]。漢委四奇[89]，魏憑五俊[90]。居今望古，綽有游刃。應物英明，持身淑慎。名教斯在，風猷坐鎮[91]。麥丘祝壽[92]，句芒賜年[93]。三達已具[94]，五福無愆[95]。高情知止[96]，大璞能全。蘭陵金散，沛邑車懸。千月易往，一生俄度。白日滕城，黃腸霍墓[97]。石麟詎起[98]，金雞豈呼[99]。銘讚恒存，聲塵永布[100]。

【校勘】

〔一〕"鳥嶼"，《萃編》作"鳥"。

〔二〕"亦何代無人哉"，《萃編》作"亦何代無其人哉"。

〔三〕《隋書》載趙芬"字士茂，天水西人也"；《魏書·地形志下》"秦州"屬郡有"天水郡"，"天水郡"屬縣有"上封"。"封"當作"邽"，因避道武帝拓跋珪諱而改。《宋書·州郡三》載，西縣乃漢舊名，魏晉屬天水郡。《隋書·地理志》"天水郡"屬縣有"上邽"，并注："故曰上封，帶天水郡。開皇初郡廢，大業初復置郡，縣改名焉。"故此"西縣"當是"上邽"。

〔四〕"葉"，《萃編》作"世"，當是。《詞林》避"李世民"諱而改。

— 299 —

〔五〕"資靈",《萃編》作"炳靈"。
〔六〕"大宿",《萃編》作"火宿"。
〔七〕"領",《萃編》作"治"。
〔八〕"某年",《萃編》作"開皇五年"。
〔九〕"耆邁",《萃編》作"方邁"。
〔十〕"十四年",《萃編》後有"二月十二日",可據補。
〔十一〕"太平里",《萃編》作"太平里第"。
〔十二〕"佐官姓名等",《萃編》作"府佐杜寬等"。
〔十三〕"研尋",《萃編》作"斫尋"。
〔十四〕"下上千載",《萃編》作"下上千古"。

【注釋】

[1] 出日:朝日。《尚書·堯典》:"寅賓出日,平秩東作。"

[2] 大器:比喻有大才、能擔當大事的人。《管子·小匡》:"管仲者,天下之賢人也,大器也。"

[3] 出地出洛:地絡,猶地脈。土地的脈絡,亦指疆界。《後漢書·隗囂傳》:"分裂郡國,斷絶地絡。"李賢注:"絡猶經絡也。謂芬分坼郡縣,斷割疆界也。"

[4] 爲梅爲礪:未詳。

[5] 弼諧:謂輔佐協調。《尚書·皋陶謨》:"允迪厥德,謨明弼諧。"孔安國傳:"言人君當信蹈行古人之德,謀廣聰明,以輔諧其政。"孔穎達疏:"聰明者自是己性,又當受納人言,使多所聞見,以博大此聰明,以輔弼和諧其政。"

[6] 緝熙:《詩·大雅·文王》:"穆穆文王,於緝熙敬止。"毛傳:"緝熙,光明也。"又《周頌·敬之》:"日就月將,學有緝熙于光明。"鄭玄箋:"緝熙,光明也。"後因以"緝熙"指光明,又引申爲光輝。庶績:各種事業。

[7] 騄:騄耳,良馬名,周穆王八駿之一。《史記·秦本紀》:"造父以善御幸於周繆王,得驥、溫驪、驊騮、騄耳之駟。西巡狩,樂而忘歸。"裴駰集解引郭璞曰:"八駿皆因其毛色以爲名號。"

[8] 鈞天:天的中央,古代神話傳說中天帝住的地方。《呂氏春秋·有始》:"中央曰鈞天。"高誘注:"鈞,平也。爲四方主,故曰鈞天。"引申爲帝王。熊:熊侯,古代以熊皮爲飾的箭靶。《周禮·夏官·射人》:"諸侯以四耦射二侯。"漢鄭玄注:"二侯,熊豹也。"

[9] 壯思:豪壯的情思。劉楨《贈五官中郎將》詩之四:"君侯多壯思,文雅縱橫飛。"

[10] 雲飛:比喻才情奔放。飆:迅疾。豎:垂直;縱貫。此形容文思迅捷順暢。

[11] 史筆:歷史記載的代稱,指史冊。曹植《求自試表》:"使名挂史筆,事列朝榮,雖身分蜀境,首懸吳闕,猶生之年也。"

[12] 架屋：語本劉義慶《世說新語·文學》："庾仲初作《揚都賦》，成，以呈庾亮。亮以親族之懷，大爲其名價云：'可三《二京》，四《三都》。於此人人競寫，都下紙爲之貴。'謝太傅云：'不得爾，此是屋下架屋耳。事事擬學，而不免儉狹。'"後遂以"架屋"爲對專事模仿者的譏諷。此處是作者的謙辭。

[13] 藩維：《詩·大雅·板》："價人維藩。"後以"藩維"指藩國。

[14] 屢腰銷艾：《金石萃編》卷三八《金紫光禄大夫趙芬碑》作"或□腰銀艾"，則當爲"或屢腰銀艾"，意爲屢次爲銀印青綬之官。銀艾：銀印綠綬，綬以艾草染爲綠色，故稱艾。漢制，吏秩比二千石以上皆銀印青綬，銀艾即銀青。《後漢書·張奐傳》："遺命曰：吾前後仕進，十要銀艾。"注："銀印綠綬也。以艾草染之，故曰艾也。"

[15] 展事：行事，辦事。《周禮·地官·鄉師》："考教察辭，稽器展事。"鄭玄注："展猶整具。"

[16] 分符：猶剖符。謂帝王封官授爵，分與符節的一半作爲信物。賜札：國君給臣下書函。

[17] 朱鷺：又稱朱䴉。涉禽類，體形如鶴，而羽色淡紅，嘴與腳亦呈淡紅色。《隋書·盧思道傳》："〔思道〕爲《孤鴻賦》以寄其情曰……望玄鵠而爲侶，比朱鷺而相依。"丹帷：赤色的帳幕。

[18] 蒿里：本爲山名，相傳在泰山之南，爲死者葬所。因以泛指墓地；陰間。《漢書·廣陵厲王劉胥傳》："蒿里召兮郭門閱，死不得取代庸，身自逝。"顏師古注："蒿里，死人里。"

[19] 皋繇：又作皋陶，傳說虞舜時的司法官。《尚書·舜典》："帝曰：'皋陶，蠻夷猾夏，寇賊姦宄，汝作士。'"

[20] 龍宿：東方七宿（角、亢、氐、房、心、尾、箕）稱蒼龍，省稱龍。《左傳·桓公五年》："龍見而雩。"孔穎達疏："天官東方之星，盡爲蒼龍之宿。"

[21] 周勃：西漢開國將領，宰相。

[22] 資靈：資質性靈。

[23] 氣稟：謂受之於氣。《韓非子·解老》："稽萬物之理，故不得不化；不得不化，故無常操；無常操，是以死生氣稟焉，萬智斟酌焉，萬事廢興焉。"後世用以指人生來就有的氣質。

[24] 武仲：臧武仲，春秋時期魯國大夫，德才兼備。木性：舊謂淳厚、質樸的稟性。姚信《士緯》："孔文舉金性太多，木性不足。"

[25] 文舉：孔融，字文舉，東漢末年時人，性格剛直不阿。金精：西方之氣。《後漢書·郎顗傳》："凡金氣爲變，發在秋節……金精之變，責歸上司。"彌衡《鸚鵡賦》："體金精之妙質兮，合火德之明輝。"李善注："西方爲金，毛有白者，故曰金精。"此形容人的性格肅穆。

[26] 行本：行爲的根本。

[27] 矜尚：驕矜自大。

[28] 豁情：開豁情懷。順理：遵循道理。

[29] 微言：精深微妙的言辭。《逸周書·大戒》："微言入心，昮喻動衆。"朱右曾校釋："微言，微眇之言。"

[30] 物望：人望；衆望。《晋書·石勒載記下》："張披與張賓爲游俠，門客日百餘乘，物望皆歸之，非社稷之利也，宜除披以便國家。"

[31] 藉甚：盛大；卓著。《史記·酈生陸賈列傳》："陸生以此游漢廷公卿間，名聲藉甚。"

[32] 應星：應驗星象。舊時星占謂星象與人的生死榮辱有關。

[33] 披雰：批雲霧，撥開雲霧，得見青天。比喻人的神情清朗。

[34] 流稱：猶傳頌。

[35] 覆被：覆蓋，喻施恩澤。

[36] 天府：謂土地肥沃、物産富饒之域。《史記·劉敬叔孫通列傳》："因秦之故，資甚美膏腴之地，此所謂天府者也。"地軸：古代傳說中大地的軸。

[37] 百樓：古代瞭望敵情的高臺。百，極言樓之高。《三國志·魏志·公孫瓚傳》："兵法，百樓不攻。"

[38] 金星：太陽系九大行星之一，我國古代把金星叫作太白星，早晨出現在東方時叫啟明，晚上出現在西方時叫長庚。大，《金石萃編》卷三八《金紫光禄大夫趙芬碑》作"火"。古人以爲天上金、火二星宿交會，是人間兵亂之象。

[39] 芒角：指星辰的光芒。劉禹錫《搗衣曲》："天狼正芒角，虎落定相攻。"此謂放射光芒。

[40] 牙璋：古代的一種兵符。《周禮·春官·典瑞》："牙璋以起軍旅，以治兵守。"鄭玄注引鄭司農曰："牙璋瑑以爲牙。牙齒，兵象，故以牙璋發兵，若今時以銅虎符發兵。"

[41] 參贊：協助謀劃。

[42] 運籌：制定策略；籌劃。

[43] 三川：西周以涇、渭、洛爲三川。《國語·周語上》："幽王二年，西周三川皆震。"韋昭注："三川，涇、渭、洛，出於岐山。"東周以河、洛、伊爲三川。《戰國策·秦策一》："親魏善楚，下兵三川。"此當指後者。鮑照《詠史》："五都矜財雄，三川養聲利。"李善注引韋昭曰："有河、洛、伊，故曰三川。"

[44] 逡巡：遲疑；猶豫。

[45] 幹翮：猶言主翮。翮，羽的主莖，借指理事的才能。

[46] 文墨：文書辭章。亦指寫文章，從事文字工作。此指公文。

[47] 主者：主管人。

[48] 照理：了解；明白事理。

[49] 擁旄：持旄。借指統率軍隊。杖節：執持旄節。古代帝王授予將帥兵權或遣使四方，給旄節以爲憑信。

[50] 簶，讀音 lù，盛箭的器具，也作"胡簶"。

[51] 天序：帝王的世系。

[52] 火木：五行名稱。

[53] 烏龍：犬名，晋陶潛《搜神後記》卷九："會稽勾章民張然，滯役在都……養一狗，甚快，名曰烏龍。"

[54] 金運：謂金德當運的王朝。五行家用五德終始比附歷史上各王朝命運的興亡更替。窮圮：困厄，不亨通。

[55] 陸沉：比喻國土淪陷于敵手。劉義慶《世說新語·輕詆》："桓公入洛，過淮泗，踐北境，與諸僚屬登平乘樓，眺矚中原，慨然曰：'遂使神州陸沈，百年丘墟，王夷甫諸人，不得不任其責！'"

[56] 綸綍：綸綍，《禮記·緇衣》："王言如絲，其出如綸；王言如綸，其出如綍。"鄭玄注："言言彌大也。"孔穎達疏："'王言如綸，其出如綍'者，亦言漸大，出如綍也。綍又大於綸。"後因稱皇帝的詔令爲"綸綍"。綍，讀音 fú，同"紼"。

[57] 端揆：指相位。宰相居百官之首，總攬國政，故稱。

[58] 四嶽：堯臣羲、和四子，分掌四方之諸侯。《尚書·堯典》："帝曰：'咨，四嶽。'"孔傳："四嶽，即上羲、和之四子，分掌四嶽之諸侯，故稱焉。"

[59] 八元：古代傳說中的八個才子。《左傳·文公十八年》："高辛氏有才子八人：伯奮、仲堪、叔獻、季仲、伯虎、仲熊、叔豹、季貍，忠肅共懿，宣慈惠和，天下之民，謂之'八元'。"孔穎達疏："元，善也，言其善於事也。"

[60] 四周：周圍。

[61] 抗表：向皇帝上奏章。

[62] 粵：助詞。用於句中，作用近於介詞"於"。

[63] 靈府：心。

[64] 虛舟：無人駕御的船隻。語本《莊子·山木》："方舟而濟於河，有虛船來觸舟，雖有惼心之人不怒。"用來比喻胸懷恬淡曠達。

[65] 拖玉：衣襟下垂帶玉佩，喻指顯貴。語出潘岳《西征賦》："飛翠緌，拖鳴玉，以出入禁門者衆矣。"

[66] 文馬：毛色有文采的馬。華軒：華美的車子，借指富貴騰達。

[67] 礭，讀音 què，堅定貌。

[68] 脂膏：比喻人民用血汗換來的財富。《後漢書·仲長統傳》："使餓狼守庖廚，餓虎牧牢豚，遂至熬天下之脂膏，斷生之骨髓。"

[69] 韋相，即"韋賢"，"韋相積德"，出《漢書·韋賢傳》，漢宣帝時臣相，年以後老體病辭官。

[70] 疏公：疏廣，字仲翁，曾任太子太傅，與其任疏受俱仕宣帝朝，後主動辭官。

[71] 析薪：《左傳·昭公七年》："古人有言曰：其父析薪，其子弗克負荷。施將懼不能任其先人之祿。"後因以謂繼承父業。

[72] 東觀：東漢洛陽南宮內觀名。漢明帝詔班固等修撰《漢記》於此，書成名爲《東觀漢記》。章和二帝時爲皇宮藏書之府。後因以稱國史修撰之所。

[73] 南宮：尚書省的別稱。謂尚書省象列宿之南宮，故稱。

[74] 夏屋：大俎，大的食器。《詩·秦風·權輿》："於我乎夏屋渠渠，今也每食無餘。"毛傳："夏，大也。"鄭玄箋："屋，具也。"

[75] 扶風：古郡名。舊爲三輔之地，多豪邁之士。

[76] 墮泪：襄陽之情淚。

[77] 翳：指雲霧。陸賈《新語·慎微》："罷雲霽翳，令歸山海，然後乃得覩其光明。"

[78] 研尋：研究探索。

[79] 寡尤：少犯過錯。

[80] 繁數：頻繁。

[81] 人爵：爵祿，指人授予的爵位。《孟子·告子上》："孟子曰：有天爵者，有人爵者。仁義忠信，樂善不倦，此天爵也。公卿大夫，此人爵也。古之人，脩其天爵，而人爵從之。今之人，脩其天爵，以要人爵。既得人爵而棄其天爵。則惑之甚者也。"趙岐注："天爵以德，人爵以祿。"

[82] 天龍：天上的龍。劉向《新序·雜事五》："葉公子高好龍，鉤以寫龍，鑿以寫龍，屋室雕文以寫龍。於是天龍聞而下之。"

[83] 黃扉：古代丞相、三公、給事中等高官辦事的地方，以黃色塗門上，故稱。《南史·梁武陵王紀傳》："武帝諸子罕登公位，唯紀以功業顯著，先啟黃扉。"

[84] 赤社：指赤色的社土。古代天子封土立社，以五色土象徵四方及中央。赤色象南方，因以赤社分賜南方諸侯，使歸而立社建國。

[85] 賓從：賓客和隨從。張華《輕薄篇》："賓從煥絡繹，侍御何芬葩。"

[86] 鼎命：指帝王之位；國家之命運。

[87] 埁黷，讀音 chěndú，混沌不清貌。陸機《漢高祖功臣頌》："芒芒宇宙，上埁下黷。"李善注："天以清爲常，地以靜爲本，今上埁下黷，言亂常也。埁，不清澄之貌也。"

[88] 啟沃：竭誠開導、輔佐君王。《尚書·說命上》："啟乃心，沃朕心。"孔穎達疏："當開汝心所有，以灌沃我心，欲令以彼所見，教己未知故也。"

[89] 四奇：未詳。

[90] 五俊：薛兼、紀瞻、閔鴻、顧榮、賀循五人的合稱。《晉書·薛兼傳》："兼清素有器宇，少與同郡紀瞻、廣陵閔鴻、吳郡顧榮、會稽賀循齊名，號爲五俊。"

[91] 風教德化。坐鎮：安坐而以德威服人。

[92] 麥丘：戰國時齊邑。《史記·趙世家》："〔趙惠文王十九年〕趙奢將，攻齊麥丘，取之。"

[93] 句芒：古代傳說中的主木之官。又爲木神名。《禮記·月令》："〔孟春之月〕其帝大皞，其神句芒。"鄭玄注："句芒，少皞氏之子曰重，爲木官。"

[94] 三達：佛教謂能知宿世爲宿命明，知未來爲天眼明，斷盡煩惱爲漏盡明。徹底通達三明謂之三達，用以指佛。

[95] 五福：五種幸福。具體說法不一。《尚書·洪範》："五福：一曰壽，二曰富，三曰康寧，四曰攸好德，五曰考終命。"桓譚《新論》："五福：壽、富、貴、安樂、子孫衆多。"

[96] 高情：高隱超然物外之情。孫綽《游天臺山賦》："釋域中之常戀，暢超然之高情。"

[97] 黃腸：漢時帝王陵寢槨室四周用柏木枋堆壘成的框形結構。黃腸本謂柏木之心。柏木心黃，故稱。《漢書·霍光傳》："光薨……賜金錢、繒絮，繡被百領，衣五十篋，璧珠璣玉衣，梓宮、便房、黃腸題湊各一具。樅木外臧槨十五具。東園溫明，皆如乘輿制度。"顔師古注引蘇林曰："以柏木黃心致累棺外，故曰黃腸。"

[98] 石麟：古代帝王陵前的石雕的麒麟。《西京雜記》卷三："觀前有三梧桐樹，樹下有石麒麟二枚，刊其脅爲文字，是秦始皇驪山墓上物也。"

[99] 金雞：一種金首雞形，古代頒佈赦詔時所用的儀仗。

[100] 聲塵：名聲。劉孝標《自序》："餘聲塵寂寞，世不吾知。魂魄一去，有同秋草。"

《驃騎將軍王懷文碑銘》一首并序　　隋　薛收

題解：碑主王懷文，字思忠，隋唐之際人。碑主參與隋末劉武周、宋金剛武裝割據勢力，劉、宋被平後穫特赦而得任命爲驃騎將軍，又在與王世充交戰中被俘而授僞官。在武德四年（621）王世充與李世民的對戰中，叛歸李世民而助其取得勝利，最終戰死沙場。碑文比其行于戰國刺客俠士，宣揚其德義，獎掖其功。碑主其人史傳未見，此碑是可全補史傳。碑主作爲隋末唐初在武裝割據勢力中流轉的將領，其生平具有一定的階級代表性。

蓋聞惟生爲貴，輕之者類於鴻毛；非義不居，取之者同於熊掌。當仁處命[1]，不其難乎？故俶儻不羈之才[2]，英奇傑立之士，遑遑重志業[3]，落落建功名。心貫金石之中[4]，氣逸烟霞之上。雖則山淪海覆，霧卷塵飛，儻節捐軀[5]，蹈之由己，斯爲美矣，豈徒然哉？若乃寥廓千齡，抑揚萬代，獨顯非常之效，以終國士之恩，高列振於邇年[6]，義聲聞於當代，則驃騎王君見之矣。

君諱懷文，字思忠，太原祁人。其先姬氏，周室之胤。水府山宗之秀[7]，載挺瓊奇[8]；瓊林桂菀之華[9]，夙承休祉[10]。騰芳上葉，流慶後昆，故能异人鬱起，雄圖間出。祖魏常山郡主簿博野丞，寓量沉深[11]，養名蓄德[12]。父膺齊儀同臨朔鎮將，風格凝峻[13]，居仁蹈禮。并藏器於身，蘊材傲俗。君騰精玉守[14]，稟性金方[15]。少負不資之質[16]，長嬰跂弻之累[17]。跼步通衢[18]，戢翼中野[19]。矯迹嘉遁[20]，佇運觀時[21]。暨炎曆將終[22]，皇猷爽德[23]，生靈版蕩[24]，蔑爲寇亂，九縣區分，四郊多壘[25]。君攘袂激憤，抽弋枕節，既濯鱗羽，思遇風雲[26]。是時四柱方傾[27]，共工之難尚梗[28]；五星不聚[29]，漢祖之業未隆。空懷耿介之心[30]，猶阻奔踶之路[31]。

劉武周滔天猾夏[32]，薦食晋陽[33]；宋金剛剽邑屠城，挺惡汾浦。乃以君爲僞上柱國行軍總管，非其好也。君久悟焚巢[34]，恒思擇木[35]，終觀投石[36]，未安累卵，行危苟免，言遜俟機[37]。太尉秦王建旆東轅[38]，元戎北指[39]。出九天之外，引百勝之師，星驅雷駭，克平大憝[40]。既乃烏合爲群，俱同鍛翮[41]。獸聚之内，咸遇薦毛，而一面開羅[42]，三驅致禮[43]。舍鉤焚櫬[44]，特降優隆，光被寵榮，式加殊命[45]。乃授驃騎將軍，則大唐武德三年也。

王充負纍青丘[46]，流氛紫極[47]，屬南巢放桀之始[48]，西伯事殷之初[49]，窺覬非冀[50]，妄干大寶。聖上愍茲黎首[51]，情軫納隍[52]，救彼渝胥[53]，思同濡足[54]。吾王奉遵廟算[55]，受脈徂征[56]，蘊金遺玉，鈐之謨運[57]。沙城石陣之略，鑿門畫閫[58]，指定舊都。君乃陪預戎麾[59]，俱參列將。自屯師洛汭，結壘邙山，醜類逋誅[60]，屢犯旌斾。君鷹鶚揚視[61]，展效獻功[62]。未極千里之塗，翻垂六鳥之翅。鍾儀去楚[63]，不舍南冠；華元入鄭[64]，未通文馬。王充置之左右，情加推信。仍授偽官，兼優封爵。君乃詭同背誕[65]，密運忠規[66]，潛圖去暴[67]，庶恢茂績[68]。方欲梟除元惡[69]，贊我大猷[70]。

越以四年二月，王充悉其步騎，出至城西。吾王憑軾觀兵[71]，與其相遇，旗鼓雖布，鋒鏑未交[72]。君乃獨斷神謀，先騰壯烈[73]，抽弋電擊，挺劍風趍。決機兩陣之間，申威萬人之上[74]。一發則貫其左股，再申而折其右肱。凶魁僵僕[75]，應時顛趾[76]。奔鯨赴穴[77]，桀犬如林[78]。以無因之迹[79]，駭不存之地[80]，莫不眩目驚視，廢手頓足。雄夫爲之亡曹[81]，猛士於焉累氣[82]。流光奪景，浮雲變色。喋血數步之中[83]，躍刃重圍之下[84]。

— 306 —

以寡制衆，援阻路窮，交鈹莫禦[85]，結纓終斃[86]。於是聲嘉玉冕，悼感瓊枝[87]。四國嗟傷，三軍悽愴。司儀奉命，致禮輀輬[88]。贈賻所加[89]，特超恆典[90]。功書天府[91]，爰降王人。詔贈某官，諡曰某公，禮也。

君質茂松筠[92]，心標鐵石，慷慨有丈夫之操，磊落懷烈士之風。運偶物艱[93]，時鍾德喪[94]。闊節高度，不以細行自拘[95]；爽氣通才[96]，方持雄略爲重。屬兵車九合，齊楚之地未寧；天下三分，商周之道初革。君乃屈迹抑憤[97]，與俗沉浮。違亂去惡[98]，歸身大造[99]。既荷生育之賜，方酬出岳之恩。契闊無虧，造次斯在[100]，發忠顯效，殉主捐軀。

登太行以未危，怗焦原而不懼[101]。故能抗逋藪之敵怨[102]，致天誅於巨猾[103]。雖則荊卿奏曲，空進燕圖[104]，預讓吞聲[105]，唯驚趙駟。翳桑之倒戟懷惠[106]，輔氏之結草酬恩[107]，比事論功，固不同年而語矣。吾王重義敦本，情深嘉尚，永言遺節，有邁前脩。以爲紀績詮名[108]，彝章之盛範[109]；鏤鐘鐫鼎，邦家之弘訓。乃命勒玆玄石，式建豐碑，樹美無窮，垂芳不朽。方見雲飛幽隴[110]，飄飄與神奇俱浮；吹動孤松，肅肅與餘風共遠。其詞曰：

於穆顯宗[111]，肇分姬姓。休緒烏奕[112]，綠源鼎盛。鶴舞周儲，凫飛葉令，流福胚響，傳芳遼夐。木秀［秀］喬林，波騰巨壑。英奇奕載，傑人間作。是曰趫材[113]，玆稱勇略。稟質俶儻[114]，游心寥廓[115]。珠囊掩曜[116]，玉弩騰暉[117]。霧擁玄闕[118]，虹貫紫微[119]。一人喪道，兆庶無依[120]。逝莫以騁[121]，翔而未飛。皇運膺期[122]，帝圖惟始。野有龍戰[123]，人同蝟起[124]。望阻昌期[125]，迹淪干紀[126]。處异信國，居非仁里。姦魁放命[127]，肆逆汾陽[128]。推轂台鉉[129]，授律文昌[130]。威宣取亂，績著侮亡[131]。氛祲既滅[132]，遺黎以康。雷作既解[133]，風行斯渙。承玆渥澤，去彼危亂。躍鱗清波，厲羽霄漢。乃優寵秩，方隆榮觀。貙萌縱慝[134]，狼戾爲群[135]。嵩邙地阻，伊洛川分。五策命將，六郡興軍。言從戎政，冀展鴻勳。桓桓征夫[136]，蠢蠢窮寇。舉斧未殄，吞舟猶漏[137]。墮伏無虞，前茅爽候[138]。翻逢絓本[139]，乃同夾胆[140]。違邦靡貳，苦節思貞。志除封豕[141]，庶翦長鯨[142]。神機奮發，奇略允成。惟義是蹈，玆軀以輕。烈氣外揚，雄規內奧[143]。拔棘超距[144]，橫矛再事。渠魁既接[145]，孽當咸曁[146]。劍及王僚，鏦加吳濞[147]。人稱韓相，地接樓蘭[148]。捐生怨府[149]，建效鋒端[150]。論功彼易，語迹今難。致命所欲[151]，垂名不刊。森森壯節[152]，凜凜風度。易水方寒，邙山永暮[153]。月照泉戶[154]，烟浮松路。唯餘俠骨，傳芳竹素[155]。

【注釋】

[1] 當仁：猶言當之無愧。處命：未詳。

[2] 傲儻：豪爽灑脫。《魏書·陽尼傳》："性傲儻，不拘小節。"

[3] 遑遑：驚恐匆忙，心神不定。

[4] 金石：指古代鐫刻文字、頌功紀事的鐘鼎碑碣之屬。常用以比喻不朽。

[5] 儻：悵然自失貌。《莊子·天地》："怊乎若嬰兒之失其母也，儻乎若行而失其道也。"

[6] 高列：高烈，崇高盛大的功業。孫楚《相風賦》："伊聖皇之高烈，美治道之穆清。"

[7] 水府：神話傳說中水神或龍王所住的地方。木華《海賦》："爾其水府之內，極深之庭，則有崇島巨鰲，垤堄孤亭。"山宗：衆山之首。指泰山。

[8] 瓌奇：美好特出；珍奇。瓌，同"瑰"。

[9] 瓊林：瓊樹之林，古人常以形容佛國、仙境的瑰麗景象。桂莞：疑"莞"作"苑"，桂莞即桂苑，栽有桂樹的林園。

[10] 休祉：猶福祉。

[11] 寓量：即宇量，氣度；度量。《藝文類聚》卷四七引潘岳《司空鄭袤碑》："於鑠元侯，則天垂象，弘操巘峻，宇量深廣。"

[12] 養名：保養名聲。《荀子·正名》："無埶列之位而可以養名。"

[13] 凝峻：莊重嚴峻。

[14] 騰精：振奮精神。玉守：未詳。

[15] 金方：西方。

[16] 不貲：不可計數。

[17] 跅弛：跅弛，放蕩不循規矩。《漢書·武帝紀》："夫泛駕之馬，跅弛之士，亦在御之而已。"顏師古注："跅者，跅落無檢局也。弛者，放廢不遵禮度也。"跅，讀音 tuò。

[18] 跼步：小步。南朝梁劉勰《文心雕龍·誇飾》："於是後進之才，獎氣挾聲，軒翥而欲奮飛，騰擲而羞跼步。"通衢：四通八達的道路。班昭《東征賦》："遵通衢之大道兮，求捷徑欲從誰。"

[19] 戢翼：斂翅止飛。喻歸隱或謙卑自處。

[20] 矯迹：猶高蹈。指隱逸。嘉遁：又作"嘉遯"，舊時謂合乎正道的退隱，合乎時宜的隱遁。《易·遯》："嘉遯貞吉，以正志也。"

[21] 佇，讀音 zhù，企盼；期待。

[22] 炎曆：指以火德而王的劉漢王朝。

[23] 皇猷：帝王的謀略或教化。沈約《齊太尉文憲王公墓銘》："帝圖必舉，皇猷諧煥。"爽德：失德。《尚書·盤庚》："故有爽德，自上其罰汝。"蔡沈集傳："爽，失也。"

故汝有失德，自上其罰汝。"

[24] 版蕩：《詩·大雅》有《板》《蕩》兩篇，皆刺周厲王暴虐無道，而致天下不寧。版，同"板"。後因以"版蕩"指動亂不安。

[25] 四郊多壘：營壘衆多，喻寇亂頻繁。《禮記·曲禮上》："四郊多壘，此卿大夫之辱也。"孔穎達疏："寇戎充斥，數戰郊坰，故多軍壘。"

[26] 風雲：喻時勢。《南史·劉敬宣劉懷肅等傳論》："或階緣恩舊，一其心力，或攀附風雲，奮其鱗羽。"

[27] 四柱：神話傳説中撑地的四根支柱。

[28] 梗：阻塞；斷絶。

[29] 五星：指水、木、金、火、土五大行星，即東方歲星（木星）、南方熒惑（火星）、中央鎮星（土星）、西方太白（金星）、北方辰星（水星）。《史記·天官書論》："水、火、金、木、填星，此五星者，天之五佐。"

[30] 耿介：光大聖明。《楚辭·離騷》："彼堯舜之耿介兮，既遵道而得路。"王逸注："耿，光也；介，大也。堯舜所以有光大聖明之稱者，以循用天地之道，舉賢任能，使得萬事之正也。"

[31] 奔踶：謂馬乘時即奔跑，立時則踢人。《漢書·武帝紀》："故馬或奔踶而致千里，士或有負俗之累而立功名。"顏師古注："踶，蹋也。奔，走也。奔踶者，乘之即奔，立則踶人也。"一説，奔踶猶賓士。踶，讀音 dì。

[32] 滔天：比喻罪惡、灾禍或權勢等極大。《尚書·堯典》："静言庸違，象恭滔天。"孔安國傳："言共工……貌象恭敬而心傲很若漫天。"猾：擾亂；侵犯。《尚書·舜典》："蠻夷猾夏。"孔安國傳："猾，亂也。夏，華夏。"

[33] 薦食：不斷吞食；不斷吞併。薦，通"洊"。

[34] 焚巢：即"燕處焚巢"，燕子處在焚燒着的窩裏。比喻處境非常危險。

[35] 擇木：謂鳥獸選擇樹木栖息，常用以比喻擇主而事。

[36] 投石：投石問路，原指夜間潜入某處前，先投以石子，看看有無反應，藉以探測情況。後用以比喻進行試探。

[37] 行危、言遜：語出《論語·憲問》："邦有道，危言危行；邦無道，危行言孫。"行危意爲行爲正直。言遜指言語謙虛。

[38] 東轅：謂領兵東出或駐守東境。轅，軍營的轅門。

[39] 元戎：大軍。《漢書·董賢傳》："統辟元戎，折衝綏遠。"顏師古注："元戎，大衆也。"

[40] 大憝：極爲人所怨惡。憝，讀音 duì,《尚書·康誥》："元惡大憝，矧惟不孝不友。"孔安國傳："大惡之人猶爲人所大惡。"後用以稱極奸惡的人，首惡之人。

[41] 鎩翮，讀音 shā hé，鎩羽。左思《蜀都賦》："鳥鎩翮，獸廢足。"

[42] 羅：捕鳥的網。

[43] 三驅：古王者田獵之制。謂田獵時須讓開一面，三面驅趕，以示好生之德。《易·比》："九五，顯比，王用三驅。"孔穎達疏："褚氏諸儒皆以爲三面著人驅禽。必知三面者，禽唯有背己、向己、趣己，故左右及於後，皆有驅之。"

[44] 焚櫬：燒掉棺木。古代受降儀式，交戰兩國君之戰敗者輿櫬乞降，表示接受誅殺；戰勝者焚櫬，表示寬大而赦免其死罪。

[45] 殊命：特殊恩寵的誥命。

[46] 負纍：猶負罪；獲罪。《後漢書·黃瓊傳》："臣至頑駑，世荷國恩，身輕位重，勤不補過，然懼於永歿，負纍益深。"青丘：泛指邊遠蠻荒之國。《北史·隋紀下·煬帝》："又青丘之表，鹹脩職貢；碧海之濱，同稟正朔。"

[47] 流氛：寇亂。紫極：星名。借指帝王的宮殿。

[48] 南巢放桀：《尚書·仲虺之誥》："成湯放桀于南巢，惟有慚德。"南巢：古地名，在今安徽巢縣西南。因位於古代華夏族活動地區的南方，故名。

[49] 西伯：此處指周文王。《孟子·離婁上》："吾聞西伯善養老者。"焦循正義："西伯，即文王也。紂命爲西方諸侯之長，得專征伐，故稱西伯。"

[50] 窺覦：覬覦。王儉《褚淵碑文》："桂陽失圖，窺窬神器。"呂向注："窺窬，謂欲有篡逆之心也。"非冀：非分的希望。《後漢書·蘇竟傳》："或謂天下迭興，未知誰是，稱兵據土，可圖非冀。"

[51] 憖：同"憖"，哀憐。黎首：黎民。

[52] 軫，讀音 zhěn，指顧念，憫惜。納隍：張衡《東京賦》："人或不得其所，若己納之於隍。"謂推入城池中。按，《孟子·萬章下》稱伊尹"思天下之民，匹夫匹婦，有不與被堯舜之澤者，若己納之溝中"。張賦本此意。後以"納隍"指出民於水火的迫切心情。

[53] 淪胥：泛指淪陷、淪喪。

[54] 濡足：沾汙了腳，指被沾汙。《楚辭·九章·思美人》："因芙蓉而爲媒兮，憚蹇裳而濡足。"王逸注："又恐汙泥，被垢濁也。"

[55] 廟算：朝廷或帝王對戰事進行的謀劃。

[56] 脤：當是"脤"字之訛。《左傳·閔公二年》："帥師者，受命於廟，受脤於社。"杜預注："脤，宜社之肉，盛以脤器也。""受脤"，即受命統軍之意。梁元帝《郢州都督蕭子昭碑銘》："天子命我，受脤建節，有詔襲行，犀櫓不蔽。"

[57] 鈐，讀音 qián，鎖，引申爲關鍵、要領。鮑照《河清頌》："樞鈐明審，程鑊周備。"錢仲聯集注："《爾雅序》：'六藝之鈐鍵。'注：'鈐，鑠也。'"

[58] 鑿門：謂鑿凶門。古代將軍出征時，鑿一北向門而出，以示必死的決心。語本《淮南子·兵略訓》："鑿凶門而出。"高誘注："凶門，北向門也。將軍之出，以喪禮處之，以其必死也。"閫，讀音 kǔn，郭門。《尉繚子·兵教下》："人衆能治之，地大能守之。國車不出於閫，組甲不出於橐，而威服天下矣。"

[59] 戎麾：軍旗。亦借指軍隊。

— 310 —

[60] 逋誅：逃避誅罰。《陳書·衡陽獻王昌傳》："王琳逆命，逋誅歲久。"

[61] 鷹鸇：猛禽，比喻才智出衆的人。

[62] 展效：出力報效。

[63] 鍾儀：春秋楚人。曾爲鄭獲，被獻于晉。晉侯見鍾儀，問之曰："南冠而縶者誰也？"有司對曰："鄭人所獻楚囚也。"釋而慰問之，問其族。對曰："伶人也。"晉侯曰："能樂乎？"對曰："先人之職也，敢有二事？"與之琴，操楚音。晉侯語于范文子。文子曰："楚囚，君子也。言稱其先職，不背本也；樂操土風，不忘舊也。"見《左傳·成公九年》。後多以"鍾儀"爲拘囚異鄉或懷土思歸者的典型。

[64] 華元：戰國宋人，宋文公四年（前607），鄭奉楚命伐宋，華元與樂呂抵禦失敗被俘。宋以兵車百乘、文馬百駟贖他，贖物才送到一半，華元即逃歸。

[65] 背誕：違命放誕，不受節制。《左傳·昭公元年》："子姑憂子晳之欲背誕也。"杜預注："鄭子晳殺伯有背命放誕，將爲國難。"

[66] 忠規：盡心規劃；忠心謀劃。

[67] 潛圖：暗中謀劃。

[68] 庶：副詞，希望，但願。茂績：豐功偉績。《後漢書·朱祐景丹等傳論》："英姿茂績，委而無用。"

[69] 元惡：大惡之人；首惡。

[70] 大猷：大猷。謂治國大道，《詩·小雅·巧言》："奕奕寢廟，君子作之；秩秩大猷，聖人莫之。"鄭玄箋："猷，道也；大道，治國之禮法。"

[71] 憑軾：倚在車前橫木上，謂駕車或出征。左思《魏都賦》："憑軾捶馬，袖幕紛半。"

[72] 鋒鏑：刀刃和箭鏃。借指兵器。鏑，讀音 dí。

[73] 壯烈：豪壯激越。

[74] 申威：施展神威。荀悦《申鑒·雜言上》："高祖雖能申威于秦項，而屈于商山四皓。"

[75] 凶魁：元凶。僵僕：倒下。《戰國策·秦策四》："刳腹折頤，首身分離，暴骨草澤，頭顱僵僕，相望於境。"鮑彪注："僵，偾；僕，倒也。"

[76] 顛趾：腳朝上頭朝下，謂顛倒失所。

[77] 奔鯨：奔跑的鯨魚，喻指不義凶暴之人。

[78] 桀犬：喻忠實奴僕。沈約《謝封建昌侯表》："陛下投袂萬里，拯厥塗炭，臣雖心不吠堯而迹淪桀犬。此則王業始基，臣所不與，徒荷日月之私，竟無蒸燭之用。"

[79] 無因：無所憑藉；沒有機緣。《楚辭·遠游》："質菲薄而無因兮，焉托乘而上浮？"

[80] 不存：謂危險。《漢書·司馬相如傳下》："卒然遇軼才之獸，駭不存之地。"顏師古注："不存，不可得安存也。"

[81] 雄夫：猶勇士，壯士。《三國志·吳志·胡綜傳》："受此厚禍，即恐天下雄夫烈士欲立功者，不敢復托命陛下矣。"

[82] 累氣：猶屏息。《後漢書·黨錮傳·劉祐》："時中常侍蘇康、管霸用事於內，遂固天下良田美業，山林湖澤，民庶窮困，州郡累氣。"李賢注："累氣，屏息也。"

[83] 喋血：形容殺人流血很多。

[84] 躍：迅疾貌。《說文·足部》："躍，迅也。"

[85] 鈹，讀音 pī，兵器，形狀如刀，兩邊有刃。《左傳·昭公二十七年》："抽劍刺王，鈹交於胸。"

[86] 結纓：系好帽帶。《左傳·哀公十五年》："子路曰：'君子死，冠不免。'結纓而死。"後用以表示從容就死。

[87] 瓊枝：傳說中的玉樹，喻賢才。

[88] 轜：亦作"輀"，載運棺柩的車。《釋名·釋喪制》："輿棺之車曰輀。輀，耳也，縣於左右前後銅魚搖絞之屬。"

[89] 贈賻：贈送財物以助治喪。《梁書·張率傳》："昭明太子遣使贈賻。"

[90] 恒典：常典；常制。

[91] 天府：朝廷。

[92] 松筠：松樹和竹子。《禮記·禮器》："其在人也，如竹箭之有筠也，如松柏之有心也。二者居天下之大端矣，故貫四時而不改柯易葉。"後因以"松筠"喻節操堅貞。

[93] 運偶：幸運；遇合。

[94] 鍾：當；遭逢。曹植《磐石篇》："經危履險阻，未知命所鍾。"

[95] 細行：小節；小事。

[96] 爽氣：豪邁的氣概。劉義慶《世說新語·豪爽》："桓既素有雄情爽氣，加爾日音調英發，叙古今成敗由人，存亡繫才，其狀磊落，一坐嘆賞。"

[97] 屈迹：屈身。

[98] 違亂：謂不遵守禮法。

[99] 大造：大功勞；大恩德。《左傳·成公十三年》："文公恐懼，綏靜諸侯，秦師克還無害，則是我有大造於西也。"

[100] 造次：倉猝；匆忙。《論語·里仁》："君子無終食之間違仁，造次必於是，顛沛必於是。"

[101] 怗，讀音 tiē，貼近。焦原：巨石名。《尸子》卷下："莒國有石焦原，廣尋長五百步，臨萬仞之谿。莒國莫敢近也。"

[102] 逋藪，讀音 bū sǒu，逋逃藪。

[103] 天誅：帝王的征討或誅罰。《漢書·陳湯傳》："臣延壽、臣湯將義兵，行天誅。"巨猾：大奸，極奸猾的人。

[104] 荊卿奏曲，空進燕圖：《戰國策·燕策三》載，戰國時，燕太子丹派荊軻去刺

秦王，荆軻以燕督亢地圖卷匕首獻于秦王，展圖將盡，匕首露，軻以匕首刺秦，不中被殺。

[105] 預讓：豫讓，春秋戰國間晋人，爲晋卿智瑶家臣。晋出公二十二年（前453）趙、韓、魏共滅智氏。豫讓用漆塗身，吞炭使啞，暗伏橋下，謀刺趙襄子未遂，後爲趙襄子所捕。臨死時，求得趙襄子衣服，拔劍擊斬其衣，以示爲主復仇，然後伏劍自殺。見《史記·刺客列傳》。

[106] 翳桑：古地名。春秋晋靈輒餓于翳桑，趙盾見而賜以飲食。後輒爲晋靈公甲士。會靈公欲殺盾，輒倒戈相衛，盾乃得免。事見《左傳·宣公二年》。

[107] 結草：出自《左傳·宣公十五年》：" 魏武子有嬖妾，無子。武子疾，命顆（武子之子）曰：'必嫁是。' 疾病，則曰：'必以爲殉。' 及卒，顆嫁之，曰：'疾病則亂，吾從其治也。' 及輔氏之役，顆見老人結草以亢杜回，杜回躓而顛，故獲之。夜夢之曰：'余，而所嫁婦人之父也。爾用先人之治命，余是以報。'" 後因以 "結草" 爲受厚恩而雖死猶報之典。

[108] 詮：詳盡解釋；闡明。

[109] 彝章：常典；舊典。

[110] 幽隴：指墳墓。任昉《劉先生夫人墓誌》："暫啓荒埏，長扃幽隴。"

[111] 於穆：對美好的讚嘆。《詩·周頌·維天之命》："維天之命，於穆不已。"

[112] 烏奕：亦作 "鳥奕"，聯綿不絶。《後漢書·班固傳下》："發祥流慶，對越天地者，烏奕乎千載。" 李賢注："烏奕，猶蟬聯不絶也。"

[113] 羅本作 "日"，疑爲 "曰"。趫材：亦作趫才，矯健輕捷之才。

[114] 傲儻：豪爽灑脱。《魏書·陽尼傳》："性傲儻，不拘小節。"

[115] 寥廓：空曠深遠。《楚辭·遠游》："下崢嶸而無地兮，上寥廓而無天。"

[116] 珠囊：指五星的躔度。《尚書考靈曜》"天失日月，遺其珠囊" 條，鄭玄注："珠，謂五星也。遺其囊者，盈縮失度也。"

[117] 玉弩：流星，古代認爲流星現，是天下將亂的徵兆。《尚書緯帝命驗》："天鼓動，玉弩發，驚天下" 條，鄭玄注："秦野有枉矢星，形如弩。其星西流，天下見之而驚呼。"

[118] 玄闕：天門，引申指天帝或神仙的住所。

[119] 紫微：紫微垣，星官名，三垣之一。《晋書·天文志上》："紫宫垣十五星，其西蕃七，東蕃八，在北斗北。一曰紫微，大帝之座也，天子之常居也，主命主度也。"

[120] 兆庶：兆民。

[121] 騁：賓士；奔跑。引申爲肆行。

[122] 膺期：承受期運，指受天命爲帝王。沈約《齊故安陸昭王碑文》："膺期誕德，絶後光前。"

[123] 龍戰：本謂陰陽二氣交戰。《易·坤》："上六，龍戰於野，其血玄黃。" 後遂以喻群雄争奪天下。

[124] 蝟起：出自賈誼《新書·益壤》："高皇帝瓜分天下，以王功臣，反者如蝟毛而起。"後因以"蝟起"比喻紛然而起。

[125] 昌期：當爲"曷期"。望阻曷期，即遙望重重戰火阻隔不禁十分焦急，此狀況何時了結？

[126] 干紀：違犯法紀。語出《左傳·襄公十三年》："干國之紀，犯門斬關。"

[127] 姦：歹徒；惡人。魁：首領；領頭人。放命：逆命，違命。

[128] 肆逆：橫行不法，背叛作亂。《三國志·魏志·文帝紀》："漢道陵遲，世失其序，降及朕躬，大亂茲昏，群凶肆逆，宇内顛覆。"

[129] 推轂：推車前進。古代帝王任命將帥時的隆重禮遇。臺鉉：猶臺鼎。鉉，鼎耳，以代鼎。鼎三足，有三公之象，故以喻宰輔重臣。

[130] 文昌：宮殿名。左思《魏都賦》"造文昌之廣殿，極棟宇之弘觀"條，張載注："文昌，正殿名也。"

[131] 侮亡：指打擊、施壓力於已有滅亡徵象的國家。

[132] 氛祲：霧氣，比喻戰亂，叛亂。

[133] 雷作既解：雷雨作解，《易·解》："雷雨作解。君子以赦過宥罪。"後用"雷雨作解"謂帝王對有過者赦之，有罪者寬之。

[134] 貙，讀音 chū，獸名，也稱貙虎。慝，讀音 tè，邪惡。

[135] 狼戾：凶狠，暴戾。《戰國策·燕策一》："夫趙王之狼戾無親，大王之所明見知也。"

[136] 桓桓：勇武、威武貌。《尚書·牧誓》："勖哉夫子！尚桓桓。"

[137] 吞舟：吞舟之魚的略語，常以喻人事之大者。《後漢書·文苑傳上·杜篤》："彼埳井之潢汙，固不容夫吞舟。"

[138] 前茅：古代行軍時的前哨斥候。遇敵情則舉旌向後軍示警。

[139] 絓，讀音 guà，絆住；挂礙。《左傳·成公二年》："逢醜父與公易位，將及華泉，驂絓於木而止。"楊伯峻注："絓，音卦，礙也。兩驂爲樹木所阻。"

[140] 脰，讀音 dòu，頸項。《左傳·襄公十八年》："射殖綽，中肩，兩矢夾脰。"楊伯峻注："脰音豆，頸項。"

[141] 封豕：大猪，比喻貪暴者。

[142] 長鯨：大鯨，喻巨寇。

[143] 奰，讀音 bì，壯大。《玉篇·大部》："奰，壯也。"

[144] 超距：跳躍。古代練習武功的一種活動。

[145] 渠魁：大頭目；首領。《尚書·胤征》："殲厥渠魁，脅從罔治。"孔安國傳："渠，大。魁，帥也。"

[146] 暨：至；到。

[147] 吴濞：吴王劉濞的省稱。漢景帝時，劉濞曾發動吴楚等七國之亂，爲周亞夫

所平。

［148］樓蘭：古西域國名，漢元封三年（前108）內附。王居扞泥城，遺址在今新疆維吾爾自治區若羌縣境，羅布泊西，處漢代通西域南道上。因居漢與匈奴之間，常持兩端，或殺漢使，阻通道。元鳳四年（前77），漢遣傅介子斬其王安歸，另立尉屠耆爲王，更名爲鄯善。傅介子以立功封侯。事見《漢書·西域傳上》及《傅介子傳》。後亦借用爲殺敵立功的事典。

［149］怨府：衆怨歸聚之所。

［150］鋒端：兵器或毛筆等的尖端。

［151］致命：猶捐軀。《易·困》："君子以致命遂志。"

［152］森森：蔚然興盛貌。

［153］邙山：北邙山，一作北芒，也稱芒山、郟山、北山，在今河南省洛陽市東北。漢魏以來，爲王侯公卿歸葬之處。

［154］泉户：墓門。

［155］傳芳：流傳美名。竹素：竹帛，多指史冊、書籍。

卷第四百五十三

碑卅三　百官廿三　將軍三

《左武候軍龐某碑序》一首　　唐　虞[世]南

題解：本文爲初唐將軍龐某之墓碑文，作於貞觀二年（628）十月。碑主龐某，其名不詳，史傳資料不可考。碑文溯其氏源族係，敘其仕宦事迹，着重記載了其在李唐建立過程中所歷之戰。碑主歷經隋唐之際的群雄割據混戰，始終堅守支持李唐政權的立場。碑文夸大其武略，極言其受朝廷之重視，然其官位并不顯達，當是較爲低級之武將。

　　昔者彤雲受命[1]，樊、灌佐其雄圖[2]；白水興王[3]，耿、賈宣其上略[4]。并能刷羽躍麟[5]，培風激水[6]，誓丹書以建國[7]，錫青社以開基[8]。居陳五鼎[9]，出馳千駟，盛矣哉！功臣之爲貴也。眷言前烈[10]，疇能踵武[11]，嗣斯風者，其唯安化公乎[12]？
　　公諱□，字□□，相州鄴縣人也。靈源導於姬水[13]，胙土因乎魏邑[14]。或修文仕晋[15]，光命服以享大邦[16]；或習武游梁，握兵符而居上將。自斯累葉，徽猷相踵。洛下名相，仲達顯其龍章[17]；襄川奇偉[18]，士元騰其驥足[19]。長戟高門[20]，軒冕相繼[21]；形諸雕篆[22]，可得言焉。曾祖某，齊中散大夫，陳留太守。登高能賦，凌雲之氣已遒；下車布德，甘露之詳斯表[23]。固已陳諸往謀，紀乎前載。祖某，齊襄城王西閣祭酒，鎮西將軍。父某，北海郡丞，正議大夫。并德業相傳，家聲不墜。清談篤論[24]，芬芳無絕。用能載挺時俊[25]，克昌先緒[26]。

公體膺景緯[27]，氣稟英靈[28]，容貌都雅[29]，風神秀異[30]。資忠履孝[31]，彰於髫綺之年[32]；武藝雄才，見於幡旗之日[33]。彎弧妙於百中[34]，擊劍踰於千里[35]。於是，氣蓋山東[36]，名馳海內，思騁龍媒[37]，用申鴻漸[38]，豈直《梁甫》在咏[39]，上[瀨]長吟而已哉[40]？！弱冠爲左翊衛，執戈武帳[41]，整笏禁闈[42]。便煩左右[43]，爪牙攸屬。遇炎德無象[44]，雅缺其亡。雕騎隨滿月之兵，雁門列陰山之陣[45]。公頻驅七萃[46]，出自九重[47]。右控六鈞[48]，左揮雙戟，莫不搴旗執馘[49]，後殿先鳴[50]，勇冠當時，勳高莫府[51]。蒙授朝散大夫。

既而霧昏九縣，塵飛五嶽[52]，戎狄交侵，藩維內侮[53]。公乃銷聲晦迹，言念卷懷[54]，語嘿沉浮[55]，用觀時變。及欽明在運[56]，經綸維始，孟津同德之侶[57]，沛邑大號之初[58]，莫不抱樂爭趨，奉圖歸命。公早達興亡，夙布誠欵[59]，乃贏糧景從[60]，憑風撫翼[61]。于時天步猶艱，王途尚梗[62]，偷名竊號[63]，蝟起蜂飛[64]。公每羽義師[65]，率先銳士[66]。銜枚束舌[67]，夜襲晨趨[68]。沉舟焚次[69]，義無旋踵[70]，氣奪九軍[71]，戰同三捷。以平霍邑之功，蒙授開府儀同三司。

薛舉負阻秦川[72]，凶徒甚盛；仁果肆虐[73]，同惡寔繁[74]。爰降神武，龔行天罰[75]。公頻率精騎，亟引軍鋒[76]，入地道之九重[77]，超石城之百刃[78]。踰艱履險，奇績居多[79]，舍爵冊勳[80]，帝用嘉止。蒙授大將軍，以馮異之謙撝[81]，加衛青之榮號[82]，論功序爵，朝章斯允[83]。值馬邑妖氛[84]，侵擾疆場，龍庭酋長[85]，爲之聲援。陳豨彊兵[86]，尚屯參合[87]；盧芳壯騎[88]，或喻高柳[89]。乘折膠之氣[90]，罄引弓之力[91]，元戎致討[92]，遠臨句注[93]。公獎率義勇，親稟宏謨[94]，躬先士卒，奮不顧命。雄劍長驅，大殲凶醜。

王充阻兵怙亂[95]，竊據伊瀍[96]，秣馬河華[97]，連雞趙魏[98]。相王宣威閫外[99]，杖鉞鼎門[100]。公以前茅左矩[101]，奇兵深入，凌孫瓚之嚴城[102]，絕王離之甬道[103]。元惡克殄[104]，厥功斯茂。及取劉闥於洺州，破徐員於兗邑，常隨大斾[105]，每翼轅門[106]。摧堅陷陣，所向披靡。拔幟揚徽[107]，隨機應變。殊勳茂績[108]，大啓山河。蒙授上柱國，封真定縣開國侯。

五年，以久勞戎陣，奇功克舉，優秩仍加[109]，用彰勤□。蒙授秦王府左三翊衛府右車騎將軍。七年，授秦王左一副護軍。其年，又補左內馬軍副總管。九年六月，以業預艱難[110]，效彰忠歟[111]，蒙授左衛副率。其年七月，詔授右驍衛將軍。其年九月，改封安化郡開國公。皇上膺圖御歷[112]，臨撫萬方，永言惟舊[113]，恩榮彌重。爪牙任切，僉議所歸[114]。貞觀元年七月，詔授左武候將軍，居陪闌錡[115]，出導金輿[116]。戒式道之青旌[117]，引金吾之緹綺[118]。戎麾文物[119]，光暉朝野。

方當比迹韓吳[120]，齊功衛霍[121]，陪王儉之封[122]，翊蘿圖之駕[123]，而銜珠表瑞[124]，弗永於百年；坐樹留名[125]，氣傳於千祀。弓韜明月之暉[126]，劍滅連星之氣，精粹所稟，何其促歟？以今貞觀二年六月某日遘疾，薨於雍州長安縣之安仁里宅，春秋卅有五。皇帝悼深衽席[127]，恩同詔葬[128]，贈某官，諡某公，禮也。惟公少稱弘量，喜慍不形，尤長武略，仁而有勇。及感會風雲[129]，立功成務[130]，謙虛下物，始終無改。雖復關羽有國士之風，祭遵懷儒者之操[131]，無以加也。粵其年十月甲戌朔廿一日甲午，窆於雍州長安縣之某原。遺孤藐然[132]，不勝孺慕[133]；同氣友睦[134]，彌痛急難[135]。爰建豐碑，式鐫不朽。宣令名之無染[136]，播遺芳於可久。乃作銘云。

【注釋】

[1] 彤雲：紅雲，彩雲。陸機《漢高祖功臣頌》："彤雲晝聚，素靈夜哭。"李善注："彤，丹色也。"此處彤雲代指漢高祖。

[2] 樊灌：漢代武將樊噲和灌夫的并稱，爲漢代開國功臣。

[3] 白水：水名，源出湖北省棗陽市東大阜山，相傳漢光武帝舊宅在此。張衡《東京賦》："乃龍飛白水，鳳翔參墟。"薛綜注："白水，謂南陽白水縣也，世祖所起之處也。"白水代指漢光武帝。

[4] 耿賈：東漢名臣耿弇和賈復的并稱。上略：猶上策。

[5] 刷羽：禽類以喙整刷羽毛，以便奮飛。躍鱗：躍鱗，指魚游動，比喻人奮發有爲。

[6] 培風：猶乘風。《莊子·逍遥游》："風之積也不厚，則其負大翼也無力，故九萬里則風斯在下矣，而後乃今培風。"激水：亦作"擊水"，拍水。語本《莊子·逍遥游》："《齊諧》者，志怪者也，《諧》之言曰：'鵬之徙於南冥也，水擊三千里，摶扶搖而上者九萬里。'"

[7] 丹書：古代帝王賜給功臣世襲的享有免罪等特權的證件。司馬遷《報任少卿書》："僕之先，非有剖符丹書之功。"

[8] 青社：典自《史記·三王世家》："維六年四月乙巳，皇帝使御史大夫湯廟立子閎爲齊王。曰：於戲，小子閎，受兹青社！"司馬貞索隱："蔡邕《獨斷》云：'皇子封爲

卷第四百五十三

王,受天子太社之土,若封東方諸侯,則割青土,藉以白茅,授之以立社,謂之茅土。'齊在東方,故云青社。"此處代指分封之事。開基:猶開國。謂開創基業。

[9]居:住所,住宅。陳:陳列;排列。五鼎:五鼎食之省稱。列五鼎而食,形容高官貴族的豪奢生活,亦喻高官厚禄。

[10]眷言:回顧貌。言,詞尾,無義。《詩·小雅·大東》:"眷言顧之,潸焉出涕。"

[11]疇:誰。《尚書·説命上》:"後克聖,臣不命其承,疇敢不祗若王之休命?"孔安國傳:"言王如此,誰敢不敬順王之美命而諫者乎?"踵武:跟著别人的腳步走,比喻繼承前人的事業。

[12]安化公:指碑主龐某。

[13]靈源:喻帝緒、帝業,亦喻指家業。權德輿《大行皇太後挽歌詞》之一:"筮水靈源濬,因山祔禮崇。"姬水:水名,相傳爲黄帝所居。《國語·晋語四》:"黄帝以姬水成,炎帝以姜水成。"韋昭注:"姬、姜,水名。"

[14]胙土:指帝王將土地賜封功臣宗室,以酬其勳勞。魏:古國名,西周時分封的諸侯國,姬姓,在今山西省芮城縣西北。公元前661年,晋獻公攻滅魏,將其地封給畢萬,以畢萬爲魏大夫。此兩句述碑主氏源,溯其祖於黄帝,系其姓于姬姓。

[15]修文:采取措施加强文治,主要指修治典章制度,提倡禮樂教化等。

[16]命服:原指周代天子賜予元士至上公九種不同命爵的衣服。後泛指官員及其配偶按等級所穿的制服。享:享受;受用。大邦:大的州郡。此兩句謂其祖文武兼資,于兩晋南朝時期官位顯達。

[17]仲達:司馬懿,字仲達,魏末權臣。龍章:袞龍之服和章甫之冠,謂其顯達。

[18]奇偉:奇特壯美;奇异不凡。

[19]士元:龐統,字士元,東漢末年劉備帳下重要謀士。驥足:比喻高才。《三國志·蜀志·龐統傳》:"龐士元非百里才也,使處治中、别駕之任,始當展其驥足耳。"

[20]長戟:長戟,古兵器名,長柄的戟。此謂武將。高門:《漢書·于定國傳》:"始定國父于公,其閭門壞,父老方共治之。于公謂曰:'少高大閭門,令容駟馬高蓋車。我治獄多陰德,未嘗有所冤,子孫必有興者。'至定國爲丞相,永爲御史大夫,封侯傳世云。"後因以"高門"指高大其門閭,比喻青雲得志,光耀門庭。

[21]軒冕:古時大夫以上官員的車乘和冕服。借指官位爵禄。

[22]雕篆:指辭章。王中《頭陀寺碑文》:"敢厲言於雕篆,庶髣髴乎衆妙。"李周翰注:"雕篆,謂文字也。"此謂其祖業之盛,載於文字。

[23]甘露:甘美的露水。古人認爲甘露降,是太平瑞征。此甘露亦喻指官吏的仁愛福澤。

[24]篤論:猶確論,確切的評論。《漢書·董仲舒傳贊》:"至向曾孫龔,篤論君子也,以歆之言爲然。"

[25]挺:突出;傑出。時俊:當代或當時的賢俊。

— 319 —

[26] 先緒：祖先的功業。

[27] 景緯：日與星。王融《三月三日曲水詩序》："求中和而經處，揆景緯以裁基。"李善注："景，日；緯，星也。"

[28] 英靈：英明靈秀，此指資質。

[29] 都雅：美好閒雅。《三國志·吳志·孫韶傳》："身長八尺，儀貌都雅。"

[30] 風神：風采；神態。

[31] 資忠：實行忠義之道。潘岳《閑居賦》："是以資忠履信以進德，修辭立誠以居業。"履孝，即踐行孝道。

[32] 髫綺：謂幼年。

[33] 旛旗：旗幟。此處喻指軍隊。

[34] 彎弧：拉弓。百中：猶言百發百中。

[35] 千里：指路途遙遠或面積廣闊。

[36] 山東：稱太行山以東地區。

[37] 龍媒：《漢書·禮樂志》："天馬徠龍之媒。"顏師古注引應劭曰："言天馬者乃神龍之類，今天馬已來，此龍必至之效也。"後因稱駿馬為"龍媒"，喻俊才。

[38] 鴻漸：《易·漸》："初六，鴻漸於幹""六二，鴻漸於磐""九三，鴻漸於陸""六四，鴻漸於木""九五，鴻漸於陵"。謂鴻鵠飛翔從低到高，循序漸進。比喻仕進於朝的賢人。

[39] 梁甫：梁甫吟，樂府楚調曲名。梁甫，即梁父，山名，在泰山下。《梁甫吟》，蓋言人死葬此山，亦爲葬歌。今傳諸葛亮所作《梁甫吟》辭，乃述春秋齊相晏嬰二桃殺三士事；後常以之作隱逸之喻。此句謂其出仕之願。

[40] 上瀬：未詳。

[41] 武帳：置有兵器的帷帳，帝王或大臣所用。

[42] 整笏：端正地握著朝笏，恭謹待命貌。禁闥：宮廷門戶，指宮內或朝廷。

[43] 便煩：亦作"便蕃"，頻繁；屢次。《左傳·襄公十一年》："樂只君子，福祿攸同，便蕃左右，亦是帥從。"杜預注："便蕃，數也。言遠人相帥來服從，便蕃然在左右。"

[44] 無象：失去常態、常道。此謂政昏時亂。

[45] 滿月之兵，陰山之陣：未詳。

[46] 七萃：周天子的禁衛軍。亦泛指天子的禁衛軍或精銳的部隊。

[47] 九重：指宮禁，朝廷。

[48] 六鈞：《左傳·定公八年》："士皆坐列，曰：'顏高之弓六鈞。'皆取而傳觀之。"杜預注："顏高，魯人。三十斤爲鈞，六鈞百八十斤。古稱重，故以爲异強。"謂張滿弓用力六鈞，後因以指強弓。

[49] 搴旗：拔取敵方旗幟。搴，讀音 qiān。執馘：《詩·大雅·皇矣》："執訊連連，攸馘安安。"毛傳："馘，獲也。不服者殺而獻其左耳曰馘。"鄭玄箋："執所生得者而言

問之，乃獻所馘，皆徐徐以禮爲之。"後以"執馘"爲殺敵獻功之稱。

[50] 後殿：行軍時居於尾部者。先鳴：指首先登城而大呼。

[51] 莫府：幕府。莫，通"幕"，本指將帥在外的營帳，後亦泛指軍政大吏的府署。此謂其作戰勇猛，功勳卓著。

[52] 九縣：九州。五嶽：我國五大名山的總稱。代指全國。霧昏、塵飛，喻指時局動盪。

[53] 藩維：《詩·大雅·板》："價人維藩。"後以"藩維"指藩國。內侮：借指一國之內以武力相侵。此句謂時局之內憂外患。

[54] 卷懷：語本《論語·衛靈公》："邦無道，則可卷而懷之。"劉寶楠正義："卷，收也。懷，與'褱'同，藏也……卷而懷之，蓋以物喻。"後以"卷懷"謂藏身隱退，收心息慮。

[55] 語嘿：亦作"語默"，謂說話或沉默。語本《易·繫辭上》："君子之道，或出或處，或默或語。"

[56] 欽明：敬肅明察。

[57] 孟津：古黃河津渡名，在今河南省孟津縣東北、孟縣西南。相傳周武王在此盟會諸侯并渡河，故一名盟津，一説本作盟津，後訛作孟津，爲歷代兵家爭戰要地。此即取會盟之典。

[58] 沛邑大號：漢高祖劉邦起兵于沛，以應陳涉。此謂衆人回應漢高祖起義之事。此句以典喻碑主回應李唐起義。

[59] 誠欵：即誠款，忠誠；真誠。

[60] 贏糧：擔負糧食。引申指携帶糧食。賈誼《過秦論》："天下雲集而響應，贏糧而景從。"

[61] 憑風：乘著風。撫翼：拍擊翅膀。比喻奮起。此句謂碑主抓住時運，趁勢而起。

[62] 梗：阻塞；斷絕。

[63] 竊號：僭用帝王尊號。

[64] 蝟起：賈誼《新書·益壞》："高皇帝瓜分天下，以王功臣，反者如蝟毛而起。"後因以"蝟起"比喻紛然而起。蜂飛亦同。

[65] 羽：喻相輔翼。義師：爲正義而戰的軍隊。

[66] 銳士：泛指精銳的士卒。

[67] 銜枚：橫銜枚於口中，以防喧嘩或叫喊。枚，形如筷子，兩端有帶，可系於頸上。

[68] 夜襲：夜間襲擊。晨趨：清早趨行。謂朝參。

[69] 沉舟焚次：謂沉沒戰船，燒毀軍隊營房。表示決一死戰，有進無退。

[70] 旋踵：轉身。指畏避退縮。

[71] 九軍：天子六軍，諸侯三軍，統稱爲九軍。《莊子·德充符》："勇士一人，雄

入於九軍。"

[72] 負阻：依恃險阻。

[73] 仁果：薛仁果，也作薛仁杲，薛舉長子，隋末唐初佔據隴西的軍閥，驍勇善戰，號稱"萬人敵"。大業十三年（617）四月，薛仁果與其父薛舉起兵，佔據隴西之地。七月，薛舉稱帝，立薛仁果爲太子。武德元年（618）八月，薛舉去世，薛仁果繼位。十一月，薛仁果在淺水原之戰中被唐軍擊敗，被迫投降。李世民將薛仁果押送長安斬首。

[74] 寔繁：共同作惡。亦指共同作惡者。

[75] 龔行：奉行。《呂氏春秋·先己》"夏後伯啟與有扈戰於甘澤而不勝。"高誘注引《尚書》："今予惟龔行天之罰。"

[76] 軍鋒：先鋒，居軍前衝鋒挫敵。

[77] 地道：地下通道。九重：泛指多層。

[78] 石城：傳說中的山名。《莊子·說劍》："以燕谿、石城爲鋒。"成玄英疏："石城，塞外山，此地居北，以爲劍鋒。"此處喻指防守堅固的城池。

[79] 奇績：謂卓越的功績。

[80] 舍：施予，佈施。王中《頭陀寺碑文》："行不舍之檀，而施洽群有；唱無緣之慈，而澤周萬物。"册勳：叙功封賜。《陳書·章昭達傳》："王琳平，昭達册勳第一。"

[81] 馮異：東漢開國名將，雲臺二十八將第七位。仕至征西大將軍。謙撝：謙遜；謙抑。

[82] 衛青：西漢名將，漢武帝時官至大司馬、大將軍。

[83] 朝章：朝廷的典章。允：公正。

[84] 妖氛：不祥的雲氣，多喻指凶災、禍亂。

[85] 龍庭：匈奴單於祭天地鬼神之所。借指匈奴和其他邊塞少數民族國家。

[86] 陳豨：秦漢之際漢王劉邦部將。彊：同"強"。

[87] 參合：并列。

[88] 盧芳：東漢初年地方割據首領。

[89] 高柳：未詳。

[90] 折膠：《漢書·晁錯傳》："欲立威者，始於折膠。"顏師古注引蘇林曰："秋氣至，膠可折，弓弩可用，匈奴以爲候而出軍。"後因用以指秋冬時節。

[91] 磬：副詞，方言，适才。

[92] 元戎：主將，統帥。

[93] 句注：山名。在今山西代縣北，爲古代九塞之一。

[94] 宏謨：宏謀。袁宏《三國名臣序贊》："子布擅名，遭世方擾。撫翼桑梓，息肩江表。王略威夷，吳魏同寶。遂獻宏謨，匡此霸道。"

[95] 王充：王世充，隋末群雄之一。阻兵：仗恃軍隊。怙亂：謂乘亂取利。

[96] 伊瀍：伊水與瀍水，位於河南，均入洛水，也指該兩流域地區。

卷第四百五十三

[97] 秣馬：飼馬，喻指預備兵事。河華：黃河與華山的并稱。

[98] 連雞：縛在一起的雞，喻群雄相互牽掣，不能一致行動。《戰國策·秦策一》："諸侯不可一，猶連雞之不能俱上於棲之明矣。"鮑彪注："連謂繩繫之。"

[99] 相王：謂宰相而封王者，此處之唐高祖李淵。閫外：指京城或朝廷以外，亦指外任將吏駐守管轄的地域，與朝中、朝廷相對。

[100] 杖鉞：手執斧鉞，表示威權。鼎門：名門貴族。王勃《常州刺史平原郡開國公行狀》："公鼎門疏照，穴岫翔輝。"

[101] 矩：一種兵器。

[102] 孫瓚：公孫瓚，東漢末年武將、軍閥，漢末群雄之一。後被袁紹擊敗，自盡而亡。嚴城：戒備森嚴的城池。

[103] 王離：秦朝著名將領，名將王翦之孫。秦末農民起義之時，帥兵抵抗起義軍，後兵敗被俘。

[104] 元惡：大惡之人；首惡。克殄：殲滅。

[105] 旆：泛指旌旗。此處代指軍隊。

[106] 轅門：領兵將帥的營門。

[107] 拔幟：典出《史記·淮陰侯列傳》，韓信率漢軍擊趙，將至井陘口，先挑選輕騎二千，人持一赤幟，抄小路埋伏于趙營附近。接著背水列陣以誘趙。趙軍出擊，漢軍佯敗而走，趙軍果空營追擊。"信所出奇兵二千騎，共候趙空壁逐利，則馳入趙壁，皆拔趙旗，立漢赤幟二千。"趙軍進擊不能勝，欲回營，見營中盡是漢軍赤幟，大驚，"以爲漢皆已得趙王將矣"，於是潰不成軍，終於爲信所滅。後遂用以爲偷換取勝或戰勝、勝利之典。揚徽：揮動軍旗，喻征戰。

[108] 殊勳：特出的功勳。茂績：豐功偉績。

[109] 優秩：高貴的職位。

[110] 艱難：指創業。《北史·周宗室傳論》："有周受命之始，宇文護實預艱難。"

[111] 效：顯示，呈現。彰：顯揚；表彰。

[112] 膺圖：承受瑞應之圖。指帝王得國或嗣位。御歷：指皇帝登位，君臨天下。

[113] 惟舊：指舊屬，老下級。語本《尚書·盤庚上》："人惟求舊，器非求舊，惟新。"

[114] 僉議：衆人的意見，多用於群臣百官。

[115] 闌錡：亦作"蘭錡"，兵器架。此謂其於禁中起護衛之職。

[116] 金輿：亦作"金舉"。帝王乘坐的車輿。

[117] 青旌：青雀旌，畫著青雀的軍旗，亦省稱"青旌"。《禮記·曲禮上》："前有水，則載青旌。"唐孔穎達疏："青旌者，青雀旌，謂旌旗。軍行若前值水，則畫爲青雀旌旗幡，上舉示之。所以然者，青雀是水鳥，軍士望見則咸知前必值水而各防也。"

[118] 金吾：古官名，負責皇帝大臣警衛、儀仗以及徼循京師、掌管治安的武職官

員。其名稱、體制、許可權歷代多有不同。緹綺：赤色有花紋的絲織物，古代富貴者所服。

[119] 戎麾：軍旗，亦借指軍隊。文物：指車服旌旗儀仗之類。

[120] 韓吳：韓信與吳起的并稱，皆爲著名軍事家。

[121] 衛霍：西漢名將衛青與霍去病的并稱。

[122] 王儉：南齊名臣，丞相王導五世孫。追贈太尉、侍中、中書監。

[123] 蘿圖：指疆宇。

[124] 銜珠：《初學記》卷二七引晉王嘉《拾遺記》："黃帝之子名青陽，是曰少昊，一名摯，有白雲之瑞，號爲白帝。有鳳銜明珠致於庭，少昊乃拾珠懷之，使照服於天下。"後用恩賞之典。

[125] 坐樹：《後漢書・馮異傳》："異爲人謙退不伐……每所止舍，諸將并坐論功，異常獨屏樹下，軍中號曰'大樹將軍'。"後因以"坐樹不言""坐樹無言"謂功高而不自矜。

[126] 韜：掩藏；斂藏。

[127] 衽席：宴席；座席。《禮記・坊記》："衽席之上，讓而坐下，民猶犯貴。"

[128] 詔葬：下詔安葬。古代給有勳功大臣的殊榮。

[129] 感會：感應會合。

[130] 成務：成就事業。

[131] 祭遵：東漢中興名將，雲臺二十八將第九。

[132] 遺孤：死者遺留下來的孤兒。藐然：幼小貌。

[133] 孺慕：亦作"乳慕"，《禮記・檀弓下》："有子與子游立，見孺子慕者，有子謂子游曰：'予壹不知夫喪之踊也，予欲去之久矣，情在於斯，其是也夫。'"鄭玄注："喪之踊，猶孺子之號慕。"後謂對父母的哀悼、悼念爲"孺慕"。

[134] 同氣：有血統關係的親屬，指兄弟姊妹。《後漢書・東平憲王蒼傳》："凡匹夫一介，尚不忘簞食之惠，況臣居宰相之位，同氣之親哉！"友睦：友愛和睦。《南史・傅昭傳》："兄弟友睦，修身勵行，非禮不動。"

[135] 急難：解救危難。《詩・小雅・常棣》："脊令在原，兄弟急難。"

[136] 令名：美好的聲譽。無染：佛教語，謂性本潔淨，無沾污垢。

《左屯衛大將軍周孝範碑銘》一首并序　　唐　褚亮

題解：周孝範，《新唐書》《舊唐書》作"周範""周紹範"，生卒年不詳，生平事跡零星記載於他人傳記中。按本碑記載，碑主卒於貞觀七年（633），此碑當作於此時。碑主由隋入唐，位至公卿，職列將軍，更有"與左僕射玄齡同掌樞禁"之事迹，實爲唐代較爲重要的政治人物，然不載於史書。此碑詳細記載其家世生平，可補充兩唐書史料之缺失。

若夫聖人有作，寶歷應期[1]，賢傑於是降生，叶贊以之同德[2]。望方邵而長想[3]，超韓白而高步[4]。弼成久大之功[5]，貪亮邦家之業[6]。騰芳前古，垂裕後昆[7]。身與朽壤同弊[8]，名隨鍜帛俱遠[9]。俾無愧色[10]，其唯譙敬公乎？公諱孝範，汝南安成人也。姬水降祥[11]，惟王於是建國。周原命氏[12]，因生以之賜姓。積德綿遠，歷載悠長，公侯繼及，袞紱重映[13]。主射雄辯[14]，頌美於秦君；絳侯質直[15]，終安於劉氏。宣光之竭心士位[16]，子隱之勵節邊疆[17]，自斯已降，可得而言者也。曾祖某，梁散騎常侍，太子左衛率，盧、汭二州刺史，保城肅侯[18]，早標譽望，雅有幹局[19]，用能杖節擁旄，樹功立事。祖[靈]，陳車騎將軍，都督八十二鎮諸軍事，定、安二州刺史，武昌壯公。張幕臨戎，褰帷作牧[20]，殊勳表於甲令[21]，茂賞盛於惇史[22]。父某，隋大將軍，使持節永、桂、雲三州、總管卅一州諸軍事，左武衛將軍，譙僖公。舊德非遠[23]，汗竹紀於聲芳；遺愛所存[24]，甘棠表其歌咏[25]。自保城著績，武衛安邊，宣條千里，於此三葉。繼踵方牧[26]，時論榮之。公惟岳降生[27]，含章秀出[28]。湛機神而內融[29]，肅牆宇以外峻[30]。因心本孝之義[31]，發自天資；率由立身之道[32]，匪因傍習。姿貌瓌傑[33]，容止方嚴[34]。穆乎苞不測之量，毅然有難犯之色。兵書軍志，雖不學於孫吳[35]；嘉謀遠算，自追蹤於衛霍[36]。弓矢盡蓋延之妙[37]，騎乘均王濟之工[38]。州閭推其敬讓，宗戚嘆其淳厚。美譽所歸，獨高兹日。隋大業三年，起家齊王典籤。其年，授交阯郡司倉書佐。趨職藩庭[39]，出臨荒裔[40]。冀北之步[41]，雖涉於康衢；圖南之舉[42]，未申於寥廓[43]。于時炎精已季[44]，亡徵將兆，公卷舒其德，沉浮體命。殆均亭伯[45]，遂遠出於遼陰；更似文休[46]，亦竄身於外寓。及皇朋革運，品物咸亨[47]，越自返方[48]，歸于京城。主上昔在維城，任隆分陝[49]，樸燎原於鐘岱[50]，止橫流於溟勃。遠求時彥[51]，用清中夏[52]。公亦推誠霸主[53]，委質興王[54]。附翼之機[55]，因搏風而自遠[56]；縱鱗之致[57]，與委水而爭擊。武德五年，授秦王府右庫真車騎將軍。君右之舉[58]，諒侯勳賢[59]；析[折]衝之任[60]，乃昇帷幄[61]。公之此選，寔允得人[62]。九年六月，改授太子右內率，仍檢校北門諸杖，宮率精兵，見稱歷載；儲闈[闈]禦武[63]，尤光顯職。奉雞戟以趨侍[64]，肅龍樓而巡警[65]。其年，授千牛將軍，封宜春縣公，食邑一千戶。地擬封君[66]，榮

— 325 —

超戎秩[67]。將軍之禮，寵賜比於命卿[68]；建武之選[69]，名號隨於制敵[70]。貞觀元年，授右屯衛將軍，於玄武門領兵宿衛。仍以本職出使北藩，宣揚國威，曉喻邊俗。班奉四條之書[71]，肅清萬里之外。使還，又領玄武門內左右廂仗。肅鉤陳於中禁[72]，排閶闔而上征[73]。羊祜之握兵機[74]，典韋之統軍帳[75]，任寄之重[76]，恩私罕匹[77]。五年，轉授左衛將軍，襲爵譙郡公，加邑二千戶。乃司欄錡[78]，奄有茅賦[79]。象賢光於繼及[80]，承基盛其土宇[81]。

六年，以本官檢校殿中監事。公累昇顯授[82]，所在勤官，故能入司武職，兼總文吏。人資才幹[83]，任華宮省[84]。公勵精爲政，見稱明察。七年，輿駕幸于九成[85]。天駟觀風[86]，屯警尤切。神居所寄[87]，楗柘斯重[88]。乃與左僕射玄齡同掌樞禁[89]。昔漢後出征，馬防留後[90]；魏帝巡幸，徐宣統兵[91]。方之往賢，足稱連類[92]。公勵志竭誠[93]，言則不隱；嘉謀讜議[94]，知而必爲。中旨勞問[95]，寵賜優洽[96]。既舊抱痾恙[97]，遂淹氣序[98]。爰如邁疾[99]，載回天眷[100]。於是，加授左屯衛大將軍，封爵如故。方且羽儀當代[101]，獎鑒具僚[102]，成大夏之棟樑[103]，濟巨川於舟楫。而夜臺忽掩[104]，朝露已晞[105]。未勒竇憲之山[106]，遽終畢萬之牖[107]。七年，薨於京師，天子爲之輟朝追悼者良久，乃贈工部尚書，餘并如故。有司考行[108]，謚曰敬公，禮也。

惟公識量明遠[109]，風神爽發[110]，蹈德無怠，率禮不違。潔操乃出於冰霜，貞心有踰於金石。至于鄉閭之教[111]，規範之言，石慶愧其餘風[112]，王昶慚其家法[113]。非典謩之書弗尚[114]，非忠信之言弗踐。輕劉德之貨財[115]，重季布之然諾[116]。終如一心，涉歷二代[117]。口絕臧否[118]，行無玷缺[119]。加以長於武藝，妙識兵機，金壇奇正[120]，得之於懷抱；玉鈐攻取[121]，無勞於積習[122]。祭遵儒術[123]，未足方其雅歌；曹仁智勇[124]，纔可用其勝自。臨戎御衆，蒞政當官[125]，節約以檢其身，寬和以接其下。不矯飾以招譽，豈乾沒以徇私[126]？在公必聞，奉上無隱。焚書草而方奏[127]，問溫樹而不言[128]。趙武之情留管庫[129]，晏平之祿及朋友[130]。而玄化旋促[131]，芳塵不追[132]。投竿致其掩泣[133]，下機所以流恨[134]，豈非有始有卒，立功立事者哉！即以其年，永窆於萬年縣之某所[135]。三河甲士[136]，還陳出塞之容；五校鐃歌[137]，猶奏旋軍之曲。峴山之拜[138]，彌懷於舊思；原氏之阡[139]，更開於新道。公早著款誠[140]，夙展勤效。沛公初起[141]，蕭何舉宗而有歸；晉祚肇基，何曾在朝而盡敬[142]。故能特昇爵位，偏隆龍渥，書社千室[143]，享

— 326 —

禄萬鍾。曲旄雄戟之重[144]，文軒銷弩之貴[145]，當代近臣，罕出其右。

薨徂之日，朝野興悼，恩加丘隴[146]，禮備哀榮[147]。爰命有司，立碑隧道。昔者西漢殊功，唯頌美於充國[148]；南宮舊事，止畫像於仲華[149]。未有勒茲丹字，旌斯玄兆，發自睿衷，永胎相質[150]。天古地久，與時代而長存；石散金銷，隨風猷而共遠[151]。同夫庸器之典[152]，兼取雕戈之義[153]。銘曰：

緜緜姬緒，奕奕幽風[154]。克纂遥胄，惟茲懋功[155]。家承台袞[156]，人出才雄。祖考載德，勳庸在躬[157]。是爲人譽，復紹名公。盛業長祀，猗歟積慶[158]。誕斯明哲，實標英令。孝資感□，仁由天性。潔比清冰，皎同懸鏡。藩庭入仕[159]，水鄉從政[160]。勇冠秦隴，聲馳函洛。譽美遐外，績宣臺閣[161]。運逢霸道，時惟聖作。乃司禁衛[162]，兼謀帷幄[163]。寵越等倫[164]，思踰藩岳[165]。天爵斯重[166]，時榮已隆。是惟顯職，兼司禁中[167]。竭誠奉上，捐私徇公。勵行無怠，當官匪躬。文能附衆，武實收功。人擅榮寵，族華卿相。迺求懿德，惟人之望。職重中軍[168]，名超列將。摧梁奄及，偉才長喪。油素傳芳[169]，丹青表狀。逝川不息，拱木行陰。猶回慈悼，尚結神襟[170]。恩加陳席[171]，寵越遺簪[172]。追榮總洎[173]，策贈交臨[174]。化運長往，空嗟德音。百身靡贖，千載猶生。沒貴無朽，唯茲令名。銘開古石，地上新塋。年代滋遠，丘陵或平。眷言芳烈[175]，永樹風聲[176]。

【注釋】

[1] 寶歷：亦作"寶曆"，指國祚；皇位。應期：順應期運。曹植《制命宗聖侯孔羡奉家祀碑》："於赫四聖，運世應期。"

[2] 叶贊：協同翊贊。《晉書·元帝紀》："然晉室遘紛，皇輿播越，天命未改，人謀叶贊。"

[3] 方邵：同"方召"，西周時助宣王中興之賢臣方叔與召虎的并稱，後借指國之重臣。長想：遐想；追思。

[4] 韓白：古代名將漢韓信和秦白起的并稱。以善用兵著稱。高步：闊步，大步。左思《詠史》之五："被褐出閶闔，高步追許由。"

[5] 弼：輔佐。《尚書·益稷》："予違汝弼，汝無面從，退有後言。"孔安國傳："我違道，汝當以義輔正我。"

[6] 寅亮：恭敬信奉。王儉《褚淵碑文》："自非坦懷至公，永監崇替，孰能光輔五君，寅亮二代者哉？"

[7] 垂裕：謂爲後人留下業績或名聲。《尚書·仲虺之誥》："王懋昭大德，建中於民，以義制事，以禮制心，垂裕後昆。"孔安國傳："垂優足之道示後世。"

— 327 —

[8] 弊：敗壞。

[9] 鍜，讀音 xiá，一般與"鎧"連用，鎧，讀音 yā，頸甲。一種防身用具。

[10] 俾，讀音 bǐ，使。

[11] 姬水：水名。相傳爲黃帝所居。《國語·晉語四》："黃帝以姬水成，炎帝以姜水成。"韋昭注："姬、姜，水名。"

[12] 周原：周城的原野。周，地名，在岐山南。爲周室之發祥地。命氏：賜姓。

[13] 袞，讀音 gǔn，古代三公八命，出封時加一命可服袞，後因以借指三公。紱，讀音 fú，系官印的絲帶。也代指官印。此處指周氏多出朝廷重臣。

[14] 主射：未詳。

[15] 絳侯：指周勃，西漢名臣。周勃以布衣從高祖定天下，賜爵列侯，剖符世世勿絕。食絳8180戶，號絳侯。後用爲受遺詔輔國之典。

[16] 宣光：周宣王與東漢光武帝的合稱，二人皆舊時所稱中興之主。

[17] 子隱：周處（236—297），字子隱。義興陽羨（今江蘇宜興）人，鄱陽太守周魴之子。周處年少時縱情肆欲，爲禍鄉里，後改過自新，功業更勝乃父，留下"周處除三害"的傳說。吳亡後周處仕西晉，剛正不阿，得罪權貴，被派往西北討伐氐羌叛亂，遇害於沙場。

[18] 保城：小城。《左傳·成公十三年》："迭我殽地，奸絕我好，伐我保城，殄滅我費滑。"楊伯峻注："高士奇《地名考略》謂保城非地名，保即堡，小城也。'保城'，同義詞連用。"

[19] 幹局：謂辦事的才幹器局。

[20] 褰帷：《後漢書·賈琮傳》："琮爲冀州刺史。舊典，傳車驂駕，垂赤帷裳，迎於州界。及琮之部，升車言曰：'刺史當遠視廣聽，糾察美惡，何有反垂帷裳以自掩塞乎？'乃命御者褰之。"後因以"褰帷"爲官吏接近百姓，實施廉政之典。

[21] 甲令：第一道法令；朝廷頒發的重要的法令。《漢書·韓信彭越等傳贊》："唯吳芮之起，不失正道，故能傳號五世，以無嗣絕。慶流支庶，有以矣夫，著於甲令而稱忠也。"顏師古注："甲者，令篇之次也。"

[22] 惇史：有德行之人的言行記錄。《禮記·內則》："凡養老，五帝憲，三王有乞言。五帝憲，養氣體而不乞言，有善則記之爲惇史。"孔穎達疏："言老人有善德行則紀錄之，使衆人法則，爲惇厚之史。"惇，讀音 dūn。

[23] 舊德：謂先人的德澤；往日的恩德。

[24] 遺愛：指留於後世而被人追懷的德行、恩惠、貢獻等。

[25] 甘棠：《史記·燕召公世家》："周武王之滅紂，封召公於北燕……召公巡行鄉邑，有棠樹，決獄政事其下，自侯伯至庶人各得其所，無失職者。召公卒，而民人思召公之政，懷棠樹不敢伐，哥咏之，作《甘棠》之詩。"後遂以"甘棠"稱頌循吏的美政和遺愛。

[26] 方牧：古時統治一方的軍政長官方伯與州牧的并稱。後泛指地方長官。

[27] 惟：助詞，也作"唯""維"，用於句首。岳：亦作"嶽"，古代指名山"四嶽"或"五嶽"，亦泛指高山。

[28] 含章：包含美質。秀出：美好特出。

[29] 湛，讀音 chén，深沉。機神：機微玄妙。

[30] 墻宇：喻風範、氣度。袁宏《三國名臣序贊》："邈哉崔生，體正心直，天骨疏朗，墻宇高嶷。"

[31] 因心：謂親善仁愛之心。《詩·大雅·皇矣》："維此王季，因心則友。"毛傳："因，親也。"陳奐傳疏："因訓親，親心即仁心。"

[32] 率由：遵循，沿用。《尚書·微子之命》："率由典常，以蕃王室。"

[33] 瓌傑：俊美奇偉。葛洪《抱朴子·漢過》："猝突萍鶩，驕矜輕倪者，謂之巍峩瓌傑。"

[34] 方嚴：方正嚴肅。

[35] 孫吳：指孫武與吳起，并為戰國著名軍事家。

[36] 衛霍：衛青、霍去病，西漢著名將領。

[37] 蓋延：東漢將領，字巨卿，力大能挽硬弓，雲臺二十八將第十一。

[38] 王濟：西晉時人，愛好弓馬，生活奢侈，是有此句。

[39] 趨職：供職；盡職守。

[40] 出臨：舊指朝廷官員出任外職。荒裔：指邊遠地區。

[41] 冀北：《左傳·昭公四年》："冀之北土，馬之所生。"《南齊書·王融傳》："秦西冀北，實多駿驥。"因以謂良馬產地，并指人才薈萃之所。

[42] 圖南：《莊子·逍遙游》載：北冥有魚，其名為鯤。化而為鳥，其名為鵬。鵬之徙于南冥也，水擊三千里，搏扶摇而上者九萬里，背負青天而莫之夭閼者，"而後乃今將圖南"。後以"圖南"比喻人的志向遠大。

[43] 寥廓：遼闊的天空。

[44] 炎精：指應火運而興的王朝。

[45] 亭伯：指崔駰，字亭伯。因不能為竇憲所容，出為長岑長。駰自以遠去，不得意，遂不之官而歸。

[46] 文休：許靖，字文休，漢末三國時人，投奔王朗，於孫策攻王朗時與家屬俱避難交州。後為劉備漢中王傅。

[47] 品物：猶萬物。《易·乾》："雲行雨施，品物流形。"

[48] 遐方：猶遠方。

[49] 隆：顯達；顯赫。任隆即謂任命中央官員。分陝：陝即今陝西省陝縣。相傳周初周公旦、召公奭分陝而治，周公治陝以東，召公治陝以西。後謂封建王朝官僚出任地方官為"分陝"。

— 329 —

[50] 樸：同"僕"，使覆敗。燎原：火延燒原野。比喻勢態不可阻擋。

[51] 時彥：當代的賢俊、名流。陶潛《晋故征西大將軍長史孟府君傳》："（褚裒）時爲豫章太守，出朝宗亮。正旦，大會州府人士，率多時彥，君坐次甚遠。"

[52] 中夏：指中原地區。陸機《辨亡論》："魏人據中夏，漢氏有岷益，吳制荆揚而奄交廣。"

[53] 推誠：以誠心相待。《淮南子·主術訓》："塊然保真，抱德推誠，天下從之，如響之應聲，景之象形。"

[54] 委質：向君主獻禮，表示獻身，引申爲臣服、歸附。

[55] 附翼：比翼，相傍相依地，引申爲輔助。

[56] 摶風：《莊子·逍遥游》："摶扶摇而上者九萬里。"扶摇，旋風。後因稱乘風捷上爲"摶風"。

[57] 縱鱗：指自由游于水中之魚。比喻仕途得意。

[58] 君右：表尊貴。

[59] 諒侯：未詳。勳賢：有功勳有才能的人。《後漢書·朱景王杜等傳論》："若乃王道既衰，降及霸德，猶能授受惟庸，勳賢皆序，如管隰之迭升桓世，先趙之同列文朝。"

[60] 折衝：使敵人的戰車後撤，即制敵取勝。衝，冲車。戰車的一種。《吕氏春秋·召類》："夫脩之於廟堂之上，而折衝乎千里之外者，其司城子罕之謂乎？"高誘注："衝，車。所以衝突敵之軍，能陷破之也……使欲攻己者折還其衝車於千里之外，不敢來也。"

[61] 帷幄：借指天子近側或朝廷。

[62] 允：確實；果真。寔：同"實"，語助詞，用以加強語意。

[63] 儲闈：太子所居之宫。沈約《奏彈王源》："父璿，升采儲闈，亦居清顯。"

[64] 雞戟：未詳。

[65] 龍樓：漢代太子宫門名，後常用以借指太子所居之宫。

[66] 封君：受有封邑的貴族。

[67] 戎秩：武職。沈約《齊故安陸昭王碑文》："還居近侍，兼饗戎秩。"吕延濟注："戎秩，謂武職也。"

[68] 命卿：由天子所任命的諸侯之卿。《左傳·成公二年》："不使命卿鎮撫王室。"楊伯峻注："'命卿'，由周王室加以任命之卿。"

[69] 建武：謂建武將軍。

[70] 制敵：收服敵人。

[71] 四條之書：未詳。

[72] 鈎陳：指後宫。班固《西都賦》："周以鈎陳之位，衛以嚴更之署。"李善注引《樂葉圖》："鈎陳，後宫也。"中禁：禁中。皇帝所居之處。

[73] 閶闔：傳説中的天門。《楚辭·離騷》："吾令帝閽開關兮，倚閶闔而望予。"王逸注："閶闔，天門也。"上征：上升。《楚辭·離騷》："駟玉虬以乘鷖兮，溘埃風餘上

卷第四百五十三

征。"是謂其仕途平步青雲。

[74] 羊祜：字叔子，西晉著名將領。兵機：用兵的機謀；軍事機要。《吴子·圖國》："吴起儒服以兵機見魏文侯。"

[75] 典韋：東漢末年曹操猛將。

[76] 任寄：委任；付托。

[77] 恩私：猶恩惠，恩寵。

[78] 欄錡：亦作"蘭錡"，兵器架。此處指碑主武功。

[79] 茅賦：指封土及其賦斂。《北史·裴叔業等傳論》："舉地而來，功誠兩茂，其以大啓茅賦，兼列旄旗，固其宜矣。"

[80] 象賢：謂能效法先人的賢德。《尚書·微子之命》："殷王元子，惟稽古崇德象賢。"

[81] 承基：繼承基業。土宇：疆土；國土。《後漢書·荀彧傳》："公前屠鄴城，海內震駭，各懼不得保其土宇，守其兵衆。"

[82] 顯授：謂被顯耀地授予職權。

[83] 人資：人的資質形貌。才幹：幹才，辦事的才能。

[84] 宫省：設在皇宫内的官署。如尚書省、中書省等。《後漢書·皇后紀下·順烈梁皇后》："太后寢疾遂篤，乃御輦幸宣德殿，見宫省官屬及諸梁兄弟。"

[85] 九成：唐代宫名，在陝西省麟游縣西。本爲隋仁壽宫，系皇帝避暑處。唐太宗貞觀五年（631）重修，以所在山有九重，改名九成。

[86] 天駟：這裏指天子的車架。觀風：謂觀察民情，瞭解施政得失。

[87] 神居：此處指天子居住之所。

[88] 梐枑，讀音 bì hù，用木條交叉製成的柵欄，置於官署前遮攔人馬，又稱行馬。《周禮·天官·掌舍》："掌王之會同之舍，設梐枑再重。"鄭玄注引杜子春曰："梐枑，謂行馬。"

[89] 樞禁：指朝廷。

[90] 馬防：字江平，東漢章帝時名臣。其生平見於範曄《後漢書·卷二十四·馬援列傳》。

[91] 徐宣：字寶堅，三國時曹魏大臣。曹操西征馬超，即以徐宣留統諸軍。

[92] 連類：指同類。

[93] 勵志：奮志，集中心思致力於某種事業。

[94] 讜議：剛直的議論；直言不諱的議論。《晉書·羊祜傳》："其嘉謀讜議，皆焚其草，故世莫聞。"

[95] 中旨：皇帝的詔諭。

[96] 優洽：優厚。

[97] 痾恙：疾病。

[98] 淹：久，長久。氣序：節氣；季節。是謂其久病。

[99] 爰：及，到。如：猶乃，是。

[100] 載：助詞，用在句首或句中，起加強語氣的作用。回：收回成命。天眷：皇帝的眷愛。眷，讀音 juàn。此處指碑主因疾而辭却皇上給的重任。

[101] 羽儀：《易·漸》："鴻漸於陸；其羽可用爲儀。"孔穎達疏："處高而能不以位自累，則其羽可用爲物之儀表，可貴可法也。"後因以"羽儀"比喻居高位而有才德，被人尊重或堪爲楷模。

[102] 具僚：官員；百官。沈約《梁雅歌·誠雅》之一："出杳冥，隆無象，皇情肅，具僚仰。"

[103] 大夏：大厦。

[104] 夜臺：墳墓，亦借指陰間。沈約《傷美人賦》："曾未申其巧笑，忽淪軀於夜臺。"

[105] 朝露：比喻存在時間短促。晞：乾；乾燥。《詩·秦風·蒹葭》："蒹葭萋萋，白露未晞。"毛傳："晞，乾也。"

[106] 竇憲之山：竇憲，字伯度，東漢名將，曾爲車騎將軍。北伐匈奴，大敗匈奴于稽洛山，并登燕然山，刻石記功而還。

[107] 畢萬之牖：畢萬，春秋時期晋大臣。公元前 661 年，隨晋獻公滅耿、霍、魏三國，獻公于是將魏地封給他，并任命他爲大夫。畢萬死後，子孫以其封地爲氏，稱魏氏，成爲戰國七雄之一的魏國先祖。

[108] 考行：考察行爲事迹。

[109] 識量：識見與度量。明遠：透徹而深刻。

[110] 風神：風采；神態。爽發：煥發。

[111] 鄉閭：古以 25 家爲閭，12500 家爲鄉，因以"鄉閭"泛指民衆聚居之處。

[112] 石慶：西漢武帝時期丞相，萬石君石奮之子，名門之後，家教恭謹。

[113] 王昶：字文舒，三國時期曹魏將領，《三國志》載："其爲兄子及子作名字，皆依謙實，以見其意，故兄子默字處静，沈字處道，其子渾字玄冲，深字道冲。遂書戒之。"

[114] 典謩：亦作"典謨"，《尚書》中《堯典》《舜典》和《大禹謨》《皋陶謨》等篇的并稱。《尚書序》："典謨訓誥誓命之文凡百篇，所以恢弘至道，示人主以軌範也。"

[115] 劉德：漢景帝第二子，謚獻，又稱河間獻王。好收藏古籍，以金銀玉帛賞賜，以招四方之書。

[116] 季布：西漢時人，季布爲人仗義，好打抱不平，以信守諾言、講信用而著稱。所以楚國人中廣泛流傳著"得黃金百斤，不如得季布一諾"的諺語。

[117] 涉歷：經過；經歷。王符《潛夫論·勸將》："故曰兵之設也久矣，涉歷五代，以迄於今，國未嘗不以德昌而兵彊也。"

[118] 臧否：品評；褒貶。張衡《西京賦》："若其五縣游麗辯論之士，街談巷議，彈射臧否，剖析毫釐，擘肌分理。"

[119] 玷缺：白玉上的斑點、缺損，也指玉上出現斑點、缺損。比喻缺點，過失。

[120] 金壇：拜將的壇。楊炯《上騎都尉高則神道碑》："猛將分麾，受律於金壇之下。"奇正：古時兵法術語。古代作戰以對陣交鋒爲正，設伏掩襲等爲奇。《孫子·勢》："三軍之衆，可使必受敵而無敗者，奇正是也。"

[121] 玉鈐：相傳爲呂尚所遺之兵書。劉向《列仙傳·呂尚》："二百年而告亡，有難而不葬。後子及葬之，無尸，唯有《玉鈐》六篇在棺中云。"泛指兵略，武事。

[122] 積習：熟習，慣習。

[123] 祭遵：東漢中興名將，"雲臺二十八將"中排名第九。祭遵少愛讀書，是有此句。

[124] 曹仁：字子孝，曹操從弟，三國曹魏名將，多有戰功。

[125] 莅政：掌管政事。

[126] 乾沒：投機圖利。《漢書·張湯傳》："〔湯〕始爲小吏，乾沒，與長安富賈田甲、魚翁叔之屬交私。"顏師古注："服虔曰：'乾沒，射成敗也。'如淳曰：'豫居物以待之，得利爲乾，失利爲沒。'"

[127] 書草：文稿。《南史·任昉傳》："〔任昉〕每制書草，沈約輒求同署。"

[128] 溫樹：同溫室樹，《漢書·孔光傳》："光周密謹慎，未嘗有過。沐日歸休，兄弟妻子燕語，終不及朝省政事。或問光：'溫室省中樹何木也？'光嘿不應。"後以"溫室樹"泛指宮廷中的花木，借指宮禁中的事。

[129] 趙武：嬴姓，趙氏，名武，諡獻文，又稱趙文子、趙孟，趙盾之孫、趙朔之子。

[130] 晏平：晏子，名嬰，字仲，諡平，是稱。

[131] 玄化：聖德教化。

[132] 芳塵：美好的風氣、聲譽。

[133] 投竿：丟掉釣竿。謂罷釣，指百姓爲其死而悲痛者。

[134] 下機：未詳。

[135] 窆，讀音 biǎn，將棺木葬入壙穴，亦泛指埋葬。

[136] 三河：漢代以河內、河東、河南三郡爲三河，即今河南省洛陽市黃河南北一帶。甲士：披甲的戰士。泛指士兵。《左傳·閔公二年》："齊侯使公子無虧帥車三百乘、甲士三千人以戍曹。"

[137] 五校：漢時對步兵、屯騎、長水、越騎、射聲五校尉的合稱。荀悅《申鑒·時事》："掌軍功爵賞，小統於五校，大統於太尉。"黃省曾注："五校者，一曰屯騎，二曰越騎，三曰步兵，四曰長水，五曰射聲。俱掌宿衛兵，所謂大駕、鹵簿、五校在前是也。"鐃歌：軍中樂歌，傳說黃帝、岐伯所作，漢樂府中屬鼓吹曲。馬上奏之，用以激勵士氣，

也用於大駕出行和宴享功臣以及奏凱班師。

[138] 峴山：山名，在湖北襄陽縣南，又名峴首山。東臨漢水，爲襄陽南面要塞。西晉羊祜鎮襄陽時，常登此山，置酒吟咏。峴，讀音 xiàn。

[139] 原氏：出自姬姓，西周初年，周文王第十六子原叔受封于原，世爲伯爵，史稱原伯，建立原國，後人以原爲氏。阡：墳塚，墳墓。杜甫《秋日夔府咏懷一百韻》："共誰論昔事，幾處有新阡。"仇兆鰲注："《風俗通》：阡謂之塚。"

[140] 款誠：忠誠；真誠。《漢書·匈奴傳下》："今單於歸義，懷款誠之心。"

[141] 沛公：漢高祖劉邦起兵于沛，以應陳涉，衆立爲沛公。

[142] 何曾：原名瑞諫，又名諫，字穎考，曹魏太僕何夔之子，西晉大臣，開國元勳。自曹魏集團投靠司馬氏集團，受到重用。

[143] 書社：古制25家立社，把社内人名登錄簿冊，謂之"書社"，亦以指按社登記入册的人口及其土地。《商君書·賞刑》："士卒坐陳者，里有書社。"此處意謂其家族龐大。

[144] 曲旃：用整幅帛製成的曲柄長幡。《史記·魏其武安侯列傳》："前堂羅鍾鼓，立曲旃。"裴駰集解："如淳曰：'旌旗之名。通帛曰旃。曲旃，僭也。'蘇林曰：'禮，大夫建旃。曲旃，柄上曲也。'"旃，讀音 zhān。

[145] 文軒：華美的車子。

[146] 丘壟：墳墓。《禮記·月令》："〔孟冬之月〕塋丘壟之大小高卑厚薄之度，貴賤之等級。"孫希旦集解："墓域曰塋，其封土而高者曰丘壟。"

[147] 哀榮：《論語·子張》："其生也榮，其死也哀。"何晏集解："故能生則榮顯，死則哀痛。"後因指生前死後皆蒙受榮寵。

[148] 充國：趙充國，字翁叔，西漢著名將領。爲麒麟閣十一功臣之一。

[149] 仲華：鄧禹，字仲華，東漢將領，雲臺二十八將第一位。

[150] 用胎：未詳。相質：對質。

[151] 風猷：風教德化。

[152] 庸器：古代銘功的銅器，如鼎彝之類。《周禮·春官·序官》："典庸器。"鄭玄注引鄭司農云："庸器，有功者鑄器銘其功。"

[153] 雕戈：刻繪花紋的戈；精美的戈。《國語·晉語三》："穆公衡雕戈出見使者。"韋昭注："雕，鏤也。"

[154] 豳風：《詩經》的十五《國風》之一。共計7篇27章，都是西周時代的詩歌。

[155] 懋功：大功。《宋書·武帝紀中》："自篇籍所載，生民以來，勳德懋功，未有若此之盛者也。"

[156] 台：古代中央政府的官署。常指御史台。袞：古代三公八命，出封時加一命可服袞，後因以借指三公，俱指地位顯赫的重臣。

[157] 勳庸：功勳。

[158] 猗歟：嘆詞。表示讚美。《詩·周頌·潛》："猗與漆沮，潛有多魚。"鄭玄箋："猗與，嘆美之言也。"

[159] 藩庭入仕：碑主起家齊王典籤，是爲藩王僚屬，故稱。

[160] 水鄉：河流、湖泊多的地區。陸機《答張士然》詩："余固水鄉士，總轡臨清淵。"

[161] 臺閣：泛指中央政府機構，朝廷。

[162] 禁衛：警戒防衛。

[163] 帷幄：天子決策之處或將帥的幕府、軍帳。

[164] 等倫：同輩，同類，亦謂與之同等或同類。《漢書·甘延壽傳》："少以良家子善騎射爲羽林，投石拔距絕於等倫。"

[165] 藩岳：指諸侯或總領一方的地方長官。潘岳《爲賈謐作贈陸機》詩："藩岳作鎮，輔我京室。"

[166] 天爵：天子所封的爵位；朝廷官爵。

[167] 禁中：帝王所居宮內。

[168] 中軍：主將或指揮部。《周禮·夏官·大司馬》："中軍以鼙令鼓，鼓人皆三鼓。"

[169] 油素：光滑的白絹，多用於書畫。此指畫像。

[170] 神襟："神衿"，胸懷。謝朓《齊敬皇后哀策文》："睿問川流，神襟蘭郁。"

[171] 陳席：陳列席位。

[172] 遺簪：孔子出游，遇一婦人失落簪子而哀哭。孔子弟子勸慰她。婦人曰："非傷亡簪也，吾所以悲者，蓋不忘故也。"事見《韓詩外傳》卷九。後以"遺簪"比喻舊物或故情。

[173] 洎，讀音 jì，至，到。

[174] 策贈：以策書封贈官爵諡號。

[175] 芳烈：盛美的功業。班固《典引》："扇遺風，播芳烈，久而愈新，用而不竭。"

[176] 風聲：教化；好的風氣。《尚書·畢命》："彰善癉惡，樹之風聲。"

《隋車騎將軍莊元始碑銘》一首并序　　唐　褚亮

題解：碑主莊元始，字長節，由陳入隋。碑文記載碑主在隋滅陳後奔竄吳越，因平吳興逆賊而再得起用，并在平高智慧亂之戰中先驅立功得到進一步升遷。碑主參與翦滅山賊，從軍北伐，并在仁壽元年（601）的對外戰爭中戰死沙場，卒年三十六。爲獎掖其戎功與德義，是有此碑。碑主葬於仁壽二年（602）三月六日，此碑當立於此後。碑主事迹史傳無見，是以此碑所存材料，可全部補充史傳，具有重要的歷史文獻價值。此篇陸心源輯入《唐文拾遺》中。

　　昔姬文政典[1]，司勳詔於旂常[2]；魯史策書[3]，大夫稱其功伐[4]。洛師鏤昆吾之銘[5]，尸臣鎸栒邑之頌[6]。然則紀迹庸器[7]，必俟非常之功；騰芳彝篆[8]，用資可久之德[9]。況乃殞身徇節[10]，捐生立事[11]，奮於百代之上，裕乎千載之下，而無刊勒者哉[12]。公諱元始，字長節，南郡江陵人也。若乃執珪思越[13]，非重上卿[14]，裝金入楚[15]，實交窮巷[16]。武疆命社[17]，承助顯於西都[18]；會計臨人[19]，侍從光於東國[20]。冠冕之盛，可略而言者焉。祖某，義陽太守。父威，湘東内史。并泛涉儒書，尤曉兵略。威之大父靈福，亦守武陵，剖符千里[21]，於此三代。公降靈秀發[22]，資神挺生[23]。爰自髫綺[24]，已標機悟[25]。通家李尹[26]，驗其占對可觀[27]；即座顔回，嘆其風規獨遠[28]。長而異量雄姿，角立傑出[29]。苞權豪之遠度[30]，蘊將帥之奇材。長劍搏擊之機[31]，短書從橫之術[32]，彎弧蟬翼之妙[33]，登鞍□封之巧，有一於此，公必兼之。仕陳之日，歷官藩府，起家宜都王國常侍，稍轉内兵參軍。屬王師伐陳，江表初定[34]，公乃奔竄句吳[35]，山林屏迹[36]。而江湖肇亂[37]，輕慓合從[38]，閩越潛□[39]，城邑平起。公乃避地餘杭[40]，志在宣力[41]。值吳興逆賊攻逼州城，梯衝俯臨[42]，資援外絶[43]。公身在窮圍，受屈強寇，士有饑色，人無固心。而三令已明，九距兼設[44]。分兵決戰[45]，遂翦妖徒。一州獲全，實公之策。軍師議賞，乃授儀同三司。高智慧作亂吳州，同惡相濟[46]，舳艫亙水[47]，旌旗不絶。時越國公爲行軍元帥，交兵浙江，雖豹略之機[48]，決勝千里；而烏集之黨[49]，猶思一戰。公受命軍門[50]，先驅銳卒，運習流而直指[51]，撝戈船而長鶩[52]。奇兵電激[53]，凶徒瓦解。逆庶崩潰，分竄海隅。公又從元帥輕舟遠襲，山谷酋豪[54]，應時殲殄[55]。水陸阻憑[56]，隨方勘定[57]。更授上儀同三司，就加開府。於是，乘傳入朝[58]，屯衛宫掖[59]。恩踰上等[60]，禮出舊臣[61]。吾彦既晚入之榮[62]，黄權乃從公之貴[63]。俄授車騎將軍，仍從越國公北伐，大俘醜虜[64]，振□而歸。尋丁湘東君憂，哀毁爲疾。從權奪禮[65]，還攝本軍[66]，而獯羯未賓[67]，侵擾邊服[68]。仁壽元年，越國公總戎出塞[69]，公任在友軍[70]，復隨莫府[71]，故以再從驃騎，兩出定襄。屬伯初於偏師[72]，隱子顔於敵國[73]。及大軍轉戰[74]，黠虜縱兵[75]，砂礫風飛，矢石雨下，公潰陳深入[76]，輕騎獨先。利劍之所奮

— 336 —

擊，長戈之所仆斃，莫不高潤野草[77]，尸橫亂麻。辮髮裘旃[78]，扶傷救死，銳氣驕賊，臨難忘身。殞於虜陣，春秋卅有六。天子聞之，臨朝不舉。乃詔曰："車騎將軍莊元始氣幹標勇，襟神果毅[79]，情深爲國，志在忘生。竭力戎行，功立身殞。興言壯節[80]，有悼於懷。宜追加榮位，用申賞典，可贈上天大將軍，喪事隨由資給。仍以本官開府回授適子永興。"有司考行，謚曰剛子，禮也。

惟公早叶英風，夙標遠概[81]，資德率禮[82]，履信基仁。出言爲九鼎之貴[83]，恤患輕千金之産[84]。逮乎立勳江外，位穆台階[85]，肅恭奉上，廉潔御下，故能竭誠邊幕[86]，流慟宸襟[87]。使者降斂袞之榮[88]，冊書隆加命之典[89]。豈非忘生蹈義，臨色盡節者哉[90]?!以今二年三月六日葬於涇陽縣之神狐里。阡臨京兆，地擬德陽，五校發鐃歌之軍[91]，十里開賜塋之所[92]。博陵官屬[93]，尚惆悵於王沉[94]；謁者護喪[95]，實流漣於鄧訓[96]。僉以陳君物範[97]，且勒穎川之碑[98]；張氏孝廉，猶書冠軍之碣[99]。況乃勵茲近俗，振我淳風，節士慕義，懦夫成勇。言之不可以已，其在斯乎。乃刊志清徽[100]，樹之神道[101]，俾夫披文相質[102]，知皇代之有人焉。銘曰：

梁楚華胄[103]，卿相高門。俛拾青綬[104]，奕葉朱幡[105]。祖考積德，踵武洪源[106]。洪源寔長，有此人良。齠年岐嶷[107]，綺歲珪璋[108]。高風凜凜，逸足昂昂[109]。憑九百封[110]，披書五行[111]。賜璧游趙[112]，明珠入梁。宗京黍稷[113]，舊社論亡。獨往攸貴[114]，自得爲場[115]。吳越輕心，寇賊交侵。連衡浙右[116]，阻亂稽陰。我有奇策，偏軍卒臨。良圖外斷，英勇內沉。轉鬥千里，觀機七擒[117]。台儀已峻，帝寵尤深。麾下騎士，兵屯羽林。權烽夕照[118]，絕幕從戎[119]。登蛟氣憤，躍馬心雄。腰橫楚劍，項縱秦弓。酣戰力屈，長驅路窮。傷情邊塞[120]，結悼神躬[121]。策銘追遠，絲言飾終。哀榮禮備，贈賵恩隆[122]。蟻結將掩[123]，龜謀已同[124]。旌旐照日[125]，鐃鐸含風[126]。誰言不死，貴在銘功。

【注釋】

[1] 姬文：周文王。政典：記載治國的典章或制度的書籍。《尚書·胤征》："政典曰：先時者殺無赦。"孔安國傳："政典，夏後爲政之典籍。"

[2] 司勳：官名。《周禮》夏官之屬，主管功賞之事。旂常：旂與常。旂畫交龍，常畫日月，是王侯的旗幟。語本《周禮·春官·司常》："日月爲常，交龍爲旂……王建大常，諸侯建旂。"

［3］魯史：魯國的歷史記載；魯國歷史。杜預《春秋經傳集解序》："仲尼因魯史策書成文，考其真僞，而志其典禮。"策書：指古代常用以記録史實的簡冊。

［4］功伐：功勞；功勳。《管子·明法解》："如此，則群臣相推以美名，相假以功伐，務多其佼，而不爲主用。"

［5］洛師：洛京。師，京師。《尚書·洛誥》："予惟乙卯，朝至於洛師。"昆吾：美石名。司馬相如《子虛賦》："其石則赤玉玫瑰，琳瑉昆吾。"

［6］典出《漢書·郊祀志下》："王命尸臣：'官此枸邑，賜爾旂鸞黼黻琱戈。'"顔師古注："尸臣，主事之臣也。"

［7］庸器：古代銘功的銅器，如鼎彝之類。《周禮·春官·序官》："典庸器。"鄭玄注引鄭司農云："庸器，有功者鑄器銘其功。"

［8］彝：古代宗廟常用禮器的總名。《説文·糸部》："彝，宗廟常器也。"篆：用篆體字書寫銘刻。彝篆即指記其功績於彝器。

［9］資：蓄積；蓄藏。

［10］殞身：喪生。《史記·漢興以來諸侯王年表》："大者叛逆，小者不軌於法，以危其命，殞身亡國。"徇節：爲保全節操而死。徇，通"殉"。《三國志·魏志·龐惪傳》："昔先軫喪元，王蠋絶脰，隕身徇節，前代美之。"

［11］捐生：舍棄生命。立事：建功立業。《管子·版法》："凡將立事，正彼天植。"尹知章注："立經國之事。"

［12］刊勒：雕刻碑文。謝靈運《山居賦》："咏宏徽於刊勒。"

［13］執珪：以手持圭。《論語·鄉黨》："執圭，鞠躬如也，如不勝。"思越：心神散逸。猶言靈魂出竅。

［14］上卿：古官名。周制天子及諸侯皆有卿，分上中下三等，最尊貴者謂"上卿"。

［15］裝金入楚：未詳。

［16］窮巷：冷僻簡陋的小巷。《墨子·號令》："吏行其部，至里門，正與開門内吏，與行父老之守及窮巷幽閒無人之處。"

［17］武彊命社：未詳。

［18］承助：未詳。西都：周武王都鎬，至成王時别營洛邑爲東都，因稱鎬京爲西都。

［19］會計：古天子大會諸侯，計功行賞。《史記·夏本紀》："自虞夏時，貢賦備矣。或言禹會諸侯江南，計功而崩，因葬焉，命曰會稽。會稽者，會計也。"臨人：謂選拔人才。

［20］東國：指東都洛陽。國，都城。

［21］剖符：猶剖竹。古代帝王分封諸侯、功臣時，以竹符爲信證，剖分爲二，君臣各執其一，後因以"剖符""剖竹"爲分封、授官之稱。

［22］秀發：喻指人神采焕發，才華出衆。

［23］挺生：傑出。

卷第四百五十三

[24] 髫，讀音 tiáo，兒童下垂之髮。髫綺即謂年幼時期。

[25] 機悟：機敏穎悟。

[26] 通家：猶世交。《後漢書·孔融傳》："語門者曰：'我是李君通家子弟。'"李尹：未詳。

[27] 占對：應對，對答。

[28] 風規：風度品格。《宋書·張敷傳》："司徒故左長史張敷，貞心簡立，幼樹風規。"

[29] 角立：卓然特立。《後漢書·徐穉傳》："至於穉者，爰自江南卑薄之域，而角立傑出，宜當爲先。"李賢注："如角之特立也。"

[30] 權豪：權貴豪強。遠度：深遠地謀劃。《後漢書·孔融傳》："故明德之君，遠度深惟，棄短就長，不苟革其政者也。"

[31] 長劍：鋒刃較長的劍。《楚辭·九歌·東皇太一》："撫長劍兮玉珥，璆鏘鳴兮琳琅。"

[32] 短書：漢代凡經、律等官書用二尺四寸竹簡書寫。官書以外包括子書等，均以短於二尺四寸竹簡寫書，稱爲"短書"。

[33] 彎弧：拉弓。蟬翼：蟬的翅膀。常用以比喻極輕極薄的事物。

[34] 江表：江外。指長江以南的地區。

[35] 奔竄：逃走隱匿；慌亂逃跑。《後漢書·馮緄傳》："州郡將吏，死職之臣，相逐奔竄，曾不反顧，可愧言也。"句吳：吳國。此處當指吳地，泛指我國東南（江蘇南部和浙江北部）一帶。

[36] 屏迹：避匿；斂迹。

[37] 肇亂：謂啓亂。

[38] 慓：勇猛。合從：指戰國時，蘇秦游說六國諸侯聯合拒秦。秦在西方，六國地處南北，故稱合從。後亦泛指聯合。

[39] 閩越：古族名，古代越人的一支。秦漢時分佈在今福建北部、浙江南部的部分地區。秦以其地爲閩中郡。其首領無諸相傳是越王勾踐的後裔，漢初受封爲閩越王。治於東冶（今福州）。

[40] 餘杭：秦滅楚，境內置錢塘、餘杭兩縣，屬會稽郡，三國時入吳國版圖，屬吳郡。在今杭州北部。

[41] 宣力：效力；盡力。

[42] 梯衝：古代攻城之具，雲梯與衝車。《後漢書·公孫瓚傳》："袁氏之攻，狀若鬼神，梯衝舞吾樓上，鼓角鳴於地中。"俯臨：居高臨下。

[43] 資援：資助，支援。

[44] 九距：多次抵抗。《墨子·公輸》："公輸盤九設攻城之機變，子墨子九距之。"

[45] 分兵：猶言分派軍隊。

[46] 同惡：共同作惡。亦指共同作惡者。

[47] 舳艫，讀音 zhú lú，船頭和船尾的并稱，多泛指前後首尾相接的船。亙：橫渡；貫穿。《後漢書·張衡傳》："伏靈龜以負坻兮，亙螭龍之飛梁。"李賢注："亙猶橫度也。"

[48] 豹略：古代兵書《六韜》中有《豹韜》篇，後因以"豹略"指用兵的韜略。

[49] 烏集：烏合，《漢書·穀永傳》："（成帝）與群小相隨，烏集雜會，飲醉吏民之家。"顏師古註："言聚散不恒，如烏鳥之集。"

[50] 受命：指受君主之命。

[51] 習流：水師。徐天祐《吳越春秋注·勾踐伐吳外傳》以爲"笠澤之戰，越以三軍潛涉，蓋以舟師勝，此所謂習流，是即習水戰之兵"。

[52] 撝：指揮。《公羊傳·宣公十二年》："莊王親自手旌，左右撝軍，退舍七里。"長騖：向遠方急馳。曹植《應詔詩》："弭節長騖，指日遄征。"呂延濟注："騖，走遄速也。"

[53] 電激：比喻迅疾威猛。

[54] 酋豪：部落的首領。這裡指盜匪頭領。

[55] 殲殄，讀音 jiāntiǎn，消滅；滅絕。《晉書·張軌傳》："主簿謝艾，兼資文武，明識兵略，若授以斧鉞，委以專征，必能折衝禦侮，殲殄凶類。"

[56] 憑：無舟過河，徒涉。

[57] 隨方：依據情勢。《南史·恩幸傳論》："若夫竭忠盡節，仕子恒圖；隨方致用，明君盛典。舊非本舊，因新以成舊者也。"勦，讀音 jiǎo，討伐。

[58] 乘傳：乘坐驛車。傳，驛站的馬車。《漢書·京房傳》："臣出之後，恐必爲用事所蔽，身死而功不成，故願歲盡乘傳奏事。"

[59] 宮掖：指皇宮。掖，掖庭，宮中的旁舍，嬪妃居住的地方。

[60] 上等：指三層臺階中的最高一級。《周禮·秋官·司儀》："及其擯之，各以其禮，公於上等，侯伯於中等，子男於下等。"鄭玄注："上等、中等、下等者，謂所奠玉處也。壇三成，深四尺，則一等一尺也。"

[61] 舊臣：老臣。《漢書·劉向傳》："上以我先帝舊臣，每進見常加優禮。"

[62] 吾彥：字士則，三國時期吳國及西晉初年將領，吳滅入晉，爲晉武帝所重用。

[63] 黃權：三國時蜀、魏的將領，由蜀入魏，受魏文帝賞識。從公：謂品秩與公同。《晉書·職官志》："諸公及開府位從公者，品秩第一，食奉日五斛。"

[64] 醜虜：對敵人的蔑稱。《詩·大雅·常武》："鋪敦淮濆，仍執醜虜。"鄭玄箋："醜，眾也……就執其眾之降服者也。"

[65] 奪禮：猶奪服。謂喪期未滿，官員應詔除去喪服，出任官職。

[66] 攝：統率；管轄。

[67] 獯羯，讀音 xūn jié，泛指北方少數民族。獯即獯鬻，指漢及其後之匈奴；羯爲匈奴之別部。賓：服從；歸順。《國語·楚語上》："蠻夷戎狄，其不賓也久矣。"韋昭注：

"賓，服也。"

[68] 邊服：邊，邊地；服，要服。指離開王畿極遠的地方。

[69] 總戎：統管軍事；統率軍隊。

[70] 友軍：與本部隊協同作戰的部隊。

[71] 莫府：幕府。莫，通"幕"。本指將帥在外的營帳。後亦泛指軍政大吏的府署。

[72] 伯初：耿秉，字伯初，東漢著名將領。偏師：指主力軍以外的部分軍隊。

[73] 子顏：吳漢，字子顏，東漢開國名將，雲臺二十八將第二位。

[74] 轉戰：連續在不同地區作戰。

[75] 黠虜：狡猾的敵人。

[76] 潰：水衝破堤防。這裡指衝破敵人的防守。陳：疑爲陣，作戰時的軍隊布局。

[77] 高潤：通膏潤，指使草木滋潤生長的雨露和養料，亦借喻對人的恩惠。

[78] 裘旟："旟襲"；指古代北方游牧民族。

[79] 襟神：襟懷與神情。果毅：果敢堅毅。

[80] 興言：語助詞。《詩·小雅·小明》："念彼共人，興言出宿。"馬瑞辰通釋："興言猶云薄言，皆語詞也。"

[81] 標：顯揚。遠概：遠大的氣度。

[82] 資德：涵育德性。庾信《周柱國大將軍長孫儉神道碑》："公以五常蘊智，六氣資德，乘天則策馬秉靈，降神則牽、狼應象。"率禮：遵循禮法。

[83] 九鼎：喻分量重。《史記·平原君虞卿列傳》："毛先生一至楚，而使趙重于九鼎大吕。"

[84] 恤患：謂濟人於患難。

[85] 穆：古代宗廟排列的次序，始祖居廟中，父子依序爲昭穆。左爲昭，右爲穆。臺階：三臺星亦名泰階，故稱臺階。古人以爲有三公之象，因以指三公之位或宰輔重臣。

[86] 邊幕：指邊地軍營的帳幕。

[87] 流慟：悲痛地大哭。宸襟：帝王的思慮、判斷，亦借指帝王。

[88] 斂：通"殮"。給死者穿衣，入棺。衮：古代帝王及上公穿的繪有卷龍的禮服。斂衮即謂穿禮服入棺。

[89] 加命：帝王按官職等級賜給臣下的儀物，如玉圭、服裝等。《國語·周語上》："襄王使邵公過及内史過，賜晉惠公命。"韋昭注："命，瑞命也。諸侯即位，天子賜之命圭，以爲瑞節也。"

[90] 臨色：當"臨危"，面臨危險。

[91] 五校：漢時對步兵、屯騎、長水、越騎、射聲五校尉的合稱。鐃歌：軍中樂歌。傳說黃帝、岐伯所作。漢樂府中屬鼓吹曲。馬上奏之，用以激勵士氣。也用於大駕出行和宴享功臣以及奏凱班師。鐃，讀音náo。

[92] 賜塋：賜給墳地。亦指賜給的墳地。

[93] 博陵：地名，大致在今河北定州。

[94] 王沉：字彦伯，高平人，晉朝才士。

[95] 謁者：官名。始置於春秋、戰國時，秦漢因之。掌賓贊受事，即爲天子傳達。南朝梁置謁者臺，掌朝覲賓饗及奉詔出使。陳及隋皆因之。唐改爲通事舍人。

[96] 鄧訓：字平叔，東漢名臣，曾任謁者。

[97] 物範：模範。

[98] 指蔡邕《陳寔碑文》。陳寔，字仲弓，潁川人，東漢時期官員、名士。與鐘皓、荀淑、韓韶等以清高有德行聞名于世，合成爲"潁川四長。"

[99] 冠軍之碣：指孔融《衛尉張儉碑銘》。張儉，字元節，東漢時期名士。

[100] 清徽：猶清操。

[101] 神道：墓道，謂神行之道。《後漢書·中山簡王焉傳》："大爲修冢塋，開神道，平夷吏人冢墓以千數。"李賢注："墓前開道，建石柱以爲標，謂之神道。"

[102] 披文相質：指碑文創作手法的典範，陸機《文賦》："碑披文以相質，誄纏綿而悽愴。"披文：加以文飾。相質：彼此質詢；對質。

[103] 華冑：指顯貴者的後代。

[104] 俛，讀音 fǔ，屈身；低頭，同"俯"。青綬：佩系官印的青色絲帶。亦借指官印。

[105] 朱幡：紅色的旗幡，尊顯者所用。

[106] 踵武：跟着別人的腳步走。比喻繼承前人的事業。洪源：大水的源頭。比喻大業的開端。

[107] 觽年：童年。語本《詩·衛風·芄蘭》："芄蘭之支，童子佩觽。"觽，讀音 xī。岐嶷：幼年聰慧。《詩·大雅·生民》："克岐克嶷，以就口食。"毛傳："岐，知意也；嶷，識也。"嶷，讀音 nì。

[108] 綺歲：青春；少年。《南齊書·蕭穎冑傳》："食葉之徵，著於弱年；當璧之祥，兆乎綺歲。"珪璋：比喻高尚的人品。《後漢書·黨錮傳·劉儒》："郭林宗常謂儒口訥心辯，有珪璋之質。"

[109] 逸足：指駿馬。比喻出眾的才能或人才。

[110] 羅國威本據文意乙之爲"憑封九百"，疑誤。"憑九"未知何解，當爲"憑幾"。《漢書·游俠傳》："(陳遵)既至官，當遣從史西。召善書吏十人於前，治私書，謝京師故人。遵憑幾，口占書吏，且省官事，書數百封，親疏各有意，河南大驚。"百封：各種書信。劉勰《文心雕龍·書記》："至如陳遵占辭，百封各意；禰衡代書，親疏得宜。"與"五行"爲對偶。

[111] 披書：開卷，讀書。五行：五種德行，即五常（仁、義、禮、智、信）。《荀子·非十二子》："案往舊造説，謂之五行。"楊倞注："五行，五常，仁、義、禮、智、信是也。"

— 342 —

[112] 賜璧游趙：戰國游士虞卿到趙國見趙王，受到趙王賞識得賜黃金、白璧。

[113] 黍稷：《詩·王風·黍離》："彼黍離離，彼稷之苗。"後因以"黍稷"爲感嘆古今興亡之典。

[114] 獨往：猶言孤往獨來，謂超脫萬物，獨行己志。

[115] 場：未詳。

[116] 連衡：結盟；聯合。

[117] 觀機：猶見機。看准機會；認清形勢。

[118] 權：秉，持。烽：謂舉火。

[119] 絕幕：橫渡沙漠。

[120] 傷情：傷感。

[121] 悼：傷感，哀傷。神躬：猶言神魂。

[122] 贈賵：贈送車馬等以助人送葬。賵，讀音 fèng，助人辦喪事的財物。

[123] 蟻結：古代棺材單幕四角所畫的形如群蟻往來交錯的紋飾。《禮記·檀弓上》："子張之喪，公明儀爲志焉。褚幕丹質，蟻結於四隅，殷士也。"鄭玄注："畫褚之四角，其文如蟻行，往來相交錯。蟻，蚍蜉也。殷之蟻結，似今蛇文畫。"

[124] 龜謀：謂龜卜。

[125] 旌旒：旌旗。

[126] 鐃鐸：鐃與鐸。

《隋右驍衛將軍上官政碑銘》一首并序　　唐　褚亮

題解：碑主上官政，隋代將領，《隋書》有其名。碑主少年從戎，屢戰沙場，位至將軍。史書記載有限，碑文詳記其生平。作者褚亮由隋入唐，亦有唐代碑文作品，本篇補充其於隋代之創作，爲其在隋代的活動提供了文本資料。此篇陸心源輯入《唐文拾遺》中。

若夫楚都爲寶[1]，兼璜於是不貴[2]；梁國攸珍，明珠以之非重。賢臣者爲政之樞機，佐時之棟幹。鷙鳥累百[3]，無申搏擊之功[4]；良馬日千，乃見康衢之力[5]。至於勳書紀狀，業著司庸[6]，存公立事之臣，没稱遺愛之美[7]，則上官使君其有焉。公諱政，字匡濟，京兆某縣人也。其先惟德受氏，因官賜姓[8]，青史孤其長源[9]，丹契傳其遠葉[10]。子蘭楚國之大夫；桑樂，漢家之令望[11]。自此蘭芬桂馥，玉閏金英[12]，軒冕相繼，賢才爲伍。九代卿族，既已慚華[13]；七葉珥貂[14]，信其殊寵。王父某，魏使持節、大行臺、原州刺史，布教文昌之宮[15]，儀形列嶽之選[16]，功宣彝鼎[17]，道冠生靈。父某，周使持節、大將軍、某州刺史。象賢以德[18]，受爵惟仁。盛業存汗竹之書[19]，餘風表甘棠之惠[20]。公夙承基緒[21]，早播聲芳[22]，協膺運之雄姿[23]，爰誕靈而秀出[24]。皎皎奇節，昂昂異□。雅興與江海同深，英風隨寥廓共遠。孝友之行，道高於搢紳；退讓之心，譽結於鄉黨。技殫劍史[25]，學兼韜策[26]。孫子短長之術[27]，魏君《接要》之書[28]。巧射匹於陽元[29]，善騎同於武子[30]。縱情儒業，游藝翰林。蹈道必於仁厚，結交崇其信義。弱冠登朝，脩名獨遠。天和元年，召爲右侍上士，其年月改授折衝上士。于時王葉肇基，霸圖將構，妙求賢傑，允屬勳庸[31]。公劬勞草昧[32]，竭盡心力。依日月之末光，眷攀附而長想。大象二年奉別敕，依儀同例。是日勤奮，乃披荊棘，獨升朝伍，彌簡帝心。及革命從時，應期啓運[33]，宋昌特拜[34]，既可爲儔；何曾盡禮[35]，尤其相匹。開皇元年乃授儀同大將軍，賜爵安養縣子。茅土之恩[36]，爵頒五等；蒲璧之美[37]，榮高一代。五年，授左武候車騎將軍。八年，以本官兼長春宮總監。式道之官[38]，實須御侮；離宮所幸[39]，必資供辯。十六年，授左備身府驃騎將軍。十九年，改領右親衛府驃騎將軍。惟左惟右，兵欄於是得才[40]；或内或外，鉤陳以之載肅[41]。仁壽元年，獯粥孔熾[42]，控弦犯塞[43]，烽火通邊。薄伐之選[44]，非公勿可。於是奉詔徂征[45]，鞠旅深入。結武剛而爲陣[46]，運衽席以致兵[47]。出其不意，忽然相接；將士用命，思蹈湯火。斬獲不窮，遂殲巢穴。十一［二］年[一]，進授上大將軍，改封義清縣開國公，食邑一千五百户。加地進律[48]，策勳命賞[49]。户口盛其租入[50]，光寵備於朝章[51]。三年，授左備身將軍。四年，以本官檢校慈州刺史事。于時晋陽搆亂；妖氣未静，漳滏之寄[52]，心膂攸歸[53]。公式遏寇虐，廓清遐邇。開河克定，趙魏無塵。於是黠吏畏威，小人懷惠。龔杜之化[54]，諒在兹辰；賈邵之風[55]，固其慚德。大業二年，授潘州道行軍總管。憬彼海隅[56]，不遵王略[57]。公執鉞偏師[58]，宣威外閫[59]。除其氣沴[60]，遐方静謐。三年，徵授左武衛將軍。頃之，又授右驍衛將軍。升降彤闈[61]，驅馳紫復[62]。聲稱斯遠，朝野穆然。其年普頒新令，官號初改。於是更授右光禄大夫，將軍如故。及鑾駕西幸，怨其南征，轍迹所臻，方任尤切[63]。

於是，又以本官檢校西平太守。疆場偏隅，寇戎接境，公導之以德，齊之以刑。夷狄相趨，繼絡而至[64]。釋冤理訟，無勞於鉤距[65]；以寬濟猛，不行於咬察。得經邦之妙旨，識美化之有由。可謂共綏[66]，兼稱能吏。求之古

— 344 —

人，差無愧色。循良之化，載暴於天朝；修短之期[67]，奄捐於人事。上玄輔善[68]，既已無徵；勾芒賜壽[69]，豈爲誠說[70]？某年某月遘疾，薨於官，春秋五十有五。天子輟朝不舉，追思將帥之臣；萌庶罷市相悲，同興環玦之恨[71]。有司考行，諡曰某侯，禮也。惟公早契宏圖，夙標令問[72]。天經地義，得之於自然；蹈德依仁，匪由於是傍習。廉潔不私，精慎無怠。莫窺喜愠，罕測堤封[73]。履行斯和，所交必信。見惡如由己，聞善若順流。寬裕足以容衆，矜莊可以勵物。既在貴而能降，實居榮而好謙。爰初弱歲[74]，洞曉兵略。攻取戰勝之機，隳城陷敵之勇[75]。每至營圖却月[76]，氣析寒膠[77]，矢石如飛，旗鼓相望，公則雅歌臨陣，搖扇從戎[78]，威稜獨遠[79]，隱如敵國。加以終始一心，驅馳兩代，亟經征討，屢典軍人[80]。去必見思，居常稱職。故能服冕乘軒，獨榮當代。擁旄杖節[81]，垂譽後昆。豈非斯人之秀士，有國之良翰[82]？而道長運短，零落無時。一喪名賢，同悲殄悴[83]。既以今十一年還葬於京兆郡某縣之某原。古者王臣之勳，必書方策[84]，貽厥之義[85]，式銘鐘鼎。前志有之，足以明鏡。言之不可以已，其在斯乎？嗣子某等，在家惟孝，登朝必聞。上弘思親之道，傍求紀德之事。於是刊石宣風[86]，永貽相質[87]，頌曰：

辰昂將精，人物之英。門多才秀，族有公卿。永錫流祉[88]，繼迹揚聲。遞軀華轂[89]，互委長纓[90]。追兹令胤[91]，奇姿挺生[92]。盛德祁長，屬在人良。黃中岐嶷[93]，青領珪璋[94]。如彼鳴鳳，曜彩朝陽。如彼振鷺，矯翼高翔。暗室無怠，幽宮獨芳。心齊竹柏，操擬冰霜。縱橫劍杪，游息文場。功參霸業，策定勤王。董司軍要[95]，展力遐方。式陪蘭錡[96]，著績衡漳[97]。勳存賞册，勇冠戎行。申威朔野，克定邊荒。時逢交泰[98]，運屬重光。巡警載肅，劬勞以彰。出典專城[99]，方隅廓清[100]。屢摧封豕[101]，亟剪長鯨[102]。一年請借，期月斯成。銀黃盛寵，金爵餘榮。悠悠長運，促促浮生[103]。匣龍湮没[104]，送鷹哀驚。陽陵卜兆，洛涘占塋。藏舟不固[105]，深谷終平[106]。死而可作，惟兹令名。

【校勘】

〔一〕豎排手鈔之"十"字，"｜"過短，易與"一"誤。"二"與"十一"互訛，史有其例。《梁書·王志傳》"齊永明二年"之"二"當爲"十一"；《梁書·韋粲傳》"中大同十一年"之"十一"當爲"二"（參熊清元《梁書》今注本，巴蜀書社2013年版）。

【注釋】

[1] 楚都：古楚國的都城，多指郢。

[2] 璜：玉器名，狀如半璧，古代朝聘、祭祀、喪葬時所用的禮器，也作裝飾用。《周禮·春官·大宗伯》："以玄璜禮北方。"鄭玄注："半璧曰璜，象冬閉藏，地上無物，唯天半見。"

[3] 鷙鳥：凶猛的鳥，如鷹鸇之類。《孫子·勢》："鷙鳥之疾，至於毀折者，勢也。"

[4] 申：指施展。搏擊：鳥獸對他物的捕捉和擊打。

[5] 康衢：四通八達的大路。

[6] 業：版，大版。古代書冊之版。《禮記·曲禮上》："先生問焉，終則對，請業則起，請益則起。"鄭玄注："業，謂篇卷也。"庸：功勳。《左傳·昭公四年》："告之以文辭，董之以武師，雖齊不許，君庸多矣。"杜預注："庸，功也。"

[7] 遺愛：指留於後世而被人追懷的德行、恩惠、貢獻等。《後漢書·西南夷傳·邛都》："天子以張翕有遺愛，乃拜其子湍爲太守。"

[8] 因官賜姓：春秋時，楚莊王封他的小兒子蘭爲上官邑大夫，蘭的後代子孫遂以邑名爲姓，稱上官氏。下文之子蘭即謂此事。

[9] 青史：古代以竹簡記事，故稱史籍爲"青史"。

[10] 契：指刻在甲骨等上的文字。

[11] 桑樂：上官桀，字少叔，西漢大臣，外戚，封桑樂侯，與霍光同受顧命輔佐漢昭帝。後因謀反被殺。

[12] 玉閏：玉潤，《禮記·聘義》："君子比德於玉焉，溫潤而澤，仁也。"後因以"玉潤"比喻美德。金英：金屬之精華。

[13] 慚：同"慚"，羞愧。華：光采；光輝。九代卿族，在其家的光輝面前都感到慚愧，是極言其家族之貴盛。

[14] 珥貂：插戴貂尾。漢代侍中、中常侍於冠上插貂尾爲飾。後借指皇帝之近臣。

[15] 布教：頒佈教令；施行教化。《周禮·地官·大司徒》："正月之吉，始和布教於邦國都鄙，乃縣教象之灋于象魏，使萬民觀教象。"文昌：特指文昌宮六星的第四星，即大熊星座中的星，指鬥魁戴匡六星之一。舊時傳說主文運，故俗又稱文曲星或文星。

[16] 儀形：行法規；做楷模。列嶽：高大的山嶽。喻位高名重者。任昉《爲齊明帝讓宣城郡公第一表》："驃騎上將之元勳，神州儀刑之列嶽。"

[17] 彝鼎：泛指古代祭祀用的鼎、尊、罍等禮器。《禮記·祭統》："對揚以辟之，勤大命，施於烝彝鼎。"鄭玄注："彝，尊也。"

[18] 象賢：效法先人的賢德。《尚書·微子之命》："殷王元子，惟稽古崇德象賢。"

[19] 汗竹：借指史籍、書冊。

[20] 甘棠：《史記·燕召公世家》："周武王之滅紂，封召公於北燕……召公巡行鄉邑，有棠樹，決獄政事其下，自侯伯至庶人各得其所，無失職者。召公卒，而民人思召公

之政，懷棠樹不敢伐，哥咏之，作《甘棠》之詩。"後遂以"甘棠"稱頌循吏的美政和遺愛。

[21] 基緒：猶基業。《尚書·太甲上》："肆嗣王丕承基緒。"孔安國傳："子孫得大承基業。"

[22] 聲芳：美好的聲名。《宋書·王景文傳論》："王景文弱年立譽，聲芳籍甚。"

[23] 膺運：猶膺期。承受期運，指受天命爲帝王。

[24] 誕靈：佛教對高僧、佛祖誕生的敬稱。

[25] 殫，讀音 dān，盡，竭盡。

[26] 韜：古兵書有《太公六韜》：文韜、武韜、龍韜、虎韜、豹韜、犬韜。相傳爲周文王師薑望所撰。後因以借指用兵的謀略。策：古代用以記事的竹、木片，編在一起的叫"策"。亦借指書簡，簿册。

[27] 短長：長短術，戰國時策士的縱橫游說之術。《史記·六國年表序》："務在彊兵并敵，謀詐用而從衡短長之説起。"

[28]《接要》：猶會要，輯要。《三國志·魏志·武帝紀》"能安之者，其在君乎"條，裴松之注引孫盛《异同雜語》："博覽群書，特好兵法，抄集諸家兵法，名曰'接要'。"

[29] 陽元：魏舒，字陽元，《晋書·魏舒傳》載："舒容範閑雅，發無不中，舉坐愕然。莫有敵者。"

[30] 武子：車胤，字武子，東晋大臣。

[31] 勳庸：功勳。

[32] 草昧：猶創始；草創。

[33] 啓運：皇帝開啓世運。陸機《皇太子宴玄圃宣猷堂有令賦詩》："三正迭紹，洪聖啓運。"

[34] 宋昌：宋義之孫，宋襄之子。秦末時期以家吏從高祖起山東，任代王中尉。大臣既平諸呂，使人迎代王劉恒。代國郎中令張武等大臣，議皆以爲不可信，願稱疾無往，唯中尉宋昌力勸代王往，即位爲漢文帝。宋昌拜爲衛將軍，鎮撫南北軍，以功封壯武侯。

[35] 何曾：字穎考，曹魏太僕何夔之子，西晋大臣，開國元勳。

[36] 茅土：指王、侯的封爵。古天子分封王、侯時，用代表方位的五色土築壇，按封地所在方向取一色土，包以白茅而授之，作爲受封者得以有國建社的表徵。

[37] 蒲璧：古代一種上面刻有香蒲狀花紋的璧，是表示爵位的一種信物。《周禮·春官·大宗伯》："子執穀璧，男執蒲璧。"鄭玄注："穀，所以養人；蒲爲席，所以安人，二玉蓋或以穀爲飾，或以蒲爲瑑飾，璧皆徑五寸。"

[38] 式道：式道之官；武道候，官名，此指武道左武候，皇帝車駕出行，掌清道，還，持麾至宮門，宮門乃開。

[39] 離宮：正宮之外供帝王出巡時居住的宮室。

[40] 兵欄：亦作"兵蘭"，放置兵器的欄架。此處當指軍營。

[41] 鉤陳：指後宮。

[42] 獫狁：亦作"獫鬻"。我國古代北方少數民族名。夏商時稱獫鬻，周時稱獫狁，秦漢稱匈奴。孔熾：很猖獗，很囂張。

[43] 控弦：拉弓；持弓。《史記·匈奴列傳》："是時漢兵與項羽相距，中國罷於兵革，以故冒頓得自彊，控弦之士三十餘萬。"

[44] 薄伐：征伐；討伐。《詩·小雅·出車》："赫赫南仲，薄伐西戎。"

[45] 徂征：前往征討；出征。

[46] 武剛：未詳。

[47] 衽席：亦作"袵席"，借指太平安居的生活。語出《大戴禮記·主言》："是故明主之守也，必折衝乎千里之外；其征也，袵席之上還師。"

[48] 進律：提高標誌爵位的禮儀的等級。《禮記·王制》："有功德於民者，加地進律。"鄭玄注："律，法也。"孔穎達疏："法謂法度，諸事皆是，即《大行人》上公九命'繅藉九寸、冕服九章、建常九斿'之等是也。"

[49] 策勳：亦作"策勛"。記功勳於策書之上。

[50] 戶口：指戶數。《漢書·張延壽傳》："〔延壽〕數上書讓減戶邑……天子以爲有讓，乃徙封平原，并一國，戶口如故，而租稅減半。"租入：租稅收入。

[51] 朝章：朝廷的典章。《後漢書·胡廣傳》："〔廣〕性溫柔謹素，常遜言恭色。達練事體，明解朝章。"

[52] 漳滏：漳水、滏水的并稱。

[53] 心膂：喻主要的輔佐人員。亦以喻親信得力之人。

[54] 龔：龔遂，字少卿，初爲昌邑國郎中令，侍奉昌邑王劉賀。劉賀行爲不端，龔遂多次規勸他。漢宣帝繼位後，龔遂擔任渤海太守。龔遂平定盜賊叛亂，鼓勵農桑，很有政績。杜：杜畿，字伯侯，京兆杜陵（今陝西西安東南）人，東漢末及三國時曹魏官吏及將領。歷官郡功曹、守鄭縣令，善於斷案。兩者都是循吏的代表，是以連稱，讚頌碑主之政化。

[55] 賈邵：賈指賈充，字公閭，西晉開國元勛，深得司馬氏信任。邵指姬奭，又稱邵公、召伯，周成王去世，姬奭輔佐周康王，開創成康之治。

[56] 憬，讀音 jǐng，遠行貌。亦指遠。

[57] 王略：猶王法，國法。《左傳·成公二年》："兄弟甥舅，侵敗王略，王命伐之，告事而已。"杜預注："略，經略，法度。"

[58] 鉞：古兵器，圓刃，青銅制，形似斧而較大。盛行于殷周時。又有玉石制的，多用於禮儀。此處代表征伐的統率權。

[59] 外閫：指京城或朝廷以外，亦指外任將吏駐守管轄的地域，與朝中、朝廷相對。

[60] 氣沴：舊謂天地四時之氣不和而生的灾害。《莊子·大宗師》："陰陽之氣

有渗。"

[61] 彤闈：朱漆宮門，借指宮廷。謝朓《酬王晋安》詩："拂霧朝清閣，日旰坐彤闈。"

[62] 紫復：未詳。

[63] 方任：一方的重任，指地方長官的職位。忉，讀音 dāo，憂愁；憂傷。

[64] 繼絡而至：絡繹而來。

[65] 鉤距：輾轉推問，究得情實。《漢書·趙廣漢傳》："〔廣漢〕尤善爲鉤距，以得事情。鉤距者，設欲知馬賈，則先問狗，已問羊，又問牛，然後及馬，參伍其賈，以類相準，則知馬之貴賤不失實矣。"顏師古注引晋灼曰："鉤，致；距，閉也。使對者無疑，若不問而自知，衆莫覺所由以閉，其術爲距也。"

[66] 緌，讀音 ruí，古代帽帶的下垂部分。《詩·齊風·南山》："葛屨五兩，冠緌雙止。"

[67] 修短：長短，指人的壽命。《漢書·谷永傳》："加以功德有厚薄，期質有修短，時世有中季，天道有盛衰。"

[68] 上玄：上天。揚雄《甘泉賦》："惟漢十世，將郊上玄。"李善注："上玄，天也。"

[69] 勾芒：古代傳説中主管樹木的神。

[70] 諴説：亦作"諴悦"，衷心悦服。

[71] 環玦：《荀子·大略》："絶人以玦，反絶以環。"楊倞注："古者，臣有罪，待放於境，三年不敢去；與之環則還，與之玦則絶。皆所以見意也。"後用"環玦"表示官員的内召和外貶。這里代指官員的去世。

[72] 令問：令聞，美好的聲名。問，通"聞"。

[73] 堤封：堤岸；崖岸，亦以喻人的風操。《宋永貴墓誌銘》："堤封峻而不測，墻宇高而不窺。"

[74] 弱歲：男子弱冠之年，女子及笄之年，亦泛指幼年或青少年。

[75] 隳，讀音 huī，毁壞；廢棄。

[76] 營圖：圖謀。却：遮擋。

[77] 寒膠：指秋天的膠。膠喜乾惡濕，秋季弓黏結牢固，雖折而膠不解，故以"寒膠"喻指勁弓。

[78] 撝，讀音 huī，揮動。

[79] 威稜：威力；威勢。《漢書·李廣傳》："是以名聲暴於夷貉，威稜憺乎鄰國。"王先謙補注："《廣韵》：'稜，俗棱字。'《説文》：'棱，柧也。'《一切經音義》十八引《通俗文》：'木四方爲棱。'人有威，如有棱者然，故曰威稜。"

[80] 軍人：隸屬軍籍、服兵役的人。

[81] 擁旄：持旄，借指統率軍隊。杖節：執持旄節。古代帝王授予將帥兵權或遣使

四方，給旄節以爲憑信。

[82] 良翰：賢良的輔佐。《詩·大雅·崧高》："周邦咸喜，戎有良翰。"鄭玄箋："翰，榦也。"

[83] 殄悴：亦作"殄瘁"。困窮，困苦。《詩·大雅·瞻卬》："人之云亡，邦國殄瘁。"

[84] 方策：亦作"方筴"。即方冊。簡冊，典籍，後亦指史冊。《禮記·中庸》："哀公問政。子曰：'文武之政，布在方策，其人存，則其政舉；其人亡，則其政息。'"鄭玄注："方，版也。策，簡也。"孔穎達疏："言文王、武王爲政之道皆布列在於方牘簡策。"

[85] 貽厥：指留傳；遺留。語出《尚書·五子之歌》："明明我祖，萬邦之君，有典有則，貽厥子孫。"孔安國傳："貽，遺也。言仁及後世。"

[86] 宣風：宣揚風教德化。

[87] 相質：彼此質詢；對質。

[88] 流祉：流布的福澤。

[89] 華轂：飾有文采的車轂。常用以指華美的車。

[90] 長纓：指華衣美服者或達官顯貴。

[91] 令胤：指德行美好的後嗣。

[92] 挺生：挺拔生長。亦謂傑出。

[93] 黃中：心臟；內德。古代以五色配五行五方，土居中，故爲黃爲中央正色。心居五臟之中，故稱黃中。《易·坤》："君子黃中通理，正位居體，美在其中，而暢於四支，發於事業，美之至也。"岐嶷，語本《詩·大雅·生民》："誕實匍匐，克岐克嶷。"朱熹《詩集傳》："岐嶷，峻茂之狀。"後多以"岐嶷"形容幼年聰慧。

[94] 青領：青色交領長衫。《詩·鄭風·子衿》"青青子衿"，毛詩傳："青衿，青領也。學子之所服。"珪璋：比喻傑出的人材。

[95] 董司：監督掌管。

[96] 蘭錡：兵器架。蘭，通"闌"。

[97] 衡漳：古水名，即漳水。

[98] 交泰：《易·泰》："天地交，泰。"王弼注："泰者，物大通之時也。"言天地之氣融通，則萬物各遂其生，故謂之泰。後以"交泰"指天地之氣和祥，萬物通泰。

[99] 專城：指任主宰一城的州牧、太守等地方長官。王充《論衡·辨祟》："居位食祿，專城長邑以千萬數，其遷徙日未必逢吉時也。"

[100] 方隅：四方和四隅，借指邊疆。

[101] 封豕：比喻貪暴者。豕，讀音 shǐ，猪。

[102] 長鯨：喻巨寇。

[103] 浮生：語本《莊子·刻意》："其生若浮，其死若休。"以人生在世，虛浮不定，因稱人生爲"浮生"。

卷第四百五十三

[104] 匣龍：相傳戰國時有人盜王子喬墓，發觀内中唯有一劍，欲取之，"劍作龍鳴虎吼，遂不敢近，俄而徑飛上天"。

[105] 藏舟：《莊子·大宗師》："夫藏舟於壑，藏山於澤，謂之固矣，然而夜半有力者負之而走，昧者不知也。"王先謙集解："舟可負，山可移。宣云：'造化默運，而藏者猶謂在其故處。'"後用以比喻事物不斷變化，不可固守。

[106] 深谷：幽深的山谷。

卷第四百五十五

碑卅五　百官廿五　將軍五

闕題一首

題解：此爲碑銘殘篇，此篇其他文獻無載。嚴可均輯《全上古三代秦漢三國六朝文》無收。碑主爲隋人，此篇當補入《全隋文》。

　　苗裔也，夫其構峰外區，方葱嶺之西跱[1]；導流中土，侔德水之東注。故能福祿攸降，枝幹克昌。雖金鉤表祥[2]，見稱於張氏；玉田貽祉，著美于陽族，方之箴如也。祖諱□，魏雍州薩寶。父諱，隋開府儀同三司，貴鄉縣開國公，贈石州刺史。或望重河右，掬計然之要術[3]；或聲馳海內，受司勳之賞典[4]。韓宣之問孟獻[5]，未埒其名[6]；莊辛之對楚王[7]，寔符其實。公感靈秀氣，受教中和，蹈荀何之淳德[8]，慕顏冉之淑行[9]。靜歸真道[10]，動合虛舟[11]。體備柔弱，憲白璧而吐閏；心安忠恕，儀丹桂而揚芬。是以金城之右，猶潁川之仰叔度[12]；玉關之外，若衛人之宗端木[13]。豈止輸財見稱，事高於西漢；削契推重，聲振於東都而已哉？隋開皇中，起家爲蜀王秀庫真[14]，還都督檢校儀同兵。及秀廢，又爲大都督領本鄉兵。韜玉左官[15]，徒悲卞和之寶[16]；絆驥下僚[17]，寧辯孫陽之駿[18]。譬尤凌寒之幹，負嚴霜而表（下闕）。

— 352 —

【注釋】

[1] 蔥嶺：指極西之地，唐代稱爲帕米爾，現在的帕米爾高原，位於天山、喀喇昆侖山、興都庫什三大山脈交匯之處。

[2] 金鉤：兵器名，形似劍而曲。趙曄《吴越春秋·闔閭內傳》："闔閭既寶莫耶，復命於國中作金鉤。令曰：'能爲善鉤者賞之百金。'"

[3] 掬：兩手相合捧物。

[4] 賞典：賞賜的典禮。

[5] 韓宣：姬姓，韓氏，名起，諡號宣，史稱韓宣子。孟獻：姬姓，魯國孟孫氏第五代宗主，名蔑，世稱仲孫蔑，諡號獻，魯國孟氏家族振興的重要貢獻者，春秋中期魯國外交家，政治家。

[6] 埒，讀音 liè，等同，比并。《史記·平準書》："故吴諸侯也，以即山鑄錢，富埒天子。"

[7] 莊辛之對楚王，指莊辛説楚襄王。莊辛：莊氏，名辛。紀郢人。戰國時楚封君。曾勸誡傲慢自大的襄成君，促使改正不能以禮待人的毛病。項襄王十八年（前281），面責楚王，項襄王怒斥其爲"老悖"。遂離楚去趙。二十一年，秦軍攻佔郢都，項襄王悔悟，從趙國將他召至城陽。他再陳亡羊補牢之策。項襄王出兵收回江南。項襄王授莊辛以執主，賜予淮北之地，封爲陽陵君。

[8] 荀何：荀顗，字景倩，穎川穎陰人，曹魏太尉荀彧第六子，性至孝，總角知名，博學洽聞，理思周密；何曾，原名瑞諫，又名諫，字穎考，曹魏太僕何夔之子，西晉大臣，開國元勳，性至孝，閨門整肅，自少及長，無聲樂嬖幸之好。二人俱有孝行，傅玄稱之曰："古稱曾、閔，今見荀、何。"

[9] 顏冉：顏回，冉伯牛，二人均爲孔子弟子，皆以德行著稱。事出《論語·先進》："德行：顏淵、閔子騫、冉伯牛、仲弓。"

[10] 真道：道教教義。陶弘景《冥通記》卷二："所以真道不交乎世，神仙罕游人間，正爲此耳。"

[11] 虛舟：無人駕御的船隻。語本《莊子·山木》："方舟而濟於河，有虛船來觸舟，雖有惼心之人不怒。"這里比喻胸懷恬淡曠達。

[12] 穎川：荀淑，字季和，品行高潔。叔度：黃憲，字叔度，東漢著名賢士。穎川荀淑至慎陽，遇黃憲於逆旅，時年十四。淑竦然异之，揖與語，移日不能去。謂憲曰："子，吾之師表也。"

[13] 端木：端木賜，復姓端木，字子貢，以字行。春秋末年衛國（今河南市凌縣）人。孔子的得意門生，孔門十哲之一。曾相魯、衛兩國。

[14] 庫真：王府屬官，疑爲"庫直"，此官職源於北魏，帶有鮮卑文化色彩。《舊唐書》卷四十二《職官志》云："諸軍驃騎將軍爲統軍，其秦王、齊王下領庫直、驅咥直、車騎并准此。"

［15］韜玉：隱藏美玉使不外露。左官：降官，貶官。

［16］卞和之寶：指美玉。《韓非子》載卞和於荊山上伐薪偶爾得一璞玉，先後獻於楚厲王、楚武王，却遭酷刑，後"泣玉"於荊山之下，始得楚文王識寶。因此又有"卞和獻璧""卞和泣玉"之說。

［17］絆驥：喻人受拘束不能施展其所長。《淮南子·俶真訓》："身蹈於濁世之中，而責道之不行也，是猶兩絆騏驥而求其致千里也。"

［18］孫陽：伯樂。《莊子·馬蹄》"及至伯樂曰：'我善治馬。'"陸德明《經典釋文》："伯樂姓孫，名陽，善馭馬。石氏《星經》云：'伯樂，天星名，主典天馬，孫陽善馭，故以爲名。'"

卷第四百五十七

碑卅七　百官廿七　都督一

《江州都督庾冰碑銘》 一首并序　　東晋　孫綽

題解：此碑碑主庾冰是東晋温王郗庾四大家族之一庾氏的成員，與其兄庾亮、其弟庾翼一起，先後執掌東晋政權，是影響東晋政治中最爲重要的人物之一。碑主卒于晋建元二年（344），此碑當作於此後。作者孫綽爲時碑文撰著大手，"温、王、郗、庾諸公之薨，必須綽爲碑文，然後刊石焉"。此碑《藝文類聚》有部分節録，然而割裂殘缺，此本爲完篇，孫綽作爲撰碑大家，其碑文作品完整者幾無，此碑補充了孫綽碑文文本的空缺，對於研究孫綽碑文甚至東晋碑文寫作，都是十分珍貴的材料。此碑雖有所枝雜，但孫綽之彬彬藻思，亦得到展現。此文《藝文類聚》卷四十七僅録有253字，《全晋文》據此輯入。兩本對勘，文字相異者衆多。碑主庾冰，《晋書》有傳，然碑銘所載與史傳頗有出入，亦可勘正。

　　君諱冰，字季堅，潁川鄢陵人也。氏胄之由，累葉之載，固已被於竹素[1]，播其名迹矣。君則左將軍之子[2]，太尉文康公之季弟也。噏〔一〕高岩之玄精，挹清潁〔二〕之潔流[3]，貞質侔〔三〕于白珪，明操屬于南金。少有令規，元兄器之，常以爲庾氏之寶，有晏平之風[4]。司徒辟，不就博士。征秘書丞。〔一〕封西陽縣都鄉侯，司徒右長史。吴王以母弟之貴[5]，肇建東藩；守相之任,寔杖親賢。乃授吳郡內史。望境而清風興,踰時而仁澤洽。蘇峻之亂,京都傾覆。君乃東奔會稽,遂與諸郡同舉義兵。于時豺狼縱毒[6],寇黨焱熾[7]。正旗雖抗,衆心尤慴[8];擁徒保險[9],疑于彭敵[10]。君厲色攘袂,請爲前列。烏合提偏師[11],徑據舊都。推鋒西進,抗封豕之衝[12],振熊之氣[13],東夏克濟[14],君有力焉。又遣司馬滕含先登石頭,擁衛乘輿,奉迎鸞蓋,忠勳之至,實簡帝心[15]。進封新吳縣開國公,推而弗當;除給事黃門侍郎,退而弗居。出撫會稽,加振威將軍,尋增號征虜。君明允貞固,達於從政,化行二邦,式範千里。雖渤海之歌龔遂[16],潁川之咏黃霸[17],蔑足方之。征領軍,不就。朝議以君器充廊廟[18],幹周時務,可以彌綸政道[19],參贊皇極[20],遂征還臺。俄而加左將軍、揚州刺史、中書監,仍除使持節都督揚、豫、兗三州諸軍事。雖名器未極[21],而任盡臣道,正身提衡[22],銓括[四]百揆[23]。知無不爲,謀必鮮過。端委待旦[24],則有心宣孟[25];約己訓儉[五],則擬議季文[26]。夫吐剛茹柔[27],執政之所易撓[28];矜己尚人[29],乘盛之所難遣。君平坦無私,勞謙[六]寡欲[30]。當時之所難,于君而易之矣。於是慨然遠覽,量己知退,高揭[七]幕[31],投迹藩屏[32]。杖節都督江、荊、益、梁、交、廣、寧七州諸軍事,車騎將軍。于時南夏多故[33],賦役殷興,萬里蕭條,人亦勞止[34]。君乃休之以無事[35],綏之以惠和[36],政有烹鮮之咏[37],人懷寧一之歌[38]。沛若洪流之引枯鱗[39],渹若時雨之霑塵柯[40]。建元二年,康帝崩徂,兆庶喪氣[41],朝野莫憑。太後遣大使徵君輔政,以底人志[42],將寄周霍之重[43],當阿衡之任[44]。君固執遠圖[45],礭然不回[46]。冬十有一月九日,薨于位。臨終存國,思不出位[47],遺制恭謹,廢情尚義[48]。夫良玉以經焚不渝,故其貞可貴;竹柏以蒙霜保榮,故見殊列灌[八]。正而不亂者有矣,未有亂而彌正者也。考終以證始,即事以徵心[49]。少長能一其度,貴賤不二其道。文康文雅,目於是乎弘著矣[九]。皇朝震悼,有識掩涕。誠以良臣既喪,國有殄悴之虞[50];棟折榱傾,人懷壓焉之懼。致感之由,豈虛臻哉?追贈司空,諡曰忠成,禮。故吏王某等哀袞龍之虛襲[51],慨皇維之不綱[52],援甘棠以興慕[53],思自同於三良[54]。乃攻石樹碑,永刊洪烈。其辭曰:

洋洋凌潁,巖[巖]神嵩。流滌淳氣[55],嶺扇祥風[十]。篤生公侯,情虛[十一]德充。臨川擬潔,仰華思崇。凌險斯夷[十二],處滿能冲[十三]。方恢遠猷[56],皇極是贊[57]。進陶玄氣,退康時難。繁霜夏被,脩梧摧幹[58]。任之云徂,朝野銜嘆[十四]。如或可贖,人百其算。儀形永戢[59],光風長煥[60]。

— 356 —

卷第四百五十七

【校勘】

〔一〕"噏"，《藝文類聚》作"喻"。噏，同"噏"，即"吸"字，當是。《類聚》"喻"前有"君"字。

〔二〕"清潁"，《類聚》作"清瀨"。瀨，爲淺水清石灘之意，是爲泛指。"潁"，特指潁川，《文館詞林》本前有"潁川鄢陵人也"，則"潁"爲庾冰爵里，故特有此指。并其銘辭中亦有"洋洋凌潁"，亦此句同意，此處應以"潁"爲是。

〔三〕"侔"，《類聚》作"謀"。侔，齊等，相當之意，此處孫綽將碑主品質與白珪比擬，是用"侔"爲恰當。"謀"應是"侔"音誤。

〔四〕"銓括"，《類聚》作"鈴括"。銓括，謂選拔和統領官吏。鈴括，謂搜集整理。此處當以"銓括"爲是，嚴可均《全上古三代秦漢三國六朝文》在收錄《藝文類聚》此篇時，亦作"銓括"。《漢語大詞典》釋"銓括"一詞，直用《司空庾冰碑》此句之典。

〔五〕"約己訓儉"，《類聚》作"以約訓典"。"以約訓典"不成意，"約己訓儉"指以先王典制之書約束自己，在此文義通暢。

〔六〕"勞謙"，《類聚》作"己謙"。"己謙"不成意，"勞謙"是爲成詞，意爲勤勞謙恭。其出於《易·謙》："勞謙，君子有終，吉。"作爲語典用在此處，非常合適。

〔七〕"揖"，《類聚》作"把"。揖，作讓之意，此處指庾冰辭讓中央之官而外任。"把"原意并無"讓"之意，此處是爲"揖"之假借。

〔八〕"列灌"，《類聚》作"列樹"。"灌""樹"文意均可通，然竹柏以其修長挺拔之姿，與低矮之"灌"對比更爲強烈。且"樹"與"殊"音近，在同一短句中出現，音韻并不協調。是以此處亦當以《文館詞林》本爲是。

〔九〕"文康文雅，目於是乎弘著矣"，《類聚》作"文康之雅量，於是乎弘著矣"。《類聚》本此句表示庾冰繼承發揚了其兄庾亮之雅量。目，有品評之意，南朝宋劉義慶《世說新語·賞譽》："世目周侯嶷如斷山。"則《文館詞林》此句意爲文康文雅，而因其弟庾冰之功績德行，世人對庾氏的評價更加著名了。

〔十〕"嶺扇祥風"，《類聚》作"頗扇祥風"。此處"嶺扇祥風"對應前句"岩岩神嵩"，一如"流滌淳氣"對應"洋洋凌潁"，嵩是爲山，則此處以"嶺"爲是。

〔十一〕"情虛"，《類聚》作"情靈"。

〔十二〕"凌險斯夷"，《類聚》作"履險思夷"。此處"凌"與"履"意同，均可通。《類聚》本以"思夷""思沖"兩個同類句式并列，而《文館詞林》本以"斯夷""能沖"成對，對偶句同位同字并不合適，則此處亦應以《文館詞林》本爲是。

〔十三〕"處滿能沖"，《類聚》作"處滿思沖"。

〔十四〕"銜歎"，《類聚》作"鹹歎"。"鹹"，做都之意，此處意思恰當。而"銜"，意爲心中懷著。南朝梁任昉《〈王文憲集〉序》："有識銜悲，行路掩泣。"即爲此用，且與此處"銜歎"有相似之用。是以"銜歎""銜悲"是爲慣用之語，此處當以此爲是。

— 357 —

【注釋】

[1] 竹素：猶竹帛。多指史册、書籍。

[2] 左將軍：太尉文康公，指庾亮。

[3] 噏：當作"噏"，即"吸"字。玄精：元精，道教指人體的精氣。陶弘景《真誥·協昌期二》："夫學生之夫，必夷心養神，服食治病，使腦宮填滿，玄精不傾，然後可以存神服霞，呼吸二景耳。"挹，讀音yì，舀，把液體盛出來。潔流：澄清的水流。王僧孺《慧印三昧及濟方等學二經序贊》："將循曲陌，先限清澗，或如止水，乍有潔流。"

[4] 晏平：晏子，名嬰，字仲，諡平，習稱其爲晏平仲，此處省爲晏平。晏平以有政治遠見、外交才能和作風樸素聞名。此處以晏子比庾冰，是對其褒揚。

[5] 吴王，指司馬岳。《晋書·康帝紀》載："康皇帝諱岳，字世通，成帝母弟也。咸和元年封吴王，二年徙封琅瑘王。"

[6] 縱毒：謂肆意殘害。

[7] 炎熾：熾熱。徐幹《中論·治學》："人心必有明焉，必有悟焉，如火得風而炎熾。"

[8] 慴，讀音shè，恐懼。

[9] 保險：據守險要之處。

[10] 彭敵：未知何解。

[11] 烏合：形容人群没有嚴密組織而臨時湊合，如群烏暫時聚合。偏師：指主力軍以外的部分軍隊。

[12] 封豕：比喻貪暴者。《左傳·昭公二十八年》："（伯封）實有豕心，貪惏無饜，忿纇無期，謂之封豕。"

[13] 此處有闕字。

[14] 東夏：古代泛指中國東部。

[15] 簡：在，存留。蔡邕《太傅安樂鄉文恭侯楊公碑》："幹練機事，綢繆樞機，中亮唯允，簡于帝心。"

[16] 龔遂：字少卿，漢宣帝時任渤海太守，平定亂賊，發展農業，頗有政績。

[17] 黃霸：西漢官員，字次公，曾任潁川太守。爲政有方，後世常將其與龔遂并稱，作爲循吏的代表。

[18] 廊廟：殿下屋和太廟，指朝廷。

[19] 彌綸：經緯，治理。

[20] 參贊：協助謀劃。《晋書·姚泓載記》："君等參贊朝化，弘昭政軌。"

[21] 名器：名號與車服儀制。奴隸社會與封建社會用以别尊卑貴賤的等級。語本《左傳·成公二年》："唯器與名，不可以假人，君之所司也。"杜預注："器，車服；名，爵號。"

[22] 提衡：謂簡選官吏。任昉《王文憲集序》："公提衡惟允，一紀於兹。"李善注：

"言選曹以材授官，似衡之平物，故取以喻焉。"

[23] 銓括：謂選拔和統領官吏。百揆：百官。劉義慶《世說新語·賞譽》："桓公（桓溫）語嘉賓（郗超）：'阿源（殷浩）有德有言，向使作令僕，足以儀刑百揆，朝廷用違其才耳！'"

[24] 端委：古代禮服。《左傳·昭公元年》："吾與子弁冕端委，以治民臨諸侯。"杜預注："端委，禮衣。"

[25] 宣孟：趙盾，謚號宣孟，故稱。春秋名臣，孔子稱爲"良大夫"。

[26] 季文：季孫行父。春秋時魯國正卿，謚文，故稱"季文子"。其人克儉持家，屬行節儉，開儉樸之風。

[27] 吐剛茹柔：吐出硬的，吃下軟的，比喻怕強欺弱。語本《詩·大雅·烝民》："人亦有言：柔則茹之，剛則吐之。維仲山甫，柔亦不茹，剛亦不吐；不侮矜寡，不畏彊御。"孔穎達疏："柔濡者則茹食之，堅剛者則出之，喻……敵寡弱者則侵侮之，強盛者則避畏之。"

[28] 撓：指惱亂，煩擾。

[29] 矜己：誇耀自己。

[30] 勞謙：勤勞謙恭。

[31] 揖：辭讓，謙讓。帷幄：借指天子近側或朝廷。

[32] 藩屏：喻邊防重鎮。《漢書·叙傳下》："建設藩屏，以強守圉。"

[33] 南夏：泛指我國的南部。

[34] 勞止：辛勞；勞苦。《詩·大雅·民勞》："民亦勞止，汔可小康。"《文館詞林》爲唐集，"人"乃"民"字，避李世民之諱。

[35] 無事：沒有變故，多指沒有戰事、災異等。

[36] 惠和：仁愛和順。

[37] 烹鮮：語本《老子》："治大國若烹小鮮。"後以"烹鮮"比喻治國便民之道，亦比喻政治才能。

[38] 寧一：安定統一。

[39] 沛：充盛的樣子。枯鱗：枯魚。亦喻處於困境者。

[40] 潚：水流很急的聲音。塵柯：未詳。

[41] 兆庶：猶言兆民。《後漢書·崔駰傳》："濟此兆庶，出於平易之路。"

[42] 厎：定。《尚書·皋陶謨》："朕言惠，可厎行。"

[43] 周霍：周指周公，霍指霍光，均居宰輔之重。

[44] 阿衡：商代官名，師保之官，引申爲任國家輔弼之任，宰相之職。

[45] 固執：堅持。《禮記·中庸》："誠之者，擇善而固執之者也。"

[46] 礭，讀音 què，堅定貌。

[47] 出位：越位；超越本分。《易·艮》："君子以思不出其位。"王弼注："各止其

所，不侵害也。"

[48] 尚義：重義氣；崇尚道義。

[49] 即事：任事；作事。《史記·封禪書》："洽矣而日有不暇給，是以即事用希。"徵：證明；證驗。

[50] 殄悴：殄瘁。困窮，困苦。

[51] 袞龍：朝服上的龍。指袞龍袍。古代皇帝的朝服，上有龍紋，故稱。

[52] 皇維：朝廷的綱紀；王法。

[53] 甘棠：《詩·召南·甘棠》："蔽芾甘棠，勿翦勿伐，召伯所茇。"是人民懷召公良政而咏之詩，後遂以"甘棠"稱頌循吏的美政和遺愛。

[54] 三良：《詩·秦風·黃鳥序》："黃鳥，哀三良也。國人刺穆公以人從死，而作是詩也。"毛傳："三良，三善臣也。謂奄息、仲行、鍼虎也。"

[55] 淳氣：淳和之氣。

[56] 遠猷：長遠的打算；遠大的謀略。語出《尚書·康誥》："顧乃德，遠乃猷。"

[57] 皇極：帝王統治天下的準則，即所謂大中至正之道。

[58] 脩：美好的。

[59] 戢：通"輯"。安輯；和睦。《孟子·梁惠王下》引《詩》："於橐於囊，思戢用光。"今《詩·大雅·公劉》作"思輯用光"。毛詩傳："言民與和睦以顯於時也。"

[60] 光風：雨止日出時的和風。《楚辭·招魂》："光風轉蕙，氾崇蘭些。"

《江州都督庾翼碑銘》一首并序　　東晋　張望

題解： 此碑碑主庾翼是東晋溫王郗庾四大家族之一庾氏的成員，繼其兄庾亮、庾冰之後，執掌東晋政權，是影響東晋政治中最爲重要的人物之一。碑主卒于永和元年（345），此碑當作於此後。碑文歷述其生平，并盛讚其功德，着重讚頌了其北伐之功。辭藻華美，儷言偶句間出，是東晋碑序駢化的典型之作。然文章無有節制，過於冗雜，甚爲影響其思想與情感的表達。

君諱翼，潁川鄢陵人也。其先帝鴻之苗[1]，周大夫庾皮之裔。高祖徵君[2]，抗清雲之皓志。考左將軍，執懿德以熙緒[3]。遐胄啓于玄聖[4]，洪慶休乎百代[5]。是以徽風載芳[6]，清塵繼軌[7]。逮君兄弟，冠冕江左[8]。文康弘具瞻於前[9]，忠成光人譽於後[10]。林蔚嶺秀之標，川澄海納之度[11]。固已式準群英，而煥乎當時矣。君吸乾剛之純氣[12]，誕命時之偉姿，清粹聞於志學，英風暢於立德[13]。孝友通乎神明，安懷著於耆齓[14]。宇量淹通[15]，識具融達[16]。明鑒燭微[17]，而不矜昭晣之容[18]；高朗弘豁，而不浪放逸之迹[19]。道味玄咏，則擯筌乎象繫之津[20]；墳研典析[21]，則慎徽於五教之域[22]。器掩物軌[23]，度貫衆藝。儀領峩然，若衡岱之標秀崿[24]；神氣充暎[25]，若清霞之爛陽朝[26]。蔚蔚焉，昂昂焉，寔期運之挺根[27]，而縉紳之領袖也[28]。始辟太尉掾參軍、從事中郎[29]。翩翩芳澤[30]，鳳集台林[31]，雅杖希夷[32]，緝和鼎味[33]，洋洋然其猶泗瀾之渙長津也[34]。時預謀克捷之庸[35]，班爵封都亭侯[36]，除鄱陽太守。舉納遺事[37]，政存烹鮮[38]。尋遇元兄太尉推轂陝右[39]，董衡有存[40]，而榮非所甘，於是懷親忘祿，巾褐而歸[41]。龍盤家巷[42]，放心嘯咏。西伯之受恭行也[43]，望境而興懷焉。尋建脩邾城，以庇人佑土，以君爲建武將軍、西陽太守。董率三軍，披榛立政[44]。未及期月，而惠納著矣。于時沔漢不靖[45]，庸蜀內亂，江陵居二寇之衝[46]，握進禦之會[47]，伐罪固藩[48]，望鍾儁哲[49]。於是銓衡群寮，精簡高美[50]，以君懿親之秀[51]，遂應邵子之選[52]。遷使持節，領護軍南蠻校尉、建武將軍、南郡太守，尋轉輔國將軍。播德荊川，陶仁舊鄀。踐境而敦喪葬，下車而明黜陟[53]。權略形勝之幾[54]，整鋒運武之要，承規英伯，屬當奮伐[55]。甫將抗旌西指[56]，先滌江源，而遇太尉傾徂[57]，朝野震懼。闥外之重[58]，匪英莫倚，乃授君使持節都督江、荊、益三州諸軍事，安西將軍、荊州刺史。徵還武昌，以鎮寧內外。尋加江、荊、益、梁、雍、司六州都督。君常以地接辰極[59]，乾惕盛滿[60]，雖諸昆守之以道[61]，而冲戒之誠彌至[62]。每在出處之際，未嘗不雅思進止，而先盡謙挹之德也。屯務所縈[63]，於斯雲萃[64]。故專征興復之勤[65]，遂讓夷而當之矣[66]。于時初喪元輔，畿宇殄瘁[67]，羯虜承間[68]，狼逸郊境，烽燧屢舉，人無寧止。君雖提衡嗣書一之烈[69]，紐綱振惟新之緒，申教官能[70]，綏撫邦域。罷游麗，抑淫祀，閱戎政，明市獄[71]。開誠心以布公，詢謹言於輿隸[72]。勤勞謙於昧旦，始儀刑於閫城[73]。擢廢駿於沉潭，考名實於底績[74]。通聘燕凉，則二邦協連師之盟；鷹揚六境，則彊俠弭逋縱之謀[75]。蒐練示整[76]，則五城縮安陸之戎；奇師西掬[77]，則四壁退江陽之醜[78]。遐邇寧肅[79]，而凶黨震潰。頻加江、豫州刺史。

　　君以爲設位存乎樹賢[80]，賢并所以周務[81]。寵靈兼荷[82]，弗之當也。先夫固本正末，大宣皇風，濃化美俗，崇善濟人。申懲勸戒，流泮枉直[83]。惠加荒札[84]，仁興弔祭。禮信弘敷[85]，而邦城鈞《漢廣》之咏[86]；愛人平賦[87]，則峒野存史克之歌[88]。德刑成矣，下知方矣。君以神州之難，大耻所存，否終之會[89]，運存函夏[90]。昏陁非盛衰之虞[91]，動戎勞射隼之銳[92]。故緩嵞山之圖[93]，而先河洛之舉。於是乃厲義聲，激群庶，樹朱牙[94]，連方鎮[95]。訓卒補乘，闔境爰發[96]，省煩役以紓人[97]，承逋萃以充務。農不廢職，而軍實以殷；班號終朝，而區內響應。飛雲蓋沔，連於千里。辭二伯雅統之逸[98]，尋方叔急病之勤[99]。肅若長風之赴素節[100]，沛若江漢之洞迅源也。遂進鎮襄陽，以逼臨宛許[101]。既乃杖皇威以北眄，據電發之機領[102]。長響風灑，則萬里應控；義聲雲翔，而遐外宅心[103]。明大順之師[104]，絕佳刀之捷[105]。峻方城於千尋，溝湯池於九刃；浮粟屬於漢濱，嘉苗蔽於千畝。杜津汋之姦[106]，制商夷之禁[107]，綏舊人之業[108]，重侵略之刑。立典客以禮賓[109]，節苞鮮以薦役[110]。淳醪素投，故熊羆爭奮；冬景柔暉，而華戎響悅。雖諸葛渭南之師，亞夫細柳之整[111]，方之篾如也。於是革音回面之渠[112]，縫負企踵之隸[113]，其猶鍛翮之歸鄧林[114]，涸鱗之望海澤也。轉持節都督荊、梁、雍三州諸軍事，刺史如故。尋加都督荊、梁、雍、司、冀五州諸軍事，征西將軍。夫制寇存乎控引，故俯僂恭兼督之命[115]；名爵繫乎定勳，故冲懷讓加崇之榮。赫赫乎投袂之儁[116]，誠勤王之遠略，運之以戎昭[117]，斷之以果毅。雖龍泉未灑[118]，而寇審梟期；云罼四罩[119]，而鸮鶚待裂矣。建元二年，康帝晏駕，俄而季兄司空薨逝。陽九垂消[120]，而豐剝累集[121]，顧睇嵩華[122]，撫劍風慨。釋狼狐殆發之機，謀尚父琁軫之會[123]。皇基之攸憑，寔伯舅是賴。故且反斾江湄，以鎮靖萬里。乃授都督江、荊、司、冀、雍、梁、益七州諸軍事，征西將軍，領護南蠻校尉，刺史如故。雖則鸞衡暫憩[124]，而宏綱振乎四維；握勝俟時，而英籌懸於朱幌也。

是以明發訓咨[125]，思融政道，總括奇儁，啓樹風聲[126]，引彰表儀，導宣禮則，名教光被，仁風四暢。方將運神，羅遉絕蹤[127]，揮攙槍以電掃[128]，豁百六之氣溰[129]，朗金精以熙玉燭，贊琁機以一萬邦，豈徒擬烈名陵，方休踐土而已哉？！然後齊蹈川巖，投黻遐想[130]，功遂迹喪，凌風獨往。景命不永[131]，春秋卅有一，永和元年七月薨于位。天子震悼，群后含慟，岱傾仁委，何痛如之。追贈車騎將軍，謚曰肅侯，禮也。

惟君雅咏蓬宇，則栖心冲寄；解褐應務，則偉績允熙。運軌否剝之極，總轡經綸之時[132]。疆理紀紛，吐捉日昃[133]。雖業連三辰[134]，而布衣之心夷[135]；地兼危溢，而虛挹之體隆。亹亹乎彝倫之領味[136]，盛德之弘風，君寔光振之矣。仰咨前哲，俯憚時難，每喟然永懷，何嘗不籠維胸臆，標至公爲己任焉。夫昆彭之能究其勳[137]，姜邵之能遂其道者[138]，或運階陽外[139]，

卷第四百五十七

或靈嘏脩祉[140]。惜哉，旻天不弔，儁徹與屯塗并消[141]，宏規與促齡俱逝。朝殞基棟之輔，喪弘化之豪，泉涸林拔，鱗羽曷歸？凡在有識，建我臣故，追述七德，永歌九功。目想軌儀，心存洪略。痛神景之長淪，悲袞龍之虛設[142]。思鈞《甘棠》[143]，哀同《黃鳥》[144]。撫膺陶慕，靡所寄心。乃相與鐫石紀德，以恭揚徽烈[145]。其辭曰：

　　玄象回曜，龍房澄景。靈煥荊河，氣淳嵩潁。峩峩君侯[146]，含章秀挺。玉振流津，金昭暉潁[147]。擬量凌川，儀仁崇嶺。肇自鳳栖，惠響播芳。扇翻扶搖，舒映朝陽。懷之休邁[148]，如彼霄翔。遂撫衡漢，抗我宏綱。亹亹遠猷，赫赫規宇。制陝恢略，時惟儁輔。四鄰引領，絶維翹武[149]。將廓乾羅，滌夷昏岨。隆替靡期，回應有會。志朗嚚氣，天衢俟泰。望舒滅圖[150]，慶雲消藹。辰極掩暉[151]，蒼生喪賴。衰貫皇穹，悲延遐外。仁基雖倫，英風永蓋。

【注釋】

[1] 帝鴻：指黃帝，黃帝又稱帝鴻氏，又曰帝軒氏。《史記·五帝本紀》："黃帝者，少典之子，姓公孫，名曰軒轅。生而神靈，弱而能言，幼而徇齊，長而敦敏，成而聰明。"

[2] 徵君：徵士，指不接受朝廷徵聘的隱士。

[3] 懿德：美德。熙：興盛；興起。緒：統系，世系。此指庾翼父親興盛家族。

[4] 遐胄：猶遠裔。《晉書·摯虞傳》："有軒轅之遐胄兮，氏仲任之洪裔。"玄聖：指有大德而無爵位的聖人。《莊子·天道》："以此處上，帝王天子之德也；以此處下，玄聖素王之道也。"

[5] 慶：福澤。休：樹蔭，引申爲蔭庇。《周書·靜帝紀》："藉祖考之休，憑宰輔之力。"

[6] 徽風：美好的風範。

[7] 清塵：清高的遺風；高尚的品質。

[8] 江左：東晉及南朝宋、齊、梁、陳各代的基業都在江左，故當時人又稱這五朝及其統治下的全部地區爲江左，南朝人則專稱東晉爲江左。

[9] 文康：指庾亮，諡號文康。具瞻：謂爲衆人所瞻望。

[10] 忠成：指庾冰，諡忠成。

[11] 海納：喻容受量大。袁宏《三國名臣序贊》："形器不存，方寸海納。"

[12] 乾剛：謂天道剛健。語出《易·雜卦》："《乾》剛《坤》柔。"

[13] 立德：樹立德業。

[14] 安懷：安老懷少，尊重老人，使其安逸；關懷年輕人，使其信從。語本《論

— 363 —

語·公冶長》："子路曰：'願聞子之志。'子曰：'老者安之，朋友信之，少者懷之。'"耆，讀音 qí，古稱 60 歲曰耆。齔，讀音 chèn，指年幼的人。

[15] 宇量：氣度；度量。淹通：弘廣通達。

[16] 識具：見識。融達：通達。

[17] 明鑒：也作"明監"，稱人善於識別事物；明察。燭微：謂觀察入微。

[18] 昭晰：光亮，光耀。曹丕《濟川賦》："美玉昭晰以曜暉，明珠灼灼而流光。"

[19] 放逸：放縱逸樂。

[20] 擯筌：擯弃蹄筌，擯落迹象。象繫：《周易》的《象》傳和《系辭》傳，代指"易"字。

[21] 墳典：三墳、五典的并稱，後轉爲古代典籍的通稱。研析：精研辨析。

[22] 慎徽：恭謹宣美。《尚書·舜典》："慎徽五典，五典克從。"五教：五常之教。指父義、母慈、兄友、弟恭、子孝五種倫理道德的教育。《尚書·舜典》："汝作司徒，敬敷五教。"

[23] 物軌：衆人的榜樣。

[24] 崿，讀音 è，山崖。

[25] 暎，讀音 yìng，映照。

[26] 陽朝：亦作"陽鼂"，日出之後。

[27] 期運：猶機運。挺：生長；長出。

[28] 縉紳：插笏於紳帶間，舊時官宦的裝束，亦借指士大夫。《漢書·郊祀志上》："其語不經見，縉紳者弗道。"

[29] 掾，讀音 yuàn，官府中佐助官吏的通稱。

[30] 翮，讀音 hé，指鳥的翅膀。翮翮：指高飛。

[31] 鳳集：群鳳聚集。比喻賢才聚會。

[32] 希夷：《老子》："視之不見名曰夷，聽之不聞名曰希。"河上公注："無色曰夷，無聲曰希。"後因以"希夷"指虛寂玄妙。

[33] 緝和：謂和睦。鼎味：相傳商武丁問傅說如何治理國家，傅以如何調鼎中之味對。後以"鼎味"指國政。

[34] 泗：古水名。源於今山東省泗水縣東，四源併發，故名。瀾：波浪。長津：長的河流。

[35] 克捷：克敵制勝。庸：功勳。《左傳·昭公四年》："告之以文辭，董之以武師，雖齊不許，君庸多矣。"杜預注："庸，功也。"

[36] 班爵：頒授爵位。

[37] 遺事：前代或前人留下來的事迹。《漢書·藝文志》："兵家者，蓋出古司馬之職，王官之武備也……《司馬法》是其遺事也。"

[38] 烹鮮：語本《老子》："治大國若烹小鮮。"後以"烹鮮"比喻治國便民之道，

亦比喻政治才能。

　　[39] 推轂：推車前進。古代帝王任命將帥時的隆重禮遇。《史記·張釋之馮唐列傳》："臣聞上古王者之遣將也，跪而推轂，曰閫以內者，寡人制之；閫以外者，將軍制之。"後因以稱任命將帥之禮。

　　[40] 董衡：未詳。

　　[41] 巾褐：頭巾和褐衣，古代平民的服裝。

　　[42] 龍盤：喻豪傑之士隱伏待時。

　　[43] 西伯：指周文王。《孟子·離婁上》："吾聞西伯善養老者。"焦循正義："西伯，即文王也。紂命爲西方諸侯之長，得專征伐，故稱西伯。"

　　[44] 披榛：砍去叢生之草木。多喻創業或前進中的艱難。陸機《漢高祖功臣頌》："脫迹遘難，披榛來洎。"

　　[45] 不靖：不安寧；騷亂。

　　[46] 衢：交通要道。

　　[47] 進御：爲君王所御幸。《詩·召南·小星序》："小星，惠及下人也。夫人無妒忌之行，惠及賤妾，進御於君，知其命有貴賤，能盡其心矣。"

　　[48] 伐罪：討伐有罪者。

　　[49] 鍾：彙聚；集中。《左傳·昭公二十八年》："子貉早死無後，而天鍾美於是，將必以是大有敗也。"

　　[50] 高美：高貴者。

　　[51] 懿親：特指皇室宗親、外戚。

　　[52] 郤子：指郤縠。《左傳·僖公二十七年》："（晉文公）作三軍，謀元帥。趙衰曰：'郤縠可。臣亟聞其言矣，說《禮》《樂》而敦《詩》《書》……君其試之！'乃使郤縠將中軍，郤溱佐之。"後世詩文常用"郤縠"比喻儒將。

　　[53] 黜陟：指人才的進退，官吏的升降。

　　[54] 形勝：謂利用有利的形勢制勝。

　　[55] 屬當：適逢、正當。

　　[56] 抗旌：舉旗。《漢書·終軍傳》："票騎抗旌，昆邪右衽。"

　　[57] 傾衵：指太尉庾亮薨。

　　[58] 閫外：指京城或朝廷以外，亦指外任將吏駐守管轄的地域，與朝中、朝廷相對。《晉書·陶侃傳》："閫外多事，千緒萬端，罔有遺漏。"閫，讀音 kǔn，城郭的門檻。

　　[59] 辰極：北斗。

　　[60] 惕：畏懼；戒懼。盈滿：驕傲自滿。

　　[61] 昆：兄。這裡指庾亮、庾冰。

　　[62] 冲：淡泊；謙和。戒：戒慎，謹慎。

　　[63] 縈：通"嬰"，纏繞。

[64] 雲萃：從四面八方聚集在一起。

[65] 專征：受命自主征伐。班固《白虎通·考黜》："好惡無私，執義不傾，賜以弓矢，使得專征。"

[66] 讓：謙讓。夷：平和，平易。

[67] 殄瘁：困窮，困苦。

[68] 承間：趁機會。

[69] 書一：統一。

[70] 官能：任用有才能的人做官。

[71] 市獄：商市和監獄。舊時均爲奸人牟利的場所，故并稱。

[72] 讜言：正直之言，直言。輿隸：古代十等人中兩個低微等級的名稱，因用以泛指操賤役者；奴隸。

[73] 閒：偏；副；偽，與"正"相對。

[74] 底績：謂獲得成功；取得成績。《尚書·禹貢》："覃懷底績，至於衡漳。"

[75] 弭：止息。逋，讀音 bū，逃竄，逃亡。縱：放縱；聽任。

[76] 蒐練：訓練，古代因蒐狩以習武事。蒐，讀音 sōu，田獵。

[77] 掬：兩手相合捧物。此指軍隊圍合。

[78] 江陽：江的北邊。

[79] 寧肅：安定清靜。

[80] 設位：確立位次。《易·繫辭上》："天地設位，而《易》行乎其中矣。"高亨注："設，立也。天地立其上下之位，易道即運行於天地之間。"

[81] 周務：濟事，成事。

[82] 寵靈：恩寵光耀；使得到恩寵福澤。《左傳·昭公七年》："今君若步玉趾，辱見寡君，寵靈楚國，以信蜀之役，致君之嘉惠，是寡君既受貺矣，何蜀之敢望！"孔穎達疏："言開其恩寵賜以威靈以及楚國。"

[83] 泮，讀音 pàn，通"判"。分離。枉直：曲與直。比喻是非、好壞。

[84] 札：災荒。

[85] 弘敷：大力敷揚。《尚書·君牙》："弘敷五典，式和民則。"孔安國傳："大布五常之教，用和民，令有法則。"

[86] 鈞：指調節樂音的標準。《漢廣》，《詩經·國風·周南》中的詩篇。《毛詩序》："《漢廣》，德廣所及也。文王之道被於南國，美化行乎江漢之域，無思犯禮，求而不可得也。"

[87] 平賦：公平課稅。

[88] 坰野：坰外。史克之歌：指《詩經·魯頌》，據《魯頌·駉》序，此篇乃史克之作，實則魯頌四篇皆爲史克之作。

[89] 否，讀爲 pǐ，困厄；不順。《左傳·宣公十二年》："執事順成爲臧，逆爲否。"

[90] 函夏：《漢書·揚雄傳上》："以函夏之大漢兮，彼曾何足與比功？"顏師古注引服虔曰："函夏，函諸夏也。"後以"函夏"指全中國。

[91] 阨：困厄；困窘。

[92] 虞：憂慮，憂患。射隼：《易·繫辭下》："易曰：'公用射隼于高墉之上，獲之，無不利。'子曰：隼者禽也；弓矢者器也；射之者人也。君子藏器於身，待時而動。何不利之有。"後即以"射隼"為待機殲敵之喻。

[93] 嶓山：嶓山山名。在四川省北部，綿延四川、甘肅兩省邊境。為長江、黃河分水嶺，岷江、嘉陵江支流白龍江發源地。

[94] 牙：旗名。潘岳《關中詩》："桓桓梁征，高牙乃建。"李善注："牙，牙旗也。《兵書》曰：牙旗，將軍之旗。"

[95] 方鎮：指掌握兵權、鎮守一方的軍事長官。

[96] 爰：連詞，於是；就。

[97] 紓人：當作紓民，避李世民諱。紓，舒緩；延緩。《後漢書·荀彧傳》："誠仁為己任，期紓民於倉卒也。"

[98] 二伯：指周初分別主管東方和西方諸侯的兩位重臣周公和召公。

[99] 方叔：周宣王時賢臣。《詩·小雅·采芑》："顯允方叔，征伐玁狁，蠻荊來威。"鄭玄箋："方叔先與吉甫征伐玁狁，今特往伐蠻荊，皆使來服於宣王之威，美其功之多也。"急病：急於解救困難；解難。

[100] 素節：秋令時節。

[101] 逼臨：逼近。

[102] 電發：雷電發作，比喻行動迅速或聲勢猛烈。

[103] 宅心：歸心，心悅誠服而歸附。

[104] 大順：謂順乎倫常天道。

[105] 錐刀：喻微薄，微細。

[106] 汋：通"酌"。求取；刺探。《周禮·秋官·士師》："一曰邦汋。"鄭玄注引鄭司農曰："汋，讀如酌酒尊中之酌。國汋者，斟汋盜取國家密事，若今時刺探尚書事。"孫詒讓正義："段玉裁云：'斟汋猶斟酌也。'……蓋斟酌有求取之義，故盜取國家密事者，謂之邦汋云。"

[107] 商夷：指商鞅與管仲。管仲，名夷吾。

[108] 舊人：謂年高德劭的舊臣。《尚書·盤庚上》："古我先王，亦惟圖任舊人共政。"孔安國傳："先王謀任久老成人共治其政。"

[109] 典客：官名。漢沿秦置，主要職掌接待少數民族等事。景帝時改名大行令，武帝以後稱大鴻臚。

[110] 苞鮮：簡：寬大；大。《隸釋·漢郎中鄭固碑》："清眇冠乎群彥，德能簡乎聖心。"

[111] 細柳：漢文帝時，周亞夫爲將軍，屯軍細柳。帝自勞軍，至細柳營，因無軍令而不得入。於是使使者持節詔將軍，亞夫傳令開壁門。既入，帝按轡徐行。至營，亞夫以軍禮見，成禮而去。帝曰："此真將軍矣！曩者霸上、棘門軍，若兒戲耳！"見《史記·絳侯世家》。後遂稱軍營紀律嚴明者爲細柳營。

[112] 革音：變更惡聲。謂改惡從善，謝靈運《佛影銘》："庶推誠心，頗感群物，飛鴞有革音之期，闡提獲自拔之路。"回面：歸順。揚雄《劇秦美新》："海外遐方，信延頸企踵，回面內嚮，喁喁如也。"李周翰注："回面內向，謂順服於君。"渠：大，亦指首領。揭傒斯《故贈奉訓大夫滕州知州飛騎尉追封滕縣男文君墓銘》："在昌國獲海寇數十。其渠言奉化州尚十餘人，具言某人居某所，歷歷可畫。"

[113] 繈負：用布幅包裹小兒而負于背。繈，讀音qiǎng，通"襁"。企踵：踮起腳跟，多形容急切仰望之狀。隸：奴隸；奴僕。

[114] 鍛翮：猶鎩羽。左思《蜀都賦》："鳥鍛翮，獸廢足。"鄧林：比喻薈萃之處，聚匯之所。

[115] 俯僂：低頭曲背。潘尼《贈陸機出爲吳王郎中令》詩之四："俯僂從命，奚恤奚喜。"

[116] 投袂：甩袖，形容激動奮發。

[117] 戎昭：兵戎之事。語出《左傳·宣公二年》："戎，昭果毅以聽之之謂禮。"

[118] 龍泉：寶劍名，即龍淵。王充《論衡·率性》："棠谿魚腸之屬，龍泉太阿之輩，其本鋌山中之恒鐵也。"

[119] 畢，讀音bì，掩捕鳥兔的長柄小網。

[120] 陽九：指災荒年景和厄運。曹植《王仲宣誄》："會遭陽九，炎光中矇。世祖撥亂，爰建時雍。"

[121] 釁，讀音xìn，禍患；禍亂。剝：傷害。《尚書·泰誓中》："剝喪元良，賊虐諫輔。"孔安國傳："剝，傷害也。"

[122] 嵩華：嵩山和華山的并稱。葛洪《抱樸子·守塉》："夫欲隮閬風陟嵩華者，必不留行於丘垤；意在乎游南溟汎滄海者，豈暇逍遥於潢洿？"

[123] 尚父：指周呂望，意爲可尊敬的父輩。《詩·大雅·大明》："維師尚父，時維鷹揚。"毛詩傳："尚父，可尚可父。"鄭玄箋："尚父，呂望也。尊稱焉。"一説爲呂望之字。

[124] 鸞衡：有鸞鈴的車前橫木。《後漢書·輿服志上》："龍首鸞衡，重牙班輪。"

[125] 訓諮：指諮詢，訪問。

[126] 風聲：教化；好的風氣。

[127] 羅：羅致；招請。逴，讀音chuō，超越；超出。此指傑出者。

[128] 攙槍：彗星名，即天攙、天槍。《陳書·高祖紀上》："公左甄右落，箕張翼舒，掃是攙槍，驅其獫狁。"

[129] 百六：古代以爲厄運。

— 368 —

[130] 黻，讀音 fú，古大夫的禮服。投黻即退隱。

[131] 景命：大命同，指授予帝王之位的天命。

[132] 總轡：掌握綱要。

[133] 吐捉：吐哺捉髮。《漢書·王襃傳》："昔周公躬吐捉之勞，故有圄空之隆。"日昃：太陽偏西，約下午2時。

[134] 三辰：指日、月、星。《左傳·桓公二年》："三辰旂旗，昭其明也。"杜預注："三辰，日、月、星也。"

[135] 夷：平和，平易。

[136] 亹亹，讀音 wěi，勤勉不倦貌。《詩·大雅·崧高》："亹亹申伯，王纘之事。"

[137] 昆彭：未詳。

[138] 姜邵：姜指姜子牙，呂尚，助周武王滅紂，齊國的建立者。邵指邵公，姬奭輔佐周康王，開創"成康"之治。燕國的建立者。

[139] 陽外：未詳。

[140] 嘏，讀音 gǔ，福。《詩·小雅·賓之初筵》："錫爾純嘏，子孫甚湛。"朱熹《詩集傳》："嘏，福。"

[141] 屯：艱難；困頓。塗：道路。

[142] 袞龍：朝服上的龍，此指袞龍袍。

[143] 《甘棠》，乃《詩經·召南》篇章，《史記·燕召公世家》："周武王之滅紂，封召公於北燕……召公巡行鄉邑，有棠樹，決獄政事其下，自侯伯至庶人各得其所，無失職者。召公卒，而民人思召公之政，懷棠樹不敢伐，哥咏之，作《甘棠》之詩。"後遂以"甘棠"稱頌循吏的美政和遺愛。

[144] 黃鳥：《詩·秦風·黃鳥》序曰："黃鳥，哀三良也。"毛傳曰："三良，三善臣也。"是人民懷念良臣之歌。

[145] 徽烈：宏業，偉業。

[146] 峩峩：同"峨峨"，高貌。

[147] 熲，讀音 jiǒng，光明。《詩·小雅·無將大車》："無思百憂，不出於熲。"毛詩傳："熲，光也。"

[148] 邁：超然不俗。《晉書·裴楷傳》："楷風神高邁，容儀俊爽。"

[149] 魁：特出；傑出的人才。武：武夫；武將。

[150] 望舒：借指月亮。

[151] 辰極：北斗。

《徐州都督王坦之碑銘》一首并序　　東晉　伏滔

題解：碑主王坦之，字文度，爲東晉名臣。其出身太原王氏，抗衡桓溫

— 369 —

之專政，在桓溫死後與謝安一起共輔朝政。卒于寧康三年（375），此碑即作於此後。其生平史傳記載已詳，碑文所敘與之概同。唯"服終，襲爵藍田侯，拜侍中領左衛將軍。"一條，史傳記之簡略，"尋以父憂去職，服闋。征拜侍中，襲父爵"既未稱爵爲何，又略其左衛將軍職，是稍可以補。作者追溯碑主的家族淵源，歌頌其美好品德，歷述其升遷以發揚其政治功績。文章詳略有度，甚有裁格，是碑文撰寫中較有分寸之作。

　　君諱坦之，字文度，太原晉陽人也。遠源氏族之始，帝王則天之盛，國史載之詳矣。聽鳴鳳於伊洛[1]，知隱淪之美[2]；觀玉帛於西山，仰丘園之德[3]。爰自高曾，逮乎列祖，東海名德遠流，繼軌二代。考驃騎令公清貞簡正，名重一時，高鎮風流，憲清百辟[4]。君承積善之純佑，鍾四葉之休慶，膺皓粹以載德，資大和以陶量[5]。淳基嘿殖[6]，遂度溫潤。枕藉道業[7]，不峻崇尚之軌[8]；含明內映，不以前識先物[9]。夫其孝友之性，天誠特受。道心玄默[10]，領識淹深。悟懷所屬，必即象以存其致；理思幽研，必自流以究其源。加之以和中善誘，觸類資通。弘長之潤[11]，彰於虛度之韵；存當之心，坦於廢己之誠。故能周應群方，而不渝其真；泯然莫逆[12]，而貴賤有位。望形者仰聽而日親，希風者睹契而彌敬。由是聲重弱冠，風流推美。鳴鵠在陰[13]，道契哲王[14]。辟撫軍大將軍掾，則簡文皇帝也。自相府參軍至于大司馬長史，歷官有六，累職顯要。固辭弗居，誠約納於明後[15]，屢讓光于朝野。頃之，遭簡侯憂，喪過乎毀，殆不勝哀。君子以曾閔之性[16]，不是過也。服終，襲爵藍田侯，拜侍中領左衛將軍。太和之末，天地革正；咸安之際，哲後風徂。君以時望，管要綢繆；主相之間，熙贊盛明。王猷允塞[17]，將翼幼沖[18]。陟降無違[19]，山甫之勤至焉[20]，王臣之心盡矣。轉中書令，領丹陽尹。尋遷使持節三州都督北中郎將，徐、兗二州刺史。于時太宗登遐[21]，元輔仍徂，浹辰之間[22]，天岳傾落，朝野失圖，四海喪氣，可以保固皇根，當代謝之寄者[23]，數賢而已。夫有餘於安，則君子圖其高枕；亂者求理，賢哲以之馳騖[24]。君自染身[25]，歷位出內，從容中道[26]，雅杖風體[27]，功務之事，未之厝心。艱運來屬，經綸在我，援手之興，與事而至矣。夫內康存乎外寧，強幹所以隆本[28]。北藩密邇，任重陝東[29]，用輟心膂之要[30]，以應方郡之舉。君乃投鳳駕，即鎮淮、徐。其爲政也，推至公，布誠心，明甄勸[31]，振義風，將引群才，虛矜日昃[32]。約法崇信，練真蕩僞。善之所存，臺隸盡其心[33]；化元所被[34]，幽荒引其領[35]。惠既沾而物懷，

— 370 —

令未周而無犯。故淮、岱之人，靡然向風，鄰境仰流[36]，邊慮思順[37]。忠武之在渭南[38]，鉅平之鎮襄沔[39]，方之德政，异代同規矣。惜乎盛業始基，靈算方申，遠猷屈於促年[40]，仁功運而未融，春秋卌有六，薨于位。觀夫識契之士[41]，闔境之心，莫不撫襟内悼，咨嗟累嘆。豈唯存亡，致感人理之慟哉？寔懼兼梁木[42]，而愛百于甘棠也[43]。

惟君總角標秀[44]，體備德成，素履謙約[45]，在隆思復。純誠默至[46]，不异心於顯昧；正情遠槩[47]，不染慮於風波。少而覃思《易》《老》[48]，停神幽贊[49]，婉想深興，悠然遠對，柔咏一室，理暢懷抱，亹亹焉信有以玩天下之賾[50]，而樂得其志矣。既乃感運龍躍，仁爲己任，憲章大業[51]，緯範人倫。覽三游之傷化[52]，故軌之以王度；感放蕩之忘本，故檢之以格言。臨危安命，在終彌亮。貽德音於二相，垂明鑒於千載，允可謂擬心伊邵，造次必於是者已[53]。故吏姓某等陶漸日化，伏膺訓範，感一遇之莫尋，悲道融而功廢，乃相與寓石，紀行以存實。其辭曰：

神理停照，妙氣虛融[54]。哲人乘和，映秀黃中[55]。根由貞邃，德以深冲。量苞淳致[56]，宇蘊仁風。翼翼素業[57]，陶我遠猷。泯泯淹識[58]，會深應周。枕藉儒道，深緯六流。摽形者器，即心則柔。昭德無回，運有夷屯[59]。皇上委誠，百姓歸仁。慨焉忘己，乃經乃綸。舒翼一援[60]，大庇斯人。望古遐憲，王業攸遵。道之不融，閭風其墜[61]。員景方昭，中天絶轡[62]。人亡孰嗣，壓焉誰庇。敢勒遺範，式存髣髴[63]。

【注釋】

[1] 鳴鳳：鳳凰。傳說中的瑞鳥。伊洛：亦作"伊雒"，伊水與洛水。兩水匯流，多連稱，亦指伊洛流域。

[2] 隱淪：隱居。謝靈運《入華子岡是麻源第三穀》詩："既枉隱淪客，亦栖肥遯賢。"

[3] 丘園：指隱居之處。語出《易·賁》："六五，賁於丘園，束帛戔戔。"王肅注："失位無應，隱處丘園。"孔穎達疏："丘謂丘墟，園謂園圃。唯草木所生，是質素之所。"

[4] 憲：典範，榜樣。《尚書·蔡仲之命》："爾乃邁迹自身，克勤無怠，以垂憲乃後。"百辟：百官。

[5] 大和：太和，天地間冲和之氣。

[6] 嘿殖："嘿"，同"默"。

[7] 枕藉：枕頭與墊席。引申爲沉溺、埋頭。桓寬《鹽鐵論·殊路》："夫重懷古道，枕籍《詩》《書》，危不能安，亂不能治。"

[8] 峻：高；陡峭。這里作以爲高。

[9] 前識：謂先見之明。《老子》："前識者，道之華而愚之始。"王弼注："前識者，前人而識也，下德之倫也。竭其聰明以爲前識，役其智力以營庶事。"

[10] 玄默：謂清静無爲。

[11] 弘長：弘大長遠。袁宏《三國名臣序贊》："士元弘長，雅性内融。"李周翰注："弘，大；長，遠也。言其思慮大遠也。"

[12] 莫逆：語出《莊子·大宗師》："〔子祀、子輿、子犁、子來〕四人相視而笑，莫逆於心，遂相與爲友。"後遂以謂彼此志同道合，交誼深厚。

[13] 鳴鵠：天鵝。

[14] 哲王：賢明的君主。《尚書·酒誥》："在昔殷先哲王，迪畏天顯小民，經德秉哲。"

[15] 約，卑微；卑下。納，用同"捺"，低，低下。約納：此爲謙卑意。明後：賢明的君主。

[16] 曾閔：曾參與閔損（閔子騫）的并稱。皆孔子弟子，以有孝行著稱。

[17] 王猷：亦作"王猶"，猶王道。《詩·大雅·常武》："王猶允塞，徐方既來。"朱熹《詩集傳》："猶，道。言王道甚大，而遠方懷之，非獨兵威也。"允塞：充滿；充實。

[18] 將：扶助，扶持。翼：輔佐，幫助。幼冲：謂年齡幼小。此指幼主。

[19] 陟降：升降，上下。《詩·大雅·文王》："文王陟降，在帝左右。"朱熹《詩集傳》："蓋以文王之神在天，一升一降，無時不在上帝之左右，是以子孫蒙其福澤，而君有天下也。"

[20] 山甫：仲山甫，周宣王時的賢臣。後因用以代稱賢臣。

[21] 登遐：《墨子·節葬下》："秦之西有儀渠之國者，其親戚死，聚柴薪而焚之，燻上，謂之登遐。"謂死者升天而去。後因以"登遐"爲對人死諱稱。

[22] 浹辰：古代以干支紀日，稱自子至亥一周十二日爲"浹辰"。《左傳·成公九年》："浹辰之間，而楚克其三都。"杜預注："浹辰，十二日也。"

[23] 代謝：指新舊更迭，交替。

[24] 馳騖：奔走；奔競。

[25] 染：猶言染指。插手，參與。《後漢書·宦者傳論》："推情未鑒其敝，即事易以取信，加漸染朝事，頗識典物。"

[26] 中道：中正之道。

[27] 風體：風格。

[28] 強幹：喻加強中央統治力量。

[29] 任重：擔負重大的責任。

[30] 心膂：喻重要的部門或職任。庾亮《讓中書監表》："今以臣之才，兼如此之

嫌，而使內處心膂，外總兵權，以此求治，未之聞也。"

［31］甄：彰明；表彰。《後漢書·爰延傳》："故王者賞人必酬其功，爵人必甄其德。"李賢注："甄，明也。"勸：獎勉；鼓勵。

［32］日昃：太陽偏西，約下午二時。曹植《雜詩》之三："明晨秉机杼，日昃不成文。"

［33］臺隸：地位最低下的奴僕。《後漢書·濟南安王康傳》："輿馬臺隸，應爲科品。"

［34］化元：教化。

［35］幽荒：荒遠之地，泛指九州之外。

［36］仰流：謂仰承流風，歸順有德者。司馬相如《難蜀父老》："四面風德，二方之君，鱗集仰流，願得受號者以億計。"

［37］邊慮：邊憂。

［38］忠武：指諸葛亮。

［39］鉅平：指羊祜。

［40］遠猷：長遠的打算；遠大的謀略。

［41］契：結交。

［42］梁木：棟樑。亦以喻能負重任的人才。

［43］《甘棠》：《詩經·召南》篇章，《史記·燕召公世家》："周武王之滅紂，封召公於北燕……召公巡行鄉邑，有棠樹，決獄政事其下，自侯伯至庶人各得其所，無失職者。召公卒，而民人思召公之政，懷棠樹不敢伐，哥咏之，作《甘棠》之詩。"後遂以"甘棠"稱頌循吏的美政和遺愛。

［44］總角：古時兒童束髮爲兩結，向上分開，形狀如角，故稱總角。標秀：指出類拔萃的人才。

［45］素履，出自《易·履》："初九：素履往，無咎。象曰：素履之往，獨行願也。"王弼注："履道惡華，故素乃無咎。"高亨注："素，白色無文彩。履，鞋也。'素履往'比喻人以樸素坦白之態度行事，此自無咎。"後用以比喻質樸無華、清白自守的處世態度。謙約：謙慎檢束。

［46］純誠：純樸真誠。

［47］遠槩：遠概，遠大的氣度。

［48］覃思：深思。《尚書序》："於是遂研精覃思，博考經籍，采撫群言，以立訓傳。"

［49］幽贊：暗中受神明佐助。語出《易·説卦》："昔者聖人之作《易》也，幽贊於神明而生蓍。"

［50］亹亹：勤勉不倦貌。《詩·大雅·崧高》："亹亹申伯，王纘之事。"賾，讀音zé，幽深奧妙。《易·繫辭上》："聖人有以見天下之賾，而擬諸其形容，象其物宜，是故

謂之象。"孔穎達疏:"賾,謂幽深難見。"

[51] 憲章:效法。《禮記·中庸》:"仲尼祖述堯、舜,憲章文、武。"

[52] 三游:未詳。

[53] 造次:倉猝;匆忙。《論語·里仁》:"君子無終食之間違仁,造次必於是,顛沛必於是。"

[54] 虛融:沖虛融和。

[55] 黃中:心臟;內德。古代以五色配五行五方,土居中,故爲黃爲中央正色。心居五臟之中,故稱黃中。

[56] 淳致:極其淳樸。

[57] 翼翼:蕃盛貌;隆盛貌。《詩·小雅·楚茨》:"我黍與與,我稷翼翼。"素業:先世所遺之業,舊時多指儒業。任昉《爲范尚書讓吏部封侯第一表》:"臣本自諸生,家承素業。門無富貴,易農而仕。"

[58] 泯泯:衆多貌。蔡邕《京兆樊惠渠頌》:"泯泯我人,既富且盈。"淹識:淵博。

[59] 夷:太平,平靜。屯:艱難;困頓。

[60] 舒翼:展翅。

[61] 閬風:閬風巔。《楚辭·離騷》:"朝吾將濟於白水兮,登閬風而緤馬。"王逸注:"閬風,山名,在崑崙之上。"傳說中神仙居住的地方。

[62] 中天:天運正中,喻盛世。

[63] 髣髴:約略的形迹。

《郢州都督蕭子昭碑銘》一首并序　　南朝梁　孝元帝

題解: 碑主蕭子昭,名景,字子昭,梁武帝蕭衍從父弟,對於南朝梁王朝的建立有從龍之功。天監十九年,爲都督郢、司、霍三州諸軍事、安西將軍、郢州刺史,普通四年(523)薨于郢州之任。据序"喪反旧塋,路由皇邑,亲降銮跸,礼优诏葬……故吏某等,以为封墓作谥,卫鼎晋锺"可知,此作于普通四年。碑文詳述其仕歷生平,着重描繪其政治功績與朝廷的倚重。文章駢偶華麗,辭藻堆砌,體現出南朝侈麗的文風。

　　蓋聞克明俊德[1],元愷之臣具焉[2];思皇多士,毛畢之佐存焉[3]。由此論之,昔者明王,靡不咸樹賢戚,俾立宗子[4],建五長以御都鄙[5],作六瑞而典邦國[6],其爲日也久矣。皇梁革命,欽若前經[7],於是制詔御史,推恩分邑。吳平忠侯蕭公茂親明德[8],勳功事勞,故以書太常之旌[9],藏司勳之貳[10]，惟寧之美[11]，於是裕哉。公諱某，字子昭，蘭陵蘭凌人。自玄鳥作猗那之頌[12]，白馬致姜苢之歌[13]，克黜禍難，然後保姓守氏；締構漢主[14]，然後涉魏而東。胤聖挺賢，英豪繼踵。祖左光祿府君體王季之德[15]，考東陽太守躬號叔之仁[16]，國有惇史[17]，詳諸譜系。公惟嶽降神，才爲時出，寔川興氣，翰彼于宣。載色載笑，异皪明之言善[18]；一孝一友，非陽子之貌濟[19]。道德功事，兼該兩陸，保家經國，總括二章。息藝以依仁[20]，澡身而浴德[21]。解巾，調補齊晋安國常侍[22]，踵武龔舍[23]，連步叔寧[24]，雖未鵬飛，且資鴻漸[25]。出試永寧令，岑鼎方洎[26]，牛刀始割[27]。日撫鳴琴，不以河陽爲陋[28]；時摛雅賦，更覺齊都爲鄙[29]。永嘉人胡仲宣等千人詣闕[30]，請公爲郡，將欲許焉，齊氏以長沙宣武王勳用公爲步兵校尉。公覩黍離之際[31]，木運不長[32]，故遠魏朝，不論人物。時遵漢典，或校兵書，即〔既〕而夏癸昏縱[33]，商辛廢禮[34]，社稷鎮衛[35]，用明允而嬰戮[36]；時宗人譽[37]，由正直而亡身。自宣武王遘此淫濫[38]，公與時用舍[39]，知命樂天，達乎仲徐行之音[40]，慕宣尼弦歌之德[41]。仰逢六師西憒[42]，五緯東攢[43]。火燭前殿[44]，兵臨作室[45]。公乃製衣具沐，將濟屯膏[46]，遠自郊門，奉望鉦鉞[47]，賓客樂從者數十百人。中興元年，霸府板補寧朔將軍[48]，行南兗州事，遷輔國將軍監南兗州。昔馬越之領游擊[49]，馬恬之典吳郡[50]，即此麾號，皆用宗戚。傳呼甚寵，識者榮之。加以密邇北門[51]，寄深關柝[52]。殷人未狎，四郊多壘，藪澤遐曠，逋竄所逃，陳午擁衆於鄒山[53]，庾希竊發於海縣[54]。既外鄰戎境，內患葦蒲[55]，自獨夫棄常[56]，憑暴歲甚，師之所處，加以薦饑[57]。公閑於殿亂，善於因即。政不憪弱，濟維寬猛。撫巡煢幼，鋤翦豪強。州無滯積，公無禁利。涖官行法，善政斯在。惟皇建國，品物咸亨，舉功行賞，各有分地。封人設壇[58]，典命授圭，封吳平縣開國侯，食邑一千戶。進授使持節都督南北兗、青、冀四州諸軍事，冠〔軍〕將軍[(一)]，南兗州刺史。既同宋義之號[59]，且等去病之功。爰初徇地[60]，迄此作牧，人無菜茹之勞，官無芻秣之費[61]。先是王師北討，戎帥捐戈，天子命我，受脤建節[62]，有詔龏行[63]，犀櫓不蔽[64]。武車綏旌[65]，九地靡韜其術[66]；轅門誓衆[67]，八陣咸盡其謀[68]。故以威奮貴霜[69]，化行絕漠者矣[70]。

遭太夫人憂，僉曰金革奪命[71]，有爲爲之。且遵故實，別詔敦勉。公稱情立文[72]，以奉權制。每一感慟，飛走相趨。時官衛俟賢，朝難其授。諒須才冠遙集，識兼謀遠，乃徵公爲太子左衛率，遷輔國將軍、衛尉卿。昔漢調銚期[73]，止資敦襄文之力[74]；魏選董昭[75]，纔求巡警之備。公之此舉，允膺章答[76]。何止不疑之清正[77]，玄成之文雅[78]，同日而語哉？轉左驍騎將軍，兼領軍將軍。自延康改革，任均盡護，直以御史之印，不易趙堯；先零之舉[79]，無踰充國。故超茲河沛，越此英盧。橈[80]是常均[81]，攝官而進[82]。今之樊漢，昔之關輔。蓋惟軫牽之野[83]，仍爲興質之邦[84]，楚襄好會之所[85]，劉牧郊天之地，雖非甘泉密時[86]，實有付龍鳳鷁。王業所起，家出將相。漢皋之陽[87]，八命爲重[88]；推轂之寄[89]，九牧所先[90]。乃授公使持節督雍、梁、南北秦四州、郢之竟陵、司州之隨郡諸軍事，信武將軍、寧蠻校尉、雍州刺史。褰帷就道[91]，去襜爲政[92]，廣聽遠視，薦清貶濁。惟來百蠻，悉爲我用。秦士不敢彎弓，胡人不敢南牧。駟介徒兵[93]，日充王府。師出以律，遠無不懷。徵右衛將軍石頭戍軍事，又授使持節督南北兗、北徐、青、冀五州諸軍事，信武將軍、南兗州刺史。昔郗鑒再撫[94]，朱序重臨[95]，未有懸牀尚存，遺犢猶在。俗稟王濬之風[96]，人懷叔英之政。厥德興謠，還聞在昔。徵爲領軍將軍，加侍中。昔卜壼之加常侍，王劭之領納言，雖并作中候，彼有慚色。遷安右將軍監揚州，并置佐史，即以第爲府。於斯時也，修學創田，勉耕分祿，不然官燭[97]，罔蓄私絹。朝野具瞻，權寄日重。

公常思損挹以避近親[98]，上優游未許[99]。靳守彌固，乃出爲使持節散騎常侍、都督郢、司、霍三州諸軍事、安西將軍、郢州刺史。給鼓吹一部。初齊安竟陵，犬牙虜界[100]，縛馬詛軍[101]，亟有竊發。公移書告示，虜即焚戍保境，風教如神，萬里清謐。方當永贊隆平，粵登三事，天屬不戒，春秋卌七，普通四年薨于位。詔贈侍中、中撫軍將軍，儀同三司、侯如故。喪反舊塋，路由皇邑，親降鑾蹕[102]，禮優詔葬。某年葬于某郡縣之某山，諡曰忠侯，禮也。

公奉親不匱，匹曾柴之德[103]；昆季天倫，深姜繆之愛[104]。資中履信，席義枕仁。從諫若轉圜[105]，用賢如猶己。佩觿之日[106]，則伏誦千周[107]；垂髫在年，則懷書百遍。風鑒散朗[108]，吐屬淹華[109]。宮墻有仞，莫窺其宇。喜愠無形，誰見其色。遵養時晦[110]，招携以禮[111]，亟撫邊人，屢董戎政[112]。玉門之關，仰其威洽；金附之國，挹其風猷[113]。每銜詔中都，參聞三宥[114]，朝有常刑，每用中典[115]。人惟國本，上能糺職[116]。麗邦法而有平反，坐嘉石而無胥怨[117]。知人善使，白［自］家形國[118]。筆硯皆有方略，履屨并得其才。詭對造膝[119]，訏謨嘉告[120]，函訪密奏，手書毀草，是以明主敬焉。

公既博聞強記，雅好詞屬，坐朝餘暇，臨聽末景[121]，壯風塵之客，延好

卷第四百五十七

事之賓，成誦在心，發言可咏。名馳合浦以南，譽滿交河之北。非夫純粹鍾美，利物長仁，孰能功參五臣，行兼九德，若此之盛者哉？《詩》不云乎："樂只君子，邦家之基。"其忠侯之謂矣。故吏某等，以爲封墓作謚，衛鼎晉鍾[122]，皆古典也。仰緣皇期〔克〕終之美[123]，謹遵披文相質之義，可以奮乎百代，永旌不朽。乃銘曰：

顯允公子，惟梁之睦。綴食帝宗，承家皇叔。乃文乃武，乃明乃叔。冠代羽儀，如鴻在陸。孝盡色難[124]，豈伊爲養。亦有兄弟，咸宗退讓。州閭曰仁，友朋稱諒。聿求禮本[125]，言歸德尚。用賦王門，鳴弦下邑。憬彼桐鄉，令圖已立。否之匪人，時屯勢急。斜徑不行，亂邦豈入。受師億萬，商旅如林。六奇王略，十亂一心。創制爰始，天命斯諶。奄有千室，邦家是臨。齊俗黍離，餘風未更。濟濕喉襟[126]，忠侯爲政。朱軒駟馬，旂旐增暎。恤獄問冤，人胥繄咏。徐戎叛換，自昔不虔。授我齊斧，清我朔邊。蹲林蹶角，遂掃穹氈。人無怨讟[127]，師以勝旋。乃司三秋，遂掌八屯[128]。元戎式總，擢授便煩。外數軍實，內肅帝閣。寶臣在位，王室是尊。秦中顯敞，開諸載藉。雖假楚都，事華前迹。班宣條詔，光今邁昔。必則今典，爲教所擇。淮海惟揚，是稱司隸。哿矣中撫[129]，其儀建逑。威而不猛，寬而有制。三獨歸高，十邦感惠。蘇秦從說，寔曰夏州。□巖城郢，作楗中游[130]。乃眷西顧，惟賢是求。去茲商洛，樹彼徽猷。降年何早，曾不慭留。皇情軫悼，萌庶若抽。輟春罷市，痛我忠侯。人道不遐，令名長久。矧伊樹德，歸全啓手。於穆嗣侯，遺薪克負。奕葉載德，隆茲不朽。神塋既□，〔日〕月有時。桓桓寵贈，班禮台司[131]。我□文物[132]，哀以送之。誰旌不朽，蕭鼎及彝[133]。

【校勘】

〔一〕"冠軍將軍"之"軍"原脫，據《梁書・蕭景傳》："高祖踐祚，封吳平縣侯，食邑一千戶；仍爲使持節都督北兗徐青冀四州諸軍事、冠軍將軍、南兗州刺史。"可知蕭景爲"冠軍將軍"，當據補。

【注釋】

[1] 俊德：才德傑出的人。《尚書・堯典》："克明俊德，以親九族。"

[2] 元愷："八元八凱"的省稱。傳說高辛氏有才子8人，稱爲八元；高陽氏有才子8人，稱爲八愷。此16人之後裔，世濟其美，不隕其名。舜舉之於堯，皆以政教稱美。見《左傳・文公十八年》。

[3] 毛畢：周代輔佐之臣。

— 377 —

[4] 俾：使。

[5] 五長：五國諸侯之長。《尚書·益稷》："外薄四海，咸建五長。"孔安國傳："至海諸侯，五國立賢者一人爲方伯，謂之五長，以相統治，以獎帝室。"都鄙：周公卿、大夫、王子弟的采邑，封地。《周禮·天官·大宰》："以八則治都鄙。"鄭玄注："都鄙，公卿大夫之采邑，王子弟所食邑。"

[6] 六瑞：王及五等諸侯于朝聘時所持之六種玉制信符。

[7] 欽若：敬順。前經：以前的經典。

[8] 茂親：古時多指皇室宗親。茂，言其美盛。

[9] 太常：古代旌旗名。《尚書·君牙》："厥有成績，紀於太常。"孔安國傳："王之旌旗畫日月，曰太常。"

[10] 司勳：官名。《周禮》夏官之屬，主管功賞之事。北周因周制置司勳，掌六勳之事。隋置司勳侍郎，屬吏部。

[11] 惟寧：《詩·大雅·板》："價人維藩，大師維垣，大邦維屏，大宗維翰，懷德維寧，宗子維城。"維，一本作"惟"。王莽時仿古代六服，以"惟城""惟寧""惟翰""惟屏""惟垣""惟藩"稱九州內外區域。

[12] 猗：《詩·商頌·那》是殷商的後代宋國祭祀商朝的建立者成湯的樂歌。首句是"猗與那與"，後以"猗那"借指祭祀祖先的頌歌。

[13] 萋苴：《詩·周頌·有客》曰："有客有客，亦白其馬。有萋有苴，敦琢其旅"。

[14] 締構：猶締造。謂經營開創。左思《魏都賦》："有魏開國之日，締構之初，萬邑譬焉，亦獨蟬羉之與子都，培塿之與方壺也。"

[15] 王季：周文王之父。因蕭子昭祖蕭道賜爲梁高祖之父，故有此用。

[16] 虢叔：周文王之弟，因蕭子昭爲梁元帝蕭繹從父弟，是稱。

[17] 惇史：有德行之人的言行記錄。《禮記·內則》："凡養老，五帝憲，三王有乞言。五帝憲，養氣體而不乞言，有善則記之爲惇史。"孔穎達疏："言老人有善德行則紀錄之，使衆人法則，爲惇厚之史。"惇，讀音 dūn，敦厚。

[18] 釅明：《孔子家語·正論解》："鄭有鄉校，鄉校之士，非論執政，釅明欲毀鄉校。"

[19] 陽子：《莊子·山木》："陽子之宋，宿於逆旅。逆旅者有妾二人，其一人美，其一人惡，惡者貴而美者賤。陽子問其故，逆旅小子對曰：'其美者自美，吾不知其美也；其惡者自惡，吾不知其惡也。'陽子曰：'弟子記之！行賢而去自賢之行，安往而不愛哉！'"

[20] 息：指栖息。藝：指禮、樂、射、御、書、數六種古代教學科目。《禮記·學記》："不興其藝，不能樂學。"

[21] 澡身浴德：修養身心德性，使之高潔。《禮記·儒行》："儒有澡身而浴德。"

[22] 調補：調任官職。

— 378 —

[23] 龔舍：西漢經學家，字君倩，與龔勝并知名當世。

[24] 叔寧：虞預，字叔寧，東晉著名歷史學家，作《晉書》44卷。

[25] 鴻漸：《易·漸》："初六，鴻漸於干""六二，鴻漸於磐""九三，鴻漸於陸""六四，鴻漸於木""九五，鴻漸於陵"。謂鴻鵠飛翔從低到高，循序漸進。

[26] 岑：高銳。《方言》第十二："岑，高也。"《左傳》："齊攻魯，求其岑鼎。"

[27] 牛刀：喻大力氣。《論語·陽貨》："割雞焉用牛刀？"

[28] 河陽：晉潘岳曾任河陽縣令，後多以"河陽"指稱潘岳。

[29] 齊都：齊都賦。

[30] 詣闕：謂赴朝堂。

[31] 黍離：本爲《詩·王風》中的篇名。《詩·王風·黍離序》："《黍離》，閔宗周也。周大夫行役，至於宗周，過故宗廟宮室，盡爲禾黍，閔周室之顛覆，徬徨不忍去而作是詩也。"後遂用作感慨亡國之詞。

[32] 木運：舊謂木德王朝的氣數。

[33] 昏縱：昏亂放縱。《北史·裴陀傳》："文宣末年昏縱，朝臣罕有言者。"

[34] 商辛：商紂王，名受，號帝辛。《韓非子·難四》："商辛用費仲而滅。"

[35] 鎮衛：鎮守捍衛。《三國志·蜀志·先主傳》："爵號不顯，九錫未加，非所以鎮衛社稷，光昭萬世也。"

[36] 嬰戮：遭到殺戮。陸機《豪士賦》序："則伊生抱明允以嬰戮，文子懷忠敬而齒劍，固其所也。"

[37] 時宗：爲時人所尊崇。亦指爲時人所尊崇的人。人譽：衆人的贊譽。

[38] 淫濫：淫亂；放蕩。

[39] 用舍：取舍。

[40] 平仲：晏子，晏嬰，字仲，諡平，習稱平仲，春秋著名政治家。徐行：緩慢前行。《孟子·告子下》："徐行後長者，謂之弟；疾行先長者，謂之不弟。"

[41] 弦歌：禮樂教化。

[42] 六師：周天子所統六軍之師。《尚書·康王之誥》："張皇六師，無壞我高祖寡命。"

[43] 五緯：金、木、水、火、土五星。《周禮·春官·大宗伯》"以實柴祀日月星辰"鄭玄注："星謂五緯，辰謂日月。"賈公彥疏："五緯，即五星：東方歲星，南方熒惑，西方太白，北方辰星，中央鎮星。言緯者，二十八宿隨天左轉爲經，五星右旋爲緯。"攢，讀音cuán，簇聚，聚集。

[44] 前殿：正殿。

[45] 作室：漢上方所屬工廠。上方，漢官署名，主管製造宮中應用器物及兵器。

[46] 屯膏：《易·屯》："九五，屯其膏。"程頤傳："唯其施爲有所不行，德澤有所不下，是屯其膏，人君之屯也。"屯，吝嗇；膏，恩澤。後因以"屯膏"謂恩澤不施於下。

[47] 鉦，讀音 zhēng，一種古代樂器，形似鐘而狹長，有柄，擊之發聲，用銅製成。行軍時用以節止步伐。鉞：古兵器。圓刃，青銅制。形似斧而較大。盛行于殷周時。又有玉石制的，多用於禮儀。

[48] 霸府：指晉、南北朝和五代時勢力強大，終成王業的藩王或藩臣的府署。《晉書·孔愉丁潭等傳論》："咸以篠蕩之材，邀締構之運，策名霸府，騁足高衢。"

[49] 馬越：司馬越，西晉宗室，曾任輔國將軍，兼領游擊將軍。

[50] 馬恬：司馬恬，西晉宗室，曾任吳國內史，蓋時曾任輔國將軍。

[51] 北門：喻指北部邊防要地。

[52] 關柝：語本《孟子·萬章下》："抱關擊柝。"趙岐注："抱關擊柝，監門之職也。柝，門關之木也；擊，椎之也。或曰：柝，行夜所擊木也。"後以"關柝"指守門打更。

[53] 陳午：晉永嘉末陳留的乞活帥。

[54] 庾希：字始彥，潁川鄢陵人，庾冰之子，東晉官員，官至北中郎將、徐兗二州刺史。之後，庾希在京口舉兵討伐桓溫，終失敗被殺。竊發：暗中發動。《晉書·汝南王亮楚王瑋等傳序》："如梁王之御大敵，若朱虛之除大憝，則外寇焉敢憑陵，內難奚由竊發！"

[55] 蓳蒲：未知何解。

[56] 獨夫：指殘暴無道、眾叛親離的統治者。《尚書·泰誓》："獨夫受，洪惟作威，乃汝世讎。"棄常：丟棄常道。

[57] 薦饑：連年災荒；連續災荒。

[58] 封人：古官名。《周禮》地官司徒的屬官，掌守帝王社壇及京畿的疆界。《周禮·地官·封人》："封人掌設王之社壝，爲畿封而樹之。"春秋時爲典守封疆之官。壝，讀音 wēi，壇、墠及其矮土圍墻的總稱。《周禮·地官·封人》："封人掌設王之社壝。"鄭玄注："壝謂壇及墠埒也。"孫詒讓正義："凡委土爲壇及卑垣之墠埒，通謂之壝。"

[59] 宋義：原爲楚國令尹。秦末楚國復辟後，成爲楚懷王熊心的大將軍，號稱"卿子冠軍"。

[60] 徇地：掠取土地。

[61] 芻秣：牛馬的飼料。《周禮·天官·大宰》："以九式均節財用……七曰芻秣之式。"鄭玄注："芻秣，養牛馬禾穀也。"

[62] 建節：執持符節。古代使臣受命，必建節以爲憑信。

[63] 龔行：恭行、奉行。《呂氏春秋·先己》"夏後伯啓與有扈戰於甘澤而不勝"，高誘注引《書》："今予惟龔行天之罰。"

[64] 犀櫓：犀，櫓，堅固的大盾牌。《韓非子·難二》："趙簡子圍衛之郛郭，犀楯、犀櫓立於矢石之所不及，鼓之而士不起……簡子乃去楯、櫓，立矢石之所及，鼓之而士乘之，戰大勝。"王先慎集解："犀，堅也。"

[65] 武車：威猛的兵車。《禮記·曲禮上》："兵車不式，武車綏旌，德車結旌。"綏旌：亦作"綏斿"，垂疏舒展的旗幡。綏，通"緌"。

[66] 九地：用兵的各種隱秘難測的地形。《孫子·形》："善守者藏於九地之下，善攻者動於九天之上。"

[67] 轅門：領兵將帥的營門。

[68] 八陣：亦作"八陳"，古代作戰的陣法。

[69] 讋，讀音zhé，震懾。

[70] 絕漠：同"絕幕"，極遠的沙漠地區。

[71] 僉，讀音qiān，都；皆。《尚書·堯典》："僉曰：'於，鯀哉！'"金革：借指戰爭。《禮記·曾子問》："子夏問曰：'三年之喪卒哭，金革之事無辟也者，禮與？'"孔穎達疏："人遭父母之喪，卒哭之後，國有金革戰伐之事，君使則行，無敢辭辟。"

[72] 稱情：衡量人情。《禮記·三年問》："三年之喪，何也？曰：稱情而立文，因以飾群，別親疏貴賤之節，而弗可損益也。"鄭玄注："稱情而立文，稱人之情輕重，而制其禮也。"

[73] 銚期：東漢大將，雲臺二十八將之一。銚期在馮異的舉薦下投到劉秀門下，成爲劉秀落難洛陽之時少數心腹之一。後來隨劉秀平定河北，消滅了王郎及銅馬、青犢等流民軍，并長期鎮守魏郡，爲建立東漢立下赫赫功勞。

[74] 敓，讀音duó，強取；奪取。

[75] 董昭：三國時人，任袁紹參軍，後歸曹操，成爲曹操的謀士，多有功勞，屢居要職。

[76] 允膺：猶承當。

[77] 不疑：周不疑，字元直，三國時人，劉表別駕劉先之外甥，幼有异才。

[78] 玄成：韋玄成，西漢大臣，鄒魯大儒韋賢之子，通曉儒經。鄒魯爲之諺云："遺黃金滿籝，不如教子一經。"玄成爲相七年，守正持重不及父，而文采過之。"

[79] 先零：早凋。《楚辭·遠游》："微霜降而下淪兮，悼芳草之先零。"洪興祖補注："零，落也。"

[80] 橈：擾動；攪亂。

[81] 常均：猶常法。任昉《爲範始興作求立太宰碑表》："道被如仁，功參微管，本宜在常均之外。"呂向注："言人有大功如管仲者，則宜在尋常均禁之外。"

[82] 攝官：任職的謙詞，表示暫時代理。《左傳·成公二年》："敢告不敏，攝官承乏。"楊伯峻注："攝，代也。承乏亦謙詞，表示某事由於缺乏人手，只能由自己承當。此固當時辭令。"

[83] 軫牽：牽即牛宿，星宿名；軫也是星宿名。二者合稱代指方位。

[84] 輿質：未詳。

[85] 好會：諸侯間友好的會盟。《史記·孔子世家》："乃使使告魯爲好會，會於

夾谷。"

[86] 密畤：古代帝王祭祀青帝的地方。《史記·封禪書》："其後四年，秦宣公作密畤於渭南，祭青帝。"

[87] 漢皋：指沔水一帶，爲蕭衍發家的根據地。

[88] 八命：周代官爵分爲九等級，稱九命。其中八命爲王之三公及州牧。《周禮·春官·典命》："王之三公八命。"《周禮·春官·大宗伯》："八命作牧。"鄭玄注："謂侯伯有功德者，加命得專征伐於諸侯。"

[89] 推轂：推車前進，古代帝王任命將帥時的隆重禮遇。《史記·張釋之馮唐列傳》："臣聞上古王者之遣將也，跪而推轂，曰閫以內者，寡人制之；閫以外者，將軍制之。"後因以稱任命將帥之禮。

[90] 九牧：九州之長。《禮記·曲禮下》："九州之長，入天子之國曰牧。"鄭玄注："每一州之中，天子選諸侯之賢者以爲之牧也。"

[91] 褰帷：《後漢書·賈琮傳》："琮爲冀州刺史。舊典，傳車驂駕，垂赤帷裳，迎於州界。及琮之部，升車言曰：'刺史當遠視廣聽，糾察美惡，何有反垂帷裳以自掩塞乎？'乃命御者褰之。"後因以"褰帷"爲官吏接近百姓，實施廉政之典。

[92] 襜，讀音 chān，車帷。《後漢書·劉盆子傳》："乘軒車大馬，赤屏泥，絳襜絡。"李賢注："襜，帷也；車上施帷以遮軍者。"

[93] 駟介：由四匹披甲馬挽引的戰車。《詩·鄭風·清人》："清人在彭，駟介旁旁。"

[94] 郗鑒（269—339），字道徽，東晋將領，兩次出任兗州刺史。

[95] 朱序（？—393），字次倫，東晋名將，兩次出任兗州刺史。

[96] 王濬（252—314），字彭祖，西晋名將，爲政嚴正清峻。

[97] 官燭：公家供給、供官吏辦公用的蠟燭。《初學記》卷二五引三國吳謝承《後漢書》："巴祇爲揚州刺史，與客坐暗中，不然官燭。"

[98] 損挹：謙虛退讓。《後漢書·光武帝紀下》："陛下情存損挹，推而不居。"

[99] 優游：優容，寬待。《漢書·楚元王傳》："今陛下開三代之業，招文學之士，優游寬容，使得并進。"

[100] 犬牙：像犬牙般交錯，多指地形、地勢。《墨子·備城門》："靈丁，三丈一，犬牙施之。"岑仲勉簡注："犬牙，交錯也。"

[101] 詛：盟誓。《周禮·春官·詛祝》："詛祝，掌盟、詛、類、造、攻、說、檜、禜之祝號。"鄭玄注："盟、詛主於要誓，大事曰盟，小事曰詛。"

[102] 鑾蹕：猶鑾駕。

[103] 曾柴：曾爲曾子，柴指高柴，字子羔。二人皆孔子弟子。

[104] 姜繆：姜指穆姬，晋獻公和齊姜六女嫁於秦穆公。繆指秦繆公，曾助晋文公重耳回國，實現秦晋之好。

[105] 轉圜：轉動圓形器物。常用以代指便易迅速之事。《漢書·梅福傳》："昔高祖納善若不及，從諫若轉圜。"

[106] 佩觿：佩戴牙錐。觿，讀音 xī，象骨製成的解繩結的角錐，亦用爲飾物。佩觿，表示已成年，具有才幹。《詩·衛風·芄蘭》："芄蘭之支，童子佩觿。"毛傳："觿所以解結，成人之佩也。"

[107] 千周：千遍，極言遍數之多。

[108] 風鑒：風度和鑒識。《晋書·陸機陸雲傳論》："風鑒澄爽，神情俊邁，文藻宏麗，獨步當時。"

[109] 淹華：形容儀錶文雅優美。《藝文類聚》卷五五引南朝梁王僧孺《詹事徐府君集序》："重以姿儀端潤，趨眄淹華，寶佩鳴鳳，豐貂映日，從容帷扆，綽有餘輝。"

[110] 遵養：謂順應時勢或環境而積蓄力量。時晦：順時隱晦。《詩·周頌·酌》："於鑠王師，遵養時晦。"

[111] 招攜：招引尚未歸心的人。《左傳·僖公七年》："招攜以禮，懷遠以德。"

[112] 戎政：軍政；軍旅之事。

[113] 風猷：風教德化。《晋書·傅玄傳論》："傅祇，名父之子，早樹風猷，崎嶇危亂之朝，匡救君臣之際，卒能保全祿位，可謂有道存焉。"

[114] 三宥：指古代對犯罪者可從輕處理的三種情況。《周禮·秋官·司刺》："司刺掌三刺、三宥、三赦之法，以贊司寇聽獄訟……壹宥曰不識，再宥曰過失，三宥曰遺忘。"

[115] 中典：寬嚴適中、可以常行的法典。

[116] 糾：督察；督責。

[117] 嘉石：有紋理的石頭，上古懲戒罪過較輕者時，於外朝門左立嘉石，命罪人坐在石上示衆，并使其思善改過。胥怨：相怨。多指百姓對上的怨恨。《尚書·盤庚上》："盤庚五遷，將治亳殷，民諮胥怨。"

[118] 自家形國："當爲"自家刑國"，先從自家正起，再推廣到治國。形，同"刑"，正。《隋書·音樂志》："自家形國，化成人風。"來自《詩·大雅·思齊》："刑于寡妻，御于兄弟，以至於家邦。"

[119] 詭對：用假話對答。桓温《薦譙元彥表》："進免龔勝亡身之禍，退無薛方詭對之譏。"造膝：猶促膝。蔡邕《司空臨晋侯楊公碑》："及其所以匡輔本朝，忠言嘉謀，造膝危辭，當事而行。"

[120] 訏謨：遠大宏偉的謀劃。《詩·大雅·抑》："訏謨定命，遠猶辰告。"毛詩傳："訏，大；謨，謀。"

[121] 末景：餘輝。葛洪《抱朴子·任命》："畫競羲和之末景，夕照望舒之餘耀。"

[122] 衛鼎：春秋時衛國記載孔悝祖先功德的鼎。

[123] 終前當脫一字"克"，克終：善終。《三國志·蜀志·馬良傳》："其人起士，荊楚之令，鮮於造次之華，而有克終之美。"

[124] 色難：多指對待父母要真心實意，不能只做表面文章。《論語·爲政》："子夏問孝。子曰：'色難。有事弟子服其勞。有酒食，先生饌。曾是以爲孝乎。'"

[125] 聿，讀音 yù，筆的別稱。《說文·聿部》："聿，所以書也。楚謂之聿，吳謂之不律，燕謂之弗。"

[126] 喉襟：喻要害之地。

[127] 怨讟：怨恨誹謗。讟，讀音 dú，憎恨，誹謗。

[128] 八屯：宮苑四周所設的八衛所。

[129] 哿，讀音 gě，表示稱許，可嘉。《詩·小雅·正月》："哿矣富人，哀此惸獨。"毛詩傳："哿，可。"

[130] 楗，讀音 jiàn，河工以埽料所築之柱樁。《史記·河渠書》："〔漢武帝〕令群臣從官自將軍已下皆負薪寘決河。是時東郡燒草，以故薪柴少，而下淇園之竹以爲楗。"裴駰集解引如淳曰："樹竹塞水決之口，稍稍布插接樹之，水稍弱，補令密，謂之楗。"

[131] 台司：指御史臺職司。

[132] 文物：指車服旌旗儀仗之類。謝莊《宋孝武帝哀策文》："文物空嚴，鑾和虛衛。"

[133] 鼒：上端收斂而口小的鼎。

《兗州都督胡延碑銘》一首并序　　北齊　魏收

題解：此碑碑主胡延，無本傳，其資料見於《北齊書》者兩則，見於《北史》者兩則，與碑文內容有關者僅"魏中書令"一條，碑文其余內容史傳无見，可補史傳。其女與孫女先後爲北齊之皇后，以其孫女之故而榮封胡氏，碑主胡延得以追封立碑。胡延未有突出政績，此碑誇述其德，是爲諛墓之作。約作於武平三年（572）。

若夫參天兩地之尊[1]，承運據圖之貴，降日自月之禎，流星照電之感，莫不葉道冥神[2]，應靈貽祚[3]。誕由內主之訓[4]，克隆外成之重，是故娥莘配德[5]，聿興往載；任姒作合[6]，實贊前王。魏肅宗明皇帝，出自於我，仍葉丕顯，餘福潛被。大齊之家有萬邦，皇風之披攘九土[7]，增茂範於重光[8]，振徽猷於昌曆[9]。武成皇帝造舟降禮，忻合當成。顧塗山而告徵[10]，游洛上而投契[11]。家業崇於削山，門德深於委水。王諱延，字某，安定臨涇人，司空文貞公之曾孫，相國文宣公之孫，中書監公之子，今上之外祖父也。自卦呈觀否之體[12]，兆著嬀姜之業，蘊嘉氣之精，累神物之證，非直山靈水伯，

— 384 —

降德流祉[13]，雲感木變，效覘開符[14]。達人賦命[15]，上善咸極。君子克生，中和必總[16]。雖性不可聞，而心隨物化。符彩秀麗[17]，溫如和玉。精華暎徹，爛若京雲。一見眸子，蹔仰骨法[18]。嗟王郎中之絕倫，許劉君之遠到。遇師則學，衆賢歸道，來扣必應，群俊鑽堅。加以律度清上[19]，風範玄曠，在高而靡礙，居深而不阻。對揚古今，網羅術藝。極能事而矯然[20]，窮多方以獨立[21]。名賢可士，先後同歸。俗仰萱蘇[22]，時傾金璧。魏司空任城王，聲高望遠，雅俗朝宗。王屈迹觀人，振衣投刺[23]，倒屣降階，果异常等。辟書仍降爲參軍事，敕除尚書右主客郎，歷轉二千石右士二局。含握香蘭，趣伏墆屛[24]，覆衾題柱，异目咸推[25]。仍除司空司馬，加威遠將軍，行河內郡。入調金鉉[26]，出執竹符[27]，水土載穆，風雨必致。既而茵鼎空設[28]，櫕桶云感[29]，慕動群物，祭出非時。或絕漿半旬，或去鹽歷載。恩錫摩之衣[30]，詔喻強食之禮[31]。起授尚書吏部郎中，固辭數四，終於奪情[32]。權衡在手[33]，揚清激濁，人地畢進[34]，草萊咸舉[35]。入轉給事黃門侍郎，遷散騎常侍，領秦州大中正。敷奏歸高[36]，談議推重，刀尺所加[37]，共仰清裁。拜七兵尚書，徙中書令。龍泉已斷[38]，鳳沼增清[39]，轉侍中加撫軍將軍、光祿大夫，金章紫授，復拜中書令。溫毳臨首[40]，鳴玉垂腰[41]，含章待問[42]，格言獨遠。加驃騎大將軍、左光祿大夫，仍除吏部尚書，持節北道行臺，二千石已下便宜黜陟。風馳萬里，氣振百城。廉平忻其布帛，貪殘解其印綬。復領秦、涇二州大中正。出除使持節都督兗州諸軍事、驃騎大將軍、兗州刺史。更滿還朝，復行梁州事。奇政异迹，遺愛作歌[43]，殫所未聞，方傳故老[44]。以某年薨於位，春秋若干。詔贈使持節都督涇州諸軍事、本將軍涇州刺史、太府卿。太常考行，諡曰惠公。以某年安厝於某所。惟王神府洞開，靈鑒懸燭，會百慮於常寂，總萬藾於希聲。形質有崖，忘懷得喪[45]。機神不測[46]，與時用舍。本立道生，自家聞國。學優而仕，振野光朝。比高雲漢，爲羽儀於日下；并峻山岳，作瞻望於海內。無或奪魯龜之智，不言析楚客之辯。理家抑轟轟之氣，立己遺赫赫之名。傾賢解驂[47]，趣士迎閤[48]。居後而更先，持退而逾顯。勢如烈火，可等華井之寒[49]；富同金穴，能比太舟之散[50]。故使鴻休景福，終然允臧[51]；禮邈齊紀，榮超陰實[52]。永惟盛德之隆，申以不常之典[53]。

更贈假黃鉞，使持節都督定、冀、并、瀛、青、趙、滄、齊、涇、濟、梁、兗十二州諸軍事、驃騎大將軍、定州刺史、左丞相、太宰、司徒公錄尚書事、開府儀同三司、永昌郡開國公、安定郡王。爵尊域內，望崇天下，未極棟宇之右[54]，方與陵谷同化[55]，所以衣冠長感，追仰芳塵。故吏姓名等，慕深拜泣，式鐫琬琰[56]，敢作銘曰：自媯作陳，徙齊於秦。河靈岳祐，風聲日新。無競惟祿，在實稱令。羽伯歸鳳[57]，毛長宗麟[58]。代有盛德，門應介祉[59]。帝娶西陵，王迎渭涘。我聞天眷，休命致止。道邈外親，風高戚里。官由德舉，榮極人龍。珪璧爲瑞，車服以庸。門交節鉞[60]，室列歌鍾。匪先伊後，更曰臣宗。逮我嗣業，實弘休緒。金聲玉閏，霞騫飇舉。搏風揚抑，承日容與。富輕齊魏，貴薄梁楚。克弼朝獻，亦展王度。萬機增損，六條宣布[61]。素幾云錫，晝襄載路。秦川逾仰，荊市先慕。光景不息，日往時來。殊禮加數，哀人告哀[62]。光前絕後，邈矣悠哉。〔家賢崇搆〕，言歸八才。朱表高臨，〔青松上刺，峴〕山不殨[63]，樓氣方積。式□□□，□刊堅石。茫茫萬古，誰今〔誰昔〕。

【注釋】

[1] 參天兩地：爲《易》卦立數之義。《易·說卦》："參天兩地而倚數。"引申爲人之德可與天地相比。

[2] 冥神：謂使精神超脫於生死。

[3] 貽：遺留；致使。祚：福；福運。

[4] 內主：身處於內，而與外部相呼應者。《國語·晉語三》："殺其內主，背其外略。"

[5] 娀，讀音sōng，有娀氏，遠古氏族。有娀氏之女，帝嚳之妃，殷始祖契之母。莘，讀音shēn，古國名，亦稱有辛、有莘、有侁，在今山東省曹縣北。古史云商湯娶有莘之女，即其國。

[6] 任姒：周文王母太任與周武王母太姒的合稱。古代認爲二人是賢慧後妃的典範。《漢書·外戚傳下·孝成班倢伃》："美皇英之女虞兮，榮任姒之母周。"顏師古注："任，太任，文王之母；姒，太姒，武王之母也。"

[7] 披攘：猶披靡。曹植《責躬詩》："朱旗所拂，九土披攘，玄化滂流，荒服來王。"呂向注："披攘，猶披靡也。"

[8] 茂範：儀刑，典範。重光：比喻累世盛德，輝光相承。《尚書·顧命》："昔君文王、武王，宣重光。"孔安國傳："言昔先君文武，布其重光累聖之德。"

[9] 昌曆：昌盛的年代。

[10] 塗山：古國名，相傳爲夏禹娶塗山女及會諸侯處。《尚書·益稷》："予創若時，娶於塗山。"孔安國傳："塗山，國名。"

[11] 投契：謂意氣或見解相合。

[12] 觀否：卦名，六十四卦之一，坤下巽上。《左傳·莊公二十二年》：“周史有以《周易》見陳侯者，陳侯使筮之，遇《觀》之《否》。”《易·觀》：“象曰：'風行地上，觀，先王以省方觀民設教。'”否，《易·否》：“否之匪人。”表示天地不交、上下隔閡、閉塞不通之象。

[13] 流祉：流布的福澤。

[14] 效：貢獻，進獻。貺：賜給；賜與。

[15] 賦命：給以生命。陶潛《與子儼等疏》：“天地賦命，生必有死。”

[16] 中和：中庸之道的主要內涵。儒家認爲能“致中和”，則天地萬物均能各得其所，達於和諧境界。《禮記·中庸》：“喜怒哀樂之未發謂之中，發而皆中節謂之和；中也者，天下之大本也，和也者，天下之達道也。致中和，天地位焉，萬物育焉。”

[17] 符彩：比喻人的外表儀容。王勃《采蓮賦》：“廼有貴子王孫，乘閑縱觀，何平叔之符彩，潘安仁之藻翰。”

[18] 慙，讀音 zàn，猝然；突然。《國語·晉語五》：“是故伐備鍾鼓，聲其罪也；戰以錞于、丁寧，儆其民也。襲密聲，爲慙事也。”骨法：指人或其他動物的骨相特徵。宋玉《神女賦》：“骨法多奇，應君之相。”李周翰注：“骨法殊異，正合侍君也。”

[19] 律度：猶規矩，法度。

[20] 矯然：堅勁貌。桓寬《鹽鐵論·褒賢》：“文學高行，矯然若不可卷。”

[21] 多方：多端，多方面。

[22] 萱蘇：《初學記》卷二七引三國魏王朗《與魏太子書》：“不遺惠書，所以慰沃，奉讀歡笑，以藉飢渴，雖復萱草忘憂，皋蘇釋勞，無以加也。”後因以“萱蘇”爲忘憂釋勞之典。

[23] 投刺：投遞名帖。楊衒之《洛陽伽藍記·景寧寺》：“或有人慕其高義，投刺在門，元慎稱疾高臥。”

[24] 墀，讀音 chí，臺階上面的空地，亦指臺階。《文選·班固〈西都賦〉》：“於是玄墀釦砌，玉階彤庭。”張銑注：“玄墀，以漆飾墀；墀，階也。”

[25] 异目：猶另眼。

[26] 金鉉：比喻三公之類重臣。任昉《丞相長沙宣武王碑》：“玉映藍田，金鉉之望已集。”

[27] 竹符：竹使符的省稱。漢時竹制的信符。右留京師，左與郡國。凡發兵用銅虎符，其餘徵調用竹使符。《漢書·文帝紀》：“初與郡守爲銅虎符、竹使符。”顏師古注引應劭曰：“竹使符皆以竹箭五枚，長五寸，鐫刻篆書，第一至第五。”

[28] 茵鼎：茵和鼎是寢食之具。亦借指起居飲食。

[29] 榱桷，讀音 cuījué，屋椽。常喻擔負重任的人物。

[30] 此處當有闕字。

[31] 强食：努力加餐。《史記·淮南衡山列傳》：“太子知王常欲廢己立其弟孝，乃

謂王曰：'孝與王御者姦，無采與奴姦，王彊食，請上書。'"

[32] 奪情：猶奪服。《周書·王謙傳》："朝議以謙父殞身行陣，特加殊寵，乃授謙柱國大將軍。以情禮未終，固辭不拜。高祖手詔奪情，襲爵庸公。"

[33] 權衡：喻指權力。

[34] 人地：品學門第。劉義慶《世說新語·雅量》："王東亭爲桓宣武主簿，既承藉有美譽，公甚欲其人地爲一府之望。"

[35] 草萊：猶草野。鄉野；民間。《漢書·蔡義傳》："臣山東草萊之人，行能亡所比，容貌不及衆。"

[36] 敷奏：陳奏，向君上報告。《尚書·舜典》："敷奏以言，明試以功，車服以庸。"孔安國傳："敷，陳；奏，進也。"

[37] 刀尺：喻品評進退人才的權力。《晉書·李含傳》："見含爲騰所侮，謹表以聞，乞朝廷以時博議，無令騰得妄弄刀尺。"

[38] 龍泉：寶劍名，即龍淵。

[39] 鳳沼：指鳳凰池。《藝文類聚》卷四八引謝莊《讓中書令表》："臣聞璧門天邃，鳳沼神深。"

[40] 毳，讀音 cuì，指毛皮或毛織品所製衣服。

[41] 鳴玉：古人在腰間佩帶玉飾，行走時使之相擊發聲。

[42] 含章：包含美質。《易·坤》："六三，含章可貞。"孔穎達疏："章，美也。"《三國志·魏志·管寧傳》："含章素質，冰絜淵清。"

[43] 遺愛：指留於後世而被人追懷的德行、恩惠、貢獻等。

[44] 故老：年高而見識多的人。王若虛《贈昭毅大將軍高公墓碣》："事實始末，雖不能詳；而故老所傳，猶得見其爲人之大略。"

[45] 得喪：猶得失，指名利的得到與失去。《莊子·田子方》："而況得喪禍福之所介乎！"

[46] 機神：機微玄妙。

[47] 解驂：解脫驂馬贈人，謂以財物救人困急。語出《史記·管晏列傳》："越石父賢，在縲絏中。晏子出，遭之塗，解左驂贖之。"

[48] 迎閤：謂迎至中門。《後漢書·彭寵傳》："寵謂至當迎閤握手，交歡并坐，今既不然，所以失望。"閤，讀音 gé。

[49] 華井：未詳。

[50] 太舟：未詳。

[51] 允臧：確實好；完善。《詩·鄘風·定之方中》："卜云其吉，終然允臧。"孔安國傳："允，信；臧，善也。"

[52] 陰竇：漢光武帝皇后陰麗華，爲劉秀的第二任皇后，其子即位，封爲太后，倍受榮寵，一門四侯。漢孝文竇皇后竇漪房，竇氏因外戚而一顯興貴。

卷第四百五十七

[53] 不常：不平凡；卓越。

[54] 棟宇：比喻起中堅作用。

[55] 陵谷：丘陵和山谷，比喻自然界或世事巨變。庾信《周大將軍司馬裔神道碑》："是以勒此豐碑，懼從陵谷；植之松柏，不忍凋枯。"

[56] 琬琰：爲碑石之美稱。唐玄宗《孝經序》："寫之琬琰，庶有補於將來。"

[57] 羽伯：未詳。

[58] 毛長：未詳。

[59] 介祉：大福。應劭《風俗通·祀典·桃梗葦茭畫虎》："桃梗，梗者，更也，歲終更始，受介祉也。"

[60] 節鉞：符節和斧鉞。古代授予將帥，作爲加重權力的標誌。

[61] 六條：漢制，刺史班行六條詔書，以考察官吏。

[62] 裒，讀音 póu，衆多。《詩·周頌·般》："敷天之下，裒時之對。"鄭玄箋："裒，衆；對，配也。徧天之下，衆山川之神皆如是配而祭之。"

[63] 峴山：山名，在湖北襄陽縣南，又名峴首山，東臨漢水，爲襄陽南面要塞。西晉羊祜鎮襄陽時，常登此山，置酒吟咏。

卷第四百五十九

碑卅九　百官廿九　都督三

《秦州都督陸杳碑銘》一首并序　　隋　李德林

題解：碑主陸杳，字雲邁，後周入隋時人，薨於北齊武平三年（572）之後，卒年五十三。碑文記載了北朝動亂時局下一個將領的生平，碑主作爲貴游子弟，于時局浮沉。入隋後出任地方，在其任秦州都督時與南陳對抗，因病去世。碑文讚頌其爲政之勤幹，爲人德智，宣揚朝廷對其撫恤之德。碑主生平史傳記載簡略，此碑保存了大量碑主生平史料，具有重要的史料補充價值。此篇陸心源輯入《唐文拾遺》中。

　　公諱杳，字雲邁，清都臨漳人也[1]。有魏及茲，門爲將相，軒冕超於六葉[2]，光於九有[3]。曾祖某司空公，東郡莊王，美鼎餗之和[4]，垂台象之耀[5]。祖冀州刺史、東郡惠公，清猷雅望[6]，冠帶推重。父開府儀同三司、東郡文宣公，樹德行道，搢紳注意[7]。公往家河洛，含章挺生[8]，水德不綱，諸華漸亂。臣有轉日，主或寄坐[9]。家家習從橫之説，人人懷戰爭之圖。公執操不群，早而秀异，依道游藝[10]，俎豆而已[11]。然其屈迹和光[12]，卷舒不測。异類喜其汎愛[13]；同道貴其深誠，故雅俗傾心，聲高天邑[14]。魏司空咸陽王坦，公之舅也，釋褐參其軍[15]。每步槐庭[16]，如暎珠玉[17]。元象年中，除都督府主簿，加明威之號。轉凌江將軍、大將軍中兵參軍。所奉之主，

— 390 —

即文襄皇帝。此則周武爲太子之朝，魏文居郎將之府，正己膺正人之選[18]，文藝從文客之游。武定五年，轉太常丞。六年，授尚書左中兵郎，仍歷度支金部庫部。天保初轉倉部。文宣公薨，公孝行昭著，時改所居，爲孝終里。起兼行臺右丞，巡江慰勞。時則侯景外叛，殲蕩金陵[19]，自江以北，始爲國有。陳霸先鳩集犬羊[20]，窺我王略[21]。公運籌於外，往若風行，地方數千，一舉而服。七年，以太夫人憂去職，給假十旬[22]。起爲度支郎，又轉都兵。含香粉壁[23]，年將一紀[24]。雖復器用見留[25]，時論咸以爲屈。公怡然自得，未以升降爲懷。遷成安令，帝城之下，舊號難綏[26]，齊導有方[27]，大弘聲績。尋授肅宗大丞相府從事中郎，仍兼并省右丞。晉水之陽，一相攸在；霸者之佐，知無不爲。皇建初，拜給事黃門侍郎，冠軍將軍。太寧二年，除散騎常侍。夕郎顯任[28]，垂憲官人[29]，出納如流[30]，見稱臺省[31]。北夷猾夏[32]，往寇太原。王師驅逐，已出塞表[33]。防過之理，朝議猶切。公前後受詔，北築諸城，東西接連，亘二千里，城池作固，沙漠無虞。詔食永寧縣幹加輔國將軍，賞勤幹也[34]。天統元年，除銀青光祿大夫，領兼太常少卿，大樂大禮[35]，多所刊革[36]。勅監庫部，營造軍器，智均武庫[37]，職重軍謀，事無不有，才允斯任。加驃騎大將軍，假儀同三司。五年，出爲使持節都督東徐州刺史。武平三年，轉使持節都督北徐州諸軍事、北徐州刺史。此二徐也，九州之一，土風如舊[38]，好尚亦同。斯境之政始行，彼地之人已化。仁風和四時之氣，德澤兼十日之雨。一言出口，千里俱應。夏狄自馴，淮夷清靖[39]。陰陽順序，非籍景山之行[40]；邦國用康，弗待休徵之力[41]。轉使持節都督秦州軍事、秦州刺史。有陳猾獗，寇我江陰，城猶環堵[42]，忽被圍逼。公班條爲政，始隔時序[43]，外鄰即慕其風，合境已懷其德。既而身嬰沉痼[44]，大節感人[45]。縈帶同於金湯[46]，懦夫成於魏豹[47]。晨昏相抗，交戰必摧。淹歷數旬，顧有餘力。以功賞開府儀同三司。痾恙積時[48]，憂勞致損，薨於州館，春秋五十三。遐邇悲傷，莫不掩泣。至是號令無主，城府淪陷，賊徒荷平生之意，黎獻念宿昔之恩[49]。冬盡誠節[50]，奉送神柩。某月日殯於故里之第，贈使持節都督瀛、滄、安三州諸軍事、瀛洲刺史、尚書令、將軍如故。加等之命，以王事也[51]。除其子玄卿爲膳部郎，延嗣之賞，義循古昔。年、月葬於茲所。

惟公氣調清遠，神采明暢，至察而能容物，機事不傷於道[52]。鄙仲舉之少通，輕奉高之易挹[53]，生知在文藉之外，大學益識悟之高[54]。昆季扶疏[55]，閨門禮讓。各垂孝悌之舉，俱稱才幹之美。自在朝行[56]，任兼內外，竭誠陳力，利物濟時[57]。知幾若神[58]，應變如響。至仁資執義之武[59]，深謀有不疑之斷。上玄冥昧，晚遇寇讎，若增算假年[60]，申其智略，豈徒非朝伊夕，肅清藩部，故當吳越平蕩，翹足可期。忽逢殄瘁之哀[61]，更長江湖之惡。人事不幸，一至於斯。天地不仁，何其甚也！故吏某官姓名等，日月逾往，懷感彌至[62]，思騰聲實，永□無窮。勒石神道，紀功旌伐。其銘曰：

苟該四海，袁號五公。高門盛業，時异人同。愷悌弟子[63]，降德玄穹[64]。行爲準的，孝極始終。袟宗官次[65]，文昌禁宮[66]。移風易俗，人代天工。京邑俟政[67]，江徼遐通[68]。入敷善績，出建奇功。宰朝霸府，恒擅芳風。瑣門雲閣[69]，任寄愈隆。國之大事，其一者戎。器械城雉[70]，劬勞在躬。附蟬高潔[71]，佩綬青葱。畫州分宰，仁明有融。人知耻格，時皆發蒙。陳人違信，望我開弓。沉痾激憤，蘊義成雄。或拒或戰，凶徒屢窮。嗟乎命也，逝水其東。圖南落翮[72]，謁北歸豐[73]。師霈泣雨[74]，城入妖虹[75]。豺狼得志，藩邑俱空。生排寥廓，死困樊籠。伊昔邊守，贈藥還童[76]。蠻夷感德，禮敬斯重。故鄉送返，無待交夢。哀榮既畢，卉木方叢。徒傷人吏，追慕充充[77]。

【注釋】

[1] 清都：帝王居住的都城。臨漳：位於今冀豫交界處，六朝古都，北齊、北周至隋，分置鄴縣、臨漳縣。

[2] 軒冕：古時大夫以上官員的車乘和冕服。這里指顯貴者。

[3] 九有：九州。《詩·商頌·玄鳥》："方命厥後，奄有九有。"毛詩傳："九有，九州也。"

[4] 鼎餗：指鼎中食品，後常借指政事。餗，讀音 sù，古代指鼎中的食物，後泛指美味佳餚。《易·鼎》："鼎折足，覆公餗。"

[5] 台象：高官重臣。

[6] 清猷：清明的謀劃。猷，讀音 yóu。

[7] 注意：重視；關注。《史記·酈生陸賈列傳》："天下安，注意相；天下危，注意將。"

[8] 含章：包含美質。《易·坤》："六三，含章可貞。"孔穎達疏："章，美也。"挺生：挺拔生長，亦謂傑出。

[9] 寄坐：謂居客位，比喻地位不穩且無實權。《三國志·魏志·曹爽傳》："天下洶洶，人懷危懼，陛下但爲寄坐，豈得久安！"

[10] 游藝：泛指修習學問或技藝。語出《論語·述而》："子曰：志於道，據於德，依於仁，游於藝。"

[11] 俎豆：俎和豆。祭祀、宴饗時盛食物用的兩種禮器，亦泛指各種禮器。此意謂祭祀，奉祀。

[12] 和光：謂才華內蘊，不露鋒芒。《後漢書·王允傳》："公與董太師并位俱封，而獨崇高節，豈和光之道邪？"

[13] 汎愛：猶博愛。《論語·學而》："汎愛衆，而親仁。"

[14] 天邑：謂帝王之都，指京都。

[15] 釋褐：脫去平民衣服，喻始任官職。

[16] 槐庭：種植槐樹的庭院。公孫詭《文鹿賦》："麀鹿濯濯，來我槐庭，食我槐葉，懷我德聲。"

[17] 暎，讀音 yìng，映照。

[18] 正人：正直的人；正派的人。《尚書·冏命》："小大之臣，咸懷忠良，其侍御僕從罔匪正人。"孔穎達疏："其左右侍御僕從無非中正之人。"

[19] 殲蕩：消滅掃平。

[20] 鳩集：搜集；聚集。

[21] 王略：國家的疆土。《宋書·禮志四》："唯灞之天柱，在王略之內，舊臺選百石吏卒以奉其職。"

[22] 旬：十天。

[23] 含香：古代尚書郎奏事答對時，口含雞舌香以去穢，故常用指侍奉君王。應劭《漢官儀》卷上："尚書郎含雞舌香伏其下奏事。"粉壁：引申爲將法令、告示寫在粉刷成白色的墙壁上。

[24] 一紀：歲星繞地球一周約需12年，故古稱12年爲一紀。

[25] 器用：重用；使用。

[26] 綏：止住。《國語·齊語》："使民以勸，綏謗言，足以補官之不善政。"韋昭注："綏，止也。"

[27] 齊導有方：風化引導有方。語出《論語·爲政》篇曰："導之以德，齊之以禮，有恥且格。"

[28] 夕郎：黃門侍郎的別稱。漢時，黃門郎可加官給事中，因亦稱給事中爲夕郎。應劭《漢官儀》卷上："黃門侍郎，每日暮，向青瑣門拜，謂之夕郎。"

[29] 垂憲：垂示法則。《尚書·蔡仲之命》："爾乃邁迹自身，克勤無怠，以垂憲乃後。"

[30] 出納：傳達帝王命令，反映下面意見。《尚書·舜典》："命汝作納言，夙夜出納朕命，惟允。"孔安國傳："納言，喉舌之官。聽下言納於上，受上言宣於下。"

[31] 臺省：漢的尚書臺，三國魏的中書省，都是代表皇帝發佈政令的中樞機關。後

因以"臺省"指政府的中央機構。南北朝以來，雖然尚書臺已多改稱尚書省，并逐漸形成中書、門下、尚書三省分權的制度，但"臺省"之稱仍沿用不變。

[32] 猾：擾亂；侵犯。《尚書·舜典》："蠻夷猾夏。"孔安國傳："猾，亂也。夏，華夏。"

[33] 塞表：猶塞外，指長城以北的地區。

[34] 勤幹：勤勉幹練。

[35] 大樂：古代指典雅莊重的音樂，用於帝王祭祀、朝賀、燕享等典禮。大禮：莊嚴隆重的典禮。

[36] 刊革：刪改。

[37] 武庫：稱譽人的學識淵博，幹練多能。《晉書·杜預傳》："預在內七年，損益萬機，不可勝數，朝野稱美，號曰'杜武庫'，言其無所不有也。"

[38] 土風：當地的風俗。袁宏《後漢紀·明帝紀上》："夫民之性也，各有所稟。生其山川，習其土風。"

[39] 清靖：清淨；清靜。《淮南子·精神訓》："廓惝而虛，清靖而無思慮。"

[40] 景山：大山；高山。

[41] 休徵：吉祥的徵兆。《尚書·洪範》："曰休徵。"孔安國傳："敘美行之驗。"

[42] 環堵：圍聚如牆，形容擁擠。

[43] 時序：猶承序，承順。言有條理。《史記·五帝本紀》："舜舉八愷，使主後土，以揆百事，莫不時序。"

[44] 嬰：糾纏；羈絆。《韓非子·解老》："禍害至而疾嬰內。"痼，讀音gù，積久難治的病。

[45] 大節：臨難不苟的節操。吳兢《貞觀政要·忠義》："姚思廉不懼兵刃，以明大節，求諸古人，亦何以加也！"

[46] 縈帶：形容城池垣環水抱，形勢險要。《周書·王悅傳》："欲守，則城池無縈帶之險；欲戰，則士卒有土崩之勢。"金湯：金城湯池的省稱，金屬造的城，沸水流淌的護城河，形容城池險固。

[47] 貔，讀音pí，猛獸名，似虎，比喻勇猛的軍士。

[48] 疢：疾病。

[49] 黎獻：黎民中的賢者。《尚書·益稷》："萬邦黎獻，共惟帝臣。"蔡沈集傳："黎民之賢者也。"

[50] 誠節：忠誠不渝的節操。

[51] 王事：特指朝聘、會盟、征伐等王朝大事。《易·坤》："或從王事，無成有終。"高亨注："從征者有人未立功亦得賞，是無成有終。"

[52] 機事：機巧之事。《莊子·天地》："吾聞之吾師，有機械者必有機事，有機事者必有機心。"

394

[53] 挹，讀音 yì，通"抑"。抑制；謙退。

[54] 大學：太學。《大戴禮記·保傅》："束髮而就大學，學大蓺焉，履大節焉。"盧辯注："大學，王宮之東者。束髮，謂成童。"

[55] 昆季：兄弟。長爲昆，幼爲季。扶疏：扶疏，枝葉繁茂分披貌。此形容人丁興旺。

[56] 朝行：同朝列，猶朝班，泛指朝廷官員。

[57] 利物：益於萬物。《易·乾》："利物足以和義。"孔穎達疏："言君子利益萬物，使物各得其宜。"

[58] 知幾：謂有預見，看出事物發生變化的隱微徵兆。《易·繫辭下》："知幾其神乎。君子上交不諂，下交不瀆，其知幾乎？幾者，動之微，吉之先見者也。"

[59] 執義：堅持合理的該做的事。《詩·曹風·鳲鳩》"淑人君子，其儀一兮"，漢鄭玄箋："儀，義也。善人君子其執義當如一也。"

[60] 假年：給以歲月，指延長壽命。

[61] 殄瘁：困窮，困苦。《詩·大雅·瞻卬》："人之云亡，邦國殄瘁。"

[62] 懷感：心懷感激。

[63] 愷悌：和樂平易。

[64] 玄穹：天空；蒼天。

[65] 袟：原指祭祀的順序，亦泛稱次第，順序。

[66] 禁宮：猶宮禁，帝王居住的處所。

[67] 俟：等待。

[68] 江徼：江邊；江界。

[69] 瑣門：繪畫或鏤刻有連瑣圖案的門，多爲宮觀之門。雲閣：指雲臺。圖畫功臣名將之像以示紀功的樓閣。

[70] 城雉：城上短墻。亦泛指城墻。

[71] 附蟬：漢侍中、中常侍，唐散騎常侍冠飾。金質，蟬形。金取堅剛，蟬取居高飲潔義。

[72] 翮：指鳥的翅膀。

[73] 歸豐：未詳。

[74] 師霑泣雨：未詳。

[75] 城入妖虹：形容戰亂。

[76] 贈藥：《晉書·羊祜傳》："祜與陸抗相對，使命交通，抗稱祜之德量，雖樂毅、諸葛孔明不能過也。抗嘗病，祜饋之藥，抗服之無疑心。人多諫抗，抗曰：'羊祜豈酖人者！'時談以爲華元、子反復見於今日。"後因以"贈藥"爲輯睦邊境之典。

[77] 充充：悲戚貌。《禮記·檀弓上》："始死，充充如有窮。"鄭玄注："皆憂悼在心之貌也。"孔穎達疏："言親始死，孝子匍匐而哭之，心形充屈，如急行道極，無所復

去,窮急之容也。"

《洛州都督竇軌碑銘》一首并序　　唐　李百藥

題解：碑主竇軌,字士則,唐初外戚、將領,薨于貞觀五年(631),此碑文爲其家人委托李百藥而作。此文簡叙竇氏譜系,歷數碑主自隋入唐之仕歷,着重歌頌其助力李唐大業的功績,渲染天子對他的任重。碑主以姻親得寵,作爲官員也因才能而卓有政績。多次都督顯要之地,爲國藩屏,是以誄德述哀,以作紀念。

　　蓋聞補天立極[1],大聖於是勃興[2];政亂朝昏,名臣以之陳力[3]。步驟之迹既弘[4],經綸之會斯在。固雷風通響,成其化者玄功[5],《韶濩》錯音[6],應其時者人傑。公諱軌,字士則,扶風平陵人。受終若帝之初[7],大啓鴻業;中興復禹之績,因生命氏[8]。廣國追讓之風[9],聲高外戚;安豐功烈之美[10],義正中台[11]。爰暨皇唐,始於盛漢,門感靈貺[12],母儀天下。是故昭張圖牒[13],冠冕搢紳。經文緯武之才,照重光於百代[14];撞鐘列鼎之盛[15],流餘慶於千祀[16]。十二業祖統,雁門太守,大將軍武之從子也。武以大功不遂[17],爲閹官所誅。統避難,亡奔出塞。代爲南部大人,威振華夏。七葉祖羽,魏太尉遼東京公,屬魏氏中微[18],總攝朝政。竭忠貞以安社稷,挾幼主而令奸雄。曾祖略,征北大將軍、太保、雍州牧、柱國、建昌孝公、德高禮縟,爵爲帝師,清徽帝範,坐鎮雅俗。祖熾,魏侍中、周大宗伯,隋太傅、雍州牧、上柱國、鄧恭公,以蓋俗之姿,運如神之智,道尊三代[19],義盡一心[20]。父某,周大宮伯、襄州、亳州總管、上柱國、鄧國公,挺將相之門,懷棟梁之器,位因功顯,名以實高。公藉繁祉之資[21],禀英靈之祚[22],感白雲而諧庶績[23],受璜玉而秘兵鈐[24]。幼樹風神,夙標名節。志尚宏遠,獨秀人倫。期管、樂於老成[25],望韓、彭於兒戲[26]。軼雲羅於阻澤[27],追電駕於當途。隋仁壽中,以獻皇后挽郎授朝請郎[28],遷資陽郡東曹掾。苞湘納漢,始涓澮於濫觴[29];蔽日干霄,尚崤傾於覆簣[30]。氣憤風雲之際[31],情察天人之理。石立之祥斯兆[32],土崩之義有徵[33]。公家即塗山[34],姻連渭汭[35]。想白孤之慶[36],義屬過門;望黄鳥之旗[37],預欣同德。及星屯秦井[38],電奄商郊[39],軍次蒲城,便仗劍請謁[40]。太上皇見公大悦,言及平生,備獻誠欵[41]。雖盧綰之出入臥内,鄧禹之止宿禁中,不能

— 396 —

過也。命公爲渭南道大使，招撫得以便宜從事[42]。取永豐之粟，甚漢卒之食敖倉[43]；下華陰諸縣，同周師之據脩武[44]。既有宿飽之資[45]，仍成搤喉之業[46]。以功授金紫光祿大夫；封贊皇縣公。又占募英勇五萬餘人從入京師，翊成大業[47]。揚州精甲[48]，未足擬儀[49]；薊市耶楡[50]，曾何等及。兵臨九地[51]，氣竭百樓[52]。以公爲東面大將。于時四夷雲合[53]，萬里風行[54]。彭濮比肩[55]，樊灌接踵[56]，皆出公麾下，止預偏裨[57]。任寄之重[58]，罕有其二。平城之日，功實先登。進授光祿大夫，即上柱國也。仍除大丞相府諮議參軍事、軍諮祭酒，此即其人。霸府洞開[59]，首膺高選[60]。尋而稽胡侵軼[61]，將逼近畿[62]。公乃推轂專征[63]，大破凶黨。復令公乘勝長驅，討薛舉殘猾。武德元年，拜太子詹事，總司之要，任切宮端[64]，才地之華[65]，允茲時望。尋遷使持節總管隴右諸軍事、秦州刺史、帶秦州道行軍元帥。秦隴形勝[66]，控馭遐遠[67]，雖地接京畿，而人多異類[68]。西戎即序之地[69]，尚餘榛梗[70]；北狄背義之徒，時警烽候[71]。總以司牧[72]，寄之分閫[73]，事兼文武，惟功是屬。於是翦寇虐以威刑[74]，整風俗以平典[75]。寬猛相濟[76]，化成期月。某年，進封鄭國公，食邑通前三千戶。二年，以邛莢初平[77]，命公持節巡省，以爲隴蜀道安撫大使。三年，拜益州道行臺尚書左僕射。擬迹文昌，儀刑端右[78]，此之舉也，特異常倫[79]。仍以行臺兵從平伊洛，然神旗所指[80]，事切來蘇[81]。蒭牧之勞[82]，尚資心力。公處帷幄之內，在行陣之間，運籌執銳，功冠諸部。四年，平王充，擒竇建德。仍陪旌節[83]，獻捷京師，凱樂之辰，五將同列，元帥居首。是惟聖上榮寵之盛，今古未聞。七年，廢行臺省，仍權檢校益州大都督。九年，朝廷大論義旗已來有大功於王室者[84]，并食真邑。公於是別賜益州封戶書社六百家[85]。貞觀初，拜使持節大都督，益、綿、嘉、邛、陵、雅、簡、眉八州，巂、南、會寧三都諸軍事、益州刺史。公自杖節華陽，綿歷時序[86]，懷荒撫衆之勤[87]，定筰存邛之效[88]，固以夜郎款徼[89]，昆彌率俾[90]。非假論蜀之文[91]，寧勞度瀘之役[92]。俘馘之衆[93]，每獻朝廷。賓賦之多[94]，充仞王府[95]。殉公益國，不可勝言。自秦昭平蜀，歷茲永久。或班條刺舉[96]，或部符共化[97]，竊比明德，彼用多慚[98]。王襄《樂職》之篇[99]，蓋爲小技；王尊比馭之舉[100]，非曰大忠。文翁之脩學校[101]，纔方進誘[102]；李冰之弊江神[103]，多慚義烈。自餘眇小[104]，夫何足言。尋入爲右衛大將軍，加左光祿大夫。文昌上將，列位天庭[105]，軒禁鉤陳[106]，擬儀震象[107]。惟功居之，隱如敵國[108]。二年，拜使持節，行都督洛、鄭、伊、懷四州諸軍事，洛州刺史，左光祿大夫如故。

陰陽交會之所，山川作固之都，先王以之卜食[109]，今上於焉分陝[110]。居此地也，實簡帝心[111]。公道在公平，義惟正直。開物闡化[112]，急病讓夷[113]。訓五方繁雜之甿[114]，化三川機巧之俗[115]。源清流潔，風行草偃[116]。四年，以疾薨於館舍，春秋若干。五年，葬於某所，諡曰某公，禮也。惟公始於立身[117]，終於行道[118]，操履端肅[119]，志尚清明[120]。未爲顯晦易情[121]，不以風霜變節。神用成九德之基[122]，天經爲百行之本[123]。早升庠序[124]，遍觀流略[125]，既輟從橫之志，便輕俎豆之容[126]。數爲梁甫之吟[127]，每動崇丘之嘯[128]。王湝閭巷[129]，軒蓋有期[130]；陳蕃虛室[131]，閑居未掃[132]。觀象察變，窮數知來。嘗覩赤伏之符[133]，且識黃神之命[134]。屬唐郊授手[135]，大濟生靈，匪止姻連帝家，固以才膺王佐。潛德之友[136]，本以雞酒相期[137]，利見之辰[138]，還成魚水相得。言行計用，未藉三略之書[139]；戰勝攻取，自有萬夫之敵。故能動合神心[140]，畢符冥契[141]。收鯨鯢若摧朽[142]，拉犀象如拾遺[143]。擁節臨藩[144]，捍城之道斯極[145]；分麾鞠旅[146]，方面之績居多[147]。功若兵［丘］山，屢形中旨[148]；心如金石，且降王言。而臨軍用兵，涖官行政，以爲不言之教[149]，藉震曜以爲威[150]；大道既乖，非仁慈之可化。純以儒術，漢帝謂之亂家；先以刑書，鄭相以之理國。中興之道云盛，遺愛之德猶存[151]。是以奉之以律令，申之以椹楚[152]，候嚴霜而厲威，則飄風以疾惡[153]。至於舊交密戚，彌行直道[154]，雖苟晞之忍對從母[155]，蘇章之暫禮故人[156]，無以喻也。亦由至察共簡易相背[157]，強斷與階直相成[158]。故醜正之徒[159]，或傳謗□；盜憎之訟，時聞旒扆[160]。爰自貞觀，俗易時移。太平之化伊始，刑措之風愈洽。公望表知裏[161]，在變能通。協聖主之心，遵上皇之始，導德齊禮，有耻且格。自非惟幾以成務[162]，其能與於是乎？其訕慎守道[163]，厲精勤事，求之古人，未易遇也。固以重南容之三復[164]，惜陶侃之分陰[165]。及邁疾彌留，至於大衛［漸］[166]，每發中使[167]，屢遣太醫。凶問至京，廢朝軫悼[168]。詔葬之儀以極，贈贈之制有加[169]。夫立德計功，垂范貽則[170]，可以銘太常而書王府[171]，鏤金石而被管弦。在當年而無愧，歷永代而不朽者，惟公乎？!故吏某官姓名等，想生氣其猶存[172]，痛徽音之永謝[173]，式昭盛業[174]，樹碑神道。嗣子某等，克構丕基[175]，早標令譽[176]。怵惕霜露[177]，欲報之志無從；匍匐几筵，誄德之情斯切[178]。銜哀見託[179]，乃述銘曰：

炎光浸隱[180]，命歷斯窮。滔天塞霧，振海飛風。皇靈膺錄[181]，大濟神功。龍興晉野，電照秦中。灼灼英武[182]，人之先覺[183]。才應時須，神生靈岳。始離襁褓，將游黌學[184]。已寤深沉[185]，俄觀卓犖[186]。乘機去亂，仗義來蘇。瑉戈振旅[187]，玉帳陳謨[188]。將屠涿鹿[189]，且塞飛狐[190]。情深寇鄧[191]，慶葉微盧[192]。既入商郊，仍開軹道[193]。高邑攀鱗[194]，靈壇薦寶[195]。每奉王命，遞行天討。拾益如遺[196]，偃秦猶草。水鬭王城[197]，神開伊闕。策預玄女[198]，功參黃鉞[199]。告廟飲至[200]，循墙稱伐[201]。一廂等夷[202]，芬芳無歇。河洛帝里，岷峨襟帶[203]。畢綜樞機，常司要害。始遇天造[204]，終逢時泰。閒以韋弦[205]，動攝群會。南山獻壽，北里呈祥。將陪東狩，遽落西光[206]。群物不殃[207]，彼獨殲良[208]。哀纏士庶，痛結旻蒼。冥漠人理[209]，生平華屋。初笑後號，始歌終哭。烏弈鐘鼎[210]，葳蕤簡牘[211]。方托辰精[212]，徒嗟梁木[213]。

【注釋】

[1] 補天：女媧煉石補天。《淮南子·覽冥訓》："於是女媧煉五色石以補蒼天，斷鼇足以立四極。"後遂用作挽回世運的典故。立極：樹立最高準則。

[2] 勃興：蓬勃興起。《後漢書·馮衍傳下》："思唐虞之晏晏兮，揖稷契與爲朋；苗裔紛其條暢兮，至湯武而勃興。"李賢注："勃，盛貌。"

[3] 陳力：貢獻、施展才力。班彪《王命論》："舉韓信於行陣，收陳平於亡命，英雄陳力，群策畢舉。"

[4] 步驟：事情進行的程序、次第。《後漢書·崔寔傳》："故聖人執權，遭時定制，步驟之差，各有云設。"

[5] 玄功：猶神功，謂宇宙自然之功。謝朓《三日侍宴曲水代人應詔》詩："徒勤日用，誰契玄功。"

[6] 韶濩：湯樂名。《左傳·襄公二十九年》："見舞《韶濩》者。"杜預注："殷湯樂。"孔穎達疏："以其防護下民，故稱濩也……韶亦紹也，言其能紹繼大禹也。"一說，舜樂和湯樂。錯音：樂音錯雜。陸機《漢高祖功臣頌》："《韶》《護》錯音，衮龍比象。"

[7] 受終：承受帝位。《尚書·舜典》："正月上日，受終於文祖。"孔穎達疏："受終者，堯爲天子，於此事終而授與舜。故知終謂堯終帝位之事，終言堯終舜始也。"

[8] 命氏：賜姓。王儉《褚淵碑文》："微子以至仁開基，宋段以功高命氏。"

[9] 廣國：未詳。

[10] 安豐：未詳。

[11] 中台：漢代以來，以三台當三公之位，中台比司徒或司空，後遂成爲司徒或司空的代稱。

[12] 靈貺：神靈賜福。范曄《後漢書·光武紀贊》："世祖誕命，靈貺自甄。"李周翰注："言光武大受寶命，神靈賜福祚而自成也。"

[13] 圖牒：譜牒。

[14] 重光：比喻累世盛德，輝光相承。《尚書·顧命》："昔君文王、武王，宣重光。"孔安國傳："言昔先君文武，布其重光累聖之德。"

[15] 撞鐘：擊鐘。《禮記·學記》："善待問者如撞鐘，叩之以小者則小鳴，叩之以大者則大鳴。"列鼎：謂陳列置有盛饌的鼎器。古代貴族按爵品配置鼎數。《孔子家語·致思》："從車百乘，積粟萬鐘，累茵而坐，列鼎而食。"撞鐘列鼎比喻富貴宦達之家。

[16] 餘慶：指留給子孫後輩的德澤。《易·坤》："積善之家，必有餘慶。"

[17] 大功：大功業，大功勞。《尚書·大誥》："敷前人受命，茲不忘大功。"不遂：不順利。

[18] 中微：中道衰微。《史記·楚世家》："季連生附沮，附沮生穴熊，其後中微，或在中國，或在蠻夷，弗能紀其世。"

[19] 三代：夏、商、周。《論語·衛靈公》："斯民也，三代之所以直道而行也。"邢昺疏："三代，夏、殷、周也。"

[20] 一心：忠心；全心全意。《尚書·盤庚下》："式敷民德，永肩一心。"孔穎達疏："長任一心以事君，不得懷二意。"

[21] 繁祉：多福。《詩·周頌·雝》："綏我眉壽，介以繁祉。"鄭玄箋："繁，多也。"

[22] 英靈：猶英魂，對死者的美稱。祚：賜；賜福；佑助。《國語·周語下》："皇天嘉之，祚以天下。"

[23] 白雲：黃帝時掌刑獄之官。後用作刑官的別稱。《漢書·百官公卿表上》"黃帝雲師雲名"，顏師古注引漢應劭曰："黃帝受命有雲瑞，故以雲紀事也。由是而言，故春官爲青雲，夏官爲縉雲，秋官爲白雲，冬官爲黑雲，中官爲黃雲。"庶績：各種事業。《尚書·堯典》："允釐百工，庶績咸熙。"孔安國傳："績，功也；言眾功皆廣。"

[24] 璜：玉器名，狀如半璧。古代朝聘、祭祀、喪葬時所用的禮器。《周禮·春官·大宗伯》："以玄璜禮北方。"鄭玄注："半璧曰璜，象冬閉藏，地上無物，唯天半見。"兵鈐：兵書；兵法。劉向《列仙傳·呂尚》："〔呂尚〕釣於磻溪，三年不得魚……已而果得大鯉，有兵鈐於魚腹中。"

[25] 管、樂：管仲、樂毅，兩人分別爲春秋時齊國名相、戰國時燕國名將。袁宏《三國名臣序贊》："孔明盤桓，俟時而動，遐想管樂，遠明風流。"老成：指年高有德的人。

[26] 韓、彭：漢代名將淮陰侯韓信與建成侯彭越的并稱。兒戲：兒童游戲，比喻處事輕率，不嚴肅。

[27] 軼：突襲，突擊。《左傳·隱公九年》："鄭伯御之，患戎師，曰：'彼徒我車，懼其侵軼我也。'"杜預注："軼，突也。"雲羅：比喻組成包圍圈的軍隊。《宋書·鄧琬傳》："雲羅四掩，霜鋒交集。"

[28] 挽郎：出殯時牽引靈柩唱挽歌的人。《晉書·禮志中》："成帝咸康七年，皇后杜氏崩……有司又奏，依舊選公卿以下六品子弟六十人爲挽郎。"

[29] 涓澮：小水流，小河，亦以喻低微的地位。郭璞《江賦》："綱絡群流，商攉涓澮。"李善注："涓澮，小流也。"濫觴：指江河發源處水很小，僅可浮起酒杯。

[30] 峙：聳立。傾：斜；偏斜；傾斜。覆簣：倒一筐土，謂積小成大，積少成多。語本《論語·子罕》："譬如平地，雖覆一簣，進，吾往也。"簣，讀音 kuì。

[31] 憤：充盈，旺盛。

[32] 石立：未詳。

[33] 土崩：比喻崩潰破敗，無法收拾。

[34] 塗山：古國名。相傳爲夏禹娶塗山女及會諸侯處。《尚書·益稷》："予創若時，聚於塗山。"孔安國傳："塗山，國名。"

[35] 渭汭：媯汭，媯水隈曲之處。傳說舜居於此，堯將兩個女兒嫁給他。媯水在山西省永濟縣南，源出歷山，西流入黃河。《尚書·堯典》："釐降二女於媯汭，嬪于虞。"孔安國傳："舜爲匹夫，能以義理下帝女之心於所居媯水之汭，使行婦道於虞氏。"一說"媯""汭"皆水名。塗山與渭汭均是聖人結姻之典，此處喻指竇軌與皇室結姻。

[36] 白孤：未詳。

[37] 黃鳥：《詩經·秦風》篇名。《左傳·文公六年》："秦伯任好卒，以子車氏之三子奄息、仲行、鍼虎爲殉，皆秦之良也。國人哀之，爲之賦《黃鳥》。"

[38] 星屯秦井：聚集於秦地。

[39] 電奄商郊：迅速佔據商郊一帶地區。

[40] 請謁：請求謁告。

[41] 誠欵：亦作"誠款"，忠誠；真誠。

[42] 便宜：謂斟酌事宜，不拘陳規，自行決斷處理。《史記·廉頗藺相如列傳》："以便宜置吏，市租皆輸入莫府，爲士卒費。"

[43] 敖倉：秦代所建倉名，在河南省鄭州市西北邙山上。山上有城，秦於其中置穀倉，故曰"敖倉"。《史記·項羽本紀》："漢軍滎陽，築甬道屬之河，以取敖倉粟。"裴駰集解引臣瓚曰："敖，地名，在滎陽西北山，臨河有大倉。"

[44] 脩武：整治武備。

[45] 宿飽：經常飽。《史記·淮陰侯列傳》："臣聞千里饋糧，士有飢色，樵蘇後爨，師不宿飽。"

[46] 搤，讀音 è，同"扼"，捉住，掐住。

[47] 翊，讀音 yì，通"翼"。輔佐；護衛。

[48] 精甲：指精銳的軍隊。

[49] 擬儀：模仿其法度；仿效。

[50] 薊，讀音 jì，古地名。在今北京城西南隅。周武王克商，封堯之後於此。耶榆：

未詳。

[51] 九地：指各種隱秘難測的地形。《孫子·形》："善守者藏於九地之下，善攻者動於九天之上。"梅堯臣注："九地，言深不可知。"郭化若注："九地，各種地形，也含有極其深秘的意思在內……九，泛指多數。"

[52] 百樓：古代瞭望敵情的高臺。百，極言樓之高。《三國志·魏志·公孫瓚傳》："兵法，百樓不攻。"

[53] 雲合：雲集；集合。

[54] 風行：形容德化廣被。庾信《周柱國大將軍長孫儉神道碑》："控取五十州，風行數千里。"

[55] 彭漢：彭越，漢初大將，西漢建立後封梁王，後以謀反罪被捕，被呂後殺害。

[56] 樊灌：漢武將樊噲與灌夫的并稱。

[57] 偏裨：偏將，裨將，將佐的通稱。

[58] 任寄：委任；付托。江淹《王僕射加兵詔》："南昌縣開國公儉忠款昭著，任寄隆深。"

[59] 霸府：借指藩王或藩臣。洞開：敞開。班固《西都賦》："閨房周通，門闥洞開。"

[60] 膺：承受；接受。《尚書·畢命》："予小子永膺多福。"孔安國傳："我小子亦長受其多福。"高選：謂用高標準選拔官吏。《後漢書·王暢傳》："是時政事多歸尚書，桓帝特詔三公，令高選庸能。"

[61] 稽胡：古族名，匈奴的別種。《周書·异域傳上·稽胡》："稽胡一曰步落稽，蓋匈奴別種，劉元海五部之苗裔也。或云山戎赤狄之後。"侵軼：亦作"侵佚"，侵犯襲擊。《左傳·隱公九年》："北戎侵鄭。鄭伯御之患戎師，曰：'彼徒我車，懼其侵軼我也。'"杜預注："軼，突也。"

[62] 近畿：謂京城附近地區。

[63] 推轂：推車前進，古代帝王任命將帥時的隆重禮遇。《史記·張釋之馮唐列傳》："臣聞上古王者之遣將也，跪而推轂，曰閫以內者，寡人制之；閫以外者，將軍制之。"後因以稱任命將帥之禮。專征：受命自主征伐。班固《白虎通·考黜》："好惡無私，執義不傾，賜以弓矢，使得專征。"

[64] 宮端：太子詹事的別稱。

[65] 才地：才能和門第。地，通"第"。《晋書·王恭傳》："〔恭〕自負才地高華，恆有宰輔之望。"

[66] 形勝：謂地理位置優越，地勢險要。《荀子·強國》："其固塞險，形埶便，山林川穀美，天材之利多，是形勝也。"

[67] 控馭：亦作"控御"，馭馬使就範，引申指控制，駕馭。

[68] 异類：舊時稱外族。李陵《答蘇武書》："終日無覩，但見异類。"

[69] 即序：就序；歸順。

[70] 榛梗：叢生的雜木，喻指荒僻之地。《舊唐書·忠義傳上·夏侯端》："山中險峻，先無蹊徑，但冒履榛梗，晝夜兼行。"

[71] 烽候：烽火臺，指戰火。

[72] 司牧：君主；官吏。蕭道成《即位告天文》："肇自生民，樹以司牧。"

[73] 分閫：指出任將帥或封疆大吏。劉勰《文心雕龍·檄移》："故分閫推轂，奉辭伐罪，非唯致果爲毅，亦且屬辭爲武。"

[74] 寇虐：指殘賊凶暴之人。《詩·大雅·民勞》："式遏寇虐，憯不畏明。"

[75] 平典：公平的律令。《後漢書·陳忠傳》："臣忠心常獨不安，是故臨事戰懼，不敢穴見有所興造，又不敢希意同僚，以謬平典。"

[76] 寬猛：寬大與嚴厲。《後漢書·循吏傳·王渙》："永元十五年，從駕南巡，還爲洛陽令。以平正居身，得寬猛之宜。"

[77] 邛僰：讀音 qióng bó，漢代臨邛、僰道的并稱，約當今四川邛崍、雅安、樂山、宜賓一帶。後借指西南邊遠地區。

[78] 端右：指宰輔重臣。亦特指尚書令。葛洪《抱樸子·漢過》："當塗端右闒官之徒，操弄神器，秉國之鈞，廢正興邪，殘仁害義。"

[79] 常倫：常序；常類。左思《魏都賦》："繆默語之常倫，牽膠言而踰侈。"

[80] 神旗：指帥旗。《晋書·石勒載記上》："自將軍神旗所經，衣冠之士靡不變節，未有能以大義進退者。"

[81] 來蘇：謂因其來而於困苦中獲得蘇息。語本《尚書·仲虺之誥》："攸徂之民，室家相慶曰：'徯予後，後來其蘇！'"孔安國傳："湯所往之民皆喜曰：'待我君來，其可蘇息。'"

[82] 薙牧：亦作"剃牧"，割草放牧。這里指管理一方。

[83] 旄節：古代使者所持的節，以爲憑信。

[84] 義旗：爲正義而戰的或起義的軍隊的旗幟。

[85] 書社：古制25家立社，把社內人名登錄簿冊，謂之"書社"。亦以指按社登記入冊的人口及其土地。《商君書·賞刑》："士卒坐陳者，里有書社。"

[86] 綿歷：謂延續時間長久。時序：時間；光陰。《北史·趙文表傳》："後自發彼蕃，已淹時序，途經沙漠，人馬疲勞。"

[87] 懷荒：懷柔邊遠之民。

[88] 筰，讀音 zé，邛，讀音 qióng，古代西南少數民族國名，《後漢書·公孫述傳》："蜀地肥饒，兵力精強，遠方士庶多往歸之，邛筰君長皆來貢獻。"李賢注："邛筰皆西南夷國名。"

[89] 夜郎：漢時我國西南地區古國名，在今貴州省西北部及雲南、四川二省部分地區。款徼：猶款塞。

[90] 昆彌：漢時烏孫王的名號，猶匈奴之單于。自漢宣帝甘露元年（前53）起，烏孫有大小二昆彌，均受漢王朝冊封。率俾：順從。《尚書·君奭》："丕冒海隅出日，罔不率俾。"王引之《經義述聞·尚書下》："俾之言比也。比，《象傳》曰：'比，下順從也。'比與俾古字通。"

[91] 論蜀之文：司馬相如《難蜀父老》。

[92] 度瀘：未詳。

[93] 俘馘：生俘的敵人和被殺的敵人的左耳。

[94] 賨，讀音cóng，秦漢時西南少數民族巴人稱其交納的賦稅爲"賨"。

[95] 充仞：猶充滿。《史記·殷本紀》："〔紂〕益收狗馬奇物，充仞宮室。"

[96] 刺舉：謂檢舉奸惡，舉薦有功。《魏書·術藝傳·張淵》："執法刺舉於南端，五侯議疑於水衡。"注："太微南門，謂之執法。刺舉者，刺姦惡，舉有功。"

[97] 部符共化：天下都遵從統治者教化。

[98] 慙：同"慚"，羞愧。

[99] 樂職：詩篇名。王褒《四子講德論》："浮游先生陳丘子曰：'所謂《中和》《樂職》《宣佈》之詩，益州刺史之所作也。刺史見太上聖明，股肱竭力，德澤洪茂，黎庶和睦，天人并應，屢降瑞福，故作三篇之詩，以歌咏之也。'"後用爲稱頌太守之詞。

[100] 比馭：未詳。

[101] 文翁：漢廬江舒人。景帝末，爲蜀郡守，"仁愛好教化"，在成都市中起學官，入學者免除徭役，成績優者爲郡縣吏，每出巡視，"益從學官諸生明經飭行者與俱，使傳教令"。蜀郡自是文風大振，教化大興。見《漢書·文翁傳》。後世用爲稱頌循吏的典故。

[102] 纔方：猶方才。

[103] 李冰（？—前235），号称陆海，战国时代著名的水利工程专家。公元前256—前251年被秦昭王任为蜀郡（今成都一带）太守，建都江堰。

[104] 自餘：猶其餘；以外；此外。

[105] 天庭：帝王的宮廷；朝廷。左思《蜀都賦》："幽思絢道德，摛藻揲天庭。"

[106] 軒禁：猶宮禁。陳子昂《爲人請子弟出家表》："始自解巾，即陪軒禁。"鈎陳：指後宮。班固《西都賦》："周以鈎陳之位，衛以嚴更之署。"李善注引《樂葉圖》："鈎陳，後宮也。"

[107] 震象：《易·説卦》："震爲龍。"因以"震象"指帝王氣象。

[108] 敵國：相當於一國；可以和國家相匹敵。

[109] 卜食：《尚書·洛誥》："我乃卜澗水東，瀍水西，惟洛食。"謂周時以占卜擇地建都，惟有卜洛邑時，甲殼裂紋食去墨迹，認爲吉利，即建都洛邑。後用"卜食"作擇地建都的代稱。

[110] 分陝：陝即今陝西省陝縣。相傳周初周公旦、召公奭分陝而治，周公治陝以東，召公治陝以西。後謂封建王朝官僚出任地方官爲"分陝"。

[111] 簡：在，存留。蔡邕《太傅安樂鄉文恭侯楊公碑》："幹練機事，綢繆樞機，中亮唯允，簡于帝心。"

[112] 開物：通曉萬物的道理。《周書·武帝紀上》："履端開物，實資元後；代終成務，諒惟宰棟。"闡化：闡揚教化。潘岳《爲賈謐作贈陸機》詩："粵有生民，伏義始君，結繩闡化，八象成文。"

[113] 急病：急於解救困難；解難。《國語·魯語上》："賢者急病而讓夷……今我不如齊，非急病也。"讓：通"攘"。攘夷，抗拒異族入侵。

[114] 五方：東、南、西、北和中央。亦泛指各方。甿，讀音 méng，古稱種田的人，泛指百姓。

[115] 三川：三條河流的合稱，所指不一。此處根據碑主的仕曆，當是指河、洛、伊三川。機巧：詭詐。《莊子·天地》："功利機巧，必忘夫人之心。"

[116] 風行草偃：《論語·顏淵》："君子之德風，小人之德草。草上之風，必偃。"何晏集解引孔安國曰："加草以風，無不僕者，猶民之化於上。"比喻庶民被德教感化而順從君上。後以"風行草偃"比喻有聲望者的言行影響世態俗情。

[117] 立身：處世、爲人。

[118] 行道：實踐自己的主張或所學。《孝經·開宗明義》："立身行道，揚名於後世，以顯父母，孝之終也。"

[119] 操履：操守。端肅：端正嚴肅。

[120] 志尚：志向；理想。

[121] 顯晦：比喻仕宦與隱逸。

[122] 神用：神明的作用。任昉《王文憲集序》："斯固通人之所包，非虛明之絕境，不可窮者，其唯神用者乎！"劉良注："其不可窮究者，其唯神明之用者乎！"九德：九種優良品格，其内容，説法不一。

[123] 天經：天之常道。

[124] 庠序：古代的地方學校，後亦泛稱學校。

[125] 流略：九流、七略之書。泛指前代書籍。王筠《昭明太子哀册文》："括囊流略，包舉藝文。"

[126] 俎豆：俎和豆。古代祭祀、宴饗時盛食物用的兩種禮器。亦泛指各種禮器，謂祭祀，奉祀。

[127] 梁甫：樂府楚調曲名。梁甫，即梁父，山名，在泰山下。《梁甫吟》，蓋言人死葬此山，亦爲葬歌。今傳諸葛亮所作《梁甫吟》辭，乃述春秋齊相晏嬰二桃殺三士事；李白所作辭，則抒寫其抱負不能實現的悲憤。

[128] 崇丘：《詩·小雅》篇名，有目無詩。

[129] 王濬（206—286），字士治，小字阿童，弘農郡湖縣（今河南靈寶西）人，西晉時期名將。博學多聞，美姿貌。多謀善戰。因滅吳功勳卓著，拜爲輔國大將軍，領步兵

校尉。閭巷：里巷；鄉里。

[130] 軒蓋：帶蓬蓋的車。顯貴者所乘。借指達官貴人。

[131] 陳蕃：（？—168），字仲舉。東漢時期名臣，與竇武、劉淑合稱"三君"。虛室：空室，謂人能清虛無欲，則道心自生。《莊子·人間世》："瞻彼闋者，虛室生白，吉祥止止。"司馬彪注："室比喻心，心能空虛，則純白獨生也。"

[132] 未掃：沒有打掃，指陳蕃無心會客。

[133] 赤伏之符：新莽末年讖緯家所造符籙，謂劉秀上應天命，當繼漢統為帝。後亦泛指帝王受命的符瑞。

[134] 黃神：黃帝。《淮南子·覽冥訓》："西老折勝，黃神嘯吟。"高誘注："黃帝之神，傷道之衰，故嘯吟而長嘆也。"

[135] 援手：授以援手，謂救援。《後漢書·崔駰傳》："於是乎賢人授手，援世之災，跋涉赴俗，急斯時也。"

[136] 潛德：謂不為人知的美德。

[137] 雞酒：典出王嘉《拾遺記·魏》："田疇，北平人也。劉虞為公孫瓚所害，疇追慕無已，往虞墓設雞酒之禮，慟哭之音動于林野。"此形容潛德之友的祭奠之禮。

[138] 利見：《易·乾》："飛龍在天，利見大人。"孔穎達疏："若聖人有龍德飛騰而居天位，德備天下，為萬物所瞻觀，故天下利見此居王位之大人。"後因稱得見君主為"利見"。

[139] 三略：古兵書名，相傳為漢初黃石公作，全書分上略、中略、下略。《隋書·經籍志三》有《黃石公三略》三卷，已佚。今存者為後人依托成篇，收錄于《武經七書》中。亦以泛指兵書及作戰的謀略。

[140] 神心：猶聖心，謂天子的心。應貞《晉武帝華林園集詩》："貽宴好會，不常厥數；神心所受，不言而喻。"呂向注："言天子遺其宴會者，不常其數，但聖心所與者，不言而自曉。"

[141] 冥契：指天機，天意。《舊唐書·高祖紀》："然李氏將興，天祚有應，冥契深隱，妄肆誅夷。"

[142] 鯨鯢：比喻凶惡的敵人。摧朽：摧折枯枝朽木，比喻極容易辦到。

[143] 拾遺：拾取別人遺失的東西，比喻輕而易舉。《戰國策·秦策一》："期年之後，道不拾遺，民不妄取，兵革大強，諸侯畏懼。"

[144] 擁節：執持符節，亦指出任一方。

[145] 捍城：護衛城池。

[146] 鞠旅：向軍隊發出出征號令，猶誓師。《詩·小雅·采芑》："鉦人伐鼓，陳師鞠旅。"毛詩傳："鞠，告也。"鄭玄箋："二千五百人為師，五百人為旅。此言將戰之日，陳列其師旅，誓告之也。"

[147] 方面：古指一個地方的軍政要職或其長官。《後漢書·馮異傳》："〔異〕受任

卷第四百五十九

方面，以立微功。"李賢注："謂西方一面專以委之。"

[148] 中旨：皇帝的詔諭。顏延之《赭白馬賦》："乃詔陪侍，奉述中旨。"

[149] 不言：不依靠語言。謂以德政感化人民。

[150] 震曜：亦作震耀，雷聲震動，電光閃耀，極言其威猛之狀。此形容爲政嚴苛。

[151] 遺愛：指有古人高尚德行、被人敬愛的人。《左傳·昭公二十年》："及子產卒，仲尼聞之，出涕曰：'古之遺愛也。'"杜預注："子產見愛，有古人之遺風。"

[152] 檟楚：用檟木荊條製成的刑具，用以笞打。《晉書·虞預傳》："臣聞間者以來，刑獄轉繁，多力者則廣牽連逮，以稽年月；無援者則嚴其檟楚，期於入重。"檟，讀音 jiǎ。

[153] 飄風：旋風；暴風。《詩·大雅·卷阿》："有卷者阿，飄風自南。"毛傳："飄風，回風也。"

[154] 直道：猶正道。指確當的道理、準則。《禮記·雜記》："其餘則直道而行之是也。"

[155] 苟晞：未詳。

[156] 蘇章：未詳。

[157] 至察：極分明。簡易：簡單易行；不煩難。

[158] 強斷：無理判決。《漢書·于定國傳》："後太守至，卜筮其故，于公曰：'孝婦不當死，前太守彊斷之，咎黨在是乎？'"陗直：嚴峻剛正。《史記·袁盎晁錯列傳》："錯爲人陗直深刻。"陗，讀音 qiào。

[159] 醜正：謂嫉害正直的人。《左傳·昭公二十八年》："叔敖曰：《鄭書》有之：'惡直醜正，實蕃有徒。'"楊伯峻注："惡、醜同義，直、正同義，惡直即醜正，同義復語。言嫉害正直者。"

[160] 旒扆：借稱帝王。旒爲帝王的冕旒，扆爲帝王座位後的屏風，故稱。

[161] 望表知里：通過觀察事物的表面現象推知本質。

[162] 成務：成就事業。《易·繫辭上》："夫《易》何爲者也？夫《易》，開物成務，冒天下之道，如斯而已者也。"

[163] 詘，讀音 qū，卑屈恭敬貌。

[164] 南容：南宮括，孔子的學生。《論語·先進》："南容三復白圭，孔子以其兄之子妻之。"《史記·仲尼弟子列傳》："南宮括字子容。"是省稱南容。

[165] 分陰：謂極短的時間。陰，日影。典出《晉書·陶侃傳》："大禹聖者，乃惜寸陰，至於衆人，當惜分陰。"

[166] 大漸：謂病危。《尚書·顧命》："王曰：嗚呼！疾大漸，惟幾。"

[167] 中使：宮中派出的使者，多指宦官。

[168] 軫悼：痛切哀悼。

[169] 賵贈：因助辦喪事而贈送財物。《荀子·大略》："故吉行五十，犇喪百里，賵贈及事，禮之大也。"

[170] 貽則：語出《尚書·五子之歌》："有典有則，貽厥子孫。"後因以"貽則"指爲後世留下典則。

[171] 太常：古代旌旗名。《尚書·君牙》："厥有成績，紀於太常。"孔安國傳："王之旌旗畫日月曰太常。"王府：指帝王收藏財物或文書的府庫。《尚書·五子之歌》："關石和鈞，王府則有。"孔穎達疏："人既足用，王之府藏則皆有矣。"

[172] 生氣：氣概昂揚。《國語·晉語四》："未報楚惠而抗宋，我曲楚直，其衆莫不生氣，不可謂老。"

[173] 徽音：猶德音，指令聞美譽。《詩·大雅·思齊》："大姒嗣徽音，則百斯男。"鄭玄箋："徽，美也。"

[174] 式昭：用以光大。《後漢書·張衡傳》："朝有所聞，則夕行之。立功立事，式昭德音。"李賢注："逸詩曰：'祈招之愔愔，式昭德音。'式，用也；昭，明也。"

[175] 克：能够。構：締造，建立。丕基：巨大的基業。

[176] 標：顯揚。令譽：美好的聲譽。

[177] 悚惕：戒懼；驚懼。《尚書·囧命》："悚惕惟厲，中夜以興，思免厥愆。"孔安國傳："言常悚懼惟危，夜半以起，思所以免其過悔。"

[178] 誄德：謂累述并表彰死者的德行。曹植《王仲宣誄》序："何用誄德？表之素旗；何以贈終？哀以送之。"

[179] 銜哀：心懷哀痛。嵇康《養生論》："終朝未餐，則囂然思食；而曾子銜哀，七日不飢。"

[180] 炎光：指漢德，漢皇朝。曹植《王仲宣誄》："會遭陽九，炎光中矇。"張銑注："炎光，謂漢也。"浸：副詞，逐漸。

[181] 膺籙：猶膺圖。

[182] 灼灼：彰著貌。潘岳《夏侯常侍誄》："英英夫子，灼灼其儁。"

[183] 先覺：覺悟早于常人的人。《孟子·萬章上》："天之生此民也，使先知覺後知，使先覺覺後覺也。"

[184] 黌學：古代的學校。《後漢書·循吏傳·仇覽》："農事既畢，乃令子弟群居，還就黌學。"黌，讀音 hóng。

[185] 深沉：深刻周密。《漢書·王嘉傳》："（梁）相計謀深沈，（鞠）譚頗知雅文。"

[186] 卓犖：超絕出衆。《後漢書·班固傳》："卓犖乎方州，羨溢乎要荒。"李賢注："卓犖，殊絶也。"

[187] 琱戈：刻鏤之戈，亦爲戈的美稱。

[188] 陳謨：陳獻謀畫。

[189] 逐鹿：《史記·淮陰侯列傳》："秦失其鹿，天下共逐之，於是高材疾足者先得焉。"裴駰集解引張晏曰："以鹿喻帝位也。"後因以"逐鹿"喻爭奪統治權。

[190] 飛狐：要隘名，在今河北省淶源縣北蔚縣南。兩崖峭立，一綫微通，迤邐蜿蜒，百有餘里，爲古代河北平原與北方邊郡間的交通咽喉。

[191] 寇鄧：東漢寇恂、鄧禹的并稱。二人皆光武中興名將。漢永平中顯宗追感前世功臣，乃圖畫寇鄧等二十八將於南宫雲臺。

[192] 微盧：《尚書·牧誓》記載周之盟友，武王伐紂時，庸、蜀、羌、髳、微、盧、彭、濮等八國曾派兵隨從出徵。

[193] 軹道：亭名。在陕西省西安市東北。《戰國策·趙策二》："夫秦下軹道則南陽動。"鮑彪注："軹道，《秦紀》注：亭名，在霸陵。"

[194] 攀鱗：比喻依附帝王以成功名，多指科舉及第。

[195] 靈壇：祭壇。《漢書·武帝紀》："朕躬祭后土地祇，見光集於靈壇，一夜三燭。"

[196] 拾遺如遺：比喻輕而易舉。益：古代行政區劃名，州名，漢武帝所置十三刺史部之一。

[197] 水鬭：水戰。《漢書·嚴助傳》："臣聞越非有城郭邑里也，處谿谷之間，篁竹之中，習於水鬭，便於用舟，地深昧而多水險。"

[198] 預：參與；參加。玄女：傳說中的天上神女，曾授黄帝兵法，以制服蚩尤。亦稱九天玄女，爲道教所奉之神。《史記·五帝本紀》："蚩尤最爲暴，莫能伐"，裴駰集解引《龍魚河圖》："天遣玄女下授黄帝兵信神符，制伏蚩尤。"

[199] 黄鉞：飾以黄金的長柄斧子。天子儀仗，亦用以征伐。

[200] 飲至：上古諸侯朝會盟伐完畢，祭告宗廟并飲酒慶祝的典禮。後代指出征奏凱，至宗廟祭祀宴飲慶功之禮。

[201] 循墻：謂避開道路中央，靠墻而行，表示恭謹或畏懼。《左傳·昭公七年》："故其鼎銘云：'一命而僂，再命而傴，三命而俯，循墻而走，亦莫余敢侮。'"杜預注："言不敢安行也。"

[202] 廁：雜置；參與。等夷：同等；同輩；同等的人。《韓詩外傳》卷六："遇長老則修弟子之義，遇等夷則修朋友之義。"

[203] 襟帶：謂山川屏障環繞，如襟似帶，比喻險要的地理形勢。

[204] 天造：謂天之創始。語出《易·屯》："天造草昧。"

[205] 韋弦：《韓非子·觀行》："西門豹之性急，故佩韋以自緩；董安于之性緩，故佩弦以自急。故以有餘補不足，以長續短之謂明主。"後因以"韋弦"比喻外界的啓迪和教益，用以警戒、規勸。

[206] 西光：夕陽，此比喻人的死亡。

[207] 殀：短命而死。《孟子·盡心上》："殀壽不二，修身以俟之，所以立命也。"

[208] 殲良：誅殺好人。語出《詩·秦風·黄鳥》："彼蒼者天，殲我良人。"

[209] 人理：做人的道德規範。

[210] 烏弈：當作烏奕，光耀，顯耀。應場《文質論》："袞冕旗旒，烏奕乎朝廷。"鐘鼎：鐘和鼎。上面多銘刻記事表功的文字。

[211] 葳蕤：草木茂盛枝葉下垂貌。此即形容茂盛繁多。簡牘：指文書；書籍；書簡。蕭統《〈文選〉序》："若斯之流，又亦繁博，雖傳之簡牘，而事異篇章，今之所集，亦所不取。"

[212] 辰精：指水星。精，神靈。

[213] 梁木：棟樑，亦以喻能負重任的人才。

《荊州都督劉瞻碑銘》一首并序　　唐　李百藥

題解： 碑主劉瞻，字道洽，隋唐時人，隨李淵起義，有開國之功；平劉武周之亂，卓有戰績。歷任將軍，都督，任兼內外，堪當重臣。然碑主生平史書未見，此碑所載事迹，可全部補充史傳。

昔西都佐命[1]，罕聞風烈之餘[2]；東漢功臣，鮮預公卿之任[3]。以帝王之胄，隨騰嘯之舉，出居侯伯之重[4]，入處丹青之地[5]，樹鴻勳於草昧[6]，敷文教於彝倫[7]，見於武陵劉公者矣。公諱瞻，字道洽，彭城綏輿里人也。今僑居亳州之鹿邑縣[8]。自彤雲啓命[9]，光宅域中[10]，繁衍之祚無窮，克昌之道斯盛[11]。固以分華若木[12]，疏派咸池[13]。參辰極以高讓[14]，振江河以長邁[15]。曾祖方譽，魏長社縣令。祖英信，潁川太守，譬仲弓之弘道下邑[16]，慶屬後昆[17]；即細侯之布政近畿[18]，福流京縣。父玄寂，州主簿，得性一丘[19]，忘懷三徑[20]。始游塵俗，終逸江海。公藉慶承寵[21]，含和稟秀[22]，長虹吐閏[23]，奔電增暉。靈府之中[24]，高懸明明[25]；姿儀之表，近照澄流。爰自幼年，遠標風尚。始游黌塾[26]，聞感露於九皋[27]；將騁康衢，躡遺風於千里[28]。言從賓貢[29]，利用王庭[30]。雖禮秩未弘[31]，而聲猷藉甚[32]。自永州行佐徵授雍州萬年縣丞。隋大業之末，頻攝行華陰、鄭、涇陽、盩厔、三原、武功諸縣事[3]。是時，賦重役煩，政荒人散。歷試諸縣[34]，蓋有由焉。考績獨高[35]，優陟宜遠[36]，敕除太原縣長。神惟改[步][37]，天將悔禍[38]。獨夫之怨既深[39]，撫我之情逾切。公仰觀垂象[40]，俯慨橫流[41]，哀時命之未申，痛人靈之孔棘[42]。方成縱壑之資[43]，自感登山之夢[44]。盡變通之術，進縱橫之圖。運韜略於樞機[45]，煽風雲於懷抱。義旗初建[46]，授正議大夫。太上皇開大將軍府，以公為諮議參軍事。斯固公達

— 410 —

處軍諮之地[47]，奉孝成大業之辰[48]。豈止孫盛賀循[49]，從容府朝而已[50]。聖上別總輕銳[51]，出定西河，令公權攝行軍長史[52]。西河平，進授銀青光祿大夫，仍留公檢校西河郡，通守得以便宜從事[53]。仍令摧督軍糧，招集士馬。吳起作守[54]，未固河山；干木遺風[55]，猶多節概[56]。公導之以期運[57]，示之以幾微[58]。於是，投袂爭先[59]，贏糧景從[60]，非期而會，不下萬人。武德元年，以西河爲浩州，授公刺史。九月，進位大將軍，封武陵郡開國公，食邑二千户。西河始屬亂離[61]，人情未一[62]，自公安撫，咸悅來蘇[63]。妖賊劉武周，閭左叛徒[64]，挺禍汾晉[65]。雖謳歌有奉，而窮奇未革[66]。同惡相濟，醜類寔繁[67]。連結百城，縱橫千里。驅率犬羊[68]，盡銳攻逼。重以并州失守，人情惶懼。雲梯地道，氣盡百樓[69]；烹妻易子，糧無半菽[70]。公懷此精誠，厲斯忠義，非唯舉刃指虜，重圍洞開；足使拔劍揮泉，飛流自涌。士感思惠，以死爲期。或刎頸自明[71]，或焚妻取信。諸將敗衂[72]，多見奔投。因功獲濟，則有人矣。孤城絕援，綿歷三年，内安外拒，心力俱竭。聖上掃清雰祲[73]，方得保全。進位上柱國，仍除太府卿，以旌功伐也。公貞固以濟時[74]，清明以膺務[75]，理繁而不紊[76]，處劇而行簡[77]。氣序纔移[78]，大標聲譽。五年，拜襄州道行臺、兵部尚書，仍持節山南道巡撫大使。戎事之大[79]，分職文昌[80]，旌節所履[81]，載光原隰[82]。又以本官檢校襄州都督、襄州刺史。尋除司農卿。帝命四子[83]，敬授人時；農曰八政[84]，寔惟國本。選衆而舉，能官攸屬。倉廩既實[85]，禮教斯弘。八年，以趙王爲安州大都督，又以本官檢校安州大都督府長史。又權檢校荊州大都督府長史。其年，又檢校襄州都督。貞觀二年，又檢校荊州都督。五年，詔除使持節都督荊、硤、岳、朗、澧、東松六州諸軍事、荊州刺史。周稱九命作伯[86]，漢云六條刺舉[87]，分職設官，輕重或异，導禮齊德，損益同歸。昔杜元凱以經國宏才[88]，總司南服[89]，爰自樊漢，遷督荊郢。以今望古，比迹爲鄰[90]。其撫有蠻夷，弘宣王化，豈擇沮漳之令典[91]，將盡周邵之遺風焉[92]。而寅亮之道未申[93]，夭壽之期俄畢[94]。促生靈於厚夕[95]，掩昭代於重泉[96]。以年月日薨於府舍，春秋若干。粵以其年月日葬於某所，諡曰某公，禮也。

惟公風力宏遠，英資秀發，少多大志，卓犖不群[97]。圖鶴列於撫塵[98]，肆龍吟於狹室[99]。陳平閭巷[100]，車馬每游；王濬門庭[101]，旛旗斯在。時有未遇，道或可懷。屈壯志於膠序[102]，挫雄心於俎豆[103]。俯仰之節，自合威儀；造次之間[104]，動成規矩。文籍滿腹，曾無蹐駁之譏[105]；珪璋閏己[106]，寧有多藏之患[107]。以義利人，以仁求己；貴不易交，貧而好施。顧惟百行[108]，深懼四知[109]。廉足激貪[110]，儉多逾禮[111]。霜霰凝而莫改，風雨晦而不息。始見漸陸之姿[112]，俄縱垂天之羽[113]。附日月而起沛庭[114]，履玄黃而翦商邑[115]。霸朝諷諫[116]，豈上中涓之勤[117]；河西守禦，寧唯冀城之固。再登九列[118]，任隆望重。高（下闕字）。□□分宇，承天之龍，爲國之柱。□□農政，爰司王府。葉贊九功[119]，兼資億庚[120]。惟彼荊衡，作固作鎭。形勝所屬[121]，道風逾峻[122]。江漢澄清[123]，琨瑤比閏[124]。黃閣未啓[125]，丹雲貽釁[126]。痛矣國楨[127]，傷哉梁木[128]。捐耒釋耜[129]，塗吟巷哭。鄢郢故墟，江山極目[130]。清暉素范[131]，蘭芬桂馥。藩牧寮采[132]，友執通賢[133]。共懷遺愛[134]，同嗟小年[135]。至情枯柏，大署開阡[136]。豐碑永樹，盛德方傳。

【注釋】

[1] 西都：西漢的代稱。佐命：古代帝王得天下，自稱是上應天命，故稱輔佐帝王創業爲"佐命"，指輔助帝王創業的功臣。

[2] 風烈：風教德業。司馬相如《子虛賦》："〔齊王〕問楚地之有無者，願聞大國之風烈，先生之餘論也。"

[3] 公卿：三公九卿的簡稱。

[4] 侯伯：侯爵與伯爵，泛指諸侯。

[5] 丹青之地：丹墀、青瑣的合稱，指朝廷廟堂。

[6] 鴻勳：偉大的功勳；宏大的事業。草昧：形容時世混亂黑暗。

[7] 文教：指禮樂法度；文章教化。《尚書·禹貢》："三百里揆文教。"孔穎達疏："此服諸侯揆度王者政教而行之。"彝倫：謂成爲表率、成爲典範。

[8] 僑居：寄居他鄉。

[9] 彤雲：紅雲，彩雲。陸機《漢高祖功臣頌》："彤雲晝聚，素靈夜哭。"李善注："彤，丹色也。"彤雲啓命謂漢代建立。

[10] 光宅：廣有。《尚書·堯典序》："昔在帝堯，聰明文思，光宅天下。"

[11] 克昌：《詩·周頌·雝》："燕及皇天，克昌厥後。"鄭玄箋："文王之德安及皇天……又能昌大其子孫。"後因稱子孫昌大爲"克昌"。

[12] 若木：古代神話中的樹名。《山海經·大荒北經》："大荒之中，有衡石山、九陰山、泂野之山，上有赤樹，青葉，赤華，名曰若木。"郭璞注："生昆侖西附西極，其華光赤下照地。"

[13] 咸池：神話中謂日浴之處。《楚辭·離騷》："飲余馬於咸池兮，總余轡乎扶桑。"王逸注："咸池，日浴處也。"

[14] 辰極：北斗。高讓：拱手相讓，舊時表示推讓、辭讓，往往高拱其手，故稱。

卷第四百五十九

陸雲《盛德頌》序："陛下猶復允執高讓，成功靡有。"

[15] 長邁：遠行；大步前進。曹丕《述征賦》："遵往初之舊迹，順歸風以長邁。"

[16] 仲弓：春秋魯冉雍的字，也稱子弓。孔子的學生，以德行著稱。《論語·雍也》："仲弓問子桑伯子。子曰：'可也簡。'"下邑：國都以外的城邑。

[17] 後昆：後代；後嗣。

[18] 細侯：《後漢書·郭伋傳》："郭伋，字細侯……始至行部，到西河美稷，有童兒數百，各騎竹馬，道次迎拜。伋問：'兒曹何自遠來？'對曰：'聞使君到，喜，故來奉迎。'"後以"細侯"稱頌受人歡迎的到任官吏。

[19] 一丘：一座小山。《漢書·叙傳上》："棲遲於一丘，則天下不易其樂。"意指隱居之樂。

[20] 三徑：趙岐《三輔決録·逃名》："蔣詡歸鄉里，荊棘塞門。舍中有三徑，不出，唯求仲、羊仲從之游。"後因以"三徑"指歸隱者的家園。

[21] 承寵：承受恩寵。

[22] 含和：蘊藏祥和之氣，常喻仁德。禀秀：天生秀麗。

[23] 長虹：指虹彩。

[24] 靈府：指心。《莊子·德充符》："故不足以滑和，不可入於靈府。"成玄英疏："靈府者，精神之宅，所謂心也。"

[25] 明明：明智、明察貌，多用於歌頌帝王或神靈。《詩·大雅·常武》："赫赫明明，王命卿士。"毛詩傳："明明然，察也。"

[26] 黌塾：學校。黌，讀音 hóng，古代稱學校。

[27] 感露：霜露之感，指對父母或祖先的思念。九皋：曲折深遠的沼澤。《詩·小雅·鶴鳴》："鶴鳴於九皋，聲聞於野。"毛詩傳："皋，澤也。言身隱而名著也。"鄭玄箋："皋，澤中水溢出所爲坎，自外數至九，喻深遠也。鶴在中鳴焉，而野聞其鳴聲……喻賢者雖隱居，人咸知之。"後亦用爲稱美隱士或賢人的典實。

[28] 遺風：前代或前人遺留下來的風教。《楚辭·九章·哀郢》："哀州土之平樂兮，悲江介之遺風。"

[29] 賓貢：古代地方向朝廷推舉人才時，待以賓禮，貢于京師。《北史·循吏傳·梁彥光》："及大成，當舉行賓貢之禮，又於郊外祖道，并以財物資之。"

[30] 利用：謂物盡其用；使事物或人發揮效能。《尚書·大禹謨》："正德，利用，厚生，惟和。"孔安國傳："利用以阜財。"孔穎達疏："利用者謂在上節儉，不爲糜費，以利而用，使財物殷阜，利民之用。"王庭：朝廷。《易·夬》："揚于王庭。"孔穎達疏："王庭是百官所在之處。"

[31] 禮秩：指禮儀等第和爵祿品級。《左傳·莊公八年》："僖公之母弟曰夷仲年，生公孫無知，有寵於僖公，衣服禮秩如適。"

[32] 聲績：聲譽和業績。《周書·蕭詧傳論》："密邇寇讎，則戎略具舉；朝宗上國，

則聲獣遠振。"

[33] 攝行：代理行使職權。《史記·五帝本紀》："堯立七十年得舜，二十年而老，令舜攝行天子之政，薦之於天。"

[34] 歷試：屢試，多次考驗或考察。《孔叢子·論書》："堯既得舜，歷試諸難。"

[35] 考績：按一定標準考核官吏的成績。《尚書·舜典》："三載考績。三考，黜陟幽明。"孔安國傳："三年有成，故以考功。九歲則能否幽明有別，黜退其幽者，升進其明者。"

[36] 優陟：突异的昇遷，形容進昇很快。

[37] 改步：《國語·周語中》："晋文公既定襄王于郊，王勞之以地，辭，請隧焉。王不許，曰：'……先民有言曰："改玉改行。"'"韋昭注："玉，佩玉，所以節行步也。君臣尊卑，遲速有節，言服其服則行其禮，以言晋侯尚在臣位，不宜有隧也。"原謂改變步武，更改佩玉，使符合臣制。後稱改變制度或改朝換代爲"改玉改步"。

[38] 悔禍：謂撤去所加的災禍。《左傳·隱公十一年》："若寡人得没於地，天以禮悔禍於許，無寧兹許公復奉其社稷。"楊伯峻注："謂天或者依禮撤回加於許之禍。"

[39] 獨夫：指殘暴無道、衆叛親離的統治者。

[40] 垂象：顯示徵兆。古人迷信，把某些自然現象附會人事，認爲是預示人間禍福吉凶的迹象。《易·繫辭上》："天垂象，見吉凶，聖人象之。"

[41] 横流：形容涕泪交流。《楚辭·九歌·湘君》："横流涕兮潺湲，隱思君兮陫惻。"王逸注："内自悲傷，涕泣横流。"

[42] 人靈：生靈，百姓。人爲萬物之靈，故稱。孔棘：很緊急；很急迫。《詩·小雅·采薇》："豈不日戒，獫狁孔棘。"鄭玄箋："孔，甚也；棘，急也。"

[43] 縱壑：未詳。

[44] 登山：爬山。葛洪《抱朴子·辯問》："入室鍊形，登山采藥。"

[45] 樞機：樞與機。比喻事物的關鍵部分。此指中央政權的機要部門或職位。《漢書·劉向傳》："大將軍秉事用權……尚書九卿州牧郡守皆出其門，筦執樞機，朋黨比周。"

[46] 義旗：爲正義而戰的或起義的軍隊的旗幟，指義師。

[47] 公達：荀攸，字公達。荀彧之侄，東漢末年謀士，作爲曹操的軍師，屢出奇謀。

[48] 奉孝：郭嘉，字奉孝，東漢末年曹操帳下著名謀士。

[49] 孫盛：東晋名士、史學家，東晋門閥僚佐。賀循：三國時期東吳名士，博覽群籍，善屬文。

[50] 府朝：官署；王府。盧諶《與司空劉琨書》："事與願違，當忝外役，遂去左右，收迹府朝。"

[51] 輕鋭：輕捷精鋭的士卒。《吴子·論將》："令賤而勇者，將輕鋭以嘗之。"

[52] 權攝：暫時代理。

[53] 通守：官名。隋開皇時設置，佐理郡務，職位略低於太守。便宜：謂斟酌事宜，

不拘陳規，自行決斷處理。

[54] 吳起：戰國時期軍事家，一生歷仕魯、魏、楚三國，軍事上有極高的成就。

[55] 干木：段干木，戰國名將。

[56] 節概：志節氣概。左思《吳都賦》："士有陷堅之銳，俗有節概之風。"李周翰注："俗有志節梗慨之人。"

[57] 期運：猶機運。蔡邕《陳太丘碑》："含元精之和，膺期運之數。"

[58] 幾徵：猶預兆；隱微。《漢書·蕭望之傳》："願陛下選明經術，溫故知新，通於幾徵謀慮之士以爲內臣，與參政事。"

[59] 投袂：甩袖，形容激動奮發。《左傳·宣公十四年》："楚子聞之，投袂而起。"

[60] 贏糧：擔負糧食，引申指攜帶糧食。

[61] 亂離：政治混亂，給國家帶來憂患。《詩·小雅·四月》："亂離瘼矣，爰其適歸。"毛傳："離，憂。"鄭玄箋："今政亂國將有憂病者矣。"

[62] 人情：人心，眾人的情緒、願望。《後漢書·皇甫規傳》："而災異猶見，人情未安者，殆賢遇進退，威刑所加，有非其理也。"

[63] 來蘇：謂因其來而於困苦中獲得蘇息。語本《尚書·仲虺之誥》："攸徂之民，室室相慶曰：'徯予後，後來其蘇！'"孔安國傳："湯所往之民皆喜曰：'待我君來，其可蘇息。'"

[64] 閭左：居住於閭巷左側的人民。一說秦時貧賤者居閭左，後因借指平民。《史記·陳涉世家》："二世元年七月，發閭左適戍漁陽。"司馬貞索隱："閭左謂居閭里之左也，秦時復除者居閭左。今力役凡在閭左盡發之也。又云，凡居以富強爲右，貧弱爲左。秦役戍多，富者役盡，兼取貧弱者也。"

[65] 汾晉：指汾水流域。亦特指山西省太原地區。

[66] 窮奇：古代惡人的稱號，謂其行惡而好邪僻。

[67] 醜類：惡人，壞人，對敵人的蔑稱。曹植《求自試表》："庶將虜其雄率，殲其醜類。"

[68] 驅率：驅使率領。犬羊：舊時對外敵的蔑稱。陳琳《爲袁紹檄豫州》："爾乃大軍過蕩西山，屠各左校，皆束手奉質，爭爲前登，犬羊殘醜，消淪山谷。"

[69] 百樓：古代瞭望敵情的高臺。百，極言樓之高。

[70] 半菽：謂半菜半糧，指粗劣的飯食。《漢書·項籍傳》："今歲饑民貧，卒食半菽。"顏師古注："孟康曰：'半，五升器名也。'臣瓚曰：'士卒食蔬菜以菽雜半之。'瓚說是也。菽謂豆也。"

[71] 刎頸：割脖子，自殺。《公羊傳·宣公六年》："君將使我殺子，吾不忍殺子也。雖然，吾亦不可復見吾君矣。遂刎頸而死。"何休注："勇士自斷頭也。"

[72] 衄，讀音nǜ，縮；退縮。《廣雅·釋言》："衄，縮也。"王念孫疏證："謂退縮也。"

［73］雰祲：妖氣。

［74］貞固：守持正道，堅定不移。濟時：猶濟世，救時。

［75］清明：指政治有法度，有條理。膺：承當；擔當。

［76］紊：亂。

［77］劇：繁多；繁忙。《商君書·算地》："不觀時俗，不察國本，則其法立而民亂，事劇而功寡。"

［78］氣序：節氣；季節。《南齊書·豫章文獻王嶷傳》："任居鼎右，已移氣序，自項以來，宿疾稍纏。"

［79］戎事：軍事；戰事。

［80］文昌：指文昌省。任希古《和左僕射燕公春日端居述懷》："禮闈通政本，文昌總國鈞。"

［81］旌節：古代使者所持的節，以爲憑信。《周禮·地官·掌節》："貨賄用璽節，道路用旌節。"鄭玄注："旌節，今使者所擁節是也。"

［82］原隰：廣平與低濕之地。《尚書·禹貢》："原隰厎績，至於猪野。"泛指原野。

［83］四子：指羲仲、羲叔、和仲、和叔。《漢書·食貨志上》："堯命四子以'敬授民時'。"顏師古注："四子，謂羲仲、羲叔、和仲、和叔也。事見《虞書·堯典》。"

［84］八政：古代國家施政的八個方面。《尚書·洪範》："三，八政：一曰食，二曰貨，三曰祀，四曰司空，五曰司徒，六曰司寇，七曰賓，八曰師。"

［85］倉廩：貯藏米穀的倉庫。

［86］九命：周代的官爵分爲九個等級，稱九命。上公九命爲伯；王之三公八命；侯伯七命；王之卿六命；子男五命；王之大夫、公之孤四命；公、侯伯之卿三命；公、侯伯之大夫，子男之卿再命（二命）；公、侯伯之士，子男之大夫一命。子男之士不命。他們的宮室、車旗、衣服、禮儀等，各按等級作具體規定。見《周禮·春官·典命》《禮記·王制》。九等官爵中的最高一級亦稱九命。

［87］六條：漢制，刺史班行六條詔書，以考察官吏。《漢書·百官公卿表上》"武帝元封五年初置部刺史"條，顏師古注引《漢官典職儀》云："刺史班宣，周行郡國，省察治狀，黜陟能否，斷治冤獄，以六條問事，非條所問，即不省。一條，強宗豪右田宅踰制，以強凌弱，以衆暴寡。二條，二千石不奉詔書遵承典制，倍公向私，旁詔守利，侵漁百姓，聚斂爲姦。三條，二千石不卹疑獄，風厲殺人，怒則任刑，喜則淫賞，煩擾刻暴，剝截黎元，爲百姓所疾，山崩石裂，祅祥訛言。四條，二千石選署不平，苟阿所愛，蔽賢寵頑。五條，二千石子弟恃怙榮勢，請托所監。六條，二千〔石〕違公下比，阿附豪強，通行貨賂，割損正令也。"

［88］杜元凱：杜預，字元凱，西晉著名軍事家，滅吳統一戰爭的統帥之一。

［89］南服：古代王畿以外地區分爲五服，故稱南方爲"南服"。

［90］比迹：齊步；并駕。謂彼此相當。

[91] 沮漳：沮水與漳水的并稱，亦指此二水之間的地區。謝靈運《擬魏太子〈鄴中集〉詩·王粲》："沮漳自可美，客心非外獎。"

[92] 周邵：亦作"周召"，周成王時共同輔政的周公旦和召公奭的并稱。兩人分陝而治，皆有美政。《禮記·樂記》："武亂皆坐，周召之治也。"

[93] 寅亮：恭敬信奉。

[94] 夭壽：短命，早死。

[95] 厚夕：未詳。

[96] 昭代：政治清明的時代，常用以稱頌本朝或當今時代。重泉：猶九泉，舊指死者所歸。江淹《雜體詩》："美人歸重泉，悽愴無終畢。"

[97] 卓犖：超絕出衆。《後漢書·班固傳》："卓犖乎方州，羨溢乎要荒。"李賢注："卓犖，殊絕也。"

[98] 鶴列：鶴之行列，借指成列的士兵。《莊子·徐無鬼》："君必無盛鶴列於麗譙之間。"王先謙集解引李頤曰："鶴列，謂兵如鶴之列。"撫塵：拂塵，古代用以揮拭塵埃和驅趕蚊蠅的器具。

[99] 龍吟：龍鳴，亦借指大聲吟嘯，喻指君主的號令。此兩句形容碑主運籌帷幄的姿態。

[100] 陳平：西漢開國功臣之一。《史記·陳丞相世家》載："家乃負郭窮巷，以弊席爲門，然門外多有長者車轍。"

[101] 王濬：西晉著名將領。

[102] 膠序：殷學名序，周學名膠，後即用爲學校的通稱。王融《爲竟陵王與隱士劉虬書》："膠序肇修，經法敷廣。"

[103] 俎豆：俎和豆。古代祭祀、宴饗時盛食物用的兩種禮器，亦泛指各種禮器。

[104] 造次：須臾；片刻。

[105] 踳駁，讀音 chuǎn bó，亦作"踳駮"。錯亂，駁雜。左思《魏都賦》："非醇粹之方壯，謀踳駁於王義。"

[106] 珪璋：玉制的禮器，古代用於朝聘、祭祀，比喻高尚的人品。閏：增添。

[107] 多藏：未詳。

[108] 百行：各種品行。《詩·衛風·氓》"士之耽兮，猶可説也"，鄭玄箋："士有百行，可以功過相除。"

[109] 四知：《後漢書·楊震傳》："當之郡，道經昌邑，故所舉荊州茂才王密爲昌邑令，謁見，至夜懷金十斤以遺震。震曰：'故人知君，君不知故人，何也？'密曰：'暮夜無知者。'震曰：'天知，神知，我知，子知。何謂無知！'密愧而出。"又《傳贊》："震畏四知。"後多用爲廉潔自持、不受非義饋贈的典故。

[110] 激貪：抑制貪婪。

[111] 逾禮：謂行動超出禮儀所要求。《陳書·徐陵傳論》："孝克砥身屬行，養親逾

禮，亦參閱之志歟！"

[112] 漸陸：指秩序漸進地昇遷。

[113] 垂天：挂在天邊；懸挂天空。《莊子·逍遥游》："鵬之背，不知其幾千里也；怒而飛，其翼若垂天之雲。"比喻壯志凌雲。

[114] 沛庭：指漢初沛縣的官舍。《史記·高祖本紀》："祠黃帝，祭蚩尤於沛庭。"

[115] 玄黃：古人謂天地混沌之氣。

[116] 霸朝：指割據一方或偏安一隅而尚能號令天下的政權。袁宏《三國名臣序贊》："文若（荀彧）懷獨見之明，而有救世之心，論時則民方塗炭，計能則莫出魏武，故委面霸朝，豫議世事。"諷諫：以婉言隱語相勸諫。

[117] 中涓：古代君主親近的侍從官，泛指君主的左右親信。

[118] 九列：九卿的職位。《漢書·韋玄成傳》："明明天子，俊德烈烈，不遂我遺，恤我九列。"顏師古注："九列，卿之位，謂少府。"

[119] 九功：古謂六府三事爲九功。《左傳·文公七年》："六府、三事，謂之九功。水、火、金、木、土、穀，謂之六府。正德、利用、厚生，謂之三事。"

[120] 億庾：猶言滿倉。語本《詩·小雅·楚茨》："我倉既盈，我庾維億。"

[121] 形勝：謂地理位置優越，地勢險要。

[122] 道風：道德風操。

[123] 澄清：謂肅清混亂局面。《後漢書·黨錮傳·范滂》："滂登車攬轡，慨然有澄清天下之志。"

[124] 琨瑶：皆美石，比喻傑出的人材。

[125] 黃閣：漢代丞相、太尉和漢以後的三公官署避用朱門，廳門塗黃色，以區別于天子。衛宏《漢舊儀》卷上："〔丞相〕聽事閣曰黃閣。"

[126] 釁，讀音 xìn，徵兆；迹象。《國語·魯語上》："善有章，雖賤，賞也；惡有釁，雖貴，罰也。"韋昭注："釁，兆也。"

[127] 國楨：國家的支柱，喻能負國家重任的人才。任昉《出郡傳舍哭范僕射詩》："平生禮數絶，式瞻在國楨。"李善注："國楨，范雲也。"

[128] 梁木：棟樑，亦以喻能負重任的人才。

[129] 捐耒釋耜：耒、耜：古代耕地翻土的農具。耒是耒耜的柄，耜是耒耜下端的起土部分。此處用來形容百姓聽聞碑主死訊時的哀慟。

[130] 極目：滿目；充滿視野。王襃《四子講德論》："含淳咏德之聲盈耳，登降揖讓之禮極目。"

[131] 清暉：明净的光輝、光澤。

[132] 寮采：亦作"寮寀"，指僚屬或同僚。

[133] 友執：知心好友；朋友。通賢：通達賢能之人。

[134] 遺愛：指留於後世而被人追懷的德行、恩惠、貢獻等。

[135] 小年：短促的壽命。

[136] 阡：道路。沈約《宿東園》詩："野徑既盤紆，荒阡亦交互。"

《虁州都督黃君漢碑銘》一首并序　　唐　李百藥

題解：碑主黃君漢，生於北朝，主要活動于隋唐時期，乃隋唐之際武裝割據力量之一。此碑作於貞觀七年（623）十一月，記載了碑主的生平功績。碑主出仕于北朝末年，助隋立國有功而得封，後又歸順李唐，戰功赫赫，所謂"七十二戰，干戈廿八將"。碑文并記載了碑主家族史，述其遷徙路綫。碑文極言碑主的軍事才幹，稱其歸順之功，然對其武裝割據的事實有所隱晦。碑主生平史傳不載，史實已不可得見，然此碑文亦展示了隋唐革代過程中各種力量的博弈情態，具有重要的史料價值。

　　蓋聞龍騰鳳翥，聖人德合上天[1]；附翼攀鱗，名臣道符興運[2]。然濟人活國[3]，非止獨見之明[4]；保大定功[5]，必藉群才之力。大唐乘乾御歷[6]，奄宅區夏[7]，圖籙草昧之辰[8]，旌旗卷舒之際[9]，風雲所感，文武兼資[10]。得孫吳之秘策[11]，爲韓彭之稱首[12]，其唯都督虢國公者焉。公諱君漢，字景雲，東都胙城人也[13]。皋陶伯益[14]，邁種之德無窮[15]；太尉司徒，重光之慶彌遠[16]。自晉宅淮海，代仕丹楊[17]，六葉祖琚，與王玄謨同趣滑臺[18]，仍爲東郡太守[19]，故自江夏徙焉[20]。長江上膺井絡[21]，總百谷而會百川；靈河氣積咸池[22]，孕驪珠而開龍匣[23]。故能含英發秀，載挺异人。焉奕三古[24]，昭章百代[25]。曾祖顗，魏散騎侍郎、平昌郡太守。金珥之華[26]，寔符令望[27]。銀章之重[28]，式允具瞻[29]。祖崇，太中大夫，器守深邃，風調高簡[30]，中庸履道，上庠待問[31]。父刹，卷懷丘壑[32]，養志琴書[33]。屬天將棄齊[34]，政荒人散，虵豕薦食[35]，彭徐危殆[36]。君投袂發憤[37]，情深批患[38]，乃占募鄉人[39]，表請式遏[40]，勑授鄉豪大都督。及本朝傾覆，仍從偃仰[41]。既而尉迥稱兵[42]，保全州國，仍總督士馬，出赴汴州。公義承庭訓[43]，慶藉緒餘[44]，持名教以立身[45]，錯纚藻而成性[46]。年甫弱冠，耿介不群。指黃閣以載懷[47]，望青雲而孤竦[48]。豹略龍韜之旨[49]，因心以悟[50]；背山面水之術[51]，盡地成圖。蹈義之方[52]，屬熊掌而不厭[53]；趨角之力[54]，顧龍文而以輕[55]。匕手截蛟，望歸飲羽[56]，斃江神而憤壯氣[57]，貫月魄而運冥功[58]。隋煬帝驅役中夏[59]，遠征遼浿[60]，鄉閭首望[61]，咸遣

— 419 —

募人。公義不獲已,俛偲從事[62]。雖師徒覆敗,猶以先登獲賞[63],授立信尉,本州勅置軍府,選補越騎校尉,仍爲本官司馬。既而大業數窮[64],朝危國蹙[65],公深嘆橫流[66],方期義舉[67],招輯忠勇[68],且觀時變。李密據茲勝地[69],振彼洪飆,力拔嵩華,志傾龜鼎[70]。公言思禍始[71],擁衆策名[72],授公上柱國、河內總管,封汾陰公,仍令據守柏崖,委以并吞河朔[73]。然同軌之謀[74],已留東井[75],翦商之衆[76],且定西秦[77]。公察變知來[78],雖懷先覺[79],感思戀舊,未忍推亡[80]。及魏公喪律[81],方效誠欸[82],竇融之河右言歸[83],劉琮之荊州內向[84],弗之尚焉。詔除上柱國、使持節總管懷州諸軍事、懷州刺史,封東郡開國公,食邑三千戶。

竇建德鴟張河朔[85],王充狼戾伊瀍[86],絕地爲妖[87],滔天肆虐。柏崖山河表裏[88],密邇寇讎[89],跨太行之險,撫崇邙之背[90]。是以不移舊鎮,用逼凶醜[91]。賊徒嫁禍[92],指期吞噬[93]。始則甘言厚幣[94],以怪亂神[95];終乃窮兵黷武[96],若卵投石。以同心同德之衆,藉百戰百勝之威,僞將每擒,連城必下[97]。雲飛銅爵[98],電照金墉[99]。辨亡國必敗之徵,奪凶魁將死之魄。以功拜使持節總管懷、陟、恭、西濟四州諸軍事、懷州刺史。封號國公,食邑三千戶。公自獻欸聖朝,未蒙利見[100],必馳象魏[101],表請來庭[102]。太上皇以氛祲未靖[103],方資經略[104],間不容髮[105],用惜分陰[106]。乃降璽書[107],未允情願,仍謂群臣,云虢公誠績昭著,朕思見其人,宜遣畫工,圖厥容象[108]。昔鄧禹雲臺[109],霍光麟閣[110],身殁之後[111],方飾丹青[112],豈比皇德念功,意存容質,遂以生年,用章儀範[113]?眇尋前載,罕見其倫,足以高邁前脩[114],專芳來葉[115]。皇上親馭一戎[116],將傾九地[117],勅公總斯驍銳[118],扈從神麾[119]。於是靖洛闕而受圖書[120],暨河朔而弘聲教[121]。飲至廟庭[122],大弘勳典[123],賞延于嗣,禮秩斯隆[124]。既而東魯妖氛[125],塵飛岱岳[126];北趙餘孽[127],氣積斾頭[128]。陪從戎旃[129],言誅後服[130]。爪牙之用,情寄斯重[131];首虜之多[132],功無與貳。江湖潛沸[133],楊越作梗[134],別總師律[135],以振皇威。盡巢穴致前茅之功[136],自淮肥成破竹之效[137]。軍還,除侹持節都督潞、澤、蓋、韓、遼五州諸軍事、潞州刺史。唐晉之郊,用禮舊俗[38];韓趙之際,舊戰國餘風[139]。喪亂之後,人凋俗弊[140],冠冕同裂[141],文章咸蕩[142]。公以□□□厥心靈,以墳典開其耳目[143]。奉聖皇之訓,比屋可封[144];感邦後之明[145],有教無類。及黜虜內侵[146],邊烽夜警[147],暉鼎飛則神器無守[148],網漏而群凶競逐。人靈之貴[149],涉血履腸[150];地載之厚,爪分釁切[151]。大君有作,寧濟區夏[152]，七十二戰，干戈廿八將[153]，咸膺星象[154]。公望仁義而歸往，隨謳歌以欣戴[155]，運此謀猷[156]，奮斯靈武[157]。義兼追楚之騎，實與戩黎之功[158]。或任切中權[159]，或寄深麾下[160]，或侍言樽俎[161]，或式清宮禁[162]。雖玄女秘術[163]，必翦鯨鯢[164]，赤伏神符[165]，自奔犀象[166]。而皇情乃眷，策府書勳[167]，戀德戀功[168]，可久可大。軼丘山而慶賞[169]，盡帶礪於無窮[170]。乃出總兵機[171]，外撫方鎮[172]。既弘車服之錫[173]，還資侯伯之重[174]。行太平之化，撫思乂之甿[175]。烏獸於是歸仁，蠻夷以之革面。荒徼之外[176]，種落寔繁[177]，不識君臣，莫知正朔[178]。公申之以文德，示之以堯心[179]。汎海梯山[180]，夜郎內欵[181]；觀風候海[182]，朝飛重譯[183]。方前驅輦道[184]，受記明庭[185]，參駕鑾輿，告成日觀[186]，而彼蒼寡惠[187]，與善忒期[188]，沉痼彌留[189]，晦時愈積。眷言神道[190]，禍福之塗終昧；并走群望[191]，甿史之誠無感[192]。粵以貞觀六年，薨於州館，春秋五十有二。

城府闃寂[193]，風雲悽慘，營柳翳以銷亡[194]，棠陰颯而搖落[195]。哀纏野祭[196]，痛結甿謠，庶遺愛之長存[197]，恨百身之不贖[198]。輤輬夙啓[199]，靈舟歸帆[200]，攀帷噎水[201]，號慕盈塗。非關巫峽之猨[202]，豈止支江之獸？粵以七年十一月還葬於本邑之舊塋。皇情軫悼[203]，贈賵加等[204]，太常考行[205]，謚曰某公。嗣子騎都尉河壽，第二子騎都尉河上，并豈調標舉[206]，器幹夙成[207]。立德之方，終期永錫；揚名之美，允屬孝思。至性通神，葉歸鄉之夢[208]；大龜襲吉[209]，奉安宅之圖[210]。故吏某官姓名等，痛徽猷之永遠[211]，懼陵谷之遷貿[212]，乃傳芳金石[213]，式昭不朽。洒爲銘曰：

周氏彭濮，漢室吳英[214]。并云列土[215]，各控強兵。竟隨同德，并擅高名[216]。於惟上將，實總連城。和宣義烈，翼贊休明[217]。家積祉祉，門多卿相。始自江干，聿來河上[218]。昌平溫雅，大夫貞亮。曰父之蠱[219]，惟人之望。奕載其德，我承靈貺[220]。眈眈英盼[221]，赳赳雄姿。唐生問相，太卜開龜[222]。永懷廟食，獨照軍諮[223]。寶銘北虜，羽檄東夷[224]。遺迹是慕，餘風可追。國步屯圯，時艱孔棘[225]。絕地群飛，經天薄蝕[226]。受圖膺運，乘乾立極[227]。大濟生靈，載清區域。震風效響，時英肆力[228]。將軍挺秀，承風扇威[229]。縱鱗獨運，撫翼橫飛[230]。常陪秘策，必從戎衣[231]。窮神觀化，察變知微[232]。山河命賞，車服增暉。既戢兵權，用求人瘼[233]。家肥物阜，推厚居薄。報德回龜，申冤鳴鶴。多見不忍，誰云主諾[234]。惟國之楨，惟人之鐸[235]。循虛警節，移望虧輪。浮生怛化，閱水歸真[236]。高明至此，景福誰親[237]。泉宮永夕[238]，松路非春。千年生氣，萬古芳塵。

日本影弘仁本《文館詞林》校注

【注釋】

[1] 龍騰：如龍飛騰。《淮南子·兵略訓》："鷙舉麟振，鳳飛龍騰，發如秋風，疾如駭龍。"鳳舉：猶言進身，仕途顯達。顏延之《五君詠·向常侍》："交呂既鴻軒，攀嵇亦鳳舉。"此處皆喻帝王興起。此句謂聖人德行比於上天，是可興帝王之業。

[2] 附翼：比翼，相傍相依地，引申爲輔助。攀鱗：比喻依附帝王以成功名。興運：時運昌隆。此句謂名臣輔佐聖人成帝王之業，是順應時運。

[3] 濟人：救助別人。活國：猶救國。

[4] 獨見：獨到的發現；獨特的見解，謂能見人所不能見者。《呂氏春秋·制樂》："故禍兮福之所倚，福兮禍之所伏，聖人所獨見，衆人焉知其極。"

[5] 保大、定功：語出《左傳·宣公十二年》："夫武，禁暴、戢兵、保大、定功、安民、和衆、豐財者也。"保大，安穩地居於高位。《三國志·魏志·陳留王奐傳》："昔聖帝明王，靜亂濟世，保大定功，文武殊塗，勳烈同歸。"定功，建立功業。此句謂君臣相輔相成，才能開創盛世。

[6] 乘乾：比喻人臣權勢凌駕君主之上。《左傳·昭公三十二年》："在《易》卦，雷乘《乾》曰《大壯》，天之道也。"杜預注："《乾》爲天子，《震》爲諸侯而在上，君臣易位，猶臣大强壯，若天上有雷。"按，《大壯》爲乾下震上，震爲雷，故云雷乘乾。唐高祖李淵以隋朝臣子登帝，是以下臨上，故稱。御曆：指皇帝登位，君臨天下。杜審言《大酺》詩："聖後乘乾日，皇明御曆辰。"

[7] 奄宅：撫定，謂統治。陸機《答賈謐》詩："赫矣隆晉，奄宅率土。"區夏：諸夏之地，指華夏、中國。《尚書·康誥》："用肇造我區夏。"孔安國傳："始爲政於我區域諸夏。"

[8] 圖錄：圖讖符命之書。《後漢書·方術傳序》："故王梁、孫咸，名應圖籙，越登槐鼎之任。"李賢注："光武以赤伏符文，拜梁爲大司空，又以讖文拜孫咸爲大司馬。"草昧：形容時世混亂黑暗。

[9] 卷舒：猶進退；隱顯。

[10] 兼資：謂兼具兩種資質；具備文武全才。此句謂大唐應運而起，群臣皆是俊傑。

[11] 孫吳：著名軍事家孫武與吳起的合稱。

[12] 韓彭：漢代名將淮陰侯韓信與建成侯彭越的并稱。稱首：第一。此句稱頌碑主黃君漢的軍事才能。

[13] 東都：指洛陽。時京都在長安，洛陽在京師以東，故稱。

[14] 皋陶：亦作"皋繇"，傳說虞舜時的司法官。《尚書·舜典》："帝曰：'皋陶，蠻夷猾夏，寇賊姦宄，汝作士。'"伯益：舜時東夷部落的首領，爲嬴姓各族的祖先。相傳伯益助禹治水有功，禹欲讓位於益，益避居箕山之北。

[15] 邁種：勉力樹德。語出《尚書·大禹謨》："皋陶邁種德。"

[16] 重光：比喻累世盛德，輝光相承。此句稱碑主之家世，謂其世代爲帝王之佐。

— 422 —

[17] 丹楊：指丹楊郡，在今安徽宣城。

[18] 滑臺：古地名，即今之河南省滑縣。相傳古有滑氏，於此築壘，後人築以爲城，高峻堅固。漢末以來爲軍事要衝。北魏與金墉、虎牢、碻磝稱河南四鎮。

[19] 東郡：郡名，秦置，漢因之。約當今河南省東北部和山東省西部部分地區。東漢以後，廢置無常。

[20] 江夏：江夏郡，位於湖北東部，河南南部。此句述黃氏之籍貫，載其家族遷徙過程。

[21] 井絡：井宿區域。左思《蜀都賦》："岷山之精，上爲井絡。"劉逵注："《河圖括地象》曰'岷山之地，上爲井絡，帝以會昌，神以建福，上爲天井'，言岷山之地，上爲東井維絡；岷山之精，上爲天之井星也。"

[22] 靈河：銀河。

[23] 驪珠：寶珠，傳說出自驪龍頷下，故名。比喻珍貴的人或物。開：關，謂其族地人傑地靈。

[24] 舄奕：聯綿不絕。《後漢書·班固傳下》："發祥流慶，對越天地者，舄奕乎千載。"李賢注："舄奕，猶蟬聯不絕也。"舄，讀音 xì。三古：上古、中古、下古的合稱，所指時限各別。

[25] 昭章：亦作"昭彰"，即昭著、顯著，亦謂使彰明。

[26] 金珥：金鑲的珠玉耳飾。

[27] 令望：謂儀容善美，使人景仰。《詩·大雅·卷阿》："顒顒卬卬，如圭如璋，令聞令望。"鄭玄箋："人聞之則有善聲譽，人望之則有善威儀。"

[28] 銀章：銀印，其文曰章。漢制，凡吏秩比二千石以上皆銀印。隋唐以後官不佩印，只有隨身魚袋。金銀魚袋等謂之章服，亦簡稱銀章。

[29] 具瞻：謂爲衆人所瞻望。語出《詩·小雅·節南山》："赫赫師尹，民具爾瞻。"鄭玄箋："此言尹氏汝居三公之位，天下之民俱視汝之所爲。"

[30] 風調：人的品格情調。高簡：清高簡約。

[31] 上庠：古代的大學。《禮記·王制》："有虞氏養國老於上庠，養庶老於下庠。"鄭玄注："上庠，右學，大學也。"待問：等候叩問。《禮記·儒行》："儒有席上之珍以待聘，夙夜強學以待問。"

[32] 卷懷：語本《論語·衛靈公》："邦無道，則可卷而懷之。"劉寶楠正義："卷，收也。懷，與'褢'同，藏也……卷而懷之，蓋以物喻。"後以"卷懷"謂藏身隱退，收心息慮。丘壑：謂隱逸。

[33] 養志：保攝志氣，指培養、保持不慕榮利的志向，多指隱居。琴書：琴和書籍，多爲文人雅士清高生涯常伴之物。

[34] 齊：指北齊，禪於北周，是謂政荒人散。

[35] 虺豕：長蛇封豕，比喻貪殘害人者。語出《左傳·定公四年》"吳爲封豕長蛇，

— 423 —

以薦食上國。"晉杜注:"言吳貪害如蛇豕。"

[36] 危殆:猶危險。

[37] 投袂:甩袖,形容激動奮發。

[38] 批患:排除禍患。《戰國策·秦策三》:"正亂批患,折難廣地。"

[39] 占募:招募;募集。

[40] 式遏:《詩·大雅·民勞》:"式遏寇虐,無俾民憂。"鄭玄箋:"式,用;遏,止也。"後以"式遏"爲遏制或制止。

[41] 偃仰:謂隨世俗應付。

[42] 尉迥:謂尉遲迥,北周著名將領。宣帝死後,楊堅獨攬大權,大象二年(580),尉遲迥起兵討伐楊堅,兵敗自殺。

[43] 庭訓:《論語·季氏》記孔子在庭,其子伯魚趨而過之,孔子教以學《詩》《禮》。後因稱父教爲庭訓。

[44] 緒餘:抽絲後留在蠶繭上的殘絲,借指事物之殘餘或主體之外所剩餘者。《莊子·讓王》:"道之真以治身,其緒餘以爲國家,其土苴以治天下。"陸德明《經典釋文》:"司馬、李云:緒者,殘也,謂殘餘也。"此處喻指後代。

[45] 名教:指以正名定分爲主的封建禮教。

[46] 黼藻:《尚書·益稷》:"藻火粉米,黼黻絺繡。"孔安國傳:"藻,水草有文者……黼,若斧形。"後以"黼藻"指花紋、雕刻、彩畫之屬,亦謂修飾使臻完美。此句稱贊碑主之家風,薰染成其高貴的品性。

[47] 黄閣:漢代丞相、太尉和漢以後的三公官署避用朱門,廳門塗黃色,以區別於天子。

[48] 青雲:喻高官顯爵。孤峣:突出高聳,形容人品孤高特出,不同流俗。

[49] 豹略龍韜:太公望兵法《六韜》之二,泛指兵法、戰略。

[50] 因心:謂親善仁愛之心。

[51] 背山面水:背靠著山,面朝着水,指優越的地理位置。此謂卜筮方略之術。盡地成圖:疑爲畫地成圖之誤寫。謂在地上畫圖,以説明地理形勢。《漢書·張安世傳》:"〔霍光〕問千秋戰鬭方略,山川形勢,千秋口對兵事,畫地成圖,無所忘失。"

[52] 蹈義:遵循仁義之道。

[53] 熊掌:熊的腳掌,一種珍貴的食品。厭:吃飽,飽足。

[54] 趨:疾行;奔跑。角:較量;競爭。

[55] 龍文:駿馬名。《漢書·西域傳贊》:"蒲梢、龍文、魚目、汗血之馬,充於黃門。"顏師古注引孟康曰:"四駿馬名也。"

[56] 飲羽:箭深入所射物體;中箭。羽,箭尾上的羽毛。

[57] 壯氣:豪邁、勇壯的氣概。

[58] 冥功:神功,多用以稱頌帝王的功績。

[59] 驅役：驅使；役使。謂其掌握朝政。

[60] 遼浿：遼地和浿地的并稱，即今中國遼東和朝鮮西北部清川江一帶。

[61] 首望：頭等望族。

[62] 僶俛：亦作"僶勉"，努力，勤奮。

[63] 先登：先於眾人而登。

[64] 大業：大功業，大事業，謂帝業。

[65] 蹙：困窘；窘迫。

[66] 橫流：比喻動亂，災禍。

[67] 義舉：舉義起事。

[68] 招輯：亦作"招集"，指招呼人們聚集或召集。

[69] 勝地：指形勢有利的地方。

[70] 龜鼎：元龜與九鼎，古時為國之重器，因以比喻帝位。

[71] 禍始：災禍的開端。

[72] 策名：《左傳·僖公二十三年》："策名委質，貳乃辟也。"杜預注："名書於所臣之策。"孔穎達疏："古之仕者於所臣之人書己名於策，以明繫屬之也。"後用以指因仕宦而獻身於朝廷之事。

[73] 河朔：古代泛指黃河以北的地區。

[74] 同軌：車轍寬度相同。這里借喻統一天下。

[75] 東井：星宿名，即井宿，二十八宿之一，因在玉井之東，故稱。《禮記·月令》："仲夏之月，日在東井。"

[76] 翦商：謂剪滅商紂，借指剪滅無道，建立王業。《詩·魯頌·閟宮》："後稷之孫，實維大王，居岐之陽，實始翦商。"

[77] 西秦：指陝西一帶秦之舊地。

[78] 來：歸服；歸順。

[79] 先覺：覺悟早于常人的人。《孟子·萬章上》："天之生此民也，使先知覺後知，使先覺覺後覺也。"

[80] 推亡：推翻行亡道之國。

[81] 魏公：李密，隋末瓦崗軍首領。喪律：謂喪失軍紀，軍中律令不行，多用為軍事失利的婉辭。顏延之《陽給事誄》："邊兵喪律，王略未恢。"

[82] 誠欵：亦作"誠款"，忠誠、真誠。

[83] 竇融，字周公，東漢名將。新莽時期，為河西五郡大將軍事，據境自保。劉秀稱帝，竇融以河右歸漢，為著名典故。

[84] 劉琮：東漢末年荊州牧劉表次子，繼劉表之爵，後舉荊州歸降曹操，爵封列侯。此句以竇融、劉琮歸降之典，稱碑主歸順李唐之功。

[85] 鴟張：像鴟鳥張翼一樣，比喻囂張，

[86] 狼戾：凶狠，暴戾。《戰國策·燕策一》："夫趙王之狼戾無親，大王之所明見知也。"伊瀍：伊水與瀍水。位於河南，均入洛水。也指該兩流域地區。

[87] 絕地：指極險惡而無出路的境地。《孫子·九地》："去國越境而師者，絕地也。"

[88] 山河：指江山，國土。

[89] 密邇：貼近；靠近。寇讎：仇敵；敵人。

[90] 邙：即北邙山，一作"北芒"，也稱芒山、郟山、北山，在今河南省洛陽市東北。

[91] 凶醜：對敵人或叛亂者的蔑稱。

[92] 嫁禍：謂移禍於人。《史記·張儀列傳》："割楚而益梁，虧楚而適秦，嫁禍安國，此善事也。"

[93] 指期：猶"指日"，不日，指限期。吞噬：猶吞併，兼併。《後漢書·南匈奴傳》："降及後世，翫爲常俗，終於吞噬神鄉，丘墟帝宅。"

[94] 甘言：好聽的話。厚幣：豐厚的禮物。

[95] 亂神：擾亂心神。

[96] 窮兵黷武：濫用武力，肆意發動戰爭。曹丕《詔王朗等三公》："窮兵黷武，古有成戒。"

[97] 連城：指毗鄰的諸城。《史記·平津侯主父列傳》："今諸侯或連城數十，地方千里，緩則驕奢易爲淫亂，急則阻其彊而合從以逆京師。"

[98] 銅爵："銅爵臺"，亦作"銅雀臺"。漢末建安十五年（210）冬曹操所建。周圍殿屋120間，連接榱棟，侵徹雲漢。鑄大孔雀置於樓頂，舒翼奮尾，勢若飛動，故名銅雀臺。故址在今河北省臨漳縣西南古鄴城的西北隅，與金虎、冰井合稱三臺。

[99] 金墉：古城名，三國魏明帝時築，爲當時洛陽城（今河南省洛陽市東）西北角一個小城。陸機《洛陽地記》："洛陽城內西北角有金墉城，東北角有樓高百尺，魏文帝造也。"

[100] 利見：《易·乾》："飛龍在天，利見大人。"孔穎達疏："若聖人有龍德飛騰而居天位，德備天下，爲萬物所瞻觀，故天下利見此居王位之大人。"後因稱得見君主爲"利見"。

[101] 象魏：古代天子、諸侯宮門外的一對高建築，亦叫"闕"或"觀"，爲懸示教令的地方。《周禮·天官·太宰》："正月之吉，始和，布治於邦國都鄙，乃縣治象之灋于象魏，使萬民觀治象，挾日而斂之。"鄭玄注引鄭司農曰："象魏，闕也。"借指宮室，朝廷。

[102] 來庭：猶來朝。謂朝覲天子。《詩·大雅·常武》："四方既平，徐方來庭。"孔安國傳："來王庭也。"

[103] 氛祲：比喻戰亂、叛亂。沈約《王亮王瑩加授詔》："內外允諧，逆徒從慝，

躬衛時難，氛祲既澄，并宜光贊緝熙，穆茲景化。"靖：安定。

[104] 經略：經營治理。《左傳·昭公七年》："天子經略，諸侯正封，古之制也。"杜預注："經營天下，略有四海，故曰經略。"

[105] 間不容髮：形容事物之間距離極小或事物很精密。比喻時間緊迫，事機危急。

[106] 分陰：謂極短的時間。陰，日影。

[107] 璽書：秦以後專指皇帝的詔書。

[108] 厥：代詞。其。起指示作用。容象：容像，猶容貌。

[109] 鄧禹：字仲華，東漢初年軍事家，助劉秀建立東漢，雲臺二十八將第一位。雲臺：臺閣名。雲臺，為漢明帝時建，因追念前世功臣，圖畫鄧禹等二十八將於南宮雲臺，後用以泛指紀念功臣名將之所。

[110] 霍光：字子孟，大司馬霍去病异母弟，西漢權臣，麒麟閣十一功臣之首。麒麟，為漢宣帝時建，曾圖霍光等十一功臣像于閣上，以表揚其功績。封建時代多以畫像于"麒麟閣"表示卓越功勳和最高的榮譽。

[111] 歿：死，去世。

[112] 丹青：指畫像；圖畫。

[113] 儀範：儀容，風範。庾信《周上柱國齊王憲神道碑》："儀範清冷，風神軒舉。"

[114] 高邁：高超；超逸。前脩：猶前賢。

[115] 來葉：後世。

[116] 一戎：一戎衣，《尚書·武成》："一戎衣，天下大定。"孔安國傳："衣，服也；一著戎服而滅紂。"後泛稱用兵作戰為"一戎衣"。

[117] 九地：猶言遍地，大地。

[118] 驍銳：勇猛精銳之士。

[119] 扈從：隨從皇帝出巡。麾：古代用以指揮軍隊的旗幟。神麾，即皇帝的旌旗。

[120] 圖書：指河圖洛書。語出《易·繫辭上》："河出圖，洛出書，聖人則之。"

[121] 聲教：聲威教化。

[122] 飲至：上古諸侯朝會盟伐完畢，祭告宗廟并飲酒慶祝的典禮。後代指出征奏凱，至宗廟祭祀宴飲慶功之禮。廟庭：朝堂；朝廷。

[123] 勳：功勳；功勞。典：制度；法規；法律。勳典即位按律獎賞功勳。

[124] 禮秩：指禮儀等第和爵祿品級。

[125] 東魯：原指春秋魯國，後以指魯地（相當今山東省）。妖氛：不祥的雲氣。多喻指凶災、禍亂。

[126] 岱：山名，即泰山。"崇"作定語并平衡句式。

[127] 趙：古國名，戰國七雄之一。開國君主趙烈侯與魏、韓三家分晉，建立趙國。疆域有今山西中部，陝西東北角及河北西南部。此處非指國號，而指地域。

[128] 旄頭：昴星，星名，二十八宿之一。《漢書·天文志》："昴曰旄頭，胡星也，爲白衣會。"

[129] 戎旃：軍旗，借指戰事、軍隊。旃，讀音 zhān，古代一種赤色曲柄的旗。

[130] 後服：較遲降服。《史記·張儀列傳》："天下有後服者先亡。"

[131] 情寄：信任和倚托。

[132] 首虜：首級和俘虜。

[133] 江湖：泛指四方各地。潛沸：暗涌。

[134] 楊越：揚越，中國古族名，百越的一支。楊，通"揚"。戰國至魏晋時亦爲對越人的泛稱。其居地説法不一：一説因曾廣泛散佈于古揚州而得名，一説居嶺南，一説居江漢一帶地區。

[135] 師律：《易·師》："象曰：師出以律，失律，凶也。"後以指軍隊的紀律。此處當指有紀律的部隊。

[136] 巢穴：敵人或盜賊盤踞之地。前茅：古代行軍時的前哨斥候。遇敵情則舉旌向後軍示警。《左傳·宣公十二年》："前茅慮無，中權後勁。"引申爲先頭部隊、先行者。庾信《周上柱國齊王憲神道碑》："六軍星陳，萬騎雷動，中權始及，前茅已戰。"

[137] 破竹：劈竹子，喻循勢而下，順利無阻

[138] 唐晋：太原一帶。古唐國封地在太原。晋國始受封於太原。李淵建唐襲用了古唐國的名號。

[139] 韓趙：戰國時韓趙二國。韓趙之際形容改朝換代。歷史上三家分晋，其地域範圍在今山西。

[140] 凋、弊：衰敗；破敗；困乏。

[141] 冠冕：冠族，仕宦之家。裂：引申爲敗壞。

[142] 蕩：恣縱；放蕩不羈。

[143] 墳典：三墳、五典的并稱，後轉爲古代典籍的通稱。

[144] 比屋：家家户户，常用以形容衆多、普遍。徐幹《中論·譴交》："有策名於朝而稱門生於富貴之家者，比屋有之。"

[145] 邦後：古代諸侯王。《隸釋·漢郎中鄭固碑》："邦後珍瑋，以爲儲舉。"

[146] 點虜：狡猾的敵人。

[147] 邊烽：邊疆報警的烽火。夜警：夜間警戒。

[148] 鼎：相傳夏禹鑄九鼎，歷商至周，爲傳國的重器。後遂以指代國家政權和帝位。神器：代表國家政權的實物，如玉璽、寶鼎之類。借指帝位、政權。

[149] 人靈：生靈，百姓。人爲萬物之靈，故稱。

[150] 涉血履腸：形容血流遍地，死人之多。《吕氏春秋·期賢》："野人之用兵也，鼓聲則似雷，號呼則動地，塵氣充天，流矢如雨，扶傷輿死，履腸涉血，無罪之民其死者量於澤矣。"

[151] 臠：把魚、肉切成塊，意即分割。

[152] 寧濟：安定匡濟。

[153] 干戈：指兵士，武力。此處指對戰。

[154] 膺：承受；接受。星象：指星體的明、暗及位置等現象。古人據以占測人事的吉凶禍福。

[155] 謳歌：歌頌。欣戴：欣悅擁戴。《逸周書·明堂》："四海兆民，欣戴文武。"

[156] 謀猷：計謀；謀略。

[157] 靈武：威靈，威武。《後漢書·王常傳》："幸賴靈武，輒成斷金。"

[158] 戡黎：典出《尚書·西伯戡黎》："西伯既戡黎，祖伊恐。"戡，平定，此即謂平亂之功。

[159] 中權：指主將。謂任命之重。

[160] 寄深：寄托重大的責任。麾下：謂將旗之下。此指帝王之麾下。

[161] 樽俎：古代盛酒食的器皿。樽以盛酒，俎以盛肉。此處指宴席。

[162] 式：語助詞。《詩·大雅·蕩》："式號式呼，俾晝作夜。"宮禁：漢以後稱皇帝居住、視政的地方。宮中禁衛森嚴，臣下不得任意出入，故稱。

[163] 玄女：傳說中的天上神女，曾授黃帝兵法，以制服蚩尤。亦稱九天玄女，爲道教所奉之神。

[164] 鯨鯢：比喻凶惡的敵人。《左傳·宣公十二年》："古者明王伐不敬，取其鯨鯢而封之，以爲大戮。"杜預注："鯨鯢，大魚名，以喻不義之人吞食小國。"

[165] 赤伏："赤伏符"的簡稱。新莽末年讖緯家所造符籙，謂劉秀上應天命，當繼漢統爲帝。後亦泛指帝王受命的符瑞。

[166] 犀象：犀牛和象。《孟子·滕文公下》："〔周公〕驅虎豹犀象而遠之。"指犀象爲之戰鬥。

[167] 策府：帝王藏書之所。書：記錄，記載。勳：功勳；功勞。

[168] 懋德：勉行大德。《尚書·畢命》："惟公懋德，克勤小物。"孔穎達疏："勉力行德，能勤小事。"懋功亦作此解。

[169] 丘山：比喻重、大或多。《漢書·王莽傳上》："及至青戎搛末之功，一言之勞，然猶皆蒙丘山之賞。"此言重賞。

[170] 帶礪：亦作"帶厲"，衣帶和砥石。《史記·高祖功臣侯者年表》："封爵之誓曰：'使黃河如帶，泰山若厲。國以永寧，爰及苗裔。'"裴駰集解引漢應劭曰："封爵之誓，國家欲使功臣傳祚無窮。帶，衣帶也；厲，砥石也。河當何時如衣帶，山當何時如厲石，言如帶厲，國乃絕耳。"後因以"帶厲"爲受皇家恩寵，與國同休之典。

[171] 兵機：用兵的機謀；軍事機要。

[172] 方鎮：掌握兵權、鎮守一方的軍事長官。

[173] 車服：車輿禮服。《尚書·舜典》："敷奏以言，明試以功，車服以庸。"孔安

國傳:"功成則賜車服以表顯其能用。"錫,即賜。

　　[174] 資:具有;具備。蔡邕《陳太丘碑文》:"兼資九德,揔脩百行。"侯伯:侯爵與伯爵。《周禮·春官·典命》:"侯伯七命,其國家、宮室、車旗、衣服、禮儀皆以七爲節。子男五命。"

　　[175] 乂:治理。《尚書·堯典》:"浩浩滔天,下民其諮,有能俾乂。"孔安國傳:"乂,治也。"甿:泛指百姓。

　　[176] 荒徼:荒遠的邊城。

　　[177] 種落:種族部落。

　　[178] 正朔:謂帝王新頒的曆法。古代帝王易姓受命,必改正朔。此句謂碑主治所之民極其愚昧。

　　[179] 堯心:謂聖君的心願、抱負。范曄《樂游應詔》詩:"山梁協孔性,黃屋非堯心。"

　　[180] 汎海:乘船過海,渡海。梯山:攀登高山。亦泛指遠涉險阻。

　　[181] 內欵:內款,歸順,降服。內,"納"的古字。

　　[182] 觀風候海:謂察看時機。

　　[183] 重譯:輾轉翻譯。《尚書大傳》卷四:"成王之時,越裳重譯而來朝,曰道路悠遠,山川阻深,恐使之不通,故重三譯而朝也。"

　　[184] 前驅:猶前導。輦道:指皇帝車駕所經的路。

　　[185] 受記:亦作"受紀",指接受祭享。《漢書·司馬遷傳》:"五年而當太初元年,十一月甲子朔旦冬至,天曆始改,建於明堂,諸神受記。"顏師古注引張晏曰:"以元新改,立明堂,朝諸侯及郡守受正朔,各有山川之祀,故曰諸神受記。"明庭:古代帝王祭祀神靈之地。

　　[186] 告成:上報所完成的功業。日觀:泰山峰名,爲著名的觀日出之處。此句即指封禪泰山。

　　[187] 彼蒼:《詩·秦風·黃鳥》:"彼蒼者天,殲我良人。"孔穎達疏:"彼蒼蒼者,是在上之天。"後因以代稱天。

　　[188] 愆期:誤期,失期。

　　[189] 痼:積久難治的病。

　　[190] 睠言:亦作"眷言",回顧貌。言,詞尾,無義。神道:墓道。謂神行之道。

　　[191] 群望:受祭于天子、諸侯的山川星辰。望,謂不能親到,望而遙祭。

　　[192] 甿史:疑爲"甿吏",指百姓與官吏。

　　[193] 闃寂:靜寂;寧靜。江淹《泣賦》:"闃寂以思,情緒留連。"闃,讀音 qù,寂靜。

　　[194] 營柳:漢周亞夫爲將軍,治軍謹嚴,駐軍細柳,號細柳營。後因稱嚴整的軍營爲"柳營"。翳:遮蔽;隱藏;隱沒。

— 430 —

卷第四百五十九

[195] 棠陰：喻惠政或良吏的惠行。梁簡文帝《罷丹陽郡往與吏民別》詩："柳栽今尚在，棠陰君詎憐。"

[196] 纏：盤繞；縈束。野祭：在野外祭祀。

[197] 遺愛：謂遺留仁愛於後世。《國語·晉語二》："死必遺愛，死民之思，不亦可乎？"

[198] 百身：謂一身死百次。一説，一百人的生命。語出《詩·秦風·黃鳥》："如可贖兮，人百其身。"

[199] 輴，讀音 chūn，古代載柩車。《禮記·喪服大記》："君殯用輴，欑至於上，畢塗屋。"欑，讀音 cuán。

[200] 靈舟：運裝靈柩之船。

[201] 攀帷噎水：謂送殯之民衆多，攀撫着船帷，堵塞了水路。

[202] 巫峽之猨：酈道元《水經注·江水二》："其間首尾百六十里，謂之巫峽，蓋因山爲名也……每至晴初霜旦，林寒澗肅，常有高猿長嘯，屬引凄異，空谷傳響，哀轉久絕。故漁者歌曰：'巴東三峽巫峽長，猿鳴三聲淚沾裳。'"以此喻百姓號哭之哀。

[203] 皇情：皇帝的情意。軫悼：痛切哀悼。

[204] 賵贈：因助辦喪事而贈送財物。賵，讀音 fèng。

[205] 太常：官名。秦置奉常，漢景帝六年（前151）更名太常，掌宗廟禮儀，兼掌選試博士。歷代因之，則爲專掌祭祀禮樂之官。

[206] 標舉：高超；超逸。

[207] 夙成：早成，早熟。

[208] 葉：世，代。此處當做繼承之意。

[209] 大龜：古稱大一尺二寸之龜，其甲用於占卜。

[210] 安宅：猶安居、安所。此指碑主之陰宅。

[211] 徽猷：美善之道。

[212] 遷貿：變遷；變革。庾信《擬連珠》之十："蓋聞市朝遷貿，山川悠遠。是以狐兔所處，由來建始之宫，荊棘參天，昔日長洲之苑。"

[213] 金石：指古代鐫刻文字、頌功紀事的鐘鼎碑碣之屬。

[214] 彭濮：商周牧野之戰中，周氏聯合庸、盧、彭、濮、蜀、羌、微、髳等部落，并行伐商。吴英：未詳。

[215] 列土：分封土地。

[216] 同德：爲同一目的而努力。《國語·吴語》："戮力同德。"高名：盛名，名聲大。此與前兩句爲一組，以合作建立新朝之典，比碑主於前賢。

[217] 義烈：忠義節烈。休明：用以讚美明君或盛世。此與上下句爲一組，總贊碑主之族望。

[218] 江干：江邊；江岸，即碑文所謂之江夏。河上：黃河邊。此句述其居地之遷徙。

[219] 蠱：事。《易·蠱》："幹父之蠱，意承考也。"

[220] 靈貺：神靈賜福。範曄《後漢書·光武紀贊》："世祖誕命，靈貺自甄。"此與上兩句述其祖德，概其家風。

[221] 眈眈：威視貌；注視貌。《易·頤》："虎視眈眈，其欲逐逐。"奕奕有神的目光。謝朓《和伏武昌登孫權故城》："江海既無波，俯仰流英盼。"

[222] 太卜：官名，爲殷六太之一，蓋爲卜筮之官。

[223] 廟食：謂死後立廟，受人奉祀，享受祭饗。《史記·滑稽列傳》："廟食太牢，奉以萬户之邑。"軍諮：古軍職名。相當於後世軍隊中的參議、參謀。

[224] 寶銘：指班固所撰歌詠竇憲平定匈奴之功的《封燕然山名銘》，後用以指建立功勳。羿繳：指後羿用系著絲繩的箭射大風、太陽的神話故事，後用以形容箭術高超。

[225] 國步：國家的命運，屯邅：艱難困頓。時艱：時局的艱難困苦。孔棘：很緊急；很急迫。

[226] 薄蝕：薄食。《吕氏春秋·明理》："其月有薄蝕。"高誘注："薄，迫也。日月激會相掩，名爲薄蝕。"日月薄蝕，是爲凶兆。

[227] 受圖：《尚書中候》載，河伯曾以河圖授大禹，後因稱帝王受命登位爲受圖。膺運：承受期運。指受天命爲帝王。立極：登帝位；秉國政。此兩句謂李唐應運而立，平定區域。

[228] 時英：當代的英才。

[229] 承風：接受教化。《楚辭·遠游》："聞赤松之清塵兮，願承風乎遺則。"此謂碑主預于李唐大業，有翊贊之功。

[230] 縱鱗：指自由游于水中之魚，比喻仕途得意。撫翼：拍擊翅膀，比喻奮起。其意亦如前喻。

[231] 戎衣：指軍旅之事；兵事。此兩句謂碑主深受寄重。

[232] 窮神：窮究事物之神妙。此兩句謂碑主因把握時機而獲得權位。

[233] 人瘼：人民的疾苦。此兩句謂碑主之仁政。

[234] 主諾：古代地方長官對下屬意見簽署表示同意，稱爲"主諾"。此兩句謂碑主之薨，使百姓無處報德，無處申冤，缺失了主事之人。

[235] 楨：支柱，主幹。鐸：古代樂器，大鈴的一種，古代宣佈政教法令或遇戰事時用之。此處即代指主政者。

[236] 怛化：《莊子·大宗師》："俄而子來有病，喘喘然將死，其妻子環而泣之。子犁往問之，曰：'叱！避，無怛化！'"郭象注："夫死生猶寤寐耳，於理當寐，不願人驚之，將化而死，亦宜無爲怛之也。"意謂人之死乃自然變化，不要驚動他。後謂人死爲"怛化"。閱水：匯合水流。歸真：還其本來的狀態。

[237] 景福：洪福；大福。

[238] 泉宫：墓室。永夕：長夜；通宵。

卷第五百零七

《後周武帝伐北齊詔》一首　　後周　武帝

題解：周武帝宇文邕（543—578），字禰羅突，鮮卑族，代郡武川（今內蒙古武川西）人，北周文帝宇文泰第四子，北周孝閔帝宇文覺和北周明帝宇文毓异母弟，北周第三位皇帝，560—578年在位。建德五年（576）十二月丙辰，宇文邕繼續率軍進攻北齊，"師次介休，齊將韓建業舉城降，以爲上柱國，封鄜國公。丁巳，大軍次并州，齊主留其兄安德王延宗守并州，自將輕騎走鄴"，武帝遂作此詔書。此篇又見《周書》卷六《武帝紀下》、《册府元龜》卷一六四。《周書》所載，佚篇首"夫樹二以君"至"之任胡"一段共82字，嚴可均據《周書》所載，輯入《全後周文》卷二。中華書局校點本《周書》，以《册府元龜》所載，配補成完篇。

制詔：夫樹之以君，司牧黔首[1]，蓋以除其苛慝，恤其患害。朕君臨萬國，志清四海，思濟一世之人，置之仁壽之域。緬彼齊趙，獨爲匪民[2]。乃眷東顧，載深長想。僞主涼德早聞，醜聲夙著，酒色是耽，盤游是悅。奄豎居阿衡之任[3]，胡人寄喉唇之重[4]。棟梁骨鯁，翦爲仇讎。狐趙緒余，降成皂隸。人不見德，唯虐是聞。朕懷茲漏網，置之度外，止欲各静封疆，共紓人瘼故也。爾之主相，曾莫是思，欲構厲階，反貽其梗。我之率土，咸求[一]

— 433 —

俥刃[5]。帷幄獻兼弱之謀，爪牙奮干戈之勇。贏糧坐甲[6]，若赴私讎。是以一鼓而定晋川，再舉而摧逋醜[7]。僞丞相高那環，趣逼餘燼，竊據高壁[8]。僞之[二]南王韓建業，作守介休[9]，規相抗擬[10]。聊示兵威，應時崩潰。那環則單馬宵遁，建業則縛軍和。爾之逃卒，所知見也。若其懷遠以德，則爾難以德綏；處鄰以義，則爾難以義服。且天與不取，道家所忌；攻昧侮亡，兵之上術。朕今親馭群雄，長驅宇内，六軍舒旆，萬隊啓行。狀與雷電爭威，氣逐風雲齊舉。王師所次，已達近郊。望歲之人，室家相慶；來蘇之后[11]，思則厥誠。僞主若妙盡人謀，深達天命，牽羊道左[12]，銜璧轅門[13]，當惠以焚櫬之恩[14]，待以列侯之禮。僞將相王公已下，衣冠士人之族，如有深識事宜，建功立效，官榮爵賞，各有加隆。若下愚不移，守迷莫改，則委之執憲[15]，以正刑書。嗟爾庶士，胡寧自棄[16]？或我之將卒，逃逸彼朝，無問貴賤，皆從蕩滌[17]。善求多福，無貽後悔。璽書所至，咸使聞知。

【校勘】

〔一〕"求"字以前原佚，《文館詞林》卷六六二所載正好可以與此銜接成完篇。

〔二〕"之"，《周書》作"定"。

【注釋】

[1] 黔首：平民；老百姓。《禮記·祭義》："明命鬼神，以爲黔首則。"鄭玄注："黔首，謂民也。"

[2] 匪民：非人，不被當人看待。《詩·小雅·何草不黄》："哀我征夫，獨爲匪民。"

[3] 奄豎：宦官的鄙稱。阿衡：商代官名，師保之官。《尚書·太甲上》："惟嗣王不惠于阿衡。"孔安國傳："阿，倚；衡，平。言不順伊尹之訓。"喻指國家輔弼之任，宰相之職。

[4] 喉唇：指宫廷中與帝王親近的重要職位。孔融《衛尉張儉碑銘》："聖主克愛，命作喉唇。"

[5] 俥刃：以刀刺入。《史記·張耳陳餘列傳》："然而慈父孝子莫敢俥刃公之腹中者，畏秦法耳。"

[6] 贏糧：同"羸糧"，擔糧。賈誼《過秦論》："天下雲集而響應，贏糧而景從。"李善注："《方言》曰：贏，擔也。"贏，一本作"羸"。坐甲：披甲待敵。《左傳·文公十二年》："秦軍掩晋上軍，趙穿追之不及。反，怒曰：'裹糧坐甲，固敵是求。敵至不擊，將何俟焉？'"

[7] 逋醜：逃寇。《宋書·謝靈運傳》："掃逋醜於漢渚，滌僭逆於岷山。"

— 434 —

[8] 高壁：高築壁壘。

[9] 介休：地名，在今山西省中部、汾河中游、太原盆地南緣。

[10] 抗擬：抵敵；抗衡。《宋書·恩幸傳·徐爰》："且當使緣邊諸戍，練卒嚴城，凡諸督統，聚糧蓄田，籌計資力，足相抗擬。"

[11] 來蘇：因其來而於困苦中獲得蘇息。語本《尚書·仲虺之誥》："攸徂之民，室室相慶曰：'徯予后，后來其蘇！'"孔安國傳："湯所往之民皆喜曰：'待我君來，其可蘇息。'"潘岳《西征賦》："激秦人以歸德，成劉後之來蘇。"

[12] 牽羊：降服。典出《史記·宋微子世家》："周武王克殷，微子乃持其祭器造於軍門，肉袒面縛，左牽羊，右把茅，膝行而前以告。於是武王及釋微子，復其位如故。"道左：道路旁邊。《詩·唐風·有杕之杜》："有杕之杜，生於道左。"

[13] 轅門：古代帝王巡狩、田獵的止宿處，以車爲藩；出入之處，仰起兩車，車轅相向以表示門，稱轅門。《周禮·天官·掌舍》："設車宮、轅門。"鄭玄注："謂王行止宿阻險之處，備非常。次車以爲藩，則仰車以其轅表門。"

[14] 焚櫬：燒掉棺木，古代受降儀式。交戰兩國君之戰敗者輿櫬乞降，表示接受誅殺；戰勝者焚櫬，表示寬大而赦免其死罪。《三國志·魏志·鄧艾傳》："艾至成都，禪率太子諸王及群臣六十餘人面縛輿櫬詣軍門，艾執節解縛焚櫬，受而宥之。"

[15] 執憲：執法者。曹植《責躬詩》："違彼執憲，哀予小臣。"呂向注："言天子不忍刑我，暴尸於朝市，故違執法者，哀憐我也。"

[16] 胡寧：何乃；爲何。《詩·小雅·四月》："先祖匪人，胡寧忍予？"

[17] 蕩滌：清洗；清除。《漢書·食貨志下》："後二年，世祖受命，蕩滌煩苛，復五銖錢，與天下更始。"

卷第六百一十三

佚文一首

《唐太宗文皇帝施行〈遺教經〉勅》一首　　唐　太宗

題解：《遺教經》，又稱《佛遺教經》，又名《佛垂般涅槃略説教誡經》，鳩摩羅什譯，是佛陀釋迦牟尼一生弘法言教内容的概括總結，是佛將入涅槃前對衆弟子語重心長的諄諄教誨。唐太宗下令書手抄寫，"其京官五品已上，及諸州刺史，各付一卷"。此篇又見《全唐文》卷九，題作《佛遺教經施行勅》。

勅旨：法者如來滅度[一][1]，以末代澆浮[2]，付屬[二]國王大臣護持佛法。然僧尼出家，戒行須備，若縱情淫佚，觸塗煩惱[3]，關涉人間，動違經律，既失如來玄妙[三]之旨，又虧國王受付之義。《遺教經》是佛臨涅槃所説，戒勒[四]弟子，甚爲詳要。末俗緇素[4]，并不崇奉。大道將隱，微言具絶[五]。永懷聖教，用思弘闡。宜令所司，差書手十人[5]，多寫經本，務盡[六]施行。所須紙筆墨等，有司准給。其京官[七]五品已上，及諸州刺史，各付一卷。若見僧尼業行[八][6]，與文不同[九]，宜公私勤勉[十]，必使遵行。

【校勘】

〔一〕"法者如來滅度"，《全唐文》作"往者如來滅後"。

— 436 —

〔二〕"付屬",《全唐文》作"付囑"。

〔三〕"玄妙",《全唐文》作"元妙"。

〔四〕"戒勒",《全唐文》作"誡勸"。

〔五〕"微言具絕",《全唐文》做"微言且絕"。

〔六〕"務盡",《全唐文》作"務在"。

〔七〕"京官",《全唐文》作"官宦"。

〔八〕"業行",《全唐文》作"行業"。

〔九〕"與文不同",《全唐文》作"與經文不同"。

〔十〕"勤勉",《全唐文》作"勸勉"。

【注釋】

［1］滅度：佛教語，滅煩惱、度苦海，是涅槃的意譯，亦指僧人死亡。

［2］澆浮：澆薄，指社會風氣浮薄。齊武帝《吉凶條制詔》："三季澆浮，舊章陵替。"

［3］觸塗：亦作"觸途"，處處，各處。

［4］緇素：僧俗。僧徒衣緇，俗衆服素，故稱。

［5］書手：擔任書寫、抄寫工作的人員。

［6］業行：佛教語，指行爲、言語、思想等方面的活動。王中《頭陀寺碑文》："法師釋曇珍，業行淳脩，理懷淵遠。"

卷第六百六十二

詔卅二　征伐上

《太宗文皇帝伐遼手詔》一首　　唐　太宗

題解：唐太宗時，高麗國發生內亂，臣弒其主，以下犯上，民遭其罪。太宗思平定之，下詔討伐，要求軍士務存節儉，嚴守政令，一舉安定高麗，使其歸順。并陳我軍必勝之五因素，鼓舞人心。時當貞觀十八年（644）。此篇又見《全唐文》卷七，題作《親征高麗手詔》。另《冊府元龜》卷117，《唐大詔令集》卷130，題作《討高麗詔》。

　　門下：行師用兵，古之常道。取亂侮亡[1]，先哲所貴。高麗莫離支蓋蘇文弒逆其主，酷害其民。竊據邊隅[2]，肆其蜂蠆[3]。朕以君臣之義，情何可忍！若不誅翦遺穢[4]，無以懲肅中華。今故欲巡幸幽荊，問罪遼碣[5]，行止之宜[6]，務存節儉。所過營頓[7]，無勞精飾。食唯充饑，不須珍膳[8]。水可涉渡者，無假造橋。道路通行者，不用修理。御營非近州縣，學生老人等無煩迎謁[9]，恐致勞擾[10]，弊於往來。昔隋室淪亡，其源可睹，良由智略乖於遠圖[11]，兵士疲於屢戰，政令失度，上下離心。德澤不加於匹夫，刻薄彌窮於萬姓。當此時也，高麗之主，仁愛其囗，仰之如父母。煬帝殘暴其衆，故衆視之如仇讎。以思亂之軍，擊樂安之卒，務其功也，不亦難乎？何入水而惡其濡，踐雪而求無迹。朕緬懷前載，撫躬內省。昔受鉞專征[12]，揚戈撥亂[13]，師有經年之舉，食無盈月之儲，軍之餘資，朝不供夕。至於賞罰之信，尚非自決於心，然猶所向風靡[14]，前無橫陣[15]，蕩氛霧於五岳[16]，翦豺狼於九野。定海内，拯蒼生。使萎霜之草，復含翠色；將朽之骨，重返豐肌。然則行軍用兵之事，皆億兆之所親見，豈虛言哉？及至端拱巖廊[17]，定策帷扆[18]，身處九重之内[19]，謀決萬里之外。北殄匈奴種落，有若摧枯[20]；西滅吐谷渾、高昌，易於拾芥[21]。苞絶漠而爲菀[22]，跨流沙以爲池[23]。黃帝不服之□，唐堯不臣之域，并皆委質奉貢[24]，歸風順軌[25]。然則崇威啓化之道[26]，此亦天下所共聞也。況今豐稔多年，家給人足，餘糧栖畝，積粟紅倉，雖足以爲兵儲，猶恐勞於轉運[27]。故多驅牛羊，以充軍食。人無裹糧之費[28]，衆有隨身之稟[29]。如斯之事，豈不優於曩日？加以躬先七萃[30]，親決六奇[31]，使攻無所守，戰無所拒。略言其數，必勝之道，蓋有五焉：一曰以我大而擊其小；二曰以我順而討其逆；三曰以我治而乘其亂；四曰以我逸而敵其勞；五曰以我悅而當其怨。何憂不克，何慮不摧！可使布告元元，勿爲疑懼耳。

【注釋】

[1] 侮亡：打擊、施壓力於已有滅亡徵象的國家。《尚書·仲虺之誥》："兼弱攻昧，取亂侮亡。"

[2] 竊據：亦作"竊踞"，以不正當手段佔據。

[3] 蜂蠆：蜂和蠆，有毒刺的螫蟲，喻狠毒凶殘。

[4] 誅翦：亦作"誅剪""誅揃"，剪除。

[5] 遼碣：遼東和碣石的并稱，臨近渤海。

[6] 行止：品行，一舉一動。

[7] 營頓：行軍中的營寨。

[8] 珍膳：珍貴的食物。

[9] 迎謁：迎接謁見。

[10] 勞擾：勞苦煩擾。

[11] 智略：才智與謀略。

[12] 受鉞：古代大將出征，接受天子所授的符節與斧鉞，稱爲"受鉞"。

[13] 撥亂：平定禍亂。

[14] 風靡：草木隨風倒伏，喻畏懼強敵，聞風潰敗。歸順，降服。

[15] 橫陣：橫排的陣勢。

[16] 氛霧：喻世道混亂或戰亂。劉向《九嘆·惜賢》："俟時風之清激兮，愈氛霧其如塺。"

[17] 端拱：指帝王莊嚴臨朝，清簡爲政。嚴廊：莊嚴的廊廟，借指朝廷。

[18] 定策：亦作"定冊"。古時尊立天子，書其事于簡策，以告宗廟。大臣等謀立天子爲"定策"。《漢書·韓王信傳》："與大將軍霍光定策立宣帝，益封千户。"帷扆：帷幔與屏風，君主朝群臣之所。王僧孺《詹事徐府君集序》："從容帷扆，縛有餘輝。"

[19] 九重：宫禁，朝廷。

[20] 摧枯：摧折枯枝朽木，比喻極容易辦到。

[21] 拾芥：拾地芥，喻取之極易。語本《漢書·夏侯勝傳》："勝每講授，常謂諸生曰：'士病不明經術；經術苟明，其取青紫如俛拾地芥耳。'"

[22] 絶漠：同"絶幕"。極遠的沙漠地區。

[23] 流沙：沙漠。

[24] 委質：亦作"委摯""委贄"，放下禮物，古代卑幼往見尊長，不敢行賓主授受之禮，把禮物放在地上，然後退出。引申爲臣服、歸附。奉貢：納貢。

[25] 歸風：回風。順軌：遵從禮制法度，歸順正道。潘勖《册魏公九錫文》："海盗奔迸，黑山順軌。"

[26] 啟化：開化，變化。

[27] 轉運：運輸。

[28] 裹糧：裹餱糧，謂携帶熟食乾糧，以備出征或遠行。語出《詩·大雅·公劉》："迺裹餱糧，於橐於囊。"

[29] 隨身：帶在身邊；不離身。

[30] 七萃：天子的禁衛軍或精鋭的部隊。王融《三月三日曲水詩序》："七萃連鑣，九旟齊軌。建旗拂霓，揚葭振木。"

[31] 六奇：陳平爲高祖劉邦所謀畫的六奇計。

《漢武帝欲伐匈奴詔》一首　漢　武帝

題解：此篇又見《漢書》卷六《武帝紀》，時當元光二年（前133）春。嚴可均據《漢書》及《粤雅堂叢書》本所載，輯入《全漢文》卷三。

制詔：朕飾子女，以配單于，金幣文繡，賂之甚厚。單于待命加嫚[1]，侵盗無已〔一〕，邊境被害，朕甚閔之。今欲奉兵攻之，何如？

【校勘】

〔一〕無已，《漢書》作"亡已"。

【注釋】

［1］嫚：輕視，侮辱。

《答淮南王安諫伐越詔》一首　　漢　武帝

題解：此篇又見《漢書》卷六四上《嚴助傳》，時當建元六年（前135），南越搖動，即詔謂"南夷相攘"，武帝將伐之，淮南王上書諫，武帝答此詔。嚴可均據《漢書》及《粵雅堂叢書》本所載，輯入《全漢文》卷三。

皇帝問淮南王：使中大夫王［玉］[一]上書言事[1]，聞之。朕奉先帝之休德，夙興夜寐，明不能燭，重以不德，是以比年凶災害衆[2]。夫以眇眇之身[3]，托于三侯之上，內有饑寒之人。南夷相攘，使邊騷然不安，朕甚懼焉。今王深惟重慮，明太平以弼朕失，稱三伐［代］[二]至盛，統天接地[三]，人跡所及，咸盡賓服。藐然甚慚，嘉王之意，靡有所終，使中大夫助論朕意，告王越事。

【校勘】

〔一〕王，《漢書》作"玉"。
〔二〕伐，《漢書》作"伐"。
〔三〕統天接地，"統"，《漢書》作"際"。

【注釋】

［1］中大夫：王國侍從官，掌奉使京城及諸國，漢置。
［2］比年：連年，每年。
［3］眇眇：微末。

《魏文帝論伐吳詔》二首　　魏　文帝

題解：此詔第二首又見《三國志·魏書》卷二《文帝紀》注引《魏書》，作於黃初三年（222）十月。嚴可均據《粵雅堂叢書》本及《三國志》所載，將此二首輯入《全三國文》卷五、卷六文帝文中。

制詔：昔軒轅不爲涿鹿之師[1]，則蚩尤之妖不滅；唐堯不興丹水之陣[2]，則南蠻之難不平；漢武不行呂嘉之罰[3]，則橫浦之表不附[4]；光武不加囂述之誅[5]，則隴蜀之亂不清。故曰："非威不服，非兵不定"。孫權小丑，憑江悖暴，因有外心，凶頑有性，故奮武銳[6]，順天行誅。驍驍龍驤[7]，猛將武步[8]。或脩勾踐潛涉之示頑[9]，或圖韓信夏□之誑愚。接舡以水攻陣[10]，六軍以陸橫擊[11]。征南進運，以圍江陵。多獲舟舡［船］，斬首執俘，降者盈路，牛酒日至[12]。大司馬及征東諸將卷甲長驅[13]，其舟隊今已向濟[14]。今車駕自東，爲之瞻鎮[15]，雲行天步[16]，乘釁而運[17]。賊進退道迫，首尾有難，不爲楚靈乾溪之潰[18]，將有彭寵蕭墻之變[19]。必自魚爛[20]，不復血刃。宜慎終節，動靜以聞。

【注釋】

[1] 涿鹿：地名，故城在今河北省涿鹿縣南。《莊子·盜跖》："然而黃帝不能致德，與蚩尤戰于涿鹿之野，流血百里。"

[2] 丹水：傳說中的水名。《山海經·南山經》："丹穴之山，其上多金玉，丹水出焉，而南流注於渤海。"

[3] 呂嘉，生年不詳，南越國丞相。他連續擔任三代南越王輔臣，權傾一時，在南越國很有地位，并且得到越人的擁護信任，其聲望超過南越王趙興。王太後爲邯鄲人，欲對漢內屬。因怕損害到自己的地位，呂嘉殺掉主張歸漢的南越王趙興與太後及漢使者，與中央朝廷抗衡。元鼎六年（前111）冬，被漢軍擒殺。

[4] 橫浦：秦漢時嶺南與嶺北交通綫上關隘，與陽山關、湟溪關齊名。

[5] 囂述：未詳。

[6] 武銳：勇猛精銳。

[7] 驍驍：勇猛向前。陸雲《贈顧彥先詩》之三："悠悠山川，驍驍征遐。"龍驤：泛指英勇的軍隊。《舊五代史·唐書·莊宗紀》："梁有龍驤、神威、拱宸等軍，皆武勇之士也。每一人鎧仗費數十萬，裝以組繡，飾以金銀，人望而畏之。"

[8] 武步：即"虎步"，形容舉步威武。張華《勞還師歌》："揮戟陵勁敵，武步蹈橫尸。"

[9] 潛涉：偷渡。《左傳·哀公十七年》："越子以三軍潛涉。"

[10] 舡：同"船"。

[11] 六軍：天子所統領的軍隊。

[12] 牛酒：牛和酒，古代用作饋贈、犒勞、祭祀的物品。《戰國策·齊策六》："〔齊襄王〕乃賜單牛酒，嘉其行。"

[13] 卷甲：卷起鎧甲，形容輕裝疾進。《孫子·軍爭》："是故卷甲而趨，日夜不處，倍道兼行，百里而爭利，則擒三將軍。"

[14] 向濟：未詳。

[15] 瞻鎮：未詳。

[16] 雲行：形容隨從出行者之多。桓寬《鹽鐵論·刺權》："貴人之家，雲行於塗，轂擊於道。"

[17] 乘釁：利用機會。《三國志·魏志·臧洪傳》："漢室不幸，皇綱失統，賊臣董卓乘釁縱害。"

[18] 楚靈：楚靈王。乾溪：地名，楚靈王兵敗於此，自縊而死。出自《左傳·昭公六年》："令尹子蕩帥師伐吳，師于豫章，而次於乾溪。"杜預注："乾溪在譙國城父縣南，楚東竟。"《史記·楚世家》："楚靈王樂乾溪，不能去也。"

[19] 彭寵（？—29），字伯通，南陽郡宛縣人。王莽時曾任大司空士，劉玄稱帝後任命他為漁陽太守。劉秀、王郎爭奪河北時，彭寵歸順劉秀，并立大功。後因幽州牧朱浮構陷，失去信任，建武二年（26）起兵反漢，自稱燕王。建武五年（29），被殺。蕭墙：古代宮室內當門的小墙。蕭墙之變：產生於家中的禍亂，比喻由內部原因所致的災禍、變亂。

[20] 魚爛：魚腐爛，比喻自內部糜爛腐敗。王符《潛夫論·明暗》："趙高入稱好言以說主，出倚詔令以自尊，天下魚爛，相帥叛秦。"

　　制詔：昔軒轅建四面之號[一][1]，周武稱予有亂十人[2]，斯蓋先聖所以體國君人，亮成天工，多賢為貴也。今內有公卿以鎮京師，外設牧伯以監四方[3]。至於元戎出征[4]，則軍中宜有柱石之賢帥；輜重所在[5]，又宜有鎮守之重臣，然後車駕可以周行天下，無內外之慮。吾今當征賊，欲守之積年，其以尚書令穎鄉侯陳群為鎮軍大將軍，尚書僕射西鄉侯司馬懿為撫軍大將軍。若吾臨江授諸將方略[6]，則撫軍當留許昌，督後諸軍，錄後臺文書事。鎮軍隨車駕，當董督行尚書事[二][7]。皆假節鼓吹，給中軍兵騎六百人。吾欲去江數里築宮室，往來其中，見賊可擊之形，便出奇擊之[三]。若或未可，則當紓六軍以游獵[四][8]，饗賜軍士。

【注釋】

〔一〕"有亂"，《三國志·魏書》作"有亂臣"。

〔二〕"董督"，《三國志·魏書》作"董督眾軍"。

〔三〕"出奇"，《三國志·魏書》作"出奇兵"。

〔四〕"紓六軍"，《三國志·魏書》作"舒六軍"。

【注釋】

[1] 軒轅，即黄帝。黄帝（前2717—前2599），古華夏部落聯盟首領，中國遠古時代華夏民族的共主。相傳黄帝一首而四面。

[2]《論語·泰伯》："舜有臣五人而天下治。武王曰：'予有亂臣十人。'"

[3] 牧伯：州郡長官。

[4] 元戎：大的兵車。《詩·小雅·六月》："元戎十乘，以先啓行"。

[5] 輜重：隨軍運載的軍用器械、糧秣等。《孫子·軍爭》："舉軍而爭利，則不及；委軍而爭利，則輜重捐。"

[6] 方略：計劃；權謀；策略。《荀子·王霸》："鄉方略，審勞佚，謹畜積，脩戰備，齵然上下相信，而天下莫之敢當。"

[7] 董督：統率；監督。《三國志·蜀志·先主傳》："臣以具臣之才，荷上將之任，董督三軍，奉辭於外，不得掃除寇難，靖匡王室。"

[8] 紓：緩和，解除

《魏常道鄉公伐蜀詔》一首　　　魏　常道鄉公

題解：此篇又見《三國志·魏書》卷四《陳留王奐紀》，時當景元四年（263）夏五月。嚴可均據《三國志》及《粵雅堂叢書》本所載，輯入《全三國文》卷一二元帝文中。

制詔：蜀，蕞爾小國，士狹人寡[一]，而姜維虐用其衆，曾無廢志。往歲破敗之後，猶復耕種沓中[1]，刻剥衆羌，勞役無已，人不堪命[二]。夫"兼弱攻昧，武之善經"[2]；致人而不致於人，兵家之上略。蜀所恃賴，唯維而已。因其遠離巢窟，用力爲易。今使征西將軍鄧艾督率諸軍[三]，趨甘松沓中，以羅取維。雍州刺史諸葛緒督軍趨武街[四][3]、高樓，首尾蹙討[五]。若禽維，便當東西并進，掃滅巴蜀也。

【校勘】

〔一〕"士狹人寡"，《三國志·魏書》作"土狹民寡"。

〔二〕"人不堪命"，"人"，《三國志·魏書》作"民"。

〔三〕"督率"，《三國志·魏書》作"督帥"。

〔四〕"武街"，《三國志·魏書》作"武都"。

〔五〕"首尾蹙討"，"蹙"，《三國志·魏書》作"楚"。

【注釋】

[1] 遝中：古地區名，在今甘肅舟曲以西、岷縣以南。姜維攻魏，爲鄧艾所敗，退居遝中。

[2] 兼弱：兼併弱小。攻昧：攻擊昏亂無道者。《左傳·宣公十二年》："兼弱攻昧，武之善經也。"杜預注："昧，昏亂。"

[3] 武街：武都下屬縣城，屬漢晉時期戰略要地。

《西晉武帝伐吳詔》一首　　西晉　武帝

題解： 咸寧五年（279），晉武帝命杜預、王濬等人分兵伐吳，下此詔，"大修戎政，以混壹六合，賞功罰惰，明罰整法"。此篇嚴可均據《粵雅堂叢書》本所載輯入《全晉文》卷五。

制詔：兵興以來八十餘年，戎車出征，罔有寧歲，死亡流離，傷害和氣。朕每惻然悼心，思戢兵靜役[1]，與人休息。故罷習業[2]，廣分休假，大遣扶老[3]，養孤及女，朝夕相對。而吳賊失信，比犯王略；胡虜校動，寇害邊陲。人兵缺少，不足禽制，輒當前休中土，以相應赴。將士疲悴[4]，而猶不及事。欲以爲靜，而更爲勞。昔淮夷不賓，成王東伐[5]；獫狁作難，戎車夏征[6]。自古及今，咸皆勤戎遠戍，先勞後逸，未有得修無爲於有事之時也。自宣皇帝以來，每以吳、蜀爲憂，邊事爲念。今孫皓犯境，夷虜擾邊，此乃祖考之遺慮，朕身之大恥也。故繕甲修兵，大興戎政，內外勞心，上下戮力，以南夷勾吳，北威戎狄，然乃得休牛放馬〔一〕，與天下共饗無爲之福耳。今調諸士，家有二丁、三丁取一人，四丁取二人，六丁以上三人，限年十七以上，至五十已還，先取有妻息者，其武勇散將家亦取如此，比隨才署武勇掾史[7]，樂市馬爲騎者〔二〕署都尉司馬[8]。中間以來，內外解弛，吏寡盡忠之心，將無致命之節。朕方靜人用，未加罪戮。今當大修戎政，以混壹六合[9]，賞功罰惰，明罰整法，其宣敕中外群官[10]，使各悉心畢力[11]，明爲身計。主者以時施行條品。

【校勘】

〔一〕"然乃得休牛放馬"，《全晉文》作"然後得休牛放馬"。

〔二〕"樂市馬爲騎者"，《全晉文》作"樂市馬比爲騎者"。

【注釋】

[1] 戢兵：息兵，停止戰爭。《左傳·宣公十二年》："夫武，禁暴、戢兵、保大、定功、安民、和衆、豐財者也。"

[2] 習業：學業，學問。《漢書·禮樂志》："典者自卿大夫，師瞽以下，皆選有道德之人，朝夕習業，以教國子。"

[3] 扶老：手杖可供老人憑藉扶持，一般借指手杖。此指老人。

[4] 疲悴：疲勞困苦。

[5] 成王東伐：周成王東伐淮夷。《尚書·周書·成王政》："成王東伐淮夷，遂踐奄，作《成王政》。"

[6] 戎車夏征：指周宣王伐獫狁。

[7] 掾史：官名，漢以後中央及各州縣皆置掾史，分曹治事。多由長官自行辟舉。《後漢書·百官志一》："〔太尉〕掾史屬二十四人。"

[8] 都尉：官名。主要掌管軍事。

[9] 六合：天下；人世間。

[10] 宣敕：發佈命令。《後漢書·耿弇傳》："弇乃嚴令軍中趣修攻具，宣敕諸部，後三日當悉力攻巨里城。"

[11] 悉心：盡心，全心。畢力：盡力，全力。

《西晉武帝答杜預征吳節度詔》一首　　西晉　武帝

題解： 杜預指揮軍隊伐吳，武帝答以此詔，要求嚴行軍令，如有違反者，以軍法處置。總之，確保首尾協同，奮勇忘身，務保伐吳一舉成功，時當咸寧五年（279）。此篇嚴可均據《粵雅堂叢書》本所載輯入《全晉文》卷五。

制詔：夫悦以犯難，人忘其死，此用兵之本。若乃臨戎致果，則必蒞之以牲，斷之以威[一]。故商令〔今〕主，告誓其衆：用命，賞於祖；不用命，戮于社[1]。昔魏降〔絳〕穰苴[2]，列國陪臣[3]，苟有犯其政令者，雖親如楊干莊賈[4]，皆戮之不疑，用能尊主立勳〔勛〕，垂聲載藉。今廣命群帥，凌江致討，將以靜齊南裔，綏寧四海。蓋鷹揚虓闞之士[5]，成功之一會也，可不勗哉！懸旌萬里[6]，當令首尾協同，此既然矣。且元帥所統，或本不相督，威令教禁[7]，素不服習。若各任所見，不相順從，必顛越不振[8]，以疚大事。兵凶戰危，呼歙成變[9]，可不慎邪？斯乃三軍之命，國之安危，苟有乖違，以致負敗，雖賈領之罰必加[二][10]，鈇鉞之誅必用[11]，固無及矣。是故，投

— 446 —

卷第六百六十二

之死地而後生，蓋知亡必存也。人故殺人而萬夫齊勇[三]，蓋自古之政也。方岳元帥，推轂所委[12]，若奭懦縱法[四][13]，忘在公之義，上慾國命，下墜徒衆，雖悔身何及！凡所督，敢距違節度，便以軍令從事。《書》稱"宣力汝爲"[14]，又曰"尚桓桓，如武如貔，如熊如羆"[15]。軍司將軍，其各勉之，申勒群帥以下[16]，使知此命。

【校勘】

〔一〕"斷之以戚"，《全晉文》作"斷之以戚"。

〔二〕"貫領"，《全晉文》作"首領"。

〔三〕"人故殺人而萬夫齊勇"，《全晉文》作"以殺教人而萬夫齊勇"。

〔四〕"若奭懦縱法"，《全晉文》作"若需懦縱法"。奭，通軟，奭懦即軟弱畏怯之意，《全晉文》是形近之誤。

【注釋】

[1] 用命，賞於祖；不用命，戮於社：出自《尚書·甘誓》："用命，賞于祖。天子親征，必載遷廟之祖主行，有功則賞祖主前，示不專。弗用命，戮于社，天子親征，又載社言，謂之社事，不用命奔北者，則戮之于社主前。"

[2] 魏絳：魏莊子，魏犨之子。春秋時晉國卿。晉文公時，魏氏列爲大夫，曾爲晉司馬，執掌軍法。穰苴：田穰苴，生卒年不詳，又稱司馬穰苴，春秋末齊國人，是田完的後代，他是繼姜尚之後一位承上啟下的著名軍事家，曾率齊軍擊退晉、燕入侵之軍，因功被封爲大司馬，子孫後世稱司馬氏。

[3] 陪臣：古代天子以諸侯爲臣，諸侯以大夫爲臣，大夫又自有家臣。因之大夫對於天子，大夫之家臣對於諸侯，都是隔了一層的臣，即所謂"重臣"，因之都稱爲"陪臣"。

[4] 楊干莊貫：楊，楊修。干：比干。莊，莊青翟。貫，貫充。

[5] 鷹揚：威武貌。《詩·大雅·大明》："維師尚父，時維鷹揚。"哮闞，讀音 xiào hǎn，猛獸盛怒，引申爲勇猛強悍。曹植《七啟》："哮闞之獸，張牙奮鬣。"陸機《辯亡論》："哮闞之群風驅，熊羆之衆霧集。"

[6] 懸旌：挂起旌旗，指進軍。葛洪《抱朴子·廣譬》："故秦始皇築城遏胡，而禍發悼幄；漢武懸旌萬里，而變起蕭墻。"

[7] 教禁：教化和禁令。

[8] 顛越：隕落，墜落，引申爲廢失。

[9] 呼：吐氣。歙，讀音 xì，吸進。鮑照《石帆銘》："吐湘引漢，歙蠡吞沱。"

[10] 貫領：未詳。

[11] 鈇鉞：鈇鉞斫刀和大斧。此泛指刑罰。

— 447 —

[12] 推轂：推車前進，比喻推薦人才。《史記·魏其武安侯列傳》："扒轂趙綰爲御史大夫。"

[13] 耎懦：軟弱畏怯。耎，讀音 ruǎn，軟弱。《漢書·司馬遷傳》："僕雖怯耎欲苟活，亦頗識去就之分矣。"

[14] 宣力汝爲，源出《尚書·夏書》帝曰："臣作朕股肱耳目。予欲左右憂民，汝翼。予欲宣力四方，汝爲。"

[15] 尚桓桓，如武如貙，如熊如羆，源自《尚書·牧誓》："勖哉夫子！尚桓桓。如虎如貔，如熊如羆，于商郊。"貙，讀音 chū，獸名。《爾雅·釋獸》："貙，似狸。"郭璞注："今貙虎也，大如狗，文如狸。"

[16] 申勒：明令約束。《梁書·張弘策傳》："于時城內珍寶委積，弘策申勒部曲，秋毫無犯。"

《東晉明帝北討詔》一首　　東晉　明帝

題解：明帝司馬紹（299—325），字道畿，晉元帝司馬睿長子，晉簡文帝司馬昱异母兄，東晉第二位皇帝，322—325年間在位。此詔褒慕容廆之忠義，委廣陵公以北討重任，當作於即位不久。此篇嚴可均據《粵雅堂叢書》本所載輯入《全晉文》卷九。

制詔：昔魏絳撫和諸戎[1]，郅都魏尚[2]，威懾匈奴。故封疆之任[3]，在於得才，漢文所以思廉頗、李牧也[4]。單于慕容廆不遠萬里[5]，請吏率職，禮讓忠義，著之遐朔。欲戮力國難，剪滅長蛇[6]，宜得名胄英才，以董統之[7]。使一時齊舉，致討寇庭。此聲實并振，雖越在海外，其狀若身手矣。尚書廣陵公眕[8]，弘量淹濟[9]，識謀經通，文武著於勛績，忠臣每思立事。可委以重任，使朕無北顧之憂者也。其以眕持節督幽、平、并州諸軍事，領護東夷校尉、鎮東將軍、平州刺史，公如故。主者假授諸所應供給，及信風引道[10]。

【注釋】

[1] 魏絳：魏莊子，春秋時晉國大夫。初任中軍司馬，後任新軍之佐，旋遷下軍之將。曾力主與戎族和好，爲晉悼公采納，使晉領地得以擴展。

[2] 郅都：生卒年不詳，西漢人，活動于漢文帝、景帝時期，景帝時，爲濟南太守，誅殺豪强瞷氏。遷中尉，執法嚴峻，被稱爲"蒼鷹"。後任雁門太守，爲匈奴所畏。因得

罪實太後，被殺。

[3] 封疆：邊疆。《左傳·哀公十一年》："居封疆之間。"杜預注："封疆，竟內近郊地。"

[4] 廉頗、李牧：二人皆爲趙名將。

[5] 慕容廆（？—333），接受漢化，割據于遼西，向東晉稱臣，即遼東公，前燕慕容皝之父。

[6] 長蛇：指貪殘凶暴者。謝朓《和王著作八公山》："長蛇固能翦，奔鯨自此曝。"

[7] 董統：督導統率。陳琳《爲袁紹檄豫州》："幕府董統鷹揚，掃除凶逆。"呂向注："董，督也。"

[8] 廣陵公眕：陳眕，晉人，二十四友之一。東晉元、明帝時任尚書，鎮樂將軍幽州刺史等職，襲封廣陵公。

[9] 淹濟：淵深美好。

[10] 信風：隨風隨時。引道：起程，上路。《後漢書·吳漢傳》："每當出師，朝受詔，夕即引道。"

《東晉成帝北討詔》一首　　東晉　成帝

題解：成帝司馬衍（321—342），字世根，東晉第三位皇帝，325—342年在位。此詔命大將軍張駿率軍北討，以雪國恥，時當咸和九年（334）。此篇嚴可均據《粵雅堂叢書》本輯入《全晉文》卷一〇。

制詔：戎夷猾夏[1]，神州傾覆；二帝辭宮，幽沒虜庭[2]。永言厥艱，夙夜慨憤。自聞江表屢有事故，克平內難，始漸夷泰[3]，征伐事大，役不再舉。是以廟算待期，畜力觀釁[4]。今羯寇衰弊，王略彌振，時至理盡，天人玄應[5]。大將軍、涼州刺史、西平公駿[6]，忠勳三代，義誠壯烈，總帥秦涼，爲國宣力。今遣健步[7]，克同征舉[8]，宜令影響相應，萬里齊契。其先普告遠近鎮牧守諸軍，并令誡嚴，須使還進討，蕩滌區宇，以雪國恥。其忠臣義士，徇功效命，必加殊賞，以旌勳節。

【注釋】

[1] 猾夏：侵擾華夏、中國。《尚書·舜典》："蠻夷猾夏，寇賊奸宄。"

[2] 幽沒：死亡。《宋書·武帝紀下》："從征關、洛，殞身戰場，幽沒不反者，贍賜其家。"

[3] 夷泰：平坦通暢。阮籍《大人先生傳》："開不周而出車兮，出九野之夷泰。"

[4] 觀釁：窺伺敵人的間隙。《左傳·宣公十二年》："會聞用師，觀釁而動。"

[5] 玄應：神妙的感應。

[6] 西平公駿：張駿（307—346），字公庭，前涼明王張寔之子，前涼成王張茂之侄，五胡十六國時期前涼君主，向晉稱臣，咸和九年（334），受大將軍之號。

[7] 健步：善於走路的人。常被派去送信或辦理急事。《三國志·魏志·鄧艾傳》："毌丘儉作亂，遣健步齎書，欲疑惑大衆。"

[8] 征舉：征召舉薦。

《東晉安帝征劉毅詔》一首　　南朝宋　傅亮

題解：此篇又見《晉書》卷八十五《劉毅傳》，"毅至江陵，乃輒取江州兵及豫州西府文武萬餘，留而不遣，又告疾困，請藩爲副。劉裕以毅貳於己，乃奏之"。安帝遂下詔，時當義熙八年（412）九月。嚴可均據《晉書》及《粵雅堂叢書》本所載，輯入《全晉文》卷一二晉安帝文中，題爲《征劉毅詔》。《文林》題爲傅亮，可更正嚴輯作者歸屬問題，據劉毅本傳記載，此詔作於義熙八年九月。

制詔：劉毅傲狠凶戾[一][1]，履霜已久[2]，中間覆敗[3]，宜即顯戮。晉法含弘[4]，復蒙寵授，曾不思愆內訟[5]，怨望滋甚，賴宰輔藏疾，特加遵養[6]。遂復推轂陝西[7]，庶能感革心[二][8]。而長惡不悛，志爲奸宄[9]，陵上虐下，縱逸無度。既解督任，江州非復所統，撥徒兵衆，略取租運[三]，驅斥舊戍，厚樹親黨。西府二局[10]，文武盈萬，悉皆割留，曾無片言。肆情[四]恣欲，罔顧天明[五][11]。又與從弟蕃遠相景響，招聚剽狡，繕甲修兵[六]，外托省疾，實規伺隙[12]。同惡想[相]濟，圖□[會]荊郢。尚書左僕射謝混憑籍□資[七]，超蒙殊遇，而佻躁銳[八][13]，職爲亂階[14]。扇動外日[九]，連謀萬理[十]。是而可思[十一]，孰不可懷！已詔太尉隨宜剪戮，諸所處分，一委公高算[15]。

【校勘】

〔一〕"已久"，《晉書》作"日久"。

〔二〕"庶能感革心"，《晉書》作"寵榮隆泰，庶能洗心感遇，革音改意"。

〔三〕"租運"，《晉書》作"軍資"。

〔四〕"肆情",《晉書》作"肆心"。

〔五〕"天明",《晉書》作"天朝"。

〔六〕"修兵",《晉書》作"阻兵"。

〔七〕"□資",《晉書》作"世資"。

〔八〕"而佻躁鋭",《晉書》作"而輕佻躁脱"。

〔九〕"外曰",《晉書》作"内外"。

〔十〕"萬理",作"萬里"。

〔十一〕"是而可思",《晉書》作"是而可忍"。

【注釋】

[1] 傲狠：亦作"傲很""傲佷"，倨傲狠戾。《左傳·昭公二十六年》："傲狠威儀，矯誣先王。"

[2] 履霜：踏霜而知寒冬將至，用以喻事態發展已有產生嚴重後果的預兆。《後漢書·酷吏·周紆傳》："夫涓流雖寡，浸成江河；爝火雖微，卒能燎原。履霜有漸，可不懲革？"

[3] 覆敗：傾覆敗亡。《後漢書·鄧禹傳》："是時三輔連覆敗。"

[4] 含弘：包容博厚。《易·坤》："〔象曰〕至哉坤元，萬物資生……含弘光大，品物咸亨。"

[5] 内訟：内心自責。《論語·公冶長》："吾未見能見其過而內自訟者也。"

[6] 遵養：順應時勢或環境而積蓄力量。《晉書·明帝紀》："屬王敦挾震主之威，將移神器，帝崎嶇遵養，以弱制强，潛謀獨斷，廓清大祲。"

[7] 推轂：推車前進。古代帝王任命將帥時的隆重禮遇。《史記·張釋之馮唐列傳》："臣聞上古王者之遣將也，跪而推轂，曰閫以内者，寡人制之；閫以外者，將軍制之。"

[8] 革心：改正錯誤思想。袁宏《後漢紀·安帝紀上》："苟不殺無辜，以譴呵爲非，無赫赫大惡，可裁削奪，損其租賦，令得改過自新，革心向道。"

[9] 奸宄：亦作"奸軌"，違法作亂的事情。《尚書·舜典》："蠻夷猾夏，寇賊奸宄。"

[10] 西府：荆州府。二局：州佐、府佐兩并列官府系統。

[11] 天明：帝王。《宋書·始安王休仁傳》："謹案劉休仁苞蓄禍迹，事蔽于天明；竄匿沉奸，情宣於民聽。"

[12] 規：同"窺"，窺察。《韓非子·制分》："然則去微奸之道奈何？其務令之相規其情者也。"隟：同"隙"，可乘之機。《韓非子·備内》："相爲耳目，以候主隟。人主掩蔽，無道得聞。"

[13] 佻，讀音 tiāo，不穩重，不莊重。《韓非子·詭使》："損仁逐利謂之疾，險躁佻反覆謂之智。"躁鋭：急躁而好勝

[14] 職爲亂階：只爲亂之階梯。《詩經·小雅·巧言》："無拳無勇，職爲亂階。"馬瑞辰通釋："職當訓爲適適……祇也。言祇爲亂階耳。"

[15] 高算：深謀遠略。《宋書·南郡王義宣傳》："遠憑高算，共濟艱難。"

《後魏孝文帝戒師詔》一首　　後魏　孝文帝

題解：詔稱"今蕭氏篡竊江會，未賓王化，士有二王之嫌，物無一同之慶"，当作于宋齊革代之時，据《魏書》卷七《高祖紀上》載："是年，島夷蕭道成廢其主劉準而僭立，自号曰齊。"是年即北魏太和三年（479）。又詔曰："然興師动戎，必須預策；振威举旆，寔待儲伏。可勅尚書八座與三公詳議軍資邊實之宜，介胄戈稍之用，皆令脩備。"則本詔非爲出師，而作戒師，是爲對南伐戰爭的預備。《魏書》載太和四年春，"陇西公元琛等攻克蕭道成馬頭戌。"則是已與南齊發生武力冲突。本詔的发布，当在此前，是以太和三年更爲合理。此篇其他文獻無載，嚴可均輯《全上古三代秦漢三國六朝文》無收，可補入《全後魏文》孝文帝文中。

　　門下：夫出征有嘉，故正邦之象興焉；王赫斯怒[1]，蓋篤周之佑明矣。夫然，則蚩尤之戰，不亦宜乎？變伐之功，豈非茂歟？是以乾儀雖眇，景曜莫殊[2]。坤壤雖廓，皇輝岡二。昔尉他僭越[3]，終屈漢命；孫皓跨吳，竟歸晉師。斯乃天地之常運，人理之恒數邪？今蕭氏篡竊江會，未賓王化，士有二王之嫌，物無一同之慶[4]，人神所以憤惋於幽顯[5]，靈祇所以諮嗟於昏明[6]。彼既得非用順，又守不以仁，逆君之罪，未忘於南裔；虐甿之政，已形於北京。難遇之機，於茲莫再矣。朕承考列累聖之隆構，猥屬後仁必伐之嘉運，仰禀先後慈聖之誨，俯賴侯辟匡弼之誠[7]，四海熙寧，八表邕泰[8]。謨明騁智之臣[9]，竟思於廟堂；爪牙折衝之將[10]，揮袂於陛闥。玉燭休和[11]，士卒殷溢[12]，此而不舉，孰復可也。是故夙夜慨慮[13]，餐寐靡輟，將欲仰順天心，俯極甿物，布德宣風[14]，躬接江漢。翦僞勃於荆楊，蕩不臣於岷越。混茲文軌，載昌皇業，上答祖宗傳授之意，下副黔兆傾戴之心。然興師動戎，必須豫策；振威舉旆，實待儲伏。可敕尚書八坐與三公，詳議軍資邊實之宜，介胄戈稍之用[15]，皆令修備[16]。使有征無戰，臨事果稱，不亦善乎？

— 452 —

【注釋】

[1] 王赫斯怒：天子勃然震怒貌。語本《詩·大雅·皇矣》："王赫斯怒，爰整其旅。"

[2] 乾儀：喻帝王。《晉書·后妃傳論》："方祇體安，儷乾儀而合德；圓舒循晷，配羲曜以齊明。"眇：同"渺"，遠，高。《荀子·王制》："彼王者不然，仁眇天下，義眇天下，威眇天下。"景曜：亦作"景燿"。光芒；光彩照耀。張衡《西京賦》："飾華榱與璧璫，流景曜之韡曄。"

[3] 尉他：尉佗（？—前137），漢高祖十一年（前196）下詔讚譽尉佗的政績，封其爲南越王，并派大夫陸賈出使招撫。尉佗接受詔封，奉漢稱臣。呂后時，尉佗自號"南越武帝"。漢文帝元年（前179），尉佗臣服漢室。尉佗爲治理南越做出了突出貢獻。

[4] 一同：一統；統一。《墨子·尚同中》："察天子之所以治天下者，何故之以也？曰：唯以其能一同天下之義，是以天下治。"

[5] 憤惋：悵恨；憤恨。趙曄《吴越春秋·勾踐入臣外傳》："去我國兮心摇，情憤惋兮誰識？"幽顯：猶陰陽，亦指陰間與陽間。《北史·李彪傳》："天下斷獄起自初秋，盡於孟冬。不於三統之春，行斬絞之刑。如此則道協幽顯，仁垂後昆矣。"

[6] 諮嗟：嘆息。焦贛《易林·離之升》："車傷牛罷，日暮諮嗟。"昏明：昏暗和明亮；黑夜和白晝。《列子·周穆王》："昏明之分察，故一晝一夜。"

[7] 侯辟：諸侯。辟：諸侯。《尚書·周官》："六服羣辟，罔不承德。"

[8] 邕泰：和睦安定。邕，同"雍"，和睦，和諧。

[9] 謨明：謀略美善。《尚書·皋陶謨》："允迪厥德，謨明弼諧。"

[10] 爪牙：形容勇武。《國語·越語上》："夫雖無四方之憂，然謀臣與爪牙之士，不可不養而擇也。"折衝：使敵人的戰車後撤，即制敵取勝。衝，冲車，戰車的一種。《呂氏春秋·召類》："夫脩之於廟堂之上，而折衝乎千里之外者，其司城子罕之謂乎？"

[11] 玉燭：謂四時之氣和暢，形容太平盛世。《尸子》卷上："四氣和，正光照，此之謂玉燭。"

[12] 殷溢：充裕。《百喻經·婦女患眼痛喻》："畏不佈施，恐後得報。財物殷溢，重受苦惱。"

[13] 夙夜：朝夕，日夜。《尚書·旅獒》："夙夜罔或不勤，不矜細行，終累大德。"

[14] 宣風：宣揚風教德化。《後漢書·隗囂傳》："今山東之兵二百餘萬，已平齊楚，下蜀漢，定宛洛，據敖倉，守函谷。威名四布，宣風中嶽。"

[15] 介胄：鎧甲和頭盔。《史記·平津侯主父列傳》："介胄生蟣蝨，民無所告愬。"戈矟：泛指兵器。戈，古代的一種兵器，橫刃，用青銅或鐵製成，裝有長柄。矟：同"槊"，長矛。

[16] 修備：周到完備。袁宏《後漢紀·章帝紀》："及後，女弟隨沘陽主入見長樂宮，進止得適，人事脩備。"

《後魏孝文帝出師詔》一首　　後魏　孝文帝

題解：詔稱"蕭鸞悖道反德，唱逆滔天。往齡順動，鼓鍾彰罰，僞朝將相，請虔騁貢。南冠東琛，許在旬日"，當指蕭鸞（後爲齊明帝）殺海陵王蕭昭文自立之事，時在太和十八年（494）。詔文當作於此後，詔中又稱："今歲便敕豫、郢、東荊、東豫、東郢、南兗、南徐、東徐等，嚴兵勒衆，南入楊威……又詔徐、兗、光、南青、荊、洛纂備戎事，應召必赴，臨命淹闕，國有常刑。"又《魏書·高祖紀》載太和十九年春正月甲戌，"檄喻蕭鸞……丁卯，遣使臨江數蕭鸞殺主自立之罪惡"，推本詔當作於太和十九年（495）。此篇其他文獻無載，嚴可均輯《全上古三代秦漢三國六朝文》無收，可補入《全後魏文》孝文帝文中。

　　門下：蕭鸞悖道反德，唱逆滔天。往齡順動，鼓鍾彰罰，僞朝將相，請虔騁貢。南冠東琛，許在旬日。朕以大道崇寬，海量無細，愍彼蒼生，徒罹厥擾。故開天墜煦，蕩地容暇，歸風之際，聽其祇遣。而禍迷狂心，天棄虐政，不知事大，以衛社稷。旋生徼詭[1]，反以我儺，頓辱王人。前主之使，怒甲及乙；妄生鋒牟，鬱飯臭魚，以弊行李；食言爽信，遂絕踐好。內離九族之親，外杜強鄰之援。表裏俱失，不亡何待。所謂我直彼曲，人神同憤者也。將龔行天伐[2]，誓殄逋篡[3]。然討國混化，功爲至遠，不可曰一舉指期。吳員有言："三師以肆，楚必道弊。"誠哉兹談，可不驗歟？今歲便敕豫、郢、東荊、東豫、東郢、南兗、南徐、東徐等，嚴兵勒衆，南入楊威。迎降納附，廣張聲略。果有機也，遂爲龍驤之捷；如未可焉，且爲示德之師。皆仰刺史，躬率戎首[4]。若致稽疑，軍法從事，一二亦有別敕耳。又詔徐、兗、光、南青、荊、洛纂備戎事，應召必赴；臨命淹闕[5]，國有常刑[6]。

【注釋】

[1] 徼詭：抄襲欺詐。徼，讀音 jiāo，抄襲。《論語·陽貨》："惡徼以爲知者；惡不孫以爲勇者；惡訐以爲直者。"

[2] 龔行：奉行。《後漢書·宦者傳序》："雖袁紹龔行，芟夷無餘，然以暴易亂，亦何云及！"李賢注："《尚書》曰：'龔行天罰。'"

[3] 逋篡：指逃亡篡奪者。篡，指臣子奪取君位，泛指奪取。《孟子·萬章上》："而

— 454 —

居堯之宮，逼堯之子，是篡也，非天與也。"

[4] 戎首：軍隊的主帥。《晉書·謝玄傳》："復命臣荷戈前驅，董司戎首。"

[5] 淹闕：停缺。《宋書·後廢帝紀》："項列爵叙勳，銓榮酬義，條流積廣，又各淹闕。"

[6] 常刑：一定的刑法。《尚書·費誓》："竊馬牛，誘臣妾，汝則有常刑。"

《後魏節閔帝伐爾朱文暢等詔》一首　　後魏　魏收

題解：北魏節閔帝元恭（498—532），字修業，獻文帝拓跋弘之孫，531—532年在位。本詔是爲討伐爾朱文暢等人所下，詔中闡述义亂之由，彰顯聖上、朝廷及相王的仁德。詔稱"大丞相渤海王"，是指齊高祖神武皇帝高歡。高歡渤海王之封是在普泰元年（531），而其丞相之封則在中興二年（532）。詔曰"摧群醜於鄴南"是謂討爾朱兆等，事在中興元年至二年（531—532）；"束凶鬼於洛下"，則事已在孝武帝永熙三年，該年秋，斛斯椿脅迫孝武帝出長安，《魏書》載"（秋七月乙酉）齊獻武王入洛……（八月辛酉）齊獻武王西迎車駕"則本詔至早當作於此事之後，即在孝武帝永熙三年（534）八月之後，《詞林》題爲《後魏節閔帝伐爾朱文暢等詔一首》當誤，應作《後魏孝武帝伐爾朱文暢等詔一首》。此篇其他文獻無載，嚴可均輯《全上古三代秦漢三國六朝文》無收，可補入《全北齊文》魏收文中。

門下：有國有家，必以賞罰爲本；或王或霸，莫不崇明軌律[1]，眇自前古，下至於今，乂亂之來，咸由此道。自永安失馭，天下橫流，爾朱宗屬，分割海內，不臣著於遠近，社稷傾於旦夕。蒼生荼苦，冠帶寒心[2]。大丞相渤海王忠義通神，靈武冠代，大惟宗祐之重[3]，深潛愍黎庶之怨，定策啓行，被堅執鋭[4]。摧群醜于鄴南，束凶鬼於洛下。惡黨梟懸[5]，人神明目。故天柱大將軍榮所有諸子，實惟逆徒，論之典刑，義不蠲免[6]。尸[一]腰斬，孰曰非宜。相王顧敦仁厚之風，深存契闊之義；朝政乃屈法申恩，時主則成人之美。全其門户，赦其骸骨，血祀獲保，家業不墜，擊鐘鼎食[7]，家成市里。母則尊稱長主，望傾戚屬；二子爵窮十等，位居八命[8]。荷國家山嶽之惠，受相王子弟之恩，谿豁其心[9]，罕知盈足。朝市憚其威福，州郡拘其託請。傷風害政，布於人言；永不悛改，終無畏畏[10]。自卵成翼，從栽及拱，持此童昏[11]，早濫王爵，誠是國朝。後追往效，莫非相王覆育之厚[12]。且托陰不折其枝，過食不毀其器，豈有受人全濟之貸[13]，託人姻婭之親，而招此蠢愚，構茲奸逆?! 潛署位號，身爲魁數。赳趣侏張[14]，圖成反噬。此而可忍，孰不可懷！朕以寡德，君臨萬寓，今者南越江湖，北窮沙漠，東踰遼海，西極關河，內安外穆，華戎諡爾[15]。豈朕寡德，所能獨致？實賴相王父子左右皇家，經綸夷嶮，扶持國命，四海百靈，所共依仰。文暢昆季，狂勃如斯，既不利王，且將危朕。今不剪蕩，後難方深。永言念之，震驚夢寐。夫管蔡流言[16]，周誅肆於前祀；上官挺禍[17]，漢罰窮於昔年。雖親在骨肉，地居戚重，未聞縱其腰領[18]，全其苗裔[19]。若使在恩忘義，存惠舍威，則邦國淪覆，翹足可待。且國有正刑，朝有常制，君親無將[20]，事光先典。舍而不行，何以爲化？宜肅舉刑書，示於億兆[21]。文暢兄弟，宜依律坐。可令驃騎大將軍、開府儀同三司、尚書右僕射、安德郡開國公祖裔速往行決，母及妻子一依恒憲。其房子遠、鄭仲禮、李代林等頑嚚小丑[22]，謀此亂階，身既伏辜，家有常例。但侍中房謨執心端固[23]，操履清白，出內在公，績著朝野，善人斯宥，抑有舊聞。仲禮本自傍孽，晚見收舉，身不列于伯季，迹未入於家門，一居晉陽，內同行路。代林生而外後，事絕本親，罪不相及，義實有取。相王棄瑕錄用，志存含育[24]，既有啟聞，事如高旨[25]。其此三家，依啟原恕，并免其官，誦罪私室。自餘梟鏡[26]，皆從律條。文暢已下同逆之類，義士棄其美菜，資財豈汙王府？所有家產，悉賞軍人，一任相王斟酌分給。漆頭焚首，歷代共之；洿宮釀骨[27]，蓋唯通准。天之所棄，人其舍諸？

【校勘】

〔一〕"尸"前當闕一字。

【注釋】

[1] 軌律：法度規律。

[2] 冠帶：官吏、士紳。張衡《西京賦》："冠帶交錯，方轅接軫。"

[3] 宗祏：宗廟中藏神主的石室，亦借指宗廟，宗祠。《左傳·莊公十四年》："（原繁）對曰：'先君桓公，命我先人，典司宗祏。'"杜預注："宗祏，宗廟中藏主石室。"

[4] 被堅執銳：穿堅固甲冑，握銳利武器，謂上陣戰鬥或作好戰鬥準備。《戰國策·楚策一》："吾被堅執銳，赴強敵而死，此猶一卒也，不若奔諸侯。"

[5] 梟懸：亦作"梟縣"，斬首懸挂示衆。陳琳《爲袁紹檄豫州》："故九江太守邊讓，英才俊偉……身首被梟懸之誅，妻孥受灰滅之咎。"

[6] 蠲免：免除。《周書·武帝紀下》："逋租懸調，兵役殘功，并宜蠲免。"

[7] 擊鐘鼎食：打鐘列鼎而食，形容貴族或富人生活奢華。張衡《西京賦》："擊鐘鼎食，連騎相過。"

[8] 八命：泛指朝廷重臣。沈約《奏彈王源》："源雖人品庸陋，胄實參華，曾祖雅，位登八命。"

[9] 谿谷：開闊的山谷。《敦煌變文集·降魔變文》："其師（獅）子乃口似谿谷，身類雪山，眼似流星，牙如霜劍，奮迅哮吼，直入場中。"

[10] 畏畏：謂畏懼天威。畏，通"威"。《尚書·微子》："天毒降災荒殷邦，方興沉酗於酒，乃罔畏畏，咈其耇長，舊有位人。"孫星衍疏："畏畏，當爲畏威。"

[11] 童昏：愚昧無知。《國語·晉語四》："聾聵不可使聽，童昏不可使謀。"

[12] 覆育：撫養；養育。《禮記·樂記》："天地訢合，陰陽相得，煦嫗覆育萬物。"

[13] 全濟：保全，救活。《後漢書·獻帝紀》："詔曰：'未忍致汝於理，可杖五十。'自是之後，多得全濟。"

[14] 侜張：強橫跋扈；放肆。劉琨《答盧諶詩》"自頃輈張，困於逆亂"條，李善注引漢揚雄《國三老箴》："負乘覆餗，奸寇侜張。"

[15] 謐爾：猶謐然，平靜貌。崔駰《北巡頌》："雍容清廟，謐爾無虞。"

[16] 管蔡流言：指周武王之弟管叔與蔡叔，與紂王之子武庚作亂，散布流言。

[17] 上官：桀，字少叔，西漢大臣，外戚，受漢武帝託孤，輔佐昭帝，後因謀反被殺。挻，讀音 shān，引；延及。《漢書·敘傳下》："凶德挻橈，禍敗用成。"

[18] 腰領：腰部與頸部，兩者爲人體的重要部分，斷之即死，故常喻致命之處。《管子·小匡》："管仲曰：'斧鉞之人也，幸以獲生，以屬其腰領，臣之祿也。'"

[19] 苗裔：子孫後代。《楚辭·離騷》："帝高陽之苗裔兮，朕皇考曰伯庸。"

[20] 無將：勿存叛逆篡弒之心。《公羊傳·莊公三十二年》："君親無將，將而誅焉。"

[21] 億兆：庶民百姓，猶言眾庶萬民。蔡邕《太尉汝南李公碑》："憲天心以教育，沐垢濁以揚清，爲國有賞，蓋有億兆之心。"

[22] 頑囂：愚妄奸詐。《左傳·文公十八年》："昔帝鴻氏有不才子，掩義隱賊，好行凶德，醜類惡物，頑囂不友，是與比周。"

[23] 執心：心志專一堅定。袁宏《後漢紀·光武帝紀一》："彭爲郡吏，執心堅守，是其節也。"

[24] 含育：收容養育。曹植《鸚鵡賦》："蒙含育之厚德，奉君子之光輝。"

[25] 高旨：稱對方的意旨的敬詞。盧諶《贈劉琨》："慷慨遐蹤，有愧高旨。"

[26] 梟獍：同"梟獍"，舊說梟爲惡鳥，生而食母；獍爲惡獸，生而食父。比喻忘恩負義之徒或狠毒的人。楊衒之《洛陽伽藍記·永寧寺》："若兆者蜂目豺聲，行窮梟獍，阻兵安忍，賊害君親。"范祥雍校釋："《漢書》二十五《郊祀志》：'祠黃帝用一梟破鏡。'孟康注：'梟，鳥名，食母；破鏡，獸名，食父。'破鏡即獍。此以比喻狠戾忘恩之人。"

[27] 洿宫：掘毁宅第。《资治通鉴·梁武帝普通六年》："开逆之端，起于宋维；成祸之末，良由刘腾，宜枭首洿宫，斩骸沈族，以明其罪。"

《後魏孝静帝伐元神和等詔》一首　　後魏　魏收

題解： 詔稱"侯景擢自凡猥，名行無聞，僥幸時來，謬見收拭。狡猾反覆，唯利是從。往事爾朱，偏受榮遇，一朝去就，罔顧昔恩"，又"前揚州刺史元種和、何悅、張慶壽、王黑醜、宮延和、王貴顯、侯仙、劉崇信、張葉等九人，并以賤蔑，名汙朝簡，了無犬馬之識，便有梟鏡之心。密相影響，贊成奸逆"。大統十三年（547）正月，侯景叛魏奔梁，孝静帝元善見遂下詔討之。此乃魏收代孝静帝所作。此篇嚴可均據《粵雅堂叢書》本輯入《全北齊文》卷四魏收文中。

門下：向背有禍福之機，誅賞爲威勸之本，軌物成務[1]，咸必由之。侯景擢自凡猥，名行無聞，僥幸時來，謬見收拭[一]。狡猾反覆，唯利是從。往事爾朱，偏受榮遇，一朝去就，罔顧昔恩。趑趄輕動，志在奸詐。朝廷棄瑕藏穢，仍蒙全引[二]，庶其鴞音可革[2]，取其行聞之用[3]。位踰其量，過延寵祿。藉我風雲，遂成鱗羽。入列鼎臣，出裁節將[4]。勳無可紀，才不足徵。而淺器遽盈，智小謀大。謂己功名，難居物下，曾不知狐假武[虎]威，虺憑霧積，包藏禍心，潛圖不軌。因總戎之際，乘專任之機，擁逼兵衆，構釁南服[5]。此乃懦夫扼捥之日[6]，義士切齒之秋[7]。凡在人倫，孰不憤慨？而前揚州刺史元神和、何悅、張慶壽、王黑醜、宮延和、王貴顯、侯仙、劉崇信、張葉等九人，并以賤蔑，名汙朝簡，了無犬馬之識[三]，便有梟鏡之心[8]。密相影響，贊成奸逆。隨托豺狼，長茲虺虺，欣其位署，委質驅馳，甘厥鉤餌，效以死力。東西殘掠，毒被村塢。扇合蛾蟻，終此亂階[9]。叛恩背德，莫此之甚。雖蹈名義，事非小人，而申禁垂法，國有恒典。其此九家，并可從憲，孥戮之科，理無攸舍。自餘拘繫詿誤之徒[10]，既懼死俛眉[11]，惛非[四]樂禍[12]，宜疏天網，一原不問。固使逆節知洿薦之制，傾側獲自安之所[13]。

【校勘】

〔一〕"收拭"，《全北齊文》作"收試"。

— 458 —

〔二〕"全引"，《北齊文》作"令引"。

〔三〕"之識"，《全北齊文》作"之職"。

〔四〕"憎非"，《北齊文》作"情非"。

【注釋】

[1] 軌物：軌範；準則。《左傳·隱公五年》："君將納民軌物者也。"

[2] 鴞音：鴞鳥的惡聲。《詩·魯頌·泮水》："翩彼飛鴞，集于泮林。食我桑黮，懷我好音。"毛傳："鴞，惡聲之鳥也。"引申爲惡人的惡習。劉勰《文心雕龍·誇飾》："且夫鴞音之醜，豈有泮林而變好。"

[3] 行閒，當爲"行間"，行伍之間，指軍隊。《宋書·柳元景傳》："元景不武，忝任行間，總勒精勇，先鋒道路。"

[4] 節將：持節的大將，泛指總軍戎者。《陳書·高祖紀下》："若樂隨臨川王及節將立效者，悉皆聽許。"

[5] 南服：古代王畿以外地區分爲五服，故稱南方爲"南服"。謝瞻《王撫軍庾西陽集別時爲豫章太守庾被徵還東詩》："祗召旋北京，守官反南服。"

[6] 扼挽：同"扼腕""扼掔"，用一隻手握住另一隻手腕，表振奮、惋惜、憤慨等情緒。《戰國策·燕策三》："樊於期偏袒扼腕而進曰：'此臣之日夜切齒腐心，乃今得聞教！'"

[7] 切齒：咬牙，齒相磨切，極端痛恨貌。《韓非子·守道》："人主甘服於玉堂之中，而無瞋目切齒傾取之患；人臣垂拱於金城之內，而無扼腕聚脣嗟嗜之禍。"

[8] 梟鏡：同"梟獍"，用來比喻忘恩負義之徒或狠毒的人。楊衒之《洛陽伽藍記·永寧寺》："若兆者蜂目豺聲，行窮梟獍，阻兵安忍，賊害君親。"範祥雍校釋："《漢書》二十五《郊祀志》：'祠黃帝用一梟破鏡。'孟康注：'梟，鳥名，食母；破鏡，獸名，食父。'破鏡即獍。此以比喻狠戾忘恩之人。"

[9] 亂階：禍端；禍根。《詩·小雅·巧言》："無拳無勇，職爲亂階。"

[10] 拘繫：押系；束縛。《三國志·魏志·管輅傳》"正始九年舉秀才"條，裴松之注引《管輅別傳》："然見清河郡內有一駬驥，拘繫後廄歷年，去王良、伯樂百八十里，不得騁天骨，起風塵，以此憔悴耳。"註誤：貽誤；連累。《戰國策·韓策一》："夫不顧社稷之長利，而聽須臾之說，註誤人主者，無過於此者矣。"

[11] 俛眉：低眉，表示謙卑、恭順、沉痛等情狀。揚雄《解嘲》："當今縣令不請士，郡守不迎師，群卿不揖客，將相不俛眉。"

[12] 情非樂禍：內心并非喜歡災禍。

[13] 傾側：行爲邪僻不正。《荀子·成相》："讒人罔極，險陂傾側此之疑。"

《宋順帝西討詔》一首　　南朝宋　順帝

題解： 宋順帝劉准（467—479），字仲謀，小字智觀，明帝劉彧第三子。元徽五年（477）七月七日，後廢帝劉昱被弒，蕭道成擁立劉准爲帝，改元昇明），在位二年，昇明三年（479）禪位於蕭道成，降封汝陰王，不久被害于丹陽宮。西討即討伐江荊一帶的叛亂，當指消滅袁粲、劉秉之事。詔稱"驃騎大將軍蕭道成"，考《宋書》，元徽五年七月七日，蕭道成進位侍中、司空、錄尚書事，任驃騎大將軍，總掌軍國大權。詔當作於是年。此篇其他文獻無載，嚴可均輯《全上古三代秦漢三國六朝文》無收，據此可補入《全宋文》宋順帝文中。

門下：豺虺及噬[1]，釁阻西州，義士厲魂，懦夫聳氣。秋葉春冰，跋踵可殄，猶宜薄曜六軍，肅行天誅。驃騎大將軍道成神寓英邁[2]，睿策深算，必能踐機電掩，乘利雲驅。便可總統水陸，明發次路，實憑嘉謨，以清氛祲[3]。

【注釋】

[1] 豺虺：豺與毒蛇，比喻凶殘的惡人。張載《平吳頌》："蠢爾鯨吳，憑山阻水，肆虐播毒，而作豺虺。"

[2] 英邁：才智超群。梁簡文帝《侍講》詩："英邁八解心，高超七花意。"

[3] 氛祲：毒氣，喻寇亂。《南齊書·高帝紀上》："静九江之洪波，卷海沂之氛祲，放斥凶昧，存我宗祀。"

《齊明帝北伐撰寫纂詔》一首　　南朝齊　徐孝嗣

題解： 明帝建武（494—498）初年，蕭鸞北伐，"興師十萬，日費千金"。此詔即嚴可均《全齊文》所載齊明帝《遣陳顯達北討詔》，據《文館詞林》應歸在徐孝嗣名下。此篇又見《南齊書》卷二六《陳顯達傳》，嚴可均據之輯入《全齊文》卷五齊明帝文中，據此鈔可知其乃徐孝嗣爲齊明帝所草，當輯入《全齊文》徐孝嗣文中。

門下[一]：自晉氏中微[二]，宋德將謝，藩臣外叛，要荒内侮。天未悔禍，

— 460 —

左衽亂華[1]，巢穴神州[2]，遂淹[三]年載[3]。朕嗣膺景業[4]，踵武前王，靜言隆替[5]，思壹[四]區夏[6]。但多難甫夷[7]，恩化肇洽[8]，興師擾衆，非政所先。用戢遠圖[9]，權緩北略。冀戎夷知義，懷我好音[10]。而凶首[五]剽狡[11]，專事侵掠。驅扇異類[12]，蟻聚西偏[13]，乘彼自來之資，撫其天王之會[14]。軍無再駕，人不重勞。傳檄以定三秦[15]，一麾而匡禹迹[六][16]，在斯舉矣[七]。且中原士庶，久望皇威，乞師請援，結軌馳道[17]，信不可失，時啓終朝[18]。宜分命方岳[19]，因茲大舉[八][20]。侍中、太尉、鄱陽郡開國公[九]顯達當[十]尠輟槐陰[21]，指授群帥，可使持節本官，公如故[十一]。便可[十二]中外纂嚴[22]，明設購賞[十三][23]。

【校勘】

〔一〕"門下"，《南齊書》無"門下"兩字。

〔二〕"自晉氏中微"，《南齊書》無"自"字。

〔三〕"遂淹"，《南齊書》作"遂移"，《全齊文》作"逆移"。

〔四〕"思壹"，《南齊書》作"思乂"。

〔五〕"凶首"，《南齊書》作"凶醜"。

〔六〕"一麾而匡禹跡"，《全齊文》作"一麾而臣禹跡"。

〔七〕"在斯舉矣"，《南齊書》作"在此舉矣"。

〔八〕"大舉"，《南齊書》作"大號"。

〔九〕"鄱陽郡國公"，《南齊書》無此五字。

〔十〕"當"，《南齊書》作"可"。

〔十一〕"可使持節本官，公如故"句，《南齊書》無。

〔十二〕"便可"二字，《南齊書》無。

〔十三〕"明設購賞"句，《南齊書》無。

【注釋】

[1] 左衽：亦作"左袵"，衣襟向左，古代某些少數民族的服裝，此指蠻夷之族。《論語·憲問》："微管仲，吾其被髮左衽矣。"

[2] 巢穴：上古之人構木為巢，穴居野處，故稱其栖息之處為"巢穴"。此稱蠻荒之族栖居中原。

[3] 淹：滯，久留。

[4] 嗣：接續，繼承。膺，讀音 yīng，接受，承當。

[5] 隆替：盛衰。潘岳《西征賦》："人之升降，與政隆替。"

[6] 區夏：華夏地區。

— 461 —

[7] 甫夷：剛剛平定。

[8] 肇洽：開始周遍。

[9] 用戢：因此收斂。戢，收斂，止息。《詩·小雅·鴛鴦》："鴛鴦在梁，戢其左翼。"遠圖：深遠的謀劃。《後漢書·章帝紀》："追惟先帝勤人之德，厎績遠圖，復禹弘業。"

[10] 懷我好音：感懷我的恩德。

[11] 剽狡：剽悍狡黠。《晉書·劉毅傳》："招聚剽狡，繕甲阻兵，外托省疾，實規伺隙。"

[12] 驅扇：驅策煽動。《宋書·劉湛傳》："及至晚節，驅煽義康，凌轢朝廷，上意雖內離，而接遇不改。"

[13] 蟻聚：像螞蟻般聚集。比喻結集者之多。《三國志·吳志·周魴傳》："錢唐大帥彭式等蟻聚爲寇。"

[14] 自來：由來，歷來。《後漢書·朱暉傳》："夫俗之薄也，有自來矣。"

[15] 天王：諸侯。《南齊書·晉安王子懋傳》："子懋謂曰：'朝廷令身單身而反，身是天王，豈可過爾輕率？'"

[16] 三秦：秦州、東秦州、南秦州的合稱，今陝西一帶。

[17] 一麾：一揮，發令調遣。王充《論衡·感虛》："襄公志在戰，爲日暮一麾，安能令日反？"匡：輔佐。《詩·小雅·六月》："王于出征，以匡王國。"禹迹：夏禹治水足迹遍及九州。後因以禹迹代指中國。庾信《周宗廟歌》："功參禹迹，德贊堯門。"

[18] 結軌：車迹交結，車輛絡繹不絕。《呂氏春秋·勿躬》："車不結軌。"馳道：供君王行駛車馬的道路。泛指供車馬馳行的大道。《禮記·曲禮下》："歲凶，年穀不登，君膳不祭肺，馬不食穀，馳道不除，祭事不縣。"

[19] 終朝：早晨。《詩·小雅·采綠》："終朝采綠，不盈一掬。"整天。陸機《答張悛》："終朝理文案，薄暮不遑瞑。"

[20] 方岳：堯命羲和四子掌四岳，稱四伯，至其死乃分岳事，置八伯，主八州之事。故亦稱掌管一方之重臣爲"方岳"。劉義慶《世說新語·識鑒》："時殷仲堪在門下，雖居機要，資名輕小，人情未以方岳相許。"（或指州郡。徐陵《陳武帝下州郡璽書》："卿等擁旄方岳，相任股肱。"）

[21] 大舉：大興軍旅。陳琳《檄吳將校部曲文》："故大舉天師百萬之衆。"

[22] 槐陰：三公的覆蔭庇護。陰，讀音 yìn，覆蔭，庇護。

[23] 纂嚴：軍隊嚴裝、戒備，猶今之戒嚴。《宋書·竟陵王誕傳》："車駕出頓宣武堂，內外纂嚴。"

[24] 購賞：懸賞，獎賞。《漢書·張敞傳》："敞到膠東，明設購賞，開群盜，令相捕斬除罪。"

《梁武帝北伐詔》一首　　南朝梁　沈約

題解： 此詔作於天監二年（503），詔中要求各路領軍將官全綫迎敵，當然這是詔書鼓舞士氣的需要，真正的部署當是秘而不宣的。王珍國、鄭紹叔、韋叡負責奪壽春及周邊諸鎮，安成王蕭秀爲主帥。在這次戰爭中，梁軍失敗，濟陰太守王厚強、廬江太守裴邃則逃走。此篇其他文獻無載，嚴可均輯《全梁文》無收。據此可補入《全梁文》沈約文中。

門下：朕膺天明命，平壹區宇[1]，念在餒懷遠邇，康俗濟人，每敕邊將，勿擾疆場，自非時來有會，因機電掃[2]，不得輕信間諜，冒求小利，兼欲制勝廟堂，以德懷遠。而比得徐、豫諸州并郡守啓牒云，蕞爾獯醜[3]，陳兵淮甸，蜂聚蟻結，規犯邊城。推之以事，理不應爾。但遺虜餘孽，肆彼人上；偽黨猜離，爲日已久。羯將元澄，嫌隟内構，作戍壽春，常慮禍及，故設此奸數，規擾邊鄙，望得推遷，少延晷刻。而蜂蠆有毒[4]，聞之自古，兼以淮肥萌庶[5]，存本志深，應赴之宜[6]，實在斯日。便可命將出師，乘機翦定[7]，今遣中領軍雲杜縣開國侯慶遠等濟自牛渚，卷甲風驅[8]，徑趣長瀨。寧朔將軍王僧炳等熊羆三萬，步出橫塘。左將軍珍國武旅五萬，相繫電發，北向鍾離，直出肥口。冠軍將軍紹叔等餐兕四萬，飛帆漅湖，席卷合肥，直指淮汭。征南將軍茂先等水步六萬，同出廬江，風掃壽春，反我侵地。輔國將軍叡等浮舟清泗，北取下邳，雲徹飆舉，吞蕩彭汴。後軍將軍和海艦凌波，逕出長廣，營丘舊國，一麾以定。左將軍景宗等總樊鄧鋭師，底定伊洛[9]。征虜將軍丘黑勒華陽之衆，斜趣長安。緣邊牧守，各據要害，絕其歸逕，勿使能反。侍中穎達等出鎮瓜步，枕威江溾。西道衆軍，并受茂成規[10]；北討群師，悉稟秀戎律[11]。郢、司、雍，自知先相督。夫兵者凶器，實難屢動；廢人費財，爲邦所戒。便宜因此一營，括囊禹迹[12]，先定兗、司，進靡并、凉，文軌大同[13]，於是乎在。

【注釋】

[1] 平壹：平定統一。《史記·秦始皇本紀》："皇帝休烈，平一宇内，德惠修長。"區宇：天下。

[2] 電掃：如閃電劃過，喻迅速掃蕩完畢。

[3] 蕞爾，讀音 zuìěr，形容小。《左傳·昭公七年》："鄭雖無腆，抑諺曰'蕞爾

國'，而三世執其政柄。"

[4] 蜂蠆：蜂和蠆，有毒刺的螫蟲，比喻敵人。劉勰《文心雕龍·檄移》："摧壓鯨鯢，抵落蜂蠆。"

[5] 萌庶：百姓。《宋書·禮志一》："宰守微化導之方，萌庶忘勤分之義。"

[6] 應赴：接應趨援。《後漢書·西域傳序》："安帝永初元年，頻攻圍都護任尚、段禧等，朝廷以其險遠，難相應赴，詔罷都護。"

[7] 翦定：討伐平定。《南史·劉勉傳》："勉既至，隨宜翦定，大致名馬，并獻珊瑚連理樹。"

[8] 卷甲：卷起鎧甲，形容輕裝疾進。《孫子·軍爭》："是故卷甲而趨，日夜不處，倍道兼行，百里而爭利，則擒三將軍。"風驅：如颮風一樣的快速。陸機《辯亡論》："哮闞之群風驅，熊羆之衆霧集。"

[9] 底定：到達平定。《尚書·禹貢》："三江既入，震澤底定。"

[10] 受茂：接受勸勉。茂，通"懋"，勸勉。《漢書·董仲舒傳》："《書》云：'茂哉茂哉！'皆強勉之謂也。"按《尚書·皋陶謨》作"懋哉懋哉"。

[11] 稟秀：領受美好。秀，美好或才能優美出衆。《漢書·賈誼傳》："河南守吳公聞其秀材，召置門下。"

[12] 括囊：囊括，包羅。《後漢書·鄭玄傳論》："鄭玄括囊大典，網羅衆家，刪裁繁誣，刊改漏失，自是學者略知所歸。"

[13] 文軌：文字與車軌。古代以同文軌爲國家統一的標志。語本《禮記·中庸》："今天下車同軌，書同文。"大同：國家統一。顏之推《顏氏家訓·風操》："今日天下大同，須爲百代典式，豈得尚作關中舊意?"

《梁武帝又北伐詔》一首　　南朝梁　沈約

題解：此乃武帝第二次北伐，當天監四年（505）。此篇嚴可均據《粵雅堂叢書》本所載輯入《全梁文》卷二。

門下：周文薄伐，實寧邊患；漢武命師，允恢王略[1]。蕞爾犬羊，陵縱日久[2]，宋氏云衰，乘釁逞暴[3]。海岱彭鄒，翦焉淪覆[4]。雖每存拯定，雄圖弗舉。齊末紀紛，復肆奸毒，宛葉淮肥，仍離內侮。僞首惡稔[5]，天誅自降。凶渠嗣虐[6]，險慝彌流[7]，殘鉏親黨，咀噬黔庶。繁役係興，毒賦雲起。司冀餘華，中州舊奘，鄉矣綴足宛頸，載離塗炭[8]，延首南雲[9]，思沾王澤。鼎運啓基[10]，大業草創，蠢彼戎心[11]，仍窺疆場。虔劉我部[12]，侵擾我徐方[13]。小豎道遷[14]，乘隙背誕[15]，凶醜貪愚，復相苞納[16]。前以叛臣難長，彼此齊患，推心忖物，庶必暗同。故有移書，較陳往旨，而方加擁蔽[17]，曾無及[一][反]報。同惡相濟，巾[市]賈非匹[18]，告舍既違，難以義獎。非威非力，制勝莫從，加以醜數云亡，幽顯咸應，訛謠表微[19]，災沴備兆[20]。殄滅之朝[21]，皎如日月。左伊右瀍，實殷霜露。鴟梟是宅，非謂天道。一日已周，實惟冥數。取亂之機，事協茲日。頃時和歲稔，政平人豫，華戎內歎[22]，表疏相屬。便宜廣命群帥，赫然大舉，總一車書，混同禹迹。具位泉猷等戎卒七萬，先定壽春。某等武旅五萬，楊旌潢峴，既清潁汝，□臨瀍澗。某等鐵騎二萬，超影絶羣，出自大徐，傍趣鞏雒。某等組甲四萬，霜鋒曜日[23]，發自淮汭，直指金墉。某等率羽林趫勇五萬，某等率二兗剽猛熊羆十萬，同濟彭泗，經汴入河。某等海舸萬舳，徑掩臨淄。某等輕銳五萬，風偃濟岱[24]，拂茲鉅野，汎彼孟津。某勒司郢之師，驍果六萬[25]，步出義陽，橫轥熊耳[26]。[某]等率三州武毅劍客八萬，入自魯陽[27][三]。傳檄崤陝，既中嶽而解鞍[28]，指浮橋而一息[29]。并敕某等連旗五萬[30]，水陸齊邁。具位泉藻帥徒七萬[31]，雲飛靈關，北通棧路，澄廓隴右[32]。凡此將帥，啓途載路，魚麗後軍[33]，駱驛繼軌。經啓中原，括囊九服[34]，伐罪吊人，於是乎在。大衆外臨，宜有總一，自非密親英譽[35]，風略兼遠[36]，無以專任閫外[37]，授律群帥。臨川王宏，可權進督南北兗、徐、青、冀、豫、司、霍八州，都督北討諸軍事。命將出車，咸有副貳。具位恢[四]，可暫輟端右[38]，參贊戎機[39]。舟徒雷駭，熊武[虎]百萬，投石拔距之力，折關扛鼎之威，岳動川移，風馳電邁，鐵馬方原，戈船千里[五]。百道并驅，同會洛邑。戡翦逋醜[40]，鹹掃鯨鯢[41]，被仁風於兩周，撫遺黎於趙魏[42]。將令溥天之下，於斯大同。偃伯靈臺[43]，何遠之有？元愾若能率某徒屬[44]，興櫬軍門者[45]，中軍府以時將送，當待以列侯之禮。

【校勘】

〔一〕"及報"，當是"反報"。"曾無反報"，指沒有回復。如《晉書·王濬傳》："并疏其督將姓名，移以付濬，使得自科結，而寂無反報，疑皆縱遣，絶其端緒也。"

〔二〕"巾賈"，《全梁文》作"市賈"，當據改。

〔三〕"魯陽"，《全梁文》作"曾陽"。

〔四〕"恢"，嚴注："當作'愷'。"從之。

〔五〕"千里"，《全梁文》作"百里"。

日本影弘仁本《文館詞林》校注

【注釋】

[1] 王略：王道，帝業。

[2] 陵縱：任意奔馳；肆意踐踏。《南史·陳紀下·後主》："犬羊陵縱，侵竊郊畿。"

[3] 乘釁：利用機會，趁空子。《三國志·魏志·臧洪傳》："漢室不幸，皇綱失統，賊臣董卓乘釁縱害。"逞暴：肆行暴虐。《晉書·四夷傳論》："振鴞響而挺災，恣狼心而逞暴。"

[4] 淪覆：淪亡；覆沒。《宋書·天文志二》："帝崩虜庭，中夏淪覆。"

[5] 惡稔：惡貫滿盈。劉勰《文心雕龍·檄移》："奮其武怒，總其罪人，懲其惡稔之時，顯其貫盈之數。"

[6] 凶渠：凶徒的首領；元凶。陸倕《石闕銘》："帝赫斯怒，秣馬訓兵。嚴鼓未通，凶渠泥首。"嗣虐：相繼爲虐。《後漢書·桓帝紀論》："及誅梁冀，奮威怒，天下猶企其休息。而五邪嗣虐，流衍四方。"

[7] 險愿：險惡。陰險邪惡。《魏書·元叉傳》："元叉險愿狼戾，人倫不齒，屬籍疏遠，素無聞望。"彌流：猶流連。《後漢書·仲長統傳》："入則耽於婦人，出則馳於田獵。荒廢庶政，棄亡人物，澶漫彌流，無所底極。"

[8] 塗炭：喻極困苦的境遇。《尚書·仲虺之誥》："有夏昏德，民墜塗炭。"

[9] 延首：伸長頭頸，形容急切盼望的樣子。曹植《王仲宣誄》："孰云仲宣，不聞其聲。延首嘆息，雨泣交頸。"南雲：南飛之雲，常以寄托思親、懷鄉之情。陸機《思親賦》："指南雲以寄款，望歸風而效誠。"

[10] 鼎運：帝王或國家的命運。《宋書·武帝紀論》："鼎運雖改，而民未忘漢。"

[11] 戎心：敵國入侵的野心。《國語·晉語一》："疆場無主，則啓戎心。"

[12] 虔劉：劫掠；殺戮。《左傳·成公十三年》："芟夷我農功，虔劉我邊陲。"

[13] 徐方：徐州。陳琳《爲袁紹檄豫州》："故躬破於徐方，地奪於呂布。"

[14] 小豎：詈詞，猶言小子。《晉書·溫嶠傳》："峻、約小豎，爲海內所患，今日之舉，決在一戰。"

[15] 背誕：違命放誕，不受節制。《左傳·昭公元年》："子姑憂子晳之欲背誕也。"

[16] 苞納：包容。苞，通"包"。《晉書·慕容皝載記》："主者奏以妖言犯上，致之于法，殿下慈弘苞納，恕其大辟，猶削黜禁錮，不齒於朝。"

[17] 擁蔽：隔絕，阻塞。王符《潛夫論·交際》："此奸雄所以逐黨進而處子所以愈擁蔽也。"

[18] 巾賈，當爲"市賈"，指惟利是圖、互相勾結的商人。《左傳·昭公十三年》："同惡相求，如市賈焉。"

[19] 訛謠：民謠，歌謠。《漢書·翟方進傳》："民人訛謠，斥事感名。"表微：表明微細的事。《禮記·檀弓下》："君子表微。"

[20] 灾沴：自然災害。袁宏《後漢紀·順帝紀下》："禮制修，奢僭息，事合宜，則

— 466 —

卷第六百六十二

無凶咎，然後神聖允塞，灾沴不至矣。"沴，讀音lì，灾害。

[21] 殄滅：消滅；滅絕。《尚書·盤庚中》："乃有不吉不迪，顛越不恭，暫遇姦宄，我乃劓殄滅之，無遺育，無俾易種于茲新邑。"

[22] 內欵："納款"，歸順，降服。內，"納"的古字。欵：同"款"。《南齊書·氐傳》："昔絕國入贄，美稱前冊；殊俗內款，聲流往記。"

[23] 霜鋒：白亮銳利的鋒刃。《宋書·鄧琬傳》："白羽咽川，霜鋒照野。"

[24] 風偃：風止，喻臣服、順從。《南齊書·高帝紀上》："公忠誠慷慨，在險彌亮，深識九變，妙察五色。以寡制衆，所向風偃。"

[25] 驍果：勇猛剛毅之士。《隋書·煬帝紀下》："九年春正月丁丑，徵天下兵，募民爲驍果，集于涿郡。"

[26] 輴，讀音lín，經過。《梁書·昭明太子傳》："背絳闕以遠徂，輴青門而徐轉。"

[27] 魯陽：魯陽關，也稱魯關。

[28] 解鞍：解下馬鞍。表示停駐。《史記·李將軍列傳》："廣令諸騎曰：'前！'前未到匈奴陳二里所，止，令曰：'皆下馬解鞍！'"

[29] 浮橋：在并列的船、筏、浮箱或繩索上面鋪木板而造成的橋。《東觀漢記·吳漢傳》："據浮橋于江上，漢鋸絕橫橋，大破之。"

[30] 連旗：軍隊聯合。《晉書·劉喬傳》："苟崇忠恕，共明分局，連旗推鋒，各致臣節，吾州將必輸寫肝膽，以報所蒙。"

[31] 具位：具瞻之位，三公宰相等宰輔。任昉《宣德皇后令》："宣德皇后敬問具位。"泉藻：淵藻，蕭藻，蕭衍之任。天監元年（502）封西昌侯、益州刺史，後遷領軍將軍，加侍中。死於侯景之亂中。

[32] 澄廓：清明遼闊。鮑照《舞鶴賦》："既而氛昏夜歇，景物澄廓。"

[33] 魚麗：魚麗陣，古代戰陣名。《左傳·桓公五年》"爲魚麗之陳"條，杜預注："《司馬法》：'車戰二十五乘爲偏。'以車居前，以伍次之，承偏之陳而彌縫闕漏也。五人爲伍。此蓋魚麗陳法。"

[34] 括襄：包容統一。襄，成。《左傳·定公十五年》："葬定公。雨，不克襄事，禮也。"杜預注："襄，成也。"九服：指全國各地區。沈約《法王寺碑》："濟橫流而臣九服，握乾綱而子萬姓。"

[35] 英譽：美譽。

[36] 風略：風紀與方略。《宋書·何承天傳》："良守疆其土田，驍帥振其風略。"

[37] 閫外：京城或朝廷以外，亦指外任將吏駐守管轄的地域，與朝中、朝廷相對。閫，讀音kǔn，郭門。《史記·張釋之馮唐列傳》："臣聞上古王者之遣將也，跪而推轂，曰閫以內者，寡人制之；閫以外者，將軍制之。"

[38] 端右：宰輔重臣，亦特指尚書令。葛洪《抱朴子·漢過》："當塗端右閹官之徒，操弄神器，秉國之鈞，廢正興邪，殘仁害義。"

[39] 参贊：協助謀劃。《晉書·姚泓載記》："君等參贊朝化，弘昭政軌。"戎機：戰爭；軍事機宜。《樂府詩集·梁鼓角橫吹曲·木蘭詩》："萬里赴戎機，關山度若飛。"

[40] 戡翦：平定剪除。《新唐書·魏知古傳》："自陛下戡翦凶逆，保定大器，蒼生顒顒，以謂朝有新政。"逋醜：逃寇。《宋書·謝靈運傳》："掃逋醜於漢渚，滌僭逆於岷山。"

[41] 馘掃：消滅掃除。馘，讀音guó，古代战争中割取敌人的左耳以计数献功。鯨鯢：鯨，雄曰鯨，雌曰鯢，比喻凶惡的敵人。《左傳·宣公十二年》："古者明王伐不敬，取其鯨鯢而封之，以爲大戮。"杜預注："鯨鯢，大魚名，以喻不義之人吞食小國。"

[42] 遺黎：亡國之民。《晉書·地理志下》："自中原亂離，遺黎南渡，并僑置牧司，在廣陵丹徒南城，非舊土也。"

[43] 偃伯：休戰。《後漢書·馬融傳》："臣聞昔命師於鞬櫜，偃伯於靈臺，或人嘉而稱焉。"李賢注："偃，休也。伯，謂師節也。"靈臺：帝王观察天文星象、妖祥灾异的建筑。張衡《東京賦》："左制辟雍，右立灵臺。"薛綜注："司历纪候节气者曰灵臺。"

[44] 門徒：部屬。《墨子·非儒下》："孔丘所行，必術所至也。其徒屬弟子皆效孔丘。"

[45] 輿櫬：載棺以隨，表示決死或有罪當死。《左傳·僖公六年》："許男面縛銜璧，大夫衰絰，士輿櫬。"

《北齊文宣帝征長安詔》一首　　北齊　文宣帝

題解：詔稱"賊帥宇文黑獺旅拒一隅，不討日久"，宇文黑獺即宇文泰，詔所陳事件，當指文宣帝高洋建齊之初，宇文泰便親率大軍東進，文宣帝遂親率大軍與戰，時在天保元年（550）十一月。此篇見于《太平御覽》卷599引《三國典略》，有删節。梅鼎祚《北齊文紀》卷2據《太平御覽》輯入。嚴可均輯入《全北齊文》卷4文宣帝文中，題作《爲文宣帝出師詔》。系於天保七年，作者爲魏收。嚴氏《全文》本現存109字，《詞林》本存508字，是爲完篇。

門下：朕撫興運，歷數在躬，内綏外略，志清四海，是以沙塞之外，虜馬無迹；遼碣已東，夷車共軌。百蠻畏威，三吴慕義，天下九州，克寧者八。惟有秦隴蕞爾[1]，久隔風化，僭擅一方[2]，狼顧鴟跱[3]，詿誤良善[4]，迫脅忠賢，置之凶網，無由自拔。君臨區宇，萬物爲心，言念關輔，能不憤慨？天既厭亂，人思大同，混一之期，事在今日。武夫百萬，龍馬千郡，含怒蓄鋭，爭驅求敵。何得爽神祇之心，抑將相之請，必當訓旅誓衆，天動雲臨，新途舊道，長驅雷擊。賊帥宇文黑獺旅拒一隅，不討日久。自許雄兒，假稱僞將，深藏匿迹，雖存若亡。今干戈不戢[5]，輸運未止。論人指事，誰爲歷階[6]。不容弘茲度外，居之漏網，斧鉞所用，舍此何先？獺若敢率烏合，送死東下，或由舊洛，或出太州，當親統六軍，決機兩陣。朕遠尚軒後[7]，有戰必平；近慕成湯，無征不克。策略所用，抑與神通，小丑區區[8]，想所聞悉。苟獲交兵，天贊我也。如其鼠竄秦中，憑恃險陁，擁兵自守，不敢動足，朕已下木汾流，成船晉地，便當躬先將士，超河西，入玉璧，河東猶如棄土，何用顧瞻渺小，取茲枝葉。當徑掩長安，梟茲凶首，雖復藏山沒水，終不縱置。其所部將士，足知禍福，若翻然順疑，立忠建效，高官重賞，事異常倫。如其同迷不反，敢隨逆節，軍鋒之下，自有恆誅。朕以梁邦，舊敦好睦，聞其奸計，乃欲都謀荊、郢之間，望爲僥幸，弟亡上党。王渙雄才猛力，氣震三軍，賊有耳目，豈不委具？當令其總勒熊羆，日流風卷，直指寇場，何往不碎？王者之言，明如日月，終不示以虛聲，而無實事，宜申宣內外，咸使聞知。

【注釋】

[1] 叢爾：形容小。《左傳·昭公七年》："鄭雖無腆，抑諺曰'叢爾國'，而三世執其政柄。"

[2] 僭擅：超越本分據有。擅，據有。《戰國策·秦策三》："且昔者中山之地，方五百里，趙獨擅之。"

[3] 狼顧鴟跱：如狼凶視，如鴟峙立。比喻凶暴者伺機欲動。

[4] 詿誤：貽誤；連累。《戰國策·韓策一》："夫不顧社稷之長利，而聽須臾之說，詿誤人主者，無過於此者矣。"

[5] 戢，讀音jí，收藏兵器。《詩·周頌·時邁》："載戢干戈，載櫜弓矢。"

[6] 歷階：越階而上。《禮記·檀弓下》："杜簣入寢，歷階而升。"

[7] 軒後：黃帝軒轅氏。

[8] 區區：小，少。《左傳·襄公十七年》："宋國區區。"

《北齊文宣帝西伐詔》一首　　北齊　陽休之

題解：詔稱"自魏道陵夷，四維板蕩，關隴乘釁，擅命一方，狐栖鴞據，假廷歲序。天網未加，生靈塗炭。朕握符受命，臨御兆人，九服來蘇，百蠻稽顙。念彼關河，獨隔王化"，當指文宣帝高洋與西魏宇文泰之戰，時在天保元年（550）十一月。此篇其他文獻無載，嚴可均輯《全上古三代秦漢三國六朝文》無收。

門下：昔漢祚肇興，番禺有竊號之長；土德應運，吳蜀有不羈之首。自魏道陵夷，四維板蕩[1]，關隴乘釁，擅命一方[2]，狐栖鴟據，假廷歲序。天網未加，生靈塗炭。朕握符受命，臨御兆人，九服來蘇，百蠻稽顙[3]。念彼關河，獨隔王化。不有蹔勞，理無永逸。今便親御六軍，長驅三輔，總七卒之雄，奮五丁之銳[4]，問罪渭濱，吊人隴右，天下大定，良在茲辰。可以今月廿日出頓，敕內外戒嚴，尚書依式備辦。

【注釋】

[1] 四維：東南、西南、東北、西北四隅，亦泛指四方。板蕩：《板》《蕩》乃《詩·大雅》中譏刺周厲王無道而導致國家動亂的詩篇。後因以指政局混亂或社會動蕩。謝靈運《擬魏太子鄴中集》詩："幽厲昔崩亂，桓靈今板蕩。"

[2] 擅命：自發號施令，不受節制。《韓非子·亡徵》："出軍命將太重，邊地任守太尊，專制擅命，徑爲而無所請者，可亡也。"

[3] 稽顙：屈膝下跪，雙手朝前，以額觸地，表示極度的虔誠。《儀禮·士喪禮》："吊者致命，主人哭拜，稽顙成踊。"

[4] 五丁：五個力士。古代蜀開明王朝時，負擔勞役的勞動人民被稱爲五丁或五丁力士。《藝文類聚》卷七引漢揚雄《蜀王本紀》："天爲蜀王生五丁力士，能獻山。秦王獻美女與蜀王，蜀王遣五丁迎女。見一大蛇入山穴中，五丁并引蛇，山崩，秦五女皆上山，化爲石。"

《後周武帝伐北齊詔》二首　　後周　武帝

題解：此二首詔文，又見於《周書》卷六《武帝紀下》，作於建德四年（575）秋七月丁丑。嚴可均據《周書》所載，輯入《全後周文》卷二。《周書》所載，佚第二首篇首"夫樹之以君"至"之任胡"一段共82字。《冊府元龜》卷一六四載有此詔全文，中華書局校點本《周書》以《冊府元龜》所載，配成完篇。按：《詞林》所載第二首至"我之率土，咸"而止，所闕文字據《冊府元龜》補足。

制詔：高氏因時放命[1]，據有汾漳，擅假名器，歷年永久。朕以亭毒爲心，遵養時晦[2]，遂敦聘好[3]，務息黎元，而彼懷惡不悛，尋事侵軼[4]，背言負信，竊邑藏奸。往者軍下宜陽，釁由彼始；兵興汾曲，事非我先。此獲俘囚，禮送相繼；彼所拘執，曾無一反。加以淫刑妄逞，毒賦繁興，齊魯輑殄悴之哀[5]，幽并企[一]來蘇之望[6]。既禍盈惡稔，衆叛親離，不有一戎，何以大定？今白藏在辰[7]，涼風戒節，厲兵詰暴[8]，時事惟宜。朕當親御六師，龔行天罰[9]。庶憑祖宗之靈，資[二]將士之力，風驅[三]九有[10]，電掃八紘[11]，可分命衆軍，指期進發。

制詔：夫樹之以君，司牧黔首，蓋以除其苛慝[12]，恤其患害。朕君臨萬國，志清四海，思濟一代［世］之人，置之仁壽之域。緬彼[一]齊趙，獨爲匪民[13]。乃眷東顧，載深長想。僞主涼德早聞，醜聲夙著，酒色是耽，盤游是悅。奄豎居阿衡之任[14]，胡人寄喉唇之重[15]。棟梁骨鯁，翦爲仇讎。狐趙緒餘，降成皂隸。人不見德，唯虐是聞。朕懷兹漏網，置之度外，止欲[二]各静封疆，共紓人瘼故也。爾之主相，曾莫[三]是思，欲構屬階，反貽其梗。我之率土，咸求俘刃[16]。帷幄獻兼弱之諜，爪牙奮干戈之勇。贏糧坐甲，若赴私仇。是以一鼓而定晋川，再舉而摧逋醜。僞丞相高阿那肱驅逼餘燼，竊據高壁。僞定南王韓建業作守介休，規相抗擬[17]，聊示兵威，應時崩潰，那肱則單馬宵遁，建業則面縛軍和，爾之逃卒，所知見也。若其懷遠以德，則爾難以德綏；處鄰以義，則爾難以義服。且天與不取，道家所忌；攻昧侮亡，兵之上術。朕今親馭群雄，長驅宇内，六軍舒斾，萬隊啓行。狀與[四]雷電爭威，氣逐風雲齊舉。王師所次，已達近郊。望歲之人，室家相慶，來蘇之后，思副厥誠。僞主若妙盡人謀，深達天命，牽羊道左[18]，銜璧轅門[19]，當惠以焚梓[五]之恩，待以列侯之禮。僞將相王公已下，衣冠士人之族，如有深識事宜，建功立效，官榮爵賞，各有加隆。若下愚不移，守迷莫改[20]，則委之執憲，以正刑書。嗟爾庶士，胡寧自棄？或我之將卒，逃逸彼朝[六]，無問貴賤，皆從蕩滌。善求多福，無貽後悔。璽書所至，咸使聞知。

其一
【校勘】
〔一〕"企來蘇"，《周書》作"啟來蘇"。
〔二〕"資將士之力"，《周書》前有"潛"字。
〔三〕"風驅"，《周書》作"風馳"。

471

其二

【校勘】

〔一〕"緬彼",《周書》作"嗟彼"。

〔二〕"止欲",《周書》作"正欲"。

〔三〕"曾莫",《周書》作"曾不"。

〔四〕"狀與",《周書》作"勢與"。

〔五〕"焚梓",《周書》作"焚櫬"。

〔六〕"逃逸彼朝",《周書》作"逃彼逆朝"。

【注釋】

[1] 放命：逆命，違命。《漢書·傅喜傳》："高武侯·喜無功而封，內懷不忠，附下罔上，與故大司空丹同心背畔，放命圯族，虧損德化。"

[2] 時晦：順時隱晦。《詩·周頌·酌》："於鑠王師，遵養時晦。"

[3] 聘好：互訪通好。《周書·于翼傳》："先是，與齊·陳二境，各修邊防，雖通聘好，而每歲交兵。"

[4] 侵軼：同"侵佚"，侵犯襲擊。《左傳·隱公九年》："北戎侵鄭。鄭伯御之，患戎師，曰：'彼徒我車，懼其侵軼我也。'"杜預注："軼，突也。"

[5] 殄悴：即"殄瘁"，困窮，困苦。《詩·大雅·瞻卬》："人之云亡，邦國殄瘁。"

[6] 來蘇：因其來而於困苦中獲得蘇息。語本《尚書·仲虺之誥》："攸徂之民，室家相慶曰：'徯予後，後來其蘇！'"孔安國傳："湯所往之民皆喜曰：'待我君來，其可蘇息。'"

[7] 白藏：秋天。秋於五色為白，序屬歸藏，故稱。《尸子·仁意》："春為青陽，夏為朱明，秋為白藏，冬為玄英。"

[8] 屬兵：磨礪兵器，使鋒利。《戰國策·秦策一》："於是乃廢文任武，厚養死士，綴甲屬兵，效勝於戰場。"

[9] 龔行：恭行，奉行。

[10] 九月：九州。《詩·商頌·玄鳥》："方命厥後，奄有九有。"毛詩傳："九有，九州也。"

[11] 八紘：八方極遠之地。《淮南子·墜形訓》："九州之外，乃有八殥……八殥之外，而有八紘，亦方千里。"高誘注："紘，維也。維落天地而為之表，故曰紘也。"

[12] 苛慝：暴虐邪惡。《左傳·昭公十三年》："苛慝不作，盜賊伏隱，私欲不違，民無怨心。"

[13] 匪民：非人，不被當人看待。《詩·小雅·何草不黃》："哀我征夫，獨為匪民。"

[14] 奄豎：宦官的鄙稱。阿衡：商代官名，師保之官。《尚書·太甲上》："惟嗣王不惠于阿衡。"孔安國傳："阿，倚；衡，平。言不順伊尹之訓。"喻指國家輔弼之任，宰

相之職。

　　[15] 喉唇：喻指宮廷中與帝王親近的重要職位。孔融《衛尉張儉碑銘》："聖主克愛，命作喉唇。"

　　[16] 傳刃：以刀刺入。《史記·張耳陳餘列傳》："然而慈父孝子莫敢傳刃公之腹中者，畏秦法耳。"

　　[17] 抗擬：抵敵；抗衡。《宋書·恩幸傳·徐爰》："且當使緣邊諸戍，練卒嚴城，凡諸督統，聚糧蓄田，籌計資力，足相抗擬。"

　　[18] 牽羊：降服。語出《史記·宋微子世家》："周武王克殷，微子乃持其祭器造於軍門，肉袒面縛，左牽羊，右把茅，膝行而前以告。於是武王及釋微子，復其位如故。"

　　[19] 銜璧：投降。《左傳·僖公六年》："許男面縛銜璧，大夫衰絰，士輿櫬。"杜預注："縛手於後，唯見其面，以璧爲贄，手縛故銜之。"

　　[20] 守迷：固守己見。

卷第六百六十四

詔卅四　撫邊

《漢文帝與匈奴和親詔》一首　　漢　文帝

題解：此篇又見《漢書》卷四《文帝紀》，時當文帝後元二年（前162）六月，匈奴和親。嚴可均據之輯入《全漢文》卷二，此可校補嚴輯。

制詔：朕既不明，不能遠德，使方外之國，或不寧息。夫四荒之外，不安其生，封圻之内[1]，勤勞不處。二者之咎，皆自朕之德薄而不能遠達也[一]。間者累年，匈奴并暴邊境，多殺吏人[二]，邊臣兵吏，又不能諭其内志，以重吾不德。夫久結難，連兵中外[三]，國將何以自寧？今朕夙興夜寐，勤勞天下，憂苦萬姓之惻怛不安[四][2]，未嘗一日忘於心。故遣使者，冠蓋相望，結轍於道[五]，以諭朕志于單于。今單于反古之道，計社稷之安，便萬姓之利[六]，新與朕俱棄細過，階之大道[七]，結兄弟之義，以全天下元元之人[八][3]。和新以定，始于今年。

【校勘】

〔一〕"皆自朕之德薄不能遠達也"，《漢書》作"皆自於朕之德薄不能達遠也"。

〔二〕"多殺吏人"，"人"，《漢書》作"民"。

〔三〕"連兵中外國將何以自寧"，《漢書》"外"後有"之"。

— 474 —

〔四〕"憂苦萬姓之惻怛不安",《漢書》作"憂苦萬民,爲之惻怛不安"。

〔五〕"結轍",《漢書》作"結徹"。

〔六〕"便萬姓之利","姓",《漢書》作"民"。

〔七〕"階之",《漢書》作"偕之"。

〔八〕"和新",《漢書》作"和親",當從《漢書》。

【注釋】

［1］封圻:封畿。顏師古注:"圻亦畿字。王畿千里。"

［2］惻怛:惻隱,哀傷。《禮記·問喪》:"惻怛之心,痛疾之意,悲哀志懣氣盛,故袒而踊之。"

［3］元元:百姓;庶民。

《魏明帝答東阿王論邊事詔》一首　　魏　明帝

題解:黃初七年前後,曹丕病逝,曹叡繼位,即魏明帝,曹植曾上表言邊事,希望予以重用,明帝對其加以防範限制。詔當作於黃初七年左右(226)。太和三年(229),曹植被徙爲東阿王,詔雖稱東阿王,當是編者所加。此篇嚴可均據《粵雅堂叢書》本所載輯入《全三國文》卷九。

制詔:覽省來書,至于再三。朕以不德,夙遭旻凶[1],聖祖皇考,復見孤棄。武宣皇后,復即玄宮[2]。重此哀煢,五內傷剝[3]。又以眇身,暗於從政,是故二寇未誅,黔首元元,各不得所。雖復兢兢,坐而待旦,懼無云益。王俠輔帝室,朕深賴焉,何乃謙卑,自同三監[4]？知吳蜀未梟,而海內虛耗爲憂,又慮邊將或非其人,諸所開喻。朕敬聽之,高謀良策,思聞其次。

【注釋】

［1］旻凶:閔凶。旻,通"閔",痛傷。《詩·大雅·〈召旻〉序》:"旻,閔也,閔天下無如召公之臣也。"

［2］玄宮:帝王的墳墓,也泛指墓室。《征虜將軍汾州刺史元彬墓誌》:"玄宮長邃,永夜無晨。敬述徽績,俾傳來聞。"

［3］五內:五臟。傷剝:十分傷痛。《後漢書·譙玄傳》:"竊聞後宮皇子產而不育。臣聞之怛然,痛心傷剝。"

［4］三監:周武王滅殷,封紂子武庚於商都,將商之王畿分爲衛、鄘、邶三區,并由

管叔、蔡叔、霍叔監管，稱"三監"。

《後魏孝文帝與高勾麗王雲詔》一首　　後魏　孝文帝

題解：因高勾麗王違背朝旨，未如期入京朝見，孝文帝作此詔，希其"善思良圖，勿貽後悔。如能恭命電赴，既往之愆，一無所責，恩渥之隆，方在未已矣"。又"今西南諸國，莫不祇奉大命，星馳象魏。或名王入謁，或藩貳恭覲，觀光駿奔，欣仰朝祀。皇皇之美，於斯爲盛"，當太和年間。本文是北魏孝文帝時期的一則外交詔令。高勾麗，《魏書》作高句丽。高句麗王高璉死後，繼任者高云未能奉詔朝謁，屢次推脱并遣旁支敷衍，孝文帝以詔敦諭威吓，以申君威。此詔乃反映北魏時期中央政權与藩属國关系的史料。《魏書·高祖紀》係高璉之死於太和十五年（491）十二月，而詔中稱："必令及元正到闕"，元正即正月元日。其間高句麗王雲既有前辭，又有後托，再以妄遣，太和十五年十二月至太和十六年元正之間只有月餘，無法容納以上事件，由此可推論此詔大約下於太和十六年，而元正是指太和十七年之元正。史傳僅記作"嚴責之"，而其内容未載，據本詔可補。此篇其他文獻無載，嚴可均輯《全上古三代秦漢三國六朝文》無收，可補入《全後魏文》孝文帝文中。

門下：得黃龍表，知卿衍悖朝旨[1]，遣從叔隨使。夫儀乾統運，必以德信爲先；准列作藩，亦資敬順爲本。若君信一虧，何以臨御萬國？臣敬暫替，豈能奉職宸居[2]？故霆震作威[3]，以明天罰；五刑垂憲[4]，以肅不恭。斯乃人神之常道，幽顯之通規。往以明堂肇制，皇化惟新，敕諸藩侯，修展時見。至於言獎群方，勸説荒服，每以勾麗虔誠，喻屬要戎。今西南諸國，莫不祇奉大命，星馳象魏。或名王入謁[5]，或藩貳恭覲，觀光駿奔，欣仰朝祀。皇皇之美[6]，於斯爲盛。而卿獨乖宿款，用違嚴敕[7]，前辭身屙，後托子幼，妄遣枝親，仍留同氣[8]。此而可忍，孰不可恕也？若卿父子審如所許者，應遣親弟，以赴虔貢。如令弟復沈瘵[9]，應以卿祖析體代行。過事二三，并違朝命，將何以固？昔房風晚至，大禹所以垂威；東國闕敬，周公所以親駕。斯豈急急於兩夫，遄遄於兵甲者哉[10]？！但以縱之則萬國同奢，戮之則九宅齊肅故也。從叔之朝，乃西藩常事，今於旅見之辰[11]，而同之歲時之使，於卿之懷，寧可安乎？卿之親弟及即鄒二人，隨卿所遣，必令及元正到闕[12]；若言老病者，聽以四牡飛馳，車輿涉路，須待卿親至此，然後歸反群後，重

— 476 —

爽今召。今朕失信藩辟者，尋當振旅東隅[13]，曜戎下土，收海金寶，華夏擁狢隸而給，中國廣疆畿於滄濱，豐僮使於甸服[14]，抑亦何傷乎？其善思良圖，勿貽後悔。如能恭命電赴，既往之愆，一無所責，恩渥之隆，方在未已矣。不有君子，奚能爲國？其與萌秀宗賢，善參厥衷，稱朕意焉。

【注釋】

[1] 衍悖：大違。衍，大，廣博。《漢書·揚雄傳下》："是以聲之眇者不可同於眾人之耳，形之美者不可混於世俗之目，辭之衍者不可齊於庸人之聽。"

[2] 宸居：帝王居住之所。任昉《王文憲集序》："是以宸居膺列宿之表，圖緯著王佐之符。"

[3] 霆震：雷霆震動。《後漢書·董卓傳》："大風雨，霆震卓墓。"

[4] 五刑：墨、劓、剕、宮、大辟五種刑法。《尚書·舜典》："五刑有服。"

[5] 入謁：進見，請見。一般用於臣對君、下對上、幼對長。《史記·酈生陸賈列傳》："沛公至高陽傳舍，使人召酈生。酈生至，入謁。"

[6] 皇皇：美盛貌；莊肅貌。《詩·魯頌·泮水》："烝烝皇皇，不吳不揚。"

[7] 嚴敕：嚴謹慎戒。蔡邕《司空楊秉碑》："自奉嚴敕，動遵禮度。"

[8] 同氣：有血統關係的親屬，指兄弟姊妹。《後漢書·東平憲王蒼傳》："凡匹夫一介，尚不忘簞食之惠，況臣居宰相之位，同氣之親哉！"

[9] 沈瘵：沉疴，積久難治的病。《新唐書·孝敬皇帝弘傳》："太子嬰沈瘵，朕須其瘳復，將遜於位。"

[10] 遄，讀音 chuán，快疾速。《易·損》："已事遄往，無咎，酌損之。"

[11] 旅見：眾人一同進見。《禮記·曾子問》："諸侯旅見天子，入門，不得終禮，廢者幾？"

[12] 元正：正月元日，元旦。《尚書·舜典》："月正元日，舜格于文祖。"

[13] 振旅：整頓部隊，操練士兵。《國語·晉語五》："乃使旁告於諸侯，治兵振旅，鳴鐘鼓，以至於宋。"

[14] 甸服：離王城五百里的區域。《尚書·禹貢》："錫土姓，祗臺德先，不距朕行，五百里甸服。"孔安國傳："規方千里之内謂之甸服，爲天子服治田，去王城面五百里。"

《隋文帝頒下突厥稱臣詔》一首　　隋　文帝

題解： 此篇又見《隋書》卷八四《突厥傳》，文字差別較大，此載詳細。自開皇二年（582）始，突厥沙缽略可汗頻頻率軍侵隋，隋文帝率軍與戰。開皇四年（584），沙缽略向隋稱藩，并上表"感慕淳風，歸心有道，屈膝稽顙，永爲藩附",推此詔作於開皇四年。嚴可均據《隋書》所載輯入《全隋文》卷一。《隋書》所載删略甚多,此爲完篇,可校補嚴輯。

門下[一]:突厥沙缽略可汗表如此。昔暴風不作,故南越知歸;青雲干呂,使西夷入貢。遠人内向,乃事關天。獯鬻相踵[1],抗衡上國,止爲寇盜,禮節無聞。唯有呼韓永臣於漢,奇才重出,异代一揆。沙缽略稱雄漢北,多歷歲年,左極東胡之土[二],右苞西域之地,遐方部落,皆所吞。百蠻之大,莫過於此。昔在北邊[三],屢爲草竊,朕常曉喻,令必修改。彼亦每遣行人,恒自悔責。今通表奏,萬里歸風[2],披露肝膽,遣子入侍,罄其區域,相率稱藩。往迫和與[四],猶是二國;今作君臣,便成一體。情深義厚,朕甚嘉之。蓋天地之心[五],愛養百姓,和氣普洽,使其遷善。屈膝稽顙,畏威懷惠,雖衣冠軌物[3],未能頓行。而稟訓承風[4],方當從夏,永爲臣妾,以至太康。荷天之休,海外有截,豈朕薄德所致此[六]?已勅有司,肅吉郊廟,宜普頒行天下[七],咸使知聞。

【校勘】

〔一〕"门下"至"异代一揆"一段共71字,《隋书》缺。

〔二〕"左极东胡之土"至"皆所吞并"一段20字,《隋书》缺。

〔三〕"昔在北边"至"相率称藩"一段50字,《隋书》缺。

〔四〕"往迫和与",《隋书》作"往虽与和"。

〔五〕"盖天地之心"至"以至太康"一段51字,《隋书》缺。

〔六〕"岂朕薄德所致此",《隋书》作"岂朕薄德所能致此"。

〔七〕"宜普颁行天下",《隋书》作"宜普颁天下"。

【注釋】

[1] 獯鬻:也作"獯粥",古代北方少數民族名。夏商時稱獯鬻,周時稱獫狁,秦漢稱匈奴。《孟子·梁惠王下》:"惟智者爲能以小事大,故太王事獯鬻,勾踐事吴。"趙岐注:"獯鬻,北狄彊者,今匈奴也。"

[2] 歸風:迴風。木華《海賦》:"或乃萍流而浮轉,或因歸風以自反。"引申爲歸順。

[3] 軌物:軌範;準則。《左傳·隱公五年》:"君將納民軌物者也。"杜預注:"言器用象物不入法度,則爲不軌不物。"

[4] 承風:接受教化。《楚辭·遠游》:"聞赤鬆之清塵兮,願承風乎遺則。"

《隋文帝安邊詔》二首　　隋　李德林

題解：第一首詔稱"陳氏云微，厥途非一。粗陳聞見，其兹實甚。今皇師宣揚朝化，凡此諸事，已爲百姓除之"，當作於滅陳之後。開皇十年（590），文帝派使臣韋洸等人安撫嶺南，嶺南諸州悉爲隋地，此詔當作於這年。嚴可均據《粤雅堂叢書》本輯入《全隋文》卷一七。第二首詔稱"朕受明命爲天下君，一物失所，載深矜惕。懷柔止殺，前王令典。宜遣大使，先喻朕懷，仍命諸軍，勒兵繼進"。隋文帝於開皇十七年（597）令史萬歲平西南夷，此詔當作於開皇十七年前後。其他文獻無載，嚴可均輯《全上古三代秦漢三國六朝文》無收，可據此補入《全隋文》卷一七李德林文中。

門下：有陳氏昔在江表，劫剥生靈[1]，事等怨讎[2]，何以堪命？嶺南之地，塗路懸遠，如聞凶魁賦斂[3]，貪若豺狼。賊署官人，情均谿壑[4]。租調之外，徵責無已。一丁年科甲一具，皮毛鐵炭，船乘人功，殊方异物，千端萬緒，晨召暮行，夕求旦集。身充苦役，至死不歸。物有借公，永不還主。與人共市，百倍求利。詣官申屈，一代無期。各不聊生，無能自保。晝悲宵恨，行號坐泣。微畜資產，殃禍立至。誣以賊盜，繫以囹圄。貨財不盡，性命不存。彼土之人，性多純直，弗堪州郡漁獵之苦，或避山藪，規免旦夕。即稱反叛，申於僞臺。歲歲起兵，西南征討，多縛良善，以充賊隸。圓首方足，同禀性靈。故以上感玄天，有傷和氣。南海諸國，欲向金陵。常爲官非法檠檢，遠人嗟怨，致絕往還。陳氏云微，厥途非一。粗陳聞見，其慈實甚。今皇師宣揚朝化，凡此諸事，已爲百姓除之。重加存恤之理，別申愛養之義。軍行所及，一豪勿犯。外國使人，欲來京邑，所有船舶，沿泝江河，任其載運，有司不得搜檢。嶺外土宇，置州立縣，既令擢彼人物，隨便爲官，省迎送之煩；知風俗之事，訓人導德，正身率下。必當悉改前弊，以副朕懷。

門下：西南夷俗，遠僻一隅。昔在漢朝，始經開拓，山藪之內，多或生梗[5]。頃年以來，荒遐率服[6]，梯山航海[7]，無闕歲時。而種類實繁，競相殘賊，重譯款邊[8]，奉番屢請，咸乞王師，救其暴亂。朕受明命爲天下君，一物失所，載深矜惕。懷柔止殺，前王令典。宜遣大使，先喻朕懷，仍命諸軍，勒兵繼進。若軒蓋所至[9]，望風投款[10]，善加綏養，各令安業。如或愚

— 479 —

蔽，敢相抗拒，軍鋒所及，止在逆者一身，自餘家口，并亦撫慰，務在安全，一豪勿犯。不得肆將士之情，極干戈之用。遠方异俗，知其此心。

【注釋】

[1] 劫剝：掠奪。

[2] 怨讎：仇敵。《左傳·僖公二十八年》："楚有三施，我有三怨，怨讎已多，將何以戰？"

[3] 凶魁：元凶。

[4] 谿壑：山間的溝壑。《國語·晋語八》："叔魚生，其母視之，曰：'是虎目而豕喙，鳶肩而牛腹，谿壑可盈，是不可饜也。'"韋昭注："水注川曰谿；壑，溝也。"喻貪欲。《南齊書·垣崇祖傳》："頻煩升擢，谿壑靡厭，恐以彌廣。"

[5] 生梗：桀驁不馴。《北史·郭彥傳》："蠻左生梗，不營農業。"

[6] 荒陲：遠方邊陲的地方。揚雄《逐貧賦》："投棄荒陲，好爲庸卒。"

[7] 梯山：攀登高山，泛指遠涉險阻。《陳書·高祖紀上》："楛矢素犟，梯山以至；白環玉玦，慕德而臻。"

[8] 款邊：款塞。《新唐書·韋皋傳》："又明年，雲南款邊求内屬，約東蠻鬼主驃傍、苴夢衝等絶吐蕃盟。"

[9] 軒蓋：車蓋借指達官貴人。陸機《晉平西將軍孝侯周處碑》："軒蓋列於漢庭，蟬冕播于陽羡。"

[10] 投款：投誠。《資治通鑒·後梁均王貞明元年》："天子愚暗，聽人穿鼻。今我兵甲雖强，苟無外援，不能獨立，宜投款於晋。"

《隋煬帝褒顯匈奴詔》一首　　隋　煬帝

題解： 此篇又見《隋書》卷八四《突厥傳》，作於大業三年（607）四月。嚴可均據之輯入《全隋文》卷四，題作《優禮啓民可汗詔》，此可校補嚴輯。

門下：德合天下[一]，覆載所以弗遺[二][1]；功格區宇，聲教所以咸稟[三]。至於梯山航海，請受正朔，襲冠解辮[2]，同彼黔黎[四][3]。是故王會納貢[4]；義彰前册，呼韓入朝[五]，待以殊禮。突厥意利珍豆啓民可汗，志懷沈毅[5]，常修[六]藩職，往者挺身違難[6]，拔足歸仁[7]。先朝嘉此欵誠，授以徽號[8]。資其甲兵之眾，牧其殘滅之餘[七]，復祀於既亡之國，繼絶於不存之地[9]，斯固施均亭育[10]，澤漸要荒者矣[11]。朕以寡德[八]，祗奉靈命，思播遠猷，光熙[九]令緒[12]。是以親巡朔野，撫寧藩服。啓民深執誠心[十][13]，入奉朝覲，率其種落，拜首軒墀[14]，言念丹款[15]，良以嘉尚。宜隆榮數，或復[十一]恒典。可賜輅車[十二]、乘馬、鼓吹、幡旗[16]，贊拜不名[17]，位在諸侯王上。

【校勘】

〔一〕"天下"，《隋書》作"天地"。

〔二〕"弗遣"，《隋書》作"弗遺"。

〔三〕"咸眾"，《隋書》作"咸洎"。

〔四〕"黔黎"，《隋書》作"臣民"。

〔五〕"呼韓入朝"，《隋書》作"呼韓入臣"。

〔六〕"常修"，《隋書》作"世修"。

〔七〕"牧其殘滅之餘"，《隋書》作"收其殘滅之餘"。

〔八〕"寡德"，《隋書》作"薄德"。

〔九〕"光熙"，《隋書》作"光融"。

〔十〕"啓民深執誠心"，《隋書》作"啓民深委誠心"。

〔十一〕"或復"，《隋書》作"式優"。

〔十二〕"輅車"，《隋書》作"路車"。

【注釋】

[1] 覆載：覆蓋與承載，覆育包容。《禮記·中庸》："天之所覆，地之所載，日月所照，霜露所隊，凡有血氣者，莫不尊親。"

[2] 襲冠：穿戴冠袍。解辮：解散髮辮。舊時少數民族多結髮辮，解辮謂改用漢人服飾，以示歸誠。丘遲《與陳伯之書》："當今皇帝盛明，天下安樂，白環西獻，楛矢東來，夜郎、滇池解辮請職，朝鮮、昌海蹶角受化。"此統指歸順。

[3] 黔黎：百姓。

[4] 納貢：古代諸侯向天子貢獻財物、土產。《史記·齊太公世家》："命燕君復修召公之政，納貢於周，如成康之時。"

[5] 沈毅：也作"沉毅"，深沉剛毅；沉着堅毅。《後漢書·祭肜傳》："肜性沈毅內重，自恨見詐無功，出獄數日，歐血死。"

[6] 違難：避難。《國語·周語中》："雖吾王叔，未能違難。"

[7] 拔足：猶快步，表示急切之情。陸雲《盛德頌》："拔足崇長揖之賓，吐飧納獻規之容。"歸仁：歸附仁德仁政。《孟子·離婁上》："民之歸仁也，猶水之就下、獸之走壙也。"

［8］徽號：褒揚贊美的稱號，君主封授的爵號。

　［9］繼絕：繼絕世。《管子·小問》："誅暴禁非，存亡繼絕。"

　［10］亭育：養育；培育。《梁書·武帝紀下》："思隨乾覆，布茲亭育。"

　［11］要荒：要，要服；荒，荒服。古稱王畿外極遠之地，亦泛指遠方之國。劉向《新序·雜事二》："昔者唐、虞崇舉九賢，布之於位，而海內大康，要荒來賓，麟鳳在郊。"

　［12］令緒：偉大的事業或業績。《尚書·太甲下》："今王嗣有令緒，尚監茲哉。"孔安國傳："令，善也。繼祖善業，當夙夜庶幾視祖，此配天之德而法之。"

　［13］深執：執著，堅持。《後漢書·鄧禹傳》："制詔前將軍禹：深執忠孝，與朕謀謨帷幄，決勝千里。"

　［14］軒墀：殿堂前的臺階。庾信《賀新樂表》："臣等并預鈞天，同觀張樂，軒墀弘敞，欄檻眺聽。"此指朝廷。

　［15］丹款：赤誠之心。班昭《蟬賦》："復丹款之未足，留滯恨乎天際。"

　［16］輅車：貴族王侯的乘車。《國語·晉語七》："輅車十五乘。乘馬：四匹馬。"《詩·大雅·崧高》："路車乘馬，我圖爾居。"毛傳："乘馬，四馬也。"鼓吹：鼓吹樂，此指演奏樂曲的樂隊。幡旗：旗幟。

　［17］贊拜：古代舉行朝拜、祭祀或婚禮儀式時由贊禮的人唱導行禮。桓寬《鹽鐵論·除狹》："今守相親剖符贊拜，蒞一郡之衆，古方伯之位也。"

《武德年中鎮撫四夷詔》一首　　唐　高祖

　題解：此篇見於《冊府元龜》卷170，有刪節。《唐大詔令集》卷128載有此詔，題爲《鎮撫夷狄詔》，作於武德二年（619）閏二月。《全唐文》無收，可補入《全唐文》高祖文中。詔中"三年"以下文字，系弘仁鈔本配補。

　門下：畫野分疆，山川限其內外；遐荒絕域[1]，刑政殊於函夏[2]。是以昔王御俗，懷柔遠人[3]，義在羈縻[4]，無取臣屬[5]。渠搜即叙[6]，表夏后之成功；越裳重譯[7]，美周邦之長算。至如秦皇好勝，□逐戎夷；漢武憑威，交兵胡越。遂使四萌曝骨，九府無儲[8]，天下騷然，海內愁怨。有隋季代[9]，黷武耀兵[10]，萬乘疲於河源[11]；三年伐於遼外。構怨連禍[12]，力屈貨殫。緣邊苦亭障之虞[13]；列郡勞烽燧之警[14]。棄義交惡，深乖至仁。朕祗膺寶圖[15]，撫臨四極[16]，悅近來遠，思得安寧。今既曆運初基[17]，追革前弊，

— 482 —

要荒藩服，宜與和親。其吐谷渾已修職貢，高句驪遠送誠款，契丹靺鞨，咸求內附[18]。因而鎮撫[19]，允合機宜[20]。分命行人[21]，就申好睦，靜亂息甿，於此乎在。布告天下[22]，明知朕意。

【注釋】

[1] 絕域：極遠之地。《管子·七法》："不遠道里，故能威絕域之民；不險山河，故能服恃固之國。"

[2] 函夏：全中國。《漢書·揚雄傳上》："以函夏之大漢兮，彼曾何足與比功？"顏師古注引服虔曰："函夏，函諸夏也。"

[3] 懷柔：籠絡安撫外國或國內少數民族。

[4] 羈縻：籠絡，控制。

[5] 臣屬：以臣自屬。謂自辟其官，自役其民。

[6] 渠搜：古西戎國名。《尚書·禹貢》："織皮昆侖、析支、渠搜，西戎即叙。"

[7] 越裳：亦作"越常"，亦作"越嘗"，古南海國名。

[8] 九府：周代掌管財幣的機構，後泛指國庫。《史記·貨殖列傳》："其後齊中衰，管子修之，設輕重九府。"

[9] 季代：末世。

[10] 黷武：濫用武力；好戰。耀兵：炫耀兵威。

[11] 河源：亦作"河原"，河流的源頭。古代特指黃河的源頭。

[12] 連禍：接連發生禍亂。

[13] 緣邊：沿邊。指邊境。亭障：亦作"亭鄣"，古代邊塞要地設置的堡壘。《尉繚子·守權》："凡守者，進不郭圍，退不亭障以禦戰，非善者也。"

[14] 烽燧：古代邊防報警的信號，白天放煙叫烽，夜間舉火叫燧。

[15] 祗膺：敬受。寶圖：皇位；帝業。《周書·武帝紀上》："朕祗承寶圖，宜遵故實。"

[16] 撫臨：據有，統治。《史記·文帝本紀》："以不敏不明而久撫臨天下，朕甚自愧。"

[17] 曆運：天象運行顯示的一個朝代的氣數、命運。古代認為朝代的興衰更迭與天象運行相應。

[18] 內附：歸附朝廷。

[19] 鎮撫：安撫。

[20] 機宜：事理；時宜。

[21] 行人：官名，掌管朝覲聘問的官。通稱使者。

[22] 布告：公開宣示，使人人皆知。

《貞觀年中安撫嶺南詔》一首　　唐　太宗

題解：《新唐書·南蠻傳下》載"（貞觀十二年），鈞州獠叛，桂州都督張寶德討平之。明州山獠又叛，交州都督李道彥擊走之。……十四年，羅、竇諸獠叛，以廣州都督党仁弘爲竇州道行軍總管擊之，虜男女七千余人"，詔稱"嶺表遐曠，山洞幽深，雖聲教久行，而風俗未一。廣州管內，爲弊尤甚"，乃遣韋叔諧、李公淹持節往廣州、高州、崖州。故此詔或作於貞觀十二年（638）左右。此篇《全唐文》無收，可補入《全唐文》太宗文中。

門下：朕恭承明命[1]，臨馭區宇，一人一物，咸思乂安；夕惕晨興，無忘寢食。嶺表遐曠[2]，山洞幽深，雖聲教久行[3]，而風俗未一。廣州管內，爲弊尤甚；蠻夷草寇，遞相侵掠；強多陵弱，衆或暴寡。又在官之徒，多犯憲法，刑罰淫濫；貨賄公行，吏有懷奸，人未見德。永言政術[4]，憂嘆無忘。宜命輶軒[5]，安撫荒服[6]。可遣員外散騎常侍韋叔諧、員外散騎侍郎李公淹，持節往廣州、高州、崖州都督管內，充使巡省。其檢校法式[7]，并宜依前敕事條[8]。

【注釋】

[1] 恭承：敬奉。賈誼《吊屈原賦》："恭承嘉惠兮，俟罪長沙。"明命：聖明的命令。《禮記·大學》："《太甲》：'顧諟天之明命。'《帝典》曰：'克明峻德。'皆自明也。"

[2] 遐曠：遼闊；遼遠。

[3] 聲教：聲威教化。

[4] 永言：長言。政術：政治方略。

[5] 輶軒：使臣的代稱。張協《七命》："語不傳於輶軒，地不被乎正朔。"李善注引《風俗通》："秦、周常以八月輶軒使采异代方言，藏之秘府。"

[6] 荒服：古"五服"之一，稱離京師二千到二千里五百里的邊遠地方，亦泛指邊遠地區。《尚書·禹貢》："五百里荒服。"

[7] 檢校：查核察看。法式：法度；制度。《管子·明法解》："案法式而驗得失，非法度不留意焉。"

[8] 事條：條例，法規。

《貞觀年中慰撫高昌文武詔》一首　　唐　太宗

題解： 貞觀十三年至十四年，唐太宗討伐高昌，先後擒獲高昌王。貞觀

卷第六百六十四

十四年（640）下詔，撫慰高昌文武百官，并設置州縣管領，使各受朝風，共享太平。此篇其他文獻無載，《全唐文》無收，可補入《全唐文》太宗文中。

門下：朕受天之命，君臨四海，地無遠近，人靡華夷，咸加撫育，使得安靜。是以八方之内，所有諸國，并受朝化，效其忠款[1]。唯爾故高昌王麴文泰，獨懷異心，頓虧臣節，拒違朕命，罪釁不少[2]。酷虐爾等，苛暴非一。賞罰無章，賦斂繁重。妄造輿服，多營樓觀[3]。兼西藩往來行旅，皆被擁塞道路；中國流寓之人，悉遭非理重役。既興嗟怨，俱不聊生[4]。朕猶懷哀矜，未忍門[問]罪。頻經遣使[5]，具有璽書，殷勤示導，前後相續。而文泰凶暴轉甚，曾不改悔，乃更深掘濠塹，高其城雉[6]，復令爾等遭此苦役，所有生業，因此并廢。朕在朝文武，及於諸藩，咸有表聞，固請展效[7]。朕所以遂遣兵馬，往申吊伐。但爲罪惡者，止是文泰一人，天所不容，已自喪殞。又聞其子還襲偽位，知近歸首[8]，雖由事急，朕子育萬方[9]，有懷哀愍，今特免罪，存其性命。爾等并舊是中國之人，因晉亂陷彼，雖居夷俗，仍習禮義。且文泰歷代爲彼君長，爾等久相服事，是其臣下。既被任使，并受驅率[10]，初雖抗拒，當非本心。朕撫有天下[11]，唯行賞罰，欲使人人懲勸[12]，皆知向善。其有邪佞之徒[13]，勸文泰爲惡損害，彼者即令與罪，以謝百姓，自外一無所問，咸許自新。其有守忠直之節，諫爭文泰，及才用可稱者，當令收叙[14]，使無屈滯[15]。今即於彼置立州縣管領，爾等宜各竭其誠節，稟受朝風。朕爲人父母，無隔新舊，但能顧守忠款，勤行禮法，必使爾等永得安寧。爾等與中國隔絕以來，多歷年所[16]，今逢清定[17]，理願盡心。其偽王以下及官人頭首等[18]，朕并欲親與相見。已命行軍，發遣入京[19]，宜相示語，皆令知委勤事生業[20]，勿懷憂懼也。秋序稍冷，想比無恙，家門大小，當并平安。故遣守左衛郎將、駙馬都尉、黃國公賓奉節，指申往意[21]。

【注釋】

[1] 忠款：忠誠。

[2] 罪釁：罪行，過惡。

[3] 樓觀：樓殿之類高大建築物。

[4] 聊生：賴以生活。

[5] 遣使：派遣使者。《韓非子·八經》："兵士約其軍吏，遣使約其行介。"

[6] 城雉：城上短墙，泛指城墙。

[7] 展效：出力報效。

[8] 歸首：歸降，自首。

[9] 子育：撫愛、養育如己子。萬方：全國各地，天下。

[10] 驅率：驅使率領。

[11] 撫有：據有，占有。《左傳·襄公十三年》："赫赫楚國，而君臨之，撫有蠻夷，奄征南海。"

[12] 懲勸：懲惡勸善。

[13] 邪佞：奸邪，僞善。

[14] 收叙：録用。

[15] 屈滯：久居下位。《北齊書·段榮傳》："諸人膝行跪伏，稱觴上壽，或自陳屈滯，更請轉官。"

[16] 年所：年數。

[17] 清定：清平安定。

[18] 頭首：頭領，爲首的人。

[19] 發遣：派遣；差遣。

[20] 知委：知道。勤事：盡心盡力於職事。生業：產業。

[21] 指申：陳述。

《貞觀年中巡撫高昌詔》一首　　唐　太宗

題解：詔稱"安西都護喬師望景擬騎都尉以下官奏聞，庶其安堵本鄉，咸知爲善"，喬師望乃唐高祖廬陵公主附馬。貞觀十四年（640），唐太宗滅高昌，立安西都護府，以喬師望爲都護。詔又稱"彼土黎庶，具識朕心，并變夷俗，服習王化。家慕禮讓之風，人事農桑之業"，置安西都護之後產生良好效果，推此作作於貞觀十五年（641）前後。此篇其他文獻無載，《全唐文》無收，可補入《全唐文》太宗文中。

門下：高昌之地[1]，雖居塞表，編户之甿，咸出中國。自因隔絕，多歷年所。朕往歲出師，應時克定[2]，所以置立州縣，同之諸夏。而彼土黎庶，具識朕心，并變夷俗，服習王化。家慕禮讓之風，人事農桑之業。朕愛養蒼生，無隔新舊，引領西顧，嘉嘆良深。宜遣五品一人，馳驛往西州宣揚朝旨，慰勞百姓，其僧尼等亦宜撫慰。高昌舊官人并首望等[3]，有景行淳直[4]，及爲鄉閭所服者，使人宜共守。安西都護喬師望景擬騎都尉以下官奏聞，庶其安堵本鄉[5]，咸知爲善。彼州所有官田，并分給舊官人首望及百姓等。自大軍平定以後，有良賊被配没，及移入内地之徒，逃亡在彼，及藏隱未出者，并特免罪，即任於彼，依舊附貫[6]。使人仍巡問百姓有病患者，量給醫藥。老病惸獨糧食交絶者，亦量加振給[7]。朕比選補州縣官人，每加簡擇，或恐至彼未能盡稱朝寄[8]。若有貪殘爲百姓之患者，使人明加訪采，并改道有不便於百姓，亦宜詢問，還日并具以聞。

【注釋】

[1] 高昌：郡名，前凉張駿擊擒戍己校尉趙貞後置。治高昌城，轄境相當今新疆吐魯番盆地東部哈拉和卓以東一帶。

[2] 克定：攻克，平定。

[3] 首望：首要望族。

[4] 景行：高尚的德行。《詩·小雅·車轄》："高山仰止，景行行止。"淳直：敦厚直率。

[5] 安堵：亦作"案堵""按堵"。安居，不受騷擾。《史記·田單列傳》："即墨即降，願無虜掠吾族家妻妾，令安堵。"

[6] 附貫：附籍。《新唐書·李晟傳》："七年，以臨洮未復，請附貫萬年，詔可。"

[7] 振給：同"賑給"，救濟。振，"賑"的本字，救濟。《禮記·月令》："發倉廩，賜貧窮，振乏絶。"鄭玄注："振，猶救也。"

[8] 朝寄：朝廷托付的重任。《晋書·謝安傳》："安雖受朝寄，然東山之志始末不渝，每形於言色。"

《貞觀年中撫慰處月處蜜詔》一首　　唐　太宗

題解：詔"西域之地，經途遐阻，自遭亂離，亟歷歲月"，則當西域遭遇亂離之時。又，"可令左屯衛將軍阿史那忠爲西州道撫慰使，屯衛將軍蘇農泥孰仍兼爲吐屯，檢校處月、處蜜部落"。阿史那忠因擒頡利可汗有功，唐太宗拜其爲左屯衛將軍；唐貞觀九年晋遷右衛大將軍。貞觀四年，滅東突厥，李世民被尊爲"天可汗"。貞觀八年，吐谷渾寇邊，太宗派兵出擊，推此詔作於貞觀八年（634）。此篇其他文獻無載，《全唐文》無收，可補入《全唐文》太宗文中。

門下：西域之地，經途遐阻，自遭亂離，亟歷歲月。君長失撫馭之方[1]；

酋帥乖叶贊之義[2]。虐用種落[3]，肆行殘忍[4]。遂使部衆離心[5]，戰爭不息，遠近塗炭，長幼怨嗟。大監小王[6]，無所控告，頓顙蹶角[7]，思見含養[8]。朕受命三靈[9]，君臨六合[10]。御朽之志[11]，無忘寢興；納隍之懷[12]，寧隔夷夏。洒眷西顧，良深矜惕。宜命軺軒[13]，星言拯救。可令左屯衛將軍阿史那忠爲西州道撫慰使，屯衛將軍蘇農泥孰仍兼爲吐屯，檢校處月、處蜜部落。宣布威恩，招納降附，問其疾苦，濟其危厄[14]。務盡綏懷之道[15]，稱朕意焉。

【注釋】

[1] 撫馭：安輯控馭。庾信《周柱國大將軍長孫儉神道碑》："公善於撫馭，長於接引，山藪無棄，苞苴不行。"

[2] 酋帥：舊稱部落或叛亂者的首領。《陳書·周敷傳》："南江酋帥并顧戀巢窟，私署令長，不受召，朝廷未遑致討，但羈縻之，唯敷獨先入朝。"葉贊：協同翊贊。

[3] 種落：種族部落。《晉書·劉元海載記》："天未悔禍，種落彌繁。"

[4] 肆行：恣意妄爲。《左傳·昭公十二年》："暴虐淫從，肆行非度，無所還忌，不思謗讟，不憚鬼神。"

[5] 離心：异心，不同心。

[6] 大監：漢官名，隋改大監爲匠。唐龍朔二年（662）改爲太監。監指主管監察的官員。小王：年輕受封爲王者。《後漢書·皇后紀上·明德馬皇后》："常與帝旦夕言道政事，及教授諸小王，論議經書，述叙平生，雍和終日。"

[7] 頓顙：屈膝下拜，以額角觸地，多表示請罪或投降。《國語·吳語》："句踐用帥二三之老，親委重罪，頓顙于邊。"蹶角：額角叩地。丘遲《與陳伯之書》："夜郎、滇池，解辮請職；朝鮮、昌海，蹶角受化。"

[8] 含養：包容養育，形容帝德博厚。《後漢書·郎顗傳》："流寬大之澤，垂仁厚之德，順助元氣，含養庶類。"

[9] 三靈：天、地、人。班固《典引》："答三靈之蕃祉，展放唐之明文。"李善注："三靈，天、地、人也。"

[10] 君臨：爲君而主宰。《左傳·襄公十三年》："赫赫楚國，而君臨之。"六合：天下；人世間。賈誼《過秦論》："吞二周而亡諸侯，履至尊而制六合，執敲樸以鞭笞天下，威振四海。"

[11] 御朽：以朽索御馬，喻指危險。《隋書·房彥謙傳》："是以古之哲王，昧旦丕顯，履冰在念，御朽兢懷。"

[12] 納隍：出民於水火的迫切心情。《宋書·王僧達傳》："民有諸瘼之聲，君表納隍之志。"

[13] 輶軒：使臣的代稱。張協《七命》："語不傳於輶軒，地不被乎正朔。"李善注引《風俗通》："秦周常以八月輶軒使采異代方言，藏之秘府。"

[14] 危厄：危急困窘。

[15] 綏懷：安撫關切。《三國志·魏志·杜襲傳》："太祖還……綏懷開導，百姓自樂出徙洛、鄴者，八萬餘口。"

《貞觀年中撫慰百濟王詔》一首　　唐　太宗

題解：詔稱"今先遣大總管、特進太子詹事、英國公李勣董率士馬，直指遼東。大總管、刑部尚書、鄖國公張亮總統舟艫，徑臨平壤。朕仍親巡遼碣，撫彼黎庶，誅其凶逆，布以感恩"。唐太宗貞觀十八（644）年，親率大軍征高麗，推此詔作於当年。此篇其他文獻無載，《全唐文》無收，可補入《全唐文》太宗文中。

皇帝問柱國、帶方郡王、百濟王扶餘義慈：朕祗膺靈眷，君臨區宇，憂勤四海，憐養萬姓。天地之所覆載，日月之所照臨，咸被愷澤[1]，致之仁壽。王嗣守藩緒，累效迺心。早慕禮樂之風，久習詩書之教。虔修貢職[2]，汎彼滄波。行李相繼于道路[3]，睬賮不絕於王府[4]。言念丹欸[5]，朕甚嘉之。故高麗王高武早奉朝化[6]，備展誠節，朝貢無虧，藩禮尤著。其臣莫離支蓋蘇文苞藏奸凶，奄行弒逆，冤酷結於遐裔[7]，痛悼聞於中夏。朕受命上玄，爲其父母，既聞此事，甚用愍傷。若不申茲九伐[8]，無以懲肅八表[9]。今先遣大總管、特進太子詹事、英國公李勣董率士馬，直指遼東。大總管、刑部尚書、鄖國公張亮總統舟艫，徑臨平壤。朕仍親巡遼碣，撫彼黎庶，誅其凶逆，布以感恩。當使三韓之域、五郡之境，因此蕩定，永得晏然。前得新羅表，稱王與高麗每興士衆，不遵朝旨，同侵新羅，朕便疑王必與高麗協契。覽王今表，及問康信，王與高麗不爲阿黨。既能如此，良副所望。康信又述王意，固請發兵，即與官軍同伐凶惡。朕今興動甲兵，本誅殺君之賊。王志存忠正，情勿鷹鸇[10]，既稱朕懷，欽嘆無已。所發之兵，宜受張亮處分。若討賊之日，能立功勳，王宜錄奏，當加褒獎。然王盡心國家，無所愛惜，遠獻子女，深具丹誠。朕既有事遼左，方弘弔伐，若即不違來請，受王所獻，便恐四海之議，謂朕有所貪求。其今女［汝］且令還，賊平之後，任王更奏，宜知此意，勿致怪也。所奏學問僧等，請聽恣意出入，及三藩使人等級者知。又請

— 489 —

蔣元昌。往彼爲王療患者元昌，朕先使往益州道，今猶未還，所以未得令向王處。所請僧智照還國者，已依所奏宜知。今令朝散大夫莊元表、副使右衛勳衛旅帥段智君等往新羅王所，宜速遣人船將送，必令安達，勿使在道被莫離支等抄截也。首春猶寒，想比無恙，國境之內當并平，履新之慶[11]，與王及率士〔土〕同之。康信今還，指申往意，并寄王物如別。

【注釋】

[1] 愷澤：和樂恩澤。愷，和樂。《莊子·天道》："中心物愷。"宣穎注："與物同樂。"

[2] 貢職：貢賦；貢品。《穀梁傳·莊公三十年》："貢職不至，山戎爲之伐矣。"

[3] 行李：使者。《左傳·僖公三十年》："行李之往來，共其乏困。"

[4] 賝賣：進奉的珍寶物品。

[5] 丹欵：同"丹款"，赤誠的心。班昭《蟬賦》："復丹款之未足，留滯恨乎天際。"

[6] 朝化：朝廷的政教和風化。《三國志·蜀志·馬超傳》："其明宣朝化，懷保遠邇，肅慎賞罰，以篤漢祜，以對於天下。"

[7] 遐裔：遠方；邊遠之地。《三國志·魏志·管寧傳》："司徒華歆舉寧應選，公車特徵，振翼遐裔，翻然來翔。"

[8] 九伐：九種須加征伐之事。《周禮·夏官·大司馬》："以九伐之法正邦國：馮弱犯寡則眚之，賊賢害民則伐之，暴內陵外則壇之，野荒民散則削之，負固不服則侵之，賊殺其親則正之，放弒其君則殘之，犯令陵政則杜之，外內亂、鳥獸行則滅之。"《三國志·魏志·鍾會傳》："方國家多故，未遑修九伐之征也。"

[9] 八表：八方以外，指極遠的地方。陶潛《歸鳥》詩："遠之八表，近憩雲岑。"

[10] 鷹鸇：鳥名，性猛。《左傳·文公十八年》："如鷹鸇之逐鳥雀也。"形容凶狠貪婪。

[11] 履新：過新年。《新唐書·禮樂志九》："履新之慶，與公等同之。"

《貞觀年中撫慰新羅王詔》一首　　唐　太宗

題解：詔稱"高麗恃其險阻，肆行凶慝，數動干戈，侵王境界。……朕是以大發師徒，往申弔伐"，推此詔亦作於貞觀十八年（644）。此篇其他文獻無載，《全唐文》無收，可補入《全唐文》太宗文中。

皇帝問柱國、樂浪郡王、新羅王金善德：朕祇膺靈命[1]，君臨區宇，矜惕之懷，無忘於夙夜；撫育之志，寧隔於遐邇[2]。萬方有罪，情深納隍。一物失所，坐以待旦。高麗恃其險阻，肆行凶慝，數動干戈，侵王境界。朕愍王在遠[3]，遭其充斥[4]，頻命行人，示其利害。而凶愚之性，莫肯悛革[5]，故違朕命，曾不休兵。加以莫離支蓋蘇文苞藏禍心，乃殺害遍于忠良，凶虐被其土境。逆亂既甚，罪釁難容。朕是以大發師徒，往申弔伐[6]。拯彼國之危急，濟遼左之塗炭。克定之期，在於旦夕。去年王使人金多遂還日，具有璽書，以水軍方欲進路，令王遣大達官將領入船來相迎引訝[7]，王比來絕無消息。爲是被高麗斷截，爲是不遣使來？引領東顧，每勞虛想。前本欲令禮部尚書、江夏郡王道宗總統水軍，今道宗別有任使，仍先令光禄大夫、刑部尚書張亮總統舟艫。又令特進太子詹事、英國公李勣亦爲大總管，董率士馬[8]，并水陸俱進，直指賊庭。計四月上旬之內，當入高麗之境。若同惡相濟，敢拒王師，便肆軍威，俾無遺類。王與高麗怨隙既重，所部之兵，想裝束久辯，宜與左驍衛長史任義方相知，早令纂集應行兵馬[9]，并宜受張亮等處分。朕仍令行軍總管、守右驍衛將軍、東平郡開國公程名振等爲張亮前軍，并遣朝散大夫莊元表、副使右衛勳衛旅帥段智君等使往彼國。元表等至日，王即宜遣使到亮等軍所，共爲期會。仍須遣使速來奏朕。今六合之師，百道俱進，或鐵騎如雲，越襄平而電擊；或戈船連軸，汎滄波而風掃。華夷響會，遠近勠力，以此破陣，何陣不摧；以此攻城，何城不克。朕即以今月十二日發洛陽，至幽州，便當東巡遼左，觀省風俗，親問疾苦，戮渠魁之多罪，解黎庶之倒懸。被以朝恩，播兹愷澤。當令三韓吏人，五郡士庶，永息風塵之警[10]，長保丘山之安。王早著迺誠[11]，每盡藩禮，干戈所臨，爲王除害。忻悅之情[12]，固當何已？所遣之兵，宜簡精銳，破賊之日，若能立功，具錄聞奏，當加褒獎。春序稍暖，想比無恙；境局之內，當并平安。自外并元表所具，并寄王信物如別。

【注釋】

[1] 祇，讀音 zhī，恭敬。《尚書·大禹謨》："文命敷于四海，祇承於帝。"孔安國傳："言其外布文德教命，内則敬承堯、舜。"膺：受。《後漢書·班固傳下》："膺萬國之貢珍。"

[2] 遐邇：同"遐邇"，遠近。《尚書·太甲下》："若陟遐，必自邇。"

[3] 愍：當爲"湣"，避唐太宗之諱而改，哀憐。《後漢書·應奉傳》："追湣屈原，因以自傷。"

［4］充斥：多，滿，含有貶義。俞樾《古書疑義舉例》卷七："充、斥并爲大，故并爲多；充斥，言多也。"

［5］悛革：悛改，改過。《宋書·武帝紀下》："反叛淫盜三犯補冶士，本謂一事三犯，終無悛革。"

［6］吊伐：慰問褒獎。

［7］引訝：導引迎接。訝，同"迓"，迎接。《儀禮·聘禮》："厥明，訝賓於館。"

［8］董率：監督統率。董，督，監督。《尚書·大禹謨》："董之用威。"

［9］篡集：聚集。

［10］風塵：喻戰亂。杜甫《贈別賀蘭銛》："國步初返正，乾坤尚風塵。"

［11］迺誠：你的誠意。迺，"乃"的异體字，你、你的。《漢書·翟義傳》："今欲發之，乃肯從我乎？"《尚書·盤庚中》："古我先後，既勞乃祖乃父。"

［12］忻悦：同"欣悦"，喜悦。忻，同"欣"。《史記·周本紀》："姜原出野，見巨人迹，心忻然説，欲踐之。"

卷第六百六十五

詔卅五　赦宥一

《後漢章帝郊廟大赦詔》 一首　　後漢　章帝

題解：此篇其他文獻無載，嚴可均輯《全上古三代秦漢三國六朝文》無收，《後漢書》卷三《章帝本紀》載"三年春正月己酉，宗祀明堂。禮畢，登靈臺，望雲物，大赦天下"，詔或作於建初三年（78）正月。此可補入《全後漢文》章帝文中。

制詔：朕巡狩岱宗，紫望山川[一][1]，告祠明堂[二]，以彰先勳[三]。其二王之後，先聖之胤，東后藩衛[四]，伯父伯兄，仲叔季弟，幼子幼孫[五]，百僚從臣，宗室衆子，要荒四裔，沙漠之北，葱嶺之西，冒懦之類[六][2]，跋涉懸度，陵踐阻絶，駿奔郊時，咸來助祭。祖宗功德，延及朕躬。予一人空虛多疚，纂承尊明[3]，盥洗享薦，慙愧慄[七]慄。《詩》不云乎："君子如祉，亂庶遄已。"[4]歷數既從，靈曜著文[八]，亦欲與士大夫同心自新。大赦天下。

【校勘】

〔一〕"紫望"，《後漢書》作"柴望"。

〔二〕"告祠"，《後漢書》作"告祀"。

〔三〕"以彰先勳"，"彰"，《後漢書》作"章"。

〔四〕"東后藩衛"，"藩"，《後漢書》作"番"。

〔五〕"幼孫"，《後漢書》作"童孫"。

〔六〕"冒懦"，《後漢書》作"冒彨"。

〔七〕慄，《後漢書》作"祇"。

〔八〕"靈曜著文"，《後漢書》作"靈燿著文"。

【注釋】

[1] 柴望：古代兩種祭禮。柴，謂燒柴祭天；望，謂祭國中山川。亦泛指祭祀。《尚書·武成》："越三日，庚戌，柴望，大告武成。"孔安國傳："燔柴，郊天，望，祀山川。"

[2] 冒懦：未詳。

[3] 尊明：聖明。

[4] 此句出自《詩經·小雅·巧言》，《毛詩序》云："《巧言》，刺幽王也。大夫傷於讒，故作是詩也。"

《東晉成帝郊祀大赦詔》一首　　東晉　成帝

題解：《晉書》載"（咸和元年）十一月壬子，大閱於南郊"，太寧三年（325）閏八月成帝即位，太寧四年二月改元咸和元年（326），此詔當作于這年。此篇其他文獻無載，嚴可均輯《全文》未收，可補入《全晉文》成帝文中。

制詔：仰憑先訓，傍賴宰輔，雖自勖勵[1]，恒惕于心。有司脩典，虔奉郊祠。燔柴既饗[2]，芳氣清穆。誠君子勤禮，畎力普存[3]，祖宗神靈，天地歆類[4]。奚猶朕躬，荷斯休祐？思與兆庶，共同斯慶。其大赦天下，咸得自新。

【注釋】

[1] 勖勵：同"勗勵"，勉勵。

[2] 燔柴：古代祭天儀式。將玉帛、犧牲等置於積柴上而焚之。《儀禮·覲禮》："祭天，燔柴……祭地，瘞。"

[3] 畎力：同"氓力"，民力。

[4] 歆：饗，祭祀時神靈享受祭品的香氣。歆類：指世間萬物。

《後魏孝文帝祭圓丘大赦詔》一首　　後魏　孝文帝

題解： 此篇其他文獻無載，嚴可均輯《全上古三代秦漢三國六朝文》未收，可補入《全後魏文》孝文帝文中。按：本書卷六七〇亦載此文，除極個別文字小有差別外，基本相同，題作《後魏孝文帝大赦詔》，則此篇亦當作於太和十九年（495）。

門下：飛宿澄天，表懸象之光[1]；列獄崇地[2]，著神區之寶。故微辰闈中鳥，玄圖［圜］敞朗，嵩室鎮極，赤縣彬分。耀昊凝紫以保生，鎮宰締黃而首唱，苔苔兮靈功之在兹，洪化之所由矣。今元軒季洛，璽曆鏡厘，日月凝光，寒暑交蔚。冥化與陰陽齊和，人風隨天地俱合。曰止曰時，律吹黄鐘。萌春潛陟，乾正微顯。禘天圓頂，爰祖地丘，百神受職，千靈昭享。皇依委而下顧，萌縣繆以仰祐。幽明忽慌，神人雜沓者哉！朕德匪上皇，道慚中叡，謬鐘之鼎，運臻升中。一昨奉祀，暫登太儀，徙步雲峰，振玉風嶺。望閶闔而聳氣[3]，扳辰階以娛衿[4]。弗知何德，可以爾乎？思與兆獻[5]，共斯嘉祐。且天元之後[6]，萬務方新，宜開大始[7]，彰厥猷端。可大赦天下，與人肇旦：諸謀反大逆外叛殺人殊死已下，已發覺、未發覺、繫囚禁錮，自太和年月日長至昧爽已前，一皆原除。逋負租調官物違限者[8]，自此年正月已前，悉聽了。有司詳准舊式，備爲條格。既與萬邑，具創風澤[9]，宜各濯心，日新厥政。咸相申告，稱朕意焉。

【注釋】

[1] 懸象：天象，多指日月星辰。《周易·繫辭上》作"縣象"。班固《典引》："懸象暗而恒文乖，彝倫斁而舊章缺。"

[2] 列獄：同"列嶽"，高大的山嶽，喻位高名重者。任昉《爲齊明帝讓宣城郡公第一表》："驃騎上將之元勳，神州儀刑之列嶽。"

[3] 閶闔：傳説中的天門。《楚辭·離騷》："吾令帝閽開關兮，倚閶闔而望予"（又或泛指宮門或京都城門。《後漢書·寇榮傳》："閶闔九重，陷阱步設，舉趾觸罘罝，動行絓羅網，無緣至萬乘之前"）。

[4] 扳：同"攀"，援引。《公羊傳·隱公元年》："隱長又賢，諸大夫扳隱而立之。"辰階：宸階，殿陛，亦借指帝廷。沈約《爲臨川王九日侍太子宴》："任伍辰階，祚均河楚。"

— 495 —

[5] 兆獻：祭奠。陸雲《吳故丞相陸公誄》："百神秩祀，兆獻思淳，克諧庶尹，遂成帝勳。"

　　[6] 天元：周曆建子，以今農曆十一月爲正月。後世以周曆得天之正道，稱"天元"。《後漢書·陳寵傳》："夫冬至之節，陽氣始萌，故十一月有蘭、射干、芸、荔之應。"

　　[7] 大始：元氣。葛洪《抱朴子·暢玄》："胞胎元一，範鑄兩儀，吐納大始，鼓冶億類。"

　　[8] 逋負：拖欠賦稅、債務。《史記·汲鄭列傳》："莊任人賓客爲大農僦人，多逋負。"租調：租和調，古代稅制。《後漢書·明帝紀》："赦隴西囚徒，減罪一等，勿收今年租調。"

　　[9] 風澤：德澤。《三國志·魏志·陳思王植傳》"時年四十一"，裴松之注引孫盛曰："且魏之代漢，非積德之由，風澤既微，六合未一，而雕翦枝幹，委權异族，勢同瘣木，危若巢幕，不嗣忽諸，非天喪也。"

《宋文帝南郊大赦詔》一首　　南朝宋　文帝

題解： 文帝祠南郊，史載有元嘉二年正月辛未、四年正月辛巳、六年正月辛丑、十二年正月辛未、十四年春正月辛卯等。"履端"指正月初一，元嘉十六年至十九年文帝爲病所累，即詔"抱痾彌祀"，十九年病癒奉衿祠，故大膽推測詔作於元嘉二十年（443）春正月。此篇其他文獻無載，嚴可均輯《全上古三代秦漢三國六朝文》無收，可補入《全宋文》宋文帝文中。

　　門下：朕丕基緒[1]，撫御九服[2]，不能弘風導人，修德柔遠[3]，刑辟猶殷，文軌未一，納隍之愧[4]，無忘日夜。加抱痾彌祀，四時曠禮，眷言永懷，良疚于心。今履端郊禋，大典允備，誠敬既遂，幽顯同洽，思播休慶，宣被率土。可大赦天下，文武賜位一等，孤老六疾不能自存者[5]，人穀五斛。

【注釋】

　　[1] 丕：奉。《尚書·洛誥》："丕視功載。"孫星衍疏："丕者，《漢書·郊祀志》集注云：奉也。"基緒：猶基業。《尚書·太甲上》："肆嗣王丕承基緒。"

　　[2] 九服：王畿以外的九等地區，全國各地。《三國志·魏志·何夔傳》："先王辨九服之賦以殊遠近，制三典之刑以平治亂。"

　　[3] 柔遠：安撫遠人或遠方邦國。《尚書·舜典》："柔遠能邇。"

[4] 納隍：救民於水火的迫切心情。張衡《東京賦》："人或不得其所，若己納之於隍。"

[5] 六疾：寒疾、熱疾、末（四肢）疾、腹疾、惑疾、心疾六種疾病。《左傳·昭公元年》："淫生六疾……陰淫寒疾，陽淫熱疾，風淫末疾，雨淫腹疾，晦淫惑疾，明淫心疾。"

《宋文帝親祠廟大赦詔》一首　　南朝宋　文帝

題解： 詔稱"久患在躬，不堪拜伏，曠違禘嘗，忽已累載，始獲虔奉，慶感兼深"，元嘉十九年（442）夏四月甲戌，"以久疾愈，始奉祔祠，大赦天下"，故此詔當作於當年。此篇其他文獻無載，嚴可均輯《全上古三代秦漢三國六朝文》無收，可補入《全宋文》宋文帝文中。

門下：夫盛王宰俗，因時成務，易簡以育物，寬恕以惠下。執古御今，不易之道矣。朕以寡昧，臨饗萬國[1]，思遵洪軌，化濟黎蒸。而政教弗弘，獄犴尚積，鑒寐惟愧[2]，實疢于心。加久患在躬，不堪拜伏，曠違禘嘗[3]，忽已累載，始獲虔奉，慶感兼深。思播仁澤，治被率土。其大赦天下，楊難當父子不在赦例。

【注釋】

[1] 臨饗：親臨祭典。《漢書·禮樂志》："天門開，詄蕩蕩，穆并騁，以臨饗。"

[2] 鑒寐：假寐，不脫衣冠而睡。鑒，通"監"。陸雲《歲暮賦》："彼鑒寐之有時兮，亦始卒之固然。"

[3] 禘嘗：禘禮與嘗禮，周禮，夏祭曰禘，秋祭曰嘗。古代常用以指天子諸侯歲時祭祖的大典。《禮記·中庸》："明乎郊社之禮，禘嘗之義，治國其如諸掌乎！"

《南朝齊武帝郊祀大赦詔》一首　　南朝齊　王儉

題解： 史載永明三年（485）春正月辛卯，"車駕祠南郊，大赦。都邑三百里內，罪應入重者，降一等，餘依赦制。劫繫之身，降遣有差。賑恤二縣貧民"。與此詔內容相符，當作於當春正月辛卯。此篇其他文獻無載，嚴可均輯《全上古三代秦漢三國六朝文》無收，可補入《全齊文》王儉文中。

門下：夫惟刑之恤，哲王所以弘化；雷雨作解[1]，天地所以垂仁。況乃淳教凌遲[2]，囹訟彌積。因心在宥，寤寐載懷。今禮暢郊禋，情申嚴饗，思俾靈和，覃茲兆庶。九惠與陽景齊暉[3]，四奧與條風俱穆[4]，不亦休哉！可大赦天下。京畿政本，威令所由，人之多僻，特宜懲戒。都邑三百里內，罪應入重者，止降一等。餘依赦制，勒繫之身，優量散遣。

【注釋】

[1] 雷雨作解：君主對有罪者赦免。《易·解》：“雷雨作解。君子以赦過宥罪。”

[2] 凌遲：衰退；衰敗。葛洪《抱朴子·刺驕》：“道化凌遲，流遁遂往，賢士儒者，所宜共惜。”

[3] 九惠：九種仁政。《管子·入國》：“入國四旬，五行九惠之教。一曰老老，二曰慈幼，三曰恤孤，四曰養疾，五曰合獨，六曰問疾，七曰通窮，八曰振困，九曰接絕。”

[4] 四奧：四隩，四方邊遠地區。《尚書·禹貢》：“九州攸同，四隩既宅。”條風：東北風，融風。《山海經·南山經》：“其南有谷焉，曰中谷，條風自是出。”

《南朝齊武帝饗祭大赦詔》一首　　南朝齊　王儉

　　題解：據詔書，武帝即位多年後，於某年春天郊饗時，感於世風未移，遂詔頒嘉惠於天下。永明七年（489）春正月辛亥，"車駕祠南郊，大赦。京邑貧民，普加賑賜"，又永明九年（491）春正月辛丑，"車駕祠南郊，詔'京師見囚系，詳量原遣'"。姑推測作於永明九年。此篇其他文獻無載，嚴可均輯《全上古三代秦漢三國六朝文》無收，可補入《全齊文》王儉文中。

　　門下：夫刑罰不足以移風[1]，殺戮不足以止禁奸，三辟之興，皆叔葉也[2]。朕冕旒恭默[3]，志敷教義，弘五禮于湯館[4]，詳六典於宣室者[5]，多歷年所，而勝殘未聞[6]，囹犴猶積[7]。向隅之念[8]，每以悽懷。今開春發歲，肅祇郊饗[9]，情敬兼展，事與時和。思俾元元[10]，覃茲嘉惠。可大赦天下。

【注釋】

[1] 移風：轉變風氣。潘岳《笙賦》：“樂所以移風於善。”

[2] 叔葉：叔世，末世。

[3] 冕旒：皇冠，頂有延，前有十二旒，此指帝位。沈約《勸農訪民所疾苦詔》：“冕旒屬念，無忘鳳典。”恭默：莊敬而淵默。《尚書·說命上》：“恭默思道。”

— 498 —

[4] 五禮：公、侯、伯、子、男五等諸侯朝聘之禮。《尚書·皋陶謨》："天秩有禮，自我五禮，有庸哉"（或吉、凶、軍、賓、嘉五種禮制。《周禮·春官·小宗伯》："掌五禮之禁令與其用等"）。湯館：商代宮殿。

[5] 詳：了解，知悉。《孔雀東南飛》："果不如先願，又非君所詳。"六典：六種治國之方：治典、教典、禮典、政典、刑典、事典。《周禮·天官·大宰》："大宰之職，掌建邦之六典，以佐王治邦國。"宣室：殷時宮殿，泛指宮殿。《淮南子·本經訓》："武王甲卒三千，破紂牧野，殺之宣室。"

[6] 勝殘：過制殘暴。何遜《七召·治化》："睹勝殘於期月，見成俗於浹辰。"

[7] 囹圄：牢獄。《後漢書·皇后紀序》："身犯霧露於雲臺之上，家嬰縲絏於囹圄之下。"

[8] 向隅：面向屋内角落，比喻失意的境況。徐悱《贈內詩》："豈忘離憂者，向隅心獨傷。"

[9] 郊饗：郊享，祭祀天地祖先之稱。古代帝王祭天地稱郊，祭百神及祖先稱享，并稱"郊享"。

[10] 元元：百姓，庶民。《戰國策·秦策一》："制海内，子元元，臣諸侯，非兵不可。"

《南朝齊武帝殷祭恩降詔》一首　　南朝齊　王儉

題解：史載武帝永明五年（487）"夏四月庚午，車駕殷祠太廟。詔'繫囚見徒四歲刑以下，悉原遣，五年減爲三歲，京邑罪身應入重，降一等'"，故此當作於當年夏四月。此篇其他文獻無載，嚴可均輯《全上古三代秦漢三國六朝文》無收，可補入《全齊文》王儉文中。

門下：夫蘭［簡］[一]則易從，聖賢所以成務[1]；刑清衆服，人君所以順動[2]。朕臨馭八紘[3]，思弘七教[4]，而德微化淺，囹圄未虛，静言前烈，每懷愧嘆。今祗奉殷祫[5]，感敬兼申，宜播休風，覃玆執繋。繫囚見徒四歲刑以下，可悉原遣，五年刑減爲三歲。京邑罪身應入重者，并降一等。

【校勘】

〔一〕"蘭"，當爲"簡"，二字通用。《史記·高祖本紀》"周蘭"，裴駰《集解》引徐廣曰："蘭，一作簡。"

【注釋】

[1] 成務：成就事業。《易·繫辭上》："夫《易》何爲者也？夫《易》，開物成務，冒天下之道，如斯而已者也。"

[2] 順動：順應事物固有的規律而運動。《易·豫》："天地以順動，故日月不過，而四時不忒。聖人以順動，則刑罰清而民服。"

[3] 八紘：八方極遠之地，泛指天下。《淮南子·墬形訓》："九州之外，乃有八殥……八殥之外，而有八紘，亦方千里。"

[4] 七教：父子、兄弟、夫婦、君臣、長幼、朋友、賓客互相間各自應當遵從的倫理規範。《禮記·王制》："司徒脩六禮以節民性，明七教以興民德。"

[5] 殷祫：將遠近祖先神主集合在太廟里合祭的大祭，即殷祭。《禮記·曾子問》："君之喪服除，而後殷祭，禮也。"

《梁武帝新移南郊親祠赦詔》一首　　南朝梁　徐勉

題解：《梁書》，普通二年"夏四月乙卯，改作南北郊"，普通三年"秋八月辛酉，作二郊及籍田并畢，班賜工匠各有差"，很有可能即"新移南郊"事。又普通四年（523）春正月辛卯，"輿駕親祠南郊，大赦天下，應諸窮疾，咸加賑卹，并班下四方，時理獄訟"，與詔"經諸窮疾，咸加饘賑。并班下四方，時理獄訟，勿使冤滯"內容相似，姑推此詔作于普通四年春正月。此篇其他文獻無載，嚴可均輯《全上古三代秦漢三國六朝文》無收，可補入《全梁文》徐勉文中。

門下：朕仰則洪規，欽若祀典，因高嚴事，禮度惟新，乘茲上吉，克展禋敬。三燭與陽景同昭[1]，六變將和風共遠[2]。豈予一人，獨膺斯慶？思俾元元，咸陶嘉祉[3]。凡天下罪無輕重，未發覺及已發覺未結正者，在今昧爽以前，皆赦除之。已結正者，量降所原。長徒鎖士，有篤老癃殘不能爲物患者[4]，悉聽放散。經諸窮疾，咸加饘賑[5]。并班下四方，時理獄訟，勿使冤滯。

【注釋】

[1] 陽景：陽光。曹植《情詩》："微陰翳陽景，清風飄我衣。"

[2] 六變：樂章改變六次。古代祭百神，樂章變六次祭典始成。陸雲《移書太常府薦張贍》："廣樂九奏，必登昊天之庭；《韶》《夏》六變，必饗上帝之祀矣。"和風：溫和之

風，春風。阮籍《詠懷》詩："和風容與，明日映天。"

［3］嘉祉：福祉。《國語·周語下》："皇天嘉之，祚以天下，賜姓曰姒，氏曰有夏，謂其能以嘉祉殷富生物也。"

［4］癃殘：衰老病弱，肢體殘廢。

［5］釁：通"興"，興起。《國語·晉語九》："昔先主文子少釁于難。"

《梁武帝南郊恩降詔》一首　　南朝梁　徐勉

題解：《梁書》載天監"十二年春正月辛卯，輿駕親祠南郊，赦大辟以下"，正與此合，知此作於天監十二年（513），史未載詔書，此可補史闕。此篇其他文獻無載，嚴可均輯《全上古三代秦漢三國六朝文》無收，可補入《全梁文》梁武帝文中。

門下：夫雷雨作解[1]，上天所以流惠；施舍已責，哲后所以垂仁。朕裘冕君臨，茲焉一紀。雖菲躬思政，而淳被未洽。瞻彼三英，興言多愧。今上辛在日，昭事禮申[2]，庶因陽和，廣覃沐澤。凡罪自大辟以下，在今昧爽以前，未發覺未結正者；凡諸逋負，在十二年正月一日以前督未入者；凡殘三調，自十一年正月一日以前在人間者，皆赦除之。鎖士未配營居者[3]，改爲卅年徒。其長徒并刑謫已結正者，量所優降。唯主守割盜非過風水，及市公見物賭市折市[4]，不在原例，主者詳爲條格施行。

【注釋】

［1］雷雨作解：雷動水而成雨，是上下化解的結果。《易·解》："雷雨作，解，君子以赦過宥罪。"

［2］昭事：勤勉地服事。昭，通"劭"。《詩·大雅·大明》："昭事上帝，聿懷多福。"祭祀。顏延之詩《皇太子釋奠會作》："昭事是肅，俎實非馨。"

［3］鎖士：囚禁的士人。《梁書·元帝紀》："長徒鎖士，特加原宥。"

［4］賭，讀音 dàn，買東西預先付錢。

《梁武帝南郊恩詔》一首　　南朝梁　徐勉

題解：《梁書》載天監"十二年春正月辛卯，輿駕親祠南郊，赦大辟以下"，詔稱"在十二年正月一日以前督未入者，凡殘三調，自十一年正月一日以前在人間者，皆赦除之"，知此詔作於天監十二年（513）。此篇又見《梁書》卷三《武帝紀下》，嚴可均據之輯入《全梁文》卷三武帝文中，題作《收養孤獨詔》。據此，當輯入《全梁文》徐勉文中，以補正嚴輯。

門下：春司御氣，虔恭報祀。陶匏克誠[1]，蒼璧禮備。感時載懷，望烟興念，思隨乾德〔一〕[2]，布茲亭育。凡人單老孤幼不能自存立者，郡縣咸加收養，贍給衣食，每令周足，以終其身。又可於京師置孤獨園，使華髮不匱[3]，孩幼有歸〔二〕。若終年命，厚加料理。少者長大，令得正偶。又復尤窮之家，勿收租賦。

【校勘】
〔一〕"乾德"，《梁書》作"乾覆"。
〔二〕"使華髮不匱孤幼有歸"，《梁書》作"孤幼有歸華髮不匱"。

【注釋】
[1] 陶匏：陶製的尊、簋、俎豆和壺等器皿。
[2] 乾覆：天德；上天的恩澤。《晋書·四夷傳序》："夫恢恢乾德，萬類之所資始；蕩蕩坤儀，九區之所鈞載。"
[3] 不匱：不竭；不缺乏。《詩·大雅·既醉》："孝子不匱，永錫爾類。"

《梁武帝冬至郊禋赦詔》一首　　南朝梁　徐勉

題解：詔稱"朕臨馭兆人，懍乎十載"，知此詔作於天監十年（511）冬十月。此篇其他文獻無載，嚴可均輯《全上古三代秦漢三國六朝文》無收，可補入《全梁文》徐勉文中。

門下：朕臨馭兆人，懍乎十載，眷言思化，若涉大川。氣象昭回，長至在律[1]，烟燎克展，誠敬載申，思俾黎元，預陶和慶。天下罪無輕重，未發覺及已發覺未擒，并結正餘口繼討者，在今以前，皆赦除之。繫囚見徒，非預權制，量所原散。禁錮之身，并加宥釋。凡所討叛，及巧藉隱年，暗丁匿口[2]，浮游他界，悉開恩百日，各聽自首，不問往罪。居局理事，賜勞二年。主者詳爲條格施行。

— 502 —

【注釋】

［1］長至：指夏至。夏至白晝最長，故稱。《禮記·月令》："（仲夏之月）是月也，日長至，陰陽爭，死生分。"

［2］暗丁：隱匿的人口。梁武帝《祠南郊恩詔》："所計逋叛，巧籍隱年，暗丁匿口，開恩百日，各令自首。"

《梁武帝禋饗恩降詔》二首　　南朝梁　沈約

題解：第一篇作於天監四年（505）正月辛亥，第二篇當作於天監元年（502）。此二篇又見《文苑英華》卷四二四，嚴可均據之輯入《全梁文》卷二六沈約文中，題作《南郊恩詔》。此可資讎校并補録徵引出處。

門下：上日〔一〕禋饗[1]，政道莫先，厚下布澤，哲王是務。朕仰祗靈眷[2]，俯臨億兆，歲象回環，恭事云及〔二〕。牲玉必薦，感敬備申。升烟燎於穹昊，致精誠於太一。恩沾凱潤〔三〕，惠茲窮耆。天監三年內外犯奪，勞及左降，可悉原除〔四〕絓，市職不充人身及家口質縶，悉散還私[3]，於家督備。前歲三五犯謫目〔五〕，及隨曹景宗援司州委叛應謫役者，并量所蠲降。尚書所撿巧陳注〔六〕，普更開恩百日，各聽自首，不問往罪。京師二縣，尤窮乏人，詳加賑卹。主者速爲條格施行。

門下：朕肅膺乾睨[4]，君臨率土，雖日晏劬勞，而仁恕未洽。星琯驟回[5]，履端告始[6]。禋饗云備，誠敬兼申。宣和布澤，情深待旦。凡內外文武，可各賜勞一年。叛〔一〕未擒，若百日內首〔二〕還役[7]，不問往罪。女丁〔三〕質縶[8]，悉且散遣。又書輕重坐，并兼從原。主者詳爲條格，速〔四〕施行。

其一

【校勘】

〔一〕"上日"，《文苑英華》作"卜日"。

〔二〕"雲及"，《文苑英華》作"亡及"。

〔三〕"恩沾凱潤"，《文苑英華》作"思沾飆潤"。

〔四〕"原除"，《文苑英華》作"原降"。

〔五〕"謫目"，《文苑英華》作"謫因"。

〔六〕"陳注"，《文苑英華》作"陳淫辭"。

其二

【校勘】

〔一〕"叛",《文苑英華》作"叛亡"。

〔二〕"首",《文苑英華》作"自首"。

〔三〕"女丁",《文苑英華》作"女子"。

〔四〕"速",《文苑英華》作"疾速"。

【注釋】

[1] 禋饗:潔齋祭獻。沈約《南郊恩詔》:"禋饗云備,誠敬兼申。"

[2] 靈眘:神靈。沈約《桐柏山金庭館碑》:"東采震澤,西游漢濱,依稀靈眘,髣髴幽人。"

[3] 還私:營私,謀私。還,通"營"。《戰國策·秦策三》:"夫公孫鞅事孝公,極身毋二,盡公不還私,信賞罰以致治。"

[4] 乾貺:上天的賞賜。

[5] 星琯:同"星管",古稱一周年。星,指二十八宿;管,指十二律管。《宋書·黃回傳》:"李安民述任河濟,星管未周,貪據襟要,若祈回奪。"

[6] 履端:正月朔日。《左傳·文公元年》:"先王之正時也,履端於始,舉正於中,歸余於終。"

[7] 內首:臣服,歸附。顏延之《三月三日曲水詩序》:"穹居之君,內首禀朔;卉服之酋,回面受吏。"還役:還就原役。《魏書·肅宗紀》:"庚辰,詔以雜役之戶或冒入清流,所在職人皆五人相保,無人任保者奪官還役。"

[8] 女丁:成年女性。《晉書·李雄載記》:"其賦男丁歲穀三斛,女丁半之。"

《北齊孝昭帝郊祀恩降詔》一首　　北齊　魏收

題解: 孝昭帝高演(535—561),字延安。《北齊書》本紀載,皇建二年(561)"春正月辛亥,祀圓丘。壬子,禘於太廟。癸丑,詔降罪人各有差",推此詔作於皇建二年春正月。此篇其他文獻無載,嚴可均輯《全上古三代秦漢三國六朝文》無收,可補入《全北齊文》魏收文中。

門下:朕以虛寡,曆數在躬,君臨四海,惟寅寤寐[1]。晉陽都會,王業斯在,軍國經綜,一日萬機。出清朔土[2],事兼巡略。歲終時陳,六龍南上,朝野士庶,延首翠旗,瞻望京師,有豫懷抱。三元肇正,萬國相趨。玉帛在廷,華戎協契。乃心自衷,率由前典。三垓八陛[3],駢牲蒼璧。聖考作配,尊極祇禮；致敬群祖，合食太宮[4]；永言孝思，誠禮交暢。欽若舊章，大事咸展。日月光華，風烟灑散。蒼蒼在上，雖曰不言，天人允臧，其意可想。獲承宗廟，念諧靈物，俯育黎獻[5]，思納仁壽。今中外禔福，遐邇無塵，豈其不德，所能致此？寔由二儀，眷顧三后，降臨腹心爪牙，宣力王室。乘此而往，期於太康。南面垂拱，有深欣慰。天德在生，三陽調序，順時流施，疏網弘仁。務茲造育，爲義蓋遠；屈法申恩，用蕩瑕穢。其諸犯死罪降至流，流罪降至五歲刑，已下悉從原免。

【注釋】

[1] 寤寐：假寐；睡不着。《後漢書·質帝紀》"寤寐永嘆"條，李賢注引《詩》云："寤寐永嘆，唯憂用老。"今本《詩·小雅·小弁》作"假寐"，鄭玄箋："不脫冠衣而寐曰假寐。"

[2] 朔土：北方地區。揚雄《并州牧箴》："畫茲朔土，正直幽方。"

[3] 三垓：三重，三迭。《史記·孝武帝本紀》："令祠官寬舒等具泰一祠壇，壇放薄忌泰一壇，壇三垓。"八陛：八層臺階，天子祭祀天地的祭壇有八陛。《後漢書·祭祀志上》："（建武）二年正月，初制郊兆於雒陽城南七里，依鄗。采元始中故事。爲圓壇八陛，中又爲重壇，天地位其上，皆南鄉，西上。"

[4] 太宮：太廟。《晏子春秋·雜上三》："崔杼既弑莊公而立景公，杼與慶封相之，劫諸將軍大夫及顯士庶人于太宮之坎上，令無得不盟者。"

[5] 黎獻：黎民中的賢者。《尚書·益稷》："萬邦黎獻，共惟帝臣。"

《宋文帝拜謁山陵赦詔》二首　　南朝宋　文帝

題解：此篇第一詔其他文獻無載，詔稱"自奉禘嘗，十載于今"，當元嘉十年。嚴可均輯《全上古三代秦漢三國六朝文》無收，可補入《全宋文》宋文帝文中。第二詔見載《宋書·文帝紀》，作於元嘉二十六年（449）三月。嚴可均輯入《全宋文》卷四，題作《謁京陵詔》。

門下：先帝道合二儀，功濟四海，膺期撫運[1]，大造區夏，仁孚幽顯，化覃無外，而猶哀矜鰥寡，簡卹庶獄，群生懷惠，率土仰德。遺愛明訓，永光萬葉。朕以菲薄之姿，承祖宗之重，自奉禘嘗，十載于今。茲夜敬念，若涉深水。仰憑聖猷[2]，用免顛墜。日月鶩過，山陵緬邈，肇歲瞻拜，感慕彌遠。思述餘澤，少申罔極，其赦天下。

門下：朕自違[一]北京廿餘年，雖云宓[二]邇[3]，瞻塗莫從。今因四表無塵[4]，時和歲稔，復獲拜奉舊塋，展罔極之恩；饗讌故老，申追遠之懷[5]。固已義兼於桑梓，情加於還沛。永言慨慷[三]，感慰寔深。宜聿宣仁惠，覃被率土，其大赦天下。行所經縣，蠲田租之半，老病單弱，普加贍卹[6]。

【校勘】

〔一〕"自違"，《宋書》作"違"。

〔二〕"宓"，《宋書》作"密"。

〔三〕"慨慷"，《宋書》作"慷慨"。

【注釋】

[1] 撫運：順應時運。謝朓《三日侍華光殿曲水宴代人應詔》詩："悠悠靈覛，爰有適歸。於昭睿後，撫運天飛。"

[2] 聖猷：皇帝的謀略。《晉書·庾冰傳》："上不能光贊聖猷，下不能緝熙政道。"

[3] 宓邇：近。宓，通"密"，貼近。邇，近。《詩·鄭風·東門之墠》："其室則邇，其人甚遠。"

[4] 無塵：沒有塵埃，比喻平息戰事，沒有禍亂。《魏書·中山王英傳》："知大摧鯨寇，威振南海，江浦無塵，三楚卷壒，聲被荒隅，同軌斯始。公私慶慰，良副朕懷。"

[5] 追遠：追念先人。《論語·學而》："慎終追遠，民德歸厚矣。"

[6] 贍卹：同"贍恤"，救濟，撫恤。《後漢書·順帝紀》："比蠲除實傷，贍恤窮匱，而百姓猶有棄業，流亡不絕。"

《貞觀年中拜謁山陵赦詔》一首　　唐　太宗

題解：詔稱"朕嗣膺寶命，光宅天下，懷乎馭朽，坐以待旦，於茲十三載矣"，當作於貞觀十三年（639）。此篇其他文獻無載，可補入《全唐文》太宗文中。

門下：朕嗣膺寶命，光宅天下，懷乎馭朽[1]，坐以待旦，於茲十三載矣。憑宗廟之靈，資文武之助，域中大定，海外有截，三元告始，萬國來庭。遂獲躬率庶僚，奉謁陵寢。罔極之哀，亟申於瞻拜[2]；如在之敬，克展於薦享[3]。永言風樹[4]，情禮兼常。此既園塋所在，宜特布惠澤。可曲赦三元縣并從行人，貞觀十三年正月一日以前，大辟罪以下，咸赦除之。已發覺未發覺、已結正未結正，皆赦除之。其犯十惡，殺人、劫賊傷人謀殺人已傷，官人枉法受財，監臨主守自盜、盜所監臨，并不在赦例。三元縣人宜免今年租調。老人年百歲以上各賜物廿段，粟廿石，氈被一具，袍一領，羊二口，酒五斗。九十一以上各物七段，粟七石，羊一口，酒二斗。八十以上各物五段，粟五石。孝子順孫、義夫節婦，各物五段，粟五石。鰥寡惸獨不能自存及篤疾各粟三石。行所經縣，及萬年縣京城以東以北，老人并孝子順孫，義夫節婦，鰥寡惸獨不能自存，篤疾，并賜物及粟，仍准三元縣三分減一。百歲以上不在減限。兼右監門中郎將廷陵縣開國男齊士員宿衛已久，既有勤勞，可加官一階，爵一級，物一百段。其陵令丞各加官一階，賜物卅段。陵戶賜物二段；粟二石。其有挾藏軍器亡命山澤，百日不首，復罪如初。

【注釋】

[1] 懍乎馭朽：「懍乎若馭朽索」，出自《尚書·五子之歌》：「予臨兆民，懍乎若朽索之馭六馬。」後因以比喻帝王治國，艱險不易。

[2] 瞻拜：參拜；瞻仰禮拜。《東觀漢記·虞延傳》：「延進止從容，瞻拜可觀。」

[3] 薦享：祭獻；祭祀。《漢書·戾太子劉據傳》：「悼園宜稱尊號曰皇考，立廟，因園爲寢，以時薦享焉。」

[4] 風樹：出自《韓詩外傳》卷九：「樹欲靜而風不止，子欲養而親不待也。」後因以爲父母死亡，不得奉養之典。

《西晉武帝藉田大赦詔》一首　　西晉　武帝

題解：此篇又見《晉書》卷三《武帝紀》，時當泰始四年（268）春正月丁亥，武帝耕于藉田，戊子，乃下此詔書，文字有所差異。嚴可均據之輯入《全晉文》卷三。《晉書》所載，刪節過多，此爲完篇，可校補嚴輯。

制詔：古者[一]象刑而人不犯，垂衣裳而天下化。及醇朴既散，上失其道，雖制參夷辟，而奸宄不勝[二]，何德刑得失相去之遠歟？承百王之弊，宜道之以德，使人與行。而繁刑密網，以羅百姓之命，望庶時和，品物得所，不亦難乎？先帝深潛黎元，哀矜庶獄，乃命群后，考正典刑。朕守遺業，托於億兆之上，永惟保乂鴻基[1]，在予一人[三]。思與萬國，以無爲爲先[四]。方今陽春養物，東作始興[2]，親帥王公卿士，耕藉千畝，以勸農功。又律令既班之天下，將以簡法務本。惠育四海[五]，宜寬見罪[六]，使得自新，大赦天下。

【校勘】

〔一〕"古者"，《晉書》作"古設"。

〔二〕"雖制參夷辟，而奸究不勝"，《晉書》作"今雖參夷而奸不絕"。

〔三〕"永惟保乂鴻基，在予一人"，《晉書》作"永惟保乂皇基"。

〔四〕"爲先"，《晉書》作"爲政"。

〔五〕"四海"，《晉書》作"海內"。

〔六〕"宜寬見罪"，《晉書》作"宜寬宥罪"。

【注釋】

[1] 鴻基：偉大的基業，多指王業。

[2] 東作：春耕。《尚書·堯典》："寅賓出日，平秩東作。"

《宋文帝藉田大赦詔》一首　　南朝宋　文帝

題解： 此篇其他文獻無載。《册府元龜》卷一九五載宋文帝《二十一年正月大赦詔》有"尤弊之處，遣使就郡縣隨宜賑恤。凡欲附農而糧種匱乏者，并加給貸"，與此文字略同，又同書卷二零七所載宋文帝之詔亦與此同，由此可推，此詔當作于元嘉二十一年（444）。嚴可均輯《全上古三代秦漢三國六朝文》無收，可補入《全宋文》宋文帝文中。

門下：朕承統萬方，已將二紀，雖德禮未充，政道多昧，然矜在災瘼，無怠于懷。豈伊仁壽之域，靡知所濟？至乃淫沴在歲[1]，饑阻傷人。永念前徽，其愧已遠。故載耒郊廛[2]，躬耕帝藉[3]，上祇宗祧，下率寮庶[4]。舊典聿脩，誠敬兼叙，思與億兆，治兹寬惠。其大赦天下。尤弊之處，遣使賑卹。凡欲附農而種鋼匱乏者，并加給貸。務令優允，稱朕意焉。

【注釋】

[1] 淫沴：旱澇。《宋書·文帝紀》："比年穀稼傷損，淫沴成災，亦由播殖之宜，當有未盡。"

[2] 郊廛：郊野與市廛，統指城內外。《陳書·高祖紀上》："榮光曖曖，已冒郊廛；

— 508 —

甘露瀼瀼，亟流庭苑。"

[3] 帝藉：天子象徵性的親耕之田。《禮記·月令》："天子親載耒耜，措之于參保，介之御間，帥三公九卿，諸侯大夫，躬耕帝藉。"

[4] 寮庶：官民。寮，即"寮"，同"僚"，官。

《宋孝武帝躬耕千畝大赦詔》一首　　南朝宋　孝武帝

題解：此詔除最後兩句，與《宋孝武帝大赦詔》完全相同，當作於大明四年（460）正月。此篇其他文獻無載，嚴可均輯《全上古三代秦漢三國六朝文》無收，可補入《全宋文》孝武帝文中。

門下：歲慶聿新，楮燎肅展，耕寔務本，教以富立。朕式應協風[1]，躬藉三推，仰供粢盛[2]，俯訓億兆。囷庾克衍[3]，人和禮順，天地并祝，神祇罔愛。肅慎楛矢[4]，浮溟來獻；西極珍驥，涉沙少貢。三茅曜寶[5]，五靈炳祥[6]。維德不明，震乎瑞物。思答乾錫，下敷慶澤，可大赦天下。逋租宿債，一皆原除。

【注釋】

[1] 協風：春天溫和的風。《國語·周語上》："先時五日，瞽告有協風至。"

[2] 粢盛：盛在祭器内以供祭祀的穀物。《公羊傳·桓公十四年》："御廩者何？粢盛委之所藏也。"何休注："黍稷曰粢，在器曰盛。"

[3] 囷庾：糧倉。

[4] 楛矢：以楛木做杆的箭。《國語·魯語下》："有隼集于陳侯之庭而死，楛矢貫之。"

[5] 三茅：古代供祭祀用的三脊茅草。《晉書·禮志上》："武皇帝亦初平寇亂，意先儀範。其吉禮也，則三茅不翦，日觀停壇。"

[6] 五靈：麟、鳳、神龜、龍、白虎，古代傳說中的五種靈异鳥獸。

《藉田大赦詔》一首　　南朝宋　孝武帝

題解：此詔自開頭至"文武賜位一等"悉同《宋文帝嘉禾秀京師大赦詔》。而"孤老六疾不能自存，人賜穀五斛"則同《宋文帝南郊大赦詔》。大明四年（460）春正月乙亥，"車駕躬耕藉田，大赦天下。尚方徒繫及逋租宿債，大明元年以前，一切原除"，詔可能作於此時。此篇其他文獻無載，嚴可均輯《全上古三代秦漢三國六朝文》無收，可補入嚴輯《全宋文》孝武帝文中。

門下：朕奉承宗祧，嗣守鴻業，夙夜夤畏，思隆平緒，未能光宣先德，式揚風教，惠政弗孚，矢言靡訓，庶徵愆度，邊患屢興，念深納隍，每懷明發。故躬親帝藉，敬供務本。芟夷不端[1]，拯雪人瘼[2]。頃群方效捷，要荒革面，時和歲稔，禎祥仍集：嘉稷玄黍，頻秀京畿；含秠祕菀，擢穗千畝。潔齊神倉，薦鄉郊廟。三才協靈，幽顯偕順。永惟休祐，何以臻茲？自天降康，豈伊在予？思覃斯慶，施于萬拜［邦］。可大赦天下，文武賜位一等，長繫宜有降宥，諸逋負合寬減者，并詳為其格。孤老六疾不能自存，人賜穀五斛，蠲建康、秣陵二縣今年田租之半。藉田華林園聽僚[3]，悉壽量賜之。

【注釋】

[1] 芟夷：裁減；刪削。《尚書序》："芟夷煩亂，翦截浮辭。"

[2] 人瘼：民瘼，人民的疾苦。

[3] 藉田：同"籍田"，古代天子、諸侯徵用民力耕種的田。《漢書·文帝紀》："夫農，天下之本也，其開藉田，朕親率耕，以給宗廟粢盛。"

《南朝齊武帝藉田恩詔》一首　　南朝齊　王儉

題解：此篇又見《南齊書》卷三《武帝紀》，時在永明四年（486）閏正月。嚴可均據之輯入《全齊文》卷三武帝文中，據此，當輯入《全齊文》王儉文中。

門下：耕藉所以表敬，親載所以率人。朕景行前規[1]，躬執良耜。千畛咸事[2]，六衍[一]可期[3]，教義克宣，誠感兼暢。重以天符靈貺[4]，歲月鱗萃[5]，寶鼎開玉匣之祥，嘉禾發同穗之穎。甘靈類暉於坰牧[6]，神爵鶱翥於蘭囿[7]，斯乃宗稷之慶，豈寡薄所臻？思俾休和，覃茲黔阜[8]。見刑罪殊死以下，悉原宥。諸逋負在三年以前，尤窮弊者，一皆蠲除。孝悌力田，詳授爵位，孤老貧窮，賜穀十石。凡欲附農而糧種闕乏者，并加給貸，矜在[二]優厚。

【校勘】

〔一〕"六仞"，當從《南齊書》校改爲"六稔"。

〔二〕"矜在"，《南齊書》作"務在"。

【注釋】

[1] 景行：景仰。顏延之《直東宮答鄭尚書》："惜無丘園秀，景行彼高鬆。"

[2] 千畛：形容許多田地。鹽土。

[3] 六仞：當是"六稔"，形容大豐收。

[4] 靈貺：神靈賜福。范曄《後漢書·光武紀贊》："世祖誕命，靈貺自甄。"

[5] 鱗萃：亦作"鱗崪"，鱗集。潘岳《籍田賦》："於是前驅魚麗，屬車鱗萃。"

[6] 坰牧：郊野。《後漢書·班固傳下》："若乃嘉穀靈草，奇獸神禽，應圖合諜，窮祥極瑞者，朝夕坰牧，日月邦畿，卓犖乎方州，美溢乎要荒。"

[7] 神爵：神雀。一種瑞鳥。揚雄《羽獵賦》："麒麟臻其囿，神爵栖其林。"騫翥，即"騫翥"，飛舉貌。騫，通"鶱"。《晉書·袁湛傳》："范泰贈湛及混詩云：'亦有後出雋，離群顧騫翥。'"

[8] 黔皁：黔首、皁隸的并稱，指一般平民。《南齊書·武帝紀》："鳴青鸞於東郊，冕朱紘而范事，仰薦宗禮，俯勖黔皁。"

《梁武帝藉田恩詔》二首　　南朝梁　徐勉

題解： 此詔第一首又見《梁書》卷三《武帝紀下》，嚴可均據之輯入《全梁文》卷三武帝文中。第二詔稱"凡逋租在十二年正月一日以前，悉皆原除"，《梁書》載天監十三年"二月丁亥，輿駕親耕籍田"，而天監十二年未有籍田記載，故推此詔作於天監十三年（514）二月。據此，二首詔文當輯入《全梁文》徐勉文中，第一首可資讎校并逋錄徵引出處，第二首可補嚴輯。

門下：夫耕藉之義大矣哉！梁盛由之而絜[一][1]，禮節因之以著，古先哲王，咸自[二]此作。朕眷言八政[2]，躬事[3]千畝；公卿百辟，恪恭其義。畎力普存，馨香靡替。兼以風雲葉律，氣象光華，屬覽休辰，思弘[4]獎勸。可班下遠近，廣闢良疇，公田私[5]畒，務盡地利。若欲附農而種糧有乏，并加貨給[6]。每使優遍，孝悌力田賜爵一級，預耕之司，克日勞酒。

門下：古之爲國也，人足家給，因時制用。雖有淫亢[3]，人無菜色，朕克己思化，弗敢怠荒。而政道未凝，仁風多弊。或四氣暫乖，則九年未積。永言禮節，取愧弘深。今農祥晨正，躬執耒耜，三推既展[4]，百工咸事。上申誠敬，下勖黎元，有懷時澤，以及率土。凡逋租在十二年正月一日以前，悉皆原除。孝悌力田賜爵一級，罪入刑謫追捕[5]，未擒，并勿復討，使附農業。若欲肆力而乏種糧，普加貨給，務令周事。其預耕者，并可勞酒。

【校勘】

〔一〕"而絜"，《梁書》作"而興"。

〔二〕"咸"，《梁書》作"咸用"。

〔三〕"躬事"，《梁書》作"致茲"。

〔四〕"思弘"，《梁書》作"思加"。

〔五〕"田私"，《梁書》作"私田"。

〔六〕"貨給"，《梁書》作"貸卹"。

【注釋】

[1] 粢盛：古代盛在祭器內以供祭祀的穀物。《公羊傳·桓公十四年》："御廩者何？粢盛委之所藏也。"絜，讀音 xié，衡量。《史記·陳涉世家》："嘗試使山東之國與陳涉度長絜大，比權量力，則不可同年而語矣。"

[2] 八政：國家施政的八個方面。《尚書·洪範》："三，八政：一曰食，二曰貨，三曰祀，四曰司空，五曰司徒，六曰司寇，七曰賓，八曰師。"

[3] 淫沴：旱澇。《宋書·文帝紀》："比年穀稼傷損，淫沴成災，亦由播殖之宜，當有未盡。"

[4] 三推：古代帝王親耕之禮。天子於每年正月親臨藉田，扶耒耜往還三度，以示勸農，稱"三推"，爲例行公事之舉。

[5] 刑謫：亦作"刑讁"，刑罰。《後漢書·陳蕃傳》："如加刑謫，已爲過甚，況乃重罰，令伏歐刀乎？"

《梁武帝藉田勸農大赦詔》一首　　南朝梁　梁武帝

題解：詔"今三推禮畢，九穀方碩……在今年二月十日昧爽以前，一皆赦宥"，武帝躬行耕藉禮，史載有天監十三年（514）二月丁亥，普通四年二月乙亥，中大通六年春二月癸亥，大同元年春正月丁亥，大同二年二月乙亥，大同三年二月丁亥，大同四年二月己亥，大同六年二月己亥，大同七年二月辛亥，太清元年二月丁亥，計十次。詔中反映的國富民豐情景，當作於天監十三年二月丁亥。此篇其他文獻無載，嚴可均輯《全上古三代秦漢三國六朝文》無收，可補入《全梁文》武帝文中。"星"字原缺，據《古逸叢書》本補。

門下：敬授人時，義高前典，日中星鳥[1]，平秩東作[2]。朕率先公卿，躬執覃耜，上供粢盛，下訓黔黎，式懷古昔，茂斯博愛。川澤不竭，山林不焚，祀輟犧牲，薦用珪璧，皆所以乘和布政，因時育物者也。今三推禮畢，九穀方碩，庶百室盈止，萬箱遺滯。俶茲農慶，宜弘寬澤。凡天下罪無輕重，未發覺已發覺，在今年二月十日昧爽以前，一皆赦宥。

【注釋】

[1] 日中星鳥：指春分時節。星鳥：南方朱鳥七宿。《尚書·堯典》："日中星鳥，以殷仲春。"

[2] 平秩：辨次耕作的先後。《尚書·堯典》："寅賓日出，平秩東作。"孔安國傳："平均次序東作之事，以務農也。"

《宋孝武帝明堂成大赦詔》一首　　南朝宋　孝武帝

題解：大明六年春正月辛卯，"車駕親祠南郊，是日，又宗祀明堂。大赦天下"，明堂即學校，《宋書》又載，泰始六年正月詔"古禮，王者每歲郊享，爰及明堂。自晉以來，間年一郊，明堂同日，"可知郊祀與明堂之禮同時，故此詔作當作于大明六年（462）。篇其他文獻無載，嚴可均輯《全上古三代秦漢三國六朝文》無收，可補入嚴輯《全宋文》孝武帝文中。

門下：朕采圖殷夏，巡詩姬漢，式清都左，繕禮國陽。神祇薦心，輿臺悉力[1]。役弗崇朝[2]，功疑仙造。今歲獻元辰[3]，史正首吉，朕詔事上帝，展敬先靈。日麗有文，鴻典斯彰[4]。仰瞻崩感[5]，徘徊罔極。樂俾嘉慶，洽茲億兆。可大赦天下。

【注釋】

[1] 輿臺：古代分十等人，輿為第六等，臺為第十等，皆為較低等級。泛指操賤役

者、奴僕。

　　[2] 崇朝：終朝，從天亮到早飯時，此指整天。《詩·鄘風·蝃蝀》："朝隮于西，崇朝而雨。"

　　[3] 元辰：元旦。

　　[4] 邕：同"暢"，通。揚雄《羽獵賦》："于是醇洪邕之德，豐茂世之規。"

　　[5] 崩感：痛心傷感。

《後魏孝文帝遷都洛陽大赦詔》一首　　後魏　孝文帝

　　題解：孝文帝於太和十四年獨攬大權後，開始改革，推行漢化政策。太和十七年，率百官、步騎南伐，抵達洛陽；太和十八年，正式宣佈遷都洛陽。詔稱"元罰禁錮在今十七年十月十八日昧爽以前，皆原除之"，可知本詔下於太和十七年（493）十月十八日，即史傳所載告行廟而大赦天下之詔，孝文帝此時已明確遷都於洛陽，并昭告天下。這一時間節點的確定對一些歷史細節的重新解讀具有重要意義。此篇其他文獻無載，嚴可均輯《全上古三代秦漢三國六朝文》未收，可補入《全後魏文》孝文帝文中。第一句"坤緯凝至"之"坤"原作"川"，按"川"當系"巛"之譌，"巛"即"坤"之古體，作"坤緯"方與上文之"乾經"相對。

　　門下：夫乾經崇昊，必體元而澄清；坤緯凝至，亦得一以協寧。故璇璣考中，寶魄無偏衡之耀；黃嵩定極，惟獄岡仄壤之鎮。況乃皇王統曆，而得乖其宇正者哉！崤函帝皇之宅，河洛王者之區，縣聖同其高風[1]，累叡齊其昌化，是以唐虞至德，豈離嶽內之京？夏殷明茂，寧舍河側之邑。逮有周承符，道光前載；姬父贊政，量極人方。微顯闡幽，昭章天地之情；窮理盡性，衰博萬類之表。故負斧七齡，政平人睦。遂因明辟之秋[2]，卜以無疆之兆。仰辰紫以楷京，府靈影而樹元。神龜呈祥，食維瀍洛。固天地之所合，陰陽之所和。萬物阜安[3]，乃建王國。是用來紹上帝於土中，光宅大邑？時配皇天，祚永歷年，化郁二代。及火運再輝，金土繼德，寶茲大室，莫墜洪烈，自書契已來，豈有九陬之外[4]，八埏之際[5]，而位首庶邦[6]，道冠百王者哉？惟我大魏，萌資胤於帝軒[7]，縣命創於幽都[8]。生人闕初，寔均稷棄；宣帝南遷，憩軫沮洳[9]。事同公劉，業茲邵邑。神元北徙，游止長川。豈異亶甫[10]，至于岐下？暨昭成建國，漸堵盛樂，何異周父，作邑乎豐？烈祖道武

— 514 —

皇帝，禀三才之秀質，協五行之懋氣，雄略冠於人綱，英聲格於天紀。飛神隤於大冥，廓清獸于燕趙。開誕龍功，丕新五績。雖號鴻魏，壤尤寒瘠。諒以南黔未純，北黎難諷，且都玄代，漸暢聲教，頗等姬武，宅是鎬京。豈謂譬辰，衆星永共耶？土非沃壤之區，甸乖三千之域，虞夏之所棄絶，殷周之所莫顧。得之不足以居衆，有之不足以廣彌[11]。地非物象之所生，氣塵中和之所致。處堵人勞[12]，在陰志慘。故令禮讓弗興，虞芮遞競[13]。皇始之初，冠裳遍陳，槐棘森列[14]，制同曩則。未盈紀曆，尋復頽褫。業以戎馬，化未文典，皇居既然，八荒奚式。豈三祖之匪德，寧二宗之弗叡？抑亦土氣使之然，五方之俗不可革故也。遂使龍章闕于宇極，六典湮於司牒。有國百年，經綸仍缺。必代屢臻，後仁罔暨。是用寤寐惟寅，未明九逝[15]。思光考烈之遺業，載隆太平之懋心。化自非擇壤裁邑，潛協五常，將何以揩兹長範，昏明靡易？比雖述稽先誥，彝秩憲章，冠帶八齡，眠未移風；歲將九載，禮化莫濃。志不恬儒，意多躁越，畏威從制，幸而苟免。三考無成，皓齒奚益？上慚代天之命，下愧歷山之英。是以因承平之休會，藉立政之嘉運，思滌蒼波，一澄海獄。順天龍游，電游南離[16]，蕩逆柔甿，事貫幽顯。然後欲卜還中京，垂美無窮。及五旆啓行，九常首路，賊帥殞躬，蕭元淪没。乘弊縈喪，大士曷爲；含仁履義，君子寧忘。是以竚震收戈，霈然偃革，息霆赫於夏景，寢霜肅於秋駕[17]。乃考鑒上下之徵，覽觀九地之祜，唯以嵩中爲最，固應天授。泝洛背河[18]，左旋右阿，諒帝宅之膏區，誠百城之盛觀。京邑翼翼，四方方極，其斯之謂歟？已命元弟驃騎大將軍咸陽王禧等經構皇居，定都洛邑，遠遵盤庚之謨，近軌若曰之文[19]。改營周爲成魏，移北師於南夏。使衰華不瞳儀於玄塞[20]，朱紼獲斯皇於上京。修文德以懷遠，洽禮訓以輝化。休牛桃林，韜鈹司府，令子衿無悠心之思，耆耋有庠序之游。考風日廣，兹德月盈。然後鳴瑶岱宗，和鑾衡會，邁三五而不追，蹈八九之遥迹。化隆俗美，功成業定。使勛華之耀[21]，依然還光；成康之頌，鑠焉再咏，豈不穆乎？今故班詔萬方，告遷率壤，可謂有代雖故，魏德實新。豈惟四海濯心，含生幸賴？斯亦天地含慶，幽明等液。思與億兆，同兹元吉。其大赦天下，與人更始。自殊死已降，謀反大逆，背叛逃竄，已發覺未發覺及系囚見徒，元罰禁錮在今十七年十月十八日昧爽以前，皆原除之。

【注釋】

[1] 緜：同"綿"，遥遠。陸機《飲馬長城窟行》："冬來秋未反，去家邈以緜。"

［2］明辟：明君。《尚書·洛誥》："朕復子明辟。"

［3］阜安：富足安寧。《周禮·地官·大司徒》："然則百物阜安，乃建王國焉。"

［4］九隩：九州之内。《國語·周語下》："宅居九隩，合通四海。"

［5］八埏：八殯。《漢書·司馬相如傳下》："上暢九垓，下泝八埏。"顏師古注引孟康曰："埏，地之八際也。言德上達於九重之天，下流於地之八際也。"

［6］庶邦：諸侯衆國。《尚書·酒誥》："厥誥毖庶邦庶士越少正御事朝夕曰：祀兹酒。"

［7］胤：繼承，延續。《尚書·洛誥》："予乃胤保，大相東土。"

［8］幽都：陰間都府。《楚辭·招魂》："魂兮歸來，君無下此幽都些。"

［9］沮洳：低濕之地。《詩·魏風·汾沮洳》："彼汾沮洳，言采其莫。"

［10］亶甫：亦作"亶父"，即古公亶父。周文王的祖父，周武王追尊爲太王。《詩·大雅·緜》："古公亶父，來朝走馬，率西水滸，至於岐下。"

［11］彍，讀音 guō，擴大。《孫子·勢篇》："彍又滂仁，耿照充天。"

［12］塉，讀音 jí，土地貧瘠，《管子·地員》："五殖之狀，甚澤以疏，離坼以朧塉。"

［13］虞芮：周初二國名。《詩·大雅·緜》："虞芮質厥成，文王蹶厥生。"

［14］槐棘：周代朝廷種三槐、九棘，公卿大夫分坐其下，以定三公九卿之位。後因以"槐棘"喻指三公九卿之位。葛洪《抱朴子·審舉》："上自槐棘，降逮皂隸，論道經國，莫不任職。"

［15］九逝：幾度飛逝，謂因深思而心靈不安。《楚辭·九章·抽思》："惟郢路之遼遠兮，魂一夕而九逝。"

［16］南離：南方。《易》之離卦位在南，故稱。張衡《髑髏賦》："取耳北坎，求目南離。"

［17］秋駕：法駕，皇帝的車馬。王融《三月三日曲水詩序》："念負重於春冰，懷御奔於秋駕。"

［18］泝：同"溯"，迎，向。張衡《東京賦》："泝洛背河，左伊右瀍。"

［19］若曰：出自《尚書·盤庚》："王若曰：格汝衆，予告汝訓汝，猷黜乃心，無傲從康。"

［20］瞖，讀音 yì，暗昧。劉向《九嘆·逢紛》："願承閒而自恃兮，徑淫瞖而道壅"（或遮蔽。《楚辭·九辯》："忠昭昭而願見兮，然霧瞖而莫達"）。

［21］勳華：堯舜的并稱。勳，放勳，堯名；華，重華，舜名。馬融《忠經序》："皇上含庖軒之姿，韞勳華之德。"

《隋煬帝營東都成大赦詔》一首　　隋　煬帝

題解：隋煬帝於大業元年令宇文愷營建東都洛陽。第二年，東都建成，

— 516 —

卷第六百六十五

詔稱"自大業二年四月廿五日昧爽以前，大辟罪以下，已發覺未發覺及繫囚見徒，悉皆原免"，當作於大業二年（606）四月。此篇其他文獻無載，嚴可均輯《全上古三代秦漢三國六朝文》無收，可補入《全隋文》煬帝文中。

門下：天生烝人，樹之元首，所以亭毒品物[1]，愛育黎元，弘風長俗，其歸一揆。朕嗣承鴻業，丕膺曆命，負四海之憂，當萬方之責。每以化風猶鬱，政道未行，何嘗不夕惕兢懷，納隍興慮？於是憲章前聖，聿循先旨，以爲關河險固，根本所屬；伊洛形勝，宜爲邑都。故營建東京，鎮攝諸夏。地得陰陽之和，土居天地之正。審曲面狀[2]，瞻星揆日。子來咸會，棟宇稍成。爰以吉辰，入處新邑。庶貢賦路均，勞役云等；東西巡撫，朝覲惟宜。然宮室創建，事業伊始，方享天休，俱承永會，宜覃惠澤，咸與惟新。可大赦天下。自大業二年四月廿五日昧爽以前，大辟罪以下，已發覺未發覺及繫囚見徒，悉皆原免。其流徙邊方未達前所，亦宜放還。人惟邦本，義在矜恤。天下黎元，宜免一年租調。人誰無過，所貴能改。赦書以前，亡官失爵者，必行能可稱，宜量才收叙。官人犯罪，已從科斷[3]，更令戍役，情有矜，自今以後，宜停罰防。及劫賊之徒，□□□，家口遠配，亦宜停遣。晋陽逆黨，緣坐者多，棄瑕錄用，實惟朝典。其在逆地爲緣坐解任者，亦量叙用。內外群官，俱當朝委，但能□德化人，使知禮節，則獄訟自止，升平可期。常赦所不免者，不在原限。若挾藏軍器亡命山澤，百日不首，復罪如初。敢以赦前事相告言者，以其罪罪之。

儀鳳二年五月十日書手呂神福寫

【注釋】

[1] 亭毒：出自《老子》："長之育之，亭之毒之，養之覆之。"一本作"成之熟之"。高亨正詁："'亭'當讀爲'成'，'毒'當讀爲'熟'，皆音同通用。"後引申爲養育、化育。

[2] 審曲面狀：同"審曲面埶"，亦作"審曲面勢"。原指工匠做器物時審度材料的曲直。後指區別情況，適當安排營造。《周禮·考工記序》："或審曲面埶，以飭五材，以辨民器。"鄭玄注："審曲面埶，審察五材曲直、方面形埶之宜以治之。"

[3] 科斷：論處；判決。

卷第六百六十六

詔卅六 赦宥二

《西晉武帝立皇后大赦詔》一首　　西晉　武帝

題解：泰始二年（266），武帝立皇后楊氏，大赦天下。此篇其他文獻無載，嚴可均輯《全上古三代秦漢三國六朝文》無收，可補入《全晉文》武帝文中。

制詔：朕聞王者所與，虔承祖宗，敬供粢盛，刑于閨闈，以儀刑萬邦者[1]，必須內主。是以選建長秋[2]，正位中饋[3]，庶隆化本，嘉與百姓，日新其政。其大赦天下。

【注釋】

[1] 儀刑：爲法，做楷模。

[2] 長秋：長秋宮，皇后所居，後亦用爲皇后的代稱。《晉書·武帝紀》："八月，以長秋將建，權停婚姻。"

[2] 中饋：妻室。《漢書·律曆志上》："地以中數乘者，陰道理內，在中饋之象也。"

《東晉成帝立皇后大赦詔》一首　　東晉　成帝

題解：成帝司馬衍皇后杜陵，咸康二年（336）被立爲皇后，成帝遂大詔

— 518 —

天下。此篇其他文獻無載，嚴可均輯《全上古三代秦漢三國六朝文》無收，可補入《全晉文》成帝文中。

制詔：《傳》云："正家而天下化。"[1] 蓋美妃后之義也。是以周文稱有亂之盛，《大雅》咏"徽音"之章[2]。朕以眇身，弘濟艱難[3]，賴祖宗之重，宰輔元勳、群公卿士之力。今長秋既建，虔告宗廟，正位中饋[4]，以奉粢盛，軌物六宮，克諧內典。將與四海，咸同斯慶。加頃者年儉，百姓不足，宜崇寬簡，省諸徭役。其大赦天下，普增位一等，自王公以下在職者，賜各有差。

【注釋】
[1] 當指《詩大序》："《關雎》，後妃之德也，風之始也，所以風天下而正夫婦也。故用之鄉人焉，用之邦國焉。風，風也，教也；風以動之，教以化之。"
[2] "徽音"之章：《詩·大雅·思齊》："大姒嗣徽音，則百斯男。"
[3] 弘濟：廣爲救助。《尚書·顧命》："今天降疾殆，弗興弗悟，爾尚明時朕言，用敬保元子釗弘濟於艱難。"
[4] 中饋：家中供膳諸事，借指妻室。《易·家人》："無攸遂，在中饋。"孔穎達疏："婦人之道……其所職，主在於家中饋食供祭而已。"

《東晉穆帝立皇后大赦詔》一首　　東晉　穆帝

題解：《晉書》載"（升平元年）八月丁未，立皇后何氏，大赦"，則詔當繫於升平元年（357）。此篇其他文獻無載，嚴可均輯《全上古三代秦漢三國六朝文》無收，可補入《全晉文》穆帝文中。

制詔：夫乾坤表二儀之象，《關雎》明人倫之始，是以咸恒［亨］敷化成之義[1]，風雅咏麟趾之美[2]，所謂"正家而天下化"。朕以寡德，纂承洪緒，仰憑祖宗之靈，仁愛之訓，群公卿士股肱之力，用能克修憲章，祗述古典。今長秋肇建，以正六宮，粢盛有奉[3]，內化有寄，庶弘惟新，形於政道。思與億兆，咸同斯慶，其大赦天下。

【注釋】
[1] 咸亨：《易·坤》："含弘光大，品物咸亨。"代指《易》。
[2] 風雅：指《詩》。《詩·周南·麟之趾》："麟之趾，振振公子。"鄭玄箋："喻今

公子亦信厚,與禮相應,有似於麟。"

[3] 粢盛:盛在祭器內以供祭祀的穀物。《公羊傳·桓公十四年》:"御廩者何?粢盛委之所藏也。"

《東晉孝武帝立皇后大赦詔》一首　　東晉　孝武帝

題解:寧康三年(375)秋八月,孝武帝立皇后王氏,大赦天下而作此詔。此篇其他文獻無載,嚴可均輯《全上古三代秦漢三國六朝文》無收,可補入《全晉文》孝武帝文中。

制詔:聖王居位,同體二儀,匪唯外政,亦由內化。是以釐降媯汭[1],虞道以隆,文定厥祥[2],周德斯興。欽若典禮,長秋肇建。體承天之儀,齊《關雎》之義。應斯奉時,正體皇極,軌暉壹闈,徽音六宮[3]。夫乾坤定位,則萬類陶育,兩儀交泰,黎元和雍[4],率土悅豫,咸同斯慶。其大赦天下,普增位一等。

【注釋】
[1] 釐降:本指堯女嫁舜事。《尚書·堯典》:"釐降二女於媯汭,嬪於虞。"孔安國傳:"降,下嬪婦也,舜為匹夫,能以義理下帝女之心。"段玉裁撰異:"釐,整治之意;降,下也,整治下二女於媯汭。"媯汭:媯水隈曲之處。傳說舜居於此,堯將兩個女兒嫁給他。媯水在山西省永濟縣南,源出歷山,西流入黃河。汭,河流會合的地方或河流彎曲的地方。

[2] 文定:《詩·大雅·大明》:"文定厥祥,親迎於渭。"朱熹《詩集傳》:"文,禮;祥,吉也。言卜得吉,而以納幣之禮定其祥也。"後因稱訂婚為"文定"。

[3] 徽音:德音,指令聞美譽。《詩·大雅·思齊》:"大姒嗣徽音,則百斯男。"鄭玄箋:"徽,美也。"

[4] 和雍:溫和雍容。陶潛《聖賢群輔錄·八顧》:"天下和雍郭林宗。"

《後魏孝靜帝納皇后大赦詔》一首　　北魏　温子昇

題解:孝靜帝元善見(524—552),534—550年在位,納皇后當在成年以後。史載,孝靜帝皇后為高皇后,乃高歡第二女,興和元年(539)出嫁,故此詔作於當年。此篇其他文獻無載,嚴可均輯《全上古三代秦漢三國六朝文》無收，可補入《全後魏文》溫子昇文中。

門下：朕以寡德，纘戎寶命，君臨億兆，四海爲家。顧惟六宫，宜有内主；奉承宗廟，必俟盛門。渤海王以命世大才，開物成務[1]，克濟艱難[2]，匡復區夏[3]。俾予沖人[4]，有所憑賴。自天作合，實在大邦，造舟所歸，物無異望。王公卿士，人謀既從[5]；大筮元龜，罔不襲吉[6]。率禮娉納[7]，正位紫宫。今朱明在辰[8]，祝融御節[9]，蒼蒼品物，成是南訛[10]。順時布恩，蓋唯典故，可大赦天下，與人更始。

【注釋】

[1] 開物成務：通曉萬物的道理并按這道理行事而得到成功。《易·繫辭上》："夫《易》，開物成務，冒天下之道，如斯而已者也。"

[2] 克濟：同"克濟"，能成就。《後漢書·杜詩傳》："陛下亮成天工，克濟大業。"

[3] 區夏：諸夏之地，指華夏、中國。《尚書·康誥》："用肇造我區夏。"

[4] 沖人：年幼的人，多爲古代帝王自稱的謙辭。《尚書·盤庚下》："肆予沖人，非廢厥謀。"

[5] 人謀：衆議，人的謀劃。《後漢書·光武帝紀贊》："靈慶既啓，人謀咸贊。"

[6] 襲吉：重得吉兆，謂吉事相因。《左傳·哀公十年》："趙孟曰：'吾卜於此起兵，事不再令，卜不襲吉。行也。'"

[7] 娉納：同"娉内"，古婚禮中的問名、納幣。《荀子·富國》："男女之合，夫婦之分，婚姻娉内，送逆無禮。"借指娶妻。《周書·皇后傳序》："若娉納以德，防閑以禮，大義正于宫闈，王化行于邦國，則坤儀式固，而鼎命惟永矣。"

[8] 朱明：夏季。《尸子》卷上："春爲青陽，夏爲朱明，秋爲白藏，冬爲玄英。"

[9] 御節：主掌季節。陸雲《征西大將軍京陵王公會射堂皇太子見命作》之六："祝融御節，火正緝熙。"

[10] 南訛：亦作"南爲""南僞"，指夏時耕作及勸農等事。《尚書·堯典》："申命羲叔，宅南交，平秩南訛，敬致。"孔安國傳："訛，化也。掌夏之官，平叙南方化育之事……四時同之，亦舉一隅。"

《東晉明帝立皇太子大赦詔》一首　　東晉　明帝

題解：《晉書》"（太寧三年三月）戊辰，立皇子衍爲皇太子，大赦，增文武位二等，大酺三日，賜鰥寡孤獨帛，人二匹"，故此作於太寧三年

— 521 —

(325)。此篇其他文獻無載,嚴可均輯《全上古三代秦漢三國六朝文》無收,可補入《全晋文》明帝文中。

門下：正位儲嗣，以寧群望，是用稽古[1]，建兹東宮。時胤洪基於靈符，染君道於傳訓[2]。一人有慶，兆庶同休。大赦天下，增位二等，大酺三日。

【注釋】
[1] 稽古：考察古事。《尚書·堯典》："曰若稽古。帝堯曰放勛。"
[2] 傳訓：經傳訓解。

《東晉孝武帝立皇太子大赦詔》一首　　東晉　孝武帝

題解： 太元十二年（387），孝武帝立皇子司馬德宗爲皇太子，下詔大赦天下。此篇其他文獻無載，嚴可均輯《全上古三代秦漢三國六朝文》無收，可補入《全晋文》孝武帝文中。

門下：夫古先哲王，有國有家者，必建儲貳之重，以崇無窮之統，所以欽奉祖宗[1]，克隆萬葉[2]。故嘉義表於《陽秋》，守器著於《周易》[3]。朕以寡德，纂承洪緒，虛心慮畏，若涉深海，思樹靈根，永固遐葉[4]。今東宮始建，皇祚有寄，社稷之慶，豈惟朕躬？將與億兆夷人，成同斯祜。其大赦天下，加位二等，大酺五日。布帛之賜，主者詳爲之制，其餘依舊。

【注釋】
[1] 欽奉：敬奉。
[2] 克隆：興隆，昌盛。
[3] 守器：守護國家的重器。器，指象徵君權的器物，如祭器、車服等。《左傳·成公二年》："唯器與名，不可以假人，君之所司也。名以出信，信以守器，器以藏禮，禮以行義，義以生利，利以平民，政之大節也。"（或指太子。《南齊書·文惠太子傳贊》："二象垂則，三星麗天。樹嫡惟長，義匪求賢。方爲守器，植命不延。"）
[4] 遐葉：萬葉。

《後魏孝静帝立皇太子大赦詔》一首　　北齊　魏收

題解： 孝静帝皇太子元長仁，武定七年八月立爲皇太子，詔稱"自武定

卷第六百六十六

七年八月十日昧爽已前，謀反大逆已發覺未發覺、赤手殺人繫囚見徒之身，悉原除之"，當作於武定七年（549）。此篇其他文獻無載，嚴可均輯《全上古三代秦漢三國六朝文》無收，可補入《全北齊文》魏收文中。

門下：朕臨有天下將廿年，宗廟歆祀[1]，群生獲乂[2]。薄德之君，何能致此？皆由宰相勤王，文武宣力[3]，上下協心，神祇降祉[4]。有育椒宮[5]，未昇儲貳[6]，元輔百辟[7]，喻以格言。且爰命副君，嗣成先業，此蓋有國之恆規，前王之大典也。今令月嘉辰，少陽崇建[8]，無窮之慶，豈獨朕躬？加比軍國經紀，非無勞役，吏失其所，互有怨侵，永言念之，思從休泰[9]。宜其申恩廣澤，欣慰三才。可大赦天下。自武定七年八月十日昧爽已前，謀反大逆已發覺未發覺、赤手殺人繫囚見徒之身，悉原除之，流配邊方未至配所，亦皆聽免。

【注釋】

[1] 歆祀：祭祀，享受祭祀。歆：祭祀時神靈享用祭品的香氣。《詩·大雅·生民》："其香始升，上帝居歆。"

[2] 獲乂：得到治理；得到安定。潘勗《冊魏公九錫文》："遂建許都，造我京畿；設官兆祀，不失舊物。天地鬼神，於是獲乂。"

[3] 宣力：效力；盡力。《後漢書·楊琁傳論》："若夫數將者，并宣力勤慮，以勞定功。"

[4] 神祇：天神與地神。《尚書·湯誥》："爾萬方百姓，罹其凶害，弗忍荼毒，并告無辜於上下神祇。"

[5] 椒宮：皇后居住的宮殿。《樂府詩集·郊廟歌辭十·唐享太廟樂章》："顧惟菲質，忝位椒宮，虔奉蘋藻，肅事神宗。"

[6] 儲貳：儲副，太子。葛洪《抱朴子·釋滯》："昔子晉舍視膳之役，棄儲貳之重，而靈王不責之以不孝。"

[7] 元輔：重臣。曹植《任城王誄》："昔二虢佐文，旦奭翼武。于休我王，魏之元輔。"百辟：百官。《宋書·孔琳之傳》："羨之內居朝右，外司華轂，位任隆重，百辟所瞻。"

[8] 少陽：東宮，太子所居。顏延之《三月三日曲水詩序》："正體毓德于少陽。"此指太子。王筠《昭明太子哀冊文》："式載明兩，實惟少陽；既稱上嗣，且曰元良。"

[9] 休泰：安好；安寧。《三國志·吳志·步騭傳》："騭上疏曰：'……昔之獄官，惟賢是任。故皋陶作士，呂侯贖刑，張于廷尉，民無冤枉，休泰之祚，實由此興。"

《宋孝武帝立皇太子恩詔》一首　　南朝宋　孝武帝

題解：孝武帝劉駿於元嘉三十年（453）討伐劉劭叛逆，同年四月即皇帝位，於第二年方改元孝建，孝建元年（454）春正月丙寅，立皇子劉子業爲太子，故此詔作於454年。此篇其他文獻無載，嚴可均輯《全上古三代秦漢三國六朝文》無收，可補入《全宋文》孝武帝文中。

門下：朕虔奉宗祧，屬承艱運，仰瞻先構，罔識克崇[1]，思所以永貽皇緒，傳之萬萬，建玆幼弱，用貳統歷。社稷有慶，庶邦仰貞，樂敷訓澤，廣被黔首。可賜天下爲父後者爵一級，孝子順孫賜以粟帛。

【注釋】

[1] 克崇：興建。《後漢書·方術傳上·謝夷吾》："殷周雖有高宗、昌、發之君，猶賴傳説、呂望之策，故能克崇其業，允協大中。"

《梁武帝立皇太子大赦詔》一首　　南朝梁　沈約

題解：中興元年（501）九月，蕭統生於襄陽，天監元年（502）十一月立爲皇太子，梁武帝令沈約作此詔。此篇又見《文苑英華》卷四三二，嚴可均據之輯入《全梁文》卷二六沈約文中，此載可補嚴輯徵引出處。

門下：朕夙纘璿祚，君臨四方，夕惕夤畏，若置川谷，思所以光闡洪基，克隆鼎命。王公卿士，咸以爲樹元立嫡，有邦所先；守器傳統[1]，於斯爲重。是用俾玆幼蒙，體乾作貳，永固宗祀，以貞萬國。元良之寄[2]，非獨在余。宜洽[一]嘉慶，被之億兆。可大赦天下，賜人爲父後者爵一級。

【校勘】

〔一〕"宜洽"，《梁書》作"宜令"。

【注釋】

[1] 守器：太子主宗廟之器，因借指太子。《南齊書·文惠太子傳贊》："二象垂則，

— 524 —

三星麗天。樹嫡惟長，義匪求賢。方爲守器，植命不延。"

[2] 元良：太子的代稱。《禮記·文王世子》："一有元良，萬國以貞，世子之謂也。"

《重立皇太子赦詔》一首　　南朝梁　武帝

題解： 梁武帝第一个皇太子即蕭綱，史載中大通三年（531）秋七月乙亥，"立晋安王綱爲皇太子，大赦天下"，與詔"在今年七月七日昧爽以前，皆赦除之"内容相符，故詔當作於中大通三年（531）七月。此篇其他文獻無載，嚴可均輯《全上古三代秦漢三國六朝文》無收，可補入《全梁文》武帝文中。

門下：朕臨馭萬邦，懍焉祗畏[1]，夙夜自强，罔知攸濟。隨時麗澤[2]，因物爲心，建立儲宫，以寧區宇。《書》不云乎："一人有慶，兆庶賴之。"思與率土，同其介福。凡天下罪無輕重，已發覺未發覺，侵散官物已上清議，流從并被禁錮，在今年七月七日昧爽以前，皆赦除之。

【注釋】

[1] 祗畏：敬畏。《尚書·金縢》："用能定爾子孫于下地，四方之民，罔不祗畏。"
[2] 麗澤：喻惠澤。

《立太子恩賚詔》一首　　南朝梁　沈約

題解： 太子指蕭統，詔當作於天監元年（502）十一月。此篇又見《藝文類聚》卷一六、《初學記》卷一零，《初學記》所載無"可賜天下"二句。嚴可均據之輯入《全梁文》卷二六沈約文中，題爲《立太子詔》，此載可補嚴輯徵引出處。

門下：朕屬當期運[1]，系迹前王，思所以長俗流祚，垂之萬葉。百辟咸以良寄[一]，有國莫先。自昔哲后，降及近代，莫不立儲樹嫡[二]，守器承祧。乃旁抱群議，遠惟七百，建兹蒙幼[三]，仰副宗祊。承華肇闢[四]，崇基克永[五]。無疆之慶，非獨在余。思沾賚澤，被之遐邇。可賜天下爲父後者爵一級，王侯以下，量錫幣帛。

【校勘】

〔一〕"良寄",《藝文類聚》作"元良之寄"。

〔二〕"樹嫡",《藝文類聚》作"樹頃"。

〔三〕"蒙幼",《藝文類聚》作"蒙稚"。

〔四〕"肇鬪",《藝文類聚》作"肇開"。

〔五〕"崇基",《初學記》作"崇賢"。

【注釋】

[1] 期運：猶機運。蔡邕《陳太丘碑》："含元精之和，膺期運之數。"

《後周武帝立皇太子大赦詔》一首　　後周　武帝

題解：周武帝宇文邕於建德元年（572），立宇文贇爲皇太子，作此詔大赦天下。此篇其他文獻無載，嚴可均輯《全上古三代秦漢三國六朝文》無收，可補入《全後周文》武帝文中。

制詔：朕博觀載藉，歷選前古，粵自炎昊[1]，王度未詳[2]，降及夏殷，彝章大備[3]，罔不崇建元子，俾承洪業，上繼宗祧[4]，下安群望。姬漢因循，魏晉沿襲，纘緒垂統[5]，於是乎在。伏惟太祖文皇帝，建兹皇極，立我蒸人，練石補天，斷鰲紉地，時逢多難，運屬樂推[6]，事極成功，禮終臣節。明皇帝，天眷聖哲，握紀君臨[7]，德邁望雲，道高就日[8]。河海呈瑞，則龜龍載文；山岳效靈，則風雲昭應[9]。朕以不德，丕承天序[10]，宵分廢寢[11]，仄晷忘飡[12]，惕甚納隍，懍踰馭朽[13]，瘼瘝滋水[14]，延佇傅巖[15]。念求人瘼，思匡朝政。公卿百辟，億兆黎元，抗表固陳，請崇上嗣。魯國公贇成德未紀[16]，遂膺儲禮，仍加元服。思與率土，同兹嘉慶，可大赦天下。

【注釋】

[1] 炎昊：炎帝神農氏與太昊伏羲氏的合稱。

[2] 王度：先王的法度。張衡《東京賦》："奢未及侈，儉而不陋。規遵王度，動中得趣。"

[3] 彝章：常典；舊典。任昉《爲范尚書讓吏部封侯第一表》："矜臣所乞，特回寵命，則彝章載穆，微物知免。"

[4] 宗祧：宗廟。《左傳·襄公二十三年》："紀不侫，失守宗祧，敢告不吊。紀之

罪，不及不祀。"杜預注："遠祖廟爲祧。"

　　[5] 纘緒：繼承世業。特指君主繼位。《舊唐書·李德裕傳》："穆宗纘緒，召入禁苑。"垂統：把基業留傳下去，指皇位的承襲。《孟子·梁惠王下》："君子創業垂統，爲可繼也。"

　　[6] 樂推：樂意擁戴。《老子》："是以天下樂推而不厭。"

　　[7] 君臨：君而主宰。《左傳·襄公十三年》："赫赫楚國，而君臨之。"

　　[8] 德邁望雲，道高就日：謂德高道重，仰慕君王。語出《史記·五帝本紀》："帝堯者，放勳。其仁如天，其知如神。就之如日，望之如雲。"

　　[9] 昭應：應驗；相應。干寶《搜神記》："蓋至孝感天神，昭應如此。"

　　[10] 丕承：承天受命。《尚書·君奭》："惟文王德丕承無疆之恤。"

　　[11] 宵分：夜半。《魏書·崔楷傳》："日昃忘餐，宵分廢寢。"

　　[12] 仄：傾斜，偏斜。《逸周書·周祝》："故日之中也仄，月之望也食。"晷：日影。

　　[13] 懍：猶"懍懍"，危懼貌；戒慎貌。《尚書·泰誓中》："百姓懍懍，若崩厥角。"孔安國傳："言民畏紂之虐，危懼不安。"馭朽：同"馭朽索"，語出《尚書·五子之歌》："予臨兆民，懍乎若朽索之馭六馬。"用以比喻帝王治國，艱險不易。

　　[14] 寤寐：醒與睡，常用以指日夜。此指日夜思念、渴望。

　　[15] 傅巖：同"傅險"，古地名。相傳商代賢士傅說爲奴隸時版築於此，故稱。《尚書·說命上》："說築傅岩之野。"孔安國傳："傅氏之岩在虞虢之界，通道所經，有澗水壞道，常使胥靡刑人築護此道。說賢而隱，代胥靡築之，以供食或亦有成文也。"

　　[16] 成德：盛德。《易·乾》："君子以成德爲行。"

《貞觀年中立皇太子大赦詔》一首　　唐　太宗

　　題解： 詔稱"朕祗膺靈命，嗣守鴻基，孜孜於政道，兢兢於寶位，中夜求衣，日旰忘食，十七載于茲矣"，當作於貞觀十七年（643），所立皇太子乃太宗嫡三子李治。此篇其他文獻無載，《全唐文》無收。陸心源據之輯入《唐文拾遺》卷一。

　　門下：朕祗膺靈命，嗣守鴻基，孜孜於政道，兢兢於寶位，中夜求衣，日旰忘食，十七載于茲矣。實欲敦睦九族，平章百姓[1]，濟斯人於仁壽，反澆風於淳朴。永言前載，詳思至道，以爲儲貳之重，宗祧所繫，不肖者既爲億兆廢之，明德者又爲社稷立之。三善既隆[2]，四海攸賴。七廟之祀有寄，萬代之祚方永。元良之慶，豈獨在予？宜布愷澤，被之率土，可大赦天下。自貞觀十七年四月七日昧爽以前，大辟罪以下，罪無輕重，已發覺未發覺、已結正未結正，皆赦除之。

【注釋】

[1] 平章：辨別彰明。《尚書·堯典》："九族既睦，平章百姓。"

[2] 三善：臣事君，子事父，幼事長的三種道德規範。《禮記·文王世子》："行一物而三善皆得者，唯世子而已……父子、君臣、長幼之道得而國治。"

《後周明帝誕皇太子恩降詔》一首　　後周　明帝

題解：明帝宇文毓（534—560），字統萬突，文帝宇文泰庶長子，武成元年（559）八月，改稱皇帝，年號武成，武成二年（560），被宇文護毒死。《周書·明帝紀》未載立皇太子之事，《周書·文閔明武宣諸子》載明帝三男，皆非明帝皇后獨孤氏所生，未有立爲皇太子，以目見史料而論，後周明帝時期是否有立皇太子一事闕疑，詔文中亦未稱"皇太子"，筆者以爲或是編者誤題，可能僅是誕皇子。據《周書》載，此詔頒佈於明敬皇后去世之前，558年明敬皇后因難產而死，其嫡子亦很快殀亡，故沒有立爲皇太子。此篇其他文獻無載，嚴可均輯《全上古三代秦漢三國六朝文》無收，可補入《全後周文》明帝文中。

制詔：《禮》稱負子[1]，《詩》則斯男[2]。明兩作離[3]，前星表吉，誕于甲觀[4]，生自畫堂[5]，欽兹一有，以貞萬國。宜與兆人，共協嘉慶。可降死至流，降流至五歲刑，五歲刑已下悉原免。

【注釋】

[1]《禮》稱負子：諸侯有病的自謙之詞。《白虎通》："天子疾稱不念，諸侯稱負子，大夫稱負薪，士稱犬馬。"

[2]《詩》則斯男：語本《詩·大雅·思齊》："大姒嗣徽音，則百斯男。"

[3] 明兩作離：語本《易·離》："明兩作離，大人以繼明照于四方"。

[4] 甲觀：漢代樓觀名，猶言第一觀，爲皇太子所居。後泛指太子宫。《漢書·成帝紀》："元帝在太子宫生甲觀畫堂，爲世嫡皇孫。"

[5] 畫堂：華麗的宫舍。梁簡文帝《餞廬陵内史王修應令》詩："回池瀉飛棟，濃雲

垂畫堂。"

《後魏孝莊帝誕皇子大赦詔》一首　　後魏　溫子昇

題解：孝莊帝之子史書所載不詳，唯一記載的皇子剛剛出生即被爾朱兆害死，當非此詔中提及的皇子，此詔作年待考。此篇又見《藝文類聚》卷一六、《初學記》卷一零。《初學記》所載僅此詔之前半，即從篇首至"神人共悅"。嚴可均據之輯入《全後魏文》卷五一。此載可補嚴輯徵引出處。嚴氏所錄至"便可大赦天下"句，其後"與人更始。自昧爽以前，謀反大逆已發覺、赤手殺人繫囚見徒、流配未至前所者，一以原免。若亡命山澤隱藏軍器，百日不自首者，復罪如初"一段文字缺，可據此補。

　　門下：有國三善[1]，事屬元良[2]。本枝百葉，義鍾繼體[3]。朕應天纂命，握圖受錄[一][4]，景祚唯新，卜年[二]以永。令月吉辰，皇子誕育，彩雲映日，神光照殿。方開博望，將起龍樓。遠近同歡，人神共悅。便可大赦天下，與人更始。自昧爽以前，謀反大逆已發覺、赤手殺人繫囚見徒、流配未至前所者，一以原免。若亡命山澤隱藏軍器，百日不自首者，復罪如初。

【校勘】

〔一〕"受錄"，《藝文類聚》作"受籙"。

〔二〕"卜年"，《藝文類聚》作"十年"。

【注釋】

[1] 三善：指臣事君，子事父，幼事長的三種道德規範。《禮記·文王世子》："行一物而三善皆得者，唯世子而已……父子、君臣、長幼之道得而國治。"

[2] 元良：太子的代稱。《禮記·文王世子》："一有元良，萬國以貞，世子之謂也。"

[3] 繼體：嫡子繼承帝位。《史記·外戚世家》："自古受命帝王及繼體守文之君，非獨內德茂也，蓋亦有外戚之助焉。"

[4] 受錄：同"受籙"，皇帝自稱受命於天，接受所謂天賜的符命之書。《詩·大雅·文王序》"文王受命作周也"條，唐孔穎達疏："伐崇，作靈臺，改正朔，布王號於天下，受籙應《河圖》。"

《梁武帝誕皇太子恩降詔》一首　　南朝梁　武帝

題解：詔"第三兒始育，磐石之基，於焉彌固"，武帝第三子蕭綱，生於天監二年（503）十月丁未，故此作於天監二年。此篇其他文獻無載，嚴可均輯《全上古三代秦漢三國六朝文》無收，可補入《全梁文》武帝文中。

門下：朕招樹洪業，光宅區宇，而本枝之慶，未廣椒掖[1]；滕衛之地，猶闕藩屏。言念弓韣[2]，未能忘懷。第三兒始育，磐石之基，於焉彌固。慶雖自己，思加覃及。凡死罪可降一等，五歲刑降二等，三歲刑以下并悉原散，唯黷加在三，及殺祖父母，不在降例。

【注釋】

[1] 椒掖：後妃所居的宮室。椒，椒房；掖，掖庭。《晉書·庾亮等傳論》："外戚之家，連輝椒掖；舅氏之族，同氣蘭閨。靡不憑藉寵私，階緣險謁。"

[2] 弓韣：裝弓的袋子。韣，讀音 dú，弓袋。《呂氏春秋·仲春》："帶以弓韣。"

《東晉元帝誕皇孫大赦詔》一首　　東晉　元帝

題解：詔曰："自陟帝位，迄今五載。"晉元帝司馬睿於建興五年（317）即位改元建武，"迄今五載"當大興四年或永昌元年（322）。而"永昌元年閏月己丑，元帝崩"。詔當作於大興四年。皇孫指後來的成帝司馬衍。此篇其他文獻無載，嚴可均輯《全上古三代秦漢三國六朝文》無收，可補入《全晉文》元帝文中。

門下：朕以不德，昧于政道，自陟帝位，迄今五載，雖四海宅心，然頑凶未夷，封豕長虵，薦食上國[1]。夫保大之功，在於經武；物無幽否，然後大享。事不暫勞，則不得永逸。是故命大將遣衆軍，掃定中原，在此行也。自頃彝倫失序，強弱兼并，并列齊萌，而相爲私隸，是以拯出良人，以備甲卒。而百姓之費，公家之出，不得操事，計以萬數。又大化未淳，麗刑者衆[2]。牧人者以苛爲察，庶獄未清。朕恒憂嘆。皇嫡孫載育百葉之本，月正元日，品物革變，思令兆庶，沛然從善。其大赦天下。

【注釋】

[1] 薦食：不斷吞食；不斷吞併。薦，通"洊"，屢次，接連。《舊唐書·馬燧傳》："嗟予寡昧，嗣守丕圖，寇其薦興，德化未孚。"

[2] 麗刑：觸犯刑法。麗，通"罹"。《尚書·呂刑》："越茲麗刑，并制，罔差有辭。"

《後魏孝文帝誕皇孫大赦詔》一首　　後魏　孝文帝

題解： 孝文帝拓跋宏（467—499），又名元宏，皇興三年（469）六月辛未，被立爲皇太子。皇興五年（471），受父禪即帝位，改年號爲延興。詔稱"朕纂承大業，十有四年"，當作於太和八年（484）。此篇其他文獻無載，嚴可均輯《全上古三代秦漢三國六朝文》無收，可補入《全後魏文》孝文帝文中。

門下：朕纂承大業，十有四年，未能祇奉天地，道合陰陽，令五行順緒，化致時邕。顧惟寡薄[1]，載懷慚懼。宗廟之靈，以今月十八日皇孫誕育。既有嘉慶，思與億兆同之。可大赦天下，咸與更始。

【注釋】

[1] 寡薄：微薄；微少，指才德。《北齊書·上黨剛肅王渙傳》："遭難流離，以至大辱，志操寡薄，不能自盡，幸蒙恩詔，得反藩闈。"

《貞觀年中誕皇孫恩降詔》一首　　唐　太宗

題解： 詔稱"今月嘉辰，嫡孫誕育"，當爲太子李承乾之子李象，具體作年不詳。此篇其他文獻無載。陸心源據之輯入《唐文拾遺》卷一。

門下：固宗祧者允屬元良[1]，隆本枝者寔資祚胤[2]，周德所以休明，漢曆於焉長久。朕祇奉靈眷，臨御帝圖，天地降祉，宗社垂祐[3]，今月嘉辰，嫡孫誕育。祥發高禖[4]，事踰甲觀[5]。一人之慶既洽，萬葉之祚無疆。宜布凱澤，被之億兆。天下見禁囚徒，咸宜降罪：死罪從流，流從徒，徒以下罪并放。其犯十惡常赦所不免，官人枉法受財，監臨主守自盜盜所監臨，劫賊傷人，故殺人，謀殺人已加功者，并不在降限。內外官職事五品以上，子爲父後者，各加勳官一轉[6]；天下大酺五日。其去年水儉之處[7]，百姓既有少乏，不在大酺之限。

【注釋】

[1] 元良：大善。《禮記·文王世子》："一有元良，萬國以貞，世子之謂也。"鄭玄注："一，一人也。元，大也；良，善也。"後因以"元良"爲太子的代稱。

[2] 祚胤：子孫。《詩·大雅·既醉》："君子萬年，永錫祚胤。"鄭玄箋："天又長予女福祚，至於子孫。"後因沿稱子孫爲"祚胤"。胤，後嗣。

[3] 垂祐：賜予保佑、庇護。

[4] 高禖：古代帝王爲求子所祀的禖神。《禮記·月令》："是月也，玄鳥至。至之日，以大牢祠于高禖。"鄭玄注："高辛氏之世，玄鳥遺卵，娀簡吞之而生契，後王以爲媒官嘉祥而立其祠焉。變媒言禖者，神之也。"王引之以爲高是郊之借字。

[5] 甲觀：亦作"甲館"，漢代太子宮中的觀名。《漢書·成帝紀》："元帝在太子宮生甲觀畫堂，爲世嫡皇孫。"顏師古注引如淳曰："甲觀，觀名；畫堂，堂名。《三輔皇圖》云：'太子宮有甲觀。'"

[6] 轉：遷調官職。《晉書·李密傳》："密有才能，常望內轉，而朝廷無援，乃遷漢中太守。"

[7] 水儉：水災造成歉收。《世說新語·德行》："殷仲堪既爲荊州，值水儉，食常五碗盤，外無餘肴。"

《東晉成帝加元服改元大赦詔》一首　　東晉　成帝

題解：咸康元年（335），成帝加元服，改咸和十年爲咸康元年，大赦天下。此篇其他文獻無載，嚴可均輯《全上古三代秦漢三國六朝文》無收，可補入《全晉文》成帝文中。

門下：朕以薄祜[1]，少遭閔凶[2]，仰瞻增構[3]，孤煢眇然。賴祖宗之靈，宰輔之訓，群公卿士之力，用克堪軌度，免諸艱難。冠禮之始，嘉事之重，虔告宗廟，進納元服。於成德之不易，寔有惕于乃心。將與兆庶，饗茲寵祚，其大赦天下，改咸和十年爲咸康元年。增文武一等，大酺三日。賜百官官銀，鰥寡孤獨米五斛。

【注釋】

[1] 薄祜：少福。

[2] 閔凶：憂患凶喪之事。《左傳·宣公十二年》：“寡君少遭閔凶，不能文。”杜預注：“閔，憂也。”

[3] 增構：高大建築，指皇宫。馬融《東巡頌》：“械栝增構，烈火燔燃。”

《梁武帝皇太子冠赦詔》一首　　南朝梁　武帝

題解：詔稱“太子養器春方，式備成德，休辰肇歲，元服顯加，洪基云固，大業克永。豈止禮茂三服，實亦慶覃兆庶”。太子蕭統，生於齊中興元年（501）九月，梁天監元年（502）十一月，立爲皇太子。天監十四年（515）冠，史載“十四年正月朔旦，高祖臨軒，冠太子于太極殿”，正與此合，知此詔作於天監十四年正月朔。此篇其他文獻無載，嚴可均輯《全上古三代秦漢三國六朝文》無收，可補入《全梁文》武帝文中。

門下：太子養器春方，式備成德，休辰肇歲，元服顯加[1]，洪基云固，大業克永。豈止禮茂三服，實亦慶覃兆庶。凡罪無輕重，未結正者[2]，皆赦除之；已結正者，皆量所優降。王公以下，宿衛文武，并加班賚[3]。爲父後者賜爵一級，勤事之職，霑以勞位。主者可詳舊施行。

【注釋】

[1] 元服：指冠，古稱行冠禮爲加元服。《儀禮·士冠禮》：“令月吉日，始加元服。”

[2] 結正：定案判決。《三國志·魏志·陳矯傳》：“曲周民父病，以牛禱，縣結正棄市。”

[3] 班賚：班賜。《宋書·文帝紀》：“秋七月乙卯，以林邑所獲金銀寶物，班賚各有差。”

《東晉孝武帝皇太子納妃班賜詔》一首　　東晉　孝武帝

題解：晋孝武帝司馬曜皇太子即司馬德宗（382—419），生於太元七年，太元十二年（387）被立爲太子，397—419年在位。皇太子納妃當在冠禮之後，可能作於太元二十一年（397）。此篇又見《晉孝武帝起居注》，嚴可均據之輯入《全晉文》卷一一孝武帝文中，題作《遣兼司空謝琰納太子妃王氏詔》。此載可校補嚴輯。

制詔：太子婚禮既就，仰祖宗遺烈，憑道德之資，保傅獎翼，賢士竭誠[一]，慎行無違，勉及［成］德[二][1]。積善慶隆，豈惟在予？夫大賚班錫，所以宣其悦情，其便依舊有賜。

【校勘】
〔一〕"獎翼"，《太平御覽》作"將翼"。
〔二〕"慎行無違，勉及德"，《太平御覽》作"慎行修德"。

【注釋】
[1] 此处缺字，可能是"成"。

《梁武帝皇太子婚降大辟以下罪詔》一首　　南朝梁　武帝

題解：昭明太子於冠禮後結婚，推此當作於天監十五年（516）。此篇其他文獻無載，嚴可均輯《全上古三代秦漢三國六朝文》無收，可補入《全梁文》武帝文中。

門下：太子藉訓師保，年業克富，吉日惟良，式昭婚禮。道備春宮，德光幾望[1]。本枝方固，慶兼黎元，思弘渥惠，已被遐邇。凡大辟以下，及諸彈坐，可并詳降處。主者爲條格施行。

【注釋】
[1] 幾望：陰曆十四日。幾，近；望，農曆每月的十五日。《易·小畜》："上九，既雨既處，尚德載，婦貞厲，月幾望，君子徵凶。"

《宋孝武帝講武原降詔》一首　　南朝宋　孝武帝

題解：此篇見於《宋書》卷六《孝武帝紀》，作於大明五年（461）二月癸巳。《册府元龜》卷二零七及卷四八九亦記載，又見梅鼎祚《宋文紀三》。嚴可均輯入《全宋文》卷六，題作《厲兵赦罪詔》。

卷第六百六十六

　　門下：昔人稱人道何先，莫先於兵[一]，雖淹紀勿用[1]，忘之必危。朕以聽覽餘閒，講事西郊[二][2]，朝授鉦節[3]，士遵師令。坐作有序，進退無爽，良用欣焉。軍幢以下，普量班賚[4]。頃化弗能行，而人未知禁。官[三]役違調，起觸刑網，朕每矜之。凡諸逃亡，在今昧爽以前，悉皆原罪。已滯圄圉者，釋還本役。其逋負在大明三年以前，一停督責。自此以還，貧疾老弱[四]，詳所申減所上。伐蠻之家，蠲租稅半年。近藉巧新制，在所承用，多謬[五]。可普更符下，聽以今爲始。若先已犯制，亦同蕩然。

【校勘】

〔一〕"莫先於兵"，《宋書》作"於兵爲首"。

〔二〕"講事西郊"，《宋書》作"因時講事"。

〔三〕"官"，《宋書》作"這"。

〔四〕"貧疾老弱"，《宋書》作"鰥貧疾老"。

〔五〕"多謬"，《宋書》作"殊謬實多"。

【注釋】

[1] 淹紀：滿年，長期。

[2] 講事：謀議軍政大事。《左傳·隱公五年》："故講事以度軌，量謂之軌。"

[3] 鉦節：行軍符節。鉦，古代銅制樂器，形似鐘而長，有柄，擊之發聲，行軍時用以節止步伐。張衡《東京賦》："次和樹表，司鐸授鉦。"

[4] 班賚：班賜。《宋書·文帝紀》："秋七月乙卯，以林邑所獲金銀寶物，班賚各有差。"

《宋孝武帝春蒐大赦詔》一首　　南朝宋　孝武帝

　　題解：詔稱"朕受天慶命，十一年於茲矣"，故此當作於大明七年（463）春季。此篇載於《宋書》卷六《孝武帝紀》，有刪節，嚴可均輯入《全宋文》卷六，題作《巡行大赦詔》。《册府元龜》卷二零七亦載此詔，有刪節。

　　門下：朕受天慶命，十一年於茲矣。憑七廟之靈，獲上帝之力，禮橫四海，威震八荒。方巡三湘而奠衡嶽，夕[一]九河而撿岱宗[二][1]。今談臥功成，優游政化，雲至鷟降，省風畿外，兼觀臺六合之首[2]，蒐挍長洲之表[3]，命荆江而起翮，詔兗豫而馳足。搖岳蕩海，騰沙飛礫。鼖晋合序[4]，鐃提[三]協節。入獻祀典，饁獸填郊[5]。故張樂揚宫，饗戎星樓，敬舉王公之觴，廣納士人之壽。八風修通[四][6]，卿雲叢聚。盡天磬瑞[五][7]，率宇竭歡，思散太極之泉，以福無萬之元[六]。可大赦天下。行幸所經，無出今歲租布。其逋餘責負[七]勿復收。賜人爵一級，女子百户牛酒，邦守[八]邑宰及人夫從蒐者，普加霑賚[九]。

【校勘】

〔一〕"夕"，《宋書》作"次"。
〔二〕"岱宗"，《宋書》作"雲岱"。
〔三〕"鐃提"，《宋書》作"鐃鉦"。
〔四〕"修通"，《宋書》作"循通"。
〔五〕"磬瑞"，《宋書》作"慶瑞"。
〔六〕"之元"，《宋書》作"之外"。
〔七〕"逋餘責負"，《宋書》作"逋租餘債"。
〔八〕"邦守"，《宋書》作"刺守"。
〔九〕"霑賚"，《宋書》作"洽賚"。

【注釋】

[1] 九河：古黄河有九條支流，泛指黄河。撿：察看。《水經注·夏水》："撿其碑題，云故西戎令范君之墓。"

[2] 觀臺：瞭望天象之臺。《左傳·僖公五年》："公既視朔，遂登觀臺以望，而書，禮也。"

[3] 蒐，讀音 sōu，打獵，特指春獵。《左傳·定公四年》："取於有閻之士以共王職，取於相土之東都以會王之東蒐。"挍，讀音 jiào，同"校"，校獵，攔取野獸。

[4] 鼖晋：鼖鼓和晋鼓。《宋書·孝武帝紀》："鼖晋合序，鐃鉦協節。"

[5] 饁獸：田獵時以獵獲之獸祭四郊之神。《周禮·春官·甸祝》："師甸，致禽于虞中，乃屬禽。及郊，饁獸，舍奠于祖禰，乃斂禽。"

[6] 八風：八音。《左傳·襄公二十九年》："五聲和，八風平。"

[7] 磬，讀音 qìng，同"罄"，盡，竭。張衡《東京賦》："東京之懿未罄，值余有犬馬之疾，不能究其精詳。"

《宋孝武帝巡幸歷陽郡大赦詔》一首　　南朝宋　孝武帝

題解： 詔稱"自去此境廿餘載，少壯零落，童孺成人"。劉駿曾任職於雍州，下有歷陽郡，後平定劉劭叛逆，至今廿餘載，詔作於大明七年（463）。此篇其他文獻無載，嚴可均輯《全上古三代秦漢三國六朝文》無收，可補入《全宋文》孝武帝文中。

門下：昔羣党假權，天威震曜[1]，雖至尊制令，日月貞明，而內屏外扞，猶勤先鑒。朕以幼年，早承寵樹[2]，朝議晏罷，首述藩道。而釁弗身先，運屬凶危。雖克定禍亂，重創鴻緒，感尋情事，痛崩心目。今威加四海，望袟滄嶽[3]，自去此境廿餘載，少壯零落，童孺成人。廛邑荒耗，軍府殘悴。觀政臨原，將百常慨。出不踰時，回鑒有日。暫盡帳飲之歡，思廣雲雨之施。可大赦天下。南豫州別署敕繫長徒一切原散，其兵廝考襲謫伐悉停[4]。從朕昔初出鎮將吏，賜位二等。有犯贓汙勤注[5]，特宜蕩除，與之更始。軍身服役，嘗經齋內，免爲平人〔一〕。帛十疋，前蠲郡租輸限，可益爲十年。

【校勘】
〔一〕"匪懈"，《漢書》作"匪解"。

【注釋】
[1] 震曜：同"震耀"，雷震電耀，極言威猛。《漢書·叙傳下》："雷電皆至，天威震耀，五刑之作，是則是效。"
[2] 寵樹：加恩扶植。《後漢書·鄧騭傳》："宜收還冢次，寵樹遺孤，奉承血祀，以謝亡靈。"
[3] 望：古祭名，遙祭山川、日月等。《尚書·舜典》："望于山川，徧于群神。"袟：祭祀的順序。《楚辭·九嘆·愍命》："逐下袟於後堂兮，迎宓妃於伊雒。"
[4] 兵廝：供役使的兵卒。劉義慶《世說新語·政事》："謝公時，兵廝逋亡，多近竄南塘，下諸舫中。"
[5] 贓汙：貪汙受賄。《三國志·魏書·武帝紀》："長吏多阿附貴戚，贓汙狼藉。"勤注：未詳。

《宋孝武帝巡幸曲赦南徐州詔》一首　　南朝宋　孝武帝

題解：自大明七年始，武帝巡行天下，親覽獄訟，大明七年八月，幸建康秣陵縣訊獄囚。九月"庚寅，南徐州刺史新安王子鸞兼司徒。乙未，車駕幸廷尉訊獄囚。……（冬十月）戊申，車駕巡南豫州"，依行程，當作於大明七年（463）。此篇其他文獻無載，嚴可均輯《全上古三代秦漢三國六朝文》

無收，可補入《全宋文》孝武帝文中。

　　門下：朕敬膺寶歷，肅茲奉祀，懼論德誣聲，舉過爽實，義路弗闓[1]，利門未壅[2]。故躬覿嶽風，親省萌俗，動四氣之和，成天地之度。七精循晷[3]，三階順平[4]，樂富濟漢，禮盛羽陵[5]，可曲赦南徐州及宣成郡統內殊死以下。巡幸所經，詳減今歲田租。此土士庶，昔歸義師，并孝建元年豫梁山、襲浦效力，并賜爵一級，蠲稅三年。宰吏經營川陸，殊有勤瘁[6]，人丁從役，亦爲勞止，量加霑賚，務令優厚。

【注釋】

[1] 闓，讀音 kǎi，開啓。《管子·七臣七主》："藏竭則主權衰，法傷則奸門闓。"

[2] 壅：堵塞。《左傳·成公十二年》："交贄往來，道路無壅。"

[3] 七精：日、月與金、木、水、火、土五星。蔡邕《司空文烈侯楊公碑》："茫茫大渾，垂光烈耀，命公作大尉，璇璣運周，七精循軌，時惟休哉！"

[4] 三階：三臺星。《漢書·東方朔傳》顏師古注引應劭曰："《黃帝泰階六符經》曰：泰階者，天之三階也。上階爲天子，中階爲諸侯、公卿、大夫，下階爲士庶人……三階平，則陰陽和，風雨時，社稷神祇，咸獲其宜，天下大安，是爲太平。"

[5] 羽陵：古地名，藏古代秘籍之處。《穆天子傳》："仲秋甲戌，天子東游，次於雀梁，□蠹書於羽陵。"

[6] 勤瘁：辛苦勞累。鍾會《檄蜀文》："比年已來，曾無寧歲。征夫勤瘁，難以當子來之民，此皆諸賢所共親見。"

《南朝齊武帝幸青溪宮恩降詔》一首　　南朝齊　王儉

題解：史載，永明二年（484），秋七月癸未，詔曰："夫樂所自生，先哲垂誥。禮不忘本，積代同風。……青溪宮體天含暉，則地栖寶，光定靈源，允集符命。……宜申蘦落之禮，以暢感尉之懷，可克日小會。"與詔所載事件相符，且提到"克日小會"。又載"八月丙午，車駕幸舊宮小會，設金石樂，在位者賦詩。詔申'京師獄繫及三署見徒，量所降宥。統官職司，詳賜幣帛'"。故此當作於永明二年秋八月丙午。此篇其他文獻無載，嚴可均輯《全上古三代秦漢三國六朝文》無收，可補入《全齊文》王儉文中。

　　門下：昔周茂酆宮[1]，漢隆沛邑[2]，眷言懷本，自古所同。今佇躅舊庭[3]，宴樂昭暢，即情惟事，感慰交深，宜弘優簡，式敷遺烈[4]。京師獄繫及三署見徒，可量所降宥，統宫職司，詳賜幣帛。

【注釋】

[1] 酆宫：周文王宫名，在今陝西西安市鄠邑區北。《左傳·昭公四年》："成有岐陽之蒐，康有酆宫之朝。"

[2] 沛邑：沛縣，劉邦起兵于沛而建漢。

[3] 佇蹕：義同"駐蹕"，帝王出行途中停留。左思《吴都賦》："弭節頓轡，齊鑣駐蹕。"

[4] 遺烈：前人遺留的業迹。《史記·越王勾踐世家論》："句踐可不謂賢哉！蓋有禹之遺烈焉。"

《北齊後主幸大明宫大赦詔》一首　　北齊　劉逖

題解：詔赦免"自天統三年十一月九日昧爽以前"諸囚徒，《北齊書》本紀載，天統三年（567）"十一月丙午，以晉陽大明殿成故，大赦，文武百官進二級，免并州居城、太原一郡來年租賦"，此詔當作於天統三年。此篇其他文獻無載，嚴可均輯《全上古三代秦漢三國六朝文》無收，可補入《全齊文》劉逖文中。

門下：皇王之業，异時一揆，永言遂古，損益可知，莫不仰則穹天，俯觀大地，導德齊禮，先春後秋。伏惟太上皇帝，研機測妙，叡聖玄覽，神威電轉，上略川回，遐邇同文，中外禔福。青羌白翟之渠，望雲輸贄[1]；洪隄太蒙之長[2]，侯海賓王。重以天成地平，時和歲稔，日月光華，風烟調暢；九莖連葉，三趾來儀[3]。史不絕書，府無虛月。朕肅承大寶，沐浴慈訓，旦夜惟寅，懼乖克負[4]。不役物以自安，豈疲人而取逸？晉陽奥壤，華戎輻湊，瞻言厥地，抑云下都。講事論兵，歲常巡歷。且异宫之義，聞之昔典，聊命有司，或營別館。黎庶子來，成之不日，重門層殿，連閣對廊。象以兼山[5]，取乎大牧。今嘉辰令月，徙蹕移鸞。追考室於周歌，類成寑於《商頌》。千官在位，萬國會同，有一於此，載兼欣惕。思驅品物，致之仁壽，宜鼓作風雷，蠲蕩瑕穢。可大赦天下。自天統三年十一月九日昧爽以前，謀反大逆已發覺未發覺、赤手殺人繫囚見徒及長徒之身，悉從原免。流徙邊方未至前所者，亦宜聽還。內外文武百官，各進二級，免并州居城人及太原一郡來年租。

【注釋】

[1] 青羌：古代西南地區羌族的一支。服飾尚青色，故稱。諸葛亮《後出師表》："突將、無前、賨叟、青羌、散騎、武騎一千餘人，此皆數十年之內所糾合四方之精銳。"白翟：亦作"白狄"，古代少數民族之一。《左傳·僖公三十三年》："晉侯敗狄於箕，郤缺獲白狄子。"賮：同"贐"，進貢的財物。徐陵《與章司空昭達書》："百越之賮，不供王府；萬里之民，不由國家。"

[2] 洪隄：同"洪堤"。太蒙：同"大蒙"，古謂日落處，指西方極遠之地。《爾雅·釋地》："西至日所入爲大蒙。"

[3] 三趾：三足烏。左思《魏都賦》："莫黑匪烏，三趾而來儀；莫赤匪狐，九尾而自擾。"

[4] 克負：成敗。克，成。阮籍《詠懷》："人誰不善始，尟能克厥終。"

[5] 兼山：兩山重疊。形容靜止，比喻應安於所處的地位。語出《易·艮》："兼山，艮，君子以思不出其位。"

《陳後主幸長干寺大赦詔》一首　　隋　江總

題解：《陳書》本紀載，至德三年（585）十一月"辛巳，輿駕幸長干寺，大赦天下"，則此詔當作於至德三年（585）十一月。其他文獻無載，嚴可均輯《全上古三代秦漢三國六朝文》無收，可補入《全隋文》江總文中。

門下：朕御朽爲心[1]，納隍在念[2]，慎此刑措[3]，寧濟區宇。而四聽不達，三辟猶昧[4]，囹圄未虛，良以鬱邑[5]。今於長干寺大發誓願，廣修憙舍，宜弘曲澤[6]，咸與惟新。可大赦天下，起今月廿九日昧爽以前，五歲刑以下，并從曠蕩絓，降重從輕，開恩宥罪，悉依七月八日。其有幽滯困窮，別加察訊。

【注釋】

[1] 御朽：以朽索御馬，喻指危險。《隋書·房彥謙傳》："是以古之哲王，昧旦丕顯，履冰在念，御朽兢懷。"

[2] 納隍：出自《孟子·萬章下》"（伊尹）思天下之民，匹夫匹婦，有不與被堯舜之澤者，若己納之溝中。"張衡《東京賦》："人或不得其所，若己納之於隍。"謂推入城

池中。後用以指出民於水火的迫切心情。

　　[3] 刑措：同"刑錯"，亦作"刑厝"，置刑法而不用。《荀子·議兵》："傳曰：'威厲而不試，刑錯而不用。'"

　　[4] 三辟：泛稱刑法。謝朓《三日侍宴曲水應詔詩》："九疇式叙，三辟載清。"

　　[5] 鬱邑：同"鬱悒"，憂悶。《楚辭·離騷》："曾歔欷余鬱邑兮，哀朕時之不當。"王逸注："鬱邑，憂也。邑，一作'悒'。"司馬遷《報任少卿書》："顧自以為身殘處穢，動而見尤，欲益反損，是以獨鬱悒而誰與語！"

　　[6] 曲澤：普遍的恩澤。《陳書·宣帝紀》："且肇元告慶，邊服來荒，始睹皇風，宜覃曲澤。"

《隋文帝拜東嶽大赦詔》一首　　隋　薛道衡

　　題解：詔稱"自開皇十五年正月十一日昧爽以前，大辟罪以下，已發露未發露、繫囚見徒，悉從原放"，當作于開皇十五年（595）。此篇其他文獻無載，嚴可均輯《全上古三代秦漢三國六朝文》無收，可補入《全隋文》薛道衡文中。

　　門下：朕以不德，肅膺鼎運，上承昊天之命，仰述聖人之道，思使含生之人，咸敦禮義；率土之內，同致雍熙[1]。除囹圄而莫設，棄刑書而不用。顧惟虛寡，化慚感物，未能使在位之人，俱行聖教，編户之衆，共洽淳風。加以上玄垂譴，多年水旱，興言念咎，載深祗懼。故恭至岱岳，上謝時靈：萬姓有罪，皆朕之過。時惟獻歲，生育資始，宜應此陽和，布茲凱澤，可大赦天下。自開皇十五年正月十一日昧爽以前，大辟罪以下，已發露未發露、繫囚見徒，悉從原放。常赦所不免，不在赦例。

【注釋】

　　[1] 雍熙：和樂昇平。張衡《東京賦》："百姓同於饒衍，上下共其雍熙。"薛綜注："言富饒是同，上下鹹悅，故能雍和而廣也。"

《隋煬帝巡幸北嶽大赦詔》一首　　隋　煬帝

　　題解：詔稱"朕祗承靈命，臨御區宇，荷天下之至重，當澆流於既末，夙夜寅懼，思闡厥猷"，當作於大業初年。此篇其他文獻無載，嚴可均輯《全上古三代秦漢三國六朝文》無收，可補入《全隋文》煬帝文中。

門下：饗帝禋宗，虔奉明祀，巡岳省方，存問萌俗，所以對越休祉，澤潤萬邦。朕祇承靈命，臨御區宇，荷天下之至重，當澆流於既未，夙夜寅懼，思闡厥猷。聿遵成志，光宣令緒。長城作固，鎮隔華戎。率彼子來，親巡玄朔。既而南轅肆覲[1]，北岳升柴[2]，繼絕代之遺風，緝先王之盛典。禮洽幽明，慶流兆庶[3]。宜播茲凱澤，咸與維新，可大赦天下。

【注釋】

[1] 肆覲：出自《尚書·舜典》："歲二月，東巡守，至於岱宗，柴。望秩於山川，肆覲東后。"原謂以禮見東方諸國之君，後常用爲語典，以稱見天子或諸侯之禮。孫綽《游天台山賦》："肆覲天宗，爰集通仙。"

[2] 升柴：燔柴祭天之禮。

[3] 兆庶：兆民。

《隋煬帝幸江都赦江淮以南詔》一首　　隋　煬帝

題解：據詔書"自大業元年十月二日昧爽以前，大辟罪以下，已發覺未發覺、繫囚見徒，悉皆原免"，時當大業元年（605）十月。此篇其他文獻無載，嚴可均輯《全上古三代秦漢三國六朝文》無收，可補入《全隋文》煬帝文中。

門下：昔漢恒過代，猶存情于故人；魏丕幸譙，尚留念於舊室。朕昔在藩牧，宣撫江淮，日居月諸[1]，年將二紀，不能勝殘去殺[2]，易俗移風，禮義未興，囹圄猶擁[3]。百姓有罪，在予一人。言念於此，何嘗不忘寢與食？比雖遣大使[4]，未若躬親。而此江都，即朕之代也。方今時和歲阜，巡省維揚[5]，觀覽人風[6]，親見耆老[7]。若不播茲愷澤，何以恤彼黎庶[8]？可赦江淮以南舊揚州管內，自大業元年十月二日昧爽以前，大辟罪以下，已發覺未發覺、繫囚見徒，悉皆原免。其常赦所不免者[9]，不在赦例。其揚州復五年，自外揚州舊管內諸州并復三年。仍分遣使人，宣揚朕意。

【注釋】

[1] 日居月諸：光陰的流逝。《詩·邶風·柏舟》："日居月諸，胡迭而微。"

[2] 勝殘：過制殘暴的人，使之不能作惡。何遜《七召·治化》："睹勝殘於期月，見成俗於浹辰。"去殺：不用死刑。《論語·子路》："善人爲邦百年，亦可以勝殘去殺矣。"

[3] 囹圄：監獄。《禮記·月令》："〔仲春之月〕命有司，省囹圄，去桎梏。"

[4] 比：近來。《呂氏春秋·先識》："臣比在晉也，不敢直言。"

[5] 巡省：巡行視察。《後漢書·應劭傳》："今大駕東邁，巡省許都。"

[6] 觀覽：觀察；視察。班昭《東征賦》："歷七邑而觀覽兮，遭巩縣之多艱。"人風：民風，民情。

[7] 耆老：老年人。《禮記·王制》："養耆老以致孝，恤孤獨以逮不足。"

[8] 黎庶：黎民。《史記·孟子荀卿列傳》："騶衍睹有國者益淫侈，不能尚德，若《大雅》整之於身，施及黎庶矣。"

[9] 常赦：中國古代按常例施行的赦免。其限制較嚴，除非詔旨臨時另有規定，都不在赦免之列。

《貞觀年中幸通義宮曲赦京城內詔》一首　　唐　太宗

題解：詔稱"朕恭膺大寶，克隆景祚，永言孝思，聿追罔極……今既氛祲廓清，區夏寧謐，時和歲稔，人休俗泰"，當作於貞觀初年，貞觀三年，太宗爲報母恩，舍舊宅通義宮爲尼寺，詔或作於此前。此篇卷首目錄作《武德年中幸通義宮曲赦京城內詔》，而篇題作《貞觀年中幸通義宮曲赦京城內詔》。今依篇題。此詔其他文獻無載，《全唐文》無收，可補入《全唐文》太宗文中。

門下：朕恭膺大寶，克隆景祚[1]，永言孝思[2]，聿追罔極[3]。肇惟自昔，胥宇舊居[4]，王道所基，積慶攸在[5]。桑梓之敬[6]，每懷踐歷[7]。日不暇給，以迄于兹。今既氛祲廓清[8]，區夏寧謐，時和歲稔，人休俗泰。爰擇良辰，言遵邑里[9]，禮同過沛，事等歸譙。故老咸臻，族姻斯會，肅恭薦饗，感慶兼集。思俾歡心，逮乎衆庶。滌兹幽滯[10]，有懷寬釋[11]。都輦之地[12]，宗祐所居[13]，作固萬邦，義越常等。時惟孟夏，方申長育，宜順天心，宣兹澤惠，可曲赦京城內繫囚見徒及被推劾應集之人，死罪以下，并從放免。其內有於政切害情理難原者，降死從流[14]。

【注釋】

[1] 景祚：喻帝業。《舊唐書·肅宗紀贊》："凶徒竟斃，景祚重延。"

[2] 孝思：孝親之思。《詩·大雅·下武》："永言孝思，孝思維則。"

[3] 聿追：亦作"遹追"，聿、遹本助詞；然後人往往訓聿爲述，謂追述先人德業。《禮記·禮器》："堯授舜，舜授禹，湯放桀，武王伐紂，時也。《詩》云：'匪革其猶，聿追來孝。'"鄭玄注："聿，述也。"

[4] 胥宇：察看可築房屋的地基和方向，猶相宅。《詩·大雅·綿》："爰及姜女，聿來胥宇。"毛傳："胥，相；宇，居也。"

[5] 積慶：接踵而來的喜慶之事。鮑照《皇孫誕育上表》："東儲積慶，皇孫誕育；國啓昌期，民迎福運。"

[6] 桑梓：借指故鄉。《詩·小雅·小弁》："維桑與梓，必恭敬止。"

[7] 踐歷：經歷，經過。

[8] 氛祲：喻戰亂，叛亂。沈約《王亮王瑩加授詔》："內外允諧，逆徒從愿，躬衛時難，氛祲既澄，并宜光贊緝熙，穆茲景化。"廓清：澄清，肅清。荀悅《漢紀·高帝紀四》："征亂伐暴，廓清帝宇，八載之內，海內克定。"

[9] 邑里：鄉里。《墨子·尚賢中》："凡所使治國家，官府，邑里，此皆國之賢者也。"

[10] 幽滯：指隱淪而未被擢用之士。《晉書·李壽載記》："拔擢幽滯，處之顯列。"

[11] 寬釋：寬大免罪。《史記·五宗世家》："景帝少子，驕怠多淫，數犯禁，上常寬釋之。"

[12] 都輦：京城，國都。《三國志·吳志·胡綜傳》："權又問可堪何官，綜對曰：'未可以治民，且試以都輦小職。'"

[13] 宗祏：宗廟中藏神主的石室，亦借指宗廟，宗祠。《左傳·莊公十四年》："〔原繁〕對曰：'先君桓公，命我先人，典司宗祏。'"杜預注："宗祏，宗廟中藏主石室。"

[14] 從流：按流放之罪處理。《周書·宣帝紀》："見囚死罪并降從流，流罪從徒，五歲刑已下悉皆原宥。"

《貞觀年中幸國學曲恩詔》一首　　唐　太宗

題解：《舊唐書》本紀載，貞觀十四年（640）"二月丁丑，幸國子學，親釋奠，赦大理、萬年繫囚，國子祭酒以下及學生高第精勤者加一級，賜帛有差"。《新唐書》所載略同，疑此詔作於貞觀十四年。可見，唐太宗重視文教。此詔其他文獻無載，《全唐文》無收，可補入《全唐文》太宗文中。

門下：古先哲王，君臨天下，何嘗不開設庠序，闡揚經籍[1]，陶鈞萬類[2]，亭毒九區[3]。導生靈之性情，移率土之風俗。詳求務本，莫此爲先。朕嗣膺寶命[4]，思播鴻烈[5]，崇勸學之典，重遵[尊]師之風，廣集生徒[6]，納諸軌物[7]，載佇賢俊[8]，共康億兆。今仲春在節，上丁統辰[9]，爰命有司，備釋奠之禮，朕親帥儲貳[10]，逮於庶寮[11]。巾卷成行[12]，纓珮在列[13]。視講肆之容[14]，聽論說之奧[15]。父子之道已著，君臣之義畢陳。事深弘益[16]，情增嘉尚[17]。宜順時濟物[18]，布以曲恩[19]。大理寺、萬年縣見禁囚徒，大辟罪以下，可并原之。其常赦及比年降不免者[20]，不在原限[21]。國子祭酒以下學官及學生高第并精勤者[22]，節級賜物[23]，材堪擢授者[24]，并宜量叙[25]。

【注釋】

[1] 闡揚：闡明發揚；宣揚。《晋書·孫楚傳》："制禮作樂，闡揚道化。"

[2] 陶鈞：本意是做陶器所用的轉輪，此比喻陶冶、造就。《宋書·文帝紀》："將陶鈞庶品，混一殊風。"

[3] 亭毒：本於《老子》："長之育之，亭之毒之。"一本作"成之熟之"。高亨正詁："'亭'當讀爲'成'，'毒'當讀爲'熟'，皆音同通用。"後引申爲養育、化育。劉孝標《辯命論》："生之無亭毒之心，死之豈虔劉之志。"李周翰注："亭、毒，均養也。"九區：九州。劉駒驗《郡太守箴》："大漢遵周，化洽九區。"

[4] 嗣膺：繼前人承受。《南齊書·鬱林王紀》："朕以寡薄，嗣膺寶政。"寶命：對天命的美稱。《尚書·金縢》："無墜天之降寶命，我先王亦永有依歸。"

[5] 鴻烈：大功業。《漢書·揚雄傳下》："《典》《謨》之篇，《雅》《頌》之聲，不溫純深潤，則不足以揚鴻烈而章緝熙。"

[6] 生徒：學生，門徒。

[7] 軌物：軌範；準則。《左傳·隱公五年》："君將納民軌物者也。"杜預注："言器用衆物不入法度，則爲不軌不物。"

[8] 載佇：承載積聚。佇，積聚。孫綽《游天台山賦》："惠風佇芳於陽林。"

[9] 上丁：農曆每月上旬的丁日。《禮記·月令》："〔仲春之月〕上丁，命樂正習舞，釋菜。"鄭玄注："爲將饗帝也。春夏重舞，秋冬重吹也。"

[10] 儲貳：儲副，太子。葛洪《抱朴子·釋滯》："昔子晋舍視膳之役，棄儲貳之重，而靈王不責之以不孝。"

[11] 庶寮：亦作"庶僚"，百官。張衡《思玄賦》："戒庶寮以夙會兮，僉恭職而并迓。"

[12] 巾卷：頭巾和書卷，爲太學生所用。此借指學生。顏延之《皇太子釋奠會作

詩》："六官視命，九賓相儀，纓笏匝序，巾卷充街。"

　　[13] 纓珮：亦作"纓佩"。官服的飾物。謝靈運《辭祿賦》："服纓佩於兩宫，執鞭笏於宰蓄。"

　　[14] 講肆：講舍；講堂。陶潛《示周續之祖企謝景夷三郎》詩："馬隊非講肆，校書亦已勤。"

　　[15] 論説：議論評説。《禮記·文王世子》："大司成論説在東序。"

　　[16] 弘益：補益；增益。葛洪《抱朴子·任能》："惠康子賤起家而治大邦，實由勝己者多，而招其弘益。"

　　[17] 嘉尚：稱贊；崇尚。《三國志·魏志·滿寵傳》："知識邪正，欲避禍就順，去暴歸道，甚相嘉尚。"

　　[18] 順時：順應時宜，適宜。濟物：濟人。嵇康《與山巨源絶交書》："子文無欲卿相而三登令尹，是乃君子思濟物之意也。"

　　[19] 曲恩：曲意施恩。《魏書·楊侃傳》："侃曰：'此誠陛下曲恩，寧可以臣微族，頓廢君臣之義。'"

　　[20] 比年：每年；連年。《禮記·王制》："諸侯之於天子也，比年一小聘。"鄭玄注："比年，每歲也。"

　　[21] 原限：寬恕範圍。

　　[22] 高第：經過考核，成績優秀，名列前茅。《史記·儒林列傳》："一歲皆輒試，能通一藝以上，補文學掌故缺；其高第可以爲郎中者，太常籍奏。"

　　[23] 節級：次第。《魏書·釋老志》："年常度僧……若無精行，不得濫采。若取非人，刺史爲首，以違旨論，太守、縣令、綱僚節級連坐，統及維那移五百里外异州爲僧。"

　　[24] 擢授：提升。《後漢書·袁紹傳》："臣以負薪之資，拔於陪隸之中，奉職憲臺，擢授戎校。"

　　[25] 量叙：審度評議等級次第。量，審度。叙：按規定的等級次第授官職；按勞績的大小給予獎勵。《周禮·天官·宫伯》："凡在版者，掌其政令，行其秩叙。"

《貞觀年中幸魏王泰宅曲赦詔》一首　　唐　太宗

　　題解：魏王李泰（620—652），字惠褒，小字青雀，唐太宗四子，母親文德皇后長孫氏，寵冠諸王。詔稱"左武候大將軍雍州牧相州都督魏王泰"，李泰于貞觀八年，兼領左武候大將軍，同時被授予了雍州牧之職，貞觀十年，李泰徙封魏王，遥領相州都督，督相、衛、黎、魏、洺、邢、貝七州軍事，餘官如故，推此作於貞觀十年（636）。此詔其他文獻無載，《全唐文》無收，可補入《全唐文》太宗文中。

卷第六百六十六

門下：左武候大將軍雍州牧相州都督魏王泰，地惟魯衛，義兼臣子，樂善先於忠孝[1]，多才綜於墳藉。食時非敏，七步慚奇。謹肅表於徵循[2]，政績宣於畿甸[3]。維城是寄[4]，磐石斯在[5]。今獻歲發春[6]，風韶景麗，悅天下之無事，敦穆親之令典[7]。爰駐罕蹕[8]，幸其邸第[9]。儲蕃在列[10]，文武充庭。置酒申其歡宴，清談暢其襟抱。留連移晷[11]，有慰朕懷。宜因愷樂[12]，曲流恩惠。其雍州及長安縣見禁囚徒、大辟罪以下，并特原之。比年恩所不降者，不在原限。延康坊百姓今年所有課役，悉宜蠲免。魏王府官人〔闕〕

【注釋】

[1] 樂善：樂於行善。

[2] 謹肅：謹慎恭肅。《史記·司馬相如列傳》："相如初尚見之，後稱病，使從者謝吉，吉愈益謹肅。"徵循：巡查。《漢書·百官公卿表上》："中尉，秦官，掌徼循京師。"

[3] 畿甸：指京城地區。《周書·蕭察傳》："昔方千而畿甸，今七里而磐縈。"

[4] 維城：連城以衛國。《詩·大雅·板》："懷德維寧，宗子維城。"

[5] 磐石：厚而大的石頭，比喻穩定堅固。宋玉《高唐賦》："磐石險峻，傾崎崖隤。岩嶇參差，從橫相追。"

[6] 獻歲：進入新的一年；歲首正月。《楚辭·招魂》："獻歲發春兮，汨吾南征。"王逸注："獻，進；征，行也。言歲始來進，春氣奮揚，萬物皆感氣而生。"

[7] 穆親：和睦相親。《晉書·陸機傳》："篤聖穆親，如彼之懿，大德至忠，如此之盛。"

[8] 蹕：泛指帝王出行的車駕或行幸之處。《史記·張釋之馮唐列傳》："廷尉奏當，一人犯蹕，當罰金。"

[9] 邸第：亦作"邸弟"，達官貴族的府第。《史記·荊燕世家》："臣觀諸侯王邸弟百余，皆高祖一切功臣。"

[10] 儲蕃：分封在外的皇嗣。《南史·後妃傳序》："及簡文、元帝出自儲蕃，或迫在拘縶，或逼於寇亂，且妃并先殂，更不建椒闈。"

[11] 移晷：日影移動，猶言經過了一段時間。《漢書·王莽傳上》："人不還踵，日不移晷，霍然四除，更為寧朝。"

[12] 愷樂：慶祝作戰勝利的軍樂。《周禮·春官·大司樂》："王師大獻，則令奏愷樂。"鄭玄注："愷樂，獻功之樂。"

卷第六百六十七

詔卅七　赦宥三

《漢宣帝鳳皇集泰山赦詔》一首　　漢　宣帝

題解：此篇又見《漢書》卷八《宣帝紀》，時當元康元年（前65）三月。嚴可均據之輯入《全漢文》卷六，此載可補嚴輯徵引出處。

制詔：迺者鳳皇集泰山、陳留，甘露降未央宮，朕未能彰先帝休烈，協寧百姓，承天順地，調序四時。獲蒙嘉瑞，賜茲祉福，夙夜兢兢，靡有驕色。內省匪懈[一]，永惟罔極[1]。《書》不云乎："鳳皇來儀，庶尹允諧[2]。"其赦天下徒，賜勤事吏二千石以下爵。

【校勘】

〔一〕"匪懈"，《漢書》作"匪解"。

【注釋】

[1] 罔極：無窮盡。《詩·小雅·何人斯》："有靦面目，視人罔極。"

[2]《尚書·堯典》："《簫韶》九成，鳳皇來儀。夔曰：'於！予擊石拊石，百獸率舞，庶尹允諧。'"

《後漢章帝麟鳳等瑞改元赦詔》一首　　後漢　章帝

題解： 此篇又見《後漢書》卷三《章帝紀》，時當元和四年（87）。嚴可均據之輯入《全後漢文》卷五章帝文中，此載可補嚴輯徵引出處。"丙"原作"景"，此鈔本避唐諱也，據《後漢書》改。

制詔：朕聞明君之德，啓通鴻化[一]，緝熙康人[二][1]，光照六幽[2]，訖惟人面，靡不率俾仁風，翔于海表。威靈行乎鬼區[3]，然後敬恭明祀，膺五福之慶[4]，獲來儀之貺[5]。朕以不德，受祖宗弘烈。乃者鳳皇仍集，麟龍并臻[三]，甘露霄降，嘉穀滋生，芝草之類，歲月不絕。朕夙夜祗畏上天[6]，無以彰于先功。令改元和四年爲章和元年[四]。《秋令》："是月，養衰老，授几杖，行糜〔糜〕粥飲食[7]。"其賜高年二人共布帛各一匹[8]，以爲醴酪。死罪囚犯法在景〔丙〕子赦前而後捕繫者，皆減罪勿笞，詣金城戍[9]。

【校勘】

〔一〕"啟通"，《後漢書》作"啟迪"。

〔二〕"康人"，《後漢書》作"康乂"。

〔三〕"麟龍"，《後漢書》作"麒麟"。

〔四〕"令改"，《後漢書》作"今改"。

【注釋】

[1] 緝熙：出自《詩·大雅·文王》："穆穆文王，於緝熙敬止。"毛詩傳："緝熙，光明也。"又《周頌·敬之》："日就月將，學有緝熙於光明。"鄭玄箋："緝熙，光明也。"後因以"緝熙"指光明，又引申爲光輝。

[2] 六幽：天地四方。班固《典引》："神靈日照，光被六幽。"蔡邕注："六幽，謂上下四方也。"

[3] 鬼區：邊遠地區。班固《典引》："仁風翔乎海表，威靈行乎鬼區。"蔡邕注："鬼區，絕遠之區也。"一説即鬼方。

[4] 五福：五種幸福。《尚書·洪範》："五福：一曰壽，二曰富，三曰康寧，四曰攸好德，五曰考終命。"

[5] 來儀：有鳳來儀，鳳凰來舞而有容儀，古人以爲瑞應。語出《尚書·益稷》："簫韶九成，鳳皇來儀。"

— 549 —

[6] 祇畏：敬畏。《尚書·金滕》："用能定爾子孫於下地，四方之民，罔不祇畏。"

[7] 出自《禮記·月令·秋令》："是月也，養衰老，授幾杖，行糜粥飲食。乃命司服，具飭衣裳。"

[8] 高年：老年人。桓寬《鹽鐵論·未通》："扶不足而息高年。"

[9] 金城：京城。張協《詠史》："朱軒曜金城，供帳臨長衢。"劉良注："金城，長安城也。"古郡名，在今甘肅蘭州之西北。陳琳《檄吳將校部曲文》："超之妻孥，焚首金城。"

《後魏孝靜帝膏雨大赦詔》一首　　後魏　孝靜帝

題解： 詔稱"朕承天地之休，藉祖宗之業，以茲寡薄，欽受大命，君臨萬國，緬踰一紀"，又赦免"自武定三年五月廿六日昧爽已前"諸囚徒，可知此詔作於孝靜帝武定三年（545）。此篇其他文獻無載，嚴可均輯《全上古三代秦漢三國六朝文》無收，可補入《後漢魏文》孝靜帝文中。

門下：朕承天地之休，藉祖宗之業，以茲寡薄，欽受大命，君臨萬國，緬踰一紀。德之不廣，明未能燭，寔賴將相匡維，士庶用命。南徹斂衽，北塞承衣，海碣謐然，關河不警。青祇候節，則嘉液從來；未明在律，而膏潤應序。庶品順性，群物靡違，水火菽粟，祥候茲備。凡我兆庶，鼓腹可期。寔由神祇眷止，精靈是贊。有一於斯，載深祇荷。顧循虛昧，當此萬機，刑厝未及[1]，獄訟不息，虐吏因以輕重，朱筆致其淺深。肺石靡申，圓土貽怨。天下之廣，豈曰無之？子育黔首，地當憂責[2]。一物非所，懼深在予。坐衣望曉，非此孰念？今宇宙清朗，風雨和洽，草木條暢，昆蟲阜滋[3]，爰佇玉燭，宜存寬政。赦罪開仁，務申恩厚，可大赦天下。自武定三年五月廿六日昧爽已前，謀反大逆已發覺、赤手殺人繫囚見徒、流配邊方未達前所者，悉原免。

【注釋】

[1] 刑厝：亦作"刑措"。置刑法而不用。《荀子·議兵》："傳曰：'威厲而不試，刑錯而不用。'"

[2] 憂責：負責，擔負重任。《後漢書·張酺傳》："朝廷望公思維得失，與國同心，而托病自潔，求去重任，誰當與吾同憂責者？"

[3] 阜滋：繁盛。張衡《東京賦》："草木蕃廡，鳥獸阜滋。"

《宋文帝嘉禾秀京師大赦詔》一首　　南朝宋　文帝

題解：元嘉二十二年至二十三年（445—446），祥瑞頻見："元嘉二十二年六月，嘉禾生籍田，一莖九穗""元嘉二十二年，嘉禾生華林園，百六十穗，園丞陳襲祖以聞"，二十三年七月乙丑，"嘉禾旅生籍田，籍田令褚熙伯以聞"，八月己酉，"嘉禾生華林園，園丞陳襲祖以聞"，是所謂"禎祥仍集"。二十一年（444），文帝下詔廣課墾辟，諸州郡盡勤地利，勸導播殖。與詔"躬親帝藉，敬恭務本，芟夷不端，拯雪萌瘼""華林園職，籌量賜之"相符。二十三年，"是歲，大有年"，同詔"時和歲稔"，推此詔作於元嘉二十三年。此篇其他文獻無載，嚴可均輯《全上古三代秦漢三國六朝文》無收，可補入《全宋文》宋文帝文中。

門下：朕奉承宗祧，嗣守鴻業，夙夜兢畏，思隆丕緒[1]，未能光宣先德，式揚風教，惠政弗孚[2]，矢言靡訓。庶徵僭度，邊患屢興，念深納隍，每懷明發[3]。故躬親帝藉，敬恭務本，芟夷不端[4]，拯雪萌瘼。頃群方效捷，要荒革面[5]，時和歲稔。禎祥仍集。嘉穄玄黍，頻秀京畿，合秠祕萉[6]，擢穗千畝。潔粢神倉，薦饗郊廟，三才協靈，幽顯偕順。永惟休祜，何已臻茲。自天降康，豈伊在予？思覃斯慶，施於萬邦[7]，可大赦天下。文武賜位一等，華林園職，籌量賜之。

【注釋】

[1] 丕緒：國家大業。《陳書·世祖紀》："朕以寡昧，嗣膺丕緒，永言勳烈，思弘典訓。"

[2] 孚：使相信，使信服。《左傳·莊公十年》："小信未孚，神弗福也。"

[3] 明發：孝思。陸機《思親賦》："存顧復之遺志，感明發之所懷。"

[4] 芟夷：刪削鏟除。《三國志·蜀志·諸葛亮傳》："今操芟夷大難，略已平矣，遂破荊州，威震四海。"

[5] 要荒：王畿外極遠之地，亦泛指遠方之國。劉向《新序·雜事二》："昔者唐虞崇舉九賢，布之於位，而海內大康，要荒來賓，麟鳳在郊。"

[6] 秠，讀音fū，小麥等植物的花外面包著的硬殼。祕萉，讀音mì wǎn，稀有珍奇的紫萉。

[7] 萬邦：所有諸侯封國，後引申為天下、全國。《尚書·堯典》："協和萬邦，黎民

— 551 —

於變時雍。"萬兆：平民百姓，同"億兆"。

《後周明帝靈烏降大赦詔》一首　　後周　明帝

題解：周明帝宇文毓（534—560），小名統万突，代郡武川人，北周文帝宇文泰庶長子，北周第二位皇帝，559—560年在位。557年，宇文護廢孝閔帝，迎立明帝，即位伊始稱天王。559年，始稱皇帝，改元武成。詔稱"惟二年八月丙子"，作於明帝即天王位的第二年（558）八月。此篇又見《周書》卷四《明帝紀》，《太平御覽》九二〇亦載此詔，嚴可均據《御覽》輯入《全後周文》明帝文中，題作《三足烏見大赦詔》。《全文》所載，缺篇首"惟二年八月丙子，王若曰：誥我太師、太傅、太保、大塚宰、大司徒、大宗伯、大司馬、大司寇、大司空、爰暨列將、大夫士、州牧守士、公、侯、伯、子、男等"等句。缺篇尾"自今二年八月十五日昧爽以前，大辟罪以下厥狀發露未發露，其案成洎見徒，皆悉降不問"等句。

惟二年八月景〔丙〕子，王若曰：誥我太師、太傅、太保、大冢宰、大司徒、大宗伯、大司馬、大司寇、大司空、爰暨列將、大夫士、州牧守士、公、侯、伯、子、男等。夫天不愛寶，地稱表瑞，莫不威鳳巢閣[1]，圖龍躍沼，豈直日月珠連，風雨玉燭？是以《鉤命決》曰："王者至孝則出。"《元命苞》曰："人君孝道所感〔一〕。"有虞蒸蒸〔二〕[2]，來茲异趾；周文翼翼[3]，翔此靈禽。文考至德下罩，遺仁愛被，遠符千載，降斯三足。表離曜之明〔三〕，效君道之正。將使三方歸本，九州龕一〔四〕[4]。惟此大祉〔五〕，景福在人[5]。予安敢讓宗廟之善，弗宣大惠？可大赦天下，文武官普進二級。自今二年八月十五日昧爽以前〔六〕，大辟罪以下，厥狀發露未發露，其案成洎見徒[6]，皆悉降不問。

【校勘】

〔一〕"人君孝道所感"，《全後周文》作"人君至治所有"。

〔二〕"有虞蒸蒸"，《全後周文》作"虞帝蒸蒸"，《周書》作"虞舜蒸蒸"。

〔三〕"表離曜之名，效君道之正"兩句，《全後周文》缺。

〔四〕"九州龕一"，《全後周文》作"九州龕定"。

〔五〕"惟此大祉"，《全後周文》作"惟此大禮"，《周書》作"惟此大體"。

— 552 —

〔六〕"自今二年八月十五日昧爽以前"句以下，《全後周文》缺。

【注釋】

［1］威鳳：瑞鳥。舊説鳳有威儀，故稱。《關尹子·九藥》："威鳳以難見爲神，是以聖人以深爲根。"

［2］蒸蒸：純一寬厚貌；興盛。《漢書·酷吏傳序》："而吏治蒸蒸，不至於姦，黎民艾安。"

［3］翼翼：恭敬謹慎貌。《詩·大雅·大明》："惟此文王，小心翼翼。"鄭玄箋："小心翼翼，恭慎貌。"

［4］尐：同"戩"，平定。

［5］景福：洪福；大福。《詩·周頌·潛》："以享以祀，以介景福。"

［6］洎，讀音jì，到，及。《莊子·寓言》："吾及親仕，三釜而心樂；後仕，三千鐘而不洎，吾心悲。"

《靈鳥等瑞大赦詔》一首　　後周　明帝

　　題解：本詔前件題作《後周明帝靈鳥降大赦詔》，因本詔及《又靈鳥等瑞大赦詔》與之相連且題名接近，《詞林》纂集之時將此兩詔系於後周明帝之下。然考本詔細節，當誤。詔曰："朕大伯母及第四姑楊氏逢兹寬政，獄宥來西。惟姑先至，循心載展。伯母礙暑，許尋禮送。"此事即《周書·晉蕩公護傳》所載："先是，護母閻姬與皇第四姑及諸戚屬，并没在齊，皆被幽縶……四年，皇姑先至。齊主以護既當權重，乃留其母，以爲後圖。"事在武帝保定四年八月。又載："是月，以皇世母閻氏自齊至，大赦天下。"事在武帝保定四年（564）九月，則本詔當下於此前。綜上可知，本詔當是武帝時詔，《詞林》系作明帝，誤，當題作《後周武帝靈鳥等瑞大赦詔》。

　　制詔：惟夫天工人代，樹之元首，休徵咎徵[1]，必有攸應。我皇家受天明命，奄有萬國，夙宵震惕，勵精不怠。登靈臺以觀物，坐總章而布政[2]，庶幾六沴不起[3]，五福相生。祖宗貽厥，禎祥頻集，九尾一見。三足以來，仁獸呈儀，慶雲表色。至如倉烏赤雀，白菟玄狐，嘉禾連理，芝草甘露，史不絶書，充仞天府。玉燭斯調，膏雨應節，東作歲平[4]，西成屢稔[5]。重以東國行仁，哀矜庶獄。朕大伯母及第四姑楊氏逢兹寬政，獄宥來西。惟姑已至，循心載展。伯母礙暑，許尋禮送。言而有信，所以爲國。事本由衷，義無乖爽。伯母仁姑，屬尊德懿，離隔三紀，欣奉一朝。既荷天休，又兼家慶，思與億兆，同此胥悦，可大赦天下。

【注釋】

[1] 休徵：吉祥的徵兆。《尚書·洪範》："曰休徵。"孔安國傳："叙美行之驗。"咎徵：過失的報應，災禍應驗。《尚書·洪範》："曰咎徵：曰狂，恒雨若；曰僭，恒暘若。"

[2] 總章：天子明堂之西向室，取西方總成萬物而章明之之意。《禮記·月令》："〔孟秋之月〕天子居總章左個。"鄭玄注："總章左個，大寢西堂南偏。"

[3] 六沴：六氣不和，氣不和而相傷爲沴。《尚書大傳》："維時洪祀，六沴用咎於下，是用知不畏而神之怒。"

[4] 東作：春耕。《尚書·堯典》："寅賓出日，平秩東作。"孔安國傳："歲起於東，而始就耕，謂之東作。"亦泛指農耕。

[5] 西成：秋天莊稼已熟，農事告成。《尚書·堯典》："平秩西成。"

《又靈烏等瑞大赦詔》一首　　後周　明帝

題解：詔曰："我有周誕受天明，于今六祀。三薦神烏之瑞。"六祀即六年，自後周孝閔帝受禪而立至今六年，則當在武帝保定二年。《詞林》以此詔系於明帝，誤。《周書·武帝紀上》載："（保定二年夏四月）丁巳，南陽獻三足烏。湖州上言見二白鹿從三角獸而行……五月庚午，以山南衆瑞并集，大赦天下，百官及軍人，普泛二級。"時間與内容均合，則詔正下於此時。史傳未載詔文，可補。

制詔：朕聞受命之君，必有神靈之异；禎祥之符，然後得處乎兆人之上。不然，曷以永年哉？是以方册所述，其事甚衆。至如湯有白狼，文有赤雀，皆爲表明其道，一人視聽。我有周誕受天明，于今六祀，三薦神烏之瑞，再獻芝草之禎。呈九尾於東郊，獲三角於南鄙。嘉禾生於舊邸，連理出於安定。華平茂乎禁液，甘露泫乎芳菀。其餘祥見，殆無虛月。朕内省寡薄，豈曰能致？當由大祖靈聖，幽明無極，余慶可覃，猥鍾下武[1]。可述先志，屬所庶幾。安敢讓兹景福，壅天之慶？可大赦天下。

【注釋】

[1] 下武：有聖德能繼先王功業。《詩·大雅·下武》："下武維周，世有哲王。"鄭

玄箋："下，猶後也……後人能繼先祖者，維有周家最大。"

《隋文帝獲寶龜大赦詔》一首　　隋　文帝

題解：汝州刺史元崇義獻寶龜于文帝，文帝感古之祥瑞出於盛世，遂作詔大赦天下，當作於開皇初年。此篇其他文獻無載，嚴可均輯《全上古三代秦漢三國六朝文》無收，可補入《全隋文》李德林文中。

門下：昔文出龍鱗，軒示於俗；字生龜甲，堯告群臣。蓋祗奉天心，宣揚神化。朕以薄德，荷天之休，道未僭通，常懷愧悚。粵以閏三癸丑，汝州刺史元崇義獻寶龜一，其腹下甲文曰："天卜楊興。"隱骨天成，文字明顯。傍有二所，似日月之字。此龜出於汝水，得自漁人，崇義見以爲奇，遣使作貢。朕傳諸內外，俱共遍覩，王公卿士咸曰休哉。於是尚書奏儀，太常擇日，喜見圖書之瑞，請式壇場之禮[1]。往者初膺大寶，律應仲春，禋祀南郊，恐違時令。月惟首夏，德主於離，敢遵肆類之典[2]，仍受龜書之賜。皇靈明命，昭著殷勤，拜伏震驚，增其慚惕。上玄之意，唯在愛人。自君臨四海，憂勞兆庶，未能革前王之雕弊，變末俗之奸宄，禮教尚擁，囹圄弗空。百姓有過，實非其罪，是朕訓導不明，陷於刑戮，何以副蒼昊之德，稱黔首之懷？責在朕躬，無所逃避。今熛怒之使[3]，當生長之時，仰惟天道，義存寬宥，固將潛運生靈[4]，俱登仁壽。宜刷蕩瑕穢，許其自新，可大赦天下。

【注釋】

[1] 壇場：設壇舉行祭祀、繼位、盟會、拜將等大典的場所。《史記·封禪書》："諸祠各增廣壇場，珪幣俎豆，以差加之。"

[2] 肆類：祭天之禮。《尚書·舜典》："肆類於上帝。"孔安國傳："肆，遂也。"類，祭名，以特別事故祭告天神。《魏書·高祖紀下》："八月壬辰，議養老，又議肆類上帝，禋于六宗之禮，帝親臨決。"

[3] 熛怒：風迅猛貌。宋玉《風賦》："飄忽溯滂，激颭熛怒。"李善注："熛怒，如熛之聲。"

[4] 潛運：深謀。馬融《忠經·塚臣》："夫忠者……在乎沈謀潛運，正國安人。"

《貞觀年中獲石瑞曲赦涼州詔》一首　　唐　太宗

題解：此篇見於《冊府元龜》卷八十四，刪節過多。《唐大詔令集》卷六十八題爲《貞觀十七年南郊德音》。《全唐文》卷七題爲《賜酺三日詔》，陸心源據之輯入《唐文拾遺》卷一。從詔文中"朕嗣受宗祧，夙夜寅畏……十七載于茲矣"可知作於貞觀十七年。

門下[一]：昔朱鳥降於周代[1]，君臣動色；黃龍見於漢室，天下稱慶。況乃禎祥顯著[2]，靈眷昭然者哉[3]？朕嗣守宗祧[4]，夙夜寅畏[5]，憂勤在於政道[6]，撫育遍於含生[7]，十七載于茲矣。上玄[二]儲祉[8]，貞石表瑞，成命發於文字[三][9]，事高振古[10]；冥符邁於河洛，祚表無疆。朕是以式備禋燎[四][11]，躬謝蒼昊[五][12]，逮于儲兩[13]，亦申虔拜[六]。玄冬戒序，黃鐘在律[七]，朔風既切[14]，飛雪載零[八]。及長至在辰[15]，同雲倏卷，既升泰壇[16]，爰奉玉帛[17]。六合開朗[18]，愛日揚光[19]。兩儀交泰[20]，靈既允集，神祇介福[21]，豈獨在予？和樂之慶[22]，宜被率土，可賜天下大酺三日[23]。自漢魏以來，及於近代，每有大慶，或賜牛酒。然牛之爲用，耕稼所資，多有宰殺，深乖惻隱[24]。其男子年七十以上，令州縣各量給酒米麵，并以官物充[25]。涼州之地，嘉瑞攸出[26]，加恩之典，抑有舊章。涼州都督府一州及所管縣，大辟罪以下、見禁囚徒，并宜原放。其十惡、故殺人、劫賊傷人、竊盜傷人、謀殺人已傷、官人枉法受財、監臨主守自盜盜所監臨，悉不在放限。都督府官人及當州折衝府并縣官人，并宜賜會，以官物充，仍令通事舍人一人馳驛往宣詔，并看會涼州百姓，給復一年。金紫光祿大夫、行同州刺史、檢校都督、安康郡開國公李襲譽賜絹一百疋，所管縣令賜絹卅疋。囚繫之徒雖有罪譴，因茲嘉慶，彌用哀矜，其京城見禁囚徒，宜令皇太子諱慮過其諸州囚徒，遣使分道馳驛往慮。十惡皆不在慮限。訖并奏聞，仍令所司具爲事條[27]。

【校勘】

〔一〕"門下"至"靈眷昭然者哉"一段，《全唐文》缺。

〔二〕"上玄"，《全唐文》作"上元"。

〔三〕"成命發於文字"至"祚表無疆"一段，《全唐文》缺。

〔四〕"朕是以式備禋燎"，《全唐文》作"朕式備囗燎"。

〔五〕"躬謝蒼昊"，《全唐文》"昊"字殘。

〔六〕"虔拜"，《全唐文》作"虔奉"。

〔七〕"玄冬戒序，黃鐘在律"兩句，《全唐文》缺。

— 556 —

〔八〕"飛雪載零"句後《全唐文》僅作"及登泰壇,六"。

【注釋】
[1] 朱鳥:神鳥名,傳說中的鷟鳥。賈誼《惜誓》:"飛朱鳥使先驅兮,駕太一之象輿;蒼龍蚴虬于左驂兮,白虎騁而爲右騑。"
[2] 禎祥:吉祥的徵兆。《禮記·中庸》:"國家將興,必有禎祥;國家將亡,必有妖孽。"
[3] 靈眷:神靈。沈約《桐柏山金庭館碑》:"東采震澤,西游漢濱,依稀靈眷,髣髴幽人。"
[4] 宗祧:宗廟。《左傳·襄公二十三年》:"紇不佞,失守宗祧,敢告不吊。"
[5] 寅畏:敬畏。《北史·房彥謙傳》:"刑賞曲直,升聞於天,寅畏照臨,亦宜謹肅。"
[6] 憂勤:亦作"憂懃",帝王或朝廷爲國事而憂慮勤勞。《史記·司馬相如列傳》:"且夫王事固未有不始於憂勤,而終於佚樂者也。"
[7] 撫育:亦作"撫毓",安撫,撫慰。《晋書·馮跋載記論》:"猶能撫育黎萌,保守疆宇,發號施令,二十餘年。"
[8] 儲祉:積福。
[9] 成命:既定的天命。《詩·周頌·昊天有成命》:"昊天有成命,二后受之。"
[10] 振古:遠古;往昔。《詩·周頌·載芟》:"匪今斯今,振古如兹。"
[11] 禋燎:禋柴。《宋書·禮志三》:"且郊有燔柴,堂無禋燎,則鼎俎篹簋,一依廟禮。"
[12] 蒼昊:蒼天。王延壽《魯靈光殿賦》:"據坤靈之寶勢,承蒼昊之純殷。"
[13] 儲兩:儲貳,太子。
[14] 朔風:北風,寒風。曹植《朔方》詩:"仰彼朔風,用懷魏都。"
[15] 長至:夏至。夏至白晝最長,故稱。《禮記·月令》:"〔仲夏之月〕是月也,日長至,陰陽爭,死生分。"
[16] 泰壇:祭天之壇。在都城南郊。《禮記·祭法》:"燔柴於泰壇,祭天也。"
[17] 玉帛:圭璋和束帛,古代祭祀、會盟、朝聘等均用之。《周禮·春官·肆師》:"立大祭用玉帛牲牷。"
[18] 六合:天地四方。《莊子·齊物論》:"六合之外,聖人存而不論;六合之内,聖人論而不議。"(或指天下;人世間。賈誼《過秦論》:"吞二周而亡諸侯,履至尊而制六合,執敲朴以鞭笞天下,威振四海。")
[19] 愛日:珍惜時日。《吕氏春秋·上農》:"敬時愛日,至老不休。"揚光:發出光輝。《淮南子·本經訓》:"日月淑清而揚光,五星循軌而不失其行。"
[20] 兩儀:天地。《易·繫辭上》:"是故易有太極,是生兩儀。"

[21] 神祇：天神與地神。《尚書·湯誥》："爾萬方百姓，罹其凶害，弗忍荼毒，并告無辜於上下神祇。"介福：大福。《易·晉》："受茲介福於其王母。"

[22] 和樂：和睦歡樂；和睦安樂。《詩·小雅·棠棣》："兄弟既翕，和樂且湛。"

[23] 大酺：大宴飲。《史記·秦始皇本紀》："五月，天下大酺。"

[24] 惻隱：同情，憐憫。《孟子·公孫醜上》："今人乍見孺子將入于井，皆有怵惕惻隱之心。"

[25] 官物：官家的物品、財產，公物。

[26] 嘉瑞：祥瑞。《漢書·宣帝紀》："承天順地，調序四時，獲蒙嘉瑞，賜茲祉福。"

[27] 事條：條例，法規。

《漢元帝火災赦詔》一首　　漢　元帝

題解： 此篇又見《漢書》卷九《元帝紀》，時當初元三年（前46）夏四月乙未。嚴可均據之輯入《全漢文》卷七。此載可補嚴輯徵引出處。

制詔曰：迺者火災降于孝武園館[1]，朕戰慄恐懼。不燭變异，咎在朕躬。有司又未肯極言朕過[一]，以至於斯，將何以寤焉？百姓仍遭凶阸[2]，無以相振。加以煩擾乎苛吏[二]，拘牽乎微文[3]，不得永終性命，朕甚閔焉，其赦天下。

【校勘】

〔一〕"有司"，《漢書》作"群司"。

〔二〕"煩擾乎"，《漢書》作"煩擾摩"

【注釋】

[1] 迺者：曩者，往日。《漢書·昭帝紀》："迺者民被水災，顧匱於食。"

[2] 凶阸：災荒窮困。《漢書·元帝紀》："百姓仍遭凶阸，無以相振。"

[3] 微文：苛細的法律條文。《漢書·刑法志》："其後，獄吏復避微文，遂其愚心。"

《後漢順帝灾旱大赦詔》一首　　後漢　順帝

題解： 此篇又見《後漢書》卷六《順帝紀》，作於永建四年（129）春正月丙寅。嚴可均據之輯入《全後漢文》卷七。此載可補嚴輯徵引出處。

制詔：朕托王公之上，涉道日寡，政失厥中，陰陽氣隔，寇盜放肆[一]，庶獄彌繁，憂悴永嘆，疢如疾首[二]。《詩》云："君子如祉，亂庶遄已。"[1]三朝之會，朔旦立春。嘉與海內，洗心自新，其大赦天下[三]。從甲寅赦令已來，復秩屬籍。三年正月以來[四]，還贖。其閻顯、江京等知識婚姻禁錮，一原除之，務崇寬和。敬順時令，遵典去苛，以稱朕意。

【校勘】
〔一〕"放肆"，《後漢書》作"肆暴"。
〔二〕"疢如"，《後漢書》作"疢如"。
〔三〕"其大赦天下"，《後漢書》無"大"。
〔四〕"正月以來"，"以"，《後漢書》作"已"。

【注釋】
[1] 出自《詩·節南山之什·巧言》："君子如怒，亂庶遄沮。君子如祉，亂庶遄已。"

《西晉武帝三辰譴見大赦詔》一首　　西晉　武帝

題解： 三辰，指日、月、星。譴見，亦作"譴見"，古人認為異常的天象是上天對人的譴責，出現災變的徵候謂之"譴見"。此詔作年不詳。此篇其他文獻無載，嚴可均輯《全上古三代秦漢三國六朝文》無收，可補入《全晉文》武帝文中。

制詔：蓋古之聖王，統天御俗，咸能仰協陰陽，俯和庶類，使休徵咸應，率土獲安，無災眚之患，蒙人［乂］康之福[1]。朕君臨萬邦，托于王公之上，而德不足以承天，惠不足以懷物。仁誠未著，政刑多失。三辰見譴[2]，水旱爲災，人食不足，困于饑饉，寇戎不靜。征戍勤瘁，亡逃竄于林莽，繫執幽於囹圄。犯罪離辜，刑傷者衆，何不建之遠？朕甚自愧也。赦過宥罪，《易》著其象；眚災肆赦，《書》載其義，此所以蕩瑕滌穢，責己崇寬，祗慎戒異變復之道也[3]。思與百姓，日新其化，其大赦天下。

【注釋】

[1] 人康，當爲"乂康"，安定康樂。

[2] 三辰：三星。見讁：同"讁見"，古代迷信認爲异常的天象是上天對人的譴責，出現灾變的徵候謂之"讁見"。《後漢書・光武帝紀下》："吾德薄致災，讁見日月，戰慄恐懼，夫何言哉！"

[3] 變復：古時主張"天人感應"者提倡以祭祀祈禱來消除災禍，恢復正常，謂之"變復"。王充《論衡・明雩》："旱久不雨，禱祭求福，若人之疾病，祭神解禍矣，此變復也。"

《西晋惠帝玄象失度大赦詔》一首　　西晋　惠帝

題解：晋惠帝司馬衷（259—307），字正度，晋武帝次子，泰始三年（267）正月被立爲皇太子，太熙元年（290）四月即位，是爲晋惠帝，大赦，改元永熙。第二年正月，改元永平（291）；永平元年三月，皇后賈南風掌握朝政，改元元康；元康九年（299）十二月，賈南風廢太子爲庶人，改元永康（300）。第二年三月，齊王司馬冏討伐篡位稱帝的司馬倫，四月，淮陵王司馬滙等迎晋惠帝復位，宣佈改元"永寧"（301），《晋書・惠帝紀》載："永寧元年春正月乙丑，趙王倫篡帝位"，夏四月惠帝復位，改元永寧元年，史載該年"五星經天，縱橫無常""日有蝕之""歲星晝見"，即是玄象失度之謂，故"八月，大赦"。詔當作於此時。此篇其他文獻無載，嚴可均輯《全上古三代秦漢三國六朝文》無收，可補入《全晋文》惠帝文中。

制詔：古之明君，導人以德；齊之以禮，人有廉耻之風尚，何奸宄之有？故能令行而不犯，刑措而不用。朕以寡德，政化多否，咎徵作見[1]，天象失度；陰陽謬沴[2]，水旱爲灾。每覽斷獄請奏，離辜者衆，大皆繇役勤瘁[3]。窮困之由，上失其道，以陷生靈之命，朕甚自愧也。閒詔當録廷尉，洛陽以散理寃疑，有所寬宥。而今唯加京城，不及州郡，蒙之者寡，懼無以上承天戒，下全黎元。其大赦天下，自殊死以下[4]，皆赦除之。庶在位群賢，厲意盡心，日新其後，具爲令。

【注釋】

[1] 作見：顯現，出現。班固《白虎通・文質》："信莫著於作見，故以珪爲信，而見萬物之始，莫不自潔。"

［2］謬沴：謬戾。
［3］勤瘁：辛苦勞累。
［4］殊死：殊死刑。《漢書·高帝紀下》："今天下事畢，其赦天下殊死以下。"顏師古注："韋昭曰：'殊死，斬刑也。'殊，絕也，異也，言其身首離絕而異處也。"

《西晉愍帝地震大赦詔》一首　　西晉　愍帝

題解： 晉愍帝司馬鄴（300—318），字彥旗，永嘉七年（313），晉懷帝遇害，司馬鄴於長安即帝位，改元建興（313—317），從詔稱"受命于茲，荏苒四載"，知此作於建興四年。此篇其他文獻無載，嚴可均輯《全上古三代秦漢三國六朝文》無收，可補入《全晉文》愍帝文中。

制詔： 朕以寡德，昧于大道，承祖宗之余慶，當廢興之歷運[1]。受命于茲，荏苒四載，外不能掃蕩元寇，奉反梓宮[2]；內不能協和陰陽，清穆華夷。而近地大震動，天將以此警肅朕躬[3]。昔鼎耳之災[4]，殷宗修德，天地變動，素服遷殿[5]。今劉載孤寇，逆黨乖離，前克大舉，席卷平陽。然群庶誑誤，染罪者眾，宜開弘宥，以功補愆。自頃二秦饑荒，兵革累年，易子折骨，道殣相望。無賴之人，毀廢漢陽。憫茲窮隸，重以嘆惻。又聞平陽、蒲阪已東，及關外六夷，咸有反善內附之心。其大赦天下，唯劉載、趙舟家室不從赦例。

【注釋】
［1］歷運：天象運行所顯示的朝代的氣數、命運。
［2］梓宮：帝、后的棺槨。《後漢書·明帝紀》："司徒訢奉安梓宮。"李賢注："梓宮，以梓木為棺。《風俗通》曰：'宮者，存時所居，緣生事死，因以為名。'"
［3］警肅：嚴厲警告。
［4］鼎耳：《尚書序》："高宗祭成湯，有飛雉升鼎耳而雊。"孔穎達疏："高宗祭其太祖成湯于肜祭之日，有飛雉來升祭之鼎而雊鳴，其臣祖己以為王有失德而致此祥，遂以道義訓王，勸王改脩德政。"後以"鼎耳"為勸王修德政的典故。
［5］素服：本色或白色的衣服。居喪或遭遇凶事時所穿。《禮記·郊特牲》："皮弁素服而祭，素服以送終也"（或指日常穿的便服）。

《東晉穆帝日月薄蝕大赦詔》一首　　東晉　穆帝

題解：《晉書》載"五年春正月戊戌，大赦，賜鰥寡孤獨不能自存者，人米五斛"，故繫此詔於升平五年（362）。此篇其他文獻無載，嚴可均輯《全上古三代秦漢三國六朝文》無收，可補入《全晉文》穆帝文中。

制詔：朕承先緒，纂嗣洪基，不能弘濟以道，惠康黎庶[1]，至使甿俗流弊，以陷于釁辟，掠楚過訊[2]，或有誣濫。每聽刑竟，所以矜悼申復，至于再三，而未能過者，求其直也。頃日月薄蝕[3]，五緯愆度，譴罰既彰，咎徵又臻，不有失政，何以致此？雖懷惕屬，罔知其卸。資始厚載[4]，乾坤之德，肆眚宥罪，先王仁澤。月正元日，履端革始，思與萬國，暢此惟新，其大赦天下，賜鰥寡孤獨不能自存者，人米五斛。

【注釋】

[1] 惠康：加恩使之安樂。《尚書·文侯之命》："柔遠能邇，惠康小民。"

[2] 掠楚：拷打。《後漢書·獨行傳·周嘉》："使乃收燕繫獄，屢被掠楚，辭無屈撓。"

[3] 薄蝕：即"薄食"。《呂氏春秋·明理》："其月有薄蝕。"高誘注："薄，迫也。日月激會相掩，名為薄蝕。"

[4] 資始：藉以發生、開始。《易·乾》："大哉乾元，萬物資始，乃統天。"

《東晉海西公災眚大赦詔》一首　　東晉　海西公

題解：《晉書》載"（太和）三年春三月丁巳朔，日有蝕之。癸亥，大赦"，詔書當作於是年（365）。此篇其他文獻無載，嚴可均輯《全上古三代秦漢三國六朝文》無收，可補入《全晉文》廢帝文中。

制詔：朕以寡德，遭家多難，纂承洪基，屬當大重，雖夙夜兢兢，昧旦思政，而不能陶融玄化[1]，宣理二氣，致令天文改變，太陽虧曜，五緯錯繆於上，水旱災害於下。外則寇逆未平，戎役殷廣；內則勞務未已，人力雕弊。而文武之司，不能勤盡人隱，惟刑之卹，羅罪者眾，獄訟繁積。每覽其事，愧悼于懷。《書》云："邦之臧否，在予一人。"[2]思惠元元，以康兆庶，其大赦天下，與物更始。今年三月七日昧爽以前，謀反大逆手殺人以下，皆赦除之。唯苻堅、慕容暐不從赦例。庶樂生之類，逐陽和以敷育；冤結之氣，隨谷風以舒散。豈敢以上謝天譴？蓋所以少慰其心。主者依舊具條制宣下，稱

— 562 —

朕意焉。

【注釋】

［1］陶融：陶冶融汇。玄化：聖德教化。

［2］《尚書·盤庚上》："邦之臧，惟汝衆；邦之不臧，惟予一人有佚罰。"

《東晉孝武帝地震大赦詔》一首　　東晉　孝武帝

題解：此篇又見《晉書》卷九《孝武帝紀》，題作《地震詔》，系節略，此當作於太元元年（376）春。嚴可均據之輯入《全晉文》卷一一，此載可校補嚴輯。《全晉文》所錄是爲節選，僅37字，文意不全，且有字句訛誤，《詞林》則存258字。《全晉文》本所節"頃者上天垂鑒"至"震惕于心"18字與《詞林》全同，其後《全晉文》本作"思所以存誠致感，修近應遠者，在於議獄緩死，赦過宥罪，庶應天變，與人更始，其大赦天下"一段，是爲節改。

制詔：夫政道未弘，風化未淳，求之人事，理盡爲遠；欲令玄象晷度，五緯順序，其可得乎？頃者上天垂鑒[一]，譴告屢彰，朕有懼然［焉］，震惕於心，思所以存誠致感，脩近應遠者，在於議獄緩死，赦過宥罪。庶因天變[二]，與[三]人更始，其大赦天下。謀反大逆手殺人以下，坐盧悚抵罪者，悉皆原之。冠禮之重，告成宗廟；前朝舊典，普有位賜。蓋酬率土，咸同嘉慶。其追增文武位各一等。夫刑獄者，求盡情當，一失其聽，則有僭濫。功臣賢者，社稷所由，替而弗嗣，則勳美永湮。愛敬者自然之性，幽而弗顯，則至行靡聞。操業者砥礪之階，略而弗甄，則貞實沉淪[1]。今其簡邺刑獄，興廢繼絕，有孝於其親，忠於其君，義婦順孫，見重於邦鄉者，又搜揚隱滯，務求遺逸，一介之操，必令上達。其宣下四方，皆以狀聞。

【校勘】

〔一〕"垂鑒"，《晉書》作"垂監"。

〔二〕"天變"，《晉書》作"大變"。

〔三〕"與人"，《晉書》作"與之"。

【注釋】

[1] 貞實：忠信誠實。《三國志·魏志·荀彧傳》"韋康爲涼州"條，裴松之注引摯虞《三輔決録注》："昨日仲將又來，懿性貞實，文敏篤誠，保家之主也。"

《東晉孝武帝霆震大赦詔》一首　　東晉　孝武帝

題解：史載"（太元五年）六月甲寅，震含章殿四柱，并殺内侍二人。甲子，以比歲荒儉，大赦，自太元三年以前逋租宿債皆蠲除之，其鰥寡窮獨孤老不能自存者，人賜米五斛"。"太元"同"泰元"，故此作於太元五年（380）。此篇其他文獻無載，嚴可均輯《全上古三代秦漢三國六朝文》無收，可補入《全晋文》孝武帝文中。

制詔：朕以寡德，昧于政道，承祖宗之重，托王公之上，雖仰祇先典，傍賴宰輔。夕惕晨興，思勵遠猷。而誠之所感，弗能熙暢天和[1]；政之所弘，未足允洽時雍[2]。嘉祥愆應，咎徵仍至。重以天威霆震，告眚觀异，祇遑戒懼，有同冰谷[3]。可以不仰惟靈譴，克己思復，鑒于休否，弘其攸濟。夫祈天存乎順人，恤灾莫若脩德。陷于□辜，蓋司契之責；怨讟彌興[4]，寔屢擾之由。宜其明卹政刑，求人之瘼，乃身存誠惠，拯危塗炭[5]，其大赦天下。自謀反大逆手殺人以下，在今年六月十九日昧爽以前，皆赦除之。比歲荒儉，百姓多弊，其自泰元三年以前，所餘逋租宿責，備臧儻耗，壹皆蠲除。鰥寡窮孤獨老六疾不能自存者，人恤米五斛。寇逆未殄，疆場多虞，經略遠防，非衆莫濟。哀此戍役，勞怨未已，豈忘寧息，方事維殷。其夏口戍人年既周，各復其本，不得以一時充役，遂染以軍名。主者明承此詔，以爲永制。又多有死亡，存没可憫，其下所在各賜其家米十斛。人遇疫癘死者，家給布二疋。於戲！百辟群司，并悉心力，嘉謀忠告，以匡不逮。政有不便於人者，隨事以聞。懋弼諧予一人，以懷保于兆庶[6]。夫登賢進善，有國基趾[7]；簡静仁惠[8]，爲政所先。斯道既弘，誠心是暢，庶乎桑穀降殷，旱寒興周。

【注釋】

[1] 天和：自然和順之理；天地之和氣。《莊子·庚桑楚》："故敬之而不喜，侮之而不怒者，唯同乎天和者爲然。"

[2] 時雍：和熙。《尚書·堯典》："百姓昭明，協和萬邦，黎民於變時雍。"孔安國

傳："時，是；雍，和也。"（時世太平。《晉書·張協傳》："六合時雍，巍巍蕩蕩。"）

[3] 冰谷：喻危險的境地。《詩·小雅·小宛》："惴惴小心，如臨於谷。戰戰兢兢，如履薄冰。"

[4] 怨讟：亦作"怨黷"，怨恨誹謗。《左傳·宣公十二年》："昔歲入陳，今茲入鄭，民不罷勞，君無怨讟，政有經矣。"杜預注："讟，謗也。"

[5] 塗炭：指陷入災難的人民。沈約《梁鼓吹曲·道亡》："救此倒懸拯塗炭，誓師劉旅赫靈斷。"

[6] 懷保：安撫保護；撫養。《尚書·無逸》："徽柔懿恭，懷保小民。"

[7] 基阯：地基、基礎，喻事業的根基、根本。《後漢書·仲長統傳》："今欲張太平之紀綱，立至化之基阯。"

[8] 仁惠：仁慈惠愛。《史記·律書》："今陛下仁惠撫百姓。"

《東晉孝武帝大旱恩宥詔》一首　　東晉　孝武帝

題解：《晉書·孝武帝紀》載太元四年二月戊午，符堅使其子丕攻陷襄陽，執南中郎將朱序，又陷順陽。當即此詔文所謂"往以強寇縱逸"。又載，太元五年（380）夏四月，大旱，癸酉，大赦五歲刑以下。故此詔當作於太元五年四月。此篇其他文獻無載，嚴可均輯《全上古三代秦漢三國六朝文》無收，可補入《全晉文》孝武帝文中。

制詔：頃玄象失度，大旱成災，由朕之不德，昧于政道。雖復夕惕若厲，坐以待旦，征咎思復，罔知攸濟。自非寬刑省賦，惠安百姓，無以仰謝天譴，俯塞人責。便籌量賑給孤老[1]，明察庶獄。且可考計郡縣人户叛散之數，一年内死多少。有傷化害政不便於人者，各隨局極言得失，朕將虛心聽焉。往以強寇縱逸，權取贓吏，蓋當時之宜，非經國之制。或因犯事，隨謫充皂隸[2]，雖群小多怨，亦由役使無方，陷之刑辟，良用憮然。其過衛葬，一皆散遣。縱年限未滿，悉還屬所，隨才叙用，勿拘往制。

【注釋】

[1] 籌量：籌劃。《宋書·王鎮惡傳》："卿至彼，深加籌量，可擊，便燒其船艦，且浮舸水側，以待吾至。"

[2] 皂隸：賤役。《左傳·隱公五年》："若夫山林川澤之實，器用之資，皂隸之事，官司之守，非君所及也。"

《東晉孝武帝陰陽愆度大赦詔》一首　　東晉　孝武帝

題解：太元九年（384），"玄象乖度，大赦"，遂作此詔大赦天下。此篇其他文獻無載，嚴可均輯《全上古三代秦漢三國六朝文》無收，可補入《全晉文》孝武帝文中。

制詔：強寇克殄[1]，而經略惟始，事役之勤，未及一息。加比年不登，道殣相望，物不獲豫，則輕陷刑辟。頃玄象告變，水旱不調，天人同符，有若影響。豈將教違冥復之本，化乖覃及之德，哀矜未著於此，故令陰陽愆度於彼邪？惟茲在予，永言增嘆。思黎元與之更始，群戎革面，開其自新，洗誠宥罪，庶答天譴。其大赦天下。

【注釋】

[1] 克殄：殲滅。《後漢書·黨錮傳·李膺》："誠自知釁責，死不旋踵，特乞留五日，克殄元惡，退就鼎鑊，始生之願也。"

《東晉孝武帝玄象告譴大赦詔》一首　　東晉　孝武帝

題解：據詔"十年以前逋租宿責，悉蠲除之"，當作於太元十年（385）元旦。此篇其他文獻無載，嚴可均輯《全上古三代秦漢三國六朝文》無收，可補入《全晉文》孝武帝文中。

制詔：上德不言，而玄化自運[1]，豈時有隆夷，將弘之由人邪？朕承天位，思齊厥旨，庶存誠冥復，理順漸至，而風教彌淩，頌聲弗聞。玄象違行，告譴不已[2]。頃雖洗心克己，曾無微應。動之失理，其實在予。而歸咎百姓，陷以刑罰，非所以宥元元之命，對上天之意也。今元會大享，率土同歡，和德始布，含生樂遂，罔感兼懷，思令兆庶。其大赦天下，十年以前逋租宿責，悉蠲除之。

【注釋】

[1] 玄化：聖德教化。蔡邕《陳留太守行小黃縣頌》："有辜小罪，放死從生，玄化

洽矣，黔首用寧。"

[2] 告譴：宣示譴責之意。《後漢書·謝弼傳》："上天告譴，則王者思其愆；政道或虧，則姦臣當其罰。"

《東晉安帝玄象告譴大赦詔》一首　　東晉　安帝

題解：從詔稱"洪統靈基，中墜泉谷，幸賴命時，再建皇極"，可知此詔當作於桓玄亂平的元興三年（404）間。此篇其他文獻無載，嚴可均輯《全上古三代秦漢三國六朝文》無收，可補入《全晉文》安帝文中。

制詔：夫霜露易節，歲功遂其序；德刑代揮，哲王凝其宰。斯顯仁之至用，成務之通軌[1]。自道謝玄風，靡不由之者也。朕以寡德，弗克負荷，洪統靈基，中墜泉谷，幸賴命時[2]，再建皇極。每鑒寐永念，三復厥嘆，思弘振王道，以康惟新之祜，而理乖昧始，其差或遠。虛誠未著，災眚已彰。頃玄象屢譴於上，亢旱每愆于時，凶愚之狡，猶或妄作。豈餘圮之未澄，將在予之寔臻耶？仰懷俯慨，良增惟疚，其大赦天下，與之更始。謀反大逆手殺人，在今年三月十九日以前，皆赦除之。逋租宿責應所除者，詳為條制。往以年穀荒儉，故禁酒以紓其弊。既去稔告登，百姓粗給，宣導情禮，亦不宜久擁，可還通之。

【注釋】

[1] 成務：成就事業。《易·繫辭上》："夫《易》何為者也？夫《易》，開物成務，冒天下之道，如斯而已者也。"

[2] 命時："命世"，著名於當世，多用以稱譽有治國之才者。《漢書·楚元王傳贊》："聖人不出，其間必有命世者焉。"

《南朝齊高帝水旱乖度大赦詔》一首　　南朝齊　王儉

題解：詔稱"朕君臨區宇，於今三載"，故作於建元三年（481）。此篇其他文獻無載，嚴可均輯《全上古三代秦漢三國六朝文》無收，可補入《全齊文》王儉文中。

門下：朕君臨區宇[1]，於今三載，雖夙宵貪戒，弗遑荒怠，而陰陽未調，水旱乖度[2]。倉廩既闕，風教多違[3]，囹圄寔繁[4]，政刑靡輯[5]。萬方之過，在予一人。思弘優澤，覬茲更始。可大赦天下，逋租宿責，詳所原除。

【注釋】

[1] 區宇：境域，天下。

[2] 乖度：失當，違度。

[3] 風教：風俗教化。《詩大序》："風，風也，教也。風以動之，教以化之。"

[4] 囹圄：監獄。《禮記·月令》："命有司，省囹圄，去桎梏。"

[5] 政刑：政令和刑罰。《左傳·隱公十一年》："君子謂鄭莊公失政刑矣。政以治民，刑以正邪。"輯：安定。《漢書·食貨志下》："時又通西南夷道，作者數萬人，千里負擔饋餉，率十餘鍾致一石，散幣於邛僰以輯之。"

《後周宣帝大旱恩降詔》一首　　後周　宣帝

題解：此篇又見《周書》卷七《宣帝紀》，作於大象二年（580）夏四月。嚴可均據之輯入《全後周文》卷三，題作《天旱原罪詔》。《詞林》篇首有"制詔"兩字，《全後周文》無；《全後周文》"既軫四郊之嘆"，《詞林》作"既軫西郊之難"，《周書》亦作"西郊"；"興言惕夕"，《詞林》作"興言夕惕"，《周書》同；"思覃寬惠"，《詞林》作"思覃冤惠[懥]"；"流罪從徒，五歲刑已下"，《詞林》作"流罪徒五歲刑以下"。

制詔：朕以寡薄，昧于政方[一]，不能使天地休和，陰陽調序。自春涉夏，甘澤未豐，既軫西郊之難[二]，將虧南畝之業。興言夕惕[1]，無忘鑒寐[三]。良由德化未敷，政刑多舛，萬方有罪，責在朕躬，思覃冤惠[四]，被之率土。見囚死罪，并降從流，流罪徒五歲刑[5]，以下悉皆原宥。其反叛惡逆不道及常赦所不免者，不在降例。

【校勘】

〔一〕"政方"，《周書》作"治方"。

〔二〕"之難"，《周書》作"之歎"。

〔三〕"鑒寐"，《周書》作"鑒昧"。

〔四〕"覃思冤惠"，《周書》作"覃思寬惠"。

— 568 —

〔五〕"流罪徒五歲刑",《周書》作"流罪從徒,五歲刑已下"。

【注釋】

[1] 興言:語助詞。《詩·小雅·小明》:"念彼共人,興言出宿。"夕惕:至夜晚仍懷憂懼,工作不懈。沈約《立太子恩詔》:"夕惕寅畏,若置淵谷。"

《陳宣帝辰象愆度[1]大赦詔》一首　　陳　宣帝

題解:此篇又見《陳書》卷五《宣帝紀》,作於太建十一年(579)十一月辛卯。嚴可均據之輯入《全陳文》卷三,此載可補嚴輯徵引出處。

門下:畫冠弗犯,革此澆風,拏戮是陷[一][2],化於薄俗。朕肅膺寶命,迄將一紀,思經邦濟俗[二],憂國愛人,日仄劬勞[3],夜分輟寢,而遠淳反朴,其道靡階;雍熙盛美,莫云能致。遂乃鞫訊[三]之牒,盈於聽覽;春鈦之人[4],煩於牢犴[5]。周成刑措,漢文斷獄,梏柚[四]空勞[6],邈焉既遠。加以蕞尔醜徒[7],軼我彭汴,淮汝萌庶,企踵王略。肅兵[五]誓旅,義存拯救;飛芻挽粟[8],征賦頗煩。暑雨祁寒[9],寧忘咨怨。兼宿度乖舛,次舍違方,若曰之誡[10],責歸元首。愧心斯積,馭朽非懼,即建子今月,微陽初動,應此嘉辰,宜播寬澤,可大赦天下。

【校勘】

〔一〕"是陷",《陳書》作"是蹈"。
〔二〕"濟俗",《陳書》作"濟治"。
〔三〕"鞫訊",《陳書》作"鞫訊"。
〔四〕"梏柚",《陳書》作"梏軸"。
〔五〕"肅兵",《陳書》作"治兵"。

【注釋】

[1] 愆度:愆,罪過,過失。
[2] 拏戮:誅及妻子、兒女。拏,讀音nú,子女,亦指妻子和兒女。
[3] 日仄劬勞:辛苦,多指父母養育子女的勞苦。劬,讀音qú,過分勞苦,勤勞。
[4] 鈦,讀音dì,腳鐐,戴上腳鐐,叫"鈦左趾"。
[5] 牢犴:牢獄之事。犴,讀音àn,古指鄉亭牢獄。《荀子·宥坐》:"獄犴不治,不

— 569 —

可刑也。"

[6] 枂柚：關鍵。

[7] 蕞，讀音 zuì，古代演習朝會禮儀時捆紮茅草立放着用來標誌位次，引申爲叢聚的樣子。

[8] 蒭，讀音 chú，古同"芻"，喂牲畜的草，亦指用草料餵牲口。

[9] 暑雨祁寒：夏大雨，冬大寒，後以之爲怨嗟生計艱難之典。《尚書·君牙》："夏暑雨，小民惟曰怨諮，冬祁寒，小民亦惟曰怨諮，厥惟艱哉！"《蔡沉集傳》："祁，大也。暑雨祁寒，小民怨諮，自傷其生之艱難也。"

[10] 若曰："王若曰"的簡稱，上古甲骨文、銅器銘文以及《尚書》中常用的詞語，經常出現在君王的"命""誥"之前，其引領全篇的作用。

《貞觀年中爲山東雨水大赦詔》一首　　唐　太宗

題解：此篇作於貞觀九年，亦見《册府元龜》卷八四，又見《唐大詔令集》卷八三，題作《貞觀九年三月大赦》，《全唐文》收入卷五太宗文中，題作《水潦大赦詔》。

門下：天地播氣，垂生育之德，皇王御曆[一][1]，弘覆燾之仁[二][2]。故能財成萬類[3]，光宅八表[4]。朕祇奉慈訓[5]，嗣守鴻業，承百王之季末[6]，屬四海之凋殘[7]，晨興夕惕[三]，毋忘兆庶[8]，克己勤躬[9]，思隆政道，欲使陰陽順序，干戈載戢，庶幾前烈，致茲刑措[10]。而山東之地，頻年不稔[11]，水雨爲灾，饑饉相屬[12]。蠢爾四戎[四]，屢擾邊境，事不獲已，遂勞兵車。良由誠未動天，德不被物，興言念此[五]，撫己多慚。加以澆僞尚繁[13]，刑典仍用[14]，雖復留心聽斷[15]，明懷庶獄[六][16]，常怨縲絏之中[七][17]，含冤[八]靡訴，□□所及[九]，弗辜致罪。一物有恐[十]，責深在余。今歲惟暮春，時屬生長，宜順天[十一]布澤，與物更新，可大赦天下。自貞觀九年三月十六日昧爽以前[18]，大辟罪以下，已發覺未發覺，已結正未結正[19]，繫囚見徒[20]，罪無輕重[十二]，皆赦除之。其常赦所不免，十惡、妖言惑衆語及國家情理切害、劫賊傷人、故殺人，謀殺□□□叛已上道及降死從流并流配上道者[十三][21]，并不在赦例[十四]。

【校勘】

〔一〕"皇王御曆"，《全唐文》"曆"作"極"。

— 570 —

〔二〕"弘覆燾之仁",《全唐文》"燾"作"幬"。

〔三〕"晨興夕惕",《全唐文》"晨"作"夜",詞義不通。

〔四〕"四戎",《唐大詔令集》作"西戎"。

〔五〕"興言念此",《唐大詔令集》作"興念及此"。

〔六〕"明懷庶獄",《唐大詔令集》"懷"作"慎",《全唐文》亦同。

〔七〕"常怨縲絏之中",《全唐文》"怨"作"恐"。

〔八〕"含冤",《唐大詔令集》作"負冤"。

〔九〕"口口所及",缺字《全唐文》作"憲綱",可補。

〔十〕"一物有恐",《全唐文》"恐"作"怨"。

〔十一〕"順天",《唐大詔令集》作"奉天"。

〔十二〕"已發覺未發覺、已結正未結正、系囚見徒,罪無輕重"等句,《全唐文》缺。

〔十三〕"十惡、妖言惑眾語及國家情理切害、劫賊傷人、故殺人、謀殺口口口叛巳上道及降死從流、并流配上道者"等句,《全唐文》皆略。

〔十四〕"不在赦例"句後,《全唐文》更有"鰥寡煢獨不能自存者,所在官司,量加賑恤"等句,《詞林》未見。

【注釋】

[1] 御曆:皇帝登位,君臨天下。《隋書·牛弘傳》:"武王問黃帝、顓頊之道,太公曰:'在《丹書》。'是知握符御曆,有國有家者,曷嘗不以《詩》《書》而為教,因禮樂而成功也。"

[2] 覆燾:亦作"覆幬",猶覆被,謂施恩,加惠。《禮記·中庸》:"仲尼祖述堯舜,憲章文武,上律天時,下襲水土。辟如天地之無不持載,無不覆幬。"

[3] 財成:裁成,謂裁度以成之。財,通"裁"。《易·泰》:"天地交,泰。後以財成天地之道。"陸德明《經典釋文》:"財,荀作裁。"孔穎達疏:"後,君也。于此之時,君當翦財成就天地之道。"

[4] 光宅:廣有。《尚書·堯典序》:"昔在帝堯,聰明文思,光宅天下。"

[5] 慈訓:母或父的教誨。謝朓《齊敬皇后哀策文》:"閔予不佑,慈訓早違。"

[6] 季末:末世,衰世。桓寬《鹽鐵論·憂邊》:"周之季末,天子微弱,諸侯力政。"

[7] 雕殘:凋散;零落。劉琨《答盧諶詩一首并書》:"自頃輈張,困於逆亂,國破家亡,親友雕殘。"

[8] 兆庶:兆民。《後漢書·崔駰傳》:"濟此兆庶,出於平易之路。"

[9] 克己:克制自己,嚴格要求自己。《後漢書·陳寔傳》:"視君狀貌,不似惡人,宜深克己反善。"

[10] 刑錯：亦作"刑厝""刑措"，置刑法而不用。《荀子·議兵》："傳曰：'威厲而不試，刑錯而不用。'"

　　[11] 頻年：連年，多年。《後漢書·李固傳》："明將軍體履忠孝，憂存社稷，而頻年之間，國祚三絕。"

　　[12] 饑饉：災荒，莊稼收成很差或顆粒無收。《詩·小雅·雲漢》："天降喪亂，饑饉降臻。"

　　[13] 澆僞：澆薄，虛僞。李闡《顏府君碑》："以爲人神相與，何遠之有？但患人心澆僞，自絕於神耳。"

　　[14] 刑典：刑法，法典。《周禮·天官·大宰》："五曰刑典，以詰邦國，以刑百官，以糾萬民。"

　　[15] 聽斷：聽取陳述而做出決定，常指聽訟斷獄。《荀子·榮辱》："政令法，舉措時，聽斷公。"

　　[16] 庶獄：諸凡刑獄訴訟之事。《尚書·立政》："庶獄庶慎，惟有司之牧夫是訓用違。"

　　[17] 縲絏：同"縲紲"，捆綁犯人的繩索，引申爲牢獄。《論語·公冶長》："子謂公冶長可妻也。雖在縲絏之中，非其罪也。"

　　[18] 昧爽：拂曉；黎明。《尚書·牧誓》："時甲子昧爽，王朝至於商郊牧野。"

　　[19] 結正：定案判決。《三國志·魏志·陳矯傳》："曲周民父病，以牛禱，縣結正棄市。"

　　[20] 繫囚：在押的囚犯。《漢書·杜周傳》："王氏世權日久，朝無骨鯁之臣，宗室諸侯微弱，與繫囚無異。"見徒：現被拘禁執役的囚犯。《後漢書·光武帝紀上》："其令中都官、三輔、郡、國出繫囚，罪非犯殊死一切勿案，見徒免爲庶人。"

　　[21] 流配：把犯人發配到邊遠地方。《北齊書·元景安傳》："自外同聞語者數人，皆流配遠方。"上道：出發上路，啓程。李密《陳情事表》："郡縣逼迫，催臣上道，州司臨門，急於星火。"

卷第六百六十八

詔卅八　赦宥四

《漢哀帝改元大赦詔》一首　　漢　哀帝

題解：漢哀帝劉欣（前25—前1），字和，漢元帝劉奭之孫，漢成帝劉驁之侄，定陶恭王劉康之子，母丁姬，西漢第13位皇帝，綏和元年（前8）被立爲太子。在位僅7年。此篇又見《漢書》卷七五《李尋傳》《漢書》卷一一《哀帝紀》，時當建平二年（前5）六月。文字不全，嚴可均據《漢書》及《粵雅堂叢書》本所載，輯入《全漢文》卷九哀帝文中。"朕"字上原衍"朕之符"三字，據《漢書》删。"元將"《漢書》作"太初"，據改。

制詔：漢興二百載[一]，歷數開元[二][1]，皇天降非才之佑[三]，漢國再獲受命之符。朕之不德，曷敢不通。夫基事之元命[四]，必與天下自新，其大赦天下，以建平二年爲太初（元將）元年。

【校勘】

〔一〕"漢興二百載"，《漢書·李尋傳》作"惟漢興至今二百載"。

〔二〕"歷數"，《漢書·李尋傳》作"曆紀"。

〔三〕"之佑"，《漢書·李尋傳》作"之右"。

〔四〕"基事"，《漢書·李尋傳》作"受天"。

— 573 —

【注釋】

[1] 開元：開國。班固《東都賦》："夫大漢之開元也，奮布衣以登皇位。"

《魏高貴鄉公改元大赦詔》一首　　魏　高貴鄉公

題解：此篇卷首目録作《魏元帝改元大赦詔》，篇題作《魏文帝改元大赦詔》，詔文有"三祖神武聖德，應天受祚，齊王嗣位，肆行非度"之語，與嘉平六年（254）曹髦即位改元事合，則作者當爲高貴鄉公曹髦，題當作《魏高貴鄉公改元大赦詔》。嚴可均據《三國志》及《粵雅堂叢書》本所載，輯入《全三國文》卷一一高貴鄉公文中，題爲《改元大赦詔》。

制詔：昔三祖神武聖德，應天受祚；齊王嗣位，肆行非度，顛覆厥德。皇太後深惟社稷之重，延納宰輔之謀，用替厥位，集大命予一人[一]。以眇之身[二]，托于王公之上，夙夜祇畏，懼不能嗣守祖宗之大訓，恢中興之弘業，戰戰兢兢，如臨于谷。今群公卿士，股肱之輔，四方征鎮，宣力之佐，皆積德累功，忠勲帝室[三]。庶憑先祖父有德之臣[四]，左右小子，用保乂皇家[五]，俾朕蒙暗，垂拱而化[六]。蓋聞人君之道，德厚侔天地，潤澤施四海。先之以慈愛，示之以好惡，然後教化行於上，兆庶聽於下[七]。朕雖不德，昧于大道，思與宇内，共臻茲路。《書》不云乎："安人則惠，黎人懷之。"[八][1]其大赦改年[九]，減乘輿服御後宮用度，及罷尚方御府百工伎巧靡麗無益之物。

【校勘】

〔一〕'予'，《三國志·魏書》作"於餘"。

〔二〕"眇"，《三國志·魏書》作"眇眇"。

〔三〕"忠勲"，《三國志·魏書》作"忠勤"。

〔四〕"先祖父"，《三國志·魏書》作"先祖先父"。

〔五〕"保乂"，《三國志·魏書》作"保乂"。

〔六〕"垂拱而化"，"化"，《三國志·魏書》作"治"。

〔七〕"兆庶"，《三國志·魏書》作"兆民"。

〔八〕"安人則惠，黎人懷之"，兩"人"《三國志·魏書》皆作"民"。

〔九〕"其大赦改年"《三國志·魏書》作"大赦，改元"。

【注釋】

[1]《尚書·虞書》："禹曰：吁！咸若時，惟帝其難之。知人則哲，能官人；安民則惠，黎民懷之。"詔中所引因避諱，改"民"爲"人"。

《西晉武帝即位改元大赦詔》一首　　西晉　張華

題解：晉武帝司馬炎（236—290），字安世，咸熙二年（265），受魏禪稱帝，建都於洛陽，國號晉，改元泰始。此詔作於泰始元年（265）十二月。此篇又見《晉書》卷三《武帝紀》，有刪節，嚴可均據《粵雅堂叢書》本及《晉書》所載，輯入《全晉文》卷二武帝文中，題作《即位改元大赦詔》。

制詔：御史中丞等，昔朕皇祖宣王聖哲欽明，獲應[一]期運，熙帝之載，肇啓洪基。伯考景王，執道[二]宣猷[1]，緝熙諸夏。至于皇考文王濬哲光遠[2]，允協靈祇，應天順人，受兹明命，仁濟於宇宙，功格于天地[三]。肆魏氏弘鑒于古訓，儀刑于唐堯，疇諮群后，爰輯大命於朕身。予一人畏天之命，用弗敢違，遂登壇于南郊，受終于文祖。燔柴班瑞，告類上帝。惟朕寡德，負荷洪烈，允執其中，托于王公之上，以臨君[四]四海，惴惴惟懼，罔知所濟。惟爾股肱爪牙之佐，文武不貳心[五]之臣，乃祖乃父，實左右我先王，以弼寧帝室，光隆大業。思與萬國，共饗休祚，其大赦天下，與之更始。自謀反大逆不道已下，在命年十二月七日昧爽以前，皆赦除之。改咸熙二年爲泰始元年，賜人爵五級。露布天下，及諸王公國別，使稱朕意焉。

【校勘】

〔一〕"獲應"，《晉書》作"誕應"。
〔二〕"執道"，《晉書》作"履道"。
〔三〕"天地"，《晉書》作"上下"。
〔四〕"臨君"，《晉書》作"君臨"。
〔五〕"貳心"，《晉書》作"心"。

【注釋】

[1] 宣猷：同"宣猶"，明達而順乎事理。《詩·大雅·桑柔》："維此惠君，民之所瞻。秉心宣猶，考慎其相。"
[2] 光遠：廣闊長久。《國語·楚語下》："其智能上下比義，其聖能光遠宣朗。"

《西晉武帝改元大赦詔》一首　　西晉　武帝

題解： 晉武帝司馬炎，改元詔稱：即位十年，自慚未能"光宣大訓，嘉靜萬國"，又水旱頻繁，斷獄歲增，乃在於"文教未篤，政煩網密"，遂"思存化本"，改元大赦天下，時當咸寧元年（275）。此篇其他文獻無載，嚴可均輯《全上古三代秦漢三國六朝文》無收，可補入《全晉文》武帝文中。

制詔： 蓋至化之本，寬以居之，仁以行之，然後道濟天下，品物得所。朕以不德，托於王公之上，在位十年，不能光宣大訓，嘉靜萬國，吳會僭虐[1]，戎夷作害。戍者勤瘁於外[2]，百姓劬勞於內。加以水旱爲災，歲比不登[3]，雖昧旦兢兢，不遑荒怠[4]，未能道德齊禮，使群生獲乂，斷獄歲增，人［民］免無恥。上古易簡而化成[5]，刑輕而奸改。仰觀在昔，何今者不逮之遠哉？《書》不云乎："邦之不臧，惟予一人有逸罰[6]。"意者，豈文教未篤，政煩網密，故醇樸離散[7]，以至於此歟？思存化本，務與四海，共興時雍[8]，使元［元］之人［民］，咸得自新，其大赦天下，改元爲咸寧。

【注釋】

[1] 僭虐：超越法度，暴虐不仁。《隋書‧高祖紀下》："昔有苗不賓，唐堯薄伐；孫皓僭虐，晉武行誅。"

[2] 勤瘁：辛苦勞累。

[3] 歲比不登：連歲歉收。《禮記‧曲禮下》："歲凶，年穀不登。"

[4] 荒怠：縱逸怠惰。《尚書‧泰誓下》："今商王受狎侮五常，荒怠弗敬。"

[5] 易簡：平易簡約。《易‧繫辭上》："易則易知，簡則易從……易簡而天下之理得矣。"

[6]《尚書‧商書‧盤庚》："邦之臧，惟汝衆；邦之不臧，惟予一人有佚罰。"佚，同"逸"。

[7] 醇樸：淳厚質樸。《後漢書‧天文志上》："三皇邁化，協神醇樸。"

[8] 時雍：同"時邕"，亦作"時雝""時廱"，猶和熙。《尚書‧堯典》："百姓昭明，協和萬邦，黎民於變時雍。"孔安國傳："時，是；雍，和也。"

《東晉元帝即位改元大赦詔》一首　　東晉　元帝

題解： 永嘉之亂後，晉湣帝司馬鄴被俘，司馬睿（字景文）於建興五年

(317）三月，在江東大族及晉朝權貴的支持下稱晉王，并改元建武。建武二年三月，司馬睿登基，并改元大興，是爲晉元帝。此詔當作於建武元年（317）。此篇与卷六九五所載《東晉元帝改元赦令》文字大致相同，當是同一時間所作。"蕩鯨鯢"後此篇原接"之志畢矣"，句意不通，據《東晉元帝改元赦令》加入"之害……生死"等句。

制詔：昔我高祖宣皇帝至德應期，受天明命，立石著瑞，肇基帝道。景皇纂戎，文皇扇烈[1]，重離宣曜[2]，庸蜀稽服。武皇受終，登陟帝位，光澤天下，九州順軌。惠、懷多難，帝主不造[3]，夷狄豺狼，肆其暴亂，京都傾覆，宗廟爲墟。孤悼心失圖[4]，靡知所厝。繕甲修兵，補結天網，將以雪皇家之耻，蕩鯨鯢[一]之害[5]，然後謝責象魏[6]，歸身藩臣，生死之志畢矣。今百辟卿士億兆之人，上陳靈符，下稱物情[7]，同見翼戴，若影響焉。孤誓心不回，至于三至于四。有司固請，所守有辭，志不可奪。孤逼于群吏之議，用奉上烝嘗，虔祀祖考[8]，明告靈神，以祗休命。今立宗廟，備百僚，所以奉先帝，傳晉祚，總九牧，保生靈也。惟爾股肱爪牙之佐，文武不貳心之臣，其各立功立事，以扶我帝室。其與天下蕩滌瑕釁[9]，改往自新，同率子來，致天之罰。其大赦天下，改建興五年爲建武元年。

【校勘】

〔一〕"之害，然後謝責象魏，歸身藩臣，生死"，據《東晉元帝改元赦令》補。

【注釋】

[1] 扇烈：熾烈。

[2] 重離：古以帝王喻日，因本《易·離》之義，以"重離"指帝王或太子。沈約《謝立皇太子賜絹表》："重離在天，八紘之所共仰；明兩作貳，萬國所以咸寧。"

[3] 不造：不幸。《詩·周頌·閔予小子》："閔予小子，遭家不造。"

[4] 失圖：失去主意。《左傳·昭公七年》："孤與其二三臣悼心失圖。社稷之不皇，況能懷思君德。"

[5] 鯨鯢：喻凶惡的敵人。《左傳·宣公十二年》："古者明王伐不敬，取其鯨鯢而封之，以爲大戮。"杜預注："鯨鯢，大魚名，以喻不義之人吞食小國。"

[6] 象魏：古代天子、諸侯宮門外的一對高建築，亦叫"闕"或"觀"，爲懸示教令的地方，借指宮室，朝廷。

[7] 物情：物理人情，世情。嵇康《釋私論》："情不繫於所欲，故能審貴賤而通物

情。"（或指衆情，民心。《後漢書·爰延傳》："事多放濫，物情生怨"）。

[8] 虔祀：誠祀。

[9] 瑕釁：同"瑕舋"。可乘之隙；嫌隙，隔閡。

《東晉元帝改元大赦詔》一首　　東晉　元帝

題解：此作於司馬睿登基稱帝時，當太興元年（318）三月。此篇又見《晉書》卷六《元帝紀》，嚴可均據《晉書》及《粵雅堂叢書》本所載，輯入《全晉文》卷八。

制詔：昔我高祖宣皇帝誕應期運，廓開皇基；景皇帝、文皇帝奕葉重光，緝熙諸夏。爰暨武帝，應天順時，受茲明命，功格天地，仁濟宇宙，昇平刑厝[1]，卅餘載矣。昊天不融，降此鞠凶[2]：懷帝短折，越去王都，天禍薦臻；大行皇帝崩徂，社稷無奉，六合無主。肆群后三司六事之人，弘鑒古訓，刑于興廢，疇諮庶尹，至于華戎，致輯大命于朕躬。余一人畏天下之威，用弗敢違，遂登壇南岳，受終文祖，焚柴須瑞〔一〕，告類上帝。惟朕寡德，續戎〔二〕洪緒，君臨四海，惴〔惴〕憂懼，若涉川水〔三〕，罔知攸濟。惟爾股肱爪牙之佐，文武熊羆，不貳心之臣，用能宣力四方，左右我先帝，弼寧晉室，輔余一人。思與萬國，共同休慶，其大赦天下，改建武二年爲太興元年。

【校勘】

〔一〕"須瑞"，《晉書》作"煩瑞"，当据改。

〔二〕"續戎"，《晉書》作"纘戎"。

〔三〕"若涉川水"，《晉書》作"若涉川冰"。

【注釋】

[1] 刑厝：亦作"刑措""刑錯"，置刑法而不用。《荀子·議兵》："傳曰：'威厲而不試，刑錯而不用。'"

[2] 鞠凶：極大的灾禍。鞠，通"鞫"。摯虞《太康頌》："天難既降，時惟鞠凶。"

《東晉簡文帝即位大赦詔》一首　　東晉　簡文帝

題解：簡文帝司馬昱（320—372），字道萬。東晉第八位皇帝，太和六年（372）十一月，桓溫廢司馬奕，改立司馬昱爲帝，改元咸安，遂作此詔。此篇又見《晉書》卷九《簡文帝紀》，嚴可均據《晉書》及《粵雅堂叢書》所載，輯入《全晉文》卷一一簡文帝文中，題作《大赦詔》。

制詔：昔王室多故，穆、哀早崩[一]，皇胤夙零[二]，神器無寄[三]。東海王以母弟近屬，入篡大統，嗣位累年，昏暗亂常，人倫虧喪。大禍必及[四]，則我祖宗之靈，靡知所托。皇太后深懼皇基，時定大計。大司馬因順天人，協同神略，親率群后，恭承明命。雲霧既除，皇極載清，乃顧朕躬，仰承洪緒[五]，雖伊尹之寧殷朝[1]，博陸之安漢室[2]，弘道委任，契齊古賢[六]。朕以寡德，猥居元首，司牧群黎，奉主社稷。永惟先帝，受命中興，光隆盛業[七]，實懼眇然[3]。弗克負荷，戰戰兢兢，罔知攸濟，思與兆庶，革心更始。其大赦天下，大酺五日，增文武位二等。

【校勘】

[一]"早崩"，《晉書》作"早世"。

[二]"夙零"，《晉書》作"夙遷"。

[三]"無寄"，《晉書》作"無主"。

[四]"必及"，《晉書》作"將及"。

[五]"洪緒"，《晉書》作"弘緒"。

[六]"弘道委任，契齊古賢"，《晉書》作"無以尚也"。

[七]"司牧群黎，奉主社稷。永惟先帝，受命中興，光隆盛業"，《晉書》无此二十字。

【注釋】

[1] 伊尹：商湯大臣，名伊，一名摯，尹是官名。相傳生於伊水，故名。助湯伐夏桀，被尊爲阿衡。

[2] 博陸：霍光。《後漢書·李固傳》："自非博陸忠勇，延年奮發，大漢之祀，幾將傾矣。"

[3] 眇然：弱小貌。

《後魏孝文帝改元大赦詔》一首　　後魏　孝文帝

題解：此篇又見《魏書》卷七《孝文帝紀》，嚴可均據之輯入《全後魏文》卷三。此載可補嚴輯徵引出處。

門下：朕夙承寶業，懼不堪荷，而天貺具臻[1]，地瑞并應，風和氣晼[2]，天人交協，豈朕冲昧，所能致哉？實賴神祇七廟降福之助。今三正告初，祇感交切，宜因陽始，協典革元。其改今號爲太和元年，大赦天下。

【注釋】
[1] 天貺：上天的恩賜。阮籍《通易論》："昭明其道，以答天貺。"
[2] 晼：天晚，日偏西。

《宋武帝即位改元大赦詔》一首　　南朝宋　傅亮

題解：詔書作於永初元年六月丁卯。此篇又見《宋書》卷三《武帝紀下》，嚴可均據之輯入《全宋文》卷一武帝文中，此載可校補嚴輯。此題爲傅亮，系傅亮爲宋武帝所草，當收入《全宋文》傅亮文中。

門下：夫年代迭興，承天統極[1]，雖遭遇异途，因革殊事。若乃功濟區宇，道振黎元〔一〕，興廢所階，其揆一焉〔二〕。朕以寡薄，屬當艱運，藉否終之期，因士庶之力，用獲拯溺匡俗[2]，拔亂寧時。業未半古，功參曩列[3]。晋氏以多難仍遘，曆運已頽〔三〕，欽若前王[4]，憲章令軌，用集大命于朕躬。惟德匪嗣，辭不獲命〔四〕，遂祇順三靈[5]，饗茲景祚。燔柴於南郊，受終于文祖[6]。猥當與能之運，超繼百王之迹[7]。若涉深水，未知攸濟。大運〔五〕肇開，隆慶惟始，思俾休嘉[8]，惠兹兆庶。其大赦天下，改元熙二年爲永初元年，賜人爵二級，鰥寡孤獨不能自存者，穀五斛，逋租宿責勿復收。其有犯鄉論清議贓汙淫盗，一皆蕩滌，洗除先注，與之更始。長徒之身，特皆原遣。亡官失爵，禁固奪勞，一依舊准。主者詳典。

【校勘】
〔一〕"黎元"，《宋書》作"生民"。
〔二〕"其揆一焉"，《宋書》作"異世一揆"。
〔三〕"已頽"，《宋書》作"已移"。
〔四〕"獲命"，《宋書》作"獲申"。

〔五〕"大運",《宋書》作"嘉祚"。

【注釋】

[1] 統極：登上帝位，統一天下。

[2] 拯溺匡俗：解救危難匡正時俗。《鄧析子·無厚》："不治其本，而務其末，譬如拯溺而硾之以石，救火而投之以薪。"

[3] 囊列：舊時的衆僚。《晋書·山濤王戎等傳贊》："夷甫兩顧，退求三穴。神亂當年，忠乖囊列。"列，衆，各，多用于有名位者。《荀子·天論》："列星隨旋，日月遞炤。"

[4] 欽若：敬順。《尚書·堯典》："乃命羲和，欽若昊天，歷象日月星辰，敬授民時。"

[5] 三靈：天、地、人。班固《典引》："答三靈之蕃祉，展放唐之明文。"

[6] 燔柴：古代祭天儀式，將玉帛、犧牲等置於積柴上而焚之。《儀禮·覲禮》："祭天，燔柴。"南郊：天子在京都南面的郊外築圓丘以祭天的地方。《禮記·月令》："立夏之日，天子親帥三公、九卿、大夫，以迎夏於南郊。"受終：接受帝位。文祖：帝堯始祖之廟，泛指太祖廟。《尚書·舜典》："正月上日，受終於文祖。"

[7] 與能：推薦有才能的人。與，通"舉"。《易·繫辭下》："人謀鬼謀，百姓與能。"百王：歷代帝王。《荀子·不苟》："百王之道，後王是也。"

[8] 休嘉：美好嘉祥。《漢書·禮樂志》："佻正嘉吉弘以昌，休嘉砰隱溢四方。"

《宋孝武帝改元大赦詔》一首　　南朝宋　孝武帝

題解：詔稱"改孝建四年爲大明元年"，知此詔作於大明元年（457）。此篇其他文獻無載，嚴可均輯《全上古三代秦漢三國六朝文》無收，可補入《全宋文》孝武帝文中。

門下：朕震武拔亂，創復洪績，帝有天下，五載于兹，誠鬱乎大道，弗能遠德。而昧旦思化，旰食詳刑[1]，蠲苛存隱，去煩即簡，諒以無替朕心，深詔執事者矣。頃龍鳳庶靈，屢表天睨[2]；泉河衆瑞，頻彰寒□。歲稔不御，榮辱斯辯。廟樂事光，國文畢舉，區外弭塵，海内安波，實祖宗遺慶，豈予克臻？今三元告始[3]，四隩來庭[4]，樂順肇歲，與物惟新。宜因陽澤[5]，廣宥率土，可大赦天下。凡諸長繫六十以上，悉皆放遣。奚官奴婢年同此者，免爲平人（闕文）。宣下四方，問人患苦，高年孤疾，詳賜粟帛。律令有可蠲除以安百姓者條奏。改孝建四年爲大明元年。

【注釋】

[1] 旰食：晚食，指勤於政事。應劭《風俗通·過譽·司空潁川韓稜》："今興官尊任重，經略千里，當聽訟侍祠，班詔勸課，早朝旰食，夕惕若厲。"詳刑：審慎斷獄。王粲《從軍》詩之二："涼風屬秋節，司典告詳刑。"

[2] 天貺：上天的恩賜。阮籍《通易論》："昭明其道，以答天貺。"

[3] 三元：正月初一，此乃年、月、日之始，故稱三元。王儉《諒暗親奉烝嘗議》："公卿大夫，則負扆親臨。三元告始，則朝會萬國。"

[4] 四隩：亦作"四奧"，四方的邊遠地區，四方的鄰國。顏延之《赭白馬賦序》："五方率職，四隩入貢。"

[5] 陽澤：太陽光澤，喻普施恩澤。謝靈運《從游京口北固應詔詩》："原隰荑綠柳，墟囿散紅桃。皇心美陽澤，萬象咸光昭。"

《南朝齊高帝即位改元大赦詔》一首　　南朝齊　王儉

題解： 昇明三年（479）四月，蕭道成受禪建齊，改元建元元年，大赦天下，王儉奉命作此詔。此篇又見《南齊書》卷二《高帝紀下》，嚴可均據之輯入《全齊文》卷一武帝文中，此載可校補嚴輯。此詔乃王儉爲武帝所草，當輯入《全齊文》王儉文中。

門下：五德更紹[1]，帝迹所以代昌；三正迭隆[2]，王度所以改耀。代有質文，時或因革[3]。其資元膺曆[4]，經道振人[5]，固以异術同揆，殊流共貫者矣[6]。朕以寡昧[7]，屬遇[一]艱季[8]，推肆勤之誠[9]，藉樂安之數[10]；賢能悉心[11]，士庶致力，用獲拯溺龕暴[12]，一匡天下[13]。業未參古，功殆侔昔[14]。宋氏以陵夷有徵[15]，曆數攸及[16]，思弘樂推[17]，永鑒崇替[18]。爰集天祿于朕躬[19]，惟德[二]菲薄，辭弗獲照，遂欽從天人[20]，式繇景命[21]。祗月正于文祖[22]，升烟燔于上帝[23]。猥以寡德，光宅四海[24]。纂革代之蹤[25]，托王公之上。若涉泉水，罔知所濟。寶祚初啓[26]，洪慶惟新，思俾利澤，宣被億兆。可大赦天下，改昇明三年爲建元元年，賜人爵二級[27]，文武位二等。鰥寡[三]不能自存者，穀人五斛。逋租宿責勿復收。有犯鄉論清議[28]，賊汙淫盗，一皆蕩滌，洗除先注，與之更始。長徒敕繫之身[四][29]，特皆原遣[30]。亡官失爵，禁固奪勞[31]，一依舊典[32]。

— 582 —

卷第六百六十八

【校勘】

〔一〕"屬遇",《南齊書》作"屬值"。

〔二〕"惟德",《南齊書》作"惟志"。

〔三〕"鰥寡",《南齊書》作"鰥寡孤獨"。

〔四〕"敕繫之身",《南齊書》作"敕繫之囚"。

【注釋】

[1] 五德：金、木、水、火、土五行，古人認爲歷代王朝各主一德，按照五行相克或相生的順序，交互更替，周而復始。《史記·張丞相列傳》："推五德之運，以爲漢當水德之時，尚黑如故。"更紹：改變延續。

[2] 三正：夏正建寅，殷正建丑，周正建子，合稱三正，也稱夏、商、周三代。《尚書·甘誓》："有扈氏威侮五行，怠棄三正。"

[3] 質文：質樸與華美。劉勰《文心雕龍·通變》："斯斟酌乎質文之間，而櫽括於雅俗之際，可與言通變矣。"因革：沿革，因襲與變革。葛洪《抱朴子·用刑》：以"畫一之歌，救鼎涌之亂，非識因革之隨時，明損益之變通也。"

[4] 膺曆：承受國祚。《齊南郊樂歌·武德宣烈樂》："四靈晨炳，五緯宵明，膺曆締運，道茂前聲。"

[5] 經道：治理法則。經，治理。《周禮·天官·大宰》："以經邦國。"

[6] 同揆：同一道理。《三國志·吳志·周魴傳》："夫物有感激，計因變生，古今同揆。"共貫：貫通；連貫。《漢書·董仲舒傳》："帝王之道，豈不同條共貫與？何逸勞之殊也？"

[7] 寡昧：知識淺陋，不明事理。楊衒之《洛陽伽藍記·平等寺》："臣既寡昧，識無光遠，景命雖降，不敢仰承。乞收成旨，以允愚衷。"

[8] 艱季：亂世。

[9] 肆勤：盡力勤勞。蔡邕《中鼎銘》："公允迪厥德，宣力肆勤，戰戰兢兢，以役帝事。"

[10] 樂安：安樂。

[11] 悉心：全心，盡心。《韓非子·外儲說左下》："主賢明則悉心以事之，不肖則飾奸而試之。"

[12] 拯溺：救起落水者。虝暴：平定暴亂。虝，通"戡"。謝靈運《述祖德詩》："拯溺由道情，虝暴資神理。"

[13] 一匡天下：使天下得到匡正。《論語·憲問》："管仲相桓公，霸諸侯，一匡天下。"

[14] 參古：與古并立。殆：幾乎，大概。侔昔：與往昔相當。

[15] 陵夷：由盛到衰。衰頹，衰落。《史記·高祖功臣侯者年表》："始未嘗不欲固

其根本，而枝葉稍陵夷衰微也。"

[16] 曆數：帝王繼位次序，古代認爲帝位相承和天象運行次序相應。《論語·堯曰》："諮，爾舜，天之曆數在爾躬。"邢昺疏："孔注《尚書》云：謂天道，謂天曆運之數。帝王易姓而興，故言曆數謂天道。"

[17] 樂推：樂意擁戴。《宋書·武帝紀中》："自非百姓樂推，天命攸集，豈伊在予，所得獨專？"

[18] 崇替：興廢，盛衰。《國語·楚語下》："吾聞君子唯獨居思念前世之崇替者，與哀殯喪，於是有嘆，其餘則否。"

[19] 天祿：天賜的福祿，指帝位。《尚書·大禹謨》："四海困窮，天祿永終。"

[20] 欽從：恭敬依順。天人：神人。

[21] 繇：通"由"，遵從，隨順。景命：大命，指授予帝王之位的天命。《詩·大雅·既醉》："君子萬年，景命有僕。"

[22] 祗：敬。月正：正月。《尚書·舜典》："月正元日，舜格于文祖。"

[23] 烟芭：芭烟，芭草所燃之烟。上帝：天帝。《易·豫》："先王以作樂崇德，殷薦之上帝，以配祖考。"

[24] 光宅：廣有。《尚書·堯典序》："昔在帝堯，聰明文思，光宅天下。"

[25] 纂：同"纘"，繼承。革代：改朝換代。袁宏《後漢紀·光武帝紀七》："一國不治，天下不爲之亂。故時有革代之變，而無土崩之勢。"

[26] 寶祚：國運；帝位。《宋書·恩幸傳論》："民忘宋德，雖非一塗，寶祚夙傾，實由於此。"

[27] 人爵：爵祿，指人所授予的爵位。《孟子·告子上》："孟子曰：有天爵者，有人爵者。仁義忠信，樂善不倦，此天爵也。公卿大夫，此人爵也。"

[28] 鄉論：鄉里評論，古代鄉大夫考核評論，推舉人才。《禮記·王制》："命鄉論秀士，升之司徒，曰選士。"

[29] 長徒：長期服勞役，古代刑罰之一。徒，服徭役的犯人。《史記·高祖本紀》："高祖以亭長爲縣送徒驪山，徒多道亡。"

[30] 原遣：赦免釋放。《晉書·武帝紀》："六月癸巳，臨聽訟觀錄囚徒，多所原遣。"

[31] 禁錮：禁錮，禁止做官或參與政事。奪勞：對犯罪官吏剝奪其職務令服勞役的一種制度。《梁書·元帝紀》："長徒鎖士，特加原宥；禁錮奪勞，一皆曠蕩。"

[32] 舊典：舊制，舊法。《尚書·君牙》："君牙，乃惟由先正舊典時式。"

《南朝齊廢帝改元大赦詔》一首　　南朝梁　沈約

題解：此詔作於隆昌元年（494）。齊廢帝即鬱林王蕭昭業，字元尚，文惠太子長子，永明十一年（493）七月武帝病逝，皇太孫蕭昭業繼位，沿用永明年號。此篇其他文獻無載，嚴可均輯《全上古三代秦漢三國六朝文》無收。此詔乃沈約爲蕭昭業所草，可補入《全梁文》沈約文中。

門下：朕以寡薄，夙嗣寶圖[1]，哀悼罔識[2]，弗昭政道。先皇至德遐被，幽顯宅心，雖宏猷盛化，百代無爽[3]。而聖靈緬邈，氣象遷回[4]，璿度奄外，三元肇日[5]。萬國齊軫[6]，玉帛在庭，追感永懷，瞻惟罔極[7]。宜式敷遺澤，播玆億兆，可大赦天下，改永明十二年爲隆昌元年。

【注釋】

[1] 寶圖：皇位；帝業。《周書·武帝紀上》："朕祇承寶圖，宜遵故實。"

[2] 哀悼：同"哀煢"，憂傷孤獨。

[3] 無爽：不妨；沒有差失。

[4] 遷回：變更，轉變。

[5] 三元：正月初一。是日爲年、月、日之始，故謂之三元。王儉《諒暗親奉烝嘗議》："公卿大夫，則負宬親臨。三元告始，則朝會萬國。"

[6] 齊軫：并駕，指太平一統。張衡《南都賦》："於是暮春之禊，元巳之辰，方軏齊軫，祓于陽瀨。"

[7] 罔極：無窮盡。《史記·太史公自序》："受命於穆清，流澤罔極。"

《南朝齊海陵王即位改元大赦詔》一首　　南朝齊　徐孝嗣

題解：隆昌元年（494）七月，蕭鸞以太後之名廢蕭昭業爲鬱林王，迎其弟蕭昭文爲帝，即海陵王，改元延興。徐孝嗣因此而作詔，大赦天下。此篇又見《南齊書》卷五《海陵王紀》，嚴可均據之輯入《全齊文》卷五海陵王文中，此載可補嚴輯徵引出處。署爲徐孝嗣之作，當輯入《全齊文》徐孝嗣文中。

門下：高皇帝[一]英謨光大[1]，受命作齊。武皇帝[二]宏猷冠時[2]，繼暉下武[3]；文皇帝[三]清明懿鑠[4]，四海宅心[5]。并德漏下泉[6]，功詔上象[7]，聲教所覃[8]，無思不洽[9]。洪基式固[10]，景祚方融[11]，而天步多阻[12]，運鍾否剝[13]。嗣君昏忍[14]，暴戾滋流[四]，棄侮天經[15]，悖滅人紀，朝野重

— 585 —

足[16]，遐邇側視[17]。人怨神恫[18]，宗祧如綴[19]。賴忠謨肅舉[20]，霄漢廓清[21]，俾三后之業，絶而更細［紐］；七百之慶[22]，危而復安。猥以冲人[23]，入纂乾緒[24]，載懷馭朽[25]，若墜諸泉，思與黎元，共綏戩福[26]。大赦改元，文武賜位二等。

【校勘】

〔一〕"高皇帝英謨"，《南齊書》作"太祖高皇帝英謨"。
〔二〕"武皇帝"，《南齊書》作"世祖武皇帝"。
〔三〕"文皇帝"，《南齊書》作"世宗文皇帝"。
〔四〕"滋流"，《南齊書》作"滋多"。

【注釋】

[1] 英謨：英明的謀略。《宋書・武帝紀中》："攄略運奇，英謨不世。"
[2] 宏猷：遠大的謀略；宏偉的計劃。《宋書・禮志一》："非演迪斯文，緝熙宏猷，將何以光贊時邕，克隆盛化哉？"
[3] 繼暉：繼續昌明。下武：謂有聖德能繼先王功業。《詩・大雅・下武》："下武維周，世有哲王。"
[4] 懿鑠：亦作"懿爍"，美盛。班固《典引》："亦以寵靈文武，貽燕後昆，覆以懿鑠。"
[5] 宅心：歸心。《漢書・敘傳下》："項氏畔換，黜我巴漢；西土宅心，戰士憤怨。"
[6] 德漏：恩德顯露。漏，溢出。《後漢書・陳忠傳》："青冀之域淫雨漏河，徐岱之濱海水盆溢。"顯露，露出。酈道元《水經注・澧水》："又東，茹水注之，水出龍茹山，水色清澈，漏石分沙。"下泉：下流的泉水。《詩・曹風・下泉》："洌彼下泉，浸彼苞稂。"
[7] 功詔：功業告知。詔，告知。《尚書・微子》："商其淪喪，我罔為臣僕。詔王子出迪。"詔，讀音 shào，承繼。《荀子・儒效》："行禮要節而安之，若生四枝；要時立功之巧，若詔四時。"上象：天上的圖像。
[8] 覃：蔓延，延及。《詩・周南・葛覃》："葛之覃兮，施於中古。"遍及，廣施。徐陵《為貞陽侯與太尉王僧辯書》："慈孝之道通於百靈，仁信之風覃於萬國。"
[9] 無思不洽：思慮周全。
[10] 洪基：大業，指帝業。《後漢書・文苑下・邊讓傳》："繼高陽之絶軌，崇成莊之洪基。"式固：以此堅固。式，以，以此。《尚書・盤庚下》："式敷民德，永肩一心。"
[11] 景祚：景福。劉勰《文心雕龍・時序》："文明自天，緝遐景祚。"此指帝業。《舊唐書・肅宗紀贊》："凶徒竟覺，景祚重延。"融：顯明，昌盛。干寶《晉紀總論》：

"咸黜异圖，用融前烈。"長遠，久長。《詩·大雅·既醉》："昭明有融，高朗令終。"

[12] 天步：時運，國運。《詩·小雅·白華》："天步艱難，之子不猶。"

[13] 運：世運，國運。《漢書·高帝紀贊》："由此推之，漢承堯運，德祚已盛。"否剝：指時運乖舛。"否"與"剝"《周易》兩卦名，"否"爲天地不交，"剝"爲陰盛陽衰。《晋書·庾亮傳》："否剝之難，嬰之聖躬，普天所以痛心於既往而傾首於將來者也。"

[14] 昏忍：惑亂殘酷。

[15] 天經：天之常道。班固《典引》："躬奉天經，惇睦辨章之化洽。"

[16] 重足：多足，喻人很多。

[17] 遐邇：遠近。桓寬《鹽鐵論·備胡》："故人主得其道，則遐邇潛行而歸之，文王是也。"側視：旁視。《莊子·山木》："及其得柘棘枳枸之間也，危行側視，振動悼栗。"

[18] 恫，讀音 tōng，哀痛。《詩·大雅·思齊》："神罔時怨，神罔時恫。"

[19] 祧，讀音 tiāo。宗祧：宗廟。《左傳·襄公二十三年》："紇不佞，失守宗祧，敢告不吊。紇之罪，不及不祀。"綴：通"輟"，中止，停止。《禮記·樂記》："樂者，所以象德也；禮者，所以綴淫也。"

[20] 肅：儆戒。葛洪《抱朴子·明本》："不賞而勸，不罰而肅。"舉：復興，振興。《禮記·中庸》："繼絕世，舉廢國，治亂持危。"

[21] 霄漢：宇内。《後漢書·仲長統傳》："不受當時之責，永保性命之期。如是，則可以陵霄漢，出宇宙之外矣。"廓清：肅清。荀悦《漢紀·高帝紀四》："征亂伐暴，廓清帝宇，八載之内，海内克定。"

[22] 七百：指國運長久，王朝運祚綿長。《左傳·宣公三年》："成王定鼎於郟鄏，卜世三十，卜年七百，天所命也。"

[23] 猥：猶辱、承，謙詞。楊修《答臨淄侯箋》："猥受顧賜，教使刊定，《春秋》之成，莫能損益。"冲人：帝王的謙稱。《尚書·盤庚下》："肆予冲人，非廢厥謀。"

[24] 入纂：入朝繼承（皇位）。《陳書·世祖紀》："永定三年六月景午，高祖崩，遺詔征世祖入纂。"乾緒：君王功業。

[25] 載懷：懷念於心。馭朽：比喻帝王治國，艱險不易。《尚書·五子之歌》："予臨兆民，懍乎若朽索之馭六馬。"《舊唐書·代宗紀》："朕所以馭朽懸旌，坐而待曙，勞懷罪己之念，延想安人之策。"

[26] 黎元：黎民。董仲舒《春秋繁露·五行變救》："救之者，省宮室，去雕文，舉孝弟，恤黎元。"綏，讀音 suí，安。戩，讀音 jiǎn，同"戩"，福（或意爲"盡"）。戩福：吉祥降福。《隋書·音樂志下》："方憑戩福，佇咏豐年。"

《南朝齊明帝即位改元大赦詔》一首　　南朝齊　徐孝嗣

題解： 延興元年（494）十月，蕭鸞殺海陵王昭文，自立爲帝，是爲齊明帝，改元建武，大赦天下。此篇又見《南齊書》卷六《明帝紀》，嚴可均據之輯入《全齊文》明帝文中，此載可補嚴輯徵引出處。據此，可知此詔乃徐孝嗣爲明帝所草，當輯入《全齊文》徐孝嗣文中。

　　門下：皇齊受終建極[1]，握鏡臨宸[2]，神武重輝[3]，欽明懿鑠[4]。七百攸長，磐石斯固。而王度中褰[5]，天階薦阻[6]，嗣命多違，藩釁孔棘[7]。宏圖景曆[8]，將墜諸泉。宣德皇后遠鑒崇替[9]，憲章舊典，疇諮台揆[10]，允定靈策[11]，用集實命于予一人[12]。猥以虛薄，纘戎大業[13]，仰繫鴻本[一][14]，顧臨億兆[二][15]。永懷先搆[16]，若履春冰。夤憂夕惕[17]，罔識攸濟[18]。思與萬國，播此維新[19]。大赦天下改元。其宿衛身普轉一階，其餘文武賜位二等。逋租宿責負[三]官物[20]，在建武元年以前，悉原除[21]。劫賊餘口在臺府者，可悉原放[22]。負釁流徙[23]，并還本鄉。

【校勘】

〔一〕"鴻本"，《南齊書》作"鴻丕"。

〔二〕"億兆"，《南齊書》作"兆民"。

〔二〕"負"，《南齊書》作"換負"。

【注釋】

[1] 受終：承受帝位。《尚書·舜典》："正月上日，受終於文祖。"建極：建立中正之道，指帝王即位。《尚書·洪範》："皇建其有極。"

[2] 握鏡：持明鏡，喻帝王受命，懷明道。劉孝標《廣絕交論》："蓋聖人握金鏡，闡風烈。龍欻蠖屈，從道汙隆。"臨宸：照耀帝位，指登位。宸，北極星所在，後借指帝王所居，又引申爲王位、帝王的代稱。

[3] 神武：英明威武，多用以稱頌帝王將相。《易·繫辭上》："古之聰明叡知，神武而不殺者夫。"

[4] 欽明：敬肅明察。《尚書·堯典》："曰若稽古帝堯，曰放勳，欽明文思安安，允恭克讓。"

[5] 王度：先王的法度。張衡《東京賦》："奢未及侈，儉而不陋。規遵王度，動中得趣。"中褰：從中斷絕。褰，斷絕。陸機《擬行行重行行》："驚飆褰反信，歸雲難寄音。"

[6] 天階：宮殿臺階，借指朝廷。張衡《東京賦》："登聖王於天階，章漢祚之有秩。"薦阻：再次阻隔。薦：再，又。《左傳·襄公二十二年》："政令之無常，國家罷病，不虞薦至。"阻，阻隔，障隔。《周禮·夏官·司險》："司險，掌九州之圖，以周知其山

— 588 —

林川澤之阻，而達其道路。"艱難，苦難。《易·繫辭下》："夫坤，天下之至順也，德行恒簡以知阻。"

[7] 藩驚：諸侯爭端，指地方上的叛亂。孔棘：很緊急。《詩·小雅·采薇》："豈不日戒，獫狁孔棘。"

[8] 宏圖：遠大的設想。張衡《南都賦》："圖靈根于夏葉，終三代而始蕃。非純德之宏圖，孰能揆而處旃？"景曆：宏大的帝業。王融《三月三日曲水詩序》："我大齊之握機創曆，誕命建家。"

[9] 崇替：興廢，盛衰。《國語·楚語下》："吾聞君子唯獨居思念前世之崇替者，與哀殯喪，於是有嘆，其餘則否。"

[10] 疇諮：訪問、訪求。《尚書·堯典》："帝曰：'疇咨若時登庸。'"《漢書·武帝紀贊》："孝武初立……遂疇諮海內，舉其俊茂，與之立功。"臺揆：指宰相級官員。臺，三臺。星名。古代用三臺比喻三公。揆，管理，掌管。《左傳·文公十八年》："（堯）舉八愷使主後土，以揆百事，莫不時序，地平天成。"因宰相管理百官百事，後遂以指宰相或相當於宰相之職。《晉書·禮志上》："桓溫居揆，政由己出。"

[11] 允定：以定。允，介詞，同"以"。《墨子·明鬼下》引《商書》曰："百獸貞蟲，允及飛鳥。"孫詒讓曰："王引之云：允猶以也，言百獸貞蟲以及飛鳥也。"

[12] 用集：因集。

[13] 虛薄：空虛淺薄，浮淺。袁宏《後漢紀·光武帝紀五》："叔對曰：'始得明公辟，且喜且懼。何者？喜於爲明公所知，懼于虛薄，不能宣益拾遺。'"纘戎大業：繼承帝業。《詩·大雅·韓奕》："王親命之，纘戎祖考，無廢朕命。"《尚書·盤庚上》："天其永我命於茲新邑，紹復先王之大業，底綏四方。"

[14] 鴻本：大國。本，國家。《管子·地數》："惡食無鹽則腫。守圉之本，其用鹽獨重。"本原，原始。《禮記·樂記》："樂者音之所由生也，其本在人心之感於物也。"

[15] 億兆：庶民百姓，衆庶萬民。蔡邕《太尉汝南李公碑》："憲天心以教育，沐垢濁以揚清，爲國有賞，蓋有億兆之心。"

[16] 先搆：未詳。

[17] 寅憂：深憂。夕惕：至夜晚仍懷憂懼，不懈怠。沈約《立太子恩詔》："夕惕寅畏，若置淵谷。"

[18] 攸濟：所渡過難關（的方法）。《尚書·大誥》："予惟小子，若涉淵水，予惟往求朕攸濟。"

[19] 維新：乃始更新。《詩·大雅·文王》："周雖舊邦，其命維新。"

[20] 逋租：欠租。《東觀漢記·光武紀》："嘗爲季父故舂陵侯訟逋租于大司馬嚴尤。"宿責：宿債，舊債。責，同"債"。《國語·晉語四》："棄責薄斂。"韋昭注："棄責，除宿責也。"負：虧欠，拖欠。王符《潛夫論·斷訟》："假舉驕奢，以作淫侈，高負千萬，不肯償責。"官物：官家的物品、財産，公物。《三國志·魏志·曹爽傳》："晏等

專政，共分割洛陽、野王典農部桑田數百頃，及壞湯沐地以爲產業，承勢竊取官物，因緣求欲州郡。"

[21] 原除：赦免；免除。應劭《風俗通·窮通》："明府所在流稱，今以公征，往便原除，不宜深入以介意。"

[22] 原放：免罪釋放。《宋書·武帝紀下》："秋七月丁亥，原放劫賊餘口沒在臺府者，諸流徙家并聽還本土。"

[23] 負釁：負罪；獲罪。《後漢書·黃瓊傳》："臣至頑駑，世荷國恩，身輕位重，勤不補過，然懼於永歿，負釁益深。"流徙：流放。《後漢書·桓帝紀》："流徙者使還故郡，沒入者免爲庶民。"

《南朝齊明帝改元大赦詔》一首　　南朝齊　徐孝嗣

題解： 建武五年（498），明帝病重，夏四月甲寅，改元永泰元年，大赦天下。此篇其他文獻無載，嚴可均輯《全上古三代秦漢三國六朝文》無收，可補入《全齊文》徐孝嗣文中。

門下：朕膺祖宗之重，托王公之上，夕惕惟寅，浚明無怠[1]。而庶績弗熙[2]，遠猷多晦[3]。戎車歲駕[4]，賦役勤止[5]，人未知義，鉗赭猶積[6]。近炎涼貿序[7]，枕疾移旬[8]，三靈宅眷[9]，祉符翌日[10]。無宗楚之誠，集同漢之祜[11]。瞻言寡德[12]，若蹈春冰[13]。萬邦有過，實維在己[14]。矧伊滿堂[15]，獨饗茲廢[16]，可大赦天下。三署囚繫[17]，詳所降釋[18]。文武賜位二等，改建武五年爲永泰元年。

【注釋】

[1] 浚明：明治，治理清明。《尚書·皋陶謨》："日宣三德，夙夜浚明有家，日嚴祇敬六德，亮采有邦。"

[2] 庶績：各種事業。《尚書·堯典》："允釐百工，庶績咸熙。"弗熙：不興盛。

[3] 遠猷：長遠的打算；遠大的謀略。多晦：多不順利。

[4] 戎車：兵車。《尚書·牧誓》："武王戎車三百兩，虎賁三百人。"歲駕：帝王每年的出巡。《宋書·良吏傳序》："左右無幸謁之私，閨房無文綺之飾，故能戎車歲駕，邦甸不擾。"

[5] 賦役：賦稅和徭役。《六韜·盈虛》："其賦役也甚寡。"勤止：盡力終止。經常終止。

［6］鉗赭：古刑法名。以鐵束頸，著以赤衣。王充《論衡·狀留》："長吏妒賢，不能容善，不被鉗赭之刑，幸矣。"

［7］炎涼：寒暑，喻歲月。《北史·元子思傳》："日復一日，遂歷炎涼。"貿序：變換次第。

［8］枕疾：臥病。謝靈運《辨宗論》："餘枕疾務寡，頗多暇日。"移旬：移動十天，指較長時間。

［9］三靈：天、地、人。班固《典引》："答三靈之蕃祉，展放唐之明文。"宅眷：定居顧念。

［10］祉：福。符：徵召。《戰國策·秦策三》："豈非道之符，而聖人所謂吉祥善事與？"翌日：明天。《漢書·武帝紀》："翌日親登嵩高，御史乘屬，在廟旁吏卒咸聞呼萬歲者三。"

［11］祜：福。《詩·商頌·烈祖》："嗟嗟烈祖，有秩斯祜。"

［12］瞻言：明見。《詩·大雅·桑柔》："維此聖人，瞻言百里。"寡德：缺少德行，此為謙詞。《左傳·宣公十一年》："《詩》曰：'文王既勤止。'文王猶勤，況寡德乎？"

［13］春冰：春天的冰。因其薄而易裂，喻危險的境地或易消失的事物。《尚書·君牙》："心之憂危，若蹈虎尾，涉於春冰。"

［14］萬邦：所有諸侯封國，後引申為天下，全國。《尚書·堯典》："協和萬邦，黎民于變時雍。"實維：實際是。

［15］矧伊：況且。伊：語助詞，用於句中，無義。《儀禮·士冠禮》："旨酒既清，嘉薦伊脯。"滿堂：充滿堂上。《楚辭·九歌·東皇太一》："靈偃蹇兮姣服，芳菲菲兮滿堂。"

［16］獨饗：獨自宴請。饗，以隆重的禮儀宴請賓客，泛指宴請，招待。《詩·小雅·彤弓》："鐘鼓既設，一朝饗之。"

［17］三署：五官署、左署、右署之合稱。《後漢書·和帝紀》："引三署郎召見禁中。"囚繫：囚犯。《國語·晉語七》："畢故刑，赦囚繫，宥閒罪，薦積德。"

［18］降釋：降服赦宥。

《南朝齊東昏侯改元大赦詔》一首　　南朝齊　沈約

題解：此詔作於永元元年（499）。此篇其他文獻無載，嚴可均輯《全上古三代秦漢三國六朝文》無收，可補入《全梁文》沈約文中。

門下：朕夙纂洪統，哀悼靡識，欽言政緒，浩若涉川。四象環周[1]，三元在旦，清朝寂漠，聖靈浸遠。對百辟而慚心[2]，瞻端闈而永慕[3]，思播靈澤，惠茲兆人。可大赦天下，改永泰二年爲永元元年。

【注釋】

[1] 四象：春、夏、秋、冬四時。《易·繫辭上》："太極生兩儀，兩儀生四象，四象生八卦。"

[2] 百辟：諸侯，百官。《尚書·洛誥》："汝其敬識百辟享，亦識其有不享。"《宋書·孔琳之傳》："羨之內居朝右，外司轂轂，位任隆重，百辟所瞻。"

[3] 端闈：皇宮的正門，亦指朝廷。班固《西都賦》："列鐘虡於中庭，立金人於端闈。"

《梁武帝即位改元大赦詔》一首　　南朝梁　沈約

題解：此篇又見《文苑英華》卷四二一、《梁書》卷二《武帝紀》中，作於天監元年（502）。《梁書》所載有刪節，嚴可均據之輯入《全梁文》卷二六沈約文中，題爲《改天監元年赦詔》。此載可補嚴輯徵引出處。

門下：五精遍襲〔一〕[1]，皇王所以受命；四海樂推[2]，殷周所以改物[3]。雖禪代相行〔二〕，遭會异時，而微名迭用，其流遠矣，莫不振旺育德，光被黎元。朕以寡暗，命不失後，寧濟之功[4]，屬當期運。乘此時來，因心〔三〕萬物。遂振厥施維，大造區夏。永言前蹤，義均慚德[5]。齊氏以代終有徵，歷數云改。欽若前載[6]，集大命于朕躬。顧惟菲德[7]，辭不獲命，寅畏上靈[8]，用膺景業[9]。執禮［禋］柴之禮[10]，當與能之祚[11]，繼迹百王，君臨四海。若涉大川，罔知攸濟。洪基初兆[12]，萬品權輿[13]，思俾慶澤，覃被率士。可大赦天下，改中興二年爲天監元年。賜人爵二級，文武位二等。鰥寡孤獨不能自存者，人穀五斛；逋布口錢宿債勿復收[14]；其有犯鄉論清議[15]，贓汙淫盜[16]，一皆蕩滌〔四〕，先注，與之更始。長徒敕繫之身，特皆原遣。亡官失爵，禁錮奪勞[17]，一依舊典。

【校勘】

〔一〕"遍襲"，《梁書》作"遞襲"。

〔二〕"相行"，《梁書》作"相舛"。

〔三〕"因心"，《梁書》作"同心"。

〔四〕"蕩滌"，《梁書》作"洗滌"。

— 592 —

卷第六百六十八

【注釋】

[1] 五精：五方之星。張衡《東京賦》："辨方位而正則，五精帥而來攆。"

[2] 樂推：樂意擁戴。《老子》："是以聖人處上而民不重，處前而民不害，是以天下樂推而不厭。"

[3] 改物：改變前朝的文物制度，多指改正朔、易服色，亦指改朝換代。《左傳·昭公九年》："文之伯也，豈能改物？"杜預注："言文公雖霸，未能改正朔、易服色。"

[4] 寧濟：安定匡濟。《後漢書·順帝紀》："朕奉承大業，未能寧濟。"

[5] 慚德：因言行有缺失而内愧於心。《尚書·仲虺之誥》："成湯放桀于南巢，惟有慚德，曰：'予恐來世以臺爲口實。'"

[6] 欽若：敬順。《尚書·堯典》："乃命羲和，欽若昊天，歷象日月星辰，敬授民時。"

[7] 菲德：薄德。自謙之詞。《梁書·武帝紀中》："朕以菲德，君此兆民。"

[8] 黌畏：敬畏。《北史·房彥謙傳》："刑賞曲直，升聞於天，黌畏照臨，亦宜謹肅。"

[9] 景業：大業。《宋書·文帝紀》："今方隅乂寧，戎夏慕向，廣訓胄子，實維時務。便可式遵成規，闡揚景業。"

[10] 禋柴：燔柴升烟以祭天。

[11] 與能：推薦有才能的人。與，通"舉"。《易·繫辭下》："人謀鬼謀，百姓與能。"

[12] 洪基：大業，多指世代相襲的帝業。《後漢書·文苑傳下·邊讓》："繼高陽之絶軌，崇成莊之洪基。"

[13] 權輿：起始，新生。《詩·秦風·權輿》："今也每食無餘，于嗟乎！不承權輿。"

[14] 逋布：欠交的租錢。布，古代指錢幣。口錢：古代的一種人口稅。《漢書·貢禹傳》："禹以爲古民亡賦算口錢，起武帝征伐四夷，重賦於民，民產子三歲則出口錢，故民重困，至於生子輒殺，甚可悲痛。宜令兒七歲去齒乃出口錢，年二十乃算。"

[15] 鄉論：鄉里的評論。古代由鄉大夫考核評論，推舉人才。《禮記·王制》："命鄉論秀士，升之司徒，曰選士。"清議：對時政的議論；社會輿論。曹羲《至公論》："屬清議以督俗，明是非以宣教者，吾未見其功也。"

[16] 贓汙：貪汙受賄。《三國志·魏書·武帝紀》："長吏多阿附貴戚，贓汙狼藉。"

[17] 禁錮：禁止做官或參與政治活動。《史記·平準書》："議令民得買爵及贖禁錮、免減罪。"奪勞：古代對犯罪官吏剥奪其職務令服勞役的一種制度。《梁書·元帝紀》："長徒鎖士，特加原宥；禁錮奪勞，一皆曠蕩。"

《梁武帝改元大赦詔》二首　　南朝梁　沈約

題解： 第一詔作於普通元年（520），第二詔作於中大通元年（529）。此二篇其他文獻無載，嚴可均輯《全上古三代秦漢三國六朝文》無收，可補入《全梁文》沈約文中。按：第二詔"門下"至"可大赦天下"一段，與《梁武帝恩赦詔》第二首文字相同（見本書第623頁）。

門下：朕屬時哉之運，而無聖人之才，有求賢之勞，闕垂拱之化[1]，克己責躬，日慎一日。外無僁后之謠，内乏刑厝之德[2]。君臨萬邦，倏踰二九。式鏡前修，惡焉多愧。三元啓旦，春日載陽，思協時序，惟新布澤，與茲億兆，共同天休。可大赦天下，改天監十九年爲普通元年。

門下：先天而天不違[3]，後天而奉天時，然後可受金册於龍圖，應寶命於天位，與二儀而運行，一六合而光宅[4]。《書》不云乎："皇天無親，惟德是輔；人心無常，惟惠是懷。"朕承百王之乏，當萬乘之尊，不能使青雲程〔一〕瑞，白環表祥，道被域中，守在海外。每思布政，空荷重負。幽憂未除，菁華已竭[5]。豈宜再臨太階[6]，重辱神器[7]？方欲縱心桓杖，歸老丘壑，迫以群臣之請，隨從萬姓之心，懍乎夕惕[8]，坐以待旦。思俾億兆，咸與惟新。可大赦天下，改大通三年爲中大通元年。

【校勘】

〔一〕"程"字，当作"呈"字。

【注釋】

[1] 垂拱：垂衣拱手，不親理事務。《尚書·武成》："惇信明義，崇德報功，垂拱而天下治。"

[2] 刑厝：亦作"刑措"。置刑法而不用。《荀子·議兵》："傳曰：'威厲而不試，刑錯而不用。'"

[3] 不違：依從。《論語·爲政》："子曰：'吾與回言終日，不違，如愚。'"何晏集解引孔安國曰："不違者，無所怪問，於孔子之言，默而識之，如愚。"

[4] 光宅：廣有。《尚書·堯典序》："昔在帝堯，聰明文思，光宅天下。"

[5] 菁華：精華。《尚書大傳》："菁華已竭，褰裳去之。"

— 594 —

[6] 太階：宮殿、廟堂的臺階。王延壽《魯靈光殿賦》："於是乎乃歷夫太階以造其堂。"

[7] 神器：代表國家政權的實物，如玉璽、寶鼎之類，借指帝位、政權。《漢書·叙傳上》："世俗見高祖興于布衣，不達其故，以爲適遭暴亂，得奮其劍，游説之士至比天下于逐鹿，幸捷而得之，不知神器有命，不可以智力求也。"

[8] 夕惕：至夜晚仍懷憂懼，工作不懈。沈約《立太子恩詔》："夕惕寅畏，若寘淵谷。"

《北齊廢帝即位改元大赦詔》一首　　北齊　魏收

題解：北齊廢帝高殷（545—561），字正道，小字道人，文宣帝高洋長子，北齊第二任皇帝，559—560年在位。天保十年文宣帝薨，高殷即位，改元乾明，此詔作於乾明元年（560）。此篇其他文獻無載，嚴可均輯《全上古三代秦漢三國六朝文》無收，可補入《全北齊文》魏收文中。

門下：穹蒼不弔，降此閔凶，大行皇帝棄背萬國，率土哀窮，不勝永慕[1]。仰惟誕聖應期[2]，對揚圖曆；樂推在運，鼓舞人［民］神。揖讓而有，俯蹈堯舜；干戈勿用，坐陋湯武。維正宸象，大比圓天[3]；疏羅川岳，廣同方地。禀賦生靈，雕刻刑品[4]，冥功潛被，日用誰知？出寂不聲，玄化靡迹。宇宙之内，一朝再造。及端纊臨朝[5]，泉嘿其度，深視高居，規謨弘遠。文武并馳，德刑兼運。政術化綱，擇其令典。握鏡持衡，照臨萬物。布此至公，申兹直道。揚歷勳賢，周於列位。内穆王度，外紕荒遐。伐叛懷柔，罔不率俾。霑以雲雨，威以雷電。養俘春夏[6]，成若秋冬。三才感召，符覩填委；合謨當圖，王府充仞。大道協契，至德傍通，會昌千載，抑揚萬古。慨俗而佳[7]，白雲在馭；弓劍不追[8]，昊天罔極。黎荼交集，貫徹骨髓。屬當正體，上奉宗祐。便以即日，恭承大命。窮魂荒識，湛若涉海。百年仰教，三名在天[9]。邀福有歸，實憑保祐。運往時來，觸感號裂。思與幽明，同兹更始。可大赦天下。

【注釋】

[1] 永慕：長久思念。曹植《洛神賦》："超長吟以永慕兮，聲哀厲而彌長。"

[2] 誕聖：誕生聖哲；聖哲出生。王韶之《殿前登歌》之三："烝哉我皇，固天誕聖。"

[3] 圓天：古人認爲天呈圓形，故稱"圓天"。《莊子·説劍》："上法圓天，以順三光；下法方地，以順四時。"

[4] 刑：通"型"，鑄造器物的模子。《荀子·強國》："刑范正，金錫美，工冶巧，火齊得，剖刑而莫邪已。"

[5] 纊：古時指新絲綿絮，後泛指綿絮。《尚書·禹貢》："厥篚纖纊。"

[6] 侔：齊等，相當。《莊子·外物》："大魚食之，牽巨鈎……海水震盪，聲侔鬼神。"

[7] 慨俗：未詳。

[8] 弓劍：傳説黃帝騎龍仙去，群臣攀附欲上，致墜帝弓。又黃帝葬橋山，山崩，棺空，唯劍存。見《史記·封禪書》、劉向《列仙傳·黃帝》。後因以"弓劍"爲對已故帝王寄托哀思之詞。《魏書·肅宗紀》："何圖一旦，弓劍莫追，國道中微，大行絶祀。"

[9] 三名：立德、立功、立言。

《北齊孝昭帝即位大赦詔》一首　　北齊　孝昭帝

題解：孝昭帝高演（535—561），字延安，北齊第三任皇帝，東魏權臣高歡第六子，560—561年在位。乾明元年（560）八月簒位，改元皇建元年，作此詔大赦天下。此篇其他文獻無載，嚴可均輯《全上古三代秦漢三國六朝文》無收，可收入全北齊文孝昭帝文中。

門下：昔我獻武皇帝誕應符命，經啓睿圖。文襄皇帝闡弘霸道，功格天地。文宣皇帝受終踐祚，對揖百靈。累葉重光，三聖繼軌。威稜駕宇縣，德澤漏泉海。聲教之所流通，車書之所罩及，莫不空首屈膝，請吏承風，俱飲太和，共陶仁壽。而上天降灾，宣皇晏駕。濟南王弱年承統，君臨四海，餘祉愆應，遘疾彌留。一日萬機，事多擁滯。加以昵近奸慝，疏斥忠良，勳舊諮嗟，朝野側目。太皇太后流聖善之念，弘厚載之仁，慮深艱危，情兼家國。爰詔寡薄，纘承鴻緒。顧惟暗劣，非所克堪。願歸藩服，投迹箕穎[1]。但社稷事重，宗祀難曠，獲畏親尊之命，下逼群公之請，辭不猶免，遂踐皇極。齊邦雖舊，厥政乃新。思俾黎元，沐浴洪澤。蠲瑕盪穢，與之更始。可大赦天下。自八月三日昧爽已前，謀反大逆赤手殺人，已發覺、未發覺、繫囚見徒、長徒之身，一切原免。流徒邊方未至前所，悉亦聽還。清議禁錮，及七品已上奸盜之徒，亦在原限。九州職人，普加四級。内外百官，并加二級。亡官失爵，悉復資品。凡諸賦税懸在人間，及逋租懸調，負貸官財，主掌自盜，悉亦不徵。其常赦所不免，不在赦例。諸有孝子順孫、義夫節婦道著丘園者，摽其門閭。挾藏軍器亡命山澤，百日不首，復罪如初。敢以赦前事相告言者，以其罪罪之。

【注釋】

[1] 箕潁：箕山和潁水。相傳堯時，賢者許由曾隱居箕山之下，潁水之陽。後因以指隱居者或隱居之地。謝靈運《擬魏太子鄴中集詩序》："少無宦情，有箕潁之心事，故仕世多素辭。"

《北齊武成帝即位改元大赦詔》一首　　北齊　魏收

題解：詔稱"大齊御籙冥圖，締構王業，人神協契，年將三紀……改皇建二年爲太寧元年"，當作於太寧元年（561）。此篇其他文獻無載，嚴可均輯《全上古三代秦漢三國六朝文》無收，可補入《全北齊文》魏收文中。

門下：統歷鬱興[1]，克昌代德，莫不有命上靈，實扶下土。大齊御籙冥圖，締構王業，人神協契，年將三紀。文風武節，莫有不恭。大行皇帝道自玄啓，聖由天縱，居宗爲上，得一稱貞。澤邁雲雨，明過日月。鼓舞百靈，雕刻萬品。俗還軌物，時致雍熙。軒羲之迹可尋[2]，堯舜之風何遠？而穹昊降災，白雲在馭，弓劍之哀，率土號絕。繼立之義，理屬儲兩[3]。深顧冲弱，弘此遠圖。近舍周典，上循商制。爰命寡薄，入纂洪基。祇仰廟朝，當仁是切。加以王公卿士，敦請逾至，雖以不德，大命所鐘。仍荷天休，遂應景祚。懍若蹈冰，載深兢感。理運惟新，人神兼暢。念與萬方，嘉斯再造。可大赦天下，改皇建二年爲太寧元年。

【注釋】

[1] 統歷：疑爲"統萬"，北齊重鎮。
[2] 軒羲：當是"軒羲"，黄帝軒轅和伏羲的并稱。
[3] 儲兩：儲貳，太子。《魏書·肅宗紀》："自潘充華有孕椒宮，冀誕儲兩，而熊羆無兆，維虺遂彰。"

《後周明帝即位改元大赦詔》一首　　後周　明帝

題解：周明帝即宇文毓（534—560），小名統万突，代郡武川人，周文帝宇文泰庶長子，南北朝时期北周第二位皇帝，556—560 年在位。詔稱"宜改三年爲武成元年，以貞九有，永綏萬國"，當作於武成元年（559）。此篇其他文獻無載，嚴可均輯《全上古三代秦漢三國六朝文》無收，可補入《全後周文》明帝文中。

制詔：太師、太傅、太保、大冢宰、大司徒、大宗伯、大司馬、大司寇、大司空、暨列將大夫、州牧守士、公、侯、伯、子、男等，朕夙膺當璧[1]，恭承負扆[2]，豈非祖宗之靈，克定皇帝之位？加以西戎稽顙，東吳信服，樹之風聲，罔不率俾[3]。宜與億兆，共用嘉福。周王有肆眚之書[4]，漢后發高年之詔。前修令典，良可庶幾。其大赦天下。肇號開元，實惟協慶[5]。宜改三年爲武成元年，以貞九有，永綏萬國。凡文武之官有封者，增邑三百户。無封者，普汎四級。自八月十四日昧爽以前，大辟罪以下，厥狀發露未發露，案成與未成及見徒，悉除不問。其流徙邊方，未至所在者，亦皆原免。孝子順孫、義夫節婦，表其門閭，以旌美行。人有百年者，賜以羊酒，量振粟帛。

【注釋】

[1] 當璧：同"當璧"，用以比喻立國君之兆。語出《左傳·昭公十三年》："初，共王無冢適，有寵子五人，無適立焉。乃大有事於群望，而祈曰：'請神擇於五人者，使主社稷。'乃遍以璧見於群望，曰：'當璧而拜者，神所立也，誰敢違之？'"

[2] 負扆：亦作"負依"，背靠屏風，指皇帝臨朝聽政。《荀子·正論》："居則設張容負依而坐。"

[3] 率俾：順從。《尚書·君奭》："丕冒海隅出日，罔不率俾。"

[4] 肆眚：寬赦罪人。《春秋·莊公二十二年》："春王正月，肆大眚。"杜預注："赦有罪也。"

[5] 協慶：共同慶賀。梁簡文帝《吳郡石像碑》："道俗側塞，人祇協慶。"

《陳武帝即位改元大赦詔》一首　　陳　武帝

題解：此篇見《陳書·高祖本紀》，作於永定元年（557）冬十月。文字較此爲詳，又見《册府元龜》卷二零八。嚴可均輯入《全上古三代秦漢三國六朝文》之《全陳文》卷一，題爲《受禪大赦詔》。當作於陳武帝永定元年。

門下：五德更運[1]，帝王所以御天；三正相因[2]，夏殷所以宰物，雖色分駢翰[3]，時異文質，揖讓征伐，迭用參差。而育德振萌，義歸一揆[4]。朕以寡昧，時屬艱危，國步屢屯[5]，天維三絕。肆勤先后[6]，拯厥橫流，藉將帥之功，兼猛士之力。一匡天下，再造黔黎[7]。梁氏以天祿永終，歷數攸在，遵與能之典[8]，集大命于朕躬。顧惟菲德，辭不獲亮，式從天眷，俯協萌心。受終文祖，升禋上帝[9]，繼迹百王，君臨萬宇。若涉川水，罔知攸濟[10]。寶業初建，皇祚惟新[11]，思俾惠澤[12]，覃被億兆[13]。可大赦天下，改泰平元年爲永定元年。

【注釋】

[1] 五德：古時陰陽家把金、木、水、火、土五行看成五德。以五行生克爲帝王嬗代之應，其説尤盛於秦漢間。《史記・張丞相傳》："推五德之運，以爲漢當水德之時，尚黑如故。"班固《典引》："肇命民主，五德初始。"

[2] 三正：夏正建寅，商正建丑，周正建子，稱爲"三正"。陸機《皇太子宴玄圃宣猷堂有令賦詩》："三正迭紹，洪聖啓運。"劉勰《文心雕龍・史傳》："洎周公維新，姬公定法，紬三正以班曆，貫四時以聯事。"亦稱爲"三統"。

[3] 駢翰：紅黑。駢，同"騂"，赤色的馬和牛，亦泛指赤色。

[4] 揆，讀音 Kuí，道理，准則。

[5] 屯，讀音 zhūn，困难，不順利。

[6] 肆勤：極盡勤勞。肆，盡，極。

[7] 黔黎：黔首、黎民的合稱，泛指群衆、百姓。潘岳《河陽縣作詩二首》之二："黔黎竟何常，政成在民和。"

[8] 與能之典：三代之典，指禪讓。

[9] 禋，讀音 yīn，古代燒柴升烟以祭天，誠心祭祀。《國語・周語上》："不禋于神而求福焉，神必禍之。"

[10] 攸濟：所渡之所。

[11] 皇祚：皇福，皇位。祚，福，福祚，賜福。

[12] 俾，讀音 bǐ，使。

[13] 覃被：廣被。覃，讀音 tán，深广，覃思。

《陳宣帝改元年大赦詔》一首　　陳　宣帝

題解：此篇見於《陳書・宣帝紀》，作於太建元年（569）春正月，宣帝即位於太極殿，大赦天下。所載較此篇爲詳，又見《册府元龜》卷二零八，嚴可均輯入《全上古三代秦漢三國六朝文》之《全陳文》卷三，題爲"即位改元大赦詔"，作於太建元年正月甲午。

　　門下：聖人受命，王者中興，并由懿德，方作元后。高祖武皇帝，揖拜堯圖，經綸禹迹。配天之業，光辰象而利貞[1]；格地之功，侔川岳而長遠[2]。文皇帝體上聖之資，當下武之運[3]，築宫示儉，所務唯德。定鼎初基，厥謀斯在。朕以寡薄，才非聖賢，夙荷前規，方傳景祚[4]。雖復親承訓誨，志守藩維，咏季子之高風[5]，思城陽之遠托[6]。自元儲紹國，正位居臨，無導非幾[7]，佇聞刑措。豈圖王室不造，頻興亂階，天步艱難，將傾寶曆[8]。仰惟嘉命，爰集朕躬，我心貞確[9]，空［下闕］

【注釋】

[1] 辰象：天象。利貞和諧貞正。《易·乾》："元亨利貞。"

[2] 侔：齊，相等，"侔德"。《漢書·宣帝紀》："功光祖宗，業垂後嗣，可謂大興，侔德殷宗、周宣矣。"

[3] 下武：有聖德能繼先王功業。《詩·大雅·下武》："下武維周，世有哲王。"鄭玄箋："下，猶後也……後人能繼先祖者，維有周家最大。"

[4] 景祚：大命，大福。

[5] 季子：春秋吳人季札。爲吳王壽夢少子。不受君位，封於延陵，號延陵季子，省稱"季子"。事見《史記·吳太伯世家》。後人多稱頌其高風亮節。

[6] 城陽：未詳。

[7] 非幾：未詳。

[8] 寶曆：國祚，指王朝統治的年代，此指政權。謝朓《三日侍宴曲水代人應詔詩》："寶曆載暉，瑶光重踐。"《梁書·武帝本紀上》："雖寶曆重升，明命有紹，而獨夫醜縱，方熾京邑。"

[9] 貞確：堅貞穩固。確，讀音què，古同"确"，堅固。

《隋文帝登祚改元大赦詔》一首　　隋　文帝

闕

《隋文帝改元大赦詔》一首　　隋　文帝

闕

《隋煬帝即位改元大赦詔》一首　　隋　煬帝

闕

卷第六百六十九

詔卅九　赦宥五

《東晉安帝平桓玄改元大赦詔》一首　　東晉　安帝

題解：元興四年（405），桓玄之亂平定，安帝歸位，大赦天下而作此詔。此篇其他文獻無載，嚴可均輯《全上古三代秦漢三國六朝文》無收，可補入《全晉文》安帝文中。

制詔：朕以寡德，夙纂洪緒，不能緝熙遐邇[1]，式遏奸宄。自隆安告肇，多難薦降，賊臣桓玄，乘釁肆亂。禍傾宗傅，毒加良正。遂乃誣罔天人[2]，篡據極位。朕躬播越[3]，淪胥荒裔[4]，宣皇之基，眇焉已墜，九服之內，豈復晉有？賴鎮軍裕忠武英斷，誠冠終古。軍謀僉始，貞賢協其契；收涕誓衆，義士感其心。故霜戈一揮[5]，巨猾迸迹[6]。舊都肅清，園寢崇復。三帥凌威，所在席卷[7]；大憝授首[8]，計日旋軫。而孼振倡狂，嗣凶荊郢，危逼之慮，有過履武[9]。天祚社稷，義旗載捷，狡徒沮潰[10]，朕獲反正，斯實宗廟之靈。勤王之勳，豈朕一人，獨享伊祜？思與億兆，聿茲更始。今大赦天下。謀反大逆手殺人以下及長徒[11]，皆赦除之。桓玄、桓振，一祖之後，有擁兵拒逆者；馮該、卞范之父子，何澹之、溫楷不在原例。改元興四年爲義熙元年。賜人爵二級，鰥寡孤獨不能自存者，穀人五斛，大酺五日。

【注釋】

[1] 緝熙：光明，又引申爲光輝。《詩·大雅·文王》："穆穆文王，於緝熙敬止。"毛傳："緝熙，光明也。"

[2] 誣罔：欺騙。

[3] 播越：逃亡；流離失所。《左傳·昭公二十六年》："茲不穀震盪播越，竄在荊蠻。"

[4] 淪胥：泛指淪陷、淪喪。《晉書·凉武昭王李玄盛傳》："淳風杪莽以永喪，縉紳淪胥而覆溺。"

[5] 霜戈：明亮鋒利的戈戟。謝朓《從戎曲》："日起霜戈照，風回連旗翻。"

[6] 巨猾：大奸，極奸猾的人。

[7] 席卷：如卷席一般，形容全部占有。

[8] 大憝：極爲人所怨惡。《尚書·康誥》："元惡大憝，矧惟不孝不友。"孔安國傳："大惡之人猶爲人所大惡。"后用以稱極奸惡的人，首惡之人。潘岳《西征賦》："愠韓馬之大憝，阻關谷以稱亂。"

[9] 履武：踐迹。源於《詩·大雅·生民》："履帝武敏歆，攸介攸止。"毛詩傳："履，踐也。武，迹。"后即以"履武"爲聖人降生的典故。此形容威逼之甚。

[10] 沮潰：潰敗。

[11] 長徒：古代刑罰之一，長期服勞役。

《東晉安帝平洛陽大赦詔》一首　　東晉　安帝

題解：義熙十二年（416），姚洸以洛陽降，安帝大詔天下作此詔。此篇其他文獻無載，嚴可均輯《全上古三代秦漢三國六朝文》無收，可補入《全晉文》安帝文中。

制詔：自中原翦覆[1]，十紀迄今，舊京爲墟，園陵幽辱，二帝梓宮，永淪非所，此祖宗所以顧懷遺恨，前賢所以没齒貽恥[2]。今命時翼運[3]，紀終有期，王師薄伐，振曜威靈。將灑滌函夏，掃清五陵，拂穢平陽，奉遷園兆。雪人神之積耻，紓遺黎於倒懸。率土咸慶，含氣梟藻，思俾洪澤，普被區宇。加頃師旅殷費，役賦未簡，軍令峻重，刑獄繁積，軍人勤曠，宜有霑慰。其大赦天下。

【注釋】

[1] 翦覆：顛覆。《後漢書·臧洪傳》："賊臣董卓，乘釁縱害，禍加至尊，毒流百姓，大懼淪喪社稷，翦覆四海。"

[2] 没齒：終身。《論語·憲問》："奪伯氏駢邑三百，飯疏食，没齒無怨言。"

[3] 翼運：承運，意爲承奉天命。

《東晉安帝平姚泓大赦詔》一首　　東晋　安帝

題解：此作於平姚泓之時，當晉義熙十三年（417）。此篇其他文獻無載，嚴可均輯《全上古三代秦漢三國六朝文》無收，可補入《全晉文》安帝文中。

制詔：昔陽九告災[1]，永嘉失馭，四夷交侵，諸夏分分[2]，幽五陵於寇域，淪二塋於平陽，諒以難棘。於戲！水禍深於驪山者矣。逮靈命東回，光宅衡［衛］霍，雖規模宏遠，而日不暇給。遂令封豕襲華，長蛇橫噬，祖宗盱食[3]，豕牧晏寢，莫能極匪人於五原，暨聲教於南朔。上天有載，未亡九服，誕授聖宰，靈武命代。八紘未張[4]，思大援於中畿；昧弱有徵，撫時來於介石[5]。故能戚揚未揮[6]，則伊洛澄流；總干九河，則威震龍漠[7]。遂乃戎輅西轅，彤弧遠指。解網倒戈之徒，長驅奔北之虜，崩偽帥於崤潼，羈大憝於關右[8]。百稔逋誅，克黜於崇朝；十紀左帶，回衽於一晨。約其三章，施其密網。風雨戢威，雲澤光被。煥禮樂於九圍，融皇風於四表。執誶獲醜[9]，反斾告成。人兼山東之悅，師無蓬藋之勤。黔黎逢太平之基，海內承却馬之業。豈伊有晉，未臻茲慶，越在上代，孰疇斯祐？匪予一人，獨膺厥祚，俾宗廟四海，寔兼伊慶。今歸正之華，革面之裔，及萬國億兆，咸覃嘉祉，播惟新於率土，灑皇澤於無外，豈不休哉！豈不盛哉！其大赦天下。

【注釋】

[1] 陽九：術數家以4617歲爲一元，初入元106歲，内有旱災9年，謂之"陽九"。借指灾運。曹植《王仲宣誄》："會遭陽九，炎光中矇。"

[2] 分分：同"紛紛"，紛亂。

[3] 盱食：晚食，泛指勤於政事。應劭《風俗通·過譽·司空潁川韓棱》："當聽訟侍祠，班詔勸課，早朝盱食，夕惕若屬。"

[4] 八紘：泛指天下。《舊唐書·崔慎由傳》："早致萬乘歸京，以副八紘懸望。"

— 604 —

[5] 介石：操守堅貞。語出《易·豫》："介於石，不終日，貞吉。"《宋書·謝靈運傳》："時來之機，悟先于介石。"

[6] 戚揚：兵器，即斧鉞。《詩·大雅·公劉》："弓失斯張，干戈戚揚。"毛詩傳："戚，斧也；揚，鉞也。"

[7] 龍漠：白龍堆沙漠的略稱，泛指西北邊荒之地。《晉書·赫連勃勃載記贊》："嘯群龍漠，乘釁侵漁。"

[8] 大憝：語出《尚書·康誥》："元惡大憝，矧惟不孝不友。"孔安國傳："大惡之人猶爲人所大惡。"后用以稱極奸惡的人，首惡之人。

[9] 誶，讀音suì，責罵。

《東晉安帝平賊大赦詔》一首　　東晉　安帝

題解： 詔"荆吳絶梟鴟之饗"，蓋是荆州等地區的叛亂。《晉書》載："（義熙）十一年春正月，荆州刺史司馬休之、雍州刺史魯宗之并舉兵貳于劉裕，裕帥師討之。庚午，大赦。"安帝下詔大赦天下。此篇其他文獻無載，嚴可均輯《全上古三代秦漢三國六朝文》無收，可補入《全晉文》安帝文中。

制詔：蓋玄古結繩而人無邪，唐虞象刑而頌聲作[1]，仰瞻在昔，何不逮之遠[2]？意者將邦之不臧，上失其道歟？朕以眇身[3]，夙承多福，纘戎洪緒[4]，托于兆人之上[5]，寔以不德，叢脞于位[6]。思其攸濟，若履深薄[7]。今奸軌雙斃[8]，內外清肅，華畿振四維之綱[9]，荆吳絶梟鴟之饗。豈朕一人，獨受其賜？俾宗廟四海，實兼斯祜。思與九服[10]，式同茲慶。惠康中國，以綏四方。其大赦天下。

【注釋】

[1] 象刑：相傳上古無肉刑，僅用與衆不同的服飾加之犯人以示辱，謂之象刑。《尚書·益稷》："皋陶方祗厥叙，方施象刑，惟明。"

[2] 不逮：比不上；不及。《尚書·周官》："今予小子，祗勤於德，夙夜不逮。"孔安國傳："雖夙夜匪懈，不能及古人。"

[3] 眇身：微末之身。封建帝後自謙之詞。《漢書·武帝紀》："朕以眇身承至尊，兢兢焉惟德菲薄，不明於禮樂，故用事八神。"

[4] 纘戎：繼承帝業。《詩·大雅·韓奕》："王親命之，纘戎祖考，無廢朕命。"孔穎達疏："王身親自命之云：汝當紹繼光大其祖考之舊職，復爲侯伯，以繼先祖，無得棄

我之教命而不用之。"洪緒：世代相傳的大業，多指帝業。

　　［5］兆人：兆民。

　　［6］叢脞：瑣碎；雜亂。《尚書·益稷》："元首叢脞哉！股肱惰哉！萬事墮哉！"孔安國傳："叢脞，細碎無大略。"

　　［7］深薄，源出《詩·小雅·小旻》："戰戰兢兢，如臨深淵，如履薄冰。"後以"深薄"謂險境。

　　［8］奸軌，同"奸宄"，違法作亂的人事。《尚書·舜典》："蠻夷猾夏，寇賊奸宄。"孔安國傳："在外曰奸，在內曰宄。"

　　［9］四維：四方邊境。

　　［10］九服：全國各地。

《後周靜帝平尉迥大赦詔》一首　　　隋　李德林

　　題解：此篇又見《周書》卷八《靜帝紀》，詔稱"朕祇承洪業，二載於茲"，當作於大象二年（580）。嚴可均據之輯入《全隋文》卷一七李德林文中，此載可補嚴輯徵引出處。

　　制詔：朕祇承洪業，二載於茲，藉祖考之休，憑宰輔之力，經天緯地，四海晏如[1]。逆賊尉迥才質凡庸，志懷奸慝，因緣戚屬，位冠朝倫。屬上天降禍，先朝[一]晏駕，萬國深鼎湖之痛[2]，四海窮遏密之悲[3]。獨幸天災，欣然放命[4]，稱兵擁衆，便懷問鼎。乃詔六師，肅茲九伐[5]。而凶徒孔熾，充原蔽野，諸將肆［雷］霆之威，壯士縱貔貅之力[二][6]，芟夷縶拂，所在如莽。直指漳濱，擒斬元惡。群醜喪魄，咸集鼓下，順高秋之氣，就上天之誅。兩河妖孽，一朝清蕩，自朝及野，喜抃相趨[7]。昔上皇之時，不言而化[三]；聖人宰物，有教而已。未戢干戈，實深慚德，思弘寬簡之政，用副億兆之心，可大赦天下。

【校勘】

〔一〕"先朝"，《周書》作"先皇"。

〔二〕"之力"，《周書》作"之勢"。

〔三〕"而化"，《周書》作"爲治"。

【注釋】

［1］晏如：安定；安寧。《史記·司馬相如列傳》："及臻厥成，天下晏如也。"

［2］鼎湖：原指地名，黃帝在鼎湖乘龍升天。此指帝王崩逝。

［3］遏密：帝王等死後停止舉樂。《尚書·舜典》："帝乃殂落，百姓如喪考妣，三載，四海遏密八音。"

［4］放命：逆命，違命。《漢書·傅喜傳》："高武侯喜無功而封，内懷不忠，附下罔上，與故大司空丹同心背畔，放命圮族，虧損德化。"

［5］九伐：泛指征伐。

［6］貔貅：猛獸，用以比喻戰士之勇猛。

［7］喜抃："喜躍抃舞"的省稱，歡樂之極以至於手舞足蹈。《列子·湯問》："娥還，復爲曼聲長歌，一里老幼喜躍抃舞，弗能自禁。"

《隋文帝平陳大赦詔》一首　　隋　李德林

題解：隋文帝開皇九年（589），楊廣被拜爲行軍元帥，率軍南下攻陳，隋朝完成南北統一，遂作此詔，大赦天下。此篇其他文獻無載，嚴可均輯《全上古三代秦漢三國六朝文》無收，可補入《全隋文》李德林文中。

門下：朕祗膺寶圖，君臨宇内，率土之衆，憂責在己。自漢氏數窮，三方爲敵，晉朝傾覆，四海多虞[1]，諸夏帝王，干戈未戢，江表僭擅，久竊湖海，不賓上國，將三百年。陳叔寶因藉僞基，昏狂縱毒，下人塗炭[2]，控告於我。故命將出師，救彼危厄。賴蒼昊降福，宗廟神靈，將軍運百勝之謀，戰士出萬死之志。張天羅以介路，歷地險其如飛。陸戰水攻，往若摧朽[3]。幕府自當建業，麾軍誓衆，號令始行。候騎數千，已即平定。僭名私署，銜璧頓顙[4]，黜一凶主，誅五邪臣。刑之所及，六人而已。順明靈而伐罪，爲生人而報仇。役不淹時，兵有全國。二旬之内，廓清萬里。分命新邦，遍揚朝化[5]。先王文軌之域，昔日冠帶之區，荷仁義之舉，承寬大之詔。仰拜天休，喜出湯火[6]；死而更生，未足爲喻。幽遐荒忽[7]，無不内款[8]。往者每顧東南，獨違聲教，一隅不遂，深切懷抱。妖氣清蕩，實慰朕懷。率土欣然，咸同斯慶。心隨兆庶，政逮四時。言念猾夏之前[9]，事殊大定之後。方持德化，漸代刑書。因太平之始，開自新之路。可大赦天下。自開皇九年四月十八日昧爽已前，大辟罪已下，以發露未發露、繫囚之徒，悉皆原免。

【注釋】

[1] 多虞：多憂患；多灾難。《左傳·襄公三十年》："以晉國之多虞，不能由吾子，使吾子辱在泥塗久矣。"

[2] 塗炭：極困苦的境遇。《尚書·仲虺之誥》："有夏昏德，民墜塗炭。"孔安國傳："民之危險，若陷泥墜火。"

[3] 摧朽：摧枯拉朽，摧折枯枝朽木。比喻極容易辦到。語本《漢書·异姓諸侯王表序》："鐫金石者難爲功，摧枯朽者易爲力，其勢然也。"

[4] 銜璧：《左傳·僖公六年》："許男面縛銜璧，大夫衰絰，士輿櫬。"杜預注："縛手於後，唯見其面，以璧爲贄，手縛故銜之。"後因稱國君投降爲"銜璧"。頓顙：屈膝下拜，以額角觸地，多表示請罪或投降。《國語·吴語》："句踐用帥二三之老，親委重罪，頓顙於邊。"

[5] 朝化：朝廷的政教和風化。《三國志·蜀志·馬超傳》："其明宣朝化，懷保遠邇，肅慎賞罰，以篤漢祜，以對于天下。"

[6] 湯火：喻極端危險的事物或處境。《尹文子·大道上》："民之長幼臨敵，雖湯火不避。"

[7] 荒忽：遥遠的樣子，此指遥遠之地。《楚辭·九章·哀郢》："發郢都而去閭兮，怊荒忽其焉極。"

[8] 内款：歸順，降服。内，"納"的古字。《南齊書·氐傳》："昔絶國入贄，美稱前册；殊俗内款，聲流往記。"

[9] 猾夏：侵擾華夏、中國。《尚書·舜典》："蠻夷猾夏，寇賊奸宄。"

《隋煬帝平遼東大赦詔》一首　　隋　煬帝

題解：詔稱"自大業八年四月十六日昧爽以前，大辟罪以下，已發覺未發覺、已結正未結正繫囚見徒，罪無輕重，皆赦除之"，隋煬帝曾三征遼東，分別是大業八年、大業九年與大業十年。其中，大業八年曾攻至平壤，取得微小勝利，推此詔當作於大業八年（612）。此篇見於《册府元龜》卷八三，有删節，嚴可均輯《全上古三代秦漢三國六朝文》無收，可補入《全隋文》隋煬帝文中。

門下：天地施化[1]，生育之德既弘；皇王建極[2]，戡濟之功斯大[3]。故能經綸四海[4]，撫育萬方。朕嗣膺靈命，屬當負荷，思隆景業，克播鴻猷[5]。暑緯不露之鄉[6]，咸被聲教[7]；梯航所絶之域[8]，罔弗來庭。而遼左鳥夷[9]，

— 608 —

獨懷逆命，惡甚夙沙[10]，罪浮獯獫。朕奉遵先志，躬行吊伐[11]，爰整六師，親率三令[12]。上憑宗廟之靈，寔賴幽明之德[13]，歷代逋醜[14]，一鼓大定。憬彼遐裔[15]，萬里肅清。今凱樂云旋，長嬴布氣[16]，宜順茲含養[17]，與物惟新，可大赦天下。自大業八年四月十六日昧爽以前，大辟罪以下，已發覺未發覺、已結正未結正繫囚見徒，罪無輕重，皆赦除之。其常赦所不免，謀反大逆，妖言惑衆語及國家者，并不在此例。其諸郡供軍事者，并給復一年，其所役丁夫匠至涿郡者，給復二年，至臨榆關以西者復三年，至柳城郡以西者復四年，至瀘河懷遠以西者復五年，至通定鎮以西者復七年，至渡遼西鎮者復十年。流配未達前所[18]，亦宜免放[19]。除名解官并聽收叙[20]。其鰥寡孤獨不能自存者，量加振贍。高年之老，賜以束帛，并賜天下大酺五日。女子百戶牛酒，孝悌力田、義夫節婦，并宜隆異[21]，表其門閭。遼左之甿，新霑皇化，宜遣使人刑部尚書正議大夫衛文昇、守尚書右丞劉士龍等巡撫存問，乃給復十年，即置郡縣以相統攝[22]。若有奇能異等，隨才任用。同之齊人，無隔夷夏。挾藏軍器亡命山澤，百日不首，復罪如初。敢以赦前事相告言者，以其罪罪之。

【註釋】

[1] 施化：造化。《淮南子·泰族訓》："天地之施化也，呕也而生，吹之而落。"

[2] 建極：建立中正之道。語本《尚書·洪範》"皇建其有極"。孔穎達疏："皇，大也。極，中也。施政教，治下民，當使大得其中，無有邪僻。"一說謂建立法度、准則。

[3] 戡濟：平定安寧。

[4] 經綸：整理絲縷、理出絲緒和編絲成繩，統稱經綸，引申爲籌劃治理國家大事。《易·屯》："雲雷屯，君子以經綸。"

[5] 鴻猷：鴻業；大業。謝莊《求賢表》："臣生屬亨路，身漸鴻猷。"

[6] 晷緯：日與星。顏延之《三月三日曲水詩序》："晷緯昭應，山瀆效靈。"這裏比喻皇恩。不露：不顯露。

[7] 聲教：聲威教化。《尚書·禹貢》："東漸于海西，被于流沙，朔南暨聲教，訖于四海。"

[8] 梯航：梯與船，登山渡水的工具。

[9] 鳥夷：海島居民，先秦時指中國東部近海一帶的居民。《史記·五帝本紀》："南撫交阯、北發、西戎、析枝……東長、鳥夷，四海之内，咸戴帝舜之功。"

[10] 夙沙：古部落名，在今山東膠東地區。《呂氏春秋·用民》："夙沙之民，自攻其君而歸神農。"

[11] 吊伐：吊民伐罪，慰問受害的百姓，討伐有罪的人。《宋書·索虜傳》："興雲散雨，慰大旱之思；吊民伐罪，積後己之情。"

[12] 三令：未詳。

[13] 幽明：有形和无形的事物。《易·繫辞上》："仰以觀於天文，俯以察於地理，是故知幽明之故。"

[14] 遁醜：逃寇。《宋書·謝靈運傳》："掃遁醜於漢渚，滌僭逆於岷山。"

[15] 憬彼：遥遠貌。語出《詩·魯頌·泮水》："憬彼淮夷。"遐裔：遠方；邊遠之地。

[16] 長嬴：亦作"長贏"，夏天的別稱。劉晝《新論·履信》："夏之得炎。炎不信，則卉木不長；卉木不長，則長嬴之德廢。"

[17] 含養：包容養育。形容帝德博厚。《後漢書·郎顗傳》："流寬大之澤，垂仁厚之德，順助元氣，含養庶類。"

[18] 流配：被發配到遠地的犯人。

[19] 免放：釋放。

[20] 除名：除去名籍，取消原有身份。《三國志·魏志·華陀傳》："軍吏梅平得病，除名還家。"解官：解免官職。韓愈《鄭公神道碑文》："公解官，舉五喪爲三墓。"收叙：錄用。《北史·隋紀下·煬帝》："是以龐眉黃髮，更令收叙。"

[21] 隆异：優厚异常。

[22] 統攝：統領；總轄。

《武德年中平蒲州城曲赦河東吏人詔》一首　　唐　高祖

題解： 唐高祖武德二年（619），劉武周等勾結突厥，攻入河東。高祖命李世民等出討河東，消滅劉武周。高祖作此詔，安撫河東吏人。此篇其他文獻無載，《全唐文》無收，可補入《全唐文》高祖文中。

門下：朕躬率義旅[1]，静亂寧人，粵自太原，至于京邑。伐叛柔服[2]，遠至邇安。而河東一城，久懷逆命[3]，闔門拒守，彌歷歲年。賊帥任善恭、王行本等，註誤良善，拘逼細人[4]，假署官僚，擅行殺戮。遂乃東招建德，北附武周，結托凶徒[5]，虛相影會[6]。志圖叛換，害虐生靈。計盡力窮，糧彈援絶，逃竄無所，始伏其辜。國有常憲[7]，理從大戮，念兹黔首，久迫凶威，自拔無由[8]，事不獲已，同陷羅網，有懷矜悼。刑之所及，唯在渠魁[9]，脅從之徒，一皆原宥，并宜安撫，各使復業[10]。

【注釋】

[1] 義旅：義師。徐陵《陳公九錫表》："英圖邁俗，義旅如雲。"

[2] 柔服：安撫順服者。《左傳·宣公十二年》："伐叛，刑也。柔服，德也。"楊伯峻注："對已服者用柔德安撫之。"

[3] 逆命：違抗命令。《左傳·昭公四年》："慶封唯逆命，是以在此，其肯從於戮乎？"杜預注："逆命，謂性不恭順。"

[4] 拘逼：遭受逼迫。陳琳《爲袁紹檄豫州》："廣宣恩信，班揚符賞，布告天下，咸使知聖朝有拘逼之難。"細人：見識短淺之人；小人。《禮記·檀弓上》："君子之愛人也以德，細人之愛人也以姑息。"

[5] 結托：結交依托。陶潛《神釋》詩："結托善惡同，安得不相語。"

[6] 影會：暗中呼應。《舊唐書·韋嗣立傳》："遂使巨奸大猾，伺隙乘間，內苞豺狼之心，外示鷹鸇之迹，陰圖潛結，共相影會，構似是之言，成不赦之罪。"

[7] 常憲：常法。《尚書·胤征》："先王克謹天戒，臣人克有常憲。"孔安國傳："言君能慎戒，臣能奉有常法。"

[8] 自拔：主動擺脫痛苦或罪惡的境地。《宋書·魯爽傳》："世祖鎮襄陽，軌遣親人程整奉書，規欲歸順，自拔致誠。"

[9] 渠魁：大頭目；首領。《尚書·胤征》："殲厥渠魁，脅從罔治。"孔安國傳："渠，大。魁，帥也。"

[10] 復業：恢復常業。《晉書·桓溫傳》："溫進至霸上，健以五千人深溝自固，居人皆安堵復業，持牛酒迎溫。"

《武德年中平王［世］充竇建德大赦詔》一首　　唐　高祖

題解：武德四年（621）前後，唐高祖平定王世充和竇建德，大赦天下。《舊唐書·太祖本紀》："（武德）四年己未，秦王大破竇建德之衆於武牢，擒建德，河北悉平。丙寅，王世充舉東都降，河南平。"是可知。此篇又見《唐大詔令集》卷一二三，題作《平王充赦》，王充當爲"王世充"，唐人避諱而省"世"字。《唐大詔令集》所載後半部分刪節較多。此爲完篇，可資校補。

　　門下：天生烝人[1]，樹之司牧[2]，光宅區宇[3]，撫字黔黎[一][4]。日月照臨，文明於是統極；雷聲作解[5]，順時所以布化[6]。往者隋季道衰，政刑廢缺，九服雲擾[7]，五岳塵飛[8]，率土之甿，墜於塗炭。瞻天蹐地[9]，控告無所。朕愍彼橫流，志存拯溺，投袂鞠旅[10]，肇建義旗[11]，伐暴除殘[二][12]，克寧宇縣[13]。靈祇叶贊[14],遐邇樂推[15],歸運[三]所集[16],祇膺寶位。勘翦多難,綏輯遺萌[17],溥彼萬方[18],情均覆育[19]。然而王[世]充放命[20],擾亂周韓;建德游魂[21],虔劉趙魏[22],害虐良善,阻絕朝風[23]。言念匪人[24],久罹凶毒,滿堂之樂,猶有向隅[25];納隍之嘆,無忘分夕[四]。是以出車命將[26],伐罪吊人。宗廟威靈,卿士效節[27]。旌旂所拂[28],醜徒冰泮[29]。二凶授首[30],萬里[五]廓清。書軌[六]大同[31],氛祲澄蕩[32]。亭候解柝[33],□燧无虞[34]。振旅休兵[35],塗歌里抃[36]。今既九圍静謐[七][37],八表乂安[38],思與吏人[39],屬精更始[40]。又惟[八]寡德[41],政道多違,陰陽不調,致茲亢旱[42]。深恩□□,惕懼震懷[43]。解網崇恩[44],宜流凱澤[45]。可大赦天下。自武德四年七月十二日昧爽以前,大辟罪以下,已發露未發露[46],繫囚見徒,悉從原放[九]。唯子弑父母、孫弑祖父母、妻妾弑夫、奴客女部曲弑其主,及免死配流之人,不在赦例。自餘流徙邊方,未達前所,及常赦所不免者,皆赦除之。改行刷耻[47],義在自新;棄瑕錄用[48],睿哲通典。自武德二年十二月卅日以前亡官失爵者,量聽叙用。喪亂以來,人多失業;寧壹之後[49],方定厥居,宜有優裕,蠲其事役。天下萌庶,并宜給復一年。其陝、鼎、虢、函、虞、芮六州,供東行兵馬運糧者,轉輸之費,勞弊實深,又幽州總管内諸州久隔寇戎,誠節表著[50],并宜給復二年。其運糧經十回以上者,給復三年。若先已得復年限未滿者,計未滿年通數准給。其六州官人專當轉運者,皆進二品處分。諸逋懸租賦事在武德三年十二月卅日以前者[51],并宜放免,勿更徵收。流寓他鄉見無户籍者,任其情樂所在附貫[52]。其有被略及自賣爲奴婢者,改正爲甿。戎校之士[53],劬勞征役,勳賞雖頒,宜加襃异。其義士身有大將軍以上官者,并令出軍,隨其所能,量材處分。義寧二年左右元帥所留士兵士于陝州以東鎮守不離部校者,并免二年軍役。自武德元年以來從秦王諱軍行征,討諸處逆賊,經再度以上從戎者,皆免一年軍役。身死王事未經論叙者[54],量加襃贈[55],子孫承襲;其應受賞賜無親屬者,爲營福業[56],用資冥助[57]。頃因離亂爭奪相仍,鋒刃所加,死亡非一,暴骸中野[58],比來收瘞[59],掩骼埋胔,義存兹日。州縣祭饗,以時殯葬。戰場之處,爲起佛塔,藉此勝因,以修善本。諸軍義士及州縣募人羸者疾病及小弱者,簡驗知實,聽出團伍。往者方隅未静[60],軍吏獻功;從惡之徒,入于罪隸[61],既已懲艾,宜從洗滌。其蒲州城户及前所獲東都俘囚配充户者,并放爲人。貨幣之設,交易有無,因時適變,貴得其所。五銖之錢,年代已積,既漸訛濫,質賤價輕,不便於人,今宜停斷。新鑄造者,可即頒用。刑辟之書[62]，期於整俗；政象之法[63]，損益不同。末代澆浮[64]，條章弛紊，革命創制，方垂憲則。律令格式，即宜修定。未頒之前，且用開皇舊法。孝子順孫，義父節婦，所在詳列，旌表門閭。奇材异行，隨狀薦舉。高年煢獨[65]，量加恤贍[十]。亡命山澤挾藏軍器，百日不首，復罪如初。敢以赦前事相告言者，以其罪罪之。

【校勘】

〔一〕"黔黎"，《唐大詔令集》作"黎庶"。

〔二〕"除殘"，《唐大詔令集》作"除虐"。

〔三〕"歸運"，《唐大詔令集》作"景運"。

〔四〕"分夕"，《唐大詔令集》作"旦夕"。

〔五〕"萬裏"，《唐大詔令集》作"萬方"。

〔六〕"書軌"，《唐大詔令集》作"車軌"。

〔七〕"靜謐"，《唐大詔令集》作"寧謐"。

〔八〕"乂惟"，《唐大詔令集》作"朕惟"。

〔九〕"原放"，《唐大詔令集》作"原免"。

〔十〕"量加恤贍"，《唐大詔令集》作"贍恤"。

【注釋】

[1] 烝人：民衆；百姓。《後漢書·文藝傳上·杜篤》："濟烝人於塗炭，成兆庶之壘壘。"

[2] 司牧：管理，統治。《左傳·襄公十四年》："天生民而立之君，使司牧之，勿使失性。"

[3] 光宅：廣有。《尚書·堯典序》："昔在帝堯，聰明文思，光宅天下。"區宇：境域；天下。元稹《賀誅吴元濟表》："咸動區宇，道光祖宗。"

[4] 撫字：撫養。《後漢書·列女傳》："四子以母非所生，憎毀日積，而穆姜慈愛温仁，撫字益隆，衣食資供皆兼倍所生。"黔黎：黔首黎民，指百姓。應劭《風俗通·怪神·城陽景王祠》："死生有命，吉凶由人，哀我黔黎，漸染迷謬，豈樂也哉？"

[5] 作解：典出《易·解》："雷雨作，解，君子以赦過宥罪。"雷化成雨是上下化解的結果，因而君子在治理時恩威并施，要有恩澤，赦免寬宥有過失的人與罪人。

[6] 布化：施行教化。

[7] 九服：王畿以外的九等地區。雲擾：像雲一樣的紛亂。比喻動盪不安。揚雄《長楊賦》："豪傑靡沸雲擾，群黎爲之不康。"

[8] 塵飛：由塵土飛揚轉指兵寇、叛亂。陸機《漢高祖功臣頌》："波振四海，塵飛

五嶽。"李善注:"波振、塵飛,比喻亂也。"

[9] 蹐地:喻謹慎戒懼。語本《詩·小雅·正月》:"謂地蓋厚,不敢不蹐。"

[10] 投袂:甩袖,形容激動奮發。《左傳·宣公十四年》:"楚子聞之,投袂而起。"鞠旅:向軍隊發出出征號令,猶誓師。《詩·小雅·采芑》:"鉦人伐鼓,陳師鞠旅。"毛詩傳:"鞠,告也。"

[11] 肇建:創建;始創。

[12] 除殘:除去凶殘的人。

[13] 克寧:安定;平定。孫楚《爲石仲容與孫皓書》:"征討暴亂,克寧區夏。"

[14] 靈祇:天地之神。亦泛指神明,《漢書·揚雄傳上》:"靈祇既鄉,五位時叙。"

[15] 邇邇:亦作"邇爾",遠近。樂推:樂意擁戴。《老子》:"是以聖人處上而民不重,處前而民不害,是以天下樂推而不厭。"

[16] 歸運:順時而至的天運。《宋書·武帝紀中》:"我世祖所以撫歸運而順人事,乘利見而定天保者也。"

[17] 綏輯:安撫集聚。遺萌:同"遺氓",劫後殘餘的人民。《宋書·武帝紀中》:"永嘉不競,四夷擅華,五都幅裂,山陵幽辱,祖宗懷没世之憤,遺氓有匪風之思。"

[18] 萬方:萬邦;各方諸侯。《尚書·湯誥》:"王歸自克夏,至於亳,誕告萬方。"引申爲天下各地。

[19] 覆育:撫養;養育。《禮記·樂記》:"天地訢合,陰陽相得,煦嫗覆育萬物。"

[20] 放命:逆命,違命。《漢書·傅喜傳》:"高武侯喜無功而封,內懷不忠,附下罔上,與故大司空丹同心背畔,放命圯族,虧損德化。"

[21] 游魂:猶言苟延殘喘,亦比喻苟延殘喘之生命。《三國志·蜀志·先主傳》:"會承機事不密,令操游魂,得遂長惡,殘泯海內。"

[22] 虔劉:劫掠;殺戮。《左傳·成公十三年》:"芟夷我農功,虔劉我邊陲。"

[23] 朝風:朝化,朝廷的風俗和教化。《周書·文帝紀上》:"河西流民紇豆陵伊利等,戶口富實,未奉朝風。"

[24] 匪人:行爲不端正的人。《易·否》:"否之匪人。"

[25] 向隅:面對著屋子的一個角落。劉向《説苑·貴德》:"今有滿堂飲酒者,有一人獨索然向隅而泣,則一堂之人皆不樂矣。"後遂以比喻孤獨失意或不得機遇而失望。

[26] 出車:出動兵車,後泛指出征。《詩·小雅·出車》:"出車彭彭,旗旐央央。"命將:任命將帥;派遣將帥。《晉書·陸機傳》:"自古命將遣師,未有臣凌其君而可以濟事者也。"

[27] 效節:盡忠。吳質《答魏太子箋》:"自謂可終始相保,并騁材力,效節明主。"

[28] 旌旆,同"旌旗",也作"旍旗",旗幟的總稱。

[29] 醜徒:叛逆之徒。《宋書·禮志三》:"其義宣爲逆,未經同告。輿駕將發,醜徒冰消。"冰泮:冰凍融解,喻渙散、消失。溫大雅《大唐創業起居注》卷二:"四海波

— 614 —

振而冰泮，五嶽塵飛而土崩。踞積薪以待然，鉗聚口而寄坐。"

[30] 授首：投降或被殺。《戰國策·秦策四》："秦楚合而爲一，以臨韓，韓必授首。"

[31] 書軌：國中所用文字與車軌，亦借指統一。《宋書·傅弘之傳》："若其懷道畏威，奉王受職，則通以書軌，班以王規。"

[32] 氛祲：喻戰亂，叛亂。沈約《王亮王瑩加授詔》："內外允諧，逆徒從憝，躬衛時難，氛祲既澄，并宜光贊緝熙，穆茲景化。"

[33] 亭候：亦作"亭堠"，古代邊境上用以瞭望和監視敵情的崗亭、土堡。《後漢書·南匈奴傳》："〔朝廷〕增緣邊兵郡數千人，大築亭候，修烽火。"

[34] 無虞：沒有憂患，太平無事。《尚書·畢命》："四方無虞，予一人以寧。"

[35] 振旅：整隊班師。《詩·小雅·采芑》："伐鼓淵淵，振旅闐闐。"休兵：停止戰事。班固《白虎通·誅伐》："冬至所以休兵不舉事，閉關，商旅不行何？"

[36] 塗歌里抃：路途的人歌誦，里巷的人抃舞，形容百姓歡欣快樂的升平景象。沈約《賀齊明帝登祚啓》："塗歌里抃，載懷鳧藻。"

[37] 九圍：九州。《詩·商頌·長髮》："帝命式於九圍。"

[38] 八表：八方之外，指極遠的地方。魏明帝《苦寒行》："遺化布四海，八表以肅清。"乂安：太平；安定。《史記·孝武本紀》："漢興已六十餘歲矣，天下乂安。"

[39] 吏人：官府中的胥吏或差役。

[40] 厲精更始：振奮精神，從事革新。《漢書·宣帝紀》："其赦天下，與士大夫厲精更始。"

[41] 寡德：缺少德行的人，亦用爲謙詞。《左傳·宣公十一年》："《詩》曰：'文王既勤止。'文王猶勤，況寡德乎？"

[42] 亢旱：大旱。

[43] 惕懼：戒懼。《呂氏春秋·慎大》："湯乃惕懼，憂天下之不寧，欲令伊尹往視曠夏。"

[44] 解網：亦作"解罔"，解開羅網，比喻寬宥、仁德。沈約《漢東流》詩："至仁解網，窮鳥入懷。"

[45] 凱澤：恩澤。《宋書·孝武帝紀》："加國慶民和，獨隔凱澤，益以慚焉。可詳所原宥。"

[46] 發露：揭露。《後漢書·陳忠傳》："是以盜發之家，不敢申告；鄰舍比里，共相壓迮，或出私財，以償所亡。其大章著不可掩者，乃肯發露。"

[47] 刷耻：洗雪耻辱。《史記·楚世家》："昭雎曰：'王雖東取地於越，不足以刷耻；必且取地于秦，而後足以刷耻于諸侯。'"

[48] 棄瑕：不追究缺點過失。

[49] 寧壹：亦作"寧一"，安定統一。

[50] 表著：顯揚昭著。班固《白虎通·號》："故受命王者，必擇天下美號，表著己之功業，明當致施是也。"

[51] 逋懸：拖欠。《後漢書·劉虞傳》："後車騎將軍張溫討賊邊章等，發幽州烏桓三千突騎，而牢稟逋懸，皆畔還本國。"

[52] 附貫：附籍。《新唐書·李晟傳》："七年，以臨洮未復，請附貫萬年，詔可。"

[53] 戎校：將帥。《後漢書·袁紹傳》："臣以負薪之資，拔於陪隸之中，奉職憲臺，擢授戎校。"

[54] 論叙：論説。《周書·蔡佑傳》："承先口不言勳，孤當代其論叙。"

[55] 褒贈：爲嘉獎死者而贈予其官爵。

[56] 福業：佛教語，佈施行善、慈悲利生等造福的功德。

[57] 冥助：神佛的佑助。

[58] 暴骸：暴露尸骸。中野：原野之中。《易·繫辭下》："葬之中野，不封不樹。"

[59] 收瘞：收殮埋葬。

[60] 方隅：四方和四隅，借指邊疆。《三國志·魏志·陳思王植傳》："疆場騷動，方隅内侵，没軍喪衆，干戈不息者，邊將之憂也。"

[61] 罪隸：古時罪人家屬之男性没入官府爲奴者。《周禮·秋官·司厲》："其奴，男子入於罪隸。"

[62] 刑辟：刑法；刑律。

[63] 政象：政法條文。《周禮·夏官·大司馬》："乃縣政象之法于象魏，使萬民觀政象，挾日而斂之。"

[64] 澆浮：澆薄。指社會風氣浮薄。齊武帝《吉凶條制詔》："三季澆浮，舊章陵替。"

[65] 高年：老年人。

《武德年中平竇建德曲赦山東詔》一首　　唐　高祖

題解：武德四年（621），高祖平定竇建德之亂，赦免山東諸州以前被竇建德所詿誤之人，并命鄭善果爲慰撫大使，存問萌俗，優選人才。此篇載於《册府元龜》卷八三，又見《唐大詔令集》卷一二三，題作《平竇建德赦詔》，後半缺。此爲完篇，可資校補。

門下：自有隋[一]失馭[1]，政散人流，盜賊交侵，區宇離析[2]。喋喋[二]黔首[3]，俱被焚溺之灾[4]；元元無辜，并困豺狼之吻。朕受天明命，君臨八極[5]，克除暴亂，大拯萌黎[6]。聲教所覃，無思不服；唯彼趙魏，尚隔朝風。

— 616 —

卷第六百六十九

竇建德往因喪亂，聚結徒黨[三]，竊據州邑，擅置僚司[四]。叛換一隅[7]，恣行凶虐。朕愍彼河朔，久遭塗炭；納隍軫慮[8]，無忘興寢。但以凋弊之後，惡煩士衆，且事含弘[9]，未先討擊。然而游魂放命，數稔貫盈[10]，驅率犬羊[11]，圖爲侵斥[12]。與王［世］充賊黨，潛通約結，欲相救援，輒來舉斧[13]，以抗大軍[五]。兵威所臨，醜徒崩潰[14]，生擒建德，囚致軍門。凡厥枝黨[六]，皆就虜獲，歷稔逋寇，一舉廓清。蕩滌遺黎[15]，與之更始[16]。可赦山東諸州舊爲建德所詿誤者[17]，自武德四年五月八日以前，皆除其罪。仍令太子左庶子、柱國、滎陽郡開國公鄭善果爲山東道慰撫大使，存問萌俗[18]，宣布朝章[19]。其有率衆全城，因機立效者，量其功績，隨即補用。高才獨行，幷宜超擢[20]。其罪狀有不可原者，使人量簡處分。鰥寡孤煢，厚加贍恤。所須分割州縣，補置官僚，亦委善果量事斷決[21]，具錄奏聞。其有亡命山澤、連群結黨，詔書到後卅日不來歸首，復罪如初。

【校勘】

〔一〕"有隋"，《唐大詔令集》作"隋氏"。

〔二〕"喋喋"，《唐大詔令集》作"惵惵"。

〔三〕"聚結徒党"，《唐大詔令集》作"連群結黨"。

〔四〕"僚司"，《唐大詔令集》作"官僚"。

〔五〕"大軍"，《唐大詔令集》作"天軍"。

〔六〕"枝党"，《唐大詔令集》作"徒黨"。

【注釋】

[1] 失馭：同"失御"，失去駕馭，指喪失統治能力。陸機《辯亡論上》："昔漢氏失御，奸臣竊命。"

[2] 區宇：境域；天下。

[3] 喋喋：衆多；平凡。

[4] 焚溺：焚燒淹沒，亦比喻遭受傷害。葛洪《抱朴子·酒誡》："然節而宣之，則以養生立功，用之失適，則焚溺而死。"

[5] 八極：八方極遠之地。

[6] 萌黎：黎民，百姓。

[7] 叛換：亦作"叛渙"，凶暴跋扈。左思《魏都賦》："雲撤叛換，席卷虔劉。"

[8] 軫慮：憂慮。江淹《蕭讓太傅相國齊公十郡九錫第二表》："中宸卷容，左右軫慮。"

— 617 —

［9］含弘：包容博厚。《易·坤》："〔象曰〕至哉坤元，萬物資生……含弘光大，品物咸亨。"

［10］貫盈：罪惡滿盈。劉勰《文心雕龍·檄移》："懲其惡稔之時，顯其貫盈之數。"

［11］驅率：驅使率領。

［12］侵斥：侵犯；侵佔。沈約《封申希祖詔》："逮獯獫侵斥，武節飆騰。"

［13］舉斧：對抗；起兵反叛。《魏書·廣陽王傳》："屬流人舉斧，元戎垂翅，復從後命，自安無所，俛俛先驅，不敢辭事。"

［14］醜徒：叛逆之徒。《宋書·禮志三》："輿駕將發，醜徒冰消。"

［15］蕩滌：冲洗；清除。《古詩十九首》："蕩滌放情志，何爲自結束。"

［16］更始：重新開始；除舊布新。

［17］詿誤：貽誤；連累。《戰國策·韓策一》："夫不顧社稷之長利，而聽須臾之説，詿誤人主者，無過於此者矣。"

［18］萌俗：民俗。王融《永明九年策秀才文》之三："自萌俗澆弛，法令滋彰。"

［19］朝章：朝廷典章。

［20］超擢：升遷；越級提升。

［21］善果：佛教謂依善業所生之善妙結果。

《武德年中平輔公祏及新定律令大赦詔》一首　　唐　高祖

題解：唐高祖武德七年（624）間，平定輔公祏，文軌大同，朝野稱慶，頒行新律，大赦天下。此篇又見《唐大詔令集》卷一二三，題作《平輔公祏赦詔》，此載可資校勘。

門下：自有隋失馭，盜賊交侵，四海群飛[1]，六合雲擾[2]。上天降鑒[3]，爰命朕躬戡定凶災[4]，廓清宇縣。然而江湖之外，水鄉僻遠；向化之人[5]，未能自達[6]。逆賊輔公祏驅扇〔一〕凶醜[7]，蟻聚蜂屯[8]，侵虐黎萌[9]，擾動城邑[10]。朕憫茲塗炭[11]，義存弔撫，命彼偏師[12]，聊申〔二〕薄伐[13]，沿流而下，應機克定。氛祲〔三〕清蕩[14]，遐邇乂安[15]，文軌大同[16]，朝野咸慶。今朱明戒序[17]，時方長育[18]，宜順天心[19]，播茲仁惠。又律令初定，始命頒行，惟新之典，義存洗滌，可大赦天下。自武德七年四月一日昧爽以前，大辟[四]罪已下，已發露未發露，繫囚見徒[20]，悉從原免[21]。其十惡劫賊，官人枉法受賕[22]、主守自盜[23]，及常赦所不免并流配已上道者，并不在赦例。亡命山澤挾藏[五]軍器，百日不首，復罪如初。其江州道行軍經途悠遠，非無勞倦，供運轉輸[六]及從軍者，并宜給復二年。從軍之內，有犯罪除解官人立勳效者，并復官爵，仍依本品隨材處分。楊越之人，厭亂日久，新霑大化[24]，宜加凱澤。其東南道行臺管內諸州[25]，大辟罪已下，已發露未發露，并宜赦免。見在戶口[七]并給復一年。其與賊黨同心共爲逆亂，非被迫脅，情狀難原者，不在赦例。

【校勘】

〔一〕"驅扇"，《唐大詔令集》作"搆扇"。
〔二〕"聊申"，《唐大詔令集》作"用申"。
〔三〕"氣祲"，《唐大詔令集》作"氛祲"。
〔四〕"官人"，《唐大詔令集》作"吏人"。
〔五〕"挾藏"，《唐大詔令集》作"收藏"。
〔六〕"供運轉輸"，《唐大詔令集》作"應供運轉"。
〔七〕"戶口"，《唐大詔令集》作"民戶"。

【注釋】

[1] 群飛：喻動亂。揚雄《劇秦美新》："神歇靈繹，海水群飛。"
[2] 雲擾：像雲一樣的紛亂，比喻動盪不安。揚雄《長楊賦》："豪傑靡沸雲擾，群黎爲之不康。"
[3] 降鑒：俯察。
[4] 戡定：平定。
[5] 向化：歸化。
[6] 自達：自己勉力以顯達。《晉書·王裒傳》："鄉人管彥少有才而知名，裒獨以爲必當自達，拔而友之。"
[7] 凶醜：凶惡不善之人，對敵人或叛亂者的蔑稱。
[8] 蟻聚：亦作"螘聚"，如螞蟻般聚集，比喻結集者之多。蜂屯：猶蜂聚。
[9] 侵虐：侵凌殘害。黎萌：亦作"黎氓"，黎民。
[10] 擾動：騷動，騷亂。
[11] 塗炭：指陷入災難的人民。
[12] 偏師：主力軍以外的部分軍隊。
[13] 薄伐：征伐；討伐。《詩·小雅·出車》："赫赫南仲，薄伐西戎。"
[14] 氛祲：霧氣，喻戰亂，叛亂。清蕩：滌除，平定。
[15] 乂安：太平；安定。
[16] 文軌：文字和車軌，古代以同文軌爲國家統一的標誌。

[17]　朱明：夏季。《漢書·禮樂志》："朱明盛長，敷與萬物。"
　　[18]　長育：養育，使之長大。
　　[19]　天心：天意。《尚書·咸有一德》："克享天心，受天明命。"
　　[20]　繫囚：在押的囚犯。見徒：現被拘禁執役的囚犯。
　　[21]　原免：赦免。
　　[22]　受賕：接受賄賂。
　　[23]　主守：負責守護。
　　[24]　大化：廣遠深入的教化。
　　[25]　行臺：臺省在外者稱行臺。魏晉始有之，為出征時隨其所駐之地設立的代表中央的政務機構，北朝後期，稱尚書大行臺，設置官屬無异於中央，自成行政系統。管內：管轄的區域之內。

《武德年中平北狄大赦詔》一首　　唐　高祖

　　題解： 詔稱"朕君臨八表，于今四載"，當作於武德四年（621）。至于"自貞觀四年二月十八日昧爽已前……宜悉放還"一段文字，當是衍文，系鈔書者誤鈔入。此篇其他文獻無載，《全唐文》無收，可補入《全唐文》太宗文中。

　　門下：天生烝人[1]，樹之司牧[2]，莫不仰膺靈命[3]，克嗣寶圖[4]，用能永享鴻名[5]，常爲稱首[6]。朕君臨八表，于今四載，夙興夜寐，無忘晷刻[7]。履薄馭朽[8]，思濟黔黎[9]，推此至誠，庶幾王道。上荷蒼旻之眷，下藉股肱之力[10]，宇內休平，遐邇寧泰[11]。率此區域，致之仁壽。憬彼葷戎[12]，爲患自昔，軒昊以來，常罹寇暴[13]。是以隆周致涇水之師，強漢受白登之辱。武夫盡力於關塞，謀士極慮於廟堂。征伐和親，無聞上策。有隋交亂，憑陵滋甚[14]，疆場之甿，曾無寧歲。朕韜戈鑄戟[15]，務存遵養[16]。自去歲迄今，降款相繼[17]，不勞衛、霍之將，無待賈、晁之略。單于稽首[18]，交臂槁街[19]；名王面縛[20]，歸身夷邦。繈負而至[21]，前後不絶。被髮左衽之鄉[22]，狼望龍堆之境[23]，蕭條萬里，無復王庭。惟頡利挺身，逃竄林穴，天網雲布，走伏何所[24]？大同之期，諒在兹日。斯皆上玄降祐[25]，清廟威靈[26]，豈朕虛薄[27]，所能致此？方欲至仁化物，宜存寬惠。思與萬邦，同享斯福。可大赦天下。自貞觀四年二月十八日昧爽已前，罪無輕重，自大辟以下，已發覺未發覺，已結正未結正[28]，繫囚見徒，皆赦除之。留配未達前所，宜悉放還。

【注釋】

[1] 烝人：民衆，百姓。

[2] 司牧：君主；官吏。

[3] 靈命：上天或神靈的意志。鮑照《從過舊宮》詩："靈命薀川瀆，帝寶伏篇圖。"

[4] 寶圖：皇位；帝業。《周書·武帝紀上》："朕祗承寶圖，宜遵故實。"

[5] 鴻名：大名；盛名。

[6] 稱首：第一。

[7] 晷刻：時刻，時間。

[8] 履薄：行走於薄冰上。喻身處險境，戒慎恐懼之至。陸倕《新刻漏銘》："履薄非兢，臨深固戰。"馭朽：馭朽索。《尚書·五子之歌》："予臨兆民，懍乎若朽索之馭六馬。"孔穎達疏："我臨兆民之上，常畏人怨，懍懍乎危懼，若腐索之馭六馬。索絕則馬逸，言危懼之甚。"因以比喻帝王治國，艱險不易。

[9] 黔黎：黔首黎民，百姓。

[10] 股肱：大腿和胳膊，喻左右輔佐之臣。《尚書·益稷》："臣作朕股肱耳目。"

[11] 寧泰：安寧太平。

[12] 葷戎：獯戎，北方游牧民族。

[13] 寇暴：侵奪劫掠。

[14] 憑陵：亦作"憑凌"，侵犯；欺侮。《左傳·襄公二十五年》："今陳忘周之大德，蔑我大惠，棄我姻親，介恃楚衆，以憑陵我敝邑。"

[15] 韜戈：收藏兵器，引申指息兵。《晉書·慕容德載記》："此志未遂，且韜戈耳。"

[16] 遵養：謂順應時勢或環境而積蓄力量。《晉書·明帝紀》："屬王敦挾震主之威，將移神器，帝崎嶇遵養，以弱制強，潛謀獨斷，廓清大祲。"

[17] 降款：降服。

[18] 稽首：古時一種跪拜禮，叩頭至地，是九拜中最恭敬者。

[19] 交臂：叉手、拱手，表示降服、恭敬。《戰國策·魏策二》："魏不能支，交臀而聽楚。"槁街：亦作"稾街"，漢時街名，在長安城南門內，爲屬國使節館舍所在地。

[20] 名王：古代少數民族聲名顯赫的王。面縛：雙手反綁於背而面向前，古代用以表示投降。

[21] 繈負：泛指人用肩背駄。

[22] 左衽：衣襟向左，指我國古代某些少數民族的服裝。

[23] 狼望：匈奴地名，一說狼烟候望之地。龍堆：白龍堆的略稱，古西域沙丘名。

[24] 走伏：逃匿。

[25] 上玄：上天。揚雄《甘泉賦》："惟漢十世，將郊上玄。"

[26] 咸靈：神靈。

[27] 虛薄：空虛淺薄；浮淺。

[28] 結正：定案判決。《三國志·魏志·陳矯傳》："曲周民父病，以牛禱，縣結正棄市。"

《貞觀年中平高昌曲赦高昌部內詔》一首　　唐　太宗

題解： 唐太宗貞觀十三年，以侯君集爲交河行軍大總管，薛萬徹爲副總管，率軍十萬遠征高昌。貞觀十四年（640），平定高昌，太宗遂作此詔赦免高昌部內大辟罪以下。此篇其他文獻無載，《全唐文》無收，可補入《全唐文》太宗文中。

門下：雲行雨施[1]，天道所以平分；赦過宥罪，帝德所以廣運[2]。故能亭育萬物[3]，飛沉之性不夭；戡濟八方[4]，遐邇之心咸遂。朕嗣膺景命，負荷鴻業，思致隆平[5]，同符至化[6]。鯷海龍堆之外[7]，遠修貢職[8]；炎州寒澤之表[9]，俱襲冠帶[10]。蠢爾高昌[11]，獨懷逆節，奉上之禮頓闕，恤下之道盡廢。虐其萌庶，吞噬甚於豺狼；遏絕行旅[12]，欻斁極於蔥潮。禍盈有苗，釁踰商奄。朕情深弔伐，爰命出師。蒼昊降靈，宗廟介福[13]。流沙之地，芻牧有餘[14]；磧鹵之間[15]，水泉涌出。長驅荒裔，真［直］指賊庭，傾頓天網[16]，俯橫地絡[17]。將帥運必勝之略，義勇勵推鋒之志[18]，屠堅城於崇朝[19]，殄逋誅於萬里[20]。軍無瘖瘵之弊[21]，士息疾苦之憂，威振崐閬，澤浸濛汜[22]，華夷胥悅，朝野同慶。且彼之黎元，出自中土，淪陷異域，亟歷年代。雖其君負罪，而百姓何辜？既革戎狄之俗，方漸禮讓之化，宜布仁惠，與之更新，可曲赦高昌部內貞觀十四年九月九日以前，大辟罪以下，事無輕重，皆赦除之。

【注釋】

[1] 雲行雨施：喻廣施恩澤。《易·乾》："雲行雨施，品物流形。"

[2] 帝德：天子的德性。

[3] 亭育：養育；培育。《梁書·武帝紀下》："思隨干覆，布茲亭育。"

［4］戡濟：戡定。平定

［5］隆平：昌盛太平。

［6］至化：極美好的教化。

［7］鯤海：古稱會稽之外海。因其間有東鯤人所建20餘小國而名。

［8］貢職：貢賦；貢品。《穀梁傳·莊公三十年》："貢職不至，山戎爲之伐矣。"

［9］炎州：泛指南方炎熱地區。寒澤：極北之地。《淮南子·地形訓》："北方曰大冥，曰寒澤。"

［10］冠帶：帽子與腰帶。謂使習禮儀。《舊唐書·玄宗紀下》："膜拜丹墀之下，夷歌立仗之前，可謂冠帶百蠻，車書萬里。"

［11］蠢爾：無知蠢動貌。《詩·小雅·采芑》："蠢爾蠻荊，大邦爲讎。"

［12］行旅：旅客。

［13］介福：大福。《易·晋》："受兹介福于其王母。"

［14］芻牧：割草放牧。

［15］磧鹵：含鹽鹼多沙石的地方。

［16］傾頓：傾倒損毀。

［17］地絡：地脈。土地的脈絡。亦指疆界。《後漢書·隗囂傳》："分裂郡國，斷絕地絡。"

［18］摧鋒：摧挫敵人的兵刃。推，通"摧"。摧鋒，泛指用兵、進兵。《史記·秦本紀》："三百人者聞秦擊晋，皆求從，從而見繆公窘，亦皆推鋒爭死，以報食馬之德。"

［19］堅城：堅固的城池。崇朝：終朝。從天亮到早飯時。有時喻時間短暫，猶言一個早晨。亦指整天。崇，通"終"。《詩·鄘風·蝃蝀》："朝隮於西，崇朝而雨。"

［20］逋誅：逃避誅罰。

［21］瘡痍：喻災害困苦。

［22］濛汜：日落之處。

《東晋穆帝誅路永等大赦詔》一首　　東晋　穆帝

題解：詔書作於永和二年（346），事因永和元年秋七月路永、干瓚等反叛。此篇其他文獻無載，嚴可均輯《全上古三代秦漢三國六朝文》無收，可補入《全唐文》穆帝文中。

制詔：朕以寡德，攝當天位，夙夜矜惕，憂心若厲[1]。不能靜壹群情，厭塞奸孽[2]，至令路永背叛，干瓚縱害，戴義等敢肆凶慝。雖伏辜戮，豈不憯怛[3]？且桀寇未彌，刑理未簡，閒囹圄引驗，懼有枉濫。思與兆庶，同其寬政,其大赦天下。以永和二年三月一日昧爽以前,自殊死以下,皆赦除之。

【注釋】

[1] 若厲:如涉水過河,形容小心謹慎。《易·乾》:"君子終日乾乾,夕惕若厲,無咎。"厲,河水深及腰部,可以涉過之處。《詩·衛風·有狐》:"有狐綏綏,在彼淇厲。"鄭玄箋:"厲,深可厲之者。"亦指涉水。宋玉《大言賦》:"血冲天車,不可以厲。"

[2] 厭塞:壓倒;鎮壓。《後漢書·黨錮傳·范滂》:"其所舉奏,莫不厭塞衆議。"

[3] 懚怛:憂傷;悲痛。《禮記·表記》:"中心憯怛,愛人之仁也。"

《東晉安帝誅司馬元顯大赦詔》一首　　東晉　安帝

題解:司馬元顯,字朗君,河內溫縣人。東晉宗室、權臣。晉簡文帝司馬昱之孫,會稽文孝王司馬道子之子。從隆安三年(399)至元興元年(402),他一度執掌東晉政權。寵信小人,貪財自傲,敗壞朝政,後與桓玄交戰被捕,桓玄借安帝之詔將其誅殺。時爲元興元年(402)。然此詔實非安帝本意,當爲桓玄控制後所頒,桓玄敗後,安帝即追贈元顯爲太尉。此詔之存,可窺東晉君權與強權之間的博弈。此篇其他文獻無載,嚴可均輯《全上古三代秦漢三國六朝文》無收,可補入《全晉文》安帝文中。

制詔:夫運有休否,人功代其成。時有屯泰[1],静亂之所由。元顯專寵肆凶,罔顧天人,毒虐被於四海,悖逆彰於家國[2]。名教之道既淪,三才之用盡矣,遂矯竊號令,以肆上官之謀;無君之心,將徙社稷之基。朕虛疾于心,莫知攸濟。使持節、侍中、中外都督、丞相、錄尚書事、揚州牧、荆州刺史、南郡公玄,匪躬其誠,乘機電赴,元惡霧消,皇猷載穆[3],回已危之基,開永泰之運。功隔天區[4],德陶生人;微禹之嘆,復存於今。思與億兆,同斯大慶。其大赦天下,一依舊典。庾楷、司馬尚之、高素雅之父子及丞相府所收奸黨,不在此例。

【注釋】

[1] 屯泰:《易》《屯》卦和《泰》卦的并稱,意爲險夷、安危。《宋書·劉穆之

傳》："臣契闊屯泰，旋觀始終，金蘭之分，義深情密。"

[2] 悖逆：悖亂忤逆。

[3] 皇猷：帝王的謀略或教化。沈約《齊太尉文憲王公墓銘》："帝圖必舉，皇猷諧焕。"

[4] 天區：謂上下四方。張衡《東京賦》："聲教布護，盈溢天區。"薛綜注："天區，謂四方上下也。"

《後魏孝莊帝殺爾朱榮元天穆等大赦詔》一首　　後魏　温子昇

題解：此篇又見《魏書》卷一〇《孝莊帝紀》《藝文類聚》卷五二，作於永安三年（530）秋九月，孝莊帝殺爾朱榮、元天穆於明光殿，作此詔大赦天下。《藝文類聚》所載有删節，嚴可均據之輯入《全後魏文》卷五一温子昇文中。此載可補嚴輯徵引出處。《詞林》篇首有"門下"兩字，爲《全文》所無；"天步孔艱"，《詞林》作"天步艱危"；"與世樂推"，《詞林》作"與時樂推"；"論其始圖"，《詞林》作"論其本圖"；"但致遠恐泥"，《詞林》作"但致遠恐溺"；"窺覦聖曆"，《詞林》作"窺覦聖寶"；"同惡之臣"，《詞林》作"同惡之中"；"孰不可恕"，《詞林》作"孰不可忘"。

門下：蓋天道忌盈，人倫疾惡[一]，疏而不漏，刑之無舍。是以吕霍之門，禍譴所伏；梁董之家，咎徵斯在。頃孝昌之末，天步艱危[二]，女主亂政，監國無主。爾朱榮爰自晋陽，同憂王室，義旗之建，大會盟津[三]。與時樂推[四]，共成洪業。論其本圖[五]，非無勞效。但致遠恐溺[六]，終之實難。曾未崇朝[1]，豺聲已露。河陰之役，安忍無親。王公卿士，一朝塗地[2]；宗戚靡遺，内外俱盡。假弄天威，殆危神器。時事倉卒，未遑問罪。尋以葛賊橫行，馬首南向，舍過責成[3]，用平醜虜。及元顥問鼎，大駕北巡，復致勤王，展力行所。以此論功，且可補過。既位極宰衡，地踰齊魯，容養之至，豈復是過？但心如猛火，山林無以供其暴；意等漏卮，江河無以充其溢。既見金革稍寧，方隅漸泰，不推天功，專爲己力。與奪任情，臧否肆意，無君之迹，日月以甚。拔髮數罪，蓋不乏稱；斬竹書愆，豈云能盡？方復托名朝宗[4]，陰圖纂逆，睥睨天居，窺覦聖寶[七]。乃有裂冠毁冕之心，將爲拔本塞源之事。天既厭亂，人亦悔禍，同惡之中[八]，密來投告。將而必誅[九]，罪無容舍[十]。又元天穆，宗室末屬，名望素微，遭逢際會，頗參義舉。不能竭其忠誠，以奉家國，乃復棄本逐末，背同即异，爲之謀主，成彼禍心。是而可忍，孰不可忘[十一]?！并已伏辜，自貽伊慼[5]。元惡既除，人神慶泰，便可大赦天下。

【校勘】

〔一〕"疾惡"，《魏書》作"嫉惡"。
〔二〕"艱危"，《魏書》作"孔艱"。
〔三〕"盟津"，《藝文類聚》作"孟津"。
〔四〕"與時樂推"，《藝文類聚》作"與其樂推"。
〔五〕"本圖"，《魏書》作"始圖"，《藝文類聚》作"所由"。
〔六〕"恐溺"，《魏書》作"恐泥"。
〔七〕"聖寶"，《魏書》作"聖曆"。
〔八〕"同惡之中"，《魏書》作"同惡之臣"。
〔九〕"必誅"，《藝文類聚》作"有聞"。
〔十〕"容舍"，《藝文類聚》作"攸縱"。
〔十一〕"是而可忍，孰不可忘"，《藝文類聚》作"是而可懷，孰不可忍"。

【注釋】

[1] 崇朝：終朝。從天亮到早飯時。有時喻時間短暫，猶言一個早晨，亦指整天。崇，通"終"。《詩·鄘風·蝃蝀》："朝隮於西，崇朝其雨。"

[2] 塗地：慘死；遭受殘害。《後漢書·申屠剛傳》："如未蒙祐助，令小人受塗地之禍……衆賢破膽，可不慎哉！"

[3] 責成：令專人或機構負責完成任務。《韓非子·外儲說右下》："人主者，守法責成以立功者也。"

[4] 朝宗：古代諸侯春夏朝見天子，泛稱臣下朝見帝王。《周禮·春官·大宗伯》："春見曰朝，夏見曰宗，秋見曰覲，冬見曰遇。"

[5] 自貽伊慼：比喻自尋煩惱，自招憂患。《詩經·小雅·小明》："心之憂矣，自貽伊慼。"

《宋文帝誅徐羨之傅亮謝晦大赦詔》一首　　南朝宋　文帝

題解： 此篇又見《宋書》卷四三《徐羨之傳》，作於元嘉三年（426）正月。嚴可均據之輯入《全宋文》卷二文帝文中，此載可校補嚴輯。

卷第六百六十九

門下：人生於三，事之如一，愛敬同極，岂唯名教，況乃施侔[一]造物，義在加隆者乎？徐羨之、傅亮、謝晦，階緣人乏[二]，荷恩在昔；擢自無聞，超居要重。卵翼而長，未足以譬。永初之季，天禍橫流，大明傾曜，四海遏密[1]，實受顧托，任同負圖[2]。不能竭其股肱，盡其心力。送往無復言之效，事居闕忠貞之節[3]，將順靡稱[三]，匡救蔑聞。懷寵取容，順成失得。雖未因懼禍，以建大策，而逞其悖心，不畏不義。播遷之始[4]，屢肆[四]鴆毒。至止未幾，顯行殺逆[五]，窮凶極虐，荼毒[六]備加。顛沛皂隸之手，告盡逆旅之館[5]。都鄙哀愕[6]，行路飲涕。故廬陵王、英秀明逸，徽風夙播，魯衛之寄，朝野屬情。羨之等暴蔑求專，忌賢畏逼，造構無端，成此貝錦[七][7]。蒙上罔下[八]，橫加流辱[九]。矯誣先旨[十]，致茲禍害。寄以國命[8]，而篡爲仇讎！旬月之間，再肆鴆毒[十一]。痛感三靈，怨結人鬼。自書契以來，棄惠[十二]安忍，反易天明，未有如斯之甚！昔子家從弒，鄭人致討；宋肥無辜[9]，蕩澤爲戮。況亂逆倍於往釁，情痛深於國家。此而可容，孰不可忍？即宜誅殄[10]，告謝存亡。而于時大事甫爾[11]，异同紛擾[十三]，且其莫大之罪未彰，匡國之迹實著。是以遠酌人心，近聽輿誦[12]，雖欲討亂，慮或難圖。故茹感[十四]含哀，懷恥累載。每念人生實難，情事未展，何嘗不顧影慟心，伏枕泣血？今逆臣之釁，宣暴[十五]遐邇；君子悲憤[十六]，義徒思奮，家國讎恥，可得而雪。已命[十七]司寇肅明典刑。晦據上流，或不即罪，朕親率六軍，爲其遏防[13]。氛祲既袪[14]，庶幾政道[15]，思與億兆，屬精思化，其大赦天下。

【校勘】

〔一〕"侔"，《宋書》作"俟"。

〔二〕"階緣人乏"，《宋書》作"皆因緣之才"。

〔三〕"靡稱"，《宋書》作"靡記"。

〔四〕"屢肆"，《宋書》作"謀肆"。

〔五〕"殺逆"，《宋書》作"怨殺"。

〔六〕"荼毒"，《宋書》作"荼酷"。

〔七〕"造構無端，成此貝錦"，《宋書》作"造構貝錦，成此無端"。

〔八〕"蒙上罔下"，《宋書》作"罔主蒙上"。

〔九〕"流辱"，《宋書》作"流屏"。

〔十〕"先旨"，《宋書》作"朝旨"。

〔十一〕"鴆毒"，《宋書》作"酖毒"。

〔十二〕"棄惠"，《宋書》作"棄常"。

〔十三〕"紛擾",《宋書》作"紛結"。
〔十四〕"茹慼",《宋書》作"忍慼"。
〔十五〕"宣暴",《宋書》作"彰暴"。
〔十六〕"悲憤",《宋書》作"悲情"。
〔十七〕"已命",《宋書》作"便命"。

【注釋】

[1] 過密：帝王等死後停止舉樂。《尚書·舜典》："帝乃殂落，百姓如喪考妣，三載，四海遏密八音。"

[2] 負圖：受先帝遺命輔佐幼帝。《後漢書·朱浮周章等傳論》："周章身非負圖之托，德乏萬夫之望，主無絶天之釁，地有既安之勢，而創慮於難圖，希功於理絶，不已悖乎！"

[3] 送往：祭送死者。《禮記·祭義》："樂以迎來，哀以送往。"復言：實踐諾言。《左傳·僖公九年》："吾與先君言矣，不可以貳。能欲復言而愛身乎？雖無益也，將焉辟之？"事居：事奉新君。《左傳·僖公九年》："送往事居，耦俱無猜，貞也。"

[4] 播遷：遷徙；流離。盧諶《贈劉琨詩》："王室喪師，私門播遷。"

[5] 皂隸：古代賤役。《左傳·隱公五年》："若夫山林川澤之實，器用之資，皂隸之事，官司之守，非君所及也。"逆旅：旅居。陶潛《自祭文》："陶子將辭逆旅之館，永歸於本宅。"

[6] 都鄙：國都和邊邑。《左傳·襄公三十年》："子產使都鄙有章。"此指國都及邊邑之人。

[7] 貝錦：像貝的文采一樣美麗的織錦，此指誣陷他人、羅織成罪的讒言。《詩·小雅·巷伯》："萋兮斐兮，成是貝錦。"

[8] 國命：國家的政權。《論語·季氏》："陪臣執國命，三世希不失矣。"

[9] 子家：春秋鄭國大夫，從公子宋弒靈公，見《左傳·宣公四年》。宋肥：宋公子肥。

[10] 誅殛：誅殺。潘勗《冊魏公九錫文》："君糾虔天刑，章厥有罪，犯關干紀，莫不誅殛，是用錫君鈇鉞各一。"

[11] 大事：喪事。《禮記·樂記》："是故先王有大事，必有禮以哀之。"甫爾：開始。《南齊書·豫章文獻王傳》："公臨蒞甫爾，英風惟穆。"

[12] 輿誦：衆人的議論。《晉書·郭璞傳》："方闢四門以亮采，訪輿誦於群心。"

[13] 遏防：阻止。《晉書·劉毅傳》："但綱維不革，自非綱目所理。尋陽接蠻，宜示有遏防，可即州府千兵以助郡戍。"

[14] 氛祲：霧氣，喻戰亂、叛亂。沈約《王亮王瑩加授詔》："內外允諧，逆徒從愿，躬衛時難，氛祲既澄，并宜光贊緝熙，穆茲景化。"

[15] 政道：治道。《後漢書·安帝紀論》："孝安雖稱尊享御，而權歸鄧氏，至乃損

— 628 —

徹膳服，克念政道。"

《宋順帝誅崔惠景大赦詔》一首　　作者不詳

題解：此篇載於《文苑英華》卷四三一，嚴可均輯入《全上古三代秦漢三國六朝文》之《全梁文》卷二六，題爲《大赦詔》。署名沈約，丛之。考《南齊書》与《南史》，崔慧景诛于齐东昏侯永元二年（500）四月，五月，东昏侯大赦天下，则诏题"宋順帝"当作"南齐东昏侯。"

門下：王室多難，祲沴相仍[1]。昔歲紛阻，鋒交九達[2]，今茲狂煽[3]，兵連萬雉。時事屯危[4]，罕有斯匹。故令迷疑互起，向背者多。元惡既懸，猜懼彌廣。奔亡草澤，自反莫因。近雖曲赦，與之更始。而愚昧之徒，猶多竄伏。且邊寇未夷，役連遐邇，刑政施張，陷罪非一。思所以廣敷嘉惠，被之億兆，可大赦天下。凡與崔慧景協契同謀、首爲奸逆，爰及降叛，輸力盡勤，良由時道交喪，源流浸遠，風槩靡立，以至於斯，悉皆蕩滌，一無所問。凡諸反側[5]，咸與惟新，并皆宣慰，還復萌伍。國信之明，皎如日月，牓勒畿要，咸使聞知。唯崔慧景諸子，不在赦例。

【注釋】

[1] 祲沴：祲氣，灾亂。《西京雜記》："政多紕繆，則陰陽不調。風發屋，雨溢河，雪至牛目，雹殺驢馬，此皆陰陽相蕩而爲祲沴之妖也。"

[2] 九達：四通八達。荀悦《申鑒·雜言下》："聖人之道其中道乎，是謂九達。"

[3] 狂煽：戰火猛烈。

[4] 屯危：艱難危險。《南史·臧焘傳》："天下屯危，禮异常日。"

[5] 反側：不安分，不順服。《荀子·王制》："故奸言、奸說、奸事、奸能、遁逃反側之民，職而教之，須而待之。"

《南朝齊東昏侯誅始安王遙光等大赦詔》一首　　南朝齊　東昏侯

題解：永泰元年（498）七月，蕭寶卷即位，是爲東昏侯，次年改元永元。蕭遙光輔政，與江祏兄弟謀自樹立，八月發動兵變被殺，東昏侯大赦天下。此篇見于《文苑英華》卷四三一，嚴可均輯入《全上古三代秦漢三國六朝文》之《全梁文》卷二六，題爲《赦詔》，署名沈約。

門下：朕肅纂乾統，思弘祖業，方欲克廣洪猷，寧濟遐邇[1]。塞賴群才[2]，共康時務[3]。至於股肱宗戚[4]，情委特隆[5]。垂拱責成[6]，緝熙是寄[7]。而各苞禍心，規縱醜逆[8]。朕每存容隱，冀或能悛[9]。而靡懲前慝[10]，彌結後釁[11]。七百業艱，宗廟事重，不得不垂涕行戮，以義斷恩。或藩屬皇宗，或睦姻近戚，夫豈不懷？社稷故也。雖四門已穆[12]，群凶靡餘[13]，而泣辜之嘆，義兼自昔[14]。方厲精思政[15]，登賢任官[16]，隆平之化[17]，庶從茲始。宜播嘉惠[18]，咸與惟新，可大赦天下，自今月廿日昧爽以前[19]，謀反大逆手殺人以下，皆赦除之。頃歲戎旅繁興[20]，叛征者衆，其質繫家屬及同五［伍］代役[21]，三署見徒[22]，并詳所原宥。

【注釋】

［1］寧濟：安定匡濟。《後漢書·順帝紀》：“朕奉承大業，未能寧濟。”遐邇：遠近。《漢書·韋玄成傳》：“天子穆穆，是宗是師，四方遐爾，觀國之輝。”

［2］塞賴：完全依靠。

［3］共康：共同治理。康，治理。蔡邕《獨斷》：“安樂治民曰康。”時務：當世大事。《漢書·昭帝紀贊》：“光知時務之要，輕繇薄賦，與民休息。”

［4］股肱：大腿和胳膊，喻左右輔佐之臣。《尚書·益稷》：“臣作朕股肱耳目。”宗戚：皇室親族。《宋書·臧質傳》：“宗戚懿親之寄，望崇于魯衛。”沈約《赦詔》：“至於股肱宗戚，情委特隆。”

［5］情委：委情，付托恩情。

［6］垂拱：垂衣拱手，不親理事務。《尚書·武成》：“惇信明義，崇德報功，垂拱而天下治。”責成：指令人負責完成事務。《韓非子·外儲說右下》：“人主者，守法責成以立功者也。”

［7］緝熙：光明，光輝。《詩·大雅·文王》：“穆穆文王，於緝熙敬止。”

［8］規縱：效法放縱。醜逆：醜惡悖逆。《三國志·魏志·高貴鄉公髦傳》：“吾數呵責，遂更忿恚，造作醜逆不道之言以誣謗吾，遂隔絕兩宮。”

［9］容隱：寬容隱忍。悛：悔改。

［10］懲：鑒戒。《詩·周頌·小毖》：“予其懲而毖後患。”慝，讀音 tè，邪惡，災害。

［11］後釁：以後的過失。釁，過失。《左傳·莊公十四年》：“人無釁焉，妖不自作。”禍患。《後漢書·隗囂傳論》：“夫功全則譽顯，業謝則釁生。”

— 630 —

卷第六百六十九

[12] 四門：明堂四方的門。《尚書·舜典》："賓於四門，四門穆穆。"

[13] 靡餘：無餘。

[14] 自昔：從前。《詩·小雅·楚茨》："自昔何爲？我蓺黍稷。"

[15] 屬精：振奮精神。《漢書·平帝紀》："令士屬精鄉進，不以小疵妨大材。"

[16] 登賢：舉用有道德有才幹的人。《後漢書·左周黃傳論》："急登賢之舉，虛降己之禮。"

[17] 隆平：昌盛太平。趙岐《孟子題辭》："帝王公侯遵之，則可以致隆平，頌清廟。"

[18] 嘉惠：恩惠。《左傳·昭公七年》："今君若步玉趾，辱見寡君，寵靈楚國，以信蜀之役，致君之嘉惠，是寡君既受貺矣，何蜀之敢望？"

[19] 昧爽：黎明。《尚書·牧誓》："時甲子昧爽，王朝至於商郊牧野。"

[20] 頃歲：近年。江淹《蕭上銅鐘芝草衆瑞表》："頃歲以來，禎應四塞。"戎旅：兵事。曹丕《與張郃詔》："今將軍外勤戎旅，記憶體國朝。"

[21] 同伍：同一伍的人，古代以五户爲一伍。《晉書·刑法志》："謀反之同伍，實不知情，當從刑。"

[22] 見徒：現被拘禁執役的囚犯。《後漢書·光武帝紀上》："其令中都官、三輔、郡、國出系囚，罪非犯殊死一切勿案，見徒免爲庶人。"

《後周武帝誅宇文護大赦詔》一首　　後周　武帝

題解：詔稱"朕纂承洪業，十有三載"，又"改建德元年爲建德元年"，知此作於建德元年（572）。此篇又見《周書》卷一一《晉蕩公護傳》，嚴可均據之輯入《全後周文》卷二武帝文中，此載可校補嚴輯。題爲《誅晉公護大赦改元詔》。"制詔：太傅、大司徒、大宗伯、大司馬、大司寇、大司空暨列將、大夫士、州牧守士、公、侯、伯、子、男等"一段，《全文》脫；中間亦有多處文字不同；"大辟罪以下，已發覺未發覺及繫囚長徒，悉皆原免。其流徙邊方未達前"一段文字，《全文》脫，然此詔《詞林》亦不完整，"前"字後當還有未盡之文字。

制詔：太傅、大司徒、大宗伯、大司馬、大司寇、大司空暨列將、大夫士、州牧守士、公、侯、伯、子、男等，君親無將[1]，將而必誅。太師、大塚宰晉國公護[2]，地實宗親，義兼家國。爰初草創，同濟艱難，遂任總朝權，寄深國命。不能盡其忠貞[一]，罄以心力，盡事居[二]之節，申送往之誠。朕兄故略陽公，英風秀志[三]，神機穎悟，地居正胤[四]，禮歸當璧[3]。遺訓在耳，忍害先加。永尋摧割，貫切骨髓。明皇帝[五]，聰明神武，惟幾藏智。護內懷凶勃[六][4]，外托尊崇，凡厥臣僚，誰忘怨憤？朕纂承洪業[七]，十有三載，委成宰司[八][5]。護，志在無君，義違臣節。懷茲蠆毒[6]，逞彼狼心。任情誅暴，肆行威福。朋黨相扇，賄貨公行。所好加羽毛，所惡生創痏[7]。朕約己菲躬，情存庶政。每思施寬惠，輒抑而不行。遂使戶口凋殘，征賦勞劇[8]，家無日給，人不聊生。且三方未定，邊隅尚阻，疆場待戎旆之備，武夫資扞城之力[9]。侯伏侯龍恩[恩]、萬壽、劉勇等未效庸勳[10]，先居上將，高門峻宇，甲第雕墻。實繁有徒，同惡相濟。人不見德，唯利是視。百姓嗷嗷[11]，道上[九]以目。含生業業[12]，相顧鉗口[13]。常恐七百之基，忽焉顛墜；億兆之命，一旦阽危[14]。上累祖宗之靈，下負蒼黎之責。便肅正典刑，護已即罪。其餘凶黨，咸亦伏誅。氛霧既清，遐邇同慶，朝政惟新，兆庶更始，可大赦天下。大辟罪以下，已發覺未發覺，及繫囚長徒，悉皆原免。其流徙邊方未達前[十]［所，宜悉放還。改天和七年爲建德元年。］

【校勘】

〔一〕"盡其忠貞"，《周書》作"竭其誠效"。

〔二〕"事居"，《周書》作"事君"。

〔三〕"秀志"，《周書》作"秀遠"。

〔四〕"正胤"，《周书》作"圣胤"。

〔五〕"明皇帝"，《周书》作"世宗明皇帝"。

〔六〕"凶勃"，《周書》作"凶悖"。

〔七〕"洪業"，《周書》作"洪基"。

〔八〕"委成宰司"，《周書》作"委政師輔，責成宰司"。

〔九〕"道上"，《周書》作"道路"。

〔十〕"未達前"下文脫落，據《周書》補入"所，宜悉放還。改天和七年爲建德元年"。

【注釋】

[1] 無將：謂勿存叛逆篡弒之心。《公羊傳·莊公三十二年》："君親無將，將而誅焉。"

[2] 大塚宰：職官名。周代六卿之首，相當於宰相。後世稱吏部尚書爲"大塚宰"。

[3] 當璧：用以比喻立國君之兆。語出《左傳·昭公十三年》："初，共王無塚適，

卷第六百六十九

有寵子五人，無適立焉。乃大有事於群望，而祈曰：'請神擇於五人者，使主社稷。'乃遍以璧見於群望，曰：'當璧而拜者，神所立也，誰敢違之？'"

［4］凶勃：凶狠乖戾。《晋書·皇甫真傳》："護九年之間三背王命，揆其奸心，凶勃未已。"

［5］宰司：百官之長，處宰輔之位者。王符《潛夫論·賢難》："今觀宰司之取士也，有似于司原之佃也。"

［6］蠆毒：蠆尾之毒。比喻禍害，毒害。蠆，讀音 chài，古代蠍子一類的毒蟲。

［7］創痏：瘡傷；受傷。左思《吳都賦》："所以挂挢而爲創痏，衝踤而斷筋骨。"

［8］勞劇：繁重。

［9］扞城：保護；保衛。《左傳·成公十二年》："政以禮成，民是以息，百官承事，朝而不夕，此公侯之所以扞城其民也。"

［10］庸勳：功勳。《後漢書·王允傳》："方欲列其庸勳，請加爵賞，而以奉事不當，當肆大戮。"

［11］嗷嗷：哀鳴聲；哀號聲。《詩·小雅·鴻雁》："鴻雁於飛，哀鳴嗷嗷。"

［12］業業：危懼貌。《尚書·皋陶謨》："兢兢業業，一日二日萬幾。"

［13］鉗口：閉口。《淮南子·精神訓》："静耳而不以聽，鉗口而不以言。"

［14］阽危：臨近危險。《漢書·食貨志上》："既聞耳矣，安有爲天下阽危者若是而上不驚者！"

— 633 —

卷第六百七十

詔四十　赦宥六

《漢武帝赦詔》一首　　漢　武帝

題解：此篇又見《漢書》卷六《武帝紀》，作於元朔元年（前128）春。嚴可均據之輯入《全漢文》卷三。此可補嚴輯徵引出處。

制詔：朕聞天地不變，不成施化[1]；陰陽不變，物不暢茂[2]。《易》曰："通其變，使人不倦。"〔一〕《詩》云："九變復貫，知言之選。"朕嘉唐虞而樂殷周，據舊以鑒新，其赦天下，與人更始〔二〕。諸逋貸及辭訟在孝景三年以前〔三〕，皆勿聽理〔四〕。

【校勘】

〔一〕〔二〕"人"，《漢書》皆作"民"。

〔三〕"在孝景三年"，《漢書》作"在孝景後三年"。

〔四〕"聽理"，《漢書》作"聽治"。

【注釋】

[1] 施化：造化。《淮南子·泰族訓》："天地之施化也，嘔也而生，吹之而落。"

[2] 暢茂：旺盛繁茂。《孟子·滕文公下》："草木暢茂，禽獸繁殖。"

刀之末。刻木爲吏，人猶懼之。望四海夷泰，與古昔同風，此爲却行，而求及前人也。每覽斷獄之奏，居下訕上之訟[2]，未嘗不惻然悼心[3]。昔漢相曹參以獄市爲寄，欲使奸有所容。彼豈愛奸人乎？蓋哀其皆可化之甿也。今六合同軌，夙夜兢兢，思茂建皇極，以清其源。暗乎大理，未知厥路何由，且願令庶隸，免一切之患。徐與群賢，共濟其弊，其赦天下。流宥遠方者，皆原之。殺人者人之大害，宜以殺止殺。又諸以凶醜父母親戚所徙，及犯罪徙邊者，不從此令。其申勅有司，所以將順厥政，輔其不建。宰輔懷曹參之仁，司理守于張之正。二千石長吏謹以文教惠綏百姓，庶使萬邦黎蒸，各得其所，稱朕意焉。

【注釋】

[1] 逸豫：安逸悅樂。逸，安閒，逸樂。《尚書·無逸》：" 生則逸，不知稼穡之艱難。" 豫，悅樂，安適。《孟子·公孫醜下》：" 夫子若有不豫色然。"

[2] 居下訕上：下級譭謗上級。《論語·陽貨》：" 惡居下流而訕上者。"

[3] 惻然：悽愴的樣子。惻：悽愴，傷痛。《易·井》：" 井渫不食，爲我心惻。" 悼心：傷心。悼：哀痛，悲傷。《詩·衛風·氓》：" 躬自悼矣。"

《東晉成帝大赦詔》一首　　東晉　成帝

題解：詔稱 " 去年以來，三公頻喪 "，三公指郗鑒、庾亮、王導，分別卒於咸康五年八月、咸康六年春正月、咸康六年冬十二月，故此詔可能作於咸康七年（341）或稍後。此篇其他文獻無載，嚴可均輯《全上古三代秦漢三國六朝文》無收，可補入《全晉文》成帝文中。

制詔：自中興以來，或有艱難，而君臣道隆，是以雖夷險有時，而政道無虧。去年以來，三公頻喪，爲國之基，於此殄悴[1]。豈朕之不德，將時運之否？哀傷憫悵，不忘于懷。且政刑之弊，或有煩濫[2]，宜見蕩滌，其大赦天下。

【注釋】

[1] 殄悴：困窮，困苦。《詩·大雅·瞻卬》：" 人之云亡，邦國殄瘁。"

[2] 煩濫：冗雜失當。劉勰《文心雕龍·情采》：" 爲情者要約而寫真，爲文者淫麗

而煩濫。"

《東晉康帝大赦詔》一首　　東晉　康帝

題解：康帝咸康八年（342）六月即位，建元二年（344）九月薨，在位兩年有餘，詔稱"梁岷釋甲，南夷稽服"，指建元元年（343）夏四月周撫、曹據伐蜀小有所成，故詔當作於建元元年夏秋之季。此篇其他文獻無載，嚴可均輯《全上古三代秦漢三國六朝文》無收，可補入《全晉文》康帝文中。

制詔：先王統俗，因時適會，道有隆夷，故應務殊軌。至於流仁惠以陶物，崇易簡以臨下，開古今而不遷者，其道一矣。朕以寡德，攝當大重，不能協暢靈和，緝熙庶績[1]，水旱失度，頻歲不登，風教陵遲，刑網滋彰。雖否運將泰，中原漸一，梁岷釋甲，南夷稽服，然河朔蕭條，王澤未浹[2]，關右阻貳，遺黎塗炭，戎車野次[3]，役務繁興。征夫勤悴於外，百姓勞弊于內。每夙夜憂懼，如臨川谷。思與群后，求人之瘼，使元元之命，咸得自新。其大赦天下。

【注釋】

[1] 庶績：各種事業。《尚書·堯典》："允釐百工，庶績咸熙。"孔安國傳："績，功也；言眾功皆廣。"

[2] 浹，讀音 jiā，遍及，滿。《荀子·君道》："古者先王審禮，以方皇周浹于天下。"

[3] 野次：停於野外。沈約《齊故安陸昭王碑文》："富商野次，宿秉停菑。"

《東晉孝武帝大赦詔》一首　　東晉　孝武帝

題解：《晉書》載："（太元）十六年春正月庚申，改築太廟""秋九月，新廟成""十七年春正月己巳朔，大赦，除逋租宿債。"詔或作於此時。此篇其他文獻無載，嚴可均輯《全上古三代秦漢三國六朝文》無收，可補入《全晉文》孝武帝文中。

制詔：夫百王雖殊，尊本則一，首物開統，貫自孝敬。固饗帝而後天人和，道高而萬物順。三代所以不言而被，感極通神者，一而已矣。朕賴社稷之靈，嗣哲洪業，帝維遠廓，天衢開夷。故霜風晨拂，則園陵肅清；黎庶忘勞，則七廟增峻。方國覯惟新之盛，搢紳觀祼薦之容[1]。宜酬悅情於九有[2]，暢大慶於普天。且五緯錯序，風教靡聞。導達之本，仁功未遠；政刑之平，人未忘怨。豈惟物之多僻，抑亦司典不明[3]？朕用鑒寐永嘆[4]，慨然傷懷。夫三才同本，通其契者得一，祗誠理氣，會其極者仁恕，矜而宥之，感遠自邇。議獄緩死，象和德而布澤；灑蕩枯落，拂宇宙而咸新。其大赦天下。永嘉妖賊，悉可原遣，逋租宿責，一皆除之。

【注釋】

[1] 祼薦："祼獻"，古代帝王、王後祭祀時，以香酒灌地、以腥熟之食獻神的禮儀。泛指祼禮。《周禮·天官·內宰》："大祭祀，後祼獻則贊，瑤爵亦如之。"

[2] 九有：九州。《詩·商頌·玄鳥》："方命厥后，奄有九有。"毛詩傳："九有，九州也。"

[3] 司典：掌管刑典的官吏。王粲《從軍詩》其二："涼風厲秋節，司典告詳刑。"

[4] 鑒寐："監寐"，寢而不寐。《後漢書·桓帝紀》："監寐寤嘆，疢如疾首。"

《後魏文成帝恩降詔》一首　　後魏　文成帝

題解：此篇又見《魏書》卷五《文成帝紀》，作於興安二年（453）八月戊戌。嚴可均據之輯入《全後魏文》卷二。此載可補嚴輯徵引出處。

門下：朕以眇身[1]，篡承大業，懼不能宣慈惠和，寧濟萬宇，夙夜兢兢，若臨川谷。然即位以來，百姓宴安，風雨順序，邊方無事，衆瑞兼呈，不可稱數。又於菀內獲方寸玉印[2]，其文曰："子孫長壽。"群公卿士，咸曰休哉。豈朕一人，克臻斯應[3]？實由天地祖宗降祐之所致也。思與兆庶，共茲嘉慶。其令大酺三日[4]，諸殊死已下，各降罪一等。

【注釋】

[1] 眇身：猶言微末之身，古代帝後自謙之詞。《漢書·武帝紀》："朕以眇身承至尊，兢兢焉惟德菲薄，不明於禮樂，故用事八神。"

[2] 菀：通"苑"，苑囿。《管子·水地》："地者，萬物之本原，諸生之根菀也。"一本作"根苑"。

[3] 克臻：能達到。

[4] 大酺：大宴飲。《史記·秦始皇本紀》："五月，天下大酺。"酺，讀音 pú，歡聚飲酒。

《後魏孝文帝大赦詔》一首　　後魏　孝文帝

題解：詔稱"自太和十九年十一月十九日長至昧爽已前，一皆原除"，當作於太和十九年（495）。此篇又見本書卷六六五，除個別文字小有不同外，其餘文字基本相同，題作《後魏孝文帝祭圓丘大赦詔》。按：兩詔基本相同，疑重復。

門下：飛宿澄天，表懸象之光[1]；列嶽崇地[2]，著神區之寶。故徽辰闈中，玄圃敞朗[3]，嵩室鎮極[4]，赤縣彬分。耀昊凝紫以保生，真宰緯黃而首唱，苕苕兮靈功之在茲，洪化之所由矣。今元斬秀洛，璽歷鏡潭，日月凝光，寒暑交蔚。冥化與陰陽齊和，人風隨天地俱合。曰止曰時，律唯黃鐘。萌春潛陟，乾正微顯。禘天圓頂，虔祖地丘，百神受職，千靈昭享。皇依委而下顧，萌緜繆以仰祐。幽明忽慌[5]，神人雜沓者哉[6]！朕德匪上皇，道慚中叡，謬鐘定鼎，運臻升中[7]。一昨奉記，暫登太儀；徙步雲峰，振玉風嶺。望閶闔而聳氣[8]，扳辰階以娛衿[9]。弗知何德，可以爾乎？思與兆獻[10]，共斯嘉祐。且天元之後[11]，萬務方新，宜開太始[12]，章厥猷端，可大赦天下，與人肇旦。諸謀反大逆、外叛殺人殊死已下，已發覺未發覺、繫囚禁錮，自太和十九年十一月十九日長至昧爽已前，一皆原除。逋負租調官物違限者[13]，自此年正月已前，悉聽與人。有司詳准舊式，備爲條格。既與萬邑，具創風澤[14]，宜各濯心，日新厥政。咸相申告，稱朕意焉。

【注釋】

[1] 懸象：天象，多指日月星辰。《周易·繫辭上》作"縣象"。班固《典引》："懸象暗而恒文乖，彝倫斁而舊章缺。"

[2] 列嶽：高大的山嶽，喻位高名重者。任昉《爲齊明帝讓宣城郡公第一表》："驃騎上將之元勳，神州儀刑之列嶽。"

[3] 玄圃：傳說中昆侖山頂的神仙居處（洛陽宮中園苑名），中有奇花异石。玄，通"懸"。張衡《東京賦》："左瞰陽谷，右睨玄圃。"敞朗：寬敞明亮。

[4] 嵩室：嵩山，有東室、西室，故稱。

[5] 忽慌：同"忽忱""忽荒""忽恍"，似有似無，模糊不分明。《老子》："是謂無

狀之狀，無象之象，是謂忽恍。"

［6］雜沓：雜繁多貌。劉勰《文心雕龍·知音》："夫篇章雜沓，質文交加，知多偏好，人莫圓該。"

［7］升中：帝王祭天上告成功。《禮記·禮器》："是故因天事天，因地事地，因名山升中於天。"

［8］閶闔：傳說中的天門。《楚辭·離騷》："吾令帝閽開關兮，倚閶闔而望予。"（或泛指宮門或京都城門。《後漢書·寇榮傳》："閶闔九重，陷阱步設，舉趾觸罘罝，動行絓羅網，無緣至萬乘之前。"）

［9］扳：同"攀"，援引。《公羊傳·隱公元年》："隱長又賢，諸大夫扳隱而立之。"辰階：宸階，殿陛，亦借指帝廷。沈約《為臨川王九日侍太子宴》："任伍辰階，祚均河楚。"

［10］兆獻：祭奠。陸雲《吳故丞相陸公誄》："百神秩祀，兆獻思淳，克諧庶尹，遂成帝勳。"

［11］天元：周曆建子，以今農曆十一月為正月。後世以周曆得天之正道，謂之"天元"。《後漢書·陳寵傳》："夫冬至之節，陽氣始萌，故十一月有蘭、射干、芸、荔之應。"

［12］大始：元氣。葛洪《抱朴子·暢玄》："胞胎元一，範鑄兩儀，吐納大始，鼓冶億類。"

［13］逋負：拖欠賦稅、債務。《史記·汲鄭列傳》："莊任人賓客為大農僦人，多逋負。"租調：租和調，古代稅制。《後漢書·明帝紀》："赦隴西囚徒，減罪一等，勿收今年租調。"

［14］風澤：德澤。《三國志·魏志·陳思王植傳》"時年四十一"條，裴松之注引孫盛曰："且魏之代漢，非積德之由，風澤既微，六合未一，而雕翦枝幹，委權异族，勢同瘣木，危若巢幕，不嗣忽諸，非天喪也。"

《宋文帝大赦詔》一首　　南朝宋　文帝

題解："旱潦成災"指元嘉二十年水旱，"奸臣藏禍"，當指元嘉二十三年劉義康之亂，二十二年十二月範曄謀反被誅，劉義康被免為庶人，二十三年，申恬破索虜，正應"今方隅已清，衆役寧晏"，史載"二十四年春正月甲戌，大赦天下，文武賜位一等。繫囚降宥，諸逋負寬減各有差"，與詔"崇恩宥過，惠此億兆，可大赦天下"同，當作於元嘉二十四年（447）。此篇其他文獻無載，嚴可均輯《全上古三代秦漢三國六朝文》無收，可補入《全宋文》文帝文中。

門下：蓋聞游拱巖廊[1]，可以爲政；象刑而化[2]，天下弗犯。朕雖虛薄，情在昧旦。樂與群賢，共弘政道。而德不遠孚，明不燭物，致朝野之才多遺，庶官之用未盡。陰陽屢亢[3]，旱潦成災；奸臣藏禍，逆圖潛結。加戎狄侵邊，害流黎庶，頻歲師旅，行徭未息。宵言永念，愧悼于懷。今方隅已清，衆役寧晏，宜修其本，以袪往弊。崇恩宥過，惠此億兆，可大赦天下。并宜下內外，明慎所司，戮力竭誠，無或怠逸，稱朕意焉。

【注釋】

[1] 游拱巖廊：不廢心力，無爲而治。桓寬《盐铁论·忧边》："今九州同域，天下一統，陛下優游巖廊，覽群臣極言。"

[2] 象刑：相傳上古無肉刑，僅用與衆不同的服飾加之犯人以示辱，謂之象刑。《尚書·益稷》："皋陶方祗厥叙，方施象刑，惟明。"

[3] 亢：興起。《穀梁傳·僖公十六年》："五石六鷁之辭不設，則王道不亢矣。"

《宋孝武帝大赦詔》一首　　南朝宋　孝武帝

題解：此詔當作於大明四年（460）正月乙亥。詔自開頭至"可大赦天下"與《宋孝武帝躬耕千畝大赦詔》幾乎相同。此篇其他文獻無載，嚴可均輯《全上古三代秦漢三國六朝文》無收，可補入《全宋文》孝武帝文中。

門下：歲慶聿新，楢燎肅展[1]，耕實務本，教以富立。朕式應協風，躬藉三推[2]，仰供粢盛。俯訓億兆，庶囷庾克衍[3]，人和禮興。頃天地并況[4]，神祇罔愛[5]，肅慎楛矢[6]，浮溟來獻；西極彌驥[7]，涉沙作貢。三茅曜寶，五靈景祥[8]。維德弗明，震乎瑞物。思上答乾錫，下敷慶澤，可大赦天下。尚方長繫及逋租借責，大明元年以前，一皆原除。力田之人，隨才叙用。孝悌義順賜爵一級，孤老貧疾人穀十斛。藉田職司，優量沾賚。今歲東作，或乏糧種，隨宜貸給。長吏親人宣勸異等者，詳加褒進。

【注釋】

[1] 楢，讀音 yóu，古木名，可用以取火。

[2] 三推：指帝王親耕之禮。天子於每年正月親臨藉田，扶耒耜往還三度，以示勸農，稱三推。張衡《東京賦》："躬三推於天田，修帝藉之千畝。"

[3] 囷庾：糧倉。囷，圓形谷倉。庾，露天的谷倉。

[4] 況：通"荒"，遠。

[5] 神祇：天神地祇。《尚書·湯誥》："爾萬方百姓，罹其凶害，弗忍荼毒，并告無辜于上下神祇。"

[6] 肅慎：東北部少數民族，此指邊遠之國。《左傳·昭公九年》："肅慎、燕、亳，吾北土也。"楛矢：以楛木爲箭。《國語·魯語下》："有隼集于陳侯之庭而死，楛矢貫之。"

[7] 西極：西邊的盡頭，指西方極遠之處。《漢書·禮樂志》："天馬徠，從西極，涉流沙，九夷服。"

[8] 三茅：供祭祀用的三脊茅草。《晉書·禮志上》："武皇帝亦初平寇亂，意先儀範。其吉禮也，則三茅不翦，日觀停壇。"五靈：指麟、鳳、神龜、龍、白虎五種靈异鳥獸。《史記·龜策列傳》："靈龜卜祝曰：'假之靈龜，五巫五靈，不如神龜之靈，知人死，知人生。'"

《宋孝武帝原宥詔》一首　　南朝宋　孝武帝

題解：此篇又見《宋書》卷六《孝武帝紀》，作於大明三年（459）八月甲子。嚴可均據之輯入《全宋文》卷五。此載可補嚴輯徵引出處。

門下：昔姬道方凝，刑法期厝，漢德初明，犴圄用簡[1]，良由上一其道，下淳其性。今人澆俗薄，誠淺僞深，重以寡德，弗能正化〔一〕。故知方者刓，趣辟實繁。向因巡覽，見二尚方徒隸纓金履校〔二〕，既有矜傷〔三〕，加國慶人和，獨隔凱澤[2]，益以愍焉，可詳所原宥。

【校勘】
〔一〕"正化"，《宋書》作"心化"。
〔二〕"纓金履校"，《宋書》作"嬰金履校"。
〔三〕"矜傷"，《宋書》作"矜復"。

【注釋】
[1] 犴圄，讀音 àn yǔ，監獄。
[2] 凱澤：恩澤。

《南朝齊武帝原逋負詔》一首　　南朝齊　武帝

題解：此爲齊武帝蕭賾永明年間（483—493）詔書，關心民瘼，免除百姓所欠官府錢糧。此篇其他文獻無載，嚴可均輯《全上古三代秦漢三國六朝文》無收，可補入《全齊文》武帝文中。

　　門下：自律變鐘絲[1]，氣移靈革[2]，清華謝德[3]，日月還輝。朕垂冕中朝[4]，肅承靈命[5]，求瘼待與[6]，動慮分宵[7]。雖減賦平繇[8]，救之俗弊，議獄考官[9]，暢茲盱鬱[10]。而運革惇尤[11]，時殷澆暮[12]。四盱或阻[13]，九稔未儲[14]，興言以念，有疚懷抱。凡厥率土[15]，自建元以來所負府庫金穀，悉原不督[16]，庶以知榮厚於游競[17]，均菽粟於水火[18]。

【注釋】

[1] 律：古代用竹管或金屬製成的定音儀器，以管的長短確定音階高低。亦用作測候季節變化的儀器。鐘：古代樂器。絲：琴瑟、琴瑟等絃樂器。鐘絲泛指樂器。此句指節候變化。

[2] 氣移：氣候變動。靈革：聖明更改。靈，靈光，神光，聖靈。

[3] 清華：門第或職位清高顯貴。顏之推《顏氏家訓・雜藝》：“王褒地冑清華。”

[4] 垂冕：懸挂皇冠。中朝：朝廷，朝中。《三國志・魏志・杜畿傳》：“中朝苟乏人，兼才者勢不獨多。”

[5] 肅承：恭敬承受。靈命：天命。《晉書・儒林傳・范弘之》：“會上天降怒，奸惡自亡，社稷危而復安，靈命墜而復構。”

[6] 求瘼：訪求民間疾苦。《南史・循吏傳序》：“日昃聽政，求瘼恤隱。”

[7] 分宵：半夜。劉孝綽《答湘東王書》：“但瞻言漢廣，邈若天涯，區區一念，分宵九逝。”

[8] 平繇：平均使用力役。《漢書・溝洫志》：“令吏民勉農，盡地利，平繇行水，勿使失時。”

[9] 議獄：斷獄，審議獄案。《易・中孚》：“君子以議獄緩死。”考官：考核官員。

[10] 盱：通“氓”，泛指百姓。鬱：怨恨。《呂氏春秋・仲夏紀・侈樂》：“故樂愈侈而民愈鬱，國愈亂。”

[11] 惇：惇厚，篤實。尤：特別。

[12] 澆暮：浮薄衰暮的世道。周朗《上書獻讜言》：“況乃運鐘澆暮，世膺亂餘，重以宮廟遭不更之酷，江服被未有之痛，千里連死，萬井共泣。”

[13] 四盱：四民，士、農、工、商。盱，同“氓”。《尚書・周官》：“司空掌邦土，居四民，時地利。”

[14] 九稔：大豐收。稔，莊稼成熟。《國語・吳語》：“吳王夫差既殺申胥，不稔於歲，乃起師北伐。”

[15] 率土：境域之內。《詩·小雅·北山》："率土之濱，莫非王臣。"
[16] 不督：不責罰。
[17] 游競：奔競，爭名逐利。
[18] 菽粟：豆和小米，泛指糧食。《墨子·尚賢中》："是以菽粟多而民足乎食。"水火：喻艱險的境地。《管子·法法》："蹈白刃，受矢石，入水火，以聽上令。"此句謂艱難之民皆得糧食。

《南朝齊明帝大赦詔》一首　　南朝齊　徐孝嗣

題解：詔稱"朕靖鑒中皇，於茲五載……逋租宿責，在四年之前，悉皆原除"，知此作於明帝建武五年（498）。此篇其他文獻無載，嚴可均輯《全上古三代秦漢三國六朝文》無收，可補入《全齊文》徐孝嗣文中。

門下：夫三辟興於摽季[1]，十失在乎嚴刑[2]，張弛之宜，此焉攸急[3]。朕靖鑒中皇[4]，于茲五載。方冊日陳[5]，前圖靡墜[6]；廉恥未期，囹訟猶廣[7]。邦之不臧[8]，寤寐矜嘆[9]。今陽和用事[10]，品物咸新[11]，宜覃兆庶[12]，與之更始[13]，可大赦天下。逋租宿責，在四年之前，悉皆原除。

【注釋】

[1] 三辟：夏、商、周三代之刑法，泛指刑法。《左傳·昭公六年》："夏有亂政，而作《禹刑》；商有亂政，而作《湯刑》；周有亂政，而作《九刑》。三辟之興，皆叔世也。"摽季：衰世。摽，讀音 piāo，通"漂"，浮也。

[2] 十失：十項過失，特指苛虐的秦政。《漢書·路溫舒傳》："臣聞秦有十失，其一尚存，治獄之吏是也。"嚴刑：殘酷的刑罰。《商君書·開塞》："去奸之本，莫深於嚴刑。"

[3] 張弛：弓弦拉緊和放鬆，喻事物起落、興廢等。《禮記·雜記下》："一張一弛，文武之道也。"攸急：所要緊之處。

[4] 靖鑒：謙恭地借鑒。

[5] 方冊：簡牘；典籍。蔡邕《東鼎銘》："保乂帝家，勳在方冊。"

[6] 前圖：前人的法度。《楚辭·九章·懷沙》："章畫志墨兮，前圖未改。"

[7] 廉恥：廉潔知恥。《荀子·修身》："偷儒憚事，無廉恥而嗜乎飲食，則可謂惡少者矣。"未期：無期。張衡《歸田賦》："徒臨川以羨魚，俟河清乎未期。"囹訟：監獄訴訟。

[8] 不臧：不善，不良。《詩·邶風·雄雉》："不忮不求，何用不臧。"

[9] 寤寐：醒與睡，常用以指日夜。《詩·周南·關雎》："窈窕淑女，寤寐求之。"矜嘆：哀憐嘆息。王融《永明九年策秀才文》："惟瘝恤隱，無舍矜嘆。"

[10] 陽和：指春天。劉義慶《世說新語·方正》："雖陽和布氣，鷹化爲鳩，至於識者，猶憎其眼。"用事：有所事，指起兵奪權。《漢書·田儋傳》："且秦復得志於天下，則齮齕用事者墳墓矣。"

[11] 品物：萬物。蔡邕《太尉汝南李公碑》："惟清惟敏，品物以熙。"

[12] 覃：延及。兆庶：兆民。《後漢書·崔駰傳》："濟此兆庶，出於平易之路。"

[13] 更始：重新開始；除舊佈新。《逸周書·月令》："數將幾終，歲將更始。"

《南朝齊明帝原逋負及罷省詔》一首　　南朝齊　徐孝嗣

題解：建武元年，明帝即位，詔告天下，免除永明十一年七月以前諸三調及衆債雜稅，育德振人。此篇見於《南齊書·郁林王紀》，嚴可均輯入《全上古三代秦漢三國六朝文》之《全齊文》卷五，并題爲"郁林王即位下詔"（據《文館詞林》可知，作者當是徐孝嗣）。

　　門下：朕以寡薄，嗣膺寶統[一][1]，對越靈命[2]，欽若前圖[3]。思所以敬守成規[4]，拱揖群后[5]，而哀荒在日[6]，有懵大猷[7]。慮軫納隍[8]，兢逾待旦[9]。且宸居惟始[10]，八表觀風[二][11]，宜育德振人[12]，光昭睿軌[13]。凡逋三調及衆責負[三][14]，在今十一年七月[四]卅日以前，悉同蠲除[15]。其備償封籍而貨賣未集[16]，亦皆還主。御府諸署，池田邸冶[17]，興廢治事，本施一時，於今無用，詳所罷省，公宜權禁，壹以選人。關市征稅[六][18]，務從優減，主者量焉條格[19]。

【校勘】

〔一〕"寶統"，《南齊書》作"寶政"。

〔二〕"慮軫納隍，兢逾待旦。且宸居惟始，八表觀風"，《南齊書》無此十六字。

〔三〕"責負"，《南齊書》作"債"。

〔四〕"十一年"，《南齊書》作"年"。

〔五〕"而貨賣未集"，《南齊書》作"貨鬻未售"。

〔六〕"征稅"，《南齊書》作"征賦"。

【注釋】

[1] 寡薄：淺薄微小，謙詞。寶統：寶本，指帝位。

[2] 對越：對揚，答謝頌揚。《詩·周頌·清廟》："濟濟多士，秉文之德；對越在天，駿奔走在廟。"靈命：神靈意志。鮑照《從過舊宮詩》："靈命薀川瀆，帝寶伏篇圖。"

[3] 欽若：敬順。《尚書·堯典》："乃命羲和，欽若昊天，曆象日月星辰，敬授民時。"

[4] 成規：前人制定的規章制度，亦指老規矩、老辦法。《三國志·蜀志·蔣琬費禕等傳論》："蔣琬方整有威重，費禕寬濟而博愛，咸承諸葛之成規，因循而不革。"

[5] 拱揖：拱手作揖以示敬意。《周禮·夏官·小臣》："小臣掌王之小命，詔相王之小法儀。"任昉《宣德皇后令》："致天之屆，拱揖群后。"群后：四方諸侯及九州牧伯，泛指公卿。《尚書·舜典》："乃日覲四嶽群牧，班瑞於群后。"張衡《東京賦》："於是孟春元日，群后旁戾。"

[6] 哀荒：悲涼。成公綏《嘯賦》："收《激楚》之哀荒，節《北里》之奢淫。"在日：在世之日。

[7] 憎：不明。謝莊《月賦》："昧道憎學，孤奉明恩。"大猷：治國大道。《詩·小雅·巧言》："奕奕寢廟，君子作之；秩秩大猷，聖人莫之。"

[8] 慮：擔憂。軫：隱痛。《楚辭·九章·惜誦》："背膺牉以交痛兮，心鬱結而紆軫。"盛多湊集貌。《淮南子·俶略訓》："畜積給足，土卒殷軫。"納隍：救民於水火的迫切心情。張衡《東京賦》："人或不得其所，若己納之於隍。"

[9] 兢：小心謹慎。逾：越過。《尚書·禹貢》："浮于江、沱、潛、漢，逾於洛，至於南河。"待旦：等待天明。《尚書·太甲上》："先王昧爽丕顯，坐以待旦。"

[10] 宸居：帝位。顏延之《三月三日曲水詩序》："高祖以聖武定鼎，規同造物；皇上以叡文承曆，景屬宸居。"惟始：開始，開端。惟，助詞，用於句中以調整音節。《尚書·召誥》："無疆惟休，亦無疆惟恤。"

[11] 八表：八方之外，指極遠的地方。魏明帝《苦寒行》："遺化布四海，八表以肅清。"觀風：觀察民情，了解施政得失。《禮記·王制》："命大師陳詩以觀民風。"

[12] 育德振人：養德興民。《易·蠱》："君子以振民育德。"

[13] 光昭：彰明顯揚；發揚光大。《左傳·隱公三年》："光昭先君之令德，可不務乎？"睿軌：聖人的法則規矩。

[14] 三調：調粟、調帛和雜調的總稱。《南齊書·武帝紀》："水旱為災，實傷農稼……三調眾逋宿債，并同原除。"責負：同"債負"，所欠之債。

[15] 蠲除：廢除；免除。《史記·太史公自序》："漢既初興，繼嗣不明，迎王踐祚，天下歸心；蠲除肉刑，開通關梁，廣恩博施，厥稱太宗。"

[16] 備償：賠償。封籍：將抄查的資財登記入冊。《南史·齊鄱陽王鏘傳》："凡諸王被害，皆以夜遣兵圍宅，或斧砍開排墻，叫噪而入，家財皆見封籍焉。"貨賣：出售。

— 647 —

《宋書·孝義·郭原平傳》:"乃步從地道往錢唐貨賣。"集:成就,完成。《詩·小雅·小旻》:"謀夫孔多,是用不集。"

[17] 御府:帝王的府庫。《史記·平准書》:"胡降者皆衣食縣官,縣官不給,天子乃損膳,解乘輿駟,出御府禁藏以贍之。"池田:御苑中的田。《漢書·元帝紀》:"詔罷黃門乘輿狗馬,水衡禁囿、宜春下苑、少府佽飛外池、嚴御池田假與貧民。"邸:官署。冶:冶煉金屬的作坊。

[18] 關市:邊境上的通商市場。《史記·匈奴列傳》:"孝景帝復與匈奴和親,通關市,給遺匈奴,遣公主,如故約。"

[19] 條格:擬定出條規。沈約《南郊恩詔》:"京師三縣尤窮之民,詳加賑恤,主者速條格施行。"

《梁武帝恩赦詔》三首　　南朝梁　沈約

題解:《梁書》載天監三年(504)六月癸未,大赦天下,而六月丙子的詔書所涉及獄訟理冤之事與此詔相關,推詔作於天監三年六月癸未。第二首稱自開頭"門下"至"可大赦天下"與《梁武帝改元大赦詔》同,故亦作於中大通元年(529)冬十月己酉。第三首未詳年月,從其內容看,似是亂後思治,姑繫於天監元年。此三篇其它文獻無載,嚴可均輯《全上古三代秦漢三國六朝文》無收,可補入《全梁文》沈約文中。按:此詔第二首自開頭至"可大赦天下"與上《梁武帝改元大赦詔》第二首同(見本書第573頁)。

門下:朕受天明命,光宅區宇,仰調六漠[1],旁詔百神,日昃劬勞[2],于今三載矣。雖靜言宣室[3],留心聽斷,而九服遐阻[4],四聽靡達,恩未被匝,化闕覃遠,不能以仁義浸漉[5],禮讓甄陶[6]。觸網入刑,誠非外至;致茲間淺,抑有由然。獄書日聞於幄坐,弊罪相繫于圜室[7]。陷之在余,良以多愧。宜弘愷澤,昭被率土,可大赦天下。

門下:先天而天不違,後天而奉天時,然後可受金策於龍圖,應寶命於天位,與二儀而運行,一六合而光宅。《書》不云乎:"皇天無親,惟德是輔;人心無常,惟惠是懷。"朕承百王之乏,當萬乘之尊,不能使青雲呈瑞,白環表祥,道被域中,守在海外。無因布政,空荷重負。幽憂未除,菁華已竭。豈宜再臨太階,重辱神器?方欲縱心任杖,歸老丘壑,迫以群臣之請,隨從萬姓之心,懍乎夕陽,坐以待旦。思俾億兆,咸與惟新。可大赦天下。其逐

卷第六百七十

食流移、犯事逃亡[8]，并聽還復本業，蠲課三年。流徙清議禁錮奪勞，亦同寬釋。在位群臣，宿衛文武[9]，邊疆式□[一]，咸有劬勞，普賚一階。孝悌力田、爲父後者，賜爵一級。

門下：朕昧旦劬勞，慮切人命，哀矜之情徒積，漸被之功闕然。從善知義，未臻乎比屋[10]；弊罪斷刑，猶勤於聽覽。顧己循衷，良以多愧；興言重辟[11]，思加全免。凡死罪已禽録，特全[二]生命，止付冶署。若罪應入死而逃叛未禽，可開恩五十日，并聽自首，不問往罪。是公家役限，令各覓處自效，遠近適意。是其家口應坐質謫，速從原宥。

【校勘】

〔一〕 式□，羅國威整理本作"戒"。

〔二〕 令，羅國威整理本作"全"。

【注釋】

[1] 六漠：六幕。《楚辭·遠游》："經營四荒兮，周流六漠。"洪興祖補注："漢樂歌作六幕，謂六合也。"

[2] 日昃：太陽偏西，約下午2時。《易·離》："日昃之離，何可久也？"劬勞：勞累；勞苦。《詩·小雅·蓼莪》："哀哀父母，生我劬勞。"

[3] 静言：沉静地思考。陸機《猛虎行》："静言幽谷底，長嘯高山岑。"宣室：宫殿名，泛指帝王所居的正室。焦贛《易林·師之恒》："乘龍從蜺，征詣北闕，乃見宣室，拜守東城。"

[4] 遐阻：遥相間隔。張協《七命》："絶景乎大荒之遐阻，吞响乎幽山之窮奥。"

[5] 浸瀀：浸潤，喻恩澤下施。王僧孺《吏部郎表》："豈望翰飛，終知迹滯；一逢浸瀀，幾聞昭晉。"

[6] 甄陶：化育；培養造就。揚雄《法言·先知》："甄陶天下者，其在和乎！"

[7] 圜室：獄室。圜，讀音yuán，牢獄。《周禮·秋官·司寇》："司圜中士六人。"

[8] 逐食：求食；乞討食物。《百喻經·伎兒著戲羅剎服共相驚怖喻》："昔乾陀衛國有諸伎兒，因時饑儉，逐食他土。"流移：流亡；遷移。《後漢書·朱穆傳》："百姓荒饉，流移道路。"

[9] 宿衛：在宫禁中值宿，擔任警衛。《史記·齊悼惠王世家》："後四年，封章弟興居爲東牟侯，皆宿衛長安中。"

[10] 比屋：家家户户。徐幹《中論·譴交》："有策名於朝而稱門生於富貴之家者，比屋有之。"

— 649 —

[11] 興言：語助詞。《詩·小雅·小明》："念彼共人，興言出宿。"也有告諭之義。左思《魏都賦》："聖武興言，將曜威靈。"重辟：極刑；死罪。《陳書·孔奐傳》："沈炯爲飛書所謗，將陷重辟。"

《梁武帝開恩詔》一首　　南朝梁　徐勉

題解：此篇作於天監十七年（518）正月，亦載於《梁書·武帝紀中》，嚴可均輯入《全上古三代秦漢三國六朝文》之《全梁文》卷三，題名爲梁武帝"聽流民還本詔"。實可補入《全梁文》徐勉文中。

門下：夫樂所自生，含識之常性；厚下安宅[1]，馭俗之通規[2]。朕矜此庶甿，無忘待旦，亟弘生聚之略，每布寬恤之恩，而編户未滋，遷徙尚有。輕去故鄉，豈其本志？資業殆闕，自反莫由。巢南之心[3]，亦何能弭？今開元發歲，品物惟新，思俾黔黎，各安舊所。將使居無曠士〔一〕，邑靡游人，雞犬相聞，桑柘交畛。凡天下之人，有流移他境，在今〔二〕天監十七年正月一日以前，可開恩半歲，悉聽還本，蠲課三年。其流寓過遠者，量加程日。若有不樂還者，即使著藉爲伍〔三〕，准舊課輸[4]。若流移之後，本鄉無復居宅者，村司三老，及餘親屬，即爲詣縣，占請村内官宅〔四〕，令相容受，使戀本者還有所托。凡坐爲市埭諸職，割盜〔五〕寨減，應被封籍者[5]，其田宅車牛，是其生生之具，不得悉以没入，皆優量分留，使得自止。其商賈富室，亦不得頓相兼并。逋叛之身，罪無輕重，并許首出，還復人伍。若有拘限，自還本役。可明〔六〕爲條格，咸使聞知。

【校勘】

〔一〕"曠士"，《梁書》作"曠土"。
〔二〕"在今"，《梁書》作"在"。
〔三〕"著藉爲伍"，《梁書》作"著土籍爲民"。
〔四〕"官宅"，《梁書》作"官地官宅"。
〔五〕"寨"，《梁書》作"袠"。
〔六〕"可明"，《梁書》作"并"。

【注釋】

[1] 安宅：安居。《詩·小雅·鴻雁》："雖則劬勞，其究安宅。"

［2］馭俗：整治習俗。《宋書·明帝紀》："況朕尚德戡亂，依仁馭俗，宜每就弘簡，以隆至治。"

［3］巢南：思念故土。《古詩十九首·行行重行行》："胡馬依北風，越鳥巢南枝。"

［4］課輸：徵收賦稅。《晉書·劉超傳》："課輸所入，有踰常年。"

［5］封籍：謂將抄查的資財登記入册。《南史·齊鄱陽王鏘傳》："凡諸王被害，皆以夜遣兵圍宅，或斧砍關排墙，叫噪而入，家財皆見封籍焉。"

《梁武帝降寬大詔》一首　　南朝梁　徐勉

題解： 詔稱"凡前諸科，咸開恩百日。今九年以前，三調逋餘，非列畢限，州郡精加檢括。審在人間未入官者，并聽停督。主者詳爲條格施行"。梁武帝統治時期，其時間超過九年的年號有天監（502—519）和大同（535—546），此題作者爲徐勉，考《梁書》載大同元年"十一月丁未，中衛將軍、特進、右光祿大夫徐勉卒"，故此文不可能作於大同年間，理當在天監九年（510）。此篇其他文獻無載，嚴可均輯《全上古三代秦漢三國六朝文》無收，可補入《全梁文》徐勉文中。

門下：朕矜此下人，鑒寐興想，赦過之令，氣序相尋。而罕識愚人，尚多犯法，思同雷雨，降茲寬大。凡劫賊未擒，及結正餘口未擒者[1]，悉聽詣所在自首，還復人伍。或犯死罪而家人非從坐者，亦聽遣質，依前許首。若罪應入重而不預權制[2]，可特原死，依權制補譴[3]。經亡叛隱匿貿襲巧注[4]，皆許首正。女丁質系權悉散遣。其割盜亡失、守責違負、家丁質駐[5]，同聽權散，許自輸送。凡前諸科，咸開恩百日。今九年以前，三調逋餘，非列畢限，州郡精加檢括；審在人間未入官者，并聽停督。主者詳爲條格施行。

【注釋】

［1］結正：定案判決。《三國志·魏志·陳矯傳》："曲周民父病，以牛禱，縣結正棄市。"

［2］權制：權宜之制，臨時制定的措施。《後漢書·崔駰傳》："俗人拘文牽古，不達權制，奇偉所聞，簡忽所見，烏可與論國家大事哉！"

［3］譴：同"譴"，處罰；懲罰。《北史·魏紀一·太宗明元帝》："詔以刺史守宰率多逋惰，今年貲調縣違者，譴出家財以充，不聽徵發於人。"

［4］貿襲：謂案情復雜而長期積壓未了結。《宋書·孝武帝紀》："其考譴貿襲，在大

明七年以前，一切勿治。"

[5] 違負：違反，背棄。王充《論衡·對作》："禍重於顏回，違負黃老之敎，非人所貪，不得已，故爲《論衡》。"

《北齊文宣帝大赦詔》二首　　北齊　魏收

題解：文宣帝高洋（526—559），字子進，北齊開國之君。北周孝靜帝武帝八年（550）五月，受禪建齊，改元天保。第一首詔稱"自天保七年七月廿六日昧爽以前，赤手殺人、繫囚見徒，悉皆原免"，推此作於天保七年（556）。第二首詔稱"自天保九年四月十九日昧爽已前，赤手殺人、繫囚見徒，悉皆原免"，當作於天保九年（558）。此二篇其他文獻無載，嚴可均輯《全上古三代秦漢三國六朝文》無收，可補入《全北齊文》魏收文中。

門下：朕寅應大命，悚答上靈，入坐青蒲，出居黃屋，永懷政術，無忘化本。文武兼運，賞罰俱行，用恢九道，是寧萬國。玄穹孔鑒，諸神效祉。寶圖已協，玉燭無違[1]。所以晉缺王詩，魏執帝藉，璽稱侍國，久亡裔土。自我會昌，隨運而至，鳥迹□蟠，飛光漾彩，豈伊人事？理契實符。屬此非常，朝野動色。幽明篤貺，欣贊有典。解網弘施，抑惟舊章，顧修寡德，推而弗處。實用祗懷，匪遑休息，夜思待旦，安不忘勤。沙漠遺虜，爲梗歷葉；江淮宿夷，隔代未歇。或六師親指，或三軍薄伐[2]。玄海息其橫波[3]，赤野卷其毒霧。胡馬追風，汗赭而遠入[4]；越象垂鼻，蹈節以呈馴[5]。遐邇率從，中外一體。天眷廟靈，同奬興運。往者邙山潁川，諸有勝捷；秦中將士；久見俘囚。比加寬貸，有所料免，義在申恩，非要力用[6]。而感德奮身，效立攻討；圖勞命賞，并出優洽。自餘拘禁，未從需然[7]，雖來非慕義，而事由驅逼。原心略迹，在可哀矜。既涅成群品，含養庶類；本存覆燾[8]，何論彼此？苟曰非所，是用傷惻。又率土之廣，黔黎之衆，形肖天地，氣稟陰陽。宰害吏侵，致虧亭毒[9]。有一於此，良所寤嘆。今三方大定，關隴未夷，謀夫展策以抑揚，猛士效勇而慷慨。方介馬出車[10]，盪刷逋醜[11]，鼓行而超涇渭，指畫而掩川源。思流惠區中，加仁域外。明雷雨之義，開造育之始，可大赦天下。自天保七年七月廿六日昧爽以前，赤手殺人、繫囚見徒，悉皆原免。

卷第六百七十

門下：兩儀言大，以生爲德；四時之信，仁實爲首。朕撫茲興運，尊居域中，協契神祇[12]，實心造育。以至道弘濟，義不獨善；慈惠所在，形有俱遂。是故齊居深念，志先含養。根荄蜦蠕[13]，思無夭閼[14]。一物非所，常以惻然。欲令品庶，咸得其性。雖區宇穆清，朝野寧緝，風雨調節，日月光華。雖休勿休，無忘夕惕。尚恐下情未達，上聽不廣，吏乖其道，人致怨侵，疾苦或存，恩意猶隔。俾我中懷，未宣率土，子育黔首，能不伊慨？赭衣艾韠[15]，齊德導禮，通之有術，夫復何難？又以江東旅拒[16]，年代淹積，慕義畏威，交臂藩歟。疇日匪盯[17]，咸爲臣妾。秦隴連誅，久穢關輔。天篤其禍，魁藪先亡[18]，更相剪害，胤嗣孤弱。衆叛親離，莫不解體。方六師雷動，伐罪吊盯，廓周漢之舊墟，奄蔥沙而爲一。將使億兆同欣，王略無外。思所以舍過宥罪，持綱解目，藩潞牢狴[19]，葉暢時和。凡百食毛，賜其更始，可大赦天下。自天保九年四月十九日昧爽已前，赤手殺人、繫囚見徒，悉皆原免。孝子順孫、義夫節婦，道著丘園者，標其門閭。挾藏軍器、亡命山澤，百日不伏首者，復罪如初。敢以赦前事相告言者，以其罪罪之。赦書日行七百里。

【注釋】

[1] 玉燭：四時之氣和暢，形容太平盛世。《尸子》卷上："四氣和，正光照，此之謂玉燭。"

[2] 薄伐：征伐；討伐。《詩·小雅·出車》："赫赫南仲，薄伐西戎。"

[3] 橫波：橫流的水波。《楚辭·九歌·河伯》："與女游兮九河，冲風起兮橫波。"

[4] 汗赭：西域良馬。

[5] 蹈節：應合節拍。陸機《日出東南隅行》："赴曲迅驚鴻，蹈節如集鶩。"

[6] 力用：能力和作用。蔡邕《薦邊文禮書》："列於王府，躋之宗伯，納之機密，展其力用，副其器量。"

[7] 霈然：綽有餘裕，應付裕如的樣子。《孔叢子·答問》："陳王以秦國之亂也，有輕之意，勢若有餘而不設敵備。博士大師諫曰：'章邯，秦之名將，周章非其敵也。今王使霈然自得而不設備，臣竊惑焉。'"

[8] 覆燾：亦作"覆幬"，猶覆被，謂施恩，加惠。《禮記·中庸》："辟如天地之無不持載，無不覆幬。"

[9] 亭毒：《老子》："長之育之，亭之毒之，養之覆之。"一本作"成之熟之"。高亨正詁："'亭'當讀爲'成'，'毒'當讀爲'熟'，皆音同通用。"後引申爲養育，化育。劉孝標《辯命論》："生之無亭毒之心，死之豈虔劉之志？"李周翰注："亭、毒，均

養也。"

[10] 介馬：給戰馬披甲。《左傳·成公二年》："余姑翦滅此而朝食，不介馬而馳之。"杜預注："介，甲也。"出車：出動兵車，泛指出征。《詩·小雅·出車》："出車彭彭，旗旐央央。"

[11] 逋醜：逃寇。《宋書·謝靈運傳》："掃逋醜於漢渚，滌僭逆於岷山。"

[12] 協契：同心，一致。《晉書·簡文帝紀》："群後竭誠，協契斷金。"

[13] 根菱：亦作"根荄""根核"，喻事物的根本、根源。《文子·符言》："枝葉茂者，害其根菱；能兩美者，天下無之。"螺蠕：螺飛蠕動，昆蟲飛翔、爬行。亦指飛翔、爬行的昆蟲。《淮南子·本經訓》："覆露照導，普氾無私，螺飛蠕動，莫不仰德而生。"

[14] 夭閼：夭亡，夭折。賈誼《新書·修政語下》："聖王在上，則君積於仁，而吏積於愛，而民積於順，則刑罰廢矣，而民無夭閼之誅。"

[15] 赭衣：古代囚衣，因以赤土染成赭色，故稱。《荀子·正論》："殺，赭衣而不純。"艾韠：綠色朝服。艾草色綠，可用來染綠，故借指綠色。韠，讀音 bì，古同"韠"，朝覲或祭祀時遮蔽在衣服上的一種服飾，後亦借指朝服。《國語·晉語九》："端委韠帶。"

[16] 旅拒：同"旅距"，聚眾抗拒；違抗。《後漢書·馬援傳》："若大姓侵小民，黠羌欲旅距，此乃太守事宜。"王先謙集解："旅距，聚眾相拒耳。"

[17] 疇日：昔日；從前。丘遲《與陳伯之書》："見故國之旗鼓，感生平於疇日。"

[18] 魁：首領，領頭人。《尚書·胤征》："殲厥渠魁，脅從罔治。"藪：人或物聚集之所。《尚書·武成》："爲天下逋逃主，萃淵藪。"

[19] 牢狴：監獄。狴，即狴犴，傳說中獸名，古代常畫其形於獄門。

《北齊武成帝大赦詔》一首　　北齊　魏收

題解：詔稱"今方隅肅然，中外一體，股肱爪牙，心如鐵石。謀猷折衝，穆我風化"，并赦免大寧二年正月以前諸犯罪者，而武成帝高湛于太寧元年十一月即位，此當作於即位不久，即太寧二年（562）年初。此篇其他文獻無載，嚴可均輯《全上古三代秦漢三國六朝文》無收，可補入《全北齊文》魏收文中。

門下：齊應天曆，會昌神道[1]，代及握紀[2]，照臨萬方。朕以寡德，對揚靈命，符茲大業，作君四海，永言丕緒，夙夜惟寅。昔高邑成禮[3]，繁昌正位[4]；受圖縮璽，仍晉之陽。冬序告終，六龍啓路；元春獻吉，欽著前典。紺幄紫壇，配聖尊極。清廟大官，升食合祖。協時展事，咸序幽明。陟降薦

— 654 —

享，實深感暢。加以百辟庶寮，執斯故實，奉深主鬯[5]，屢聞聽覽。鼇此陰教，固本少陽。百王彝範，事非撝挹[6]。俯從群請，俱正其位。顧以虛薄，允答天休。王度國章，人神以愜。猥居人上，子育率土，思蓦堯舜[7]，平此太階。今方隅肅然，中外一體，股肱爪牙；心如鐵石。謀猷折衝，穆我風化。陽煦云始，庶品方作；順天播澤，今也其時。蕩刷瑕穢，混清區宇，與物更始，無思不洽，可大赦天下。自大寧二年正月十八日昧爽已前，謀反大逆已發覺未發覺、赤手殺人、繫囚見徒，及長徒之身，悉從原免。流徒邊方未至前所者，并亦聽還。清議禁錮及七品已上犯奸盜之徒，亦在原限。九州職人并進二級，內外文武百官并進一級。亡官失爵復其資品。凡諸賦稅懸在人間，及逋租懸調[8]、負貸官財、主掌自盜，亦皆勿徵。諸爲父後者，賜爵一級。

【注釋】

[1] 會昌：會當興盛隆昌。《三國志·蜀志·秦宓傳》："蜀有汶阜之山，江出其腹，帝以會昌，神以建福，故能沃野千里。"

[2] 握紀：量詞，指一手所能執持的量或一拳的長度。《禮記·王制》："祭天地之牛，角繭栗；宗廟之牛，角握。"鄭玄注："握謂長不出膚。"

[3] 高邑成禮：指東漢光武帝即位于高邑。

[4] 繁昌正位：指魏文帝曹丕即帝位。

[5] 主鬯：主掌宗廟祭祀。鬯，古代祭祀用的一種香酒。韓愈《順宗實錄三》："付爾以承祧之重，勵爾以主鬯之勤。"

[6] 撝挹：亦作"撝抑"，謙抑；謙讓。《晉書·桓彝傳》："彝上疏深自撝挹，內外之任并非所堪。"

[7] 思蓦：同"思謨"，謀議。劉劭《人物志·接識》："謀識之人，以思謨爲度，故能成策略之奇，而不識道德之良。"

[8] 懸調：長期拖欠的賦稅。《周書·武帝紀上》："降宥罪人，并免逋租懸調等，以皇女生故也。"

《北齊後主大赦詔》一首　　北齊　魏收

題解：詔稱"昊天不弔，降茲大禍，大行太上皇帝委棄率土，升遐奄及，攀號永慕，上下崩殞"。太上皇帝即北齊武成帝高湛，卒於天統四年十二月，後主高緯下詔大赦，凡天統三年以前犯罪者，皆赦免，百官加級進爵，原免百姓租調。故此詔當作於天統四年（569）。此篇其他文獻無載，嚴可均輯

— 655 —

日本影弘仁本《文館詞林》校注

《全上古三代秦漢三國六朝文》無收，可補入《全北齊文》魏收文中。

門下：昊天不吊，降茲大禍，大行太上皇帝委棄率土，升遐奄及[1]，攀號永慕，上下崩殞。仰惟誕聖應期，樂推在運，尊居宸極[2]，大濟區寰[3]。垂日月之明，灑雲雨之澤。百神奉職，千齡云在；三才允穆，萬代一時。雷霆所致，罔不奔走。舟車混會，九域歸仰[4]。禮以正朝，樂以移俗。有感咸達，日用不知。天平地成，何思何慮。神游物外，爲而弗有。言訪崆峒，且眷姑射。悠然獨遠，糠秕堯舜[5]，牢籠遂古，無得而稱。朕以虛寡，夙承寶曆，膝下過庭[6]，罔極空軫[7]。精誠罕鑒，荼蓼遂臻[8]。永惟窮毒，泣血靡告。惟我爪牙心腹不二之臣，體國銜哀，義百恒品。億兆蒼生，宿賴矜貸[9]，若喪考妣。事切唐人，仰惟先旨，深慈廣洽，宜宣弘施，被以餘恩，惠及囹圄，且滌瑕穢，可大赦天下。自天統四年十二月十五日昧爽已前，謀反大逆，已發覺、未發覺，赤手殺人，繫囚見徒，長徒之身，一切原免。流徙邊方未至前所，悉亦聽還。九州職人普加四級，內外百官并加兩級。亡官失爵悉復資品。天統三年以前，凡諸賦稅懸在人間及逋租懸調，一以原免。其常赦所不免者，不在赦例。

【注釋】

[1] 升遐：帝王去世的婉稱。《三國志·蜀志·先主傳》："今月二十四日奄忽升遐，臣妾號咷，若喪考妣。"奄：忽然，驟然。陶潛《五月旦作和戴主簿》："發歲始俯仰，星紀奄將中。"

[2] 宸極：帝位。劉琨《勸進表》："宸極失御，登遐醜裔。"李善注："宸極，喻帝位。"

[3] 區寰：天下。謝靈運《宋武帝誄》："皇之遁世，屯難方阻，眷此區寰，閔爾淪胥。"

[4] 歸仰：歸附仰仗。《宋書·夷蠻傳·天竺迦毗黎國》："萬邦歸仰，國富如海。"

[5] 糠秕：同"糠粃"，指粗劣的糧食，視作糠秕，視爲無用之物。

[6] 過庭：承受父訓或徑指父訓，出自《論語·季氏》，喻長輩的教訓。《後漢書·黨錮傳·李膺》："久廢過庭，不聞善誘。"

[7] 罔極：子女對於父母的無窮哀思。劉義慶《世說新語·言語》："陛下聖恩齊於哲王，罔極過於曾閔。"

[8] 荼蓼：荼味苦，蓼味辛，因比喻艱難困苦。《後漢書·陳蕃傳》："諸君奈何委荼蓼之苦，息偃在床，於義不足，焉得仁乎！"

[9] 矜貸：憐恤寬恕。

《後周武帝大赦詔》一首　　後周　武帝

題解：此篇又見《周書》卷五《武帝紀上》，作於建德三年（574）春二月丙辰。嚴可均據之輯入《全後周文》卷二。此載可補嚴輯徵引出處。

制詔：人生而靜，純懿之性本均[1]；感物而遷，嗜欲之情斯起。雖復雲鳥殊代[2]，文質異時，莫不限以隄防[3]，示之禁令。朕君臨萬宇，覆養黎元[4]，思振頹綱，納之軌式[5]。比因人有犯，與衆棄之。所在群官有愆過者，咸聽首露[6]，莫不輕重畢陳，纖豪無隱。斯則風行草偃，從化無違，導德齊禮，庶幾可致。但上失其道，有自來矣。陵夷之弊，反本無由，宜加蕩滌，與人更始。可大赦天下。

【注釋】

[1] 純懿：大而美。張衡《東京賦》："今舍純懿而論爽德，以《春秋》所諱而爲美談。"李善注："純，大；懿，美也。"

[2] 雲鳥：兩個不同的時代。

[3] 隄防：管束；防備。《漢書·董仲舒傳》："夫萬民之從利也，如水之走下，不以教化隄防之，不能止也。"

[4] 覆養：庇護養育。覆，遮蓋，覆庇。

[5] 軌式：規範，法式。

[6] 首露：承認過錯。

《後周武帝赦齊人被掠爲奴婢詔》一首　　後周　武帝

題解：此篇又見《周書》卷六《武帝紀下》，作於建德六年（577）春二月癸丑，武帝下令赦免自武平三年以來，河南諸州被齊掠爲奴婢者。嚴可均據之輯入《全後周文》卷三。題作《除齊苛政詔》。《全後周文》"灾甚滔天"，《詞林》作"灾甚稽天"；"僵僕九逵之門"，《詞林》作"僵僕九逵之間"；"願往淮北者"，《詞林》作"願住淮北者"，《周書》校勘記以此爲是，據之改；"不能自存者"，《詞林》作"不能自在者"。

制詔：無侮煢獨，事顯前書；哀彼矜人，惠流往訓。僞齊末政，昏虐寔繁，灾甚稽天[一]，毒流比屋。無罪無辜，係虜三軍之手[1]；不飲不食，僵僕九達之間[二][2]。朕爲人父母，職養黎庶，念甚泣辜，誠深罪己。除其苛政，事屬改張[3]，宜加寬宥，兼行振恤[4]。自僞武平三年以來，河南諸州之人，僞齊破掠[三]爲奴婢者，不問官私，并宜放免。其住在淮南者，亦即聽還；願住淮北者，可隨便安置。其有癃殘孤老[5]，饑餒絶食不能自在[四]者，仰刺史守令及親人長司，躬自檢校。無親屬者，所在給其衣食，務使存濟。

【校勘】

〔一〕"稽天"，《周書》作"滔天"。

〔二〕"九達之間"，《周書》作"九達之門"。

〔三〕"破掠"，《周書》作"被掠"。

〔四〕"自在"，《周書》作"自存"。

【注釋】

[1] 三軍：軍隊的通稱。《論語·子罕》："三軍可奪帥也，匹夫不可奪志也。"

[2] 九達：四通八達的大道。

[3] 改張：改弦更張，調換樂器上的弦綫，并重新調音。張，繃緊弦，喻改革制度或變更方法。

[4] 振恤：賑濟。《吕氏春秋·懷寵》："選其賢良而尊顯之，求其孤寡而振恤之。"高誘注："振贍矜恤。"

[5] 癃殘孤老：衰弱殘廢，孤獨衰老。

《陳武帝宥沈泰家口詔》一首　　陳　徐陵

題解：徐陵（507—583），字孝穆，東海郯（今山東郯城）人，徐摛之子。南朝梁陳間文學家。早年即以詩文聞名。梁武帝蕭衍時期，任東宮學士，常出入禁闥，爲當時宮體詩人，與庾信齊名，并稱"徐庾"，與北朝郭茂倩并稱"樂府雙璧"。此篇又見《陳書》卷二《武帝紀》，嚴可均據之輯入《全陳文》卷一。此可補嚴輯徵引出處。

門下：罰不及嗣，自古通典，罪疑惟輕，布在方策。沈泰反覆無行，邇遐所知，昔有微功，仍荷朝寄[1]。割符[一]名郡，推轂累藩。漢口班師，還居方岳。良田逾於四百，食客非止[二]三千。富貴榮華[三]，政當如此。鬼害其盈，天奪之魄，無故猖狂，自投獯醜[2]。雖復知人則哲，惟帝其難。光武有敝於龐萌[3]，魏武不知於于禁[4]，但令朝廷，無我負人。其部曲妻兒，各令復業，在所及軍人，若有恐脅侵掠者[5]，皆以劫論。若有男女口爲人所藏，并許詣臺申訴。

【校勘】

〔一〕"割符"，《陳書》作"剖符"。

〔二〕"非止"，《陳書》作"不止"。

〔三〕"榮華"，《陳書》作"顯榮"。

【注釋】

[1] 朝寄：朝廷的委托、任命。《晉書·謝安傳》："安雖受朝寄，然東山之志始末不渝。"

[2] 獯醜：凶惡野蠻者。獯，讀音 xūn，《廣韵》《集韵》《正韵》："許云切，音薰。"《玉篇》獯鬻。《廣韵》："夏曰獯鬻，周曰獫狁，漢曰匈奴。"《孟子》："大王事獯鬻。"

[3] 龐萌：東漢初年將領，山陽（今山東金鄉）人，初亡命於下江軍隊中。建武元年（25），光武帝任命爲侍中。謙遜和順，頗爲光武帝信任寵愛，拜任平狄將軍，與蓋延共擊董憲，因光武帝只下詔給蓋延而沒給龐萌，龐萌起疑心，於是反叛。光武帝大怒，親自率軍討伐龐萌。

[4] 于禁：字文則，泰山鉅平（今山東泰安南）人，三國時魏國武將。本爲鮑信部將，後屬曹操，曹操稱讚他可與古代名將相比。在建安二十四年（219）的襄樊之戰中，于禁敗給關羽後投降，致使晚節不保。關羽敗亡後，于禁從荊州獲釋到了吳國。黃初二年（221），孫權遣還于禁回魏，同年去世諡曰厲侯。

[5] 恐脅：恐嚇威脅。脅，讀音 xié，《集韵》《韵會》："迄業切，音熻。"《說文》："兩膀也。"《廣韵》："脅脅。"

《隋文帝免三道逆人家口詔》一首　　隋　李德林

題解： 詔中提到尉遲迥、司馬消難、王謙三凶之亂，皆已蕩平，隋文帝欲大赦天下，當作於開皇元年（581）。此篇其他文獻無載，嚴可均輯《全上古三代秦漢三國六朝文》無收，可補入《全隋文》李德林文中。

門下：往者周曆將窮，禍生宇內，四海之望，有若瞻焉。尉迥跋扈鄴城，吞六國之半。司馬消難趑趄安陸[1]，合三吳之從。王謙割據岷峨，稱兵內畏[2]。并鷗張豕食，蝟起狼驚[3]，士庶相憂，溝壑非遠[4]。朕昔當朝宰，任專征伐，每簡將帥，遞出兵車。憑上天之靈，藉群才之力，干戈所及，雲除席卷。諸將懷熊羆之心，執法守鷹鸇之志，奮疾雷之怒，行嚴霜之誅。逆亂家口，咸充賞物。論此三凶，前朝貴仕，各總藩鎮，俱有威權。播蕩三方，擁逼兆庶，元謀同惡，其敷無幾。自餘則在其網羅，皆被迫脅，形同醜類，事非本心，親戚因之，長爲賤隷。同國境之內，共聲教之下，或良善親通，或衣冠血屬。邑屋桑梓，舉目弗違。男曰人奴，女爲人婢，其爲憂嘆，何止向隅[5]？同感性靈，咸相愍念[6]。況朕受天明命，爲其父母，有一於此，情深納隍。誠欲蕩滌疵瑕，悉以原宥。但分配之日，折物賞勳。虛而奪之，功臣或怨。其從尉迥、司馬消難、王謙作逆，非元謀之家，良口配勳人。見爲奴婢，若有家人親舊，依本折物之直贖者聽之。若無家人親舊，有口之人，宜具錄文簿，即上尚書，官爲酬贖。庶使有功獲賞，不失王者之信；有罪見恤，微示哀矜之情。

【注釋】

[1] 趑趄：躊躇不定，懷有二心。《三國志·蜀志·張裔傳》："乃以裔爲益州太守，徑往至郡。闓遂趑趄不賓。"

[2] 內畏：出自《詩·大雅·蕩》："內畏于中國，覃及鬼方。"毛詩傳："畏，怒也。"指商紂的惡行激起國內百姓的怨怒。後引申指內亂。畏，讀音 bì，不醉而怒。

[3] 蝟起：出自賈誼《新書·益壤》："高皇帝瓜分天下，以王功臣，反者如蝟毛而起。"因以之比喻紛然而起。

[4] 溝壑：野死之處或困厄之境。《孟子·滕文公下》："志士不忘在溝壑，勇士不忘喪其元。"趙岐注："君子固窮，故常念死無棺槨沒溝壑而不恨也。"

[5] 向隅：面對著屋子的一個角落。劉向《說苑·貴德》："今有滿堂飲酒者，有一人獨索然向隅而泣，則一堂之人皆不樂矣。"用以比喻孤獨失意或不得機遇而失望。徐悱《贈內詩》："豈忘離憂者，向隅心獨傷。"

[6] 愍念：猶憐憫。葛洪《抱朴子·金丹》："上古眞人愍念將來之可教者，爲作方法，委曲欲使其脫死亡之禍耳。"

《隋文帝大赦詔》二首　　隋　薛道衡

題解： 第一篇當作於開皇七年十二月一日，第二篇當作於開皇十九年正月七日。此二篇其他文獻無載,嚴可均輯《全上古三代秦漢三國六朝文》無收,可補入《全隋文》薛道衡文中。

門下:朕肇開寶運,君臨區宇,承干戈之後,當澆弊之俗,思欲代刑以德,改薄歸淳,使人識廉恥,家興禮讓。雖遷善之甿,十室變九,而不移之性,莫能盡革。憲網由其未輟,囹圄所以尚存。每臨朝聽政,法司奏獄,惻愴不怡,終夕忘寐。顧惟薄德,感物未弘,責實存弔[1],興言慚惕。今冬律已窮,陽和方始[2],宜申惠澤,咸使更新。自開皇七年十二月一日已前,犯罪之徒,宜依前件。

門下:春生夏養,天地之大德;解網泣辜,聖人之明訓。朕恭膺寶命,撫臨四海,承喪亂之後,當凋弊之辰,憂勞庶務,不遑寢食。夜思政道,坐以待旦,欲使人皆從化,家悉遷善,禮讓興行,刑罰勿用。而德慚感物,道有未弘,致使囹圄尚存,憲網不息。每法司敷奏[3],言及刑名,念彼淳風,良深愧嘆。時惟開歲,陽和載始,宜順天布澤,與物更新,可大赦天下。自開皇十九年正月七日昧爽已前,大辟罪已下,已發露未發露,繫囚見徒,悉從原放。

【注釋】

[1] 責實:求實;符合實際。《史記‧太史公自序》:"若夫控名責實,參伍不失,此不可不察也。"

[2] 陽和:春天的暖氣。《史記‧秦始皇本紀》:"維二十九年,時在中春,陽和方起。"此借指春天。

[3] 法司:掌管司法刑獄的官署。《魏書‧甄琛傳》:"復仍踵前來之失者,付法司科罪。"敷奏:陳奏,向君主報告。《尚書‧舜典》:"敷奏以言,明試以功,車服以庸。"孔安國傳:"敷,陳;奏,進也。"

《武德年中曲降十二軍界詔》一首　　唐　高祖

題解:此篇乃殘篇,後半闕,作於武德年(618—626)中。其他文獻無載,無從緝補。陸心源據《古逸叢書》本所載輯入《唐文拾遺》卷一。

門下：朕膺籙受圖[1]，君臨[區]宇，承凋弊之餘俗，拯黎元於塗炭。夕惕思乂[2]，日旰忘勞[3]。每念粟帛不豐，人多匱乏，干戈未戢，獄犴猶繁[4]，納隍之慮，無忘寢食。然而神皋奧區[5]，京畿攸在，四方輻湊之所[6]，萬國朝宗之地[7]。頃年薄伐，師旅薦興。行役轉輸，不遑寧息[8]。加以往因喪亂，條章廢（後闕）

【注釋】

[1] 受圖：河伯曾以河圖授大禹，後因稱帝王受命登位爲受圖。張衡《東京賦》："高祖膺籙受圖，順天行誅。"

[2] 夕惕：謂至夜晚仍懷憂懼，工作不懈。沈約《立太子恩詔》："夕惕寅畏，若置淵谷。"

[3] 日旰：天色晚；日暮。《左傳·襄公十四年》："衛獻公戒孫文子、寧惠子食，皆服而朝，日旰不召。"

[4] 獄犴：亦作"獄豻"，牢獄。

[5] 神皋：京畿。奧區：腹地。《後漢書·班固傳上》："防御之阻，則天下之奧區焉。"

[6] 輻湊：亦作"輻輳"，集中；聚集。

[7] 朝宗：古代諸侯春、夏朝見天子。後泛稱臣下朝見帝王。《周禮·春官·大宗伯》："春見曰朝，夏見曰宗，秋見曰覲，冬見曰遇。"

[8] 寧息：安定休息。

卷第六百九十一

誡勵　貢舉　除授　黜免

臣敬宗等謹案：勑者，正也。《書》稱："勑天之命。"其名蓋取此也。周穆王命鄧父受勑憲，即其事也。漢責楊僕，其文尤著。今歷采史籍，以備勑部。

《漢武帝責楊僕勑》一首　　漢　武帝

題解：此篇又見《漢書》卷九十《楊僕傳》。楊僕，宜陽（今河南洛陽）人。武帝元鼎五年（前112），爲樓船將軍，率領水軍與路博多的陸軍一起平定南越國，封將梁侯。漢武帝敕責他有五過，讓他不要居功自傲。嚴可均據之輯入《全漢文》卷四。此載可補嚴輯徵引出處。

勑：將軍之功，獨有先破石門、尋阮[一]，非有斬將搴旗之实也[二][1]，焉足以驕人哉[三]！前破番禺[2]，捕降者以爲虜，掘死人以爲獲，是一過也。建德、呂嘉，逆罪不容於天下，將軍擁精兵不窮追，超然以東越爲援，是二過也。士卒暴露連歲，朕爲朝會不置酒[4]，將軍不念其勤勞，而造佞巧，請乘傳行塞，因用歸家，懷銀黃[3]，垂三組[4]，夸鄉里，是三過也。失期內顧，以道惡爲解，失尊尊之序，是四過也。欲請蜀刀，問賈幾何[五]，對曰率數百。武庫日出兵而陽不知，挾僞干君，是五過也。受詔不至蘭池宮，明日又不對，假令將軍之吏，問之不對，令之不從，其罪何如？推此心以在外，江海之間，可得信乎。今東越深入，將軍能率衆以掩過不？

— 663 —

【校勘】

〔一〕"尋阮",《漢書》作"尋陬"。

〔二〕"搴旗",《漢書》作"騫旗"。

〔三〕"焉",《漢書》作"烏"。

〔四〕"朕爲朝會",《漢書》無"朕"。

〔五〕"問賈",《漢書》作"問君價"。

【注釋】

[1] 搴旗:拔取敵方旗幟。

[2] 番禺:縣名,在今广州。

[3] 銀黃:銀印和金印或銀印黃綬,借指高官顯爵。

[4] 三組:三顆印。組,結印章的絲帶。顏師古注:"僕爲主爵都尉,又爲樓船將軍,并將梁侯,三印,故三組也。組,印綬也。"後多用以表示身兼數職,官高顯貴。

《西晋武帝戒州牧刺史勑》一首　　西晋　武帝

題解: 泰始四五年間(268—269),武帝頻下詔書於郡國,誡郡守長吏等,疑此亦此時之作。此篇其他文獻無載,嚴可均輯《全上古三代秦漢三國六朝文》無收,可補入《全晋文》武帝文中

勑:夫興化濟功[1],俾官守業,朝夕日新者,其要在於董司也[2]。刺史銜命方州[3],兼總戎政。宣風于外,儀表萬里。宜直道正身,紃率諸下[4];彰明禮教,陳之德義;揚攉清濁,彈枉流穢。當令舉善而士高其行,去惡而百城震肅,斯其所以賦任而簡于朕心,況慶賞乎[5]?若乃不祗厥司,不虔于度,綱弛事荒,吐茹連中[6],公節不立,私交是務,則將墮於乃績,害于爾家。豈惟陵夷[7],有疚王事?無連于柔,無復于剛,無克以傷物,無寬以漏非,無愆于酒德,無盤於游田。其詳案科條,夙夜無怠。誠之哉!動靜以聞。

【注釋】

[1] 濟功:成就功業。

[2] 董司:掌管軍政之人。

[3] 銜命:接受使命。

[4] 紃率:同"糾率",糾集統率。

— 664 —

［5］慶賞：賞賜。
［6］吐茹：吐剛茹柔，喻爲政的寬嚴。
［7］陵夷：由盛到衰。衰頹，衰落。

《西晉武帝戒牙門敕》一首　　西晉　武帝

題解： 泰始四至五年間（268—269），武帝頻下詔書于郡國，誡郡守長吏等，疑此亦此時之作。武帝告誡軍士當"敬承所禀，唯命是挍。撫修士卒，著挾纊之恩；整軍齊衆，立難犯之威。無挑功害能，無請謁受財，無見利忘義，無勇而爲暴"。此篇其他文獻無載，嚴可均輯《全上古三代秦漢三國六朝文》無收，可補入《全晉文》武帝文中。

敕：將者，國之捍城[1]，人之障衛，是以古者難其人。以爾忠壯果烈，武堪偏率，故授牙旗之任[2]，當敬承所禀，唯命是挍。撫修士卒，著挾纊之恩；整軍齊衆，立難犯之威。無挑功害能，無請謁受財，無見利忘義，無勇而爲暴。"赳赳武夫"[3]，《詩》稱所以爲美；"臨戎不毅"[4]，《春秋》所以著戒。爾其慎之！動静數以聞。

【注釋】

［1］捍城：護衛城池。
［2］牙旗：旗竿上飾有象牙的大旗。多爲主將主帥所建，亦用作儀仗。張衡《東京賦》："戈矛若林，牙旗繽紛。"薛綜注："兵書曰，牙旗者，將軍之旌。謂古者天子出，建大牙旗，竿上以象牙飾之，故云牙旗。"
［3］赳赳武夫：勇武矯健的軍人。《詩經·國風·兔罝》："赳赳武夫；公侯好仇。"
［4］臨戎不毅：未詳。

《西晉武帝戒計吏敕》一首　　西晉　武帝

題解：《晉書》載："（泰始）五年春正月癸巳，申戒郡國計吏守相令長，務盡地利，禁游食商販。"與敕文"游食商販之徒，皆人蠹患，王政之所禁也"相一致，當作於泰始五年（269）。武帝整頓風俗，重農恤人，以期於治世。此篇其他文獻無載，嚴可均輯《全上古三代秦漢三國六朝文》無收，可補入《全晉文》武帝文中。

勅：頃者年穀不登，朕用夙興晏寐，未常能違。夫陰陽不和，水旱不時，此朕之不德也。若乃地利人事，或有未盡，是誰之過與？郡國守相，各以賢材蒞官，百姓不足，將何以上稱朕意，下濟黎庶耶？諸應課田，爲盡力南畝不？在軍休假者，爲皆勠力親農，與父兄伯叔同其勤勞不？豪右貴戚，役細人以損農作不？凡如此類，及逐末舍本，游食商販之徒，皆人蠹患，王政之所禁也。二千石長吏不以此爲憂，朕將誰與爲化？掾史皆股肱本郡[1]，奉計于於朝，故親喻意，還各使守相知此指，明察屬城[2]。對身以率之，亦有申勅。監司峻明其法，如怠慢國憲，不念恤功于人，將議事制法，豈任常刑而已哉，可不勉與？

【注釋】

[1] 掾史：官名。漢以後中央及各州縣皆置掾史，分曹治事。多由長官自行辟舉。唐宋以後，掾史之名漸移於胥吏。《後漢書·百官志一》："（太尉）掾史屬二十四人。"

[2] 屬城：下屬的城邑或地方官員。

《西晉武帝戒郡國上計掾史還各告守相勅》一首　　西晉　武帝

題解：此與前篇內容基本相同，疑爲同事异文，當在泰始五年（269）。此篇其他文獻無載，嚴可均輯《全上古三代秦漢三國六朝文》無收，可補入《全晉文》武帝文中。

勅：夫興化之道有常，而化成之功相背，由於司牧所修之務异也。二千石剖符于外，賦政千里[1]，宜直道正身，以清簡爲先，發崇教本，明慎用刑[2]，納之軌物，訓之義方[3]，除其灾害，阜其財求，使安土樂業，而禮讓興焉。若乃寬猛失中[4]，人散政荒，交私事末，釋實修名，匪唯兹損流於百姓，國有黜陟，其將從之。無曰不顯，勿謂不問。虛心候旦[5]，聽四方之政刑。其明宣詔喻旨，使咸知朕意。

【注釋】

[1] 賦政：頒佈政令。賦，通"敷"。《詩·大雅·烝民》："賦政于外，四方爰發。"

[2] 明慎：明察審慎。《易·旅》："君子以明慎用刑，而不留獄。"

[3] 義方：行事應該遵守的規範和道理。

[4] 寬猛：寬大與嚴厲。
[5] 候旦：天未亮就起身，形容勤勉。

《宋文帝與彭城王義康勅》一首　　南朝宋　文帝

題解： 此篇載於《宋書·江夏王義恭傳》，嚴可均輯入《全上古三代秦漢三國六朝文》之《全宋文》卷三，題爲宋文帝《誡江夏王義恭書》。此題《宋文帝與彭城王義康敕》即《誡江夏王義恭書》刪節。或是當時文帝誡書分別鈔至諸王，文字簡略有別；又或此專門作於劉義康，因所表達的誡勅意大致相同，故與《宋書》本傳所載有雷同之處，時間都在元嘉六年（429）。羅國威以爲"此篇其他文獻無載，嚴輯《全文》無收，可補入《全宋文》文帝文中"，值得商榷。

皇帝敬問彭城王：禮賢下士，聖人垂訓；奢侈[一]矜尚[1]，先哲所去。豁達大度，漢祖之德；猜忌褊急，魏武之累。《漢書》稱衛青云："大將軍遇士大夫以禮，與小人有恩。"西門安于，矯性同異[二]；關羽張飛，偏任俱弊[三]。行己舉事[2]，當深鑒此[四]。

西楚殷廣，宜勤接對。府舍池堂，無求改作。訊獄決當，擇善從之，不可專意自決。

凡左右所陳，不可洩漏。或相讒謗，勿輕信受。每有此事，宜善察之。

官爵賜與，尤應裁量。吾於左右，雖曰少恩，如聞外論，不謂爲非。

聲樂嬉游，不宜令過。蒲酒漁獵，一切勿爲。供奉一身，皆令有度。奇服異器，慎不可興。

宜與佐吏爲數[3]，不數則不親，不親則視聽不博，於言事者不得自盡，皆急務也，爾其慎諸。

【校勘】

〔一〕"奢侈"，《全宋文》作"驕侈"。
〔二〕"矯性同異"，《全宋文》作"矯性齊美"。
〔三〕"偏任俱弊"，《全宋文》作"任偏同弊"。
〔四〕"當深鑒此"，《全宋文》作"深宜鑒此"。

【注釋】

[1] 矜尚：驕矜自大。劉義慶《世説新語·文學》"或問顧長康"條，劉孝標注引《中興書》："愷之博學有才氣，爲人遲鈍而自矜尚，爲時所笑。"

[2] 舉事：辦事。《管子·形勢》："伐矜好專，舉事之禍也。"

[3] 數：禮數，禮節。《左傳·昭公三年》："今嬖寵之喪，不敢擇位，而數于守適。"

《梁武帝與劉孝綽勅》一首　　南朝梁　武帝

題解：由詔"吾君臨區宇，於兹五載，日昃劬勞，亦已極矣"，知此作於天監五年（506），此篇其他文獻無載，嚴可均輯《全上古三代秦漢三國六朝文》無收，可補入《全梁文》梁武帝文中。

　　吾君臨區宇，於兹五載，日昃劬勞，亦已極矣。但四方遐曠，九重深隔[1]，雖瘝瘝在心，餐寢爲慮，刑政人瘼，無由悉知。本非憚勤勞，但困而不舉。今使卿分掌州事如前，庶必共盡心力，憂國如己。凡事萌雖輕，未累恆重，不得謂是小闕；惰而不言，致成後患，爲弊不淺。時人多尚榮利，不恤公家，潤存於身，則深以爲念；事在朝廷，則不關懷抱，此豈設官分任，授受之義哉？今有此勅，宜置之坐右，題之機案，動止尋閱，常以在懷。不得謂爲恆事，旋復訛息。有司直筆[2]，良史執簡，至公無私，可不勖歟？

【注釋】

[1] 九重：宮門。趙壹《刺世疾邪賦》："雖欲竭誠而盡忠，路絶險而靡緣。九重既不可啓，又群吠之猖猖。"

[2] 直筆：史官據事直書，無所避忌。葛洪《抱朴子·吴失》："若苟諱國惡，纖芥不貶，則董狐無貴於直筆，賈誼將受譏於《過秦》乎？"

《梁武帝命百官聽采勅》一首　　南朝梁　武帝

題解：天監六年（507）六月，武帝詔曰："朕聽朝晏罷，思闡政術，雖百辟卿士，有懷必聞，而蓄響邊遐，未臻未闕……四方士民，若有欲陳言刑政，益國利民，淪礙幽遠，不能自通者，可各詮條布懷於刺史二千石。有可申采，大小以聞。與此勅相合，先詔命士陳言刑政，官員申采以聞；再勅百官周加采聽，以聞朝廷。此篇其他文獻無載，嚴可均輯《全上古三代秦漢三國六朝文》無收，可補入《全梁文》武帝文中。

吾未明求衣[1]，夜分不寐，劬勞政道，於斯已極。但九重深隔，四方曠遠，人政之蠹，容未悉知。明目達聽，屬在匡翼。自今若近若遠，動靜事要，宜聞之朝廷者，可加以采聽。有所聞見，隨事牒啓。若一月之中，都無所聞，則每來月之朔，亦啓云無事。同休等感，期寄斯在，想深存憂國，副其往意。

【注釋】

[1] 求衣：索衣，起床。《漢書·鄒陽傳》："始孝文皇帝據關入立，寒心銷志，不明求衣。"

《隋文帝答蜀王勅書》一首　　隋　文帝

題解：蜀王楊秀乃隋文帝楊堅第四子，美容貌，多武藝。前太子楊勇因讒而廢，爲新皇太子楊廣所忌諱，陰求其罪而譖之于文帝，遂被廢爲庶人，幽於內侍省，不得與妻子相見。文帝此勅陳其"滅天理，逆人倫"之十大罪惡，拒不與見。此篇又見《隋書》卷四五及《北史》卷七一《庶人秀傳》，刪節較多，嚴可均據之輯入《全隋文》卷二。此載可校補嚴輯。

省表具意。我爲天下父母，子養黎元，分命藩牧，親賢并任，欲使允黔首之望，副上天之心。謂[一]汝地居臣子，情兼家國，所以康[庸]蜀要重[二]，委汝鎮之[三]。汝乃[四]奢僭驕溢[1]，上慢下暴，懷惡樂禍，干紀亂常[五][2]，酷虐良家[六]，輕於草莽；誅戮無罪，毒甚豺狼。唯縱邪心，不憚正法。諂媚附己，則榮賞以悅情；正直奉公，則陰殺以滅口。欺君欺父，不子不[臣]。乃私立關劍[3]，密防行路。盜置邨驛，陰訪京師。目睥睨二宮[4]，佇覬灾釁[七][5]。伺察內外，希望艱危。乃親受所疏，離間骨肉[八]，容納不逞，結構異端。委傅大風拔樹，虛稱日閗見血。本無天瘥[6]，乃云眼見。本無天狗，遂道耳聞。或以言孤不畏人，來犯禁衛。或言狗斬兩段，更立而號[九]。我有小小不和，汝伺覘之[7]。人住即往報汝聞，便有異志，望我不起[十]。皇太子，汝兄也，令人遠覘，心冀不祥[十一]，假托妖言，乃云不終其位，妄稱鬼怪。又道不得入官，暫向揚州，即克必厄。四月纔患微氣，乃證鬼病難除。自外妖訛，千端萬緒，汝每聞之，喜形於色[十二]。汝復自言骨相非是人臣，自言德業又堪承重[十三]。妄道清城出聖，欲以己當[十四]。詐稱益州見龍[十五]，托言吉兆。於是[十六]重述木易之姓，更修成都之宮。妄說禾乃之名，以當八千之運；橫生京師妖异，以證父兄之災。妄造蜀地徵祥，以符己身之箓。汝豈不欲得國家惡也？天下亂也，遂懷內侮之心[十七]，欲問罪君側。豫造京師之檄，成於汝手；密求惡毒之藥，驗在使人。輒造白玉之斑[8]，又造白羽之箭[十八]。文物服飾，豈似有君？苟欲圖之，無所不至。乃召集左道之徒，信用巫蠱之說，道人道士，備盡妖邪。呪詛名川，皆令符書鎮壓[十九]。漢王於親則弟也，乃畫其形像[二十]，書其姓名，縛手釘心，枷鎖杻械，仍云："請西岳華山慈父聖母，神兵九億萬騎收楊諒魂神，閉在華山下，勿令散蕩。"我之於汝，親則父也，復云："請西岳華山神父聖母，賜爲開化楊堅夫妻回心歡喜。"又畫我形像[二十一]，縛手撮頭，仍云："請西嶽華山神兵收楊堅魂魄。"豈有爲人臣子作如此形狀[二十二]。今謂汝非人也，我不應生非人之子。謂汝是人也，汝所爲復不似人，乃天地之所不容，人倫之所未見[二十三]。我今不知楊諒是汝何親[二十四]，不知楊堅是汝何親，不知楊堅之妻復是汝何親。若是汝父母也，汝不應如此惡逆；若非汝父母也，汝復何從而生？我心想此事，尚不思及汝有何情，頓至於此。汝表云："孤窮之切者。"汝若有父有母，有孤可窮，觀此行懷，不似有父，不似有母，知有何孤，知有何窮？然父子君臣，人倫最重。汝乃君父之尊，恩義并滅；臣子之道，愛敬俱淪[二十五]。遂苞藏凶慝[二十六]，圖謀不軌，逆臣之跡也，是汝不誠[二十七]。希父之災，以爲身幸，賊子之心也，是汝不孝[二十八]。懷非分之望，肆毒心於兄，悖弟之行也，是汝不順[二十九]。嫉妬於弟，無惡不爲，滅孔懷之情也[三十][9]，是汝不睦[三十一]。建國養人，法令爲本，汝壞亂之極也[三十二]。是汝不畏[三十三]。縱其毒螫[三十四]，多殺不辜，豺狼之暴也，是汝不道[三十五]。剝削黎庶，窮其妻子[三十六]，酷虐之甚也，是汝不仁[三十七]。不務道德[三十八]，唯求財貨，市井之業也，是汝不恥[三十九]。違棄正理[四十]，專求妖邪[四十一]，頑嚚之事也[四十二]，是汝不肖[四十三]。父爲基業[四十四]，子弗負荷[四十五]，不材之器也，是汝自棄[四十六]。凡此十者，滅天理，逆人倫，汝皆爲之，不祥之甚。欲免以患禍，長守富貴，其可得乎？[四十七]孔子曰："孝無終始，而患不及者，未之有也。"今日於汝，方復見之。汝表又云："乞見爪子者。"豈非父子之道天性也，慈愛之心難奪也，欲知我及我婦在日，愛念於汝，如汝之愛念爪子也。但父子之道私也，君臣之義公也。不可以私廢公，聖人之教也。我上爲宗廟社稷，下爲四海百姓，故割此小愛以全大愛，割此小慈以全大慈。周公有言:"鴟鴞鴟鴞,既取我子,毋毀我巢。"此之謂也。然邪臣惡子,自古有之,不謂今日近出於我!晝夜憤嘆,廢寢與食,實亦慚愧幽明,豈直朝野而已!汝若有心,可思審此勅也。

【校勘】

〔一〕"省表具意,我爲天下父母,子養黎元,分命藩牧,親賢并任,欲使允黔首之望,副上天之心。謂"一段35字,《隋書》略。

〔二〕"所以康蜀要重"句,《隋書》省作"庸蜀要重"。

〔三〕"委汝鎮之",《隋書》作"委以鎮之"。

〔四〕"汝乃"後,《隋書》略"奢僭驕溢,上慢下暴"兩句。

〔五〕"懷惡樂禍,幹紀亂常"句,《隋書》作"幹紀亂常,懷惡樂禍"。

〔六〕"酷虐良家"至"陰訪京師"一段共68字,《隋書》略。

〔七〕"佇覬災釁",《隋書》作"佇望災釁"。

〔八〕"伺察内外,希望艱危,乃親受所疏,離間骨肉"17字,《隋書》略。

〔九〕"委傅大風拔樹"至"更立而號"一段49字,《隋書》略。

〔十〕"我有小小不和,汝伺覘之人,住即往報汝聞,便有異志,望我不起"一段,《隋書》節作"我有不和,汝便覘候,望我不起,便有異心"。

〔十一〕"令人遠覘,心冀不祥"句,《隋書》改作"次當建立"。

〔十二〕"暫向揚州"至"喜形於色",《隋書》略。

〔十三〕"汝複自言骨相非是人臣,自言德業又堪承重",《隋書》作"自言骨相非人臣,德業堪承重器"。

〔十四〕"欲以己當",《隋書》作"欲以己當之"。

〔十五〕"見龍",《隋書》作"龍見"。

〔十六〕"重述"句前,《隋書》略"於是"2字。

〔十七〕"遂懷内侮之心"至"驗在使人"一段31字,《隋書》略。

〔十八〕"又造白羽之箭",《隋書》作"又爲白羽之箭"。

〔十九〕"苟欲圖之,無所不至。乃召集左道之徒,信用惡蠱之說,道人道士,備盡妖邪。呪詛名川,皆令符書鎮壓。"一段,《隋書》縮作"鳩集左道,符書厭鎮",刪略31字。

〔二十〕"漢王於親則弟也",《隋書》作"漢王於汝,親則弟也",據文意當以《全文》爲是,蓋是《詞林》本脫"汝"字。

〔二十一〕"畫我形象",《隋書》作"畫我形儀"。

〔二十二〕"豈有爲人臣子作如此形狀",《隋書》縮作"如此形狀"。

〔二十三〕"今謂汝非人也"至"人倫之所未見"一段39字,《隋書》略。

〔二十四〕"我今不知楊諒是汝何親，不知楊堅是汝何親，不知楊堅之妻復是汝何親"一段，《隋書》縮作"我今不知楊諒楊堅是汝何親也"。

〔二十五〕"若是汝父母也"至"愛敬俱淪，遂"一段108字，《隋書》略。

〔二十六〕"遂苞藏凶慝"，《隋書》無"遂"字。

〔二十七〕"是汝不誠"句，《隋書》略。

〔二十八〕"是汝不孝"句，《隋書》略。

〔二十九〕"是汝不順"句，《隋書》略。

〔三十〕"滅孔懷之情也"，《隋書》作"無孔懷之情也"。

〔三十一〕"是汝不睦"句，《隋書》略。

〔三十二〕"建國養人，法令爲本，汝壞亂之極也"，《隋書》改作"違犯制度，壞亂之極也"。

〔三十三〕"是汝不畏"句，《隋書》略。

〔三十四〕"縱其毒螫"句，《隋書》略。

〔三十五〕"是汝不道"句，《隋書》略。

〔三十六〕"窮其妻子"句，《隋書》略。

〔三十七〕"是汝不仁"句，《隋書》略。

〔三十八〕"不務道德"句，《隋書》略。

〔三十九〕"是汝不恥"句，《隋書》略。

〔四十〕"違棄正理"句，《隋書》略。

〔四十一〕"專求妖邪"，《隋書》作"專事妖邪"。

〔四十二〕"頑嚚之事"，《隋書》作"頑嚚之性"。

〔四十三〕"是汝不肖"句，《隋書》略。

〔四十四〕"父爲基業"句，《隋書》略。

〔四十五〕"子弗負荷"，《隋書》作"弗克負荷"。

〔四十六〕"是汝自棄"句，《隋書》略。

〔四十七〕"其可得乎"之後《全文》本皆略，計190字。

【注釋】

[1] 奢僭：奢侈逾礼。驕溢：驕傲自滿。

[2] 干紀：違犯法紀。語出《左傳·襄公十三年》："幹國之紀，犯門斬關。"

[3] 鬪剗：未詳。

[4] 睥睨：斜視。形容傲慢。

[5] 佇："佇"的異體字，久立。班固《幽通賦》："佇盤桓而且俟。"覬，讀音 jì，希望企圖。《楚辭·九辯》："事亹亹而覬進兮，蹇淹留而躊躇。"

[6] 天瘥：天灾。瘥，讀音 cuó，病，疫病。《詩·小雅·節南山》："天方薦瘥，喪

亂弘多。"

[7] 伺覘：伺察；窺探。

[8] 珽，讀音 tǐng，玉笏，玉製手板。

[9] 孔懷：原謂甚相思念。《詩·小雅·棠棣》："死喪之威，兄弟孔懷。"鄭玄箋："維兄弟之親，甚相思念。"《隸釋·漢慎令劉修碑》："建寧四年五月甲戌卒，二弟龍純，攣哀孔懷。"後用爲兄弟的代稱。此指兄弟。《三國志·魏志·管輅傳》"明年二月卒，年四十八"條，裴松之注引《管輅別傳敘》："辰不以暗淺，得因孔懷之親，數與輅有所諮論。"

《貞觀年中與李玄明勅》一首　　唐　太宗

題解：此篇乃一殘篇，只存篇題及正文一句，其他文獻無載，無從補錄使成完篇。

勅交州都督府長史李玄明：交（後闕）

《貞觀年中與干乾長勅》一首　　唐　太宗

題解：干乾長乃交州都督府司馬，爲官諂媚，與都督府長史李玄明不和，唐太宗作此勅，望其"宜自勉勵，改往修來"。此篇其他文獻無載，《全唐文》無收，陸心源據《古逸叢書》本所載輯入《唐文拾遺》卷一。

勅交州都督府司馬干乾長：交州重鎮，控馭夷夏[1]，二佐之任不易，其人遂安公壽，雖是宗室近親，未經職務，須相匡弼[2]，共行善道[3]。聞卿乃背公向私，唯存諂媚。非理之事，動必贊成；奉法之人，即共排毀[4]。彼都督府長史李玄明，君官清慎[5]，每存正直，卿與都督疾之若讎。計卿此情，難可容恕。但以遠道察訪[6]，恐未詳審[7]。所以不即加罪，更令委訪。卿宜自勉勵，改往修來[8]。若此行不除，必無縱舍之理[9]，宜知。

【注釋】

[1] 控馭：馭馬使就範。引申指控制，駕馭。

[2] 匡弼：匡正輔佐。

[3] 善道：正道。陸賈《新語·明誡》："周公以比德於五帝，斯乃口出善言，身行

善道之所致也。"

[4]排毁：排斥詆毁；抨擊。

[5]清慎：清廉謹慎。

[6]察訪：調查訪問。

[7]詳審：周詳審慎。王充《論衡·問孔》："夫賢聖下筆造文，用意詳審，尚未可謂盡得實；况倉卒吐音，安能皆是？"

[8]修來：修業進德以求將來之功。葛洪《抱朴子·君道》："掩細瑕而録大用，忘近惡而念遠功，使夫曹劌、孟明有修來之效，魏尚、張敞立雪耻之績。"

[9]縱舍：同"縱舍"，"庄子·胠篋"："掊擊聖人，縱舍盜賊，而天下始治矣。"

《北齊武成帝舉士勅》一首　　北齊　武成帝

題解：武成帝高湛（537—569），字步落稽，渤海蓨縣（今河北景縣）人。北齊神武帝高歡第九子，561—565年在位。皇建二年（561），受遺詔即位，改元太寧。河清四年（565），高湛傳位於太子高緯，自稱太上皇帝。此篇其他文獻無載，嚴可均輯《全上古三代秦漢三國六朝文》無收，可補入《全北齊文》武成帝文中。據《北齊書·後主紀》記載，天統三年（565）春正月戊戌，"太上皇帝詔京官執事散官三品已上各舉三人，五品已上各舉二人；稱事七品已上及殿中侍御史、尚書都、檢校御史、主書及門下録事各舉一人"，則此詔作於是年。

太上皇帝勅旨：設官分職，唯賢是寄，調俗恤人，於斯爲切。自非在朝群彦，各舉所知，何以載康政術，永隆邦化？今重明薦法，具如前件，理有存焉，庶可弘益。并宜妙盡拔茅[1]，式諧僉議，勿致差違，自貽臟負[2]。付外便施行。

【注釋】

[1]拔茅："拔茅連茹"，喻遞相推薦引進。語出《易·泰》："拔茅茹以其匯。"王弼注："茅之爲物，拔其根而相牽引者也。茹，相牽引之貌也。"

[2]臟負：貪汙受賄的行爲。《新唐書·楊綰傳》："其刺史不稱職若臟負，本道使具條以聞。"

《隋文帝令山東卅四州刺史舉人勅》一首　　隋　文帝

題解：文帝即位，思賢若渴，此詔約成於開皇二年（582）至三年（583）間，向山東廣征人才。隋承於北周，北周人才希缺，周武帝時即致力於搜揚山東文士，將這些文化之士與衣冠士族遷往關內，關係到政權的穩定，也是北周在原北齊之地推行的一項重要政策。隋文帝繼承了此舉措，針對山東才俊之士"以東西舊隔，情猶自疏"，督促各州刺史分三次舉薦，不得濫薦，勿使失材。此篇其他文獻無載，嚴可均輯《全上古三代秦漢三國六朝文》無收，可補入《全隋文》文帝文中。

勅某官某甲：君臨天下[1]，所須者材，苟不求材，何以爲化？自周平東夏，每遣搜揚[2]，彼州俊人，多未應起。或以東西舊隔，情猶自疏；或以道路懸遠，慮有困乏[3]。假爲辭托，不肯入朝。如能仕者皆得榮位，沉伏草萊[4]，尚爲萌伍，此則戀目下之利，忘久長之策。刺史守令，典取人情，未思此理，任而不送。朕受天命，四海爲家，關東關西，本無差异，必有材用，來即銓叙[5]。虛心待之，猶饑思食。彼州如有仕齊七品已上官，及州郡懸鄉望縣功曹已上，不問在任下代，材幹優長堪時事者，仰精選舉之。縱未經仕官，材望灼然[6]，雖鄉望不高，人材卓异，悉在舉限。或舊有聲績，今實老病，或經犯賊貨枉法之罪[7]，并不在舉例。凡所舉者，分爲三番。具錄官歷、家狀、戶屬、姓名，送尚書吏部曹，第一番。二月廿五日仰身到洛陽[8]，受河南道行臺吏部曹進止，第二番。待裝束備辨，令向京師受吏部曹處分，并仰正職主簿將典送之，第三番。且使在家別聽約勅。今令舉送，宜存心簡選[9]。送名之後，朕別遣訪問。若使被舉之人有不及不舉者，罪歸於公等，更不干餘等官司。公等宜將朕此勅宣示於人，令知朕意。此事專委於公等，必不得濫薦，復勿使失材也。旨宣此懷，不復多及。

【注釋】

[1] 君臨：爲君而主宰。《左傳·襄公十三年》："赫赫楚國，而君臨之。"

[2] 搜揚：訪求舉拔。曹植《文帝誄》："思良股肱，嘉昔伊呂，搜揚側陋，舉湯代禹。"

[3] 困乏：貧困；匱乏。《漢書·元帝紀》："關東今年穀不登，民多困乏。"

[4] 草萊：猶草野。鄉野；民間。《漢書·蔡義傳》："臣山東草萊之人，行能亡所比，容貌不及衆。"

[5] 銓敘：審查官吏的資歷和勞績，確定其升降級別與職位。《晋書·石季龍載記上》："自是皇甫……等十有七姓蠲其兵貫，一同舊族，隨才銓叙。"

[6] 灼然：明顯貌。漢徐幹《中論·審大臣》："文王之識也，灼然若披雲而見日，霍然若開霧而觀天。"

[7] 枉法：歪曲破壞法律。

[8] 仰身：未詳。

[9] 簡選：選擇；選用。《吕氏春秋·簡選》："簡選精良，兵械銛利，令能將將之。"

《北齊武成帝除崔士順散騎侍郎勅》一首　　北齊　武成帝

題解：此篇其他文獻無載，嚴可均輯《全上古三代秦漢三國六朝文》無收，可補入《全北齊文》武成帝文中。當作於565年（天統元年）之後。崔士順，是崔孝芬弟崔孝直的長子，其所出之清河崔氏，堪稱北朝世家之最。《魏書》載其位"儀同開府行參軍"《北史》載其"位太府卿"無其餘生平記載。本勅載其從龍驤將軍考功郎中除散騎常侍的仕曆，爲史料所缺，可補。

太上皇帝勅旨：龍驤將軍考功郎中崔士順[1]，識懷溫正[2]，詞藝清華[3]，入陪輿輦[4]，時談允屬[5]，可散騎侍郎，仍郎中將軍如故。

【注釋】

[1] 考功：官名。曹魏尚書有考功定課二曹，隋置考功郎，屬吏部，掌官吏考課之事，歷代因之，清末廢。郎中：官名，始于戰國，掌管門户、車騎等事；内充侍衛，外從作戰。隋唐迄清，各部皆設郎中，分掌各司事務，爲尚書、侍郎之下的高級官員，清末始廢。

[2] 識懷：學識抱負。《晋書·郗愔傳》："簡文帝輔政，與尚書僕射江彪等薦愔，以爲執德存正，識懷沈敏。"

[3] 清華：指文章清麗華美。顏之推《顏氏家訓·文章》："吾見世人，至無才思，自謂清華。"

[4] 輿輦：同"輦輿"，天子所乘車駕。《後漢書·光武帝紀下》："益州傳公孫述瞽師，郊廟樂器、葆車、輿輦，於是法物始備。"

[5] 時談：當時人的稱道。劉義慶《世說新語·賞譽》："王長史與大司馬書，道淵源識致安處，足副時談。"

《北齊武成帝命韋道孫兼正員迎陳使勅》一首　　北齊　武成帝

題解：此篇其他文獻無載，嚴可均輯《全上古三代秦漢三國六朝文》無收，可補入《全北齊文》武成帝文中。當作於565年（天統元年）之後。韋道孫，史傳作韋道遜，《北齊書》有傳稱其"武平初尚書左中兵，加通直散騎侍郎，入館，加通直常侍"。敕文曰："至境道迎接陳使。"武成帝為太上皇期間，史傳所載南朝陳使於北齊者有二，均在天統二年（566），《北齊書·後主紀》又載："（天統二年）六月，太上皇帝詔兼散騎常侍韋道儒聘於陳。"韋道儒即韋道遜之兄，"道遜與兄道密、道建、道儒并早以文學知名……道儒，歷中書黃門侍郎"。則道遜、道儒兄弟在天統二年均任在三省，并有外交聘問活動。

太上皇帝勅旨：伏波將軍、侍御史、前太尉府中兵、參軍事韋道孫[1]，理識溫敏[2]，詞藝清華，迎勞遠賓，僉論斯在[3]。可兼散騎侍郎，至境道迎接陳使。

【注釋】

[1] 侍御史：官名。漢沿秦置，在御史大夫下，或給事殿中，或舉劾非法，或督察郡縣，或奉使出外執行任務。東漢別置治書侍御史。晉以後，又有殿中侍御史等名。中兵：魏置中兵曹掌畿內之兵，後因稱京畿部隊為"中兵"。參軍事：參謀軍事，簡稱"參軍"。

[2] 理識：見識、見解。《晉書·周馥傳》："馥理識清正，兼有才幹，主定九品，檢括精詳。"

[3] 僉論：眾人的議論，公論。僉，讀音 qiān，眾人。《楚辭·屈原·天問》："僉曰：'何憂？'"王逸注："僉，眾也。"

《北齊武成帝除藩子義持書裴謁之殿中侍御史勅》
一首　　北齊　武成帝

題解：藩子義，無本傳，生平事迹見於他人傳記中。《北齊書》載，"齊末又有并省尚書隴西辛愨、散騎常侍長樂潘子義并以才幹知名"。敕載其以

"通直散騎常侍判東平王開府中郎事"除"本官領兼持書侍御史",可補史料之缺。裴謁之,字士敬,裴讓之第六弟,河東聞喜人,直言敢諫。文宣帝(高洋)末年昏憒,謁之上書,宣帝怒而遣其出官。此篇其他文獻無載,嚴可均輯《全上古三代秦漢三國六朝文》無收,可補入《全北齊文》武成帝文中。作年不詳。

太上皇帝勅旨曰:隨材授任,抑有前規,通直散騎常侍、判東平王開府中郎事潘子義,往毗臺務[1],功績無爽。龍驤將軍、檢校御史裴謁之,恪居職事,堅貞可錄。攝官優秩[2],命論攸歸,子義可以本官領兼持書侍御史,謁之可殿中侍御史,將軍如故。

【注釋】

[1] 毗,讀音pí,輔佐。《尚書·微子之命》:"永綏厥位,毗予一人。"臺務:公務。

[2] 攝官:暫行代理的職位元。楊炯《遂州長江縣孔子廟堂碑》:"道協周公,神交帝唐。攝官從事,冕服端章。"優秩:高貴的職位。江淹《王鎮軍為中書令右光祿詔》:"優秩崇顯,允在舊德。"

《北齊武成帝除源那延持書房照太守勅》一首　　北齊　武成帝

題解:此篇其他文獻無載,嚴可均輯《全上古三代秦漢三國六朝文》無收,可補入《全北齊文》武成帝文中。作年不詳。源那延,其人見載於《北齊書·源彪傳》。源彪,字文宗,"文宗從父兄楷,字那延,有器幹,善草隸書。曆尚書左民部郎中、治書侍御史、長樂、中山郡守、京畿長史、黃門郎、假儀同三司"。"持書",官名,司理書簿。房照,史傳未見。本敕記載了源那延除持書、房照除太守之事,可補史料之缺。

太上皇帝勅旨:將捕惡禽,理憑鷙鳥,言攻錯節[1],實須利器。前件源那延等,或識業清華,或衿宇閑憇[2],隨材任使,僉謂得人。件授如右[3],付外依式。

【注釋】

[1] 錯節:木中交錯連結之處。因以喻艱難繁雜之事。《後漢書·虞詡傳》:"不遇槃

根錯節，何以別利器乎？"

[2] 衿宇：當爲"襟宇"，襟懷，氣度。閑慤：寬大誠實。閑，大貌。《詩·商頌·殷武》："松桷有梴，旅楹有閑。"慤，讀音què，通"愨"，誠实，謹慎。

[3] 件授如右：指同意尚書吏部的奏書，按奏書授予所擬的官職。

《北齊武成帝除奚瓊等太守勅》一首　　北齊　武成帝

題解：此篇其他文獻無載，嚴可均輯《全上古三代秦漢三國六朝文》無收，可補入《全北齊文》武成帝文中。作年不詳。

太上皇帝勅旨：專城之寄[1]，有屬惟良。前件奚瓊等，早從任使，并展勤績，緝釐人政[2]，僉議所歸，件授如右。其有將軍品爵，悉如故。

【注釋】

[1] 專城：擔任主宰一城的州牧、太守等地方長官。王充《論衡·辨祟》："居位食祿，專城長邑以千萬數，其遷徙日未必逢吉時也。"

[2] 緝釐：調和處理。緝，讀音jī，通"輯"，協調，和合。《國語·晉語八》："（士會）及爲成師，居太傅，端刑法，緝訓典，國無奸民。"釐，讀音lí，治理，處理。《尚書·堯典》："允釐百工，庶績咸熙。"

《北齊武成帝除盧景開太守等勅》一首　　北齊　武成帝

題解：此篇其他文獻無載，嚴可均輯《全上古三代秦漢三國六朝文》無收，可補入《全北齊文》武成帝文中。作年不詳。盧景開，其人見載於《魏書·盧玄傳》中，是爲範陽盧氏一員。傳曰："景開，字子達。武定中，儀同開府屬。"武定是東魏孝靜帝年號，敕載其於北齊天統年間除爲太守，可補其仕歷。

太上皇帝勅旨：典郡毗藩，允鍾勤幹[1]。件盧景開等，并器業明遠[2]，局量優通[3]，宜任以化人，申其志力，件授如右。其有將軍品爵，悉如故。

【注釋】

[1] 勤幹：勤勉幹練。《陳書·程文季傳》："夜則早起，迄暮不休，軍中莫不服其

— 679 —

勤幹。"

[3] 器業：才能學識。葛洪《抱朴子·知止》："夫器業不异而有抑有揚者，無知己也。"明遠：透徹而深刻。《晉書·賈充傳》："雅量弘高，達見明遠，武有折衝之威，文懷經國之慮，信結人心，名震域外。"

[3] 局量：器量，氣度。《三國志·蜀志·黃權傳》："文帝察權有局量，欲試驚之。"

《北齊後主除崔孝緒等太守長史勅》一首　　北齊　後主

題解：北齊後主即高緯（556—577），字仁綱，武成帝高湛次子，656—577年在位。此篇其他文獻無載，嚴可均輯《全上古三代秦漢三國六朝文》無收，可補入《全北齊文》後主文中。作年不詳。

勅旨：言求人瘼，實資良守，欲清藩政，允實元僚[1]。前行新興郡事崔孝緒、廣州前別駕封士孺等[2]，并早涉宦途，夙擅勤績，專城贊牧，義非虛屬。孝緒可行并州樂平郡事[3]，士孺可西汾州長史[4]，其有將軍品爵如故。

【注釋】

[1] 元僚：賢佐；重臣。《南史·庾杲之傳》："盛府元僚，實難其選。"

[2] 新興郡：在山西太原，漢爲太原郡九原縣。隋開皇十年（598）置忻州。別駕：職官名。漢制，爲州刺史的佐官，因隨刺史巡行視察時另乘車駕，故稱爲"別駕"。

[3] 樂平郡：建安二十四年（219）置樂平郡，治樂平縣（在今山西昔陽縣），領樂平縣、沾縣，北魏太平真君九年（448），廢樂平郡。孝昌中復置。隋開皇三年（583）廢。

[4] 汾州：在山西省，後魏時稱西河郡，北齊改南朔州。長史：官名。漢相國、丞相，後漢太尉、司徒、司空、將軍府各有長史。

《北齊後主起復邢恕屯田郎勅》一首　　隋　李德林

題解：邢恕，生平不詳，史書無載。此篇其他文獻無載，嚴可均輯《全上古三代秦漢三國六朝文》無收，可補入《全隋文》李德林文中。作年待考。

勅旨：并省前屯田郎中邢恕[1]，往游建禮，聲績已聞。雖在艱憂，義有攘奪[2]，可起復前官，付外依行。

【注釋】

[1] 屯田郎中：屯田郎，漢末曹操設"典農中郎將"，招募百姓屯田。晋代于尚書省設屯田曹，是尚書省工部四司之一。

[2] 攘奪：掠奪，奪取。《管子·八觀》："里域橫通，攘奪盜竊者不止。"

《北齊後主除李遵等官勅》一首　　隋　李德林

題解： 李遵，字良軌，有業尚。北魏孝文帝元宏征討南方時，任行臺郎。宣武帝元恪初年，改任步兵校尉，兼任散騎侍郎輔佐盧昶東北道使。後被京兆王元愉（孝文帝第三子）所殺。又，今存《洛州刺史李遵墓志并蓋》有"正光六年五月乙巳朔廿二日丙寅"等字，不知是否同一人。此篇其他文獻無載，嚴可均輯《全上古三代秦漢三國六朝文》無收，可補入《全隋文》李德林文中。此篇作年待考。

勅旨： 近西戎未序，來寇金谷[1]，驅率犬羊，縈城自守。前件李遵等，忠誠肆憤，氣勇爰發，橫戈揮劍，叱咤無前。賊徒瓦解，土宇清復，奉軍實於和門[1]，獻醜類於麾下。録功行賞，并宜優擢。件授如右，將軍開國防境悉如故。付外依行。

【注釋】

[1] 金谷：在今河南省洛陽市西北。《初學記》卷八引晋郭緣生《述征記》："金谷，穀也。地有金水，自太白原南流經此谷，注谷水。"

[2] 軍實：軍用器械和糧餉。《左傳·宣公十二年》："在軍，無日不討軍實而申儆之。"和門：軍營之門；畋獵時所築營壘之門。顏延之《陽給事誅》："金柝夜擊，和門晝扃。"李周翰注："和門，軍門也。"

《北齊後主除并州沙門統寺勅》一首　　北齊　後主

題解： 此篇其他文獻無載，嚴可均輯《全上古三代秦漢三國六朝文》無收，可補入《全北齊文》後主文中。作年不詳。

勅旨： 律師智審，戒行精苦[1]，具此律儀。法師法炬，多解博聞。玄門咫尺，文武内外，送往事居，仰爲先朝。伽藍肇搆，統理僧務，實資開士[2]。智審可并州沙門都維那無上道寺主，法炬可并州沙門都維那[3]無上道副寺主。各將徒衆十人，仍令住寺，付外依行。

【注釋】

[1] 精苦：精勤刻苦。劉義慶《世說新語·文學》："孫安國往殷中軍許共論，往反精苦，客主無間。"

[2] 開士：菩薩的异名。以能自開覺，又可開他人生信心，故稱。後用作對僧人的敬稱。劉義慶《世說新語·文學》"提婆初至，爲東亭第講《阿毗曇》"，劉孝標注引晉慧遠《阿毗曇心叙》："有出家開士字法勝，以《阿毗曇》源流廣大，卒難尋究，別撰斯部。"

[3] 都維那：維那，爲鋼維與羯磨陀那（梵 karma—daˆna）二字之略稱，是佛門中的一種職，即掌僧众威儀進退之職者，意譯"授事"。

《北齊後主除僧惠肇冀州沙門都維那勅》一首　　隋　李德林

題解：此篇其他文獻無載，嚴可均輯《全上古三代秦漢三國六朝文》無收，可補入《全隋文》李德林文中。作年不詳。

勅旨：趙州劉滔寺僧惠肇，夙持戒業，弘濟爲心。往在東楚，時逢邊寇，藩鎮相望，邱驛爲梗[1]，而冒涉險塗，屢通音信。忠誠之義，深以嘉之。可冀州沙門都維那。

【注釋】

[1] 邱驛：北邱山驛道。

《貞觀年中授杜如晦等別檢校官勅》一首　　唐　太宗

題解：杜如晦（585—630），字克明，唐初賢相。李世民即位後，獲封蔡國公，貞觀二年（628），以檢校侍中之職兼任吏部尚書。李藥師即李靖（571—649），字药师，以字行，雍州三原人，英勇善戰，貞觀二年，爲刑部部尚書、檢校中書令，封永康縣公。此當作於貞觀二年。此篇其他文獻無載，《全唐文》無收，陸心源據《適園叢書》本輯入《唐文拾遺》卷一。

勅兵部尚書、蔡國公杜如晦、刑部尚、書永康縣公李藥師：勳望之重，情寄攸深，雖成務禮闈[1]，宜參掌樞秘[2]。如晦可檢校侍中[3]，藥師可檢校中書令。

【注釋】

[1] 成務：成就事業。禮闈：古代科舉考試之會試，因其爲禮部主辦，故稱禮闈。
[2] 參掌：參與掌管。樞秘：樞要。指中央機要部門。
[3] 檢校：查核察看。

《貞觀年中命房玄齡檢校禮部尚書勅》一首　　唐　太宗

題解： 房玄齡（579—648），名喬，字玄齡，以字行于世，唐初齊州人，一代賢相。武德九年，參與玄武門之變，與杜如晦功列第一，李世民即位後，以房玄齡爲中書令；貞觀三年，任代理太子詹事、兼禮部尚書。故此勅當作於貞觀三年（629）。此篇其他文獻無載，《全唐文》無收，陸心源據《適園叢書》本輯入《唐文拾遺》。

勅中書令、邗國公房玄齡：勳高情舊[1]，望重寄深[2]，文昌政本[3]，參贊攸屬[4]，可檢校禮部尚書事。

【注釋】

[1] 情舊：舊交，老友。
[2] 寄深：寄托重大責任。
[3] 文昌：文化昌盛。政本：爲政的根本。
[4] 參贊：協助謀劃。《晋書·姚泓載記》："君等參贊朝化，弘昭政軌。"

《隋文帝解石孝義等官勅》一首　　隋　李德林

題解： 石孝義曾隨梁睿出征益州，擊敗王謙之亂。後因聚斂貨財，不知檢點，被文帝免官。具體作年不詳。此篇其他文獻無載，嚴可均輯《全上古三代秦漢三國六朝文》無收，可補入《全隋文》李德林文中。

勅：往年王謙作逆[1]，出師誅討，上件石孝義等，受命從軍，弼諧戎事[1]，功成辟地[2]，是將帥之司；録功敘勞，歸文吏之職。及王師大捷，清蕩岷峨，執筆之徒，肆情誣罔。諸是僚佐，凡數十人，同詐共謀，虛相構架。偷勳竊效，先從己始。自知阿曲所在，彌縫軍旅之人。雖不見賊，但許論訟。即入勳簿，證虛作有，以少爲多。聚斂貨財，弗知紀極。益部甿庶，誠哉可愍：前遭賊人，已被殘害；後逢暴吏，資産更空。損穢朝猷，廢虧戎政，此而可忍，孰不可懷？！論其本心，宜從大辟。朕好生惡殺，并恕其死。孝義等在身凡有官爵，悉可除之，於益州所得賞及私受一物已上，并即追收。

【注釋】

[1] 王謙（？—577），字敕萬，太原人。父親王雄，因功被封爲柱國大將軍，晉爵爲武威郡公。因父子同受北周的恩惠，不滿意楊氏專政，想圖謀匡扶社稷，便興兵起事。

[2] 弼諧：輔佐協調。《尚書·皋陶謨》："允迪厥德，謨明弼諧。"孔安國傳："言人君當信蹈行古人之德，謀廣聰明，以輔諧其政。"

[3] 辟地：開拓疆土。

《隋文帝免常明官爵勅》一首　　隋　李德林

題解：平原縣開國公常明有違朝行，文帝免其官。此篇其他文獻無載，嚴可均輯《全上古三代秦漢三國六朝文》無收，可補入《全隋文》李德林文中。

勅儀同三司平、原縣開國公常明：稟性凡愚，庶事無取。昔在周代，濫務朝行，無以容茲不肖，仍穢纓冕。可解儀同縣公。

《隋文帝免馬仲任官爵勅》一首　　隋　李德林

題解：馬仲任其人史書無載，因薄行無禮，隋文帝免其官職。此篇其他文獻無載，嚴可均輯《全上古三代秦漢三國六朝文》無收，可補入《全隋文》李德林文中。

勅上開府儀同三司、太平公馬仲任：閨門之內[1]，惟薄無辯；同氣之倫[1]，行均鳥獸。宜應潛行忍愧，遠避人間，而來謁殿庭，理外求請。人而無禮，固以要君，有穢朝行，宜除官爵。

【注釋】

[1] 閨門：內室之門，指家庭。《禮記·樂記》："在閨門之內，父子兄弟同聽之則莫不和親。"

[2] 同氣：有血統關係的親屬，指兄弟姊妹。《後漢書·東平憲王蒼傳》："凡匹夫一介，尚不忘簞食之惠，況臣居宰相之位，同氣之親哉！"

卷第六百九十五

令下　移都　毀廢　祭祀　崇學
田農　政事　舉士　賞罰　軍令
赦令　雜令

《梁孝元帝議移都令》一首　　南朝梁　孝元帝

題解：詔中"丹陵舊宮"指建康，從"羯賊侯景，指日梟懸，夾鐘在律，便應底定"，推時當侯景敗退之時。史載侯景於太清六年（552）三月兵敗東奔，王僧辯于同年三月上表勸進，"仍率大將百余人，連名勸世祖即位；將欲進軍，又重奉表。雖未見從，并蒙優答"，并於已丑奉表蕭繹赴建康即位，故此當作於承聖元年（552）三月。此篇其他文獻無載，嚴可均輯《全上古三代秦漢三國六朝文》無收，可補入《全梁文》元帝文中。

令：丹陵舊京，每懷去魯之嘆；白水故鄉，彌深過沛之想。羯賊侯景，指日梟懸[1]，夾鐘在律[2]，便應底定[3]。今若移還建業，言及金陵，將恐糧運未周，園儲不實[4]，舟輿尚少，樵蘇莫繼[5]。若仍停荊服，即安渚宮，復恐制置豐屋[6]，難爲修理。外可悉心以對，人思自竭，通侯諸將，勿得有隱。

【注釋】

[1] 梟懸：亦作"梟縣"。斬首懸挂示衆。陳琳《爲袁紹檄豫州》："故九江太守邊讓，英才俊偉……身首被梟懸之誅，妻孥受灰滅之咎。"

[2] 夾鐘在律：指二月。

[3] 厎定：安定。《周書·尉遲運傳》："東夏厎定，頗有力焉。"

[4] 寅：充足，充實。

[5] 樵蘇：柴草。潘岳《馬汧督誄》："城中鑿穴而處，負戶而汲，木石將盡，樵蘇乏竭，芻莞罄絕。"

[6] 制置：規劃；處理。劉義慶《世說新語·言語》："丞相初營建康，無所因承，而制置紆曲，方此爲劣。"豐屋：高大的房屋。嚴遵《道德指歸論·行於大道》："豐屋榮觀，大戶高門，飾以奇怪，加以采文。"

《魏曹植毀鄄城故殿令》一首　　魏　曹植

題解：曹植生於山東鄄城，黃初二年（221）封鄄城侯，黃初三年三月進封爲鄄城王，文帝曹丕還常派"監國使者"對他進行監視，他不得自由，處處謹慎。此令就鄄城故漢武帝殿"梁桷傾頓，棟宇零落"，請擬毀棄并在舊有地基上重建宮舍，又恐小人無自生疑，遂專作此令以告之。此篇其他文獻無載，嚴可均據《粵雅堂叢書》本輯入《全三國文》卷一四曹植文中。

令：鄄城有故殿[1]，名漢武帝殿。昔武帝好游行，或所幸處也。梁桷傾頓[2]，棟宇零落，修之不成良宅，置之終於毀壞，故頗撤取，以備宮舍。余時獲疾，望風乘虛[3]，卒得慌惚[4]，數日後瘳。而醫巫妄說，以爲武帝魂神，生茲疾疢。此小人之無知，愚惑之甚者也。昔湯之隆也，則夏館無餘迹；武之興也，則殷臺無遺基。周之亡也，則伊洛無隻椽；秦之滅也，則阿房無尺枑[5]。漢道衰則建章撤[6]，靈帝崩則兩宮燔。高祖之魂不能全未央[7]，孝明之神不能救德陽[8]。天子之存也，必居名邦敞土，則死有知，亦當逍遙於華都，留神於舊室。則甘泉通天之臺，雲陽九層之閣，足以綏神育靈，夫何戀於下縣[9]，而居靈於朽宅哉？以生論死則不然也，況于死者之無知乎？且聖帝明王顧宮闕之泰，菀囿之侈，有妨於時者，或省以惠人，況漢氏絕業，大魏龍興，隻人尺土，非復漢有。是以咸陽則魏之西都，伊洛爲魏之東京。故夷朱雀而樹閶闔[10]，平德陽而建泰極，況下縣腐殿爲狐狸之窟藏者乎？今將撤壞以修殿舍，恐無知之人，坐自生疑，故爲此令，亦足以反惑而解迷焉。

【注釋】

[1] 鄴城：地名，春秋時衛國鄴邑所在地，在今山東省濮縣（漢代置縣）。

[2] 梁桷：房屋的梁與椽。桷，椽子。

[3] 乘虛：精神恍惚似騰空飛行。《後漢書·逸民傳·矯慎》："蓋聞黄老之言，乘虛入冥，藏身遠遯。"

[4] 卒：同"猝"，突然。

[5] 栢，讀音ｉǔ，屋簷。

[6] 建章：建章宫，漢代長安宫殿名。《三輔黄圖·漢宫》："武帝太初元年，柏梁殿災。粤巫勇之曰：'粤俗，有火災即復大起屋，以厭勝之。'帝於是作建章宫，度爲千門萬户。宫在未央宫西，長安城外。"

[7] 未央：未央宫，宫殿名，故址在今陝西西安市西北長安故城内西南隅。漢高帝七年（前200）建，常爲朝見之處。新莽末毁。東漢末董卓復葺未央殿。

[8] 德陽：德陽殿。

[9] 下縣：一郡之中非郡守行政機構所在的屬縣。《漢書·項籍傳》："〔項梁〕使人收下縣，得精兵八千人。"顔師古注："四面諸縣也。非郡所都，故謂之下也。"

[10] 朱雀、閶闔：古宫門名。《南史·宋紀中·孝武帝》："初立馳道，自閶闔門至於朱雀門。"《三輔黄圖·漢宫》："〔建章宫〕正門曰閶闔，高二十五丈，亦曰璧門。"

《魏武帝春祠令》一首　　魏　武帝

題解：此篇又見《三國志·魏書》卷一《武帝紀》注引《魏書》，《太平御覽》卷七六一亦載，時當建安二十一年（216）春二月，曹操回鄴城，慶功於宗廟而發布此令，主張應改革春祭之儀式。嚴可均據《三國志》、《太平御覽》及《粤雅堂叢書》所載，輯入《全三國文》卷二。

令：議者以爲祠廟上殿當解履[1]，吾受錫命[2]，帶劍不解履上殿。今有事于廟而解履上殿[一]，是尊先公而替王命，敬父祖而簡君主，故不敢解履也[二]。又臨祭就洗[3]，以手擬水而不盥。夫盥以潔爲敬，未聞擬向〔而〕不盥之禮。且"祭如在，祭神如神在"[4][三]。故吾親受水而盥也。又降神禮訖，下階就坐而立[5][四]，須奏樂畢竟，似若不衎烈祖[6]，遲祭速訖也。故吾坐俟樂闋送神乃起也。受胙納袖[7]，以授侍中[8]，此爲敬恭不終實也[9]。古者親執祭事，故吾親納于袖，終抱而歸也。仲尼曰："雖違衆，吾從下。"[10]誠哉斯言也。

【校勘】

〔一〕"有事于廟而解履上殿",《三國志·魏書》無"上殿"。

〔二〕"故不敢解履也",《三國志·魏書》作"故武不敢解履上殿也"。

〔三〕"祭如在",《三國志·魏書》無此三字。

〔四〕"就坐",《三國志》作"就幕"。

【注釋】

[1] 解履：脫鞋。

[2] 錫命，同"賜命"，皇帝的命令。

[3] 就洗：用水洗手。洗，古代盥洗用的器皿。

[4] 出自《論語·八佾》："祭如在，祭神如神在。"

[5] 坐，通"座"，此句意指主祭人行降神禮畢下臺階就座而立。

[6] 衎，讀音 kàn，樂。烈祖：對祖宗的敬稱。烈，光明顯赫。《詩經·商頌·那》："奏鼓簡簡，衎我烈祖。"

[7] 胙：祭祀用的肉，祭後分給祭祀之人。

[8] 侍中：皇帝侍從顧問官。

[9] 終實：自始至終誠實。

[10] 出自《論證·子罕》："拜下，禮也；今拜科上，泰也。雖違衆，吾從下。"

《梁孝元帝祠房廟令》一首　　南朝梁　孝元帝

題解：從令中內容推斷，當作於侯景之亂平定後，即太清六年（552）四月。此篇其他文獻無載，嚴可均輯《全上古三代秦漢三國六朝文》無收，可補入《全梁文》元帝文中。

令：六宗設祀[1]，載陳前冊；八蠟有祠[2]，抑聞往義。況復寶雞耀采，光映南陽；金馬呈祥，氣浮西蜀，而可行潦勿修[3]，蘋蘩不設者也。經近寇逆以來，諸房廟社樹爲所侵伐[4]，可并修理，置祭專付潘果知事，外即施行。

【注釋】

[1] 六宗：古所尊祀的六神。《尚書·舜典》："肆類於上帝，禋於六宗，望於山川，遍於群神。"或指天、地、春、夏、秋、冬；或指天地四方陰陽變化。

[2] 八蠟：周代每年農事完畢，於建亥之月舉行的祭祀名稱。《禮記·郊特牲》："八蠟以記四方，四方不成，八蠟不通，以謹民財也。"鄭玄注："四方，四方有祭也。其方穀不熟，則不通於蠟焉，使民謹於用財。蠟有八者：先嗇一也，司嗇二也，農三也，郵表畷四也，貓虎五也，坊六也，水庸七也，昆蟲八也。"

[3] 行潦：指祭祀或進獻用的酒食。《左傳·隱公三年》："苟有明信，澗、溪、沼、沚之毛……潢、汙、行潦之水，可薦於鬼神，可羞於王公。"

[4] 社樹：封土爲社，各隨其地所宜種植樹木，稱社樹。《莊子·人間世》："匠石之齊，至乎曲轅，見櫟社樹，其大蔽牛，絜之百圍，其高臨山，十仞而後有枝。"

《魏武帝修學令》一首　　魏　武帝

題解：此篇又見《三國志·魏書》卷一《武帝紀》，當作於建安八年（203）秋七月。嚴可均據《三國志》及《粵雅堂叢書》本所載輯入《全三國文》卷二武帝文中。

令：喪亂已來，十有五年，後生者不見仁義禮讓之風，吾甚傷之。其令郡國各脩文學，縣滿五百戶置校官[1]，選其鄉之俊造而教學之〔一〕，庶幾先王之道不廢，而有以益於天下。

【校勘】

〔一〕"選其鄉之俊，選而教學之"，《三國志·魏書》作"選其鄉之俊造而教學之"。"俊造"即學識造詣優秀者，當從《三國志》。

【注釋】

[1] 校官：學官，掌管學校。《漢書·韓延壽傳》："延壽於是令文學校官諸生皮弁執俎豆，爲吏民行喪嫁聚禮。"

《魏文帝以鄭稱授太子經學令》一首　　魏　文帝

題解：此篇又見《三國志·魏書》卷二《文帝紀》注引《魏略》，當作於延康元年（220）五月。嚴可均據《三國志》及《粵雅堂叢書》本所載，輯入《全三國文》卷六文帝文中。

令：龍泉〔一〕、太阿[1]，出昆吾之金；和氏之璧，由井里之田，礱之以砥礪[2]，錯之以他山[3]，故能致連城之價，爲曠代〔二〕之寶。學亦人之砥礪也，稱篤學大儒，勉以經學輔侯，旦夕入授〔三〕，曜明其志。

【校勘】

〔一〕"龍泉"，《三國志·魏書》作"龍淵"。

〔二〕"曠代"，《三國志·魏書》作"命世"。

〔三〕"旦夕入授"，《三國志·魏書》作"宜旦夕入侍"。

【注釋】

[1] 龍泉、太阿：寶劍名。王充《論衡·率性》："棠溪魚腸之屬，龍泉太阿之輩，其本鋌山中之恒鐵也。"

[2] 礱，讀音 lóng，磨。

[3] 錯：玉石的礪石，磨石。《尚書·禹貢》："錫貢磬錯。"引申爲打磨，摩擦。

《陳後主在東宮臨學聽講令》一首　　隋　江總

題解：《陳書》載至德三年十二月"辛卯，皇太子出太學，講《孝經》，戊戌，講畢。辛丑，釋奠於先師，禮畢，設金石之樂，會宴王公卿士"。此令提及東宮講學，可能作於至德三年（585）十二月。此篇其他文獻無載，嚴可均據《粵雅堂叢書》本輯入《全隋文》卷一〇江總文中。

中庶子膠庠化本[1]，教學政前，古之雍熙，寧不由是？自炎行將季，風化陵遲[2]，梁室版蕩，微言中廢。後生莫曉洙泗之文[3]，晚學未聞齊魯之説。加以棄本逐末，情多詭競[4]，自衒守庸[5]，更如膠柱[6]；假詞而誦，豈類背碑？吾稟訓晨昏，言詩立禮，溫清暇日，秋籥冬書。翫前聖之簡牘，慕往賢之砥礪。今鋒刃既鎖，雍序大啓，刪浮去僞，求名責實。儒玄總集，蒲玉交馳[7]。楨幹懿親，開蒙范物；梁園魯殿[8]，崇經弘道。泮宮藩學[9]，未比宗師；小山騷什，寧同章句？可謂千里，更齊知十。肅奉趨過，預觀訓胄，縫掖濟濟[10]，冠冕師師[11]。聽鉤深之説[12]，矚回圈之辯。美業再興，於斯爲盛。昔遁栖下聘[13]，尚加束帛[14]；祥瑞上臻，猶班重幣[15]。況兹大禮，而可忽諸？外即詳賜學僚，以稱吾意。

日本影弘仁本《文館詞林》校注

【注釋】

[1] 中庶子：太子屬官。《戰國策·韓策二》："中庶子强謂太子曰：'不若及齊師未入，急擊公叔。'"鮑彪注："庶子，本周官，秦置中庶子，爲太子官。"膠庠：學校名。語本《禮記·王制》："周人養國老於東膠，養庶老於虞庠。"周時膠爲大學，庠爲小學。後代通稱學校爲"膠庠"。

[2] 陵遲：敗壞；衰敗。《詩·王風·大車序》："《大車》，刺周大夫也。禮義陵遲，男女淫奔，故陳古以刺今。"

[3] 洙泗：洙水和泗水。古時二水自今山東省泗水縣北合流而下，至曲阜北，又分爲二水，洙水在北，泗水在南。春秋時魯國孔子在洙泗之間聚徒講學。《禮記·檀弓上》："吾與女事夫子于洙泗之間。"後因以"洙泗"代稱孔子及儒家。任昉《齊竟陵文宣王行狀》："弘洙泗之風，闡迦維之化。"

[4] 詭競：以不正當的手段競爭。梁武帝《責賀琛敕》："卿又云'百司莫不奏事，詭競求進'。"

[5] 自衒：同"自炫"，亦作"自眩"，自我誇耀；自我吹噓。《墨子·公孟》："譬若美女，處而不出，人爭求之行而自炫。"

[6] 膠柱：膠住瑟上的弦柱，以致不能調節音的高低，比喻固執拘泥，不知變通。邯鄲淳《笑林》："齊人就趙人學瑟，因之先調，膠柱而歸，三年不成一曲。"

[7] 交馳：交相奔走，往來不斷。吴質《答魏太子箋》："軍書輻至，羽檄交馳。"

[8] 梁園：梁苑。西漢梁孝王的東苑，園林規模宏大，方三百餘里，宮室相連屬，供游賞馳獵。梁孝王在其中廣納賓客，當時名士司馬相如、枚乘、鄒陽等均爲座上客。也稱"兔園"。故址在今河南省開封市東南。王融《奉辭鎮西應教詩》："雷庭參辯奭，梁苑豫才鄒。"魯殿：魯靈光殿，漢代著名宮殿名，在今山東曲阜。王延壽《魯靈光殿賦》序："魯靈光殿者，蓋景帝程姬之子恭王餘之所立也……遭漢中微，盜賊奔突，自西京未央、建章之殿皆見隳壞，而靈光巋然獨存。"亦省作"魯殿"。徐陵《與王僧辯書》："秦宮既獲，魯殿猶存。"

[9] 泮宫：西周諸侯所設大學。《詩·魯頌·泮水》："既作泮宫，淮夷攸服。"

[10] 縫掖：亦作"縫腋"，大袖單衣，古儒者所服，亦指儒者。《後漢書·王符傳》："徒見二千石，不如一縫掖。"

[11] 師師：莊嚴恭敬貌。賈誼《新書·容經》："朝廷之容，師師然，翼翼然，整以肅。"

[12] 鉤深：探索深奥的意義。潘岳《楊仲武誄》："鉤深探賾，味道研機。"

[13] 遁栖：亦作"遯栖"，隱伏，隱居。《宋書·前廢帝紀》："其有孝性忠節，幽居避栖，信誠義行，廉正表俗……務加旌舉，隨才引擢。"

[14] 束帛：捆爲一束的五匹帛。古代用爲聘問、饋贈的禮物。《易·賁》："束帛戔戔。"

[15]重幣：重金；厚禮。《管子·大匡》："管仲對曰：'以臣則不，而令人以重幣使之。'"

《魏武帝收田租令》一首　　魏　武帝

題解： 此篇又見《三國志·魏書》卷一《武帝紀》注引《魏書》，当作於建安九年（204）九月。嚴可均據《三國志》及《粵雅堂叢書》本所載，輯入《全三國文》卷二武帝文中。"民"，《詞林》作"人"。"不足應命"，《詞林》作"不足畢負"。"審配宗族，至於藏匿罪人"，"至於"，詞林作"至微乃"。"收田租畝四升、戶出絹二匹、絲二斤"，"絲"，《詞林》作"綿"。

令：夫有國有家者[一]，不患寡而患不均，不患貧而患不安[1]。袁氏之义也[二]，使豪強擅恣，親戚兼并，下人貧弱[三]，代出租賦，衒鬻家財，不足畢負[四]。審配宗族，至微乃藏匿罪人[五]，爲逋逃主，欲望百姓親附，兵甲強盛[六]，豈可得也[七]？其令收田租畝四升[八]，戶出絹二匹、綿二斤而已[九]。他不得擅興發，郡國守相明檢察之，無令強人有所隱藏[十]，弱人兼賦也[十一]。

【校勘】
〔一〕"夫有國有家者"，《三國志·魏書》無"夫"。
〔二〕"袁氏之义"，"义"，《三國志·魏書》作"治"。
〔三〕〔十〕"民"，《三國志·魏書》皆作"民"。
〔四〕"畢負"，《三國志·魏書》作"應命"。
〔五〕"至微乃藏罪人"，《三國志·魏書》無"微"。
〔六〕"兵甲"，《三國志·魏書》作"甲兵"。
〔七〕"豈可得也"，"也"，《三國志·魏書》作"耶"。
〔八〕"其令收田租"，《三國志·魏書》無"令"。
〔九〕"綿二斤"，"綿"，《三國志·魏書》作"絲"。
〔十一〕"弱人兼賦也"，《三國志·魏書》作"而弱民兼賦也"。

【注釋】
[1] 出自《論語·季世》："丘也聞有国有家者，不患寡而患不均，不患貧而患不安。"

《梁孝元帝勸農令》一首　　南朝梁　孝元帝

題解： 從令中知此時始平夏首與彭蠡，大寶二年（551），王僧辯擊退侯

— 693 —

景軍，克復荊州、江州，并於十一月乙亥，奉表稱"洞庭安波，彭蠡底定"，與此相符；"歲陰無遠，肇年將及"當歲末年初，與十一月相差無幾，故繫於大寶二年十一月。此篇其他文獻無載，嚴可均輯《全上古三代秦漢三國六朝文》無收，可補入《全梁文》元帝文中。

令：歲陰無遠[1]，肇年將及，深耕概種，載聞前史。因糧取用，抑傳往說。方今凶醜尚殷，國難未静，須壹車書，克清宇内。自非勸農，何以滅敵？今夏首始平，彭蠡新静，可通息甲兵，力田墾種。絓是空廢荒田，無問公私，隨意耕作，普停租稅，悉蠲調役。若有種糧短闕，就公換請。外即申下，咸使聞知也。

【注釋】

[1] 歲陰：歲暮，年底。庾信《歲晚出橫門》詩："年華改歲陰，游客喜登臨。"

《魏武帝令掾屬等月旦各言過令》一首　　魏　武帝

題解：此篇又見《三國志·魏書》卷一《武帝紀》注引《魏書》，當作於建安十一年（206）秋八月。嚴可均據《三國志》及《粵雅堂叢書》本所載，輯入《全三國文》卷二，題作《求言令》。

令：夫化俗[一]御眾，建立輔弼，試[二]在面從，《詩》稱"聽用我謀，庶無大悔"[1]，斯實君臣懇懇之求也[2]。吾充重任，每懼失中。頻年以來，不聞嘉謀，豈吾開延不勤之咎邪[3]？自今以後，諸掾屬、侍[三]中、別駕[4]，常以月旦各言其失[5]，吾將覽焉。

【校勘】

〔一〕"化俗"，《三國志》作"治世"。

〔二〕"試"，《三國志》作"誡"。

〔三〕"侍"，《三國志》作"治"。

【注釋】

[1] 出自《詩·大雅·抑》："於乎小子，告爾舊止，聽用我謀，庶無大悔。"

[2] 懇懇：誠摯殷切貌。揚雄《劇秦美新》："夫不勤勤，則前人不當；不懇懇，則

覺德不愷。"

[3] 開延：開啓賢路，延攬人才。趙岐《孟子題辭》："漢興，除秦虐禁，開延道德。"

[4] 別駕：官名。漢置別駕從事史，爲刺史的佐吏，刺史巡視轄境時，別駕乘驛車隨行，故名。魏晉以後均承漢制，諸州置別駕，總理衆務，職權甚重，當時論者稱其職居刺史之半。

[5] 月旦：每月初一。

《梁武帝設謗達枉令》一首　　南朝梁　任昉

題解：從詔 "舊邦惟新" 推當在天監初，《梁書》載天監元年（502）夏四月癸酉詔 "可於公車府謗木肺石傍各置一函。若肉食莫言，山阿欲有橫議，投謗木函"，內容相合，故此當作於天監元年夏四月。此篇其他文獻無載，嚴可均輯《全上古三代秦漢三國六朝文》無收，可補入《全梁文》任昉文中。

令：自永元昏侈，君子道消，肺石之傍，窮冤不一。今舊邦惟新，日昃思乂，淫刑[1]濫賦，雖就刊革，幽枉未理，置無其人。可設謗通衢，普加啓告。其有抱理未暢者，可齎辭指詣公車[2]，言其枉直。

【注釋】

[1] 淫刑：濫用刑罰。《左傳·僖公二十三年》："淫刑以逞，誰則無罪？"

[2] 公車：漢代官署名，爲衛尉的下屬機構，設公車令，掌管宮殿司馬門的警衛。天下上事及徵召等事宜，經由此處受理。後以指此類官署。《史記·滑稽列傳》："朔初入長安，至公車上書，凡用三千奏牘。"

《梁武帝檢尚書衆曹昏朝滯事令》一首　　南朝梁　任昉

題解：此篇又見《梁書》卷一《武帝紀上》，嚴可均據之輯入《全梁文》武帝文中，題爲《入屯閱武堂下令》。據此載，知此令爲任昉所草，當輯入《全梁文》任昉文中，作於天監元年。

令：永元之季，乾維落紐，政實多門，有殊衛文之日[1]；權移於下，實等[一]曹恭之時。閽尹有翁媼之稱，高安有法堯之旨[2]。鬻獄販官[3]，固山護澤，開塞之機，奏成小丑。直道正議〔二〕，擁抑彌年[4]；懷冤抱理，莫如〔三〕誰訴。奸吏因之，筆削自己[5]。豈直賈生流涕，許伯哭時而已哉?!今理運惟新，政刑得所，矯革流弊，實在茲日。可通檢尚書眾曹，〔東〕昏時諸爭訟失理，及主淹停不時施行者，精加詳辯〔四〕，依事議奏。便施行。

【校勘】

〔一〕"實等"，《梁書》作"事等"。
〔二〕"正議"，《梁書》作"正義"。
〔三〕"莫如"，《梁書》作"莫知"。
〔四〕"詳辯"，《梁書》作"訊辯"。

【注釋】

[1] 衛文：衛文公，姬姓，衛氏，初名辟疆，後改名毀，春秋衛國第20任國君，前659—前635年在位，他在位時期，衛國強盛。

[2] 閽尹：管領太監的官。《呂氏春秋·仲冬》："是月也，命閽尹，申宮令，審門閭，謹房室，必重閉。"高誘注："閽，宮官；尹，正也。"高安：漢哀帝時高安侯董賢。潘岳《西征賦》："刺哀主於義域，僭天爵於高安。"

[3] 鬻獄：受賄而枉斷官司。《左傳·昭公十四年》："鮒也鬻獄，邢侯專殺，其罪一也。"

[4] 擁抑：阻遏；壓制。謝靈運《山居賦》："眾流灌溉以環近，諸堤擁抑以接遠。"

[5] 筆削自己：按着自己的好惡來判案。

《梁武帝除東昏制令》一首　　南朝梁　沈約

題解：此篇又見《梁書》卷一《武帝紀》，作於中興元年（501）。嚴可均據之輯入《全梁文》卷五武帝文中，題為《入屯閱武堂下令》。據此載，知此令為沈約所草，當輯入《全梁文》沈約文中。

令：夫樹以司牧，非役物以養生；視人如傷，豈肆上以縱虐？廢主棄常，自絕宗廟，窮凶極悖，書契未有。荷酷滋章，征賦不一〔一〕。緹繡草〔二〕木[1]，朝搆夕毀；撫梁易柱，不待匠人〔三〕。徵發閭左[2]，以充繕築。流離寒暑，繼以疫癘。轉死溝渠，曾莫收恤〔四〕。朽肉枯骸，烏鳶是厭。加以天災人火，屢焚宮掖，官府臺寺，尺椽無遺。悲甚《黍離》[3]，痛兼《麥秀》[4]。遂使億兆離心，彊徼侵弱。壽春內地，鞠爲寇場，辱及祖宗，恥深諸夏。斯人何辜，離此塗炭。今明昏遞運，大道公行，思化之萌，來蘇茲日。猥以寡薄，屬當大寵，雖運距中興，難同草昧[五]。思闡皇休，與之更始。凡昏制繆賦，淫刑濫役，外可詳檢前源，悉皆蕩除。其主守散失，諸所愆耗[六]，精立科條，咸從原例。便施行。

【校勘】

〔一〕"荷酷滋章，征賦不一"，《梁書》作"征賦不一，苛酷滋章"。

〔二〕"草木"，《梁書》作"土木"。

〔三〕"朝構夕毀撫梁易柱不待匠人"，《梁書》作"菽粟犬馬"。

〔四〕"收恤"，《梁書》作"救恤"。

〔五〕"難同"，《梁書》作"艱同"。

〔六〕"愆耗"，《梁書》作"損耗"。

【注釋】

[1] 緹繡：赤繒與文繡，高貴的絲織品。《後漢書·宦者列傳》："狗馬飾雕文，土木被緹繡。"

[2] 閭左：平民。

[3] 黍離：《詩·王風》篇名，後用作感慨亡國之詞。

[4] 麥秀：箕子作《麥秀》悲殷紂無道亡國。後用以表示亡國之痛。

《高祖太武皇帝作相正定文案令》一首　　唐　高祖

題解：由題知，高祖李淵當時尚未稱帝，爲相，當是隋恭帝義寧元年（617），恭帝進封李淵爲唐王、大丞相、尚書令。此篇其他文獻無載，《全唐文》無收，可補入《全唐文》高祖文中。按：令中"萌"字以下影印本原闕，據《佚存叢書》本補。

令：天地覆載[1]，調二氣於陽陰；日月晦明，表四時之代謝。圓首方足，同稟五常[2]，開物成務[3]，俱遵六甲[4]。簡策成文[5]，咸標歲序[6]。設官分職，必系日辰[7]。法令條章，記年載之遠近[8]；廢置興造，明本末之同异。比者因循官曹[9]，弛慢文案，簿領多不注日[10]，造次尋閱[11]，無所准據。非止事機有失[12]，將恐奸詐萌［生。必也正名[13]，特宜詳慎。自今以後，不得

— 697 —

更然，若有踵前，隨即糾劾。]

【注釋】
　　[1] 覆載：覆蓋與承載。謂覆育包容。《禮記·中庸》："天之所覆，地之所載，日月所照，霜露所隊，凡有血氣者，莫不尊親。"
　　[2] 五常：仁、義、禮、智、信。
　　[3] 開務成物：通曉萬物的道理并按這道理行事而得到成功。《易·繫辭上》："夫《易》，開物成務，冒天下之道，如斯而已者也。"孔穎達疏："言《易》能開通萬物之志，成就天下之務。"
　　[4] 六甲：用天干地支相配計算時日，其中有甲子、甲戌、甲申、甲午、甲辰、甲寅，故稱。
　　[5] 簡筴：簡冊。由竹簡編連而成。後指史籍、典籍。《管子·宙合》："是故聖人著之簡筴，傳以告後進。"
　　[6] 歲序：歲時的順序；歲月。
　　[7] 日辰：天干和地支。王充《論衡·詰術》："日十而辰十二，日辰相配，故甲與子連。"
　　[8] 年載：年歲。
　　[9] 官曹：官吏辦事機關；官吏辦事處所。
　　[10] 薄領：官府記事的簿冊或文書。
　　[11] 造次：倉猝；匆忙。
　　[12] 事機：機要；機密。
　　[13] 正名：辨正名稱、名分，使名實相符。《管子·正第》："守慎正名，僞詐自止。"

《魏武帝舉士令》二首　　魏　武帝

　　題解：此二首中，第一篇又見《三國志·魏書》卷一《武帝紀》，作於建安十五年（210）春。嚴可均據《三國志》及《粵雅堂叢書》本所載，輯入《全三國文》卷二，題作"求賢令"。第二篇見於《三國志·魏書》卷一《武帝紀》，嚴可均據之輯入《全三國文》卷二，題爲"敕有司取士毋廢偏短令"，作於建安十九年（214）十二月。

　　令：自古受命及中興之君，曷嘗不得賢人君子，與之共化天下者乎[一]？

及其得賢也，曾不出閭巷[1]，豈幸相遇哉？上之人不求之耳。今天下尚未安定[二]，此特求賢之急時也。"孟公綽爲趙魏老則優，不可以爲滕薛大夫。"[2] 若必廉士而後可用，則齊桓其何以霸也[三]？今天下得無有被褐懷珠玉而釣於渭濱者乎[四]？又得無有盜嫂受金而未遇無知者乎[五]？二三子其佐我明揚仄陋[3]，唯才是舉，吾得而用之。

令：夫有行之士未必能進趣[六][4]，進趣之士未必能有行也[七]。陳平豈篤行，蘇秦寧守信也[八]？而陳平定漢業，蘇秦濟弱燕。由此言之，士有偏短，庸可廢乎。有司明思此義，則士無遺滯，官無廢業矣。

【校勘】

〔一〕"共化天下"，"化"，《三國志·魏書》作"治"。

〔二〕"尚未安定"，《三國志·魏書》無"安"。

〔三〕"何以霸也"，"也"，《三國志·魏書》作"世"。

〔四〕"被褐懷珠玉"，《三國志·魏書》無"珠"。

〔五〕"又得無有"，《三國志·魏書》無"有"。

〔六〕〔七〕"進趣"，《三國志·魏書》皆作"進取"。

〔八〕"蘇秦寧守信也"，《三國志·魏書》作"蘇秦豈守信耶"。

【注釋】

[1] 閭巷：里巷；鄉里。亦借指民間。

[2] 出自《論語·憲問》："子曰：孟公綽，爲趙魏老則優，不可以爲滕薛大夫。"

[3] 二三子：諸君；幾個人。《論語·八佾》："二三子何患於喪乎？天下之無道也久矣，天將以夫子爲鐸。"

[4] 進趣，同"進趨"，亦作"進趍"，指努力向上；立志有所作爲。《後漢書·北海靖王興傳》："顧，子危我哉！此乃孤幼時進趣之行也。"

《魏武帝論吏士行能令》一首　　魏　武帝

題解： 此篇又見《三國志·魏書》卷一《武帝紀》注引《魏書》，嚴可均據《三國志》及《粵雅堂叢書》本所載，輯入《全三國文》卷二武帝文中。

令：議者或以軍吏雖有功能，德行不足堪郡國之選[一]，所謂"可與適道[1]，未可與權者"[2]也〔二〕。管仲曰："使賢者食於能則上尊，鬭士食於功則卒輕死〔三〕。二者設于國，則天下義[3]〔四〕。"未聞無能之人、不鬭之士，并受禄賞，而可以立功興國者也。是故〔五〕，明君不官無功之臣，不賞不戰之士。太〔六〕平尚德行，有事貴〔七〕功能。論者之言，一似簡［管］〔八〕窺獸〔九〕矣〔十〕。

【校勘】

〔一〕"德行不足堪"，"堪"，《三國志·魏書》作"堪任"。

〔二〕"'未可與權'者也"，《三國志·魏書》無"者也"。

〔三〕"輕死"，《三國志·魏書》作"輕于死"。

〔四〕〔六〕"義""太"，《三國志·魏書》作"治"，《詞林》避諱改。

〔五〕"是故"，《三國志·魏書》無"是"。

〔七〕"貴"，《三國志·魏書》作"賞"。

〔八〕"簡"，《三國志·魏書》作"管"，當據改。

〔九〕"獸"，《三國志·魏書》作"虎"；

〔十〕"矣"，《三國志·魏書》作"歟"。

【注釋】

[1] 適道：論道。歸從道統。

[2] 出自《論語·子罕》："可與共學，未可與適道；可與適道，未可與立；可與立，未可與權。"

[3] 出自《管子·法法》："不牧之民，繩之外也，繩之外誅。使賢者食於能，鬭士食於功。賢者食於能，則上尊而民從；鬭士食於功，則卒輕於死。"

《魏武帝分租賜諸將令》一首　　魏　武帝

題解： 此篇又見《三國志·魏書》卷一《武帝紀》注引《魏書》，當作於建安十二年（207）春二月。嚴可均據《三國志》及《粵雅堂叢書》本所載，輯入《全三國文》武帝文中。題作《分租與諸將掾屬令》。"追思趙奢散金之義"，《全三國文》作"追思竇嬰散金之義"，作"趙奢"爲是。此篇開篇即言"趙奢、竇嬰之爲將也，受賜千金，一朝散之，故能濟成大功，永代流聲"，故後文與前文相對，當作"趙奢"爲是。

令：昔趙奢、竇嬰之爲將也[1]，受賜千金，一朝散之，故能濟成大功，

— 700 —

永代流聲[一]。吾讀其文，未嘗不慕其爲人也。與諸將士大夫共從戎事，幸賴賢人不愛其謀，羣士不遺其力，是以夷險平亂，而吾得竊大賞，户邑三萬。追思趙賓散金之義[二][2]，令分所受租與諸將掾屬及故戍於陳、蔡者[三]，庶以疇答衆勞，不擅大惠也。宜差死事之孤[3]，以租穀及之。若年殷用足，租奉畢入，將大與衆人，悉共饗之。

【校勘】

〔一〕"永代流聲"，"代"，《三國志・魏書》作"世"。

〔二〕"趙賓"，《三國志・魏書》作"竇嬰"。此篇開篇即言"趙奢、竇嬰之爲將也"，後文與前文對應，當作"趙賓"。

〔三〕"令分"，"令"，《三國志・魏書》作"今"。

【注釋】

[1] 趙奢（生卒年不詳），趙國邯鄲人（今河北邯鄲），戰國後期趙國名將，每次所得賞賜黄金絲綢等財物，盡散給部屬，受部屬愛戴，擊敗强秦，趙惠文王賜其封號"馬服君"。竇嬰（？—前131），字王孫，清河觀津（今河北衡水）人，漢文帝皇后竇氏侄，吴、楚七國之亂時，被景帝任爲大將軍，守滎陽，監齊、趙兵。七國破，封魏其侯。居功不伐，將所受賜金悉分屬下。武帝初，任丞相。與田蚡爭權失利，後被武帝殺害。

[2] 趙賓：趙奢、竇嬰。

[3] 死事：死於國事者。《管子・問》："問死事之孤，其未有田宅者有乎？"

《魏曹植賞罰令》一首　　魏　曹植

題解：此篇又見《藝文類聚》卷五四，嚴可均據《藝文類聚》及《粤雅堂叢書》本所載，輯入《全三國文》卷一四曹植文中。作年不詳。

令：夫遠不可知者，天也；近不可知者，人也。《傳》曰："知人則哲，堯猶病諸。"[1]諺曰："人心不同，若其面焉。""唯女子與小人爲難養[一]，近之則不遜，遠之則怨。"[2]《詩》云："憂心悄悄，愠于群小。"[3]自閒人從[二]，或受寵而背恩，或無故而叛違[4]，顧左右曠然無信。夫嚼者咋斷其舌[三]，右手執斧，左手傷夷[四]。一身之中，尚有不可信，況於人乎？唯無深瑕潛釁，隱過匿怨，乃可以爲人君。上行刀鋸于左右耳，前後無其人也。諺曰："穀千駑馬不如養一驥。"[5]又曰："穀駑馬養庸夫無益也[六]。"乃知韓昭侯之藏弊袴[七][5]，良有以也。役使臣有三品[八]，有可以仁義化者，有可以恩驅者[九]，此二者不足以道導之[十]，乃當以刑罰使之[十一]，刑罰復不足以率之，則明聖所不能畜[十二]。故堯至聖不容無益之子[十三]，湯武至聖不能養無益之臣。九折臂知爲良醫，吾知所以待下矣。諸吏各敬爾在位，孤推一槩之平[6]，功之宜賞，於疏必與；罪之宜戮，在親不赦。此令之行，有若曒日[十四]。於戲，群司其覽之哉。

【校勘】

〔一〕"爲難養"，《藝文類聚》作"爲難養也"。

〔二〕"自間人從"，《藝文類聚》作"自世間人"。

〔三〕"夫嚼者"，"夫"，《藝文類聚》作"大"。

〔四〕"左手傷夷"，《藝文類聚》作"左手執鍼"。

〔五〕"穀千駑馬不如養一驥"，《藝文類聚》作"穀千駑不如養一驢"。

〔六〕"穀駑馬養庸夫無益也"，《藝文類聚》作"穀駑養虎無益也"。

〔七〕"韓昭侯之藏弊袴"，《藝文類聚》作"韓昭使藏弊袴"。

〔八〕"役使臣"，《藝文類聚》無"役"。

〔九〕"以恩驅者"，《藝文類聚》作"以恩惠驅者"。

〔十〕"此二者不足以道導之"，《藝文類聚》作"不足以導之"。

〔十一〕"乃當"，"乃"，《藝文類聚》作"則"。

〔十二〕"則明聖所不能畜"，《藝文類聚》作"則明所以不畜"。

〔十三〕"故堯至聖不容無益之子"，《藝文類聚》作"故唐堯至仁不能容無益之子"。

〔十四〕"有若曒日"，"曒"，《藝文類聚》作"皎"。

【注釋】

[1] 知人：能鑒察人的品行、才能。《尚書·皋陶謨》："知人則哲，能官人。"按：此稱《傳》，或即《左傳》。

[2] 此出自《論語·陽貨》："唯女子與小人難養也，近之則不遜，遠之則怨。"

[3] 《詩經·邶風·柏舟》："憂心悄悄，慍於群小。"

[4] 叛違：違背。

[5] 韓昭侯（？—前333），亦稱韓釐侯、韓昭釐侯、韓昭僖侯，姬姓，名武，韓懿侯（一作韓共侯、韓莊侯）之子，韓國的第六任君主，前362—前333年在位。他用法家的申不害爲相，內政修明，國成小康之治，推行中央集權的君主專制體制，國力增強。事跡載《史記·韓世家》。

[6] 槩，同"概"，爲古代量糧食時刮平門斛之木，引申爲同一種標準。《楚辭·九

章·懷沙》:"同糅玉石兮,一概而相量。"

《梁孝元帝策勳令》一首　　南朝梁　孝元帝

題解:史載大寶元年(550),"夏五月辛未,王僧辯克湘州,斬河東王譽,湘州平"。太清六年二月,蕭繹發佈檄文討伐侯景,三月,王僧辯平侯景於蕭繹記功行賞。推此約作於太清六年(552)四月。此篇其他文獻無載,嚴可均輯《全上古三代秦漢三國六朝文》無收,可補入《全梁文》元帝文中。

令:賞不踰月,前王令典;德懋以功,往册明誥。自白波作寇,亟淹旬朔[1];黑山搆逆,多歷弦望。變我維城[2],事踰絕域。衆軍力戰,士卒勤勞,寒暑亟離,征夫疲瘁。今九疑既賓,三湘歆服,可催條軍簿,以時策勳,便即申勒,稱吾意也。

【注釋】

[1] 旬朔:十天或一個月,亦泛指不長的時日。應璩《與尚書諸郎書》:"壁立之室,無旬朔之資。"

[2] 維城:連城以衛國。《詩·大雅·板》:"懷德維寧,宗子維城。"

《梁孝元帝封劉毅宗懍令》一首　　南朝梁　孝元帝

題解:劉毅字仲寶,"太清中,侯景亂,世祖承制上流,書檄多委毅焉,毅亦竭力盡忠,甚蒙賞遇。歷尚書左丞、御史中丞。承聖二年,遷吏部尚書、國子祭酒,餘如故"。宗懍(500?—563)字元懍,又字懷正,普通六年(525)舉爲秀才。普通七年,蕭繹爲荊州刺史,廣征賢才,劉之遴推薦宗懍,《北史》載蕭繹聽聞後"即刻引見,令兼記室",由此與蕭繹情好三十餘年,歷任刑獄參軍、兼掌書記、臨汝令、建成令、廣晉令、荊州別駕、江陵令。承聖元年(552),蕭繹即位,爲尚書郎,封信安縣侯,邑一千户。此當作於承聖元年十一月。此篇其他文獻無載,嚴可均輯《全上古三代秦漢三國六朝文》無收,可補入《全梁文》元帝文中。

令:昔扶柳開國,止曰故人,西鄉胙土,本由賓客。況其事涉勳庸[1],

宜加爵命。左丞劉毅,恪勤所任,便繁日久[2],近嫡王内侮,銜命有勞,雖路中大夫、大史子義[3],望古儔今,不能尚也。中書侍郎宗懍,亟有帷幄之謀,實惟股肱之寄,從我于邁,多歷歲時。毅可嘉興縣開國伯,懍可信安縣開國伯,食邑各三百户。外即施行。

【注釋】

[1] 勳庸:功勳。《後漢書·荀彧傳》:"曹公本興義兵,以匡振漢朝,雖勳庸崇著,猶秉忠貞之節。"

[2] 便繁:亦作"便煩""便蕃",頻繁;屢次。《左傳·襄公十一年》:"樂隻君子,福禄攸同,便蕃左右,亦是帥從。"杜預注:"便蕃,數也。言遠人相帥來服從,便蕃然在左右。"

[3] 路中大夫:漢景時忠臣,爲國捐軀。大史子義:太史慈,漢末名將,後助孫權統一江東地區。

《梁孝元帝射書雍州令》一首　　南朝梁　孝元帝

題解: 此蕭繹動員雍州軍民擒拿蕭詧、共同勤王之作。太清三年四月,蕭繹受密詔總章衆軍勤王,六、七月間,與蕭譽、蕭詧矛盾益深,十一月,蕭繹命柳仲禮國圍攻襄陽,蕭詧遣其妃王氏、世子嶚入質於魏以求援,此令當作於同時。太清三年(549)八月,蕭譽退守長沙,求救於蕭詧,九月,詧攻江陵,蕭繹夜襲襄陽,蕭詧急歸至襄陽拒敵,令當作於是時。

此篇其他文獻無載,嚴可均輯《全上古三代秦漢三國六朝文》無收,可補入《全梁文》元帝文中。"户"字以下影印本原闕,據《佚存叢書》本補。

令:雍州文武士庶,匈奴輕漢,天子蒙塵[1],御膳貶損,肝腦塗地。吾任總連率,承制荊、巫,宣勒諸藩[2],共勤王業。而各懷叛換,莫肯伏從。遂復頓兵堅城,欲懷舉斧[3],頻被摧拉,屢挫匈奴,此并是卿之所見也。張使君令聞令望,公才公貌,縲絏之中[4],實非其罪。吾雖不武,忝居藩岳。惟荊惟益,兄弟二人;總一元戎,表裏同契。柳雍州首行戒路,已當按部,適得柳信步取馮翊,湘州諸軍,行已獻凱。三萬之兵,少日而至;積穀百萬,足周十年。郢州遣司馬劉龍尋望屈鎮,卿等或羽儀鼎族[5],或冠冕代華,驅逼來此,念當勞弊,今并無所問,一皆放免,許其還本,不窮追躡[6]。若有擒送凶身，賞南梁州、北司州錢千萬，金銀三千兩，絹布各三千匹，封五千户。

【注釋】

[1] 蒙塵：帝王失位逃亡在外，蒙受風塵。《左傳·僖公二十四年》："天子蒙塵于外，敢不奔問官守？"

[2] 宣勒：申令制止。《梁書·元帝紀》："國富刑清，家給民足；其力田之身，在所蠲免，外即宣勒，稱朕意焉。"

[3] 舉斧：對抗。《魏書·廣陽王傳》："臣近比爲慮其爲梗，是以孜孜乞赴京闕。屬流人舉斧，元戎垂翅，復從後命，自安無所。僶俛先驅，不敢辭事。"

[4] 縲絏：亦作"縲紲"，捆綁犯人的繩索，引申爲牢獄。《論語·公冶長》："子謂公冶長可妻也，雖在縲絏之中，非其罪也。"

[5] 鼎族：豪門貴族。梁元帝《討侯景檄》："諸君或世樹忠貞，身荷寵爵；羽儀鼎族，書勳王府。"

[6] 追躡：追蹤。《三國志·魏志·鄧艾傳》："欣等追躡於彊川口，大戰。"

《魏武帝軍將敗抵罪令》一首　　魏　武帝

題解：此篇又見《三國志·魏書》卷一《武帝紀》，作於建安八年（203）春三月己酉。嚴可均據《三國志》及《粵雅堂叢書》本所載，輯入《全三國文》卷二武帝文中。

令：《司馬法》："將軍死綏。"[1]故趙括之母，乞不坐括[2]。是古之將者，軍破於外，而家受罪於内也。自命將征行，但賞功而不罰罪，非國典也。其令諸將出征，敗軍者抵罪，失利者免官爵。

【注釋】

[1]《司馬法》，著名的軍事著作。司馬遷："《司馬法》所從來尚矣，太公、孫、吳、王子（成父）能紹而明之。"

[2] 趙括（？—前260），嬴姓，趙國名將馬服君趙奢之子。趙括熟讀兵書，但缺乏戰場經驗，不懂得靈活應變。後帶兵上戰場，其母上書給趙孝成王以爲不可讓趙括做將軍，趙王不同意。趙括的母親就請求，日後一旦兒子不稱職，自己不要受株連。趙孝成王答應了她的請求。

《梁孝元帝與諸藩令》一首　　南朝梁　孝元帝

題解：令稱"中流未附，必鯁王師。弗見勤王之勳，且有親尋之辱。……政當浮舟水次，秣馬江陵"。江陵乃荊州的政治中心，屬湘東王蕭繹掌管。侯景亂後，蕭繹總率勤王之軍欲救建康，而"中流未附"，時居郢州的邵陵王蕭綸不與配合，遂發兵攻之，太清三年五月，王僧辯斬殺蕭譽，六月，蕭繹移檄討伐侯景。同時與諸藩令，望"同盡勤王"，時當太清三年（549）六月。此篇其他文獻無載，嚴可均據《粵雅堂叢書》本所載，輯入《全梁文》卷十六元帝文中。

令：即日青凫朽貫[1]，紅粟盈倉，據有全楚，奄有南服[2]。舳艫萬計[3]，鐵馬千群。一丸之土，可封函谷；半紙之翰，能下聊城。而不以富貴爲榮，不以妻孥爲念，瀝血叩心，枕戈嘗膽[4]，其何故哉？政欲掃蕩長虺，誅鋤封豕[5]。本非經略三夏，包羅二別[6]，而中流未附，必鯁王師。弗見勤王之勳，且有親尋之辱。興言思此，載勞寤寐。政當浮舟水次，秣馬江陵。靜聽郢藩，若爲消息。脫能前驅入討，同盡勤王，陝服景從[7]，差爲未晚。如其驅率市人[8]，泝流西入[9]，凡我腹心，人百其勇。判當待彼先舉，然後從事，兵非我始，幸各逡巡。其間小小應接，非今所議。

【注釋】

[1] 青凫：錢。郭憲《洞冥記》："帝昇望月臺，時暝望南端，有三青鴨群飛，俄而止於臺……青鴨化爲三小童，皆著青綺文襦，各握鯨文大錢五枚，置帝几前。身止影動，因名輕影錢。"朽貫：朽腐的穿錢繩索，形容錢多而積存過久。《後漢書·王符傳》："寧見朽貫千萬，而不忍貸人一錢；情知積粟腐倉，而不忍貸人一斗。"

[2] 南服：王畿以外地區分爲五服，故稱南方爲"南服"。謝瞻《王撫軍庾西陽集別時爲豫章太守庾被徵還東詩》："祗召旋北京，守官反南服。"

[3] 舳艫：船頭和船尾的并稱。泛指前後首尾相接的船。《漢書·武帝紀》："自尋陽浮江，親射蛟江中，獲之。舳艫千里，薄樅陽而出。"

[4] 枕戈嘗膽：枕着武器，親嘗苦膽。比喻刻苦自勵，殺敵報國。

[5] 長虺：同長蛇，指貪殘凶暴者。謝朓《和王著作八公山》："長蛇固能翦，奔鯨自此曝。"封豕：喻貪暴者。《左傳·昭公二十八年》："實有豕心，貪惏無饜，忿類無期，謂之封豕。"

— 706 —

[6] 三夏：未詳。二別：大別山與小別山。《左傳·定公四年》"自小別至于大別"條，晉杜預注："此二別在江夏界。"

[7] 陝服：古荊州地。任昉《齊竟陵文宣王行狀》："初，沈攸之跋扈上流，稱亂陝服。"呂向注："上流，荊州也。時攸之爲荊州刺史，宋順帝即位，起兵作亂。時以荊州比陝州，爲分陝之望也，如侯、甸之服，故云陝服也。"

[8] 市人：集市或城中街道上的人。《後漢書·王霸傳》："光武令霸至市中募人，將以擊郎。市人皆大笑。"

[9] 沂流：也作"溯流"，逆着水流方向。

《梁孝元帝責南軍令》一首　　南朝梁　孝元帝

題解：太清三年十二月，楊忠攻隋郡，并活捉太守桓和。太清四年春正月，楊忠國安陸，敗柳仲禮於滠頭；二月，楊忠率軍抵石城，欲進逼江陵。蕭繹只得聽取舍人庚恪前往説服楊忠，終以蕭繹子蕭方略爲人質方解圍。聯令此令文，當作於太清四年（550）二月。

令：寒暑載離，涉戎無恙，城小而固，致足爲勞。西秦忽遣兵馬廿萬衆，侵據隨陸，進取石城。先討桓和，次擒仲禮。即渡漢南，仍臨溳北。吾備設權變，無減六奇之謀[1]；經營方略，妙得九天之勢[2]。彼請和退舍[3]，聞義即伏。幕有飛烏，疑楚師之夕返；路聞班馬，識齊將之方還。談笑却秦，魯連未匹；苻堅奔散，謝安何有？前殄蕭詧，後却楊忠。坐能制勝，豈非運策[4]？卿等衆軍，一何不武！遂爾逗留，良足多嘆。今遣舍人王孝祀往，具申闊曲。

【注釋】

[1] 六奇：陳平爲高祖劉邦所謀畫的六奇計，指出奇制勝的謀略。《史記·太史公自序》："六奇既用，諸侯賓從於漢。"

[2] 九天：天空最高處。《孫子·形篇》："善攻者，動於九天之上。"

[3] 退舍：退却；退避。《左傳·僖公三十三年》："子若欲戰，則吾退舍。"

[4] 運策：運用計謀。《史記·項羽本紀》："夫披堅執鋭，義不如公；坐而運策，公不如義。"

《東晉元帝改元赦令》一首　　東晉　元帝

題解：嚴可均據《粵雅堂叢書》本輯入《全晉文》卷八元帝文。本書卷六六八亦載此文，題爲《東晉元帝即位改元大赦詔》一首，而無"孤老不能自存"至"誅及三族"一段文字。此篇作於建武元年（317）。

令：昔我高祖宣皇帝至德應期[1]，受天明命，玄石著瑞[2]，肇基帝道。景皇纂戎[3]，文皇扇烈[4]。重離宣曜[5]，庸蜀稽服[6]。武皇受終，登陟帝位，光宅天下[7]，九州順軌。惠懷多難，帝主不造[8]，夷狄豺狼，肆其暴亂，京都傾覆，宗廟爲墟。孤悼心失圖[9]，靡知所厝。繕甲脩兵，補結天網。將以雪皇家之恥，蕩鯨鯢之害[10]，然後謝責象魏[11]，歸身藩臣，生死之志畢矣。今百辟卿士，億兆之人，上陳靈符，下稱人情，同見翼戴，若影響焉。孤誓心不回，至于三至于四。有司固請，所守有辭，志不可奪。孤逼于群吏之議，用上奉蒸嘗[12]，虔祀祖考，明告靈神，以祗休命。今立宗廟、備百僚，所以奉先帝，傳晉祚，總九牧[13]，保生靈也。惟爾股肱爪牙之佐，文武不貳心之臣，其各立功立事，以扶我帝室，其與天下蕩滌瑕釁[14]，改往自新，同率子來[15]，致天之罰。其大赦天下。孤老不能自存者，賜帛二匹。其殺祖父母及劉載、石勒[16]，不從此令。有能斬獲載首者，封郡公，食邑五千户，金二百斤，絹萬匹。斬勒首者，封郡侯，食邑三千户，金百斤，絹五千匹。其爲載、勒所詿誤者[17]，赦書到日，解甲散兵，各還所屬，一無所問。有能率衆從順，隨本官及所領多少論其爵位。被書後百日，若故屯結[18]，遂附賊黨，誅及三族。改建興五年爲建武元年。

【注釋】

[1] 宣皇帝：司馬懿（179—251），字仲達，河內郡溫縣孝敬里人，西晉王朝的奠基人。

[2] 玄石：黑色的石頭。

[3] 景皇：晉景帝司馬師（208—255），字子元，河內溫縣人。三國時期曹魏權臣，司馬昭的兄長。纂戎：繼承光大先人業績。潘岳《楊荊州誄》："纂戎洪緒，克構堂基。"

[4] 文皇：司馬昭（211—265），字子上，河內溫縣人，其子司馬炎代魏稱帝，建立晉朝，追尊司馬昭爲文帝，廟號太祖。扇烈：扇動烈風。

[5] 重離：《周易》之《離》卦爲離上離下相重，故以"重離"指太陽。又古以帝王喻日，因以"重離"指帝王或太子。沈約《謝立皇太子賜絹表》："重離在天，八紘之所共仰；明兩作貳，萬國所以咸寧。"宣曜：顯耀光輝。

[6] 稽服：敬服。《後漢書·袁紹傳》："濟河而北，勃海稽服。"

[7] 光宅天下：廣有天下，謂統一天下。《尚書·堯典序》："昔在帝堯，聰明文思，光宅天下。"

[8] 不造：不幸。《詩·周頌·閔予小子》："閔予小子，遭家不造。"

[9] 悼心失圖：傷心而失去主意。《左傳·昭公七年》："孤與其二三臣悼心失圖。社稷之不皇，況能懷思君德。"

[10] 鯨鯢：雄曰鯨，雌曰鯢，喻凶惡的敵人。《左傳·宣公十二年》："古者明王伐不敬，取其鯨鯢而封之，以爲大戮。"杜預注："鯨鯢，大魚名，以喻不義之人吞食小國。"

[11] 謝責：謝職離責，卸下責任。象魏：朝廷。葛洪《抱朴子·漢過》："雲觀變爲狐兔之藪，象魏化爲虎豹之蹊。"

[12] 蒸嘗：秋冬二祭，亦泛指祭祀。《國語·楚語下》："國於是乎蒸嘗。"

[13] 九牧：九州、天下。《荀子·解蔽》："此其所以代殷王而受九牧也。"

[14] 蕩滌：清除。瑕釁：罪過，過失。《後漢書·第五倫傳》："然諸出入貴戚者，類多瑕釁、禁錮之人。"

[15] 子來：指民心歸附，如子女趨事父母，不召自來，竭誠效忠。《詩·大雅·靈臺》："經始靈臺，經之營之。庶民攻之，不日成之。經始勿亟，庶民子來。"

[16] 劉載：劉聰（？—318），字玄明，匈奴族，新興（今山西忻州）人，前趙光文帝劉淵第四子，十六國時期前趙君主，310—318年在位。石勒（274—333），字世龍，小字匐勒，羯族，上黨武鄉（今山西榆社）人，十六國時期後趙建立者，史稱後趙明帝。

[17] 註誤：連累。《戰國策·韓策一》："註誤人主者，無過於此者矣。"

[18] 屯結：聚集而造反。《後漢書·滕撫傳》："梁太后慮群賊屯結，諸將不能制。"

《梁武帝克定京邑赦令》一首　　南朝梁　武帝

題解：此篇又見《梁書》卷一《武帝紀》，作於天監元年（502）四月。嚴可均據《梁書》及《粵雅堂叢書》本所載，輯入《全梁文》卷五武帝文中，題爲《入屯閱武堂下令》。

令：皇家不造[1]，遘此昏凶，禍延動植，虐被人鬼。社廟之危，蠢焉如綴。吾身藉皇宗，曲荷先顧[2]，受任邊疆，推轂萬里[3]。眷言瞻烏[4]，痛心在目。故率其尊主之情，屬其忘生之志，雖寶曆重升，明命有紹，而獨夫醜縱，方煽京邑。投袂授戈[一]，克弭多難。虐政橫流，爲日既久；同惡相濟，諒非一族。仰禀朝命，任在專征；思播皇澤，被之率土。凡厥負釁，咸與惟新。可大赦天下，唯王呾之等卅一人不在赦例。別言上行臺，外依舊施行。

【校勘】

〔一〕"授戈"，《梁書》作"援戈"。

【注釋】

[1] 不造：不幸。《詩·周頌·閔予小子》："閔予小子，遭家不造。"

[2] 曲荷：敬詞。猶承受；承蒙。《周書·藝術傳·姚僧垣》："臣曲荷殊私，實如聖旨。"

[3] 推轂：推車前進，帝王任命將帥時的隆重禮遇。《史記·張釋之馮唐列傳》："臣聞上古王者之遣將也，跪而推轂，曰閫以內者，寡人制之；閫以外者，將軍制之。"

[4] 瞻烏：語出《詩·小雅·正月》："哀我人斯，於何從禄？瞻烏爰止，於誰之屋？"毛詩傳："富人之屋，烏所集也。"鄭玄箋："視烏集於富人之室，以言今民亦當求明君而歸之。"比喻亂世無所歸依之民。

《梁武帝開國赦令》一首　　南朝梁　武帝

題解：此篇又見《梁書》卷一《武帝紀》，嚴可均據《梁書》及《粵雅堂叢書》所載，輯入《全梁文》卷五武帝文中。

令：孤以虛昧，任執國鈞[1]，雖夙夜勤止，念在興化[2]。而育德振甿，邈然尚遠。聖朝永言舊式，隆此眷命，侯伯盛典。方軌前烈。嘉錫景煥[一]，禮數昭崇。徒守願節，終隔體諒。群后百司，咸事[二]敦獎，勉兹厚顏，當此休祚[3]，望昆彭以長想，欽桓文而嘆息。思弘政塗，莫知津濟。邦甸初啓，藩宇惟新，思覃嘉慶，被之下國。其赦[三]國內殊死以下，今月五[四]日昧爽以前，一皆原散[五]。鰥寡孤獨不能自存者，賜穀五斛。府州所統，亦同蠲蕩。主者施行。

【校勘】

〔一〕"景煥"，《梁書》作"隆被"。

〔二〕"咸事"，《梁書》作"重兹"。

〔三〕"其赦"，《梁書》無此二字。
〔四〕"五"，《梁書》作"十五"。
〔五〕"原散"，《梁書》作"原赦"。

【注釋】

[1] 國鈞：國柄。王羲之《遺殷浩書》："任國鈞者引咎責躬，深自貶降，以謝百姓。"

[2] 興化：振興教化。《孔叢子·執節》："賢者所在，必興化致治。"

[2] 休祚：帝位。美好的福祚。《後漢書·質帝紀》："孝殤皇帝雖不永休祚，而即位逾年，君臣禮成。"

《魏武帝整齊風俗令》一首　　魏　武帝

題解：此篇又見《三國志·魏書》卷一《武帝紀》，嚴可均據《三國志》及《粵雅堂叢書》本所載，輯入《全三國文》卷二武帝文中。

令：阿黨比周[1]，先聖所疾也。聞冀州俗，父子異部，更相毀譽。昔直不疑無兄，時人謂之盜嫂〔一〕[2]。第五伯魚三娶孤女[3]，謂之"撾婦公"〔二〕。王鳳擅權，谷永比之申伯[4]；王商忠議[5]，張匡謂之左道。此皆以白爲黑，欺天罔君者也。吾欲整齊風俗，四者不除，吾以爲羞。

【校勘】

〔一〕"時人"，《三國志·魏書》作"世人"。
〔二〕"婦公"，《三國志·魏書》作"婦翁"。

【注釋】

[1] 阿黨：逢迎上意，徇私枉法；比附於下，結黨營私。《禮記·月令》："〔孟冬之月〕是察阿黨，則罪無有掩蔽。"鄭玄注："阿黨，謂治獄吏以私恩曲橈相爲也。"比周：结党营私。《管子·立政》："群徒比周之说胜，则贤不肖不分。"

[2] 出自《漢書·直不疑傳》：直不疑者，南陽人也。爲郎事文帝。其同舍或告歸，誤持同舍郎金去。已日，金主覺，妄意不疑。不疑謝之，買金償。及告歸者來而歸金。亡金者大慚，以此稱長者。文帝稱舉，稍遷至中大夫。朝廷見，人或毀曰："不疑狀貌甚美，然獨無奈其善盜嫂何也！"不疑聞，曰："我乃無兄。"終終不自明也。

[3] 第五伯魚：第五倫。事見《後漢書·第五倫傳》。

[4] 王鳳，字孝卿，漢元帝皇后王政君的哥哥。漢元帝即位，其父王禁被封爲陽平侯。永光二年（前42），繼承侯位，爲衛尉侍中。外甥劉驁登基後，以王鳳爲大司馬、大將軍、領尚書事秉政。王氏四兄弟（王鳳、王音、王商、王根）分別位居要津，掌握朝政，形成"王鳳專權，五侯當朝"的局面。谷永，字子雲，長安人。西漢時期官員。本名谷并，據説因尉氏男子樊并造反，改名谷永。因御史大夫繁延壽聽説他才德優異，拜任他爲自己的屬吏，後舉薦他爲太常丞。漢成帝劉驁即位時，把政事委托給大將軍王鳳，谷永知道王鳳剛剛被信任而掌權，於是依附王鳳。

[5] 王商（？—前25），西漢大臣，涿郡蠡吾人，字子威。漢宣帝母親王翁須之兄王武的兒子，嗣位樂昌侯。漢元帝時，爲右將軍、光祿大夫，保護太子劉驁的儲位。漢成帝劉驁繼位，改任左將軍。前29年三月，王商爲丞相。王商爲人敦厚，不滿大將軍王鳳專權，與其不和。

《魏曹植自試令》一首　　魏　曹植

題解： 文稱"反旋在國，櫭門退掃，形影相守，出入二載。……及到雍，又爲監官所舉，亦以紛若，于今復三年矣"，黃初四年，曹植徙封雍丘王，詔當作於黃初六年（225）。此篇又見《藝文類聚》卷五四，删節較多，嚴可均據《粵雅堂叢書》本及《藝文類聚》所載，輯入《全三國文》卷一四曹植文中，題爲《自誡令》。從内容來看，當是"自誡"。

令：吾昔以信人之心，無忌於左右，深爲東郡太守王機、防輔吏倉輯等任所註白[1]，獲罪聖朝，身輕於鴻毛，而謗重於太山[一]。賴蒙帝主天地之仁，違百寮之典議，舍三千之首戾[二][2]，反我舊居，襲我初服，雲雨之施[3]，焉有量哉？反旋在國，櫭門退掃[4]，形影相守，出入二載。機等吹毛求瑕，千端萬緒，然終無可言者。及到雍，又爲監官所舉，亦以紛若[5]，于今復三年矣，然卒歸不能有病於孤者，信心足以貫於神明也。昔雄渠、李廣[6]，武發石開；鄒子囚燕[7]，中夏霜下；杞妻哭梁，山爲之崩。固精誠可以動天地金石，何況於人乎？今皇帝遥過鄙國，曠然大赦[8]，與孤更始[9]。欣笑和樂以歡孤，隕涕諮嗟以悼孤，豐賜光厚，皆重千金[10]。損乘輿之副，竭中黄之府[11]，名馬充廄，驅牛塞路。孤以何德，而當斯惠？孤以何功，以納斯既[覬][三]？富而不吝，寵至不驕者，則周公其人也。孤小人耳[四]，深更以榮爲感。何者？將恐簡易之尤，出於細微；脱爾之愆，一朝復覆也[五]。故欲脩吾往業，守吾初志，欲使皇帝恩摩天[六]，使孤心常存地[七]，將以全陛

— 712 —

下厚德，究孤犬馬之年[12]，此難能也。然孤固欲行衆人之所難[八]。《詩》曰："德輶如毛，人鮮克舉[13]。"[九]此之謂也。故爲此令，著于宫門，欲使左右共觀志焉。

【校勘】

〔一〕"太山"，《藝文類聚》作"泰山"。

〔二〕"舍三千之首戾"，"舍"，《藝文類聚》作"赦"。

〔三〕"以納斯既"，《藝文類聚》作"而納斯貺"。

〔四〕"人耳"，《藝文類聚》作"人爾"。

〔五〕"一朝復覆"，"覆"，《藝文類聚》作"露"。

〔六〕"恩摩天"，《藝文類聚》作"恩在摩天"。

〔七〕"常存地"，《藝文類聚》作"常存入地"。

〔八〕"然孤固欲行衆人之所難"，《藝文類聚》作"然固欲行衆之難"。

〔九〕"人鮮克舉"，《藝文類聚》作"鮮克舉之"。此句出於《詩經·大雅·蒸民》："德輶如毛，民鮮克舉之。"《文館詞林》"人"爲"民"避諱，脱"之"。《藝文類聚》脱"民"。

【注釋】

[1] 註：貽誤，失誤（或指欺騙。《漢書·王莽傳上》："即有所間非，則臣莽當被註上誤朝之罪。"）

[2] 首戾：首罪。指罪行最重者。

[3] 雲雨之施：喻帝王恩澤。《後漢書·鄧騭傳》："托日月之末光，被雲雨之渥澤。"

[4] 楗：豎插在門閂上使閂撥不開的木棍。

[5] 紛若：混亂；多而雜。

[6] 雄渠（？—前877），也稱楚熊渠，芈姓，熊氏，名渠，楚熊楊之子，西周時期諸侯國楚國第六任君主，前886—前877年在位。楚熊楊五十九年（前887），楚熊楊去世，熊渠繼位，在熊渠的治理下楚國蒸蒸日上。李廣（？—前119），隴西成紀（今甘肅秦安）人，中國西漢時期的名將，匈奴稱其爲"飛將軍"。

[7] 鄒子：鄒衍，齊人，陰陽家代表人物、五行創始人。後入燕仕燕昭王，得昭王器重。繼位的惠王聽信讒言，把鄒衍逮捕下獄。《後漢書·劉瑜傳》引《淮南子》説："鄒衍事燕惠王，盡忠。左右譖之，王繫之，仰天而哭，五月爲之下霜。"

[8] 曠然：豁達。嵇康《養生論》："曠然無憂患，寂然無思慮。"

[9] 更始：重新開始；除舊佈新。《逸周書·月令》："數將幾終，歲將更始。"

[10] 營重，猶"貲重"，輜重，隨軍運載的軍用器械、糧秣等。

[11] 中黃：帝王府庫名。《後漢書·桓帝紀》："芝草生中黃藏府。"李賢注引《漢官儀》："中黃藏府掌中幣帛金銀諸貨物。"

[12] 犬馬之年：古代臣子對君主卑稱自己的年齡。

[13]《詩·大雅·烝民》："人亦有言，德輶如毛，民鮮克舉之。"

《梁武帝集墳籍令》一首　　南朝梁　任昉

題解：此篇其他文獻無載，嚴可均據《粵雅堂叢書》本輯入《全梁文》卷四二任昉文中，當作於天監元年（502）。

令：近灾起柏梁，遂延渠閣[1]。青編素簡，一同煨燼[2]；緗囊緹袠[3]，蕩然無餘。故以痛深秦末，悲甚漢季，求之天道，昭然有徵。豈不以昏嗣作孽，禮樂崩壞？及聖人有作，更俟茲辰。今雖百度草創，日不暇給，而下車所務[4]，非此孰先。便宜選陳農之才[5]，采河間之闕，懷鉛握素[6]，汗簡殺青[7]，依祕閣舊錄，速加繕寫。便施行。

【注釋】

[1] 柏梁：柏梁臺，借指宮廷。《史記·孝武本紀》："其後則又作柏梁、銅柱、承露僊人掌之屬矣。"渠閣：石渠閣，亦作"石閣""石渠"。《漢書·儒林傳·施讎》："甘露中，與五經諸儒，雜論同异於石渠閣。"

[2] 煨燼：灰燼，燃燒後的殘餘物。左思《魏都賦》："翼翼京室，耽耽帝宇。巢焚原燎，變爲煨燼。"

[3] 緗囊：淺黃色的書套子。蕭統《賦書帙》："幸雜緗囊用，聊因班女織。"緹袠：同"緹帙"，紅布書套。王僧孺《臨海伏府君集序》："金版玉箱，錦文緹帙。"這里都指書籍。

[4] 下車：初即位或到任。《後漢書·儒林傳序》："及光武中興，愛好經術，未及下車，而先訪儒雅。"

[5] 陳農：指代搜求遺書者。《漢書·藝文志》："至成帝時，以書頗散亡，使謁者陳農求遺書於天下。"

[6] 懷鉛：從事著述。沈約《到著作省謝表》："臣藝不博古，學謝專家，乏懷鉛之志，慚夢腸之術。"握素：握絹，義同"懷鉛"。

[7] 汗簡：以火炙竹簡，供書寫所用。劉向《別錄》："殺青者，以火炙簡令汗，取其青易書，復不蠹，謂之殺青，亦謂汗簡。"

《梁武帝斷華侈令》一首　　南朝梁　任昉

題解： 此篇又見《梁書》卷一《武帝紀》，嚴可均據《梁書》所載，輯入《全梁文》卷五武帝文中；又據《粵雅堂叢書》本所載，輯入《全梁文》卷四二任昉文中。

令：夫在上化下，草偃風從，俗之澆淳[1]，恒由此作。自永元失德，書契未紀，窮昏〔一〕極悖，焉可勝言？既而琁室外搆，傾宮內積[2]，奇伎異服，曠所未見。上慢下暴，淫侈競馳。國命朝權，政移〔二〕近習。販官鬻爵，賄貸公行。并甲第康衢，漸臺廣夏〔三〕[3]。長袖低昂，等和戎之錫；珍羞百品，同伐冰之家。愚人因之，浸以成俗。憍豔競爽，誇麗相高。至乃市井之家，貂狐在御；工商之子，綈繡是襲。日入之次，夜艾〔四〕未反。昧爽之朝，期之清旭〔五〕。今聖明肇運，屬精惟始，雖曰纘戎，殆同創革。且淫費之後，繼以興師；巨橋鹿臺，雕甍不一。孤忝荷寵任〔六〕[4]，務在澄清，思所以仰贊〔七〕皇朝大帛之旨，俯厲微躬鹿裘之義。解而更張，斫雕為樸，自非可以奉粢盛、脩紱冕、習禮樂之容，繼甲兵之備，此外衆費，一皆禁絕。御府中署，量宜罷省。掖庭備御妾之數，大吊絕鄭衛之音。仰度朝旨，暗同此意〔八〕。其中有可以率先卿士，准的庶萌，菲食薄衣[5]，請自孤始。加以群才并軌，九官咸事。若能人務退食[6]，競存約己，移風易俗，庶期月有成。昔毛玠在朝，士大夫不敢靡衣愉食〔九〕，魏武嘆曰："孤之法不如毛尚書。"孤雖德謝往賢，任重先達，實望多士，得其此心。外可詳為條格，以時施行。

【校勘】

〔一〕"窮昏"，《梁書》作"窮凶"。

〔二〕"政移"，《梁書》作"盡移"。

〔三〕"廣夏"，《梁書》作"廣室"。

〔四〕"夜艾"，《梁書》作"夜分"。

〔五〕"清旭"，《梁書》作"清旦"。

〔六〕"寵任"，《梁書》作"大寵"。

〔七〕"仰贊"，《梁書》作"仰述"。

〔八〕"仰度朝旨，暗同此意"，《梁書》無此八字。

〔九〕"愉食",《梁書》作"偷食"。

【注釋】

[1] 澆淳:浮薄的風氣破壞了淳厚的風氣。

[2] 傾宮:巍峨的宮殿,望之似欲傾墜,故稱。《列子·楊朱》:"紂亦藉累世之資……肆情於傾宮,縱欲於長夜。"

[3] 廣夏:亦作"廣廈",高大的房屋。王褒《九懷·陶壅》:"息陽城兮廣夏,衰色罔兮中怠。"

[4] 寵任:務寵愛重用。《三國志·魏志·劉放傳》:"三年,放進爵魏壽亭侯,資爲令,明帝即位,尤見寵任,同加散騎常侍。"

[5] 菲食:粗劣的飲食。陸機《辨亡論》:"卑宮菲食,豐功臣之賞。"

[6] 退食:指官吏節儉奉公。語出《詩·召南·羔羊》:"退食自公,委蛇委蛇。"

《梁武帝掩骼埋胔令》一首　　南朝梁　任昉

題解: 據《梁書》,推此作於天監元年(502)四月己卯,蕭衍入屯閱武堂,任昉奉命作此令。此篇又見《梁書》卷一《武帝紀上》,有刪節,嚴可均據《梁書》所載,輯入《全梁文》卷五武帝文中。此載爲完篇,且爲任昉所草,當輯入《全梁文》任昉文中。

令:近朱雀之捷,義勇爭奮,離心之衆,敢距王師?鉦鉞一臨,望塵奔陷,睢水不流,隻輪莫反。求之政刑,允茲孥戮[1]。但于時白旗未懸,凶威猶壯,驅逼所至,非有禍心。凡厥逆徒於陣送死者,可特使家人收葬〔一〕。若無親,或有貧苦無以斂骸,二縣長尉即爲埋掩。仁及枯骨,非所敢慕;尚或瑾[墐]之[2],庶幾可勉。凡建康城内,諸不逆天命,自取淪亡者〔二〕,亦同此科,便可施行。

【校勘】

〔一〕"收葬",《梁書》作"殯葬"。

〔二〕"淪亡者",《梁書》作"淪滅"。

【注釋】

[1] 孥戮:殺戮。《後漢書·張綱傳》:"既陷不義,實恐投兵之日,不免孥戮。"

[2] 瑾，當爲"墐"，"尚或墐之"，来自《詩·小雅·小弁》："行有死人，尚或墐之。"

《梁武帝葬戰亡者令》一首　　南朝梁　任昉

題解：蕭衍於永元二年（500）冬舉義師，永元三年三月改元中興，十二月東昏侯遇害，又下令"以義師臨陣致命及疾病死亡者，并加葬斂，收恤遺孤"。蕭衍在即位之前，頻繁下令施行一系列恩惠之措，安撫人心，天監元年（502）夏四月丙寅，即位改元。此令内容與史載之令類似，當作於天監元年（502）初。此篇其他文獻無載，嚴可均輯《全上古三代秦漢三國六朝文》無收，可補入《全梁文》任昉文中。

令：近義師鞠旅[1]，士卒爭奮，數千之塗，載離寒暑。輟西歸之思，厲必死之節。兵凶戰危，零落者衆。加以風寒霜露，夭其天年；同彼艱辰，异此慶日。興言既往，惻愴深懷。凡諸臨陣致節[2]，及疾病喪亡者，并宜厚加葬斂，收恤遺孤，庶足微慰忠魂，少疇誠烈[3]。

【注釋】

[1] 鞠旅：向軍隊發出出征號令，猶誓師。《詩·小雅·采芑》："鉦人伐鼓，陳師鞠旅。"

[2] 致節：盡忠效節。《三國志·魏志·臧洪傳》："洪辭氣慷慨，涕泣横下，聞其言者，雖卒伍厮養，莫不激揚，人思致節。"

[3] 疇：通"醻""酬"，酬报，酬谢。《詩·小雅·彤弓》："鐘鼓既設，一朝醻之。"

《梁孝元帝遣上封令》一首　　南朝梁　孝元帝

題解：令稱"自凶醜憑凌，構斯釁逆"，回顾自侯景亂發，蕭繹本人勤王之舉，而湘州刺史蕭譽和雍州刺史蕭詧各懷不軌，鼓勵衆軍同民擾敵。此當作於太清三年（549）八月間。此篇其他文獻無載，嚴可均輯《全上古三代秦漢三國六朝文》無收，可補入《全梁文》元帝文中。

令：自凶醜憑凌，構斯釁逆，便遣兼司馬吴曄爲第一軍，次遣天門太守樊文皎爲第二軍，次遣故軍師將軍方等爲第三軍，次遣武寧太守淳于量爲第四軍，次遣竟陵太守王僧辯爲第五軍。吾相繼沿流，志清國難，總此六軍，方舟而下[1]。湘雍接境，不遣一軍，觀國幸災，志圖非望[2]。或割地舉兵，或來相掩襲[3]。親尋干戈，各懷不軌。仰惟社稷一旦傾淪，枕戈泣血，容身無地。承明可望[4]，永絕朝謁之期；庭闕方趨，無復聞詩之日。拊膺長叫，沒身何補？號天扣地，無所逮及。煩冤荼毒，貫截肝心；纏綿膈臆[5]，觸途殞慟。風樹鳴枝，不自堪忍；霜露方下，祠祭莫由。犬馬之誠，無忘晷漏[6]。烏鳥有心，每思雪復。銜酷沒齒[7]，髓腦糜潰。春生夏長，萬恨不追；日往月來，百身靡贖。方今菽粟充仞，倉廩欲實，多載糧粒，廣命甲兵，迅揖飛舸，直指姑孰。成敗之決，在乎此行。功成則爲雄烈之人，身死則爲忠義之鬼。奉迎今主，克清象魏[8]。但恐下流諸藩，未必俱發，行路鯁阻，穀粒難周，進未及前，退且惟谷[9]，其間進止，應有深謀。可悉心以對，勿得口隱，并送封事[10]，吾將覽焉。

【注釋】

[1] 方舟：兩船相并。《莊子·山木》："方舟而濟於河，有虛船來觸舟，雖有偏心之人，不怒。"

[2] 非望：非分的希望。《漢書·息夫躬傳》："東平王雲以故與其後日夜祠祭祝詛上，欲求非望。"

[3] 掩襲：突然襲擊。陳琳《爲袁紹檄豫州》："內相掩襲。"

[4] 承明：天子左右路寢稱承明，因承接明堂之後，故稱。劉向《說苑·修文》："守文之君之寢曰左右之路寢，謂之承明何？曰：承乎明堂之後者也。"

[5] 膈臆：猶肺腑，肝膽，比喻內心。

[6] 晷漏：晷與漏，古代測時的儀器。此指頃刻；片刻。《梁書·范雲沈約傳論》："昔木德將謝，昏嗣流虐，慄慄黔黎，命懸晷漏。"

[7] 銜酷：心懷慘痛之情。顏之推《顏氏家訓·文章》："銜酷茹恨，徹放心髓！"沒齒：終身。《論語·憲問》："奪伯氏駢邑三百，飯疏食，沒齒無怨言。"

[8] 克清：平定。庾信《周柱國大將軍長孫儉神道碑》："大丞相總十六軍，克清河洛。"象魏：天子、諸侯宮門外的一對高建築，亦叫"闕"或"觀"，爲懸示教令的地方。此借指宮室，朝廷。葛洪《抱朴子·漢過》："雲觀變爲狐兔之藪，象魏化爲虎豹之蹊。"

[9] 惟谷：進退兩難。曹操《領兖州牧表》："臣愧以興隆之秩，功無所執，以偶假實，條不勝華，竊感譏誚，蓋以惟谷。"

[10] 封事：密封的奏章。古時臣下上書奏事，防有泄漏，用皂囊封緘，故稱。《漢

書·宣帝紀》:"上始親政事,又思報大將軍功德,乃復使樂平侯山領尚書事,而令群臣得奏封事,以知下情。"

卷第六百九十九

教四　恤亡　褒賢　顯節
　　　　終復　毀廢　禱祀　崇法

《恤奉高令喪事教》一首　　後漢　李固

題解：此教盛讚已故奉高縣令"修敕閨門，教禁施從，盜賊衰息，獄訟寡少，興崇經典，威武兼并，考功效實，爲郡中最"之行狀，痛惜其因小疾而至顛隕，感於母老子弱，門户單微，而對其家有所存恤。此篇其他文獻無載，嚴可均輯《全上古三代秦漢三國六朝文》無收，可補入《全後漢文》李固文中。

告曹：侍事掾師儼及吳熹、平城牟基：廉令在奉高，脩勅閨門，教禁施從，盜賊衰息，獄訟寡少，興崇經典，威武兼并。考功效實[1]，爲郡中最。當龔先基，窮極榮壽，何意小疾，乃至顛殞?! 可痛可惜，斷絕肝心。太守舉門，爲之流涕，母老子弱，門户單微。又今北州舊族，少立清高，遺言懇惻[2]，欲令皦白之素[3]，終始不淬，故遣儼、熹、基等共視喪事。約勅丞掾[4]，勿委爲非法法賕。從吏車兩，當今嚴事[5]，以時備辨。聞有穀在嬴虵丘，已遣吏糴[6]，當今時售，勿令吏得容奸。時既淺薄，此郡尤甚，儼等務加惻隱，動靜言。

【注釋】

[1] 效實：考核成績。曹操《又上書讓封》："考功效實，非臣之勳。"

— 720 —

[2] 懇惻：誠懇痛切。蔡邕《上封事陳政要七事》："又元和故事，復申先典，前後制書，推心懇惻。"

[3] 皦白：潔白。

[4] 丞掾：屬官的泛稱。《漢書·韓延壽傳》："丞掾皆以爲方春月，可壹出勸農桑。"

[5] 嚴事：嚴行，嚴加。

[6] 糶，讀音 tiào，即"粜"，卖粮食。

《藏枯骨教》一首　　南朝宋　劉義季

題解：劉義季（415—447），字師護，宋武帝劉裕第七子，元嘉元年（424），封衡陽王，此當作於元嘉十六年到二十二年間（439—445）。此篇其他文獻無載，嚴可均輯《全上古三代秦漢三國六朝文》無收，可補入《全宋文》劉義季文中。

綱紀：夫愆伏違節[1]，實徵謗政[2]。吾雖遠庶側脩，近冀規誨，慮羞之既深，人害未已。思廣消卹，彌昧其方。埋骴行墐[3]，義存令典；收枯設酹[4]，事感曹陳。四境之內，有委骨露骸，毀棺頹槨，爲經塗所踐轢者，可申命有司，嚴加斂藏，其宜資須[5]，取給官物。豈曰云補？冀微抒矜懷，便速施行。

【注釋】

[1] 愆伏：謂陰陽失調，指氣候失常。語本《左傳·昭公四年》："冬無愆陽，夏無伏陰。"《孔叢子·論書》："是故陰陽清和，五星來備，烈風雷雨各以其應，不有迷錯愆伏，明舜之行合於天也。"違節：違背制度、法規。賈誼《旱雲賦》："何操行之不得兮，政治失中而違節。"

[2] 謗政：受指責的政事。《左傳·昭公六年》："今吾子相鄭國，作封洫，立謗政，制參辟，鑄刑書，將以靖民，不亦難乎？"

[3] 行墐：埋葬路上的死人。墐，讀音 jìn，通"殣"，掩埋。《詩·小雅·小弁》："行有死人，尚或墐之"（同"行殣"，路旁餓死的人。顏延之《行殣賦》："嗟我來之云遠，睹行殣於水隅"）。

[4] 酹，讀音 zhuì，祭祀時以酒酹地，祭奠。《後漢書·循吏傳·王奐》："男女老壯皆相與賦斂，致奠酹以千數。"

[5] 資須：需求。《南史·蔡廓傳》："公祿賞賜，一皆入軌，有所資須，悉就典者請焉。"

《爲宋公收葬荊雍二州文武教》一首　　南朝宋　傅亮

題解：傅亮，字季友，乃東晉宏儒傅咸之玄孫，博通經史，雅善文詞，先後追隨孟昶、桓謙、劉毅、劉裕等，曾入直西省，典掌詔誥策命。劉裕建宋，爲其掌詔誥策命。義熙十二年（416），劉裕北定中原，修晉五陵，晉安帝下詔封劉裕爲宋公，建宋國。義熙十三年正月討羌，九月至長安。義熙十四年六月，劉裕受九錫之命。故大膽推測此教作於義熙十二年年底。此篇其他文獻無載，嚴可均輯《全上古三代秦漢三國六朝文》無收，可補入《全宋文》傅亮文中。

綱紀：近二寇肆逆[1]，距捍王旅[2]，荊雍文武，并被驅逼。鋒刃既交，死傷盈目。罪歸元凶，衆庶何辜[3]？尸胔未掩[4]，淒然矜懷[5]。可告宣郊郭，有家人及親戚在此者，各令收斂。若家遠外無相料理者，勑右户給材器，時殯瘞之[6]，并物色人形，標揭題識，令六親尋致。今天人羈虜[7]，橫遭非命，事至於此，愧悵兼懷。

【注釋】

[1] 二寇：孫恩、盧循。肆逆：橫行不法，背叛作亂。《三國志·魏志·文帝紀》："漢道陵遲，世失其序，降及朕躬，大亂茲昏，群凶肆逆，宇内顛覆。"

[2] 距捍：對抗；抵禦。距，通"拒"。孫楚《爲石仲容與孫皓書》："二邦合從，東西唱和，互相扇動，距捍中國。"王旅：天子的軍隊。《詩·大雅·常武》："王旅嘽嘽，如飛如翰。"

[3] 何辜：何罪。曹丕《燕歌行》："牽牛織女遙相望，爾獨何辜限河梁？"

[4] 尸胔：尸體。胔，讀音 zì，帶有腐肉的尸骨；也指整個尸體。

[5] 矜懷：同"矜懷"。傷心。

[6] 右户：大户。殯瘞：入殮埋葬。殯，讀音 bìn，死者入殮後停柩以待葬。《禮記·檀弓上》："夏後氏殯于東階之上，則猶在阼也。"瘞，讀音 yì，埋葬。潘岳《西征賦》："夭赤子於新安，坎路側而瘞之。"

[7] 羈虜：謂俘虜而羈留。《漢書·金日磾傳贊》："金日磾夷狄亡國，羈虜漢庭。"

《祭北行戰亡將客教》一首　　南朝梁　簡文帝

題解：《梁書》載：（普通）六年春正月丙午，安北將軍晉安王綱遣長史

— 722 —

柳津破魏南鄉郡，司馬董當門破魏晉城……雍州前軍克魏新蔡郡。此次北伐拓地千裏，與教"鋒臨秦，汝，深入寇場"相合，推之作於北伐勝利稍後，當普通六年（525）。此篇其他文獻無載，嚴可均輯《全上古三代秦漢三國六朝文》無收，可補入《全梁文》簡文帝文中。

二府州國綱紀：吾奉命西潘，擁麾戡伐，鋒臨秦汝，深入寇場。三軍之士，蒙犯戈戟[1]，歲時勞止[2]，日月悠長。或告盡灾沴，或身膏林草。悼兹既往，曾何可忘？凡諸逝者，可克日奠祭。庶長城之下，永息委骨之謠；洛水之南，無復零雨之哭。雄鬼忠魂，少慰原野。外即施行。

【注釋】

[1] 蒙犯：冒犯。《左傳·襄公二十八年》："蒙犯霜露，以逞君心。"戈戟：戈和戟，指兵器。

[2] 勞止：辛勞；勞苦。《詩·大雅·民勞》："民亦勞止，汔可小康。"

《贈賻扈玄達教》一首　　南朝梁　簡文帝

題解：扈玄達史書無載，隨蕭綱自出師征戰而亡，詔贈新野太守，可能作於北伐勝利時，當普通六年（525）。此篇其他文獻無載，嚴可均輯《全上古三代秦漢三國六朝文》無收，可補入《全梁文》簡文帝文中。

二府州綱紀：昔代將一言，便申郡守之賞；曹臣小節，猶霑御史之榮。況復勇邁前脩，誠奮往烈。軍主扈玄達，摧堅陷敵，戰亡旋踵[1]。自出師薄伐，實有厥勞，殞命鋒刃，宜加甄寵，可贈本郡新野太守，賻錢一萬[2]，布廿匹，時遣監瘞。外速施行。

【注釋】

[1] 旋踵：掉轉腳跟。形容時間短促。《韓詩外傳》卷十："夫天怨不全日，人怨不旋踵。"

[2] 賻，讀音 fù，拿錢財幫助別人辦理喪事。《禮記·檀弓上》："孔子之衛，遇舊館人之喪，入而哭之哀，出，使子貢說驂而賻之。"

《監護杜嵩喪教》一首　　南朝梁　簡文帝

題解：《梁書》卷三《武帝紀下》載，普通五年（525），雍州刺史蕭綱進號安北將軍，"六年春正月丙午，安北將軍晋安王綱遣長史柳津破魏南鄉郡，司馬董當門破魏晋城。庚戌，又破馬圈、雕陽二城"。《梁書》卷四《簡文帝紀》載蕭綱"在襄陽拜表北伐，遣長史柳津、司馬董當門、壯武將軍杜懷寶、振遠將軍曹義宗等衆軍進討，克平南陽、新野等郡"。杜懷瑶與杜懷寶當爲同一人，此亦作於普通六年。此篇其他文獻無載，嚴可均輯《全上古三代秦漢三國六朝文》無收，可補入《全梁文》簡文帝文中。

　　二府州國綱紀：水曹參軍杜嵩，殞命戎間，甚用傷愍。嵩，汗馬累年，辛勤已著，此段復隨杜懷瑶凌危履險[1]，身扞其父[2]，致此喪命。昔下邳扞親之難，彭循衛君之鋒，皆遺芬前史，垂名後代，未有如嵩奮袂，忠孝兼舉。悲懷惻愴，不能自息。可賻錢十萬，布百匹，并遣監護喪事。別表申聞，加以榮爵。外即施行。

【注釋】

[1] 凌危：身陷危境。凌，深挖。履險：身處險境。孫綽《庾冰碑》："履險思夷，處滿思冲。"

[2] 扞：保護；保衛。《尚書·文侯之命》："汝多修，扞我於艱。"

《贍岬部曲喪柩教》一首　　南朝梁　簡文帝

題解：晋安王蕭綱鎮雍州多年，數次北伐，士庶死命衆多，時罷雍州還揚州，遂作此教，當中大通二年（530）。此篇其他文獻無載，嚴可均輯《全上古三代秦漢三國六朝文》無收，可補入《全梁文》簡文帝文中。

　　二府國綱紀：昔射聲之營[1]，曹褒有掩骴之德；廣漢之邑，陳寵有收葬之仁。言念轉蓬[2]，尚思故萼；瞻斯狡兔，猶憶舊丘。以彼棄葱，傷茲墜履。吾出藩以來，歲時淹積，屢變寒暑，頻阻寇戎。今荷璽書，得蒙牧短綅，東從士庶，有於此殞命，棺柩妻子不能自反者，外可量宜贍岬，使得沿流。庶龍沙之瘞，無憂於沉水[3]；鶴奔之鬼，不勞於通夢。外即施行。

【注釋】
[1] 射聲：漢代武官，即射聲校尉。
[2] 轉蓬：隨風飄轉的蓬草。《後漢書·輿服志》："上古聖人，見轉蓬始知爲輪。"
[3] 沉水：沉入水中。

《爲蕭驃騎築新亭壘埋枯骸教》一首　　南朝梁　江淹

題解：昇明元年（477）十二月，沈攸之反，宋順帝詔假蕭道成黄鉞，"出頓新亭中興堂"，江淹遂作此教？此篇載於《南齊書·高帝紀》，又見《江文通文集》卷七，嚴可均據之輯入《全梁文》卷三五，題爲《蕭驃騎築新亭壘埋枯骨教》。此載可補嚴輯徵引出處。

府州綱紀：夫河南[一]稱慈，諒由掩骴[1]；廣漢流仁，實存殯朽[2]。近亥制兹營[3]，崇堞浚塹[4]，古墟櫐隧，時有湮移。深松茂草，或致[二]刊薙[5]。憑軒動惠[三]，巡隍增愴，宜并爲收斂，并設薄祀。主局詳辨施行。

【校勘】
〔一〕"河南"，《江文通文集》作"汝南"。
〔二〕"或致"，《江文通文集》作"或到"。
〔三〕"憑軒動惠"，《江文通文集》作"憑壙動懷"。

【注釋】
[1] 河南稱慈，諒由掩骴：指《後漢書·獨行·周嘉附暢傳》："暢字伯特，性仁慈，爲河南尹。永初二年，夏旱，久禱無應，暢因收葬洛城旁客死骸骨凡萬余人。"
[2] 廣漢流仁，實存殯朽：指《後漢書·陳寵傳》："世衰亂時，此下多死亡者，而骸骨不得葬，儻在于是。寵愴然矜嘆，即敕縣盡收斂葬之。"
[3] 兹營：指新亭壘。
[4] 凌塹：深溝。潘岳《馬汧督誄》："子命穴凌塹，實壺鑵瓶瓿以偵之。"
[5] 刊薙：砍伐，割除。薙，讀音 tì，同"剃"。

《轉送亡軍士教》一首　　南朝梁　任昉

題解：史載建元二年（480）春二月丁卯，"虜破壽陽，豫州刺史垣崇祖破走之，置巴州"，又甲午詔"江西北民避難流徙者，制遣還本，蠲今年租稅。單貧及孤老不能自存者，即聽番籍，郡縣押領"，與教"獫狁侵邊""迎致還本"相符，或作於建元二年二月。此篇其他文獻無載，嚴可均輯《全上古三代秦漢三國六朝文》無收，可補入《全梁文》任昉文中。

府州國綱紀：隆死甄節，著自周經；加等明□，陳之魯册。近獫狁侵邊，鋒鏑關甸[1]；元戎啓伐[2]，胡馬北徂。今春所上人丁將吏，身殞戰場，或命離灾疾，瞻言朔野，良以愴情，可使沿流，分明標瘞，即付所瞻，迎致還本。餘孤遺老，宜存拯異。其將吏在軍，身經戰陣，薄有尤劇者，賜之緩假。

【注釋】

[1] 鋒鏑：刀刃和箭鏃，借指兵器。《史記·秦漢之際月表》："墮壞名城，銷鋒鏑，鉏豪桀，維萬世之安。"

[2] 元戎：大的兵车。《诗·小雅·六月》："元戎十乘，以先启行。"

《祭故徐崔文教》一首　　南朝梁　沈約

題解：此教作於雍州期間，"沈約"齊初爲征虜記室，帶襄陽令，故教作於是年。此篇其他文獻無載，嚴可均輯《全上古三代秦漢三國六朝文》無收，可補入《全梁文》沈約文中。

綱紀：貴邦冠衣不少，有士如林。劉鄭傅駱之家，樓留徐楊之族，雖晚運雕疏[1]，不逮疇往，而餘風未改，舊俗猶存。徒以邦校寂寥，弘引蓋闕，致雍業淪喪，勸募靡因。斑白懷道[2]，發憤於鄉曲；後進希風[3]，寡聞於閭閈[4]。太守謬忝朝私，分竹斯境[5]，誠學不專經，墻面邦國。勸屬之志，獨盈懷抱。方欲開飾庠宇，招置生徒；延茲舊學，授以章句。庶鄒魯之風重興，巴蜀之化可勉。郡前孝廉、太守徐崔文，結髮從師，華首未倦，詳洽之功[6]，有譽邦邑。故屈總學務，俾訓後昆。曾未云幾，奄然長謝。本懷不遂，愴恨兼情。及其在殯，可遣薄酹[7]。樓功曹材思斐然，抑惟材子，并爲祭文，用申往意。

— 726 —

【注釋】

[1] 雕疏：凋零，零落。

[2] 斑白：老年人。《史記·循吏列傳》："斑白不提挈，僮子不犁畔。"

[3] 希風：仰慕風操。

[4] 閭閈：古代里巷的門。此借指街坊，里巷。鮑照《河清頌》："閭閈有盈，歌吹無絕。"

[5] 分竹：給予作為權力象徵的竹使符，謂封官授權。顏延之《家傳銘》："建節中平，分竹黃初。"

[6] 詳洽：詳備廣博。

[7] 醊，讀音 zhuì，祭祀時把酒灑在地上。《後漢書·循吏傳·王渙》："男女老壯皆相與賦斂，致奠醊以千數。"

《贈留真人祖父教》一首　　南朝梁　沈約

題解： 此教作於金華時期，沈約於隆昌元年（494）二三月間任東陽太守。南齊地方官任職一般三年，《南齊書·五行志》"建武三年，大鳥集東陽郡，太守沈約表云……"，其任滿當建武三年，姑推教當作於隆昌元年（494）。此篇其他文獻無載，嚴可均輯《全上古三代秦漢三國六朝文》無收，可補入《全梁文》沈約文中。

綱紀：昔秦王慕道，三山之使相望；漢帝希靈，五岳之巡不輟。故能使韓眾羽化[1]，西母來儀，神迹景蔚[2]，可得而言也。貴郡區宇秀邈，含奇隱異，鴻軒接軫[3]，鶴駕成群[4]。金華東山留真人，誕鍾靈性，獨悟懷抱，日飲霞食，卅餘載。假形劍林，蛻景登雲，敬想徽塵，翹仰彌結。真人門基緒胄[5]，此邦冠冕，而祖禰栖遲[6]，榮命不及。言念追遠，增懷無已。若夫朱穆私謚，尚允昔談；潘喜追旌，實惟舊典。可贈真人祖功曹史，父孝廉，庶厥幽靈，薄尉丘隴。

【注釋】

[1] 韓眾：古代傳說中的仙人。《楚辭·遠游》："奇傳說之托辰星兮，羨韓眾之得一。"王逸注："眾，一作'終'。"

[2] 神迹：亦作"神跡"，神靈的事迹；靈異的現象。陸機《漢高祖功臣頌》："游精杳漠，神迹是尋。"

[3] 鴻軒：鴻雁高飛，比喻舉止不凡。顏延之《五君詠·向常侍》："交吕既鴻軒，攀嵇亦鳳舉。"

　　[4] 鶴駕：仙人的車駕。薛道衡《老氏碑》："鍊形物表，卷迹方外，蜕裳鶴駕，往來紫府。"

　　[5] 緒冑：世系和後代。陸倕《志法師墓志銘》："緒冑莫詳，邑居罕見。"

　　[6] 祖禰：祖廟與父廟。《周禮·春官·甸祝》："舍奠于祖禰，乃斂禽，禂牲，禂馬，皆掌其祝號。"棲遲：滯留。《後漢書·馮衍傳下》："久棲遲於小官，不得舒其所懷，抑心折節，意悽情悲。"（或指零落漂泊。李賀《致酒行》："零落棲遲一杯酒，主人奉觴客長壽。"）

《在縣祭杜西曹教》一首　　南朝梁　王僧孺

　　題解： 杜西曹即杜栖，吳俊錢塘人，《南齊書·孝義》載其生平。永元元年，杜栖因喪父過毀而亡，年三十六，推其生於泰始元年（465），與僧孺同歲，二人曾受業於劉瓛及何點、何胤，史傳所載與教相結合。由教知，王僧孺自永明十一年補晉安郡丞，除侯官令，而杜以父年老歸養東山，二人別後未得見，不料杜栖先亡，此番僧孺出爲錢塘令，想起故友，補晉潸然淚下。建武四年，僧孺爲蕭遙光所表薦，"除尚書儀曹郎，遷治書侍御史，出爲錢塘令"，而瑤光於永元元年（499）八月謀逆被誅，推僧孺因此出爲錢唐令，教當作於是年。其他文獻無載，嚴可均輯《全上古三代秦漢三國六朝文》無收，可補入《全梁文》王僧孺文中。

　　夫髣髴丹青[1]，猶懷之於萬古；沉吟豪竹，欲光之於千載，況其鄉可踐，其道不亡。杜生者，實南國之俊人，東山之异士。造次玄遠[2]，被服仁義，五業必該，六行無缺[3]。静焉虚室，緇塵莫得而干[4]；澹然飄泊，鄙競於何可入？其昔因負笈[5]，聊示彈冠[6]，暫辭下土，來游上國。吾亦諸生，從師問道。始遇劉先生之室，末華何徵君之園。契闊精廬，慇勤橫舍[7]。亹亹清論[8]，匪辰伊夕；灼灼高文，自篇成卷。聚散不恒，一然爲別[9]。吾從禄南障，彼返亦東皋。一間山川，多阻音記。謂仁者壽，而此子不追，塗阻且遥，瞻赴事隔。常恐素車不駕[10]，宿草已蕪[11]。忽以不材，懷印兹壤，下車望境，不覺涕之無從。聊欲申其薄祭，以篤故友。胸笒已脩[12]，蘋潦可辦[13]。明便宿舂蓐食[14]，指告墓田，即可命彼舟人，鶩舲遄邁[15]。

【注釋】

[1] 髣髴：隱約，依稀。《楚辭·遠游》："時髣髴以遙見兮，精皎皎以往來。"

[2] 造次：倉猝；匆忙。《論語·里仁》："君子無終食之間違仁，造次必於是，顛沛必於是。"

[3] 六行：六種善行。《周禮·地官·大司徒》："六行：孝、友、睦、姻、任、恤。"

[4] 緇塵：黑色灰塵，常喻世俗污垢。謝朓《酬王晉安》詩："誰能久京洛，緇塵染素衣。"

[5] 負笈：背着書箱，指游學外地。《後漢書·李固傳》"常步行尋師"條，李賢注引謝承《後漢書》："固改易姓名，杖策驅驢，負笈追師三輔，學'五經'，積十餘年。"

[6] 彈冠：爲官。顏之推《古意》詩："十五好詩書，二十彈冠仕。"

[7] 橫舍：學舍。橫，通"黌"。《後漢書·朱浮傳》："宮室未飾，干戈未休，而先建太學，進立橫舍。"

[8] 亹亹：談論動人，有吸引力，使人不知疲倦。《後漢書·班固傳論》："若固之序事，不激詭，不抑抗，贍而不穢，詳而有體，使讀之者亹亹而不猒，信哉其能成名也。"

[9] 爲別：分別，相別。

[10] 素車：古代凶、喪事所用之車，以白土塗刷。《周禮·春官·巾車》："素車，棼蔽。"

[11] 宿草：隔年的草。《禮記·檀弓上》："朋友之墓，有宿草而不哭焉。"

[12] 胊，讀音 qú，屈曲的肉脯。《儀禮·士虞禮》："薦脯醢，設俎於薦東，胊在南。"斝：讀音 jiǎ，同"斝"，青銅制貯酒器。《詩·大雅·行葦》："或獻或酢，洗爵奠斝。"

[13] 蘋潦：泛指祭品。

[14] 蓐食：早晨未起身，在床席上進餐，謂早餐時間很早。《左傳·文公七年》："訓卒，利兵，秣馬，蓐食，潛師夜起。"

[15] 遄邁：快速前進；疾駛。潘岳《寡婦賦》："曜靈曄而遄邁兮，四節運而推移。"

《褒荆州主者王謙教》一首　　東晉　庾翼

題解：荆州兵曹書佐王謙潔己清廉，盡忠奉公，庾翼作教嘉其懿行，以厲時風。王謙生平《晉書》未見，由教可知其爲荆州兵曹書佐，則教文當作於庾翼荆州刺史任中。《晉書·庾翼傳》載："及亮卒，授都督江荆司雍梁益六州諸軍事、安西將軍、荆州刺史、假節，代亮鎮武昌。"咸康六年（340 庾翼爲荆州刺史。建元元年（343），庾翼北伐，進屯夏口，教當作於此間。此篇其他文獻無載，嚴可均輯《全上古三代秦漢三國六朝文》無收，可補入

《全晉文》庾翼文中。

　　夫編名朝録，執笏爲吏，誠應潔己奉時，以效忠節。而末俗偷薄，貪濁者衆，雖罪黜相尋，而莫之改也。兵曹書佐王謙，近得區閑賕賂[1]，而能公言不受，雖臣下之體，不可不然。然在事者多復不能，爾以人相望，令人嘉之。綱紀宜共甄識[2]。至於勞滿，叙之令超也。用意如此，理當清貧[3]。清貧之錫，所以厲不清也。可賜布三十匹。

【注釋】

　　[1] 賕賂：賄賂財物。賕，讀音qiú，賄賂。《漢書·刑法志》："吏坐受賕枉法。"賂，贈送的財物。《左傳·莊公二十八年》："數之以王命，取賂而還。"也泛指財物。左思《吳都賦》："其琛賂則琨瑤之阜，銅鍇之垠。"劉逵注："琛，寶也；賂，貨也。"

　　[2] 綱紀：古代公府及州郡主簿。《後漢書·文苑傳下·張升》："仕郡爲綱紀，以能出守外黃令。"甄識：猶辨識。

　　[3] 清貧：貧苦而有操守。《後漢書·劉陶傳》："陶既清貧，而恥以錢買職，稱疾不聽政。"

《圖雍州賢能刺史教》一首　　南朝梁　簡文帝

　　題解：時間當爲普通四年（523），晋安王蕭綱初到雍州，勵精圖治，遂下令圖歷代雍州賢能刺史像。此篇又見《藝文類聚》卷五二，删節較多，嚴可均據之輯入《全梁文》卷九簡文帝文中。此載可校補嚴輯。

　　二府州國綱紀：古之所謂死而不朽者，其唯令名乎？故冀州表朱穆之象，太丘有陳寔之畫。田子玄碑，高樹汝南之右；王生虚廟，猶在雒邑之傍。自崤渭丘墟，脩都堙穢，回照輿井，劃雍根起。晋建興之初，迄齊永明之末，此土州將，實爲不少。或有留愛萌口[一]，或有傳芳史籍，或武猛紛紜，或風流名望。宜其寫彼丹青，長爲准的。昔越王鎔金，尚思范蠡；漢君[二]染畫，猶憶高[三]彪[1]。矧彼前賢，寧忘景慕？可并圖像聽事，以旌厥善。庶以諭兹琴海，譬彼喬木。主者即施行，稱吾此意。

【校勘】

〔一〕"萌"，《藝文類聚》作"士氓"。

〔二〕"漢君"，《藝文類聚》作"漢軍"。

〔三〕"憶高",《藝文類聚》作"高貫"。

【注釋】

[1] 高彪：字義方，東漢道家，吳郡無錫（今屬江蘇）人，家境清寒，文敏言訥。郡舉孝廉，試經第一，除郎中，校書東觀。靈帝下詔畫其像於東觀以勸學者。

《甄張景願復讎教》一首　　南朝梁　簡文帝

題解：《南史·孝義·張景仁傳》："張景仁，廣平人也。父梁天監初爲同縣韋法所殺，景仁時年八歲。及長，志在復仇。普通七年，遇法于公田渚，手斬其首以祭父墓。事竟，詣郡自縛，乞依刑法。"由是推此教作於普通七年（526），蕭綱在雍州，舉賢旌孝。此篇又見《藝文類聚》卷三三，删節較多，嚴可均據之輯入《全梁文》卷九簡文帝文中。此載可校補嚴輯。

　　二府州國綱紀：夫理感禽魚，道均荆棘，亦有鄉因行改，江以孝移。廣平太守蔡天起牒送陰縣安樂村張景願自縛到郡，列稱父以天監七年爲陰成村韋法所殺。爾時年始八歲，從來恒加伺捕，不相逢遇。以今月九日，於公田渚斬法級，祭墓訖，束身歸官[一]。昔沂澤撫劍，河南執戟，遠符古義，實足可喜[二]。防廣刃讎[1]，赦其桎梏之罪；丁蘭雪耻[2]，擢以大夫之位。可原願罪，下屬長蠲其一户租課，以旌孝烈，并上尚書。外速宣下。

【校勘】

〔一〕"歸官",《藝文類聚》作"歸家"。
〔二〕"可喜",《藝文類聚》作"可嘉"。

【注釋】

[1] 防廣：《三國志》。東漢人，因爲父報仇而入大牢，其間，其母病逝，防廣在牢房日夜哭訴不肯進食。具令鍾離意諒其歸家理喪，并擔保一旦出事，自己負責。防廣殯殮完畢，果然返回。鍾離意向上匯報此事，防廣得减免死罪。

[2] 丁蘭：生於漢代，漢宣帝封其爲中大夫，二十四孝之一。

《修太伯廟教》一首　　東晋　王洽

題解：太伯，又稱泰伯，吳國第一代君主，東吳文化的宗祖。姬姓，父親爲周部落首領古公亶父，兄弟三人，排行老大；兩個弟弟仲雍和季歷。父親傳位於季歷及其子姬昌，太伯和仲雍避讓，遷往荊蠻，定居梅里。作者王洽字敬和，"導諸子中最知名，與荀羨俱有美稱。弱冠，歷散騎、中書郎、中軍長史、司徒左長史、建武將軍、吳郡內史。……升平二年卒於官，年三十六"。由此可知其約活動於晉明帝太寧元年（323）至晉穆帝升平二年（358）間，卒於吳郡內史任。此教既是修太伯之廟，當是其任吳郡內史之時，概在穆帝年間。

太伯既至德高讓，風流千裁，加端委垂化[1]，真所謂大造于吳。而儀形所□，殆同逆旅[2]。殊非所以崇禮賢達[3]，獎訓後昆之謂，便可籌量脩護[4]，使有常制。

【注釋】

[1] 端委：端，正；委，衣長垂地。指禮衣。《左傳·昭公元年》："吾與子弁冕端委，以治民臨諸侯。"杜預注："端委，禮衣。"

[2] 逆旅：客舍。《莊子·山木》："陽子之宋，宿於逆旅。"

[3] 賢達：有才德、聲望、通達明理的人。《後漢書·黃憲傳》："太守王龔在郡，禮進賢達，多所降致，卒不能屈憲。"

[4] 籌量：策劃；謀劃。《宋書·王鎮惡傳》："卿至彼，深加籌量，可擊，便燒其船艦，且浮舸水側，以待吾至。"

《爲宋公修復前漢諸陵教》一首　　南朝宋　傅亮

題解： 義熙十年（414），傅亮從劉裕西征司馬休之，十二年又從北征關洛，作此教。此篇又見《藝文類聚》卷四〇，僅節錄前半，即至"義在不泯"而止，嚴可均據之輯入《全宋文》卷二六。此載可校補嚴輯。

綱紀：夫信陵之墳[1]，守衛無曠；展季之隴[2]，樵蘇有刑。彼匹夫懷道，列國陪隸[3]，猶見禮异代，取貴鄰邦。漢高撥亂反政，大造區宇，道拯橫流[4]，功高百代。盛德之烈，義在不泯。是以大晉之初，尊禮三恪[5]，而喪亂遐緬，與時湮替[6]。山陽不祀，陵塋蓁蕪，顧瞻北原，情兼九京[7]。長陵可復十家[8]。其餘十陵可各復三家。并即近陵居人，長給灑掃。主者申下施行。

— 732 —

卷第六百九十九

【注釋】

[1] 信陵：信陵君無忌，戰國魏安釐王異母弟。

[2] 展季：柳下惠，春秋魯人。

[3] 陪隸：陪臺，奴隸。曹植《求自試表》："昔毛遂趙之陪隸，猶假錐囊之喻，以寤主立功，何況巍巍大魏多士之朝，而無慷慨死難之臣乎！"

[4] 橫流：大水不循道而泛濫，喻動亂、災禍。謝靈運《述祖德詩》之二："萬邦咸震懾，橫流賴君子。"

[5] 三恪：凡新朝立，封前代三王朝的子孫，給以王侯名號，稱"三恪"，以示敬重。《左傳·襄公二十五年》："昔虞閼父爲周陶正，以服事我先王。我先王賴其利器用也，與其神明之後也，庸以元女大姬配胡公，而封諸陳，以備三恪。"

[6] 湮替：埋沒廢棄。《國語·周語下》："絕後無主，湮替隸圉。"

[7] 九京：九原。《禮記·檀弓下》："是全要領以從先大夫於九京也。"鄭玄注："晉卿大夫之墓地在九原。京蓋原字之誤。"

[8] 長陵：漢高祖陵墓。

《爲宋公修楚元王墓教》一首　　南朝宋　傅亮

題解：此當作於義熙十二年（416）冬季。此篇又見《文選》卷三六、《藝文類聚》卷四〇、《太平御覽》卷五六〇，嚴可均輯入《全宋文》卷二六。此載可補嚴輯徵引出處。

綱紀：夫襃賢崇德，千祀彌光[1]；尊本敬始，義高[一]自遠。楚元王，積仁基德，啓藩斯境[2]，素風道業[3]，作範後昆。本枝[二]之祚[4]，實隆鄒宗。遺芳餘烈，奮乎百代。而丘封沉翳[三][5]，墳塋莫翦，感遠存往，慨焉[四]永懷。夫愛人懷樹，甘棠且猶勿翦[6]；追埋甄[五]墓[7]，信陵尚或不泯。況瓜瓞[所]興[8]，開源[六]自本者乎？可蠲復近墓五家，長給灑掃。便下[七]施行。

【校勘】

〔一〕"義高"，《文選》作"義隆"。

〔二〕"枝"，《文選》作"支"。

〔三〕"沉翳"，《文選》作"翳然"。

〔四〕"慨焉"，《文選》作"慨然"。

— 733 —

〔五〕"堙甄",《文選》作"甄墟"。

〔六〕"源",《文選》作"元"。

〔七〕"下",《文選》作"可"。

【注釋】

[1] 千祀：千年。謝瞻《張子房詩》："惠心奮千祀，清埃播無疆。"

[2] 啓藩：開拓并繁榮。藩，同"蕃"。

[3] 素風：純樸的風尚；清高的風格。袁宏《三國名臣序贊》："操不激切，素風愈鮮。"

[4] 本枝："本支"，同一家族的嫡系和庶出子孫。《詩·大雅·文王》："文王子孫，本支百世。"

[5] 沉翳：埋没隱藏。翳，讀音yì，遮蔽，隱没。《楚辭·離騷》："百神翳其備降兮，九疑繽其并迎。"

[6] 甘棠：棠梨。這里化用春秋時召伯之典。《詩·召南·甘棠》："蔽芾甘棠，勿翦勿伐，召伯所茇。"

[7] 追堙：追修。堙，讀音yīn，土山，即墳墓。"甄墓"當爲"墟墓"，《文選》卷三六、《太平御覽》卷五六〇作"墟墓"。

[8] 瓜瓞：喻子孫蕃衍，相繼不絕。《詩·大雅·綿》："綿綿瓜瓞，民之初生，自土沮漆。"

《爲宋公修張良廟教》一首　　南朝宋　傅亮

題解：此篇又見《文選》卷三六、《宋書》卷二《武帝紀中》，當作於義熙十三年（417）正月。嚴可均輯入《全宋文》卷二六傅亮文中。此載可補嚴輯徵引出處。

綱紀：夫盛德不泯，義存祀典；"微管"之嘆[1]，撫事彌深。張子房道亞黄中[2]，照鄰殆庶[3]，風雲玄感[4]，蔚爲帝師。夷項定漢，大拯横流，固已參軌伊望[5]，冠德如仁。若乃神交汜［圮］上[6]，道契商洛[7]，顯默之際，窈然難究，源流冲浩〔一〕，莫測其端矣。塗次舊沛，佇駕留城，靈廟荒頓[8]，遺象陳昧。撫事懷人，永嘆實深。過大梁者，或佇想於夷門[9]；游九京者，亦流連於隨會[10]。擬之若人，亦足以云。可改搆榱棟〔二〕[11]，脩飾丹青，蘋蘩行潦[12]，致薦以時〔三〕[13]。抒懷古之情，存不刊之烈。主者施行。

— 734 —

卷第六百九十九

【校勘】

〔一〕"沖浩",《文選》作"浩溔"。

〔二〕"榱棟",《文選》作"棟宇"。

〔三〕"致薦以時",《文選》作"以時致薦"。

【注釋】

[1] "微管"之嘆：頌揚功勛卓著的大臣的套語,指《論語·憲問》："微管仲,吾其被髮左衽矣。"

[2] 黃中：皇帝。《易·坤》："君子黃中通理,正位居體。"《樂府詩集·郊廟歌辭六·唐五郊樂章》："黃中正位,含章居貞。"

[3] 殆庶：賢德者。《後漢書·黃憲傳論》："憲隤然處順,淵乎其似道,淺深莫臻其分,清濁未議其方,若及門於孔氏,其殆庶乎！"

[4] 玄感：冥感。李周翰注："《易》云：'雲從龍,風從虎。'此深感應也。玄,深。"

[5] 伊望：伊尹和呂望。伊尹,名摯,小名阿衡,商初名相。呂望,即姜子牙,也稱呂尚,輔佐周文王,又稱"太公望"。桓寬《鹽鐵論·救匱》："夫九層之臺一傾,公輸子不能正；本朝一邪,伊望不能復。"

[6] 神交圯上：此當指張良遇黃石公于圯上,得《太公兵法》之事。

[7] 商洛：亦作"商雒",商邑,商縣和上洛縣之合稱,漢初"四皓"曾隱居於此。《漢書·王貢兩龔鮑傳序》："漢興有園公、綺里季、夏黃公、甪里先生,此四人者,當秦之世,避而入商雒深山,以待天下之定也。"

[8] 荒頓：荒廢。《後漢書·劉平趙孝等傳序》："田廬取其荒頓者,曰：'吾少時所理,意所戀也。'"李賢注："頓猶廢也。"

[9] 大梁：戰國時魏都。夷門：戰國時魏都城的東門,因在夷山之上,故名。

[10] 九京：春秋时晉大夫的墓地。《國語·晉語八》："趙文子與叔向游於九京。"隨會：《禮記·檀弓下》："趙文子與叔譽觀乎九京,文子曰：死者如可作也,吾誰與歸？叔譽曰：其陽處父乎！文子曰：行并植於晉國,不沒其身,其知不足稱也。其舅犯乎？文子曰：見利不顧其君,其仁不足稱也。我則隨武子"鄭玄曰："武子,士會也,食邑於隨。"

[11] 榱棟：屋椽及棟梁。《荀子·哀公》："君入廟門而右,登自胙階,仰視榱棟。"

[12] 蘋蘩：指祭品或能遵祭祀之儀。《左傳·隱公三年》："蘋蘩蘊藻之菜,筐筥錡釜之器,潢汙行潦之水,可薦于鬼神,可羞於王公。"《詩·召南》有《采蘋》及《采蘩》篇。行潦：指祭祀或進獻用的酒食。《詩·大雅·泂酌》："泂酌彼行潦,挹彼注茲,可以饋饎。"

[13] 薦：祭祀時獻牲。《易·觀》："觀,盥而不薦,有孚顒若。"

— 735 —

《修理羊太傅蕭司徒碑教》一首　　南朝梁　簡文帝

題解： 羊太傅即羊祜，曾官西晉荊州刺史，鎮襄陽；蕭司徒即蕭緬，曾爲齊雍州刺史，治襄陽，"緬留心辭訟，親自隱卹……爲百姓所畏愛。九年，卒。……喪還，百姓緣沔水悲泣設祭，於峴山爲立祠"。庾信（513—581），字子山，小字蘭成，隨父入晉安王府，年十五釋褐，起家爲湘東王國常侍，教文稱"遣國常侍庾信，依先構立"，姑繫於大通元年（527）。此篇其他文獻無載，嚴可均輯《全上古三代秦漢三國六朝文》無收，可補入《全梁文》簡文帝文中。

　　國綱紀：吾比維舟渚涯，亟登南峴。晉太傅鉅平侯、齊司徒昭王二碑，舊經有屋，傾褫蕪穢[1]，略不復脩。并曩歲名賢[2]，前代良牧，頌聲猶在，留像尚存，豈心裁識鶴[3]，獨記黃武？可遣國常侍庾信依先構立，庶令冠蓋之傍[4]，有踰七尉之軌[5]；高車之嶺[6]，無慚四皓之碑。

【注釋】

[1] 褫，讀音 chǐ，廢弛，鬆弛。《荀子·非相》："文久而息，節族久而絶，守法數之有司，極禮而褫。"引申爲毀壞，脫落。酈道元《水經注·清水》："清水又東巡故石梁下，梁跨水上，橋石崩褫，餘基尚存。"

[2] 曩歲：往年。

[3] 心裁：内心的考慮和判斷。

[4] 冠蓋：禮帽、車蓋，指仕宦、貴官。班固《西都賦》："冠蓋如雲，七相五公。"

[5] 七尉：未詳。

[6] 高車：漢北一部分游牧部落的泛稱，因其"車輪高大，輻數至多"而得名。

《爲王公修相國德政碑教》一首　　陳　沈炯

題解： 沈炯（503—561），字初明，一作禮明。南朝梁武康（今浙江德清縣）人，沈瑀孫。少有俊才，爲時所重。仕梁爲尚書左户侍郎，出爲吴令。有文集20卷行于世，已軼，現《漢魏六朝百三家集》中輯有《沈炯集》"王公"即王僧辯，太清四年六月，王僧辯敗宋子仙，得沈炯，"自是羽檄軍書皆

卷第六百九十九

出於炯"。教當作於太清六年（552）三月，王僧辯平定叛亂，收復建康時，修復蕭譯德政碑。此篇其他文獻無載，嚴可均輯《全上古三代秦漢三國六朝文》無收，可補入《全陳文》沈炯文中。

教府州：甘棠不翦[1]，取茂邵男之風；峴山常存[2]，實聞叔子之德[3]。相國殿下，地居不賤，道濟生靈。昔因求瘼，建旟匡蠹[4]，人德歸厚，作教在寬。《麟趾》增哥，中和屬咏。翠石生金，刊同蕭鼎[5]。玄龜負字，勒比盤盂；戎羯憑陵[6]，飲馬江派。城寺煨燼，廬井夷滅。唯百姓所立殿下德政碑，巋然獨在。此所謂道高北極，德固南山，百靈扶持，萬歲遐祉[7]。預奉休風，誰不載躍[8]？外可即開掃脩飾，營造屋觀。當使揚脩辯察，常識好辭；王祭〔一〕經過，不逢缺字。式展人心，用旌萬壽。慮施行。

【校勘】

〔一〕"祭"，當作"粲"。

【注釋】

[1] 甘棠：棠梨也。《詩經·召南》的篇名，共三章。詩序："甘棠，美召伯也。"或以爲南國之人，愛召穆公虎而及其所曾憩息之樹，因作是詩。首章兩句爲："蔽芾甘棠，勿翦勿伐。"此句取典於此。

[2] 峴，讀音xiàn，峴山，山名，在今湖北省，亦稱"峴首山"。

[3] 叔子：羊祜（221—278），泰山南城人，晉著名戰略家、政治家、文學家。博學能文，清廉正直，屯田興學，以德清聞名。

[4] 旟，讀音yú，古代畫著鳥隼的軍旗（"鳥隼爲旟"），亦泛指旗幟（"旌旟"）。蠹，讀音lì，蟲蛀木，引申爲器物經久磨損要斷的樣子。《說文》：蟲齧木中也。又《集韵》：魯果切，音裸。瘰蠹，皮肥。一曰疥病。《左傳·桓公六年》謂其不疾瘰蠹也。

[5] 蕭鼎：大鼎和中鼎。

[6] 戎：《說文》："兵也。"《禮記·王制》："西方曰戎。"《三國志·諸葛亮傳》："西和諸戎。"羯：羯族，中國古代北方的民族，匈奴的一個分支，又稱"羯鼓"。

[7] 祉，讀音zhǐ，福，福祉。

[8] 躍，讀音yuè，《六書故》："大爲躍，小爲踊。躍去其所，踊不離其所。"《玉篇》："跳躍也。"

《黜故江州刺史王敦像贊教》一首　　東晉　庾亮

題解： 庾亮以爲圖像是昭示功德的，以旌不朽。王敦晚節不保，不宜圖其像貌供人瞻仰，遂下令毀之。當作於庾亮爲江州刺史時，即咸和九年（334）。此篇其他文獻無載，嚴可均輯《全上古三代秦漢三國六朝文》無收，可補入《全晉文》庾亮文中。

綱紀：圖像所以表其形容，而昭其事迹，若乃德爲物宗，功施於人，圖之可也，咏之可也，豈曆官服事[1]，便儀之不朽邪？是亂大從[2]，而善惡無章矣。王敦始者以朗素致稱，遂饗可人之名，然其晚節晉賊也，猶漢公之與王莽耳。闍棺之惡，固以暴於天下，而乃圖其像貌，著之銘贊，言何所述，義何所依？且吾豈與賊臣之像同堂而處乎！便下毀之，以爲鑒戒。

【注釋】

[1] 服事：五服之内所封諸侯定期朝貢，各依服數以事天子，亦泛謂盡臣道。《左傳·昭公十二年》："今周與四國服事君王，將唯命是從，豈其愛鼎。"（或指承擔公職。《周禮·地官·大司徒》："頒職事十有二於邦國都鄙，使以登萬民……十有二曰服事。"鄭玄注引鄭司農曰："服事謂爲公家服事者。"）

[2] 大從：正常秩序。《左傳·昭公五年》："豎牛禍叔孫氏，使亂大從，殺嫡立庶。"

《廢袁真像教》一首　　東晉　劉瑾

題解：劉瑾，元興（402—404）末爲太常卿，有集九卷。袁真曾預桓溫軍，後爲豫州刺史，太和四年（369），以壽陽叛。劉瑾認爲袁真像不宜存立，與賢能并列，主張廢之，遂作此教。此篇其他文獻無載，嚴可均輯《全上古三代秦漢三國六朝文》無收，可補入《全晉文》劉瑾文中。

綱紀：夫圖像之興，有自來矣，大小雖殊，理存德義，未有肆其咏而非其人者也。袁真獲罪天朝，身陷劉棺之責，猶與眾賢列圖，垂之不朽，所謂大盜居正，豈可爾邪？舉目矚對，心所不諭[1]。貴邦諸人，脱未之思耳。昔王大將軍釁亦莫大，庾太尉往臨貴州，除其像贊，雅裁坦然[2]，是百代之高准也。幸速廢之，以允大體。

【注釋】

[1] 諭，讀音 yù，使理解。司馬相如《喻巴蜀檄》："故遣信使曉諭百姓以發卒之事。"

[2] 雅裁：雅正的風度。

《祀胡母〔毋〕先生教》一首　　後漢　李固

題解： 此作於李固被梁冀徙爲泰山太守時。固爲泰山太守時，"泰山盜賊屯聚歷年，郡兵常千人，追討不能制。固到，悉罷遣歸弄，但選留任戰者百餘人，以恩信招誘之。未滿歲，賊皆弭散"。教中對其清正廉行推崇備至。胡母，當是胡毋生。胡毋生，字子都。（《史記》作"胡毋"，《漢書》作"胡母"。）西漢時齊人。《史記》卷一百二十一《儒林列傳》載，景帝時，齊胡毋生精《春秋》之學，與教"深演聖人之旨，始爲《春秋》製造章句"合。此篇其他文獻無載，嚴可均輯《全上古三代秦漢三國六朝文》無收，可補入《全後漢文》李固文中。

　　告曹：《禮記》曰："夫聖王之制祠也，法施於人則祀之，以勞定國則祀之。"[1]昔堯遭洪水，人處巢窟；禹平水土，附祀于河。棄禋嘉穀，托祀于稷，斯所謂"以勞定國"者也。自宣尼沒，七十子亡，經義乖散，秦復火之。然胡母〔毋〕子都，稟天淳和[2]，沉淪大道，深演聖人之旨，始爲《春秋》制造章句。是故嚴顏有所祖述[3]，微微後生，得以光啓[4]。斯所謂"法施於人"者也。故宣尼豫表之日，胡母〔毋〕生知時情，匿書自藏，不敢有聲。董仲舒亦稱吳楚之王，勢爲南面。然而棄仁捐義，背本畔〔叛〕帝，故名爲小人，實爲刑戮，甚可羞也。胡母〔毋〕子都，賤爲布衣，貧爲匹夫，然而樂義好禮，正行至死，故天下尊其身，而俗慕其聲，甚可榮也。太守以不材，當學《春秋》胡母〔毋〕章句，每讀其書，思覩其人。不意千載來臨此邦，是乃太守之先師。又法施於人，禮宜有祀。今月甲子，祀胡母〔毋〕先生，五官掾奉謁齊稻粱各三升[5]，豚一頭，薦神坐前，務加祗肅。二月八月報求之時，因社餘福以爲常。

【注釋】

[1]《禮記·祭法篇》："夫聖王之制祭祀也，法施於民則祀之，以死勤事則祀之，以勞定國則祀之，能御大災則祀之。"

[2] 淳和：質樸溫和。

[3] 嚴顏：東漢大將。

[4] 光啓：擴大。
[5] 五官掾：漢郡國屬吏，署功曹及諸曹事，地位僅次于功曹，掌祭祀。

《祠司徒安陸王教》一首　　南朝梁　簡文帝

題解： 由教可知，蕭綱時經峴山，"遙覿高碑，前瞻虛廟，遂令祭謁，當大通元年（527）"。此篇其他文獻無載，嚴可均輯《全上古三代秦漢三國六朝文》無收，可補入《全梁文》簡文帝文中。

國綱紀：昔然明著績，留武威之祀；少長良守，鐫桂陽之碣。亦有文獻酹叔寶之奠，平南式孺子之墳。齊故侍中司徒安陸昭王，昔撫茲藩，神明其政，年歲未淹，遺愛不息。今者結纜釣臺[1]，艤舟華峴[2]，遙覿高碑，前瞻虛廟，臭味已深，欽風斯在[3]。外可具彼蘋［蘩］[4]，克明祭謁。庶令臨淄惠隴，不獨高於秦令；高陽鄺坐，豈孤擅于曹文？

【注釋】
[1] 結纜：系舟，停舟。《北齊書·文苑傳·顏之推》："昏揚舲於分陝，曙結纜于河陰。"
[2] 艤舟：停船靠岸。
[3] 欽風：敬慕其風俗教化。《晉書·赫連勃勃載記》："故僞秦以三世之資，喪魂于關隴；河源望旗而委質，北虜欽風而納款。"
[4] 蘋蘩：蘋和蘩，兩種可供食用的水草，古代常用於祭祀。《左傳·隱公三年》："蘋蘩蘊藻之菜……可薦於鬼神，可羞於王公。"

《與僧正教》一首　　南朝梁　簡文帝

題解： 受時代風氣影響，簡文帝作此教以設像禮佛，使"虔敬之理必崇，接足之心彌重"。詔稱"此州"，其在雍州任時，爲釋法聽造禪居寺、靈泉寺，并發願爲諸寺檀越，姑繫於中大通元年（529）。當此篇又見《廣弘明集》卷十六，嚴可均輯入《全梁文》卷九簡文帝文中，題爲《下僧正教》。此載可資校勘，并補嚴輯徵引出處。

卷第六百九十九

　　此州伽藍支提綦列[一][1]，雖多設莊嚴，盛脩供具，觀其外迹，雖備[二]華侈，在乎意地，實有未弘。何者？凡鑄金刻玉[三]，鏤漆圖瓦，蓋所以仰傳應身，遠注靈覺[2]。羨龍瓶之始晨，追鵠林之餘暮[四]。故祭神如在，敬神之道既極；去聖玆遠，懷聖之理必深。此土諸寺[五]，止乎應生之日，則甃列刑像。自斯已後，封以篋笥，乃至十尊五聖[六]，共處一廚。或大士、如來，俱藏一匱，信可謂心與事背，貌是情非。增上意多，精進心少。昔塔裏紅函，止傳舍利；鷹頭[七]白傘，非謂全身。夫以畫像追陳，尚使吏人識敬；鎔金圖範，終令越主懷思。匹以龍阿，尚能躍鞘；方之獸［虎］兕，猶稱出匣。況復最大慈父[八]，無上善聚，聞名去煩，見形入道，而可慢此雕香，蘊斯木蜜[九]，緘匿玉豪，封印金掌。既殊羅閱，久入四天。又异祇洹[3]，掩戶三月，寶殿空臨，瓊階虛敞，書帷[十]不開，非仲舒之曲學；經壁長掩，似邠卿之避讎[4]。且廣夏雲垂，崇甍鳥跂[5]。若施之玉坐，飾以金細，必不塵霾輪姿[十一]，虧點月面[6]。瑠璃密窗，自可輕風難入；龍鬚細網，足使飛鷰不過。兼得虔敬之理必崇，接足之心彌重。可即懷詳審[十二]，永使准行。

【校勘】

〔一〕"綦列"，《廣弘明集》作"基列"。

〔二〕"雖備"，《廣弘明集》作"必備"。

〔三〕"刻玉"，《廣弘明集》作"刻木"。

〔四〕"追鵠林之餘暮"，《廣弘明集》作"追鶴林之餘幕"。

〔五〕"諸寺"，《廣弘明集》作"之寺"。

〔六〕"乃至十尊五聖"，《廣弘明集》作"乃至棄服離身，尋炎去頂，或十尊五聖"。

〔七〕"鷹頭"，《廣弘明集》作"象頭"。

〔八〕"慈父"，《廣弘明集》作"圓慈"。

〔九〕"蜜"，《廣弘明集》作"櫁"。

〔十〕"書帷"，《廣弘明集》作"密帷"。

〔十一〕"輪姿"，《廣弘明集》作"日姿"。

〔十二〕"可即懷詳審"，《廣弘明集》作"可即宣勅"。

【注釋】

[1] 伽藍：梵語，意爲衆園或僧院，即僧衆居住的庭園，後因稱佛寺爲伽藍。支提：梵語音譯，也譯作"制底""制多"等，原義集聚，佛火化後以土石、香柴積聚而成的紀念物，亦爲塔、刹的別名。

[2] 靈覺：佛教語。謂衆生本具的靈明覺悟之性。梁簡文帝《七勵》："慈照無礙，化湛靈覺，散漓弘淳，拯澆敦樸。"

[3] 祇洹：祇園。"祇樹給孤獨園"的簡稱，梵文的意譯。印度佛教聖地之一。相傳釋迦牟尼成道後，憍薩羅國的給孤獨長者用大量黃金購置舍衛城南祇陀太子園地，建築精舍，請釋迦說法。祇陀太子也奉獻了園内的樹木，故以二人名字命名。玄奘去印度時，祇園已毀。後用爲佛寺的代稱。

[4] 邠卿：東漢末年經學家趙岐，字邠卿。初名嘉，字臺卿，後因避難而改名。

[5] 鳥跂：鳥飛。跂，讀音qǐ，飛，將飛貌。謝朓《三日侍華光殿曲水宴代人應詔》："紅樹巖舒，青莎水被，雕梁虹拖，雲甍鳥跂。"

[6] 虧點：損害玷污；污損。《宋書·庾炳之傳》："方復有尹京赫赫之授，恐悉心奉國之人，於此而息；貪狼恣意者，歲月滋甚。非但虧點王化，乃治亂所由。"

《無礙會[教]》一首　　南朝梁　蕭綸

題解： 蕭綸（約507—551），字世調，小字六真。梁武帝蕭衍第六子。少聰穎，博學善屬文，尤工尺牘。教中稱知表法師"來游垢濁"，自己"謬臨大邦"，當指法師親臨南京傳佛法，遂作教"今月十日於西賢寺設無礙會，并致敬開士，躬諮勝福，下筵餐道"。梁武帝熱衷佛法，從大通元年（527）始，多次舍身同泰寺，并於中大通元年（529）設四部無遮大會。姑系此于中大通年間（529—534）。此篇又見《廣弘明集》卷二八，題作《設無礙福會教》，嚴可均輯入《全梁文》卷二二蕭綸文中。此載可資校勘，并補嚴輯徵引出處。

僚紀：大事廣濟，義非爲己，導引[一]群生，種種方便[1]。所以虛己樂静，表之内經[2]；確乎難拔，著自外典[3]。又加獨往，斯意足論；隱不隔真，乃爲菩薩。廬山東林寺禪房智表法師，德稱僧像[二]，實號人龍，懷道守素，多歷年所。不爲事屈，不爲時申。上下無常，一相無相[4]。遂能舍彼崝閣[三]，來游垢濁，興言一面，定交杵臼[5]。余以薄德，謬臨大邦，教義未聞，貴賢總至。昔綺季之出漢年[6]，樊[巢]許之興唐日[7]，茲迺聖主流慈，天澤傍被，异人間出，復在此辰，不勝舞蹈，帝之恩普也。克今月十日，於西賢寺設無礙會，并致敬開士，躬諮勝福，下筵餐道。凡厥萌隸，爰及庶士，罔不率從，咸皆請業。上答乾玆，永同彼岸。外依事宣行。

— 742 —

【校勘】

〔一〕"導引"，《廣弘明集》作"道弘"。

〔二〕"僧像"，《廣弘明集》作"僧傑"。

〔三〕"䐗暗"，《廣弘明集》作"者暗"，當以"者暗"爲是，即南京者暗山，上有者暗寺。

【注釋】

[1] 方便：佛教語，謂以靈活方式因人施教，使悟佛法真義。《維摩經·法供養品》："以方便力，爲諸衆生分別解説，顯示分明。"

[2] 内經：佛經。

[3] 外典：佛經之外的典籍。

[4] 無相：佛教語，與"有相"相對，指擺脱世俗之有相認識所得之真如實相。蕭統《和梁武帝游鍾山大愛敬寺詩》："神心鑒無相，仁化育有爲。"

[5] 杵臼：公孫杵臼。晉景公佞臣屠岸賈殘殺世卿趙氏全家，滅其族，復大索趙氏遺腹孤兒，趙氏門客公孫杵臼舍出生命保全了趙氏孤兒。事見《史記·趙世家》。

[6] 綺季：指商山四皓之一綺里季，此代指四皓。

[7] 樊許，當爲"巢許"，指巢父與許由。

《造立騰霄觀教》一首　　南朝梁　王筠

題解：《梁書》本傳載王筠於中大通三年（531）至大同初（535），爲臨海太守，此教當作於這期間，姑繫於大同元年（535）。此篇其他文獻無載，嚴可均輯《全上古三代秦漢三國六朝文》無收，可補入《全梁文》王筠文中。

教：此境雖靈岳駢羅[1]，仙隱攸集，而郭内城傍，了無基館。靖言在懷[2]，常以於邑[3]。知城西寺東，地惟爽塏[4]，朝市相望，而即目林阜，聚落非遠，幸絶囂塵。此實勝地，便可依止其臺堂。所須工力資費，今宣告同好，庶不日而成。讚揚勸化，請自余始。并制名騰霄，別事聞奏。前脩理臨海光化館，事已畢功，亦并騰述言上。

【注釋】

[1] 駢羅：駢比羅列。王逸《九思·哀歲》："群行兮上下，駢羅兮列陳。"

[2] 靖言：安静。言，助詞。《魏書·世宗宣武帝紀》："貴游之胄，嘆同子衿，靖言

念之，有兼愧慚。"

[3] 於邑：亦作"於悒"，憂鬱煩悶。《楚辭·九章·悲回風》："傷太息之湣憐兮，氣於邑而不可止。"

[4] 爽塏：高爽乾燥。《左傳·昭公三年》："子之宅近市，湫隘囂塵，不可以居，請更諸爽塏者。"

《爲武陵王府州上禮回爲法會教》一首　　南朝梁　蕭子暉

題解：教中稱"以吾下車甫余"，《梁書·蕭子暉》傳載其遷安西武陵王諮議，《蕭紀傳》載大同三年閏九月甲子"揚州刺史、武陵王紀爲安西將軍、益州刺史"，故此當作於大同三年（537）九月蕭紀初任益州刺史時。此篇其他文獻無載，嚴可均輯《全上古三代秦漢三國六朝文》無收，可補入《全梁文》蕭子暉文中。

府州閣下：一日具僚[1]，以吾下車甫餘，酒醴通意，既同落室之飲，有類眉壽之觴，前後因循，推而不納。吾以獻饗之禮，眼耳交通，酒酎之懼，尊卑道接。爰命所由，無奪爾志。當選良辰，申茲樂飲。但號譊載笑[2]，未若偈頌之一聞；血膋揚烟[3]，不如塗末之甓起。今欲化牛爲大車之果，變酒爲甘露之因，米效伽陁，滿足八斛，物我兼利，不其善歟？外可詳設法會，并屛僧徒，庶欲少追放麑[4]，載肅仁祀。

【注釋】

[1] 具僚：官員；百官。沈約《梁雅歌·誠雅》之一："出杳冥，隆無象，皇情肅，具僚仰。"

[2] 譊，讀音náo，喧嚷，爭辯。《文子·上禮》："世俗之學，擢德攘性，內愁五藏，暴行越知，以譊名聲之世，此至人所不爲也。"

[3] 血膋：血和脂膏。《詩·小雅·信南山》："執其鸞刀，以啓其毛，取其血膋。"

[4] 放麑：亦作"放麑"。《韓非子·說林上》："孟孫獵得麑，使秦西巴持之歸。其母隨之而啼，秦西巴弗忍而與之。"後以"放麑"爲仁德之典。

《三日賦詩教》一首　　南朝梁　簡文帝

題解："二府州"當指雍州，晉安王雅好文學，雍州府有"高齋學士"

群體，嘗令府内文士賦詩，姑繫於中大通元年（529）。此篇其他文獻無載，嚴可均輯《全上古三代秦漢三國六朝文》無收，可補入《全梁文》簡文帝文中。

二府州綱紀：今氣序韶明[1]，風雲調謐[2]。豈直洛格嘉宴，金谷可游？景落興遒，舞雩斯在[3]，咸可賦詩。

【注釋】

[1] 氣序：節氣；季節。《南齊書·豫章文獻王嶷傳》："任居鼎右，已移氣序，自頃以來，宿疾稍纏。"

[2] 調謐：調和安寧。

[3] 舞雩：古代求雨時舉行的伴有樂舞的祭祀。《周禮·春官·司巫》："若國大旱，則帥巫而舞雩。"

《北征教》一首　　東晉　庾翼

題解：庾翼在兄長庾亮逝世後，出任都督六州諸軍事、安西將軍、荊州刺史，鎮守武昌。他以攻滅胡虜，收復蜀地爲己任，建元元年（343）七月，後趙汝南太守戴開率數千人向庾翼投降。稍後，康帝下詔朝臣議北伐之事，庾翼上表部署諸將，意圖北伐，"要與所統文武士庶振王威於山北，顯義征於趙魏"。此篇其他文獻無載，嚴可均輯《全上古三代秦漢三國六朝文》無收，可補入《全晉文》庾翼文中。

主簿：夫兵家之興，不出三葉，豈不以其器本不祥，動違行正之所致哉？遠尋先代，曹、孫諸君，并以英材挺生之量[1]，或乘運而起，或扶義而興，并功隆海内，惠濟蒼生。而嗣裁三四，歷年數十。況此胡羯，本非人類，甃因否剝[2]，豕縱中原[3]，窮凶極虐，古今未有。僭肆迄今[4]，將跨四紀，豈此寇之無斃，此道之可久哉？蓋由江東屢多内故，遑恤蕭墻，遵養歷葉，義旗未建，故使應亡之寇，顛滅無由，向順之人，忠本路塞耳。自季龍代勒[5]，猜害滋甚，腹心枝幹，自相殘戮。窮力恃戰，屢多奔北，豈非奸略轉衰，凶威漸屈故邪？且仰觀天文，表譴於上；俯察人事，離棄於足下，明皇祚之方隆，寇命之日替。吾雖不武，屬當斯會。宴安榮寵，豈其素志；恭行天罰，非今而何？是以間爲備豫，今粗克辦。潛命方鎮，期契亦集。便今日建牙發命[6]，要與所統文武士庶振王威於山北，顯義征于趙魏。遇可降而納之，遭可討而伐之。冀逋誅之猾虜，必授首於俎鑊。皇晋之遺黎，復覩陽曜於更始[7]。諸曹其各隨圖部分，無令臨事一物有闕。其速宣示諸佐，咸使聞知。

【注釋】

[1] 挺生：挺拔生長，亦謂傑出。《後漢書·西域傳論》："靈聖之所降集，賢懿之所挺生。"

[2] 否剝：否，六十四卦之一，坤下乾上。《易·否》："象曰：天地不交，否。"剝，六十四卦之一，坤下艮上。《易·剝》："象曰：山附於地，剝。"皆指衰落敗化之事。

[3] 豕縱：如野猪般亂縱，比喻侵略。豕，讀音 shǐ，猪，野猪。《左傳·莊公八年》："齊侯游于姑棼，遂田于貝丘，見大豕。"

[4] 僭肆：僭越放縱。僭，超越本分，舊指下級冒用上級的名義、禮儀或器物。《穀梁傳·隱公五年》："始僭樂矣。"肆，不受拘束，放縱。《左傳·昭公十二年》："昔穆王欲肆其心。"

[5] 季龍：石虎（295—349），字季龍，十六國時後趙第三位皇帝，史弘後趙武帝。

[6] 建牙：古謂出師前樹立軍旗。

[7] 陽曜：太陽。

《戒嚴教》一首　　南朝宋　孝武帝

題解：詔稱"賊劭狂忍，躬行弑逆"，指劉劭弑父（宋文帝）奪權，此當作於元嘉三十年（453）。此篇其他文獻無載，嚴可均輯《全上古三代秦漢三國六朝文》無收，可補入《全宋文》宋孝武帝文中。

先帝道合二儀，澤濟倉生，恩之所洽，异俗革面[1]。何圖天禍橫流，變生冢嗣[2]，賊劭狂忍，躬行弑逆。寃酷之深，古今無二。叩心崩號[3]，泣血尸存。吾奉承大諱[4]，便就篡勒[5]，志梟凶醜，以雪耻責。文武將帥，受恩自昔，莫不抗戈奮櫟，飲泪待旦。又奉司徒告，神謨英略，赫然大號，徵甲數州，駱驛在路；并臧冠軍疏，忠烈亮到，協兹義師，荆雍連兵，水陸爭奮。幽顯協契[6]，人神同憤，以此討逆，義踰拾遺[7]。兵貴神速，去惡宜疾，況在今日，痛酷兼常。可遣冠軍將軍、諮議、領中直兵柳元景率精銳三萬，風馳先邁。輔國將軍、諮議、領中直兵宗慤提勁捍二萬，以相係接。征虜將軍、司馬、武昌内史沈慶之統勒五萬，星言次路[8]。吾當總領大衆，躬御戎旗，便可内外戒嚴，星速備辨。仰憑社稷之靈，府乘逆順之敷，屠膾元凶[9]，矯足爲期。使仇耻獲申，展衷陵寢，雖死之日，猶生之年。臨紙號踊，肝心寸裂。

【注釋】

[1] 异俗：异域，或荒僻地區。慧遠《沙門袒服論》："中國之所無，或得之於异俗。"

[2] 冢嗣：嫡長子。《國語·晋語三》："十四年，君之冢嗣其替乎？"韋昭注："冢嗣，太子也。"

[3] 叩心：捶胸。悔恨、悲痛的樣子。《史記·淮南衡山列傳》："民皆引領而望，傾耳而聽，悲號仰天，叩心而怨上。"崩號：叩頭號哭。陶潛《祭程氏妹文》："感惟崩號，興言泣血。"

[4] 大諱：大忌，指天子之死。《魏書·禮志三》："伏惟遠祖重光世襲，至有大諱之日，唯侍送梓宮者凶服，左右盡皆從吉。"

[5] 纂勒：集合統率。《北史·楊侃傳》："遼已纂勒兵士，慮壽春疑覺。"

[6] 協契：一致，同心。《晋書·簡文帝紀》："群後竭誠，協契斷金。"

[7] 拾遺：此指補正別人的缺點過失。《史記·汲鄭列傳》："臣願爲中郎，出入禁闥，補過拾遺，臣之願也。"

[8] 星言：星焉，披着星，泛言及早，急速。《詩·鄘風·定之方中》："命彼倌人，星言夙駕。"次路：駐紮於路。次，軍隊駐紮。《易·師》："左次，無咎。"

[9] 屠膾：亦作"屠鱠"，宰割。《晋書·慕容廆載記》："今連津跋扈，王師覆敗，蒼生屠膾，豈甚此乎？"

《爲宋公誡嚴教》一首　　南朝宋　傅亮

題解：《宋書》載"三月，加公中外大都督……荊雍既平，方謀外略。會羌主姚興死，子泓立，兄弟相殺，關中擾亂，公乃戒嚴北討"，與"姚興審死，支黨離貳，子侄尋戈，自相吞噬"相符。姚興（366—416），字子略，羌人，後秦武昭帝姚萇之子，後秦第二任皇帝，史稱文桓帝。姚興卒於弘始十八年（416）二月，消息傳到晋庭當在三月，故此篇作於義熙十二年（416）三月。此篇其他文獻無載，嚴可均《全上古三代秦漢三國六朝文》無收，可補入《全宋文》傅亮文中。

綱紀：自戎狄擅命[1]，跨制中畿，園陵幽淪，情敬圮隔[2]。先生舊墟，翦爲沙漠。或人謀未集，或時不可封。故令殊類薦居，百年相襲；廟堂之算，十紀無成。吾忝大任，志在清一，而屬逢多故，靡有寧歲。每懷遐慨，無忘遠圖。今內難告夷，四疆清晏，督戎繕器，俟命而動。得樂仲子、申季歷籙，姚興奄死，支黨離貳，子姪尋戎，自相吞噬。司、雍駭擾，遺黎倒懸[3]，此否終之期[4]，蕩定日也。時來有會，赴機宜疾[5]。今上表大舉[6]，指期進討，便可克日誡嚴，諸所備辨，隨局申攝。速施行。

【注釋】

[1] 擅命：擅自發號施令，不受節制。《韓非子·亡徵》："出軍命將太重，邊地任守太尊，專制擅命，徑爲而無所請者，可亡也。"

[2] 圮隔：隔絕。《周書·武帝紀下》："昔天厭水運，龍戰於野，兩京圮隔，四紀於茲。"圮，讀音pǐ，斷絕。張衡《東京賦》："京邑翼翼，四方所視。漢初弗之宅，故宗緒中圮。"

[3] 遺黎：亡國之民。《晉書·地理志下》："自中原亂離，遺黎南渡，并僑置牧司，在廣陵丹徒南城，非舊土也。"倒懸：人頭腳倒置地或物上下倒置懸挂，比喻處境極其困苦或危急。《三國志·吳志·陸抗傳》："若敵泛舟順流，舳艫千里，星奔電邁，俄然行至，非可恃援他部以救倒縣也。"

[4] 否終：否終復泰，厄運終結，好運來臨。《晉書·庾亮傳》："實冀否終而泰，屬運在今。"

[5] 赴機：參與戰事。《北史·隋紀下·煬帝》："于時，諸將各奉旨，不敢赴機。"

[6] 大舉：大興軍旅。陳琳《檄吳將校部曲文》："故大舉天師百萬之衆。"

《爲大司馬作北征教》一首　　南朝宋　范泰

題解：大司馬即劉裕，北征即義熙三年（407）征燕，此當作於此年。范泰（355—428），字伯倫，順陽郡山陰（今河南內鄉）人，曾任大司馬左長史、右衛將軍，隨劉裕軍至洛陽，宋國建，爲金紫光祿大夫，加封散騎常侍，領國子祭酒等。此篇其他文獻無載，嚴可均輯《全上古三代秦漢三國六朝文》無收，可補入《全宋文》范泰文中。

閣下：京洛丘墟，園陵幽隔，緬感遐慨，何日忘懷？太尉允迪神武[1]，志一六合[2],家國之恥,於是乎雪。吾儌若時之會[3],何宜宴安榮寵?今便抗表求行[4],以申誠節。隨局備辦,勿令稽後。

【注釋】

[1] 允迪:認真履踐或遵循。《尚書·皋陶謨》:"允迪厥德,謨明弼諧。"

[2] 六合:天地四方,天下。賈誼《過秦論》:"吞二周而亡諸侯,履至尊而制六合,執敲朴以鞭笞天下,威振四海。"

[3] 儌,讀音jiāo,求取。《後漢書·王霸傳》:"蘇茂客兵遠來,糧食不足,故數挑戰,以儌一切之勝。"

[4] 抗表:向皇帝上奏章。

《北略教》一首　　南朝梁　簡文帝

題解:《魏書》載建義元年(528)五月,"先是,蕭衍遣其將曹義宗寇荊州。癸未,以中軍將軍、吏部尚書費穆為使持節、都督南征諸軍事,節度荊州刺史王羆以討之"。建義元年即梁大通二年(528)。由"先是"知曹義宗攻荊州當早於五月,與教中所言四月相符。又《梁書·徐摛傳》載"大通初,(晋安)王總戎北伐,以摛兼寧蠻府長史,參贊戎政,教命軍書,多自摛出"。大通初即大通二年,故此作於大通二年夏四月下旬。此篇其他文獻無載,嚴可均輯《全上古三代秦漢三國六朝文》無收,可補入《全梁文》簡文帝文中。

二府州國綱紀:昔曹彰衛霍之言,祖逖臨江之誓,亦有稜威細柳,勒石燕峰。吾自受脹西河[1],出車薄伐[2],雖金城降虜,日聞欸附[3],而王門多壘[4],憂責尚深。穰城餘寇,久應殄拔,諸將按兵,不能底定。猶令羽書入塞[5],燃火出關,末靜游魂,久勞擐甲[6]。吾今便總率麾下,一舉掃定。假節、驍勇將軍、竟陵太守、軍主魚弘,率彼勁卒,浴鐵鵰騎[7],精勇五千,直衝城下,皆樓煩命中[8],待詔射聲,足使羽飲石梁[9],鏃折天柱。假節、壯武將軍、軍主左文皎,鐵騎三千,隨機伏截。必使問事之杖[10],廢其詭謀,射的之權[11],寢其奸路。假節、雄烈將軍、隨郡太守、軍主席宗範等,拔犀揭石之勇,搴旗斬將之雄[12],馬步三千,遙趣朝水。風烈將軍、洛州刺史、北上洛太守楊傑,精甲銳兵,飛馳應起,縱星艫之輕棹,逐粉水之安流,舟師二千，呼吸便至。武猛將軍曹幹，渚宮勁卒，陝西武旅，二萬精兵，駱驛相繼，折衝凌險[13]，所向無前。先鋒將軍、典簽、軍主茹曇等，精甲三萬，或爪牙權勇[14]，或謀猷帷幄[15]。風烈將軍、記室參軍陸罩等，并參持禁戎[16]，展采聯事[17]，雍容文雅，戴筆從軍[18]。帳內蒼兕[19]，銳甲三萬，憤氣含雄，畜威雷動，鶚視鷹跱[20]，獸盼龍驤[21]。絳旌拂天，霜戈動日[22]。顧盼則生雷電，叱咤則起風雲[23]。以此攻城，何慮不克；以此衆戰，誰能拒之？王洪罷竄伏窮壘[24]，偷生假命，欲固巢窟，其可得乎？鎮朔將軍長史襄陽太守柳津，威惠兼宣，士馬充威，可留知後事，鎮守州城。便克今月廿一日內外戒嚴，行留處分[25]，每令精速[26]。若大軍近次，洪罷即能送歉輸誠[27]，釋縛焚櫬[28]，弘之漏網[29]，男女小大，一無所戮。如其守迷不反[30]，并同城掠，外速施行。

【注釋】

[1] 受脤：受命統軍。《後漢書·皇甫嵩朱俊傳論》：「皇甫嵩、朱儁并以上將之略，受脤倉卒之時。」脤，讀音 shèn，古代祭社用的生肉，泛指祭社用的肉。

[2] 薄伐：征伐；討伐。《詩·小雅·出車》：「赫赫南仲，薄伐西戎。」

[3] 歉附：同「款附」，誠心歸附。曹植《策命晉公九錫文》：「公鎮靖宇宙，翼播聲教，海外懷服，荒裔款附。」

[4] 多壘：營壘衆多，喻寇亂頻繁。《禮記·曲禮上》：「四郊多壘，此卿大夫之辱也。」

[5] 羽書：羽檄。陸賈《楚漢春秋》：「黥布反，羽書至，上大怒。」

[6] 擐甲：穿上甲冑，貫甲。《左傳·成公二年》：「擐甲執兵，固即死也；病未及死，吾子勉之。」擐，讀音 huàn。

[7] 浴鐵：披挂鐵甲，此指披甲的騎兵和戰馬。徐陵《廣州刺史歐陽頠德政碑》：「浴鐵蔽於山原，揵金駭於樓堞。」

[8] 樓煩：古代北方部族名，精於騎射，因以代指善射的將士。劉孝威《行幸甘泉宮歌》：「校尉烏桓騎，待制樓煩弓。」命中：射中，投中。《漢書·李陵傳》：「力扼虎，射命中。」顏師古注：「命中者，所指名處即中之也。」

[9] 樑，讀音 liáng，建築物的橫樑。《淮南子·主術訓》：「故賢主之用人也，猶巧工之制木也，大者以爲舟航、柱樑，小者以爲楫、楔。」

[10] 問事：執杖行刑之役卒。《後漢書·文苑傳下·禰衡》：「祖大怒，令五百將出，欲加箠。」李賢注：「五百猶今之問事也。」

[11] 射的：以箭射靶。《韓非子·內儲說上》：「人之有狐疑之訟者，令之射的；中

之者勝，不中者負。"此指射箭者。

[12] 搴旗：拔取敵方旗幟。《吳子·料敵》："然則一軍之中，必有虎賁之士，力輕扛鼎，足輕戎馬，搴旗斬將，必有能者。"

[13] 折衝：使敵人的戰車後撤，制敵取勝。衝，衝車，一種戰車。《呂氏春秋·召類》："夫脩之於廟堂之上，而折衝乎千里之外者，其司城子罕之謂乎？"

[14] 爪牙：指甲和牙齒，此喻武士、衛士。《詩·小雅·祈父》："祈父！予王之爪牙。"權勇：勇猛。《後漢書·西羌傳·滇良》："常雄諸種，恃其權勇，招誘羌胡。"

[15] 謀猷：計謀；謀略。《尚書·文侯之命》："亦惟先正克左右昭事厥辟，越小大謀猷，罔不率從，肆先祖懷在位。"帷幄：將帥的幕府、軍帳。《史記·太史公自序》："運籌帷幄之中，制勝於無形。"

[16] 禁戎：禁軍。蔡邕《陳留太守胡公碑》："乃位當伯，悋處左右，兼掌虎旅，禁戎允理。"

[17] 展采：供職。《史記·司馬相如列傳》："而後因雜薦紳先生之略述，使獲燿日月之末光絶炎，以展采錯事。"裴駰集解："《漢書音義》曰：'采，官也。使諸儒記功著業，得睹日月末光殊絶之用，以展其官職，設厝其事業者也。'"聯事：聯合處理事務。《周禮·天官·小宰》："以官府之六聯，合邦治：一曰祭祀之聯事，二曰賓客之聯事，三曰喪荒之聯事，四曰軍旅之聯事，五曰田役之聯事，六曰斂弛之聯事，凡小事皆有聯。"

[18] 戴筆：從軍帶筆。指文人從軍。

[19] 蒼兕：古代掌管舟楫的官。蒼兕，善奔突，能覆舟，故以此名官屬警。此指水軍。《梁書·武帝紀下》："高祖英武睿哲，義起樊、鄧，仗旗建號，濡足救焚，總蒼兕之師，翼龍豹之陣。"

[20] 鶚視：形容勇士的目光銳利。左思《吳都賦》："鷹瞵鶚視。"劉逵注："言勇士似之也。"

[21] 龍驤：亦作"龍襄"，昂舉騰躍貌。《漢書·敘傳下》："雲起龍襄，化爲侯王，割有齊楚，跨制淮梁。"

[22] 霜戈：明亮鋒利的戈戟。謝朓《從戎曲》："日起霜戈照，風回連旗翻。"

[23] 叱咤：讀音 chì zhà，亦作"叱吒"大聲叱喝，怒喝。《史記·淮陰侯列傳》："項王喑噁叱咤，千人皆廢。"

[24] 竄伏：逃匿；隱藏。《國語·晉語二》："杜原款將死，使小臣圉告於申生，曰：'款也不才，寡智不敏，不能教導，以至於死，不能深知君之心度。棄寵求廣土而竄伏焉。'"窮壘：處境艱危的據點。顏延之《陽給事誄》："翳翳窮壘，嗷嗷群悲。"

[25] 行留：行軍時滯留不進。《史記·衛將軍驃騎列傳》："博望侯坐行留，當斬，贖爲庶人。"

[26] 精速：神速。劉義慶《世說新語·品藻》："駑馬雖精速，能致一人耳。"

[27] 送欵："送款"，傳送情誼。王僧孺《詠姬人》："何因送款款，半飲杯中醁。"

輸誠：歸順；降服。《魏書·袁翻傳》："故能使淮海輸誠，華陽即序，連城請面，比屋歸仁。"

[28] 焚櫬：燒掉棺木。古代受降儀式：交戰兩國君之戰敗者輿櫬乞降，表示接受誅殺；戰勝者焚櫬，表示寬大而赦免其死罪。《三國志·魏志·鄧艾傳》："艾至成都，禪率太子諸王及群臣六十餘人面縛輿櫬詣軍門，艾執節解縛焚櫬，受而宥之。"

[29] 漏綱：僥幸逃脫法綱。《南史·循吏傳序》："永明繼運，垂心政術，杖威善斷，猶多漏綱，長吏犯法，封刃行誅。"

[30] 守迷：固持己見。

《爲蕭驃騎發徐州三五教》一首　　南朝梁　江淹

題解： 教中提及沈攸之叛亂，時當昇明元年（477）十二月，蕭道成時爲南徐州刺史，親率大軍鎮壓，并命江淹作此教。此篇又見《江文通文集》卷七，嚴可均輯入《全梁文》卷三五江淹文中，題作《蕭驃騎發徐州三五教》。此載可資校勘，并補嚴輯。

府州綱紀[一]：沈攸之背慢雲極[二]，稽誅之日久矣，況今[三]稱兵江漢之上，圖釁廟闕之下，怨熾[四]罪盈，人靈所絕。朝廷已克辰纂嚴[1]，金輿鳳駕。吾任先責遠，義兼常慨，挺刃投袂[2]，信見其時。方當水斬龍舟[五]，陸斷犀兕，雖烈士銜志，壯夫投桀，然雲羅既舒，宜廣威防[六]。所統郡縣，便普三五[3]，咸依舊格，以赴戎塵[七]。主局[八]飛火施行。

【校勘】

〔一〕"府州綱紀"，《江文通文集》作"州府紀綱"。

〔二〕"雲極"，《江文通文集》作"靈極"。

〔三〕"況今"，《江文通文集》作"況"。

〔四〕"怨熾"，《江文通文集》作"惡熾"。

〔五〕"龍舟"，《江文通文集》作"蛟龍"。

〔六〕"威防"，《江文通文集》作"防禦"。

〔七〕"戎塵"，《江文通文集》作"戎麾"。

〔八〕"本局"，《江文通文集》作"主者"。

【注釋】

[1] 纂嚴：謂軍隊嚴裝、戒備，猶今之戒嚴。《宋書·竟陵王誕傳》：「車駕出頓宣武堂，內外纂嚴。」

[2] 投袂：甩袖，形容激動奮發。《左傳·宣公十四年》：「楚子聞之，投袂而起。」

[3] 三五：晉宋時兵役制，在部分地區實行五丁抽三制，後因稱發人徵役爲「三五」。《宋書·孝義傳·孫棘》：「世祖大明五年，發三五丁，弟薩應充行。」胡之驥匯注：「三五，猶《孫子兵法》所謂三令五申之教。」

《習戰備教》一首　　南朝梁　王筠

題解： 王筠（482—550）字元禮，一字德柔，天監三年（504），起家中軍將軍、揚州刺史、臨川王宏行參軍，卒於侯景之亂。詔中提及近年邊疆屢被侵擾，「而此境百姓，曾無憤激，論情語事，失之已遠」，天監四年冬十月，臨川王應詔北伐，初期，梁軍連連勝利，當有頒教令以令百姓自衛。天監五年（506），臨川王北伐軍失利。此教當作於天監五年其爲郡守時。此篇其他文獻無載，嚴可均輯《全上古三代秦漢三國六朝文》無收，可補入《全梁文》王筠文中。

教綱紀：墨翟跰胝，意在寧宋[1]；申胥流泣，義存救楚[2]。何則？父母之鄉，其事兼重；桑梓敬恭，斯情實切。頃歲[3]，蕞爾蠢類，寇掠公行，侵軼郊疆[4]，憑陵城邑。大則係虜妻孥，細則掠奪貨產，流離絕域，生分天地[5]，其爲恥痛，難以寄言。而此境百姓，曾無憤激，論情語事，失之已遠。今宜公私勠力，務存寧濟義防[6]。既已降旨，便應依事施行。書云：「不教人戰，是謂棄之。」[7]又云：「兵不素習，不可以戰。」[8]便宜將率義勇，以時教習，使里閈鄉黨[9]，皆有武備；士庶童耋，人懷戰心，則小寇餘孽，望風自弭矣。主胥詳旨施行。

【注釋】

[1] 墨翟跰胝，意在寧宋：《墨子·公輸》所敘墨子勸阻楚國進攻宋國的故事。

[2] 申胥流泣，義存救楚：《左傳》載申包胥哭于秦庭，乞秦師援楚。

[3] 頃歲：近年。江淹《蕭上銅鐘芝草衆瑞表》：「頃歲以來，禎應四塞。」

[4] 侵軼：侵犯襲擊。《左傳·隱公九年》：「北戎侵鄭。鄭伯御之，患戎師，曰：『彼徒我車，懼其侵軼我也。』」杜預注：「軼，突也。」

［5］生分：乖戾；忤逆。《漢書·地理志下》："故俗剛彊，多豪桀侵奪，薄恩禮，好生分。"

［6］寧濟：安定匡濟。《後漢書·順帝紀》："朕奉承大業，未能寧濟。"

［7］此句出自《論語·子路》："不教民戰，是謂棄之。"

［8］此句出自《鄧析子》："兵不閑習，不可以當敵。"

［9］里閈：里門，鄉里。《後漢書·成武孝侯順傳》："順與光武同里閈，少相厚。"

卷第未詳殘簡

〔勅〕

闕題（一）

題解： 此篇前半部分亡佚，作者、篇題皆不明。文中有"去歲遣劉弘基等纂集""去冬又令員外散騎常侍韋叔諧等殷勤慰諭"之語。劉弘基（582—650），雍州池陽（今陝西涇陽）人，唐初名將，隨李淵父子征戰，貞觀年間，拜衛尉卿，改封夔國公，世襲朗州刺史，并以輔國大將軍致仕，後隨軍遠征高句麗。韋叔諧乃京兆萬年人，"貞觀中爲庫部郎中，與弟吏部郎中叔謙、兄主爵郎中季武同省。時號'三列宿'"，推此敕當爲太宗貞觀年間（627—649）所草，可補入《全唐文》太宗文中。岑仲勉先生考定篇名爲《貞觀二年與馮盎敕》。

言，無心信受[1]。又以卿每年恒遣愛子入京，使人朝集不絶[2]，所以雖聞卿有異圖，不發兵馬。去歲遣劉弘基等纂集[3]，亦有所由，云卿已破新州，復劫數縣。恐百姓塗炭無容，不即防禦。聞卿自悔前愆，令子入侍，便命旋旆[4]，不入卿境。此是朕惜卿本誠，意存含育[5]。卿既有心識，亦應具朕本懷。去冬又令員外散騎常侍韋叔諧等殷勤慰諭[6]，想尋達也。比得卿表云，既老且病，寒暑異宜[7]，山川遐阻。豈可令卿冒涉遠塗，有勞筋力？自今以□，但宜在卿家將攝[8]，以自怡養[9]，更不得遣山洞群小鈔掠州縣。仍年別

— 755 —

恒令兒子更番來去，又依式遣使參朝，朕即知卿赤心，自然不畏他人表奏。若其掠奪不止，釁惡日彰，欲人不言，其□□也。□至五月末以來，宜遣一子，盡心聞奏。若無使至，朕即發兵屠戮，卿之黨與[10]，一舉必無遺類[11]。今遣朝集使還，示卿此旨，宜深識機微[12]。自求多福。春首尚寒，比無恙也，家門大小，想并平□□□□。

【注釋】

[1] 信受：信仰、相信并接受。

[2] 朝集：朝見聚會。

[3] 纂集：編撰彙集。

[4] 旋斾：回師。陳琳《檄吳將校部曲文》："故且觀兵旋斾，復整六師，長驅西征，致天下誅。"

[5] 含育：收容養育。曹植《鸚鵡賦》："蒙含育之厚德，奉君子之光輝。"

[6] 慰諭：亦作"慰喻"，撫慰；寬慰曉喻。

[7] 异宜：所宜各不相同。《禮記·王制》："民生其間者，五味异和，器械异制，衣服异宜。"

[8] 將攝：調養；休養。

[9] 怡養：保養，休養。何遜《入西塞示南府同僚》詩："情游乃落魄，得性隨怡養。"

[10] 黨與：同黨之人。

[11] 遺類：殘存者。《史記·高祖本紀》："（項羽）皆阬之，諸所過無不殘滅。"

[12] 機微：事物變化的最初徵兆。

闕題（二）

題解：此篇闕題，作者亦不明。《舊唐書》卷一〇九《馮盎傳》，馮盎，高州良德人，累代爲本部大首領。《新唐書》卷一一〇《馮盎傳》載，馮盎封耿國公在武德五年（622），敕中提到的劉感，岐州鳳泉人，"後魏司徒豐生孫也。武德初，以驃騎將軍戍涇州，爲薛仁果所圍，糧盡，……賊平，高祖購得其尸，祭以少牢，贈瀛州刺史，爵平原郡公，封戶二千，謚忠壯"。此敕當作於武德末，可補入《全唐文》中。岑仲勉先生考定，將篇名定爲《貞觀年中與馮盎敕》。

卷第未詳殘簡

　　勅高州都督耿國公馮盎：安州都督府使人周懷義還，及張贇等至，并具來表，省覽周環[1]，良以增嘆：唯公之識量，不諭朕懷。亦由朕之風化，未能及遠，君臣疏隔，遂至於斯。永懷魚水，望古增愧。朕祇承天眷[2]，□宅□中，弘濟艱難[3]，撫育黎庶，有生之類，咸思乂安。一物失所，增其兢懼。然海隅遼曠，山洞幽深，蠻夷重譯之方[4]，障厲不毛之地[5]，得之未有所益，失之固無所損，何假殷勤，遠相徵召？但□□□□後，朝夕相尋，咸云心迹未純，侵掠不已。新州以南，多被毒害。朕既爲之父母，須拯艱危，所以聊命偏師[6]，將救塗炭。亦未縱兵威。即入彼境，公又前遣智筌，數命使人，每自申陳[7]，辭情懇切，云劉感搆惡，妄相讒毀。朕謂公□□□來相見，無以自明，是以頻遣勅書，令公入覲。公尚然疑慮，猶懷偃仰[8]，似矜退阻，未欲朝謁。復有推注，更遣行人，云高州正被兵臨，蹊徑擁塞，又懼劉感譖訴[9]，投杼爲疑[10]。既有此辭，□□□□命所司盡公本意，劉感既不能綏衛藩服，與公失和，即令真定公齊善行代爲郡督。見集兵馬，亦各散還。朕之此情，可謂貫徹幽顯。若猶不爲公所信知，復何言？如能悉朕虛懷，以取富貴，即宜馳傳，暫至京師，旬日□□□盡心曲，使命旋軫[11]，委以南方，子子孫孫，長饗福祿。儻其必存首鼠，不識事機，積惡期於滅身，強梁不得其死[12]，自取夷戮，斷在不疑。大兵一臨，悔無所及。縱令巢穴之內，數日偷生，□□□□牙投竄，冤仇非一，天羅□舉，□□□廣，何處求安？當深思此理，自求多福。春序已暄，想無恙也。家門大小，并得平安。今令使往，指不多及。

【注釋】

[1] 省覽：審閱；觀覽。《漢書・蓋寬饒傳》："狂夫之言，聖人擇焉。唯裁省覽。"周環：反復回圈。

[2] 祇承：祇奉。《尚書・大禹謨》："文命敷于四海，祇承於帝。"天眷：上天的眷顧。語出《尚書・大禹謨》："皇天眷命，奄有四海，爲天下君。"

[3] 弘濟：廣爲救助。

[4] 重譯：南方荒遠之地。

[5] 障厲：壅塞貧瘠。

[6] 偏師：主力軍以外的部分軍隊。

[7] 申陳：申訴陳述。

[8] 偃仰：驕傲。吳兢《貞觀政要・禮樂》："或才識庸下，而偃仰自高。"（或指安居；游樂。《詩・小雅・北山》："或栖遲偃仰，或王事鞅掌。"）

757

[9] 譖訴：也作"譖愬"，讒毀攻訐。《逸周書·謚法》："譖訴不行曰明。"

[10] 投杼：喻謠言衆多，動搖了對最親近者的信心。《史記·樗里子甘茂列傳》："今臣之賢不若曾參，王之信臣又不如曾參之母信曾參也，疑臣者非特三人，臣恐大王之投杼也。"

[11] 旋軫：還車，回車。

[12] 強梁：強勁有力；勇武。《老子》："強梁者不得其死。"

卷第未詳殘簡

〔表〕

《讓侍中表》一首　　後梁　蕭欣

題解：蕭欣，生平不詳，史書無載。唯《太平廣記·詼諧二》引《渚宫舊事》曰："梁安城王蕭欣博學，天保之朝，爲一代文宗，專掌詞令。沈博。歷侍中僕射尚書令，有集三十卷，著《梁史》百卷。初，欣以文詞擅名，所敵擬者，唯河東柳巧言。然柳内雖不伏，而莫與抗。及聞欣卒，時爲吏部尚書。賓客候之，見其屈一腳跳，連稱曰：'獨步來，獨步來。'衆賓皆舞抃。以爲笑樂。"此表當作於明帝蕭巋天保時期。蕭巋任命蕭欣繼續侍中、安城王之職，上表推辭，此篇其他文獻無載，可補入嚴可均輯《全上古三代秦漢三國六朝文》。

臣欣言：即日被尚書召，以臣爲侍中、王如故，驚踰曲木，戰甚薄冰。中謝[1]。臣幸承慶緒[2]，預邀昌曆，憑雲托日，已覺其高。詔爵出禄[3]，復班其首。常苦才不會時，性多忤物。志徒規於勁草，智弗逮於纖□。似箕若簧之説，取喧于宸聽；懷金□錦之誚，匪亮乎天明。上乖帝難之寄，下虧臣術之道。重以違難清漳，負疵司寇，感憂之誠靡暴，瘢痕之釁已彰[4]。甘穢五鼎[5]，曲逢八議[6]。内訟未周，中恩遽委。金官在御[7]，始對簡書；木臣戒序[8]，還紆璽命[9]。升汙厄於桃席，延泛駕於蘭池。雖荷棄瑕[10]，終慚適用。方今楚富卿材，衛多君子，改會與能，於斯爲盛。伏願玄穹輟軸，白日回輪。猥鑒邇言，弗虛誠請。周道如砥[11]，實仰乎今。不任云云。

【注釋】

[1] 中謝：套語，以示謙恭。羊祜《讓開府表》："夙夜戰慄，以榮受憂。中謝。"

[2] 慶緒：對皇家宗室的敬稱。庾信《周宗廟歌‧皇夏》："慶緒千重秀，鴻源萬里長。"

[3] 詔爵：詔賜以爵位。《周禮‧夏官‧司士》："司士掌群臣之版……以詔王治，以德詔爵，以功詔祿，以能詔事。"出祿：發給俸祿。《呂氏春秋‧孟夏》："命太尉贊傑俊，遂賢良，舉長大。行爵出祿，必當其位。"

[4] 瘢痕：喻過失、缺點。《後漢書‧文苑傳下‧趙壹》："所好則鑽皮出其毛羽，所惡則洗垢求其瘢痕。"

[5] 五鼎：古代行祭禮時，大夫用五個鼎，分別盛羊、豕、膚（切肉）、魚、臘五種供品。見《儀禮‧少牢饋食禮》。《孟子‧梁惠王下》："前以三鼎，而後以五鼎與？"五鼎食，省作"五鼎"，列五鼎而食。形容高官貴族的豪奢生活，亦喻高官厚祿。《史記‧平津侯主父列傳》："且丈夫生不五鼎食，死即五鼎烹耳。"

[6] 八議：八辟。《後漢書‧應劭傳》："陳忠不詳制刑之本，而信一時之仁，遂廣引八議求生之端。"古代刑律規定的八種罪須由皇帝裁決或依法減輕處罰的特權制度。

[7] 金官：金正。《禮記‧月令》："〔孟秋之月〕其帝少皞，其神蓐收。"鄭玄注："此白精之君，金官之臣……蓐收，少皞氏之子，曰該，爲金官。"

[8] 木臣：未詳。

[9] 紆：系，同"紆"，屈抑。葛洪《抱朴子‧道意》："皁隸之巷，不能紆金根之軒；布衣之門，不能動六轡之駕。"系結，垂挂。張衡《東京賦》："紆皇祖，要幹將，負斧扆，次席紛純。"

[10] 棄瑕：不追究缺點過失。《舊唐書‧文苑傳中‧李邕》："伏惟敷含垢之道，存棄瑕之義，遠思劇孟，近取李邕，豈惟成愷悌之澤，實亦歸天下之望。"

[11] 周道如砥：出自《詩經‧小雅‧大東》："周道如砥，其直如矢。"用來形容周朝的政治清明，平均如一。

《爲王湜讓再爲侍中表》一首　　後梁　沈君攸

題解： 沈君攸，一作沈君游，吳興人。後梁時官至散騎常侍。博學，善文辭，尤工詩。今存五、七、雜言詩計10首，長於寫景，音律和諧。原有文集13卷，已佚。後梁天保十二年（573），沈君攸卒。此爲沈君攸代王湜之

卷第未詳殘簡

作。王湜被任爲侍中，固辭，此文呈其心迹："欲屛迹濠梁，觀魚鳥之樂；抽簪象魏，狎江海之心。"愿皇帝收回成命，當作於後梁宣帝蕭詧時期。此篇其他文獻無載，可補入嚴可均輯《全上古三代秦漢三國六朝文》。

臣湜言：臣近奏由中〔衷〕之款，冀收分外之渥。既隔照於柳谷[1]，彌失厝於冰泉[2]。中謝。臣聞和璧去秦，超然莫反；商環處鄭，寂矣弗追。何則？良寶爲珍，猶難再假；名器之重，而可驟逢？臣夙奉興王，及邀纂曆[3]，冠衣就列，已登八舍之榮[4]；軒冕外朝[5]，方參六聯之盛[6]。恩彰題劍，貴顯伏茵。當乎此時，非忘展力。不能入弘政要，出喻公卿，竟闕勤王，徒成賴寵。誓士重其未從，顧臣術而多愧。因兹疏愔，久絶覿覦。方欲屛迹濠梁，觀魚鳥之樂；抽簪象魏[7]，狎江海之心。鄙志罕諧，殊弘遄被。復得操文璽於侍服，篩華蟬於賜冠。一趨雲陛[8]，猶曰非據；三入承明[9]，何適而可？陛下光有天下，野無遺賢，官人以才，舉不失德。白駒空古，振鷺充庭，何待庸虛，式虧彝典？伏願回離光於日道，布玄澤于雲區[10]。揆若礪之誠，覽防川之誡。銷文杜謗，改授援能。庶如玉之聲，無違王度；鑠金之誚，匪屬微臣云云。

【注釋】

[1] 柳谷：主西方之官和仲所居，日入之處。《周禮·天官·縫人》"衣翣柳之材"鄭玄注："《書》曰：'分命和仲度西，曰柳谷。'"孫詒讓正義："柳者諸色所聚，日將没，其色赤，兼有餘色，故云'柳谷'。一本作'桺谷'。"

[2] 冰泉：冰淵，此避李淵諱，以"泉"代"淵"。《詩·小雅·小旻》："如臨深淵，如履薄冰。"後遂以"冰淵"喻指處境危險。

[3] 纂曆：嗣位。徐陵《報尹義尚書書》："聖朝欽明纂曆，大拯生民。"

[4] 八舍：古代庶子宿衛王宮的八處休沐之所，後借指皇帝近臣宮内住處。庾信《周隴右總管長史贈少保豆盧公神道碑》："内參常伯，榮高八舍。"

[5] 軒冕：古時大夫以上官員的車乘和冕服。《管子·立政》："生則有軒冕、服位、穀禄、田宅之分，死則有棺槨、絞衾、壙壟之度。"代指國君或顯貴者。《管子·輕重甲》："故軒冕立於朝，爵禄不隨，臣不爲忠。"

[6] 六聯：古代謂六方面的政務須官府各部門聯合行事。《周禮·天官·小宰》："以官府之六聯，合邦治。一曰祭祀之聯事，二曰賓客之聯事，三曰喪荒之聯事，四曰軍旅之聯事，五曰田役之聯事，六曰斂弛之聯事。凡小事皆有聯。"

[7] 抽簪：謂棄官引退。古時當官者須束髮整冠，用簪連冠於髮，故稱引退爲"抽

簪"。沈約《應詔樂游苑餞呂僧珍詩》："將陪告成禮，待此未抽簪。"李善注引鍾會《遺榮賦》："散髮抽簪，永縱一壑。"

［8］雲陛：指巍峨的宮殿。雲，極言其高。沈約《齊故安陸昭王碑文》："哀感徒庶，慟興雲陛。"李善注引左思《七略》："閭甲第之廣袤，建雲陛之嵯峨。"借指朝廷，天子。謝朓《始出尚書省詩》："惟昔逢休明，十載朝雲陛。"

［9］承明：古代天子左右路寢稱承明，因承接明堂之後，故稱。劉向《說苑·修文》："守文之君之寢曰左右之路寢，謂之承明何？曰：承乎明堂之後者也。"

［10］玄澤：聖恩。應禎《晉武帝華林園集詩》："玄澤滂流，仁風潛扇。"李善注："玄澤，聖恩也。"

《爲安成王讓加侍中表》一首　　後梁　沈君攸

題解：此篇只存首二句，其他文獻無載。

臣言：臣因心之請[1]，翹足希恩[2]，雖罄深　[下闕]

【題解】

［1］因心：親善仁愛之心。《詩·大雅·皇矣》："維此王季，因心則友。"毛詩傳："因，親也。"

［2］翹足：舉足，此形容盼望仰慕之切。陳琳《檄吳將校部曲文》："是以立功之士，莫不翹足引領，望風響應。"希恩：希望得到恩寵。

卷第未詳殘簡

闕題（三）

題解：此篇首尾皆佚。據文中"至於永平……建初鬱鬱，增修前緒，班固司籍，賈逵述古，崔駰頌征，傅毅巡狩"，永平、建初皆後漢年號，班固、賈逵、崔駰與傅毅乃後漢人，則此文當系後漢文，可補入《全後漢文》中。

"之忠言，既覽斯而淹思兮，復動軫而南轅[1]。徑造舟之飛梁兮[2]，迄廣成之囿園[3]。徒察夫坰野之窊廬[4]，汙闕頹寥[5]。曠蕩陵夷[6]，連延唐茫[7]。儻莽卷阿曲[8]，阜高原顯敞。遙望藐觀，杳冥勿罔[9]。獸如流川，鳥如浮雲。日未移景，人馬未勤。獲車已實[10]，紆軫而旋[11]。雖云搜狩三驅之法[12]，亦有凶荒殺禮之文[13]。諸夏未徧被鴻獎之澤，而獨惠此封圻之六軍[14]。竊懼聞管簫之音，見旄之美者，有舉疾首感頞之怨[15]，不皆欣然。願此游田，鄙人固陋，亦私惑焉。"主人曰："吁，子所謂篇中窺駮[16]，見前蔽後，識左暗右。以震寓燕雀之知，度鷟皇之意[17]，猶坎井黽鼀之思[18]，莢蛟龍之謀。從下億天，十不中千者也。往者盜竊寶璽，覆國殘家。元惡大憝[19]，猾夏亂華。鯨鯢九嬰[20]，封豕長馳[21]，剝落天下[22]，虔劉普加[23]。億兆夷人，天昏禮瘞[24]；十有一存，離析奔波。於是皇矣上帝，臨下有赫，鑒觀四方，求人之瘼。乃眷南顧，新野是宅。然後光武乘天機，運玉衡[25]，

— 763 —

建參旗[26]，攬攙槍[27]，操篲拂[28]，曳長庚[29]，掃彼四野，芟夷九區[30]，拯斯人於沉溺，復太祖之弘基。至于永平，明光上下[31]，來遠以文，崇德偃武，經始靈臺[32]，路寢在後[33]，躬化正本[34]，孝友三五。建初郁郁[35]，增修前緒[36]；班固司籍[37]，賈逵述古[38]，崔駰頌征[39]，傅毅巡狩[40]，文章煥爛[41]，粲然可觀。自時厥後，以纘妣祖[42]，奕葉載德，不忝神符。文獻之士設於衆寡，三九之輔必乎儒雅[43]；茂才尤異[44]、鄉舉之徒，實署經行，課試圖書；不論蒐狩[45]，不講獮苗[46]，爲日久矣。故有言穰苴、孫吳之法[47]，宋翟、李牧之守者[48]，謂之"末技賤工"，不容於州府。有論成荊、孟賁之斷[49]，不詹、狼瞫之倮毅者[50]，謂之"戇越訬"[51]，擯棄於鄉部。是以托病辭干戈、避扞禦者[52]，以增名益高［於］前。時議所與見危內顧、臨難奔北者，謂之"明哲全身"，獲福利於後。故魑魅魍魎[53]，陸梁乎梁并[54]；夔虛鬼蜮[55]，渮沸乎徐楊[56]；隅郤蛛蝥[57]，蠢動於蠻荊[58]。王師數敗績，困憊乃克征[59]。方今聖朝遠度[60]，深惟圖難爲大[61]，必於細微。存不忘亡，安不忘危。不教人戰，孔子所譏[62]。故以農部［後闕］

【注釋】

［1］動軨：車動，指準備出發。軨，古代指車箱底部四周的橫木；借指車。南轅：車轅向南。謂車向南行。《左傳·宣公十二年》："令尹南轅反旆。"

［2］飛梁：凌空而架的橋。

［3］囿圃：園圃，皇家園林。

［4］坰：讀音jiōng，離城市很遠的郊野。嫵，讀音yǔ，惡劣，粗劣。廬，讀音è，山旁的洞穴。

［5］汙：同"污"，骯髒。閼，讀音è，雍塞。頹寥：寂寥。

［6］陵夷：山坡緩平貌。桓寬《鹽鐵論·詔聖》："故峻則樓季難三刃，陵夷則牧豎易山巔。"

［7］唐茫：空蕩蒼茫。唐：空，徒然。

［8］儻莽：曠遠貌。王褒《洞簫賦》："彌望儻莽，聯延曠盪，又足樂乎，其敞閑也。"李善注："儻莽、曠盪，寬廣之貌。"卷阿：蜿蜒的山陵。王褒《九懷·株昭》："步驟桂林兮，超驥卷阿。"王逸注："騰越曲阜，過阻難也。"

［9］杳冥：未詳。

［10］獲車：載禽獸等獵獲物之車。宋玉《高唐賦》："飛鳥未及起，走獸未及發，何節奄忽，蹄足灑血，舉功先得，獲車已實。"呂向注："獲車，載獸車也。"

［11］紆軫：迂曲。《後漢書·馮衍傳下》："馳中夏而升降兮，路紆軫而多艱。"

— 764 —

[12] 三驅：古王者田獵之制。謂田獵時須讓開一面，三面驅趕，以示好生之德。《易·比》："九五，顯比，王用三驅。"

[13] 凶荒：荒災。《周禮·地官·遺人》："縣都之委積，以待凶荒。"賈公彥疏："凶荒，謂年穀不熟。"

[14] 封圻：封畿。《漢書·文帝紀》："封圻之內，勤勞不處。"

[15] 頞，讀音è，鼻樑。《孟子·梁惠王下》："舉疾首蹙頞而相告。"

[16] 駮，讀音bó，傳說中食虎豹的野獸。《山海經·西山經》："有獸焉，其狀如馬，而白身黑尾，一角，虎牙爪，音如鼓音，其名曰駮。是食虎豹，可以御兵。"（同"駁"，毛色不純的馬或牛。《詩·豳風·東山》："之子於歸，皇駁其馬。"）

[17] 鸞皇：鸞與鳳，皆瑞鳥名，常用以比喻賢士淑女。《楚辭·離騷》："鸞皇爲餘先戒兮，雷師告餘以未具。"

[18] 坎井：同"陷井"，廢井；淺井。《莊子·秋水》："且夫擅一壑之水，而跨跱陷井之樂，此亦至矣。"龜鼉：龜鼉，兩種動物，都是古人崇拜的動物。

[19] 憝，讀音duì，同"憨"，惡，壞。

[20] 覦，讀音yú，企求。《說文·見部》："覦，欲也。"九嬰：傳說中的水火怪，亦用以喻邪惡凶殘的人。《淮南子·本經訓》："猰貐、鑿齒、九嬰、大風、封豨、脩蛇，皆爲民害。"高誘注："九嬰，水火之怪，爲人害。"

[21] 封豕：暴虐殘害。揚雄《長楊賦》："昔有強秦，封豕其士，竄竄其民。"

[22] 剝落：傷害，毀壞。陳琳《應譏》："徒獨震撲山東，剝落元元。"

[23] 虔劉：劫掠；殺戮。《左傳·成公十三年》："芟夷我農功，虔劉我邊陲。"

[24] 瘥：病。

[25] 玉衡：測天儀器。《尚書·舜典》："在璿璣玉衡，以齊七政。"孔安國傳："璣，衡，王者正天文之器。"

[26] 參旗：星宿名，屬畢宿，共九星，在參星西。又名"天旗""天弓"。何晏《景福殿賦》："參旗九旒，從風飄揚。"

[27] 攙槍：彗星，即天攙、天槍。《淮南子·俶真訓》："古之人處混冥之中……攙槍衡杓之氣，莫不彌靡，而不能爲害。"

[28] 篲拂：同"彗拂"，星宿名。

[29] 長庚：亦作"長賡""長更"，金星。亦名太白星、明星。《詩·小雅·大東》："東有啓明，西有長庚。"毛詩傳："日旦出謂明星爲啓明，日既入謂明星爲長庚。"

[30] 芟夷：剷除；削平。《三國志·蜀志·諸葛亮傳》："今操芟夷大難，略已平矣，遂破荊州，威震四海。"九區：九州。劉駰驗《郡太守箴》："大漢遵周，化洽九區。"

[31] 明光：明亮，光亮。

[32] 經始靈臺：《詩·大雅·靈臺》："經始靈臺，經之營之。"

[33] 路寢：天子、諸侯的正廳。《詩·魯頌·閟宮》："松桷有舄，路寢孔碩。"毛

傳："路寢，正寢也。"

[34] 躬化：親身感化。《史記·禮書》："孝文好道家之學，以爲繁禮飾貌，無益於治，躬化謂何耳！"正本：端正其本源、根本。《淮南子·主術訓》："不正本而反自然，則人主逾勞，人臣逾逸。"

[35] 郁郁：茂盛美好貌。

[36] 前緒：前人的事業。《楚辭·天問》："纂就前緒，遂成考功。"

[37] 班固司籍：班固有關管理典籍之文。班固《答賓戲》："劉向司籍，辨章舊聞。"

[38] 賈逵述古：當指賈逵闡述經書之文。賈逵（30—101）字景伯，東漢著名經學家、天文學家，扶風平陵（今陝西咸陽西北）人。賈逵一生，著作等身，所撰經傳義詁及論難達百余萬言，又作詩、頌、誄、書、連珠、酒令凡九篇，"學者宗之"，被稱爲"通儒"。

[39] 崔駰頌征：指崔駰《四征頌》。

[40] 傅毅巡狩：傅毅所作《七激》中關于田獵之文。傅毅（？—約90），字武仲。扶風茂陵（今陝西興平東北）人。東漢辭賦家。明帝永平中，在平陵習章句之學，因明帝求賢無誠意，士多隱居，而作《七激》以諷諫。章帝時，廣召文學之士，任他爲蘭臺令史，拜郎中，與班固、賈逵共典校書，其文名顯於朝廷。

[41] 煥爛：光耀燦爛；文彩斑斕。郭璞《鹽池賦》："揚赤波之煥爛，光旰旰以晃晃。"

[42] 妣祖：先妣和先祖。《詩·小雅·斯干》："似續妣祖，築室百堵。"

[43] 三九：三公九卿。葛洪《抱朴子·漢過》："宦者奪人主之威，三九死庸豎之手。"

[44] 茂才：秀才。因避漢光武帝名諱，改"秀"爲"茂"。

[45] 蒐狩：春獵爲蒐，冬獵爲狩，泛指狩獵。《穀梁傳·昭公八年》："因蒐狩以習用武事，禮之大者也。"

[46] 獮苗：夏苗，秋獮，泛指狩獵。

[47] 穰苴：田穰苴（生卒不詳），又稱司馬穰苴，春秋末期齊國人，《史記》："自古王者而有司馬法，穰苴能申明之。"孫吳：孫臏與吳起。孫臏（生卒年不詳），因受龐涓迫害遭受臏刑，身體殘疾，後在齊國使者的幫助下投奔齊國，被齊威王任命爲軍師，輔佐齊國大將田忌兩次擊敗龐涓，取得了桂陵之戰和馬陵之戰的勝利，奠定了齊國的霸業。吳起（前440—前381），戰國衛人，兵家代表人物，後投奔楚國，施行變法，使楚國力大增。

[48] 宋翟：宋人墨翟，墨家派創始人。李牧（？—前229年），嬴姓，名牧，趙國軍事家，與白起、王翦、廉頗并稱"戰國四大名將"，素有"李牧死，趙國亡"之稱。

[49] 成荊、孟賁：《史記·范雎蔡澤列傳》："五伯之賢焉而死，烏獲、任鄙之力焉而死，成荊、王慶忌、夏育之勇焉而死。"

[50] 不詹：不詳何人。狼瞫：春秋時期晉國人，英勇正直，在彭衙之戰中犧牲。悾

— 766 —

毅：果敢堅毅。惈，讀音 guǒ，果敢。

[51] 戇，讀音 zhuàng，愚傻、急躁、剛直。《荀子·大略》："悍戇好鬥，似勇而非。"

[52] 扞御：防御；抵抗。《左傳·僖公二十四年》："扞御侮者，莫如親親，故以親屏周。"扞，讀音 hàn，"捍"的古字。

[53] 魖魅魍魎：害人的鬼怪的統稱。張衡《西京賦》："魖魅魍魎，莫能逢旃。"李善注："《説文》曰：'蠦，山神，獸形。''魅，怪物。'魍魎，水神。"

[54] 陸梁：囂張，猖獗。《後漢書·皇甫規傳》："後先零諸種陸梁，覆没營塢。"梁并：梁州與并州。

[55] 夔：傳説中的一種龍形异獸。《山海經·大荒東經》："其光發日月，其聲如雷，其名曰夔。"虚：怪獸名。鬼蜮：鬼和蜮都是暗中害人的精怪，用以比喻用心險惡、暗中傷人的小人。語出《詩·小雅·何人斯》："爲鬼爲蜮，則不可得。"

[56] 涫沸：沸騰。劉劭《趙都賦》："清漳發源，濁滏汩越。湯泉涫沸，洪波漂屬。"徐楊：徐州與楊（揚）州一帶。

[57] 隅郄：角落空隙。蛛蝥：蜘蛛的別名。《吕氏春秋·异用》："昔蛛蝥作網罟，今之人學紆。"

[58] 蠢動：騷動；擾動爲亂。《後漢書·黨錮傳·李膺》："今三垂蠢動，王旅未振。"蠻荆：長江流域荆州一帶；楚國。《詩·小雅·采芑》："蠢爾蠻荆，大邦爲讎。"

[59] 困憊：困乏疲倦。

[60] 遠度：深遠地謀劃。《後漢書·孔融傳》："故明德之君，遠度深惟，棄短就長，不苟革其政者也。"

[61] 深惟：深思，深入考慮。《戰國策·韓策一》："臣請深惟而苦思之。"

[62] 不教人戰，孔子所譏，出自《論語·子路》："以不教，民戰，是謂棄之。"人，本爲"民"，唐避諱改"人"。

後 記

　　一九八三年七月，我在杭州大學中文系畢業以後，獲准留在姜亮夫先生創建、教育部批准成立的杭州大學古籍研究所工作。能在姜亮夫先生身邊繼續學習與工作，那是一件非常高興的事情。當年九月，杭州大學古籍研究所招收了第一屆中國古典文獻學專業的碩士研究生，姜亮夫先生讓我們幾個本科毕业留校的年輕人，一邊工作，一邊跟隨這個研究生班一起聽課。姜亮夫先生、徐規先生、蔣禮鴻先生、沈文倬先生、劉操南先生、郭在貽先生、崔富章先生、張金泉先生都給我們上課，還請了王伯敏先生、陳橋驛先生、樂壽明先生、沈康身先生等來講學，我們系統地學習了文獻學、文字學、音韻學、訓詁學、目錄學、版本學、校勘學等基礎課程，還有詩經學、楚辭學、敦煌學、佛教史、中國美術史、中國數學史、中國建築史等等專業課，收益匪淺。一九八六年，復旦大學中文系招收中國古代文學專業助教進修班，學習漢魏六朝文學方向和唐宋文學方向的碩士研究生主要課程。我征得了姜老的同意，去報考了，錄取了，那也是非常高興的事。在一九八六年九月到一九八八年的一月的一年半的時間裏，王運熙先生、王水照先生、蔣孔陽先生、陳允吉先生、嚴修先生、蔣凡先生、楊明先生、陳尚君先生、駱玉明先生都給我們開課。通過這兩個階段的學習，我覺得在中國古典文獻學、中國古代文學方面初步入門了。

　　一九八六年十月，我在班主任陳尚君先生家裏，看到了《日本影弘仁本〈文館詞林〉》這部書，愛不釋手。當時在杭州大學古籍研究所，我參加

後　　記

的課題組的任務是《嚴可均〈全上古三代秦漢三國六朝文〉補遺》，《日本影弘仁本〈文館詞林〉》這本書對此項工作很有幫助。蒙陳尚君先生同意，我複印了這本書。以後，寫出了《日本所存〈文館詞林〉中的王粲〈七釋〉》（載《文獻》1988年第3期）、《日本影弘仁本〈文館詞林〉及其文獻價值》（載《杭州大學學報》1988年第4期、人大複印資料《中國古代、近代文學研究》1989年第2期全文轉載）、《日本影弘仁本〈文館詞林〉與我國先唐遺文》（載《文獻》1989年第2期）等幾篇文章，并且向全國高校古籍整理研究工作委員會申報專案《日本影弘仁本〈文館詞林〉校注》獲得批准，專案編號：教古字［1998］016號。以後，這本書就成爲我着重用力研究的一本書。

四川大學羅國威先生看到了我的論文，托人到我這裏尋找這本書，本着"學術是天下之公器"之精神，我如實以告。羅國威先生後來在中華書局出版了《日藏弘仁本〈文館詞林〉校證》一書。

現在我把與我的博士生兼同事鄧成林博士多年來一起合作的《日本影弘仁本〈文館詞林〉校注》一書交付出版社，希望對研究先唐文獻、先唐文學的同行有所幫助。另外，還要感謝汪妍青博士、何玛丽博士、廖秋華博士、林涵博士的帮助，他们也参加了这部书的一些工作。由於書中有些文字難辨，再加上本人學識淺陋，錯誤之處難免，還望讀者不吝賜教。

本书得到了全國高校古籍整理研究工作委員會的立項資助，随着研究的深入和2016年国家社科基金重点项目《日本影弘仁本〈文館詞林〉考论》的获批，本书也可以说是《日本影弘仁本〈文館詞林〉考论》的前期成果；本书的出版得到了浙江大学中文系的出版资助，也得到了浙江树人大学汉语言文学重点学科的支持，在此一并致谢！

在本书即将出版的时候，我要感谢许多帮助过我的先生们：感谢陈尚君先生，他向我介绍了这部书；感谢王运熙先生，这部书是日本一位学者送给王先生的，他慨然同意我复印本书进行校注和研究；感谢我的博士生毛振华教授，他到日本访学，我托他寻找《日本影弘仁本〈文館詞林〉》，因为复印件比不上原文的清晰，我也就是那么一说，不抱多少希望的，但是毛振华教授居然帮我从一家旧书摊上找到了这部1969年出版的书，为本项目的完成提供了极大的帮助。感谢复旦大学陈允吉先生、原杭州大学姜亮夫先生、沈文倬先生、郭在贻先生、陆坚先生、北京的陈翔华先生，他们鼓励我写作论文，并推荐发表；感谢安平秋先生、章培恒先生、董治安先生、杨忠先生、曹亦冰先生等，他们鼓励我申请项目；感谢卢伟先生，是她通知我项目获批的消息；感谢浙江大学中文系的吴秀明先生，他拉了赞助，支持丛书的出版，并给我许多指导与帮助；感谢廖可斌先生、张涌泉先生、程章灿先生等对我工作的支持和帮助；感谢浙江树人大学，根据浙江大学和浙江树人大学两校的协议，我从2009年开始担任浙江树人大学人文学院院长的职务（2017年后是人文与外国语学院院长），本项工作得到了几任校领导的关心与支持，也得到了人文与外国语学院的领导与同事们的支持，感谢李鲁先生、章清先生，徐绪清先生、陈新民先生对本项工作的支持与鼓励。在这里，我还要感谢中国社会科学出版社，感谢郭晓鸿主任对于本书出版的大力支持和帮助，郭晓鸿主任对于工作认真负责的态度，始终感动着我；感谢宗彦辉先生，他校对书稿，提出了许多很好的修订意见。

林家骊
2017年10月于浙江大学交稿后
2020年12月改定于浙江树人大学工作室